Knaur

Über den Autor:

Klaus von Gaza wurde 1940 in Hamburg geboren und hat bislang Reiseberichte und Kurzgeschichten veröffentlicht. Nach jahrelangen Recherchen und inspiriert von Erzählungen über seinen Urgroßvater, der Handelsniederlassungen in China und Korea führte, hat er nun mit *Der Sohn des Mandarins* seinen ersten Roman verfasst.

Klaus von Gaza

DER SOHN DES MANDARINS

Roman

Knaur

Besuchen Sie uns im Internet:
www.droemer-knaur.de

Vollständige Taschenbuchausgabe 2003
Droemersche Verlagsanstalt Th. Knaur Nachf., München

Umschlaggestaltung: ZERO Werbeagentur, München
Umschlagabbildung: AKG-Images, Berlin
Satz: Ventura Publisher im Verlag
Druck und Bindung: Clausen & Bosse, Leck
Printed in Germany
ISBN 3-426-62417-6

2 4 5 3 1

DER SOHN DES MANDARINS

ERSTES KAPITEL

Ohne den leicht geneigten Kopf zu heben, musterte Lin Nie-fü aus zusammengekniffenen Augen den schwitzenden Wahrsager. Der Mann roch nach ranzigem Fett und feuchtem Schmutz. Obwohl er sich sehr nach der Ruhe und Geborgenheit seines Hauses in Tientsin am Peiho, dem weißen Fluß, sehnte, ließ er keine Ungeduld erkennen.

Der Wahrsager sprach mit schneller, heiserer Stimme und deutete unter fortwährendem Nicken auf die verschiedenen Kartenbilder, die vor ihm lagen. Plötzlich schob er sie zusammen und holte statt dessen eine Handvoll unterschiedlicher Hölzchen aus der Tasche seines langen, blauen Kittels.

Lin Nie-fü, Mandarin des vierten Grades, wußte, daß ihm nur noch für heute und die folgenden Tage geweissagt werden würde. Sein strenges und beherrschtes Gesicht verriet mit keiner Regung jenen Stolz, den er empfand. Gestern noch hatte er einen niedrigeren Rang bekleidet, den des fünften Grades, erkennbar an einem durchsichtigen Kristallknopf am Hut und einem gestickten Silberfasan auf der Galatracht. Heute hatte er vom Regenten des Kinderkaisers, Prinz Kung, die Ernennungsurkunde zum Mandarin des vierten Grades erhalten und durfte nun seinem neuen Rang entsprechend den dunkelblauen Knopf und die gestickte Wildgans auf dem blauen Umhang tragen.

Behaglich lehnte er sich zurück und sah sich in Gedanken noch einmal die Stufen der Audienzhalle emporschreiten, voller Achtung den Kotau vor Prinz Kung vollziehen, der die Macht des Kaiserhauses durch sein drachenbesticktes, blauseidenes Gewand zur

Schau stellte, um sodann höflich gebeugt die Ernennungsurkunde entgegenzunehmen. Wie erstaunlich schnell dann alles gegangen war: die flüchtige Verbeugung des Prinzen, der Wink des Obereunuchen, woraufhin die drängenden Diener ihn bis zum Portal geleiteten und ihn im Eilschritt in seiner Sänfte zu jener verlausten und verschmutzten Herberge zurücktrugen, wo er notgedrungen übernachtet hatte. Dort hatte er in der winzigen Kammer zum ersten Mal seine neuen Kleider angelegt und sich daran erinnert, wie er vor Jahren schon einmal in derselben Herberge voller Stolz die Galatracht mit dem Silberfasan vor sich ausgebreitet, sie dann endlich übergezogen hatte und voller Freude in dem winzigen Raum herumgetanzt war.

Lin Nie-fü hatte die Augen geschlossen. Auf welche Wege würde ihn das Schicksal noch führen? Würde er jemals einen Pfau und den lichtblauen Seidenknopf tragen dürfen? Dann würde er noch einen Rang höher stehen und seinem Freund Li, dem Salzkommissar, gleichgestellt sein.

Als wollte er ein böses Bild vertreiben, strich sich der Wahrsager hastig mit der knochigen, von Altersflecken übersäten Hand über die Augen und schielte ängstlich zu dem Mandarin hinüber.

»Was wollt Ihr mir sagen?« fragte Lin Nie-fü, dem die unwillkürliche Geste des Alten keineswegs verborgen geblieben war.

»Ein Unglück, Herr!« Seine Stimme klang vor Aufregung jetzt kehlig. »Vergebt einem nichtsnutzigen Untertan! Sollen Euch zehntausend Jahre nur Freude widerfahren, aber entlaßt mich aus Euren Augen.« Die Worte kamen ihm vor Aufregung nur stoßweise über die Lippen, und als Lin Nie-fü sich weiter in Schweigen hüllte, fiel er vor ihm auf den Boden, berührte ihn dreimal mit der Stirn und hielt seine Hände in Höhe des Kopfes parallel dazu ausgestreckt.

»Steht auf!« befahl Lin Nie-fü. Noch lag im Klang seiner Stimme eher Neugier als Ärger. »Erzählt, was Euch die Hölzer sagen!«

Nur zögernd beendete der Seher seinen Kotau. Das verrunzelte Gesicht war nun mit unzähligen kleinen Schweißperlen bedeckt,

die, wenn sie sich berührten, zu Tropfen anwuchsen und den Runzeln folgend über sein Gesicht rollten, am Kinn im schütteren, graugesprenkelten Barthaar zusammentrafen und abtropften. Die dunklen Ringe unter seinen Augen zeigten, wie erschöpft er sich fühlen mußte. Unter dem strengen Blick des Mandarins wagte er sich weder zu entfernen noch zu lügen, sondern beugte sich erneut über die Hölzer. Dabei hielt er seine Augen geschlossen, um die Konstellation der Stäbchen nicht noch einmal ansehen zu müssen.
Nun wurde Lin Nie-fü doch ärgerlich und bereute, seine Wachen bei der Sänfte vor der Pagode zurückgelassen zu haben, denn für diese Frechheit verdiente der Wahrsager mindestens dreißig Bambushiebe.
Erschrocken fuhr der Seher zusammen, als Lin Nie-fü sich erhob und dem Ausgang des Tempels zustrebte. Aus Angst vor der drohenden Strafe sprang er von seinem Sitz und lief trippelnd einige Schritte hinter ihm her. »Herr, Euch wird ein Unglück heimsuchen!« rief er und hoffte, der Mandarin würde umkehren, weil das Unglück sonst ihn treffen könnte. »Euer Sohn ...«
Lin Nie-fü blieb augenblicklich stehen. Vergessen waren der dunkelblaue Knopf und die gestickte Wildgans, vergessen auch der Zukunftstraum. »Was ist mit meinem Sohn?«
»Eurem Sohn«, der Wahrsager stockte kurz, »wird sehr bald ein Unglück widerfahren!«
»Wann?« Lin Nie-fü kehrte mit dem Seher im Gefolge um.
Behutsam, um nicht mit den zitternden Fingern die restlichen Hölzer zu verwerfen, nahm der Wahrsager das oberste ab und legte es zur Seite. »Wenn die Abendsonne den Himmel das dritte Mal rot färben wird!«
Gebannt starrte Lin Nie-fü auf das kleine, schicksalhafte Hölzchen, in das mehrere tiefe Kerben geschnitzt waren. »Und was wird geschehen?«
Die heisere Stimme des Wahrsagers krächzte nur noch. »Der Flußgott will ihn zu sich holen!«

Einen Augenblick verharrte Lin Nie-fü bewegungslos. Dann ließ er sich mutlos auf die Bank fallen. Sein Sohn, das Juwel seines Herzens, der Sonnenstrahl seines Alters. Es durfte einfach nicht sein! Wer würde dann nach seinem Tod die Riten übernehmen, um seinen Geist zu den Ahnen zu führen? Würde sein Geist dazu verdammt sein, umherzuirren, wenn er diesen einen Sohn verlieren würde?

Mit schnellen Schritten eilte er zu seiner Sänfte vor der Tür, und mit herrischem Händeklatschen trieb er die in der Sonne dösenden Träger und Begleitsoldaten an. »Weiter, schnell!«

Die Kolonne setzte sich in Bewegung. Voran die Trompeter und Trommelschläger, die den Zug verkündeten. Hinter ihnen rasselten die Büttel mit Ketten und knallten die Peitschen. Vier Träger trugen die Sänfte mit den glänzenden Zierknöpfen an den Tragestangen, flankiert von weiteren Dienern, die die Amtsinsignien ihres Herrn an langen Stangen in die Höhe hielten, und gefolgt von zwei Speerträgern sowie zwei Lanzenträgern, die den Zug abschlossen.

Erst als sie durch das Tschien-Tor eilten, das sie aus der Tatarenstadt in die Chinesenstadt führte, bildeten zwei Diener die Spitze, die nun rücksichtslos mit ihren Bambusstöcken auf die entgegenkommenden Leute eindroschen, damit die Sänfte schneller vorwärtskommen konnte.

Der heiße Juliwind trieb Wolken dunklen Staubes wie Nebelschwaden über die flachen Häuser Pekings. Damit der Staub nicht von der Straße hochgewirbelt wurde, fuhren ununterbrochen Wagen mit großen Fässern, aus denen Kulis mit großem Eifer die Wege bespritzten. Es roch unerträglich nach Jauche und Unrat, denn der Inhalt der Fässer bestand aus Abwässern. Wo blieb der langersehnte Regen?

Lin Nie-fü hatte schon längst die Fenster der Sänfte mit den Seidenvorhängen verhüllt und hielt sich im Halbdunkel des Inneren ein Tuch vor die Nase. Die Straße wurde nun erheblich breiter und ging allmählich zu beiden Seiten in erhöht liegende Tempelanlagen über. Die Tempel des Himmels und des Ackerbaus säumten, von mehreren Marmorbalustraden in verschiedenen Höhen umgürtet, das südliche Haupttor. Dahinter lag das weite, flache Land.

Lin Nie-fü entstammte einer uralten, reichen Familie aus der Provinz Hunan, deren Mitglieder seit vielen Generationen als Mandarine im Staatsdienst tätig gewesen waren. Es war üblich, daß die Mandarine nur für je drei Jahre ihr Amt an einem Ort bekleideten und dann versetzt wurden. Auf diese Weise versuchte die Zentralregierung in Peking zu verhindern, daß ihre Vertreter im Land allzu mächtig wurden oder sich gar gegen das herrschende Regime verbündeten. Dadurch wurden die heiligen Familienbande schnell zerrissen, denn ebenso unüblich war es, daß mehrere Mandarine aus einer Familie in derselben Provinz Anstellung fanden.

Lin Nie-fü erinnerte sich nur zu gut an seinen Bruder, der zwar das Glück gehabt hatte, seine Eltern bei sich wohnen zu haben, der aber kinderlos geblieben war. Keine seiner vielen Nebenfrauen hatte ihm ein Kind schenken können, so daß er aus Verzweiflung einen Sohn adoptierte. Natürlich war der Stand der Gestirne bei dessen Geburt genauestens überprüft und gedeutet worden, sogar mehrere Wahrsager hatte man befragt, ob diese Verbindung Glück bringen würde. Es hatte keine Einwände gegeben. Trotzdem war der Junge eines Tages verschwunden, und mit ihm Tausende Taels Silber. Bevor sich der Bruder zu einer neuen Adoption entschließen konnte, war er unerwartet gestorben. Lin Nie-fü erinnerte sich noch gut daran, wie ihn damals die Nachricht erreichte, daß seine bildhübsche Schwägerin aus Kummer darüber ihre Pflicht als Schwiegertochter vergessen hatte. Anstatt die Eltern ihres Mannes aufopfernd bis zum Tode zu pflegen, hatte sie sich mit Rohgold das Leben genommen.

Damals war er selbst noch Lückenwarter gewesen. Er hatte also noch kein Amt als regulärer Mandarin bekleidet, sondern wartete auf einen freiwerdenden Posten. Er war vom Gouverneur mit der kommissarischen Aufgabe betraut worden, die zur Provinz Kwangtung gehörenden Kriegsdschunken zu zählen und einen Finanzplan für deren Modernisierung auszuarbeiten. Die Nachricht vom Tod des Bruders traf zusammen mit seiner Beförderung zum Mandarin des neunten Grades ein, zum Polizeipräsidenten einer kleinen Gemeinde in der Nähe von Kanton. Die Beförderung kam für ihn völlig unerwartet, denn es gab viele Lückenwarter, die bis an ihr Lebensende einfach vergessen wurden. Deshalb hatte er darauf verzichtet, zu den Beisetzungsfeierlichkeiten zu fahren, und statt dessen sein neues Amt angetreten. Dann war die Nachricht vom Tod der Schwägerin gekommen, und bevor er sich besorgt auf den Weg zu seinen Eltern machen konnte, erreichte ihn ihr Schreiben, daß sie zu ihm kommen wollten. Sie waren nie angekommen. Wochenlang hatte er gewartet, als man zufällig ihre Leichen fand. Sie waren in den Bergen von Hunan von Räubern überfallen und getötet worden.

Lin Nie-fü hielt sich mit beiden Händen die pochenden Schläfen. Hatte er nicht jeden Tag vor dem Hausgötzen gebetet? Sehr oft, vielleicht sogar zu oft, teure Opfer gebracht? Was hatte nur dessen Zorn erregt? Jahrelang waren der Götze und er gut miteinander ausgekommen. Keiner konnte sich beklagen. Noch nie hatte er am Ende des Jahres Grund gehabt, ihn anzuschreien, zu schlagen oder gar auf den Abfallhaufen zu werfen. Warum sollte sich daran so plötzlich etwas ändern?

Lin Nie-fü drückte mit den Fingern gegen die schmerzenden Augen. »Ich will jeden Tag ein Gebet mehr sprechen!« hauchte er kaum hörbar. »Ich werde unserem Götzen ein schönes und teures Opfer bringen. Verschone bitte meinen Sohn. Nimm mir mein …« Er stockte und fragte sich, ob das Angebot zu großzügig sei, schob die Bedenken aber sofort beiseite. »… mein Augenlicht. Nimm alles, was du haben willst, aber laß mir meinen Sohn!«

Endlos weit erstreckte sich das flache Land vor seinen Augen. Kein Baum, kein Hügel durchbrach die Monotonie. Nur endlose Felder

und staubiger Wind. Wind und Staub, vor dem es kein Entrinnen gab. Wo blieb der Regen?
Die holprige Straße nach Tientsin führte fast schnurgerade nach Süden. Die flimmernde Hitze gaukelte ihm in einiger Entfernung Wasserlachen und Pfützen vor, die sich beim Näherkommen immer wieder auflösten, um in weiterer Entfernung erneut zu entstehen.

***

Auguste de la Motte seufzte und versuchte, nicht mehr an Deutschland zu denken. Nicht mehr an das schöne Herrenhaus am Damischen See bei Stettin und an das weitaus angenehmere Klima zu Hause. Jetzt mußte er in der Fieberhölle von Schanghai leben, jenem Sumpfland, dessen Grundwasserspiegel nur eine Handbreit unter dem Erdboden lag. In einer Gegend, in der man nicht sagte: »Wie geht es Ihnen?«, sondern: »Ich hoffe, es geht Ihnen heute etwas besser.«
Der leichte Wind, der über das Deck des Postdampfers strich, umspielte die langen Haare seines Sohnes. Robert lag mehr auf seinem Stuhl, als daß er saß, und sein müder Blick hing an den sich hoch auftürmenden weißen Wolken. An dem Pferdekopf mit der wehenden Mähne, an dem Eisbären, der mit seiner Pranke nach dem Mädchenkopf tatzte, und an den vielen anderen Wolken, die sich noch nicht zu erkennen gegeben hatten.
»Morgen werden wir Taku erreichen!« murmelte Auguste de la Motte und versuchte, die Aufmerksamkeit des Jungen auf sich zu lenken. Die Kumuluswolken wurden seit einiger Zeit immer kleiner und trieben nun als weiße Flotte mit geblähten Segeln auf die untergehende Sonne zu. Hoch über ihnen färbten sich dünnverwehte Zirruswolken in blasses Rosa.
Robert fuhr sich mit der Zunge über die Lippen und empfand den leichten Salzgeschmack als angenehm. »Holt uns Onkel Didier

ab?« Seine braunen Augen suchten das vertraute Gesicht des Vaters.
»Versprochen hat er es«, murmelte Auguste de la Motte.
Ohne seinen Vater aus den Augen zu lassen, nickte der Kleine. »Ob er wohl ein Geschenk für mich hat?«
Die Stirn des Vaters verriet Unmut, weil es seinem Sohn wieder einmal gelungen war, geschickt, wenn auch über Umwege sein Hauptinteresse in den Vordergrund zu stellen. Erika, seine Frau, hätte in dieser Situation bestimmt nur gelächelt, sich über ihren Sohn gebeugt und auf verschwörerische Weise mit ihm Gedanken über den Umfang etwaiger Geschenke ausgetauscht.
»Onkel Didier ist Priester, und außerdem besuchen wir ihn, also müßten wir ihm etwas mitbringen!«
Robert faßte die Antwort seines Vaters als Vorwurf auf, denn warum sollte ein Priester einem vierjährigen Jungen nichts schenken? Warum war bloß Mama nicht mitgekommen! Sie würde ihm alles viel besser erklären können.
»Warum ist Mama eigentlich nicht mit uns?«
»Sie fährt mit einem anderen Schiff zu Opa nach Deutschland!«
Das Rosa der Zirruswolken wurde zusehends intensiver und tauchte nun auch die letzten Schäfchenwolken in ein liebliches Licht. Das strahlende Blau des Himmels wurde langsam blasser, und als sich die Sonne dem Horizont bis auf eine Handbreit näherte, verwandelte sich das schwache Blau über der Kimm in Türkis. Aus dem hohen Schornstein des Dampfers quollen dunkle Rauchwolken. Sie wurden vom leichten Seewind seitwärts getrieben, verwirbelten und lösten sich langsam über der Wasseroberfläche neben dem silbern quirlenden Band des Kielwassers auf.
Robert erhob sich umständlich aus seinem Stuhl und ging an die Reling. Die Sonnensegel über ihm zurrten an den Laschings, und wenn der träge Wind die Planen anhob, rollte die Beule wie eine Welle weiter und ließ die Plane am Ende gegen das Holzgestell schlagen. Die flachen Berge der Halbinsel Shantung ließen mit den letzten

Sonnenstrahlen noch einmal plastisch die Strukturen ihrer Täler und Einschnitte erkennen, um dann beim schnell schwindenden Tageslicht zu einer dunklen Masse zu verschmelzen. Die Miadaoinseln ragten im letzten Viertel der Sonne wie riesige, flache Pfannkuchen aus dem Meer, und nachdem der obere Rand der Sonne im Wasser verschwunden war, explodierte am Himmel ein Farbenfeuerwerk. Von Sekunde zu Sekunde changierten die leuchtenden Farben von tiefem Rot zu Purpur, von Gelb zu Ocker und von Türkis zu Grün. Doch ebenso plötzlich, wie es begonnen hatte, erlosch das Farbenspiel, und es wurde rasch dunkel.
Fröstelnd legte de la Motte seinen Arm um Roberts Schultern. »Es ist Zeit, ins Bett zu gehen!« sagte er leise und gab dem chinesischen Kindermädchen ein Zeichen, sich um den Jungen zu kümmern.
Träge setzte sich de la Motte in seiner Kabine unter das weit geöffnete Bullauge. Hin und wieder spielte der Fahrtwind mit den schweren Vorhängen. Er war faul. Zu faul, um sich eine Zigarre anzuzünden, und bei dem Gedanken an seine Frau verschränkte er unwillkürlich die Arme vor der Brust. Würde sie es schaffen, ihren störrischen Vater dazu zu überreden, ihnen noch einmal Geld zu borgen, damit sie das Warenangebot der Firma vergrößern konnten? Bisher war mit dem Bau von Eisenbahnlinien im Reich der Mitte noch nichts zu verdienen gewesen.
Dagegen lief das Geschäft der Engländer und Franzosen mit Waffen aller Art glänzend. Neidvoll hatte er die Taipane dieser Firmen beobachtet, wie sie sich von dem Profit ihrer umfangreichen Geschäfte Paläste errichten ließen und kometenhaft zum erlesenen Geldadel der Schanghaier Kolonie aufgestiegen waren.
Er wußte, daß sein Schwiegervater ein Mensch mit eisernen Grundsätzen war. Der Handel mit Waffen gehörte für ihn in den Bereich der Kriminalität. Oft genug hatte er dem Alten seine Pläne in den schönsten Farben geschildert, um nichtsdestoweniger immer wieder eine schroffe Abfuhr zu erhalten.
Nun stand der Ruin der Firma kurz bevor. Der Firma, die Erika als

Hochzeitsgeschenk mit in die Ehe gebracht hatte. De la Motte erinnerte sich, wie er damals seinem Schwiegervater die Hand gedrückt und mit tiefbewegten Worten seinen Dank zum Ausdruck gebracht hatte. Das Vermögen der Krögers blieb jedoch in der Stettiner Werft, und darauf behielt der schlaue Alte eifersüchtig seinen Daumen.

Endlich schien sich nun ein erstes großes Geschäft anzubahnen. Der Vizekönig von Kiangsu hatte unter großartigen Versprechungen, ihn die künftigen Eisenbahnlinien errichten zu lassen, ein Vermögen an Bestechungsgeldern angenommen. Das bisher einzig sichtbare Ergebnis jedoch war, daß dieser ihm nach Ablauf seiner Amtszeit in dieser Provinz sein Bedauern darüber zum Ausdruck gebracht hatte, leider nicht dem Wunsch der Firma entsprochen zu haben.

Nun war sein Verhandlungspartner als Vizekönig nach Petschili, der kleinsten, aber wichtigsten Provinz, versetzt worden. Wichtig deshalb, weil die ›Nördliche Hauptstadt‹ Peking, auch ›die dem Himmel gehorchende‹ genannt, darin lag, die noch keine Bahnverbindung, weder zur nächsten Hafenstadt Tientsin noch zu anderen wichtigen Metropolen, besaß.

Sein Bruder Didier hatte ihm unter schwierigsten Umständen eine Audienz bei diesem Vizekönig beschaffen können, und nun waren sie auf dem Weg dorthin, von der Hoffnung getragen, daß diese Reise am Ende von Erfolg gekrönt sein würde. De la Motte stand nun doch auf und zündete sich eine Zigarre an. Wie ein gefangenes Tier lief er die wenigen Schritte in der engen Kabine auf und ab und rauchte mit hastigen Zügen.

Am nächsten Tag rasselte nach dem Frühstück die Ankerkette des Postdampfers auf der Reede von Taku über das Ankerspill in die gelben Fluten. Noch während des Ankermanövers hielt ein Segelboot auf sie zu, umrundete das Heck des Dampfers, und federnd sprang der weißgekleidete Hafenoffizier auf das Fallreep, das mittschiffs bis auf das Wasser herabgelassen war.

Auguste de la Motte mit seinem Sohn und dem Dienstpersonal waren die einzigen Passagiere, die hier an Land gingen. Je näher sich der wendige Segler dem Land näherte, um so drückender legte sich die Hitze auf sie. Die sanfte Meeresdünung verlor sich, als das Segelboot die natürliche Barre aus Schlamm und angeschwemmtem Sand vor der Mündung des Peiho überquerte.

Auf dem Anlegerponton in Taku sah eine dunkelgekleidete, schlanke Gestalt dem näher kommenden Boot aus der aufgehenden Sonne blinzelnd entgegen. Erst als Didier de la Motte die wohlbekannte Gestalt seines Bruders ausmachte, huschte ein freudiges Lächeln über sein Gesicht, und winkend hob er die Hand.

Hinter der Sperre des Anlegers herrschte ein unbeschreibliches Gedränge. Lumpenbekleidete, hagere Kulis, die sich lautstark schreiend anpriesen, um die Neuankömmlinge mit dem Boot, einem schmalen Flußkahn ähnlich, nach Tientsin zu bringen; oder andere, die über den Landweg mit den üblichen zweirädrigen kleinen Plankarren und den einzeln hintereinander angeschirrten Pferden unbedingt das Geschäft machen wollten und sich dabei Casch um Casch unterboten.

Nachdem sich die Brüder wortlos umarmt hatten, beugte sich der Geistliche zu Robert hinab und küßte ihn. »Ich hoffe, du hattest eine angenehme Fahrt!« sagte er mit wohlklingender Stimme in französischer Sprache, wiederholte aber seine Frage sofort auf deutsch, als er den verwunderten Blick seines Neffen bemerkte.

»Ich hab's verstanden«, sagte Robert gekränkt, »und ich kann sogar chinesisch sprechen!«

»Das stimmt«, nickte sein Vater, »er hat ein Talent für Sprachen.«

»Hast du mir was ...«

»Robert!« Die mahnende Stimme seines Vaters hatte die gleiche Wirkung wie ein erhobener Zeigefinger.

»Ich hab ein schönes Geschenk für dich«, ging der Priester schnell auf den drängenden Jungen ein. »Es liegt noch in der Mission. Du wirst dich bestimmt darüber freuen«, raunte er geheimnisvoll, und

sein Lächeln übertrug sich auf Robert. »Ich schlage vor, wir nehmen den Landweg«, wandte er sich wieder an seinen Bruder, »dann bekommt ihr einen ersten Eindruck von unserer Provinz.«
Nachdem für Dienerschaft und Gepäck mehrere Wagen gemietet waren, zogen die Gespanne an. Die flache, eintönige Landschaft wurde nur selten von größeren Ansammlungen kärglicher Lehmhütten unterbrochen. Dafür standen die mit Bohnen, Mais, Baumwolle und Rizinusstauden bestellten Felder prächtig, wenn auch kein Baum, kein Wald, kein Hügel die Eintönigkeit unterbrach.
Die Kolonne hatte gerade die niedrigen Lehmforts von Taku passiert, die links und rechts des Peiho als erste Befestigungsanlagen zum Schutz Tientsins und damit auch Pekings erbaut worden waren. Hier stiegen die beiden Brüder trotz der zunehmenden Hitze aus und wanderten neben den gemächlich dahinzockelnden Wagen her. Robert hatte es vorgezogen, vorn auf der Gabeldeichsel neben dem Kutscher sitzen zu bleiben.
»Was hast du erreicht?« fragte Auguste voller Hoffnung.
Didier hob beide Arme. »Ich habe den Vizekönig nicht selbst sprechen können. Aus seiner unmittelbaren Umgebung konnte ich allerdings klar heraushören, daß er lieber Kanonen kaufen würde als Eisenbahnschienen. Und von Krupp müssen sie sein! Das hat er sich in den Kopf gesetzt!«
Auguste schwieg und biß sich vor Enttäuschung auf die Lippe. Hoffentlich hatte Erika bei ihrem Vater Erfolg.
Der weitere Weg führte über endlose Friedhöfe, die von Dörfern oder kleinen Städten unterbrochen wurden. Zwischen den Gräbern verstreut lagen alte, fast vermoderte Särge, die offenbar von Grabräubern geplündert worden waren, und dazwischen Tausende kleine Denkmäler, die in ihrer Form an Butterglocken erinnerten.
Ungehalten wandte sich Auguste wieder seinem Bruder zu. »Der Vizekönig hat uns bereits ein Vermögen gekostet. Wenn wir jetzt keinen Auftrag ...« Der Ärger schnürte ihm die Kehle zu. Er faßte seinen Bruder am Arm und zog ihn etwas näher an sich heran.

»Man hört immer wieder von Aufständischen und ihren Greueltaten an Europäern. Was ist daran wahr?«
Didier lächelte. Es war das gleiche unbekümmerte Lächeln wie damals, als sie noch als große Familie zusammen in Frankreich gelebt hatten. »Wir sind dabei, ein großes Volk zu wecken, es mit Gott und dem Segen der Christenheit in die Zivilisation zu führen! Das scheint nicht allen Chinesen recht zu sein!«
»Und was ist nun wirklich los?« fragte Auguste irritiert.
»Einige Wirrköpfe gibt es schon! Aber unsere Mission macht großartige Fortschritte. Du darfst nicht vergessen, daß das Land unter dem Opiumkrieg schwer zu leiden gehabt hat. Deshalb ist es auch nicht verwunderlich, daß sich die Bevölkerung Fremden gegenüber sehr reserviert verhält.«
»Nicht nur unter dem Opiumkrieg! Hast du vergessen, wie deine Landsleute von hier aus den kaiserlichen Sommerpalast eroberten, ihn dann plünderten und wie sich besonders euer General Cousin über das Maß der Bescheidenheit hinaus bereicherte?«
»Gewiß, gewiß. Doch das war vor zehn Jahren. Heute versuchen wir es an der Bevölkerung wiedergutzumachen, und du wirst sehen, mit Liebe und Kraft, die der Herr uns dafür verleiht, werden wir eine große Brücke schlagen!« Didier hatte während des Gesprächs seine Hände gefaltet, und sein entspanntes Gesicht strahlte Zuversicht aus. Sogar die betonte Distanzierung seines Bruders von ihrer gemeinsamen Heimat verzieh er ihm. »Unsere Häuser stehen nicht im Gesandtschaftsviertel. Wir wohnen und leben bewußt inmitten der Bevölkerung. Dieses Band wird übergreifen und wachsen. Bald werden wir eine große Familie sein!«
Die Eintönigkeit des Weges wurde durch nichts aufgelockert. Die einzige Abwechslung blieb der unterschiedliche Anbau auf den Feldern. Vom schwerfälligen Schaukeln des Wagens war Robert müde geworden. Er hatte sich auf die Gepäckstücke gelegt und war bald eingeschlafen. Etwa die Hälfte des Weges hatten sie zurückgelegt, und ungefähr acht Kilometer lagen noch vor ihnen. Noch

immer gingen die Brüder neben den Wagen her, und jeder hing seinen Gedanken nach.
Auguste fragte sich erneut, ob es damals richtig gewesen war, ins aufstrebende Preußen zu ziehen. Rückblickend schien es ihm auch heute noch der einzig folgerichtige Schritt gewesen zu sein. Fort aus dem kinderreichen, armen Elternhaus, fort aus der Abgeschiedenheit der Bretagne ins aufblühende Preußen. Welch Glück, daß er dort Erika getroffen hatte. Die Heirat sollte für ihn das Sprungbrett aus der Mittelmäßigkeit zum Reichtum werden.
Langsam schälten sich aus der Hitze des flimmernden Tages die Umrisse Tientsins. Wie jede Stadt im Norden Chinas war sie von einer hohen Mauer umgeben. Die wehrhaften Aufbauten über den Toren und an den Mauerwerken betonten ihre große Bedeutung: Tientsin war Pekings einzige Verbindung zum Meer.
Rumpelnd fuhren die Wagen auf den Peiho zu. Von nun an ging der Weg am Flußufer entlang. Der Verkehr auf dem Fluß wurde immer dichter, und je mehr sich die Wagenkolonne der Stadt näherte, desto mehr Boote lagen am Ufer. Abertausende von Kähnen bedeckten hier das Wasser. Alles Erdenkliche wurde auf ihnen befördert, und außerdem dienten sie den Flußfamilien gleichzeitig als Wohnung. Hier um Tientsin lebte man von und mit dem Wasser.
Die hohe Mauer, die von weitem so großartig ausgesehen hatte, war dem Verfall nahe. Überall bröckelte es, und teilweise war sie einfach abgetragen worden. Die einzige Brücke über den Fluß, die die südliche von der nördlichen Stadt trennte, machte einen ebenso trostlosen Eindruck. Über lose Bohlen und splittrige Planken zwängten sich die Fuhrwerke an den Menschen vorbei, die darauf bedacht waren, nicht über den Rand ins Wasser zu stürzen, denn ein Geländer fehlte völlig.
Es schien Auguste de la Motte, als ob sich die Menschen hier unruhiger und gereizter als in Schanghai verhielten, und an vielen Straßenecken hatten sich Aufständische versammelt, die jedem Fremden Schimpfworte nachriefen, ohne daß die Polizei einschritt.

»Weiße Teufel« war noch eines von den harmlosesten. Je weiter sie in die südliche Stadt vordrangen, desto größer wurde das Gedränge um sie herum. Zwischen vielen größeren Wagen schoben noch mehr eilige Kulis ihre Schubkarren, hetzten schreiende und schwitzende Lastenträger, und sie wurden hautnah von Bettlern, Aussätzigen und Krüppeln bedrängt, die sich von ihnen eine Spende erhofften. Selbst die kleinste Lücke wurde von dem nie abreißenden Strom der unzähligen Fußgänger gefüllt. Nur selten bot ihnen der Anblick einer kostbaren Sänfte wohltuende Abwechslung.

Endlich erreichten sie das französische Konsulat. Erleichtert legte Auguste seine Hand auf Roberts Schulter, und beide folgten Didier ins Haus. Die abweisende Art der Beamten, denen sie hier begegneten, nachdem sie sich als Deutsche zu erkennen gegeben hatten, befremdete Auguste. Eisige Ablehnung schlug ihnen entgegen.

»Was ist hier los?« raunte er Didier ins Ohr.

Diesem war die Situation sichtlich peinlich, und er führte sie zu einer Sitzgruppe am anderen Ende der Empfangshalle. »Kommt, setzt euch erst einmal! Die Befremdung meiner Landsleute resultiert wahrscheinlich aus der drohenden Kriegsgefahr mit Preußen.«

Auguste runzelte erstaunt die Stirn. »Weißt du schon Näheres?«

»Euer Wilhelm, König von Preußen, hat die Forderung Napoleons abgelehnt, auf die Thronkandidatur des Prinzen Leopold von Hohenzollern-Sigmaringen in Spanien zu verzichten.«

»Aber deswegen gleich ein Krieg?«

»Soviel ich mitbekommen habe, hat Bismarck die Forderung Napoleons in einem Telegramm aus Bad Ems an seinen König so übermittelt, daß dieser nur noch den Krieg erklären konnte. Aber das ist noch nicht alles.« Didier senkte die Stimme. »Die süddeutschen Länder haben die Absicht, sich mit Preußen zu verbünden.«

Auguste begann die Tragweite dieser Nachricht zu dämmern. »Dann können wir also nicht hierbleiben?«

Bevor Didier antworten konnte, trat ein schlanker Mann auf sie zu. »Darf ich mich vorstellen, Fontange, kaiserlicher Konsul in Tientsin.« Er verbeugte sich knapp und setzte sich zu ihnen an den Tisch.

»Der Deutsche Zollverein«, kam er sofort zur Sache, »hat natürlich nicht die Möglichkeit, Ihnen in dieser Stadt Obdach zu gewähren. Ich betrachte Sie jedoch gern als meine Gäste, wenn Sie es nicht vorziehen, nebenan in der Mission zu wohnen.«

Dankbar verneigte sich Auguste de la Motte und nahm das Angebot an.

»Allerdings«, fuhr der Konsul fort, »haben wir beträchtliche Schwierigkeiten mit den Chinesen. Vor einiger Zeit brach im nördlichen Stadtteil in unserem Waisenhaus eine Epidemie aus. Ein paar der Kinder starben. Den Klosterfrauen wurde daraufhin von der Bevölkerung vorgeworfen, aus den toten Kindern Zaubermittel herzustellen, und seitdem werden wir von dem Pöbel belästigt.«

Hier im Konsulat direkt neben dem Missionshaus und der Kathedrale fühlte sich Auguste sicher, und er bedankte sich noch einmal für die Gastfreundschaft.

»Onkel Didier hat noch das Geschenk für mich!« drängte Robert mit bittender Stimme. »Gibst du es mir gleich?«

»Besucht mich nach dem Essen in der Mission, dann bekommst du es«, tröstete der Priester seinen Neffen und verabschiedete sich.

Robert schienen die nächsten Stunden unendlich langsam zu vergehen. Die Langeweile trieb ihn durch die Flure des geräumigen Hauses. Überall an den Wänden hingen reichverzierte Mandarinschwerter, Speere mit vergoldeten Kordeln und Lanzen. Roberts kleine Hände strichen über das matte Holz, über die mit glitzernden Steinen besetzten kleinen Rundschilde und über die elfenbeinernen Schwertgriffe. Er sah sich in prächtiger Uniform inmitten ihm zujubelnder Soldaten auf einem Schimmel sitzen und gegen einen vor Angst zitternden Feind ziehen.

»Robert!« weckte ihn die Stimme seines Vaters aus den Träumen. »Robert! Wo steckst du?«

Am Eingang des Missionshauses erwartete sie Didier. Sein geheimnisvolles Lächeln machte Robert noch neugieriger, und die letzten Schritte lief er auf ihn zu. Er umfaßte mit beiden Händen seinen Arm. »Was ist es? Wo hast du es?« bedrängte der Junge seinen Onkel.

Es war eine kleine Kriegsdschunke aus Holz. Das plumpe Fahrzeug war sorgfältig geschnitzt und ausgemalt; sogar kleine, geflochtene Matten hingen als Segel an den verhältnismäßig dicken Masten. Zwischen dem erhöhten Vorder- und Achterdeck standen, schwarz bemalt, auf jeder Seite sechs Kanonen, deren Läufe drohend über die Reling ragten.

»Es hat ja auch Augen!« freute sich Robert, und mit zischenden Lauten ahmte er die tobende See nach und ließ das Schiff in seinen Händen kräftig schaukeln.

»Die Chinesen betrachten die Schiffe als lebendige Wesen. Deshalb haben sie am Bug die aufgemalten Augen«, erklärte der Geistliche seinem Neffen und lächelte unmerklich, »schließlich müssen sie ja sehen können, um Zusammenstößen und anderen Unfällen auszuweichen.«

Mit großem Ernst sah Robert dem Schiff in die Augen. »Willst du schwimmen? Kannst du denn auch schwimmen?« Fragend wanderte sein Blick zum Onkel.

»Wir können es ja mal ausprobieren!«

Ein Strahlen huschte über Roberts Gesicht, und seine dunkelbraunen Augen begannen zu leuchten. »Wo?«

Didier wies mit dem ausgestreckten Arm an der Kathedrale vorbei. »Unten am Fluß gibt es einige stille Plätze!«

Der Weg dorthin führte an hoch ummauerten, größeren Grundstücken vorbei, wo nur reiche und hochgestellte Chinesen wohnten. Von hier aus war das ununterbrochene Lärmen der wimmelnden Menschenmassen nicht mehr zu hören. Auch von der

Hektik des Stadtzentrums und des Hafens war nichts mehr zu spüren.
Stolz schritt Robert vor den Erwachsenen her. Die Dschunke hielt er mit beiden Händen umklammert. Unweit des Ufers stand ein in kostbare blaue Seide gekleideter chinesischer Knabe in Roberts Alter vor einer Gartenpforte und betrachtete das bunte Schiff. Stolz hob Robert es etwas höher. »Wir wollen es schwimmen lassen!« rief er dem Jungen zu und machte das Geräusch einer abgefeuerten Kanone nach. »Unten am Fluß, komm doch mit!« Einladend winkte er zu ihm hinüber.
Scheu folgte ihnen der kleine Chinese, und als die Dschunke endlich auf dem Wasser schaukelte, sich unter dem Wind etwas zur Seite legte und einige Kreise fuhr, kam er interessiert ein wenig näher. Er versuchte, mit einem langen Zweig Holzstückchen aus dem Wasser zu fischen. Vergeblich hangelte er mit angespannter Konzentration nach dem Treibholz. Das warme Wasser des Weißen Flusses reichte ihm schon bis zum Saum seines Umhangs. Unmerklich lockte ihn sein Eifer in das tiefere Wasser.
Irgendwo in der Stadt wurde geschossen. Auguste und Didier blickten sich an und sahen daraufhin aufmerksam in Richtung Stadt. Eine kleine Unmutsfalte über Didiers Nasenwurzel verriet dem Bruder dessen geheime Besorgnis. Es schien sich etwas verändert zu haben. Aber was? Die Boote auf dem Fluß zogen noch immer ihrer Wege, begleitet vom eintönigen Klappern der Segelmatten gegen die Masten. Die Elstern keckerten munter weiter, und das heisere Krächzen der Raben auf den Dächern hielt unvermindert an. Und doch hatte sich etwas verändert. Eine fast greifbare Gefahr war zu spüren. Wieder trafen sich die Blicke der beiden Männer. Von innerer Unruhe getrieben eilte Didier die wenigen Schritte den Hang zum Uferweg empor, während Auguste sich schützend neben Robert stellte, der die kleine Spielzeugdschunke mit einem abgebrochenen Ast am Ufer des Flusses entlangmanövrierte.

»Komm, wir gehen zurück!« In den fast geflüsterten Worten lag so viel Überzeugungskraft, daß Robert, ohne zu widersprechen, nach seinem Boot griff und es aus dem Wasser fischte. Plötzlich erstarrte er. Unfähig, etwas zu sagen oder zu schreien, sah er das blaue Seidenbündel, das wenige Meter von ihnen entfernt im gelben Wasser vorbeitrieb.

Im selben Moment entdeckte es auch Auguste de la Motte. Ohne sich zu besinnen, riß er sich die Jacke vom Leib, warf sie neben seinen Hut in den Sand und watete mit langen, staksigen Schritten ins Wasser. Der harte, glitschige Flußboden hatte seine Tücken. In dem Moment, als Auguste ausrutschte, warf er sich geistesgegenwärtig nach vorn, und mit weit ausholenden Kraulbewegungen schwamm er auf den forttreibenden Jungen zu, der nur von der Luft in seiner Kleidung über Wasser gehalten wurde.

Mit dem regungslosen Kind in den Armen watete er ans Ufer zurück. Robert stand noch immer bewegungslos an der gleichen Stelle und hielt mit verkrampften Händen seine Dschunke umklammert. Vom Uferweg lief Didier seinem Bruder entgegen, doch als er gerade die Hälfte des Weges hinter sich gebracht hatte, erschienen mit Lanzen, Speeren und Messern bewaffnete Chinesen am Ufer.

Der Priester blieb stehen und rief ihnen etwas in ihrer Sprache zu. Drohend bildeten die Leute einen Halbkreis um ihn. Mit lauter Stimme rief er noch einmal die gleichen Worte und wies auf Auguste, der mit dem Kind in den Armen einige Schritte auf sie zukam. Schweigend umringten die Chinesen die Europäer. Unerhörte Spannung lag in der Luft. Hoch über ihnen verhallten die gleichmäßigen Flügelschläge einer Schar Kormorane, die flußaufwärts zogen.

Ohne Warnung sprang ein Lanzenträger plötzlich vor, stach mit der Waffe auf den Geistlichen ein und traf ihn am Oberschenkel. Mit fahriger Handbewegung tastete Didier nach der Wunde und blickte erstaunt auf seine Hände, die sich vom Blut rot gefärbt hatten. Stockend, seine Stimme bis in den Diskant erhoben, schrie er den Leuten noch einmal etwas zu. Doch sie starrten ihn nur weiter mit unbewegten Gesichtern an. Dann stach ein anderer zu. Er traf ihn am Hals. Didiers Stimme brach schlagartig ab. Ein dünner Blutfaden lief aus seinem geöffneten Mund über das Kinn und tropfte auf die Soutane. Der große, schlanke Mann wankte, doch bevor er fiel, sprangen noch andere Männer vor, um mit ihren Waffen auf ihn einzustechen.

In wahnsinniger Angst preßte Auguste das blaue Bündel an sich und starrte auf den toten Bruder. Ein gequältes Stöhnen kam ihm über die Lippen, und völlig außerstande weiterzudenken, drehte er sich um und rannte auf seinen Sohn zu.

Robert hatte seinen Onkel zu Boden fallen sehen. Doch dann, als die Lanzen und Messer ihn immer wieder trafen und er kurze Zeit später bewegungslos im Sand liegenblieb, schien es ihm, als verwandelte sich dieser in einen Stein. Er sah keine Menschen mehr; blickte durch sie hindurch in die Sonne. Sie war so rot und wurde immer größer. Die kleinen Hände hielten das Schiff mit den aufgemalten Augen noch immer so fest umklammert, daß sich die Fingernägel in das Holz eingruben und abbrachen. Er sah auch nicht, wie sein Vater im Lauf plötzlich innehielt und mit aufgerissenen Augen nach vorn in den Sand fiel.

Auf dem Uferweg hatten sich im Laufschritt vier Träger, gefolgt von Soldaten, mit einer prächtigen Sänfte genähert. Der Mandarin des vierten Grades hatte seine Leute zum Laufschritt angefeuert. Er selbst spürte nicht, wie sich sein Gesicht vor Sorge verkrampfte und nun als häßliche Fratze durch die zurückgeschlagenen Vorhänge glotzte. Von weitem schon hatte er die Menschen am Ufer gesehen, und die Angst um seinen Sohn legte sich ihm wie ein eisernes Band um die Brust.

»Der Flußgott will ihn zu sich holen!« erinnerte sich der Mandarin an die Worte des Wahrsagers, als er die Gestalt des Priesters und eines anderen Europäers erkannte. Sein Sohn war also nicht

in Gefahr. Suchend tasteten seine besorgten Augen das Ufergelände ab.
In dem Augenblick, als sich der Europäer zur Flucht wandte, erkannte Lin Nie-fü das Bündel in dessen Armen, und er wußte sofort, daß es sein Sohn war. Die Stimme versagte ihm. Vor Entsetzen schlug er sich mit den Fäusten gegen die Stirn, als er sah, wie der Mann von einem Speer getroffen wurde, der ihn und das kleine Bündel vor seiner Brust tödlich durchdrang.
Immer wieder strich der Mandarin über das kalte, zarte Gesicht seines toten Sohnes. Betreten standen die Diener um ihn herum und wichen seinem leeren Blick aus. Mit dem toten Kind im Arm erhob er sich. Dann entdeckte er den am Ufer liegenden Jungen, der, vom Schaft einer Lanze am Kopf getroffen, zusammengebrochen war.
Lin Nie-fü sah auf die beiden toten Europäer, auf seinen Sohn im Arm und noch einmal zu Robert. »Bringt ihn hierher!« befahl er seinen Wachen. Von zwei Soldaten getragen, wurde Robert neben die Sänfte gelegt. Sein Gesicht war blutverschmiert. Aus einer Platzwunde an der Schläfe pulste noch immer Blut hervor.
Lin Nie-fü legte seinen leblosen Sohn in die Sänfte und beugte sich über Robert. Er fühlte dessen Herzschlag und untersuchte die Wunde. Dann erhob er sich und blickte zu den in einiger Entfernung wartenden Mördern. Sollte er sie durch seine Soldaten vertreiben lassen? Die Zeiten waren unsicher, und wer konnte schon sagen, ob nicht ein anderer Trupp im Hinterhalt darauf wartete, auch ihn mit seinem Gefolge zu ermorden. Lin Nie-fü unterdrückte den Wunsch nach Rache und blickte noch einmal auf Robert. Dann hob er ihn hoch und legte ihn ebenfalls in die Sänfte. »Weiter!« befahl er mit heiserer Stimme, und die Soldaten rückten auf, um ihren Herrn wirkungsvoller beschützen zu können.
Nachdem die Sänfte des Mandarins verschwunden war, hieben die Aufständischen mit unbeschreiblichem Haß auf die Toten ein, bevor sie sie in den Fluß warfen. Mit lautem Geschrei lief daraufhin

die Mörderbande weiter zur Brücke, um auf die nördliche Seite der Stadt zu gelangen. Dort lagen ungeschützt das Spital und das Waisenhaus der Franzosen.

***

Seit Tagen hielt sich Lin Nie-fü nur in seinem dunklen Arbeitszimmer auf. Nur hier aß und schlief er seit dem Unglück am Fluß. Schwere Selbstvorwürfe plagten den Mandarin; denn nicht nur der plötzliche Tod seines Sohnes lähmte ihm die Lebenskraft, sondern täglich wurde ihm aufs neue bewußt, wie groß der Fehler gewesen war, daß gerade er, ein hoher Richter, den europäischen Jungen mitgenommen hatte. Was sollte er jetzt mit ihm anfangen? Warum hatte er ihn nicht sofort den Behörden übergeben? Lin Nie-fü fuhr sich mit einer Hand über die rasierte hohe Stirn und seufzte leise. Was sollte er nur tun? Konnte man ihm vorwerfen, einen europäischen Jungen gefangenzuhalten? Wie er es auch drehte und wendete, die Antwort war ja! Mit Verbannung, vielleicht sogar mit der Todesstrafe mußte er rechnen. Also wohin mit ihm? Nicht einmal seinen Namen konnte der Junge ihm nennen, weder seine Nationalität, noch wer die beiden anderen Europäer am Fluß waren. Er konnte sich an nichts erinnern!
Lin Nie-fü wehrte sich gegen die Enge seiner Gedankengänge, indem er so ungestüm von seinem Stuhl aufsprang, daß dieser laut polternd zu Boden fiel. Gebeugt und müde schlurfte er an das verhangene Fenster und blickte durch einen Spalt der Vorhänge in den Garten. Das grelle Tageslicht, das auf seine weiße Trauerkleidung fiel, blendete seine müden Augen. Er spürte, daß er durch den Kummer der letzten Tage um Jahre gealtert war.
Hinter ihm öffnete sich leise die Tür, und Qin-lin trippelte ohne Begleitung der Zofen in den Raum. Die gebeugte Gestalt ihres Mannes verriet ihr seinen Kummer. Behutsam stellte sie den Stuhl an seinen alten Platz zurück und wollte sich leise wieder entfernen, als er sie mit einer Handbewegung zurückhielt.

»Was soll ich tun?« fragte er, ohne eine Antwort zu erwarten, denn seine Frau besaß die Tugend, sich in wichtigen Familienangelegenheiten zurückzuhalten, um ihm allein die Entscheidungen zu überlassen. Noch nie hatte sie ihn um etwas gebeten oder auch nur den kleinsten Wunsch geäußert. Ihr stets sanftes Lächeln verriet ihm, daß sie mit all seinen Anordnungen zufrieden war, und fast immer schien sie zu ahnen, in welcher Stimmung er sich gerade befand, um sich auf seine Wünsche einzustellen.
»Ich schlage vor, unseren Sohn Fen-che in Wuhan auf dem Friedhof unserer Ahnen zu begraben.« Sie schien nach diesen Worten noch kleiner zu werden, und ihre Augen blieben fest auf seinen Rücken gerichtet.
Verblüfft drehte sich Lin Nie-fü um und sah sie ungläubig an. »Hast du etwas gesagt?«
Ihre Hände fuhren nervös an einer Falte ihres seidenen Umhangs entlang, und als sie die Kordel des Gürtels erfaßte, verknotete sie sie mit fahrigen Händen.
»Unser Sohn ist tot«, fuhr sie mit leiser Stimme fort, »und daran können wir nichts mehr ändern. So willkommen der Tod für die Alten nach einem langen Leben auch ist, so schmerzt es uns besonders, wenn ein junges Leben aufhören mußte zu sein! Wir beide müssen nun die Kraft und auch den Willen aufbringen weiterzuleben!«
Noch immer sah er seine Frau ungläubig an, tastete sich um den Schreibtisch herum und ließ sich schwer auf den Stuhl fallen. »Ja, aber …« Hilflos brach er ab.
»Dein neues Richteramt wirst du in der Provinz Hunan ausüben. Und von Hanjang aus ist es nicht weit nach Wuhan. Dann können wir sein Grab so oft besuchen, wie wir wollen, und seinen Geist durch Geschenke erfreuen!«
»Und der andere?«
Qin-lins Gesicht überzog sich mit einer zarten Röte. Sie war schon so weit gegangen, nun mußte sie auch das bestehen. »Ich, Qin-lin,

deine unwürdige Frau, werde dir keine Kinder mehr gebären können, sagt der Arzt.«

Seine Brust hob und senkte sich im Rhythmus der Atemzüge. »Ja und?«

»Wir behalten ihn! Vielleicht war einer dieser toten Europäer sein Vater. Vielleicht hat er nun keinen Menschen mehr, zu dem er zurückkehren kann! Wäre es dann nicht besser für ihn, wenn er bleibt?«

Lin Nie-fü hielt den Atem an. Die dünnen Barthaare an seinem Kinn zitterten. All das hatte er sich bereits hundertmal überlegt. Jetzt, da sie in eine andere Stadt ziehen mußten, sogar in eine andere Provinz, bot sich tatsächlich die Möglichkeit dazu. Dann konnte der Junge in der Abgeschiedenheit seines eigenen Hauses ihre Sprache erlernen und irgendwann, wenn ihm der Zopf gewachsen war, auch mit Gleichaltrigen zusammenkommen. Aber wie würde er später aussehen? So häßlich wie die meisten langnasigen Europäer, so daß man ihn sofort als solchen erkennen konnte? Lin Nie-fü mochte es sich nicht ausmalen, welche Schande er dann für seine Familie sein würde. Auf der anderen Seite war der Junge so hilflos, und anscheinend stand er noch immer unter einem Schock. Doch jedes Mal, wenn er in sein Zimmer trat und sich neben ihn auf das Bett setzte, suchte die kleine Hand sofort seine Nähe und hielt ihn so lange fest, bis er wieder ging. War das nicht ein Zeichen, daß er unbedingt bei ihnen bleiben wollte? War es nicht auch der Wille der Götter? Denn warum sonst hatten sie ihm diesen Jungen angeboten?

»Wir sind nun seine Eltern!« sagte Qin-lin mit bittendem Unterton in der Stimme. »Er könnte doch unser Sohn sein!«

Lin Nie-fü atmete langsam aus. Was wußte sie schon von Gesetzen! Wenn das bekannt werden würde, würde er günstigenfalls so schnell wieder Mandarin des fünften oder sechsten Grades sein, wie ein reifer Apfel brauchte, um vom Ast auf die Erde zu fallen. Falls der Vizekönig die Güte haben sollte, ihn nicht gar zu verbannen. Unwirsch winkte er in Richtung Tür und stützte den Kopf auf beide Arme. Lautlos wie ein Schatten huschte Qin-lin zu den drei wartenden Zofen hinaus.

Wie die Saat auf dem Feld nach den ersten warmen Tagen aufgeht, so schlugen die Worte Qin-lins im Kopf des Richters Wurzeln. Wer sollte ihn verraten? Kein Mensch würde es wagen, gegen ihn, den Richter, Klage zu erheben. Und wenn doch? Zerquetschen wie Läuse würde er sie! Langsam lehnte er sich in seinem Stuhl zurück. Ein Leben ohne Sohn war unvorstellbar. Wer sollte ihm und seiner Frau im hohen Alter beistehen, ihr Grab pflegen, den Ahnen Opfer bringen?

Mit diesen Gedanken kehrte langsam seine alte Willenskraft zurück. Mit etwas Glück könnte es gelingen! Plötzlich hielt er inne. Würde der fremde Junge überhaupt bei ihnen bleiben wollen? Würde er sie vielleicht eines Tages verlassen, wenn er erführe, wer er war? Würde dann nicht alles vergebens gewesen sein?

Von seiner neuen Entschlossenheit beflügelt, wurde Lin Nie-fü in den folgenden Tagen und Wochen nicht müde, Robert seine besondere Aufmerksamkeit zu schenken. Eine Aufgabe, die an ihn, obwohl er stets selbstbeherrscht und geduldig war, jeden Tag aufs neue hohe Ansprüche stellte. Die tolpatschige Hilflosigkeit des Jungen beim Essen mit Stäbchen oder seine entrückte Verklärung, wenn er oft stundenlang den Himmel betrachtete, erforderte seine gesamte Geduld, denn gesprochen hatte er bisher noch kein einziges Wort. Aber Lin Nie-fü behielt ebenso seine Geduld, wie Qin-lin ihn mit besonderer Zuneigung bedachte.

Robert fühlte sich in dem großen Haus mit den vielen Zimmern wohl, und besonders mochte er den sorgsam gepflegten Garten. Tag für Tag nahm die Bürde der Hindernisse, die ihn fast erdrückten, ab. Sogar das Essen mit den Stäbchen fiel ihm zusehends leichter, und eines Tages würde er auch die Sprache der Leute in diesem Haus verstehen. Tagsüber kümmerten sich liebevoll die jungen Zofen um ihn, und vor allem dem jungen Lan-chen, dem Sohn des ersten Hausdieners Wu Pei-fu, fühlte er sich zugetan. Der zarte Knabe war nur wenige Jahre älter als er. Seine stets traurig blickenden Augen, der sanft geschwungene Mund und seine unendliche Geduld mit dem »jungen Herrn« gaben ihm das Gefühl des Wohlbehagens. Doch eines blieb: die Angst, daß plötzlich etwas Unheilvolles geschehen würde. Aber die Zeiträume, in denen er sich entspannt dem Spielen widmete, wurden immer länger. Nur eine allgemeine Unruhe quälte ihn. Eine Unruhe, etwas äußerst Wichtiges vergessen zu haben.

Robert hockte auf Knien vor einem mit reichen Schnitzereien verzierten schwarzen Lackschrank. Noch immer vermied er es, die sorgfältig geschnitzte Dschunke darauf auch nur flüchtig anzusehen, und wenn Lan-chen sie während des Spiels einmal in die Hand nahm, verließ er sofort das Zimmer. Es schien ihm, als ginge eine große Gefahr von diesem Spielzeugschiff aus.

Neugierig zog er eine Lade heraus und öffnete wahllos einige Schachteln und Kästchen, die mit bunten Spielsteinen gefüllt waren. Planlos setzte er sie zusammen, bis er sich gleichende Schriftzeichen auf ihnen bemerkte. Mit Lan-chen legte er abwechselnd einen Stein an den anderen, sorgfältig darum bemüht, die anschließenden Zeichen unter seinen Steinen zu finden. Er spielte so konzentriert, daß er nicht bemerkte, wie jemand ins Zimmer trat, und zuckte erschrocken zusammen, als sich ihm eine Hand auf die Schulter legte.

»Ich bin es!« flüsterte Lin Nie-fü und bedauerte, den Jungen unnötig erschreckt zu haben. Mit einer kurzen Handbewegung gab er dem sich demutsvoll verbeugenden Lan-chen zu verstehen, das Zimmer zu verlassen. »Wollen wir zusammen durch den Garten gehen?«

Der Junge verstand die Frage und erhob sich sofort. Wortlos ging er hinter dem Mann her, der heute zum erstenmal keine weiße Kleidung trug.

Eine kleine Treppe führte sie hinab zur rückwärtigen Balustrade,

durch den gedeckten Arkadengang zu einer kleinen Pagode aus Marmorfiligran. Vor der von Steinkraut überwucherten, künstlich angelegten Felspartie unter tiefhängenden Weintrauben und Zwergobstzweigen setzten sie sich auf eine mit Eichhörnchenfellen ausgelegte Steinbank, und, ohne ein Wort zu wechseln, genossen sie den Anblick der Miniaturbrücke, die sich über den kleinen See vor ihnen spannte.
»Magst du gern bei uns sein?« fragte Lin Nie-fü nach mehreren Versuchen, seine Frage harmlos klingen zu lassen.
Robert sah ihn erfreut an und versuchte sich in der ungewohnten Sprache auszudrücken, um Lin Nie-fü etwas von der Freude zurückzugeben, die er bisher reichlich empfangen hatte. »Ja, sehr gern!« antwortete er und war angenehm berührt, als der Mann über sein Haar strich.
»Wir werden bald in ein anderes Haus umziehen. Weit weg von hier.« Der Richter suchte nach einfachen und leicht zu verstehenden Worten. »Nach Wuhan, wo der beste Tee im Land angebaut wird.«
Robert wußte nichts darauf zu antworten. Aufmerksam blieben seine Augen auf den Mandarin gerichtet.
Soll ich ihn fragen, ob er mitkommen will? grübelte Lin Nie-fü. Warum fragt er nie nach seinen Eltern? Wird er sie etwa schon vergessen haben? Warum spricht er nie von dem Überfall am Fluß? Beschäftigt ihn das nicht? Für dieses Verhalten gab es vermutlich nur eine Erklärung: Der Junge konnte sich an nichts erinnern.
Robert blickte ihn noch immer an. Lächelnd beugte sich Lin Nie-fü zu ihm vor. »Du hast mir noch nicht gesagt, wie du heißt.«
Gequält schloß der Junge die Augen. Da war es wieder, das beklemmende Gefühl, das immer bedrückender wurde, je intensiver er versuchte, an etwas Bestimmtes zu denken. »Ich weiß es nicht«, sagte er leise und fügte flüsternd hinzu, »ich hab's vergessen.«
Der Richter deutete die Tragweite dieser Antwort richtig. Der Junge wird also so lange bei uns bleiben können, bis sein Gedächtnis

zurückgekehrt ist. Wann das sein wird, wissen die Götter, und wenn es ihnen gefällt, wird er sein Leben lang unser Sohn bleiben! Sein Herz schlug schneller, denn dieses Kind würde von nun an sein Sohn sein!

»Wir suchen für dich einen schönen Namen aus«, raunte er ihm mit verschwörerischer Stimme ins Ohr und tat, als ob er nachdenken würde. »Fen-che ist doch ein schöner Name! Gefällt er dir?«

Fen-che war der Name seines toten Sohnes.

»Fen-che«, sprach der Junge nach und freute sich über soviel Aufmerksamkeit, die man ihm schenkte. Als ob eine Last von ihm genommen würde, wiederholte er »Fen-che« und umarmte Lin Nie-fü. Nachdem sich die kleinen Ärmchen des Jungen von seinem Hals gelöst hatten, sahen sie beide noch eine Weile den Libellen zu, die über den kleinen See schwirrten.

***

Der Umzug in die weit entfernte Provinz Hunan dauerte Monate. Mal reisten sie in Sänften, mal in Wagen oder in Lastenseglern. Nachdem sie über den Kaiserkanal und weiter durch den Großen Kanal mit dem Boot in Richtung des Roten Vogels, also nach Süden, gefahren waren und endlich den ›Blauen Fluß‹, den Yangtse Kiang, erreicht hatten, lag nun das letzte Drittel des Weges vor ihnen. Je weiter sie nach Süden vorankamen, desto mehr veränderte sich die Landschaft und mit ihr die Architektur der Häuser. Lehmbauten wurden von Holzhäusern abgelöst, Gemüsefelder waren Reisfeldern gewichen, und den Städten fehlten die üblichen gewaltigen Stadtmauern.

Dort, wo sich der Fluß Han Kiang mit dem Yangtse-Kiang vereinigte, lagen sich die Städte Hankau, Wutchang und Hanjang in der Form eines Dreiecks gegenüber. Für den Handel war Hankau die bedeutendste Stadt im Inneren Chinas. Neben Seide, Öl, Tabak und Häuten lag das Hauptgeschäft im Tee-Export. In Wutchang,

einer reinen Garnisonsstadt, lärmte das gleiche geschäftsmäßige Treiben durch die Straßen wie in Tientsin. Nur Hanjang, eine ruhige Beamtenstadt, machte eine Ausnahme. Hier wurden die großen Mandarine auf leisen Sohlen in ihren Sänften getragen. Hier störten weder stinkende Märkte noch schreiende Händler. Hier war man unter sich und achtete darauf, daß es so blieb.
Vor einem von einer hohen Mauer umgebenen Grundstück blieben die Sänftenträger stehen und wiesen auf ein langgestrecktes Haus. Zur Straßenseite hin waren die Fenster mit vergilbtem Reispapier verklebt, und der Dachfirst hing unter der Last der grünlasierten Ziegel, zu einer Seite eingebrochen, herunter.
Fen-che war neugierig aus seiner Sänfte gestiegen und stand nun enttäuscht vor dem wenig attraktiven Anwesen.
»Fen-che, bleib bei mir!« hörte er hinter sich seinen Vater rufen. Auch er hatte die Sänfte verlassen, und auf seinem von der Hitze geröteten Gesicht glitzerten Schweißperlen. Schwer atmend ging er auf den Jungen zu und umfaßte seine Schultern mit beiden Händen. »Hier wohnten schon meine Großeltern, und hier habe ich auch gelebt, als ich so alt war wie du.« Er sah die leere Straße entlang, und Bilder der Erinnerung stiegen in ihm auf. »Da habe ich ...« Lin Nie-fü brach peinlich berührt mitten im Satz ab und war froh, selbst noch rechtzeitig bemerkt zu haben, in welch sentimentale Schwärmerei er zu fallen drohte. »Gehen wir hinein!« sagte er unnötig rauh.
Von der emsigen wochenlangen Arbeit der Diener, das Haus wieder herzurichten, bemerkte Fen-che kaum etwas. Fesselten seine Aufmerksamkeit zunächst die unendlich vielen Räume und der dunkle Dachboden im Haus, so verlagerte sich sein Interesse nach und nach in den verwilderten Garten. Unter Ranken und auswuchernden Büschen entdeckte er steinerne Drachen mit drohenden Zähnen und erhobenen Klauen, beeindruckende Löwenköpfe mit mächtigen Mähnen und zuletzt den kaum erkennbaren Weg zum See, der mit einem dichten Teppich von blühenden Seerosen überzogen war.

Noch nie zuvor, soweit Fen-che zurückdenken konnte, ohne daß das Gefühl der Angst in ihm wieder aufstieg, war er so glücklich und unbeschwert gewesen, und sooft er sich etwas wünschte, erfüllte es ihm seine Mutter. Und auch sonst verwöhnten sie ihn sehr. Es gab keinen Tag, an dem er auf seine geliebte Zimtsuppe verzichten mußte. Ebenso wie sich seine Eltern um ihn bemühten, liebte er sie, und es machte ihn immer wieder glücklich, wenn er sie durch kleine Aufmerksamkeiten erfreuen konnte. Am liebsten saß er bei seiner Mutter, wenn sie ihm alte Geschichten erzählte oder Verse vorlas, dann legte er seinen Kopf in ihren Schoß und lauschte. Als Höhepunkt betrachtete er es, wenn sie ihm dann mit zarter Hand liebevoll über das Haar strich, und im Zustand zwischen Wachen und Träumen spürte er unendliche Harmonie.

Überraschend betrat eines Tages Lin Nie-fü das Zimmer seines Sohnes. »Fen-che«, begann er umständlich und setzte sich ächzend zu ihm auf den Boden. Der Junge blickte neugierig auf, denn sonst wurde er nur bei seinem Kosenamen Che gerufen.

»Fen-che, ich habe beschlossen, es dir zu überlassen, wohin du zur Schule gehen willst. Du kannst wählen zwischen einem Hauslehrer und der Schule in der Stadt. Was möchtest du?«

Fen-che zupfte nachdenklich an den weiten Ärmeln seines seidenen Obergewandes. Hier zu lernen würde für ihn einfacher sein, weil jeder Respekt vor seinem Vater hatte. Andererseits wollte er lieber mit anderen Kindern zur Schule gehen. Sollte er den leichteren Weg wählen?

»Ich möchte in der Stadt lernen!«

Erstaunt hob der Richter beide Augenbrauen. Er persönlich hätte sich anders entschieden, doch er respektierte die Entscheidung seines Sohnes.

Wu Lan-chen begleitete seinen jungen Herrn am nächsten Tag in die Schule. Eine reiche Stadt wie Hanjang konnte es sich leisten, einen Raum im Regierungsyamen für Schüler und Lehrer zur Verfügung zu stellen. Ursprünglich hatte sich der Raum direkt neben dem Eingang des Gebäudes befunden. Nach und nach war er immer weiter nach hinten verlegt worden, weil das Geschrei der Schüler beim ununterbrochenen Wiederholen der auswendig zu lernenden Sätze die Beamten doch zu sehr störte.

Fen-che war froh, Lan-chen neben sich zu wissen. Zwar hatte ihm sein Vater angeboten, ihn zur Schule zu bringen, aber das hatte er höflich abgelehnt, denn er wollte sich nicht gleich zu Anfang einer Lächerlichkeit preisgeben.

Am Abend zuvor, als er sich schon schlafen gelegt hatte, war Lanchen zu ihm ins Zimmer gekommen und hatte sich neben sein Bett gehockt. »Hast du vor der Schule keine Angst?« wollte er wissen. Erstaunt über diese Frage hatte er unhöflich mit einer Gegenfrage geantwortet. »Hättest du denn Angst?« Und als Lan-chen verschämt nickte, tat er ihm leid, und er hob seine Zudecke hoch. »Komm zu mir, dann können wir uns noch etwas erzählen!« lud er ihn ein, und als sie nebeneinander lagen, fing Lan-chen wegen seiner Dummheit und Angst an zu weinen. Denn er selbst hatte nie eine Schule besucht. Fen-che, der sonst immer zu dem Älteren aufgeblickt hatte, wenn er ihm zeigte, wie man Flöten schnitzt, mit Pfeil und Bogen umging oder böse Geister beschwor, war von dieser Gefühlsregung zutiefst betroffen. Wie seine Mutter es immer bei ihm tat, wenn er Geborgenheit suchte, strich er über das Haar seines Freundes und versuchte ihn zu trösten.

»Ich bin nur ein dummer, nichtsnutziger Mensch!« klagte Lanchen. »Ihr seid der kluge Sohn des großen Richters Lin. Ihr tragt seidene Schlafkleider, während ich in grobem Tuch schlafen muß!« Betreten hatte Fen-che sich aufgerichtet, und während ihm vor Mitgefühl die Tränen in die Augen stiegen, hatte er sich ausgezogen. »So, nun habe ich keine seidenen Schlafkleider mehr, nun habe ich nicht mehr als du!« Fen-che konnte sich nur noch schwach daran erinnern, was dann geschehen war.

Lan-chen hatte ihn beschworen, sich wieder anzuziehen, und ihn angefleht, alles zu vergessen, was sie gesprochen hatten. Doch er war hartnäckig geblieben, bis Lan-chen ebenfalls seine Schlafkleidung auszog und er die Nacht über bei ihm geblieben war. Sie hatten sich gegenseitig für immer Freundschaft geschworen und sich vor Rührung die Tränen von den Wangen geküßt.

***

Vom Eingang des Klassenzimmers aus zog übergroß das Bild von Konfuzius die Blicke der beiden Jungen auf sich. Sie waren zu früh gekommen. Der Raum war noch leer. Am Türpfosten hingen unzählige Papierbänder, auf denen, säuberlich mit einem feinen Pinsel gemalt, verschiedene Sprüche zu lesen waren.
»Was steht darauf?« wollte Lan-chen wissen.
Fen-che schüttelte den Kopf. »Ich kann es auch nicht lesen!«
»Eis kommt vom Wasser und ist doch kälter als Wasser!« ertönte eine hohe Stimme hinter ihnen. Der beleibte Mann, dem sie gehörte, war mit einem einfachen Kaftan bekleidet. Er wies auf ein anderes Band. »Knöterich bringt Indigo hervor, und doch ist Indigo blauer als Knöterich! Ich bin euer Lehrer!« stellte er sich vor. »Wer seid ihr?«
»Ich heiße Lin Fen-che. Ich soll ...«
Der Lehrer nickte. »Hast du die Sprüche verstanden?« unterbrach er ihn.
»Soll es heißen, daß aus einer Blüte eine Frucht entsteht und aus ihr auch ein Baum werden kann?« Fen-che erinnerte sich gut an diesen einen der unzähligen Aussprüche seines Vaters, die dieser so gern zitierte. Seine Deutung schien dem Lehrer zu gefallen, denn ein unmerkliches Lächeln glitt wie ein flüchtiger Sonnenstrahl über dessen rundes Gesicht.
»Gut gesagt!« lobte er, »doch vergiß nie: Wir stehen erst am Anfang. Fürchte dich nie, zu langsam zu sein; fürchte dich nur davor stehenzubleiben!«
Der Unterricht begann jeden Tag morgens um fünf Uhr, und wer

im Laufe des Tages unaufmerksam war, mußte während der Essenspausen nachsitzen, so daß sich durch das erzwungene Fasten die Strafe verschärfte. Der Lehrer war streng, und sehr oft kam es vor, daß er schwarze Ringe um die Augen jener Schüler malte, die seiner Ansicht nach zu faul waren, während des Unterrichts schwatzten oder die immer wieder vergaßen, wie man mit dem Abakus umging. So konnten, sehr zum Entsetzen der Betroffenen, nicht nur die Eltern sehen, wie sich ihr Kind in der Schule benahm, sondern auch alle Leute auf der Straße.
Für Fen-che war jeder Tag mit Lernen ausgefüllt, und wenn er abends zu Hause müde am Tisch saß, klang seine Stimme von dem unaufhörlichen Nachsagen der Worte und Sätze heiser. Nur zum Geburtstag seiner Eltern oder wenn die Ahnentafeln geehrt wurden sowie an wenigen Festtagen bekam er frei; sonst wurde jeder Tag in der Schule verbracht.
Seit jenem Tag, als ihn Wu Lan-chen das erste Mal zur Schule brachte, hatte sein Lehrer ihn nie wieder persönlich angesprochen. Obwohl Fen-che fleißig war und die Worte und Sätze besser und schneller auswendig lernen konnte als seine Mitschüler, gab es nie ein Lob. Zuerst war er eher traurig darüber. Mit der Zeit jedoch nahm er sich die unpersönliche Haltung des Lehrers immer mehr zu Herzen und wurde zusehends verdrießlicher, bis er eines Tages nach dem Abendessen seinem Vater sein Herz ausschüttete.
»Ich mag nicht mehr!« begann er trotzig. »Ich bin der Beste in der Schule, und mein Lehrer scheint mich nicht einmal zu sehen! Außerdem hänseln mich die anderen wegen meiner Augen!«
»Wirkliche Tugend drängt sich nicht vor«, erwiderte Lin Nie-fü mit einem leichten Vorwurf in der Stimme. »Aber was ist das für eine Geschichte mit deinen Augen?«
»Sie sagen, ich hätte so häßliche runde Augen, nicht so wohlgeformt wie die ihren.«
Der Richter legte seine gefalteten Hände auf den Tisch und sah seinen Sohn ernst an. »Es gibt keine schönen oder häßlichen Augen.

Ihre Ausdruckskraft kommt nur von innen, und sie spiegelt jene Sicherheit des Wissens wider, in der ein Mensch ruht. Sei stolz darauf, daß du sie hast, und höre nicht auf das dumme Geschwätz deiner unbegabten Mitschüler!«

Fen-che nickte. »Ich habe Wu Lan-chen auch schon gefragt, und er sagt, ich hätte schöne Augen, vielleicht sogar noch schönere als die anderen. Trotzdem mag ich nicht mehr zur Schule gehen. Vielleicht will ich später ja auch Handwerker oder Ackerbauer werden, wozu soll ich dann noch lernen?« Er spürte, wie schwach sein Einwand klang, denn im Grunde seines Herzens wollte er nur eines: Gelehrter und Mandarin werden wie sein geliebter Vater.

Erstaunt hob der Richter den Kopf, doch dann huschte ein unmerkliches Lächeln über seine Lippen. Kannte er doch den Wunsch seines Sohnes genau. »Warum willst du dich wegwerfen? Der Weise sagt: Deinem Mitmenschen darfst du vieles verzeihen, dir selber aber nichts! Zügle also deine Ungeduld!«

Fen-che biß sich auf die Lippe und schwieg, aber aus seinen Augen sprach noch immer Trotz.

»Wenn du deine Vorschule beendet hast, lade ich dich ein, zu mir ins Gericht zu kommen, um eine Verhandlung mitzuerleben. Sie wird deinen Geist aufhellen, und du wirst den Weg erkennen, den du gehen mußt.«

Lin Nie-fü schlüpfte aus den Filzschuhen und legte seine Füße gekreuzt unter die Oberschenkel. Leicht nach vorn wippend musterte er seinen Sohn. »Über allen Menschen steht der Gelehrte, dann folgt der Bauer, der Handwerker, und zuletzt kommen die Kaufleute. Was es noch an Berufen gibt, hat keinen Rang und ist nur für Kulis da. Der Bauer muß verhungern, wenn er nicht von morgens bis abends voller Fleiß sein Feld bestellt und jedes Stück Land bepflanzt. Der Handwerker könnte nicht leben, wenn er nicht voller Eifer den ganzen Tag arbeiten würde, und auch der Kaufmann öffnet seinen Laden sehr früh, um für den ersten Kunden bereit zu sein, und schließt ihn erst so spät, wenn er sicher sein kann, daß keiner mehr kommt. Für sie reicht es gerade zum Leben. Für viele nicht einmal dazu, und von der Masse unseres Volkes wird der Tod deswegen als Befreiung von der täglichen Sorge um das nötige Essen angesehen. Für sie hat er seinen Schrecken verloren. Willst du nur für und mit diesem Tod am Rande des Elends leben?« Richter Lin spürte, wie sein Sohn von den Argumenten gefangen war, und wartete gespannt und geduldig auf eine Antwort.

Fen-che versuchte etwas zu erwidern, doch die Worte seines Vaters hatten ihn überzeugt. Beschämt senkte er die Augen.

»Konfuzius sagt«, tröstete ihn sein Vater nun, »daß es drei Wege gibt, klug zu handeln. Einmal durch Nachdenken, das ist der edelste; dann durch Nachahmen, das ist der leichteste, und drittens durch Erfahrung, das ist der bitterste.«

***

Nachdem Fen-che die Vorschule glänzend bestanden hatte, holte sein Vater für das weitere Studium einen Lehrer ins Haus, um ihm einen umfangreicheren Unterricht zu ermöglichen. Vor den nun anschließenden Studien der moralphilosophischen Bücher des Konfuzius aber löste er sein Versprechen ein und nahm Fen-che mit in den Gerichtsyamen.

Das Gerichtsgebäude grenzte direkt an das Gefängnis, woran sich noch ein flacher, unscheinbarer Bau, die Leichenhalle, anschloß. Fen-che war von den vielen Ehrerbietungen, mit denen sein Vater überall empfangen wurde, angenehm überrascht. Respektvoll verbeugten sich die Sekretäre, Gerichtsdiener, Läufer und Büttel.

»Sehen wir uns zuerst das Untersuchungsgefängnis an!« schlug der Richter vor. »Im letzten Monat war wieder die staatliche Prüfungskommission bei uns. Der Regierungsvertreter wollte wissen, wie viele Gefangene gestorben sind und wie sich die Aufseher gegenüber den Gefangenen benehmen. Wir haben wegen guter Führung eine Belobigung bekommen, denn es sind nur zwei Prozent der Häftlinge gestorben.«

»So viele dürfen sterben?«

»Bei meinem Vorgänger, dem Oberrichter, waren es über sechs Prozent. Er und der Gefängnisdirektor sind deswegen degradiert und zur Strafe in die entfernteste, unwichtigste Provinz versetzt worden.«

Fen-ches Stolz auf seinen Vater wuchs. Ihm fiel das Gespräch über die Berufe und die Armut wieder ein, und insgeheim nahm er sich vor, ihm noch mehr nachzueifern.

Das Untersuchungsgefängnis im Gerichtsyamen bestand aus zwei großen Räumen. Der eine war jenen Gefangenen vorbehalten, die von ihren Angehörigen verpflegt wurden und die den Wärtern für gute Behandlung zusätzliches Geld zusteckten. In dem anderen, unerträglich überfüllten Raum hockten die restlichen Gefangenen, die auf keine Hilfe von außerhalb rechnen konnten und darum unter der Enge und dem Hunger stark zu leiden hatten.

Beim Betreten des eigentlichen Gefängnisses schlug ihnen der scharfe Salmiakgeruch von gegorenem Urin entgegen. Hier hockten stoisch ergeben die bereits Verurteilten. Fast alle waren auf die fünfundzwanzig Casch angewiesen, die der Staat für jeden Gefangenen zahlte. Für dieses Geld mußten sie sich beim Gefängnisdirektor die tägliche Reisration kaufen, die – wie in jedem Gefängnis – völlig überteuert war. Der Direktor wurde nicht vom Staat bezahlt, sondern hatte sich in diese Stellung eingekauft und war gezwungen, sich auf diese Weise sein Geld zurückzuholen und darüber hinaus noch so viel übrig zu haben, daß er davon leben konnte. So fehlte den Gefangenen das Geld für Holz, um ihren Reis zu kochen, so daß sie ihn roh verzehren mußten.

Fen-che blieb erschüttert stehen und starrte auf die jämmerlichen Gestalten, die nur noch aus Knochen und Haut zu bestehen schienen.

»Die Wärter, die vor meiner Amtszeit in diesen Verliesen aufzupassen hatten, steckten mit den gefangenen Dieben und Räubern unter einer Decke und hatten mit ihnen gemeinsame Sache gemacht. Den wehrlosen Mithäftlingen stahlen sie die Reisrationen, ließen sie sterben und meldeten ihren Tod nicht. Nach den Unterlagen der Untersuchungskommission sollten sich über zweihundert Gefangene hier aufhalten. In Wirklichkeit waren es viel weniger, und das ihnen zustehende Geld hatten sie jahrelang unter sich aufgeteilt. Du wirst mich nun sicher fragen, warum die Menschen hier unter derartigen Umständen vegetieren müssen. Aber wenn es ihnen hier im Gegensatz zu ihrem bereits jämmerlichen Leben in Freiheit auch nur einen Deut besser ginge, würden die Gefängnisse nicht nur von Armen, sondern auch von Bettlern und Krüppeln überrannt werden.«

Fen-che sehnte sich nach frischer Luft und war froh, als sein Vater es bei diesem kurzen Einblick bewenden ließ.

Im Sitzungssaal durfte er schräg hinter dem Richterstuhl Platz nehmen. Neben seinem Vater standen während der Verhandlung mehrere Soldaten mit Lanzen. Ununterbrochen kamen und gingen die Diener und Büttel, legten dem Sekretär Schriftstücke vor, der sie je nach Wichtigkeit dem Richter weiterreichte, und brachten Angeklagte und Zeugen herein.

Ein alter Mann war angeklagt, Opium von Schanghai nach Wuhan geschmuggelt zu haben. Der Gemeinderat, der im allgemeinen die »kleinen« Fälle bearbeitete, hatte diesen Fall an den zuständigen Mandarin weitergegeben, weil das Ausmaß der Strafe seine Befugnisse überschritten hätte.

Der alte Mann hockte auf Knien vor dem Richter, berührte mit dem Kopf den Boden und wartete. Zwei Zeugen hatten angegeben, daß der Angeklagte Wan ihnen eine Rolle Opium zum Kauf angeboten hatte.

»Wo hat der Alte Wan euch das Opium gezeigt?« wollte Richter Lin wissen.

»Uralter, weiser Großvater«, beide Zeugen fielen jetzt ebenfalls auf die Knie, »alles ist nur ein großes Mißverständnis. Er hat uns kein Opium zum Kauf angeboten. Es ist alles ein Mißverständnis!

Vielmehr ... es war so, daß uns Herr Wan sein Boot zum Transport unserer Waren nach Schanghai überlassen wollte. Wir wollten Felle verkaufen!«

»Der Vorstand des Amtsbezirks hat aber eine andere Aussage von euch aufgenommen!« Der Richter zeigte auf das Protokoll vor sich. »Warum sagt ihr heute anders aus?«

»Wie gesagt, es war ein Mißverständnis. Nie würden wir gegen Herrn Wan grundlos etwas Schlechtes sagen! Im Gegenteil. Herr Wan hat sich uns gegenüber immer sehr korrekt verhalten.«

Der Richter strich sich über das Kinn. Aus den Augenwinkeln sah er, daß sein Sohn ihn gespannt beobachtete. Nach kurzem Überlegen winkte er den Büttel zu sich. »Nehmt die beiden Zeugen, und gebt ihnen dreißig Bambushiebe, es wird ihrem Erinnerungsvermögen auf die Sprünge helfen!«

Die Schreie der Geschlagenen hallten vom Vorhof durch die Gerichtsräume. »Wollt ihr nun die Wahrheit sagen?« forderte Richter Lin die Zeugen nach der Bestrafung auf, »oder soll euch der Büttel die nächsten fünfzig Hiebe verabreichen?«

»Ich will alles sagen!« rief der Jüngere in höchster Angst.

Mit einer Handbewegung hielt der Richter den Büttel zurück. »Dann sprecht endlich!«

»Es ist wahr. Herr Wan hat uns Opium zum Kauf angeboten.«

»Und warum habt ihr vorhin nicht die Wahrheit gesagt?«

Der Zeuge wollte etwas sagen, doch es kamen nur unverständliche Worte aus seinem Mund. Verstohlen blickte er zu seinem Kumpan neben sich, der ergeben vor sich hin starrte. Der Büttel trat näher und ließ ihn die Knute auf dem Rücken spüren. Endlich redete er. »Wenn wir heute eine andere Aussage gemacht haben, dann nur deswegen, weil Herr Wan uns versprach, dafür die Felle kostenlos nach Schanghai zu bringen.«

Der Richter lächelte zufrieden. Seine Vermutung hatte sich bestätigt. Die beiden gerissenen Gauner hatten den Alten erpreßt. Er blickte zu Wan hinab. »Ich verurteile Euch dazu, für drei Jahre nach Kion-Kiang zu gehen. Dort werdet Ihr in einer Kaolinwäscherei arbeiten!«

Der Alte erhob sich langsam aus der Kauerstellung und sah mit stumpfen Augen vor sich hin. Drei Jahre Zwangsarbeit war für sein Alter viel, aber bei einem strengeren Richter hätte es noch schlimmer kommen können.

»Und ihr«, wandte sich Lin Nie-fü an die beiden Zeugen, »euch verurteile ich zum Tragen des schweren Kangs für drei Wochen!«

Die beiden Zeugen begannen sofort zu jammern und zu klagen und schlugen sich mit den Fäusten auf die Brust. Es half nichts, der Richter kannte keine Gnade. Sie wurden sofort auf den Vorhof geführt, wo ihnen von zwei Bütteln der schwere Holzkragen um den Hals gelegt und verschlossen wurde, während der Alte bis zum Weitertransport im Gefängnis warten mußte. Drei Wochen hatten sie nun mit diesem schweren Klotz um den Hals zu leben, der ihnen weder nachts noch zu den Mahlzeiten abgenommen werden würde.

Richter Lin verbannte an diesem Tag noch einen Falschmünzer auf Lebenszeit in die Mandschurei. Vor seinem langen Weg dorthin wurde ihm mit einem glühenden Eisen noch das Zeichen seines Vergehens in die Wange gebrannt. Danach verurteilte Lin einen ehemaligen Staatsdiener wegen versuchter Unterschlagung. Doch weil dieser in seinem bisherigen Leben keine groben Arbeiten gewohnt war, teilte er ihn zu einer leichten ein: der täglichen Säuberung der Pagode von Wuhan. Den letzten Fall eines bereits überführten Mörders gab Richter Lin an die nächsthöhere Instanz weiter, weil er in seinem jetzigen Rang nicht die Todesstrafe aussprechen durfte.

Das war die Aufgabe eines Oberrichters. Dieses Todesurteil würde zur Bestätigung nach Peking weitergeleitet werden, wo der ›Sohn des Himmels‹, der Kaiser, in seiner Gnade unter zehn Verurteilten nur einen der geforderten Strafe zuführte. Alle anderen Urteile wurden in lebenslängliche Verbannung umgewandelt.

Als beide in der Sänfte abends wieder nach Hause getragen wurden, war Fen-che noch immer sehr stolz auf die kluge Urteilsweise seines Vaters und nahm sich fest vor, ebenfalls Richter zu werden.
Nach dem Abendessen brachte der erste Hausdiener Wu Pei-fu die Visitenkarte eines späten Besuchers. Mit gerunzelter Stirn sah Lin Nie-fü seinen Abendfrieden gestört, doch nachdem er die Karte gelesen hatte, glätteten sich seine Unmutsfalten rasch. Ein alter Freund, Michail Malikow, kam wie jedes Jahr rechtzeitig zur Tee-Ernte, um für seine Firma in Rußland die besten Sorten bereits während der Ernte auszukundschaften und zu kaufen.
Nachdem der Besuch begrüßt worden war, hieß es für Fen-che und Lan-chen, ihr Spiel zu beenden, und Qin-lin stellte mit ihren beiden Zofen die Stickarbeiten ein, um die Männer allein zu lassen.
»Alter Vater, ich habe eine große Bitte!« sagte Fen-che, der an der Tür stehengeblieben war. Er kam wieder zurück, verbeugte sich sehr ernsthaft vor Lin Nie-fü und umklammerte mit beiden Händen bittend seinen Arm. »Ich möchte mit in den Teedistrikt. Ihr habt es mir einmal versprochen!«
Geschmeichelt sah Lin Nie-fü auf seinen Sohn hinab. Vor vier Jahren ließ das Schicksal seinen Weg mit dem des Kindes kreuzen. Heute war er froh, damals den Wink des Himmels erkannt, richtig gehandelt und ihn behalten zu haben. Seine ursprünglichen Befürchtungen, der Junge könnte zu europäisch aussehen, hatten sich, den Göttern sei Dank, bisher noch nicht bestätigt. Im Gegenteil, sein etwas volles Gesicht mit der unauffälligen Nase und den hohen Wangenknochen ließ ihn zu einem hübschen Jungen werden, wenn auch seine Augenpartie nicht unbedingt dem chinesischen Schönheitsideal entsprach.
»Bitte vertreibt mir mit dieser einen Freude hundert andere Sorgen!«
Lin Nie-fü lächelte. Wie klug er es anstellte, die Schwäche seines Vaters für weise Sprüche auszunutzen. »Ich werde es mir bis morgen überlegen, Che«, antwortete er und fuhr mit der Hand über

das dicke Haar des Jungen, das zu einem bis zum Gürtel reichenden Zopf geflochten war.
Qin-lin legte den Arm um die Schulter ihres Sohnes. »Komm«, drängte sie, »wir gehen noch einmal zusammen durch den Garten, und vielleicht bekommen wir in der Küche noch einen Teller Zimtsuppe!«
Der Junge blickte sie dankbar an. Es kam leider nur selten vor, daß er mit seiner Mutter allein sein konnte. Wenn nicht die Zofen um sie herumgluckten, war entweder eine von den Cousinen oder andere Verwandtschaft um sie, die immer wieder einen Grund suchte, um vorzusprechen, um ja nicht bei späterer Erbschaft in Vergessenheit zu geraten oder ganz einfach um zu betteln.
Voll Glück legte er seine kleine Hand in die ihre. Vor dem üppig blühenden Sommermagnolienbusch mit seinen fein duftenden Blüten und rosaroten Staubfäden, der seine Zweige fast bis auf den Boden senkte, blieben sie stehen. »Welche Blumen hast du am liebsten, Che?«
»Chrysanthemen«, murmelte er zweifelnd, denn es fielen ihm keine anderen ein, »vielleicht auch blühende Kirschzweige oder Begonien?«
»Und diese?« fragte Qin-lin und beugte sich zu den Päonien hinab. »Wie findest du diese? Sind die Shaoyaos nicht zauberhaft?« Mit ihren Fingern strich sie über eine weit geöffnete zartrosa Blüte.
Fen-che beugte sich hinab und sog ihren süßen Mandelduft ein. Dabei schielte er zum Haus hinüber, zu dem weit geöffneten Fenster, hinter dem sein Vater den Besuch bewirtete, der ihn morgen vielleicht in die Teegärten mitnehmen würde.
»Diese hier«, fuhr sie fort und zeigte auf schwere Blüten, die kaum von den dünnen Stielen gehalten werden konnten, »heißen ›trunkene kaiserliche Konkubine Jang‹ und diese leuchtendrote ›Mutter kocht bei offenem Feuer‹. Ich finde alle sehr schön.« Und noch einmal strich sie mit einer flüchtigen Handbewegung über die samtigen Blütenblätter.

Qin-lin bemerkte die Ungeduld ihres Sohnes und fuhr ihm lächelnd über das Haar. »Wunschlosigkeit führt zur inneren Ruhe«, sagte sie kaum hörbar.
Bis spät in die Nacht hörte Fen-che von seinem Bett aus das dröhnende Lachen des Besuchers und die Stimme seines Vaters. Obwohl er sehr müde war, konnte er vor Aufregung nicht einschlafen. Würde er mit dem Russen in die Teegebiete reisen dürfen? Ganz allein, auch ohne Lan-chen?
Fen-che horchte auf, als die Stimmen plötzlich leiser wurden. Wollte der Gast etwa schon gehen? Sonst schlief er immer noch mindestens eine Nacht bei ihnen. Unruhig schlich er sich ans Fenster und sah durch die Vorhänge. Im Mondlicht sah er neben dem riesigen, bärtigen Russen seinen Vater am silberglänzenden See stehen. Beruhigt legte er sich wieder ins Bett.
Am nächsten Morgen wurde er durch die Sonne geweckt, die ihm ins Gesicht schien. Es war totenstill im Haus. War niemand mehr da? Fen-che fühlte sich hintergangen, und vergeblich wehrte er sich gegen die Tränen der Enttäuschung.
Barfuß rannte er zum Arbeitszimmer seines Vaters und stürmte, ohne anzuklopfen, hinein. Michail Malikow war noch da. Er und sein Vater beugten sich über den Tisch, auf dem die Karten aus dem Teeanbaugebiet ausgebreitet lagen. Die schraffierten Gärten an den besten Hängen gehörten der kaiserlichen Familie. Hier war es ausländischen Händlern verboten zu kaufen.
Als der bärtige Malikow den beschämten und ratlosen Blick Fenches erkannte, entspannte sich sein Gesicht, und nur die Augen verrieten, daß er lächelte. »Komm her!« dröhnte er mit tiefer Stimme und winkte ihn heran. »Wir werden gleich losziehen, und morgen, vielleicht auch erst übermorgen, bringe ich dich wieder zurück. Dein Vater hat es uns erlaubt!«
Fen-che vergaß über diese freudige Nachricht, daß er noch sein Schlafhemd trug, eilte auf seinen Vater zu, verbeugte sich und umarmte ihn.

Von zwei Pranken wurde er plötzlich umfaßt und hochgehoben. »Und ich? Wer dankt mir, wer umarmt mich? Es war ein hartes Stück Arbeit, deinem Vater diese Erlaubnis abzuhandeln!«
Fen-che war es unangenehm, wie ein kleines Kind durch die Luft gewirbelt zu werden, und er schämte sich zugleich seiner unzureichenden Bekleidung. Er wußte auch nicht, ob der Riese wirklich von ihm umarmt werden wollte oder ob er es nur gesagt hatte, um ihn zu necken. Um schneller wieder auf den Boden zu gelangen, umarmte er ihn schließlich doch. Sein roter, struppiger Bart roch abscheulich streng nach Tabak.
»Nun zieh dich an, wir wollen noch vor Mittag los!« rief er und ließ Fen-che von seinem Arm gleiten. Dabei schob sich Fen-ches Hemd bis weit über die Hüfte hinauf, und für kurze Zeit wurden drei ovale Leberflecke auf dem Oberschenkel sichtbar, die in ihrer Konstellation ein rechtwinkliges Dreieck bildeten. Hochrot, dem dröhnenden Gelächter des Russen entfliehend, rannte er in sein Zimmer zurück.
Noch vor Mittag war alles fertig und gepackt. Während Malikow draußen den Wagen und das Gespann überprüfte, stand Fen-che trotzig in seinem Zimmer. Er war wütend auf den Russen. Wütend darüber, daß er ihn in eine peinliche Situation gebracht hatte. Zögernd ging er in das Arbeitszimmer seines Vaters hinüber und blieb mit verschlossenem Gesicht in der Tür stehen.
Erstaunt blickte Lin Nie-fü auf. »Möchtest du mir etwas sagen?«
»Ich mag den Russen nicht ...«
Sein Vater legte den Tuschpinsel zur Seite und lehnte sich zurück. »Woher nimmst du dir das Recht, meinen Freund so zu verurteilen? Glaubst du, ihn so gut zu kennen?«
»Es ist ... weil er mich ...« Plötzlich war Fen-che alles egal. »Ich hasse ihn!« brach es aus ihm heraus.
Nach diesen Worten schien die Welt den Atem anzuhalten. Lin Nie-fü nahm gemächlich eine Pfeife aus dem Ständer, stopfte sie, und als sie endlich brannte, rauchte er ein halbes Dutzend Züge.

Mit zufriedenem Lächeln legte er sie wieder zurück und sah seinem Sohn in die Augen.
»Konfuzius sagte: Wenn man einen Menschen trifft, mit dem es sich zu reden lohnt, und man nicht mit ihm redet, hat man ihn verloren. Wenn man aber einen findet, mit dem es sich zu reden nicht lohnt, und man redet dennoch mit ihm, hat man seine Worte verloren.«
Fen-che kannte diesen Spruch noch nicht. Seine Augen konzentrierten sich auf die Lippen seines Vaters.
»Ein Weiser«, beendete dieser das Zitat, »verliert weder einen Menschen noch seine Worte!«
Das darauffolgende Schweigen und die plötzliche Enge des Raumes lähmten Fen-che. »Ihr meint ...«
»Ich meine, daß du nicht aus einem unwichtigen Empfinden heraus übereilt dein Urteil über einen Menschen sprechen solltest!«
Zorn und Empörung waren aus Fen-ches Gesicht verschwunden. Nachdenklich blickte er vor sich hin und wandte sich langsam zur Tür. Bevor er sie schloß, sah er noch einmal zu seinem Vater zurück. »Verzeiht mir bitte mein ungezogenes Auftreten. Ich danke Euch für diesen Spruch, der hoffentlich meine Augen öffnen und mein Herz weiser machen wird.«
Der Panjewagen rumpelte auf einem staubigen Weg am gewundenen Ufer des langsam dahinfließenden Han Kiang entlang. Michail Malikow hielt seine kleine, kalte Pfeife im Mundwinkel, erhob sich manchmal, um besser sehen zu können, und betrachtete interessiert die unzähligen Gärten an den Hügeln. Überall zupften gebückte Gestalten die Blätter von den Teesträuchern und sammelten sie in einem weiten Beutel vor der Brust. Endlich schienen ihm einige Gärten zuzusagen, denn er hielt an und sprang vom Bock.
»Hier haben die Sträucher guten Boden und viel Sonne«, brummte er mehr zu sich selbst und half dem Jungen beim Absteigen.
»Die Sträucher in diesen Gärten sind drei Jahre alt und werden dieses Jahr das erste Mal abgeerntet!« Während sie den gewundenen

Weg an den Gärten entlanggingen, zupften die gebeugten Pflükker, ohne aufzusehen, die gezackten, lederartigen Blätter. »Gewöhnlich erntet man zweimal im Jahr. Die kleine Ernte Mitte April und die Haupternte Mai oder Juni. Dieses Jahr hat es wenig geregnet, und es gab viel Sonne. Die Ernte müßte prächtig werden!«
Der Weg führte um einen Hügel herum. Vor ihnen tauchten einige flache Hütten auf, von denen ein scharfer Geruch zu ihnen herüberwehte. Hier herrschte emsige Betriebsamkeit. Fen-che war überrascht, wie viele Menschen hier arbeiteten. Die meisten waren Frauen. Vor den ersten Bambushütten blieb Malikow stehen und prüfte bedächtig die für einige Stunden zum Antrocknen in der Sonne liegenden Blätter, die fortwährend vorsichtig gerollt und gedreht wurden, bis sich die ersten roten Flecke zeigen würden.
Wie auf einen Wink kamen einige Arbeiterinnen heran und sammelten rasch die vorgetrockneten Blätter zusammen, füllten sie in kleine Baumwollsäckchen und legten sofort wieder neue Blätter zum Trocknen aus. Die Säckchen wurden in eine hölzerne Kiste gelegt, und ein dicker Mann stampfte sie mit seinen nackten Füßen zusammen. Durch sein Körpergewicht wurde langsam die Feuchtigkeit herausgepreßt, und eine grünliche Flüssigkeit tropfte zäh aus den seitlichen Löchern der Kiste.
Malikow bemerkte Fen-ches Interesse. »Hier wird das Tannin herausgepreßt, denn sonst würde der Tee bitter schmecken.«
Der Russe schritt gemächlich zu einer größeren Hütte und setzte sich neben dem fast bis zur Erde reichenden Strohdach auf eine kleine Bank. Obwohl er nur ein Ausländer war, schien er hier bekannt und beliebt zu sein, doch Fen-che wußte noch immer nicht, ob er es wert war, daß er mit ihm redete. Er setzte sich zu ihm auf die Bank und betrachtete ihn verstohlen. Inzwischen schenkte eine unentwegt herzlich lächelnde Frau frischen Tee in winzige Schalen und stellte sie vor sie auf den grobgezimmerten Holztisch.
Vorsichtig schlürfte Malikow mit geschlossenen Augen und spitzen Lippen das heiße Getränk. Was sollte an dem Russen Besonde-

res sein? Nun, er war relativ groß und hatte einen roten Bart, aber ansonsten sah er wie ein normaler Mensch aus. Was brachte seinen Vater nur dazu, sich so außergewöhnlich zu freuen, wenn er ihn besuchte?
»Willst du probieren? Das ist der beste Tee der Welt!« riß ihn Malikow aus seinen Gedanken. Dabei hielt der Russe seine Augen immer noch geschlossen. Fen-che runzelte die Stirn. Woher wußte er, daß er im Moment nichts trank? Vielleicht spürte er auch seinen Blick oder konnte sogar seine Gedanken erraten! Ob er ein Zauberer war? Vielleicht ein ganz mächtiger, und das wußte sein Vater sicher auch. Fen-che beschloß, sich gut mit ihm zu stellen, und hob die Schale an die Lippen.
»Der grüne Tee«, erklärte der Russe und zeigte auf einige riesengroße Eisenpfannen über einem Grill mit Holzkohlenglut, »wird darin geröstet. In ein bis zwei Stunden ist er trocken, und die Blätter haben ihre grüne Farbe beibehalten.« Dann zeigte er auf zwei durch einen überdachten Gang verbundene Hütten. »Dort wird der schwarze Tee, nachdem er vorher mehrere Stunden in der Sonne getrocknet hat, in Körben über Kohlenfeuer erhitzt, wodurch er seine dunkle Farbe bekommt.«
Sie besichtigten an diesem Tag noch fünf weitere Gärten, in denen ebenfalls die ersten Blätter der neuen Ernte verarbeitet wurden. Die ungewohnte Anstrengung ermüdete Fen-che. Zu gern hätte er sich irgendwo hingelegt, nur einen winzigen Augenblick geschlafen. Malikow schien davon nichts zu bemerken. Erklärend wies er auf die unterschiedlichen Böden, auf die alten Gewächse und auf die verschiedenen Lagen hin. Doch Fen-ches Gedanken waren auf Wanderschaft gegangen und weilten bei seinem Elternhaus. Er sehnte sich nach der vertrauten Geborgenheit des Gartens und nach der Nähe seiner Mutter. Nun bereute er es sogar, seinen Freund Lan-chen nicht mitgenommen zu haben.
In der Dämmerung des Abends erreichten sie endlich das Gasthaus, das am Fluß neben einer Fähre lag. Im Speisehaus saßen nur

noch wenige Gäste an den wackligen Holztischen, so daß sie sich einen halbwegs sauberen aussuchen konnten. Erst jetzt spürte Fen-che, daß er Hunger hatte, und vergaß seine Müdigkeit. Das Hähnchen schmeckte ihnen so gut, daß sie sich sofort das nächste bestellten, und während die Pausen zwischen den Bissen größer wurden, überwand Fen-che seine Scheu und bat den Russen, ihm eine persönliche Frage stellen zu dürfen.
Während Malikow sich mit dem Handrücken das Fett vom Mund wischte, nickte er zustimmend.
»Habt Ihr auch Kinder?«
»Ich bin nicht sicher«, meinte dieser nach kurzem Nachdenken. »Aber ich bin nicht verheiratet, wenn du das meinst.«
»Warum nicht?«
Malikow zog ein schmales Stück Holz aus der Jackentasche, spitzte es mit seinem Messer an und stocherte damit gedankenverloren zwischen seinen Zähnen. »Das ist schwer zu sagen. Ich glaube, es liegt daran, daß ich zu viele Frauen liebe, um mich für eine entscheiden zu können. Außerdem bin ich fast nie zu Hause.«
»Wo ist denn Euer Zuhause?«
Der Russe lachte dröhnend. »Irgendwo da oben im Norden hat mich die unendliche Taiga einmal ausgespuckt.«
»Ist es da schöner als hier?«
»Viele Dinge sind überall gleich. So das Murmeln eines Baches, der sich an knorrigen Weiden vorbeischlängelt, das Gezirpe der Grillen auf Blumenbeeten und Wiesen neben staubigen Feldwegen, der würzige Duft eines frisch umgebrochenen Ackers bei mildem Regen. Das ist überall gleich. Ob hier in China oder bei mir zu Hause in der Taiga.« Malikows Augen waren groß geworden und weilten irgendwo in der Ferne.
»Oder wenn sich die Sonne in den Wellen des Sees bricht, der Wind dir an den Haaren zerrt, es bleibt sich überall gleich, wie alle Dinge in unserer Welt immer gleich bleiben: die Bäume, die Pflanzen, die Liebe und auch der Haß.«

Fen-che sah den grobschlächtigen Mann neben sich irritiert an. Das hätten Worte aus dem Mund seines Vaters sein können. Bei ihm war er es gewöhnt; er zitierte gern die weisen Männer des Landes. Aber der hier, dieser Ausländer, woher wußte er das alles? Merkwürdig! Aber vielleicht waren es nur die Weisheiten seines Vaters, die er sich mit der Zeit gemerkt hatte.
Von einem mageren Kind geführt, schlurfte ein gebeugter Greis von Tisch zu Tisch. »Ein Blick in die Zukunft. Wer will sich wahrsagen lassen?« bettelte er.
»Komm her, Alterchen. Setze dich an unseren Tisch, und erzähle uns etwas«, hielt ihn der Russe am Arm fest.
Der Greis wandte langsam seinen Kopf in die Richtung der ungewöhnlich tiefen Stimme. Fen-ches Finger krallten sich erschrocken in die Ärmel von Malikows Jacke, als er ihm in die Augen blickte. Sie waren weiß wie Blütenblätter.
»Was ist mit seinen Augen?« flüsterte er dem Russen ins Ohr.
»Eine hier übliche Strafe«, erwiderte Malikow und legte beruhigend seine Hand auf die des Jungen, »er wurde mit ungelöschtem Kalk geblendet.«
Noch während sich der Alte umständlich an ihrem Tisch niederließ, starrte Fen-che ihn weiterhin an, entsetzt und fasziniert zugleich.
»Voraussage eines Ereignisses neun Casch, mit Sandelholz sechzehn, Blick in die Zukunft dreißig, mit Einzelheiten fünfzig, und Lesen in der Hand sechzig Casch«, murmelte er monoton vor sich hin und breitete seine Utensilien vor sich aus.
Malikow nahm sich eine Caschschnur vom Hals und knotete sie auf. Die Münzen mit dem Loch in der Mitte waren fast neu. »Hier hast du hundert Casch! Nun sag unserem jungen Freund, was ihm das Leben noch bringen wird!«
»Herr, wollt Ihr mich mit dem vielen Geld in Versuchung führen, nur das zu sagen, was Ihr zu hören wünscht?«
»Nein, tu so, als ob ich deinen Preis bezahlt hätte, und nun rede!«

Der Alte beugte sich etwas über den Tisch, und suchend tasteten seine Hände wie Geierkrallen umher. »Ich muß die Hand von Eurem Freund fühlen, Herr!«
Fen-che wäre am liebsten aufgesprungen und weggelaufen. Einen kurzen Augenblick übermannte ihn das Gefühl, daß dies alles nur ein böser Traum war.
»Hab keine Angst!« flüsterte der Russe und beruhigte ihn abermals durch die Berührung mit seiner Hand.
Fen-che versuchte Zeit zu gewinnen und schob seine Hand unendlich langsam in die Mitte des Tisches. Der Seher schien zu spüren, wo sie war, denn plötzlich griff er zu und umfaßte die kleine, zur Faust geballte Hand. Trotz des warmen Abends waren die Finger des Greises kalt und feucht. Seine langen Fingernägel hinterließen auf der Haut das Gefühl, als ob eine große Spinne über sie hinweglaufen würde.
»Öffnet Eure Hand, junger Herr!«
Langsam spreizte Fen-che die Finger und versuchte, nicht in die toten Augen des Greises zu blicken.
Die tastenden Krallen strichen über Fen-ches Handballen, verharrten kurz in der Handmulde, strichen an den Fingern entlang, betasteten den Daumen und kehrten an den Puls zurück. Wieder tasteten sie sich zur Handmulde vor und verfolgten jede Unebenheit.
»Herr, ich habe in meinem Leben schon viel erlebt und hoffe bald von allen Qualen befreit zu werden. Ich hänge nicht am Leben, das für mich immer nur Leiden hieß. Aber nun bin ich glücklich, bevor ich sterben muß, diese Hand halten zu dürfen.« Er hustete flach. Auf seinen dünnen, pergamentfarbenen Lippen zerplatzten einige Speichelbläschen.
»Diese Hand wird das Himmlische Reich einmal retten!« Er stockte kurz. »Nein, nicht retten. Sie wird größeres Unheil verhindern«, verbesserte er sich. »Höchste Ämter stehen ihr offen. Sogar die außerordentliche Gunst des Himmlischen Herrschers und seiner Mutter, der Kaiserinwitwe!«

Der Alte ließ Fen-ches Hand endlich los, und während Fen-che sie betrachtete, als ob es eine fremde wäre, fuhr er fort: »Nicht nur Glück, auch Leid habe ich gesehen. Der junge Freund wird sich eines Tages dafür schämen, das zu sein, worauf er später dann doch stolz sein wird. Doch bevor es soweit ist, wird ein Herz zerbrochen sein.« Der Alte tastete noch einmal suchend auf dem Tisch umher, umkrallte erneut Fen-ches Hand und führte sie an seine Stirn und Lippen. »Begeht nicht den Fehler, Euch zu verleugnen, Herr!«

Der Greis war mit seinem jungen Begleiter längst weitergezogen, und Fen-che, in einer Kammer des Gasthauses untergebracht, schlief bereits. Malikow saß noch immer am Tisch und blickte in das flackernde Licht der Kerze. Er hatte schon mehrere Schalen vom warmen Wein getrunken, unter seinen Augen bildeten sich dunkle Ringe, und die Tränensäcke waren dick aufgequollen. Irgendwo draußen in der Dunkelheit rief klagend ein Kauz.

ZWEITES KAPITEL

Erika genoß die Bahnfahrt. Auch in Deutschland war jetzt Sommer, doch ließ sich die angenehm warme, von saftigem Wiesenduft erfüllte Luft hier nicht im geringsten mit der feuchten, stickigen Hitze in Schanghai vergleichen. Das monotone Rattern der Räder machte sie schläfrig, und zufrieden lächelnd dachte sie noch einmal an die merkwürdige Begegnung während ihrer Seereise zurück.

Hinter ihr lagen sechs Wochen auf einem Dampfer von Schanghai nach London. Sechs Wochen, die sie unbeschwert genießen wollte, so gut dies eben auf einem Frachtschiff mit einem Dutzend Passagieren möglich war.

Neugierig hatte sie beim ersten Dinner auf See die zusammengewürfelte Gesellschaft der Mitreisenden gemustert. Der weißhaarige, englische Gentleman und seine Frau schienen solide, aber etwas langweilig zu sein, ebenso der Priester, der unentwegt in seinem Brevier las. Die vor Gesundheit strotzende Familie mit den beiden pausbäckigen Knaben, der Aussprache nach Belgier oder Holländer, fiel durch ihre unangenehme Lautstärke und Kontaktfreudigkeit auf. Für die beiden alten, betulichen und etwas ängstlichen Damen hatte Erika ebenfalls nur einen kurzen Blick übrig gehabt. Mehr Interesse dagegen erweckten bei ihr die beiden letzten Herren, ganz abgesehen von dem schneidigen Ersten Offizier des Schiffes mit dem prachtvollen, lockigen Haar und den sinnlichen Lippen.

Der ältere von ihnen, ein britischer Kolonialoffizier mit grauen Schläfen und den seltsam verträumten Augen eines Bernhardiners, blickte kurz zu ihr herüber und senkte schuldbewußt die Augen, als sich ihre Blicke trafen. Trotz der schummrigen Beleuchtung im Speiseraum hatte Erika den Eindruck gehabt, daß er errötete; ganz anders als der letzte Passagier, ein sportlich braungebrannter Abenteurer mit dem frechen Blick des ewigen Jungen. Ungeniert sah er sie an, und jedesmal, wenn Erika hochblickte, zwinkerte er ihr zu. Sie spürte ein Prickeln auf der Haut und überraschte sich dabei, wie sie gedankenverloren mit der Hand über ihren Unterarm strich. Ärgerlich über ihre Reaktion biß sie sich auf die Lippe und versuchte sich auf ihren Tischnachbarn, den Priester, zu konzentrieren.

Sein Gebetbuch lag während des Essens neben ihm auf dem Beistelltisch. Über der Nasenwurzel wuchsen ihm die leicht geschwungenen Augenbrauen zusammen. Er wird eines unnatürlichen Todes sterben, dachte sie und versuchte sich daran zu erinnern, wer ihr den Unsinn mit den zusammengewachsenen Augenbrauen erzählt hatte, damals in der Schule in Stettin. Das konnte nur ihre verrückte Freundin Inge gewesen sein. Wie oft hatten sie zusammengesessen und wie die Hühner über das andere Geschlecht gegackert, dachte sie und mußte unwillkürlich lächeln.

Als Erika spürte, daß der Priester sie ansah, versuchte sie sofort, das Lächeln über ihre Erinnerungen von ihrem Gesicht zu verbannen. Unvermittelt sah sie ihm in die Augen, und vor Schreck wäre ihr fast das Weinglas aus der Hand gefallen. Ein braunes und ein leuchtendblaues Auge blickten sie an.

»Ist Ihnen nicht wohl?« fragte der Priester besorgt in englischer Sprache mit unverkennbar deutschem Akzent.

»Es ist wohl nur die Hitze«, murmelte sie auf deutsch und kramte verlegen in ihrer Tasche nach dem Fläschchen Parfüm. »Aber es geht schon wieder. Ist Ihnen nicht heiß?« fragte sie mit Blick auf seinen hochgeschlossenen weißen Stehkragen.

»Nach all den Jahren in der Mission bin ich die Hitze inzwischen gewohnt«, antwortete er, »obwohl ich nicht leugnen kann, daß ich mich nun doch auf die frische Brise in unserer Heimat freue.

Außerdem finde ich hier endlich einmal die Zeit, mein Brevier zu studieren. Wenn Sie mich bitte entschuldigen wollen!« Er erhob sich und verließ mit einem freundlichen Nicken nach links und rechts den Speisesalon.

Von ihrem Zugfenster aus blickte Erika auf die wolkenspiegelnden blauen Wasser der Mecklenburgischen Seen, über das nuancierte Grün der Felder und Haine, über die kleinen Dörfer, die sich wie liebliche Inseln in der hügeligen Landschaft verloren. Doch an ihrem inneren Auge zogen immer noch ganz andere Bilder vorbei.

Zwischen Malaya und Sumatra hatte es das erste Bordfest gegeben. Einige Musiker spielten auf ihren Instrumenten jene vertrauten Lieder, die man in der Fremde so sehr vermißt hatte. Sogar das betagte englische Ehepaar tanzte, und die beiden alten Jungfern wiegten sich unter albernem Gekicher auf dem leingeölten Holzdeck.

Erikas Blick fiel auf den etwas abseits sitzenden Priester, der den Tanzenden mit verklärtem Ausdruck zusah. Eigentlich ein hübscher Mann, dachte sie.

Mit jugendlichem Selbstvertrauen schien sich der junge Abenteurer sicher, Erika de la Mottes Gunst an diesem Abend zu erringen. Er tanzte wirklich gut, und bei jeder Gelegenheit ließ er sie sein Verlangen spüren. Sein anmaßendes Lächeln jedoch löste bei Erika eine zunehmende Abneigung aus, und um ihn zu ärgern, ermunterte sie den Colonel durch auffordernde Blicke, ihr seine Aufmerksamkeit zu schenken, was dieser dann auch ausgiebig tat.

Die meisten Passagiere waren schon in ihre Kabinen zurückgekehrt, und nachdem die Musiker das Deck verlassen hatten, verabschiedete sich der Colonel von ihr. Doch bevor er sich zum Gehen wandte, hielt sie ihn am Ärmel zurück.

»Hier in diesen Gewässern soll es Piraten geben!« hauchte sie mit gespielter Ängstlichkeit und sah ihn mit großen Augen an.

»Aber nein«, beschwichtigte er sie, »wie sollten sie bei voller Fahrt auf unser hohes Schiff gelangen?«

»Aber wenn ...«, ließ sie nicht locker, und ihre Lippen formten sich zu einem Schmollmund, »ich schlafe in Kabine vier. Werden Sie kommen, um mir in Gefahr beizustehen?«

»Wenn Gefahr droht, werde ich Sie selbstverständlich beschützen!«

»Ich schließe die Tür auch nicht ab!« erwiderte sie und löste endlich ihre Hand von seinem Arm.

Die dunkle Gestalt im Schatten der Maschinenaufbauten hatten sie nicht bemerkt.

Erika schreckte von ihrem Kissen hoch. War sie eingeschlafen? Von Deck her hörte sie die Schiffsglocke. Zwei Doppelschläge, vier Glasen. Doch wie spät war es? Sie ärgerte sich über ihre Nachlässigkeit, nicht zugehört zu haben, als der Erste Offizier während des Bordfestes die Bedeutung der Glockenschläge erklärt hatte. Statt dessen hatte sie nur seinen sinnlichen Mund betrachtet. Das gleichmäßige Dröhnen der Schiffsmaschinen wurde etwas lauter. Irritiert hob sie den Kopf und starrte angestrengt in die Dunkelheit. Dann wurde es wieder leiser. War jemand durch die Kabinentür gekommen? Langsam trat eine Gestalt näher und setzte sich behutsam auf den Rand ihres Bettes.

Der Mann blieb reglos sitzen und sah auf sie hinab. Nur ein schwach wahrzunehmender fremder Körpergeruch verriet Erika, daß sie nicht träumte. Ihr Körper zitterte vor Angst und Erregung zugleich. Also hatte er ihren Wink doch verstanden! Erwartungsvoll hielt sie den Atem an, als er sich plötzlich erhob und einen Schritt zurücktrat. Mit schnellen Bewegungen entledigte er sich seiner Kleider und glitt neben sie in das Bett. Ihre tastenden Hände suchten sein Gesicht, durchfuhren mit raschen Bewegungen sein Haar und gruben sich in die schweißfeuchte Haut seines Rückens. Erika spürte, wie eine heiße Welle des Verlangens durch ihren Körper schoß und sie verschlang.

Im Halbschlaf hörte sie Glockenschläge. Wieder vier Glasen. Durch die beiden Bullaugen hinter den bortenbesetzten Vorhängen schim-

merte schwach das Licht des neuen Tages. Vier Glasen. Waren es vorhin nicht auch vier Glasen gewesen? Vorhin?
Die gleichmäßigen Atemzüge des Mannes neben ihr wurden unruhiger. Das Licht war noch immer zu schwach, um ihn zu erkennen, als er sich erhob. Sie spürte seine Hand auf ihrer Stirn, die das Haar zur Seite strich, und nahezu gleichzeitig einen gehauchten Kuß auf ihren Lippen.
Regungslos blieb sie liegen und wünschte sich sehnlichst, daß er blieb. Doch aus dem Rascheln von Kleidern schloß sie, daß er sich anzog. Das leise Klicken der Kabinentür sagte ihr, daß sie endgültig wieder allein war. Sollte sie ihm hinterherlaufen? Nein, sie konnte und wollte sich keiner Lächerlichkeit preisgeben. Aber warum hatte er sich mit keiner Silbe von ihr verabschiedet? Er? Erika dachte nach. Kein einziges Wort war zwischen ihnen gefallen in dieser Nacht. Enttäuscht, aber zugleich von dem prickelnden Gefühl des Versteckspielens erfüllt, fragte sie sich, wie er sich wohl zu erkennen geben würde.
Zum Frühstück saßen wieder alle Passagiere auf ihren Plätzen im Salon. Es roch nach frischen Brötchen und Kaffee. Unschlüssig blickte Erika auf die Konfitürengläser. Sollte sie Honig nehmen, Mangomarmelade oder Quittengelee? Sie schob den Teller mit dem aufgeschnittenen Brötchen beiseite und winkte den dienstbeflissenen Steward an ihren Tisch.
»Zwei Turnover auf Toastbrot bitte«, entschied sie, nachdem das gleiche zuvor dem Priester gebracht worden war.
Sie lehnte sich auf dem Stuhl zurück und betrachtete die versammelte Gesellschaft. Sie musterte den Colonel, dessen traurige Bernhardineraugen sich nur auf das Essen konzentrierten und bisher noch kein einziges Mal hochgesehen hatten. Warum blinzelte er ihr nicht wenigstens ein einziges Mal zu? Der attraktive Erste Offizier saß mit ernster Miene am Kapitänstisch und hatte den Kopf über bunte Ladepläne gebeugt. Dann ließ sie ihren Blick auf dem jungen Abenteurer ruhen. Sollte er etwa die Frechheit

besessen haben, sich bei ihr einzuschleichen? Doch auch von ihm erhielt sie kein Zeichen. Im Gegenteil, seit gestern hatte er sich sehr verändert. Kein aufreizendes Lächeln mehr, kein übermütiges Sprühen seiner Augen. Er saß lustlos über seinem Teller und ließ mißmutig die gestern noch so schalkhaft lächelnden Mundwinkel nach unten hängen. Erika war ratlos. Es schien ihr, als ob, einer Verschwörung gleich, eine Mauer des Schweigens um sie herum errichtet worden wäre. Dann kam der Steward mit den von beiden Seiten gebratenen Spiegeleiern. Es duftete verführerisch nach heißer Butter. Sie nickte ihm dankbar zu und griff zum Besteck.
»Ich wünsche Ihnen einen guten Appetit«, murmelte ihr Gegenüber.
Sie lächelte den Priester an. »Danke. Ist es nicht traumhaft, Hochwürden, sich so verwöhnen zu lassen?«
Er lächelte und nickte. »Ja, ein wunderbarer Service hier an Bord. Kein Vergleich mit der Einfachheit unserer abgeschiedenen geistlichen Häuser. Ich hoffe, Sie hatten eine geruhsame Nacht.«
»O ja, danke«, lächelte Erika und fügte hinzu: »Ich hatte sogar einen wunderschönen Traum!«
»Sie Glückliche!« Das Geschirr klapperte leise, als sich das Schiff leicht nach Backbord neigte. Alle Passagiere blickten fragend und besorgt zum Tisch des Kapitäns.
»Es ist nichts«, winkte dieser beschwichtigend ab, »wir haben nur eine Kurskorrektur vorgenommen.«
»Sie Glückliche«, wiederholte der Priester seine letzten Worte. »Ich persönlich habe leider kein Auge zugetan, bis ich schließlich zu einem Buch über meinen Lieblingspapst, Alexander VI., gegriffen habe.«
»Hochwürden, ich bitte Sie«, entgegnete Erika voller Entrüstung. »Sie sprechen doch nicht etwa vom Vater der Lucrezia Borgia?«
»Nun, immerhin hat er vorbildlich für seine Kinder gesorgt und war auch sonst den kleinen Freuden des Lebens nicht abgeneigt. Das ist doch sehr sympathisch.«

»Und das ist Ihr Vorbild, Hochwürden?«
Der Priester lachte. »Meine Tochter«, begann er und fixierte sie, bis sie endlich von ihrem Teller aufsah, »oder sollte ich nach der letzten Nacht besser ›meine Geliebte‹ sagen?«
Erika hielt den Atem an. Eine Hitzewelle durchflutete ihren Körper, und laut pochte das Blut in ihren Ohren. Um sich zu beruhigen, begann sie mechanisch weiterzuessen. Erst nach geraumer Zeit blickte sie dem Priester in die verschiedenfarbigen Augen. »Und warum diese Maskerade? Wer sind Sie wirklich?«
»Das ist eine lange Geschichte. Vor etwa zehn Jahren wurde der kaiserliche Sommerpalast von den Engländern und Franzosen geplündert, und ich darf mich rühmen, einen beträchtlichen Teil des geraubten Schatzes in Sicherheit gebracht zu haben. Leider hat es dabei Tote gegeben, und ich mußte fliehen, denn ganz freiwillig wollte man mir die Kostbarkeiten doch nicht überlassen. Nun reise ich nach Europa, um etwas Gras über die Sache wachsen zu lassen. Irgendwann aber werde ich nach China zurückkehren, und dann bin ich ein gemachter Mann. Darf ich mich vorstellen, Teuerste, van Aacht ist mein Name, Richard van Aacht.«
Inzwischen hatte sich Erika soweit gefangen, daß ihre Empörung Oberhand bekam. »Ich muß schon sagen, das ist ein starkes Stück. Wieweit ich Ihnen Glauben schenken kann, weiß ich noch nicht und bitte Sie daher, mich vorerst nicht weiter damit zu behelligen!« Dann erhob sie sich und kehrte in ihre Kabine zurück. Weder zum Lunch noch zum Dinner erschien sie im Salon. Erst sehr spät in der Nacht ging sie zu einem kleinen Spaziergang an Deck. Noch nie war sie einem Menschen begegnet, der zugleich so frech und ehrlich zu ihr gewesen war. Sie wußte immer noch nicht, ob sie ihm glauben und wie sie sich ihm gegenüber weiter verhalten sollte. Langsam atmete sie die würzige Seeluft ein. Bis auf das leichte Maschinengeräusch aus den Windhutzen war es still. Sie verfolgte die aufgewühlte Spur des Kielwassers, die sich irgendwo in der Dunkelheit verlor. Eine sanfte Bö rauschte durch die Pardunen. Am klaren

Nachthimmel wölbten sich die Sterne, und plötzlich kam sie sich sehr klein vor.

***

Das schrille Pfeifen der Lokomotive holte die Träumende in die Wirklichkeit zurück. Die ersten Vororte von Stettin waren bereits in Sicht.

In Gedanken immer noch bei Richard van Aacht, erhob sie sich von der gepolsterten Bank, um den leichten Staubmantel überzuziehen. Ob sie sich wohl noch einmal wiedersehen würden? Versprochen hatte er es; aber sie glaubte nicht daran.

Als der Zug fauchend in den Bahnhof einlief, erkannte Erika schon von weitem die imposante Gestalt ihres Vaters, der die meisten Menschen um Haupteslänge überragte. Sie war wieder zu Hause.

Sie genoß die Fahrt im offenen Landauer und war ihrem Vater dankbar für sein momentanes Schweigen. Glücklich saß sie neben ihm und empfand es als angenehm, wieder einmal seine starke Ausstrahlung zu spüren. Die Straße führte am östlichen Ufer der Oder entlang, vorbei an jenem schiefen Speicher aus dem Mittelalter, der sie als Kind so fasziniert hatte, bis zum Hafengebiet mit seinen Werften und Industrieanlagen.

Über dem Eingang der Krögerwerft hing noch immer das ihr so vertraute Wappen der Stadt Stettin. Obwohl sie das adlerhafte Fabeltier mit der Krone auf dem Kopf wegen der lang herausgestreckten Zunge nicht leiden konnte, vermittelte es ihr doch ein heimisches Gefühl. Sie war erstaunt, welche Ausmaße die Krögerwerft in ihrer Abwesenheit angenommen hatte. Überall wurde emsig an neuen Schiffen gearbeitet. Der infernalische Lärm der unvermeidlichen Nietenhämmer tat ihr körperlich weh, so daß sie froh war, als die Fahrt nach Hause bald weiterging.

»Wie geht es meinem Enkel?« fragte ihr Vater und beugte sich neugierig vor. »Wie groß ist er jetzt?« Er hob seine Hand etwa einen Meter über den Kutschenboden. »Ist er schon so groß?«

Seine Frage brachte Erika in Verlegenheit. An ihren Mann und an Robert hatte sie seit der Überfahrt nicht mehr gedacht. »Oh, ich soll dich ganz herzlich von ihm grüßen. Oft fragt er nach Opa und ... er wäre so gern mitgekommen, aber ...« Ihr fiel einfach kein Grund ein, warum sie Robert nicht mitgenommen hatte. Das war ihr nun sehr unangenehm, und sie wagte nicht, ihren Vater anzusehen.
Dem aufmerksamen Alten war Erikas Unsicherheit keineswegs entgangen, dennoch zog er es vor, für den Rest der Fahrt zu schweigen.

***

In dem großen Herrenhaus auf Gut Bergland hatte sich nichts verändert. Die Möbel standen noch an ihrem alten Platz, und selbst die Vorhänge und Gardinen, die die Fenster zierten, waren immer noch dieselben. Das Kopfsteinpflaster zum Gesindehaus war seit der Verpachtung der Ländereien an die umliegenden Bauern moosbewachsen und voller Unkraut. Hier schien die Zeit stehengeblieben zu sein.
Beim Teetrinken auf der Terrasse fielen ihr wieder einige Kindheitserlebnisse ein. Hier war es immer lustig gewesen und die Räume angefüllt vom Lärm spielender Kinder; bis zu dem Tag, als ihre Mutter plötzlich ins Krankenhaus gebracht werden mußte und vier Tage später dort starb. Seitdem war Vater ein anderer geworden. Wenn er sich nicht vor Freunden auf dem Gut versteckte, vergrub er sich in seiner Arbeit auf der Werft.
»Warum willst du nicht noch einmal heiraten?« fragte sie ihren schweigsamen Vater.
Bedächtig schüttelte er den Kopf. »Ich will keine andere Frau. Erst recht nicht hier in unserem alten Haus«, und nach längerer Pause fügte er leise hinzu: »Und auch nicht anderswo!«
Jeder fühlte sich dazu berufen, ihm mehr oder weniger deutlich diesen Rat geben zu müssen. Was wußten die Leute schon von

ihrer Liebe, die sie auch jetzt noch nicht getrennt hatte? Erika, so dachte der Alte, hat dieses Gefühl wohl nie kennengelernt und wird es wohl auch nie erfahren. Sie hätte nie diesen Franzosen heiraten sollen, der nur auf sein Geld aus war. Warum ist sie wohl gekommen? fragte er sich. In ihrem Brief hatte sie keinen besonderen Grund erwähnt. Sicher brauchten sie wieder Geld, genau wie das letzte Mal. Ach, Erika, dachte er! Wie schön wäre es, wenn du nur mit Robert hierher zurückkehren würdest! Den Wunsch, mit ihr darüber zu sprechen, versagte er sich.

»Aber ...« Erika wollte nicht aufgeben, obwohl ihr Vater sich seit je ihrem wohlmeinenden Rat verschlossen hatte. Sie schenkte Tee nach und lehnte sich in den Korbsessel zurück. Durch die Blätter des Apfelbaumes fielen helle Sonnenstrahlen auf ihr dunkles Haar, und wenn der Wind die Zweige bewegte, tanzten sie auf ihren Locken.

»Aber wäre es nicht auch in Mutters Sinn, wenn du dir eine neue Frau suchen würdest? Eine, die dich versteht, mit der du lachen kannst, dich freuen und die für dich da ist, wenn du von der Arbeit kommst. Wirst du nicht vielleicht eines Tages die Einsamkeit hier fürchten?«

»Das Geschäft in China läuft schlecht, nicht wahr?« wechselte ihr Vater abrupt das Thema. Er versuchte seinen Blick von Erika loszureißen, von dem Anblick, der ihn so sehr an seine über alles geliebte Frau erinnerte. »Bisher hat dein Mann noch keinen Kilometer Eisenbahnschiene verkaufen können, ist es nicht so?«

»Auguste hat gute Aussichten, in Peking mit dem Vizekönig ins Geschäft zu kommen. Er glaubt ...«

»Wenn Auguste etwas glaubt, muß das noch längst nichts heißen!« unterbrach er sie. Es fiel ihm schwer, seine Abneigung gegen den ungeliebten Schwiegersohn zu unterdrücken.

»Das Geschäft mit Waffen läuft dagegen gut«, überging Erika die Spitze, »wenn wir ...«

»Das ist kein Thema für mich!« schnitt er ihr das Wort ab.

»Natürlich müssen wir darüber sprechen!« erwiderte Erika heftig. »Alle Welt verkauft den Chinesen Kanonen, Gewehre und sogar Kriegsschiffe! Die Engländer tun es und die Franzosen, warum also nicht wir auch?«
Einen Moment lang sahen sich beide fast feindselig an.
Schiffe! Warum nicht? Zwar war die Werft ausgelastet, aber große Aufträge, an denen viel zu verdienen war, die fehlten. Aber wozu? Er strich sich müde über das Gesicht. Für wen? Sein Enkel würde wohl nie kommen, sonst hätte sie ihn mitgebracht!
Kröger war aufgestanden und ging mit schwerfälligen Schritten ans Ende der Terrasse. Vor dem blühenden roten und weißen Phlox blieb er stehen, sog den süßen Duft ein und strich gedankenverloren über die Blüten. Endlich wandte er sich um und verschränkte die Arme auf dem Rücken. »Die Schiffe könnten wir hier bauen«, murmelte er leise. »Dazu müßten wir allerdings die Werft vergrößern. Vielleicht können wir das Nachbargrundstück dazu erwerben.«

***

In den nächsten Tagen sah Erika ihren Vater immer erst spät abends. Sie wagte noch nicht, an das Gespräch von neulich anzuknüpfen. Nur Geduld konnte ihr in dieser Situation weiterhelfen; nicht sie, sondern er mußte davon anfangen.
Die einzige Verbindung vom Gut zur Außenwelt war für Erika die Zeitung. Weder die Überschriften »Sieg in Frankreich« noch »Richard Wagner heiratet Cosima von Bülow« oder »Altkatholiken verlassen überraschend Vatikanisches Konzil« bewegten sie. Nur eine kleine Meldung auf der letzten Seite erregte ihr Interesse und beunruhigte sie. »Aufruhr in Tientsin« lautete die Überschrift. Besorgt überflogen ihre Augen immer wieder die wenigen Zeilen, in denen von fast zweihundert Getöteten, meist Franzosen, berichtet wurde.

»Ich muß zurück!« murmelte sie, und zum ersten Mal seit ihrer Abreise überkam sie eine große Sehnsucht nach ihrem Sohn. Eine dunkle Wolkenwand baute sich schwarz und drohend am Horizont auf, und erste heftige Böen trugen das noch verhaltene Grollen des Donners an ihr Ohr.

***

Nach dem siegreichen Frankreichfeldzug Deutschlands und der darauffolgenden Kaiserkrönung Wilhelms I. in Versailles hatte sich der Monarch für Berlin als Reichshauptstadt entschieden. Dreizehn Jahre später trafen sich in einer geräumigen Villa im Geheimratsviertel der Kaiser-Wilhelm-Allee mehrere hochrangige Persönlichkeiten aus dem Wirtschaftsleben.

Hausherr war der Staatssekretär im Auswärtigen Amt, Carl Peters. Bei ungezwungenen Gesprächen in heiterer Atmosphäre saßen sich die Herren an der Tafel gegenüber. In Peters' Haus eingeladen zu werden war gleichbedeutend mit einer Audienz bei Seiner Majestät, und so konnten die Anwesenden stolz darauf sein, zu diesem erlauchten Kreis dazuzugehören. Aber hier ging es um mehr als um Ehre und Ansehen, hier ging es um handfeste wirtschaftliche Interessen.

Aus mehreren Begegnungen mit den Vertretern der Industrie und der Banken wußte Peters, daß sich seine Gäste nach dem eher bescheidenen Arbeitsessen auf die anschließenden Beratungen konzentrieren würden, bei denen er nicht nur über die Kolonialaktivitäten des Reiches sprechen wollte, sondern auch konkrete finanzielle und eventuell auch militärische Hilfe anzubieten hatte. Bisher hatte noch keiner der Herren zu erkennen gegeben, welches Ziel ihm besonders am Herzen lag. In einem waren sie sich allerdings alle einig: Es würde um Geld gehen. Um viel Geld, um dessentwillen sie bereits seit Monaten antichambrierten. Aber Peters wußte auch, daß sie sich nicht mehr lange zurückhalten würden.

Nach der ersten Zigarre nebenan im Salon, spätestens aber beim trockenen Sherry würden sie ihre Wünsche äußern.

»Wenn sich die Herren bitte in den Salon bemühen wollen!« rief er, und als ob alle darauf gewartet hätten, erhoben sie sich und folgten ihm.

Peters blieb absichtlich in der Nähe seines alten Freundes Kröger, um mit ihm sprechen zu können. Das umständliche Suchen seiner Gäste nach der richtigen Sitzgelegenheit ging ihm auf die Nerven. Heute war es besonders schlimm, denn wie immer hatten sich Interessengemeinschaften gebildet, die so dicht wie möglich zusammenbleiben wollten. Er entschloß sich, schon jetzt mit Kröger zu sprechen, und führte ihn zum Kamin, um nicht gestört zu werden.

»Ich habe gehört, daß Sie sich um Kontakte nach China bemühen!« Es war eine Untertreibung, denn er wußte bereits, daß Kröger kurz vor dem Verhandlungsabschluß mit den chinesischen Behörden stand.

Kröger nickte und sah Peters ausdruckslos an. »Ich habe die Werft vergrößert und kann nun jeden Wunsch meiner Kunden berücksichtigen!«

Die Zeit brannte Peters unter den Nägeln. Vielleicht hätte ich ihn doch lieber nachher ansprechen sollen, dachte er, denn von sich aus wird er mir von seinen Plänen nichts erzählen. »Sie wollen Kriegsschiffe bauen?« fragte er ihn plötzlich ganz unvermittelt.

Auf Krögers Gesicht war nicht die Spur einer Überraschung abzulesen. »Warum nicht?«

Peters blickte zu seinen Gästen hinüber und beschwichtigte jene, die ungeduldig zu ihm herübersahen, mit einem aufgesetzten Lächeln. »Das Kabinett hat beschlossen, die Marine forciert auszubauen. Die Aufträge für den Bau von Kanonenbooten, Panzerkreuzern und Linienschiffen sollen nur an deutsche Werften vergeben werden, und Ihre ist eine der wenigen, die unsere Ansprüche zufriedenstellen kann. Wir brauchen Sie! Bemühen Sie sich also nicht weiter um die Chinesen!« Nun mußte er Kröger Zeit lassen,

um darüber nachzudenken. Er würde nachher noch einmal mit ihm sprechen. Es war doch gut, daß er ihn jetzt schon beiseite genommen hatte!
»Meine Herren!« sagte er mit lauter Stimme, drückte Kröger dabei aufmunternd den Arm und ging auf den ovalen Mahagonitisch zu. »Ich meine, während des Essens aus Ihren Worten manche Sorgen und auch Wünsche herausgehört zu haben. Ich bitte Sie nun, mir Ihre Vorstellungen zu unterbreiten!«
Der Industrielle Johannsen beugte sich etwas vor und ließ den Rest seiner Zigarre in den Aschenbecher fallen. Sein ausgeprägter Stiernacken färbte sich vor Konzentration langsam rot. »Wir wollen nicht um den heißen Brei herumreden. Wir brauchen Märkte. Märkte in aller Welt, wo wir unsere Erzeugnisse verkaufen und selbst billig einkaufen können!«
Mit diplomatischer Zurückhaltung zuckte Peters die Schultern. »Meine Herren, es kann doch nicht Sache des Reiches sein, Ihre Rohstoffe billig einzukaufen und dann die Produkte zu verkaufen!«
»Das verlangt doch keiner!« polterte Johannsen. »Man soll uns aber die Möglichkeit geben, weltweit Handel treiben zu können und dazuzugehören. Was wir brauchen, sind Territorien im Ausland, die an unser Reich gebunden sind!«
Es war bei jeder Zusammenkunft immer wieder der gleiche Wunsch, der zuerst vorgetragen wurde. Peters war zufrieden. Das Ergebnis dieses Abends würde wieder einmal seinen Wünschen entsprechen. »Wir können aber doch nicht einfach nach Afrika gehen und den Eingeborenen ein Schutzbündnis mit uns aufdrängen. Wozu auch?«
Johannsen war nun krebsrot im Gesicht. »Wollen Sie es nicht sehen? Wollen Sie nicht sehen, wie uns die Engländer und die Franzosen ins Abseits drängen? Jedes dieser Länder hat überall auf der Welt Kolonien, wo sie ihre Ware hinliefern und selbst zum Spottpreis Rohstoffe einkaufen können. Was meinen Sie, wie hoch ihre

Schutzzölle sind, wenn wir uns da sehen lassen? Nein, und noch mal nein! Was wir brauchen, sind Kolonien!«

Während des zustimmenden Gemurmels bat Reeder Würtz um das Wort. »Wir sind noch eine junge Nation und müssen uns gegen neidische Völker wehren. Deswegen brauchen wir viele Schiffe, die für uns die dringend benötigten Rohstoffe holen, und Kriegsschiffe, die den potentiellen Gegner mit Waffengewalt daran hindern, uns Schaden zuzufügen!«

Peters hob die Hand, und sofort verstummte das allgemeine Gemurmel. »Ich kann Ihren Gedanken folgen und befürworte sie auch. Aber wie sollen wir es anfangen? Jeder militärische Schritt in diese Richtung würde uns durch England und Frankreich große Nachteile bringen!« Er sah kurz zu Kröger hinüber, der das Gespräch vom Kamin aus verfolgte, dann auf seine gepflegten Fingernägel, um mit leiser Stimme fortzufahren. »Ich will Ihnen erklären, wie England und Frankreich zu ihren Kolonien kamen. Der englische Kaufmann geht ins Ausland und treibt von dort aus mit dem Mutterland Handel. Irgendwann schickt die Regierung Soldaten, um ihn zu schützen und um Verträge mit den Eingeborenen auszuhandeln. Die Franzosen machen es umgekehrt. Erst wenn die Militärs ein fremdes Land befriedet haben, kommen die Kaufleute.«

Er nippte kurz an seinem Weinglas und sah fragend in die Runde. »Für einen Eroberungsfeldzug ist unser junges Reich noch zu schwach, aber es liegt bei Ihnen, meine Herren, den ersten Schritt zu tun! Ich von meiner Seite aus werde nicht müde, Ihren berechtigten Wunsch unserer Regierung immer wieder vorzutragen!«

Johannsen, der vorhin in seiner Erregung aufgestanden war und den Tisch auf dem Weg zu Peters bereits zur Hälfte umrundet hatte, kehrte jetzt sichtlich beeindruckt zu seinem Ledersessel zurück, um sich eine neue Zigarre anzuzünden. »Aber wo?« fragte er hustend. »Überall sind schon Engländer und Franzosen!«

»Ich darf eigentlich nicht darüber sprechen«, fuhr Peters fort, »und

bitte Sie um absolutes Stillschweigen!« Er blickte in die Runde der ihm zugewandten ernsten Gesichter. »Noch in diesem Jahr wollen wir den Besitz und das umliegende Land des vorbildlichen Kaufmanns Franz Lüderitz als Kolonie Deutsch-Südwest-Afrika unter unseren Schutz stellen. Weiter ist auch mit der Gründung Deutsch-Ostafrikas zu rechnen, und mit der baldigen Gründung der Deutschen Kolonialgesellschaft werde ich die Möglichkeit weiteren Landerwerbs in Ihre Hände legen, meine Herren!«
Nach diesen Worten hatte sich Peters erhoben, um den anwesenden Industriekapitänen die Möglichkeit zu geben, sich untereinander über diese Aussichten zu verständigen. Doch noch bevor er die Tür erreichte, wurde er von Johannsen zurückgehalten. »Afrika, was ist schon Afrika? Was haben die Kaffern schon? Was wir brauchen, ist eine Kolonie in China, bevor die Engländer und Franzosen das Land unter sich aufgeteilt haben!«
»Wir können doch unmöglich ein fremdes Land besetzen!«
»Wir könnten einen Vorfall provozieren, um dann militärisch einzugreifen. Wenn zum Beispiel mein Schoner ›Anna‹ vor der Küste von Piraten überfallen wird, wäre das dann nicht ein Grund, dort zu intervenieren und Wiedergutmachung in Form von Landpachtung …«
»Nein, mein lieber Johannsen«, unterbrach ihn Peters und verwünschte ihn wegen seiner Hartnäckigkeit. »Wir haben eindeutige Handelsverträge des Norddeutschen Zollvereins übernommen und sogar noch erweitert. In China sind uns die Hände gebunden!«
Johannsen ließ nicht locker. »Was müßte geschehen, damit wir, ähnlich wie die Engländer in Hongkong, auch eine Kolonie gründen könnten?«
»Unser Reich ist leider noch zu schwach, und niemand bedauert das mehr als ich«, erwiderte Peters. »Um in China eine entscheidende Rolle spielen zu können, brauchen wir ein Flottengeschwader mit den dazugehörigen Versorgungsschiffen. In frühestens fünf Jahren werden wir soweit sein, daß wir dort ein gewichtiges

Wort mitreden können.« Peters senkte seine Stimme. »Dann aber hoffe ich, wird sich ein guter Grund finden lassen zuzuschlagen!« Johannsen nickte zufrieden. »Verstehe!« murmelte er. »Wenn Sie mich brauchen sollten ... stehe immer zu Ihrer Verfügung!«
Eine schwere Hand legte sich auf Peters' Rücken. »Es war interessant bei Ihnen«, leitete Kröger seinen Aufbruch ein, »aber nun gehöre ich ins Bett. Über das, was Sie mir gesagt haben, muß ich noch nachdenken. Aber so, wie Sie an mein nationales Pflichtgefühl appelliert haben, bleibt mir ja kaum eine andere Möglichkeit, als Ihren Wünschen nachzukommen!«
Peters hatte dem alten Schiffbauer stets Respekt und Hochachtung entgegengebracht. Er war einer der wenigen Männer, die durch Fleiß und Umsicht ihr Unternehmen vergrößert hatten. Auch bei seinen Arbeitern war er beliebt, was in dieser schweren Zeit etwas heißen sollte. Trotz des frühen Todes seiner Frau hatte er nie aufgegeben, und seit sein Schwiegersohn mit dem einzigen Enkel in China vermißt wurde, schien er sogar noch über sich hinauszuwachsen. »Wie geht es Ihrer Tochter?« fragte Peters voller Anteilnahme.
Kröger hob etwas die Schultern. Sein faltenreiches Gesicht blieb unbewegt. »Seit sie damals nach diesen schrecklichen Geschehnissen überraschend den reichen Engländer geheiratet hat, ist sie noch nicht wieder in Deutschland gewesen. Meine beiden neuen Enkelkinder kenne ich auch noch nicht.«
»Wenn ich etwas für Sie tun kann ...«, sagte Peters und hoffte, daß Kröger seine Bereitschaft nicht nur als Floskel betrachten würde.
»Nein, nein! Aber ich glaube, ich könnte Ihnen vielleicht helfen. Vor Jahren hat mich ein ehemaliger Bekannter meiner Tochter besucht. Wir sprachen über Gott und die Welt, und dabei ... Ich halte Sie doch nicht auf?«
Peters hob beschwichtigend seine Hand. »Keinesfalls!«
»Gut, wo war ich stehengeblieben? Ja, also er gefiel mir. Er war Seemann und kannte sich im Schiffbau aus. Er steckte voller Ideen,

wie man im Detail bessere Schiffe bauen sollte, und ich muß sagen, es hat sich für mich gelohnt. Er ist mein Teilhaber geworden.«
»Sehr schön, aber Sie sagten ...«, drängte Peters nun doch.
»Er war lange Zeit in China«, fuhr Kröger unbeirrt fort, »und wenn Deutschland einmal in Verlegenheit kommen sollte, eine geeignete Gegend für eine Kolonie in China zu suchen, dann wird er Ihnen behilflich sein können. Es gibt keinen Hafen in Fernost, der ihm nicht bekannt ist!«
Mit wachsender Neugier hörte Peters zu. »Wir haben uns bereits die alten Reiseberichte von Graf Eulenberg und Freiherrn von Richthofen angesehen, aber neuere Eindrücke sind natürlich von weitaus größerem Interesse für uns.«
»Sie werden sehen, der Mann ist kein Durchschnitt!«
»Ich würde mich freuen, auf Ihr Angebot zurückkommen zu dürfen.«
»Ich hab eine Visitenkarte von ihm.« Umständlich kramte Kröger eine leicht vergilbte Karte aus seiner flachen, abgewetzten Brieftasche.
»Richard van Aacht«, las Peters.

DRITTES KAPITEL

Die Luft über Hanjang flimmerte unter den sengenden Sonnenstrahlen, als Fen-che auf dem Rücken eines Esels die Stadt verließ. Begleitet wurde er von einem katholischen Priester. Seine Gedanken weilten noch beim Abschied, und immer wieder kreisten sie um das tränenüberströmte Gesicht seiner Mutter. Selbst sein Vater, dessen Wille es gewesen war, daß er das Elternhaus für ein paar Jahre verließ, schien ihn am liebsten zurückhalten zu wollen, und in der Haustür hatte er ihm noch zusätzlich fünfhundert Kupfercasch auf eine Schnur aufgereiht und ihm um den Hals gehängt.

»Du wirst erst in zwei oder drei Jahren zurückkehren«, sagte er zum wiederholten Mal und versuchte, seiner leicht bebenden Stimme einen sachlichen Klang zu verleihen. »Ich bitte dich noch einmal, sei fleißig und lerne die Sprachen der Europäer. Sie überfallen unser Land wie die Heuschrecken, und um ihre Handlungsweise zu verstehen, mußt du mit ihnen sprechen können, möglichst ihre Gedanken erraten. Vielleicht wird es eines Tages noch einmal von größter Wichtigkeit für uns alle sein, wenn du über dieses Wissen verfügst!«

Fen-che hatte die Stadt noch nicht ganz hinter sich gelassen, als Lin Nie-fü und Qin-lin auf die kleine Anhöhe zum Buddhatempel pilgerten. Von den prachtvollen Sänften und dem großen Gefolge neugierig geworden, empfing sie der fromme, alte Mann persönlich in demutsvoller Verbeugung vor dem Eingang.

»Alter, ehrwürdiger Richter, Ihr beglückt mich mit Eurem Besuch in meinem schäbigen Tempel. Wie schäme ich mich, Euch nicht die

Pracht und Größe anderer Tempel bieten zu können. Aber alle Menschen wissen, daß der große Richter Lin Nie-fü klug und weise ist und über diese Mißlichkeiten hinwegsehen wird. Mögen Euch noch weitere zehntausend Jahre glücklichen Lebens beschieden sein. Unsere bescheidenen Räume und die Kraft unserer Gebete werden Euch immer zur Verfügung stehen!«
»Alter Greis!« lächelte Lin Nie-fü ihm zu und umarmte ihn herzlich. »Unser nichtsnutziger Sohn wird für einige Zeit bei Fremden wohnen und uns durch sein unhöfliches Benehmen sicherlich nur Kummer bereiten. Wir wollen die kleinen Geister und Kobolde, die besonders die jungen Menschen zwicken und zwacken, durch Opfer gefügig machen, damit sie von ihm ablassen mögen.«
Qin-lin war nicht aus ihrer Sänfte ausgestiegen. Sie lauschte mit angehaltenem Atem hinter verschlossenem Vorhang den Worten ihres Mannes. Sie wußte, daß die kleinen Geister nur durch ein reiches Opfer besänftigt werden konnten. Würde es zu gering ausfallen, würde Fen-che noch mehr zu leiden haben. Dann würden sie ihn ununterbrochen veranlassen, zu stolpern und zu fallen, ihm kostbare Gegenstände aus den Händen gleiten lassen, und indem sie ein unsichtbares Tuch um ihn spannten, würde er oft seine Mitmenschen nicht erkennen und es darum an der notwendigen Höflichkeit und Ehrfurcht mangeln lassen. Doch sie wußte auch, wie großzügig ihr Mann war, wenn er den Göttern opferte, und schalt sich, zu ängstlich zu sein. Dennoch wäre ihr wohler zumute gewesen, wenn Fen-che bei ihnen geblieben wäre, obwohl sie einsah, daß es klug war, wenn er die fremden Sprachen erlernte. Seine Freude würde ihr fehlen, die stets ihr Herz erwärmte, wenn sie ihm eine Zimtsuppe kochen konnte!
Die Höflichkeit verlangte von dem Bonzen, die wartende Qin-lin ebenso wie den Richter zum Tee einzuladen. »Allererste Dame, vergebt mir ungehobeltem Menschen die Dreistigkeit, Euch in die heilige Halle zu bitten. Der Tee wird sicher fade schmecken,

und das Gebäck ist so trocken, daß die Mäuse es sogar verschmähen, aber bereitet mir die Freude, Euch als Gäste bewirten zu dürfen!«
Erst als Qin-lin eine dampfende Schale in den Händen hielt und den außerordentlich guten Geschmack des Tees erwähnte und die Süße und Frische des Gebäcks über alle Maßen lobte, entspannte sich der heilige Mann und lehnte sich zufrieden zurück. Er wußte von dem frühen Tod ihres Sohnes und wer jener andere war, um dessen Wohlergehen sie seine Gebete zu den Göttern erbaten. Doch seine Klugheit und der Respekt vor Lin Nie-fü geboten ihm zu schweigen. Er bewunderte dessen Mut, ein europäisches Kind als sein eigenes aufzuziehen, und er nahm sich vor, später noch einmal mit noch größerer Andacht um sein Wohlergehen zu beten. Wie zufällig ließ er seine Augen über die mit bunten Tüchern bedeckten Körbe wandern, die der Richter und seine Frau mitgebracht hatten. Es waren gewiß die Gaben für die Götter, die, nachdem er sie ihnen auf dem Altar angeboten hatte, ihm und seinen Schülern die Sorge um das tägliche Essen für einige Zeit nehmen würden. Bestimmt waren auch einige Casch darunter, mutmaßte er und schalt sich sofort einfältig. Nein, keine Casch, Silber würde darin verborgen sein. Mindestens für einige Taels, denn das wäre der Großzügigkeit Lin Nie-füs angemessen. Zufrieden und dankbar blickte er auf die große steinerne Statue Buddhas, die den Raum beherrschte.
Sie würden sicher noch in mehreren Pagoden um die Gunst anderer Gottheiten nachsuchen, aber das war ihr gutes Recht, denn nichts wäre fataler, wenn man sich ihrer Hilfe nicht auch versichern würde. Aufmerksam schenkte er Tee nach und rückte die Teller mit dem Gebäck zurecht.
Welch Glück, daß er von den gespendeten Casch etwas Tee von der letzten Ernte anstatt neue Stoffe gekauft hatte. Wie würde er dastehen, wenn er den alten vom Vorjahr anbieten müßte. Gleichzeitig nahm er sich vor, den neuen Schüler zu loben, denn sein Gebäck

schmeckte wirklich ausgezeichnet. Wieder glitt sein dankbarer Blick über die Statue.

***

Immer deutlicher spürte Fen-che die kantigen Knochen des Esels durch seine Sitzdecke und verlagerte das Gewicht etwas nach vorn, um sein Gesäß zu entlasten. Voller Stolz dachte er an den letzten Monat zurück. Vor drei Wochen hatte er das erste Examen bestanden. War es doch ein Augenblick der größten Freude für ihn gewesen, als die Liste mit den Namen bekanntgegeben wurde. Schon die Vorprüfung, die der Kreismandarin abnahm, war erfolgversprechend verlaufen. Es hatte keine Frage gegeben, auf die er die Antwort nicht gewußt hatte, weshalb er sich sofort zum Examen gemeldet hatte. Dazu mußten unzählige Formulare und Bescheinigungen vorgelegt werden. Von Belang war dabei vor allem, ob einer seiner Vorfahren einen unehrenhaften Beruf gehabt hatte wie Fischer, Schuhmacher, Schauspieler oder Musikant, Polizist oder Scharfrichter. Ebenso ausgeschlossen waren die Kinder von Revolutionären oder jene, die ihre Eltern verloren hatten und bei denen die dreijährige Trauerzeit noch nicht beendet war. Auch Kinder, deren Eltern es versäumt hatten, ihre Steuern zu zahlen, wurden nicht zugelassen.
Dann war endlich der große Augenblick gekommen. Mit über dreihundert Prüflingen wurde er in einem großen Raum untergebracht. Jeder bekam vom Unterexaminator einen Platz zugewiesen. Dann wurde das erste Thema genannt und mußte bis zum nächsten Morgen schriftlich ausgearbeitet werden. Danach hatten alle Prüflinge einen Tag und eine Nacht zur Erholung frei. Dann wurde das nächste Thema gestellt und nach einer weiteren Zeit der Erholung schließlich das letzte Thema.
Die Unsicherheit, die richtigen Worte zu finden, die richtigen Sätze zu schreiben und über die von den Examinatoren schon tau-

sendmal geforderten Themen neue oder originellere Aussagen zu machen, hatte ihn immer selbstkritischer und auch zweifelnder werden lassen. Was sollte er über die ›Fünf Klassiker‹ von Konfuzius noch sagen? Welche Gedanken beflügelten damals den Meister? Was wollte er mitteilen, und was konnte man möglicherweise zwischen den Zeilen erkennen? Jede eigene Auslegung war riskant, weil der Oberexaminator vielleicht eine andere Meinung hatte und nur diese gelten ließ. Wenn man das Glück hatte und denselben Standpunkt vertrat wie er, konnte es allerdings passieren, daß man ihn aus Angst vor einer einseitigen Festlegung nicht deutlich genug zum Ausdruck brachte und deshalb nicht bestand. Da nur eine bestimmte Anzahl von Schülern bestehen durfte und alle in ihrem Wissen gleich gut waren, reichte oft schon ein falscher Strich mit dem Tuschpinsel aus, um durchzufallen.

Je nachdem wie gut der Lehrer war, der den Schüler auf diese Prüfung vorbereitete, konnte man sie entweder in einem Anlauf schaffen, oder man mußte bis ins Greisenalter immer wieder versuchen, sie zu bestehen. Allerdings gab es eine Ausnahmeregelung: Ab einem gewissen Alter wurde die begehrte Prüfungsbescheinigung dem Schüler ehrenhalber übergeben, was ihm und seinen Nachkommen das so ersehnte wichtige Gesicht verlieh.

Vor der Verkündung des Prüfungsergebnisses begaben sich alle Schüler und Examinatoren in den nächsten Konfuziustempel. Nachdem sie sich dreimal zu Boden geworfen und neunmal mit dem Kopf die Erde berührt hatten, wurden die Namen der sechzig Glücklichen verlesen, und jeder empfing eine vergoldete Pappblume aus der Hand des mächtigen Oberexaminators. Nach einer erneuten Ehrenbezeugung vor dem Bild des Konfuzius war die Prüfung beendet, und nun drängten sich von allen Seiten Eilboten und Postreiter heran, um die freudige Botschaft den Eltern der Promovierten zu überbringen.

Fen-che lächelte, als er sich daran erinnerte, wie seine Mutter mit großem Eifer auf roten Karten, denn Rot ist die Farbe der Freude,

allen Bekannten und Verwandten die glückliche Nachricht zukommen ließ. Und an seinen Vater erinnerte er sich ebenfalls, der sich entgegen seiner Gewohnheit in seinem Zimmer eingeschlossen und sich erst viel später zu ihnen gesellt hatte. Dabei hatte Fen-che den gleichen süßlichen Duft an ihm wahrgenommen, den er immer dann gerochen hatte, wenn Michail Malikow bei seinen Eltern zu Gast gewesen war. Doch die Freude, die erste der drei Prüfungen bestanden zu haben, die nötig waren, um Mandarin zu werden, ließen alles andere weniger wichtig erscheinen.
Fen-che sah auf den runden Rücken des Priesters vor sich und trieb den Esel zur Eile an, um neben ihm zu reiten. »Schen-fu, wann werden wir Ping-kiang erreichen?«
Der Geistliche blickte, aus seinen Gedanken gerissen, erschrocken auf und rückte seine runde Nickelbrille zurecht. »Nenn mich bitte nicht immer Schen-fu! Zwar habe ich nichts dagegen, wenn mich die Dorfjungen ›Priester‹ nennen, aber für dich bin ich Pater Lassac!« Dann wich die Strenge von seinem Gesicht. »Wir müssen noch einen Umweg machen. Wenn wir das Land der tausend Seen hinter uns gelassen haben, mein lieber Sohn, will ich noch eben meine Gemeinden in den Bergdörfern besuchen.«
Die eigenartige Betonung und die unnachahmliche Ausdrucksweise des Priesters entlockte Fen-che ein Lächeln. Chinesisch war doch wirklich einfach, was man von den europäischen Sprachen sicher nicht sagen konnte. Warum zog der Schen-fu immer die Silben zusammen?
»Wie lange werde ich bei Ihnen bleiben, Pater Lassac?«
Der Geistliche hielt seinen Esel an und rückte erneut seine Brille zurecht. »Wollen wir ernsthaft jene Sprachen lernen, um die mich dein Vater bat, oder willst du lieber wieder nach Hause gehen?« Sein hageres, von unzähligen Pockennarben gezeichnetes Gesicht strahlte eisige Distanz aus. Fasziniert starrte Fen-che auf die dominierende Geiernase, aus der einige lange Haare hervorsprossen, und senkte schließlich den Blick.

Er konnte sich nicht erklären, warum plötzlich jede Freundlichkeit so überraschend aus diesem Gesicht verschwunden war. Warum veränderte er ständig sein Verhalten? Doch auch die Zeit, die er nun mit ihm und den anderen Priestern aus der Mission verbringen mußte, würde vorübergehen, wie Schmerz, Freude oder die Kälte des Winters! Er mußte sich damit abfinden, daß sein Lebensweg so und nicht anders im Buch des Lebens geschrieben stand und im göttlichen Aktenschrank verwahrt lag. Was auch immer geschehen würde, er würde es ertragen müssen!
Allmählich verließen sie die wasserreiche Ebene des Yangtse Kiang. Die unendlichen Reisfelder zu beiden Seiten des Trampelpfades wurden kleiner, bis sie schließlich in Gemüseäcker übergingen. Hier, an der Nahtstelle zwischen der Ebene und den bewaldeten Hügeln, gab es den besten Boden von Hunan. Viele reich gewordene Händler und Mandarine legten in dieser Gegend ihr Geld in Grund und Boden an, und nicht selten besaß ein Großgrundbesitzer mehr Macht und Einfluß auf die Bevölkerung als die Regierungsvertreter.
Die Dörfer wurden kleiner, je weiter sie zu den Höhenzügen vordrangen. Immer wiederholte sich die gleiche Begrüßung, wenn ein neues Dorf in Sicht kam. Tobend lief ihnen eine Schar kleiner Kinder entgegen, doch kaum hatten sie sie erreicht, hielten sich Neugier, Angst und Respekt die Waage. Ihre anfangs schrillen Rufe »der Priester ist da«, »der Priester ist da« verstummten, und der Einzug ins Dorf glich dann eher einer stillen Prozession.
Vor dem Kirchengebäude standen oftmals schon die älteren Bewohner versammelt und warteten. Wenn der Schen-fu vom Esel stieg, warfen sie sich ehrfurchtsvoll auf die Knie und berührten mit dem Kopf den Boden. »Geistlicher Vater, geht es dir gut?« erscholl es im Kanon. Freudig nahmen sie sein Lächeln auf und waren dankbar, wenn sie seine Hand oder seine Kleider im Vorübergehen berühren durften. Doch vor der Predigt ließ es sich der Christenvorsteher nicht nehmen, den Priester zum Tee in sein Haus zu

bitten, ein Ehrendienst, der nur ihm zukam. Fast immer blieb es nicht nur beim Tee; einige Bewohner brachten Erdnüsse, Kastanien und Walnüsse oder Obst, um ihn zu erfreuen.
Nach jedem Gottesdienst blieben die meisten Gläubigen noch auf ihrer Matte hocken und warteten geduldig, um noch einige Fragen an den Geistlichen zu richten. Meistens kamen sie mit ihren täglichen Sorgen zu ihm oder auch nur, weil es ihnen Freude machte, mit dem Schen-fu sprechen zu dürfen. Jeden Tag wurde es sehr spät, bis sie endlich schlafen gehen konnten, und Fen-che stellte sich oft die Frage, was den Mann bewog, hier in einem fremden Land, weit weg von seiner Heimat, ein Leben voller Entbehrungen auf sich zu nehmen. War es die Macht über die Menschen oder noch etwas anderes?
Irgendwo in den Bergen lag ein sehr verstecktes Dorf. Wenn der ausgetretene Pfad sie nicht geführt hätte, hätte Fen-che es hinter den großen Akazienbäumen nie entdeckt. Wieder empfingen die für jede Abwechslung dankbaren Kinder den Priester mit ihren schrillen Willkommensrufen und liefen hinter den Eseln her. Erst als sie den Baumgürtel durchschritten, erkannte Fen-che die ersten Häuser und war verblüfft, hier eine so große Pagode vorzufinden. Der Geistliche hielt vor dem Eingang, stieg vom Esel und bedeutete Fen-che, ihm zu folgen. Im Inneren stand ein großes, häßliches Götzenbild, das einen Mann mit einer Keule in der Hand darstellte, während neben ihm eine schwächliche Gestalt auf einem Schemel saß.
»Der Starke ist Tschu-tsian, der es mit zehn Männern zugleich aufnehmen konnte«, erklärte der Priester, »und der Schmächtige ist Kwan-shu, der mit den Löchern im Herzen.«
»Und warum stehen sie hier in der Pagode?«
»Sie sollen in dieser Gegend gelebt haben. Eines Tages traf der schwache Kwan-shu den großen Tschu-tsian und verspottete ihn vor allen Menschen wegen seiner geringen Kraft. Ich schwach, erwiderte dieser wütend, dir zeig ich, daß du ein Schwächling bist!

Wir können ja wetten, schlug Kwan-shu vor, wenn du nicht das schaffst, was ich kann, mußt du mir für den Rest deines Lebens als Fußschemel dienen. Nachdem er zugesagt hatte, hob Kwan-shu eine Hühnerfeder auf und reichte sie dem starken Tschu-tsian mit einem tückischen Lächeln. Wirf sie dort über die Mauer, befahl er. Doch wie er sich auch bemühte, er brachte es nicht fertig, die leichte Feder über die hohe Mauer zu werfen. Daraufhin ergriff Kwan-shu ein emsig scharrendes Huhn und warf es mit einem Schwung über die Mauer. Nicht einmal eine Feder kannst du hinüberwerfen, und ich schaffe es mit einem ganzen Huhn voller Federn, sagte er. Der Riese mußte eingestehen, daß sein Herausforderer der Stärkere war, und diente dem schmächtigen Kwan-shu fortan als Beschützer.«

Fen-che kannte viele Geschichten ähnlichen Inhalts aus den Schriften des Konfuzius und wunderte sich, eine so einfache Geschichte vom Schen-fu zu hören. Vielleicht war es die einzige, die der Priester kannte! Oder wollte er ihm damit etwas Bestimmtes sagen? War es möglich, daß er ihn für einen dummen, ungebildeten Bauern hielt? Unvermittelt erinnerte er sich eines klugen Spruchs seines Vaters: Wenn du einen Würdigen siehst, dann trachte danach, ihm nachzueifern; wenn du einen Unwürdigen siehst, dann prüfe dich in deinem Inneren! »Eine schöne Geschichte«, verneigte er sich. »Ich bewundere Sie, wie Sie unsere Sprache und Kultur beherrschen!«

»Ich hoffe, ich bleibe immer dein Vorbild, und erwarte, daß du mir im Lernen nacheiferst!« erwiderte der Pater und sprengte, sehr zur Freude der umstehenden Dorfbewohner, etwas Weihwasser aus einer kleinen Flasche gegen die Pagodenmauer.

Vielleicht sollte ich ihm auch eine Geschichte erzählen, überlegte Fen-che, vielleicht diejenige, die sich in einer Gegend abspielte, in der viel Getreide angebaut wurde. Dort standen am Wegrand große Mörser, schon halb mit Körnern gefüllt. Ein einsamer Wanderer wurde von einem Unwetter überrascht, doch schlau wie er

war, kletterte er in einen Mörser und spannte seinen Schirm über die Öffnung. Dadurch blieb er trocken, und nachdem das Gewitter vorbei war, stieg er wieder heraus und ging seines Weges. Die Bauern fanden etwas später den Mörser mit den trockenen Körnern, und sie waren überzeugt, ein Wunder erlebt zu haben, und gaben ihm einen Ehrenplatz in ihrer Pagode.
Doch Fen-che erschien es ratsamer, vorerst den Dummen zu spielen, um den Schen-fu nicht unnötig zu provozieren.

***

Nach einer Woche erreichten sie Ping-kiang. In ihren Ausmaßen war die Ortschaft schon eine kleine Stadt. Sie lag an dem träge dahinfließenden Milno Jiang. Das Missionshaus bestand aus einem flachen, auf einem meterhohen Feldsteinsockel errichteten schlichten Holzhaus mit zwei Seitenflügeln, in denen sich die Unterrichtsräume und die Unterkünfte für die Geistlichen und die Schüler befanden. Die Innenausstattung war sehr einfach, abgesehen von dem großen Andachtsraum mit den bunten Fenstern, den vielen Kerzenleuchtern aus schwerem Messing, dem in Weiß und Gold gehaltenen Altar und den zahlreichen Heiligenbildern mit den verklärten Gesichtern.
Der Unterricht bei den Patres verlief nach strengen Regeln. In der Hauptsache wurden Fen-che die Sprachen Deutsch, Englisch und Französisch und darüber hinaus die christliche Religion vermittelt. Er versuchte anfangs noch, den verwirrenden Inhalt dieser Lehre zu ergründen. Da war die Rede vom Sohn eines Zimmermannes, also eines Mannes, der nie das Examen hätte machen können. Dieser Zimmermann war anscheinend doch nicht sein richtiger Vater, denn diesen sollte man sich nur denken. Der richtige, der saß hoch oben als Gott über den Wolken und beobachtete sorgenvoll das Geschehen auf der Welt. Was Fen-che am meisten irritierte, war die Tatsache, daß es von diesem Gott nicht einmal ein Bild gab. Wie

sollte man sich ihn vorstellen? Doch bald machte er sich keine Gedanken mehr über den verworrenen Inhalt dieser Lehre, die wohl nicht mit dem Verstand zu erfassen war. Deshalb konzentrierte er sich nur noch auf die Sprachen. Durch seinen gleichbleibenden Fleiß erlernte er sie mühelos. Dieser Umstand fand bei den Patres große Anerkennung, wenn sie ihn auch in Glaubenssachen für unbelehrbar und störrisch hielten.

Mit Fen-che wurden noch zehn weitere Knaben unterrichtet, die aber erst halb so alt waren wie er. Der Hauptunterschied zwischen ihnen bestand jedoch darin, daß er bereits sein erstes Staatsexamen bestanden hatte und sie deswegen an Wissen weit übertraf. Doch erhielt er dadurch weder eine besondere Stellung, noch durfte er dies den Mitschülern durch das Zeigen der Auszeichnung, eines Knopfes am Hut, bekanntgeben.

Dennoch entwickelte sich Fen-che in den nächsten Wochen und Monaten immer mehr zu einem Einzelgänger. Wenn die anderen Schüler in ihrer Freizeit Majong oder Würfelspiele spielten, wenn sie wetteten, wie viele Kerne eine Apfelsine hatte, oder sich bei Glücksspielen wie Schere, Papier, Stein und Brunnen gegenseitig das Geld abnahmen, saß er meistens allein bis spät in die Nacht über seinen Büchern und lernte. Nur selten wanderte er durch die Berge, und dann am liebsten allein. Allein mit seinen Gedanken und Träumen.

Zu seinem siebzehnten Geburtstag, er lebte jetzt schon drei Jahre in der Mission, brachte der Postreiter neben den Glückwünschen und Geschenken seiner Eltern und Freunde noch eine unverhoffte Nachricht. »Mein lieber Sohn«, las er die gewohnte steife Anrede im Brief seines Vaters, »wir haben zu den Göttern gebetet und ihnen Opfer gebracht, um ihre Aufmerksamkeit und ihr Wohlwollen auf Dich zu lenken. Mit Freude haben wir die Nachricht aus dem Missionshaus vernommen, daß Du trotz Deiner immer wieder hervorgehobenen Ungeduld ausgezeichnete Fortschritte machst. Deine Mutter liegt mir schon lange mit der Bitte am Herzen, Dich so bald wie möglich zu besuchen. Bisher hatte ich die Kraft, es ihr abzuschlagen, aber inzwischen hat sich etwas geändert. Ich bekam vom Vizekönig die Nachricht, daß ich zum Oberrichter erhoben bin und nach Tschangscha, also ganz in Deine Nähe, versetzt werde. Mein Freund Michail Malikow bat mich, Dir ein weises Wort mit auf den Weg zu geben, und er läßt Dich mit der ihm eigenen Herzlichkeit grüßen. ›Nur die Hälfte eines Weges zurücklegen zu können und dann schwach werden, das ist es, was Du am meisten fürchten sollst!‹«

Langsam ließ Fen-che den Brief sinken, und eine Welle des Stolzes durchflutete ihn. Nun war sein Vater Mandarin des dritten Grades, und sein geheimer Wunsch war in Erfüllung gegangen. Warum wollte ihn Mutter unbedingt besuchen? Er las das Schreiben noch einmal und kam zu dem Schluß, daß es sich bei ihr nur um Sehnsucht handeln konnte, doch das wäre für seinen Vater kein ausreichender Grund gewesen, die lange und beschwerliche Reise auf sich zu nehmen. Über Malikow ärgerte er sich erneut. Einmal deswegen, weil er sich noch immer unfähig fühlte, ein endgültiges Urteil über ihn zu fällen, und zum anderen über dessen Mahnung, nicht ungeduldig zu werden.

Doch die Freude verdrängte den Ärger. Wenn sie bald nach Tschangscha zogen, konnte er sie öfter sehen. In Gedanken wähnte er sich schon zu Hause und meinte den Duft seiner geliebten Zimtsuppe zu riechen.

***

Der helle Klang der Missionsglocke, die neben dem Haupthaus an einem dreibeinigen Gestell hing, erinnerte ihn und die Gläubigen der Umgebung, daß gleich der Gottesdienst für die Gemeinde beginnen würde, und wie jeden Sonntag trat er wartend ans Fenster und blickte suchend die Hauptstraße entlang.

Vor einigen Monaten hatte er sie das erste Mal gesehen. Sie kam in

Begleitung eines jungen Mannes, ihres Bruders, wie er inzwischen wußte, und ging im Gedränge der Gläubigen so dicht an ihm vorbei, daß sie ihn mit der Schulter berührte. Sie hatte es nicht einmal bemerkt, aber er konnte sich, heute noch, genau an jede ihrer Bewegungen erinnern, an ihren Gang, an das sehr lange, blauschwarz glänzende Haar, an das bunte Seidentuch um ihren Hals und vor allem an ihr wunderschönes Gesicht.

Fen-che überlegte, ob er sie hier vom Fenster aus beobachten oder wie letzten Sonntag unten am Eingang auf sie warten sollte, um sich zufällig neben sie zu setzen und sie vielleicht wieder flüchtig anzulächeln. Die Aussicht, einmal mit ihr zu sprechen, beflügelte seine Gedanken. Vielleicht würde sich eine Möglichkeit bieten, mit ihrem Bruder ins Gespräch zu kommen. Dann könnte er ihn bitten, nach dem Gottesdienst etwas länger zu bleiben. Vielleicht konnte er sie ein Stück auf dem Nachhauseweg begleiten und ihnen ganz nebenbei erzählen, daß er schon das erste Staatsexamen abgelegt hatte.

Dann sah er sie. Wie jeden Sonntag kam sie neben ihrem Bruder die staubige Hauptstraße zur Mission herauf. Fen-che sah nur sie. Den schweren, ungelenken Bauernwagen mit den großen Jauchefässern hinter ihnen, das Ochsengespann mit den langen, frisch geschlagenen Stämmen und die Leute auf der Straße, sie alle sah er nicht. Heute trug sie ein rotes Tuch um ihr Haar geschlungen, und sie erschien ihm als das schönste Mädchen der Welt. Eilig lief er durch den langen Flur der Mission. Er nahm weder den angenehmen Essensgeruch aus der Küche wahr noch das Schwatzen und Lachen der Küchenmädchen, und noch bevor er den Ausgang erreichte, spürte er, daß sich etwas ereignet haben mußte. Durch das weit geöffnete Portal klang lautes, schadenfrohes Gelächter, und als er sich endlich durch die gaffende Menschenmenge gedrängt hatte, sah er den Bruder des Mädchens vollkommen naß und beschmutzt neben den Trümmern eines Fasses stehen, das offenbar von dem holpernden Jauchewagen gefallen war. Wenige Schritte

neben ihm stand seine Schwester und sah ihn entsetzt an; ihr Umhang war nur leicht bespritzt. Ein bestialischer Gestank verbreitete sich über dem Platz.
Blitzartig erkannte Fen-che die einmalige Gelegenheit, auf die er schon so lange gewartet hatte. Rücksichtslos bahnte er sich einen Weg durch die johlende Menge, bis er neben ihr und dem schamroten Bruder stand.
»Ich heiße Lin Fen-che«, stellte er sich hastig vor und spürte zugleich seine schnellen Herzschläge, »erlaubt mir bitte, Euch zu helfen. Ich wohne hier in der Mission. Ihr könnt Euch bei mir waschen und ... und erlaubt mir, Euch frische Kleidung anzubieten!«
Durch die vielen schadenfrohen Gesichter um sich herum mißtrauisch geworden, trat der junge Mann einen Schritt zurück. »Wollt Ihr Euch auch über mich lustig machen? Wollt Ihr mich, wie man mir eben angeboten hat, etwa auch zu einem Misthaufen führen, oder was habt Ihr vor?«
»Ich bitte für das Benehmen der ungehobelten Bauern um Entschuldigung, aber mein Angebot ist ernst gemeint!«
»Ich bin auch ein Bauer!«
»Ich glaube nicht, daß Ihr so grob und gleich denen so ungehobelt seid, andere Leute für ihr Mißgeschick auszulachen!«
Der junge Mann besann sich, und nach einer leichten Verbeugung stellte er sich vor. »Ich heiße Wu Wen-ti, und das ist meine Schwester Ay-lin. Ich nehme Euer Angebot an. Aber sagt mir, warum tut Ihr das für mich?«
»Ich habe Euch hier schon häufiger im Missionshaus bei der Andacht gesehen«, erwiderte Fen-che wahrheitsgemäß, und verlegen fügte er hinzu: »Euch und Eure Schwester!«
Ein verstehendes Lächeln huschte kurz über Wu Wen-tis Gesicht. »Vielleicht sollten wir uns öfter treffen«, sagte er verschmitzt, während er mit Fen-che auf die Mission zuging.
Fen-che, dem später die Ehre zuteil wurde, zwischen Wen-ti und Ay-lin zu sitzen, schien der Gottesdienst viel zu kurz. Wenngleich

sie hier nicht miteinander sprechen konnten, kostete er jeden Augenblick in ihrer Nähe aus. Plaudernd begleitete er sie nach der Andacht bis zu den letzten Hütten der kleinen Stadt und war froh, nicht von seinem bestandenen Examen erzählt zu haben. Zufrieden kehrte er zur Mission zurück. Doch eine innere Unruhe trieb ihn wieder hinaus, und so versuchte er sich durch einen ausgedehnten Spaziergang zu beruhigen.
Der nur von Holzfällern benutzte Weg führte ihn am felsigen Ufer des Milno Jiang flußaufwärts. Während er dem gleichmäßigen Gemurmel des Flusses lauschte, spürte er, wie sich seine Unruhe legte. In Gedanken befaßte er sich noch einmal mit dem Brief seines Vaters. Vielleicht hatte Malikow doch recht. Wie konnte er die Botschaft eines Weisen nur vergessen: Wahre Worte sind selten gefällig, gefällige Worte sind selten wahr!
Als wollte er sich den Makel der Unvollkommenheit abstreifen, lief er mit federnden Schritten zur nächsten Flußschleife und rannte schließlich, bis seine Lungen mit jedem Atemzug rasselten. Sein Speichel schmeckte gallebitter. Mit torkelnden Sätzen brach er schließlich am Schilfgürtel des zu einem flachen See erweiterten Flusses zusammen. Erschöpft streckte er sich unter einem Maulbeerbaum aus.
Den See bedeckte in der Mitte ein Teppich von Lotosblumen. Zwischen den großen Blättern suchte sich unbekümmert eine Entenschar frisches Futter. Neben Fen-che schwirrten schillernde Libellen eine Handbreit über dem Gras, ließen sich darauf nieder, um sofort wieder aufzufliegen. Während des Fluges drehten sie sich mehrmals um die eigene Achse, stiegen dann spielerisch in die Höhe und verschwanden im Schilf. Ein ununterbrochenes Vogelgezwitscher erscholl aus den umliegenden Bäumen.
Zögernd zog Fen-che die Schuhe aus und rückte etwas näher an das Wasser, um seine Füße zu kühlen. Mit dem zaghaften Mut eines Nichtschwimmers watete er ein paar Schritte ins tiefere Wasser. Der helle, sandige Boden quoll ihm angenehm durch die Zehen,

und jeder Schritt brachte ihm eine willkommene Kühlung. Argwöhnisch sah er sich um. Niemand war zu sehen. Entschlossen ging er zum Maulbeerbaum zurück und zog sich aus. Bevor er das letzte Kleidungsstück ablegte, sah er sich noch einmal um und lief ins Wasser.

Es war ein herrliches Gefühl, sich unbeschwert ins knietiefe Wasser zu legen und mit den Fingern im Sand zu wühlen. Hand für Hand hob er ihn neben sich aus dem Grund und versuchte, auf seinem Bauch einen Turm zu bauen. Die sanfte Strömung spülte den Sand von seinem hageren Körper und ließ das Bauwerk immer wieder zusammenfallen.

Die angenehme Schwerelosigkeit im Wasser machte ihn sorglos, und langsam ließ er sich immer weiter ins tiefere Wasser treiben. Es reichte ihm nun schon fast bis zur Hüfte, und mit vorsichtigen Schritten tastete er sich neugierig auf das anschließende Schilffeld zu. Plötzlich wurde der Boden schlickig, doch bevor er die Gefahr erkannte, rutschte er aus. Mit beiden Händen griff er wahllos in die Schilfstengel und zog sich zu ihnen heran, um nicht abzutreiben. Mühsam gelang es ihm, sich aufzurichten, und mit rotgeränderten Augen watete er hustend auf das Ufer zu.

Vor Entsetzen zitternd erreichte er den Maulbeerbaum. Erst jetzt wurde ihm das ganze Ausmaß seiner Angst bewußt, und nun spürte er auch den Schmerz in seinen Händen. Seine Finger hielten noch immer das abgerissene Schilfgras umklammert. Sie nur zu öffnen, kostete ihn große Anstrengung. Eine derartige Unvorsichtigkeit würde ihm nicht noch einmal passieren. Er mußte unter allen Umständen schwimmen lernen.

Mit der Unbekümmertheit, mit der Fen-che bisher die Monate und Jahre hatte verstreichen lassen, war es seit diesem Sonntag vorbei. Er war verliebt! Jetzt durchlebte er die einzelnen Phasen von seliger Ergriffenheit bis zu schlaflosen Nächten, gepeinigt von einem schlechten Gewissen, sich durch Ay-lin von seinem Studium ablenken zu lassen. Nach dem täglichen Unterricht fehlte ihm nun

die Konzentration, und er ertappte sich des öfteren, wie er träumend am Tisch saß und durch das Fenster starrte.
Fen-che erhob sich von seinem kurzbeinigen Holzstuhl und drückte ihn gedankenverloren mit den Waden bis an die Wand zurück. Vor seiner Schlafstelle vor dem Fenster blieb er stehen, kniete sich auf die Matte, stützte sich mit den Ellbogen auf das Fensterbrett und hielt den Kopf mit beiden Händen umfaßt. Der Zopf war ihm über die linke Schulter gerutscht, und träumend fuhr er mit den Fingern über den geflochtenen Haarstrang, während sein Blick irgendwo in der Ferne weilte.
Immer wieder kreisten seine Gedanken um Ay-lin. Er wußte, daß er zu jung war, um sich jetzt schon zu binden. Und selbst wenn es beide wollten, so stand immer noch die Erlaubnis ihrer Eltern aus. Aber er wußte auch, daß er sie weder in Gedanken beiseite schieben noch die Kraft aufbringen konnte, ihr an den Sonntagen aus dem Weg zu gehen. Er wollte gern mit jemandem darüber sprechen, aber wer würde dafür in Frage kommen? Ihm fiel einzig der Russe Malikow ein, dem er in diesem Fall sein Vertrauen schenken würde.
Warum quäle ich mich so? seufzte er, schließlich kann ich nicht ändern, daß die Vögel der Sorge und des Zweifels über mir fliegen. Verhindern muß ich nur, daß sie Nester in meinen Haaren bauen! Fest drückte er seine Handballen gegen die vor Mattigkeit brennenden Augen. Die Ohnmacht, seinen Verstand nicht über die Gefühle setzen zu können, machte ihn wütend. Ärgerlich warf er sich auf die Schlafmatte und blieb auf dem Bauch liegen, das Gesicht gegen die Kopfrolle gepreßt.
»Willst du nicht zum Abendgebet kommen?« klang die strenge Stimme von Pater Schwartz von der Tür her. Leise war er ins Zimmer getreten, und mit vorwurfsvollem Blick klappte er den Bügel seiner Brille in der Hand hin und her.
Schuldbewußt erhob sich Fen-che. Mit gesenktem Kopf versuchte er, an dem Priester vorbeizugehen, doch der rührte sich nicht.

»Setz dich!« befahl Pater Schwartz in barschem Ton, schloß hinter sich die Tür, setzte sich auf den Tisch und beugte sich so weit vor, daß Fen-che auf unangenehme Weise seinen Atem im Gesicht spürte. Doch er wagte es nicht, ihm auszuweichen. »Ich beobachte dich, seit du bei uns bist, und sehe sehr wohl, daß du dich nicht bemühst, unseren Glauben anzunehmen. Wir selbst geben uns jede Mühe, dir unsere Sprachen zu vermitteln, und anerkennen auch, nie einen begabteren Schüler gehabt zu haben. Aber der Glaube an die Botschaft von Jesus Christus, mein Sohn, ist dir bisher versagt geblieben. Was könnte dich dazu bewegen, ihr dein Herz zu öffnen?«
Seine Augen wirkten durch das Glas der Brille riesengroß, und sie schienen Fen-che drohend anzustarren. Welch häßliche Augenfarbe dieses Blau ist, dachte er und versuchte ganz beiläufig aus dem Dunstkreis des warmen Atems zu entkommen.
»Ich bin glücklich, so wie ich bin«, versuchte er in naiver Offenheit dem Priester sein mangelndes Interesse zu erklären, »Eure Christengötter könnten mich nicht zufriedener machen!«
Das Gesicht des Geistlichen lief rot an. »Wenn du aufgepaßt hättest, wüßtest du, daß wir nur einen Gott haben!« fauchte er Fen-che an, umklammerte seinen Arm wie ein Schraubstock und schüttelte ihn hin und her, als wollte er ihn dadurch zur Vernunft bringen.
Der Schmerz erschien Fen-che so stark, daß er glaubte, ihm würde der Arm gebrochen. Das Gesicht des Priesters war inzwischen so nahe an ihn herangerückt, daß er zwischen den dunklen Kratern der Poren die winzig kleinen roten Adern auf dessen Nase erkennen konnte.
Um sich zu rechtfertigen, aber auch, um sich endlich von dem unerträglichen Druck um den Arm zu befreien, zählte er die Heiligen auf, gleichwohl ahnend, daß seine Bemühungen falsch ausgelegt werden könnten. »Da ist der Heilige Geist, Jesus, Gott, Maria und …«

»Schluß!« schrie der Priester mit sich überschlagender Stimme. Fen-che wischte sich angeekelt mit dem Handrücken der freien Hand über das Gesicht. Sein Arm war nahezu taub geworden. »Ihr tut mir weh, Hochwürden!« preßte er flüsternd hervor und konnte sich nicht mehr gegen die Tränen wehren.

Pater Schwartz schien seinen festen Griff nicht bemerkt zu haben, denn verlegen ließ er ihn los und erhob sich. Befreit von der erdrückenden Nähe des Schen-fu bemerkte Fen-che gar nicht, wie dieser den Mund öffnete, als wollte er noch etwas sagen. Doch er überlegte es sich anders, stürzte hinaus und warf die Tür hinter sich zu.

Fen-che rieb sich den prickelnden Arm, erhob sich langsam und legte die Hand auf den Türgriff. Sollte er jetzt noch zur Messe gehen? überlegte er verunsichert, denn sein Respekt vor dem Geistlichen war in Angst umgeschlagen. Vorsichtig öffnete er die Tür und spähte auf den dunklen Flur hinaus. Bis hierher klangen die zarten Kinderstimmen zwischen den tiefen Bässen der Priester. Nein, trotzig warf er den Kopf zurück, jetzt erst recht nicht! Der Arm brannte ihm wie zehntausend Stecknadeln. Leise schloß er die Tür und legte sich mit dem Gesicht zur Wand auf die Steppdecke.

Am nächsten Morgen weckte ihn das Läuten der Missionsglocke. Wie jeden Tag blickte er als erstes nach draußen. Das in den letzten Wochen gewohnte Blau des Himmels war heute von tiefhängenden, grauen Nebelwolken verdeckt. Eintönig schlugen die Regentropfen gegen die Holzschindeln und das Fensterglas. Irgendwo klapperten Fensterläden im böigen Monsunwind. Entgegen seiner sonstigen Gewohnheit blieb er liegen und dachte darüber nach, was er gestern falsch gemacht hatte und wie er sich ändern könnte. Er würde sich bei Pater Schwartz entschuldigen, nahm er sich nach längerem Überlegen vor, und ihn bitten, ihn zu taufen. Gleich nach dem Frühstück würde er ihn ansprechen!

»Verzeihen Sie, Pater!« Fen-che verbeugte sich vor Pater Schwartz auf dem Flur vor dem Unterrichtsraum. »Ich bin mir meines

Fehlers bewußt geworden und bereue ihn und ... und ich bitte Sie, mich zu taufen.« Er spürte kalten Schweiß auf der Stirn und fühlte sich plötzlich schwach und elend, denn so klar und logisch ihm dieser Schritt nach dem Aufwachen erschienen war, befielen ihn jetzt Zweifel, dem fremden Glauben beizutreten. Würde er dadurch nicht einen Teil seines Ichs verlieren? Fen-che wäre am liebsten davongelaufen, doch diese Blöße wollte er sich vor dem strengen Schen-fu nicht geben. Er haßte sich in diesem Augenblick.

Pater Schwartz blieb nach Fen-ches Eröffnung erschüttert stehen, unfähig, eine Bewegung auszuführen oder einen Gedanken zu fassen. Schließlich legte er ihm die Hand auf seine schmale Schulter. »Mein Sohn, ich bin gerührt. Doch muß ich bekennen: Ich habe gestern einen Fehler begangen. Ich war in meinem Glauben zu eifrig. Du bist hier, um die europäischen Sprachen zu lernen, wie dein Vater es von uns erbat. Sonst nichts! Du bist kein Katechumene, denn der Vorbereitungsunterricht für die Taufe verläuft anders. Aber ich danke dir für deine Worte, auch wenn sie nicht aus einem überzeugten Herzen kommen. Ich muß mich bei dir entschuldigen, gestern so unbeherrscht und heftig gewesen zu sein!«

Fen-che glaubte zunächst, den Priester nicht richtig verstanden zu haben, dann aber begriff er und atmete erleichtert aus. Nie wieder wollte er gegen seine innere Überzeugung handeln. »Ich nehme Ihre Entschuldigung an, alter ehrwürdiger Vater«, murmelte er befreit, und seine Verbeugung galt weniger dem Schen-fu als der Kraft der gütigen Geister, die ihn im letzten Augenblick gerettet hatten.

Es regnete den ganzen Tag. Es regnete auch am Sonntag. Heute würden weder Ay-lin noch Wen-ti kommen, dachte Fen-che und ging die wenigen Schritte in seiner knapp bemessenen Kammer auf und ab. Er würde sich um so mehr aufs Lernen konzentrieren. Ob sie ihn wohl ebenso mochte wie er sie? Vielleicht liebte sie ihn sogar! Nach wenigen Minuten änderte er sein Vorhaben. Er wollte jetzt doch spazierengehen. Er brauchte Bewegung und frische Luft.

Eine Stunde später stand er, von dem steten Regen durchnäßt, unter seinem alten Maulbeerbaum am See und blickte abschätzend auf das stille Wasser. Seit er die Sage um diesen Baum mit seinen rosa und roten Früchten von einem der jüngeren Priester gehört hatte, fühlte er sich ihm besonders verbunden. Wie es hieß, sollten sich seine ehemals weißen Früchte nach dem Tod der Liebenden Pyramus und Thisbe durch deren Blut rot gefärbt haben. Ab und zu sprang ein Fisch, und jedesmal, wenn der silberne Schuppenkörper wieder zurückfiel, glaubte er den Flußgott zu erkennen, der ihn schon einmal zu sich holen wollte. An den Stamm der glatten Rinde gelehnt wartete er, ob er sich noch einmal zeigen würde. Mit der Nässe kroch ihm die Kälte in die Glieder, und als später die Fische nicht mehr sprangen, blieb auch der Geist verschwunden, ohne ihn gelockt zu haben. Beruhigt kehrte er zur Mission zurück.
In dieser Nacht wurde Fen-che krank. Fieberanfälle wechselten sich mit plötzlichen Kälteschauern ab, die seinen Körper durchfluteten, und erst in den Morgenstunden fiel er erschöpft in einen unruhigen Schlaf.

***

In dem großen Haus der Familie des Richters Lin Nie-fü war es seit gestern noch stiller geworden. Qin-lin war mit der Dienerschaft und den Verwandten nach Tschangscha abgereist, und nachdem der letzte Wagen mit Gepäck den Weg in Richtung Süden verlassen hatte, kehrte auch in dieser Straße in Hanjang die gewohnte Ruhe wieder ein.
Lin Nie-fü mußte jetzt nur noch das Amt seinem Nachfolger übergeben, dann konnte er seiner Frau und den Umzugswagen folgen. Irgendwo unterwegs, da machte er sich keine Sorgen, würde er den Troß schon einholen und dann weiter vorauseilen. Denn in Tschangscha würde sein Vorgänger schon auf die Ablösung warten.

Er hatte den langen, fast bis zum Boden reichenden blauseidenen Umhang auf der Schlafmatte ausgebreitet und zog sich gerade das veilchenblaue Obergewand über, als er in seinen Bewegungen innehielt. »Mein Liebling, dich hab ich völlig vergessen!« murmelte er und eilte in die leere Bibliothek. Vorsichtig nahm er das schwere, dunkle Tuch vom Vogelkäfig ab und beugte sich darüber. Die bunte Pekingnachtigall mit dem gelbroten Bauch duckte sich leicht, äugte mit schräggehaltenem Kopf in das helle Licht und wippte nervös mit ihrem gegabelten, schwarzen Schwanz. Lin Nie-fü sog langsam Luft durch seine spitz geformten Lippen und versuchte den Vogel durch trällernde Laute aufzuheitern. Zaghaft und leise antwortete die Nachtigall, schüttelte sich und hüpfte von der Stange auf den Käfigboden, um nach Futter zu suchen.
Vor dem Haus klang leises Stimmengewirr zu ihm empor. Meine Sänfte, murmelte er und beeilte sich mit dem Anziehen. Von der Schulter seiner prächtigen Galatracht bis hinab zum Saum verzierten kunstvoll eingestickte Drachen und andere Fabeltiere das Gewand, während auf Brust und Rücken ein Pfau prangte, der, wie alle Vögel auf den Mandaringewändern, mit ausgebreiteten Flügeln auf einem Felsen im tobenden Meer mit Blick in die Sonne dargestellt wurde. Er strich kurz mit dem Zeigefinger über den lichtblauen Knopf seines Hutes und setzte ihn auf. Mit dem Vogelkäfig in der Linken verließ er das Haus und stieg, ohne sich noch einmal umzusehen, in die Sänfte. Er brauchte sich keine Sorgen zu machen, etwas vergessen zu haben, denn gleich würde noch einmal sein Diener durch das Haus gehen und die letzten Sachen einpacken.
Für die Gerichtsangestellten war heute ein besonderer Tag. Herausgeputzt und angetan mit ihrer besten Uniform, umringten sie den allseits beliebten Richter, und jeder wollte zum Abschied noch ein paar Worte mit ihm wechseln. Doch Lin Nie-fü war ungeduldig, denn die Zeit lief ihm davon.
Ohne daß ein Wort gefallen war, stellten sich plötzlich die Wachen

und Soldaten entlang den Wänden auf. Der Neue kam. Tief verbeugten sich die Sekretäre, Schreiber und Büttel vor ihrem zukünftigen Herrn.
Unglaublich, wie teuer und kostbar er gekleidet ist, war Lin Nie-füs erster Eindruck von seinem Nachfolger, und er bedauerte zugleich seine Untergebenen, die hierbleiben und unter seiner Herrschaft dienen mußten. Wer als Richter so offensichtlich seinen Reichtum zur Schau stellte, hatte sein Vermögen in der Regel durch großzügige Gaben seiner »Kunden« erlangt. Lin Nie-fü wußte von Fällen, in denen sich hohe Mandarine ungeniert bestechen lassen und willkürlich ihr Amt mißbraucht hatten, bis sie eines Tages von der Bevölkerung und den eigenen Angestellten in die Sänfte gesetzt und zum Vizekönig getragen worden waren. Um die Leute zu beruhigen, blieb diesem in der Regel nichts anderes übrig, als die Schuldigen abzusetzen und andere Mandarine zu ernennen. Das ist auch so einer, dachte Lin Nie-fü, und ungeduldig wartete er auf die Höflichkeitsbezeugungen des Neuen.
Sie fiel unmanierlich knapp aus. Die Diener beobachteten die Zeremonie mit großem Unbehagen und hielten erwartungsvoll den Atem an. Wie würde ihr alter Richter reagieren, der stets soviel Wert auf höfliche Umgangsformen gelegt hatte? Doch Lin Nie-fü lächelte nur und nickte kurz. Er sah keinen Sinn darin, sich mit seinem Nachfolger zu streiten.
Die Vorschrift verlangte indes, daß er ihm das in gelbe Seide eingehüllte Amtssiegel formell zu übergeben hatte. Er ging um den Richtertisch herum und schloß die Lade auf. Langsam, fast liebevoll, als erinnere er sich noch einmal an die Höhen und Tiefen seiner Amtszeit, holte er das Siegel hervor, hielt es einen Augenblick wiegend in der Hand und warf es dann auf den Tisch. Es war totenstill im Raum. Aller Augen waren auf den neuen Mandarin gerichtet. Wie würde dieser die Beleidigung hinnehmen?
Seine Mundwinkel zogen sich zynisch herab. Er trat so dicht an Lin Nie-fü heran, daß er ihn fast berührte, und flüsterte: »Wie ich

hörte, reist Ihr nach Tschangscha. Ich habe dort sehr einflußreiche Freunde, die mir noch immer außerordentlich verbunden sind. Ihr werdet es noch merken!«
Lin Nie-fü war ärgerlich, weil er sich durch die arrogante Art des Mannes hatte provozieren lassen. Doch nun konnte er es nicht mehr ungeschehen machen. Er fürchtete sich nicht im geringsten vor der Drohung. Ihm ging es vielmehr darum, sich vor seinen Leuten stets beherrscht und gerecht zu zeigen. Freundlich lächelnd glitt sein Blick noch einmal über die ihm mit der Zeit vertraut gewordenen Gesichter seiner ehemaligen Untergebenen, und in gewohnter Würde schritt er aus dem Yamen.
Am Rande der erhabenen Abgeschiedenheit des Stadtviertels der hohen und reichen Mandarine, dort wo die Rangstufen der Beamten niedriger und die gepflegten Gärten kleiner wurden, bestimmten zunehmend einfachere Häuser und Hütten das Stadtbild. Hier wartete eine unübersehbare Menschenmenge, um sich von ihrem Richter Lin Nie-fü zu verabschieden. Überall in den Straßen, die er durchschritt, standen kleine Tische mit Reis oder Leckereien, und als höflicher Mensch war er verpflichtet, an jedem eine Probe zu nehmen. Insgeheim war er froh, gestern vorsichtshalber gefastet und heute noch nichts gegessen zu haben.
Im Schneckentempo erreichte er endlich die Nähe des Stadttores. Von Gruppen meist einfacher Leute waren ihm bereits verschiedene rotbemalte Holztafeln, auf denen seine Haupttugenden in Goldschrift verzeichnet waren, überreicht worden. Lächelnd und sich immer wieder verbeugend hatte er sie ebenso entgegengenommen wie den großen roten Ehrenschirm mit den »zehntausend Namen«, auf dem die Honoratioren der Stadt ihm zum Andenken ihre Namen mit sauberen Pinselstrichen aufgemalt hatten. Am Stadttor wurde er von einer weiteren Abordnung gebeten, seine Schuhe auszuziehen, um sie gegen ein Paar neue einzutauschen. Diese Ehre war Lin Nie-fü bisher in keiner Stadt zuteil geworden, und stolz sah er zu, wie seine alten Schuhe unter dem Tor auf-

gehängt wurden. Ein Zeichen, daß ihr Besitzer gegangen war, er aber jederzeit wiederkommen konnte, um sie in der Stadt weiter zu tragen.

Obwohl es einfach gewesen war, die Dankbarkeit der Bürger zu erringen, wurden nur wenige Mandarine so verabschiedet wie er. Aber das war wohl der Lauf der Dinge, denn wenn ein Lückenwarter endlich zu einem Amt kam, saß er meistens, bedingt durch das jahrelange Warten, ohne Einkommen auf einem hohen Schuldenberg, und seine Gläubiger versuchten so schnell wie möglich ihr Geld wiederzubekommen. Das ihm zur Verfügung gestellte Amtsgebäude war meist leer und in einem erbärmlichen Zustand; zugleich wartete eine große Zahl Diener, Stallknechte, Schreiber, Wachen, Sesselträger, Soldaten und der Scharfrichter auf ihr Gehalt, das er bezahlen mußte. Wie beruhigend war es da, wenn man vermögend war und sich sofort einen gewissen Luxus leisten konnte. Dankbar erinnerte sich Lin Nie-fü seines reichen Vaters, denn die eigentlichen Zuwendungen vom Staat waren so gering, daß man davon nur das Nötigste bestreiten konnte. Andernfalls mußte man sich für jede Gefälligkeit gut entlohnen lassen und notfalls die Gesetze umgehen, doch das sprach sich schnell im Volk herum und zerstörte das Vertrauen. Er erinnerte sich an einige Würdenträger, die sich zum Leidwesen der einfachen Leute bestechen ließen und am letzten Tag vor der Ablösung verkleidet und auf Schleichwegen heimlich die Stadt verlassen mußten. Jenen, die dazu zu stolz waren, wurde in der Regel eine blamable Verabschiedung zuteil. Zwar standen auch bei ihnen die Leute an den Straßen, doch überschütteten sie sie dann mit Schimpfworten, verbrannten Papier mit ihren Namenszügen oder wünschten ihnen den Tod.

***

In Tschangscha führte Oberrichter Lin Nie-füs erster Weg in den Gerichtsyamen, um das Siegel entgegenzunehmen. Eine beträcht-

liche Anzahl Untergebener füllte neben vielen Vertretern der Stadt die sieben offenen großen Räume vor dem Gerichtssaal. Gemessenen Schrittes ging er mit dem Vogelkäfig in der Hand an den gekrümmten Rücken vorbei, durchschritt die Tür zu seinem neuen Arbeitszimmer und blieb vor dem polierten Richtertisch stehen. Sein Vorgänger war nicht anwesend.
Peinlich berührt drehte er sich um und winkte einen Sekretär und die beiden Schreiber zu sich. Vorsichtig stellte er den Vogelkäfig auf die Tischplatte und pustete dem Vogel sanft gegen das Gefieder. Die Nachtigall erstarrte, und nachdem sich ihre Federn aufgeplustert hatten, schüttelte sie sich.
»Wo ist mein ehrwürdiger Vorgänger?« fragte er mit sanfter Stimme und hielt seinen Blick auf den alten, hageren Sekretär gerichtet, dessen weißer Bart ihm bis über die Brust reichte.
»Ich, Wen Yün-li, Euer untertänigster Diener, habe die Ehre, Euch willkommen zu heißen und das Siegel zu übergeben. Ich zittere vor Ehrfurcht und wage nicht, in Euer Angesicht zu sehen!«
»Ist das nicht die vornehme Pflicht meines Vorgängers, alter ehrwürdiger Greis?«
»Gewiß!« antwortete dieser nach längerem Zaudern, und seine Mundwinkel zuckten.
»Kann mir jemand sagen, weswegen diese Regel nicht befolgt wird?«
Der Sekretär und die beiden Schreiber blickten beschämt zu Boden. Mit einem Wink entließ er die Schreiber aus seiner unmittelbaren Nähe und umrundete langsam den Richtertisch, ohne sich zu setzen. Lin Nie-fü sah in die Gesichter der Anwesenden im Saal, und immer dort, wo sich seine Blicke mit den ihren trafen, neigten sich die Köpfe zu Boden. Es war reglos still geworden, und in das Schweigen hinein begann die Nachtigall zu trällern.
Du, mein kleiner Liebling, weißt nicht, was man mir angetan hat, denn sonst würdest du schweigen. Lin Nie-fü wandte sich zum Käfig und betrachtete den kleinen Vogel nachdenklich. Oder willst

du mir etwas sagen? Daß diese Leute hier vielleicht genauso unangenehm berührt sind wie ich? Du magst recht haben! Ich werde keinen von ihnen des Versagens anklagen, niemanden anschreien oder beschimpfen, der unschuldig ist. Ich habe es noch nie getan und werde es auch in Zukunft nicht tun!

Er streckte lächelnd die Hand aus, und ehrfürchtig übergab ihm der alte Sekretär das Siegel. Dann setzte er sich, und eine Welle der Erleichterung durchlief den Saal.

»Wo befindet sich mein Vorgänger?« fragte er den Sekretär ganz ruhig.

Der Alte sah seinen neuen Herrn traurig an. »Seit Jahren kennen wir hier kein Recht mehr, und besonders dieser letzte Richter hat gegen die Interessen des Volkes gehandelt, indem er Mord und Raub nur dann verfolgte, wenn er einen persönlichen Vorteil daraus ziehen konnte. Das Gefängnis ist mit Unschuldigen gefüllt! Gestern hat er heimlich die Stadt verlassen!«

»Erzählt mehr!« forderte Lin Nie-fü den Alten auf, als dieser stockte.

»Herr, ich bin ein alter Mann, um mich ist es nicht weiter schade, aber Euch bitte ich, vorsichtig zu sein.« Dann senkte er seine Stimme zu einem Flüstern herab. »Reiche Großgrundbesitzer herrschen hier wie Könige, und wer sich von ihnen nicht kaufen läßt …« Der Alte schluckte. »Sogar unser Vizekönig sieht und hört nichts.«

Nun war Lin Nie-fü auch klar, warum er auf dringlichen Wunsch Pekings so schnell wie möglich hierher versetzt worden war. Offenbar war trotz aller Geheimhaltung doch etwas bis an den Hof des ›Himmlischen Herrschers‹ durchgedrungen. Bestimmt erwartete man von ihm Todesurteile, die er nun als Oberrichter auch aussprechen durfte. War das vielleicht der Grund für die schnelle Beförderung?

»Wer sind die heimlichen Könige?«

In dem langen Blick, mit dem Wen Yün-li den Oberrichter ansah, lagen Vorwurf, Traurigkeit und Resignation. »Es sind die beiden Grundbesitzer Peng Yü-lin und Hsü Ching-chen, denen an der Provinzgrenze zu Kiangsi fast das gesamte Land gehört. Die Bauern dort müssen so hohe Pacht zahlen, daß ihnen nichts anderes übrigbleibt, als sich selbst als Kulis zu verkaufen, um ihr Dasein fristen zu können.«

»Und mein Vorgänger hat von allem gewußt?«

»Der hat beide Augen zugedrückt und war vielleicht auch am verbotenen Kulihandel beteiligt. Vor einem halben Jahr wurden mehrere Bauern, die mit der Pacht im Rückstand waren und sich nicht verkaufen wollten, ermordet aufgefunden. Hier im Gerichtsyamen geschah dann Seltsames. Von Zeugen wurde die große Glocke am Eingang geläutet, die, wie Ihr ja wißt, den Richter zwingt, ohne Verzug die geforderte Untersuchung zu eröffnen. Das Urteil lautete auf lebenslange Verbannung dieser Zeugen in die Mandschurei.«

Lin Nie-fü nickte und erlaubte dem Alten, an seinen Platz zurückzukehren. Er sehnte sich nach einer beruhigenden Opiumpfeife. Die letzte hatte er vor vielen Tagen beim Abschied mit Michail Malikow geraucht. Wie sollte er sich verhalten? Aber zuerst wollte er dem Vizekönig, dem Oberschatzmeister und den Notabeln seine Aufwartung machen. Vielleicht erfuhr er von ihnen, wie sie sich die Zusammenarbeit mit ihm vorstellten. Als Oberrichter besaß er immerhin die Verfügungsgewalt über die Bannertruppen des Militärmandarins, aber sie gegen so hochgestellte Persönlichkeiten einzusetzen war sehr riskant und kam nur im äußersten Notfall in Frage. Lin Nie-fü seufzte, denn er ahnte, in welch erbarmungswürdigem Zustand sich die Soldaten befinden würden. Er mußte durchgreifen, um nicht sein Gesicht zu verlieren! Müde erhob er sich und legte seine Hand auf den Käfig. Erschreckt beendete die Nachtigall ihren Gesang.

»Ich kann nicht sagen, daß ich über die Zustände erfreut bin, aber ich vertraue auf Eure Hilfe. Eines Tages werden wir zusammen

erreichen, daß hier wieder Gerechtigkeit und nicht Angst das Leben bestimmen wird!« Er verbeugte sich in die Richtung, in der seine Amtsdiener, die Wachsoldaten und die Gäste standen, die sich ihrerseits noch tiefer vor ihm verbeugten. Dann durchquerte er mit der Nachtigall die sieben offenen Säle, hinter denen sich seine Privatgemächer befanden. Seinem Rang entsprechend waren die Längsbalken der Holzdecke in den Sälen rot und die Querbalken grün gestrichen. Die schwarzbemalten Türen zierten geschnitzte Tierköpfe mit Ringen in den Mäulern. Lin Nie-fü sehnte sich nach einem Bad und trat dankbar mit dem Vogelkäfig durch die Tür, die sein aufmerksamer Diener vor ihm geöffnet hielt.
Die Antrittsbesuche bei den anderen hohen Mandarinen wurden von den gleichen starren und hölzernen Höflichkeitsriten bestimmt, wie sie seit mehreren Jahrhunderten gepflegt wurden. Keiner von ihnen versuchte, ihm die Eingewöhnung durch Hilfe zu erleichtern, und es schien ihm, als ob sie Angst hätten. Überall das gleiche oberflächliche Gerede über unwichtige Dinge und dann die Erleichterung, wenn er sich verabschiedete. Nur bei dem um einen Rang höheren Oberschatzmeister war es anders.
Vor seinem Yamen wehten an den beiden üblichen hohen Masten große, bestickte Fahnen. Mehr als die beiden imposanten Steinlöwen links und rechts des Eingangs gefiel Lin Nie-fü das prachtvolle vorgelagerte Eingangstor mit dem gewölbten Vordach und den drei Bogen. Hier lagen neun offene Säle zwischen den Arbeitszimmern und den Privaträumen. Schwarze Holzsäulen trugen vergoldete Balken mit schillernden Drachenkörpern, während die Felder dazwischen mit bunten Phönixen, Delphinen und Drachenbildern ausgefüllt waren. Hier hielten an grünen Türen kupferne Löwenköpfe ebenfalls kupferne Ringe im Maul. Macht und Reichtum gingen von diesem Haus aus.
Der Oberschatzmeister – Lin Nie-fü hatte schon von weitem insgeheim den Kamki, den Goldfasan, auf seiner Galatracht bewundert – forderte ihn nach dem Essen zu einem Gang durch den form-

vollendet gestalteten Garten auf. »Ihr seid also der ›Mandarin mit der Nachtigall‹«, sagte er lächelnd, und sie setzten sich an den Rand des Goldfischteiches, während der Hausherr spielerisch mit einer Hand Futterklümpchen aus der steinernen Schale neben sich formte und sie den schnappenden Fischen zuwarf.
»Euer Vorgänger hat recht schnell die Stadt verlassen müssen. Nehmt es ihm nicht übel, die Zeiten sind eben schlimm!«
»Die Zeiten oder die Menschen?« erwiderte Lin Nie-fü.
Der Mann mit dem rosaroten geschliffenen Stein am Hut blickte amüsiert auf. »Ein Augenblick der Geduld kann vor großem Unheil bewahren, ein Augenblick der Ungeduld das Leben zerstören! Laßt ruhig die Dinge an Euch herantreten!« Er tippte sich auf die Brust. »Jeder Beamte trägt wie Ihr und ich die Kette mit den hundertacht Kugeln, von denen bekanntlich zweiundsiebzig für die in unserem Land vorkommenden Metalle und Steine stehen, während die restlichen sich auf die Gestirne beziehen, die ihr Licht über uns leuchten lassen. Seit Hunderten von Jahren, ob es schlimme Zeiten oder Menschen waren, fehlt keine Kugel, und nicht eine ist hinzugekommen!« Mit diesen Worten erhob er sich, und gedankenvoll folgte ihm Lin Nie-fü ins Haus.
Der Sinn der Botschaft war nicht mißzuverstehen, doch Lin Nie-fü schwieg und wartete.
»Schon immer hat es arme und reiche, dumme und kluge Menschen gegeben!« fuhr der Oberschatzmeister in einem plauderhaften Tonfall fort, als ob er vom Wetter spräche, und führte Lin Nie-fü in den Salon. Hier duftete es angenehm nach abgebrannten Räucherstäbchen, und nachdem sie sich gesetzt hatten und der bereitstehende Tee von einem schweigsamen Diener in die Schalen gegossen wurde, erkannte Lin Nie-fü, welch einzigartige Sammlung an Schätzen aus der Yüan-Dynastie sie umgab. Der Oberschatzmeister registrierte zufrieden, daß die Augen seines Gastes an den schönsten Kleinodien etwas länger verweilten. »Ich glaube, Ihr gebt mir recht, wenn ich behaupte, daß es angenehmer ist,

nicht zu den Armen und Dummen zu gehören! Jeder kluge Mann mit Einfluß wird irgendwann einmal vor die Frage gestellt, ob er weise handeln und reich oder einfältig handeln und arm bleiben will!«

***

Langsam erhielten die Privaträume des Richteryamen durch die Hand Qin-lins die gleiche traute Atmosphäre wie ihr altes Haus in Hanjang. In den ersten Wochen seiner Amtszeit wurden Lin Nie-fü nur selten Streitfälle vorgetragen, was er sich damit erklärte, daß das Vertrauen der Bevölkerung sehr gelitten hatte und erst langsam wieder entstehen mußte. So fand er die Zeit und auch die Ruhe, sich öfter mit seiner Frau zu einer Schale Tee zusammenzusetzen. Sie wußte, welche Sorgen sich ihr Mann machte, und verzichtete schweren Herzens darauf, ihm ihren Wunsch vorzutragen, Fen-che endlich zu besuchen.

Und noch etwas hatte sich verändert. Befangen zuerst, doch mit zunehmend größerer Selbstverständlichkeit zog er sie ins Vertrauen, was seine Sorgen und Befürchtungen über ihre Zukunft in dieser Stadt anbetraf, und Qin-lin wurde nun seine treueste Zuhörerin und wertvollste Ratgeberin.

»Wenigstens weiß ich nun, wer die wirkliche Macht in dieser Provinz in den Händen hält! Nicht der Vizekönig, den ich für einen Trottel halte, sondern der Oberschatzmeister!«

Aufmerksam hörte sie zu. Jetzt war noch nicht der Zeitpunkt gekommen, sich dazu zu äußern. Frühestens dann, wenn er die zusammengelegten Hände nicht mehr gegen sein Kinn gepreßt hielt, erwartete er ihre Meinung. Heute war der erste schöne Tag nach einer verregneten Woche, und der warme Duft nach feuchter Erde umhüllte sie. Schweigend wartete Qin-lin, daß er weiterspräche.

»Der Vizekönig interessierte sich bei meinem Antrittsbesuch nur für alte Klatschgeschichten aus Peking und Hanjang. Er besaß sogar die Frechheit, mir keine Antworten auf meine drängenden

Fragen über die Rechtsunsicherheit zu geben, die hier offensichtlich herrscht. Statt dessen stellte er mich seinen vielen Nebengemächern vor und platzte förmlich vor Stolz darüber, daß ihm vier von ihnen dieses Jahr Kinder geboren hatten. Weiß denn dieser blinde Bock nicht ...« Lin Nie-fü räusperte sich verlegen und schielte zu seiner Frau hinüber.

»Nein, der wirklich gefährliche Mann ist der Oberschatzmeister, der diese Verbrecher gegen üppige Geschenke deckt. Und mich, stell dir vor, hat er auch versucht, auf seine Seite zu ziehen!« Lin Nie-fü schwenkte abwehrend seine rechte Hand durch die Luft, als wollte er sich nachträglich gegen das deutlich vorgebrachte Angebot wehren. »Es wird sich hier in China nichts ändern, wie sich seit undenklichen Zeiten nichts geändert hat, ob man sich bestechen läßt oder nicht! Das hat er mir zu verstehen gegeben. Als Krönung seiner Impertinenz empfand ich die Äußerung, daß nur die Dummen arm bleiben!«

Qin-lin wußte, daß sie sich mit seiner unbedingten Ehrlichkeit abzufinden hatte, und unternahm auch nicht den Versuch, ihn davon abzubringen, obwohl die Angst um sein Leben sie nicht mehr ruhig schlafen ließ. »Es wäre unklug, ihm das Geschenk jetzt zurückzugeben. Wiege ihn in Sicherheit! Laß ihn in dem Glauben, dich gekauft zu haben, und bereite deine nächsten Schritte sorgfältig vor, um nicht in eine Falle zu laufen!«

Lin Nie-fü blickte zu der bauchigen hellblauen Porzellanvase mit den zarten Blumenornamenten. Sie stand noch immer am äußersten Rand der Terrasse, wo er sie hingestellt hatte, als er an jenem Abend vom Oberschatzmeister nach Hause gekommen war. Es war ihm, als ginge Gestank von ihr aus, der Gestank von Bestechlichkeit, Verrat und Ehrlosigkeit. Nur sein ausgeprägter Sinn für das Wertvolle vergangener Zeiten hatte sie bisher vor der Zerstörung bewahrt. »Das geht vielleicht Wochen oder Monate gut, aber eines Tages werde ich meinem Gewissen nicht mehr ausweichen können!«

»Diese Zeit solltest du nutzen, nicht gegen den mächtigen Mandarin vorzugehen, sondern zuerst gegen diese Großgrundbesitzer. Die Macht, sie deiner Gerichtsbarkeit zu entziehen, besitzt er nicht, und wenn sie erst verurteilt sind, wäre es unklug von ihm, weitere Schritte gegen dich zu unternehmen.« Qin-lin hatte sich erwartungsvoll zu ihm vorgebeugt und achtete nicht auf die Haarsträhne, die sich gelöst hatte und nun von einem schwachen Windstoß bewegt wurde. Mit einer schnellen Handbewegung strich sie sie zurück.
»Deine Gedanken sind weise.« Er lächelte sie liebevoll an und genoß ihre stille Erwiderung. Sie wußte allerdings nicht, daß die Großgrundbesitzer ihre Wohnungen fast zu einer Festung ausgebaut hatten und über eine große Leibwache verfügten. Es würde auch besser sein, wenn er es ihr nicht erzählte. Sie machte sich ohnehin zuviel Sorgen um ihn. »Ich werde unverzüglich die ersten Schritte dafür in die Wege leiten«, sagte er statt dessen, »und dann«, sein Lächeln wurde noch herzlicher, »werden wir unseren Sohn besuchen. Und wenn die Priester der Ansicht sind, daß er die Sprachen beherrscht, werden wir ihn zu uns zurückholen, damit er sich auf das nächste Staatsexamen vorbereiten kann!«
Obwohl Qin-lin nach diesen ersehnten Worten sofort nach frischem Gebäck eilte, waren ihm ihre Freudentränen nicht verborgen geblieben.

***

Da jeder Vizekönig zugleich Oberbefehlshaber der Bannertruppen war, hielt Richter Lin Nie-fü es nicht für sinnvoll, von ihm eine Abteilung zu seinem Schutz anzufordern. Jedes Vorhaben in dieser Richtung würde wie ein Lauffeuer durch sämtliche Ämter gehen, würde vielleicht verhindert werden oder ins Leere laufen, weil ihre Spione überall agierten.
Statt dessen ließ er nach dem Polizeimandarin schicken, der die

›Truppen der Grünen Fahne‹ befehligte. Obwohl schon die Bannertruppen nur mit alten Vorderladern, Luntenflinten, Speeren oder Pfeil und Bogen ausgerüstet waren, befanden sich die ›Truppen der Grünen Fahne‹ in einem noch schlechteren Zustand. Oft wurden sie zum Postdienst verwendet, zum Straßenbau mißbraucht oder trieben Steuern ein. Aber Lin Nie-fü sah keinen anderen Ausweg. Um Erfolg zu haben, durften der Vizekönig und der Oberschatzmeister sowie sämtliche Beamten in seinem Yamen nichts von dem bevorstehenden Unternehmen gegen die ›heimlichen Könige‹ erfahren.

Der pausbäckige, etwas rundliche Polizeipräsident, Mandarin des neunten Grades, saß mit unglücklichem Gesicht vor dem Richtertisch. Statt in Uniform war er in seiner verschlissenen Galatracht erschienen. Der dünne und teilweise abgewetzte, blanke Stoff seines Gewandes und der schäbige Hut mit dem silbernen Knopf ließen Lin Nie-fü wieder hoffen. Wenn dieser Mann bestechlich wäre, würde er über mehr Geld verfügen und dementsprechend gekleidet sein.

»Ich brauche morgen dreißig Mann, um einige Leute festzunehmen!« ordnete er an.

Die vollen Wangen des Polizeimandarins wackelten, als er den Kopf schüttelte, und seine Gesichtsfarbe wechselte ins Graue. »So viele Leute habe ich nicht!«

»Nach meinen Unterlagen befehligt Ihr weit über einhundert Mann. Wo sind sie?«

»Nein, nicht über so viele. Sie sind ...« Er biß sich auf die Lippen und schwieg.

Lin Nie-fü wußte, was dieses Schweigen bedeutete. Es war in jeder Provinz dasselbe. Ob es sich um die mandschurischen Bannertruppen, um die Truppen der Grünen Fahne oder um die Feldtruppen handelte, nie entsprach die von der Hauptstadt bezahlte Truppenstärke der tatsächlichen, weil sich die zuständigen Mandarine den zuviel bezahlten Sold in die eigene Tasche steckten.

»Wieviel stehen uns zur Verfügung?« fragte er resigniert.
»Mit mir«, begann der Polizeipräsident zu zählen, »sind es zehn Mann!«
Zehn Mann waren zu wenig. Er konnte sich allerdings auch nicht vorstellen, daß gegen sie mit offener Gewalt vorgegangen würde. Vielleicht versteckten sich die Halunken irgendwo in den Bergen, und dann würden sie auch mit hundert Mann nicht zu finden sein.
»Gut, morgen abend, eine Stunde vor Sonnenuntergang, brechen wir hier vom Yamen aus auf!«
Der Polizeimandarin sah den Richter ungläubig an. »Wen wollt Ihr verhaften?« fragte er zaghaft, und je länger sein Gegenüber schwieg, um so mehr wurde seine Befürchtung zur Gewißheit.
»Morgen abend!« wiederholte Lin Nie-fü und entließ ihn.

***

Die grünlasierten Dachpfannen des großen, verwinkelten Hauses mit den geschwungenen, weit ausladenden Dächern glänzten in der Abendsonne. Der Innenhof und die anschließende Scheune mit den Nebenhäusern wurden teilweise von einer mannshohen Ziegelmauer verdeckt, die den ausgedehnten Komplex umgab. Nichts verriet dem anrückenden Oberrichter und den Soldaten, daß sie bereits erwartet wurden. Die Porzellanfratzen auf dem Dachfirst grinsten den Ankömmlingen kalt entgegen, während sie das geöffnete Mauertor durchschritten. Lin Nie-fü schmerzte von dem ungewohnten Ritt der Rücken, und für einen kurzen Augenblick beneidete er die hinter ihm marschierenden Soldaten. Mißtrauisch versuchte der dicke Polizeimandarin durch die Rosenquittensträucher zu spähen, bevor er umständlich von seinem Pferd stieg.
Kein Bewohner ließ sich blicken, niemand trat ihnen entgegen. Von der Rückseite des Haupthauses aus konnten sie nun vier Katen und eine große Scheune sehen, durch deren geöffnetes Tor im Zwielicht mehrere Karren und Wagen zu erkennen waren. Eine

getigerte Katze mit steil aufgerichtetem Schwanz erschien aus dem Dunkeln, blieb vorsichtig am Tor stehen, lief dann in schnellem Paßgang zu den Katen hinüber und verschwand hinter einem Fliegenvorhang aus aufgereihten Bambusstäben.

Lin Nie-fü spürte fast körperlich die Gefahr, in der sie sich befanden, und bereute nun, so leichtsinnig gewesen zu sein, sich auf seine Staatsautorität verlassen zu haben. Er nickte dem Polizeimandarin zu und schritt auf die Haustür zu. Doch bevor er sie erreichte, wurde sie von innen geöffnet, und ein rundlicher Mann mit gutmütigem Gesicht in einfachen, blauen Kleidern trat hervor und verbeugte sich.

»Seid meine Gäste, Ihr hohen Herren, und habt die Güte, in meine kümmerliche Hütte zu treten, um sie durch Eure Anwesenheit erstrahlen zu lassen!«

»Ich bin Oberrichter Lin Nie-fü aus Tschangscha«, stellte er sich vor, »und das ist der Polizeimandarin Hsiän Yü-yi. Ich komme, um Herrn Hsü Ching-chen einige Fragen zu stellen.« Ganz bewußt umging der Richter die Höflichkeitsregeln, die ihm geboten hätten, sich bei dem Hausherrn für die freundliche Einladung zu bedanken, sich über sein prächtiges Anwesen auszulassen und sich selbst schließlich als unbedeutend und unwichtig darzustellen.

»Euer untertänigster Diener steht Euch zur Verfügung. Darf ich den Herren Soldaten etwas zur Erfrischung anbieten?« Ohne auf eine Antwort zu warten, klatschte der Hausherr in die Hände. Mehrere Diener kamen hinter einem bunten Vorhang neben der Tür hervor und trugen in bauchigen Kannen Getränke nach draußen.

Auf Lin Nie-füs Stirn zeichneten sich Unmutsfalten ab, weil ihn Hsü Ching-chen durch kluges und schnelles Handeln in die schlechtere Position manövriert hatte. »Es gibt einige Fragen, die zu klären sind«, ging er zur Offensive über, und seine Stimme klang schroffer als gewollt.

»Verleiht meiner Hütte einen Glanz, den sie nicht verdient, und tretet ein!«
Dieser schleimige Kerl sollte Hsü Ching-chen sein? wunderte sich Lin Nie-fü, und seine anfänglichen Befürchtungen schlugen in Arroganz um. Um ihn festzunehmen, hätten auch meine Träger genügt, dachte er und trat hocherhobenen Hauptes an dem tief dienernden Hausherrn vorbei in den Vorraum. In dem außergewöhnlich großen Wohnzimmer ließ er sich auf einem Sitzkissen nieder und betrachtete interessiert die Einrichtung, während der Polizeichef andeutungsweise die Höflichkeit nachzuholen versuchte, die sein Vorgesetzter so schändlich außer acht gelassen hatte.
Der Raum war mit antiken Kostbarkeiten vergangener Dynastien ausgestattet. Einige Vasen erschienen Lin Nie-fü unbezahlbar, und er fragte sich, aus welchen geheimen Kaisergräbern diese Schätze wohl geraubt worden waren.
»Vereinzelte Beschwerden aus dem Volk haben mich veranlaßt, einige Prozeßakten zu überprüfen«, wandte sich Lin Nie-fü direkt an Hsü Ching-chen. »Verfahren, in denen Ihr der Angeklagte wart.«
»Ehrwürdiger alter Richter, diese Ehre habe ich nicht verdient«, blieb der Hausherr höflich und zuvorkommend, »wenn Ihr gekommen seid, um noch einmal zu bestätigen, daß ich unschuldig angeklagt war, bin ich Euch als Euer untertänigster Diener für immer unendlich dankbar.«
Während dieser Worte hatte Lin Nie-fü das Gefühl, vor Wut schreien zu müssen. Werde nie zornig, denn du begibst dich damit geistig in die Hand deines Gegners, ermahnte er sich selbst mit einem Spruch des Weisen Tseng Kuang. Hsü Ching-chen war klug, sehr klug und von sich überzeugt. Ihn würde er nicht so einfach überrumpeln können. Daher besann er sich auf die Stärke seines Geistes, um ihn in die Falle zu locken. »Um ehrlich zu sein, ich war von Anfang an von Eurer Unschuld überzeugt. Und ich muß gestehen«, fügte er hinzu, während er sich an dem verblüfften

Polizeimandarin vorbei zu seinem Gesprächspartner hinüberbeugte, »ich war neugierig, Euch kennenzulernen. Euch und Eure wunderbaren Kunstschätze, die zu besichtigen ich schon lange den Wunsch hegte.«
Hsü Ching-chens Augen flackerten einen winzigen Augenblick irritiert, doch er hatte sich gleich wieder in der Gewalt. »Ich habe es bisher nicht gewagt, mit der Bitte an Euch heranzutreten, die Sammlung zeigen zu dürfen, doch nun macht Ihr mich mit Eurem Interesse glücklich. Darf ich Eure Aufmerksamkeit in Anspruch nehmen?« Hsü Ching-chen erhob sich von seinem Kissen und öffnete den gewölbten Deckel einer dunkelbraunen, metallbeschlagenen Truhe. »Ihr würdet mein Herz erfreuen, wenn Ihr mir erlaubt, mich an den Kosten, die Ihr auf dem Weg hierher hattet, beteiligen zu dürfen.« Er beugte sich über den Rand und holte zwei Sycees hervor.
Mit weit aufgerissenen Augen blickte der Polizeimandarin zu Lin Nie-fü und dann noch einmal zu den beiden Silberbarren, die einen Wert von hundert Tael darstellten. Betroffen und verwirrt senkte er das gerötete Gesicht. Lin Nie-fü wußte diesen Blick wohl zu deuten. Ihm tat der arme Mann leid, denn für diesen war eine Welt zusammengebrochen.
»Ein großzügiges Entgegenkommen«, antwortete er mit belegter Stimme und strich mit den Fingern über die Barren, »aber wenn ich sie annehme, würde ich mir wie ein Räuber vorkommen, denn unsere Ausgaben sind bei weitem nicht so hoch gewesen.«
»Ich würde mich glücklich schätzen, Euer ewiger Diener zu sein, und erlaube mir, für künftige gute Zusammenarbeit Euch als persönliches Geschenk eine Vase aus der Ming-Zeit zu überreichen.« Hsü Ching-chen stellte eine schlanke, kobaltblaue Vase mit Goldornamenten zu den Silberbarren.
Jetzt hat er es auch begriffen, dachte Lin Nie-fü, als er den Blick des Polizeimandarins auf die Vase gerichtet sah. Jetzt erkennt auch er den Zusammenhang zwischen der kostbaren Yüan-Sammlung des

Oberschatzmeisters und diesem Diebesgut. Nun schien ihm der richtige Augenblick gekommen, Hsü Ching-chen die Maske des gutmütigen Gastgebers abzureißen.

»Wir werden uns in Zukunft sehr viel öfter sehen«, eröffnete Lin Nie-fü seinen Angriff, »denn ich habe verfügt, daß die Zeugen in Euren Prozessen aus der Verbannung zurückgeholt werden, um sie erneut zu befragen. Selbstverständlich werdet Ihr so lange in Untersuchungshaft bleiben!«

Als ob Hsü Ching-chen die Worte nicht richtig zu deuten wüßte, starrte er den Oberrichter fassungslos an. Diesen Umschwung hatte er nicht erwartet, obwohl er zu Anfang des Gesprächs das Gefühl gehabt hatte, daß die einlenkenden Worte des Oberrichters nicht seinem wirklichen Empfinden entsprachen.

»Und was diese Geschenke betrifft«, Lin Nie-fü zeigte auf die Silberbarren, »die kann ich auch nicht annehmen. Besonders die Vase würde mich immer wieder daran erinnern, daß ich mich von einem Lumpen habe bestechen lassen.«

Lin Nie-fü hatte die Nervenstärke Hsü Ching-chens überschätzt. Mit einem spitzen Aufschrei, die gespreizten Hände wie Waffen vorgestreckt, sprang er unvermittelt auf Lin Nie-fü zu und verfehlte seine Augen nur deswegen, weil dieser sich geistesgegenwärtig über die Sitzkissen zur Seite warf und neben dem Polizeichef auf den Boden fiel.

Hsü Ching-chen hatte inzwischen die gegenüberliegende Wand erreicht, riß eine der über die gesamte Wand verteilten Zierlanzen aus ihrer Halterung und schleuderte sie gegen Lin Nie-fü. Die Waffe traf den Hals des halb erhobenen Polizeimandarins, der sofort auf dem Kissen zusammenbrach. Seine verzweifelt nach Halt suchenden Hände zogen im Todeskampf mit den Nägeln blutige Striemen durch das Gesicht Lin Nie-füs neben sich, bevor dieser sich außer Reichweite des Sterbenden bringen konnte.

Vor Schmerz und Aufregung blieb Lin Nie-fü wie gelähmt an die Wand gelehnt stehen und starrte entsetzt auf den Mandarin, der

den Schaft der Lanze leise röchelnd umklammert hielt. Er fühlte sich außerstande, sich zu wehren, als ihn von links und rechts grobe Hände packten und auf den Boden zerrten. Von allen Seiten stürzten plötzlich bewaffnete Männer ins Zimmer und hielten ihre Waffen auf ihn gerichtet. Die Soldaten draußen, gab er die Hoffnung nicht auf, er mußte zu ihnen, vielleicht würden sie den Kampf gegen diese Übermacht doch noch aufnehmen können! Die groben Hände hielten seine Arme noch immer nach unten gepreßt.
Mit nur mühsam unterdrückter Wut trat Hsü Ching-chen auf Lin Nie-fü zu. »Wollte das Ei klüger als die Henne sein?« fragte er spöttisch. »Ich habe es im guten mit Euch versucht, obwohl man mich von Hanjang aus gewarnt hat. Nun«, er mußte etwas zur Seite treten, weil die Leiche des blutüberströmten Polizeimandarins dicht an ihm vorbeigetragen wurde, »nun müßt Ihr einsehen, daß ich Euch schon seinetwegen nicht am Leben lassen kann.« Dabei wies er auf den Toten und gab seinen Leuten ein Zeichen, die den feingliedrigen Oberrichter daraufhin nach draußen zerrten.
Wo sind die Soldaten der Grünen Fahne? war Lin Nie-füs erster Gedanke, als sie den Hof erreichten. Schnell wanderten seine Augen durch die einsetzende Dämmerung.
»Haltet Ihr nach Euren armseligen Begleitern Ausschau?« fragte ihn Hsü Ching-chen scheinheilig. »Ich begleite Euch zu ihnen!«
Im Schein mehrerer Fackeln, die auf dem Scheunentor gespenstisch lange Schatten tanzen ließen, entdeckte Lin Nie-fü mit Entsetzen seine Soldaten in blutverschmierten Uniformen tot am Boden liegen. Warum nur hat er auch sie noch töten lassen, dachte er verbittert. Dann plötzlich erkannte er den Sinn: Sie wollten keine Zeugen haben!
»Der Herr Richter soll wie ein Schwerverbrecher hingerichtet werden!« befahl Hsü Ching-chen. »Köpft ihn hier in der Scheune! Sofort!«
Lin Nie-fü spürte einen derben Stoß im Rücken, und bevor er sein Gleichgewicht finden konnte, lag er auf dem blutdurchtränkten

Lehmboden. An den Armen wurde er so weit wieder hochgezerrt, daß er kniend neben den ermordeten Soldaten hocken mußte. Am Tor unter einer Fackel erkannte er Hsü Ching-chen im Gespräch mit einem hageren, hochgewachsenen Mann, der eindringlich auf ihn einsprach. Das mußte Peng Yü-lin, der andere Großgrundbesitzer und Kapitän der Schmugglerschiffe, sein, vermutete er und hoffte, daß sie über ihn sprachen und dieser seine Hinrichtung verhindern konnte. Mit einem schmerzhaften Ruck wurde ihm der Kopf am Zopf nach vorn gerissen, während seine Arme noch weiter nach hinten gezogen wurden. Er spürte die Kälte des Abends am entblößten Hals. Aus der Dunkelheit schlurften die verschmutzten Filzschuhe seines Mörders auf ihn zu und stellten sich breitbeinig neben ihn. Entsetzt sah er das Schwert. Es war rostig. Hatte das Schicksal bestimmt, daß er hier sterben mußte? War die letzte Seite im göttlichen Buch bereits aufgeschlagen? Warum hatte ihm der Wahrsager nichts gesagt? Hatte er es nicht gesehen? Lin Nie-füs Gedanken kreisten sorgenvoll um seine Zukunft nach dem Tod. Würde ihm einer dieser Halunken den Kopf wieder annähen, oder würde er im Reich der Toten verstümmelt, kopflos wandeln müssen?

»Halt!« gellte die Stimme Hsü Ching-chens durch die Scheune, und sofort lockerte sich der Zug an seinem Zopf. »Er soll erst morgen sterben!« bestimmte er.

Erst jetzt merkte Lin Nie-fü, daß er die ganze Zeit über die Luft angehalten hatte, und atmete erleichtert aus. War das die Rettung?

Langsam ging Hsü Ching-chen auf den immer noch knienden Oberrichter zu, beugte sich zu ihm hinab und sagte hämisch: »Ich wünsche Euch gute Besserung!« Bevor Lin Nie-fü den Kopf zurückziehen konnte, rieb Hsü Ching-chen ihm eine Handvoll Schweinemist auf die blutende Wange. Hohnlachend ging er zu Peng Yü-lin ans Tor zurück, während seine Bewacher ihn an ein Wagenrad fesselten.

Ohne Kraft, zu energielos, um Gedanken zu fassen, unfähig, die

Schmerzen der ins Fleisch schneidenden Fesseln zu spüren, hing Lin Nie-fü am Wagenrad. Langsam, unendlich langsam begann er sich mit seiner Situation auseinanderzusetzen, mit der Tatsache, daß er noch lebte und ihm somit das Schlimmste noch bevorstand. Warum hatten sie ihn am Leben gelassen? Als er auf dem Boden hockte und den Todeshieb erwartete, hatte er nicht zu denken vermocht, sondern nur auf die Schuhe seines Mörders gesehen, auf den Schmutz, auf dessen spärlich behaarte Beine und das rostige Schwert. Warum hatte er nicht an Qin-lin oder Fen-che gedacht? Lin Nie-fü war erschüttert, weil sich sein Verstand in dieser Situation nur mit vordergründigen Banalitäten befaßt hatte. Warum ließ ihn Hsü Ching-chen noch am Leben? Wollte er ihn weiter demütigen oder gar foltern? Er fand keine Antwort. Die Kratzspuren in seinem Gesicht brannten unerträglich.
Mit dem Schein einer Petroleumlampe kam eine gebeugte Gestalt schlurfend näher und stellte eine Schüssel mit Essen vor ihn hin. Der Alte murmelte Unverständliches und zeigte auf die Speisen, drehte sich um und entfernte sich zum Tor. Nach einigen Schritten rief ihn Lin Nie-fü zurück und zerrte demonstrativ an seinen Fesseln. Mit dem Ausdruck des Bedauerns sah ihn der Alte an und schüttelte den Kopf, blieb aber wartend stehen.
Vielleicht konnte er ihn überreden, seine Fesseln zu lösen und dann ... Lin Nie-fü wagte nicht weiter zu denken, denn jeden Augenblick konnte der Alte wieder weggehen. »Ich weiß, wie man Gedanken lesen kann!« lockte er ihn und hoffte, den Mann neugierig gemacht zu haben.
Das Schlurfen kam langsam wieder näher. Jetzt hielt er die Lampe etwas höher, und der Schein fiel Lin Nie-fü in die Augen. »Jeder Mensch hat eigene Gedanken«, köderte er ihn eindringlich flüsternd, »und nur er allein glaubt sie zu kennen. Aber ich weiß, wie ein Fremder sie trotzdem lesen kann. Ich muß morgen sterben; für mich hat dann mein Wissen keinen Sinn mehr, und deswegen will ich Euch mein Geheimnis verraten.« Der Alte beugte sich zu ihm

hinunter und sah ihn mit offenem, zahnlosem Mund erwartungsvoll an. »Ich sage Euch dieses Geheimnis nur, wenn Ihr meine Fesseln löst!«
Der Alte kniff das Gesicht zusammen und trat mißtrauisch einen Schritt zurück.
»Ihr braucht sie natürlich nicht ganz loszumachen«, beruhigte ihn Lin Nie-füs einschmeichelnde Stimme, »ich habe nur Durst und möchte einen Schluck trinken!« Der Alte zögerte immer noch. Endlich schien er einen Entschluß gefaßt zu haben. Umständlich zerrte er an den Fesseln und löste sie. »Ich kann Euch sagen, was Ihr jetzt denkt«, lenkte Lin Nie-fü ihn ab, während er sich rasch von den letzten Stricken befreite. »Ihr habt gedacht, daß Ihr hier nicht an meiner Stelle liegen möchtet!«
Der alte Mann nickte und lächelte einfältig.
»Wenn Ihr aber so wie ich an diesem Rad liegt, seid Ihr derjenige, der Gedanken lesen kann!«
Die Augen des Alten fixierten das Rad.
»Wollt Ihr es versuchen?« bot Lin Nie-fü ihm an. »Aber es muß immer ein Geheimnis zwischen uns bleiben, sonst vergeht der Zauber!«
Ungeduldig nuschelnd näherte sich der Alte dem Wagenrad und drängte Lin Nie-fü zur Seite, um dessen Platz einzunehmen.
Erleichtert schlang Lin Nie-fü den losen Strick um den naiven Greis und verknotete die Enden am Rad. »Nun müßt Ihr die Augen schließen und warten!« riet er ihm und hastete mit langen Schritten zum Tor. Nur weg von hier, war sein einziger Wunsch, und er unterdrückte die aufkommende Panik. Hinter ihm rief der Alte einige ungeduldige Worte, deren Sinn er nicht mehr verstand. Mein Pferd, war Lin Nie-füs nächster Gedanke, doch er wagte sich nicht in die Nähe des Haupthauses und rannte statt dessen durch das Haupttor über den langen Feldweg in die Dunkelheit hinaus. Mit zunehmender Entfernung beruhigte sich Lin Nie-fü und ging keuchend in eine langsamere Gangart über. Er sah sich jedoch

immer wieder mißtrauisch um. Die Dunkelheit verhüllte die Landschaft, und nur das spärliche kalte Licht der Sterne ließ ihn den ungefähren Weg erkennen. Ihn schmerzten die Füße vom ungewohnten Laufen, und immer wieder stolperte er über tiefe Furchen, die schwere Ackerkarren in den Lehmboden gegraben hatten. Längst hatte er die Orientierung verloren. Nur aus der Hoffnung, möglichst weit weg von Hsü Ching-chens Einflußbereich zu gelangen, schöpfte er weitere Kraft, um sich auf den Beinen zu halten. In welcher Richtung mochte Tschangscha liegen?
Völlig erschöpft wagte er sich endlich auszuruhen. Von seinem Rastplatz am Rande einer Reihe von Maronenbäumen sah er, wie die Sterne langsam verblaßten. Der neue Tag verdrängte die Nacht. Dann tasteten sich die ersten Strahlen der Sonne über den Horizont, und der feine Dunst in den Senken löste sich auf. »Ich habe es wirklich geschafft!« sagte er laut und wiederholte die Worte noch einmal. Dann schloß er einen Augenblick die müden Augen.
Die hügeligen Ausläufer des Mufo Shan hatten ihm reichlich Gelegenheit geboten, sich in den weiten Kiefernwäldern hinter den Gemüsefeldern verborgen zu halten. Jetzt, da die größte Gefahr gebannt schien, mußte er so schnell wie möglich den richtigen Weg nach Hause finden. Bisher war er aus Angst vor Spionen jedem Dorf weiträumig ausgewichen, doch nun befürchtete er, im Kreis gelaufen zu sein. Wieder lag ein kleines Dorf vor ihm, und er überlegte, ob er rechts oder links daran vorbeigehen sollte. Mit der scheinbaren Sicherheit verließ ihn jedoch die treibende Anspannung und damit auch der Wille, Umwege zu machen. Warum sollte er nicht hindurchgehen?
In diesem Augenblick haßte er die unübersichtlichen Berge und sehnte sich nach einem großen Fluß, der jedem Wanderer den richtigen Weg wies, der jedem Rastenden durch die vorbeiziehenden reisbeladenen Sampans mit ihren hellen Segeln das ruhige Bild des Friedens bot und den Betrachter durch die unermüdlich fischenden

Kormorane besänftigte. Von irgendwo, weit aus der Ferne, trug der Wind das wechselseitige Bellen einer Hundemeute an sein Ohr.
Noch während Lin Nie-fü niedergeschlagen auf die nahen Dorfdächer aus Reisstroh blickte, erinnerte er sich an einen Ausspruch von Konfuzius: Höhere Menschen haben Einblick in die Notwendigkeit des Geschehens, deshalb zeigen sie auch in schwierigen Lebenslagen Ruhe und Gelassenheit. Für kleine Geister hängt alles vom unsicheren Zufall des Augenblicks ab, deswegen kommen sie nie von ihren Sorgen los.
Ärgerlich über seine Verzagtheit wollte er, ungeachtet der Gefahr, verraten zu werden, nun doch in das Dorf gehen und nach dem Weg zur Hauptstadt fragen. Was konnte ihm schon passieren? An seinen Kleidern würde man ihn nicht als Mandarin erkennen. Nur der lichtblaue Seidenknopf könnte ihn verraten; unwillig riß er ihn ab und warf ihn weit weg aufs Feld. Dann ging er auf das Dorf zu.
Der erste Hof war von einer brusthohen Mauer umgeben, und vom offenen Eingangstor aus sah er eine Frau auf einem Schemel neben dem Hauseingang sitzen und ein Huhn rupfen. Sie hatte die Blüte ihrer Jahre schon überschritten. Über ihr, am Balken des Daches, hingen rote Pfefferschoten, Zwiebeln und Knoblauch zum Trocknen.
»Ich bin auf dem Weg nach Tschangscha«, begrüßte er sie, »und bitte um eine Schale Wasser.«
Ihr volles Gesicht blickte ihm aufmerksam entgegen. Das starke, nach hinten lose zusammengebundene Haar gab ihre gewölbte breite Stirn frei. Eine hübsche Frau, dachte er und wartete auf ihre Antwort. Ein Luftzug führte den Duft von frischgebackenem Brot mit sich und verwirbelte zugleich die kleinen Federn vor ihren Füßen zu einem engeren Kreis. In der Nähe in den hohen Bäumen keckerten aufgeregte Elstern.
»Ay-lin!« rief sie, den Kopf zur Haustür gewandt. »Ay-lin, wir haben Besuch bekommen, bring unserem Gast etwas zu trinken!« Sie wies mit ihrer vom Rupfen geröteten Hand auf einen halbierten

Stamm neben sich, der als Sitzbank an der Hausmauer lehnte. »Setzt Euch, ehrwürdiger alter Wanderer, und ruht Euch aus! Nach Tschangscha ist es nicht mehr weit. Woher kommt Ihr?«
Die Gerufene erschien und brachte eine Schale warmen Tee aus Lindenblüten. Ihr langes Haar reichte bis über die Hüften, und während er die Schale durstig leerte, wartete sie neben ihm, um nachzuschenken. Was sollte er ihr auf die Frage antworten? Die Wahrheit würde ihm niemand glauben. Vielleicht waren diese Bauern hier ebenfalls von dem Großgrundbesitzer abhängig und würden ihn verraten. Er könnte seine Schwester oder seinen Bruder besucht haben. Noch besser wäre es, ihre Frage zu umgehen!
»Ich danke Euch!« nickte er dem Mädchen zu und lächelte. »Ist diese reizende, junge Dame Eure Tochter?« wandte er sich an die Frau.
Sie nickte wortlos, ohne das Rupfen zu unterbrechen.
»Es ist ein wunderbarer Morgen, und er verspricht uns wieder einen schönen Tag!«
Wieder nickte sie und sah dann auf. »Darf ich noch einmal fragen, woher Ihr kommt? Hattet Ihr einen weiten Weg?«
»Ich habe meinen Bruder besucht und bin nun auf dem Rückweg.«
Die Augen der Frau streiften seine schmutzigen, zerrissenen Kleider und blieben an den Kratzspuren in seinem Gesicht hängen. »Habt Ihr Euch verlaufen?«
»Ja«, gab Lin Nie-fü zu, erleichtert über die angebotene Ausrede. »Ich wollte einen anderen Rückweg nehmen und dann ...«
Die Frau schob den Korb mit den Federn zur Seite und brachte das Huhn ins Haus. Ay-lin folgte ihr, während sich Lin Nie-fü stöhnend über seine Beine beugte, um sich die Waden zu massieren. Hier war er wenigstens bei guten Leuten, stellte Lin Nie-fü dankbar fest. Vielleicht würden sie ihm noch etwas zu essen anbieten, und wenn er Glück hatte, liehen sie ihm ein Pferd oder sogar einen Wagen. Vorsichtig zog er die Schuhe von den schmerzenden Füßen und erschrak. Mehrere Zehen hatten sich von der nächtlichen

Stolperei grünlich verfärbt und bluteten. Er streckte die Beine aus und lehnte sich mit geschlossenen Augen an die Hauswand. Nach Tschangscha sei es nicht weit, hatte sie gesagt. Aber was war hier auf dem Lande weit und was nah? Dann hob er die Augen. Sie stand vor ihm und musterte ihn stumm. Unnötig hastig zwängte er seine Füße wieder in die Schuhe.

»Wenn Euch unsere armselige Kate nicht beleidigt, würdet Ihr meiner Familie eine Freude machen, mit uns zu essen«, forderte sie ihn auf. »Mein ehrenwerter Mann wird gleich mit unserem Sohn von der Feldarbeit heimkommen. Habt Ihr noch einen Wunsch?«

Lin Nie-fü freute sich über ihre Aufmerksamkeit, sagte jedoch: »Ich habe Eure Gastfreundschaft über Gebühr beansprucht und gehe lieber weiter, solange der Tag noch frisch ist.« Er wollte aufstehen, doch der stechende Schmerz in den Füßen brachte ihn von seinem Vorhaben ab, und ungewollt stöhnte er. Vorsichtig zog er die Füße erneut aus den Schuhen.

»Aber warum wollt Ihr schon gehen? Bleibt doch noch! Wir freuen uns hier auf dem Land über jede Abwechslung!« wiederholte sie ihre Einladung, und wie zufällig richtete sie ihren Blick zum Tor in der Hofmauer.

Lin Nie-fü folgte ihren Augen und erstarrte. Mehrere Dorfbewohner drängten sich durch den Eingang und schoben sich mit Hacken und Messern bewaffnet schweigend auf sie zu.

»Halt!« rief er, hob die Hand und sah mit Erleichterung, daß die Leute wirklich stehenblieben. Nun mußte er sich doch zu erkennen geben. »Ich bin Oberrichter Lin Nie-fü aus Tschangscha. Was wollt ihr von mir?«

Doch die Männer blieben stumm. Trotz seiner Schmerzen erhob sich Lin Nie-fü und musterte sie von Gesicht zu Gesicht. Schließlich drängte sich ein junger Mann aus der Menge und trat einige Schritte vor. »Ich hab in meinem ganzen Leben noch nie einen Oberrichter gesehen, aber ich glaube, so schlecht gekleidet wie Ihr

wird er bestimmt nicht sein. Bestimmt hat er auch keine frischen Wunden im Gesicht! Oder hat Euch ein Drache gekratzt?«
Betroffen betastete Lin Nie-fü seine brennende Wange. »So glaubt mir doch, ich kann Euch auch erklären ...«
»Heute morgen war ein Gerichtsdiener aus Tschangscha hier und hat uns vor einem Mörder gewarnt. Er berichtete, daß der Polizeimandarin von einem Mann mit Kratzwunden im Gesicht umgebracht worden sei.«
Jetzt erkannte Lin Nie-fü, daß er Peng Yü-lin in die Falle gegangen war, und glaubte auch zu wissen, was dieser Hsü Ching-chen vorgeschlagen hatte, als sie gestern zusammen am Scheunentor gestanden und getuschelt hatten. Seine »Befreiung« war auch zu einfach gewesen und zu glatt verlaufen. Sicher hatten sie ihn währenddessen heimlich beobachtet. Bevor er flüchten konnte, waren bestimmt schon ihre Nachrichtenreiter nach Tschangscha unterwegs gewesen, um die Behörde des Oberschatzmeisters zu informieren. Sie hatten vermutlich behauptet, daß er den Polizeichef ermordet und dessen Soldaten in einen Hinterhalt gelockt hätte, und niemand würde es wagen zu fragen, wie und vor allem warum er das getan haben sollte. Also deswegen hatten sie ihn gestern nicht getötet, sie wollten ihn vor Gericht sehen! Seine Alternativen lauteten Flucht oder Hinrichtung durch falsche Zeugenaussagen.
Die Männer bildeten einen Halbkreis um Lin Nie-fü; Flucht schied also aus. »Aber so hört mich an!« Er hob beide Hände, doch im gleichen Augenblick wurde ihm die Sinnlosigkeit seines Versuchs bewußt, die Bauern von seiner Unschuld überzeugen zu wollen. Langsam ließ er die Hände sinken und setzte sich schwerfällig auf die Bank. Den Schmerz in seinen Füßen spürte er nicht mehr.

***

Sie hatten ihn gefesselt. Nun lag er auf den rohen Holzplanken des Ackerkarrens, und jede Unebenheit des Weges warf ihn zur Seite. Der Mann, der die Zügel führte, war der Hofbesitzer und gleichzeitig der Dorfvorsteher. Neben ihm saß sein Sohn, der sich immer wieder aufmerksam nach dem Gefangenen umsah. Lin Nie-fü wußte nur zu gut, wie aussichtslos seine Lage war. Bei Hochverrat, und das war der Fall, wenn jemand des Mordes an einem Regierungsbeamten überführt wurde, oblag es dem Vizekönig, das Todesurteil sofort vollstrecken zu lassen, ohne daß es von Peking bestätigt werden mußte. Es gab genügend einflußreiche Personen in seiner nächsten Umgebung, die für ein schnelles Urteil ihren Einfluß nutzen würden.
Wer konnte ihm jetzt noch helfen? Sein Freund Michail war in der russischen Handelsmission in Hiaskan, in der Provinz Hupeh, und somit viel zu weit entfernt. Er lächelte trotz seiner aussichtslosen Lage, als er sich Malikow mit seinen Kosakenreitern in Tschangscha vorstellte, um ihn mit Gewalt zu befreien. Nein, das ginge nicht. Dann war da noch seine Frau. Aber Qin-lin würde einzig auf Gerechtigkeit hoffen, die man ihm doch nicht gewähren würde! Und Fen-che? Nein, auch von ihm konnte er weder etwas erwarten noch verlangen. Er war noch zu jung und besaß keinen Einfluß. Aber er war der einzige in der näheren Umgebung, der seine Freunde benachrichtigen konnte. Aber ließen ihm seine Gegner diese Zeit? Was konnte Fen-che sonst noch unternehmen? Zum Vizekönig gehen und ihm die Hintergründe berichten? Nein, auch daran werden sie gedacht haben und ihm keine Gelegenheit geben, sich mit seiner Familie in Verbindung zu setzen!
Mühsam wälzte er sich zu seinen beiden Begleitern nach vorn. »Ob schuldig oder nicht«, versuchte er mit ihnen ins Gespräch zu kommen, »ich werde geköpft werden und wahrscheinlich keine Gelegenheit haben, mich zu verteidigen! Ich bitte Euch, es ist mein letzter Wunsch, benachrichtigt meinen Sohn!«
Der Dorfschulze drehte sich um und blickte kopfschüttelnd auf Lin

Nie-fü hinab. »Zeugen haben Euch gesehen, wie Ihr den Polizeimandarin und seine Leute getötet habt. Das steht fest, und darauf steht noch immer der Tod, und da kann Euch Euer Sohn auch nicht helfen!«

»Sprich bitte nicht mit ihm, Vater!« hörte Lin Nie-fü den Jüngeren sagen, »er soll gut mit der Zunge umgehen können.«

»Mein Sohn wohnt in der katholischen Mission von Ping-kiang!« versuchte er es noch einmal und hoffte, daß der Schulze den Einwand seines Sohnes nicht beachten würde. »Er heißt Lin Fen-che. Wenn Ihr ihm schildert, was sich zugetragen hat, wird er Euch reich belohnen!«

»Fen-che?« fragte der junge Mann erstaunt, »aus der Missionsschule?«

»Euer Sohn kann uns nicht belohnen, auch wenn er es wollte, denn das Vermögen eines Schwerverbrechers fällt an den Staat!« Der Vater räusperte sich, spuckte aus und war zufrieden. Nicht viel, aber etwas von den Gesetzen kannte er wohl.

»Habt Ihr gehört, Vater, sein Sohn ist dieser Lin Fen-che!«

»Kennst du ihn etwa?«

»Er hat uns damals, als ich mit Ay-lin zum Gottesdienst war, geholfen. Könnt Ihr Euch nicht mehr daran erinnern? Wir hatten es Euch erzählt! Er ist ein netter Junge, und ich kann mir einfach nicht vorstellen, daß dieser Mann«, und er nickte mit dem Kopf nach hinten, »wenn das sein Vater ist, ein Verbrecher sein soll!«

Lin Nie-fü, der das leise geführte Gespräch mit angehört hatte, schöpfte wieder Hoffnung. »Ich bitte Euch von Herzen, berichtet ihm alles, was geschehen ist, denn man wird mich schnell töten wollen!«

***

Seit Pater Schwartz die europäische Geschichte und ihre verschiedenen Kulturen noch mehr in den Unterricht einbezog, wurde das

Lernen für Fen-che farbiger. Jetzt hatte er ihn auch auf die entsprechenden Bücher hingewiesen, die er sich ausleihen durfte. Gierig verschlang er diese neue Literatur, die er jetzt in der jeweiligen Sprache studieren konnte, und las häufig bis spät in die Nacht. Einige Wochen war es her, seit der Pater ihm die Vorhaltungen gemacht hatte; doch erstaunlicherweise verstanden sie sich von diesem Tag an zusehends besser. Sogar von seinem Zuhause in der Pfalz hatte der Pater ihm erzählt, von seiner ärmlichen Kindheit und den Streichen, die er mit den Jungen aus der Nachbarschaft ausgeheckt hatte.

Fen-che sah auf. Etwas war gegen sein Fenster geflogen. Dann noch einmal. Argwöhnisch blickte er zuerst in die Dunkelheit, dann öffnete er endlich das Fenster.

»Fen-che, ich bin es. Wen-ti!« hörte er die vertraute Stimme seines Freundes.

Überrascht beugte er sich hinaus. »Was ist?«

»Komm bitte schnell herunter! Ich hab eine Nachricht für dich!«

Fen-che spürte eine Welle freudiger Erregung. »Ay-lin!« murmelte er und ging eilig nach unten.

Erschüttert lauschte er wenig später Wen-tis eindringlichem Bericht. »Wann?« fragte er und umklammerte dessen Arm.

»Ich komme soeben aus Tschangscha«, erwiderte Wen-ti und wies mit seiner Hand in die Dunkelheit. »Da hinten steht mein Pferd. Ich bringe dich nach Hause! Kannst du weg von hier?«

In flüchtigen Zeilen berichtete er Pater Schwartz von den Geschehnissen und schloß den Brief mit der Bitte um Verständnis. Es galt ein großes Unrecht zu verhindern. Dann schlich er sich aus der Mission und sprang hinter Wen-ti aufs Pferd.

Je weiter sie sich entfernten, desto mehr nahm ihn trotz der inneren Unruhe und Sorge um seinen Vater der Zauber der Nacht gefangen. Das ununterbrochene schrille Zirpen der Zikaden und das gespenstische Leuchten der Glühwürmchen begleiteten sie, bis sich das östliche Firmament langsam erhellte und der erste zaghafte Gesang der Vögel einsetzte. Er wurde immer lauter, bis er unvermittelt abbrach, als die ersten Sonnenstrahlen den Morgenhimmel rot färbten und sie ausschwärmten, um Futter zu suchen.

Kurz nach Mittag erreichten sie Tschangscha. Den letzten Teil des Weges hatten sie zu Fuß zurückgelegt, damit sich das erschöpfte Pferd erholen konnte. Fen-che hatte erwartet, vor dem Gerichtsyamen eine aufgebrachte Menschenmenge vorzufinden, die seinem Vater ihre Sympathie bekunden würde. Doch der Vorplatz wurde von Soldaten der Bannertruppen abgeriegelt. Erst zwei Straßen weiter standen schweigend einige Anwohner und warteten. Es kostete Fen-che viel Überredungskunst, die Soldaten davon zu überzeugen, daß er der Sohn des Oberrichters war und zu seiner Mutter in die Privaträume des Yamen wollte. Nur Wen-ti durfte nicht passieren, da er nicht zur Familie gehörte. Verlegen wehrte Wen-ti ab, als Fen-che ihm Geld für eine Mahlzeit in der Garküche geben wollte. Hastig verabschiedeten sie sich, denn jetzt zur Erntezeit wurde seine Hilfe auf dem Feld dringend gebraucht.

Qin-lin hockte mit schneeweißem, leerem Gesicht vor dem Tischchen, auf dem der Hausgötze gestanden hatte. Die glimmenden Weihrauchstäbchen darauf umhüllten sie mit schwerem, süßlichem Duft. Auf dem Boden verstreut lagen die unzähligen Scherben des zerstörten Götzen. Er mußte mit sehr viel Kraft gegen die Wand geworfen worden sein.

»Was habt Ihr gemacht?« fragte Fen-che fassungslos, kniete neben ihr nieder und suchte einige Teile zusammen. Dann ließ er sie wieder fallen, nahm ihre Hand und küßte sie.

Nach einer kleinen Ewigkeit wandte sie ihm ihr Gesicht zu. »Er ist bereits zum Tode verurteilt worden und soll noch heute geköpft werden«, brachte sie mit schleppender Stimme hervor.

Fen-che, der noch immer ihre Hand umklammert hielt, sah sie ungläubig an. Bisher hatte er zuversichtlich gehofft, daß sich die Festnahme seines Vaters als Mißverständnis entpuppen würde.

Erschüttert beugte er sich vor und drückte seine Stirn gegen ihre kalte Hand. »Ist wirklich alles zu spät?« murmelte er. »Können wir nichts mehr unternehmen? Ich kann doch zum Vizekönig gehen und ihn um Gnade bitten!«

Qin-lin schüttelte den Kopf und schwieg.

»Was soll denn werden? Irgend etwas müssen wir doch unternehmen!«

»Nein, sie wollen seinen Tod. Ich wurde weder zu ihm gelassen, noch haben mich der Vizekönig und der Oberschatzmeister empfangen. Wir können nichts mehr für ihn tun!«

Fen-che erhob sich, und ohne darauf zu achten, trat er auf die zerbrochenen Götzenteile. Dann versuchte er seine Mutter zu trösten. »Ich werde mir Arbeit suchen, Mutter, vielleicht sogar als Dolmetscher bei den Europäern. Damit kann ich uns ernähren. Ihr habt ja immer noch mich, und ich werde Euch nie verlassen! Wir können nach Schanghai oder Hongkong ziehen! Haben wir denn noch Geld?« fragte er dann und sah sie an.

»Mutter, haben wir noch Geld zur Verfügung?« wiederholte er seine Frage mit Nachdruck, als sie nicht antwortete.

Sie deutete vage hinter sich.

»Wo ist es?« Fen-ches Stimme wurde noch eindringlicher. »Sagt mir, wo es ist!«

»Heute wird er sterben, und mein Leben hat ohne ihn keinen Sinn mehr«, murmelte sie, und Fen-che wußte, daß es zwecklos sein würde, sie nochmals zu fragen.

Er ging um den wuchtigen Schreibtisch seines Vaters herum und setzte sich auf den geschnitzten Lederstuhl. Hier hatte er noch nie gesessen, und einen Augenblick überkam ihn eine fremde, fast heilige Scheu, denn hier war seines Vaters Platz, und solange er lebte, hatte hier niemand zu sitzen. Fen-che unterdrückte seine Hemmungen und öffnete eine Lade.

Als er seiner Mutter versprochen hatte, mit ihr nach Schanghai oder Hongkong zu ziehen, war ihm ein Gedanke gekommen, wie er

seinen Vater vielleicht doch noch retten konnte. Aber dafür brauchte er Geld, möglicherweise sogar sehr viel Geld.
Flüchtig durchwühlte er die Papiere in den Laden. Nichts. Aber hier mußte es sein! Prüfend sah er sich noch einmal im Raum um. Gab es noch eine andere Möglichkeit, Geld zu verstecken? Nein! Wenn überhaupt etwas da war, dann mußte es im Schreibtisch verborgen sein. Fen-che sah zu seiner Mutter hinüber, die noch immer in den Scherben kniete, und konzentrierte sich wieder auf den Schreibtisch. Eine Schublade nach der anderen zog er heraus und stapelte sie neben sich. Nichts! Plötzlich hielt er inne. Eine Schublade war kürzer als die anderen. Hastig bückte er sich und untersuchte das leere Fach. Hinter einer Klappe stand eine stabile Kassette aus Messing. Vorsichtig zog er sie zu sich heran.
Sie war angefüllt mit Kupfercasch und Silberbarren. Ja, damit konnte er ihm helfen. Erleichtert strich seine Hand über das Silber. Vielleicht würde er nicht sterben müssen! Eilig nahm er drei Barren und einige Handvoll Kupfermünzen heraus und sprang auf. In der Tür blieb er noch einmal stehen und blickte zu seiner Mutter, die noch immer geistesabwesend auf dem Boden hockte. Zögernd ging er zu ihr zurück.
»Mutter, ich will versuchen, Vater zu helfen. Er wird nicht sterben«, flüsterte er. »Heute abend wird er, mit Hilfe aller guten Geister, wieder zurück sein!«
An Qin-lins Augenlidern bildeten sich kleine Tränen und perlten über ihre Wangen. »Kommt, Ihr müßt Euch ausruhen!« Er ergriff mit Unbehagen ihre Schultern, denn er fand es unschicklich, ihr zu sagen, was sie tun sollte. Wie eine mechanische Puppe ließ sie sich zur Ruheliege führen. Dort brach sie schluchzend zusammen.
Fen-che lief, so schnell er konnte, zum großen Marktplatz. Um diese Zeit war er gut besucht. Er drängte sich an den unzähligen Ständen vorbei; an den Gemüsefrauen, die ihre Früchte vor sich ausgebreitet hatten, an den Tierständen mit den Hühnern in den Körben, den an den Beinen zusammengebundenen Schweinen und den

blökenden Schafen, an den Schlachtern, die das Fleisch mit ihren scharfen Messern zerteilten, an den Haushaltsständen mit den Pfannentöpfen, Bechern und dem Porzellangeschirr, weiter bis zu den übelriechenden Abfallhaufen, wo die Ärmsten der Armen in Rivalität mit den Ratten nach verwertbaren Resten wühlten. Hier hoffte er zu finden, was er suchte. Fen-che fühlte sich zwischen den lumpenbedeckten Menschen unbehaglich und unterdrückte den plötzlichen Impuls, wieder umzukehren. Mißtrauisch sahen einige von ihnen auf und starrten auf seine gute Kleidung, während die meisten ungerührt weitersuchten.

»Wer von Euch ist verheiratet und hat Kinder?« fragte er laut die vor ihm Hockenden, ohne einen von ihnen direkt anzusehen. Gleich den Ratten huschten sie näher und umringten ihn. Sie zogen an seinen Kleidern und redeten gestikulierend auf ihn ein, denn jeder der Männer hatte eine Frau und viele hungrige Kinder.

»Mein Vater«, rief er in die Runde, um sich Gehör zu verschaffen, »mein Vater wird heute hingerichtet.« Plötzlich wurde es still um ihn. Sogar das lästige Ziehen der Hände hatte aufgehört, denn jeder wußte, was nun kommen würde. »Ich zahle für denjenigen, der sich an meines Vaters Statt köpfen läßt, einhundert Tael!«

Trotz des ungewöhnlichen Angebots blieb Fen-che von den armseligen Bettlern umringt, die sich gegenseitig wegzudrängen versuchten. Denn nur sie, die Ärmsten der Armen, konnten auf seine Worte so heftig reagieren, daß sie sich vor Eifer fast erschlugen, um diese einmalige Gelegenheit, an so viel Geld heranzukommen, wahrzunehmen. Er entschied sich für einen verhärmten, leicht hinkenden jüngeren Mann, denn vor den Älteren war sein Respekt doch zu groß.

»Kommt mit!« befahl er ihm, holte seine linke Hand aus der Tasche und warf eine Handvoll Kupfercasch über die Köpfe der Bettler auf die Abfälle. Flink wie die Wiesel huschten sie hinter dem Geld her, und wenn Fen-che den Hinkenden nicht festgehalten hätte, würde dieser sich ebenfalls auf die kupfernen Geldstücke ge-

stürzt haben. Sie mußten schleunigst von hier fort, bevor ihnen der Rückweg von den Bettlern versperrt wurde.
Die Frau des Verhärmten fanden sie bettelnd an einer Brücke sitzend. Der Mann eilte humpelnd auf sie zu und kniete sich neben sie. Er überschüttete sie mit einer Kaskade von Worten, umfaßte ihre Schultern und schüttelte sie vor Freude. Mit großen, tief in den Höhlen liegenden Augen blickte sie zu Fen-che empor, der einige Schritte entfernt stehengeblieben war. Dann drängte sie ihren Mann zur Seite, kroch auf ihn zu und drückte ihre Stirn vor Dankbarkeit auf die Steinquader vor seinen Füßen.
»Wollt Ihr, hoher Herr, das für uns tun, oder scherzt Ihr nur?«
Fen-che konnte das Glück dieser Frau nachempfinden. Verstohlen blickte er sich um, aber niemand beachtete sie. Vorsichtig zog er einen Silberbarren so weit aus der Tasche seines weiten Umhangs, daß beide ihn sehen konnten.
»Wir müssen uns beeilen!« drängte er. »Sonst kommen wir zu spät!«
Damit Fen-che, der Hinkende und seine Frau an die abgesperrte Richtstätte gelangen konnten, mußten noch einige Soldaten bestochen werden, die seine Casch mit der größten Selbstverständlichkeit annahmen. Die Bannertruppen hatten das fast quadratische Gelände um die Richtstätte am Markt durch mehrere Reihen Soldaten abgeriegelt. Auf dem Holzpodest vor dem wartenden Scharfrichter saßen, von den Insignien der Staatsmacht umgeben, die hohen Mandarine der Stadt hinter dem Vizekönig.
Fen-che erschrak, als er seinen Vater in der wartenden Reihe der Verurteilten entdeckte. Das feingeschnittene Gesicht war von erlittener Qual gezeichnet und seine linke Wange durch eine Entzündung entstellt.
»Ich verspreche Euch, Euren Kopf danach wieder annähen zu lassen«, flüsterte Fen-che dem Hinkenden ins Ohr. Dann holte er mit einer zeremoniellen Geste die Barren aus der Tasche und übergab sie einen nach dem anderen feierlich dessen Frau.

Aller Augen waren auf die Todeskandidaten gerichtet, so daß niemand auf die Szene am Rande des Geschehens achtete. »Gib sie noch einmal her!« flüsterte der Bettler und riß seiner Frau die Barren aus der Hand. »Ich hab noch nie so viel Geld in den Händen gehabt.« Er umklammerte das Silber und war einen Augenblick ratlos, was er damit machen sollte. Er preßte sie sich links und rechts an die Wangen und schloß die Augen. So verharrte er einige Sekunden.
Seine Nachkommen würden ihn für alle Zeiten verehren. Sein Name würde als erster auf der Ahnentafel stehen, und wenn es seine Söhne klug anstellten, würden sie den Reichtum vermehren, und er würde durch ihren Dank unsterblich werden. Er öffnete die Augen, reichte seiner Frau mit verklärtem Blick die Barren und umarmte sie.
Ein dumpfer Schlag und das Aufbranden des beifälligen Gemurmels der Zuschauer ließen Fen-che auffahren. Erschrocken sah er zu dem Henker hinüber. Vor ihm lag eine geköpfte Gestalt, aus deren Hals stoßweise Blut hervorquoll. Fen-ches Finger krallten sich in den Arm des Bettlers, doch er beruhigte sich sofort, als er seinen Vater noch wartend in der Reihe der Delinquenten sah.
»Kommt!« zog er den Bettler mit sich, »schnell!«
Beide durcheilten das freie Geviert, warfen sich vor dem Podest auf den Boden und warteten, bis ein Büttel ihnen zu verstehen gab, daß sie sprechen durften.
»Alter, ehrwürdiger Greis«, umschmeichelte Fen-che den Vizekönig, »dieser Mann hat sich bereit erklärt, die Schuld meines Vaters Lin Nie-fü auf sich zu nehmen und sich für ihn köpfen zu lassen. Ich bitte Euch untertänigst, seinem freien Willen zu entsprechen. Würdet Ihr dieses nicht gestatten, so erlaubt mir, Eurem untertänigsten Diener, den Wunsch vorzutragen, mich statt meines Vaters hinrichten zu lassen!«
»Seid Ihr sein Sohn?« fragte der Vizekönig und beugte sich interessiert vor, nachdem er dem Oberschatzmeister einen vielsagenden Blick zugeworfen hatte.

»Jawohl, Euer Gnaden!« Fen-che beugte seinen Kopf nochmals, bis die Stirn den sandigen Boden berührte.
Der Vizekönig, sämtliche Würdenträger, sogar der Oberschatzmeister, wünschten insgeheim neidvoll für sich, in der Stunde der Not einen so vorbildlichen Sohn wie Lin Nie-fü zu haben. Das Gemurmel der Zuschauer schwoll an.
Der Vizekönig deutete auf den Mann neben Fen-che, der vor Ehrfurcht seinen Kopf noch nicht erhoben hatte. »Wie heißt Ihr?«
»Wong Fu-schou, Exzellenz!«
Von den Zuschauern rief jemand laut etwas in die Stille hinein, und die meisten Leute lachten. Fu bedeutete soviel wie Glück, und schou ein langes Leben.
Mit einer einzigen Handbewegung brachte der Vizekönig die Menge zum Schweigen. »Seid Ihr bereit, Euer Leben für das des Oberrichters Lin Nie-fü zu geben, und ist es Euer freier Wille?«
Die Stimme des Bettlers klang klar, laut und fast fröhlich: »Es ist mein freier Wille, Exzellenz!«
Der Vizekönig warf seinem Schreiber einen Blick zu und nickte. Augenblicklich gab dieser dem Gehilfen des Scharfrichters einen Wink, der daraufhin den Hinkenden sofort zur Richtstätte führte.
Fen-ches Augen waren nur auf seinen langsam näher kommenden Vater gerichtet. Freudentränen verschleierten seinen Blick. Er sah auch nicht, wie das breite, blanke Schwert des Scharfrichters den Kopf des Bettlers vom Körper trennte. Erleichtert lief er dem Vater entgegen, umarmte ihn und ließ seinen Tränen ungehemmten Lauf. Trotzdem versäumte er es nicht, sich noch einmal tief vor dem Vizekönig zu verbeugen.

***

Qin-lin hatte sich nicht von der Stelle gerührt, seit Fen-che sie verlassen hatte. Sanft strich Lin Nie-fü über ihr langes, schwarzes Haar, über ihre Stirn und umfaßte ihre noch immer kalten

Hände. Langsam öffnete sie die Augen, und stumm zog sie ihn zu sich herab.

»Bist du es wirklich?« Nach einer heftigen Umarmung hielt sie plötzlich inne und fuhr zaghaft mit der Hand über seine verkrustete Wunde auf der Wange.

»Hast du große Schmerzen?« fragte sie besorgt. »Was für eine schreckliche Wunde!« Eilfertig erhob sie sich, um ihren Pflichten als fürsorgliche Gattin nachzukommen.

Fen-che blickte unterdessen auf die herumliegenden Schubladen vor dem Schreibtisch, während sich sein Vater nach den Scherben des Hausgötzen bückte. »Ich habe drei Silberbarren für Euer Leben gegeben. War das zuviel?«

Lin Nie-fü blickte zu seinem Sohn auf. Entsetzt hielt Fen-che sich die Hand vor den Mund und schämte sich der unbedachten Frage, denn kein Geld hätte seinen toten Vater wieder lebendig gemacht.

»Es ist gut so«, murmelte Lin Nie-fü und erhob sich, um Fen-che noch einmal zu umarmen. »Du bist ein vorbildlicher Sohn, und ich verdanke dir sehr viel. Doch nun liegt eine ungewisse Zukunft vor uns, denn ich bin tot, verurteilt und gerichtet, auch wenn ich noch lebe und ein anderer an meiner Stelle gestorben ist. Offiziell bin ich tot!«

»Hauptsache, Ihr lebt nicht in unserer Erinnerung, sondern unter uns!« Noch hatte Fen-che die Tragweite der Worte seines Vaters nicht erkannt.

»Ich bin rechtmäßig verurteilt und als Verbrecher hingerichtet worden«, fuhr Lin Nie-fü in seiner Erklärung fort. »Zuerst werden wir aus diesem Yamen ausziehen müssen, dann werde ich kein Einkommen mehr haben, und, noch schlimmer, du wirst nie wieder zu einem Staatsexamen zugelassen werden, weil ich in den Augen der Behörden ein Verbrecher bin. Du wirst also niemals ein hohes Amt bekleiden, nie Mandarin werden können!«

***

Die schlichten Holzbaracken des russischen Handelspostens in Hiaskan waren jetzt im Spätsommer längst von den Tee-Einkäufern der Gesellschaft verlassen. Bis zum Ende des nächsten Frühlings würde hier nur ein alter Mann wohnen, der mit seinem Hund die Gebäude zu bewachen hatte. Um diese Jahreszeit wurde es manchmal schon ungewohnt kalt, besonders wenn der Wind von den Höhen des weiter nördlich liegenden Muhlinggebirges wehte.
An die Kontorräume der Hauptbaracke schlossen sich einige Privaträume an, in denen der Leiter des Postens wohnte. Michail Malikow saß auf dem mit dicken Fellen ausgelegten Holzfußboden und lehnte mit dem Rücken gegen den Kang, einem wuchtigen Ofen. Der alte Wächter hatte für ausreichend trockene Holzkloben gesorgt und sie an der Wand neben der eisernen Ofentür gestapelt. Die lehmverschmierte, weißgekalkte Kangwand strahlte angenehme Wärme aus, und Fen-che, vom reichhaltigen Abendessen wohlig satt, räkelte sich müde auf dem Sitzkissen. Zum wiederholten Mal unterdrückte er den kindlichen Wunsch, in die breite Schlafmulde auf dem Ofen zu klettern. Denn er war sich durchaus der Ehre bewußt, über die Zeit hinaus mit dem Russen Malikow und seinen Eltern zusammensitzen zu dürfen.
Nachdem der Diener die Reste des Mahls abgetragen hatte, verließ Qin-lin mit einigen gemurmelten Entschuldigungen den Raum. Sie sah müde aus, fast kränklich. Als der Arzt ihr heute morgen den Puls gefühlt hatte, hatte Fen-che, genau wie sein Vater, besorgt das hagere Frettchengesicht des Doktors mit den unangenehm stechenden Augen beobachtet.
»Es ist nichts«, hatte dieser beiläufig gesagt und dabei den sieben Piao, den Pulsschlägen an der Oberfläche, und den acht Li, den Pulsschlägen in der Tiefe, gelauscht. »Sie braucht nur Ruhe und Erholung. Ihr Körper ist erschöpft«, hatte er dann noch hinzugefügt. »Der Herzpuls macht nicht ganz den Eindruck einer gleichmäßigen Perlenkette, wie es eigentlich sein sollte. Aber das wird sich geben, obwohl man auch damit sehr alt werden kann!«

Malikow erhob sich, blieb aber mit dem Rücken an den Kang gelehnt stehen und summte ein altes russisches Volkslied. Mit der flachen Hand schlug er dazu gegen den Putz, so daß der Ring an seinem Finger den Takt angab. Elegante, dunkle Stiefel aus weichem Leder reichten ihm stulpenhaft geweitet bis über die Knie, und das bortenbesetzte rostbraune Hemd aus grobem Leinen wurde quer über seiner breiten Brust von kleinen schwarzen Knöpfen zusammengehalten. Der sonst struppige Bart war gestutzt, so daß der Russe bedeutend jünger aussah, als Fen-che ihn in Erinnerung hatte.
»Zur Feier des Tages«, sagte Malikow plötzlich, »wollen wir es uns gemütlich machen, und zu Ehren meines jungen Freundes Fen-che möchte ich ...«
Ohne den Satz zu beenden, durchquerte Malikow den Raum zum Bücherregal. Er umfaßte mehrere dicke, in kostbares Leder gebundene Bücher und stellte sie, Fen-che mit einem unmerklichen Lächeln bedenkend, auf den Teewagen neben dem Kang. Die erhabenen kyrillischen Buchstaben auf den Einbänden wirkten fast schon protzig.
Neugierig beobachtete Fen-che, wie Malikow den mittleren Buchstaben einmal um sich selbst drehte und dann den Buchdeckel aufklappte. Erst jetzt konnte er erkennen, daß die Bücher miteinander verbunden waren. Hinter der täuschenden Attrappe befanden sich mehrere Pfeifen, Tabak und einige weiße Porzellandosen. Fen-che hockte sich interessiert neben den Teewagen und untersuchte den verborgenen Mechanismus des Einbandes, während Malikow die Pfeifenteile zusammensteckte.
»Willst du eine Pfeife mit uns rauchen?« vernahm er die tiefe Stimme des Hausherrn.
Bevor Fen-che zu antworten wagte, suchte sein bittender Blick die Augen seines Vaters, der auf die unausgesprochene Frage mit einem kaum wahrnehmbaren Nicken antwortete. »Gern«, antwortete er, und zum erstenmal empfand er eine tiefere Zuneigung für den Russen. Fen-che zog einen wildledernen Tabaksbeutel

zwischen den restlichen Pfeifen hervor und knotete die vom vielen Gebrauch speckig glänzenden Lederschnüre auf. Der Tabak roch nach Mango, Pflaumen und Pech. Während er Malikow den Beutel entgegenhielt, erkannte er, daß vor ihm nicht nur Tabakspfeifen lagen. Plötzlich wurde ihm bewußt, warum der kleine Spirituskocher auf dem Tisch angezündet worden war.

Opium! Gab es nicht einen Erlaß des Kaisers, daß dieses Rauschmittel verboten war? Fen-che blickte noch einmal zu seinem Vater, der ihn mit einem kurzen Nicken beruhigte. Obwohl Opiumrauchen verboten war, erwiesen ihm beide die Ehre, ihn in ihrer Runde aufzunehmen. Erwartungsvoll setzte er sich auf seinen alten Platz zurück und beobachtete von dort aufmerksam die geschickten Handbewegungen des Russen. Zweifellos war diese Zeremonie als Belohnung dafür anzusehen, daß er seinen Vater vor dem Richtschwert gerettet hatte! Fen-che errötete vor Freude und Stolz. Im nachhinein betrachtet war es nicht schwer gewesen. Glück hatte er gehabt, daß ihm das Silber zur Verfügung stand und er sich rechtzeitig an die gesetzliche Möglichkeit erinnert hatte, einen Freiwilligen gegen einen Todeskandidaten austauschen zu können. Er bedachte seinen Vater mit einem warmen Blick und konzentrierte sich wieder auf Michail Malikows Vorbereitungen.

Aus einem der weißen Porzellannäpfchen holte er mit Hilfe einer dicken Nadel eine kleine Kugel der braunen, leicht klebrigen, lakritzartigen Opiummasse heraus und erwärmte sie über der Spiritusflamme. Geschickt drehte er die Nadel mit dem Opium in unterschiedlichen Höhen über dem Feuer, bis die Masse, einem großen Tropfen gleich, fast flüssig wurde und jeden Moment abzutropfen drohte. Dann betupfte er damit den Rand der Pfeife bis zu dem winzigen Loch in der Mitte. Schnell legte er die Nadel beiseite und hielt die Pfeife kurz über die Flamme, ließ das Opium anbrennen, löschte es sofort wieder, nahm mehrere Züge, verschluckte den Rauch und lehnte sich entspannt zurück.

Die gleiche Prozedur wiederholte sich, als sein Vater die nächste

Pfeife benutzte, und als der sich ebenfalls zurücklehnte, nahm Fen-che zaghaft die Nadel. Der Raum war von jenem eigenartig süßlichen Geruch angefüllt, den er bei den Besuchen des Russen damals in Hanjang schon öfter bemerkt hatte.
Hustend lehnte Fen-che sich zurück und wartete. Er war enttäuscht, denn nichts geschah. Am liebsten wäre er aufgestanden, um sich den Mund auszuspülen, denn den torfähnlichen Geschmack auf der Zunge empfand er als unangenehm. Das war es also, das berüchtigte Opiumrauchen. Er hatte sich darunter etwas Großartiges vorgestellt: die Möglichkeit, hinüberzugleiten in die Welt der Fabelwesen, aus sich selbst herauszuschlüpfen und von allen Zwängen befreit durch die Ewigkeit zu schweben. Er wartete noch immer, während er abwechselnd seinen Vater und Malikow beobachtete.
Fen-ches Gedanken schweiften ab. Er erinnerte sich, wie sie vor einiger Zeit – waren es nur Tage oder schon Wochen her? – den Gerichtsyamen von Tschangscha hatten verlassen müssen. Der Oberschatzmeister war persönlich gekommen, um die Beschlagnahmung des Besitzes von Lin Nie-fü zu überwachen; denn er und die Seinen durften nur mitnehmen, was sie am Körper trugen. Über Fen-ches Gesicht zog ein zufriedenes Lächeln, als er sich an den gelungenen Streich erinnerte, den er dem Oberschatzmeister im letzten Augenblick noch gespielt hatte.
Der Oberschatzmeister, der Sekretär und die beiden Schreiber verlangten gerade die Herausgabe des Geldes von seinem Vater, als er sich unbemerkt in die leere Küche schlich und einen Stapel ihres kostbarsten Geschirrs an die Wand warf. Blitzschnell war er dann durch die zweite Tür verschwunden und hatte sich in einem Abstellraum versteckt. Während die jammernden Diener noch aufgeregt nach den verbliebenen heilen Stücken in den Scherben suchten, wartete er so lange, bis die Staatsdiener, angelockt von diesem Höllenlärm, das Arbeitszimmer verließen. Schnell war er in diesem Augenblick durch die Außentür in das Arbeitszimmer zurückgelaufen, hatte die Kassette aus dem Schreibtisch hervorgeholt,

sich hastig zwei Silberbarren unter den Gürtel geschoben und die Kassette zurückgestellt. Niemand war ihm auf die Schliche gekommen. Sogar der Oberschatzmeister hatte die Ansicht seiner Untergebenen und der Diener geteilt, daß das Zerschlagen des Geschirrs auf die berechtigte Empörung der Küchengeister über die Unruhe im Haus zurückzuführen sein mußte.
Fen-che kicherte leise vor sich hin und wischte sich den Speichel mit dem Handrücken aus dem Mundwinkel. Er dachte daran zurück, wie sie sich auf den Weg nach Hiaskan gemacht hatten, um bei Michail Malikow vorübergehend Unterkunft zu suchen. Vor den Augen seines verblüfften Vaters hatte er den Umhang geöffnet und auf die beiden verborgenen Silberbarren in seinem Gürtel gewiesen, die ihm schon schmerzlich ins Fleisch schnitten. Lin Nie-fü hatte sich, obwohl Tschangscha schon weit hinter ihnen lag, erschrocken umgesehen, während durch seine hastige Bewegung die Nachtigall im Käfig aufgeflattert war und seine Mutter die Hand betroffen zum Mund geführt und aus unerklärlichem Grund zu weinen angefangen hatte. Nun konnten sie sich doch noch eine Sänfte leisten!
Er versuchte sich daran zu erinnern, was weiter geschehen war, doch seine Gedanken gehorchten ihm nicht mehr. Statt dessen sah er übergroß das dankbare Gesicht seines Vaters vor sich, vernahm Stimmen, die ihn riefen, und getragen von dem Gefühl, etwas Großartiges geleistet zu haben, ließ er sich einfach treiben. Dann hörte er sich selbst Unsinn reden, aber er lachte darüber und redete noch mehr. Plötzlich tanzte seine Mutter, Hand in Hand mit Aylin, lachend vorbei, und beide verbeugten sich immer wieder vor ihm. Ein Mann in gelben, drachenbestickten Gewändern winkte ihm huldvoll zu, und die Kaiserinwitwe eilte mit ausgebreiteten Armen herbei. Eine rosa Wolke umhüllte ihn und trug ihn durch die Lüfte.

***

Wenngleich Lin Nie-fü sich nichts anmerken ließ, konnte er weder vor seiner Frau noch vor Malikow verbergen, wie schwer es ihm fiel, untätig und ohne Aufgaben den Tag zu verbringen. Er war sichtlich gealtert und wortkarg geworden, und wenn er doch einmal zum Tuschpinsel griff, legte er ihn bald wieder beiseite und zerknüllte das eben begonnene Bild, als ob er sich seiner Zeichnung schämte. In sich gekehrt verbrachte er hinter der unsichtbaren Mauer des Schweigens die meiste Zeit des Tages mit Lesen oder saß mit geschlossenen Augen im Garten. Qin-lin versuchte ihn anfangs durch ein bewußt herausgekehrtes heiteres Wesen aufzumuntern, doch schließlich fehlte ihr die Überzeugungskraft, denn seit dem übereilten Umzug hierher fühlte sie sich schwach und ermattet, und letztlich flüchtete sie sich ergeben immer öfter in wohltuenden Schlaf. So blieb neben Fen-che nur noch der Russe, um ihn aufzuheitern und ihn nicht weiter abgleiten zu lassen.
Vom Fenster aus beobachtete Malikow seinen Freund, wie dieser langsam unter den Platanen zum Friedhof wanderte. »Hast du dir schon Gedanken über deine Zukunft gemacht?« fragte er Fen-che, ohne sich nach ihm umzusehen.
Fen-che überraschte Malikows Frage, und erst nach einer kurzen Pause antwortete er. »Ich könnte vielleicht bei den Europäern als Dolmetscher arbeiten, ich werde es jedenfalls versuchen. Warum fragt Ihr?«
Malikow beobachtete noch immer die gebeugte Gestalt im Garten, die es sich anscheinend anders überlegt hatte und langsam zurückkehrte. Was hatte er nicht schon alles versucht, um ihn aufzuheitern? Jeden Vorschlag hatte Lin Nie-fü sich höflich lächelnd angehört, doch der Funke war nie übergesprungen. Weder wollte er für seine Gesellschaft als Berater arbeiten noch sich in einer anderen Provinz niederlassen, um sich eine neue Aufgabe zu suchen; und als er ihm Geld angeboten hatte, war er wortlos aufgestanden und in den Garten gegangen. Er selbst wollte schon längst wieder in der

Heimat sein, doch ihn jetzt hier in seinem Kummer allein zu lassen verbot sich von selbst.

»Dein Vater macht sich Vorwürfe, weil du seinetwegen nicht mehr studieren darfst. Er hat schon mehrere Gnadengesuche an den Zensor des Kaiserhofes geschickt, und heute morgen ist eine einzige kurze Antwort gekommen, daß sein Fall noch einmal überprüft werden würde.«

»Ja, dann können wir doch hoffen!«

»Nein, diese Formulierung war eine höfliche Absage. Deswegen ist dein Vater noch stiller geworden.«

Fen-che trat neben den Russen ans Fenster. Sein Vater stand jetzt an den Stamm einer scheckigen Platane gelehnt und sah zu den runden Samenkapseln empor, die zwischen den Blättern an langen Stengeln herabhingen. Selbst aus dieser Entfernung konnte er erkennen, wie sein Gesicht von Sorgen gezeichnet, die einstige Lebensfreude und die Kraft seiner Bewegungen verschwunden waren.

Gedankenverloren kaute Malikow auf seiner Unterlippe und machte sich wegen seiner offenen Worte von heute morgen noch immer Vorwürfe. Nach dem Frühstück hatte sich ihm endlich die Gelegenheit geboten, seinen Freund allein zu sprechen. »Wie lange willst du deinem Sohn noch verheimlichen, daß er ein Europäer ist?« hatte er ihn gedrängt. »Irgendwann wird er es doch erfahren und dann unweigerlich zu einem Zeitpunkt, der dir erst recht unangenehm sein wird!«

»Ich sage es ihm schon noch, aber nicht jetzt, denk doch an Qinlin!« hatte Lin Nie-fü mit gequälter Stimme erwidert. »Kann das nicht ewig unser Geheimnis bleiben? Wird er nicht noch mehr leiden, wenn ich es ihm sage?« hatte er nach einer langen Pause gefragt, und Malikow war es vorgekommen, als ob darin die Hoffnung mitschwang, weiterhin schweigen zu dürfen.

»Du vergißt deine große Familie!« hatte er zu bedenken gegeben. »Damals waren nicht alle mit deinem Schritt einverstanden und haben es nur hingenommen, weil du reich und in Amt und Würden warst. Wo sind sie denn heute geblieben, die immer in deinem Haus und von deinem Geld gelebt haben? Verlassen wie einen Aussätzigen haben sie dich, und wer sagt dir, daß es Fen-che nicht eines Tages durch sie erfahren wird?« Es war ihm unangenehm gewesen, so deutlich sprechen zu müssen, aber Freundespflicht ging ihm über alles. »Jetzt, da du deinen starken Arm verloren hast, können sie es dir ohne Gegenwehr heimzahlen!«

»Ich werde nächstes Jahr nach Schanghai oder Hongkong gehen!« riß Fen-che ihn aus seinen Gedanken, und er konzentrierte sich wieder auf die Gegenwart.

»Bis zum Neujahrsfest sind es immerhin zwei Monate. Willst du deinen Vater noch so lange quälen? Ein chinesischer Spruch lautet: ›Der Mensch bringt sein Haar täglich in Ordnung, warum nicht auch sein Leben?‹«

Fen-che sah empört in das Gesicht Malikows. Wie erlaubt sich dieser russische Barbar mit mir zu reden? dachte er. Schließlich war er Lin Fen-che, der Sohn eines angesehenen hohen Mandarins, der schon sein erstes Staatsexamen bestanden hatte. Doch Malikows mitleidiger Blick hielt ihn gerade noch rechtzeitig davon ab, seiner Empörung Luft zu machen. Vor ein paar Wochen war er noch der Sohn eines angesehenen Richters gewesen, heute dagegen war er der Sohn eines Verbrechers. Beschämt schlug er die Augen nieder. Ich werde meine Eltern dann lange nicht sehen können, hatte er sagen wollen und fragte sich zweifelnd, ob das wirklich seine einzige Sorge war. Hatte er nicht vielmehr Hemmungen, durch niedere Arbeit Geld zu verdienen? Wenn er erst einmal eine derartige Arbeit verrichtet hatte, war sein Wunsch, Mandarin zu werden, gänzlich ausgeträumt. Ich träume schon jetzt, gestand er sich ein, es ist nun schon nicht mehr möglich! Fen-che suchte erneut den Blick des Russen, doch der starrte abwesend aus dem Fenster. Wie recht er doch hatte, wie klug er war, und doch sollte er nicht so mit ihm sprechen!

Aber schließlich ging es nicht nur um seine Eltern oder um die Arbeit, was wußte der Russe schon von Ay-lin! Auch von ihr würde er getrennt sein!

Er hatte sie, kurz nachdem er und seine Eltern in der Handelsmission bei Malikow Unterkunft gefunden hatten, mit einem geliehenen Pferd in ihrem Dorf besucht. Seinen Eltern hatte er nichts davon erzählt und sie in dem Glauben gelassen, daß er nur seine Sachen aus der Missionsschule holen wollte.

Es war ein unglücklicher Tag gewesen, an den er sich nur ungern erinnerte, denn inzwischen hatten die Bewohner des Dorfes erfahren, durch welche Intrigen und daß letztlich auch durch ihre Schuld sein Vater verhaftet und verurteilt worden war. Eigentlich war er nur gekommen, um sich bei Wen-ti zu bedanken, weil dieser ihn rechtzeitig benachrichtigt hatte, und natürlich, um Ay-lin zu sehen.

Es war ihm sehr peinlich gewesen, als sich ihre Eltern immer wieder bei ihm entschuldigt und auf ihre Unwürdigkeit hingewiesen hatten. Darum war er nur wenig mehr als einige Stäbchen Zeit geblieben, um der Teezeremonie Genüge zu tun. Kurz bevor er aufgebrochen war, hatte er dann doch noch das unverhoffte Glück, Ay-lin allein sprechen zu können. Im Überschwang seiner Gefühle hatte er ihre beiden Hände ergriffen und war erneut von ihrer Anmut und Schönheit bewegt gewesen.

»Willst du meine Frau werden?« hatte er sie gefragt und sogleich die unziemliche Eile verwünscht, in der er ihr seinen Herzenswunsch vortragen mußte.

Sie hatte nicht sofort geantwortet. Statt dessen hatte sie sich von seinen Händen befreit und war einen Schritt zurückgetreten.

»Nur du, sonst wird keine andere in meinem Herzen einen Platz finden!« hatte er hastig hinzugefügt und nicht gewagt, noch einmal ihre Hände zu berühren. »Bitte warte auf mich! Eines Tages komme ich wieder!«

Dann hatte sie gelächelt, was er als Zustimmung gedeutet hatte.

»Ich habe Freunde in Schanghai, die dir weiterhelfen werden!« riß ihn Malikow aus seinen Gedanken. »Je eher du von hier weggehst, desto besser ist es für dich und deine Eltern!«
Fen-che war von Malikows Direktheit erschüttert. »Aber warum, ich liebe sie doch!«
»Sie lieben dich auch, und gerade das ist der Grund. Deine Eltern machen sich jetzt Vorwürfe, dir das Leben nicht mehr bieten zu können, das sie sich für dich vorgestellt haben. Jeden Tag wird dein Vater daran erinnert, wenn er dich sieht. Ich glaube, nur eine Trennung wird ihm mit der Zeit die Ruhe wiedergeben. An dir liegt es, zu beweisen, daß du es allein und ohne ihre Hilfe schaffst.«
Die Bestimmtheit, mit der Malikow auf ihn einsprach, überzeugte ihn schließlich.
»Ich gebe dir einen Brief für meinen Freund Yü Yin mit. Er ist ein guter Arzt, und vielleicht willst du sogar bei ihm dieses Handwerk erlernen!« Er zog die Schublade seines Tisches auf und überreichte Fen-che einen versiegelten Brief.
»Ihr habt ihn schon geschrieben?« fragte er verblüfft.
»Er liegt schon seit mehreren Tagen hier drin, und jetzt nach unserer Unterredung scheint mir der richtige Zeitpunkt gekommen, ihn dir zu geben!«
Malikow wirkte plötzlich gealtert und müde. Fen-che spürte einen Augenblick Mitleid mit dem großen, bärtigen Mann. »Wann?«
»Morgen früh. Mein Kurier wird dich begleiten!«

VIERTES KAPITEL

Fen-che war tief enttäuscht vom ersten Eindruck Schanghais. Er hatte sich vorgestellt, von der Stadt aus über das Meer blicken zu können, dabei lag sie noch nicht einmal am Yangtse Kiang, dem Blauen Fluß, sondern nur an einem seiner Nebenarme und mehr als dreißig Li von der Mündung entfernt.

Zugleich war ihm, als ob er eine andere, unbekannte Welt betreten hätte. Der chinesische Teil der Stadt mit den alten Häusern und engen Gassen war angefüllt mit dem vertrauten, üblichen Lärm, Schmutz und Gestank und dem ununterbrochenen Geschiebe und Gedränge. Insofern unterschied die Altstadt sich nicht von anderen Städten, die er kannte. Aber hier schienen andere Moralvorstellungen zu gelten als im übrigen Reich. Hier war für Geld wohl alles zu haben, und Geld war hier offensichtlich reichlicher als anderswo vorhanden.

Das europäische Viertel dagegen mit seiner Prachtstraße, dem Bund, erstrahlte im protzigen Reichtum der Handelsfürsten, die sich mit ihren aufwendigen Luxushäusern gegenseitig zu übertreffen versuchten.

Malikows Kurier hatte ihn gleichsam an die Nahtstelle zweier Welten geführt. Das Haus Yü Yins lag, nur von einem schmalen Vorgarten, in dem sich ein stark verästelter Quittenbaum zu behaupten versuchte, von der Straße getrennt, in Steinwurfnähe der ersten mehrstöckigen Villen des französischen Viertels.

Eine kräftige, matronenhafte Frau mit einem rotbraunen Blutschwamm auf der linken Wange öffnete die Tür, und das Lächeln, das über ihr Gesicht huschte, verriet, daß sie den Kurier kannte.

Mit einem Schwall herzlicher Worte begrüßte sie ihn und war zugleich enttäuscht, daß er gleich weiter nach Norden in seine Heimat reisen wollte. Er nannte sie respektvoll und zugleich vertraut Ne-Ne, Großmutter.
»Einen Brief hast du für unseren ehrenwerten alten Arzt? Gib ihn her!« wandte sie sich an Fen-che.
Obwohl er ihn Yü Yin lieber selbst überreicht hätte, überließ er ihr zögernd das Schreiben.
Ihr Kinn kampflustig vorgeschoben, öffnete sie ihn sofort und überflog die Zeilen. Kurzsichtig sah sie noch einmal über den Rand ihrer Brille zu Fen-che.
»Väterchen Malikow wünscht, daß wir uns um dich kümmern!«
Es schien Fen-che, als ob ihre Stimme beim Namen des Russen einen wärmeren Klang bekommen hätte. »Ich war noch nie in Schanghai«, erwiderte er, weil ihm nichts Besseres einfiel, während sie ihn abschätzend musterte, »aber ich werde mich bemühen, Euch nicht zur Last zu fallen!«
»Unser Haus ist groß genug, und für Michails Freunde haben wir immer eine Unterkunft! Und was heißt hier zur Last fallen? Wenn du dich gut benimmst, darfst du so lange bleiben, wie du willst!«
Mit diesen Worten zog sie ihn in den dunklen Flur des Hauses. Aus den Augenwinkeln sah er noch, wie sich der Kurier verbeugte und zu den Pferden zurückging.
Die Dunkelheit im Haus wurde noch durch zahlreiche schwarze Möbel unterstrichen, und vor jedem Fenster hingen schwere Vorhänge, die alle zugezogen waren. Die abgestandene Luft roch nach altem Essen und feuchtem Staub. Flach atmend folgte Fen-che ihr zu den hinteren Räumen, bis sie auf eine Zimmertür wies.
»Hier kannst du erst einmal bleiben!« Der Fußboden war mit einem gelblichen Strohteppich ausgelegt. Die Wand gegenüber vom Fenster wurde bis unter die Decke von durchgebogenen Regalen bedeckt, die mit Büchern, Schachteln, Fläschchen und alten Zeitungen vollgestopft waren. In der Mitte des quadratischen Rau-

mes funkelte auf einem robusten schwarzen Tisch eine uralte, frisch geputzte Petroleumlampe.

»Wie schön es hier ist!« sagte Fen-che höflich und erinnerte sich wehmutsvoll an sein helles Zimmer in Hanjang. »Darf ich der alten, ehrwürdigen Ne-Ne ein Geschenk überreichen?« Im nachhinein war er dem Russen für den Rat, ihr einige Päckchen Tee und getrocknete Ginsengwurzeln mitzubringen, sehr dankbar. Prüfend hielt sie die Geschenke unter die Nase. »Sehr schön«, murmelte sie sichtlich erfreut, »ich werde uns gleich einen Tee aufbrühen. Unser alter Herr wird sicher schon neugierig auf unseren Gast sein!«

Der alte Herr saß in seiner Ordination in einem dunklen Ledersessel. Fen-che verbeugte sich zu einem Begrüßungskotau und spürte, wie ihm die Handflächen vor Aufregung feucht wurden.

»Komm näher!« winkte Yü Yin ihn zu sich heran. »Ich kann nicht mehr gut sehen!«

Yü Yin war fast ebenso breit wie hoch. Sein gewaltiger Bauch quoll über den breiten Gürtel seines dunkelblauen Seidenmantels, und während er sich mit beiden Händen vorbeugend abstützte, musterte er seinen Gast.

»Was führt dich in unser ärmliches Haus?« wollte er wissen und deutete einladend auf ein Sitzkissen neben sich.

»Ich habe einen Brief von meinem Freund Michail Malikow für Euch.«

»Den hat dir bestimmt schon der alte, neugierige Drachen abgenommen!« lachte der Alte dröhnend und versuchte Ne-Ne, während sie ungerührt den frischen Tee einschenkte, in ihren ausladenden Hintern zu kneifen. »Erzähl mir von Väterchen Michail. Hat er noch die kleine Japanerin, oder ist er schon wieder zurück in seine Heimat?«

Fen-che blickte irritiert zu Boden. Die saloppe Ausdrucksweise des Arztes war für ihn ungewohnt und fremd. Weder über Liebschaften noch von Freundinnen war je in seinem Beisein gesprochen worden. Bevor er sich verlegen eine Antwort zusammenstottern

konnte, zog er es vor zu schweigen. Doch im Laufe des Gesprächs gewöhnte er sich schnell an die laute und polterhafte Art des Arztes, dem offenbar kein Thema heilig war.
Besonders beeindruckt aber war Fen-che von Yü Yins ungeheurem Wissen in der Kunst des Heilens. Noch am Abend seiner Ankunft hatte ihn dieser nach der Ginsengwurzel gefragt, die er der alten Ne-Ne überreicht hatte. »Hast du sie auch um Mitternacht bei Vollmond ausgegraben?« Ohne den Sinn der Frage zu ahnen, verneinte Fen-che wahrheitsgemäß. Daraufhin hatte Yü Yin das Geschenk mit einem ärgerlichen Knurren beiseite geschoben. »Dann ist sie auch nicht wirksam!« hatte er kurzerhand erklärt.
Im Laufe der folgenden Wochen sollte Fen-che noch viel von der ärztlichen Heilkunst und der Herstellung von Arzneien erfahren. So durften die heilenden Kräuter und Wurzeln auf keinen Fall in einem Gefäß aus Metall gekocht und nur in einem Porzellanmörser zerstampft werden, wie auch nur ein Bambusmesser zum Zerkleinern vorgeschrieben war. Auch lehrte ihn Yü Yin, daß viele Pflanzen vor Sonnenaufgang im Tau geerntet werden mußten, bevor die ersten Sonnenstrahlen sie trafen. So konnte man ihre beste Wirksamkeit erzielen.
In Anbetracht des anstehenden Neujahrsfestes wollte Fen-che hinsichtlich seiner Suche nach Arbeit nichts überstürzen, und so wich er Yü Yin kaum von der Seite. Über soviel Aufmerksamkeit sichtlich geschmeichelt, weihte dieser Fen-che immer mehr in die Geheimnisse der Heilkunst ein, und sehr bald verband die beiden eine freundschaftliche Vertrautheit.
In den letzten Tagen des alten Jahres herrschte hier wie überall rege Betriebsamkeit. Nun, da die alten Geister das Haus bald verlassen würden, trieb Ne-Ne die Diener zu dem schon längst fälligen Hausputz an, ungestört von dem Staubgeist, dem Türgott und allen anderen heimlich eingeschlichenen bösen Geistern, die noch für kurze Zeit bei ihnen wohnen würden. Denn diese wußten, daß die nachfolgenden Geister Wert auf ein sauberes Haus legten.

Einige Stunden lang wurde die Küche für das restliche Personal gesperrt. Ne-Ne bereitete für den wichtigen Küchengott ein Abschiedsgeschenk vor. Neben die auserlesenen Süßigkeiten auf dem Opfertisch stellte sie noch zwei Obstkuchen und zündete wohlriechende Sandelholzräucherstäbchen an. Nachdem sie sich noch einmal davon überzeugt hatte, daß sie wirklich allein war, trat sie mit gesenkten Augen an den Herd.

»Lieber Herr Küchengott!« murmelte sie mit einer sonderbar verstellten Stimme, die sie für lieblich hielt, »berichte bitte nur Gutes über uns. Ich weiß, wir haben dich oft gestört, denn es war meistens recht laut hier und vielleicht nicht immer sauber. Ich bitte dich um Verzeihung. Ich weiß, du bist großmütig, du wirst unsere Fehler beim alten Himmelsgroßvater sicher verschweigen und uns nur loben!«

Andächtig schloß sie die Augen und kostete die traute Verständigung mit dem Geist aus, bis sie der Meinung war, daß sich der Küchengott an den Wohlgerüchen der Opfergaben genug gelabt hatte. Ohne sich noch einmal umzusehen, verließ sie leise die Küche. Das war dann der Augenblick der Diener, die nun hineinstürzten, um sich die Opfergaben wie jedes Jahr schmecken zu lassen.

Vor Neujahr mußte Ne-Ne auch dafür sorgen, daß die alten Schulden eingetrieben wurden, und wehe dem, der das Unglück hatte, ihr unversehens zu begegnen. Wenn ihr höfliches Ermahnen nichts nützte, dann überschüttete sie den Schuldner mit Schimpfworten, und nicht selten klammerte sie sich an seine Kleider und versuchte ihn mit Drohungen zahlungswillig zu machen, denn Schulden verfielen, wenn sie bis Neujahr nicht zurückgezahlt wurden.

Von der fürsorglichen alten Ne-Ne angestachelt, machten sich Yü Yin und Fen-che auf den Weg in die Altstadt, um für den Neujahrstag zur Vertreibung der letzten Geister aus dem Haus reichlich Feuerwerkskörper zu kaufen. Für das abschließende Laternenfest fünfzehn Tage später erstanden sie außergewöhnliche Scherzlaternen in Blumen-, Drachen- und Vogelformen.

Wie die meisten Menschen im Reich verbrachten Fen-che, Yü Yin und Ne-Ne die Zeit bis zur Mitternachtsstunde des Jahreswechsels mit Plaudern, Scherzen und Essen, denn nur derjenige, der sehr viele solcher Nächte erlebte, konnte beruhigt auf ein langes Leben hoffen. Neben vielen Tellern mit Kuchen und Keksen lagen in Schälchen und Körben geröstete Maronen, Ingwerscheiben in Sirup, in Honig eingelegte Litschipflaumen und gesalzene Nüsse auf dem Tisch, liebevoll mit roten, breiten Seidenbändern dekoriert.
»Jetzt ziehen die neuen Geister ins Haus ein!« murmelte Ne-Ne und horchte mit leicht geöffnetem Mund zum Flur und zu den unteren Räumen. Sie hatte dem neuen Küchengott zu Ehren einige Stäbchen Weihrauch verbrannt und mehrere Opferschalen mit Reis, Honigkuchen und Obst bereitgestellt, um ihn mit gebührender Feierlichkeit zu empfangen. Natürlich hatte sie auch nicht versäumt, Stroh und Sesamstengel vor die Haustür und in den Hof zu streuen, damit sich ungebetene Geister nicht breitmachen konnten. Jene, die nur darauf warteten, Töpfe zum Überkochen zu bringen, Petroleumlampen oder Kübel mit schmutzigem Wasser umzuwerfen und Fenster oder Türen klappern zu lassen, sollten nicht ins Haus. Hatten sie es dennoch geschafft einzudringen, mußte man wohl oder übel das ganze Jahr mit ihnen zusammenleben. Zur Sicherheit hatte Ne-Ne schon einen Besen bereitgestellt, um sie nötigenfalls zu vertreiben.
Fen-che war von dem warmen Reiswein, dem ständigen Naschen, dem Erzählen, Scherzen und Lachen mit den beiden Alten müde geworden und legte sich gleich nach Mitternacht auf seine bequeme Schlafmatte. Die Nacht würde kurz sein, denn am festlichen Neujahrsmorgen schlief niemand lange.
Noch bevor die Nacht dem ersten Grau des Tages wich, nahm das bisher nur vereinzelte Knallen und Krachen der Feuerwerkskörper immer mehr zu. Ganz benommen vom Schlaf eilte Fen-che mit seinen Krachern auf die Straße, um das neue Jahr zu empfangen.
»Das ist wirklich nett von dir, mir beim Vertreiben der bösen

Geister zu helfen«, hörte er Ne-Nes Stimme neben sich in der Dämmerung. Er lächelte über ihren ungeschickten Eifer, mit dem sie versuchte, die Feuerwerkskörper abzubrennen. Ein weiteres Lächeln entlockte ihm ihr neuer breitrandiger Hut mit den rotgefärbten Federn, den sie zu Ehren des Neujahrstages trug.

Die Hälfte seiner Vorräte war schon verbraucht, als ihm die Knallerei plötzlich keine Freude mehr machte. Er setzte sich neben den Quittenbaum ins Gras, zog die Beine bis ans Kinn heran und legte die Stirn auf die Knie. Heimweh erfaßte ihn wie eine Woge und hielt ihn fest. Ihm fehlten seine Eltern, die feierlichen Gesten seines Vaters und auch Mutters wechselhaftes Mienenspiel, sorgenvoll, wenn es in nächster Nähe krachte, gelöst und heiter, wenn sein Vater und er sich lauthals darüber freuten. Seit der Zeit in der Missionsschule hatte er diesen Tag zwar nicht mehr gemeinsam mit seinen Eltern feiern können, aber heute vermißte er sie ganz besonders. Er sehnte sich auch danach, wieder einmal am Ahnenaltar seiner Vorfahren zu gedenken. Achtlos ließ er die Knaller neben sich in das taufeuchte Gras fallen.

In den letzten Wochen war er von der großen, pulsierenden Stadt und der Gesellschaft Yü Yins derart gefangengenommen worden, daß er seine berufliche Zukunft und, schlimmer noch, seine Eltern völlig vergessen hatte. Ob es seiner Mutter wohl wieder besserging? Dann verweilten seine Gedanken bei seinem still gewordenen Vater, schlossen Malikow und Ay-lin mit ein. Sein schlechtes Gewissen quälte ihn immer mehr, und langsam füllten sich seine Augen mit Tränen. Er war wirklich ein unwürdiger Sohn. Statt sich Arbeit zu suchen, verlebte er unbeschwerte Tage und faulenzte.

Wütend raffte er die restlichen Knaller zusammen und schleuderte sie trotzig auf die Straße. Er hörte, wie Ne-Ne auf ihn einredete, doch unfähig, darauf einzugehen, lief er ins Haus zurück, zwängte sich am Eingang an Yü Yin vorbei, rannte in sein Zimmer und ließ seinen Tränen freien Lauf.

»Wer kann an einem solchen Tag so traurig sein?« hörte er hinter

sich die heitere Stimme des Arztes. Erschrocken wandte er sich zu diesem um; dann verbarg er sein Gesicht wieder in der Armbeuge.
»Ich glaube, wir sollten uns einmal aussprechen«, sagte Yü Yin und schob sich ins Zimmer. Sorgsam schloß er die Tür.
»Ich glaube, ich habe nur Heimweh«, bekannte Fen-che die halbe Wahrheit, obwohl er wußte, daß er Yü Yin nichts verheimlichen konnte.
Ohne ihn durch weitere Worte zu bedrängen, setzte Yü Yin sich neben Fen-che und wartete, während von der Straße lärmendes Knattern und Krachen ins Zimmer drang.
»Dein Yin und Yang scheinen sich nicht die Waage zu halten«, meinte er nach langem Schweigen und hielt Fen-che mit den Augen gefangen. »Was bedrückt dich?«
Fen-che zögerte. Was sollte er ihm sagen? Daß er versagt hatte und sich deswegen schämte? Erneut kämpfte er mit den Tränen. »Ich fühle mich unvollkommen«, sagte er mit belegter Stimme, »statt mir Arbeit zu suchen, vertue ich bei Euch meine Zeit, während meine Eltern glauben, daß ich fleißig arbeite.«
Überrascht hob Yü Yin die Augenbrauen. »Welche Zeit vertust du? Habe ich dir nicht beigebracht, daß winzige Mengen des giftigen Eisenhuts gegen Pocken, Durchfall, Fieber und Husten einzunehmen sind und wogegen Engelwurz, Kletten, Beifuß, Spargelkraut und Süßholz gut sind? Irgendwann wirst du mein Wissen übernommen haben und ein ebenso angesehener Arzt sein wie ich. Und«, fügte er mit einem breiten Grinsen hinzu, »du wirst nicht schlecht davon leben.«
Fen-che sah verblüfft auf. »Arzt? Wieso Arzt? Ich wollte doch ...« Er stockte und suchte nach den richtigen Worten, um Yü Yin nicht zu verletzen. Arzt zu sein bedeutete, ein großes Risiko einzugehen, denn jeder, der sich dazu berufen glaubte, konnte diesen Beruf ausüben. Wehe aber, wenn der Patient starb. Unzählige unglückliche Ärzte schmachteten in Gefängnissen, angezeigt von trauernden Hinterbliebenen, und wer bei einem Todesfall nicht sehr schnell

flüchten konnte, wurde dafür haftbar gemacht. »Ich wollte nicht Arzt werden, sondern den Europäern entweder als Dolmetscher oder als Komprador meine Dienste anbieten!«

Yü Yins Augen blieben auf Fen-che gerichtet, und durch keine Regung seines Gesichts ließ er erkennen, wie enttäuscht er war. »Die alte Ne-Ne wird mir den Brief von Väterchen Michail falsch vorgelesen haben«, sagte er nach einem Räuspern. »Für welches Unternehmen willst du arbeiten? Hast du schon Erfahrung als Komprador?«

»Ich habe mein erstes Staatsexamen als Bester bestanden, da werde ich doch ...« Ihm wurde plötzlich bewußt, daß er sich bisher nur sehr flüchtig mit diesem Gedanken auseinandergesetzt hatte, und so schwieg er.

»War es deine Idee, die Barbarensprachen zu erlernen, um bei den Europäern zu arbeiten?« hakte Yü Yin nach.

»Nein, es war Vaters Idee! Er ist der Meinung, daß die Fremden noch viel Unglück über unser Land bringen werden und wir gut daran tun, sie zu verstehen, um ihre Gedanken zu begreifen und ihre dunklen Absichten zu durchschauen.«

Zum wiederholten Male musterte Yü Yin Fen-ches Gesicht und konnte sich erneut nicht des Eindrucks erwehren, europäische Züge darin zu erkennen. Diese runden Augen und dieser feine Haarwuchs auf den Handrücken waren für einen Chinesen doch sehr ungewöhnlich. Yü Yin erhob sich ächzend vom Kissen. »Ich habe gute Beziehungen zu einigen Unternehmen«, sagte er schließlich, während er zwischen dem Fenster und der Tür mit kleinen Schritten auf und ab ging, »ich werde dir ein Empfehlungsschreiben mitgeben.« Seufzend setzte er sich an den schwarzen Tisch. »Aber ich bleibe dabei: Dein Yin und dein Yang sind nicht ausgewogen. Such dir eine Freundin, nein, besser ein Mädchen vom Blumensampan, die mit dir das Spiel von dem Wind, den Wolken und dem Regen spielt!«

Fen-che spürte, wie ihm das Blut in den Kopf stieg. In dem Roman

Der Traum der roten Kammer hatte er davon gelesen, und er erinnerte sich genau, wie Pao Yü seiner Zofe Perle von dem sonderbaren Traum berichtete und wie sie die Wolken und den Regen abends ausprobierten. Verlegen drehte er den Kopf zur Seite, um Yü Yin nicht in die Augen sehen zu müssen. »Ich habe mich bereits einem Mädchen versprochen«, sagte er leise, »es wartet auf mich.«
Der dicke Arzt lachte und nahm seine Wanderung wieder auf. »Das eine hat mit dem anderen doch nichts zu tun. Um ausgeglichen zu sein, solltest du dir in dieser Beziehung keine Zwänge auferlegen!« Er wartete, bis Fen-che ihn erneut ansah. »Hast du schon einmal mit einem Mädchen diese Freuden geteilt?«
Obwohl Fen-che das Thema unangenehm war, ahnte er, daß Yü Yin ihm als erfahrener Freund nur helfen wollte, und schließlich siegte seine Neugier über die Scham. »Nein, aber mein ehemaliger Diener Lan-chen hat mir erzählt, wie es geht.«
Lächelnd blieb Yü Yin stehen. Dann räusperte er sich laut, ging zur Tür und rief nach der Köchin um Tee. Dann saßen sie sich erneut wartend und schweigend gegenüber, und erst nachdem der Arzt die bernsteingelbe Flüssigkeit in die Schalen eingeschenkt und sie durch einen winzigen Löffel Honig versüßt hatte, nahm er das Gespräch wieder auf. »Eine Jadetochter vom Blumensampan wird dir die Entspannung schenken, die ein Mann braucht. Bedenke aber immer, daß das Spiel der Wolken und des Regens ein Kampf der Geschlechter ist, und oft wird es dir vorkommen, als ob du ein galoppierendes Pferd am verrotteten Zügel führen oder auf einem schmalen Grat am steilen Abgrund entlanggehen würdest. Bleibe immer sparsam mit deinem Samen, auf daß dein Leben lange erhalten bleibt!«
Je länger Yü Yin sprach, desto verwirrter wurde Fen-che. Sein Freund Lan-chen hatte es ihm damals als zwar mühsam, aber sehr schön beschrieben, und Fen-che verstand die Warnung Yü Yins nicht. »Warum macht man es überhaupt zu zweit, wenn es so gefährlich ist?« fragte er schüchtern.

Der Arzt lächelte. »Weil es immer wieder schön ist. Wenn dein Jadeschaft zwischen die Saiten der Laute eindringt, verschwimmt alles um dich herum, und du fängst an zu schweben. Dann dringe neunmal schwach und einmal tief ein, neunmal hintereinander, denn die Neun ist eine männliche Zahl!«
»Wie sage ich es der Jadetochter, was ich von ihr möchte? Kann ich auch sicher sein, daß sie mich empfängt?«
Yü Yin fuhr sich mit der Hand über die Augen. »Verzeih mir bitte, ich alter Träumer habe vergessen, wie jung du noch bist. Daß ich dir die Geheimnisse alter Männer preisgebe, wird dich nur beunruhigen, denn dir summen ja noch nicht die Ohren, deine Augen sind noch nicht müde, und auch deine Kehle ist noch nicht trocken. Genieße die Jugend!« Sein verträumter Blick wurde wieder klar. »Jede Jadetochter empfängt dich, wenn du ihr Geschenke mitbringst.«
»Geld?«
»Wird gern genommen, aber auch andere Kostbarkeiten wie Ginsengarzneien oder Moschusräucherstäbchen oder Schmuck. Tausend Dinge sind es, mit denen du ihre Herzen erfreuen kannst!«
Fen-che hatte noch unendlich viele Fragen, doch plötzlich stand die alte Ne-Ne mit vorwurfsvollem Blick in der Tür, und ihr Mal im Gesicht war röter als sonst. »Ist es eine Art, hier herumzusitzen, während ich die ersten Neujahrsbesucher empfangen und gleichzeitig Geschenke für Freunde und andere wichtige Persönlichkeiten packen muß?« fragte sie streng und verschwand grollend wieder.
Schwerfällig folgte ihr Yü Yin bis zur Tür, blieb noch einmal stehen und sah sich zu Fen-che um. »Morgen gebe ich dir die Adresse von Sai Yin Hua auf dem Blumenboot. Sie bat mich um Ginseng und sibirisches Mutterkraut für ihre kranke Mutter. Würdest du so freundlich sein, es ihr zu bringen?« Ohne auf eine Antwort zu warten, schloß er die Tür.
Verwirrt und aufgewühlt starrte Fen-che auf die geschlossene Tür.

Er war von der Unterhaltung seltsam erregt, aber gleichzeitig über sein Versagen noch immer beschämt. Dann entschloß er sich, etwas zu schreiben. Er stand auf und holte Pinsel und Tusche hervor, um fünfzeilige Verse zu dichten. »Grüner Drache fliegt zum weißen Tiger« gab er sich nach längerem Nachdenken zum Thema. »Grüner Drache« war das Sinnbild für die östliche Richtung und der »weiße Tiger« für die westliche, jene Richtung, in der sich seine Eltern befanden.

Drei Tage später, Fen-che stand am Fenster und blickte versonnen auf die prachtvollen Bauten des französischen Viertels, polterte Yü Yin kurzatmig ins Zimmer und überreichte ihm ein in braunes Packpapier eingeschlagenes Kästchen. »Ist mein jüngerer Bruder bereit, es der Dame Yin Hua auf ihren Sampan zu bringen? Frag einfach nach der alten Tante Sai, die wird jeder kennen!«

Das Kästchen war leicht. Spielerisch hielt Fen-che es in den Händen.

»Bestelle Yin Hua, daß ich leider keine Zeit habe, es ihr persönlich zu bringen, aber daß du mein Vertrauen besitzt!«

Fen-che ließ sich mit den Menschen auf der Straße treiben. Er fragte sich, was da wohl auf ihn zukommen mochte. Seit dem Gespräch am Neujahrstag mit Yü Yin hielten sich seine Neugier und seine Zweifel die Waage. Obwohl er einen weiten Umweg machte, der am großen Teehaus vorbeiführte, schien es ihm, als käme er viel zu schnell zum Hafen. Den Sampan der Sais fand er nach einigem Fragen, doch bevor er ihn betreten konnte, mußte er mehrere andere Boote überqueren, die sich, miteinander vertäut, wie eine endlose Kette weit in das Hafenwasser hinaus erstreckten.

Der buntbemalte Sampan unterschied sich nicht von den tausend anderen, die hier sanft wiegend auf dem Wasser lagen. Er stieg die zwei Stufen hinab und trat durch die mit Holzperlen behangene Tür in den Wohnraum. Sein erster Blick fiel auf drei gutgekleidete ältere Damen, die stumm um einen runden Tisch beim Glücksspiel saßen. Wortlos trat er näher und beobachtete die flinken Hand-

bewegungen der Spielerin, die den Gewinn austeilte. Sie griff neben sich in einen Münzhaufen, und ihre kleine Faust nahm eine unbestimmte Anzahl Sapeken, legte sie vor sich auf den Tisch und deckte sie mit einem grünen Filztuch zu.
»Drei, zwei, eine oder nichts?« fragte sie, und die beiden anderen Damen setzten ihren Einsatz auf die von ihnen genannte Zahl. Danach zog sie das Tuch von den Münzen und nahm jeweils vier vom Haufen, bis ein zufälliger Rest von zwei übrigblieb. Zwei hatte gewonnen, und der Einsatz wurde doppelt ausgezahlt.
Ihr Spiel nahm sie so gefangen, daß sie Fen-che nur mit einem flüchtigen Lächeln begrüßten. Gebannt wartete er, bis die Damen wieder ihre Zahl und den Einsatz genannt hatten, und trat mit fragendem Blick an den Tisch. Die Spielführerin nickte, als sie das Geld in seiner Hand sah. Er setzte auf die Null und gewann.
In den nächsten beiden Stunden gewann er, ohne daß die Damen auch nur eine Miene verzogen, über drei Tael. Die Dame, die die Bank gehalten hatte, sah Fen-che abschätzend an. Ihr Gesicht war dick geschminkt, und die langen Haare hatte sie mit Hilfe feingeschnitzter Elfenbeinkämme zu einer hohen Frisur aufgesteckt. »Ich habe Euch noch nie bei uns gesehen, junger Herr, was ist der Grund für die Ehre Eures Besuches?«
»Ich soll die Arzneien für die Dame Yin Hua abgeben. Der alte, ehrwürdige Arzt Yü Yin kann leider nicht selber kommen.«
Über ihr volles Gesicht huschte ein freudiges Lächeln. »Ich bin Tante Sai. Meine Tochter wohnt im nächsten Sampan.« Mit ihren überlangen Fingernägeln wies sie auf ein rotbemaltes Boot.
Fen-che verbeugte sich artig. »Der alte Herr wünscht Euch außer ehrfurchtsvollen Grüßen auch baldige Genesung. Darf ich das Päckchen gleich bei Euch abgeben?«
Sichtlich geschmeichelt verbeugte sie sich ebenfalls. Wollte er etwa zu ihr? Nein, dazu war er zu jung, und wenn ihr alter Freund Yü Yin ihn geschickt hatte, sollte er sicher bei ihrer Tochter erste Erfahrungen sammeln. »Verzeiht bitte, aber ich weiß nicht, was sie

bestellt hat. Es wird besser sein, wenn Ihr es ihr persönlich überreicht.«

Im Gegensatz zu Tante Sais Sampan war bei Yin Hua die Tür verschlossen. Erst zaghaft, dann heftiger betätigte er den Klopfring im Löwenmaul. Langsam wurde die Tür geöffnet, und das zarte Gesicht eines Mädchens erschien, das ihn mit schwarzen Augen fragend ansah. Fen-che spürte den Pulsschlag seines Herzens im ganzen Körper. Verlegen hielt er ihr das Päckchen entgegen. »Der alte Arzt Yü Yin bat mich, das hier abzugeben«, stotterte er. »Er sagt, daß ich sein Vertrauen habe«, fügte er schnell hinzu, um nicht wie ein unwichtiger Bote abgefertigt zu werden, wenngleich er am liebsten sofort wieder gegangen wäre. Doch als er den Namen des Arztes genannt und die Empfehlung hinzugefügt hatte, da erstrahlte ihr bisher verschlossenes Gesicht, und sie gab ihm die Tür mit einem einladenden Lächeln frei.

»Tretet ein, lieber erstgeborener Bruder. Ist der alte Großvater etwa krank, daß er nicht selber kommen kann?« Sie war einen Kopf kleiner als er, und das hellblaue, mit goldenen Blumen bestickte enganliegende Kleid unterstrich ihre biegsame Figur. »Verzeiht bitte die Unordnung in diesem kahlen Raum. Ich konnte nicht mit Eurem ehrenwerten Besuch rechnen. Darf ich Euch etwas warmen Wein anbieten«, fragte sie ihn, nachdem er sich auf eine weiche, kissenübersäte Bank gesetzt hatte und entzückt den geschmackvoll ausgestatteten Raum betrachtete, »oder möchtet Ihr lieber Tee mit kandierten Ingwerscheiben?« Sie wartete geduldig auf seine Antwort, doch als Fen-che immer noch schwieg, setzte sie sich zu ihm. »Oder habt Ihr Hunger?« fragte sie, und ihre zarte Hand strich wie ein Hauch über seinen Arm, um seine Aufmerksamkeit auf sich zu lenken.

»Tee, bitte!« brachte er schließlich hervor und wunderte sich über den eigentümlichen Klang seiner Stimme.

***

Zu der schmalen Sichel des zunehmenden Mondes blinkten die ersten Sterne. Fen-che stand wieder am Fenster seines Zimmers und blickte auf den winzigen Ausschnitt der strahlend hell beleuchteten Prachtstraße, die er von hier aus sehen konnte. Eine tiefe Niedergeschlagenheit hatte sich nach der Aufregung des Tages in ihm breitgemacht, und er wünschte sich, darüber mit Yü Yin zu sprechen. Im Nebenzimmer hörte er dessen sonores Gemurmel, dazwischen Sprachfetzen eines Patienten. Die Behandlung schien unendlich lange zu dauern. Bedrückt setzte er sich an den Tisch und legte seinen Kopf auf die verschränkten Arme.

Er erwachte, als sich eine Hand auf seine Schulter legte. »War der Tag zu anstrengend?« fragte Yü Yin anzüglich.

Fen-che spülte den bitteren Geschmack im Mund mit dem letzten kalten Schluck Zimttee hinunter und wartete, bis sich der Arzt gesetzt hatte. »Ich darf Euch von den beiden Damen für das neue Jahr die besten Glückwünsche ausrichten, und sie würden es als große Ehre betrachten, Euch bald wieder als Gast zu sehen.«

Yü Yin winkte ab und beugte sich neugierig vor. »Ist sie nicht zauberhaft?« kam er zur Sache.

»Ja«, sagte Fen-che und sah an ihm vorbei aus dem Fenster.

Verwundert hakte Yü Yin nach. »Warst du überhaupt bei ihr?«

Fen-che sah zu Boden. »Ich habe es nicht gekonnt! Die Götter müssen mit mir zürnen, denn trotz aller Mühe verschmähte mein Jadeschaft das Spiel von Wind und Regen.« Bei den letzten Worten hob Fen-che seinen Blick und atmete erleichtert auf, als er bemerkte, daß Yü Yin nicht lachte.

»Ich kenne das«, erwiderte dieser leichthin, »bei der ersten Vereinigung ist man vor Angst, etwas falsch zu machen, verkrampft. Unruhe befällt dann den Körper, und die Gedanken jagen im Kreis!«

Fen-che war dankbar für den passenden Vergleich. »Sie bat mich, noch einmal ihr Gast zu sein.«

»Willst du sie denn wieder besuchen?«

Er zuckte die Schultern und rieb sich mit den Fingerspitzen die schmerzenden Schläfen. »Sie ist sehr hübsch!«
»Oder«, Yü Yin versuchte, die Frage so beiläufig wie möglich klingen zu lassen, »oder bevorzugst du die ›mit den abgeschnittenen Ärmeln‹?«
Neugierig, aber mißtrauisch beugte Fen-che sich vor. »Wer sind die?«
»Am besten erzähl ich dir die Geschichte, wie der Name zustande gekommen ist.« Er lehnte sich entspannt zurück und faltete die Hände vor seinem Bauch. »Vor langer Zeit lebte der Kaiser Ai-ti, und es bereitete ihm mehr Vergnügen, sich mit hübschen Knaben zu umgeben als mit Frauen. Eines Tages ruhte er mit seinem Lieblingsknaben im Schlafgemach, und jeder hing seinen Gedanken nach, wobei der Junge auf dem Ärmel seines Gewandes einschlief. Zu dieser Stunde aber gab der Herrscher jeden Tag Audienz, und es wurde Zeit für ihn, sich zu erheben. Um den Jungen nicht zu wekken, schnitt er sich den einen Ärmel vorsichtig ab und eilte in die Audienzhalle. Jeder am Hof wußte sofort, warum er abgetrennt war, und seit dieser Zeit nennt man die Leute mit dieser Vorliebe ›die mit dem abgeschnittenen Ärmel‹.«
Fen-che schüttelte nachdenklich den Kopf. »Ich glaube nicht, daß ich einer von ihnen bin«, meinte er nach kurzem Nachdenken, »es war wohl wirklich nur die Aufregung!«

***

Vor dem roten Ziegelsteingebäude im englischen Viertel blieb Fen-che stehen und sah an dem mehrere Etagen hohen Bauwerk empor. W. CRAWFORD stand in lateinischen Buchstaben dezent auf einem blankgeputzten Messingschild links neben dem Eingang, darunter in kleiner Schrift »Import & Export«.
Auf dem Flur kamen ihm mehrere junge Männer mit gewichtigen Mienen und Schreibarbeiten unter dem Arm entgegen. Einer von

ihnen hielt ihn auf. »Hier geht es nicht weiter! Wohin wollen Sie?«
»Zum Taipan, ich möchte ihm ein Schreiben überreichen«, antwortete er dem verblüfften Büroangestellten in akzentfreiem Englisch. »Wo finde ich ihn bitte?« Sprachlos wies dieser auf eine große Mahagonitür, in die ein mit Weinlaubornamenten geätztes Rauchglasfenster eingesetzt war, und sagte schließlich: »Ich werde Sie anmelden! Wie heißen Sie?«
»Lin Fen-che.«
Während er im Vorraum verloren in einem ausladenden Ledersessel warten mußte, wurde im anschließenden Zimmer des Taipan eine tiefe Männerstimme von Satz zu Satz lauter, die die hohe Stimme seines Gesprächspartners immer wieder wütend unterbrach und niederschrie.
»Was soll ich mit fünfhundert Fenstern, wenn sie mir kein Mensch abnimmt?« echauffierte sich die Baßstimme und wiederholte erneut ihre Argumente. »Für zehn Tael pro Stück hätten wir sie verkaufen können, und nun müssen wir froh sein, wenn wir sie für drei oder vier verschleudern dürfen. Der Verlust geht auf Ihre Rechnung! Lassen Sie mich jetzt allein!«
Die Tür wurde aufgerissen, und ein chinesischer Angestellter verließ mit unbewegtem Gesicht den Raum. Hinter ihm erblickte Fen-che kurz den geröteten kantigen Schädel des Taipan. Obwohl er mit der Auseinandersetzung nichts zu tun hatte, fühlte er sich unbehaglich und spielte mit dem Gedanken, wieder zu gehen, als die Tür plötzlich noch weiter aufgerissen wurde.
»Was wollen Sie?« fragte der vierschrötige Engländer, und seine wäßrig blauen Augen musterten ihn mürrisch.
Ein unbeherrschter Bauer, konstatierte Fen-che und ging ein paar Schritte auf ihn zu, um Yü Yins Empfehlungsschreiben zu überreichen. »Ich möchte in den Dienst Ihres Hauses treten«, sagte er mit fester Stimme und war sich nun nicht mehr sicher, ob er es auch wirklich wollte. Er folgte dem Taipan ins Zimmer und blieb neben

dem Besucherstuhl stehen, während sich Crawford hinter seinen Schreibtisch setzte.
»Unsere Sprache sprechen Sie ja ganz manierlich. Was können Sie noch?« Fragend blickte er über den Rand des Empfehlungsschreibens.
Fen-che erinnerte sich daran, welchen Rat ihm der Arzt gegeben hatte. »Auf keinen Fall darfst du zugeben, daß du aus der Provinz kommst«, hatte er ihn beschworen. »Erzähl ihm meinetwegen, daß du Erfahrung als Komprador hast, und vergiß nicht zu erwähnen, daß du der lateinischen Schrift mächtig bist. Versuche dich einzigartig zu machen! Es ist wichtig, daß du dich überzeugend gibst. Wer sich für einen leckeren Mondkuchen ausgibt, der wird auch als solcher gegessen!«
»Ich möchte als Komprador arbeiten!« ignorierte er die gestellte Frage und blickte in das gerötete Gesicht seines Gegenübers, der zusehends ungeduldiger wurde. »Was ich heute noch nicht kann, bin ich bereit zu lernen«, fügte er hinzu, während Crawford ihn mit geöffnetem Mund anstarrte.
Warum hatte er nicht Yü Yins Rat befolgt, denn nun würde er ihn bestimmt nicht einstellen! Er unterdrückte ein belustigtes Lächeln. Nein, in diesem Haus stimmte die Harmonie nicht, und das würde Yü Yin verstehen. Im Gegenteil, er würde sicher mit ihm über seine Antwort lachen!
»Ich habe schon einen Trottel von Komprador, der gerade durch seine Unachtsamkeit ein gutes Geschäft hat platzen lassen«, erklärte er abweisend, »ich bin bedient!«
Crawford blieb hinter dem Schreibtisch sitzen und begann zu schreiben. Seinen Besucher schien er vergessen zu haben. Fen-che schluckte vor Ärger und fühlte sich völlig überflüssig. Es empörte ihn, wie ein dummer Tagelöhner dazustehen. Unerwartet blickte Crawford nach geraumer Zeit wieder auf und lehnte sich zurück.
»Wir, das heißt, meine Frau, haben hier in Schanghai ebenfalls eine Firma. Vielleicht haben Sie bei ihr mehr Glück!« Ohne aufzu-

stehen, reichte er Fen-che mit langem Arm das Empfehlungsschreiben Yü Yins, dem er selbst ein paar Zeilen hinzugefügt hatte. »Das mach ich nur meinem alten Freund Yü zuliebe!«

Das Gebäude von Mrs. Crawfords Firma war wesentlich kleiner, aber auch hier zeigten die Büroangestellten den gleichen hochnäsigen Ausdruck, wie er ihn heute schon kennengelernt hatte. Ein Clerk brachte ihn zum Komprador, der in einem winzigen Raum auf dem Fußboden hockte und verstreut herumliegende Papiere ordnete.

»Ich komme auf Empfehlung von Mr. Crawford. Er hat mir ein Schreiben für seine Gemahlin mitgegeben; würdet Ihr mir weiterhelfen?«

Der Komprador, ein älterer Mann mit rundem Pfannkuchengesicht, sah auf und erhob sich. »Sie ist heute nicht hier«, erklärte er und versuchte erfolglos seine Neugier zu verbergen. »Kann ich etwas für Euch tun?«

»Ich suche Arbeit!« sagte Fen-che freimütig in der Hoffnung, von ihm vielleicht Hilfe oder zumindest einen Rat zu erhalten. »Ich war eben bei Herrn Crawford; der hat mich hierher geschickt.«

Das gutmütige Mondgesicht des Chinesen bewölkte sich, und ohne das Lächeln fehlte ihm jegliche Wärme. »Als was wünscht Ihr hier zu arbeiten?«

Fen-che hob die Arme, um anzuzeigen, daß er sich selbst noch nicht im klaren darüber war. »Ich werde morgen noch einmal nachfragen«, sagte er leichthin und war sich wieder nicht sicher, ob dies die richtige Firma für ihn war.

An diesem Tag besuchte er noch zwei weitere Handelshäuser, die ihn höflich abwiesen. Enttäuscht und erschöpft erreichte er spätabends Yü Yins Haus und hoffte, niemandem zu begegnen. Doch die alte Ne-Ne schien mit spitzen Ohren auf der Lauer gelegen zu haben, denn noch bevor er leise in seinem Zimmer verschwinden konnte, rief sie ihn zu sich in die Küche. Sie war sich sicher gewesen, heute einen Grund zum Feiern zu haben. Sie hielt ihm die Tür auf und beobachtete sein Gesicht. In der Mitte des Tisches standen einladend zwei frischgebackene Obstkuchen auf roten Papierdeckchen, von sorgfältig drapierten Efeublättern umrankt. Bevor Fen-che es verhindern konnte, klatschte sie vor Freude in die Hände und rief laut nach Yü Yin.

Am schlimmsten schien Fen-che an diesem Abend, daß sich beide bemüßigt fühlten, ihn wegen seines Mißerfolges zu trösten. Um nicht unhöflich zu sein, ließ er ihre ganze Anteilnahme still über sich ergehen. Später, Ne-Ne war schon schlafen gegangen, saß er noch lange mit Yü Yin beim warmen Reiswein. Ihm erzählte er von Anfang an, was sich wirklich zugetragen hatte, und verschwieg ihm auch nicht seine Aversion gegen Crawford.

Yü Yin schien seinen Ausführungen jedoch nur mit halber Aufmerksamkeit zu folgen. »Fenster, sagst du?« unterbrach er ihn plötzlich. »Wegen Fenstern haben sie sich gestritten? Nun hat Crawford die Fenster auf Lager und wird sie nicht los!« Nachdenklich lehnte er sich zurück. »Wenn wir Glück haben, finden wir einen Käufer. Für wieviel sind sie zu haben?«

Fen-che erinnerte sich nicht genau. Waren es vier oder sechs Tael pro Stück gewesen? »Zehn sollten sie ursprünglich kosten«, das wußte er bestimmt, »nun vielleicht fünf.«

»Jedes Jahr kommt ein Patient aus Hankau, um sich von mir behandeln zu lassen. Er ist gerade in der Stadt und fährt erst nächste Woche zurück. Soviel ich weiß, baut seine Firma dort Häuser. Ich werde morgen gleich nachfragen, vielleicht nimmt er sie.« Angeregt beugte er sich vor. »Wenn du die Fenster für Crawford zu einem guten Preis vermitteln kannst, hast du dein Können schon bewiesen!«

In dieser Nacht verfolgten ihn im Traum die Fenster. Von allen Seiten kamen sie und legten sich ihm in den Weg. Immer wieder mußte er über sie hinwegsteigen, bis es zu viele wurden und er in die Scheiben trat. Schweißgebadet erwachte er und stand auf. Sein Hals war ausgetrocknet, und ihm brannten die Augen. Er hätte gern einen Teller Zimtsuppe gegessen, die Ne-Ne leider nicht ganz so gut zubereiten konnte wie seine Mutter. Statt dessen aß er einen Apfel und beobachtete gedankenverloren den Sonnenaufgang. Gleich nach dem Frühstück ging er noch einmal zu Crawford und ließ sich bei ihm anmelden.

»Der Taipan kommt erst später ins Geschäft!« erklärte ihm Herr Wu, jener Komprador, den er gestern mit unbewegtem Gesicht aus dem Chefzimmer hatte kommen sehen. »Wollt Ihr warten?«

Fen-che nutzte die Gelegenheit, um sich über die Fenster zu informieren. »Ich war gestern ungewollt Zeuge des Gesprächs über die falsche Lieferung der Fenster«, erklärte er ihm in mitfühlendem Ton. »Wie bedauerlich für Euch! Ich hoffe, es gelingt Euch, den Schaden wiedergutzumachen!«

»Nein, nein!« erwiderte der Komprador, »das war nicht meine Schuld, und das weiß der Taipan auch.« Redselig und froh, endlich einen Zuhörer gefunden zu haben, fuhr er fort. »Ich hatte unserem Kunden ein Muster mitgegeben, woraufhin er die Sendung bei uns bestellte. Als die Ladung mit dem letzten Schiff endlich hier ankam, waren alle Fenster weiß gestrichen, während das Musterfenster aus unbehandeltem Holz gewesen war. Nur deswegen ist er vom Vertrag zurückgetreten. Mich trifft also keine Schuld! Schließlich sind schon ganze Schiffsladungen von Handelsgütern nicht abgenommen worden, nur weil das Einpackpapier oder die Verschnürung anders ausgefallen war als beim Muster. Dabei weiß jeder Händler, wie empfindlich unsere Landsleute auf so etwas reagieren.«

»Und was geschieht jetzt mit den Fenstern?«

»Wir haben schon versucht, sie woanders zu verkaufen, aber anscheinend braucht niemand weißgestrichene Fenster.«

»Vielleicht dann, wenn Ihr sie billiger anbietet!«

Wu lehnte sich zurück und schwieg. Er hatte schon zuviel gesagt.

»Vielleicht würde ich sie Euch abkaufen«, tastete Fen-che sich nach einer längeren Pause vor und beobachtete die Reaktion seines Gegenübers. »Welchen Preis fordert Ihr?«

Aufmerksam fixierte ihn Wu. »Ihr?« Fen-che sah ihm an, wie sich seine Gedanken überschlugen, um seine Firma vor einem Verlust zu bewahren und vielleicht sogar noch Gewinn zu machen. »Sämtliche Fenster?«

Fen-che nickte. »Vielleicht, wenn der Preis stimmt!«

»Zehn Tael kostet eines!« rechnete Wu ihm vor, und es gelang ihm, seine Hoffnung nicht zu sehr zu zeigen, »für acht bekommt Ihr sie, wenn Ihr die gesamte Ladung abnehmt!«

»Schade!« murmelte Fen-che, der fand, daß es nun an der Zeit war, einen Rückzieher zu machen. Das Interesse Wus war geweckt, und mehr wollte er vorerst nicht. »Leider ist der Preis noch zu hoch! Ich habe mit weit weniger gerechnet!«

Die Geräusche im Haus, die über den Flur zu ihnen herüberklangen, wurden plötzlich leiser. »Der Taipan kommt«, meinte der Komprador. »Ich werde ihm mit Eurer Erlaubnis vorschlagen, das Angebot noch günstiger zu machen!« Damit verschwand er in dem Zimmer hinter der Mahagonitür.

Kurze Zeit später trat Crawford mit dem Komprador im Gefolge ins Vorzimmer. Er begrüßte Fen-che wie einen alten Bekannten nach europäischer Art durch Händeschütteln und geleitete ihn in sein Arbeitszimmer. »Ich muß Ihnen leider sagen, daß die Fenster schon so gut wie verkauft sind! Heute mittag wird das Geschäft mit dem neuen Käufer abgeschlossen sein. Wenn ich Ihnen ein anderes Mal zu Diensten sein kann ...«

Fen-che saß da wie versteinert. Das wohlige Gefühl der Zufriedenheit war einer tiefen Enttäuschung gewichen. Es wäre auch zu schön gewesen, wenn sein Vorhaben gelungen wäre. Vielleicht hätte er achtzig oder gar hundert Tael Gewinn machen können, aber nun war es aus! Er hatte sich zu große Hoffnungen gemacht!

»Darf ich Ihnen einen Tee anbieten?« vernahm er plötzlich zu seiner großen Überraschung Crawfords Stimme.

Fen-che hatte ihn gestern ohne Maske kennengelernt und wußte, daß die Freundlichkeit nur gespielt war. Warum war er auf einmal so zuvorkommend? Ging es vielleicht doch noch um die Fenster? Zu vermuten war es, da es zwischen ihnen ansonsten wohl nichts mehr zu besprechen gab. Sollte er ihn seinetwegen weiterhin für einen dummen Provinzler halten!

»Wieviel dachten Sie für die Fenster anzulegen?« führte der Taipan im Plauderton die Unterhaltung fort.

»Ihr Komprador sagte etwas von acht Tael, während meine Vorstellungen bei höchstens vier liegen. Inzwischen ...« Fen-che unterbrach sich, weil Tee und Gebäck gebracht wurden, und sprach erst weiter, als sie wieder allein waren. »Inzwischen war ich zum Zeichen meines guten Willens bereit, fünf Tael zu geben, aber zu schade, daß aus dem Geschäft nichts geworden ist!« Er suchte sich die schmackhaftesten Waffeln zwischen den Keksen heraus und verzehrte sie genüßlich.

»Unter sechs hätte ich sie Ihnen auch auf keinen Fall verkaufen können«, gab Crawford nach, »und dabei wären sie noch sehr günstig ...«

Nach einem kurzen, energischen Klopfen trat eine zierliche dunkelhaarige Frau mit langem, bis auf die Schultern fallendem Haar in den Raum. »Darf ich dich eben kurz stören?« fragte sie und beugte sich über Crawford, um ihm einen flüchtigen Kuß auf die Stirn zu hauchen. »Oh, entschuldige!« tat sie erschrocken, als ob sie Fen-che eben erst bemerkt hätte.

»Darf ich vorstellen, Herr äh«, stammelte Crawford peinlich berührt.

»Lin«, murmelte Fen-che, stand auf und verbeugte sich.

»Meine Frau!« beendete Crawford die Vorstellung mit einer lässigen Handbewegung in ihre Richtung. »Ich gab Ihnen gestern ein Empfehlungsschreiben für sie mit. Bei dieser Gelegenheit können Sie Ihre Wünsche bei ihr vielleicht gleich vortragen«, fügte er vermittelnd hinzu.

»Hast du mir wieder so einen Idioten auf den Hals geschickt?« fragte sie ihren Mann auf deutsch und lächelte Fen-che dabei

harmlos an, der trotz seines Entsetzens über diese Unverschämtheit mit keiner Miene verriet, daß er auch diese Sprache beherrschte, und das Lächeln erwiderte.
»Der war gestern schon hier. Er sucht Arbeit, aber ich habe ihn mit einem Schreiben an dich abwimmeln können. Nun will er hoffentlich diese verfluchten Fenster kaufen.«
»Stör ich dich wirklich nicht?« fragte Mrs. Crawford ihren Gatten.
»Auf keinen Fall, ich versuche gerade, ihm die Dinger für sechs Tael anzudrehen, wenngleich ich schon froh wäre, sie für vier loszuwerden!« Als ob es sich bei dieser Unterhaltung nur um Belanglosigkeiten handeln würde, lächelten sie Fen-che immer wieder freundlich zu, der dies stets mit einer Verbeugung erwiderte und sich bemühte, eine unbeteiligte Miene beizubehalten. »Unterhalte ihn einen Augenblick, ich komme gleich wieder!« bat Crawford seine Frau und verließ das Zimmer.
»Sie wollen für meine Firma arbeiten?« fragte sie ihn, nun wieder in englisch. »Wo haben Sie unsere Sprache so gut gelernt?«
»In einer Missionsschule«, sagte er wahrheitsgemäß, »und nun möchte ich mein bescheidenes Wissen vervollkommnen und wollte es in Ihren Dienst stellen!«
Sie betrachtete ungeniert sein hübsches Gesicht und versuchte ihn sich ohne Zopf vorzustellen. Dann suchten ihre Augen seine schlanken Hände. »Als was dachten Sie sich in meiner Firma zu bewerben?«
Bevor Fen-che antworten konnte, kam Crawford zurück und warf sich in seinen Sessel. »Sie haben großes Glück, junger Mann, der Käufer der Fenster hat mich gerade eben gebeten, ihn aus dem Vorvertrag zu entlassen.« Jovial beugte er sich zu Fen-che. »Ihnen zum Gefallen war ich damit einverstanden, und für fünf Tael pro Stück haben Sie dabei noch ein gutes Geschäft gemacht!«
Fen-che stellte seine Antwort für Mrs. Crawford zurück und konzentrierte sich auf den Taipan. »Entschuldigen Sie bitte, Mr. Crawford, aber wir müssen uns mißverstanden haben! Ich wäre für drei,

höchstens vier Tael am Kauf interessiert.« Aufmerksam beobachtete er Crawfords Gesicht. »Alles weitere übersteigt meine finanziellen Mittel.«

Damit hatte er Crawford das Messer an die Kehle gesetzt. Jetzt mußte dieser sich entscheiden, und es kostete Fen-che Mühe, seine Genugtuung zu unterdrücken. Selbst wenn sich der Handel zerschlagen sollte, er war sich sicher, daß Mrs. Crawford ihn einstellen würde, und wenn es ihm gelänge, bei diesem Geschäft einen guten Eindruck zu machen, würde sie ihm vielleicht sogar eine Stellung als Komprador antragen.

»Wenn wir heute noch handelseinig werden, würde ich gern ein Fenster als Muster mitnehmen!« fügte er hinzu.

»Soll ich sie diesem gelben Halsabschneider für vier Tael überlassen?« wandte sich Crawford ärgerlich auf deutsch an seine Frau.

»Es ist deine Firma, und hier mußt du die Entscheidung treffen«, entgegnete sie.

Quälend lange zog sich die Pause hin. Von irgendwoher kam das Brummen einer dicken Fliege näher, die sie umkreiste. Fen-che war versucht, wieder zu Mrs. Crawford zu blicken, denn er spürte, daß sie ihn ununterbrochen musterte; aber er hatte unerklärlicherweise eine Scheu davor, ihrem Blick zu begegnen. Die Fliege krabbelte unterdessen auf der Schreibtischplatte über eingetrocknete Wasserglasabdrücke, flog zur Handquaste einer Stehlampe und von da aus drei-, viermal gegen die Fensterscheibe, um dann wieder irgendwohin zu verschwinden.

»Gut!« schreckte ihn Crawfords laute Stimme auf. »Für vier Tael! Bezahlung bei Abnahme!« Er hielt Fen-che seine fleischige Hand entgegen. Dieser schlug, ohne zu zögern, ein. »Was wollen Sie mit den Fenstern anfangen?« fragte Crawford neugierig, nachdem die Spannung von ihm abgefallen war und er sich wieder gemütlich in den Sessel zurückgesetzt hatte. Doch bevor Fen-che antworten konnte, erhob sich Mrs. Crawford.

»Ich muß leider weiter!« Sie ging zur Tür. Die Hand schon auf der

Klinke, sah sie sich noch einmal um, und jetzt trafen sich ihre Blicke. »Sie können bei mir anfangen, Herr Lin. Ich schätze tüchtige Mitarbeiter.« Dann verließ sie das Zimmer.
Um nicht auf Crawfords letzte Frage antworten zu müssen, verbeugte sich Fen-che. »Entschuldigen Sie mich bitte, aber ich habe noch viel vorzubereiten. Ich empfehle mich!« Mit diesen Worten verließ er ebenfalls den Raum.
Auf dem Weg nach Hause befielen ihn die ersten Zweifel, ob er richtig daran getan hatte, die vielen Fenster auf gut Glück gekauft zu haben. Aber schließlich, und das schien ihm ein großer Trost, hatte er dadurch eine Stellung bekommen. Was er brauchte, war Glück. Glück, daß dieser Mann, von dem Yü Yin gesprochen hatte, ihm die Fenster abkaufen würde. Je näher er dem Chinesenviertel kam, desto schwerer wurde ihm das unhandliche Fenster, und er achtete kaum auf die vielen Leute, die ihm nachsahen.
Yü Yin wartete schon ungeduldig auf Fen-che und blickte unwillig auf das Fenster, das dieser vorsichtig und schwer atmend durch die Tür trug. »Wenn ich geahnt hätte, wie schwer so ein Fenster ist ...«
»Das ist Herr Tschong«, stellte Yü Yin mit leicht vorwurfsvoller Stimme seinen Gast vor, der bewegungslos in einem Sessel saß. Beschämt, die Regeln der guten Sitte außer acht gelassen zu haben, verbeugte Fen-che sich, so gut es ging, zum Begrüßungskotau. »Ich kann dir eine unerfreuliche Nachricht nicht ersparen. Ich war gestern etwas zu voreilig mit meiner Annahme, daß Herr Tschong für die Fenster Verwendung haben würde. Aus Gesundheitsgründen hat er sein Geschäft verkaufen müssen.«
Fen-che spürte, wie ihm das Blut aus dem Gesicht wich. Auf seiner Stirn bildeten sich kleine Schweißtropfen. Umständlich stellte er das Fenster an die Wand und setzte sich. Das Rauschen in seinen Ohren wurde unaufhaltsam lauter. Schwarze Flecke flackerten ihm vor den Augen, die Umrisse verschwammen, und mit einem Seufzer lehnte er den Kopf zurück und schloß die Augen.
Über seinen Schwächeanfall besorgt, umringten ihn die beiden

Männer, und Yü Yin massierte ihm den Nacken, während er ihm mit der anderen Hand den Puls fühlte. »Ist etwas geschehen, wovon ich noch nichts weiß?« fragte er und legte ihm beruhigend die Hand auf die Stirn.

»Nein!« murmelte Fen-che schwach. »Mr. Crawford und ich, wir haben lange über die Fenster verhandelt, und ich glaubte ein gutes Geschäft zu machen. Für vier Tael pro Stück habe ich sie gekauft!«

Yü Yins Augen weiteten sich vor Schreck. »Ohne zu wissen, an wen du sie weiterverkaufen kannst?« Schnell rechnete er die Summe aus, die Fen-che Crawford schuldete. »Zweitausend Tael bekommt er von dir! Hast du soviel Geld?«

Obgleich Fen-ches Körper vor Schwäche zitterte und er sich nach seinem Bett sehnte, versuchte er Yü Yin optimistisch zu stimmen. »Ich versichere Euch, auch wenn ich Mr. Crawford die Fenster nicht abnehmen kann, so wird er nie auf die Idee kommen, mich wegen des Geldes zu verklagen, denn ich werde als Komprador in die Firma seiner Frau eintreten!«

Kopfnickend betrachtete Tschong unterdessen die Fenster. »Gute Arbeit!« lobte er, um das peinliche Schweigen zu überbrücken, und Yü Yin sagte zu Fen-che gewandt: »Wir können uns morgen weiter darüber unterhalten. Im Augenblick ist es wohl das beste, wenn du schlafen gehst und dich erholst!«

Diese Nacht war noch schrecklicher als die letzte, und erst am frühen Morgen schlief er ein, um kurz darauf völlig zerschlagen wieder aufzuwachen. Während des Frühstücks behielt er Yü Yin gegenüber seinen schon gestern zur Schau getragenen Optimismus bei, und es gelang ihm sogar, mit fröhlichem Gesicht das Haus zu verlassen.

Im Handelshaus wurde Fen-che statt zu Crawford selbst in das angrenzende Büro des Kompradors geführt. Wu erhob sich sofort zum Begrüßungskotau und wartete, bis Fen-che sich gesetzt hatte. »Ich habe den Auftrag, Euch um Verzeihung zu bitten, da Mr.

Crawford heute leider verhindert ist. Wenn Ihr gestattet, werde ich Tee für uns bestellen«, sagte er und beeilte sich, den Botenjungen zu beauftragen. »Wir können uns im Vorzimmer des Taipan unterhalten, wenn Ihr mir bitte folgen wollt!«

Fen-che war es unvergleichlich angenehmer, mit dem Komprador über sein Mißgeschick wegen der Fenster zu sprechen, als mit dem Engländer. Er entschied sich, die Sachlage so zu schildern, wie sie war, obwohl er dadurch sehr viel Gesicht verlieren würde.

»Inzwischen hat sich ...«, der Komprador hüstelte und geleitete Fen-che zur Sitzecke, ohne seinem Gast die Möglichkeit zu geben, zu Wort zu kommen. Wu sprach bedachtsam weiter: »Inzwischen hat sich der ursprüngliche Käufer der Fenster wieder bei uns gemeldet und seine Bedenken zurückgestellt. Er will die Fenster nun doch so übernehmen, wie sie sind!« Wus beherrschtes Gesicht entspannte sich etwas, als der Botenjunge mit Tee und Keksen den Raum betrat. Erst als sie wieder allein waren, führte er das Gespräch mit gleicher Bedachtsamkeit fort. »Wir können natürlich nur als Vermittler auftreten, denn die Fenster gehören inzwischen ja Euch. Der Herr ist unser solventester Kunde und deswegen, deswegen ...« Das Einschenken des Tees verlangte seine ganze Aufmerksamkeit, so daß er nicht weitersprechen konnte.

Für Fen-che grenzte Wus Erklärung an ein Wunder, und am liebsten wäre er aufgesprungen, um ihn zu umarmen. Aber in den letzten beiden Tagen hatte er sehr viel gelernt, vor allem, seine wahren Gefühle zu verbergen.

»Euer Kunde möchte also meine Fenster über Eure Firma erwerben, wenn ich Euch richtig verstanden habe«, faßte Fen-che zusammen, nahm sich Zeit für einen Schluck Tee und suchte sich eine getrocknete Mangoscheibe aus der Keksschale heraus. Es gelang ihm sogar, ruhig weiterzusprechen. »Und dabei wird der Preis sicher eine wesentliche Rolle spielen!«

»Nicht ganz, Herr Lin. Wir haben unserem Kunden bisher noch nicht gesagt, daß wir nicht mehr die Eigentümer der Fenster sind,

und wollen es auch möglichst vermeiden. Um es kurz zu machen, wir möchten sie von Euch zurückkaufen!«
Jetzt wußte Fen-che, warum der Taipan heute nicht erschienen war, denn eine derart unangenehme Situation mußte sein Komprador ausbügeln. »Ihr werdet verstehen, daß ich nur zustimmen kann, wenn Euer Angebot akzeptabel ist. Auch ich stehe in der Pflicht eines Kunden«, log er ungerührt. »Sagt mir, was Ihr zu bieten bereit seid!« Fen-che ließ ihm Zeit. Er wußte, in welch unangenehmer Situation sich Wu jetzt befand, denn wenn er zuwenig bieten würde, konnte sich das Geschäft mit dem Risiko, den Kunden für immer zu verlieren, zerschlagen. Böte er zuviel, würde ihn Crawford möglicherweise entlassen. Jetzt wählte er aus der Schale einen hellbraunen Keks mit Mandelstücken, der leicht nach Zimt duftete.
»Acht Tael, und wir haben nichts daran verdient«, versicherte ihm Wu. »Wir machen es auch nur aus Freundschaft für den alten Kunden, wie ich Euch schon sagte.«
Sollte er das Angebot ablehnen und hoffen, daß er zehn bieten würde? Wie weit konnte er Wu trauen, daß das Gesagte der Wahrheit entsprach? Vorhin wäre er schon froh gewesen, wenn er sie ihm für den Preis, den er bezahlt hatte, abgenommen hätte, aber das zählte nun nicht mehr.
»Zehn Tael!« sagte Fen-che nach kurzem Zögern und versuchte, ein ebenso verschlossenes Gesicht wie Wu beizubehalten. Er vermutete, daß die Fenster zu dem ursprünglichen Preis von zehn Tael weitergegeben würden. Daß er sich das ausrechnen konnte, wußte auch Crawford, und sicher hatte er sich darauf eingestellt, daß er diesen maximalen Preis verlangen würde. Wu erhob sich und reichte Fen-che zur Besiegelung die Hand.
»Wenn der Taipan Euch fragen sollte«, senkte Wu unsicher die Stimme, »sagt ihm bitte, daß wir lange und zäh verhandelt haben und Ihr zunächst die Fenster unbedingt behalten wolltet, bis ich Euch zum Verkauf überredet habe.«

Fen-che nickte. »Dann bekomme ich also dreitausend Tael von Ihnen.«

Der Komprador setzte sich an den Schreibtisch und holte einen unterschriebenen Scheck aus seiner Ärmeltasche, auf dem er die Summe eintrug und gegenzeichnete. »Nicht ganz, Herr Lin!« sagte er fein. »Zwölf Tael weniger, denn ein Fenster habt Ihr bereits mitgenommen; und dafür erlauben wir uns, Euch zwölf Tael zu berechnen! Soviel kostet eben nun einmal ein Fenster!«

FÜNFTES KAPITEL

Prinz Ch'un, Prinz ersten Grades, war über den Befehl der Kaiserinwitwe Tz'u-hsi, an der Besprechung im Tsungli Yamen teilnehmen zu müssen, tief beunruhigt. Unter der Furcht vor Tz'u-hsis unberechenbarer Laune hatte sein Vater ebenso zu leiden gehabt wie er jetzt. Das ging sogar so weit, daß ihre Nähe sein Denken lähmte. Dabei war seine Position innerhalb des Prinzenklans durch die Verwandtschaft mit ihr unumstritten, denn Tz'u-hsi war nicht nur die Schwester der Hauptgemahlin seines Vaters, sondern ihrer Großzügigkeit verdankte seine Familie sämtliche Ämter, Titel und vor allem Reichtum. Das einzige, was sie forderte, war unbedingte Loyalität. Diese aufzubringen fiel ihm jedoch angesichts der unentwegten Hofintrigen nicht leicht.

Tz'u-hsi, eine ehemalige Kaiserkonkubine dritten Grades aus dem vornehmen Klan der Yehonala, hatte Kaiser Hsien-feng seinen einzigen Sohn geboren. Dadurch war sie in den Rang der Kaisergemahlin des westlichen Palastes erhoben worden, neben der kinderlosen ersten Gemahlin des Kaisers, der des östlichen Palastes. Als dann ihr Sohn im Alter von sechs Jahren nach dem Tod seines Vaters als Kinderkaiser die Thronfolge angetreten hatte, war ihr der begehrte Rang der Kaiserinwitwe zuteil geworden.

Aus den ersten Machtkämpfen um den Thron war sie vor nunmehr fünfundzwanzig Jahren als Siegerin hervorgegangen, und das mit der Hilfe seines Vaters, der sich aus Angst vor ihrem Machthunger kritiklos in die Dienste seiner Schwägerin gestellt hatte. Diese Angst hatte ihn dazu getrieben, Millionen Tael, die für den Ausbau der Flotte bestimmt waren, zum Wiederaufbau des von den Eng-

ländern und Franzosen zerstörten Sommerpalastes abzuzweigen und darüber hinaus einen kritischen Zensor seines Amtes zu entheben und der Justiz zu übergeben. Die Furcht, daß der Sturz nach seinem steilen Aufstieg um so tiefer sein würde, hatte sich auf seinen Sohn, Prinz Ch'un II., vererbt, der ihre Anweisungen – wenn auch innerlich grollend – stets unverzüglich befolgte.
Einen Zensor abzusetzen, nur weil er Kritik geübt hatte, war im höchsten Maße unvorstellbar, und bisher hatte ein Kaiser diesen Schritt nur selten gewagt. Die Zensoren hatten die Pflicht, zum allgemeinen Wohl des Volkes gegen Überheblichkeit, Eigennutz und Amtsmißbrauch Einspruch zu erheben, sogar gegen den Kaiser selbst, oder bei dessen Minderjährigkeit gegen seinen Regenten. War dies der Fall, so fastete der Herrscher bereitwillig ein paar Tage und trug während dieser Zeit statt der üblichen prächtigen Kleidung nur Sackleinen, übte Selbstkritik, übernahm die Verantwortung und setzte als selbstherrlich getadelte Mandarine ab. Damit war er seiner Pflicht nachgekommen. Als besonderes Zeichen seines Amtes trug der Zensor auf seiner Galatracht jenes einmalige Fabeltier, welches die Fähigkeit besaß, Unredlichkeit zu riechen und dann die Übeltäter mit seinem langen Horn aufzuspießen.
Im Tsungli Yamen, dem Außenministerium, sollten sich heute, außer einigen Prinzen des Staatsrates und des Großsekretariats der Zentralregierung, der verdiente Feldherr Tso Tsung-t'ang, der im Taipingaufstand die Rebellen besiegt hatte und nun das Amt des Vizekönigs von Shensi und Kansu bekleidete, sowie der junge General Chang Tsung-chang, Befehlshaber der ›Grünen Standarte‹, treffen.
In den letzten Jahren war China von den am Handel interessierten ausländischen Staaten heftig umschmeichelt worden. Doch selbst dem dünkelhaftesten Staatsbeamten war inzwischen klargeworden, daß dieses Streben über kurz oder lang zur Eroberung und Aufteilung des Reiches führen würde. Von Süden her hatte Frank-

reich bereits Saigon erobert und das Protektorat über Kambodscha erhalten und war im Begriff, das unter chinesischer Oberhoheit stehende Annam zu annektieren. Von Norden her erweiterte Rußland unaufhaltsam seine Machtsphäre, und den vorläufigen Verzicht auf Landnahme nach der Niederwerfung eines Aufstandes im Nordwesten Chinas ließ es sich mit Entschädigungen in Millionenhöhe und dem Ausbau des Handelsrechts reichlich bezahlen. Im Osten agierten auf der für sie immer enger werdenden Felseninsel Hongkong die Engländer und verfolgten rücksichtslos und offen Pläne zur Erweiterung ihres Territoriums.
Die höchsten Würdenträger Chinas saßen um einen reichgeschnitzten, ovalen Mahagonitisch im Tsungli Yamen. Die von Bäumen und Blumen in unterschiedliche Fächer aufgeteilte Tischplatte zeigte Schnitzereien mit Jagdmotiven, dazwischen Geister, Drachen und Dämonen. Den Vorsitz der Gesprächsrunde hatte Vizekönig Tso Tsung-t'ang, der zwar rangmäßig unter den Prinzen stand, aber in militärischen Fragen noch vor General Chang über die meisten Erfahrungen verfügte.
»Wir haben uns nicht nur gegen die Engländer, Franzosen und Russen zu wehren«, eröffnete er ohne Umschweife die Diskussion, »die sich unaufhaltsam in unserem Reich niedergelassen haben, sondern auch gegen Deutschland, Österreich, Italien, Nordamerika und vor allem gegen Japan. Bisher haben die ausländischen Mächte auf unserem Territorium eifersüchtig darüber gewacht, daß keiner von ihnen übermächtig wurde. Wenn wir aber den Dingen ihren Lauf lassen, werden sie unser Reich nach und nach unter sich aufteilen!«
Prinz Ch'un betrachtete das grobe, fleischige Gesicht des berühmten Feldherrn, dessen zipfeliger Bart ihm von der Oberlippe weit über die Mundöffnung franste und dort in einen dünnen Kinnbart überging.
Was redet der alte Haudegen für einen Unsinn, dachte er. Bisher hatten sie die Barbaren noch immer wunderbar gegeneinander

ausspielen können und Zeit durch Verhandlungen gewonnen. Schließlich war jedes Thema unerschöpflich, und wenn man nach Monaten immer noch auf der Stelle trat, weil ein Kommissionsmitglied längerfristig erkrankt war, andere Interessen plötzlich vorgingen oder sich die politische Landschaft verändert hatte, wer konnte ihnen daraus Vorwürfe machen? Oder strebte der alte Kämpe etwa nach Höherem? Ch'un runzelte die Stirn. Schließlich war er doch schon Vizekönig zweier Provinzen, was wollte er noch?

»Und was können wir dagegen unternehmen, ohne die Barbaren zum Krieg herauszufordern?« fragte der junge Prinz Dsai Tao.

»Wir können Verträge und Abkommen schließen. Die Vergangenheit hat uns jedoch gezeigt, daß diese, wenn es zu ihrem Vorteil gereicht, von den Europäern einfach gebrochen werden. Unsere dringlichste Aufgabe besteht deshalb darin, ein modernes, schlagkräftiges Heer aufzubauen. Dabei sollten wir uns verstärkt den Instrukteuren der rivalisierenden ausländischen Mächte bedienen, uns modern bewaffnen und ihre Kriegstaktiken erlernen. Unser gesamtes Heereswesen muß reformiert werden! Das allerdings kostet sehr viel Geld, aber in unserem eigenen Interesse müssen wir dafür eben anderes zurückstellen!«

»Wir verfügen über acht mandschurische, acht mongolische, acht chinesische Banner und die ›Grüne Standarte‹. Damit sind wir den ausländischen Mächten zahlenmäßig weit überlegen. Ich glaube nicht, daß wir uns auf kostspielige Reformen einlassen sollten!« dämpfte Prinz Ch'un die Erwartungen des Feldherrn und hoffte, unter den anderen Prinzen weitere Fürsprecher zu finden. »Ich schlage vor, uns weiterhin auf unsere Stärke des Verhandelns zu verlassen!«

Der alte Tso Tsung-t'ang sah Prinz Ch'un aus zusammengekniffenen Augen an, erwiderte jedoch nichts auf dessen Gegenvorschlag. Seine Blicke verweilten auf der Kranichstickerei des blauen Seidengewandes und wanderten weiter zu dem hellroten Edelstein am

Hut seines prinzlichen Gegenübers. Dann räusperte er sich laut und spuckte in den Napf neben sich.

»In den letzten dreihundert Jahren hat Japan immer wieder versucht, unser Land zu unterwerfen. Nie hatten wir den außerordentlich tapferen und mutigen Kriegern Ebenbürtiges entgegenzusetzen. Bisher haben uns dic unendliche Weite des Himmlischen Reiches, die Kargheit Südkoreas und der Verrat unter den japanischen Daimyos gerettet.« Der Feldherr setzte sich bequemer und nippte an seiner Teeschale. Dann richtete er seine Aufmerksamkeit auf Dsai Tao, der ihn unverwandt ansah. »Die internen Machtkämpfe in Japan sind beendet. Der Mikado«, er benutzte bewußt den uralten Titel des Tennos, »wußte sich gegen den Lehnsadel durchzusetzen, und das Land hat sich aus eigenen Kräften reformiert. Wenn ich heute darauf hinweise, daß Korea Ziel ihrer nächsten Eroberung sein wird, so kann mir kein vernünftig denkender Mensch widersprechen!«

Prinz Ch'un ärgerte sich, weil er als Ignorant gelten würde, wenn er Tso Tsung-t'angs Vermutung nicht unterstützte. »Der König von Korea ist ein Vasall unseres Reiches, und selbstverständlich kann er mit unserer Hilfe rechnen, wenn er von ausländischen Kräften angegriffen wird!« kam er ihm entgegen.

»Das sind auch meine Befürchtungen!« stimmte der alte Soldat ihm bedingungslos zu. »Bevor wir aber unsere Truppen in Korea zusammenziehen können, wird Japan ein ausreichend schlagkräftiges Heer angelandet haben, um uns dort zu vernichten, und im Zuge der Kampfhandlungen werden sie die Grenzen unseres Reiches überschreiten, um eine oder mehrere unserer Provinzen als Kolonie zu annektieren!«

»Die Japaner müßten ihre Truppen über See und weite, unwegsame Strecken versorgen. Das können sie nicht lange durchhalten. Sie werden sich zurückziehen müssen, wenn wir ihre Flanken angreifen«, erhielt Prinz Ch'un endlich die ersehnte Schützenhilfe Prinz Dsais.

»Sie werden sich aus den eroberten Dörfern und Städten ernähren«, erklang nun die hohe Stimme von General Chang Tsung-chang.

Interessiert betrachtete Prinz Ch'un den jungen General. Man erzählte sich von ihm, daß er außergewöhnlich klug sei und daß er noch nie einen Kampf verloren habe. Es hieß aber auch, er habe den Körper eines Elefanten, das Gehirn eines Schweins und das Temperament eines Tigers. Sein intimer Spitzname war »Alter Sechsundachtzig«, weil die Länge seines erigierten Glieds angeblich der Höhe von sechsundachtzig aufeinandergestapelten Silberdollars entsprach. In seinem Hauptquartier, so munkelte man, befänden sich zwischen zehn und zwanzig Frauen aller Nationalitäten, die nur ihm allein zur Verfügung stünden. Ihm selbst wie allen anderen Prinzen war derartiges verboten; als Mitglied des Kaiserhauses durften sie nur mit mandschurischen Prinzessinnen oder Konkubinen verkehren. Prinz Ch'un senkte die Augen, um sich von dem Anblick des Generals zu lösen.

»Wenn sie Lü-shun und Wei-hai-wei erst einmal erobert haben, steht ihren Schiffen der Golf von Petschili offen. Selbst wenn sie nicht direkt auf Peking marschieren, liegt die Mandschurei ungeschützt vor ihnen, und nur der Russe könnte eine Besetzung verhindern. Aber wie hoch wird dessen Preis sein?«

Bis auf Prinz Ch'un waren die prinzlichen Mitglieder der ersten Rangklasse von Chang Tsung-changs strategischem Gedankengang sichtlich beeindruckt, wenn es ihnen auch unmöglich schien, daß Lü-shun oder gar Wei-hai-wei zu erobern war. Jeder hatte gegenwärtig das Gefühl, mit Tso Tsung-t'ang an der Spitze der Heere würden die Invasionstruppen vernichtet werden.

»Ich schlage vor, sofort auf dem See- und Landweg unsere Truppen in Korea zu verstärken und die dortige Bevölkerung durch geschickte Einflußnahme gegen die Japaner einzunehmen, so daß sie uns im Falle eines Krieges wohlwollend und nicht etwa kriegerisch gegenüberstehen!« schloß Tso Tsung-t'ang seinen Vortrag. Er trank die Schale Tee aus und rülpste mit geschlossenem Mund; trotzdem klang es wie Donnergrollen.

***

Die Angst, der neuen Aufgabe als Komprador nicht gewachsen zu sein, war in den letzten Monaten langsam von Fen-che gewichen. Ihm halfen dabei nicht nur seine Anpassungsfähigkeit und seine schnelle Auffassungsgabe, sondern ebenso die fürsorgliche Unterstützung von Mrs. Crawford und, was für ihn am wichtigsten war, die Hilfe der chinesischen Händler, die ihm wohlwollend gegenüberstanden.
Er hatte von dem Geschäft mit den Fenstern nur Yü Yin erzählt, und trotzdem ging die Geschichte, aus unzähligen Quellen gespeist, wie ein Lauffeuer durch die Stadt. Daß der rücksichtslose und geschäftstüchtige Crawford von einem unerfahrenen Landsmann im Vorübergehen um mehrere tausend Tael, einige sprachen sogar von zehntausend, übervorteilt worden war, stärkte ihr Zusammengehörigkeitsgefühl, und jeder sah es als Ehre an, Fen-che behilflich zu sein. In Schanghai hatte es anscheinend niemanden gegeben, der ihn damals nicht mit dem Fenster quer durch die Stadt hatte gehen sehen, und sein Spitzname »Einfenster-Lin« wurde bald häufiger als sein richtiger Name genannt.
Neben seinen Aufgaben, die darin bestanden, neue Handelsaufträge zu beschaffen, bestehende zu pflegen, Verträge abzuschließen und neue Geschäftspartner zu finden, wurde ihm von Mrs. Crawford die Betreuung der jungen ausländischen Büroangestellten ans Herz gelegt. In einem Umfang wie nie zuvor wurden in letzter Zeit der Firma sogenannte Kredite zur Begleichung vorgelegt. Die Freizügigkeit der Händler gegenüber den europäischen Angestellten der Handelshäuser kannte keine Grenzen und wurde nur vom Kreditnehmer bestimmt. Diese Schuldenbelege der Clerks, der Shipping Clerks und sogar der Salesmen mußten bei Vorlage sofort

vom Handelshaus ausgezahlt werden, denn die Firma war verpflichtet, für die Schulden ihrer Angestellten aufzukommen.
Bevor der Angestellte einer Firma nach etwa zwei bis drei Jahren Tätigkeit von Nutzen sein konnte, verdiente er im Monat fünfzig Tael bei freier Unterkunft. Für einen bisher unbedeutenden Büroangestellten eine sehr große Summe, die aber durch neue Kleidung, die fehlende führende Hand des Elternhauses und durch Beiträge der obligatorischen Mitgliedschaft in einem Klub sehr schnell ausgegeben war. So wuchs langsam der Schuldenberg von Monat zu Monat. Wenn Angestellte für die Gesellschaft schließlich gewinnbringend arbeiten konnten, erhöhte sich ihr Gehalt auf achtzig bis einhundertzwanzig Tael. Aber auch ihre Ansprüche wuchsen, und wer keine Charakterfestigkeit besaß, gab dann noch mehr Geld aus.
Die gewährten Kredite wurden vom Komprador der Firma beglichen. Doch wenn ihm die Schuldsumme zu hoch erschien, war es seine Pflicht, den Taipan davon in Kenntnis zu setzen. Meistens wurde der Schuldner verwarnt. Dabei ließ man es bewenden, denn Überfahrt und Ausbildung eines neuen Angestellten würden noch mehr Zeit und Geld kosten.
Noch immer hatte Fen-che seine Kenntnis der deutschen Sprache und Schrift für sich behalten, denn die Handelssprache war Englisch. Nur einmal hätte er beinahe seine Beherrschung verloren und sich verraten. Es war in den ersten Wochen seiner neuen Tätigkeit gewesen. Er stand gerade im Büro der jungen Mitarbeiter, um Akten durchzusehen, als hinter ihm jemand auf deutsch sagte: »Kannst du gelbe Kröte überhaupt lesen?« Noch nie in seinem Leben hatte er sich so geschämt wie in diesem Augenblick, als die anderen Clerks darüber in wieherndes Lachen ausbrachen. Er versuchte, ruhig weiterzulesen und so zu tun, als ob er nichts verstanden hätte. Noch heute wunderte er sich darüber, wie er die Kraft dazu aufgebracht hatte, ohne ersichtliche Gemütsbewegung die Durchsicht der Akten zu beenden. Doch die Stimme hatte er

zweifelsfrei erkannt: Es war die Stimme des jungen Walter Hoffmann gewesen.

Die neuen Schuldenbeträge des letzten Monats lagen nun bei Fen-che auf dem Schreibtisch. Und ausgerechnet für Hoffmann hatte er wieder einmal, wie schon so oft, den höchsten Betrag aus der Kasse zu zahlen.

Er würde ihm Gelegenheit geben, ihm zu erklären, warum er stets über seine Verhältnisse lebte. Oder sollte er ihm nun die einstige Beleidigung heimzahlen, indem er Mrs. Crawford riet, ihn zu entlassen? Allerdings würde der Firma ein großer Schaden entstehen, wenn Hoffmann auf sein Betreiben hin nach Deutschland zurück mußte, denn wer sollte seine Arbeit übernehmen? Dreimal hatte Mrs. Crawford einige ihrer Clerks, darunter auch Hoffmann, eindringlich verwarnt, doch inzwischen nahm wohl niemand mehr ihre zornig vorgebrachten Vorwürfe ernst.

»Wenn nichts Wichtiges anliegt, möchte ich mit Ihnen sprechen«, hielt Fen-che den Shipping Clerk auf seinem Weg zur Registratur an.

»Sofort?« fragte dieser nach einigem Zögern, und Fen-che hatte den Eindruck, als sinne er über eine Ausrede nach, um erst später oder gar nicht zu ihm kommen zu müssen.

»Ich möchte Sie zum Tee einladen«, ebnete ihm Fen-che den Weg. »Wir sollten das ›Alte Teehaus‹ besuchen. Man sitzt dort recht gemütlich und wird nicht gestört!«

Das zweistöckige ›Alte Teehaus‹ lag im Stadtzentrum inmitten eines künstlichen Teichs und war nur über eine schmale Holzbrücke zu erreichen. Das prächtige, uralte Gebäude bestach schon von weitem durch seine weit vorspringenden, vielfach verschnörkelten Dächer mit den leuchtend bunten Ziegeln. In der großen Glasveranda der unteren Etage waren zu dieser Tageszeit ausnahmsweise mehrere Fensterplätze frei, und mit einladender Geste wies Fen-che auf einen der leeren Tische.

Er bestellte Sandgebäck und russischen Rauchtee mit in Rum ein-

gelegten Mirabellen. Es bereitete Fen-che Genugtuung, Hoffmann jetzt allein vor sich zu haben und den ungebührlichen jungen Mann zur Rede stellen zu können. »Wie lange arbeiten Sie schon für uns?« eröffnete er das Gespräch und genoß es, den Gleichaltrigen seine überlegene Position spüren zu lassen.
»Drei Jahre.«
»Stimmt«, Fen-che nickte, »und in diesen drei Jahren haben Sie noch immer nicht gelernt, mit Ihrem Geld auszukommen? Ich habe die Eintragungen von ...«, ärgerlich stockte er, weil ihm wieder der Name seines mondgesichtigen Vorgängers entfallen war, »des letzten Kompradors durchgesehen. Monat für Monat haben wir Ihre Schulden bezahlt. Wenn ich Mrs. Crawford die neuen Zahlen vorlege, müssen Sie nach den vielen Verwarnungen ernsthaft damit rechnen, entlassen zu werden.«
Mit gesenktem Blick hörte Hoffmann zu und bog die Finger seiner linken Hand so weit nach hinten, als ob er sie brechen wollte. »Ich weiß es nicht ... ich will doch nicht ... alles geht doch so leicht!« stammelte er.
»Erzählen Sie etwas von sich«, forderte Fen-che ihn auf, um den Druck etwas zu mildern, denn es war ihm peinlich, daß Hoffmann seine Regungen so offen zeigte. »Wie sind Sie nach China gekommen?«
Hoffmann blickte noch eine Weile leer vor sich hin, und es schien, als ob er nicht wüßte, wie er beginnen sollte. Fen-che verschränkte unterdessen die Arme vor der Brust und tat, als beachte er den jungen Kaufmann nicht mehr. Er wartete geduldig. Er war zufrieden mit sich. Überall wurde er inzwischen geachtet und immer häufiger auf der Straße von Leuten gegrüßt, die er nicht kannte. Aber fast ebenso wichtig wie dieses Ansehen war ihm das verdiente Geld. Geld bedeutete Unabhängigkeit und Freiheit. Von dem Gewinn aus dem Verkauf der Fenster hatte er seinen Eltern stolz tausend Tael geschickt und von den großartigen Möglichkeiten in Schanghai geschrieben, die sich ihm boten. Fen-che lächelte

unmerklich, als er an seinen besonders geschickten Schachzug zurückdachte, Ay-lin einhundert Tael mit der Bitte um Aufbewahrung für die hoffentlich baldige Hochzeit zu senden. Vier Wochen wartete er täglich, ob sie das Geld zurückschicken würde. Doch seine Befürchtungen bewahrheiteten sich nicht, und langsam wurde es für ihn zur freudigen Gewißheit, daß sie auf ihn wartete.
»Damals, als ich hier ankam, war alles so verlockend. Ich verdiente hier mehr Geld als in Deutschland, aber es war auch alles viel teurer«, begann Hoffmann. »Ich bekam bei freier Station die hier üblichen fünfzig mexikanischen Silberdollar.« Obwohl Hoffmann sehr langsam sprach, holte er an den falschen Satzstellen Luft und zerriß somit den Redefluß. »Ich brauchte Tropenanzüge, mußte auf Anraten Ihres Vorgängers einem Klub beitreten, die Blumenmädchen kosten auch Geld, und auf der Rennbahn habe ich gewettet, habe Fahrten ins Landesinnere gemacht und bin auch öfter mal essen gegangen. Ich brauchte nur zu sagen, wo ich arbeite, und bekam überall sofort Kredit. Ich komme mit meinem Geld einfach nicht aus!«
»Sie verdienen zur Zeit weit über hundert Tael, damit müßten Sie aber auskommen!«
»Ich weiß«, murmelte Hoffmann kaum hörbar, und zu Fen-ches Erstaunen füllten sich seine Augen mit Tränen. »Ich schicke von dem Geld über die Hälfte meiner Mutter, denn mein Vater ist tot. Damit unterstütze ich sie und meine beiden jüngeren Schwestern.«
Fen-che schluckte. Mit der ungewöhnlichsten Ausrede hatte er gerechnet, nur damit nicht. Er fühlte sich unbehaglich, weil er Hoffmann nicht nur falsch eingeschätzt hatte, sondern auch bereit gewesen war, seine Entlassung zu befürworten.
»Mrs. Crawford hat mir angedroht, mich mit dem nächsten Schiff nach Hause zu schicken«, sagte er. Dabei liefen ihm die ersten Tränen über die Wangen. »Und dann ist alles aus!«
Fen-che empfand den Gefühlsausbruch als faszinierend und ab-

stoßend zugleich. Fast hätte er auch keinen Vater mehr gehabt, versuchte er sich an dessen Stelle zu versetzen, aber hätte er sich inmitten eines gut besuchten Teehauses so gehenlassen? Nein, bestimmt nicht.

»Ich werde ein gutes Wort für Sie einlegen«, versuchte Fen-che ihn mit sanfter Stimme zu beruhigen. »Mrs. Crawford ist sehr gutherzig!« Er spürte jetzt weder Haß noch Rachegefühle, sondern nur noch Mitleid. »Lassen Sie uns gehen«, forderte er ihn auf. »Ich werde mich vielleicht für Sie einsetzen können!«

Mit dem Menschenstrom aus Bettlern, Blinden, Kranken, Lastenträgern und sonstigen Passanten ließen sie sich durch die engen Gassen, in denen kaum zwei Menschen aneinander vorbeikamen, mitschieben. Überall roch es nach Essen, nach Holzkohlenfeuer, Gebratenem, gerösteten Nüssen, heißem Zucker in Fett, aber überall roch es auch nach Unrat. Sie kamen am zweiten, dem größeren Teehaus vorbei, das nur für Mandarine zugänglich war und eine verfeinerte Kopie des ersten darstellte. Fen-che wählte einen kleinen Umweg, um den großen Tempel mit dem Schutzgott Schanghais aufzusuchen. Vor seinen Toren herrschte ein reges Treiben. Neben Ständen mit Obst und Zuckerwerk wurden Möbel, Küchengeschirr und auch billiger Trödelkram angeboten, und wie überall führten auch hier Taschenspieler und Gaukler ihre Künste vor.

Das übliche Ehrentor mit den lebensgroßen, bunten Mandarinbildern stand offen. Sie gingen an den Wohnblöcken der Priester innerhalb des Tempels vorbei und erreichten das Heiligtum. In der Mitte des Raumes thronte auf einem hohen Sitz die Riesengestalt des Gottes mit rotbemaltem Gesicht. Um ihn herum standen mehrere unförmig geschnitzte schwarzbemalte Figuren, die die Dienerschaft des Gottes darstellten. Fen-che sah zu den von der Decke herabhängenden Kriegsdschunken hoch, die auch des Gottes Herrschaft auf dem Wasser dokumentieren sollten. Unerklärlicherweise befiel ihn ein beklemmendes Gefühl, und er wandte den Schiffen den Rücken zu, um sie nicht ansehen zu müssen. Den

überladenen, im Dämmerlicht liegenden Raum durchzogen schwere, süßliche Duftwolken, die rundherum aus den qualmenden Räucherpfannen emporstiegen.
»Warum ist sein Gesicht so unnatürlich rot bemalt?« fragte Hoffmann unwillkürlich flüsternd.
»Rot ist bei uns nicht nur die Farbe großer Freude, sondern auch hoher Würde. Gewöhnlich ist die Farbe des Todes Weiß, aber der Tod eines alten Mannes, der sehr viele Nachkommen zeugte und ein erfülltes Leben hatte, wird auch rot begangen.«
»Darf ich Ihnen eine persönliche Frage stellen?«
Fen-che nickte.
»Ich habe gehört, daß Ihr Vater ein hoher Mandarin ist. Warum ... wollen Sie nicht auch Mandarin werden?«
Fen-che fühlte einen Stich. »Es hat nichts zu bedeuten, daß mein Vater Mandarin ist. Es geht bei uns nach Tüchtigkeit, so daß jeder aus dem Volk, der die Examen besteht, zu diesem Amt kommen kann. Meine erste abgelegte Bezirksprüfung reicht dazu noch nicht. Ich müßte noch zwei weitere Staatsexamen in Peking ablegen.«
Langsam schlenderten sie zum Ausgang zurück. »Warum sagt ihr Chinesen, wenn es sich um sehr viel handelt, immer zehntausend?« wollte Hoffmann weiter wissen.
»Zehntausend ist für uns eine unerreichbar hohe Zahl. Meistens wird sie deswegen auch nur symbolisch genannt.«
»Was mich zuerst besonders belustigt hat, ist die merkwürdige Anrede ›uralter Großvater‹, ›älterer Bruder‹, ›greiser alter Urvater‹.«
»Wieso merkwürdig? Ist es bei Ihnen in Deutschland nicht auch so, daß man das Alter ehrt?«
Die Unterhaltung auf dem Rückweg brach nicht ab. Hoffmanns Fragen nahmen kein Ende, und seine offensichtliche Ehrerbietung schmeichelte Fen-che mehr, als er zugeben wollte.

***

»Muß Sie unbedingt heute noch sprechen!« stand auf dem Zettel, den er auf seinem Schreibtisch fand. Fen-che war nach dem Essen zur Firma zurückgekehrt und hielt die Mitteilung nachdenklich in der Hand. Er erkannte Mrs. Crawfords zierliche Handschrift und fragte sich, was so wichtig sein könnte. Grübelnd schlug er das Papier sachte gegen seinen Handrücken. Ob etwas Wichtiges vorgefallen war? Er führte das Schreiben an seine Nase. Es war ihr Parfüm, Maiglöckchenduft.

Das Haus der Crawfords stand auf einem gepflegten, parkähnlichen Grundstück. An die Westseite des Hauses schloß sich eine riesige, gegen das Sonnenlicht mit Markisen abgeschirmte Terrasse an, von deren linker Seite einige Stufen in den Garten hinabführten. Bevor sich der mit Rundplatten ausgelegte Weg zwischen den Bäumen verlor, streifte er einen künstlichen See mit blühendem Lotus. Mit viel Liebe war hier unter Ausnutzung einer künstlich geschaffenen Felswand eine prachtvolle Blumenpflanzung angelegt worden. Das weiße Steinkraut hing wie fallendes Wasser über den Vorsprüngen und wich erst auf der Erde den Begonien, dem Phlox und den Päonien, die zwischen den Oleanderbüschen inselhaft in Arten und Farben zusammengefaßt waren.

Fen-che kannte den Garten, aber in dieser Farbenpracht sah er ihn das erste Mal. Wenn er jetzt Tusche und Pinsel bei sich gehabt hätte, hätte er seinen Eltern über diesen Eindruck ein Gedicht verfaßt. Bevor er den bronzenen Klopfer an der Tür bediente, wurde sie geöffnet.

»Mrs. Crawford erwartet Sie auf der Terrasse«, murmelte der weißgekleidete Diener in unüberhörbarem Kantoner Dialekt.

Fen-che hatte das Alter von Mrs. Crawford auf etwa vierzig Jahre geschätzt. Sie saß in einem schlichten weißen Baumwollkleid auf einer kissenbedeckten Gartenbank, und ihr langes dunkles Haar wurde von einer zierlichen Spange zusammengehalten. Ist sie es wirklich? fragte er sich verwundert, denn sie wirkte in dieser

Umgebung wesentlich jünger. »Sie wollten mich sprechen?« fragte er und verbeugte sich.
»Bitte setzen Sie sich! Was möchten Sie trinken? Bier?« Nachdem er zögernd genickt hatte, gab sie dem Diener einen Wink. »Ich mache mir Sorgen«, fuhr sie betont sachlich fort. »Die jungen Angestellten kommen mit ihrem Lohn nicht zurecht, und es ist lästig, immer wieder für ihre Schulden aufkommen zu müssen!«
Deswegen hatte sie ihn kommen lassen? Hätte das nicht Zeit bis morgen gehabt? Nichts in seinem Gesicht verriet, was er dachte.
»Ich habe heute darüber mit Walter Hoffmann gesprochen«, berichtete er, »vielleicht sollten Sie sein Gehalt erhöhen!«
»So?« sagte sie spitz und wartete auf weitere Erklärungen.
»Sie kommen teilweise schon Jahre für die Schulden Ihrer Angestellten auf. Es scheint allen zur Gewohnheit geworden zu sein. Wenn Sie ihn jetzt entlassen, müssen Sie seine Heimreise und die Anreise für einen Neuen bezahlen, und wir verlieren einen guten Shipping Clerk. Wer sollte bis dahin, Ihrer Meinung nach, die Aufsicht über den Warenversand übernehmen?«
Immer mehr verstärkte sich bei Fen-che das Gefühl, Mrs. Crawford mit seinen Ausführungen zu langweilen. Er sah sie an und bemerkte den gleichen Blick wie damals, als sie sich das erste Mal im Büro ihres Mannes begegnet waren. Abermals versuchte er ihren Augen zu entkommen, indem er sich das Glas erneut füllte.
Warum hatte sie Crawford bloß geheiratet? Wegen seines Geldes? Er verglich sie mit Yin Hua vom Blumensampan. Sie besaßen in ihrer Art sehr viel Ähnlichkeit miteinander, und es fiel Fen-che schwer zu entscheiden, welche von beiden anziehender war. Er spürte ein heftiges Verlangen, mit Yin Hua zu schlafen. Inzwischen waren sie gut befreundet, und jedesmal, wenn er bei ihr war, hatte er das Gefühl, etwas Neues gelernt zu haben. Allerdings hatte sie ihn bei seinem letzten Besuch nach den stürmischen Umarmungen zart zurückgewiesen und mit gespieltem Ernst gesagt: »Meine südliche Einfahrt ist heute versperrt«, und ihn dabei

zärtlich ins Ohrläppchen gebissen. »Du mußt mit der nördlichen vorliebnehmen.« Dann tat sie erstaunt und kicherte. »Oder willst du das verkehrte Spiel der Wolken und des Regens?«

»Mein Mann ist für einige Tage geschäftlich nach Hongkong gefahren«, holte Mrs. Crawford Fen-che in die Gegenwart zurück, »sonst hätte ich natürlich ihn um Rat gefragt. Ich bin übrigens sehr zufrieden mit Ihnen«, fügte sie hinzu und legte wie unbeabsichtigt ihre Hand auf seinen Unterarm. »Sie haben sich sehr schnell bei uns eingearbeitet.«

Fen-che freute sich über dieses offen ausgesprochene Lob und schämte sich, als er spürte, wie ihm das Blut zu Kopf stieg. Langsam tat der ungewohnte Alkohol seine Wirkung, und seine Worte klangen nicht mehr so deutlich. »Sie sind nicht nur eine sehr schöne Frau«, sagte er langsam, »sondern ich arbeite auch gern für Sie!«

Sie lächelte mit halbgeschlossenen Augenlidern. »Kennen Sie eigentlich meinen Vornamen?«

»Nein«, sagte er, obwohl er ihn genau wußte.

»Erika! Und Sie heißen Fen-che, nicht wahr?« Dabei sprach sie wie alle Europäer das »che« zu weich aus. Sie war aufgestanden und hielt ihm beide Hände entgegen. »Kommen Sie, wir wollen durch den Garten gehen!« Als sie sich vorbeugte, bemerkte er, daß sie unter dem weißen Kleid nichts trug.

Von ihrer Freizügigkeit angeregt, folgte er ihr zum Teich. Die roten Leiber der träge, eben unter der Oberfläche schwimmenden Goldfische folgten ihnen bis zu einer niedrigen Steinbank, von der aus sie anscheinend immer gefüttert wurden. Erika Crawford setzte sich, ließ ihre Hand durch das Wasser gleiten und versuchte die Fische zu berühren.

Fen-che blickte auf ihren schlanken Hals und den gebeugten Rücken, trat einen Schritt näher und setzte sich neben sie. Nun konnte er ihre kleinen Brüste in dem weiten Ausschnitt sehen. Es erregte ihn, allein mit ihr im Garten zu sein, und sein Blick wanderte höher zu ihrem beinahe schwarzen Haar. Der zarte Flaum hinter ihrem Ohr leuchtete in der Abendsonne rötlich. Vorsichtig rückte er noch näher, und spielerisch ließ er ihr Haar durch seine Finger gleiten und spürte, wie sie ihm näher kam. Der süßliche Duft ihres Parfüms betörte ihn, und um sich abzukühlen, versuchte er ebenfalls nach den Fischen zu greifen.

Durch diese hastige Bewegung geriet er aus dem Gleichgewicht und versuchte zuerst, sich an Erika Crawford festzuhalten, ließ sie aber dann los, um sie nicht mitzureißen. Klatschend stürzte er ins Wasser und kletterte prustend ans Ufer zurück. Dort blieb er beschämt mit leicht abgewinkelten Armen stehen.

»Komm«, lachte sie und reizte ihn durch ihre heitere Art zum Lachen, »wir ziehen uns trockene Sachen an.« Erst jetzt bemerkte er, daß sie ebenfalls naß geworden war, doch schien es ihr keineswegs unangenehm zu sein, Fen-ches Augen auf ihre durch die Nässe hervorgetretenen Brustwarzen gerichtet zu sehen.

Normalerweise wimmelte es in einem Haus von dieser Größe vor Dienern, doch sah Fen-che auf dem Weg durch die Flure außer dem Küchenpersonal in den unteren Räumen niemanden.

»Hier!« Erika Crawford öffnete eine Tür und zog ihn mit ins Bad. Betreten standen sie sich einen kurzen Augenblick gegenüber. Sie wehrte sich dagegen, sich der Peinlichkeit der Situation bewußt zu werden, und warf ihm lachend ein Handtuch zu. »Trocknen Sie sich schon ab! Ich hol uns was zum Anziehen!«

Langsam zog Fen-che sich aus. Was würde geschehen, wenn sie ins Bad zurückkäme? Würde sie schon ein anderes Kleid angezogen haben, oder würden sie ihr Spiel weiterspielen? Inzwischen hatte er sich ausgezogen und frottierte sich die Haare, ohne sich zu bemühen, seine Erregung zu verbergen. Irgendwo aus dem Garten erklang der helle Schrei eines Pfaus. Interessiert trat er an das offene Fenster. Die Sonne war nicht mehr zu sehen, und zwischen den mächtigen Stämmen der Bäume erkannte er im Zwielicht das Tier. Dann lösten sich noch weitere Pfauen aus dem Dunkel und schritten langsam zum Teich. Fen-che fühlte sich beobachtet. Ohne sich ihre Gegenwart anmerken zu lassen, frottierte er noch einmal das Haar und ging zu seinen feuchten Kleidern zurück, um sie zu ordnen. Erst jetzt schien ihm der richtige Zeitpunkt gekommen, Erika Crawford zu bemerken. Sie stand an den Türrahmen gelehnt und starrte ihn mit zu einem Schrei geöffneten Mund an. Die trockenen Kleider waren ihr entglitten. Ihre entblößten Brüste hoben und senkten sich unter heftigen Atemstößen.

Erschrocken sah Fen-che in ihr verzerrtes Gesicht, griff nach dem Handtuch, um damit seine Blöße zu bedecken, und ging auf sie zu.

»Kommen Sie nicht näher!« hauchte sie mit schwacher Stimme, und ihre Worte klangen so, daß Fen-che unwillkürlich stehenblieb. Sie wies auf die am Boden liegende Kleidung. »Ziehen Sie sich bitte wieder an«, sagte sie, noch bevor er eine Frage stellen konnte, und er umhüllte sich mit einem Badetuch. Langsam kehrte in ihr aschfahles Gesicht etwas Farbe zurück. Abrupt drehte sie sich um und rannte über den Flur. Er verstand die Situation nicht. Was hatte Sie nur zu diesem Sinneswandel veranlaßt?

Auf der Terrasse sah er sie wieder. Erika Crawford hatte sich ein hochgeschlossenes dunkelrotes Seidenkleid mit winzigem Stehkragen übergezogen und ließ sich von ihrem Diener Kaffee einschenken. »Möchten Sie auch Kaffee oder lieber Tee?« erkundigte sie sich, doch der vertrauliche Ton in ihrer nun spröden Stimme war verschwunden.

***

Seit jenem Tag in der Crawfordschen Villa kühlte die Beziehung zwischen Erika Crawford und Fen-che unaufhaltsam ab. Zwar konnte er sich weder über sein Gehalt noch über ihre Umgangsformen beklagen, doch nie wieder ergab sich ein vertrautes Gespräch. Kein privates Wort mehr zu ihm über ihre beiden Kinder, die er von einigen Bildern her kannte und die in einem Schweizer Internat erzogen wurden. Ebensowenig erwähnte sie ihre Pläne, Kriegsschiffe von der Werft ihres verstorbenen Vaters an das Reich der Mitte zu liefern, worüber sie sich sonst mit ihm häufig unterhalten hatte. Was Fen-che am empfindlichsten traf, war der plötzliche Vertrauensschwund. Sie sprach nicht über ihre Beweggründe und ging ihm sogar aus dem Weg.

Der letzte Postdampfer brachte Erika Crawford eine unerwartete Überraschung. Es war ein langweiliger Tag gewesen. Unwichtige Kleinigkeiten hatten sie schon viel zu lange in der Firma festgehalten, als plötzlich ohne Vorankündigung die Tür zu ihrem Büro geöffnet wurde und ihr Teilhaber, der Geschäftsführer der Krögerwerft, eintrat.

»Richard«, hauchte sie und strich sich langsam eine Haarsträhne aus der Stirn. »Richard, wie schön, daß du gerade jetzt kommst!« Sie wartete, bis er die Tür schloß. Dann erst ging sie auf ihn zu, um ihn zu begrüßen. Nachdem sie ihm die Arme um den Hals geschlungen hatte und sehnsüchtig mit geschlossenen Augen auf den Begrüßungskuß wartete, preßte sie van Aacht mit beiden Armen an sich. Seine Hand strich über ihren Rücken und verweilte darauf in ihrem langen Haar.

»Warum hast du nicht geschrieben, daß du kommst?« fragte sie heftig atmend, und ihr gerötetes Gesicht verriet, wie sehr sie sich freute.

»Ich habe große Pläne«, sagte er und gab sie frei. »Wenn alles so läuft, wie ich es mir vorstelle, können wir beide sehr reich werden und brauchen nie wieder zu arbeiten!«

»Träumst du etwa immer noch von deinem Schatz?« fragte sie ihn und brach in ein helles Lachen aus, das er jedoch nicht erwiderte.

»Aber nun erzähl doch erst einmal von zu Hause und von Stettin«, sagte sie einlenkend. »Wie sieht es auf dem Gut aus? Blüht der Phlox im Garten noch immer so schön?«

Van Aacht tätschelte ihren Oberarm, und ein Lächeln quälte sich über sein Gesicht. Das Ziehen vom Rücken her bis hinunter zum

Bein, das sich beim Betreten des Hauses langsam bemerkbar gemacht hatte, wurde immer heftiger, und er beeilte sich, sich so schnell wie möglich hinzusetzen, um die Beine hochzulegen, denn nur so waren die Schmerzschübe halbwegs zu ertragen. »Es ist noch genauso wie damals, als du das letzte Mal zu Hause warst. Ich habe nichts verändert.« Mühsam versuchte er, normal weiterzusprechen, und Erika schien nichts zu bemerken. Der Schmerz breitete sich jetzt um das Hüftgelenk aus, doch van Aacht spürte, daß es zum Glück nur ein kleiner harmloser Anfall sein würde.

Harmlos, dachte er verbittert, damals hatte es auch harmlos angefangen. Van Aacht sah zu Erika hinüber, wie sie Gläser und einige Flaschen aus dem Schrank nahm. Die Zeit war auch an ihr nicht spurlos vorübergegangen, stellte er fest. Ihre Wangen waren runder geworden, und die zarten Fältchen um den Mund kannte er auch noch nicht. Mit seinen Beinen hatte es angefangen, als er sich entschlossen hatte, für den alten Kröger zu arbeiten. Es war die Zeit gewesen, in der er sich unentbehrlich machen wollte, immer das Ziel vor Augen, hoch aufzusteigen. Fünf Jahre Zeit hatte er sich gegeben. Fünf Jahre nur für die Krögerwerft gelebt. Und er hatte es erreicht. Damals, als Kröger aus China die Nachricht vom Tod seines Enkels und Schwiegersohnes erhalten hatte, war er noch verschlossener als zuvor geworden. Gebrochen hatte sie ihn jedoch nicht. Erst als Erika ihm nebenbei geschrieben hatte, daß sie wieder geheiratet habe, dazu noch einen Engländer, schien er keinen Sinn mehr in seinem Leben zu finden, und mit seiner Gesundheit ging es immer schneller bergab. Van Aacht hatte noch heute den Eindruck, als hätte der alte Kröger nach diesen Ereignissen nicht mehr leben wollen. Aber das war sein Glück gewesen. Denn nach und nach hatte er ihm immer mehr Vollmachten erteilt, und eines Tages hatte er ihn als Teilhaber der Werft dem Beauftragten für Kolonialfragen im Auswärtigen Amt, Carl Peters, vorgestellt. Und nun war er wieder hier in China, doch diesmal nicht in der Verkleidung eines Pfaffen, sondern als offizieller Berater des Deutschen

Reiches. Ein Status, der es ihm ermöglichen würde, die gehüteten Schätze aus dem kaiserlichen Sommerpalast relativ gefahrlos außer Landes zu bringen.

Van Aacht nahm das von Erika Crawford angebotene Glas entgegen, doch seine Gedanken verweilten noch immer in der Vergangenheit. Deutschland, begieriger denn je, wie seine europäischen Nachbarn endlich in China Fuß zu fassen, hatte sich noch immer keine Möglichkeit geboten, die begehrte Bucht von Kiautschou zu annektieren. Auf diplomatischem Wege hatten England und Frankreich die Deutschen wissen lassen, daß sie auch in absehbarer Zukunft keine Möglichkeit sahen, einer Besetzung des Gebiets zuzustimmen. Die Jahre verrannen, und seine körperlichen Beschwerden wurden immer heftiger. Doch dem alten Kröger war es noch schlechter ergangen. Er hatte von einem Tag zum anderen jegliches Interesse an seiner Werft verloren. Sein stets wacher Geist war trübe geworden, und das Leben war für ihn nur noch ein langsames Sterben gewesen.

»Woran denkst du?« hörte van Aacht Erika Crawford fragen, und erst jetzt wurde ihm bewußt, daß sie ihn eben schon einmal gefragt hatte.

»Ich bin mit meinen Gedanken noch auf Reisen. Mein Verstand scheint zu Fuß zu gehen«, scherzte er und zwang sich, in die Gegenwart zurückzukehren. »Aber so erzähl doch von dir, Erika! Was meinst du damit, daß ich gerade zur rechten Zeit gekommen sei?«

Ihr Lächeln erlosch. Während sie abwesend mit dem halbgeleerten Glas spielte, faßte sie im Geist die Tatsachen zusammen. Sollte sie Richard ihre Vermutung mitteilen? Vielleicht würde er sie auslachen. Nicht auslachen wegen des vielen Kummers, den sie nach dem frühen Tod ihres Sohnes gehabt hatte, sondern deswegen, weil es nicht wahr sein konnte.

Neulich im Bad hatte sie die besondere Konstellation der Muttermale am Oberschenkel des Kompradors so deutlich erkannt, daß,

so gern sie es auch wollte, kein Zweifel darüber bestehen konnte, daß es sich bei ihm nur um ihren vor dreizehn Jahren angeblich umgekommenen Sohn handeln konnte. Erika erinnerte sich an das Testament ihres Vaters, in dem es hieß, daß Robert Alleinerbe der Krögerwerft sein sollte, falls er noch lebte. Welche Konsequenzen würden sich daraus für ihren Mann und ihre gemeinsamen Kinder ergeben? Oder war es doch möglich, daß zwei Menschen an der gleichen Stelle die gleichen Muttermale haben konnten? Sie setzte zum Sprechen an, doch van Aacht schnitt ihr das Wort ab.
»Wie geht es übrigens deinen Kindern? Kommst du noch gut mit deinem Mann aus, und vor allem, wie laufen die Geschäfte?«
Es war Erika im Augenblick ganz recht, nicht über ihre Entdeckung sprechen zu müssen. Zugleich aber war sie über seine Oberflächlichkeit verstimmt. »Es ist immer noch dasselbe«, gab sie ernüchtert zur Antwort. »Jeder lebt sein Leben, und oft sehe ich ihn tagelang nicht. Ich kann zurückblickend nicht einmal sagen, daß wir uns auseinandergelebt hätten, es war eben nie anders! Und nach den Briefen zu urteilen, geht es den Kindern in der Schweiz auch gut. Was mir fehlt, ist etwas fürs Herz!« Ihre Stimme hatte einen klagenden Ton angenommen. »Mein Leben gilt in letzter Zeit nur der Firma!«
Van Aacht war, während sie noch sprach, von innerer Unruhe getrieben aufgestanden und an das Fenster getreten.
»Hauptsächlich bin ich wegen des Schatzes gekommen«, sagte er mit gesenkter Stimme. »Wenn ich ihn unbemerkt nach Deutschland transportieren kann, werde ich nicht nur die Werft erweitern, sondern auch Schiffe auf eigene Rechnung bauen können!«
»Mir gehört die Hälfte der Werft«, erinnerte ihn Erika Crawford. »Vater hat sie uns zu gleichen Teilen vermacht!«
»So kann es auch bleiben«, beruhigte er sie, »aber wenn du dich auszahlen lassen willst?« Die Frage klang wie eine vorsichtige Aufforderung.
Erika Crawford überging sie. »Die Geschichte mit deinem Schatz

stimmt also wirklich?« hakte sie nach. »Du hast ihn damals tatsächlich versteckt?«
Richard van Aacht lachte, und sein Lachen erinnerte sie augenblicklich wieder an die unbeschwerten Tage ihrer gemeinsamen Seereise nach Deutschland. »Natürlich, und nach so langer Zeit wird niemand vermuten, daß ich überhaupt noch lebe und ihn mir doch noch holen werde. Mein Problem ist nur: Wie bekomme ich ihn außer Landes? Soviel ich weiß, ist es verboten, Gegenstände aus dem kaiserlichen Besitz auszuführen.«
»Vielleicht kann ich dir dabei helfen.« Erika Crawford dachte an ihren verschuldeten Shipping Clerk. »Gegen etwas Geld wird dir unser Herr Hoffmann sicher falsche Warenbegleitpapiere ausfertigen. Deine Sorge wird es sein, den Schatz im offiziellen Exportgut so zu verstecken, daß man ihn bei einer Stichprobe nicht findet.« In diesem Zusammenhang erinnerte sie sich wieder an Fen-che und wollte ihm ihre Entdeckung doch erzählen. »Mir ist neulich etwas Eigenartiges passiert. Ich hatte einen neuen Komprador eingestellt und ...« Sie unterbrach sich. Wie konnte sie Richard mitteilen, daß sie Fen-che bei sich zu Hause nackt gesehen hatte, ohne sich zu kompromittieren? Unentschlossen sah sie ihm in die Augen und war froh und enttäuscht zugleich, ihn geistig abwesend zu sehen.
»Ich habe nicht richtig zugehört«, entschuldigte er sich, »was hast du gesagt?«
»In welchem Hotel du wohnst, fragte ich!«
Sie deutete sein frivoles Lächeln richtig. »Du kannst bei mir wohnen, mein Mann wird nichts dagegen haben«, bot sie ihm an.

***

Fen-che wollte allein sein. Die fürsorgliche Aufmerksamkeit der alten Ne-Ne hatte er als erdrückend empfunden und war deshalb gleich nach dem Mittagessen aus dem Haus gegangen. Zuerst schlenderte er durch die engen Straßen der Altstadt bis an die baufällige Stadtmauer bei den stinkenden Kloakentümpeln. Heute war Sonntag, doch unterschied sich dieser Tag nicht von den anderen, denn überall schlug ihm Lärm und Getöse entgegen, auch am Hafen war es nicht anders. Daraufhin entschied er sich, an der Ponyrennbahn vorbei und über den Bund zum Teehaus zu gehen. Doch dann überlegte er es sich wieder anders und kehrte um, da er sich nun endgültig entschlossen hatte, in sein Büro zu gehen. Das Handelshaus lag wie ausgestorben da, und die Stille tat ihm wohl.

Anfang letzter Woche hatte er sich die Zeit genommen, zu den Blumensampans zu gehen, um Yin Hua zu besuchen. Später, als er aus dem Rausch der Liebe erwacht war und sie heiter beim schwarzen Tee zusammensaßen, hatten ihn die knusprigen Zimtplätzchen wehmütig an seine Mutter erinnert. Dann war Yin Hua unerwartet ernst geworden.

»Ich soll dir etwas ausrichten«, sagte sie, und der sorgenvolle Klang ihrer Stimme ließ ihn aufhorchen. »Zwei Männer waren hier.« Sie wagte nicht, ihn anzusehen. »Ich habe die Männer vorher noch nie bei uns gesehen, aber von meiner Mutter weiß ich, daß sie sehr gefährlich und mächtig sind. Sie wollen mit dir sprechen!« Dann fing sie an zu weinen. »Wenn du nicht kommst«, schluchzte sie, »könnte es sein, daß auf meinem Sampan Feuer ausbrechen wird, haben sie gesagt!«

Fen-che hatte sie entsetzt angestarrt. Wurde er beobachtet? Von wem? Wieso wußten die Männer so gut über ihn Bescheid? Mehr als das Gesagte konnte Yin Hua nicht berichten; nur, daß eine Woche lang jeden Abend ein Segelboot am Anleger der ›Gelben Brücke‹ auf ihn warten würde.

Zweimal hatte er abends von weitem das Boot mit dem schwerfälligen Segel beobachtet und immer wieder den Mut verloren hinzugehen. Die Angst lähmte ihn. Was hatten sie mit ihm vor? Erst am letzten Tag, als er keine andere Wahl mehr hatte, wenn er Yin Hua nicht gefährden wollte, hatte er den Anleger betreten.

Die Männer schienen ihn zu kennen, denn als er langsam auf den kleinen Segler zuschritt, winkten ihn zwei europäisch gekleidete Chinesen an Bord. Kaum hatte er das Deck betreten, legten sie wortlos ab. Eine halbe Stunde kreuzten sie im Hafen, bis sie an einer breiten, buntbemalten Dschunke anlegten. Unerklärlicherweise flößte Fen-che der Anblick des Schiffes mit den großen aufgemalten Augen am Bug lähmende Angst ein, und als er beim warmen Schein der roten Nachmittagssonne das Deck betrat, zitterte er am ganzen Körper.

»Herzlich willkommen an Bord, Herr Lin«, begrüßte ihn ein hagerer Landsmann in einem langen, drachenbestickten Seidenmantel. Erst jetzt bemerkte er, wie sich seine Hände in der Jacke verkrampft hatten, und es war ihm nicht möglich, sie aus dem Stoff zu lösen.

»Es freut mich, daß Ihr meiner etwas ungewöhnlichen Einladung gefolgt seid. Ich heiße Fong«, stellte er sich vor, »man nennt mich auch Einauge-Fong!« Dabei drehte er den Kopf seitwärts, so daß Fen-che die eingefallene linke Augenhöhle erkennen konnte.

Das nächste, woran sich Fen-che erinnerte, war, wie die geölten Schiffsplanken rasend schnell auf ihn zugekommen und dann alles dunkel geworden war.

Fen-che ließ sich im Stuhl vornübersinken und die Arme lang neben sich herunterhängen. Die Erinnerungen waren noch sehr frisch, und sogar hier in seinem Büro fühlte er sich bedroht. Er seufzte und stützte den Kopf in seine Hände.

»Sind Sie krank, Herr Lin?« hörte Fen-che jemanden sagen, während er langsam wieder zu sich kam. Man hatte ihn auf eine geflochtene Matte auf dem breiten Achterdeck gelegt, und nur Einauge-Fong saß, affektiert eine Zigarette rauchend, in einem breiten Lederklappstuhl daneben und betrachtete ihn besorgt.

»Nein!« Seine Stimme klang krächzend. »Oder vielleicht doch!« beeilte er sich zu sagen, und eine unerklärliche Angst schnürte ihm erneut die Kehle zu. Während seiner Ohnmacht mußte es geregnet haben, denn über dem Hafen hingen tiefe Dunstschleier. Zögernd brachen die ersten Wolken auf, und wärmende Sonnenstrahlen zerrissen die restlichen Schwaden. Der Wind hatte sich gedreht und kam würzig mild vom Meer herüber. Weiter südlich ballten sich noch immer dunkle, hochgetürmte Wolken, und das Grollen eines fernen Gewitters klang noch zuweilen bis hierher. Fen-che war vom Spiel des Lichts am Rande des Wettergeschehens überwältigt, und er vergaß einen Augenblick, wo er sich befand.

»Ich habe Euch ein Geschäft anzubieten!« brachte Fong ihn in die Realität zurück. »Es geht dabei um Geld. Sehr viel Geld sogar!« Lässig schnippte er seine Zigarettenkippe über die Reling. »Allerdings ist es ein Geschäft außerhalb der Legalität!«

Nach dieser Eröffnung erinnerte sich Fen-che sofort an seinen Gefängnisbesuch in Hanjang, als sein Vater noch Richter gewesen war. Unvergessen waren auch der scharfe Uringeruch in den Gewölben des Zellentraktes und die ausgemergelten Gestalten, für die der Tod die geringste Strafe bedeutete.

»Warum habt Ihr mich dazu ausersehen?«

»Es geht um eine Partie von zweihundert Kisten Opium! Für die bitte ich Euch ein Warenlager einzurichten und sie nach meinen Wünschen zu verteilen. Euer Verdienst liegt bei fünfzig Tael pro Kiste.«

Für diese Summe mußte er normalerweise fast zehn Jahre arbeiten. Ein unglaublich verlockendes Angebot, aber andererseits barg es auch die Gefahr, in die Verbannung geschickt zu werden, falls das Richterschwert ihn verschonen sollte. Warum gerade er? Würde ihm noch einmal eine so großartige Gelegenheit geboten werden, so schnell soviel Geld zu verdienen? Sollte er das Angebot annehmen oder nicht? Das Auge Fongs war unablässig auf ihn gerichtet. Sein Gesicht verharrte in abwartender Stille.

»Und wenn ich Euer Angebot ablehne?« fragte Fen-che, um zu erfahren, ob Fong ihm eine andere Wahl lassen würde. »Was wird dann geschehen?«

Fongs asketische Gesichtszüge deuteten ein Lächeln an. »Nichts! Wofür haltet Ihr mich? Ihr werdet an Land zurückgebracht, als ob

nichts geschehen wäre, denn wir haben genügend Leute zur Auswahl, die stolz darauf wären, für mich zu arbeiten. Euch habe ich dieses Angebot auch nur gemacht, weil mir Eure Klugheit empfohlen wurde, und außergewöhnlich begabte Landsleute unterstütze ich gern! Ich für meinen Teil würde unsere heutige Unterredung vergessen. Das gleiche, hoffe ich, werdet Ihr in Eurem eigenen Interesse ebenfalls tun, damit niemand zu Schaden kommt!«
Es klang eher wie eine Warnung als eine Empfehlung.
Fen-che entschied sich schweren Herzens, das verlockende Angebot abzulehnen, und wie versprochen brachte man ihn, als ob nichts geschehen wäre, zum Anleger zurück. Weder mit Yin Hua noch mit Yü Yin wagte er über dieses Treffen zu sprechen. Nur einmal kam Yin Hua von selbst darauf. »Ich weiß nicht, was geschehen ist und will es auch nicht wissen. Aber ich verspreche, dir ebenfalls zu helfen, wenn du mich eines Tages darum bitten wirst!«
Es wurde langsam dunkel, und erst jetzt entspannte sich Fen-che. Mit diesem vielen Geld hätte er nicht nur eine eigene Firma gründen, sondern auch seinen Eltern helfen, Ay-lin nach Schanghai holen und sie heiraten können. Seine Gedanken entfernten sich immer weiter in Wunschträume, und es verwirrte ihn, daß sie immer wieder zu Ay-lin zurückkehrten. In der Erinnerung erschien sie ihm unendlich schön und anmutig.
Im Haus klappte plötzlich die Eingangstür. Doch erst mit dem langsam näher kommenden Stimmengemurmel vermochte Fen-che das nur im Unterbewußtsein registrierte Geräusch richtig einzuordnen. Wie bei den anderen Büroräumen stand auch seine Tür offen, und er hoffte, nicht gesehen zu werden, um seine Anwesenheit nicht erklären zu müssen. Deutlich erkannte er Erika Crawfords Stimme neben der dunkleren ihres Bekannten, der sie vor einigen Tagen hier aufgesucht hatte.
Ohne den regungslos auf dem Stuhl verharrenden Fen-che wahrzunehmen, gingen sie an seinem Büro vorbei und verschwanden in Erika Crawfords Zimmer.

Es war ihm sehr unangenehm, hier zu sitzen und später vielleicht entdeckt zu werden. Je länger er zögerte, desto unangebrachter erschien es ihm, sich doch noch bemerkbar zu machen. Verhalten atmend blieb er und wollte warten, bis sie das Haus verlassen hatten. Ihre Stimmen klangen laut und deutlich über den Flur, und ungewollt wurde er Zeuge ihres Gesprächs.
»Wenn ich nächsten Sonntag in die Provinz Kiangsu nach Hwainang aufbreche, mußt du die Warenbegleitbriefe unbedingt so weit fertig haben, daß ich die Wertgegenstände reibungslos aus dem Land schaffen kann!« drängte der Mann sie.
Am schrillen Klang von Erika Crawfords ungeduldiger Stimme erkannte Fen-che, daß sie sich unter Druck gesetzt fühlte. »Ich kann dir die Papiere erst ausfertigen lassen, wenn ich weiß, wie viele Kisten es sind. Welche Größe hat er denn, dein versteckter Hort?«
Es blieb einen Augenblick still nebenan. »Willst du dich über mich lustig machen?« fragte der Mann gereizt. »Warte ab, du wirst noch staunen, denn schätzungsweise hat dieser Hort einen Wert von mehreren Millionen Tael. Und da nur ich weiß, wo er versteckt ist, wird er auch noch da sein. Die, die ihn damals raubten, sind inzwischen entweder tot, senile Greise oder längst auf einen anderen Posten versetzt.«
»Sei nicht so empfindlich«, hörte Fen-che Erika Crawford besänftigend sagen, »ich konnte doch nicht ahnen, daß es um eine solche Menge geht.«
»Am unverfänglichsten erscheint es mir, einen Posten Porzellan und Töpferwaren zu kaufen. Diese Waren deklarieren wir ordnungsgemäß und verteilen die einzelnen Stücke darin. Mit etwa dreißig, vierzig Kisten werde ich auskommen!«
»Du kannst als Europäer hier in China keine Ware kaufen oder verkaufen«, erklärte ihm Erika Crawford. »Jedes Geschäft muß über einen Komprador laufen, weil der Europäer in Rechtsgeschäften exterritorial ist und von den Chinesen im Streitfall nie vor ein heimisches Gericht gestellt werden kann. Für jede Ein- und Aus-

fuhr haften die Kompradors hier dem Staat gegenüber.« Es entstand eine längere Pause, und Fen-che hoffte inständig, daß sie endlich gehen würden. »Unser Komprador, Herr Lin«, nahm Erika Crawford das Gespräch wieder auf, »genießt bei den Zollbehörden hohes Ansehen, und wenn du ihn beauftragst, für dich die Töpferwaren zu kaufen, wird später kein Zöllner die Kisten kontrollieren. Das scheint mir der sicherste Weg zu sein!«
Fen-che atmete so flach und geräuschlos wie möglich und starrte entrüstet auf die Wand zum Nebenraum. In Gedanken rief er alle guten Geister an, ihn nicht niesen oder husten zu lassen.
»Was meinst du, soll ich alles aus dem Versteck in Hwainang hierher bringen und die einzelnen Stücke vielleicht nachts in deinem Lager in den Kisten unterbringen?«
Das Schweigen nebenan schien endlos.
»Nein. Die Gefahr, dabei entdeckt zu werden, ist zu groß! Das beste wäre, wenn du Herrn Lin den Auftrag erteilen würdest, vierzig Kisten Töpferwaren nach Hwainang zu schaffen. Dort kannst du deine Kriegsbeute in aller Ruhe darin verstecken und später unserem Komprador erzählen, du hättest es dir anders überlegt. Er soll dann die Kisten hierher schaffen, weil sie von Schanghai aus und nicht wie vorgesehen über Taku exportiert werden sollen. Erfinde eine Geschichte. Sag ihm einfach, daß dein Schiff umgeleitet wurde. Es wird dir schon etwas einfallen.«
»Du bist unbezahlbar«, hörte Fen-che den Mann sagen und vernahm dann eine Serie merkwürdiger Geräusche.
»Nicht hier!« klang Erika Crawfords gezwungenes, schrilles Lachen herüber. »Wir haben doch noch die ganze Nacht vor uns.« Wieder polterte es. »Laß das, du tust mir weh!« Beim Klang ihrer harten Stimme zuckte Fen-che unwillkürlich zusammen. Brummelnd beruhigte sich der Mann. Kurz darauf wurden Stühle gerückt. Ihre Schritte kamen näher und blieben in der Nähe seiner Tür stehen.
Fen-che hielt den Atem an.

»Hier ist das Büro unseres Kompradors. Besprich morgen in aller Ruhe deinen Auftrag mit ihm!«
Jeden Augenblick, befürchtete Fen-che, würde Erika Crawford ins Zimmer treten und ihn entdecken. Schnell versuchte er, sich eine Ausrede zurechtzulegen, doch bevor er sie in Gedanken fassen konnte, entfernte sie sich mit ihrem Begleiter, und wenig später fiel die Haustür ins Schloß.

***

»Der Mann sprach von einem Hort, ich glaube, das ist ein anderer Ausdruck für Schatz, der einen Wert von mehreren Millionen Tael haben soll und den er außer Landes schmuggeln will«, wiederholte Fen-che noch einmal das Gehörte, und seine Stimme wurde ungeduldiger, weil er alles schon einmal erzählt hatte. »Mehr weiß ich nicht!«
Auf Yü Yins runder Stirn zeigten sich Falten. »Mir fällt zu dem, was du mir eben gesagt hast, nichts ein. Hast du wenigstens gehört, wann der Raub gewesen sein soll?«
»Nein, nur daß es schon sehr lange her sein muß«, erinnerte sich Fen-che, »denn er sprach davon, daß er noch jung war und die anderen Beteiligten entweder schon tot seien oder versetzt wurden.«
»Wie alt ist denn der Mann?«
»Vielleicht sechzig? Zwischen fünfzig und sechzig Jahren!«
»Was bedeutet für einen Europäer ›sehr lange her‹?« murmelte Yü Yin. »Zehn Jahre, vielleicht zwanzig? Was geschah damals um diese Zeit? Wenn es ein Schatz aus dem Kaiserhaus sein soll, kann er nur von Europäern geraubt worden sein. Aber wie sollte er aus der Verbotenen Stadt herausgelangt sein? Alles ist dort von Wachen abgesichert.« Plötzlich erhellte sich seine Miene. »Der Schatz muß gar nicht aus Peking stammen! Er kann auch aus dem kaiserlichen Sommerpalast sein!« Der Arzt entspannte sich und rülpste. »Natürlich, damals wurde der jetzt wiederhergestellte Palast total ausgeraubt und zerstört. Das war vor fast dreißig Jahren.«

Ungeduldig wartete Fen-che auf weitere Informationen.
»Es kann nur ein Teil dieses Schatzes sein«, erklärte Yü Yin, »damals soll davon sehr viel außer Landes gebracht worden sein, aber einiges wurde von den Plünderern gleich hier wieder verkauft und blieb dadurch im Land, so daß der kaiserliche Kämmerer die Kleinodien zurückkaufen konnte.«
»Dann könnte es sich ja tatsächlich noch um Millionenwerte handeln!«
»Das ist gut möglich, denn der ganze Palast war eine einzige Schatzkammer.«
»Und wie können wir dem Europäer die Schätze entreißen?«
»Willst du etwa nicht die Polizeibehörde benachrichtigen?«
»Wieso die Polizeibehörde?«
Yü Yin wurde ärgerlich. »Was soll dieses Spiel mit einem alten Mann? Willst du den Schatz etwa für dich beanspruchen?«
Darüber hatte Fen-che noch gar nicht nachgedacht. Einerseits reizte es ihn, als gefeierter Held vielleicht sogar vom Kaiser persönlich belobigt zu werden, andererseits würde ihm das Geld ein sorgenfreies Leben nach seinen Neigungen ermöglichen. Er könnte nach Lust und Laune Gedichte schreiben oder Bilder malen, sich einen schönen Garten anlegen lassen und kluge Gespräche mit weisen Leuten führen. Es fiel ihm schwer, sich festzulegen, und er wich Yü Yins strengem Blick aus.
»Es ist deine Pflicht als Diener des Kaisers, die Behörden von deinem Wissen in Kenntnis zu setzen, und ich bin sicher, daß dir unser gerechter Herrscher seine Gunst schenken wird!« Yü Yin sah ihn nach kurzem Nachdenken grinsend an. »Wir könnten Michail Malikow zu Hilfe holen und mit seinen Kosakenreitern dem Kerl den Schatz abjagen. Kann sein, daß man dir die Gunst erweist, ihn selbst im Palast abgeben zu dürfen.«
Dieser im Scherz gemeinte Vorschlag war allerdings nicht zu realisieren, denn ein Bote wäre viel zu lange unterwegs gewesen, um Malikow zu benachrichtigen. So bestand Yü Yin darauf, den Poli-

zeimandarin zu informieren. »Das bist du schließlich deinem guten Ruf als Kaufmann schuldig«, beendete er seine Argumentation.
In dieser Nacht plagten Fen-che wieder Alpträume. Er stand allein auf einer winzigen Insel und von überall her kamen Lastkähne angesegelt und brachten Kisten mit Töpferwaren und Porzellan, um daraus eine Mauer um die Insel zu errichten. Als sie schließlich übermannshoch war, verdunkelte sich der Himmel, und es fing an zu regnen. Es regnete Perlen, Schmuckstücke und Goldmünzen, unter deren Gewicht er fast erdrückt wurde. Keuchend wachte er auf, und von der Angst des Traumes gefangen flüchtete er an das helle Viereck des Fensters. Es mußte ihn doch alles sehr aufgeregt haben, versuchte er sich den obskuren Traum zu erklären, wie käme er sonst dazu, einen derartigen Unsinn zu träumen. Daraufhin besah er mißtrauisch seine Schlafstelle und legte sich wieder hin. Der Traum hatte ihn so sehr aufgewühlt, daß er noch lange wach lag. Plötzlich richtete er sich auf. Die Kisten! Das war es! Die Kisten würden ihm helfen, den Schatz sicherzustellen.

***

Der Mann stellte sich als Kaufmann Richard van Aacht vor und bat Fen-che um eine Unterredung. »Ich bin nur noch kurze Zeit im Reich der Mitte«, erklärte er ihm, »und ich bin von dem zarten Porzellan sowie von den Töpferwaren außerordentlich entzückt. In drei Wochen bringt mich mein Schiff von Taku aus nach Deutschland zurück, und ich möchte eine bunte Auswahl dieser Andenken mitnehmen.« Er zog ein flaches Zigarettenetui aus der Tasche seines Khakianzugs und hielt es Fen-che auffordernd entgegen.
»Nein danke, ich rauche nicht!«
»Vielleicht nicht diesen Tabak, nicht wahr?« meinte van Aacht mit vielsagendem Blick und lachte dröhnend. »Ich verstehe! Ich kenne mich darin aus! Ab und zu ein kleines Opiumpfeifchen hat noch

niemandem geschadet! Herr Lin, würden Sie mir«, er zog die Worte unnatürlich in die Länge, als ob er erst jetzt darüber nachdenken würde, was er sagen wollte, »sagen wir zwanzig Kisten mit Vasen und Teegeschirr aus Porzellan und zwanzig mit Töpferwaren, hauptsächlich Krüge, nach Hwainang expedieren lassen, denn von dort geht meine Reise weiter über den Kaiserkanal nach Tientsin. In Hwainang würde ich die Sendung übernehmen und damit nach Taku weiterreisen.«

Fen-che hatte während des Gesprächs keine innere Regung erkennen lassen. Warum waren die meisten Europäer so unhöflich direkt bei ihren Aufträgen, und warum brachten sie soviel Persönliches in ein geschäftliches Gespräch, er kannte ihn doch gar nicht!

»Vierzig Kisten mit Porzellan und Töpferwaren nach Hwainang. Und wann möchten Sie sie dort in Empfang nehmen?«

»In sechs Tagen!«

»Sie lassen mir nicht viel Zeit, aber ich werde es wohl schaffen. Nur billig wird es nicht sein. Wohin darf ich die Rechnung schicken?«

»Die Rechnung?« Van Aacht war irritiert, weil er darüber noch nicht nachgedacht hatte. »Die wird selbstverständlich Mrs. Crawford begleichen!« sagte er schließlich. Dann erhob er sich, um den Handel per Handschlag abzuschließen. Fen-ches Lächeln täuschte van Aacht darüber hinweg, wie unangenehm es ihm war, seine Hand zu berühren.

***

Fen-che suchte noch am gleichen Tag den Keramikhändler Kung auf. Er wußte von ihm nur, daß er ein ehrlicher, fleißiger Mann war und noch nie Ärger mit den Behörden gehabt hatte. An den kleinen Büroraum schloß sich ein windschiefer Bretterschuppen an, in dem die Töpferwaren lagerten und die Familienmitglieder damit beschäftigt waren, die Bestellungen ihrer Kunden in Holzwolle einzuwickeln und sie in Kisten zu packen.

»Guten Tag, Herr Kung!« Fen-che verbeugte sich vor dem Besitzer und seiner Familie. »Ich bitte um Entschuldigung, unaufgefordert eingetreten zu sein, aber Euer Büro war leer.«
»Ich heiße Euch in meiner schäbigen Werkstatt willkommen«, verbeugte dieser sich ebenfalls, und seine Familie im Hintergrund tat es ihm gleich. »Darf ich Euch zur Erfrischung eine Schale Tee anbieten?«
Fen-che genoß es, unverhofft einen Händler alter Art gefunden zu haben, denn die meisten ahmten inzwischen die Europäer nach und fragten nur noch unhöflich schnell nach dem Geschäft. »Ich weiß, ich stehle Eure Zeit und möchte Euch nur so kurz wie möglich behelligen.«
Kung verwahrte sich dagegen. »Freude bereitet Ihr mir, wenn ich mich mit Euch unterhalten darf, aber die Zeit stehlt Ihr mir nicht!« Dann sah er seinen Gast genauer an. »Seid Ihr nicht Einfenster-Lin? Entschuldigt bitte, daß ich Euch nicht sofort erkannt habe, aber meine Augen …« Mit einer kleinen Geste deutete er sein Gebrechen an. »Ich habe leider nur harten und viel zu trockenen Obstkuchen, den meine Schwiegertochter heute gebacken hat. Darf ich Euch mit der Bitte belästigen, mir in mein armseliges Büro zu folgen?«
In dem tatsächlich armseligen und engen Raum bereitete Kung mit geübten Handgriffen den Tee, und sobald sie schweigend die Schalen geleert hatten, lag es an Fen-che, sich wortreich und anerkennend über den vorzüglichen Geschmack zu ergehen und den leckeren Obstkuchen zu loben.
Weit über eine Stunde saßen sie sich gegenüber und plauderten. Kung erzählte stolz von seinen drei Söhnen, die weit durch das Land reisten, um Tonwaren und Porzellan einzukaufen; von seiner hochverehrten Schwiegermutter, die dank ihrer Klugheit und Umsicht die Hauptstütze seines Geschäfts bildete; seiner fleißigen Frau, die genauso wie er selbst täglich von morgens bis abends arbeitete; und der aufopfernden Schwiegertochter, die noch nie ihre

persönlichen Wünsche in den Vordergrund gestellt hatte, sondern immer nur für die Familie und das Geschäft da war. Fen-che hörte ihm gern zu, und es überraschte ihn selbst, wieviel er nun auch von sich erzählte: von seinem Zuhause in Hanjang, von seinen Eltern und von seinen Plänen, sich vielleicht selbständig zu machen, bis er erstaunt feststellte, wie schnell die Zeit verronnen war.

»Herr Kung, ein europäischer Geschäftsmann bat mich, ihm zwanzig Kisten mit feinem Porzellan und zwanzig mit Töpferwaren und Keramiken zu besorgen. Dem guten Ruf Eurer Firma folgend habe ich sofort an Euch gedacht, und es würde mir eine besondere Ehre sein, wenn Ihr diesen Auftrag übernehmen könntet.«

»Mein Dank kennt keine Grenzen, und ich werde Euch deswegen einen besonders günstigen Preis berechnen«, versicherte Kung freudig, »denn für meine Familie und mich ist es eine Ehre, für Euch tätig sein zu dürfen. Wenn Ihr mir bitte die genaue Aufstellung geben würdet!«

Es war später Nachmittag geworden, als Fen-che mit Kung den Auftrag abgeschlossen hatte.

»Zwölfhundertdreißig Tael wird es trotzdem noch kosten«, rechnete Kung zusammen und sah Fen-che traurig an, »aber ich kann es Euch leider nicht noch günstiger machen!«

Fen-ches Hand lag nach dem Verabschiedungszeremoniell schon auf dem Türgriff. Plötzlich überlegte er es sich anders, kehrte an den kleinen Tisch zurück und setzte sich wieder. Ursprünglich wollte er den gleichen Auftrag an eine andere Firma geben, um etwaige Nachforschungen van Aachts zu erschweren, doch im letzten Moment dachte er daran, daß die Kisten vermutlich anders aussehen würden. Sein Plan beruhte darauf, zwei völlig identische Lieferungen zur Verfügung zu haben, um sie im geeigneten Augenblick vertauschen zu können.

»Ich weiß, daß Ihr die Ware in Eurer Großzügigkeit viel zu billig berechnet habt, und kann darum Euren niedrigen Preis nicht akzeptieren, ohne zutiefst beschämt zu sein. Darum schlage ich vor, mir eine Rechnung über dreizehnhundert Tael morgen in mein Büro zu schicken. Ich werde sie Euch sofort auszahlen lassen!«

In Kungs freundlichem Gesicht wetterleuchteten die Gefühle. »Nun seid Ihr es, der mich beschämt! Diese Großzügigkeit kann ich nicht annehmen!«

»Damit habe ich gerechnet, und um Euch nicht zu beleidigen, ziehe ich mein Angebot zurück!«

Kungs joviale Zufriedenheit wich einem entsetzten Gesichtsausdruck.

»Selbstverständlich nur deswegen, weil ich mir erlaube, Euch um die Erfüllung eines zweiten Auftrags zu bitten. Es sollen ebenfalls vierzig Kisten sein, und zwar die gleichen wie die des ersten Auftrags. Aber diese zweite Order muß unbedingt geheim bleiben und darf nicht mit meinem Namen in Verbindung gebracht werden! Diese Kisten müssen mit einem anderen Lastkahn zur gleichen Zeit nach Hwainang gebracht werden. Kann ich mich auf Euch verlassen?«

Kung nickte wortlos, und Fen-che sah ihm an, was ihn bewegte.

»Welchen Preis Ihr dafür berechnen wollt, erlaube ich mir, Euch freizustellen. Ich werde in den nächsten Tagen herkommen und den Betrag bar bezahlen!«

Kung sah Fen-che an, als verstehe er die Welt nicht mehr, doch nach einem kurzen Augenblick des Schweigens nickte er. »Ihr werdet zufrieden mit mir sein. Die Kisten werden wie ein Ei dem anderen gleichen!«

Kung verharrte noch lange in devoter Haltung, nachdem Fen-che den Raum verlassen hatte. »Will Einfenster-Lin jemanden aufs Kreuz legen?« Er kicherte leise in sich hinein. »Wenn es ein langnasiger Barbar ist, soll es mir recht sein!«

***

Yü Yin sah Fen-che skeptisch an, als dieser ihm seinen neuen Plan auseinandersetzte. »Und wenn es dir tatsächlich gelingen sollte, den Schatz nach Peking zu bringen, wie willst du ohne Hilfe der Behörden in die Verbotene Stadt hineinkommen?«
»Das wird nicht so schwer sein!« erläuterte er dem Arzt. »Ich könnte mich in Peking beim Polizeimandarin oder beim Offizier der Torwache melden.« Fen-che verwarf den Gedanken, denn in diesem Fall würden die wenigen Stunden, die man brauchte, um den Schatz in den Palast zu bringen, ausreichen, um sehr viele der Wertgegenstände verschwinden zu lassen. »Ich werde meine Ankunft avisieren!« entwarf er einen neuen Gedanken. »Noch heute werde ich an einen Prinzen oder besser noch an den Obereunuchen eine Botschaft schicken und ihm darin mitteilen, daß ich einen Teil des geraubten Schatzes aus dem Sommerpalast zurückbringen werde!«
»Und wenn du es nicht schaffen solltest, van Aacht zu überlisten? Dann wirst du den Rest deines Lebens in einem üblen Kerker verbringen, weil man dir zu Recht den Vorwurf macht, in deiner Eitelkeit nicht die Obrigkeit verständigt zu haben!«
Während Fen-che über Yü Yins Einwand nachdachte, verzog er schmollend den Mund. Trotzdem blieb er bei seinem Entschluß. »Nie wieder in meinem Leben wird sich mir eine ähnliche Gelegenheit bieten, mich aus der Menge des Volkes hervorzuheben, und allein darum muß ich alles auf eine Karte setzen!«
Yü Yin erinnerte sich an seine eigene Jugendzeit. Wahrscheinlich hätte er damals auch so gehandelt. Er kratzte sich hingebungsvoll am Gesäß und seufzte. »Ich schlage dir vor, in dem Brief ein Stichwort anzugeben, an dem dich die Palastwache der Verbotenen Stadt erkennen wird. Auch würde ich mich nicht an einen Prinzen oder an den Obereunuchen wenden, sondern nur an den Oberzensor!«
Fen-che saß über den Brief gebeugt und überflog das Schreiben noch einmal.

»Euer Exzellenz niedrigster Sklave wagt demütigst zu bitten, dieser Mitteilung Euren prüfenden Blick zuzuwenden. Ich, Euer letzter Diener, zittere wegen dieser Dreistigkeit am ganzen Körper und bitte wegen dieser Belästigung um Vergebung. Ungewöhnliche Umstände zwingen mich im Interesse des Reiches, diesen Weg einzuschlagen und Euch zu schreiben. Gerüchten zufolge soll ein Teil des vor vielen Jahren aus dem Sommerpalast von den ausländischen Mächten geraubten Schatzes außer Landes gebracht werden. Wieweit sie auf Wahrheit beruhen, kann ich noch nicht sagen, aber meine Energie und Aufmerksamkeit werde ich dafür einsetzen, die Kaiserlichen Kleinodien wohlbehalten nach Peking zu bringen, um sie unserem höchsten Herrscher zurückzugeben. Ich werde in sechs bis acht Wochen die Purpurstadt erreichen und bitte untertänigst darum, die Wachen von meinem Kommen zu verständigen. Ich erlaube mir, mich ihnen mit folgendem Gedicht Lun Yüs zu erkennen zu geben: ›Selten ist der Mensch groß in seinem Wirken, doch vielfach riesenhaft in seinen Zielen!‹«

Fen-ches Gedanken schweiften ab. Wer würde diesen Brief in Peking lesen? Er war für Yü Yins Anregung dankbar, den Brief an den Oberzensor zu richten, damit er zumindest von einem Palasteunuchen gelesen werden würde. Es blieb zu hoffen, daß dieser dessen Wichtigkeit erkannte und ihn an den Zensor weiterleitete!

***

Die Fahrt nach Hwainang verlief ohne Zwischenfälle. Die eintönige, flache Landschaft mit den unendlich weiten, rauschenden Reisfeldern wurde nur selten von verwilderten Sumpflandschaften unterbrochen. Als einzige Abwechslung hoben sich die mehr oder

weniger großen Seen, die der Kanal streifte oder durchschnitt, hervor, in deren Schilfsäumen unzählige Wasservögel lebten.
Fen-che saß wohlig ausgestreckt auf dem Vordeck des kleinen Einmastseglers und beobachtete belustigt das neben dem Mast selbstvergessen spielende Kind der Schifferfamilie, das der Vater von der Ruderpinne aus keinen Moment aus den Augen ließ. Immer, wenn es während des Spiels vor Eifer quietschte, verrieten die sich rasch vervielfältigenden Krähenfüße um die Augen des Schiffers, welche Freude ihm sein Sohn bereitete.
Das Schiff, mit dem Fen-che reiste, war eines der in dieser Gegend üblichen Frachtboote, die es zu Tausenden gab. Ihnen folgte, gerade noch in Sichtweite, ein zweites mit den anderen vierzig Kisten an Bord. Die Schifferfamilien, meist aus zwei oder drei Generationen bestehend, verbrachten auf engstem Raum zusammen ihr ganzes Leben auf dem Schiff. Die vom hinteren Frachtraum abgetrennte Kammer diente der Familie als Wohn- und Schlafraum zugleich. Während der Fahrt wurde die von einer schattenspendenden Strohmatte überdachte Heckpartie vor dem Eingang als Gartenersatz benutzt. Trotz der verhältnismäßigen Enge des Decks bewegten sich die Alten ebenso wie die Kleinkinder mit schlafwandlerischer Sicherheit darauf, und nur selten kam es vor, daß jemand über Bord fiel. In der Hauptsache transportierten diese Boote Salz, Tee oder Getreide, aber auch europäische Erzeugnisse wie Baumwollgarne, Petroleum oder Farben zu den sich kreuzenden breiten Strömen, wo die Ladung entweder von größeren Schiffen übernommen wurde, die sie schneller und sicherer ins Landesinnere beförderten, oder sie selbst das Wagnis auf sich nahmen, gegen die starke Strömung und auf das Glück hoffend, nicht von Piraten ausgeplündert zu werden, den Bestimmungsort zu erreichen.
Von der Untätigkeit ermüdet, streckte Fen-che sich auf dem Deck aus und sah in den Himmel. Über ihm wölbte sich, wie der Flügel einer Fledermaus, das mit langen Querhölzern gespreizte Segel im steten Wind. Es war ihm nicht leichtgefallen, Erika Crawford von

der Notwendigkeit seiner längeren Abwesenheit von Schanghai zu überzeugen. Lange hatte er nach einem Grund gesucht und einen nach dem anderen wieder verworfen, bis ihm als letzte Ausrede nur noch ein angebliches Familientreffen passend erschien. In zehn Wochen, hatte er sich ausgerechnet, würde er frühestens in Schanghai zurück sein. Sie hatte ihm drei Monate Urlaub bewilligt.

Der schwierigste Teil seines Vorhabens lag noch vor ihm. Würde sich eine Gelegenheit bieten, van Aachts Kisten gegen die anderen vierzig auszutauschen? Fen-che befürchtete, daß dieser Mann ebenso gefährlich wie gerissen war und es ihm im Zweifelsfall auf ein Menschenleben nicht ankam. Aber der Brief an den Oberzensor war geschrieben und abgeschickt, und nun mußte er sein Vorhaben auch durchführen.

Hwainang bestand aus einer mehrstöckigen Pagode und einer Ansammlung von einfachen, flachen Holzhäusern. Betriebsamkeit herrschte lediglich an den Anlegestellen längs des Kanals, wo mehrere Lastkähne und kleine Dschunken ihre Güter umschlugen. Vereinzelt standen Ochsenkarren mit ergeben vor sich hin dösenden Tieren im Schatten der wenigen Bäume. Die Güter wurden mit langgriffigen, niedrigen Schubkarren, deren Radlauf durch die Ladefläche hindurch führte, von sehnigen Arbeitern zwischen den Kähnen und den umliegenden Lagerhäusern hin und her transportiert.

Während Fen-che mit langen Schritten den Platz vom Anleger bis zum Wirtshaus durchmaß, wurde sein zweiter Lastensegler unauffällig hinter einer breiten Dschunke am Rande der Lagerhäuser vertäut. Es bereitete ihm Genugtuung, seine Anweisungen so präzise befolgt zu sehen. Lächelnd betrat er das Wirtshaus ›Fliegendes Einhorn‹, das van Aacht als Treffpunkt gewählt hatte. Er war erleichtert, die bestellten vierzig Kisten auf den Tag genau hierhergeschafft zu haben.

Van Aacht wartete sichtlich nervös in dem weiträumigen Speiseraum der Gaststätte auf den Komprador. Die Fensterseite zeigte zum Kanal, und bedauerlicherweise für ihn hatte der Erbauer des Hauses den zwei Stufen höher liegenden Herd ebenfalls an dieser Seite installieren lassen. Van Aacht drehte sich fast der Magen um, als er gezwungenermaßen und fasziniert zugleich die Zubereitung der Speisen mit ansehen mußte. So konnte er beobachten, wie der Koch in seiner fettbespritzten Schürze Pansen kleinschnitt und sie in dem großen, gußeisernen Wok anbriet, die Köpfe der toten Tiere sorgfältig öffnete, um das Gehirn zu einer Delikatesse weiterzuverarbeiten, wie er Euter zerlegte und Augen kochte, um sie dann säuberlich in Scheiben zu schneiden und mit Gemüse anzurichten.

Unkonzentriert sog van Aacht an einer Zigarette und rückte in der Enge zwischen den Tischen seinen Stuhl so weit herum, daß er aus dem Fenster sehen konnte. Plötzlich huschte über sein angespanntes Gesicht ein kurzes, befreiendes Lächeln. Zwischen den Kulis auf dem Weg zum Gasthaus hatte er Fen-che entdeckt.

»Sind die Kisten auch mitgekommen?« fragte er sofort, nachdem Fen-che sich durch den lauten, vollbesetzten Raum zu ihm durchgedrängt hatte. »Haben Sie sie mitgebracht?«

Mit unbewegtem Gesicht verbeugte sich Fen-che denkbar knapp. Seine Mundwinkel zuckten angesichts dieser Unhöflichkeit. Klugerweise schwieg er. »Ich habe den Auftrag Ihren Wünschen entsprechend ausgeführt. Die Leute vom Schiff sind bereit, die Kisten umzuladen oder, wenn Sie es wünschen sollten, Sie als Fahrgast bis Taku mitzunehmen.«

»Nein, nein«, winkte van Aacht ab, »sie kommen hier in ein Lagerhaus. Ich will mir den Inhalt vorher noch ansehen. Erst morgen wird es weitergehen!« Er drückte seine Zigarette auf dem Fußboden aus und erhob sich. »Bitte bleiben Sie noch bis morgen und zeigen Sie mir jetzt, wo das Boot liegt. Ich werde mich selbst um das Ausladen kümmern!«

Während van Aacht das Entladen persönlich überwachte, bestellte

Fen-che sich etwas zu essen. Durch seine innere Anspannung zitterten ihm die Hände, denn unablässig dachte er darüber nach, wie er es anstellen könnte, im geeigneten Augenblick seine Kisten gegen die anderen auszutauschen. Wie würde sich van Aacht entscheiden, nach Schanghai zurückzukehren? Auf dem Boot, die kostbaren Kisten nicht aus den Augen lassend? Dann müßten sie unbedingt im Schuppen vertauscht werden, nachdem er sie umgepackt hatte. Er mußte ihn heute noch dazu bringen, ihm seine Pläne offenzulegen! Und wenn er ihn im Ungewissen ließe? Fen-che legte die Hühnerkeule auf den Teller zurück und befühlte seine Gürteltasche. Yü Yin hatte ihm ein starkes Betäubungsmittel mitgegeben, aber das war nur für den äußersten Notfall gedacht.
Er zwang sich, ruhiger zu werden, und bestellte Tee. Wenn die Götter und alle guten Geister ihm helfen würden, müßte er es schaffen! Dann fiel ihm plötzlich ein, daß er in Schanghai noch einen Wahrsager hatte aufsuchen wollen, es aber aus Zeitmangel vergessen hatte. Ärgerlich schlug er sich mit der flachen Hand auf den Oberschenkel, so daß die Gäste sich verwundert zu ihm umdrehten. Um seine Unbeherrschtheit zu vertuschen, beugte er sich zu Boden, als wäre ihm etwas hinuntergefallen.
Es wurde Nachmittag und Abend. Geduldig saß er und wartete auf seinen Auftraggeber. Erst als die Dämmerung einsetzte, hielt es ihn nicht länger im Haus, und er ging unschlüssig zum Boot. Es hatte angefangen zu regnen. Dicke Tropfen platzten auf die staubige Straße. Der Boden war so knochentrocken, daß er den Regen zunächst gar nicht aufnehmen konnte und überall breite Pfützen entstanden. Auch das noch! Fen-che versuchte, eine aufkommende Panik niederzukämpfen. Wenn der Schiffer und er in der Nacht die Kisten austauschten, würde van Aacht morgen mißtrauisch werden, wenn ihr Holz naß war.
Eilig sprang Fen-che an Bord und klopfte gegen die angelehnte Tür des Wohnraums. Der Schiffer saß mit dem Rücken zu ihm und fütterte sein Kind. Langsam wendete er sein wettergegerbtes Gesicht

der Tür zu, und als er Fen-che erkannte, verwandelten sich seine Krähenfüße um die Augenwinkel in ein herzliches Lächeln.

Fen-che setzte sich auf die Matte neben den Schiffer und sog die Luft hörbar durch die Nase ein. »Es riecht ganz ausgezeichnet! Ihr seid zu Eurer tüchtigen Frau zu beglückwünschen! Wenn ich einmal heirate, muß meine auch so gut kochen können! Euer Schiff ragt jetzt höher aus dem Wasser; sind die Kisten schon an Land gebracht worden? Ich habe auf der Pier keine stehen sehen!«

Der Schiffer ließ das Kind über seine Knie auf die Strohmatte krabbeln und stand auf. »Da«, sagte er und zeigte auf das einzige Haus, aus dem Licht durch die Spalten der Fensterluken drang. »Dahin hat sie der Europäer schaffen lassen!« Dann setzte er sich wieder. »Dürfen wir Euch zum Essen einladen?«

»Danke, nein«, murmelte Fen-che und schätzte die Entfernung zwischen der Pier und dem Lagerhaus. »Ich habe leider schon im Gasthaus gegessen. Trotzdem freue ich mich über Eure Einladung!«

Sollte er sich jetzt zum Schuppen schleichen, um nachzusehen, ob van Aacht tatsächlich die Kisten umpackte? Nein, dann würde er Gefahr laufen, den Deutschen unnütz auf sich aufmerksam zu machen. Unschlüssig blickte er erst auf den Lagerschuppen, dann in den wolkenverhangenen Himmel. Die Regentropfen prasselten wie feiner Trommelwirbel auf das Boot, und überall dort, wo sich das Wasser sammelte, standen Gefäße, um es aufzufangen. Dann würde er morgen weitersehen müssen, dachte er.

Das kleine Zimmer des Gasthauses, in dem Fen-che übernachtete, war überbelegt. Das Ungeziefer erwartete den Schläfer nicht nur auf der harten Schlafmatte, sondern ließ sich in der Dunkelheit auch von der Decke herabfallen, um sich auf das begehrte Opfer zu stürzen. Unausgeschlafen und mit zerkratztem Gesicht betrat Fen-che am nächsten Morgen den Gästeraum, in dem ihn van Aacht, auf seinem alten Platz sitzend, bereits erwartete.

Entspannt lächelnd winkte er Fen-che zu sich. »Haben Sie eine Schlacht gewonnen oder verloren?« fragte er auf sein Gesicht deutend.
Der Mann erschien Fen-che wie ausgewechselt. Selbstsicher, wenn auch übernächtigt und mit dunklen Ringen unter den Augen, bot er ihm den freien Platz neben sich an und bedankte sich nachträglich für die pünktliche Lieferung.
»Die Sachen, die Sie mir ausgesucht haben, sind großartig«, versicherte er, »ich kann Mrs. Crawford zu ihrem tüchtigen Komprador nur beglückwünschen!«
»Haben Sie sich schon entschieden, wie die Kisten weitertransportiert werden sollen?«
Van Aachts Gesicht wurde sofort ernst. »Es ist mir etwas dazwischengekommen. Mein Schiff fährt nicht über Taku, sondern nur bis Schanghai. Deswegen bitte ich Sie zu veranlassen, daß die Kisten ordnungsgemäß verzollt auf die ›Oder‹ des Norddeutschen Lloyds gebracht werden, die noch zehn Tage im Hafen von Schanghai vor Anker liegen wird! Ich habe es eilig und werde sofort aufbrechen, um auf dem Landweg zurückzufahren. Meine beiden Helfer und die Kisten nehmen Sie bitte auf dem Lastensegler nach Schanghai mit!«
Der noch junge Tag schien an Wärme zu verlieren. Das war es also! Er hatte seine eigenen Leute mitgebracht, die die kostbaren Kisten nicht aus den Augen lassen sollten.
»Der Platz auf dem Segler ist für so viele Mitfahrer nicht ausreichend!« versuchte Fen-che ihn umzustimmen, »höchstens zwei Mann können zusätzlich mitfahren! Wollen Sie nicht einen von ihnen in Ihrer Kutsche mitnehmen?«
»Das ist doch kein Problem!« ging van Aacht über seinen Einwand hinweg. »Dann kommen Sie, Herr Lin, mit einem anderen Schiff nach oder reisen mit mir, wenn es Ihnen nichts ausmacht. Ich würde mich darüber freuen!«
Jetzt fehlte ihm die Zeit, die er gestern vertan hatte, und ihm wurde

übel bei dem Gedanken, daß der Brief inzwischen in Peking angekommen sein mußte.
»Meine Helfer sind deutsche Seeleute, die nur schlecht englisch sprechen. Sie schlafen noch und brauchen erst gegen Mittag geweckt zu werden. Kommen Sie mit, ich zeige Ihnen den Schuppen, in dem die Kisten lagern!« Mit schmerzverzerrtem Gesicht stand er auf und humpelte, sich auf den Stuhllehnen abstützend, ins Freie.
»Ist Ihnen nicht wohl?« fragte Fen-che teilnahmsvoll.
Van Aacht brummte eine unverständliche Antwort und winkte mit der Hand, als ob er lästige Fliegen verjagen wollte.
Nichts in dem halbdunklen Lagerhaus deutete darauf hin, daß hier in der vergangenen Nacht alle Kisten umgepackt worden waren. Sogar die Nägel steckten wieder, fachmännisch eingeschlagen, in ihren alten Löchern.
Dieser alte Fuchs! zollte Fen-che ihm Anerkennung. Er hätte es ahnen müssen. Ein Mensch wie er hielt zum Schluß des Spiels immer noch die beste Karte in der Hand.
Jovial klopfte van Aacht Fen-che auf die Schulter. »Wollen Sie nun mit mir kommen?«
»Ich wollte nachher die Pagode aufsuchen, um zu opfern«, ging er einer Antwort aus dem Weg. Wenn der Kerl mich noch einmal anfaßt, bringe ich ihn um! Er wandte sein Gesicht dem Kanal zu, um seine Verachtung nicht offen zu zeigen.
Van Aacht hatte es wirklich eilig, denn innerhalb kürzester Zeit war er reisefertig. Ächzend stieg er in seinen Zweispänner und legte die Beine hoch. Sie fühlten sich dick und schwer an, und, was noch schlimmer war, der Schmerz würde sich weiter ausbreiten, denn er kroch jetzt langsam in den Rücken. Er verfluchte die tückische Krankheit. Der blanke Überlebenswille beherrschte seinen Verstand und diktierte ihm den nächsten Schritt: So schnell wie möglich zurück nach Hause! Mit großer Anstrengung versuchte er, eine halbwegs erträgliche Haltung einzunehmen, nickte Fen-

che wortlos zu, schnalzte mit der Zunge und gab den Pferden die Zügel frei.

Mit diesem Wagen hatte er also den Schatz aus dem Versteck hierhergebracht. Fen-che sah auf die Speichen des Rades, die sich bei dieser Geschwindigkeit entgegen der Laufrichtung zu drehen schienen. Wie oft mochte er wohl hin- und hergefahren sein, um die Schätze hierher zu bringen? Woher nahm er die Sicherheit, daß seine beiden Gehilfen ihn nicht bestehlen würden? Er sah dem Wagen nach, bis dieser zwischen den flachen Häusern verschwunden war, und blickte dann in die Richtung des Wirtshauses.

Eine letzte Gelegenheit, die Kisten doch noch auszutauschen, hatte sich bei den Abschiedsworten des Deutschen angedeutet, und wenn er sich beeilte, schaffte er es möglicherweise doch noch, bevor die Seeleute ausgeschlafen hatten. Mit großen Schritten lief er auf den leeren Frachtensegler zu.

»Hört mir bitte gut zu!« sprach er eindringlich und ungewohnt barsch auf den Schiffsführer ein, der mit seiner Familie dösend unter der ausgebleichten Strohmatte saß. »Legt sofort ab, und verholt das Boot nach Norden, bis es außer Sichtweite ist. Ich werde Euch ein Zeichen geben, wenn wir die Kisten wieder einladen können!« Dann sprang er an Land zurück. »Es muß schnell gehen!« drängte er noch einmal und rannte zu dem anderen Schiff, das noch immer versteckt hinter der dickbauchigen Dschunke an seinem Ankunftsplatz lag.

Hier saß die Familie noch vor den Reisschüsseln beim Essen und war erstaunt, den ehrenwerten Komprador so außer Atem zu sehen. Keuchend blieb er neben dem Boot stehen und begrüßte auch hier die Besitzer unhöflich flüchtig. »Ihr müßt sofort Euer Schiff an die Stelle verholen, von der der andere Segler, Ihr kennt ihn ja, gerade ablegt«, beeilte er sich zu sagen und unterstrich seine Worte mit heftigen Gesten des Armes. »Kurz nach Mittag werdet Ihr nach Schanghai zurückfahren und noch zwei Männer mitnehmen. Für die beiden Passagiere werde ich Euch einen besonderen

Zuschlag bezahlen«, versprach er. »Bitte beeilt Euch, ich werde gleich beim Entladen helfen!«
Nach gut einer Stunde lag das Schiff auf dem vorgesehenen Platz. Um die Täuschung noch echter wirken zu lassen, ließ Fen-che die Hälfte der Kisten aus dem Schiff auf den Anleger stapeln. Dann ging er ins Wirtshaus, um sich bei einer Schale Tee wieder zu beruhigen.
Die beiden Männer waren die einzigen Europäer im Ort. Fen-che erkannte sie an ihrer Kleidung sofort als Seeleute. Während sie verschlafen den Raum betraten, stand er betont freundlich lächelnd auf, ging auf sie zu und verbeugte sich. Ihr Atem roch unangenehm sauer nach Alkohol, und er mußte sich zusammennehmen, um seinen Abscheu zu unterdrücken.
»Wir haben die Kisten schon fast alle an Bord gebracht!« begrüßte er die beiden und wiederholte den Satz noch einmal langsamer, da sie ihn verständnislos anstarrten. »Collies wieder zurück auf Schiff!« fiel er in ihr gewohntes Hafenenglisch. »Wollen Sie bitte ansehen!« Unwillig und träge folgten sie ihm bis zum Anleger.
»Nehmen Sie bitte die Kisten wieder an Bord!« bedeutete er dem Schiffsführer und wandte sich erneut den Seeleuten zu.
»Alles gut! Gleich losfahren?«
»Wat het he säggt?« fragte der kleinere von ihnen in breitem Deutsch.
»Die haben uns die Arbeit schon abgenommen«, erklärte der größere in der gleichen breiten Aussprache. »Und wir können auch gleich losfahren.« Dann stockte er und kramte in seiner weiten Hosentasche. »Aber der Schlüssel! Den hab ich doch noch!« sagte er und hielt ihn hoch.
»Herr van Aacht schnell zurück nach Schanghai! Hat schon für mich aufgeschlossen«, beruhigte ihn Fen-che. »Ich soll Schlüssel zurückgeben!« und streckte die Hand danach aus.
Der Seemann zögerte, sah aber keinen Grund, ihn ihm nicht auszuhändigen.

»Was? Wir sollen schon wieder weiter? Ich hab mich hier noch nicht mal umgesehen. Vielleicht gibt es hier noch stramme Deerns«, jammerte der Kleinere.
»Du mit deiner ewigen Nörgelei. Du mußt ja 'n Schwanz wie Eisen haben! Herr van Aacht hat uns gut dafür bezahlt, dafür brauchen wir in Schanghai ein Jahr nicht mehr aus den Federn. Aber bis wir wieder da sind, sollen wir die Kisten ununterbrochen im Auge behalten! Das einzige, was wir uns jetzt noch gönnen werden, ist ein gutes Essen. Danach entern wir die Schute und heim geht's!«
Die glasigen Augen des Kleineren musterten die Frau des Schiffers. »Wenn die Alte vom Kahn da größere Titten und nicht so 'nen dicken Arsch hätte, könnte die Fahrt zurück noch angenehm werden!« klagte er und verzog das Gesicht zur Grimasse.
Durch den Besitz des Schlüssels und sein selbstsicheres Auftreten vor dem Eigentümer des Lagerschuppens ließ Fen-che keinen Zweifel aufkommen, daß er über die Kisten verfügen durfte. Er mußte sie um jeden Preis bekommen, und wenn er dazu auf Yü Yins Elixier zurückgreifen mußte! Doch es war einfacher, als er befürchtet hatte. Der Mann hatte ihn am Vormittag mit van Aacht zusammen gesehen und hielt Fen-ches Forderung für legitim.
Von der Anspannung der letzten Stunden gezeichnet, beobachtete er noch immer vom Fenster des Wirtshauses aus, wie endlich auf dem Lastkahn von den beiden Seeleuten die Leinen losgeworfen und das Segel vorgezogen wurde. Es hatte für ihn noch einmal Minuten des Schreckens gegeben, als die beiden Deutschen das Beladen unerwartet stoppten. Doch wie sich herausstellte, hatten sie sich nur verzählt, und kurz darauf wurde weiter verladen. Jetzt, als der Segler fast außer Sicht war, stand er auf, bezahlte die Rechnung und ging quer über die Anleger an Kisten, Fässern, Säcken mit Getreide, Körben voller getrockneter Früchte, sperrigen Hühnergestellen, Bergen von Strohmatten und geschälten Baumstämmen vorbei zu dem leeren Lastensegler am Rande des Hafengeschehens. Der Schiffer hatte die Abfahrt des anderen beobachtet und verholte

gerade an den neuen Liegeplatz. Jetzt gab Fen-che den Arbeitern Anweisungen, die Kisten aus dem Lagerhaus an die Pier zu schaffen. Die Kulis, die sie seiner Ansicht nach unendlich langsam auf ihren Karren zum Anleger brachten, trieb er durch das Versprechen einer zusätzlichen Bezahlung an. Warum war er nur so nervös? Die falschen Kisten waren auf dem Weg nach Schanghai; warum sollten die beiden Seeleute jetzt noch Verdacht schöpfen?

Nein, es würde alles so ablaufen, wie er es sich vorgestellt hatte: Der Lastkahn würde in etwa einer Woche wieder in Schanghai festmachen, und Hoffmann würde die von ihm unterschriebenen Frachtpapiere, die er van Aacht mitgegeben hatte, mit der Ladung auftragsgemäß durch den Zoll an Bord bringen lassen. Dann würden sie irgendwo im großen Laderaum der ›Oder‹ verschwinden und erst am Zielhafen wieder ans Tageslicht kommen. Auch ein Herr van Aacht würde sich hüten, vor der Abreise den Inhalt der Kisten noch einmal zu überprüfen, um nicht irgendwelcher Leute Neugier zu wecken. Nein, auf Monate hinaus würde von dieser Seite keine Gefahr auf ihn zukommen, und auch später, falls van Aacht in Schanghai Nachforschungen anstellte, würde er nicht den winzigsten Anlaß finden, ihn zu verdächtigen. Die beiden Lastkähne würden dann irgendwo in China mit neuer Fracht unauffindbar unterwegs sein. Er schnitt von seinem Silberbarren einige Streifen ab, um die Kulis zu bezahlen.

***

Gleich in der ersten Nacht während der endlos langen Fahrt auf dem Gelben und dem Weißen Fluß hatte Fen-che damit angefangen, die Kisten zu öffnen, um den in Holzwolle, Vasen und Krügen versteckten Schatz herauszuholen und erneut zu verpacken. Auf der Fahrt hatte er sich zwar mit der Schifferfamilie gut angefreundet und ihnen erzählt, daß es ihm einzig um das Vertauschen der

Kisten ginge, doch um welche Kostbarkeiten es sich handelte, hatte er wohlweislich verschwiegen, um sie nicht in Versuchung zu bringen. Nun durchsuchte er im Schein einer Rapsöllampe jeden Topf, die Becher, Kannen und anderen Gefäße, sogar die Holzwolle zerrte er auseinander, ohne daran zu denken, daß jedes Geräusch durch das ankernde Boot drang. Am Abend darauf, es war eben vor der Dunkelheit, wurde das Schiff wie jede Nacht an den Anker gelegt. Wieder ging Fen-che mit der Lampe zur Ladeluke, doch heute folgte ihm der Schiffer.

»Mich geht es ja nichts an, wenn Ihr nachts zu Eurer Ladung geht, aber gedenkt doch bitte der bösen Feuerkobolde!« sagte er verlegen, ohne Fen-che anzusehen. »Die Bösewichter lassen gern Lampen auf Schiffen umfallen, denn ihre größte Freude sind brennende Boote, um die sie dann ausgelassen tanzen. Meine Frau und ich haben Angst, daß Euch nicht nur die guten Geister bis hierher gefolgt sind. Bitte verzeiht, Herr Lin, aber unser Boot ist alles, was wir besitzen!«

Fen-che war zutiefst beschämt über die unnötige Gefahr, in die er die Familie gebracht hatte. »Entschuldigt bitte meine Sorglosigkeit«, sagte er und war über das Taktgefühl des Kapitäns erleichtert, weil dieser ihn noch immer nicht ansah. »Das war sehr töricht von mir.«

Seitdem sortierte er tagsüber im offenen Laderaum und stellte dankbar fest, daß sich die Schifferfamilie diskret zurückhielt. Fen-che konnte es kaum fassen, welche Schätze er hier zutage förderte. In fast jeder Kiste lagen drei oder vier Goldbarren zwischen der Holzwolle an den Seiten versteckt, während die kleineren Kostbarkeiten in den bauchigen Gefäßen verborgen waren. Er fand Halsbänder mit großen rosa und weißen Perlen, die aneinandergereiht das Schiff mehrmals umspannt hätten, kleine rotgoldene Uhren, Ohrgehänge und Diademe mit glitzernden Smaragden und Rubinen sowie dutzendweise zierliche, geschnitzte Jadefiguren in den Farben Grün bis Weiß, von Gelb zu Rot über Braun und sogar in

Schwarz. Fen-che lehnte sich vom Anblick überwältigt zurück. Welche Pracht lag da vor ihm, und wie gewaltig mußte erst der gesamte Schatz gewesen sein! Er entsann sich der von Yü Yin erzählten Geschichte über den Raub.

»Drei Tage haben die Franzosen geplündert«, hatte er erzählt, »drei Tage verweigerten sie ihren Offizieren den Gehorsam und liefen von Gier besessen durch die Gemächer, rafften und stahlen. Ihre Uniformen hatten sie schon längst gegen die kostbaren Gewänder aus der Kleiderkammer getauscht. Es soll wie ein grotesker Maskenball gewesen sein! Durch immer neue Funde aufgestachelt, ließen sie ihre Beute einfach liegen und beluden sich mit neuen Kostbarkeiten. Nur die Löwen haben sie übersehen«, hatte der Arzt vor Lachen glucksend erzählt und sich den Bauch gehalten, »die Löwen vor dem Eingang. Dabei waren diese großen Statuen aus purem Gold. Doch die Soldaten haben es nicht erkannt, weil sie mit einer Bronzefarbe übermalt waren. Auch die Engländer haben sie ein paar Tage später ebenfalls übersehen. Das war ein kleiner Trost für den Sohn unseres Himmlischen Herrschers. Das schönste Stück unter den Kostbarkeiten aber war eine plastische Darstellung des Palastes und seiner Umgebung. Das Kunstwerk war etwa fünf Meter lang und fast ebenso breit und bestand nur aus Gold, Silber und Edelsteinen. Die Stämme der kleinen Bäume waren aus Silber, die Blätter und Blüten Smaragde, Rubine und Brillanten, und die fünf Zentimeter dicke Grundfläche bestand aus massivem Gold. Dieses über mehrere Generationen entstandene Kunstwerk wurde als erstes in unglaublicher Gier mit Spaten und Beilen zerhackt und später in Schanghai verkauft.«

Sechs Kisten mußte Fen-che freimachen, um allein den Schatz unterzubringen. Kisten, die nur von mehreren Männern getragen werden konnten. Was den Rest der Ladung anbetraf, so kam er mit dem Schiffer überein, daß er sie auf eigene Rechnung in Tientsin verkaufen durfte, womit die Transportkosten reichlich abgegolten waren.

Die Furcht, so kurz vor dem Ziel den Schatz noch verlieren zu können, befiel Fen-che, als sie an der Pier in Tientsin anlegten. Jetzt, da er den Wert des Schatzes kannte, verließ ihn die Zuversicht. Mit zitternden Knien blieb er neben der Ladeluke sitzen, nachdem sie festgemacht hatten, und starrte feindselig auf die Wagenkutscher, die sich vor dem Schiff nach Ladung drängten.
»Darf ich Euch behilflich sein, einige ehrliche Leute für Euch auszusuchen, Herr Lin?« bot sich der Schiffer an.
Fen-che zwang sich aufzustehen und nickte. Welcher Ungeist hatte ihn befallen und warum gerade jetzt, da seine Aufmerksamkeit auf keinen Fall nachlassen durfte! Zur Hauptstadt war es noch so weit!
Drei Wagen mußte er für die schweren Kisten mieten, und nach einem schier unüberwindlichen Gedränge durch die Stadt erreichten sie die fast schnurgerade Straße nach Peking.
Yü Yin und viele Freunde Fen-ches, die die Hauptstadt kannten, hatten ihm vorgeschwärmt, welch imposanten Eindruck die zweiunddreißig Kilometer lange Mauer und die Stadt auf sie gemacht hatten. Beim Anblick der bis zu fünfundzwanzig Meter hohen Festungswälle hielt er ehrfurchtsvoll den Atem an. Er wußte, daß alle fünfzehn Stadttore bei Sonnenuntergang geschlossen und erst bei Sonnenaufgang wieder geöffnet wurden. Nur das Haupttor hielt man für den ständigen Verkehr offen.
Die Fuhrleute wußten es so einzurichten, daß sie das Tor der ›Östlichen Bequemlichkeit‹ noch vor Mittag passierten. Fen-che saß noch immer staunend auf dem ersten Wagen neben dem Kutscher, der gleich von der ›Straße vom großen Fuß‹ in die ›Ochsenhornstraße‹ abbog, wo es angeblich die besten Garküchen von ganz Peking geben sollte.
»Wollt Ihr hier mit uns essen oder in ein Restaurant gehen?« forderte der Fuhrmann Fen-che auf, sich ihnen anzuschließen.
»Ich habe noch keinen Hunger!« winkte dieser ab und sah sich zum wiederholten Male nach den anderen Wagen um.

Jetzt im September wurde die Hitze in der Stadt langsam wieder erträglich. Auf der Herfahrt durch den Kanal hatte es abwechselnd nur Wolkenbrüche oder glühende Hitze gegeben. Nun erwarteten sie, neben Mai und Juni, die angenehmsten Monate. Fen-che sah den drei Fuhrleuten nach, wie sie mit steifen Beinen auf eine ganz bestimmte Garküche zuschritten, die auf offener Straße betrieben wurde. Auf einem Herd stand ein großer Kessel, in dem eine Suppe kochte. Gegen einige Casch erhielt man das Recht, mit seinem Löffel aus dem Topf so lange zu essen, bis man satt war. Nun kam es den Fuhrleuten, Händlern und Hausdienern darauf an, nicht nur das schmackhafteste Essen, das aus kleinen Fleischstücken, Reis, Wurst, Leber und Gemüse bestand, zu finden, sondern auch eine Garküche, die diese Speise nicht zu heiß anbot. Es gab gerissene Küchenbesitzer, die die Suppe so heiß hielten, daß sie brodelte und man sich die Zunge daran verbrannte und dadurch weniger essen konnte. Diese, um die sie sich jetzt drängten, schien das Essen zufriedenstellend anzubieten, denn um sie herum hockten die meisten Kunden. Manchmal umhüllte Fen-che ein würziger Knoblauchgeruch, und wenn er nicht so aufgeregt gewesen wäre, hätte er sich ebenfalls gern dazugestellt. Es würde nun nicht mehr lange dauern bis zum Tor zur Verbotenen Stadt, und dann würde sich herausstellen, ob man ihn erwartete.
Sollte er jetzt noch die Kutscher zur Eile anhalten? Er überlegte sich die Folgen. Bisher waren sie auf seinen Wunsch den langen Weg dicht zusammengeblieben und seinen Anweisungen gefolgt. Warum sollte er die Männer kopfscheu machen? Ein halbes Stäbchen Zeit eher oder später am Tor zu sein, was würde das ausmachen! Er zwang sich zur Ruhe und sah belustigt zu, wie sie noch immer löffelten, obwohl sie schon längst satt sein mußten.
Endlich schien wirklich nichts mehr in ihre vollen Bäuche hineinzugehen, und die Wagen setzten sich wieder in Bewegung. Je näher sie dem Tschien-Tor zur Tatarenstadt kamen, desto unbehaglicher fühlte sich Fen-che, und er wünschte sich nichts sehnlicher als die

Zuversicht und Autorität seines Vaters, um die vor ihm liegende Aufgabe zu bewältigen. Ein übermächtiges Heimweh überkam ihn bei diesem Gedanken.

Jeder, der die Tatarenstadt betreten wollte, mußte einen Berechtigungsschein, meist eine Aufforderung des Kaiserlichen Hofes, vorweisen, um passieren zu können.

»Ich möchte den Offizier der Wache sprechen!« bat Fen-che den kontrollierenden Soldaten des gelben mandschurischen Banners, als sie nach kurzem Warten an der Reihe waren.

Der Soldat musterte ihn argwöhnisch, bedeutete ihm, vom Wagen abzusteigen, und geleitete ihn zu seinem Vorgesetzten ins Wachhäuschen. Sofort fiel Fen-che die eirunde silberne Medaille ›Kung Pai‹ auf, die der Offizier stolz auf der linken Brustseite trug. Im Gegensatz zu den anderen, sehr einfach gekleideten Soldaten, war seine Uniform fast neu und sauber. Hinter ihm an der Wand gelehnt standen mehrere Luntenflinten und Vorderlader. Darüber hingen kleine Köcher, mit gefiederten Pfeilen prall gefüllt, und die dazugehörigen handlichen Bogen in fellverziertem Lederfutteral.

»Ich heiße Lin Fen-che«, sein Begrüßungskotau fiel besonders devot aus, »ich bringe einige Kisten für unseren erhabenen Herrscher!«

»Wo ist Euer Passierschein?«

Durch den fragenden Blick des Offiziers wurde Fen-che bewußt, daß er vergessen hatte, das Losungsgedicht zu sagen, und er beeilte sich, es vorzutragen. »Selten ist der Mensch groß in seinem Wirken, doch vielfach riesenhaft in seinen Zielen!«

Eine Welle des Verstehens durchflutete das Gesicht des Offiziers, und man konnte ihm ansehen, wie erfreut er war, daß Fen-che sich an seinem Tor während seiner Wache gemeldet hatte. »Ich bin Hauptmann der Palastwache«, sagte er, erhob sich von seinem Stuhl und verbeugte sich ebenfalls. »Freiherr Shang Dso-lin«, stellte er sich vor, »Ihr werdet schon seit Tagen erwartet! Ich habe den Auftrag, Euch sofort zur Audienzhalle unseres erhabenen

Herrschers zu geleiten!« Von jetzt an lag die Verantwortung für die Sicherheit und den Transport der Kisten bei Shang Dso-lin.
»Ich werde mich sofort um den Weitertransport kümmern!« Er ging zu den Wagen hinaus, um sie zu inspizieren. Dann gab er seinen Leuten einen knappen Befehl, und ohne weiteres wurden die drei Fuhrleute von ihren Wagen gezerrt und in die Wachstube gebracht. Ein kurzer Wink von ihm, und der Meldeläufer setzte sich eilends in Bewegung. Von nun an übernahmen Soldaten die Zügel der Gespanne.
»Folgt mir bitte!« wandte sich Shang Dso-lin Fen-che zu, der dem groben Übergriff auf seine Fahrer entsetzt zugesehen hatte und nun stumm in eine bereitstehende Sänfte stieg.
Die ›innere Stadt‹, die Tatarenstadt, unterschied sich kaum vom chinesischen Teil Pekings. Der Lärm, das Gedränge auf den Straßen, die Hunde und Schweine in dem Schmutz waren hier nicht anders, ebenso die durchdringenden Gerüche der allgegenwärtigen Abfälle. Das einzige, das beide Stadtteile optisch unterschied, waren die an jeder Hausvorderseite angebrachten baumstammdicken langen Säulen, die das Dach weit überragten und deren oberes Ende bauchig in eine keramische Verzierung überging.
Auch hier präsentierten zwölf bis fünfzehn Meter hohe, dreiteilige Ehrenbogen Erinnerungen an tugendhafte Tote. Sie bestanden aus vier dünnen Säulen, die oben durch geschnitztes und bemaltes Holzwerk verbunden waren, worauf der Name des Verstorbenen und seine Verdienste verzeichnet standen. Obwohl diese Bogen nicht nur für Mandarine, Literaten und Generäle gedacht waren, sondern auch für einfache Bürger, tugendhafte Mütter und Ehefrauen, waren sie alle sehr kunstvoll gestaltet, sogar einige aus Marmor oder Stein waren zu erkennen.
Fen-che sah vor sich in der Sänfte des Offiziers den vergoldeten Metallhelm Shang Dso-lins mit dem fünfklauigen kaiserlichen Wappentier in der Sonne blitzen. Ein typischer Mandschu, arrogant und eitel, dachte er, noch immer wegen der groben Behand-

lung seiner Fuhrleute empört. Irgendwann würde es seinem Volk gelingen, diese Fremdherrscher zu vertreiben. Danach würde hoffentlich ein richtiger Chinese vom Drachenthron aus das Volk regieren!

Vor über zweihundert Jahren hatte die chinesische Ming-Dynastie die Mandschuren zu Hilfe gerufen, um die im Lande übermächtigen Rebellen zu vernichten. Das harte, an Entbehrungen gewöhnte Volk besiegte die Aufständischen, wollte aber nicht in die Steppe zurückkehren. Statt dessen setzten sie den Sohn ihres Anführers auf den Drachenthron, um ihren Herrschaftsanspruch zu unterstreichen. Vor Gram über seine Entmachtung erhängte sich der letzte Ming-Kaiser in seinem Garten an einem Akazienbaum, dem daraufhin zur Strafe vom ersten Mandschu-Kaiser Ketten durch das Geäst gelegt wurden. Zweihundertfünfzig Jahre herrschte dieser sibirische Volksstamm nun schon über China. Der höfische Zwang und die Haremswirtschaft hatten die Einfachheit ihrer Sitten ebenso zerstört wie ihre innere Kraft, und der letzte große und tatkräftige Kaiser, Ch'ien-lung, war vor hundert Jahren gestorben. Mit ihm rissen die letzten Wurzeln zum mandschurischen Urvolk ab, und jetzt gab es in der gesamten Stadt keinen einzigen Mandschu, der die Sprache seiner Ahnen noch sprechen konnte. Das wilde Reitervolk aus der Steppe war von China aufgesogen und assimiliert worden, und seine ehemalige Heimat war nur noch eine Provinz des Reiches.

Fen-che wußte aus eigener Erfahrung, wie verhaßt die Mandschuren im Volk waren. Man sprach auch schon ganz offen über jenen mächtigen Geheimbund, der sich zum Kampf gegen die Unterdrücker rüstete. Sie nannten sich »I-ho-ch'üan«, Faustkämpfer für Recht und Einigkeit.

Vor ihm wurde die Mauer zur kaiserlichen Stadt sichtbar. Das steinerne ›Mittagstor‹ mit den mächtigen Bogen war gut bewacht, doch Hauptmann Shang Dso-lins Zug wurde sofort der Durchgang gewährt. Träge wehte über den Ziegeln der Torbogen die kaiserliche Fahne mit den gezackten Rändern im Wind. Es schien Fen-che, als ob sich der fünfklauige, blaue Drache darauf bewegte. Jetzt war er endlich in der kaiserlichen Stadt, und ein Gefühl des Beglücktseins durchflutete ihn, daß sein Herzenswunsch in Erfüllung gegangen war.

In wechselseitiger Zuordnung von Haupt- und Nebengebäuden, seiner Gliederung von lockerer und dichter Bebauung lag der gewaltige Gebäudekomplex des Kaiserpalastes vor ihm. Die zinnoberroten Tore, die gelbglasierten Ziegel auf den geschnitzten Verkragungen und das bunt bemalte Gebälk strahlten Macht, Reichtum und Herrlichkeit aus. Die Träger überschritten eine der fünf Goldwasserbrücken mit den symmetrisch verzierten Marmorgeländern, die einen künstlichen Wasserlauf überspannten, und setzten die Sänften am ›Tor der Höchsten Harmonie‹ vor dem Eingang ab.

Sie wurden von zwei hochrangigen, etwas dicklichen Prinzen und dem Zensor mit seinem Gefolge erwartet. Zum Zeichen, daß er der Regierungsfamilie entstammte, zierte einen der Prinzen ein gelber Gürtel, während der andere einen roten trug, das Zeichen einer Nebenlinie. Fen-che warf sich vor Ehrfurcht überwältigt auf die Knie, legte beide Hände neben dem Kopf auf den Boden und wagte nicht aufzusehen. Endlos lange unterhielt sich die kleine Gruppe mit dem Hauptmann, bis die Wagen von den Leuten des Zensors weitergeführt wurden.

»Steht auf und kommt mit mir, Herr Lin!« vernahm er eine kindliche Stimme. Zu seinem Erstaunen erblickte er einen älteren Mann mit Spitzbauch neben sich. »Der Obereunuche möchte Euch sehen!«

Sie durchmaßen die leere Halle des Audienzpalastes und gelangten in einen bescheiden eingerichteten, etwas abseits gelegenen Nebenraum.

»Ich bin Li Liän-ying«, begrüßte ihn der Obereunuche.

Fen-che war sich nicht sicher, ob er auch vor dem Obereunuchen

Kotau machen mußte, doch nach kurzem Überlegen warf er sich vorsichtshalber erneut zu Boden.
»Wir haben Euer Schreiben erhalten, und ich darf Euch im Namen des erhabenen Herrschers beglückwünschen, daß Ihr die alten Kostbarkeiten aus seinem ehemaligen Besitz gefunden und pflichtgemäß abgeliefert habt. Erhebt und setzt Euch!«
Fen-che setzte sich viel zu weit vorn auf den Stuhl, als daß er bequem saß. Der Obereunuche, ein asketischer Mann mit hageren, verträumten Gesichtszügen, hielt unverwandt seine traurig blikkenden Augen auf seinen Besucher gerichtet. Fen-che erinnerte sich an Yü Yins Erzählungen darüber, welche Macht und welchen Einfluß die Eunuchen am Hof besaßen, aber auch welcher Willkür sie unentwegt preisgegeben waren. Es verging kaum eine Woche, in der nicht einer von ihnen wegen einer lächerlichen Kleinigkeit zu Tode geprügelt wurde oder, was noch schlimmer war, einfach entlassen und einem langsamen Hungertod preisgegeben wurde, weil es verboten war, einen solchen wieder zu beschäftigen.
Andererseits waren sie die einzigen, die ständig und uneingeschränkt mit den höchsten Vertretern der Dynastie zusammenkamen und Besuchern gegenüber mit einem ähnlichen Dünkel auftraten wie ihre Gebieter, besonders wenn sie so geschickt waren, ihren Herrn beeinflussen zu können. Dieser Obereunuche hatte inzwischen mehr Einfluß auf die Staatsführung als der Kaiser selbst, weil er der Liebling der ›Westlichen Kaiserinwitwe‹ Tz'u-hsi war. Fen-che schauderte bei dem Gedanken, daß die meisten Knaben schon in zartem Kindesalter an den Hof verkauft oder als Tributgabe unterworfener Völker wie Ware abgeliefert wurden. Er war entsetzt gewesen, als ihm Yü Yin erzählte, daß ihnen nicht nur die Hoden, sondern auch der Jadeschaft gänzlich abgeschnitten wurde und daß über die Hälfte diese Prozedur nicht überlebte.
»Ich vermute, daß Ihr den Schatz gefunden habt?«
Fen-che ahnte, wie wichtig seinem Gegenüber die Frage war, und

erkannte auch, in welche Schwierigkeiten eine ehrliche Antwort ihn und das Haus Crawford bringen konnte.
»Ein betrunkener, ausländischer Seemann brauchte Geld. Er hat mir für fünf Silberbarren eine Schatzkarte verkauft.«
Spöttisch lachend, den Kopf etwas nach hinten gelegt, schüttelte Li Liän-ying den Kopf. »Fünf Silberbarren für ein fragwürdiges Papier mit fremden Schriftzeichen wird niemand bezahlen. Seid Ihr naiv oder dumm?«
»Weder – noch, ehrenwerter Herr Li«, bemühte Fen-che sich um Fassung ringend zu sagen und versuchte seiner Stimme einen selbstsicheren Klang zu geben. »Ich habe nicht nur das erste Staatsexamen in Hanjang bestanden, sondern später auch in einer Missionsschule Englisch, Deutsch und Französisch gelernt. Der Mann, von dem ich das Papier gekauft habe, konnte mir einige genaue Angaben über den Schatz machen. Daß mir als treuer Untertan nichts anderes übrigblieb, als diesen Plan zu kaufen, auch wenn ich auf einen Schwindler hereinfallen sollte, das war ich unserem erhabenen Herrscher einfach schuldig!«
»Wo war das, und wie hieß der Mann?«
»In Schanghai. Nach seinem Namen habe ich nicht gefragt. Er muß Franzose gewesen sein, denn er sprach französisch.«
Li Liän-ying lehnte sich zurück und dachte über das Gehörte nach. »Eine schöne Geschichte, aber zu einfach. Der erhabene Stammvater – die Kaiserinwitwe hört es nämlich gern, wenn man sie als Mann anspricht –«, fügte er erklärend hinzu, »will Ungewöhnliches, Aufregendes zu hören bekommen. Dramatisiert, denkt Euch eine andere Geschichte aus, wie Ihr zum Beispiel um Haaresbreite getötet worden wäret!«
Fen-che blickte irritiert auf, denn er wußte nicht, ob Li Liän-ying mit ihm scherzte. Er hatte vielmehr die Frage erwartet, warum er sich nicht an die Behörden gewandt hatte, aber dem Eunuchen schien klar zu sein, daß dann nur ein verschwindend geringer Teil der Kostbarkeiten in Peking angekommen wäre.

»Ich soll ...«, begann er.
»Ja, denkt Euch eine interessante Geschichte aus! Unser erlauchter Kaiser wird übermorgen von seinem Sommerpalast hier eintreffen. Der Kaiserinwitwe ist Euer Schreiben durch einen Kurier zugeschickt worden, und ich erhielt den Auftrag vorauszueilen, um mich von der Wichtigkeit und Wahrheit Eurer Nachricht zu überzeugen. Vielleicht lassen sie und unser Himmlischer Herrscher sich herab, Euch zu sprechen. Verweilt noch ein paar Tage in Peking, und meldet Euch übermorgen zur gleichen Zeit hier in der Audienzhalle!« Er zog ein Dokument aus seinem Ärmel, legte es auf den Tisch und tippte mit einem Finger darauf. »Dieser Berechtigungsschein gibt Euch die Freiheit, jederzeit die innere Stadt und die kaiserliche Stadt betreten zu dürfen. Allerdings muß ich Euch darauf hinweisen, daß das Betreten der Purpurstadt bei Todesstrafe verboten ist!« Er stand auf und wiederholte seine Mahnung noch einmal. »Denkt Euch eine andere Geschichte aus!«
Vor den Stufen der Audienzhalle warteten die drei leeren Wagen sowie die Sänfte, und im Laufschritt wurde Fen-che zum Tschien-Tor zurückgebracht. Hier traf er seine Fuhrleute an, die auf ihn gewartet hatten und nun ihre Wagen wieder in Besitz nahmen. Fenche gab ihnen den Lohn für den Transport der Kisten und entschuldigte sich für ihren durch ihn erlittenen Verdruß.
Müde, von einer großen Last befreit, aber innerlich von der Möglichkeit aufgewühlt, vielleicht in zwei Tagen vor den Kaiser treten zu dürfen, schlenderte er durch die Gassen des chinesischen Viertels, um sich eine Bleibe für die nächsten Nächte zu suchen. Ob er wohl eine Belohnung erwarten durfte? Vielleicht würde man ihm die Gunst erweisen, einen Wunsch vorzutragen? Aber was konnte und durfte er sich wünschen, ohne ungeziemend zu wirken? Vielleicht, daß er die beiden noch ausstehenden Examen ablegen durfte? Nein, das wäre möglicherweise zu ungehörig. Dann würde er bekennen müssen, daß sein Vater ein verurteilter Verbrecher war.

Nein, das ginge nicht! Er würde sich in Geduld fassen müssen und abwarten, was in den nächsten Tagen auf ihn zukäme.
Jetzt, da keine Pflicht ihn vorantrieb, hätte Fen-che länger schlafen können. Doch er war schon mit den ersten Sonnenstrahlen wach geworden, lag dösend im Bett und horchte auf die vielen Geräusche, die von der Straße hereindrangen; dann öffnete er das Fenster und streckte sich gähnend. Auf dem kleinen Platz gegenüber waren die ersten Garküchen aufgestellt, und der Geruch nach heißer Holzkohle drang bis zu ihm herauf. Direkt unter seinem Fenster warteten zwei Haarschneider neben einem Hocker und einer kleinen Wassertonne laut miteinander schwatzend auf die ersten Kunden. Ein großer, mit Ziegeln beladener Wagen bog rumpelnd in die Straße ein und fuhr an den Rand, um einer Mandarinsänfte mit begleitender Dienerschaft und Soldaten Platz zu machen.
Das Observatorium hatte ihm Yü Yin besonders ans Herz gelegt. Er beeilte sich mit dem Frühstück, und danach brachte ihn eine Sänfte wieder zum Tschien-Tor, das er dank seines Berechtigungsscheines passieren durfte. Allerdings galt der nur für ihn; die Sänfte mußte umkehren, und er nahm sich eine andere. Hinter dem Tor bogen die Träger scharf rechts in die ›Fischaugenstraße‹, die parallel zur Stadtmauer verlief, bis sie einen rechtwinkligen Knick machte und sie in die ›Straße des Glücks‹ gelangten. Die meisten Häuser der Reichen und der hohen Beamten, an denen sie vorbeikamen, machten einen kümmerlichen Eindruck oder lagen hinter hohen Mauern versteckt, um, wie Fen-che später erfuhr, nicht den Neid der Ärmeren zu erregen.
Das Observatorium, ein siebenhundert Jahre alter Bau, schien ebenfalls dem Verfall preisgegeben. Fen-che stieg die halsbrecherischen Stufen bis auf die oberste Plattform hinauf und erreichte sie schwer atmend. Hier war der höchste Punkt, von dem aus man Peking in seinen ungeheuren Ausmaßen überblicken konnte. Sofort wurde seine Aufmerksamkeit auf die sich deutlich abzeichnende Purpurstadt gelenkt, die innerhalb der kaiserlichen Stadt gänzlich

von einer ochsenblutroten Mauer umgeben war. Die Sonne spiegelte sich in den glasierten bunten Ziegeln der Palastdächer und Pavillons, die in gelber Kaiserfarbe, grüner Glaubensfarbe und blauer Regierungsfarbe gehalten waren. Die riesige Anlage des parkartigen Gartens wurde durch drei große Seen bestimmt, hinter denen ein Hügel aufragte, um dessen Kuppe sich fünf Pavillons gruppierten. Lange stand Fen-che und sog den Anblick in sich auf, den die wenigsten Menschen seines Volkes je zu Gesicht bekommen würden. Selbstvergessen lehnte er sich gegen das geschnitzte Holzgeländer und formulierte in Gedanken über die Erhabenheit des Augenblicks und die jahrtausendealte Kultur seines Volkes ein zweistrophiges Fünf-Worte-Gedicht.

Die Besichtigung der alten Instrumente des Observatoriums schien ihm nicht mehr wichtig. Nur oberflächlich besah er sich die wissenschaftlichen, übermannshohen Geräte, die zwar von ihrer künstlerischen Ausführung bewundernswert, inzwischen aber veraltet waren und nicht mehr benutzt wurden. Die Geschichte des Gebäudes war ihm nicht unbekannt. Seit alters war es von persischen Astronomen geleitet worden, um dem Kaiserhof Horoskope zu liefern, bis der deutsche Jesuit Adam Schall dem damaligen Mandschukaiser bewies, daß die Perser keine Sonnenfinsternis berechnen konnten. Daraufhin war er zum Mandarin erster Klasse und zum Vorsitzenden des astronomischen Rates ernannt worden, womit das Land den christlichen Bekehrungsversuchen geöffnet wurde.

Direkt vor ihm zogen sich die Dächer der Prüfungsgebäude hin, unter denen sich jedes Jahr im März mehr als zehntausend Prüflinge einfanden, um das letzte der drei Examen zu bestehen. Wehmütig blickte Fen-che auf die leeren, dachlosen Zellen hinab, in denen sie für die Tage der Prüfung eingeschlossen wurden. Aus und vorbei! Aber, versuchte er sich zu trösten, einer von fünfzig konnte nach dem Ausleseverfahren nur bestehen, vielleicht würde er nicht zu denen gehören, und wenn doch, dann würde er vielleicht noch jahrelang auf einen Mandarinposten warten müssen. Er dagegen genoß schon jetzt großes Ansehen, hatte Geld und konnte Ay-lin bald heiraten. Und morgen würde er, wenn er Glück hatte, den Kaiser sehen. Was wollte er mehr?

Am Nachmittag besuchte er den Tempel des Ackerbaues, in dem der Kaiser jedes Jahr am achten November rituell eine Furche mit dem Pflug zog, und danach den Tempel des Himmels, in dem nur er einmal im Jahr seine Gebete verrichtete. Fen-che schlich in den verwilderten Zedernhain und schlüpfte durch das angelehnte Tor in die erste Einfriedung. Er wußte, daß diese beiden Tempel für die Öffentlichkeit nicht zugänglich waren. Zwischen Magnolien und Jasminsträuchern setzten Gärtner Chrysanthemenstauden. Ohne von ihnen und den Wächtern gesehen zu werden, schlich er in die zweite Einfriedung. Kurz vor dem Tempeleingang bemerkten sie ihn jedoch und umringten ihn laut schreiend. Mit dem Rücken zu einer von Knöterich und Klematis überwucherten Pergola versuchte Fen-che ihnen begreiflich zu machen, daß er kein Dieb war, sondern sich nur den Tempel ansehen wollte.

»Betreten verboten!« erklärte der Oberwächter und musterte abschätzend Fen-ches Kleidung.

»Wir werden mit Bambusruten geschlagen, wenn wir es zulassen!« mischte sich ein Gärtner ein.

»Wir müssen hier viel arbeiten und dazu noch aufpassen. Es kommt natürlich auch vor, daß wir vor lauter Arbeit nichts bemerken, besonders wenn wir abgelenkt sind«, wurde sein Nebenmann deutlicher.

Das war es also! Wie überall im Land konnte niemand von seinem Lohn allein den Lebensunterhalt bestreiten, und jeder versuchte, sein Entgelt aufzubessern. Fen-che nahm eine Schnur Casch vom Hals und hielt sie hoch. »Würden Euch diese Kupferstücke genug ablenken?« Die Gesichter der Aufseher und Arbeiter wurden zugänglicher. Zum Zeichen ihres Respekts ließen sie ihre während der Arbeit um den Kopf gewickelten Zöpfe über die Schulter herab

und teilten sich das Geld, um danach in aller Ruhe zu ihrer Arbeit zurückzukehren.
Unbehelligt zwängte Fen-che sich durch den Türspalt in das Innere des Tempels und war augenblicklich überwältigt. Unglaublich kostbar geschnitzte Holzgitter mit eingelegtem Glasemail bildeten die Wände bis hoch zu den drei übereinander angeordneten Dächern. Das Weiß der dahinterliegenden Marmorbalustraden hob sich kontrastreich von dem Schwarzbraun des Holzgitters, dem Dunkelblau des Glasemails und den braunen Ziegeln ab. Die fliehenden Formen der Balustraden und die sich ineinander verlierenden Dächer verliehen den scheinbar widersprüchlichen Gesetzen der Optik dieses Baues eine mystische Heiligkeit.
Die Erhabenheit des Tempels ließ Fen-che erschaudern. In der geometrischen Mitte der Halle stand der Gebetspavillon, den nur der Kaiser und einige Prinzen des ersten Ranges betreten durften. Vier Holzsäulen, die oben durch Querbalken verbunden waren, trugen eine mit Pilastern geschnitzte Galerie, auf welcher eine Kuppel ruhte. Das Holzwerk des Gebetspavillons war reichlich mit Schnitzereien und Malereien ausgestattet, das durch die Schatten des Holzgitters wie von einem riesigen Spinnwebnetz überzogen schien.
Überwältigt von der Kombination des Lichts und der Schatten, warf Fen-che sich auf die Knie und verharrte demütig im Kotau. Morgen würde er den erhabenen Sohn des Himmels sehen! Aber heute wußte er schon, daß er ihm, was auch kommen mochte, bis zu seinem Tod treu dienen würde!
Es war schon dunkel, als Fen-che sich in die Herberge zurücktragen ließ. Wie überall wurden die Straßen auch hier nur durch das aus den Fenstern fallende Licht schwach erhellt, und jeder, der jetzt noch unterwegs war, trug eine Papierlaterne vor sich her. Wie Glühwürmchen durchwanderten die hellen Punkte Straße um Straße. Nur die Restaurants mit den heimlichen Hinterzimmern für Spiele, Opium oder Liebe wurden von mehreren am Haus be-

festigten Laternen beleuchtet, um die Aufmerksamkeit der Passanten schon von weitem auf sich zu lenken.
Nervosität und Unruhe zeichneten den nächsten Tag aus. Eine merkwürdige Hektik lag über der Stadt, und die Straßen waren noch überfüllter als gewöhnlich, denn jeder wollte unbedingt seinen Geschäften bis Mittag nachgekommen sein. Dies war die Stunde, in der der Kaiser mit seinem Gefolge und Gepränge wieder in Peking einzog.
Plötzlich wurde der Menschenstrom schwächer, und die letzten Passanten zerstreuten sich. Die Straßen lagen nun wie ausgestorben da. Fasziniert beobachtete Fen-che von seinem Fensterplatz im Gasthaus die Straße. Ungewöhnliche Stille lag über ihr.
»Bitte, Herr Lin, geht nicht hinaus!« hielt ihn der Besitzer in der Tür zurück. »Eben sind die Straßen zur Purpurstadt mit gelbem Sand bestreut worden. Gleich wird der Kaiser vorbeigetragen, um von der Sommerresidenz auf seinen Drachenthron zurückzukehren!«
Neugierig versuchte Fen-che, von der Tür aus das Geschehen zu verfolgen. »Seht bitte auch nicht hinaus, denn gleich werden die Bogenschützen aufmarschieren, und die werden jeden töten, der sich zeigt!«
Fen-che wollte dem Wirt unnötige Sorgen ersparen und trat in die Gaststube zurück, lächelte entschuldigend und eilte über die Treppe in sein Zimmer. Hier trat er vorsichtig ans Fenster. Noch immer war niemand auf der Straße zu sehen. Er öffnete den Riegel und ließ das Fenster nach außen aufschwingen. Im Scheibenspiegel hatte er nun bis über die nächste Querstraße hinweg einen guten Überblick, ohne selbst gesehen zu werden.
Waren die Straßen eben noch menschenleer, so besetzten plötzlich die kaiserlichen Bogenschützen im Laufschritt die Straßenkreuzung. Hinter ihnen stellte das Fußvolk riesige Schilfmatten als Sichtblenden auf, und bevor Fen-che irgend etwas erkennen konnte, war der Zug mit unchinesischer Stille und Schnelligkeit

vorbeigezogen. Weder die von zwanzig Mandschus getragene Kaisersänfte noch die Kaiserinwitwe hatte er zu Gesicht bekommen, und ebenso plötzlich, wie sie aufgetaucht waren, verschwanden die Bogenschützen mit den Mattenträgern. Und dann war es wie immer. Aus den Häusern kamen, zaghaft zuerst, die Menschen heraus, und innerhalb kurzer Zeit belebte das alte Treiben mit den vielen Geräuschen wieder die Straßen. Fen-che schloß enttäuscht das Fenster.

Am nächsten Nachmittag war endlich die Zeit für ihn gekommen, in der kaiserlichen Stadt vorzusprechen. Zuvor hatte er sich eine einfache blaue Galatracht mit von Silberfäden durchwirkten Fantasietieren und neue Filzschuhe gekauft. Wehmütig hatte er sich den einfachen Hut ohne Zeichen eines Ranges aufgesetzt. Ein Nichts war er! Betrübt versuchte er weitere Gedanken zu unterdrücken. Ihm ging es ja gut, aber wie gern würde er auf das Geld verzichten, wenn er nur den Wongli, den gelben Vogel eines Lükkenwarters, tragen dürfte oder gar den silbernen Knopf eines Mandarins, und wenn es nur der des neunten Grades wäre.

SECHSTES KAPITEL

Die Audienzhalle wurde von einem großen Aufgebot der kaiserlichen Leibgarde streng bewacht. Fast jeder der gutgekleideten Soldaten besaß neben Schwert oder Lanze den obligatorischen Pfeil mit Bogen, wie ihn die wilden Steppenvölker aus dem Norden seit Jahrhunderten mit erstaunlicher Treffsicherheit zu benutzen wußten.

Zu beiden Seiten des Throns verharrten bewegungslos in Viererreihen Prinzen und hohe Würdenträger in vorgeschriebenen Abständen und ließen einen breiten Durchlaß zum ›Sohn des Himmlischen Herrschers‹ frei. Fen-che fühlte sich von der Macht, die von den Höflingen und Beamten ausging, fast erdrückt. Bevor er sich zum Kotau auf den dafür vorgesehenen Platz in der Halle auf den Boden warf, wagte er einen kurzen Blick auf den Kaiser, der vor einer großen Goldtafel saß. Während er in demütiger Haltung verharrte, erholte er sich langsam von seinem maßlosen Erstaunen. Der Kaiser war sehr jung. Ein junger Mann von etwa sechzehn Jahren, fast noch ein Kind.

»Richtet Euch auf!« befahl eine bekannte Stimme neben ihm. Aus den Augenwinkeln erkannte er den Obereunuchen Li Liän-ying, der in dunklem Umhang ohne Zierat zwischen ihm und den hohen Würdenträgern stand.

Fen-che blieb auf den Knien hocken und legte vorschriftsmäßig seine Handflächen nach oben auf die Oberschenkel. Der Kaiser selbst saß auf einem drei Stufen hohen Podest hinter einem mit gelber Seide bespannten Tisch und sah interessiert auf ihn herab. Vor dem Podest gruppierten sich vier goldene, schlanke Drachen mit gewundenen Körpern, und links und rechts der goldenen Tafel, wie Kugelakazien, fächerförmig zusammengesteckte blaugrüne Pfauenfedern. Noch während er darauf wartete, vom Kaiser angesprochen zu werden, sah er links im Hintergrund eine mit schwarzer Seide verhangene Sänfte stehen.

»Wir freuen uns, daß es Euch gelungen ist, unser Eigentum unversehrt hierher zu bringen«, brach der Kaiser mit kindlicher Stimme die Stille. »Obwohl dies die Pflicht jedes meiner Untertanen ist, werden wir uns ausnahmsweise gnädig zeigen und Euch einen Wunsch gewähren.«

Wie die Blüten eines Kirschbaumes im Frühlingswind dahinwehen, stoben Fen-che tausend Gedanken durch den Kopf, doch bevor er sie ordnen konnte, hob der Kaiser die Hand und gab damit dem Obereunuchen ein Zeichen. Dieser verbeugte sich, trat einen Schritt vor und entrollte eine Liste.

»Es wurden aus dem gestohlenen Schatz unseres erhabenen Herrschers folgende Gegenstände zurückgebracht: achtzig Silberbarren, zweihundert Rubine ...«

Wie im Traum hörte Fen-che der Aufzählung zu, und bei jeder neu genannten Zahl erklang von den Anwesenden ein bewunderndes Raunen. Endlich rollte der Eunuche das Dokument zusammen, verbeugte sich und trat auf seinen alten Platz zurück.

»Habt Ihr das alles hierher gebracht?« fragte der Kaiser.

Fen-che warf sich wieder auf den Boden. »Nein!« sagte er so laut und deutlich, daß es jeder verstehen konnte.

Ein unruhiges Gemurmel durchlief die Halle. Sobald es verebbt war, richtete Fen-che sich erneut auf und sah den ungläubig dreinschauenden jungen Kaiser an. Es war das erste Mal während dieser Audienz, daß eine Gefühlsregung sein gelangweiltes Gesicht bewegte. Im gleichen Augenblick gewahrte Fen-che, daß der dunkle Stoff der Sänfte von innen bewegt wurde und dem Eunuchen die Papierrolle aus der Hand fiel. Schnell hob Li Liän-ying sie wieder auf und ging mit wiegenden Schritten zur Sänfte, um sein Ohr an

den Stoff zu legen. Sekunden später eilte er zurück und blieb neben Fen-che stehen.
»Der erhabene Herrscher möchte wissen, was Ihr mit Eurer Antwort meint!«
Wieder warf Fen-che sich flach auf den Boden. »Diese Liste ist unvollkommen und enthält nicht alle hierhergebrachten Gegenstände!« Dann wagte er wieder in die kniende Grundstellung zu gehen.
Li Liän-ying starrte ihn mit grauem Gesicht und unruhig flatternden Augen an. »Woher wollt Ihr das wissen?«
»Ich habe alle Wertgegenstände und Barren gezählt und ihre Anzahl notiert!« Diesmal verzichtete er auf das Hinwerfen. Hoffentlich hatte er nichts falsch gemacht! Oder hätte er doch lieber schweigen sollen? Nun würde man ihn bestimmt nicht mehr fragen, wie er in den Besitz des Schatzes gekommen war, denn jetzt würden wichtigere Nachforschungen angestellt werden müssen.
»Hier ist meine Auflistung«, sagte er und zog ein Papier aus dem Ärmel.
Wieder bewegte sich der Vorhang. Der Eunuche nahm von Fenche die Liste entgegen, schob sie durch einen Spalt in die Sänfte und blieb wartend daneben stehen.
Wer mochte darin sitzen? fragte sich Fen-che. Offensichtlich gab es noch jemanden, der mächtiger als der Kaiser war. Es konnte nur die Kaiserinwitwe sein, denn der Kaiser war noch unmündig, und nach alter Sitte lag die Bürde der Regierungsführung in ihrer Regentschaft. Es mußte Tz'u-hsi, die ›westliche Kaiserinwitwe‹, sein!
Ursprünglich war sie durch die glückliche Niederkunft eines Sohnes zur Nebenfrau zweiten Grades von Kaiser Hsien-feng und nach dessen Tod in den Rang einer Kaiserinwitwe aufgestiegen. Hsien-feng hatte kurz vor seinem Tod ein Geheimdekret verfaßt, um seine Hauptgemahlin Tse Än, die ›östliche Kaiserinwitwe‹, vor ihr zu schützen und hatte verfügt, daß sein Vertrauter Su Schun, als Vizegroßrat und Großsekretär des Finanzministeriums einer

der mächtigsten Männer des Reiches, zum Regenten seines unmündigen Sohnes eingesetzt werden sollte.
Noch während der Beisetzungsfeierlichkeiten für den toten Kaiser Hsien-feng ließ Tz'u-hsi Su Schun und sieben seiner Getreuen verhaften. Su Schun wurde öffentlich enthauptet; zwei Prinzen durften sich, als Angehörige der kaiserlichen Familie, das Leben selbst nehmen, und die restlichen fünf wurden in die Verbannung geschickt. Mit sechzehn Jahren wurde ihr Sohn, Dsai Ch'un, durch seine Heirat mit Alute mündig und nahm als Kaiser den Namen T'ung-chih an. Die mißtrauische Tz'u-hsi ließ das junge Kaiserpaar unaufhörlich bespitzeln, und mit achtzehn Jahren starb T'ung-chih plötzlich, offiziell an einer Geschlechtskrankheit. Zwei Monate später folgte ihm seine Frau Alute. Nur wenige wußten, welches Drama sich tatsächlich abgespielt hatte: T'ung-chih und Alute hatten geplant, die ständige Bevormundung Tz'u-hsis zu beenden. Doch die Kaiserinwitwe wurde sofort durch Spione informiert und stürzte sich wutentbrannt auf ihren Sohn, der nach einer fürchterlichen Bastonade starb. Alute war für sie gefährlich, weil sie schwanger war und durch die Geburt eines Sohnes ihre Macht beenden konnte. Aus diesem Grund wurde die junge Kaiserin in ihren Gemächern eingesperrt; dort ließ Tz'u-hsi sie verhungern.
Danach hätte, dem Ritus zufolge, ein naher Verwandter von T'ung-chih Kaiser werden müssen. Da diese Regelung jedoch Tz'u-hsis Regentschaft beendet hätte, umging sie, allen Protesten zum Trotz, die Thronfolgegesetze. Sie adoptierte den Sohn ihrer Schwester, Dsai Tiän, und machte ihn unter dem Regierungsnamen Kuang-hsü zum Kaiser.
Unvorsichtigerweise hatte Tse Än ihrer Mitregentin Tz'u-hsi von dem Geheimdekret ihres verstorbenen Mannes erzählt. Daraufhin verschwand plötzlich das Dokument, und Tse Än starb, nachdem ihr Tz'u-hsi eine besonders leckere Speise hatte zukommen lassen.

Li Liän-ying kam in seinem katzenhaft wiegenden Gang zurück und stellte sich in die Nähe Fen-ches. »Der erhabene alte Stammvater beendet hiermit die Audienz. Die Anwesenden mögen sich bis auf Seine Kaiserliche Hoheit und Herrn Lin Fen-che entfernen!«

Während die Würdenträger leise miteinander tuschelnd den Saal verließen, eilte der Eunuche zur Sänfte zurück.

»Wer hat den Schatz entgegengenommen?« fragte ihn Tz'u-hsi.

»Der Zensor mit seinen Leuten. Später kamen noch die Prinzen Dsai Lin und Rung Wan hinzu.«

Nachdenklich schloß Tz'u-hsi die Augen. Sie fühlte sich müde und zerschlagen. Zuerst hatte sie nicht zur Audienz kommen wollen, doch dann war sie neugierig geworden auf jenen Menschen, der die Strapazen auf sich genommen hatte, den Schatz hierher zu bringen. Nun war sie froh, sich doch hinter dem Vorhang, der sie vor unziemlichen Blicken schützen sollte, verborgen zu haben.

Was ging hier vor? In den heißen zwei Monaten waren sie in der Sommerresidenz gewesen, und niemand hatte ihr einen Wink gegeben. Wie immer waren die einflußreichsten Prinzen vorsichtshalber in Peking geblieben. Von diesen drohte auch keine Gefahr. Aber wer hatte es gewagt, sich während ihrer Abwesenheit zu bereichern? Handelte es sich möglicherweise um eine neue Intrige gegen sie? Sie öffnete wieder die Augen und beugte ihren Kopf bis an den Vorhang, um Fen-che besser sehen zu können. Er hatte ihnen den Schatz zurückgebracht, warum sollte er also lügen? Vielleicht war er nur benutzt worden, um sie lächerlich zu machen. Vielleicht wollte man sie dazu bringen, falsche Schritte zu unternehmen. Oder hatte dieser junge Mann doch seine Finger mit im Spiel?

Sie sehnte sich nach Entspannung, doch ihr Mißtrauen gebot ihr, der Sache sofort nachzugehen. Sie würde diesen Lin Fen-che hier so lange festhalten, bis sich seine Unschuld herausgestellt hatte, und würde nur der kleinste Verdacht zurückbleiben, würde sie ihn töten lassen. Nein, entschied sie sich plötzlich, sie brauchte Leute aus ihrem Volk, denen sie vertrauen konnte und die ihr gehorchten. Gerade jetzt, da die europäischen Mächte sich immer mehr erdreisteten und wie die Geier über ihr Reich herfielen. Dann bildeten die Faustkämpfer ebenfalls eine Gefahr. Vielleicht eine noch größere. Wenn sie geschickt agierte und die einen gegen die anderen ausspielte …

»Mein lieber Sohn«, rief sie laut mit wohlklingender Stimme dem gähnenden Kaiser zu. »Du beschwerst dich, immer nur die gleichen Gesichter zu sehen. Heute erlaube ich dir, Herrn Lin, der so vorbildlich seiner Pflicht nachgekommen ist, unseren schönen Garten zu zeigen.«

Fen-che bemerkte zwei Dinge zugleich: wie ein freudiges Strahlen über das Gesicht des jungen Kaisers glitt und dem Eunuchen vor Schreck die Kinnlade herunterfiel. Beide warfen sich sofort auf den Boden, um die Regentin zu ehren. Der junge Kaiser vor Freude über die willkommene Abwechslung, Li Liän-ying, weil er zu klug war, sich wegen der ungewöhnlichen Entscheidung seine Besorgnis anmerken zu lassen oder gar zu widersprechen. Dabei gab es seiner Ansicht nach tausend Gründe, einen Fremden die Purpurstadt nicht betreten zu lassen. Seit ewigen Zeiten wurden Fremdlinge, die es wagten, über die Mauer zu klettern, sofort von den wachhabenden Bogenschützen erschossen, die selbst bei der kleinsten Nachlässigkeit ebenfalls getötet wurden. Konnte sich das Verbot weiter aufrechterhalten lassen, wenn einmal eine Ausnahme gemacht wurde? In welcher Gefahr befanden sich die ungeschützten Prinzessinnen und Palastdamen? Konnte dieser Mann nicht einen kurzen Augenblick entwischen und frevelhaft mit seinem ekligen Samen eine hochstehende Dame befruchten? Unglaublich, welcher Schaden dadurch entstehen würde! Er hielt die Augen geschlossen, um nicht mit ansehen zu müssen, wie der Kaiser mit seinem Gast die Audienzhalle verließ, um im Garten der Purpurstadt zu wandeln.

Die drei Teiche wirkten auf Fen-che bedeutend größer als vom Observatorium aus. Zehntausende von Lotosblumen trieben wie schwimmende Inseln auf dem Wasser, und niemand störte hier das Auge oder Ohr des Himmlischen Herrschers.
»Ich bin das erste Mal ganz allein ohne Lehrer oder Diener«, freute sich der junge Kaiser laut und schlug den Weg zu den fünf Pavillons am großen Hügel ein. »Und sonst habe ich auch immer nur langweilige Pflichten zu erfüllen. Ich habe auch noch nie einen Menschen aus dem Volk, so wie Euch, gesehen. Vielleicht eine Stunde am Tag darf ich hier reiten oder Bogen schießen. Ich komme mir manchmal wie ein Gefangener vor. Aber nun erzählt mir doch etwas von Euch! Alles, was ich kenne, sind nur die Zeremonien und Riten bei Hof und das wenige, das man mir erzählt.«
Fen-che sah den Kaiser mit großen Augen an. Der erhabene Herrscher, zugleich Sohn des Himmels, der, der den Göttern am nächsten stand und für ihn der Inbegriff des Größten war, klagte über sein Los! Ein unbehaglicher Schauer lief ihm über den Rücken. Um seine Gefühle nicht zu offenbaren, begann er zu erzählen. Er sprach von seinem ehemaligen Diener Wu Lan-chen, wie sie durch die Teefabriken gestreift waren, wie ihn sein Vater einmal durch ein Gefängnis geführt hatte, wie er das erste Examen bestanden hatte und jetzt mit Geschäften Geld verdiente.
Sie setzten sich in den Schatten eines der fünf Pavillons am Fuß des Hügels. Die Neugier des jungen Kaisers war groß, und als Fen-che ihm sein Erlebnis mit den Fenstern erzählte, lachte er sogar.
»Er hat sich also in der Barbarensprache mit seiner Frau über den Preis unterhalten, und Ihr konntet seine Sprache verstehen?« Er lachte noch immer. »Wie unglaublich dumm können doch die Europäer sein!« Der Gedanke daran reizte ihn immer wieder zum Lachen, und von seiner Heiterkeit angesteckt, fiel Fen-che mit ein, bis sie aus vollem Hals über jede alberne Bemerkung erneut losprusteten.

Glutrot berührte die Sonne im Westen eben den Horizont, als der Obereunuche diskret an die beiden herantrat und Fen-che ansprach: »Der erhabene Stammvater erwartet Euch in der Audienzhalle!«

Froh, endlich einen Freund gefunden zu haben, mit dem er lachen konnte, begleitete der junge Kaiser ihn und hockte sich ungezwungen mit angezogenen Knien auf den Thron, während er Fen-che beim Kotau vor der Sänfte seiner Adoptivmutter beobachtete.

Li Liän-ying stand neben der Sänfte und blickte ebenfalls auf den am Boden liegenden Fen-che. Gelacht haben sie, hatten ihm seine Spione berichtet, am See gesessen, gesprochen und gelacht. Dabei wäre es für den Fremden doch ein leichtes gewesen, in die Haremsräume einzudringen, um sich eine oder mehrere der verführerisch hübschen Damen zu nehmen. Vielleicht wäre es sogar nie herausgekommen, denn aus Angst, ausgestoßen zu werden, hätten sie geschwiegen. Li Liän-ying seufzte leise und unterdrückte den Wunsch, sich zwischen den Beinen zu kratzen. Wenn er an seiner Stelle gewesen wäre ... Was mußte es für ein wunderbares Gefühl sein, sich mit einer Frau zu vereinigen, denn was er täglich bei den Prinzen zu sehen und zu hören bekam, ließ nur diesen einen Schluß zu.

»Der erhabene Stammvater läßt Euch mitteilen, daß der Schuldige gefunden und bereits abgeurteilt wurde. Eure Liste stimmt nun mit dem Schatz überein«, erklärte er, und nur wer ihn schon länger kannte, konnte am Klang seiner Stimme erkennen, daß seine Gedanken nicht bei der Sache waren. »Als Anerkennung für den erwiesenen treuen Dienst wird Euch hiermit die einäugige Pfauenfeder überreicht.«

Fassungslos nahm Fen-che die begehrte Auszeichnung entgegen. Die einäugige Pfauenfeder war eine Form der Anerkennung für Verdienste in öffentlichen Ämtern und bedeutete für ihn fast eine Gleichstellung mit einem Mandarin. Außer ihr gab es noch die doppeläugige Pfauenfeder. Diese wurde nur an Würdenträger höchster Verdienstklassen vergeben, und die dreiäugige nach den Ch'ing-Gesetzen nur an kaiserliche Prinzen und höchste Adelige für außergewöhnliche militärische Verdienste. Sie wurde nach unten hängend hinten am Zeremonienhut befestigt. Vor Freude und Dankbarkeit warf Fen-che sich noch einmal in Richtung der Sänfte zu Boden. Mit dieser großartigen Würdigung hatte er nicht gerechnet.

»Darüber hinaus hat der großmütige Stammvater Euch gnädig gestattet, einen Wunsch zu äußern!«

Er sollte sich etwas wünschen? Die Götter mochten ihm beistehen! Was sollte er sich wünschen? Geld? Einen Titel? Nein! Das zweite und dritte Examen machen zu dürfen? Seine Gedanken schossen wild durcheinander, doch plötzlich wußte er es.

»Untertänigst wage ich eine Bitte vorzutragen, obwohl ich mir darüber im klaren bin, diese Gnade nicht verdient zu haben. Mein Vater ist einer Intrige zum Opfer gefallen, als er zum Wohle des Reiches zwei einflußreiche Mörder festnehmen wollte, und wurde deswegen zum Tode verurteilt, aber ich konnte die Vollstreckung verhindern. Ich bitte untertänigst darum, gebt ihm sein Ansehen wieder, indem das Urteil aufgehoben wird!« Fen-che preßte den Kopf so fest auf den Boden, daß ihm die Stirn schmerzte. Ob er zuviel verlangt hatte? Würde man ihm diesen allergrößten Herzenswunsch abschlagen und ihn statt dessen auspeitschen lassen?

Li Liän-yings Ohr horchte an der Sänfte, bevor er sich Fen-che erneut zuwandte. »Den erlauchten alten Stammvater hat es mit Freude erfüllt, einen so vorbildlichen Sohn kennengelernt zu haben, und er möchte Näheres über seinen Vater wissen.«

Fen-che setzte sich etwas bequemer auf die Knie. »Mein Vater war Oberrichter in Hunan«, begann er und erzählte den Hergang des Schicksalsschlages, der seine ganze Familie getroffen hatte. »Eben vor seiner Hinrichtung habe ich ihn noch retten können, indem ich einen Bettler dazu bewegen konnte, für ihn zu sterben. Seitdem wohnen meine Eltern bei einem Freund, und mein Vater wünscht

sich nichts sehnlicher, als wieder zum Wohle des Volkes arbeiten zu dürfen.« Mit einem vorbildlichen Kotau beendete er seine Darlegung.
Wieder flüsterte die Kaiserinwitwe mit dem Eunuchen.
»Der erhabene Stammvater ist ebenso von Eurer Geschichte wie von dem selbstlosen Wunsch beeindruckt und wird Euch nach Prüfung des Vorfalls morgen seine Entscheidung mitteilen!«
Damit war Fen-che entlassen.

***

Fen-che war glücklich. Er fühlte sich unbeschwert und beflügelt. Es war ihm noch immer unvorstellbar, welche außerordentliche Zuvorkommenheit ihm nicht nur durch die Verleihung der Pfauenfeder, sondern auch durch das kurze Zusammensein mit dem Kaiser zuteil geworden war. Die körperliche Nähe des Himmelssohnes hatte auf ihn zunächst lähmend gewirkt und ihm die Sprache verschlagen, aber durch dessen kindliche Offenheit waren seine Hemmungen dann sehr schnell gewichen. Dabei hatte Fen-che den Jungen nicht einmal als hübsch empfunden, obwohl seine helle Gesichtshaut makellos rein war. Erst später ging ihm auf, was ihn am meisten irritiert hatte: Sein fast göttliches Amt paßte nicht zu dem jungen Menschen, dem unter den höfischen Zwängen keine Gelegenheit gegeben wurde, seine Jugend zu erleben.
Eine seltsame Rührung hatte ihn erfaßt, als der junge Kaiser auf dem Rückweg von den Seen zur Audienzhalle sehr dicht neben ihm gegangen war, seinen Arm umfaßt und so leise gesprochen hatte, daß der vorangehende Li Liän-ying es nicht hören konnte.
»Ich bin meiner alten Mutter so dankbar, mir die außergewöhnliche Freude bereitet zu haben, mich mit einem Fremden unterhalten zu dürfen. Ich glaube, Eure Art hat ihr gefallen, und ich bin überzeugt, daß wir uns hier im Palast noch öfter sehen werden.«
Als der mißtrauische Li Liän-ying sich dann plötzlich umdrehte,

hatte er schnell Fen-ches Arm losgelassen und den Blick schuldbewußt zu Boden gerichtet. Das war der Augenblick gewesen, in dem Fen-che ihn am liebsten umarmt und geküßt hätte, weil er sich plötzlich der Armut des jungen Kaisers bewußt geworden war.
»Wenn der alte, erhabene Stammvater eine Entscheidung getroffen hat, werde ich Euch eine Nachricht zukommen lassen!« waren Li Liän-yings letzte Worte gewesen.
Nun wartete er schon zwei Tage in der Herberge und wagte aus Angst, den Boten zu verpassen, nicht das Haus zu verlassen. Was konnte an der Überprüfung des Urteils so lange dauern? Argwohn und Zweifel lösten einander ab, denn die Unterlagen, das wußte er, befanden sich durch seines Vaters viele Eingaben bereits hier in Peking! Ob man ihn vergessen hatte?
Er freute sich schon auf Yü Yins Gesicht, wenn er ihm seine Erlebnisse berichten würde. Dieses Glücksgefühl schwand sofort, als er an Erika Crawford und van Aacht dachte und an die Folgen seiner raffinierten Vertauschung der vierzig Kisten. Niemand würde ihm beweisen können, daß er etwas damit zu tun hatte, versuchte er die unangenehmen Gedanken zu verdrängen, die wie Unwetter nahe der Sonne standen.
Am Abend des zweiten Tages kam endlich der Bote. Die Wappen des Hofamtes an der Sänfte verrieten seine Herkunft, und jeder auf der Straße ging den Trägern schnell aus dem Weg, um Platz zu machen. Die Sänfte wurde abgestellt, und würdig stieg ein in Blau gekleideter Beamter aus, während die begleitenden Soldaten, Kettenraßler, Ausrufer und Fahnenträger warteten.
Kaum hatte der Hofbeamte die Gaststube betreten, verbeugten sich die anwesenden Gäste respektvoll zum Kotau, obwohl er nur ein niedriger Beamter war, denn kein Stein zierte seinen Hut. Suchend glitten seine Augen über die Köpfe der Leute. »Herrn Lin Fen-che wünsche ich zu sprechen«, sagte er mit schnarrender Stimme und wartete. »Herrn Lin Fen-che!«
Fen-che war von dem endlosen Warten und der schlechten Luft in

der Gaststube müde geworden und hatte sich in seinem Zimmer auf das Bett gelegt und war eingeschlafen. Der Wirt, von Eile und Wichtigkeit getrieben, polterte die Treppe hinauf und stürzte, ohne anzuklopfen, ins Zimmer. Von seiner eigenen Dreistigkeit erschreckt, blieb er mit dem Rücken zur Tür stehen.

»Bitte verzeiht mein ungebührliches Eindringen«, entschuldigte er sich unter vielen Verbeugungen, »ich nahm an, Ihr würdet nicht zu Hause sein, und wollte mich nur vergewissern. Ein Abgesandter vom kaiserlichen Hof hat nach Euch gefragt und wartet unten im Schankraum«, sagte er respektvoll, und vor Freude über die Ehre, die seinem Haus widerfuhr, verbeugte er sich noch einmal.

Fen-che verbeugte sich ebenfalls vor dem Beamten, der die Ehrenbezeugung erwiderte. »Im Auftrag der ehrwürdigen Regentin darf ich Euch ausrichten, daß es für Euch nicht vonnöten ist, nochmals in den Palast zu kommen. Ich habe Euch zwei Briefe zu übergeben«, sagte er und händigte Fen-che die versiegelten Rollen aus. Dann verbeugte er sich noch einmal und ging.

Respektvoll, von den neidischen Blicken der anderen Gäste bedacht, wartete Fen-che, bis der Hofbeamte den Raum verlassen hatte, dann zog er sich im Gefühl seiner Wichtigkeit schwelgend in sein Zimmer zurück. Die Schrift verschwamm vor seinen Augen, und er war bemüht, sich zu konzentrieren. Auf dem Siegel erkannte er Drachen und Phönix: das kaiserliche Wappen. Ein Brief war an ihn adressiert und der andere an seinen Vater. Mit gerunzelten Brauen und mühsam zurückgehaltener Neugier betrachtete er sie und öffnete den an ihn gerichteten. Ein Stück Papier fiel zu Boden. Es war eine Anweisung an den Vizekönig der Provinz Kiangsu, dem Überbringer zehntausend Tael auszuzahlen. Ungläubig starrte er auf das Papier, und sein Herz begann vor Aufregung zu rasen. »Zehntausend Tael«, murmelte er. Wieder verschwamm die Schrift vor seinen Augen, doch diesmal, weil ihm Tränen der Freude über die Wangen liefen. Dann las er den Brief.

»Wir bedauern, daß Euer Vater Lin Nie-fü durch falsche Zeugenaussagen angeklagt und ordnungsgemäß verurteilt wurde. Sein Name ist aus den Archiven gelöscht worden, und es ist Uns nicht vergönnt, ein vollstrecktes Todesurteil rückgängig zu machen. Durch Euer kluges Handeln habt Ihr ihn vor dem Tod bewahrt, doch Wir sehen Uns außerstande, ihn unter seinem alten Namen wieder ins Archiv eintragen zu lassen.

Damit Euch, als sein Sohn, eine besondere Freude zuteil wird, erlauben Wir ausnahmsweise als Zeichen unserer besonderen Huld, daß Ihr die Ernennungsurkunde Eurem Vater selbst überreichen dürft.

Die Fürbitte für Euren Vater hat Unser Herz gerührt, und Wir ernennen ihn in dem beiliegenden Dokument unter dem Namen Lin Bohong zum Landrat in Kiautschou, in der Provinz Shantung.«

Sein Vater hatte wieder ein Amt, und er war derjenige, der ihm die Urkunde überreichen durfte! Wie würde sich Mutter freuen, und erst der Russe! Wie recht er doch gehabt hatte, ihn gegen seinen Willen nach Schanghai zu schicken. »Ich bin ihm unendlich dankbar!« sagte er laut. Ein Landrat war ein Mandarin siebten Grades und den Doktoren der Rechte sowie den Zeremonienmeistern und den Vorstehern der Provinzialregierungskanzleien gleichgestellt. Sein Vater würde von nun an einen massiv goldenen Knopf am Hut tragen dürfen und auf der Galauniform eine Mandarinente. Fen-che dankte allen Göttern, die mitgeholfen hatten, das unverdiente Schicksal seines Vaters abzuwenden, und las weiter:

»Für die Rückgabe des Schatzes, besonders wegen Eurer weisen Entscheidung, ein Verzeichnis angefertigt zu haben, das Uns half, Diebe im Palast zu überführen, legen Wir als Belohnung eine Anweisung bei. Ferner möchten Wir jederzeit auf Eure Dienste zurückgreifen können und ordnen an, daß Ihr Euch zu Unserer Verfügung weiterhin in Schanghai aufhaltet.«

Der Brief trug das persönliche Siegel des Kaisers und das Amtssiegel, den auf dem Kopf stehenden, fünfklauigen Drachen. Fen-ches Herz klopfte noch immer wie wild. Mit verklärtem Gesicht ließ er sich nach hinten auf das Bett fallen und schloß die Augen.
Er hatte mit dem Kaiser gesprochen, die Regentin wollte seine Dienste weiterhin in Anspruch nehmen, und er war reich! Welch unglaublich großes Glück war ihm widerfahren. Nun würde er nicht mehr für andere arbeiten müssen. Er würde auch der einzige Komprador sein, der bei feierlichen Anlässen eine Pfauenfeder trug. Sein Ansehen würde so groß sein, daß sämtliche Kompradoren von Schanghai es eilig haben würden, ihn zum Ersten der ihren zu ernennen. Kein Geschäft würde zukünftig ohne ihn abgewickelt werden, und kein Händler oder Handelsherr würde ein Geschäft abschließen können, wenn er dagegen war.
Fen-che wollte so schnell wie möglich nach Schanghai zurück! Er sah in der Gürteltasche nach, wieviel Geld ihm noch zur Verfügung stand. Dabei wußte er ganz genau, daß der Wert des restlichen Silberbarrens nur noch knapp zehn Tael betrug. Am schnellsten kam er mit einem europäischen Dampfer von Taku nach Schanghai. Doch draußen war es bereits dunkel geworden. Morgen, vertröstete er sich, gleich in der Frühe würde er aufbrechen!
Mit der Sänfte gelangte Fen-che nach Tientsin, wo er nun im Gewirr der unbekannten Straßen nach einem Geldverleiher suchte. Er ließ sich von der Menge drücken und schieben, bis er in die Nähe der Anlegestellen des Flusses gelangte. Hier wurden Waren umgeschlagen, hier kaufte und verkaufte man. Hier wurde oft mehr Geld benötigt, als man zur Verfügung hatte, und suchend wanderte sein Blick über die unzähligen kleinen Buden und Katen. Endlich hatte er das Richtige gefunden. Er war jetzt Träger der einäugigen

Pfauenfeder, hatte ein Vermögen und mußte sich entsprechend verhalten, wollte er seinem neuen Status gerecht werden.
Hinter einem kleinen Tisch saß, eingehüllt in einen dunkelblauen Umhang, ein hagerer Mann mit schütterem, weißem Bart. Er schien zu schlafen, denn er hielt seine Augen geschlossen. Es roch nach abgestandener Luft, nach altem Holz und abgebrannten Räucherstäbchen.
»Ehrwürdiger, uralter Großvater!« sprach Fen-che ihn laut an, um ihn zu wecken.
»Bitte schreit nicht so«, erwiderte dieser mit ungewöhnlich tiefer und sanfter Stimme. »Ich bin nicht taub.«
Fen-che ärgerte sich über sein ungeduldiges Auftreten, wodurch er sein Gesicht verloren hatte. Mit einer Ruhe, die er nicht verspürte, betrachtete er die ausgestellten Münzen auf dem Tischchen, an dem der Alte saß. »Ich will mit dem Dampfer nach Schanghai und möchte mir das Geld für die Überfahrt bei Euch leihen.«
Der Alte räusperte sich ausgiebig und spuckte neben sich in einen Napf. »Ich verleihe kein Geld an Fremde!«
»Befürchtet Ihr, es nicht wiederzubekommen, oder was sind Eure Gründe für die Ablehnung?«
»Wir leben in schlimmen Zeiten! Die Menschen sind nicht mehr so ehrlich wie früher!«
»Alle?«
Endlich öffnete er die Augen. »Alle«, sagte er mit großem Nachdruck in der Stimme.
»Ich kenne zwei Ausnahmen«, versuchte Fen-che ihn neugierig zu machen, doch der Verleiher hatte seine Augen wieder geschlossen. Jetzt durfte er nicht wieder ungeduldig werden! Der alte Geier saß schließlich hier, um Geschäfte zu machen, und er hatte sich seinen Spielregeln zu beugen. Zäh kroch die Zeit durch den Raum. Leise setzte Fen-che sich ihm gegenüber. Endlich gab der Mann nach.
»Und wer?«
»Ihr und ich!«

Ein Ruck schien durch den Alten zu gehen, und er fing glucksend an zu lachen. »Mit mir habt Ihr recht, aber wer seid Ihr?«
Fen-che beugte sich etwas vor. »Bevor ich Euch sage, wer ich bin, möchte ich wissen, wieviel Zinsen Ihr nehmt.«
»Nach Schanghai wollt Ihr? Mein Teilhaber hat sein Geschäft dort. Ich gebe Euch«, er stockte und schien zu rechnen, »achtzig Tael, und Ihr gebt ihm bei Eurer Ankunft in Schanghai einhundert zurück.«
Die Zinsen waren angemessen, doch nun wollte Fen-che sich den Spaß des Feilschens nicht versagen. »In drei Tagen werde ich mit dem Schiff da sein«, rechnete er ihm vor, »und dafür soll ich zwanzig Tael Zinsen zahlen? Das ist Wucher! Höchstens fünf!«
»Wir verlieren uns in Kleinigkeiten. Wer seid Ihr überhaupt?«
»Fünf?«
Der Verleiher schüttelte den gesenkten Kopf und schielte ihn von unten herauf an. »Wer seid Ihr?«
Fen-che lehnte sich zurück und verschränkte die Arme wartend vor der Brust. Aber diesmal gab der Alte nicht nach. »Um Euch zu beruhigen, zeige ich Euch, falls wir uns wegen der Zinsen einig werden, ein Papier, wie Ihr es bestimmt noch nicht gesehen habt«, brachte er das Gespräch wieder in Gang.
Sie einigten sich auf zehn Tael, eine Summe, bei der beider Gesicht gewahrt blieb. Neugierig sah der Verleiher ihm in die Augen.
»Und?«
»Wie bitte?« kostete Fen-che mit leichter Schadenfreude seinen Sieg aus. »Ach so, ja!« Fein lächelnd zog er die Anweisung aus der Brusttasche seiner langen Jacke und schob sie dem Verleiher langsam über den Tisch zu. »Ein schönes Papier, nicht wahr?«
Der Alte nahm es auf, besah es sich endlos lange und legte es zurück. »Ich kaufe Euch die Anweisung für diese Dotierung ab!« Sein Bart zitterte verräterisch.
Fen-che wußte, welch ungeheuren Eindruck die Person hinterließ, die diesen Schein dem Vizekönig vorlegte. Wie ein Lauffeuer

würde sich die Nachricht verbreiten und dem Überbringer alle Türen öffnen, um am Abglanz der kaiserlichen Huld teilhaben zu können. Dieses Papier konnte weitaus wertvoller sein als die Summe, die darauf stand.
»Nicht einmal für das Doppelte«, sagte Fen-che bestimmt.
Der Verleiher nahm die Anweisung noch einmal auf. Jede vorgegebene Gebrechlichkeit war jetzt verschwunden, und besitzhungrig blickten seine Augen Fen-che an. »Also gut. Das Doppelte!«
»Ihr habt so viel Geld?«
»Nicht sofort. In drei Tagen bestimmt! Abgemacht?«
Fast schien es, als ob Fen-che einen Augenblick schwankend würde. »Nein!« Es klang fest und endgültig.
Ein Lächeln des Verstehens huschte kurz über das Gesicht des Verleihers, und er spielte wieder den Gebrechlichen. »Trotzdem danke ich Euch dafür, es mir gezeigt zu haben.« Damit öffnete er eine geheime Lade unter dem Tisch, um ihm das Geld für die Überfahrt und die Adresse seines Teilhabers zu geben.

***

Gleich nach seiner Ankunft in Schanghai sah Fen-che die Abfahrtszeiten der Überseedampfer nach Europa durch. Die ›Oder‹ war vor drei Wochen planmäßig ausgelaufen.
Die alte Ne-Ne brach vor Freude, Fen-che wiederzusehen, laut in Tränen aus und lockte ungewollt mit ihrem Schluchzen den Arzt aus seinem Zimmer. Sichtlich erleichtert, ihn gesund vor sich zu haben, umarmte er Fen-che und schalt ungewohnt laut mit den Dienern, sich schleunigst um das Festessen zu kümmern. »Ist alles gutgegangen?« fragte er, die schluchzende Ne-Ne von Fen-ches Seite schiebend, während er versuchte, sich seine Freude nicht zu sehr anmerken zu lassen.
Es gab zarte, in Fett schwimmend ausgebackene, mit Krabbenfleisch, gebratenem Schweinefleisch, Huhn, Gemüse oder Fisch

gefüllte Reismehlpasteten. Eine gebratene, mit Zuckerwasser glasierte Pekingente, Bambusschößlinge, angekeimte Bohnen und gehackten Seetang. Fen-che hatte lange nicht so gut gegessen, und obwohl er satt war, nahm er sich noch einige kleine, mit süßer Mandelmasse gefüllte Reismondkuchen. Nachdem die Schüsseln, Teller und Stäbchen abgeräumt waren und nur noch der warme Wein vor ihnen stand, beendete Fen-che seinen Bericht über die Erlebnisse und Eindrücke in Peking und im kaiserlichen Palast.

»Ich habe Euch einige Kleinigkeiten mitgebracht.« Bewußt langsam suchte er in seinem Gepäck nach den Geschenken. »Für Euch, Ne-Ne, eine Zedernholzschachtel mit verschiedenen Räucherstäbchen und diesen Seidenschal mit Jadespange, der Euch besonders schmücken wird. Die Spange ist allerdings nicht aus dem Schatz«, fügte er scherzend hinzu und legte ihr das Tuch um die Schultern. Yü Yin hatte er eine kleine Kiste europäischer Zigaretten und einen noch von Seidenpapier umhüllten Fächer mitgebracht.

Genüßlich zündete sich der Arzt eine der Zigaretten an, nahm den Fächer und entfaltete ihn. Er besah sich die kunstvoll gemalten Bilder und setzte sich nach dem ersten Erkennen hastig die Brille auf. Dann fing er lauthals an zu lachen, denn darauf abgebildet waren die klassischen Praktiken der Liebe. Noch bevor die neugierige Ne-Ne nach dem Fächer greifen konnte, schob Yü Yin ihn zusammen und ließ ihn schnell in seinem Ärmel verschwinden.

Während sich die beiden scherzhaft darüber zankten, stellte Fen-che einen Ebenholzkasten auf den Tisch. Wortlos strich er mit den Fingerspitzen über das dunkle Holz. Gespannt sahen ihm die beiden zu. Dann öffnete er den Deckel und gab ihnen den Blick auf den Inhalt in dem mit gelber Seide ausgeschlagenen Kasten frei. Sprachlos blickten sie auf die Pfauenfeder, und als er die Geldanweisung dazulegte, herrschte einen Augenblick lang andächtige Stille im Raum.

Bis spät in die Nacht erzählte Fen-che, und viele Einzelheiten mußte er zwei- oder dreimal beschreiben. Ihre Freudentränen hatte Ne-

Ne längst vergessen, aber der Glanz in ihren Augen, wenn sie Fen-che ansah, blieb.
»Ich muß morgen unbedingt zu meinen Eltern«, trug er seine weiteren Pläne vor. »Morgen früh fahre ich den Yangtse hoch und werde vielleicht in zwanzig Tagen Hanjang erreichen.« Dann bat er Yü Yin, seine Schulden beim Geldverleiher zu begleichen und Mrs. Crawford seine Kündigung zu überbringen. Erst als alles besprochen war, konnte er sich endlich schlafen legen, doch die Eindrücke waren durch die Erzählungen wieder so lebendig geworden, daß er in dieser Nacht keinen Schlaf finden konnte.
Während des Frühstücks änderte er jedoch seine Pläne. »Ich werde selbst zu Mrs. Crawford gehen«, meinte er nachdenklich. »Es ist unangenehm, so plötzlich seinen Dienst zu kündigen, und es soll nicht so aussehen, als ob ich zu feige wäre, selbst zu ihr zu gehen!«
»Dann habe ich ja noch genug Zeit, für deine Eltern ein paar Zimtplätzchen zu backen«, freute sich Ne-Ne. Sie trug ihren neuen Schal, der nun allerdings so zerknittert aussah, als hätte sie ihn über Nacht nicht abgelegt.
Mrs. Crawford, so hieß es, sei nicht im Hause, und man wisse nicht, wann sie wiederkäme. Fen-che durchschritt mißgestimmt sein ehemaliges Büro. Sollte er sie in ihrem Haus aufsuchen? Eine unerklärliche Abneigung hielt ihn zurück. Zu sehr hatte ihn damals ihr plötzlicher Gefühlswandel getroffen, dem nie eine klärende Aussprache gefolgt war. Auch hatte er weder Lust, sich mit anderen Büroangestellten zu unterhalten, noch, sich um die Geschäftspapiere zu kümmern, die sich auf seinem Schreibtisch stapelten. Mißmutig sah er aus dem Fenster zu den Sampans hinüber, die auf dem Wasser dümpelten. Unwillkürlich mußte er plötzlich an Yin Hua denken, und eine freudige Wärme durchflutete seinen Körper. Mit einem Lächeln auf dem Gesicht ging er über den leeren Flur und verließ ungesehen das Haus.
Yin Hua verlieh ihm, wie jedes Mal, wenn er sie besuchte, das Gefühl, als hätte sie nur auf ihn gewartet. Weder fragte sie ihn, wo

er so lange gewesen war, noch machte sie ihm deswegen Vorwürfe. Er empfand es so schön wie immer bei ihr, und insgeheim war er Mrs. Crawford dankbar, sie nicht im Büro angetroffen zu haben.
Fen-che blieb bis zum Nachmittag bei Yin Hua. Sie war begierig zu erfahren, wie die Damen in Peking und besonders am kaiserlichen Hof gekleidet gingen und ob es stimmte, daß die Kaiserinwitwe so lange Fingernägel hatte, wie man sich erzählte.
Später versuchte Fen-che noch einmal, Mrs. Crawford in ihrem Handelshaus anzutreffen. Diesmal hatte er Glück. Unnahbar, aber merklich erleichtert, ihren Komprador wiederzusehen, bat sie ihn in ihr Büro.
»Auf Ihrem Schreibtisch liegen sehr wichtige Import- und Exportaufträge. Wenn Sie vielleicht ...«
Fen-che schüttelte den Kopf, und Mrs. Crawford sah ihn fragend an. »Mrs. Crawford, ich kann nicht mehr für Sie arbeiten! Ich fahre heute noch zu meinen Eltern. Meiner Mutter geht es nicht gut ...«
»Ihrer Mutter?« unterbrach sie ihn. »Wissen Sie überhaupt ...«, doch sie beendete den Satz nicht. Statt dessen erhob sie sich und trat an das geöffnete Fenster.
»Der Arzt sagt, sie wäre überanstrengt. Sie erholt sich nur sehr langsam.« Fen-che war sich nicht sicher, ob das Mrs. Crawford überhaupt interessierte. »Außerdem möchte ich heiraten!« verkündete er ihr plötzlich mit einer Mischung aus Scham und Freude.
Erika Crawford setzte sich wieder. Sie wirkte abgespannt. »Und wie wollen Sie Ihre Familie ernähren?«
Fen-che empfand ihre Frage als zu persönlich, dennoch beantwortete er sie. »Ich werde mich, wenn ich wieder zurück bin, hier in Schanghai selbständig machen und meine Dienste als Komprador selbstverständlich Ihnen wie auch allen anderen ausländischen Firmen anbieten!«
»Dazu gehört neben Vertrauen und Können auch Kapital!«

Fen-che nickte. »Ja, Sie haben recht!«
Sie fuhr mit der gespreizten Hand ungeduldig durch ihr Haar und wischte sich eine Strähne aus der Stirn. Mühsam unterdrückte sie ihren Ärger in der Stimme, weil seine Antwort nicht das preisgegeben hatte, was sie wissen wollte. »Woher wollen Sie das Geld nehmen?« fragte sie nun direkt.
»Darum werde ich mich nach meiner Rückkehr kümmern«, wich er aus und versagte sich den Wunsch, ihr von der Anweisung über die zehntausend Tael zu erzählen.
»Wie Sie wollen«, sagte sie spitz und gab ihm dadurch, daß sie sich erhob, zu verstehen, daß er entlassen war. »Und Ihrer Mutter gute Besserung!«
Noch während er die Tür hinter sich zuzog, hörte er ein leises, unterdrücktes Schluchzen. Vorsichtig öffnete er sie wieder und sah durch den Spalt ins Zimmer. Mrs. Crawford lag mit dem Oberkörper auf dem Schreibtisch und hielt das Gesicht in der Armbeuge vergraben, wobei ihr Körper von Weinkrämpfen geschüttelt wurde. »Mein Gott, womit habe ich das alles verdient!« hörte er sie in ihrer Muttersprache schluchzen. Völlig verwirrt zog er leise die Tür ins Schloß und verließ nachdenklich das Haus.

***

Die lange Reise nach Hanjang schien kein Ende nehmen zu wollen. Fen-che hatte weder ein Auge für die malerischen Höhenzüge, durch die sich der Yangtse Kiang immer wieder seinen Weg suchte, noch eines für die bunten Sampans, die auf dem dahinfließenden Wasser mit hellen Segeln vorbeistrichen, und auch die Fischer, die breitbeinig auf ihren schmalen Booten balancierten und den Kormoranen immer wieder den Fang abnahmen, sah er nicht. Seine Gedanken kreisten einzig um seine Eltern, und mit Freude malte er sich immer wieder ihre überraschten Gesichter aus.
Das russische Teelager in Hiaskan lag unverändert wie vor zwei

Jahren, als er zur selben Jahreszeit nach Schanghai aufgebrochen war. In Hanjang hatte er das Flußboot verlassen und wegen des umfangreichen Gepäcks für die letzten Li einen Pferdewagen gemietet. Der kommende Winter war schon an den sich stark verfärbenden Laubkronen im weichen Nachmittagslicht zu erkennen.

***

Leise betrat er das Hauptgebäude und schlich durch den langen Flur bis zu den Wohnräumen. Gedämpftes Gemurmel verriet ihm, daß er vor der richtigen Tür stand, und er meinte sogar, die Stimme seines Vaters herauszuhören. Behutsam öffnete er sie und trat ein. An einem kleinen, runden Tisch vor dem Fenster saßen sich Malikow und sein Vater beim Brettspiel gegenüber. Vor Erschrecken glaubte er zu spüren, wie sein Herz aussetzte, als er seine Mutter mit blassem, eingefallenem Gesicht angestrengt über eine Handarbeit gebeugt erblickte. Wortlos neigte er sich zum Begrüßungskotau, während ihn die drei überrascht ansahen.
Als erster sprang Malikow trotz seiner Größe behende vom Stuhl und kam ihm mit ausgestreckten Armen entgegen. »Fen-che, welche Freude, dich wiederzusehen!«
Dann stand sein Vater vor ihm und umarmte ihn ebenfalls. »Mein Sohn«, murmelte er leise, »ich kann dir nicht sagen, mit wieviel Freude mein Herz in diesem Augenblick erfüllt ist.« Dann wandte er sich seiner Frau zu. »Unser Sohn ist da!«
Etwas kurzsichtig blickte Qin-lin in seine Richtung, und die ersten Tränen liefen über ihre Wangen.
»Mutter!« rief Fen-che, lief auf sie zu, kniete neben ihr nieder und legte den Kopf auf ihren Schoß, während seine Arme ihren hageren Körper umarmten. »Ich habe Euch so vermißt!« Er spürte, wie ihre Hände über sein Haar strichen und wie sie ihre Stirn an seinen Kopf legte.
Eine Weile kosteten sie das innige Beisammensein aus. Wie sehr

hatte sie ihn vermißt und schon geglaubt, ihn nie wiederzusehen! Er hatte sie nicht vergessen, wie sie insgeheim befürchtet hatte. Seine Liebe zu ihnen war wohl doch größer als die Verlockung der großen Stadt mit ihren zehntausend Vergnügungen und den vielen Europäern.

Sie sah, wie ihr Mann leise die Tür öffnete und den Raum verließ. Mein lieber Alter, dachte sie, ich weiß genau, wie es jetzt in dir aussieht. Du bist stolz auf deinen Sohn, aber dieser Stolz bildet zugleich den Grundstein der Angst, ihn zu verlieren. Dabei ist doch jedes Kind nur eine vorübergehende Leihgabe. Hoffentlich lebe ich noch lange genug, um dich zu trösten, wenn unser geheimer Wunsch nicht in Erfüllung gehen sollte!

Lange blieb Fen-che bei ihr sitzen. Dann nahm er ihre zarten Hände, die wie mit durchsichtigem Pergament bespannt schienen, und küßte sie. »Ich bin so glücklich, Euch zu sehen!« Mit der Welle des überschäumenden Glücksgefühls rannen ihm ebenfalls die Tränen über das Gesicht. Er sah, daß sie viel zu schnell grau geworden war. Grau und alt. All ihr guten Götter, laßt sie schnell wieder gesund werden! Seine Tränen flossen weiter, doch nun waren es Tränen des Schmerzes.

Nun war doch alles anders gekommen, als er es sich vorgestellt hatte. Mit der vorschriftsmäßig am Hut hängenden Pfauenfeder hatte er das Zimmer betreten und sich, genau wie vor der Kaiserinwitwe, zu Boden werfen wollen. Doch die Wiedersehensfreude hatte ihn übermannt, und jetzt kniete er hier, und sein Hals war ihm vor Erschütterung über das verhärmte, eingefallene Gesicht seiner Mutter wie zugeschnürt.

Fen-che küßte noch einmal ihre Hände und erhob sich. Er wischte sich mit dem Ärmel die Tränen vom Gesicht. Malikow stand immer noch an den Kang gelehnt und stopfte sich verlegen eine Pfeife. »Wo ist Vater?« fragte ihn Fen-che, entdeckte ihn aber im selben Augenblick durch das Fenster. Langsam schritt er zwischen den dicken Platanenstämmen durch den Garten. »Ich

habe so viel zu erzählen«, sagte er und wollte ebenfalls in den Garten gehen.
Malikow jedoch vertrat ihm den Weg und legte ihm seinen Arm um die Schultern. »Wie war die Reise?« wollte er wissen.
»Ich möchte zuerst zu Vater!« versuchte Fen-che sich frei zu machen.
Der Russe verstärkte den Druck seiner Hand. »Warte noch, mein Freund«, raunte er, »gib ihm etwas Zeit, sich zu sammeln. Er wird sicher gleich zurückkommen.«
Da war es wieder, wovor er sich insgeheim fürchtete. Wie oft hatte er sich von Malikow sagen lassen müssen, was gut oder besser war. Fen-che mußte alle Kraft zusammennehmen, um sich nicht unbeherrscht loszureißen und hinter seinem Vater herzulaufen. Warum tat Malikow ihm dies immer wieder an? Was wollte dieser Barbar von ihm?
Um seinen Unmut zu verbergen und um dem Russen aus dem Weg zu gehen, holte er das Gepäck ins Haus und begann die Geschenke auszupacken. Noch bevor er fertig war, kehrte sein Vater mit heiterer Miene aus dem Garten zurück.
»Ich habe es mir zur Gewohnheit gemacht, jeden Tag ein paar Schritte zu gehen«, sagte er, um seine Abwesenheit zu entschuldigen. »Warum hast du uns nicht geschrieben, daß du kommst? Du hast doch noch deine Arbeit in Schanghai?« Besorgt blieb sein Blick auf Fen-che ruhen.
Seitdem Lin Nie-fü hier in Hiaskan leben mußte, ohne einen Beruf ausüben zu dürfen, blieb ihm viel Zeit nachzudenken. Zum einen über die Gerechtigkeit und die Lehren des Konfuzius und zum anderen über Gedichte kluger Männer. Seit aber die Aufständischen im Lande immer lauter zum Sturz der verhaßten Mandschus riefen, beschäftigte er sich nicht nur mit deren Ideen, sondern suchte auch die Bekanntschaft ihrer führenden Männer. Besonders beeindruckt hatte ihn ein Mann in Fen-ches Alter aus dem Süden, der unter dem Namen Sun Yat-sen wie von einem inneren Feuer ge-

trieben auf den geheimen Versammlungen gegen die Macht der Mandschus und für sein Programm der Freiheit, Gleichheit und der allgemeinen Liebe kämpfte. Lin Nie-fü war überrascht gewesen, wie der junge Gelehrte seine Zuhörer immer wieder überzeugend in den Bann ziehen konnte. Schließlich war es diesem sogar gelungen, auch ihm über die Ungerechtigkeit des herrschenden Systems die Augen zu öffnen.

»Vater, Ihr braucht Euch keine Sorgen um mich zu machen! Vor Euch steht der glücklichste Mann des Reiches. Ich habe so viel zu berichten, aber zuerst will ich Euch meine in Peking erworbene Auszeichnung zeigen.« Vorsichtig stellte er den dunklen Kasten auf den Tisch und öffnete ihn mit der gleichen Feierlichkeit wie bei Yü Yin.

Sprachlos vor Staunen nahm Lin Nie-fü die Feder entgegen. »Aus Peking hast du gesagt? Wieso aus Peking?«

Dann erzählte Fen-che von dem Schatz, von der Fahrt nach Peking, der Audienz und dem Gespräch mit dem Kaiser und der Belohnung. »Hier ist die Anweisung, die ich dem Vizekönig vorlegen soll«, schloß er seinen Bericht.

Inzwischen war es dunkel geworden, und nur noch der warme Schein der Kerze erhellte ihre Gesichter.

»Das ist unglaublich!« lachte Malikow dröhnend und schlug vor Freude mit der Faust auf den Tisch. »Du hast einen Sohn, auf den du wirklich stolz sein kannst!«

Lin Nie-fü lehnte sich in seinem Sessel zurück und nickte abwesend. Stolz, sagst du, dachte er, jawohl, das kann ich auch sein. Aber hast du mich nicht erst letzte Woche daran erinnert, daß er nicht mein Sohn ist? Du mußt es ihm endlich sagen! hast du mich gedrängt und dann fast drohend gefragt: Oder soll ich es tun? Nein, ich werde es ihm schon sagen, hast du mich gezwungen zu antworten, und du warst beruhigt, doch ich habe dich belogen. Fen-che ist mein Sohn, auch wenn er ein Europäer ist, aber das wirst du nie begreifen!

Qin-lin hüstelte in ein vorgehaltenes Taschentuch. »Mit dem Kaiser hast du gesprochen?« fragte sie ungläubig, »mit unserem erhabenen Herrscher?«
»Er ist noch sehr jung, fast ein Kind«, erklärte Fen-che seiner Mutter und hielt plötzlich erschrocken inne. »Das Wichtigste hätte ich fast vergessen!« Seine Stimme überschlug sich in der Vorfreude, und aufgeregt suchte er nach der Schriftrolle. Endlich fand er sie und nahm vor seinem Vater eine feierliche Pose ein. »Im Namen des erhabenen Stammvaters«, verkündete er mit fröhlicher Stimme, »erlaube ich mir mit meinem persönlichen Glückwunsch, Euch diese Urkunde zu überreichen.« Und mit einer tiefen Verbeugung überreichte er seinem Vater das Schriftstück. Den anderen Brief des Kaisers, der an ihn selbst gerichtet war, reichte er seiner Mutter.
Aschgrau im Gesicht, mit fassungslosem Ausdruck und bebenden Lippen las Lin Nie-fü das Schreiben und reichte es seiner Frau wortlos über den Tisch. Ein Husten quälte sie während des Lesens, und erschreckt mußte Fen-che zusehen, wie das Tuch vor ihrem Mund sich rot färbte. Yü Yin! Der würde sie wieder gesund machen! Er konnte ihr sicher helfen! Wenn sie nach Kiautschou reisten, würden sie ohnehin über Schanghai kommen, dann würde Yü Yin die Krankheit seiner Mutter heilen!
»Ich bin zum Mandarin des siebten Grades ernannt«, erklärte Lin Nie-fü Malikow mit vor Freude zitternder Stimme, »und soll mein Amt noch in diesem Jahr antreten.« Er stand auf und umfaßte den Arm des Russen, als ob er seine Freude auf ihn übertragen wollte. »Ich habe es immer gewußt, eines Tages würde man wieder Männer mit meiner Erfahrung suchen und mich rufen!« Dann lachte er meckernd. »Sie haben den alten Lin Nie-fü aber nicht aufleben lassen wollen«, mokierte er sich, »der bleibt für sie tot. Ich werde in dem Augenblick, in dem ich das neue Amt antrete, offiziell Lin Bohong heißen!«
Der Russe ging zum Schrank und füllte ein Wasserglas mit Wod-

ka. »Das haut mich um«, bekannte er und nahm noch einen Schluck. »Du wirst aufpassen müssen, daß dich dein Sohn nicht eines Tages noch im Rang einholen wird«, scherzte er lachend. Plötzlich erinnerte er sich an die Worte des Wahrsagers, der Fenche damals im Teeanbaugebiet die Zukunft vorausgesagt hatte. Diese Hand, erinnerte er sich noch genau an den Wortlaut, wird ein großes Unheil verhindern, und er wird sich der Gunst des Kaisers erfreuen und zu höchsten Ämtern aufsteigen. Er blickte zu Qin-lin. Ein Herz wird zerbrechen. Welches mochte er damit gemeint haben? Ihres etwa?

Lin Nie-fü war an das Fenster getreten und blickte in die Dunkelheit zu der Stelle, wo die Platanen standen. Wie klug und weise unser Herrscher ist. Durch diesen genialen Schachzug hat er zwei bis in den Tod treue Untertanen gewonnen, und er erinnerte sich zugleich an Sun Yat-sen. Nein, unter diesen Umständen würde er sich von den revolutionären Ideen distanzieren: Sie würden zunächst doch nur Tod und Elend über das Volk bringen, wie jede Revolution.

Qin-lins unentwegtes Hüsteln hörte plötzlich auf. Entschuldigend blickte sie zu den Männern. »Ich bin müde«, sagte sie leise, »aber heute war der schönste Tag in meinem Leben. Vielleicht hat mich das alles zu sehr aufgeregt.« Sie ging dicht an ihrem Sohn vorbei, doch bevor er sich erheben konnte, drückte sie ihn in den Sitz zurück und legte kosend ihr Gesicht an seine Wange. »Ich bin dir so dankbar«, hauchte sie ihm leise ins Ohr. »Laß deinen Vater in dem Glauben, daß sie ihn brauchen. Zeig ihm nicht den Brief des Kaisers an dich!«

Malikows Gesicht strahlte alkoholisierte Glückseligkeit aus. Einfachheitshalber hatte er die Flasche gleich mit zu seinem Sessel genommen, und nun hing er tiefer als sonst in den Lederpolstern. Du hast ein Herz wie Butter, wenn es um deinen Sohn geht, dachte er, den Blick auf seinen Freund gerichtet. Aber ich glaube dich gut genug zu kennen, um zu wissen, daß du es deinem Sohn doch nicht erzählen wirst. Aber damit wirst du einen großen Fehler machen! Wenn ich dir doch nur helfen könnte!

»Ich würde die Anweisung über die zehntausend Tael nicht einlösen«, wandte sich Malikow an Fen-che, »ob du es willst oder nicht, es werden sich sehr schnell Geschichten um das Papier ranken. Woher es kommt, ob es als Belohnung gedacht war, und wenn ja, wofür. Deine Landsleute werden nicht müde werden, sich immer wieder Neues darüber auszudenken, und du wirst dazu schweigen. Schweigen und dir die Geschichten dazu anhören und auf ihre bohrenden Fragen mit einem geheimnisvollen Lächeln antworten. Das wird dich zum bekanntesten Mann des Reiches machen. Besser könntest du das Geld nirgends anlegen!«

Fen-che war dem Russen noch immer gram und wollte nur noch das Nötigste mit ihm sprechen. Vorhin hatte er ihn dadurch zurückgesetzt, daß er ihn beim Verteilen der Geschenke nur mit einer kleinen Aufmerksamkeit bedacht hatte. Das, was Malikow eben gesagt hatte, war allerdings durchaus einleuchtend und richtig. Der Widerstreit seiner Gefühle verunsicherte ihn, denn Malikow hatte ihn und seine Eltern damals mit uneigennütziger Selbstverständlichkeit aufgenommen. Wo wären sie heute, wenn er nicht gewesen wäre? »Ich habe vor, mich in Schanghai als Komprador selbständig zu machen«, sagte er milder gestimmt, »und dazu brauche ich Geld. Aber es wäre mir ebenfalls lieber, wenn ich die Anweisung nicht einlösen müßte, weil ich über diesen Punkt genauso denke wie Ihr!«

Das gerötete Gesicht des Russen verzog sich zu einem verschmitzten Lächeln. »Ich habe vor, unseren Pelzhandel nach Japan auszuweiten. Ich gedenke, im nächsten Jahr an die tausend Weißfuchsfelle und gefragte Rauchwaren in Nippon zu verkaufen. Würdest du diesen Auftrag übernehmen?«

Fen-che überschlug das Geschäft im Kopf. Es würde ihm, grob gerechnet, mehrere tausend Tael Gewinn einbringen, und das Jahr für Jahr. Er würde sich zuerst an japanische Händler wenden müssen;

vielleicht würde er in Japan eine eigene Firma gründen! Er versuchte seine Gefühle in Worte zu fassen und nickte. »Es würde mir eine große Hilfe sein, mit Eurem Wohlwollen rechnen zu dürfen.«

Der nächste Tag begann ebenso schön, wie der letzte verstrichen war. Die angenehmen Temperaturen in der regenarmen Zeit machten das Leben wesentlich erträglicher. In der Aufregung des bevorstehenden Umzugs bildete Malikow den einzig ruhenden Pol, allein schon deswegen, weil sich angesichts der beiden leergetrunkenen Wodkaflaschen seine Lebensgeister noch nicht wieder entfaltet hatten.

Fen-che war sehr früh aufgestanden und hatte verschämt ein zweites Geschenk für den Russen auf den Teewagen neben den Kang gelegt. Er hatte Malikow wohl doch falsch eingeschätzt, und das wollte er nun wiedergutmachen. Außerdem wollte er später mit seinen Eltern über seine Heirat mit Ay-lin sprechen, und da würde die Gunst eines wohlgesonnenen Freundes hilfreich sein.

»Werdet Ihr den Winter über in China bleiben?« nahm Fen-che das Gespräch mit ihm auf, als er ihn allein antraf.

Malikow sah ihn mit geröteten Augen an und reckte sich. »Nein, ich habe Sehnsucht nach meiner Heimat, nach der Weite und der Ruhe.«

Und nach dem japanischen Mädchen, dachte Fen-che. Er nahm das Geschenk vom Teewagen und reichte es ihm. »Ich nehme an, daß Ihr dort durch die Weiten galoppieren wollt. Diese Gerte habe ich in Tientsin gesehen und sofort an Euch gedacht. Gefällt sie Euch?«

Es war eine aus dünnen Lederriemen geflochtene Gerte mit glattem Elfenbeingriff, dessen Ende mit einem zierlichen silbernen Hufeisen abschloß. Während er sie überreichte, zog er schnell den Griff, in den ein kurzer Stoßdegen eingearbeitet war, heraus. »Sie sieht zwar wie ein Spielzeug aus, aber in Gefahr wäre die Überraschung auf Eurer Seite.« Fen-che lachte. »Obwohl ich ja nicht glaube, daß ein bärenstarker Mann wie Ihr jemals in Verlegenheit kommt!«

Lächelnd nahm Malikow die Ledergerte entgegen, dann umarmte er Fen-che ganz plötzlich und küßte ihn links und rechts auf die Wangen. »Damit hast du mir eine große Freude gemacht!«
Vor dem Mittagessen nahm Fen-che die Gelegenheit wahr, seinen Vater beim Spaziergang unter seinen geliebten Platanen zu begleiten. »Bevor Ihr nach Kiautschou umzieht, habe ich noch eine Bitte an Euch!«
Es war erstaunlich, wie sehr Lin Nie-fü sich seit gestern gewandelt hatte. Sein Gang war nicht mehr schleppend gebeugt. Doch das Bedeutsamste war seine veränderte Kopfhaltung: Die Augen blickten nicht mehr ständig zu Boden. »Kann ich dir eine Bitte abschlagen?« fragte er wohlwollend lächelnd.
»Ich möchte Ay-lin heiraten!«
Der Takt ihrer gleichförmigen Schritte wurde unversehens von Lin Nie-fü durcheinandergebracht. »Du willst was?«
Fen-che schoß die Röte ins Gesicht. »Ich möchte heiraten.«
»Aber du wirst doch erst dreiundzwanzig Jahre alt. Du bist doch noch viel zu jung!« meinte er entsetzt und beschleunigte gleichzeitig seinen Schritt, als ob er vor etwas Unbestimmtem davonlaufen wollte. Wie alt mochte sein Sohn tatsächlich sein, fragte er sich, und bei dem unbehaglichen Gedanken, darüber nie Gewißheit zu erhalten, trat ihm der Schweiß auf die Stirn. Egal! wischte er seine Überlegungen fort, auf jeden Fall erschien er ihm noch zu jung. »Deine erste Aufgabe sollte es doch sein, eine Firma zu gründen. Heiraten hat noch Zeit!«
Es gab dem Alten einen Stich ins Herz, das enttäuschte Gesicht seines Sohnes zu sehen. Warum hatte er ihm gesagt, daß er noch zu jung war? Üblicherweise wurde darauf keine Rücksicht genommen, wenn den Eltern eine Verbindung genehm war. Du bist ungerecht, schalt er sich, du denkst zu egoistisch! Während beide wieder in ihren alten Spazierschritt fielen, legte Lin Nie-fü seinem Sohn den Arm um die Schultern und drückte ihn an sich. »Vielleicht ist es doch keine so schlechte Idee«, meinte er versöhnlich.

»Ich werde mit deiner Mutter darüber sprechen, und dann werden wir Ay-lins Eltern offiziell fragen.«
Es kostete ihn große Geduld, mit seinem Vater den Weg langsam weiterzugehen, der sich immer mehr von der Handelsstation entfernte.
»Ich mache mir Sorgen wegen des Deutschen«, nahm Lin Nie-fü das Gespräch wieder auf. »Er wird eines Tages zurückkommen, um sich an dir zu rächen.«
»Es ist völlig unmöglich, daß er darauf kommt, daß ich es war. Den Trick mit den vertauschten Kisten wird er niemals durchschauen!«
»Das nicht, da gebe ich dir recht! Aber jede Kleinigkeit, die am Kaiserhof geschieht, wird in der Zeitung bekanntgegeben. Zum Beispiel, welche Palastdame ihren Rang verloren hat und welche erhöht wurde. Ich bin sicher, daß sie auch für deine Tat eine ehrenvolle Nachricht herausgeben werden. Schon aus dem einen Grunde, weil die Mandschus Vorbilder aus dem Volk brauchen.«
Fen-che war entsetzt. »Aber doch wohl nur in Peking!«
»Nein, diese Zeitung erscheint im gesamten Reich, und es wäre ein unglaublicher Zufall, wenn es die Europäer nicht erfahren würden. Aber noch haben wir Zeit, um uns gegen Überraschungen abzusichern. Ich werde dir dabei helfen!«
Endlich machte er am großen Friedhof halt und ließ seinen Blick über die verstreuten Grabhügel schweifen. »Heute nachmittag wollen wir unseren Ahnen opfern. Wir haben Grund genug, sie mit reichen Geschenken zu beglücken!«

***

Am nächsten Morgen schwang sich Malikow auf sein Kosakenpferd und machte sich auf den Weg in das Dorf Pingho, in dem Ay-lin mit ihren Eltern wohnte. Der Brauch wollte es, daß der erste Schritt zu einer Ehe vom Vater des heiratswilligen Sohnes ausging. Dieser bat eine der Familie zugeneigte Person, als Werber

aufzutreten, um die ersten Kontakte zu den Eltern der Braut herzustellen. Ein Ehrendienst, den Malikow für seinen alten Freund mit großer Selbstverständlichkeit übernahm. Lin Nie-fü hatte ihm eine Karte mitgegeben, auf der der Name Fen-ches und sämtliche Geburtsdaten verzeichnet standen. Jahreszahl, Ort, Tag und Stunde der Geburt waren zur Erstellung des obligatorischen Horoskops ungemein wichtig, und so hatte Lin Nie-fü diese notgedrungen von seinem ertrunkenen Sohn genommen.
Knapp eine Woche später kam Malikow zurück und überbrachte eine ähnliche Karte mit Ay-lins Geburtsdaten, was auf ein grundsätzliches Einverständnis der Brauteltern hindeutete. Weil die vorgeschriebenen dreitägigen Verhandlungen der Familienoberhäupter wegen der großen Entfernung nicht stattfinden konnten, hatte Malikow bei seinem Besuch schon das Wesentliche in die Wege geleitet. Nur auf das Rücktrittsrecht, wenn innerhalb von drei Tagen etwas Unangenehmes passieren würde, wie das Zerbrechen eines Gefäßes, ein Unfall oder ein Unwetter, hatte der Brautvater nicht verzichten wollen.
Malikow war wie ein alter Freund aufgenommen worden, und es kam ihm so vor, als versuchten Ay-lins Eltern ihm gegenüber noch immer jene Schuld abzutragen, die sie meinten, damals durch den Verrat auf sich genommen zu haben. Hocherfreut ließen sie ihn wissen, welche außergewöhnliche Ehre es für sie bedeutete, durch die Vermählung ihrer Kinder eine Verbindung mit der Familie Lin einzugehen.
»Herr Lin ist in unseren Augen eine Ratte!« versicherte ihm Guo Yi-hang, Ay-lins Vater, ehrfurchtsvoll, und wenn der Russe den Volksglauben nicht gekannt hätte, wäre er mit Sicherheit beleidigt gewesen. Schlangen-, Igel-, Fuchs- und Wieselgeister hatten zusammen mit der Ratte das Geheimnis der Unsterblichkeit entdeckt und konnten sich in Genien verwandeln. Diese Tiere vervollkommneten sich über viele Jahrzehnte, bevor sie Unsterblichkeit erlangten. Irgendwann erreichten sie die Fähigkeit, Menschenge-

stalt anzunehmen, und bei besonders klugen oder hervorragenden Persönlichkeiten glaubte man, diese Geister zu erkennen.
Mit Ungeduld hatte Fen-che die Aktivitäten um seine Person wahrgenommen, die leider in anderen Händen lagen und ihn zur Passivität verdammten. Wie gern wäre er mit Malikow zur ersten Werbung geritten, um Ay-lin vielleicht nur aus der Ferne zu sehen. Die Aufregung der ersten Tage und schlaflosen Nächte, nachdem auch seine Mutter dieser Verbindung zugestimmt hatte, wich langsam einer Ernüchterung, die ihn ängstlich stimmte. Er wünschte sich sehnlichst, Ay-lin endlich zu heiraten, aber wie würde es dann weitergehen? Würde sie sich, an das dörfliche Leben gewöhnt, in Schanghai wohl fühlen, und wie würde sich seine berufliche Zukunft gestalten? Immer dann, wenn der Berg des Zweifels zu groß wurde, verdrängte er diese Gedanken. Er konnte ja jederzeit auf das Geld der Anweisung zurückgreifen.
»Wenn Ihr es wünscht, könnten wir schon in zwei Tagen von Hanjang abfahren«, beendete Malikow seinen Bericht als Brautwerber und machte sich weitere Gedanken, wie die Familie Lin so schnell wie möglich nach Kiautschou gelangen konnte. »Ein großer Sampan wird uns nach Schanghai bringen. Wenn es Euch recht ist, fahre ich mit, denn ich habe meinem alten Freund Yü Yin schon lange versprochen, ihn zu besuchen.« Er ließ seine Stimme so unbefangen wie möglich klingen und wagte weder Lin Nie-fü noch Qin-lin anzusehen.
Erleichtert bemerkte er ihre Freude. Ursprünglich hatte er nicht die Absicht gehabt, diesen Umweg zu seiner im Norden liegenden Heimat zu machen. Ebenso wie Fen-che war er von der ärztlichen Kunst Yü Yins überzeugt und empfand es als seine Pflicht, Qin-lin zu ihm zu bringen. Noch immer stand ihm Fen-ches Gesicht vor Augen, als dieser seiner Mutter nach all der langen Zeit zum erstenmal wieder gegenübergestanden hatte. Fen-ches mühsam unterdrückte Bestürzung über ihr krankes Aussehen hatte ihn schmerzlich berührt.

»Aber unser heiratslustiger junger Mann wird dann, was gegen den Brauch verstößt, seine Braut allein aufsuchen müssen«, gab er zu bedenken und zwinkerte Fen-che dabei zu.
Im Gegensatz zu seinen Eltern hatte Fen-che Michails Absicht sofort erkannt und bedachte ihn mit einem dankbaren Blick. Als ob er vor ein paar Tagen seine Gedanken erraten hätte! Außerdem überraschte es ihn, wie geschickt er sein Vorhaben in die Wege leitete.
Ja, mußte Fen-che zugeben, er hatte vollkommen recht. Es entsprach tatsächlich nicht dem Brauch, die Hochzeit bei den Brauteltern zu feiern. Aber die Umstände zwangen sie dazu. Normalerweise kämmte sich die Braut am Tage vor der Hochzeit das erste Mal wie eine verheiratete Frau, um sich am Hochzeitstag verschleiert in einer Sänfte zum Haus des Bräutigams tragen zu lassen. Dort wurden die Brautleute von zwei schon länger verheirateten und mit männlichen Nachkommen gesegneten Personen in den Salon geführt. Dann mußten sie sich vor einem mit Wein, Früchten und einer Räucherpfanne bedeckten Tisch niederknien, um dem höchsten Wesen, das sie erschaffen, der Erde, die sie ernährte, dem Kaiser, der sie beschützte, und den Eltern, die sie erzogen hatten, zu danken. Danach erst wurde die Braut ihrem Gatten, den Mitgliedern seiner Familie und allen Gästen vorgestellt. Insgeheim war er froh, diese Zeremonie nicht über sich ergehen lassen zu müssen, und hoffte auf eine nur bescheidene Feier bei der Familie Guo.
»Wir können die Feier als Familienfest, wenn Ihr Euch von Eurer Krankheit erholt habt, immer noch in Kiautschou nachholen«, versuchte er seine Mutter zu trösten, denn er wußte sehr wohl, wie gern sie bei der Hochzeit ihres einzigen Sohnes dabeigewesen wäre.
Wie er mich versteht, dachte Qin-lin, und ihr Blick glitt aufmerksam über die Tassen, um Tee nachzuschenken. Er war eben doch ihr Sohn! Mochten alle guten und starken Götter verhindern, daß er jemals die Wahrheit über sich erfuhr! Sie nahm sich vor, in

Schanghai in einem Tempel dafür zu opfern. Aber im selben Augenblick, in dem sie an die Hafenstadt dachte, zogen ihr die Gefühle der Angst, diese anstrengende Fahrt bald antreten zu müssen, wie kalte Schauer über den Rücken. Ob sie das wohl schaffen würde? Je mehr sie an den Umzug dachte, desto schneller liefen ihre Gedanken im Kreis und blieben immer wieder bei Nebensächlichkeiten hängen. Als ob die Nachtigall sie von ihrem Käfig aus trösten wollte, begann sie in zarten Tönen zu trällern.

Auch Lin Nie-füs Gedanken beschäftigten sich mit dem Umzug und dem neuen Amt. Wo würde er eine neue Galatracht für seine Amtseinführung bekommen? Auf keinen Fall wollte er mit seiner verschlissenen Kleidung in den Yamen einziehen und hoffte, daß ihm in Schanghai genügend Zeit blieb, sich das Nötigste zu kaufen. Zwei andere Dinge beschäftigten ihn mehr als die nach seiner Ansicht übereilte Hochzeit seines Sohnes: der neue Aufgabenbereich in Kiautschou und der Abschied von Sun Yat-sen. Vor ein paar Tagen hatte er nach der heimlichen Versammlung noch lange mit ihm zusammengesessen und über das neue Mandarinat gesprochen.

»Ich beglückwünsche Euch zu dieser außergewöhnlichen Ehrung!« hatte er mit einer Herzlichkeit gesagt, die er als Rebell gegen das gegenwärtige System eigentlich nicht aufbringen durfte, und für diesen Augenblick war es Lin Nie-fü nicht vergönnt gewesen zu erkennen, ob er es ehrlich meinte. »Im gesamten Reich haben wir Mitstreiter«, hatte er mit einem leidenschaftlichen Feuer in den Augen erklärt, »und je mehr Gleichgesinnte wir in einflußreichen Positionen haben, um so größer wird unser Erfolg sein, wenn wir uns wie ein Mann gegen die Unterdrücker erheben werden.«

Zum ersten Mal in seinem Leben war Lin Nie-fü von seinen Grundsätzen abgewichen. Er, der immer für klare Verhältnisse eintrat, konnte in diesem Augenblick nicht über die Lippen bringen, daß er nach diesem außergewöhnlichen Gunstbeweis der Regentin wieder ein ergebener Beamter des Kaisers sein wollte.

»Ich baue auf Euch!« Sun Yat-sen hatte ihm beide Hände auf die Schulter gelegt und ihn eindringlich, ja beinahe verschwörerisch angesehen. »Männer von Eurem Stand werden die Speerspitze der Revolution bilden, und wenn wir das morsche Regime hinweggefegt haben, werden in unserem Land nur noch Liebe, Wahrheit und Gerechtigkeit herrschen.«

Gerechtigkeit und Wahrheit! Diese Begriffe klangen in Lin Nie-fü nach, und er war bei diesen eindringlichen Worten schwankend geworden. Kämpfte er damals als Richter nicht auch für diese Ideale? Aber besaß die Wahrheit nicht viele Gesichter? Würde sie, wie so oft schon, an die neuen Parolen angepaßt werden? Welche Wahrheit und welche Gerechtigkeit würden nach der Revolution herrschen? Vielleicht wurde nur eine Regierung gegen die andere ausgetauscht, und die meisten Menschen blieben arm wie zuvor. Waren all ihre hehren Ziele angesichts der Größe ihres Volkes überhaupt erreichbar? Wir sind zu viele Menschen, wollte er Sun Yat-sen sagen, doch dessen immer noch verklärtes Gesicht schien eine andere Welt zu sehen, unerreichbar für seine Worte. Zuversichtlich, noch immer vom Nimbus eines Auserwählten umgeben, hatte Sun Yat-sen ihn verabschiedet, und auf dem Heimweg zum russischen Handelsposten kreisten Lin Nie-füs Gedanken noch lange um die Definition von Wahrheit.

***

Es war kein eigentlicher Umzug, mehr eine Reise mit kleinem Gepäck, denn die wenige Kleidung, die sie sich in den letzten beiden Jahren gekauft hatten, paßte bequem in zwei kleine Kisten. Eigene Möbel oder andere Wertsachen besaßen sie seit dem erzwungenen Auszug aus dem Richteryamen von Tschangscha nicht mehr. Aber gerade deswegen konnten sie den Weg von Hiaskan zum Städtedreieck mit zwei Wagen in bemerkenswert kurzer Zeit zurücklegen.

Während sich Fen-che am Anleger in Hanjang von seinen Eltern und Malikow verabschiedete, war er von einer seltsamen inneren Unruhe erfaßt. Das Warten auf Malikows Rückkehr mit der langersehnten Antwort von Ay-lins Eltern, die umständlichen Reisevorbereitungen seiner Mutter und nicht zuletzt die Sehnsucht, Ay-lin endlich wiederzusehen, hatten die letzten beiden Tage nur quälend langsam vorübergehen lassen. Endlich legte das Boot ab, und bald konnte er die winkenden Gestalten zwischen den anderen Booten nicht mehr ausmachen. Doch jetzt, nach dem Abschied und von der elterlichen Obhut befreit, überkam ihn ein Gefühl der Leere. Mit zunehmendem Unbehagen suchte er einen Mietkarren, der ihn nach Pingho bringen sollte.
Aus einer Laune des Augenblicks heraus änderte Fen-che seinen Reiseweg und ließ den Kutscher einen Umweg über Ping-kiang machen. Es erschien ihm selbstverständlich, daß sich hier, wie überall im Reich, nichts verändert hatte. Es war die gleiche lange, staubige Straße durch die Stadt bis zur Missionsschule, und beim Anblick des Hauses der frommen Väter verspürte er sofort die ihm vertraute Atmosphäre. Der prachtvolle Oleander am Eingang weckte in ihm die Erinnerung an Vater Sebastians üppigen Gemüsegarten auf der Rückseite des Gebäudes, und er meinte sogar, die Petersilie, die Zwiebeln und den Knoblauch bis hierher riechen zu können.
Die Schule war geschlossen. Nur vom Andachtsgebäude her drangen einige Liederfetzen bis an sein Ohr. Die Stimme des Singenden kannte er nicht. Das einzige vertraute Gesicht, dem er begegnete, war das des Gemeindedieners, mit dem er nie ein Wort gewechselt hatte, und so versagte er sich die Vertraulichkeit, auf ihn zuzugehen, um nach den Patres zu fragen. Ohne die vertrauten Gesichter der Geistlichen wirkte das Gebäude kalt, und auch der von Vater Sebastian gepflegte Oleander erschien ihm plötzlich als ein Blumenbusch wie jeder andere. Enttäuscht stieg er wieder auf den Wagen und wartete während der Fahrt auf einen Impuls, der ihn

zwingen würde, sich noch einmal umzusehen. Doch der Wagen rollte aus der Stadt, während sein Blick nach vorn gerichtet blieb.
»Bitte haltet hier an!« forderte Fen-che den Kutscher auf.
Der brachte den Wagen zum Stehen. »Soll ich wieder umkehren?«
»Nein, nicht zurück! Bitte bleibt nur hier stehen. Ich will mir die Beine vertreten und komme gleich zurück!«
Fen-che achtete nicht auf das ungehaltene Brummen des Kutschers und durchmaß mit langen Schritten die Wiese bis zum Fluß. War es tatsächlich erst zwei Jahre her, daß er von hier aus am Ufer entlang bis zu dem See gelaufen war? Er blickte zum Wagen zurück. Der Kutscher lag daneben im Gras und räkelte sich in der Sonne. Beruhigt schritt er weiter. Zwei Jahre nur, und dazwischen lagen Welten. Damals schien alles klar und vorgezeichnet gewesen zu sein, doch heute? Jederzeit konnte ein Mann wie Einauge-Fong oder van Aacht kommen, um seinem Leben eine neue Richtung zu geben oder es sogar zu beenden. Nichts war unsicherer als die Zukunft! Aus dieser Erkenntnis heraus mußte er handeln. »Ich lebe jetzt«, sagte er leise. »Doch ich weiß nicht, wieviel Zeit mir noch gegeben ist!«
Vor ihm lag der klare See mit seinem schmalen Schilfgürtel. Die langsam aus westlicher Richtung ziehenden Federwolken versprachen weiterhin gutes Wetter. Er erinnerte sich noch zu gut an seinen verzweifelten Kampf gegen die Seegeister und entdeckte auch den alten Maulbeerbaum, unter dem er gelegen hatte. Irgend etwas plätscherte auf dem See, als wenn Enten einfliegen würden. Erst nach längerem Suchen sah er, was es war, und glaubte seinen Augen nicht zu trauen. Zwischen den Seeroseninseln schwamm Ay-lin, tauchte unter und erschien prustend wieder an der Oberfläche. Von ihr unbemerkt lehnte er sich dicht an einen Baumstamm und beobachtete sie. Die von der Wasseroberfläche gebrochenen Sonnenstrahlen erhellten ihren Körper nur schemenhaft, doch die anmutige Eleganz ihrer natürlichen Bewegungen faszinierte ihn und zog ihn in ihren Bann. Erst als sie auf der anderen

Uferseite aus dem Wasser stieg und er sie nun in ihrer ganzen Nacktheit sah, schämte er sich des Zusehens und versteckte sich hinter den Zweigen.

Je näher sie Pingho kamen, desto nervöser und verzagter wurde Fen-che. Der Wagen rumpelte über eine letzte Anhöhe, und das kleine Dorf lag vor ihnen. Auf den meistenteils abgeernteten Feldern waren die Dorfbewohner damit beschäftigt, die letzten Früchte einzufahren, und irgendwo hoch oben im Himmel trällerte eine Vielzahl an Lerchen ein nie endendes Lied. Nun, da der Weg talwärts führte, wurde der Wagen schneller. Vorsichtig drehte der Kutscher die Bremsen an, die sich knarrend gegen die Räder preßten.

»Zu welchem Haus wollt Ihr, Herr?« fragte er und wies auf die Weggabelung, »welchen Weg soll ich nehmen?«

Aus der Gruppe der Feldarbeiter hatte sich eine Gestalt gelöst und lief auf sie zu.

»Haltet bitte!« wandte Fen-che sich an den Kutscher.

Hastig atmend erreichte Wen-ti den Wagen und sah Fen-che mit strahlenden Augen an. »Wie schön, daß Ihr so schnell kommen konntet«, begrüßte er ihn. »Seid willkommen, unser ganzes Dorf liegt Euch zu Füßen!« scherzte er.

Fen-che war von Wen-tis Herzlichkeit und seiner überschwenglichen Begrüßung angenehm berührt, wenn ihn auch für einen Augenblick die förmliche Anrede irritierte. Denn damals hatten sie sich wie vertraute Freunde geduzt. Lag es daran, daß sie beide inzwischen älter geworden waren, oder daran, daß er in Schanghai wohnte und inzwischen in einem Jahr mehr Geld verdiente als Wen-ti in seinem Leben zu Gesicht bekommen würde? Vielleicht war es nur Höflichkeit, weil sein Vater wieder den Rang eines Mandarins besaß, dachte er und nahm sich vor, die alte Vertrautheit behutsam wiederherzustellen. Steif sprang er vom Karren.

»Ich freue mich auch, Euch wiederzusehen!«

Eine kurze Zeitspanne standen sie sich verlegen gegenüber und wußten nicht, was sie über die ersten Worte hinaus sagen sollten, bis der Kutscher seine Frage wiederholte. »Zu welchem Haus soll ich fahren?«

»Wenn es Euch nichts ausmacht, werdet Ihr bei der Familie Wu wohnen«, sagte Wen-ti. Er schien keine Antwort zu erwarten, denn er zeigte dem Kutscher die Richtung an, in der das Gehöft lag. »Für die Zeit bis zur Hochzeit werden die Wus die Aufgaben Eurer leider abwesenden Eltern übernehmen.«

»Dann wird das Fest wohl über eine kleine Familienfeier hinausgehen?« fragte Fen-che von düsterer Ahnung erfüllt. »Wer wird noch daran teilnehmen?«

»Wir hier auf dem Lande verstehen es besser als die Städter, ein Fest dieser Art noch richtig zu feiern«, behauptete Wen-ti stolz, »und jede Familie unserer Gemeinschaft wird ihr Bestes dazu beitragen. Zwei Tage sind von unserem Wahrsager nach gewissenhafter Überprüfung aller Aspekte für die Vermählung als günstig angegeben worden. Übermorgen oder in neun Tagen. Über das Datum zu entscheiden liegt bei meinen Eltern!«

Eine herkömmliche Hochzeit auf dem Lande, dachte Fen-che. Doch auch das würde vorübergehen, tröstete er sich. »Wann darf ich Ay-lin sehen?« bedrängte er seinen Freund.

Wen-ti schien den Sinn der Frage nicht verstanden zu haben, denn er blickte Fen-che nur nachdenklich an. »Wir wollen so feiern, wie es der Brauch vorschreibt«, erklärte er. »Eure Braut wird Euch erst am Tag der Hochzeit in einer feierlichen Prozession zugeführt, während die Familie Wu die Aufgaben Eurer Eltern übernimmt!«

Jetzt begriff Fen-che endlich, was es mit den Wus auf sich hatte, und schämte sich seiner Gedankenträgheit. »Dann stellt mich jetzt bitte der hilfsbereiten Familie Wu vor!«

Wie Fen-che später erfuhr, war die Familie Wu von schweren Schicksalsschlägen heimgesucht worden. Sie hatten zwei Töchter und drei Söhne gehabt, aber alle bis auf die älteste Tochter waren durch Unfälle oder durch Krankheiten ums Leben gekommen. Im vergangenen Jahr sollte endlich die letzte Tochter heiraten. Während zum festgesetzten Hochzeitstermin das Dorf festlich geschmückt auf den Bräutigam aus der Nachbarprovinz wartete, erreichte die Hochzeitsgesellschaft die Nachricht, daß der zukünftige Gemahl auf der Flucht vor der Polizei von einem Boot in den Yangtse gefallen und ertrunken sei. Vor Gram darüber hatte sich die Braut von allen unbemerkt in den Dorfbrunnen gestürzt und war ertrunken. Noch während das Dorf um sie trauerte, erreichte der Bräutigam mit prunkvollem Gefolge zur festgesetzten Zeit das Gehöft der Wus. Es stellte sich heraus, daß die Nachricht über seinen Tod eine Verwechslung gewesen war, und später auch, daß der Termin des Hochzeitstages durch ein Versehen der Brauteltern von dem Wahrsager für diesen ungünstigen Tag anberaumt gewesen war.

Von alldem wußte Fen-che noch nichts, als er mit feierlichem Kotau die Wus unter ihrem Dach begrüßte.

»Herr Lin, wir hoffen, daß es Euch nicht unangenehm ist, wenn Ihr bis zum Fest bei uns wohnt! Die kleine Ay-lin ist uns so nahe wie die eigene Tochter, und wenn wir die Hochzeit mit ausrichten dürfen, dann ist es für uns so, als ob unser Sohn heiraten würde.«

»Ich bin euch sehr dankbar, daß ihr mir diese ehrenvolle, unverdiente Gunst schenken wollt!«

»Nein, Ihr seid es, der uns beglückt!« winkten die beiden Wus gleichzeitig ab. »Ich zeige Euch jetzt Euer Zimmer, in dem Ihr die Tage über wohnen werdet, und wenn Ihr gleich mit uns beim Tee zusammensitzen wollt, können wir uns näher kennenlernen und, wenn Ihr wünscht, über Euch und Eure Zukunftspläne sprechen.«

Zu seiner Überraschung fand Fen-che in seinem Gepäck das Kästchen mit Ne-Nes Zimtplätzchen, die ursprünglich für seine Mutter bestimmt gewesen waren. Er dankte den Keksgeistern, seinen Blick bisher so erfolgreich von dem Gebäck gelenkt zu haben, und nahm es mit zur Veranda.

»Unsere uralte Ne-Ne in Schanghai«, erzählte er Frau Wu, »backt die besten Zimtplätzchen im ganzen Reich, und sie hat mir empfohlen, wenn ich eine besonders liebe Person treffe, ihr diese zu schenken. Jetzt habe ich sie gefunden!«

***

Erwartungsvoll sah Ay-lin ihrem Hochzeitstag entgegen. Es sollte der schönste Tag in ihrem bisherigen Leben werden. Um für eine glückliche Ehe den alten Gesetzen gemäß alles richtig in die Wege zu leiten, legte sie fünf unter fünf verschiedenen Kaisern geprägte Münzen unter ihr Bett sowie fünf gleichartige zwischen das Bettzeug und hängte fünfundzwanzig kleine Bündel gekochten Reis an das Fensterkreuz. Ein mit rohem Reis gefülltes Gefäß bedeckte sie mit rotem Papier, stellte es auf das Bett und belegte es mit Schere, Spiegel, Geld und fünf Arten Dörrobst, einer Orange, Blumen und einer brennenden Kerze, die, wenn sie durch Zufall verlöschte, Unglück in die kommende Ehe bringen würde und als letzte Warnung gedacht war.
Trotz aller sorgfältig ausgeführten Vorkehrungen, nach denen die erhabenen Götter und Geister hoffentlich besänftigt waren, malte sich Ay-lin mit leisem Unbehagen die Zeit nach der Hochzeitsfeier aus. Sie würde mit Fen-che in ein fremdes Haus in einer fremden Umgebung ziehen müssen. Wie würde sie dort leben? Bisher hatten die jungen Leute aus ihrem Dorf innerhalb der vertrauten Dorfgemeinschaft geheiratet, höchstens bis in eines der umliegenden Dörfer, aber nie so weit entfernt wie nach Schanghai. Nach Schanghai! Eine Gänsehaut lief ihr über den Rücken. Wie konnte man da überhaupt leben? Die größte Stadt, die sie kannte, war Ping-kiang, und sie erinnerte sich noch genau, wie atemberaubend groß ihr der Ort damals vorgekommen war, als ihr Bruder sie das erste Mal in die Mission zu den heiligen Vätern mitgenommen hatte. Unauslöschlich war auch der Schreck für sie gewesen, als sie in dem großen Andachtsraum einem dieser langnasigen, unheim-

lichen Europäer gegenübergestanden hatte, der sie und ihre Landsleute um mehr als einen Kopf überragte und zum Erbrechen ekelhaft roch.
Vielleicht würden sie im Haus seiner Eltern leben. Sein leidgeprüfter, alter Vater war ja für alle unerwartet von der Gunst des Kaisers angehaucht worden und besaß nun ein neues Mandarinat. Aber wo mochte das sein? In der Nähe konnte es nicht liegen, sonst wäre die Hochzeit bestimmt bei ihm gefeiert worden. In der Provinz Shantung, hatte der barbarisch bärtige Russe ihren Eltern erzählt, aber niemand wußte genau, wie weit sie von hier entfernt war und erst recht nicht, wo die Stadt Kiautschou lag. Ihren Schwiegervater kannte sie ja schon, und soweit sie sich erinnern konnte, war er ein freundlicher und liebenswerter Mann. Aber wie würde sie mit ihrer Schwiegermutter auskommen? Bisher hatte sie die Erzählungen über boshafte und selbstgefällige Schwiegermütter, die die Frauen ihrer Söhne aus unerfindlichen Gründen zu quälen wußten, immer mit einem Lächeln abgetan, denn es ging sie ja nichts an. Aber seit ihr eigener Hochzeitstermin feststand, rückten diese Erzählungen unwillkürlich in den Vordergrund und belasteten Ay-lin mehr, als sie zugeben wollte.
Ay-lin wurde am Hochzeitstag durch die erwachsenen Frauen der Familie Guo festlich gekleidet. Das enganliegende, dunkelblaue Kleid mit dem breiten Goldbrokatbesatz reichte bis auf den Boden. Darüber legte man ihr einen knielangen Umhang, der von einem mit Phönixen und bunten Stickereien verzierten Überwurf fast verdeckt wurde und über die Arme und bis zu den Händen reichte. Über die neue Frisur stülpte eine der Frauen eine haubenförmige Kopfbedeckung mit eingearbeiteten, reichverzierten kupfernen Reifen, an denen mehrere bunte Quasten hingen, die ihr Gesicht fast ganz verbargen.
Niemand arbeitete an diesem Tag auf den Feldern, denn es galt als unhöflich, sich dem Brautzug nicht anzuschließen, wenn die Tochter des Dorfvorstehers heiratete. Während der Zug sich langsam

dem Haus der Wus näherte, fielen vereinzelt Regentropfen aus dem grauverhangenen Himmel. Ein besseres Zeichen konnte es nicht geben, waren sich alle Anwesenden einig, denn diese waren die Freudentränen der Götter, die das Paar beweinten.
Vor dem Haus der Wus hatten die jungen Männer des Dorfes einen mit roten Bändern geschmückten Ehrenbogen aufgestellt, und während die Braut aus der Sänfte stieg, knatterten die ersten Feuerwerkskörper, um die bösen Geister von der Feier fernzuhalten. Dann öffnete sich die Haustür, und Fen-che trat ihr in einem schlichten dunkelblauen Umhang entgegen, den nur ein auf der Brust verschlungener silberner Drache und eine über die linke Schulter laufende rote Schärpe zierten.
Wie er sich verändert hatte, waren Ay-lins erste Gedanken. Zwei Jahre hatte sie ihn nicht gesehen. Wo waren seine lieblich weichen Gesichtszüge geblieben? War er schon immer so hager gewesen? Sie versuchte nicht weiterzudenken, sondern konzentrierte sich auf den vorgeschriebenen rituellen Ablauf. Lächelnd schritt sie auf ihn zu, während er sie mit einem tiefen Begrüßungskotau willkommen hieß. Unmerklich stockte ihr fließender Gang, denn als er sich verbeugte, sah sie die von seinem Hut herabhängende Pfauenfeder, von der sie nur wußte, daß sie eine seltene Auszeichnung des kaiserlichen Hauses war. Ihr zukünftiger Mann durfte eine Pfauenfeder tragen! Eine Welle der Freude und des Stolzes durchflutete sie, und unwillkürlich straffte sich ihr Rücken. Zwei Schritte vor ihm blieb sie stehen und verbeugte sich ebenfalls.
Fen-che, von der gleichen Aufregung erfaßt wie Ay-lin, hatte heimlich vom Fenster aus beobachtet, wie seine zukünftige Frau aus der Sänfte gestiegen war, und sah sie noch einmal gedanklich in ihrer grazilen Schönheit am kristallklaren See vor sich. Jetzt in ihrer Hochzeitsrobe erschien sie ihm noch begehrenswerter, und er mußte sein Temperament zügeln, um ihr nicht entgegenzueilen. Statt dessen war er gemessenen Schrittes hinausgegangen, und während er sich vor ihr verbeugte, sah er in Gedanken völlig

unerwartet das sorgfältig zurechtgemachte, auf ihre Art ebenso hübsche, doch vertrautere Gesicht Yin Huas vor sich.
Beide richteten sich zur gleichen Zeit auf, und ihre Augen begegneten sich. Er entdeckte jene unverkennbaren Züge in ihrem Gesicht, die ihm immer noch so vertraut wie damals waren. Es war seine Ay-lin, die Frau, die er so sehnsuchtsvoll begehrte. »Ich freue mich unendlich, Euch wiederzusehen!« begrüßte er sie förmlich, und angesichts ihres dankbaren und herzlichen Lächelns schämte er sich seiner zuvor abgeschweiften Gedanken.
Nach dem festlichen Trauungszeremoniell wurden sie unter lauten Jubelrufen mit Reis beworfen. Heiter und ausgelassen suchte sich jeder einen Platz an den gedeckten Tischen, die zwischen dem Ehrenbogen und dem Haus aufgestellt waren. Zehn Schweine und einige Schafe waren für das Hochzeitsessen geschlachtet worden und brieten duftend über den Holzkohlefeuern. Es war an nichts gespart worden, und ein aus acht Gängen bestehendes opulentes Essen übertraf die Erwartungen der meisten Gäste. Der erste bestand aus Haifischfinnen und Soße aus Flußkrebsen; dann kamen angebrütete Taubeneier mit gedünsteten Champignons, weiter gab es Hühnerfleisch in Hundeschinkenröllchen, Wildente mit Rotkohl, geschmorte Lilienpflanzen in Palmmark zu Trappenragout und unzählige Melonen. Als Krönung der Tafelfreuden wurden auf riesigen Holztellern in gekochtem Mais und mit Rosinen zubereitete Seidenhühner gereicht, die durch ihr dunkles, aber außerordentlich schmackhaftes Fleisch auffielen.
Jeder Gast überbrachte dem Brautpaar nicht nur seine Glückwünsche und Geschenke, sondern war begierig, Fen-che, den großen Geschäftsmann aus Schanghai, näher kennenzulernen und sich mit ihm zu unterhalten. Bezeichnend für die zurückhaltende Höflichkeit der Gäste war, daß niemand auf die Pfauenfeder zu sprechen kam, obwohl sich jeder brennend für den Grund der Ehrung und die dazugehörige Zeremonie interessierte. Nur dem alten Wu hatte Fen-che fast alle Umstände, die zu ihrer Verleihung geführt

hatten, noch vor der offiziellen Feier unter dem Versprechen der Verschwiegenheit anvertraut, um ihm damit nach seiner Abreise eine nicht versiegende Quelle zum Ausmalen und Weitererzählen zu geben.
Den ganzen Abend über gab es reichlich warmen Wein, mit Honig, Zitronensaft und Zimtstangen süffig zubereitet. Erst sehr spät in der Nacht, fast schon am frühen Morgen, gingen die letzten Gäste, und das Brautpaar durfte sich zurückziehen.
Jetzt, da beide erschöpft, doch glücklich endlich allein waren und Hand in Hand in Fen-ches Zimmer gingen, küßte er Ay-lin das erste Mal. Bevor sie sich schlafen legten, bestand sie darauf, die Rapsöllampe zu löschen, um sich entkleiden zu können. Lächelnd horchte er in das Dunkel des Raumes und malte sich nach dem Rascheln der Kleider aus, was sie gerade auszog. Zaghaft wurde die Decke angehoben, und er spürte das Gewicht ihres Körpers neben sich. Langsam kroch ihre Körperwärme zu ihm herüber. Sonst vernahm er nichts. Weder ihren Atem noch die geringste Bewegung.
»Schläfst du schon?« fragte er zögernd in die Stille hinein.
»Nein«, klang es kaum hörbar zurück.
Er rückte so nahe an sie heran, bis sich ihre Körper berührten. »Ich glaube, heute hat es jedem gefallen, und besonders die alten Wus hätten am liebsten noch weitergefeiert! Hast du das auch so empfunden?« fragte er und tastete nach ihrem Kopf.
Wieder antwortete sie nur kurz mit einem Ja.
Zärtlich strich er durch ihr kräftiges Haar und versuchte, sie etwas an sich zu ziehen, um durch zarte Bisse ins Ohrläppchen, wie er es von Yin Hua gelernt hatte und gewohnt war, jene Lust in ihr zu wecken, die sie später gemeinsam zum Höhepunkt bringen sollte.
Doch Ay-lin lag steif und abweisend da und rührte sich nicht.
»Ist dir nicht gut?« fragte er besorgt und vermutete, daß ihr der reichlich fette Hundeschinken nicht bekommen war. Beunruhigt setzte er sich auf. »Soll ich Licht machen?«

»Nein!« sagte sie schnell und bestimmt. »Ich bin nur so müde!«
»Was ist denn?« wollte er, von Yin Huas unnachahmlichem Temperament verwöhnt, wissen. »Willst du denn nicht?«
»Ich bin so müde«, wiederholte sie und hoffte, er würde ihr glauben.
Suchend tastete er mit der Hand unter die Decke und ließ sie einen Augenblick sanft streichelnd auf ihrer kleinen Brust liegen, um sie dann zielstrebig weiter nach unten über ihren flachen Bauch und die stark nach außen gewölbten Beckenknochen wandern zu lassen. Erst als er den Ansatz ihrer Schamhaare erreicht hatte, bemerkte er, daß sie am ganzen Körper zitterte. Erstaunt hielt er inne und zog seine Hand zurück.
»Friert dich?« wollte er wissen, und während er sie sorgsam zudeckte, spürte er ihre verkrampften Hände in der Bettdecke.
»Ich bin nur müde!« wiederholte sie noch einmal.
Verstimmt über ihre Abwehr, legte er sich zurück. Vielleicht war sie wirklich nur müde. Es war auch ein anstrengender Tag gewesen. Er drehte sich auf die Seite und sah in dem hellen Viereck des Fensters den fahlen Halbmond durch die Blätter des Lebensbaumes. Zu Yin Hua durfte er kommen, wann er wollte, und niemals war sie müde. Enttäuscht schlief er ein.

***

Brettspiele bildeten die einzige Abwechslung für Lin Nie-fü und Malikow während ihrer Bootsfahrt nach Schanghai, während Qinlin sich unablässig müder und matter fühlte. Als sie auf ihrem Lager ruhte und dem gleichmäßigen Geräusch der Wellen und dem leisen Gemurmel der Männer lauschte, wanderten ihre Gedanken nach Kiautschou.
Lin Nie-fü hatte ihr schon so oft beschrieben, wo es lag, und sie lächelte, als sie an seine rücksichtsvolle Geduld dachte. Von allem hatte sie nur behalten, daß die Stadt nahe dem großen Meer lag. In

welchem Zustand mochte der Yamen sein, und wie würden sie sich einrichten können? Hoffentlich hatte der Vorgänger wenigstens die Tapeten an den Wänden gelassen! Manchmal bedauerte sie, daß ihr Mann grundsätzlich nicht über Geld mit ihr sprach und sie deswegen nicht wußte, wieviel ihnen zur Verfügung stand. Nur das Geld von Fen-ches Überweisungen an sie hatte er ihr zu ihrem großen Erstaunen zur Verwahrung überlassen. Aber was waren diese Taels schon, wenn man als Mandarin des siebten Grades ein neues Amt antrat. Davon mußten Einladungen an die höherstehenden Beamten bezahlt werden, die dann Gegeneinladungen mit teuren Geschenken zur Folge hatten, und wer etwas auf sich hielt, versuchte den Gastgeber durch ausgefallene Kostbarkeiten zu umschmeicheln. Und dann mußte noch das Yamenpersonal wie Schreiber, Sekretär, Sänftenträger, Eskorte und Hausdiener bezahlt werden.

Hoffentlich werde ich die Kraft aufbringen, um meinem Mann in den ersten schweren Wochen eine gute Stütze zu sein, dachte sie seufzend und hielt die Augen geschlossen, um sich besser auf die Götter der Gesundheit konzentrieren zu können. Was wären sie ohne ihren Sohn! Und bei dem Gedanken, daß er eines Tages erfahren könnte, daß er ein Europäer war, liefen ihr die Tränen über die Wangen. Würde er enttäuscht sein? Von ihnen, weil sie ihn damals ungefragt in ihre Familie aufgenommen hatten, oder darüber, daß er kein richtiger Chinese war? Aber wann hätten sie es ihm sagen sollen, wann? Als er in die Schule kam, erschien es ihnen noch zu früh, aber jetzt schien es wiederum zu spät zu sein. Wo hätte die rechte Mitte gelegen, oder würde es sie vielleicht doch noch geben? Sie flehte alle guten Geister an, sie diesen Zeitpunkt erkennen zu lassen.

Mit dem letzten Licht des Tages verließ das Boot die Flußmitte und ankerte in Ufernähe. Weit genug davon entfernt, um nicht Opfer lauernder Räuber zu werden, aber nahe genug, um die Fahrrinne freizuhalten. Auch hier gab es eine Mitte, seufzte sie während des

Ankermanövers, aber hier konnte man sie sehen. Warum hatten sie sie bei ihrem Sohn nicht erkannt?

***

Die alte Ne-Ne fühlte sich völlig überfordert, als plötzlich Michail Malikow in der Tür stand und Fen-ches Eltern vorstellte. Jeder konnte auf ihrem Gesicht die sich widerstreitenden Gefühle erkennen, wem die Ehre des ersten Grußes zuteil werden sollte. Spontan wollte sie sich zuerst dem Russen zuwenden, aber sie erinnerte sich noch rechtzeitig genug daran, daß sie in Lin Nie-fü einen Mandarin vor sich hatte, und traf mit ungewohnter Schnelligkeit ihre Entscheidung.

Majestätisch langsam trat sie einen Schritt zurück und verbeugte sich mit einer hereinbittenden Geste. »Welche Freude und Ehre, so hohe und liebe Gäste in unseren kahlen Wänden begrüßen zu dürfen.« Dabei verriet ihr freundliches Lächeln nicht im geringsten, wie bestürzt sie über Qin-lins Aussehen war. Sie hatte hier schon sehr viele Patienten kommen und gehen sehen, und auch viele, die unter dieser heimtückischen Krankheit litten, die sie sofort erkannte, und die eines Tages für immer weggeblieben waren. Eine Handvoll, höchstens ein Dutzend von ihnen waren wieder gesund geworden, aber niemand von ihnen hatte je so elend ausgesehen.

Qin-lin war zutiefst erschöpft. Die weitaus höhere Luftfeuchtigkeit in Schanghai setzte ihr besonders zu, und sie bedachte Ne-Ne mit einem dankbaren Blick, als diese darauf bestand, daß sie es sich auf der Liege bequem machen sollte.

»Die Reise muß ja eine Strapaze gewesen sein«, plauderte sie mitfühlend, »ich hätte das nicht überstanden. Aber allen Göttern sei nun gedankt, wir haben ja einen tüchtigen Arzt im Hause.« Sie warf Yü Yin einen auffordernden Blick zu und zupfte ihn am Ärmel, um ihn auf Qin-lins Zustand aufmerksam zu machen.

Überrascht sah er Ne-Ne an und grunzte ungehalten über ihre Einmischung. Selbstverständlich hatte er Qin-lins erbärmlichen Zustand sofort bemerkt und sich in Gedanken schon eine Therapie zurechtgelegt. Doch durfte der erste Schritt zur Einwilligung in eine Untersuchung nicht von ihm ausgehen; der mußte von Qin-lin kommen, wenn sie zu ihm Vertrauen gefaßt hatte.
Yü Yin fuhr sich über die Augen und versuchte sich auf die Gegenwart zu konzentrieren. Nach der höflichen Begrüßung, die durch Ne-Nes Herzlichkeit weit über bloße Förmlichkeiten hinausgegangen war, hatte es den Begrüßungstee mit den dazugehörigen Leckereien gegeben. Währenddessen musterte Yü Yin verstohlen den Russen und war überrascht, wie wenig man ihm die Zeit ansah, in der auch er älter geworden war. Er meinte, sich daran erinnern zu können, wann er ihn zuletzt gesehen hatte. Es mußte fast zehn Jahre her sein. Sie waren Gäste in einem neueröffneten japanischen Freudenhaus gewesen. Sie hatten an diesem denkwürdigen Tag schon mehrere dieser Etablissements besucht und überall reichlich Sake getrunken und befanden sich in heiterer, ausgelassener Stimmung. Beide hatten sich spontan für das gleiche grazile, kirschmundige Mädchen entschieden, und jeder bestand darauf, als erster das Kopfkissen mit ihr zu teilen. Die leutselige Weinlaune war schlagartig in eine scharfe Rivalität umgeschlagen, und nur der ungemein geschickten ersten Dame des Hauses war es zu verdanken, daß sie nicht mit Fäusten ausgetragen wurde. Nach endloser Diskussion hatten sie sich darauf geeinigt, daß jeder eine Nacht mit ihr verbringen und die Konkubine dann darüber befinden sollte, wer der Bessere sei. Kaum war diese Abmachung getroffen, hatten sie sie schon wieder verworfen. Sie wollten diese Gewißheit sofort und baten die erste Dame, verdeckt eine Zahl zwischen eins und hundert aufzuschreiben. Yü Yin lag beim Raten näher und durfte zuerst seine Manneskraft unter Beweis stellen. Später, als die zierliche Japanerin ihren Schiedsspruch fällte, blickte sie beide undurchsichtig lächelnd an. »Ich kann wirklich

nicht sagen, wer von Ihnen der bessere Liebhaber ist, aber soviel kann ich verraten: Keiner meiner Kunden ist schlechter als Ihr Herren!«

Ihre eitle Empörung über dieses verheerende Urteil ließ die beiden Männer zu Recht vermuten, daß die berechnende erste Dame aus ihrem Mund gesprochen hatte, und unerwartet einig beschlossen sie, dieses Haus und erst recht dieses ungebildete und unhöfliche Mädchen zu vergessen.

Jahre später hatte Yü Yin dann zufällig erfahren, daß sein Freund den Vertrag zwischen der Konkubine und der ersten Dame zu einem sündhaft hohen Preis aufgekauft und sie nach der Tee-Ernte in seine russische Heimat mitgenommen hatte.

Ne-Ne holte ihn in die Gegenwart zurück und reichte Qin-lin freundlich lächelnd die Schale mit den Ingwerstäbchen. Er vergewisserte sich, daß seine Gäste gut bewirtet wurden, und schlürfte seinen Tee. »Darf ich Euch zu Eurem klugen und geschäftstüchtigen Sohn gratulieren? Wir haben ihn in unser Herz geschlossen und hoffen, daß er bald zurückkommt. Wie geht es ihm?«

»Er wollte unbedingt heiraten!« konnte sich Lin Nie-fü mit einer leichten Bitterkeit in der Stimme nicht enthalten zu sagen. »Ihr werdet seine reizende Frau ja sicher bald kennenlernen, denn sie wollen hierher nach Schanghai ziehen!«

Yü Yin nickte. »Ich hatte gehofft, ihn zum Arzt ausbilden zu können. Vielleicht wäre er eines Tages erfolgreich gewesen.«

»Aber er wollte nicht!« gab Ne-Ne ihre Meinung dazu. »Dabei ist unser alter Yü wirklich der beste Lehrmeister. Bisher hat er noch jede Krankheit besiegt!«

Yü Yin sah sie strafend an.

»Fast!« verbesserte sie sich. »Ich empfehle Euch, nach dieser anstrengenden Reise einige Stärkungsmittel von ihm zu nehmen, liebe ältere Schwester!« lächelte sie Qin-lin aufmunternd zu. Dabei wußte sie genau, wie scharf sie der strafende Blick Yü Yins träfe, wenn sie ihn jetzt ansehen würde.

»Wenn Ihr etwas für meine Frau hättet«, nahm Lin Nie-fü das Gespräch auf, »wäre ich Euch sehr verbunden. Ihr geht es in letzter Zeit wirklich nicht gut!«
»Ich würde Euch gern behilflich sein. Aber dazu müßte ich Eure Frau zuerst untersuchen.«
»Aber wir wollen doch morgen gleich weiter!« versuchte Qin-lin mit zarter Stimme zu protestieren. »Wir müssen noch den Yamen einrichten und die vielen Besuche ...«
»Ein oder zwei Tage früher oder später, so genau kommt es doch nicht darauf an«, wies Ne-Ne ihren Einwand zurück. »Hauptsache, Ihr kommt wieder zu Kräften!«
»Unter Umständen dauert die Behandlung auch länger«, mahnte der Arzt. »Ich entlasse grundsätzlich nur geheilte Patienten.«
Lin Nie-fü fühlte sich von all der Aufmerksamkeit und Fürsorge bedrängt und suchte nach einem Grund, bald schon weiterzureisen, ohne seine Gastgeber zu kränken. Natürlich hatte er hier die beste Gelegenheit, sich die notwendige Galatracht zu kaufen, aber mehr als zwei Tage wollte er sich nicht aufhalten.
»Gewiß, meine Frau fühlt sich nicht besonders, aber von hier aus ist es nur noch eine Seereise von zwei oder drei Tagen, und dann hat sie Zeit genug, sich zu erholen.« Wenn sie erst in Kiautschou wären, würde er aus Dankbarkeit über die Schicksalswendung ein großes Opfer bringen. An Geld mangelte es ihm im Augenblick nicht, da ihm Malikow einen großzügigen Kredit gewährt und außerdem die Abfindungsformalitäten mit den Eltern seiner neuen Tochter geregelt hatte. Dankbar suchten seine Augen die des Russen. Er war erstaunt, daß dieser seinem Blick auswich.
»Ich wäre Euch zu größtem Dank verpflichtet, wenn Ihr uns in Eurem prächtigen Haus für zwei Tage beherbergen könntet«, sagte Lin Nie-fü vorsichtig, »aber länger wollen wir Eure Gastfreundschaft auf keinen Fall in Anspruch nehmen.«
»Davon kann keine Rede sein!« wehrte Yü Yin heftig ab. »Eure verehrte Frau wird nach meinem besten Können behandelt!«

Schlagartig wurde Lin Nie-fü klar, daß er in eine Falle gelaufen war. Er blickte nachdenklich zu Malikow hinüber. Deswegen konnte er ihm nicht in die Augen sehen! Er hatte die Behandlung von Qin-lin schon bei ihrer Abreise aus Hanjang geplant. Wurde er alt, oder war er nur aus der Übung? Ihm fiel keine befriedigende Entgegnung darauf ein. Nun saß er da und schwieg.
Wie hatte er früher, ohne daß es jemand bemerkte, die Menschen nach seinen Wünschen manipuliert. Heute dagegen hatte ihm sein Freund eine Lektion erteilt. Und er hatte recht. Qin-lin sollte sich wirklich einmal gründlich untersuchen lassen. Vielleicht war es doch etwas Ernsthaftes, und je länger er darüber nachdachte, desto mehr fand er sich mit dem Gedanken ab. Ja, mehr noch, er ärgerte sich über seine Eitelkeit, die ihn dazu gedrängt hatte, so schnell wie möglich wieder zu Amt und Ehren zu kommen. Doch das neue Mandarinat konnte warten. Das Jahr war schließlich noch längst nicht vorüber.
»Wenn Ihr als Arzt darauf besteht, werde ich mich selbstverständlich Eurem Urteil beugen!« gab er lächelnd nach, und seine zufriedene Miene zerstreute Qin-lins Gewissensbisse, daß er das Amt nun erst später antreten konnte.
Yü Yin untersuchte sie außerordentlich gründlich. Immer wieder ließ er sich durch verschiedene Pulsfühlungen seine Vermutung bestätigen, bis er ganz sicher war: Qin-lin litt an einer Auszehrung, deren Zentrum sich in der Lunge befand.
»Es ist eine klassische Krankheit«, machte der Arzt den Lins deutlich. »Um sie zu begreifen, müssen wir uns davon abwenden, den Menschen als Mittelpunkt der Schöpfung zu betrachten. Wir sind nur ein winziger Teil, und zum Ganzen gehören ebenso die Gestirne, die Erde, Pflanzen und Tiere. Alles ist durch unsichtbare Fäden miteinander verknüpft. Befindet sich alles im Gleichgewicht, unterstützen sich die Kräfte gegenseitig, und das Leben blüht. Nehmen wir einen bewaldeten Hügel, in den der Blitz einschlägt. Ein Teil des Waldes verbrennt. Der Regen spült den

fruchtbaren Boden in den Fluß, und zurück bleibt eine Wunde, die entweder selbst oder durch unsere Unterstützung heilen kann oder sich ausbreitet und den übrigen, gesunden Wald langsam vernichtet.«

»Wie kann man dieses Beispiel auf meine Frau übertragen?« unterbrach Lin Nie-fü die Ausführungen des Arztes.

»Der Wald gibt uns gesunde Luft zum Atmen. Je weniger Wald vorhanden ist, desto weniger Luft haben wir zur Verfügung. Beim Menschen sitzt dieser Wald in der Brust, und mit jedem Atemzug gibt er die Luft an den Körper weiter. Bei Eurer Frau ist dieser Wald erkrankt, und unsere Aufgabe ist es, ihn gemeinsam wieder aufzubauen, obwohl ich dazu sagen muß, daß es kein einzelnes Mittel dafür gibt, sondern viele, scheinbar nur nebensächliche Anwendungen, die zum Erfolg führen können.«

»Können?« fragte Lin Nie-fü entsetzt, »ist es denn wirklich so schlimm?«

»Es ist eine Krankheit, die sehr viel Geduld erfordert und die auch vor den Reichsten und Vornehmsten unseres Landes nicht haltmacht.«

»Geduld«, fragte Lin Nie-fü beunruhigt, »heißt das ...?«

»Was sind zwei, drei oder fünf Jahre, wenn Eure Frau danach wieder zu neuem Leben aufblüht?«

Lin Nie-fü lehnte sich zurück und fuhr sich mit der Hand über die Augen. Was sollte nun werden? Er mußte nach Kiautschou. Er wollte nicht länger zu jenen gehören, die nur am Rande der Gesellschaft lebten. Helft mir, ihr Götter! »Kann meine Frau mich nach Kiautschou begleiten?«

»Nein, auf keinen Fall. Frühestens in einem Jahr könnte sie nachkommen! Wahrscheinlich später!«

»Aber wie ...?«

»Ihr werdet Euer Amt ohne Eure Frau antreten. Damit müßt Ihr Euch abfinden.«

Lin Nie-fü bedauerte nun zum ersten Mal, kein Seitengemach zu haben. Zwar war eine Nebenfrau nie so angesehen wie eine Ehefrau, doch in diesem Fall hätte sie die Repräsentationspflichten übernehmen können. Wer weiß, grübelte er, wozu das alles gut war. Vielleicht war auch dieser Schicksalsschlag eine Prüfung, die ihm von höherer Seite auferlegt worden war.

Am nächsten Tag begann Yü Yin mit der Behandlung von Qin-lin. Er verbrannte einige getrocknete Heilkräuter in einem Schröpfkopf, um die Luft in der Glocke zu erwärmen. Nachdem die richtige Temperatur erreicht war, leerte er ihn und setzte ihn unter dem Schulterblatt seiner Patientin an. Während des Abkühlens entstand unter dem Schröpfkopf eine blutgefüllte Blase. Er nahm den Schröpfkopf wieder ab, untersuchte das Blut und bestrich die Wunde mit einer Salbe.

Nach den gewonnenen Ergebnissen stellte er eine Liste von Heilmitteln zusammen. Jeden Morgen mußte Qin-lin auf nüchternen Magen einen Extrakt aus Ginsengwurzeln und drei Löffeln Sesamsamen sorgfältig kauend zu sich nehmen. Von Tag zu Tag reichte Yü Yin ihr weitere Stärkungsmittel wie Kornelkirsche, Klette, echten Kalmus und eine Magnolienart. Um ein Ausbreiten des Krankheitsherdes zu vermeiden, wurde jede Speise zur Eindämmung irgendwelcher Erreger mit reichlich Knoblauch gewürzt. Zur Bekämpfung der eigentlichen Krankheit verordnete er Meerträubel, Shan-tzu-ku, eine eßbare Tulpe, und dreimal täglich warm mit Wein vermischten frischen Knabenurin.

Damit Qin-lin die nötige Ruhe genießen konnte, bestand Yü Yin auf einen Umzug in das Haus einer befreundeten Witwe, die am Stadtrand wohnte und sich durch Krankenpflege etwas Geld verdiente.

Seit der Behandlung waren Qin-lins Kräfte, ganz wie erwartet, zusammengebrochen. Jetzt, da sie sich in helfender Hand wußte, hatte die langanhaltende Anspannung, nicht aufgeben zu dürfen, nachgelassen, und sie mußte langsam lernen, sich auf die Heilung zu konzentrieren. Ein Zustand, der einer Apathie sehr nahe kam.

Lin Nie-fü besuchte sie, um sich vor seiner Weiterreise nach Kiautschou von ihr zu verabschieden.
Mit vorbedachter Unbeschwertheit setzte er sich zu ihr auf die Bettkante, nahm behutsam ihre Hand und streichelte sie, während er sprach. »Ich glaube, es ist ganz gut, wenn ich erst allein fahre, denn dann kann ich mich auf die Arbeit konzentrieren. Schließlich bin ich etwas entwöhnt«, meinte er mit einem Lächeln. »Dann kommen unsere Kinder ja auch bald hierher, und wenn du noch eine Weile bleibst, sind sie nicht ganz so allein!«
Sosehr Qin-lin sich auch bemühte, wach zu bleiben, um den Worten ihres Mannes zu folgen, brachte sie nur ein gleichmütiges Lächeln zustande. Müde hielt sie die Augen geschlossen und schlief immer wieder ein.
Alle Farbe wich aus Lin Nie-füs Gesicht. Würde sie je wieder gesund werden? Und wenn nicht, würde das den Zerfall seiner Familie bedeuten? Vor zwei Tagen war Michail Malikow weitergereist, Fen-che stand im Begriff, eine neue Familie zu gründen, und mußte in Schanghai bleiben. Er hob ihre Hand an seinen Mund und küßte sie.
Der Südwind, der seit gestern mittag für diese Jahreszeit ungewöhnlich feuchte und warme Luft herangeführt hatte, hatte sich gelegt. Das Atmen fiel ihm schwer, und sogar die ewig summenden Fliegen waren träge und blieben sitzen, wo sie sich gerade befanden. Er mußte alle Kraft zusammennehmen, um die Gedanken an den Tod zu verdrängen. Seine neue, seidene Jacke klebte ihm am Körper, und er sehnte sich nach einem erfrischenden Bad. Zart strich er mit der Hand über ihre feuchte Stirn, nahm zum Abschied behutsam ihren Kopf in beide Hände und küßte ihre Augen.
Jeden Tag zur gleichen Stunde kam Yü Yin in das Haus der Witwe, um nach Qin-lin zu sehen. Ihr ruhender Körper verlangte nur wenig Nahrung, aber dieses Wenige mußte ausgewogen und gehaltvoll zugleich sein.
Aus einem besonderen, mit dünnen Bleiplatten ausgeschlagenen

Kästchen legte Yü Yin fünf getrocknete und geriebene, zu kleinen Kegeln geformte Heilkräuter bereit. Dann schnitt er frische Knoblauchzwiebeln in dünne Scheiben und durchbohrte sie mit einer schlanken Silbernadel. Nun legte er eine Scheibe auf eine sorgsam ausgesuchte Körperstelle und darauf einen Kegel. Vorsichtig hielt er einen brennenden Kienspan an dessen Spitze, bis der Kegel anfing zu glimmen. Sorgfältig achtete er darauf, daß die Haut durch die Hitze nicht gereizt wurde, sondern stets eine gleichbleibende, angenehme Wärme erfuhr. Nach einigen Minuten tauschte er die ausgetrocknete Knoblauchscheibe gegen eine frische aus, bis der Kegel abgebrannt war. Daraufhin wiederholte er die gleiche Prozedur an anderen Körperstellen, immer sorgsam darauf bedacht, daß Qin-lin dazu eine bestimmte Körperhaltung einnahm.

Aus den Augenwinkeln beobachtete er aufmerksam ihr entspanntes Gesicht. Von der rituellen Handlung ging eine hypnotische Wirkung auf sie aus, die ihre Iris vergrößerte und die erhoffte doppelte Wirkung anzeigte. Er war zufrieden. Morgen, nahm er sich vor, würde er statt Knoblauch Salz nehmen zum Ausgleich des Energiemangels und dann vielleicht einmal in der Woche Ingwerscheiben als Unterlage zur Stärkung des allgemeinen Wohlbefindens.

***

Ay-lin saß auf dem kleinen, engen Achterdeck des Sampans, ließ spielerisch eine Hand durch das Wasser gleiten und beobachtete die silbernen Wellen. Morgen würden sie endlich Schanghai erreichen. Trotz ihrer Abneigung gegen diese Stadt war sie neugierig darauf. Fast hätte sie die Reise gar nicht miterlebt, denn während ihrer ersten gemeinsamen Nacht auf diesem Boot hatte sie beschlossen, sich noch vor dem Morgengrauen in den Yangtse zu stürzen.

Dabei waren die zwei Tage, die sie als Ehepaar noch in Pingho

verbracht hatten, so harmonisch und friedlich verlaufen. Von jeder Familie des Dorfes hatten sie sich persönlich verabschiedet und noch einmal für das Gelingen des Hochzeitsfestes gedankt, um dann in aller Frühe des letzten Tages nach Hanjang aufzubrechen.
Wen-ti hatte trotz der vordringlichen Feldarbeit darauf bestanden, sie mit dem Pferdewagen zum Anleger zu bringen. Nachdem er ihnen in die Hand versprochen hatte, sie so bald wie möglich in Schanghai zu besuchen, verabschiedeten sie sich. Ay-lin war stolz darauf, beim Abschied nicht geweint zu haben, auch dann nicht, als das Boot in die Fahrrinne trieb und der erste Flußbogen die Sicht zu ihrem winkenden Bruder versperrte. Es war alles so aufregend gewesen: Die vielen Menschen in Hanjang, die prächtigen, großen Häuser, die unzähligen Boote auf dem breiten Fluß und das Abenteuer, von einem unbedeutenden Dorf an der Seite ihres Ehemannes in eine der größten Städte des Reiches zu reisen.
Diese Freude hatte aber nur bis zum Schlafengehen angehalten. Wie in der ersten Nacht war Fen-che ihrer Ansicht nach viel zu dicht an sie herangerückt, und nachdem er sie immer wieder aufdringlich gestreichelt und mit Küssen bedeckt hatte, hatte er sie gegen ihren Willen genommen. Später, als er schon längst schlief, pulste der Schmerz noch immer durch ihren Körper, und gefangen zwischen Wut und Scham hatte sie sich vorgenommen, ihrem Leben ein Ende zu setzen. Ein weiteres Mal wollte sie so etwas nicht über sich ergehen lassen!
Aber sie hatte die Gelegenheit verschlafen und erwachte erst, als Fen-che mit dem Frühstück neben ihrer Schlafmatte kniete. Ausgelassen erzählte er ihr während des Essens heitere, amüsante Geschichten, denen sie mit trotzigem Schweigen zuhörte, bis er sie, ganz gegen ihren Willen, doch noch zum Lachen brachte. Damit war der Bann gebrochen, und für die weitere Reise blieb Fen-che der aufmerksamste Ehemann, den sie sich wünschen konnte.

Die letzten Stunden ihrer Flußreise waren inzwischen angebrochen, und Fen-che lag still und zusammengerollt auf seiner Matte. Ay-lin lauschte seinen gleichmäßigen Atemzügen und sehnte sich plötzlich nach seinen streichelnden Händen.
»Che!« rief sie ihn in der Dunkelheit bei seinem Kosenamen, »mich friert etwas. Würdest du mich wärmen?« Sie sah schemenhaft, wie er seine Decke hob, und huschte schnell zu ihm hinüber.

SIEBTES KAPITEL

Einmal im Jahr veranstalteten die Kompradoren in Schanghai das ›Fest des Kaufmanns‹. Diese Zusammenkunft erfreute sich großer Beliebtheit, denn ebenso wie die Kompradoren hier untereinander ihre Kontakte pflegten, taten es die geladenen Gäste, unter denen sich besonders die Journalisten hervorhoben. Aber auch an kleine Gruppen wie an die Mandarine der Stadt, Vertreter der Reedereien, den Feuerwehrverband, Beamtenaspiranten, den Verein für verlassene Leichen und den Bettlerverband ergingen Einladungen, die gern angenommen wurden.
Für das diesjährige Fest gab es besonders viele Interessenten, denn jeder hatte etwas von Lin Fen-che gehört oder gelesen und wollte ihn persönlich kennenlernen. Nachdem zuerst die offizielle Pekinger Zeitung über die Rückführung des Schatzes aus der schmachvollen Zeit, in der durch Barbarenhand der Sommerpalast in Flammen aufgegangen war, berichtet hatte, brachte die Schanghaier Tageszeitung keine weiteren Vermutungen und Gerüchte. Über die Verleihung der Pfauenfeder und die Belohnung für die Treue zum Kaiserhaus wollte die Zeitung erst nach einem persönlichen Gespräch mit Herrn Lin Fen-che berichten. Weiter warf die Zeitung die Frage auf, wer wohl dieses Jahr gewählt werden würde, um die Zunft der Kompradoren als Vorsitzender anzuführen, und stellte im gleichen Artikel scheinheilig die Frage, ob je einem Komprador die Ehre zuteil geworden war, eine Pfauenfeder verliehen bekommen zu haben.
Zu dem Fest hatte, wie jedes Jahr, der Präsident des Reitklubs, ein Halbchinese namens Stuart, geladen. Sein Vater, so erzählte man

sich, war Seemann und kam von den Britischen Inseln, während seine Mutter angeblich eine einfache Zofe gewesen war. Bis auf den kräftigen Körperbau überwog sein asiatisches Aussehen. Gern suchte er die Gesellschaft reicher, einflußreicher Leute und kleidete sich mit Vorliebe europäisch.

»Herr Lin, herzlich willkommen!« hörte Fen-che eine tiefe Stimme hinter sich, und noch bevor er sich umdrehen konnte, klopfte ihm jemand auf die Schulter. »Man hört ja allerhand von Ihnen. Alle Achtung, das mit dem Schatz wird Ihnen keiner so schnell nachmachen!«

Fen-che unterdrückte den Impuls, die Hand abzuschütteln, die wie zufällig auf seiner Schulter liegengeblieben war. Er hatte Stuart noch nie gesehen, aber nach allem, was er von ihm wußte, mußte er es sein.

»Guten Abend, Herr Stuart!« erwiderte er die Begrüßung zurückhaltend. »Es war sehr freundlich von Ihnen, mich einzuladen!« Und mit dem Schatz, dachte Fen-che, hatte er vollkommen recht. Es war nicht nur geschickt, sondern auch gut durchdacht gewesen, und er war schon nach wenigen Augenblicken davon überzeugt, daß sein Gegenüber weder über die Intelligenz noch über das nötige Pflichtbewußtsein für eine solche Tat verfügte. Das Gefühl, von Leuten dieses Schlages abhängig zu sein, bedrückte ihn, und er sehnte sich nach einer Unabhängigkeit, die es ihm erlauben würde, sich seinen Umgang selbst auszusuchen.

»Kommen Sie, ich mache Sie mit einigen wichtigen Leuten bekannt!«

Von diesen Leuten, denen er im Laufe des Abends vorgestellt wurde, ragte nur einer aus der Masse hervor: Richter Kia, ein Mandarin, der Fen-che sehr an seinen eigenen Vater erinnerte, ein stiller, unscheinbarer, kluger Mann, der nur hier zu sein schien, um einen Überblick über jene Männer zu behalten, die er in seinem Bezirk für wichtig hielt.

»Ihr seid heute ein begehrter Mann«, meinte Kia lächelnd, »jeder

interessiert sich für Eure Heldentat, und es wird keinen in der Runde geben, der nicht etwas neidisch auf Eure Feder sieht.«
»Ich habe nur Glück gehabt!« wehrte Fen-che bescheiden ab.
Kias Blick blieb auf Fen-che gerichtet. »Glück brauche ich auch«, nickte er, »und darüber hinaus auch Eure Hilfe!«
Fen-che glaubte plötzlich eine unheilvolle Spannung im Raum zu spüren, obwohl der Richter in normalem Tonfall gesprochen hatte. Mit großem Unbehagen wartete Fen-che höflich auf eine weitere Erklärung des Richters.
»In einer großen Hafenstadt geschehen viele verbotene Dinge«, fuhr dieser etwas umständlich fort, »und dazu gehört unter anderem der Schmuggel mit Opium. Durch einen glücklichen Zufall habe ich den Drahtzieher festnehmen können.«
»Aber dann braucht Ihr meine Hilfe doch nicht mehr!«
»Doch, denn meine beiden einzigen Zeugen gegen ihn sind sehr plötzlich verstorben«, legte er ihm dar, »und einer dieser Zeugen hat noch aussagen können, daß man auch Euch für den Opiumschmuggel gewinnen wollte. Wenn Ihr mir das bestätigt, könnte er endlich zum Tode verurteilt werden!«
»Wer ist es?« Fen-che ahnte seinen Namen, noch bevor Kia ihn nannte.
»Sein Name ist Fong, auch Einauge-Fong genannt!«
»Reichen Sie unseren Helden auch mal weiter«, platzte Stuarts unangenehme Stimme in ihren Dialog, »wir sind alle sehr neugierig!«
Mit gespielter Empörung, die Fen-che voller Dankbarkeit für die willkommene Störung in diesem Augenblick nicht empfand, versuchte er Stuart seinen Ärger über die unhöfliche Unterbrechung des Gesprächs spüren zu lassen; schon allein um Kia zu zeigen, was er von Stuart hielt.
»Er wird Euch gleich zur Verfügung stehen«, kam ihm Kia zuvor. Erst als sie wieder ungestört waren, nickte er Fen-che zu, ohne die Frage erneut zu stellen.

»Einauge-Fong«, wiederholte Fen-che langsam und überlegte, was dem Richter wohl zugetragen worden war. Vermutlich nur, daß er das Deck seiner Dschunke betreten hatte und danach an Land zurückgebracht worden war, denn niemand war Zeuge dieser Unterhaltung gewesen. »Ja, ich erinnere mich«, gab er zu und hoffte, daß der Richter ihm mehr erzählen würde, doch Kia brach das Gespräch unerwartet ab.

»Hier ist nicht der richtige Ort für ein solches Gespräch«, sagte er, »kommt bitte morgen vormittag in meinen Yamen, dann werden wir uns in aller Ruhe weiter darüber unterhalten!«

Fen-che war froh, Zeit gewonnen zu haben, und nickte. »Morgen vormittag«, bestätigte er mit flüchtigem Lächeln, während er im Hintergrund immer wieder seinen Namen rufen hörte und die meisten Gäste anfingen zu klatschen. Langsam ging das Klatschen in einen Rhythmus über und wurde heftiger.

»Das Volk will seinen Helden feiern«, flüsterte Kia, »enttäuscht es nicht!«

Mit ausgestreckten Armen kam Stuart auf Fen-che zu, legte ihm in abstoßend jovialer Weise noch einmal den Arm um die Schultern und führte ihn mit sanftem Druck in die Mitte des Saales.

»Inzwischen ist die Frage nach dem diesjährigen Vorsitzenden der Kompradoren aufgeworfen worden«, dröhnte er laut in Fen-ches Ohr, um sich auch bei den übrigen Gästen Gehör zu verschaffen, »und immer wieder hat man nur Ihren Namen vorgeschlagen, Herr Lin. Sind Sie bereit, Ihren Kollegen die Ehre zu erweisen und ihrem Wunsch nachzukommen?«

Für einen kurzen Moment blickte Fen-che in das höflich lächelnde, maskenhafte Gesicht des etwas abseits stehenden Richters. Was mochte er von ihm halten, fragte er sich. Er gehörte sicherlich zu den Vertretern alter Traditionen, die die Wertigkeit der Kaufleute am unteren Ende der Machtpyramide sahen. Sicher wußte er von seinem ersten Staatsexamen und daß sein Vater ein Kollege von ihm war. Und bestimmt wußte er auch von dem Unheil, das seinem

Vater widerfahren war, und hatte vielleicht auch schon über geheime Kanäle von Vaters neuer Ernennung gehört!
Sein Blick wanderte weiter. Viele Anwesende kannte er, und viele Gesichter nickten ihm herzlich zu, während andere nur höflich lächelten. »Es bedeutet eine große Ehre für mich, von den hochgeschätzten und tüchtigen Kollegen für dieses verantwortungsvolle Amt vorgeschlagen zu werden. Doch mein Wissen ist nur gering, und ich fürchte, wegen meiner Jugend dieses Amt noch nicht ausfüllen zu können«, wehrte er bescheiden ab. »Nicht der Baum, der erst Früchte tragen soll, darf im Mittelpunkt stehen, sondern demjenigen, der die reifsten Früchte schon trägt, gebührt der Vorrang!«
Seine zurückhaltende Antwort wurde mit viel Beifall aufgenommen, und sogar Kia durchbrach mit einem Lächeln seine Maske. Stuart hob beide Hände, und kurze Zeit später wurde es still im Raum.
»Dieser Mann, der sich als Einfenster-Lin einen Namen gemacht hat«, eine allgemeine Heiterkeit unterbrach kurz seinen Redefluß, »von dem jedermann sagen kann, daß er ein ehrlicher Geschäftsmann ist, den unser erhabener Kaiser mit einer Pfauenfeder ausgezeichnet hat, ist ein Baum, der bereits gute Früchte trägt. Ein Baum, der schon heute für die meisten von uns zum Vorbild geworden ist. Unser Vertrauen in ihn soll ihm gleichzeitig ein Ansporn sein, sich uns als Vorbild immer wieder zu beweisen!«
Fen-che konnte in der applaudierenden Menge Kia nicht mehr ausmachen und konzentrierte sich nur noch auf seine Antwort. »Ich bedanke mich für Ihr Vertrauen«, begann er und fragte sich, ob er der Höflichkeit schon Genüge getan hatte. »Für jeden von Ihnen, davon bin ich überzeugt, wäre es die gleiche ehrenvolle Selbstverständlichkeit gewesen, das Eigentum unseres erhabenen Herrschers zurückzuführen. Nur der Zufall hat mich dazu ausersehen, dies zu vollbringen, und deshalb kann man sagen, daß ich gewissermaßen stellvertretend für jeden der hier Anwesenden ausge-

zeichnet worden bin. Aber ich will mich nicht drücken«, fügte er hinzu, da ihn das allseits begehrte Amt doch ziemlich reizte, »wenn es der ehrliche Wunsch aller Kompradoren ist, nehme ich den Vorsitz an!«

Sein Vorgänger, ein dicklicher, leicht schielender Mann aus Hongkong, der dieses Amt schon mehrere Jahre innegehabt hatte, drängte sich als erster vor, um ihm zu gratulieren. »Ich bin überwältigt, mit welcher Mehrheit man Euch zum Vorsitzenden erkoren hat«, beglückwünschte er ihn, ohne ihm jedoch in die Augen zu blicken.

Das beklemmende Gefühl, nicht nur wohlmeinenden Freunden gegenüberzustehen, verdunkelte Fen-ches Gedanken. Wenn er sich behaupten und bewähren wollte, mußte er klug, aber auch verschlagen agieren. Der Kampf um diesen ertragreichen Posten würde von nun an auf einer anderen Ebene weitergeführt werden. Er mußte seine Gegner kennen und durfte sie niemals unterschätzen.

»Vielleicht wird uns Herr Lin jetzt von der Belohnung erzählen, die ihm unser ›Erhabener Sohn des Himmels‹ für seine ungewöhnlich mutige Tat hat zukommen lassen«, forderte Stuart ihn mit lauter Stimme auf, und schlagartig herrschte Stille in dem großen Raum. Neugierig reckten sich ihm hundert Gesichter auf langen Hälsen entgegen.

»Die schönste Belohnung für mich war, daß unser erhabener Herrscher sich die Zeit genommen hat, mit mir einige Stunden in seinem großartigen Palastgarten zu plaudern«, wich Fen-che Stuarts eigentlicher Frage aus, und noch bevor dieser nachhaken konnte, wechselte Fen-che geschickt das Thema, indem er ihn selbst in den Mittelpunkt rückte. »Auch ich möchte jetzt nicht versäumen, mich im Namen aller Anwesenden für das gelungene Fest bei Ihnen, Herr Stuart, zu bedanken.«

Nach diesem Schlußwort war Stuart gezwungen, sich mit seinen vielen Gästen zu beschäftigen, und Fen-che konnte an seinen alten

Platz zurückkehren. Sosehr er sich auch umsah, Richter Kia blieb verschwunden. Was hatte seine »Einladung« für den kommenden Tag im Gerichtsyamen zu bedeuten? Er versuchte wie ein Schachspieler, die nächsten Züge des Gegners zu erahnen. Sollte er ihm die Wahrheit sagen? Dann wäre Einauge-Fong ausgeschaltet, nicht aber die Macht, die er vertrat. Einauge-Fong würde auch vom Gefängnis aus Wege finden, sich zu rächen. Und wenn er alles abstreiten würde? Dann würde Fong tief in seiner Schuld stehen, und ihm selbst würde nichts geschehen. Wer war wichtiger? Einauge-Fong oder er selbst? Er konnte sich im Grunde nur für sich und sein Überleben entscheiden!

Fen-che setzte sich an einen kleinen Rundtisch und nahm gedankenverloren aus den bereitgestellten Schälchen einige gesalzene Erdnüsse. Kia hatte seine Lage sicher erkannt und wußte, daß er sich nicht gegen Fong stellen konnte. Warum ließ er ihn trotzdem vorladen? Wer konnte ihn jetzt dazu beraten? Yin Hua vielleicht? Er erinnerte sich ihrer Furcht und verwarf den Gedanken. Yü Yin wäre der Richtige!

Ohne zu fragen, setzte sich ein gebeugter Mann mit grobem Gesicht zu Fen-che an den Tisch. »Ich heiße Li Liau«, stellte er sich vor, »und vertrete die Ärmsten der Stadt. Auch ich möchte nicht versäumen, Euch meine Aufwartung zu machen. Dürfen wir mit Eurer Mildtätigkeit rechnen?«

Nicht die geringste Bewegung in Fen-ches Gesicht verriet, wie unangenehm ihm sein Gegenüber war. Jeder Berufszweig hatte zur Vertretung seiner Interessen Vereine gebildet, und derjenige der Bettler gehörte zu den gefährlichsten. Ihr Anführer besaß Macht über Leben und Tod der Mitglieder, und sie mußten seinem Befehl unbedingt Folge leisten. Die Bettler waren es, die bei Unruhen als erste sengend, raubend und mordend eine Stadt terrorisierten. Jeder Stadtmandarin, Bürgermeister oder Dorfvorsteher war gut beraten, sich ihr Wohlwollen zu erkaufen. Sie forderten von Geschäftsleuten, Händlern und sogar von Leuten mit geringstem

Einkommen ihren Obolus. Wer ihn nicht bezahlen wollte, wurde erbarmungslos heimgesucht. Sein Haus, Geschäft und er selbst wurden das Ziel ihres Unwillens, indem ihn die Zerlumpten, Übelriechenden und Krüppel auf Schritt und Tritt verfolgten.
Mit der gleichen Frechheit zeichnete sich der Feuerwehrverband aus. Mit dem Verfall der uralten, ehemals honorigen Gesellschaft standen ihre Mitglieder auf gleicher Ebene wie Räuber und Brandstifter; denn bei einem Brand wurde zuerst das Warenlager geplündert, und wenn der Besitzer mit seinen Angestellten es wagte, das Feuer selbst zu löschen, mußte er für den entgangenen Profit Strafe zahlen.
Selbst der dem Namen nach harmlose Verein der Beamtenaspiranten bestand fast nur aus Dieben. Jeder dieser unzähligen Anwärter war darauf erpicht, eines Tages den Rang eines Mandarins zu bekleiden. Um dies zu ermöglichen, veranstaltete der Verein eine Lotterie. Jedes Mitglied bezahlte eine bestimmte Summe, um seinen Namen im Lostopf zu wissen. Derjenige, dessen Name gezogen wurde, bekam das Geld, mit dem er vom Vizekönig bis zum letzten Schreiber alle notwendigen Personen bestechen konnte, um den nächsten freiwerdenden Posten zu erhalten. In der Hoffnung, einmal der Glückliche zu sein, verkaufte man seinen letzten Besitz, um danach nur noch durch Diebstahl mithalten zu können.
»Selbstverständlich!« Fen-che deutete eine Verbeugung an, sorgsam darauf bedacht, sie nicht zu tief ausfallen zu lassen. »Ich werde mich bemühen, Euer Wohlwollen zu erhalten!«
»Ich habe es nicht anders erwartet!« sagte Li Liau, und seine Mundwinkel zogen sich verächtlich nach unten. »Aber auch wir sind bereit zu geben, wenn wir haben. Euch gebe ich jetzt einen guten Rat. Vorhin habe ich Euch mit unserem ehrenwerten Richter Kia sprechen sehen. Man sagt, daß er es sich in den Kopf gesetzt hat, einen gänzlich Unschuldigen anzuklagen. Beherzt das Sprichwort, in dem der Affe nichts sieht, hört und spricht!« Li Liau lachte kehlig und hustete trocken. »Vielleicht war es auch kein Affe,

sondern ein Weiser!« Wie er gekommen war, so plötzlich verschwand er grußlos wieder.
»Darf ich mich zu Euch setzen, Herr Lin?« fragte ein Mann von unbestimmtem Alter, den Fen-che noch nie gesehen hatte. »Mein Name ist Wei«, stellte er sich vor, »und ich bin Komprador bei Mrs. Crawford.«
Fen-che hatte sich nach dem Gespräch mit Li noch nicht wieder gefangen und war bestürzt, plötzlich ihren Namen zu hören, der so eng mit dem van Aachts verknüpft war. Er nickte und wies auf den freien Stuhl. »Setzt Euch bitte!«
Van Aacht stellte noch immer eine Gefahr dar, vor der er sich nicht verschließen durfte. Dabei war nach seiner Ankunft in Schanghai alles so verlaufen, wie er es sich gewünscht hatte. Mit den Japanern hatte er erste erfolgversprechende Vorgespräche über den Ausbau des Fellhandels geführt, in einem alten Handelshaus am Hafen hatte er sein neues Büro eingerichtet, und sogar Ay-lin schien sich inzwischen in der Stadt ganz wohl zu fühlen. Sie war auf Drängen Ne-Nes in Yü Yins Haus geblieben und dort wie eine Tochter aufgenommen worden. Darüber hinaus verweilte sie fast den ganzen Tag, wie man es von einer gehorsamen Schwiegertochter erwarten konnte, bei seiner Mutter, um sie zu pflegen und zu unterhalten. Und nun stand ein Herr Wei neben ihm, der ihn an van Aacht erinnerte.
Fen-che blickte ihm in die Augen. In seinem verträumten, schmalen Gesicht schien sich die Jugend mit dem reiferen Alter um die Vorherrschaft zu streiten. »Ihr wünscht mich zu sprechen?«
»Von Mrs. Crawford soll ich Euch Grüße bestellen«, sagte er stockend, und Fen-che sah ihm an, daß er sich hier nicht wohl fühlte und die Feier so schnell wie möglich verlassen wollte, »und ich soll Euch ausrichten, daß ein Herr van Aacht in zwei oder drei Monaten hierher zurückkommt.«
Fen-che versagte sich jede weitere Frage. Wei würde ohnehin nicht darauf antworten können. »Ich bedanke mich für Eure Mühe, mir

die Botschaft überbracht zu haben«, antwortete er statt dessen, »und bestellt Mrs. Crawford von mir bitte herzliche Grüße und meinen Dank. Darf ich Euch zu einem Schälchen Sake einladen? Oder liegt Euch mehr am kalten Buffet? Ich kann es wirklich empfehlen.«

»Nein danke.« Wei schüttelte den Kopf. »Ich habe es eilig!« Er verbeugte sich und verschwand im Gewühl.

Warum ließ sie ihn warnen? Fen-che fühlte sich im Augenblick überfordert, dafür eine Erklärung zu finden, und beschloß, dieser Frage vorerst nicht weiter nachzugehen. Von drei Seiten wurde er nun bedroht: von Richter Kia, von van Aacht und von Fong. Wenn er sich für Kia entschied auszusagen, blieben noch zwei, vor denen er sich nicht verstecken konnte. Wenn er nicht aussagte und Fong dadurch seine Freiheit behielt, würde ihn dessen langer Arm vielleicht vor van Aacht schützen können. Aber wie würde sich Kia verhalten? Konnte er ihm Schwierigkeiten bereiten?

Wenig später kam der Herausgeber der Schanghaier Zeitung zielstrebig auf ihn zu. »Wie schön, Sie endlich einmal allein zu haben«, lächelte Brown, »darf ich Ihnen einige Fragen stellen?«

Fen-che mochte Brown, und es war ihm lieber, von ihm ausgefragt zu werden, als erfundene Geschichten über sich lesen zu müssen. Höflich rückte er den Stuhl. »Bitte setzen Sie sich zu mir«, lud er ihn ein. »Ich nehme an, Sie wollen Ihre Leser mit Neuigkeiten über mich beglücken!«

Brown setzte sich und lächelte. Fen-che hatte noch nie gesehen, daß er sich Notizen machte. Sein Gedächtnis mußte hervorragend sein.

»Zunächst möchte ich wissen, woher dieser Schatz gekommen ist!«

Fen-che sah ihn belustigt an. »Aus dem Sommerpalast! Er wurde von ...«

»Verzeihen Sie«, unterbrach ihn Brown, »ich habe mich falsch ausgedrückt. »Woher wußten Sie, wo der Schatz versteckt war?«

Irgendwann, dachte Fen-che, mußte er diese Frage beantworten. Er konnte nicht vor ihr davonlaufen. Aber was sollte er sagen? Nachdenklich lehnte er sich zurück und entschloß sich, nahe an der Wahrheit zu bleiben. »Ich war Ohrenzeuge eines Gesprächs, in dem es darum ging, wie dieser Schatz außer Landes gebracht werden sollte.«

»Und wie haben Sie es geschafft, in seinen Besitz zu kommen?«

»Er sollte, wie gesagt, ins Ausland gebracht werden. In einem geeigneten Augenblick brauchte ich den Transport nur umzuleiten.« Er schmunzelte bei diesen Worten. Wie einfach sich das jetzt anhörte.

»Rechnen Sie mit einem Racheakt der betrogenen Schatzräuber?«

»Ja!«

»Was erhielten Sie außer der Pfauenfeder noch vom Kaiser?«

»Eine Geldanweisung, die mir vom Oberschatzmeister oder vom Vizekönig unserer Provinz ausgezahlt werden kann.«

»Und nun sind Sie zum Vorsitzenden der Kompradoren gewählt worden. Dazu möchte ich Sie von ganzem Herzen beglückwünschen! Wenn ich Ihnen irgendwie behilflich sein kann ...«, beendete er das Gespräch mit einer Höflichkeitswendung, an die sich Fen-che später erinnern sollte.

»Was können Sie mir über Einauge-Fong erzählen?« überraschte er Brown mit einer schnellen Gegenfrage.

Gewohnheitsmäßig wandte sich der Herausgeber nach allen Seiten, um sicherzugehen, daß niemand sie belauschte. »Wenn es so etwas wie einen König der Verbrecher geben würde, dann wäre es Fong! In fast jedem dunklen Geschäft hat er seine Finger mit im Spiel. Angefangen von den Bettlervereinigungen, die ihn mit Informationen versorgen, bis hin zum Opiumschmuggel. Viele seeräuberische Überfälle, von denen man glaubte, daß die japanischen Wakos dahinterstecken würden, gehen zu seinen Lasten. Es heißt, sein Stützpunkt liegt auf den Pescadoresinseln, und von dort ziehe er, wie eine Spinne im Zentrum des Netzes, seine Fäden.«

Wenn dem so war, konnte Fen-che keinesfalls gegen ihn aussagen. Das stand fest. Seine Organisation würde ihn und seine Familie sofort töten.
»Haben Sie«, Brown schluckte und wagte nur leise weiterzusprechen, »haben Sie den Schatz etwa Fong weggenommen? Nein«, gab er sich sogleich die Antwort, »denn dann würden Sie hier nicht mehr sitzen. Hat er Ihnen etwa geholfen?«
»Nein!« lachte Fen-che. »Wie Sie sich vielleicht denken können, wäre der Schatz wahrscheinlich auf die Pescadores weitergeleitet worden und nicht nach Peking!«
Brown fiel in sein Lachen ein. »Eine dumme Frage!«

***

An diesem Abend kam Fen-che später als gewöhnlich nach Hause. Nicht das Fest der Kompradoren hatte ihn so lange aufgehalten, sondern ein Besuch bei Yin Hua. Obgleich sein Entschluß, nicht gegen Fong auszusagen, soweit gefestigt war, wollte er ihre Meinung dazu hören. Merkwürdigerweise war sie während der Unterhaltung sehr ruhig geblieben und unterstützte ihn durch ihr Gutheißen. Zu seinem Erstaunen schien sie auch keine Angst mehr vor Fong zu haben. Hatte sie ihn kennengelernt? Ihm wurde übel bei dem Gedanken, etwas mit Einauge-Fong gemeinsam zu haben.
Ne-Ne hatte mit dem Essen auf ihn gewartet. Yü Yin war von dem abendlichen Krankenbesuch bei Qin-lin auch eben erst zurückgekommen, und nun saßen sie gemeinsam beim Abendessen.
»Sie erholt sich schneller als erwartet!« berichtete der Arzt gutgelaunt. »Ich habe das Gefühl, sie beeilt sich nur deswegen, weil sie zu ihrem Mann zurückwill«, scherzte er und wurde plötzlich ernst. »Ich möchte sie aber auf keinen Fall allein reisen lassen! Ay-lin könnte mitfahren und sie vielleicht weiterhin betreuen. Wenn ihr beide euch ein halbes Jahr nicht seht, klappt es in der Liebe nachher um so besser!« lachte er schallend, wurde aber still, als er in Ne-

Nes Gesicht sah, die ihn wie ein lebender Vorwurf anblickte und mißbilligend den Kopf schüttelte.

Sehr gut, dachte Fen-che und tätschelte Ay-lins Hand, ohne ihren Blick zur Kenntnis zu nehmen, der besagte, daß dagegen nichts einzuwenden wäre. Ay-lin war, seit sie in Schanghai lebten, wie verwandelt. Wenn er abends mit Yü Yin noch interessante Themen diskutierte, gelang es ihr dank Ne-Nes Unterstützung immer wieder, eine Unterhaltung frühzeitig zu beenden, um mit ihm allein zu sein. Ihre Lust am Spiel von Regen, Wind und Wolken war unersättlich, und wenn er nach dem Liebesspiel erschöpft eingeschlafen war, geschah es nicht selten, daß sie ihn spät in der Nacht noch einmal weckte, um die Freuden der Liebe zu wiederholen.

Die dunklen Ringe unter seinen Augen zeugten vom guten Willen, aber heute ließen ihn die Gedanken an Fong und van Aacht nicht in Stimmung kommen. Schweigend aß er weiter, und nach dem süßen Dessert ging er, sobald es der Anstand erlaubte, in sein Zimmer, um nachzudenken, wie er Kia morgen begegnen wollte. Aus den Augenwinkeln sah er, wie sich behutsam die Tür öffnete und Ay-lin ins Zimmer schlüpfte.

Richter Kia! versuchte er sich zu konzentrieren. Was sollte er ihm sagen, warum er auf der Dschunke gewesen war? Am Kleiderrascheln hörte er, wie Ay-lin sich auszog. Bei allen Göttern, nun wurde er doch abgelenkt. Wie hatte sie sich bloß verwandelt. Belustigt dachte er an die Hochzeitsnacht zurück, als sie darauf bestanden hatte, sich bei Dunkelheit zu entkleiden. Inzwischen schien sie bemerkt zu haben, wie sehr er ihren schlanken Körper liebte, und ließ kaum eine Gelegenheit aus, sich ihm nackt zu zeigen. Er spürte, wie sie langsam von hinten an ihn herantrat, und seine Gedanken wechselten sprunghaft zwischen dem Problem mit Kia und dem Wunsch, sich umzudrehen, um sie anzusehen. Dann stand sie hinter ihm, und ihre Hand schob sich in seinen Hemdausschnitt und glitt zärtlich über seine Brust; ein Mittel, wie sie sehr schnell herausgefunden hatte, ihn für ihre Wünsche gefügig zu machen.

Er umfaßte ihre Taille, zog sie an sich und legte seinen Kopf an ihren Körper. Er genoß den warmen Duft ihrer Haut, während seine Hände den Konturen ihres apfelförmigen Gesäßes nachspürten. Unendlich lange, schien es Fen-che, lagen sie nebeneinander. Ihm war die Situation äußerst unangenehm, denn es hatte einfach nicht klappen wollen. Seine Gedanken waren ständig zu Richter Kia abgeschweift, und seine Sorgen um die Zukunft glichen einem riesigen Schwarm aufgeschreckter Krähen.

»Es muß ja nicht unbedingt sein«, flüsterte Ay-lin einlenkend und folgte mit liebkosender Hand den Linien seines Gesichts. »Vielleicht ist es auch gut so!«

»Wieso gut?« wollte er ebenso verblüfft wie verärgert wissen.

»Ich weiß es noch nicht genau«, flüsterte sie geheimnisvoll, kicherte etwas albern und legte ihren Kopf auf seine Brust, »aber ich glaube, wir kriegen ein Kind!«

Fen-ches Atem wurde tiefer. »Wie kommst du darauf?«

»Meine Blutungen sind ausgeblieben, und Ne-Ne meint ...«

»Was, die weiß es auch schon?«

»Ich mußte sie doch fragen. Mit wem sollte ich sonst darüber sprechen? Meine Mutter ist ja nicht hier!«

Warum hatte sie es ihm nicht gestern oder vorgestern gesagt! Wie hätte er sich gefreut. Aber gerade heute war ihm bewußt geworden, wie schwierig und wie kurz das Leben sein konnte. Und jetzt eröffnete sie ihm das! »Das ist wunderbar«, versicherte er ihr, während er innerlich seufzte und sie fest in seine Arme schloß. »Seit wann weißt du es?«

»Seit gestern, aber ganz sicher sind wir noch nicht.«

Fen-che versuchte gar nicht erst, den nächsten Seufzer zu unterdrücken. »Liebes, versprich mir, dich zu schonen«, bat er sie und legte behutsam seine Hand auf ihren Bauch, »wann kann man es fühlen?«

»Das weiß ich nicht. Vielleicht in einem Monat?«

***

Der Gerichtsyamen lag in der Nähe jenes Teehauses, zu dem nur Mandarine Zutritt hatten. Fen-che kürzte den Weg dorthin ab, indem er durch den dazugehörigen Garten schlenderte, vorbei an den künstlichen, blumenbewachsenen Hügeln und am Teich entlang. Hinter dem Bogengang mit den geschnitzten Bildsäulen lag im Morgendunst das andere Teehaus, in dem er mit dem Clerk von Crawford noch vor wenigen Monaten zusammengesessen hatte. Wie schnell war die Zeit vergangen, und wieviel war seitdem geschehen!
Auch die letzte Nacht war viel zu schnell vergangen. Irgendwann in den frühen Stunden war er wach geworden. Es war noch dunkel gewesen, und er hatte eine Zeitlang den leisen Atemzügen Ay-lins gelauscht.
Dann war plötzlich ein heftiges Verlangen nach ihr in ihm aufgestiegen, und sie hatten sich bis zum Morgen mit einer wilden Heftigkeit geliebt, die ihm erst bewußt wurde, als sie sich erschöpft in den Armen lagen.
Vor dem Gerichtsyamen überlegte er noch immer, wie er seine Erklärung glaubhaft formulieren sollte. Kia empfing ihn mit seinem ihm eigenen, undeutbaren Lächeln und bat ihn in sein Arbeitszimmer. Auf einen Wink hin verließ der Sekretär den Raum.
»Es spricht sich ohne Zeugen leichter«, versuchte Kia die angespannte Atmosphäre zu lockern, »aber Ihr seid ja nur als Zeuge hier. Euch kann ja nichts geschehen.«
»Mir kann nichts passieren?« fragte Fen-che erstaunt und versuchte, mit einem künstlichen Lachen seine barsche Frage zu mildern. »Was glaubt Ihr, wird mit mir geschehen, wenn ich Einauge-Fong durch meine Aussage belaste? Wieviel Zeit gebt Ihr mir dann noch zu leben? Eine Stunde, einen Tag? Gestern noch auf dem Fest hat mich der König der Bettler wissen lassen, daß ich mir meine Aussage wohl überlegen sollte!«
Kia war aufgestanden und durchmaß den Raum mit kleinen Schritten. Nach Fen-ches impulsiven Worten lag das Schweigen

drückend zwischen ihnen. Dann setzte er sich und zündete sich bedächtig eine Pfeife an, machte fünf, sechs Züge und legte sie auf den Schreibtisch zurück.

»Wir könnten Euch beschützen. Aber ich will ehrlich zu Euch sein und gebe zu, daß diese Maßnahme wenig Wirkung hätte. Meine letzten beiden Zeugen sind im Gefängnis vergiftet worden, auf Fongs Befehl, versteht sich. Selbst wenn ich ihn für lange Zeit hinter Gitter bringen, in die Verbannung schicken oder hinrichten lassen könnte, übernimmt doch ein anderer seine Stelle. Neue Männer werden dann mit neuen Ideen hervortreten. Sie werden ihre Banden vergrößern, noch mehr rauben und noch mehr morden. Solange Fong an der Spitze bleibt, wird es nur so weitergehen wie bisher, denn er ist ein Verbrecher alten Stils mit einem gewissen Ehrgefühl. Aus diesem Grund bestehe ich nicht darauf, daß Ihr Eure Aussage macht, wenngleich ich Euch durch Folter dazu zwingen könnte.« Sein verschlossenes Gesicht hellte sich etwas auf. »Euer Vater war ja auch Richter, und Ihr werdet sicher einen Einblick in Rechtsangelegenheiten gehabt haben.«

»Ihr kennt meinen Vater?« fragte Fen-che verblüfft.

»Ich weiß nur, daß er nach merkwürdigen Anschuldigungen zum Tode verurteilt wurde und daß sein Sohn ihn vor der Vollstrekkung bewahrt hat.«

Fen-che spürte, wie ihm das Blut in den Kopf stieg, und sah verlegen zu Boden.

»Ich weiß auch, daß Ihr Euch in einer Zwickmühle befindet!«

Erstaunt sah Fen-che auf. »Wie kommt Ihr darauf?«

»Nach dem, was mir zugetragen wurde, habt Ihr den Schatz nicht einfach gefunden, sondern erst eine List hat es Euch ermöglicht, diese Preziosen einem Europäer zu entwenden, der sie höchstwahrscheinlich noch immer für sich beansprucht. Wie ich diese langnasigen Barbaren kenne, wird er auf Rache sinnen.«

Einen Augenblick war Fen-che versucht, Kia die ganze Geschichte zu erzählen. Doch dieser hob abwehrend die Hände.

»Nein, erzählt mir nichts. Je weniger davon wissen, um so besser für Euch.« Er stand erneut auf und ging zur Tür, um nachzusehen, ob der Sekretär lauschte. Dann steckte er sich wieder die Pfeife an. »Ich werde Einauge-Fong noch heute freilassen. Selbstverständlich werde ich in seiner Gegenwart toben und Euch wütend beschimpfen, weil Ihr ihn nicht belastet habt, und dabei durchblicken lassen, wie enttäuscht ich von Euch bin. Fong wird Euren Dienst an ihm nicht vergessen; das läßt sein Ehrgefühl einfach nicht zu. Irgendwann wird er sich mit Euch in Verbindung setzen und zu verstehen geben, daß er sein Konto begleichen will. Wenn Ihr es geschickt anstellt, könnt Ihr seinen Einfluß und seine Macht dazu nutzen, Euch vor der Rache des Europäers zu schützen. Seine Mittel und Wege«, Kia musterte seine Fingernägel und fuhr nach der künstlichen Pause fort, »sind bestimmt weitaus effektiver als der Schutz, den ich Euch bieten könnte.«

Kias offene Worte verblüfften Fen-che. Er hatte ihn für einen sturen Beamten gehalten, der innerhalb seiner Normen gefangen war. Er fragte sich, ob eventuell eine Falle dahinterstecken könnte. »Ich danke ...«

Kia schüttelte den Kopf. »Keinen Dank«, wehrte er ab, »wir beide dienen dem Reich, wenn auch auf unterschiedliche Weise, aber wir ergänzen uns. Ich hätte gern noch gewußt, wie es Eurem Vater geht.«

Fen-che erzählte es ihm und darüber hinaus noch von dem ausdrücklichen Befehl der Kaiserinwitwe, sich abrufbereit in Schanghai aufzuhalten.

Kia sah Fen-che nachdenklich an, bevor er sich schließlich erhob. »Ich darf Euch versichern, daß mir diese Unterhaltung Freude gemacht hat.«

***

Einen Monat nach Neujahr geschah das Unglück. Es war der erste warme Tag in diesem Jahr gewesen, und Qin-lin hatte den Wunsch geäußert, mit ihren Kindern im Teehaus Fen-ches Geburtstag nachzufeiern. Durch die intensive Behandlung Yü Yins hatte ihre Gesundheit weitere Fortschritte gemacht, und von der früheren Müdigkeit war nichts mehr zu spüren. Im Gegenteil, ihr Drängen, zu ihrem Mann zurückzukehren, wurde deutlich massiver, bis sie Yü Yin das Versprechen abringen konnte, Lin Nie-fü spätestens im März nach Kiautschou folgen zu dürfen.
So ungewöhnlich mild wie tagsüber blieb es auch nach Anbruch der Dunkelheit. Die Fenster des Teehauses waren weit geöffnet, und die laue Abendluft ließ den baldigen Frühling ahnen. Ihre Gespräche kreisten um den Nachwuchs, und mit vor Eifer geröteten Wangen saßen Qin-lin und Ay-lin Fen-che gegenüber. Nach Yü Yins Berechnung würde sich die Familie Ende Juli oder Anfang August vergrößern.
Fen-che fühlte sich nach diesem arbeitsreichen Tag erschöpft, und es drängte ihn nach Hause. Qin-lin und Ay-lin dagegen waren ausgelassen und fröhlich und überredeten ihn immer wieder, doch noch zu bleiben. So war es schon weit nach Mitternacht, als sie Qin-lin, die kategorisch auf eine Sänfte verzichtet hatte, durch die fast menschenleeren Straßen der großen Stadt zum Haus der Witwe begleiteten. Als sie sich von der nun doch müde gewordenen Mutter verabschiedet hatten, sahen sie, daß der anbrechende Tag den Himmel bereits unmerklich rot färbte. War es tatsächlich so spät geworden?
Je weiter sie sich von dem Haus der Witwe entfernten, desto intensiver wurde das Rot, bis sie endlich erkannten, daß es von einem gewaltigen Feuer aus ihrer Gegend stammen mußte. Von unheilvoller Ahnung erfüllt, fielen sie in einen leichten Laufschritt, bis sie keuchend ankamen. Die gesamte Häuserzeile, in der sie wohnten, stand in Flammen. Schreiend und klagend retteten sich die Bewohner mit ihren Kindern, Haustieren und ihrer wenigen Habe

aus dem Inferno, während Feuerwehrleute die heiße Lohe unter Kontrolle zu bringen versuchten.
Suchend irrten Fen-che und Ay-lin durch die aufgeregte Menschenmenge und fragten nach Yü Yin und Ne-Ne. Keiner hatte sie gesehen! Sie fanden sie auch nicht. Auch nicht, als das Feuer längst gelöscht war. Sie mußten in ihrem Haus verbrannt sein.
Weder die Totenopfer noch Ay-lins und Qin-lins fürsorgliche Zusprache konnten seine Trauer über den Verlust der beiden Menschen lindern, die er wie seine eigenen Eltern geliebt hatte. Nach diesem tragischen Geschehen verließ ihn die Kraft des Handelns, und nur Ay-lins energisches Vorgehen brachte ihn über diese willenlose Zeit hinweg. Sie quartierten sich vorübergehend bei der Witwe ein.

***

Einige Wochen später lag zwischen den Papieren auf seinem Schreibtisch ein Brief in englischer Sprache. Er trug keinen Absender, und auf dem weißen Bogen stand nur ein einziger Satz: »Verlassen Sie Schanghai so schnell wie möglich, denn das nächste Mal wird er Sie töten!«
Bestürzt ließ er das Schreiben sinken. Das Feuer hatte ihm gegolten. Van Aachts Rache hatte ihn eingeholt. Nun mußte er handeln, denn es ging nicht nur um sein Leben, sondern auch um das von seiner Mutter und Ay-lin. Die beiden mußten auf schnellstem Wege aus der Stadt, fort nach Kiautschou, wo sein Vater sie beschützen konnte.
Während die Frauen packten, stand Fen-che am Fenster und blickte auf die Stadt. Jetzt war die Zeit gekommen, da er die Hilfe Einauge-Fongs dringend benötigte. Wo würde er ihn finden? In seinem Amt konnte er es sich kaum erlauben, in aller Öffentlichkeit nach ihm zu fragen.
Wütend über seine eigene Dummheit, nicht schon bei Fongs Entlassung Kontakt mit ihm aufgenommen zu haben, ballte Fen-che

die rechte Hand und schlug sie unbeherrscht in den linken Handteller, bis seine Haut brannte. Diese Gelegenheit war vertan, und sicherlich würde Fong sich hüten, noch einmal in den Machtbereich des Richters Kia zurückzukehren. Plötzlich fiel ihm der Verleger Brown ein. Über die Zeitung konnte er vielleicht mit ihm in Verbindung treten. Fong würde sich bestimmt über alles, was in Schanghai geschah, informieren, auch wenn er längst nicht mehr in der Stadt weilte.

***

Das Zeitungsgebäude lag nur wenige hundert Meter von dem Crawfordschen Handelshaus entfernt. Um das Unglück nicht herauszufordern und Mrs. Crawford oder gar van Aacht selbst zu begegnen, wählte Fen-che den Umweg durch die Straße der Schmalztöpfe und ließ sich bei Brown melden.
An dem in Fen-ches Zopf verflochtenen weißen Band erkannte Brown, daß er Trauer trug, und erinnerte sich sogleich an den Brand, bei dem der alte Arzt Yü Yin und dessen Haushälterin Ne-Ne ums Leben gekommen waren.
Er bekundete Fen-che sein aufrichtiges Beileid und bot ihm Platz an. Aus dem Nachbarzimmer kam eine junge Frau und brachte frischen Tee mit gezuckerten Ingwerscheiben. »Sie haben bei Yü Yin gewohnt, nicht wahr, und der Verlust wird Sie sicher schmerzlich getroffen haben.«
Es war für Fen-che undenkbar, bei einer geschäftlichen Angelegenheit oder auch einer persönlichen Sache sofort auf den Grund des Besuches zu sprechen zu kommen. Gewöhnlich unterhielt man sich zuerst über die Familie, die Gesundheit oder über andere nebensächliche Belanglosigkeiten, bevor man auf das eigentliche Anliegen kam. Brown konnte natürlich nicht ahnen, daß der Grund seines Hierseins mit diesem Brand zusammenhing, doch jetzt auf ein anderes Thema auszuweichen, um später noch einmal darauf zurückzukommen, erschien Fen-che töricht.

»Ein Verlust«, pflichtete er Brown bei, »der nicht zu ersetzen ist. Tragisch ist, daß es Unbeteiligte getroffen hat. Denn bei dem Feuer handelte es sich um Brandstiftung, und der Anschlag galt mir! Bedauerlicherweise muß ich fortan mit dem Vorwurf leben, am Tod der beiden mitschuldig zu sein!«
Als Brown ihn erstaunt ansah, hielt er ihm den Brief mit der Warnung entgegen. »Den habe ich heute bekommen.«
Brown pfiff durch die Zähne. »Ahnen Sie, wer ihn geschrieben hat?«
»Ich vermute, daß er von einer unbeteiligten Person aufgesetzt wurde, die von dem Schatz gewußt hat und mich vor weiteren Anschlägen warnen will.«
Brown pfiff noch einmal. »Wissen Sie auch, wer es auf Sie abgesehen hat?«
»Leider kann ich es nicht beweisen. Um ihn zu überführen, benötige ich von Ihnen die Hilfe, die Sie mir damals angeboten haben. Sie erinnern sich?«
Der Herausgeber sah ihn erwartungsvoll an. »Und wie könnte ich Ihnen helfen?«
»Schreiben Sie in der nächsten Ausgabe über das Feuer. Greifen Sie das Thema noch einmal auf, und berichten Sie, daß die Ursache Brandstiftung gewesen ist, weil sich jemand an mir rächen wollte, da ich, benennen Sie mich unbedingt namentlich, den Schatz nach Peking gebracht habe. Flechten Sie außerdem die Vermutung ein, daß jeden Tag mit einem neuen Anschlag auf mich zu rechnen ist. Lassen Sie den Brief jedoch unerwähnt, denn der Mörder Yü-Yins könnte vermuten, wer ihn geschrieben hat.«
»Auf welche Weise würde Ihnen dieser Zeitungsbericht dienlich sein?«
Fen-che nahm eine Ingwerscheibe und spülte den herben Geschmack mit Tee hinunter. »Um mich vor einem neuen Anschlag zu schützen, brauche ich die Hilfe eines mir verbundenen Menschen, von dem ich nicht weiß, wo er sich zur Zeit aufhält, aber

ich bin sicher, daß er sich nach diesem Bericht bei mir melden wird.«

***

Yin Hua lächelte zuvorkommend wie immer, als er sie bat, diese Nacht bleiben zu dürfen. »Eure Besuche waren leider immer nur flüchtige Sonnenstrahlen«, antwortete sie, »wenn Ihr bleibt, werden sie mich durchdringen und mir das Herz erwärmen.«
Dankbar erwiderte er ihr Lächeln. Zuletzt hatte er am Anleger gelächelt, als die dicken Festmacherleinen des Dampfers vorn und achtern vom Poller gezerrt wurden und ins Wasser klatschten. Ay-lin und seiner Mutter hatte er zugelächelt und winkend die Hand zum Abschied gehoben, während der Abstand zwischen ihm und dem ablegenden Schiff unaufhaltsam größer wurde. Wie unter einem magischen Zwang wollte er noch Unwichtiges hinüberrufen, doch das rauhe Abschiedstuten des heiseren Typhons machte eine Verständigung unmöglich, und als sich seine Ohren von dem Lärm erholt hatten, war die Entfernung schon zu groß geworden.
Vor der Gangway hatte er Ay-lins tränenfeuchtes Gesicht geküßt und gespürt, wie sie zitterte. Er war sich nicht sicher gewesen, ob der Grund dafür die Trennung oder die Angst um ihn war. Gesagt hatte sie nichts. Nun war er froh, beide in Sicherheit zu wissen, fort aus der Reichweite van Aachts. Würden sie in Kiautschou wirklich sicher sein? Gewiß doch, beruhigte er sich selbst, denn dort würde sein Vater seine schützende Hand über sie halten.
Erst als das Schiff in dem gewundenen Fahrwasser außer Sicht gelangt war, hatte er sich Gedanken gemacht, wo er diese Nacht verbringen wollte, denn in das leere Haus der Witwe zog es ihn heute nicht. So war er zu Yin Hua gegangen.
Er fand bei ihr, was er gesucht hatte: Wärme und Geborgenheit. Morgen, nahm er sich vor, würde er wieder am Stadtrand bei der Witwe übernachten.

Van Aacht würde ihn dort nicht so schnell finden.
Die Tage verstrichen wie gewöhnlich, und Fen-ches angespannte Wachsamkeit ließ ganz allmählich nach. Ständig war er von Geschäftsfreunden umgeben, und auch in gutbesuchten Restaurants fühlte er sich sicher, bis er eines Tages van Aacht entdeckte. Er saß in der Begleitung von zwei Europäern im Teehaus am anderen Ende des Raumes und blickte unverhohlen zu ihm herüber. Fen-che kostete es außerordentliche Überwindung, nicht sofort aufzuspringen und zu verschwinden. Statt dessen nickte er beherrscht lächelnd in ihre Richtung, und es überraschte ihn, daß van Aacht und seine Begleiter seinen Gruß erwiderten.
Er hat sich Verstärkung geholt, dachte Fen-che. Er beobachtete, wie van Aacht auf die beiden einsprach und verstohlen nach draußen zeigte. Langsam erhoben sich seine Begleiter und schlenderten aus dem Teehaus. Er war sicher, daß sie vor der Tür auf ihn warteten.
Sie wollen in Erfahrung bringen, wo ich mich nachts aufhalte, vermutete Fen-che. Es würde ihm allerdings nicht schwerfallen, ihnen im Chinesenviertel zu entkommen. Seine Augen wanderten nachdenklich zwischen van Aacht und den Wartenden auf der gegenüberliegenden Straßenseite hin und her.
»Darf ich mich an Euren Tisch setzen?« fragte ihn ein sehr alter, dürrer Chinese in einfacher Kleidung.
»Bitte sehr, alter ehrwürdiger Großvater!« Fen-che wies auf einen der freien Stühle neben sich, ohne van Aacht aus den Augen zu lassen. Ob es sinnvoll war, den Hinterausgang zu benutzen? Dann würde ihm wahrscheinlich nur van Aacht folgen, vermutete er, wohl wissend, daß gerade dies die Falle sein konnte. Nein, den Weg zur Witwe, dafür würde er sorgen, sollte er nicht finden.
»Einauge-Fong schickt mich, um Euch zu helfen«, vernahm er leise die schleppende Stimme des Greises neben sich.
Ohne die geringste Reaktion zu zeigen, ließ Fen-che seinen Blick über den Kopf des alten Chinesen wandern, der interessiert in

einer Zeitung blätterte. Er hielt sich leicht über das Blatt gebeugt, doch seine Augen waren auf Fen-che gerichtet. »Ist es der Europäer da drüben am Fenster, der Euch bedroht?« Der Alte hatte seine Lippen nicht bewegt, und doch hörte Fen-che jedes Wort klar und deutlich.

»Ja«, hauchte er und versuchte ebenfalls, die Lippen nicht zu bewegen, »es stehen noch zwei andere Männer vor dem Eingang und warten.«

Der Alte hob die Teeschale an den Mund und genoß das heiße Getränk mit geschlossenen Augen. »Geht kurze Zeit, nachdem ich Euch verlassen habe, in den Hinterhof. Dort befinden sich drei Schweinekoben. Versteckt Euch im mittleren.«

Dann stellte er, ohne Fen-che eines weiteren Blickes zu würdigen, die Schale zurück und erhob sich. Mit einer knappen Verbeugung verließ er den Tisch und ging aus dem Teehaus auf die Straße hinaus. Nach wenigen Schritten war er in der Menschenmenge verschwunden.

Fong hatte seinen Hilferuf verstanden und gehandelt, dachte Fen-che und atmete erleichtert auf. Aber wieso nahm sein Mann gerade hier mit ihm Kontakt auf? Warum nicht in seinem Büro oder bei Yin Hua?

Plötzlich fielen ihm Yin Huas teure Broschen und Ringe wieder ein, mit denen sie sich neuerdings schmückte. Hatte sie ihn vielleicht verständigt? Er ärgerte sich, sie nicht schon gleich am ersten Tag danach gefragt zu haben, obwohl er genau wußte, daß sie darauf nur mit großer Zurückhaltung reagiert hätte. Er wollte sie beim nächsten Mal danach fragen.

Ohne Hast erhob er sich und betrat den Hinterhof des Teehauses, an dessen Rückseite sich die Schweinekoben befanden. Sie standen leer und wurden von den Gästen offenbar dazu benutzt, ihre Notdurft zu verrichten. Das Gatter des mittleren Kobens war nur angelehnt, während die beiden anderen weit offen standen. Vorsichtig versuchte er es ganz aufzudrücken, als plötzlich jemand sein

Handgelenk ergriff und ihn in die Dunkelheit des Stalles zerrte. Der Alte, der sich hinter dem Gatter verborgen gehalten hatte, bedeutete ihm, sich ruhig zu verhalten. Dann spähte er durch die Ritzen des Verschlags in den Hinterhof und schob den Ärmel seiner Jacke hoch. Ein steifes Stück Leder umgab, von mehreren Schnallen gehalten, seinen Unterarm. Sorgsam wählte er eine lange, dünne Nadel aus einem Sortiment von winzigen Wurfmessern und schmalen, hauchdünnen Stiletten.

Der Alte hielt die Nadel zwischen Daumen und Zeigefinger in der rechten Hand, schob die Spitze, von Mittel- und Ringfinger geführt, durch einen Spalt des Gatters und beobachtete schweigend den Hinterhof.

Fen-che hatte das Gefühl, nicht länger stillstehen zu können, als er plötzlich spürte, wie Fongs Mann sich anspannte. Blitzschnell schoß dessen rechte Hand vor, und auf der anderen Seite des Gatters erklang ein grauenhafter Schrei, der sofort in ein leises Wimmern überging; dann fiel ein Körper zu Boden.

Der Alte stemmte sich gegen das Gatter, um den davorliegenden Körper zur Seite zu drücken, und glitt durch den schmalen Spalt in den Hinterhof.

Fen-che folgte ihm und sah, wie van Aacht, beide Hände vor das Gesicht gepreßt, sich auf dem Boden wälzte. Neben ihm lag ein Revolver.

»Schnell zum Hinterausgang«, raunte ihm der Alte zu, während er selbst sich wieder auf seine Rolle als alter Tattergreis besann und langsam zum Teehaus zurückschlurfte, als könnte er kein Wässerchen trüben.

Fen-che sah noch einmal auf van Aacht, der sich vor Schmerzen am Boden krümmte. Dann verließ er rasch den Hinterhof durch eine kleine, unscheinbare Tür.

Diesem alten, gewieften Chinesen würde er nie wieder begegnen, das wußte Fen-che. Seine geheime Sorge blieb van Aacht, der jetzt zwar auf einem Auge geblendet war, doch in seiner Unberechenbarkeit weitaus gefährlicher sein würde als zuvor. Warum Einauge-Fong nur halbe Arbeit hatte ausführen lassen, konnte er sich nicht erklären, vermutete jedoch, daß dieser eines Tages erneut versuchen würde, über seine Schwachstelle, van Aacht, in sein Leben zu treten, um sich seiner Mitarbeit zu versichern.

ACHTES KAPITEL

Vorerst war Fen-che in Sicherheit und konnte sich wieder seinen Geschäften widmen, die dank seiner neuen Position als Vorsitzender der Kompradoren besser liefen als jemals zuvor und ihm auch von seiten der Europäer unerwartet viel Achtung und Respekt eintrug.

Sein nächstes Anliegen bestand darin, in absehbarer Zeit für sich und seine Familie eine geeignete Unterkunft zu finden. Einerseits fühlte er sich sehr zum pulsierenden Leben im alten Chinesenviertel hingezogen, andererseits zog ihn das gediegene französische Europäerviertel durch seine Fremdartigkeit mehr und mehr in seinen Bann. Auch spürte er, wie sein häufiger Kontakt zu den Europäern zunehmend sein Denken und Handeln bestimmte. Seine Besuche im Reitklub, die anfangs nur dem Treffen von Geschäftsfreunden galten, wurden ihm allmählich zur Gewohnheit, und er freute sich immer wieder darauf, einige Stunden dort zu verbringen.

Dann kam der Tag, an dem er sich das erste Mal europäisch kleidete. Nur den Zopf ließ er sich nicht abschneiden, und er rasierte sich auch weiterhin vorschriftsmäßig die Stirnpartie.

Obgleich ihm sein Gefühl sagte, daß Ay-lin andere Vorstellungen von ihrem gemeinsamen Haus haben würde, entschied er sich nach Stuarts Vermittlung für eine kleine, unauffällige Villa mit verwildertem Garten im französischen Viertel. Um seinem Entschluß Endgültigkeit zu verleihen, kaufte er sie. Seiner Ansicht nach würde sich ein europäischer Geschäftsfreund nur ungern in ein Haus im Chinesenviertel einladen lassen. Das war ein Gesichtspunkt,

den Ay-lin akzeptieren mußte, obwohl er im geheimen befürchtete, daß sie die Ausländer verabscheute. Das neue Haus würde seinem Ansehen dienlich sein. Das Gefühl, dennoch einen Fehler begangen zu haben, belastete ihn fortan, und so schob er Ay-lins Rückkehr nach Schanghai immer wieder auf.
Eines Tages erhielt er mit der Abendpost einen Brief von ihr, in dem sie voller Freude schrieb, daß er Vater eines gesunden Sohnes geworden war. Diese Nachricht erfüllte ihn mit bewegtem Stolz, und sogleich beantwortete er sie mit selbstverfaßten Gedichten.
Erst spätabends kam er dazu, die restliche Post durchzusehen. Unter den Briefen befand sich auch eine Einladung zu einem festlichen Abendessen. Noch nie zuvor war er zu einem europäischen Fest gebeten worden. Zufrieden, seine Wertschätzung bestätigt zu sehen, sagte er zu.
Den ersten Kontakt zu dem deutschen Kaufmann und Konsul Meyer hatte ihm Stuart im Reitklub vermittelt. Es war ein sehr theoretisches Gespräch gewesen, über moderne Hinterladergeschütze, über Aufschlagzünder und Verzögerungszünder, über die Vorzüge von Schrapnellgranaten gegenüber weitreichenden Präzisionskanonen. Ein Thema, das Fen-che absolut nicht interessierte. Nur etwas war ihm von dieser Begegnung in lebhafter Erinnerung geblieben: die in Schwarz gekleidete junge Dame in Meyers Begleitung. Wie Fen-che später erfuhr, galt Schwarz als die Farbe der Trauer in Europa. Trotz ihrer Schweigsamkeit hatte sie eine anziehende Wirkung auf ihn ausgeübt. Immer wieder war sein Blick während des Gesprächs auf ihr ovales, fast zu langes Gesicht gefallen, das üppige rotbraune Locken umrahmten. Fen-che konnte sich nicht erklären, was ihm an ihr so besonders gefiel. War es das rötliche Haar, waren es ihre aufgeworfenen Lippen, oder war es einfach nur ihre Ausstrahlung, die er als angenehm und harmonisch empfand?
Während seine Sänfte bereits vor dem Haus wartete, fiel es ihm schwer, sich zu entscheiden, ob er sich chinesisch oder nach euro-

päischer Art kleiden sollte. Er wählte einen hellen Einreiher. Länger zögerte er mit der Wahl des Gastgeschenks. Eine drachenumschlungene, bauchige Teekanne aus Silber auf zierlichem Haltegestell hielt er für angemessen.
»Darf ich zum Ausdruck bringen, wie sehr ich mich freue, daß Sie meiner Einladung gefolgt sind«, begrüßte ihn Meyer im Entree des Reitklubs, »aber ich glaube, ich muß Sie um Verzeihung bitten, weil ich vergaß, den Anlaß für dieses Fest anzugeben.«
Fen-che empfand die höfliche Art des grauhaarigen Mannes als äußerst angenehm. »Ich halte ein Zusammentreffen mit Ihnen für Grund genug, mich ebenfalls sehr zu freuen«, antwortete er in deutscher Sprache und entzückte Meyer mit seiner tadellosen Aussprache. »Wie ich hörte, Herr Konsul, sind Sie nur auf der Durchreise. Bleiben Sie länger in Schanghai?«
»Ich werde morgen mit dem Postdampfer weiterfahren. Aber um noch einmal auf den Grund unseres kleinen Festes zurückzukommen: Unser neuer Kaiser, Wilhelm der Zweite, ist in Deutschland gekrönt worden. Ihm zu Ehren feiern wir heute. Würden Sie mir bitte in den Festsaal folgen?«
»Ist sein Vorgänger gestorben?« fragte Fen-che irritiert, denn er verstand nicht, wie dieses Fest mit der Trauer um den toten Kaiser zu vereinbaren war.
»Friedrich der Dritte war schon beim Antritt seiner Regentschaft ein kranker Mann. Er war auch nur neunundneunzig Tage im Amt. Dieses Jahr wird wohl als Dreikaiserjahr in die deutsche Geschichte eingehen.«
»Friedrich der Dritte?« hakte Fen-che nach. »Bitte erklären Sie mir, wieso der Dritte?«
»Bei unseren Kaisern wird nur der Vorname des Herrschergeschlechts genannt, und da es bei uns Sitte ist, den Namen des Vaters oder Großvaters zu übernehmen, müssen wir ...« Meyer hielt inne, als ihm plötzlich bewußt wurde, wie simpel die europäische Regelung sich gegenüber der chinesischen Tradition ausnahm, in

der der Kaiser einen Geburtsnamen, einen Regierungsnamen und einen Todesnamen führte. »Deswegen müssen wir unsere Regenten, so kurios es auch klingen mag, numerieren.«

Im Festraum hielten sich etwa dreißig Personen auf. Es schienen ausnahmslos Deutsche zu sein. Die Herren standen in Gruppen beieinander und unterhielten sich mit förmlicher Zurückhaltung, während die Damen an kleinen Tischchen saßen und angeregt plauderten. Fen-che bemerkte, daß in jeder Gruppe jeweils die älteste Dame von den jüngeren umgeben wurde wie eine Henne von ihren Küken und von ihnen mit offensichtlicher Aufmerksamkeit und Hochachtung beehrt wurde.

Konsul Meyer führte Fen-che von Gruppe zu Gruppe und stellte ihn vor. Ihm entging keineswegs die heimliche Neugier der Damen, die immer dann geflissentlich wegsahen, wenn sich ihre Blicke begegneten. Ebenso fiel ihm auf, daß jedesmal das Gespräch ins Stocken geriet, wenn er zu einer neuen Gruppe von Herren geführt wurde. Auch entging ihm nicht, daß bei jeder Vorstellung ein Hinweis auf seine exzellenten Deutschkenntnisse eingeflochten wurde, wohl eine Warnung vor unüberlegten Äußerungen. Trotz der zuvorkommenden Höflichkeit aller Anwesenden fühlte sich Fen-che wie ein exotisches Tier, das nur begafft wurde.

Nur Konsul Meyer vermittelte ihm eine geradlinige Herzlichkeit, der er als Mann von Welt seine kaufmännischen Erfolge zu verdanken hatte. Nachdem er Fen-che ausführlich von seiner Heimatstadt Hamburg, von seinem Kontorhaus und der jenseits des Zollkanals entstehenden Speicherstadt erzählt hatte, hielt er kurz inne.

Fen-che spürte, daß der Konsul nach seiner plastischen Schilderung versuchte, auf ein anderes Thema überzuwechseln, und wollte ihm dabei behilflich sein, als dieser unvermittelt fortfuhr.

»Wenn ich mich recht erinnere, haben Sie Fräulein Eleonore von Wakenitz bei uns kennengelernt.« Er nickte flüchtig in die Rich-

tung eines nahezu blattlosen Gummibaumes, neben dem eine Gruppe Damen auf schwarzlackierten Peddigrohrstühlen saß, aus deren Mitte sich ihr rotes Haar leuchtend hervorhob. Sie war Fen-che sofort beim Betreten des Raumes aufgefallen, und die Erkenntnis von der Unmöglichkeit, sich wie zufällig neben sie zu setzen, um mit ihr ins Gespräch zu kommen, hatte ihn traurig gestimmt.
»Ich erinnere mich gut«, antwortete er, »sie scheint mir eine außergewöhnliche Persönlichkeit zu sein!«
Konsul Meyer nickte geistesabwesend und lenkte seine Schritte in eine ruhige Ecke des Raumes. »Hier sind wir ungestörter!« Umständlich zündete er sich eine Zigarre an und zog mehrmals genüßlich daran. »Fräulein von Wakenitz ist die Tochter einer mit mir befreundeten Familie.« Seine Miene wirkte etwas gequält, als er nach erklärenden Worten suchte, mit denen er Fen-che die besondere Situation schildern konnte, ohne irgendwelche Peinlichkeiten zu verraten. »Nun, sie ist sehr eigenwillig und hält sich äußerst selten an die Etikette und hat dadurch ihren Eltern, sagen wir einmal, ›Unannehmlichkeiten‹ bereitet. Sie wird einige Zeit in Schanghai bleiben, um die Geschichte und die Sprache dieses großartigen Landes zu studieren.«
Aber wie sollte dieses Fräulein von Wakenitz die Kultur seines Landes studieren, ohne den Unterschied zwischen der starren Schriftsprache der Gelehrten und der schöpferischen Umgangssprache zu kennen, aus der die historischen Heldenromane entstanden waren? ging es Fen-che durch den Kopf. So kraß mochte er den Konsul nicht auf diese Schwierigkeiten hinweisen, deshalb sagte er ausweichend: »Um einen Einblick in unsere vielschichtige Vergangenheit und Lebensphilosophie zu erlangen, wird sie sehr ernsthaft arbeiten müssen!«
»So ernsthaft ist es nicht gemeint. Sie soll Freude am Lernen haben, und der Unterricht soll hauptsächlich dazu dienen, ihre innere Reife zu vervollständigen. Ich erzähle es Ihnen in der Hoffnung,

daß Sie vielleicht durch Ihr Wissen und aufgrund Ihrer Stellung einen geeigneten Lehrer empfehlen könnten.«
Fen-ches Interesse für Eleonore von Wakenitz war durch das, was der Konsul ihm soeben erzählt oder vielmehr verschwiegen hatte, noch gestiegen. Er verspürte das gleiche unbeschreibliche Gefühl wie damals, als er, nach dem unfreiwilligen Bad im Teich, mit Erika Crawford allein ins Haus gegangen war. Er dachte noch einmal über das soeben Gehörte nach. Hatte er richtig verstanden? Ihre Eltern schienen ihrer Eskapaden überdrüssig und hatten sie erst einmal in ein fernes Land geschickt, um sie zu zähmen. Dieser selbstbewußten »Wilden« also sollte er sich annehmen. In einem großen Spiegel des Saales trafen sich ihre Blicke.
»Ich kann Ihnen da behilflich sein«, bemühte sich Fen-che, seine Gedanken wieder auf das Gespräch zu konzentrieren, und wandte sich um, um ihrem Spiegelbild auszuweichen. Doch nun trafen sich ihre Blicke direkt, und er erwartete, daß sie die Augenlider senkte. Doch sie wölbte nur trotzig ihre Lippen, so daß Fen-che sich irritiert wieder dem Konsul zuwandte. »Ich kenne einen alten Hanlin-Doktor, der sich gern etwas hinzuverdienen möchte und für diese Aufgabe wie geschaffen scheint.«
Spät in der Nacht kam er nach Hause und lehnte sich müde an den Türrahmen. Da fiel sein Blick auf Ay-lins Brief. Er schluckte und ging langsam auf den Schreibtisch zu. Seine Fingernägel gruben sich in den Handballen, und mit sadistischer Freude genoß er den ziehenden Schmerz.
»Ay-lin«, murmelte er und entfaltete schuldbewußt die Briefbogen, »ich bin Vater geworden. Ich habe einen Sohn! Wir haben einen Sohn!«
Doch seine leise ausgesprochenen Worte waren vergeblich. Das schlechte Gewissen blieb, weil seine Gedanken nicht ehrlichen Herzens bei seiner Frau und dem Kind weilten, sondern immer wieder um Eleonore von Wakenitz kreisten. Mit Yin Hua war es etwas anderes; doch die Rothaarige war eine Europäerin!

Um der Versuchung zu widerstehen, beschloß er, mit dem nächsten Dampfer nach Kiautschou zu fahren. Erleichtert, endlich eine Entscheidung getroffen zu haben, legte er den Brief zurück und trat ans Fenster. Im Spiegelbild der Scheibe erkannte er sein müdes Gesicht und gähnte. Sollte er wirklich mit dem nächsten Schiff fahren? Schließlich hatte er dem Konsul versprochen, sich um sie zu kümmern. Wenn er heute oder morgen abführe, würde er erst in zehn oder vierzehn Tagen zurück sein. Er seufzte, und es klang wie ein Klagelaut.

Das Hauspersonal schien sich noch unten in der Küche aufzuhalten, denn leises Stimmengemurmel drang zu ihm herauf. Fen-che suchte nach einem Anlaß, die Köchin zu rufen, da er seine augenblickliche Einsamkeit als bedrückend empfand. Doch er verzichtete darauf und ging statt dessen in den Garten in der Hoffnung, sich von den selbstquälerischen Gedanken befreien zu können.

An der weißgetünchten Südwand des Hauses rankten sich sanft duftende Kletterrosen empor und davor, wie mahnende Finger sich im leichten Wind wiegend, übermannshohe Stockrosen in lieblichen Pastellfarben, die jetzt in der Dunkelheit nur schemenhaft zu erkennen waren. Auch hier wich das Gefühl der Schuld nicht von ihm. Die zehntausend Blüten der Malven standen ebenso einsam wie er und schienen nur auf den nächsten Tag zu warten, darauf, daß die Bienen mit den ersten Sonnenstrahlen zu ihnen zurückkehren würden. Nun aber war es still um sie herum. Das unaufhörliche Gesumme war vergangen; nur manchmal fiel eine der voll erblühten, trichterförmigen Blüten von der befruchteten Samenkapsel lautlos zu Boden.

Weder auf der weißlackierten Gartenbank noch an der steinernen Balustrade vor dem Spalierobst bei dem neu angelegten Teich fand er die Ruhe, die er suchte und ersehnte.

Aus einer plötzlichen Laune heraus verließ er den Garten und ging ziellos in Richtung Hafen. Auf dem schwarzen Flußwasser spiegelten sich die Sterne und die Lichter der unendlich vielen Boote. Nur

Yin Huas Lampe am Heck ihres Sampans brannte nicht. Ein Zeichen, daß sie entweder abwesend war oder nicht gestört werden wollte. Ungläubig starrte Fen-che auf das schlanke Boot und konnte es nicht fassen, vergebens gekommen zu sein. Enttäuscht kehrte er um und spürte, wie seine innere Anspannung weiter wuchs.

In dieser Nacht fand Fen-che keinen Schlaf. Seine Gedanken beschäftigten sich immer wieder mit Ay-lin und dem Kind. Im kommenden Monat würde das Geburtsfest seines Sohnes gefeiert werden, und er meinte Ay-lin schon jetzt zu sehen, wie sie nach altem Brauch Eier rot färbte und silberne Anhängsel kaufte. Er dachte auch an seine Mutter, die vor Freude über den Familienzuwachs sicher aufgeregter sein würde als Ay-lin. Und er dachte an seinen Vater, der in seinem zurückhaltenden Stolz Erfüllung fand.

Bis zum Morgengrauen hatte er sich endgültig entschlossen, mit dem nächsten Schiff nach Kiautschou zu fahren.

***

Das kleine Dampfschiff näherte sich mit langsamer Fahrt der Bucht. Am südlichen Teil der schmalen Landzunge erhoben sich sanft gewölbte Berge, die unmerklich in die über tausend Meter hohen Granitfelsen des Lanschaugebirges übergingen. Die leichte Dünung des ostchinesischen Meeres verlief sich im tintenblauen Wasser. Der Maschinentelegraf rasselte, und das Schiff verlor langsam an Fahrt. Träge wanderte der plumpe Bug nach Steuerbord, bis er auf die knapp dreihundert einfachen, strohbedeckten Lehmhütten an Land zeigte. Tsingtau lag vor ihnen. Wieder klingelte der Telegraf, und kurze Zeit später erzitterte das Schiff durch die jetzt rückwärts drehende Schiffsschraube. Mit dem Rasseln der über das Ankerspill laufenden Kette erstarben auch die Maschinengeräusche. Die Ankerkette wurde von den kräftigen Bremsbacken des Spills abgebremst und kam langsam steif. Der Anker hielt im lehmigen Boden, und das Schiff neigte sich mit dem Heck nach Norden und legte den Steven in den sanften Seewind.

An Land umfing Fen-che neben dem Geruch von Tang und Erde wieder die allgegenwärtige Armut, die er als Stadtmensch fast vergessen hatte. Erleichtert, sofort eine Sänfte mit Trägern zu finden, zog er sich in sie zurück. Der ansteigende Weg führte durch das höher gelegene Oberdorf, das durch seine baufälligen Hütten einen trostlosen Anblick bot. Ihm fiel auf, daß hier nicht nur ungewöhnlich viele Menschen von Pockennarben gezeichnet, sondern auch viele blind waren. Einen Augenblick erschütterte ihn der Gedanke, daß es sich bei dem neuen Mandarinat seines Vaters vielleicht um einen Strafposten handelte, doch er beruhigte sich schnell. Nein, das hätte ihm die Kaiserinwitwe nicht angetan!

Der Weg führte an Föhren, Pinien und Obstbäumen vorbei und folgte dem Ufer in einem weiten Bogen um die Bucht. Fen-che hatte den Vorhang seiner Sänfte jetzt zurückgezogen und genoß den schönen Ausblick auf das Wasser. Am Horizont zeigte eine dunkle Rauchfahne den Kurs seines weiter nordwärts fahrenden Schiffes an. Es schien, als ob die Dörfer nach dem Auslaufen des Dampfers sofort wieder in den Schlaf der Einsamkeit versunken wären.

Das Land wurde flacher und zog sich in einer weiten Ebene mit vereinzelten Bergkegeln dahin. In zunehmendem Maße tauchten bestellte Äcker auf, und die Dörfer wurden größer. Unzählige kleine Felder mit Weizen, Gerste, Bohnen, Hirse und Melonen zeigten einen bescheidenen Wohlstand. Doch wie überall im ganzen Land mußte auch hier jede noch so kleine Fläche beackert werden, um ihre Bewohner zu sättigen.

Je näher sie Kiautschou kamen, desto dichter wurde der Verkehr. Auf der sandigen Straße zogen Händler mit Schiebekarren voller Bohnenkuchen, Baumwolle, Filz, Salz und Holzkohle dahin oder trugen ihre wenige Ware in Körben an einem Bambusrohr über den Schultern, um sie in der Stadt günstiger zu verkaufen. Eselkarren oder Pferdewagen gab es hier nicht.

Als die Träger den Kiaufluß überquerten, kam die beeindruckende zinnenbewehrte Stadtmauer von Kiautschou in Sicht. Doch die Ausmaße der Stadt enttäuschten Fen-che. Er hatte sie sich viel größer vorgestellt.

***

Die Stadtmauer war völlig unversehrt, und innerhalb der Befestigung gab es weder baufällige Häuser noch Elendsviertel. Kiautschou, einst die bedeutendste Handels- und Hafenstadt auf der großen Halbinsel Shantung, schien mit ihren außerordentlich vielen reizenden Tempeln, den unzähligen steinernen Fabeltieren sowie den prächtigen Ehrenbogen seit weit über hundert Jahren unverändert geblieben zu sein. Das mochte wohl daran liegen, daß sie durch die Sandablagerungen des Kiauflusses langsam zu einer unwichtigen Landstadt herabgesunken war und somit ihre einstige Bedeutung verloren hatte.
Der Yamen von Landrat Lin Bohong befand sich im Zentrum und war das prunkvollste Regierungsgebäude der Stadt. Zwei gewaltige Ehrenbogen, vor denen zwei riesige steinerne Löwen auf Podesten thronten, wiesen darauf hin, daß hier der höchste, siegelbewahrende Beamte der Stadt residierte.
Neugierig betrachteten die beiden auf ihre Lanzen gestützten Wachen vor der großen Flügeltür mit den aufgesetzten Löwenköpfen, wie Fen-ches Sänfte abgestellt wurde. Sie schienen ihn als harmlos einzustufen und schenkten ihm keine Beachtung, als er das Gebäude betrat. Fen-che war froh, sich chinesisch gekleidet zu haben, obwohl er die leichten Anzüge der Europäer sehr zu schätzen gelernt hatte. Im Rückblick fiel ihm auf, daß er auf seiner ganzen Landreise von dem kleinen Fischerdorf Tsingtau bis hierher keinen einzigen Europäer gesehen hatte.
Die Begrüßung von Ay-lin und Qin-lin geriet durch die gelungene Überraschung seiner unerwarteten Ankunft sehr laut und herz-

lich. Seine nächste Frage galt dem Vater, doch der befand sich mit den Dorfvorstehern der Umgebung gerade in einer wichtigen Besprechung und konnte nicht gestört werden. So führten ihn die beiden Frauen stolz ins Schlafzimmer. Neben Ay-lins Bett blieben sie stehen und blickten erwartungsvoll zu Fen-che, als dieser sich über das kleine Kinderbett am Fenster beugte.

Das sollte sein Sohn sein? Dieser winzige Glatzkopf mit seiner eingedrückten Nase, der runzligen Haut und den verquollenen Augen? dachte er entsetzt und beobachtete, wie Ay-lin den Kleinen behutsam auf den Arm nahm. Er konnte sich nicht erinnern, jemals ein so häßliches Kind gesehen zu haben, und war überzeugt, daß es nicht normal sein konnte.

»Habt Ihr schon einen Namen für ihn?« fragte er und strich verlegen mit seinem Zeigefinger über die Zehen des Kindes, die ihn an Erbsen in einer Schote erinnerten.

Ay-lin hob die Schultern etwas an. »Wir müssen dazu noch den Wahrsager befragen, denn der Name soll ja zu ihm passen und vor allem Glück bringen!«

Zufrieden vernahm Fen-che ihre ruhig vorgetragene Antwort, und seine Befürchtung schwand. Das Kind war anscheinend völlig normal. Für einen kurzen Augenblick stieg Trauer in ihm auf, weil Yü Yin und die alte, herzliche Ne-Ne nicht mehr lebten, um das Kind zu sehen.

Qin-lin ertappte sich dabei, wie sie leise mit den Blumen sprach, die sie gerade begoß. So groß war ihre Freude über das Wiedersehen mit ihrem Sohn, daß sie die Nachricht unbedingt weitergeben mußte. Plötzlich wurde sie sich ihrer Einfältigkeit bewußt, blickte sich verschämt um und kicherte erleichtert, denn niemand befand sich in ihrer Nähe. Sie beugte sich erneut über die Pflanzen und erzählte ihnen mit großer Ernsthaftigkeit von ihren Wünschen und Hoffnungen. Doch weder von den Begonien noch von den kräftigen, braunen Samtblumen erwartete sie eine Entgegnung. Nur die Nachtigall beobachtete aus dem Käfig andachtsvoll ihre Lippen,

und während Qin-lin zum nächsten Fenster ging, trällerte sie ihre Antwort hinterher.
Fen-che fühlte sich bei dem gemeinsamen Abendessen an die vergangene Zeit seiner Jugend erinnert, die er heute als angenehm und sorglos empfand. Das war der Abschnitt in seinem Leben gewesen, in dem sein Vater noch das Richteramt ausgeübt hatte. Die Zeit, die seine Eltern in Malikows Teehandelsmission verbringen mußten, erschien ihm jetzt wie ein schlechter Traum; insbesondere wenn er an die Krankheit seiner Mutter zurückdachte. Diese dunkle Zeit durfte er getrost vergessen, denn beide strahlten heute Ruhe und Zuversicht aus. Das galt besonders für seinen Vater, der sich zu Ehren des Tages die Galatracht angelegt hatte und ihm stolz nach der Mahlzeit die Räumlichkeiten des Yamen zeigte.
»Nach Westen mußt du dir deinen Blick freihalten!« murmelte sein Vater leise. Beide standen am Fenster und betrachteten die untergehende Sonne.
»Nach Westen!« wiederholte Fen-che und deutete die Mitteilung so, daß sie politisch zu begreifen war. Was konnte Vater mit »freihalten« gemeint haben? Sicher war seine Botschaft so zu verstehen, daß er sein Augenmerk den westlichen Errungenschaften nicht verschließen sollte, da er in ihnen die Zukunft ihres Landes sah!
»Ja, jeder erlebte Sonnenuntergang ist ein Geschenk der Götter. Keiner gleicht dem anderen«, kam Lin Bonhong unversehens ins Schwärmen und setzte Fen-ches Gedankengängen ein Ende. »Jeder für sich allein ist wie ein kostbares Gedicht!«
Fen-che sah irritiert in den roten Feuerball, bis seine Augen schmerzten. »Ja!« entgegnete er höflich, »wiewohl die Sonne aus jeder Himmelsrichtung gleichermaßen zu strahlen scheint, muß ich Euch recht geben!«
Von Fen-ches Zuspruch angenehm berührt, legte ihm Lin Bohong die Hand auf die Schulter und dachte: Du denkst sicher, ich bin einfältig geworden, weil ich mich den Sonnenuntergängen widme. Vielleicht stimmte es sogar, aber er genoß diese Augenblicke und

bedauerte jeden, dem noch nicht die Augen dafür geöffnet worden waren. »Komm«, bot er mit kaum wahrnehmbarer Stimme an, »wir rauchen eine Pfeife!«

Weder Qin-lin noch Ay-lin ließen eine Bemerkung fallen, während der süßliche, schwere Duft durch das Haus zog. Es war genau wie in alten Zeiten, wenn Malikow sie plötzlich und unerwartet besucht und in seiner polternden Art Bewegung in ihr einförmiges Leben gebracht hatte. Währenddessen hatte Qin-lin mit Fen-che zusammengesessen und ihm Geschichten erzählt, Spiele gespielt oder Bilder gemalt. Da hatten die Männer ebenfalls geraucht. Heute war es wie damals, nur daß sie mit ihrer Schwiegertochter beisammen saß und wartete; aber noch etwas hatte sich verändert: Sie war älter geworden und beachtete die kleinen Freuden des Lebens wie unverhoffte Kostbarkeiten.

In vollen Zügen genoß Fen-che das lang vermißte Beisammensein, die höfliche Hochachtung, die seinem Vater als dem höchsten Mandarin des Ortes entgegengebracht wurde, und die beschauliche Ruhe der kleinen Stadt, die in krassem Gegensatz zu der Hektik und dem Lärm von Schanghai stand.

Mit Unbehagen bemerkte er in vielen versteckten Andeutungen von Ay-lin, daß sie lieber hierbleiben wollte, als mit ihm nach Schanghai zurückzukehren. Diese Entdeckung behielt er vorerst für sich und zog es vor, so lange zu schweigen, bis er sich darüber im klaren war, welche Konsequenzen dies letztlich für ihn haben würde. Er dachte an das neue Haus, das sie noch nicht kannte und in das sie höchstwahrscheinlich nicht mit großer Freude einziehen würde. Als ob sie spürte, was Fen-che bewegte, kam sie an diesem Abend darauf zu sprechen.

»Mißversteh mich bitte nicht, ich möchte sehr gern mit dir zurückfahren, aber ich glaube, Mutter benötigt meine Pflege noch zu sehr. Außerdem wäre es für unseren Sohn besser, denn er ist für eine Seereise noch zu klein«, flüsterte sie, um das schlafende Kind nicht zu wecken, und kuschelte sich an ihn.

Du mußt verstehen, hatte sie ihm in der ersten Nacht seines Hierseins gesagt, daß Mutter und Kind immer zusammensein müssen, und deswegen schläft er bei uns. Du wirst dich schnell daran gewöhnen, war sie seinem Protest mit fröhlichem Lachen zuvorgekommen und hatte sich für die letzte nächtliche Mahlzeit des Kindes bereitgemacht.
Fen-che konnte sich noch nicht an das Kind gewöhnen. Besonders wenn es nachts schrie oder sehr früh morgens gesäugt wurde und er verständnislos ihre albernen Kosereien mit dem Kleinen beobachtete. Was ihn aber weit mehr belastete, war die erzwungene Enthaltsamkeit. Er begehrte sie mehr denn je.
Seufzend streckte er sich aus und zog ihren Kopf an seine Brust.

***

»Ich kann mir vorstellen, daß ihr Kaufleute in Schanghai sehr gut verdient«, wandte sich Lin Bohong während des Frühstücks gut gelaunt an seinen Sohn.
Über Geld hatte sein Vater noch nie mit ihm gesprochen, und so nickte Fen-che nur verwirrt. Wollte er sich etwa Geld von ihm leihen? Undenkbar.
»Ich habe mich durch Eure Erziehung zur Bescheidenheit erst daran gewöhnen müssen, daß es nicht selten vorkommt, daß ein einziger Mensch mehr Geld verdient, als ein ganzes Dorf erwirtschaftet!« antwortete er ihm.
»Und wie legst du es an?«
Sein Vater wurde wahrlich wunderlich, dachte Fen-che. Anders konnte er es sich nicht erklären, daß er ihn so unverblümt danach fragte. Voller Erstaunen blickte er ihm ins Gesicht.
»Ich meine es gut mir dir«, schmunzelte Lin Bohong und freute sich, daß sein Sohn so reagierte, wie er es erhofft hatte, »und will dich nur vor einer Dummheit bewahren. Nächstes Jahr kann das Geld, außer du hast es in Gold oder Silber angelegt, nichts mehr

wert sein. Zum Beispiel könnten die Schulden des Staates eine Geldentwertung auslösen.«
Fen-che schluckte und wußte nichts darauf zu erwidern.
»Hier in Shantung gibt es einige Kohlenbergwerke«, fuhr sein Vater fort, »aber sie fördern nur für die nähere Umgebung. Daran solltest du dich beteiligen, oder noch besser, einige pachten. Wie du auf der Fahrt hierher sicher gesehen hast, gibt es bei uns nur einen geringen Baumbestand. Früher war die Gegend reich bewaldet. Stamm für Stamm wurde zum Heizen und Kochen verfeuert. Und was ist geblieben? Kaum einen Busch findest du noch am Wegrand!«
»Hier anlegen? Wäre das denn sicherer als auf einer Bank?«
Lin Bohong schenkte sich die Teetasse noch einmal voll und rührte einen halben Löffel Honig mit hinein. »Komm, wir gehen in mein Arbeitszimmer. Da können wir ungestört alles Weitere besprechen.«
Ohne Verärgerung über die Unruhe, die die beiden Männer verursachten, führten die beiden Frauen ihre Unterhaltung in leichtem, herzlichem Ton fort.
»Genau das ist der schwache Punkt, gegen den ich zu kämpfen habe«, nahm Lin Bohong das Gespräch wieder auf, »denn niemand sieht einen Reiz darin, in unserer Provinz Geld anzulegen, weil wir zu weit abseits liegen und noch kein geeigneter Hafen in der Nähe ist. Mit deinem Geld würden wir den ersten Schritt tun, und wenn wir Glück haben, locken wir dadurch noch weiteres Kapital an. Meiner Ansicht nach ist es eine schwere Unterlassungssünde gegen die Menschen in dieser Gegend, wenn wir die vorhandenen Kohlenvorräte nicht abbauen. Dann endlich hätten die Leute Brennmaterial zum Kochen und Heizen, und ich bin sicher, daß sich das Geschäft herumspricht und andere Investoren anlockt.«
»An wieviel dachtest du? Ich habe mir doch erst ein Haus gekauft!«
Der Alte kramte in der Schublade und holte eine kleine Pfeife nebst Tabaksbeutel hervor und stopfte sie bedächtig. Nach einigen

Zügen legte er sie zur Seite und hustete leicht hinter vorgehaltener Hand. »Nein, nein, es ist nichts!« sagte er, als er den aufmerksamen Blick seines Sohnes auf sich gerichtet sah. »Ich bin völlig gesund!« Dann stand er auf und kehrte Fen-che den Rücken zu, während er aus dem Fenster blickte. »Wenn du klein anfangen willst, mußt du für Pacht, Löhne und Fahrzeuge mit zehntausend Tael rechnen.«
Fen-che war erleichtert. Außer der kaiserlichen Anweisung besaß er noch etwas über dreißigtausend Tael. »Und wie soll ich es machen?«
»Entweder du kaufst eine Mine oder beteiligst dich an ihr! Vorrangig wären stabile Eselwagen, die die Kohle über weitere Strecken transportieren können.«
»Vater, wäre die Bitte vermessen, wenn ich Euch frage, ob Ihr im Augenblick, sagen wir, zwanzigtausend Tael für mich anlegen könnt?«
Lin Bohong nickte. Nachdem nun das unangenehme Geldthema abgeschlossen war, kehrte er mit entspannter Miene zu seinem Stuhl zurück und setzte sich. »Ich würde es begrüßen, wenn Ay-lin noch etwas länger bei uns bleiben könnte. Das Kind und die Pflege ... auf jeden Fall ist deine Mutter so aufgeschlossen wie lange nicht mehr. Komm, wir gehen zu den Frauen und trinken noch einen heißen Tee.« An der Tür blieb er unvermittelt stehen. »Da fällt mir noch etwas ein. Tsingtau soll eventuell zu einem Kriegshafen ausgebaut werden, auf jeden Fall kommt in nächster Zeit eine Garnison dorthin. Abnehmer für Kohle wirst du dann genug haben!«
Ay-lin blickte auf, als die beiden Männer zurückkamen, und schenkte ihnen Tee ein. Fürsorglich ließ sie ihren Blick über den Tisch gleiten. Erst als sie sicher war, alle Wünsche erfüllt zu haben, setzte sie sich wieder zu Qin-lin.
Nachdenklich sah Fen-che seinen Vater an. »Warum bemüht Ihr Euch so? Ihr seid hoffentlich nicht nur um mich besorgt. Euer Handeln gilt doch vorwiegend der Bevölkerung hier!«

»Das eine schließt das andere nicht aus«, erwiderte dieser nach langem Nachdenken, »ich sehe darin ebenso einen Vorteil für dich wie für die Menschen hier, und natürlich auch für mich. Die von Peking eingesetzten Mandarine haben es allgemein auf dem Lande nicht leicht, sich gegen die Großgrundbesitzer und Dorfältesten der Gemeinden durchzusetzen. Unsere kleine Familie hat ja, wie du weißt, diesbezüglich auch Erfahrung gesammelt!« Er hustete wieder kurz und trocken, während er seinen Sohn mit einem schiefen Blick bedachte. »Manchmal kann es dann zu schweren Auseinandersetzungen, zu regelrechten Kriegen kommen. Ich habe gerade das Vertrauen der meisten Dorfältesten gewonnen, und wenn die Kohle vom Volk angenommen wird, haben wir nur noch gegen Mißernten, Hunger und Seuchen zu kämpfen.«

Fen-che erinnerte sich an das große Vermögen, das sie besessen hatten, bevor sein Vater zum Tode verurteilt worden war. Er versuchte einen Sinn in diesem Schicksalsschlag zu sehen. Alles ist vom Schicksal vorbestimmt, und die Gebete sowie die Gedanken des Menschen sind darin nichts weiter als Regentropfen im Meer. Wie viele solcher Tropfen würden wohl ein Meer ergeben? Und wenn sie dann ein Meer geworden waren, würde sich das Schicksal dann vielleicht doch beeinflussen lassen? Nein, das Meer, die Unendlichkeit des harmonischen Ablaufs der Natur blieb immer das Bestimmende. Daran würden alle Tränen der Erde nichts ändern!

Die letzten Stunden in Kiautschou vergingen für ihn ebenso wie für Ay-lin viel zu schnell. Jetzt hatte er zum ersten Mal, seit er hier zu Besuch war, das Gefühl, ihr wichtiger zu sein als das Kind.

»Ich werde zum Neujahrsfest wiederkommen«, versprach er ihr und umarmte sie lange und zärtlich. »Und wenn du willst, nehme ich dich dann mit nach Schanghai.«

***

Eleonore von Wakenitz erschien in Fen-ches Privatvilla eine Stunde vor der verabredeten Zeit. Sie hatte darauf bestanden, vor ihren Stunden bei dem Hanlin-Doktor von ihm persönlich in die chinesische Schrift und Sprache eingewiesen zu werden. Einerseits fühlte er sich dadurch sehr geschmeichelt, doch andererseits brachte ihn dieses Anliegen in Zeitnot, weil die Bedingungen für die Abschlüsse der Tee-Ernte für das kommende Jahr noch ausgehandelt werden mußten. Darüber hinaus drängten die Japaner auf Zusagen, in größerem Umfang mit den begehrten Edelfellen aus Rußland beliefert zu werden.

Überhaupt schien ihm Japan, seit sich die Regierung dort von dem verkrusteten, rückständigen Feudalsystem befreit hatte, ein vielversprechender Handelspartner zu sein. Schnell hatte er zu spüren bekommen, wie eitel und überheblich sich seine Geschäftspartner zeigten, wenn es um die Verständigung ging. Sie waren durch nichts zu bewegen, fremde Sprachen zu lernen. So wurden die bisherigen Geschäfte in einem sehr schlechten Englisch oder mit Hilfe eines Dolmetschers abgewickelt. Aus diesem Grund studierte er seit einigen Wochen ihre Sprache; und gerade jetzt gefiel es dieser Deutschen, von ihm ins Chinesische eingewiesen zu werden.

Sie trug an diesem Tag wie immer ein enganliegendes schwarzes Kleid mit einer dunkelroten, lose über die Schulter gelegten Stola und einen spitzenbesetzten Sonnenschirm, obgleich ein kleiner Strohhut mit durchflochtenem rosa Bändchen sie schon vor der Sonne schützte.

»Wenn ich zu früh gekommen sein sollte, entschuldigen Sie bitte. Aber ich lasse mich nur ungern zum Sklaven der Zeit machen! Sollte ich trotzdem stören, werde ich noch etwas spazierengehen!«

»Aber keineswegs! Treten Sie bitte ein!« Fen-che war über die ungelegene Unterbrechung seiner Arbeit dennoch ungehalten und ärgerte sich über seine Unaufrichtigkeit ihr gegenüber. Statt dessen bedeutete er dem Hauspersonal, sich zurückzuziehen. Die

Ankunft der interessanten Europäerin schien wie ein Lauffeuer durch das Haus gegangen zu sein, denn das Glockenspiel hatte alle Bediensteten wie zufällig am Eingang erscheinen lassen. Sogar bis zur Köchin war die Kunde gedrungen.
»Wie reizend Sie eingerichtet sind!« Eleonore von Wakenitz ließ die Stola von ihrer Schulter gleiten und nahm den Hut ab, um dann mit flüchtiger Handbewegung ihr üppiges rotes Haar zu ordnen. Fen-che folgte mit den Augen ihren anmutigen Bewegungen. Verglichen mit den einfachen, glatten Frisuren chinesischer Frauen erinnerten ihn ihre Locken an die geringelten Schwänze von Schweinen. Dennoch übte dieses Haar einen eigenartigen Reiz auf ihn aus.
»Ich fasse es als Ehre auf, Ihnen einen kleinen Einblick in unsere Sprache geben zu dürfen, bevor der alte Hanlin-Doktor Wu Fei Sie an seinem Wissen teilhaben läßt. In unserer Sprache kommt es vor allem darauf an, den jeweils richtigen Sinn des gesprochenen Wortes zu erfassen.«
Einladend wies er auf die offene Salontür. Während beide eintraten, ließ sie flüchtig interessiert den Blick über die Einrichtung schweifen, in der chinesische und europäische Möbel einander harmonisch zugeordnet waren.
»Wieso den jeweils richtigen Sinn?« Während sie sich setzten, blieben ihre Augen auf seinen Mund gerichtet. »Sind die Wörter im Chinesischen denn nicht eindeutig?«
»Es gibt viele Wörter, die mehrere Bedeutungen haben, wie ›hou‹ einmal Affe oder auch Marquis heißen kann. Erschwerend kommt hinzu, daß bei uns Wortspiele, in denen beide Ausdrücke passen, ungemein beliebt sind.«
Während sie aufmerksam seinen Ausführungen folgte, erschien sie ihm in seiner unmittelbaren Nähe noch begehrenswerter, und mit geheimer Lust atmete er ihre Körperwärme und den zarten Duft ihres Parfüms ein. Wie gern würde er sich mit ihr zusammen auf der Prachtstraße von Schanghai sehen lassen! Dann gewänne

er vor den Europäern und besonders vor seinen Landsleuten noch mehr Gesicht!
»Nehmen wir das Wort ›schüh‹. Es bedeutet Buch oder Baum. Sprechen Sie es mir bitte nach: schüh!«
»Schüh!« hauchten ihre Lippen.
»Sehr schön! Erst durch das Zusammensetzen mit anderen Worten erkennt man seinen Sinn. Schüh-lam bedeutet Wald; jing to schüh ist ein Kirschbaum und schüh zai eine Kartoffel. Sprechen Sie bitte nach!«
Während sie eben noch an seinen Lippen hing, war er es nun, der ihre Aussprache kontrollierte. Sie saßen sich vor dem Fenster am Tisch gegenüber, und jedes Wort wiederholte sie so lange, bis Fen-che mit ihrer Aussprache zufrieden war. Unterdessen hatte er Tee kommen lassen, Obst und Biskuits.
»Der Aufbau der Sätze im Chinesischen erfolgt genau wie im Deutschen«, fuhr er fort. »Das Subjekt steht vor dem Prädikat und das Objekt hinter dem Verb.« Jetzt, da ihr Haar von einigen Sonnenstrahlen getroffen wurde und noch intensiver leuchtete, lag ihm eine Bemerkung darüber auf der Zunge. Doch sie schien so ernsthaft mit Lernen erfüllt zu sein, daß er sich diese Intimität versagte. »Bei der Größe unseres Reiches konnte es nicht ausbleiben, daß sich Mundarten und Dialekte bildeten. Ich werde Ihnen die bei uns im Norden gebräuchliche Sprache erklären!«
Er hielt inne und dachte darüber nach, welche Begriffe sie wohl schon kannte. »Sie haben sicher schon von unseren großen Strömen, dem Yangtse Kiang und dem Huang Ho, gehört. Ho heißt hier im Norden Fluß, im Süden Kiang. Ich werde Ihnen zu jeder Stunde etwa zwanzig der geläufigsten Wörter mitgeben. Auf diese Weise werden Sie sehr schnell lernen. Hier sind erst einmal die Zahlen, die ich phonetisch niedergeschrieben habe. Würden Sie sie mir bitte vorlesen!«
»Lin, yi, örr, san, sze, wu, lin, tsi, pa, kiu, schi ...«
Fen-che blieb, während sie las, neben ihr stehen und blickte faszi-

niert auf ihre Locken, die jetzt bei vollem Sonnenlicht in eine sanfte Glut getaucht schienen.
Plötzlich sah sie fragend zu ihm auf. »War es richtig so?«
Bevor ihm bewußt wurde, was er tat, ließ er seine Hand, vom Zauber des Augenblicks ergriffen, sanft über ihre Locken gleiten. »Sie ... Sie haben so wunderbares Haar«, stotterte er vor Verlegenheit, »und eine Haut wie Honig aus Lindenblüten.«
Sie lachte girrend. »Bei uns sagt man ›eine Haut wie Milch und Honig‹.«
Sie erhob sich und blieb dicht vor ihm stehen. Erst jetzt bemerkte er, daß sie ihn etwas überragte. »Gefallen Ihnen meine Locken wirklich so gut?« Dabei strich sie sich eine Strähne aus der Stirn. Sie stand noch immer unmittelbar vor ihm, und ihr Atem streifte seine Wange. Wie unter einem Zwang legte Fen-che seine Hand auf ihre Hüfte und zog sie zögernd zu sich heran. Dann schien sie plötzlich das Gleichgewicht zu verlieren und ließ sich gegen ihn fallen. Dabei spürte er, wie sich ihr biegsamer Körper gegen den seinen schmiegte. Unfähig, noch klar zu denken, riß er sie an sich und küßte sie.

***

Langsam begannen seine Gedanken wieder zu arbeiten, und je deutlicher Fen-che bewußt wurde, was geschehen war, um so heftiger wehrte sich sein Verstand dagegen. Die in zarten Blaufarben gehaltene, runde Seidentischdecke hing wie von grober Hand halb vom Tisch gezerrt zwischen dem zerbrochenen Teegeschirr. Die kleine Kristallvase mit der gelbbraunen Rose lag zwischen umherliegenden Kleidungsstücken unter dem Tisch, während neben ihm auf der Chaiselongue sich der nackte Körper des Mädchens räkelte. Sie lag so dicht neben ihm, daß ihr Haar sein Gesicht nahezu bedeckte. Vorsichtig strich er es beiseite. Ein unerklärliches Schuldgefühl lähmte ihn, wobei er mit törichtem Gesichtsausdruck ihren tiefen Atemzügen lauschte.

Warum hatte er das bloß getan? Der bittere Geschmack in seinem Mund wurde unerträglich. Er wünschte auszuspucken, doch nirgends entdeckte er ein geeignetes Gefäß. Trotz aller Warnungen schluckte er den vom außerordentlich bösen Spuckegott vergifteten Speichel hinunter.
Nie wieder würde er reinen Gewissens unter Konsul Meyers Augen treten können. Schlimmer noch, wenn dieser das Geschehene erführe, könnte er ihm zu Recht vorwerfen, sein Vertrauen mißbraucht zu haben.
Er machte sich von ihr frei und blieb mit gebeugtem Rücken auf der Kante des Sofas sitzen. Ihre Nacktheit, besonders das leuchtendrote Schamhaar, stieß ihn ab. Vorsichtig breitete er eine Decke über sie und zog sich langsam an.
Während er die Scherben auflas, fuhr er mit den Selbstvorwürfen fort. Nichts würde mehr so sein, wie es vorher war; jeder würde in ihm den dreisten Chinesen sehen, der es gewagt hatte, eine unschuldige Europäerin zu verführen. Er dachte an die vielen Handelsverträge, die er schon abgeschlossen hatte, und an das Geld, das in den Kohlegruben für ihn arbeiten sollte. Wenn diese Affäre bekannt würde, müßte er aus Schanghai fortziehen. Das aber konnte er nicht. Schließlich war er gebunden durch einen kaiserlichen Befehl. Er mußte hierbleiben, allein schon deshalb durfte niemand davon erfahren! Das milde Nachmittagslicht schien plötzlich zu pulsieren. In wechselndem Rhythmus wurde es heller und dunkler, während er die Geräusche wie durch einen Wattefilter registrierte.
Nachdem er sich im Badezimmer erbrochen hatte, fühlte er sich noch elender. Erst eine kalte Dusche weckte seine Lebensgeister. »Ich habe nichts falsch gemacht«, sprach er sich selber Mut zu, »es war so vorausbestimmt, und wenn es nicht heute passiert wäre, dann morgen oder übermorgen. Wir hätten uns nicht dagegen wehren können!«
Sie mußte schnellstens das Haus verlassen. Je länger sie blieb,

desto mehr würde das Personal und somit die übrige Dienerschaft Schanghais darüber reden! Sorgfältig schälte er eine Mangofrucht und entkernte sie. Dann zerteilte er das Fruchtfleisch in kleine Häppchen, preßte eine Zitrone aus und vermischte den Saft mit kaltem Zuckerwasser.

»Möchten Sie etwas trinken?« weckte er Eleonore von Wakenitz mit lauter Stimme und stellte, noch bevor sie ganz erwacht war, das Glas neben sie auf den Tisch. Verwirrt richtete sie sich auf. Als sie ihren Arm nach dem Glas ausstreckte, wurde sie sich ihres nackten Oberkörpers bewußt, zog sofort die Decke über sich und sah ihn mit unbewegter Miene an.

»Entschuldigen Sie bitte! Ich werde Sie sofort allein lassen«, stieß Fen-che hervor und schloß die Tür hinter sich.

Während er wartend von der Loggia seines Schlafzimmers auf die blinden Fenster des unbewohnten Nachbarhauses starrte, fiel unten die Haustür ins Schloß. Er wußte, daß sie gegangen war. Trotzdem eilte er ungläubig in den Salon zurück, um sich zu vergewissern. Er war tatsächlich leer. Das Zitronenwasser und die Mangofrüchte standen unberührt auf dem Tisch. Verärgert schlossen sich seine Lippen zu einem dünnen Strich. Kein Wort des Abschieds, nicht einmal ein versteckter Vorwurf! Zutiefst gekränkt blickte er suchend auf die Straße. Weit entfernt schon, von den wenigen hohen Bäumen seines Gartens nahezu verdeckt, erkannte er ihren kleinen Sonnenschirm, der sich wippend entfernte. Nie wieder, schwor er sich, nie wieder werde ich mit einer Europäerin schlafen!

Drei Wochen später begegnete er ihr zufällig im Foyer eines Hotels. Hier war er mit einem Abenteurer und Spieler verabredet, der ihn mit interessanten Geschäften gelockt hatte. Durch eine wahnwitzige Wette war er vor kurzem im Reitklub mit diesem französischen Edelmann bekannt geworden. Leicht angetrunken war der Comte von Tisch zu Tisch gegangen und hatte die Mitglieder lautstark aufgefordert, gegen ihn um tausend Tael zu wetten, ob ein Pferd mit gerader oder ungerader Zahl als erstes ins Ziel einlaufen

würde. Peinlich berührt hatten sich die Gäste seiner aufdringlichen Gesellschaft entzogen.
Dann kam er an Fen-ches Tisch gewankt und sah ihn nur stumm und herausfordernd an.
»Hier bei mir ist noch Platz!« forderte er den Comte provokativ auf. Wenn dieser sich jetzt setzen würde, darüber war er sich im klaren, mußte er bei der verrückten Wette mithalten, wenn er nicht zum Gespött der Leute werden wollte. »Ein interessantes Spiel haben Sie vorgeschlagen. Wie hoch soll die Summe denn sein? Eintausend Tael oder das Doppelte?« Mit dem Ziel, den Comte in die Enge zu treiben, legte er eine Bankanweisung vor sich auf den Tisch. »Zweitausend?«
»Zweitausend!« nickte der Edelmann würdevoll, trotz seiner Trunkenheit. »Derjenige, dessen Pferd als erstes die Zielgerade überschreitet, hat gewonnen. Ich überlasse Ihnen die Wahl der Zahl!«
Während Fen-che die Anweisung ausschrieb, biß er sich wütend auf die Unterlippe. Kleinlaut, so hatte er gehofft, würde sich der Comte von dieser absurden Wette distanzieren. Doch er hatte sich getäuscht, und ihm blieb nichts anderes übrig, als dieses Spiel nun mitzumachen.
»Ungerade!« hatte er sich entschieden, und beim Einlauf in die Zielgerade fieberte sein Blick dem Pferd entgegen, das in Führung lag. Und mit ihm die Besucher des Klubs, die alle am Geläuf standen und mit unverhohlener Spannung zusahen. Die gerade Zahl lag knapp in Führung und baute sie unaufhaltsam weiter aus. Dann, wenige Meter vor dem Ziel, ein hundertfach unterdrückter Aufschrei übertönte für Sekunden das Hufgetrappel, fiel das führende Pferd vom Trab in den Galopp.
»Mein Herr, ich beglückwünsche Sie zu Ihrem Sieg!« verkündete der Comte und reichte Fen-che seine Anweisung. Wie von einer Mauer wurden sie von den Gästen umringt, denn diese Wette hatte sich in Windeseile herumgesprochen.

»Sie irren, werter Herr. Ich habe verloren!« antwortete Fen-che und bot seinerseits dem Comte die Anweisung. »Ihr Pferd hat als erstes die Ziellinie überschritten!«

»Sie wissen genau, daß es disqualifiziert wurde. Also sind Sie der Sieger!«

»Ich möchte Sie keineswegs beleidigen, aber der eindeutige Gewinner sind Sie!«

»Sie beleidigen mich in der Tat. Was erlauben Sie sich, diese Situation so unrichtig zu deuten! Darf ich Ihren Namen erfahren?«

Stuart drängte sich durch den Kreis der Zuschauer. »Bitte, Comte, wir befinden uns hier auf chinesischem Boden. Die hiesigen Behörden untersagen jegliche Duelle. Bitte einigen Sie sich doch!«

»Einigen? Dieser Herr scheint zu bezweifeln, daß ich mit Anstand verlieren kann!«

Erst durch Stuarts Dazwischentreten erkannte Fen-che, auf welche Weise sich die Situation zuspitzen würde, wenn er nicht sofort eine für beide Seiten annehmbare Lösung fand. »Ich schlage vor«, sagte er schnell, »uns darauf zu einigen, daß wir beide verloren haben. Da niemand von uns das Geld haben will, sollten wir die Summe den Waisenhäusern zukommen lassen, die sich der ausgesetzten Mädchen annehmen.«

Der Comte starrte ihn verblüfft an. Die schweigenden Zuschauer warteten gebannt auf seine Antwort. Dann brach er in lautes Lachen aus. »Einverstanden!« sagte er noch immer amüsiert. »Unter der Bedingung, daß Sie sich von mir zu einem Versöhnungsschluck einladen lassen!«

Dabei erfuhr Fen-che, weswegen der Comte sich in Schanghai aufhielt. Er versuchte Geschäftsverbindungen mit Seidenherstellern aus dieser Gegend zu knüpfen, da er in Kanton an den vertraglich festgesetzten Lieferbedingungen der Seidenfabrikanten, die nur den Engländern zugute kamen, gescheitert war. Jedoch an diesem Tag verhinderte der Alkohol ein ergiebiges Gespräch. So hatte er Fen-che für ein weiteres Treffen in dieses Hotel gebeten.

Ausgerechnet hier traf er Eleonore von Wakenitz wieder. Unnahbar und wie immer in Schwarz gekleidet, begrüßte sie ihn, als ob nichts geschehen wäre. Für ihr taktvolles Auftreten war er ihr außerordentlich dankbar.
»Ich habe kaum noch Zeit für mich«, sagte sie in gespielt jammervollem Ton, »denn Ihr Hanlin-Doktor ist sehr streng mit mir. Es scheint, als habe er den Ehrgeiz, mich zu einer perfekten Sinologin auszubilden.« Mit der Andeutung eines Winks verabschiedete sie sich, noch bevor er darauf etwas erwidern konnte. Dann blieb sie doch noch einmal stehen. »Ich habe Post von Konsul Meyer bekommen. Er läßt Ihnen einen Gruß und seinen Dank für die von ihm erbetenen, uneigennützigen Dienste ausrichten!« Dabei blickte sie ihm einen winzigen Augenblick zu lange in die Augen, bevor sie endgültig in Richtung Ausgang verschwand.
Fen-che wurde ungeduldig. Ihm lief die Zeit davon. Malikows erste Pelzsendung aus Rußland, die er ohne Auftrag auf eigene Rechnung erworben hatte, war innerhalb kurzer Zeit verkauft worden, wobei für weiße Felle besonders von Mandarinen und höchsten Staatsbeamten fürstliche Preise gezahlt wurden, denn in diesem Jahr war neben der weißen Trauerkleidung eine passende Kopfbedeckung in gleicher Farbe in Mode gekommen. Der Rest der Felle war ebenso schnell nach Japan verkauft worden, und nun hoffte er auf Malikow, der ihn zügig beliefern wollte. Dann mußte er sich noch auf die Fahrt nach Kiautschou vorbereiten, wo er das Neujahrsfest verbringen wollte. Davor mußten die Schuldner gemahnt, laufende Geschäfte abgeschlossen und neue Verträge paraphiert werden. Statt dessen stand er hier und wartete auf den Comte.

***

Unwirsch erhob sich Fen-che, umrundete seinen Schreibtisch und blieb vor dem Fenster stehen. Eine Angewohnheit, sich mit den anliegenden Problemen zu befassen, wobei der Blick nicht durch die

Enge des Raumes behindert wurde. Hinter sich vernahm er das Rascheln irgendwelcher Papiere, die seine beiden Angestellten ausfüllten.
Sein vordringlichstes Problem war der Graf. Ein autoritärer, älterer Mann mit stark vernarbten Mensuren, der sich grundsätzlich über gesellschaftliche Konventionen hinwegsetzte und eigene Vorstellungen von geschäftlichen Abläufen durchzusetzen wußte. In der Hotelhalle hatte er Fen-che noch lange warten lassen, um sich daraufhin unerwartet großzügig zu geben, denn er verpflichtete sich freiwillig, die erhaltene Seidenlieferung in Sycees zu bezahlen. Üblicherweise wurde in mexikanischen Silberdollars abgerechnet, weil der schwankende Silberpreis den Wert des Taels, und damit den Gewinn, zu sehr beeinflußte. Zwar stand der mexikanische Dollar mit dem Tael im Augenblick ziemlich gleich, doch das beantwortete nicht die Frage, warum der Comte in Sycees zahlen wollte. Diese Silberbarren im Gewicht von fünfzig Tael galten seit alters neben den normalen Gold- und Silberbarren als Zahlungsmonopol des Staates. Wie mochte er wohl an diese Barren herangekommen sein?
Der Graf hatte ihm eine Bezahlung in Aussicht gestellt, die weit über dem Wert der angebotenen Ware lag. Sollte das Geschäft zustande kommen, würde Fen-che verpflichtet sein, bei gleichbleibender Qualität innerhalb eines Jahres Seide zum Festpreis für vierzigtausend Sycees zu liefern.
Ärgerlich ballte Fen-che die Hände zu Fäusten. Der Gedanke, ein derart großes Geschäft abzuschließen, faszinierte ihn. Ein Geschäft, von dem jeder Komprador träumte, denn schließlich ging es dabei um ein Prozent der jährlichen Seidenausfuhr des Reiches. Bei dem Preis, den der Comte genannt hatte, schwindelte ihm, und er wagte es nicht, seinen Verdienst auszurechnen.
Was seinen Unwillen erregte, war die harte Forderung des Grafen, ihm bei Nichteinhaltung der Lieferungen oder abweichender Qualität die noch ausstehende Ware zum halben Preis zu überlassen.

Da war der Spieler wieder in ihm durchgekommen, denn unerwarteter Frost konnte die Maulbeerbäume mit den Seidenraupenlarven erfrieren lassen, eine Seuche konnte sie heimsuchen, oder aber die Preise konnten durch Krieg unerwartet steigen.

Fen-che dachte an die beim Pferderennen verwetteten viertausend Tael, die er persönlich zur Mission gebracht hatte, und wie das bittere Gefühl des Verlustes bei ihm in Freude umgeschlagen war, als er erkannte, wie mit dem Geld das Elend der Mädchen gelindert wurde, die ausgesetzt worden waren und vom Säuglingsalter an hier aufwuchsen. Jetzt umspielte ein Lächeln seinen Mund, und er setzte sich auf seinen Platz zurück. Er hatte sich entschieden.

Es war kein Geschäft wie jedes andere; hier galt es viel zu gewinnen oder zu verlieren. Und plötzlich reizte auch ihn das Spiel. Genauso wie vor ein paar Tagen, als er auf der Straße einige Handwerker beobachtete, wie sie um die Anzahl der Kerne in einer Apfelsine wetteten. Dann der prickelnde Augenblick, als die Apfelsine aufgeschnitten und die Kerne gezählt wurden. Fünf Casch hatte er an diesem Tag gewonnen. Diese fünf waren ihm mehr wert gewesen als fünf Tael.

Doch dem Zufall durfte er nichts überlassen. In den nächsten Tagen, noch vor Abschluß des Vertrages, wollte er sich in Sutschou umsehen und eventuell einige Seidenraupenzüchter eigens für diesen umfangreichen Auftrag verpflichten. Ihm war klar, daß sich das eigentliche Zentrum des Seidenanbaus um Kanton herum befand, wo die Rohseide zu Gaze, Atlas und Reinseide verarbeitet wurde. Doch dort kontrollierten bereits die Engländer das gesamte Geschäft, und nur aufgrund dieser Tatsache hatte ihn der Comte mit einem so guten Preis gelockt.

Jedoch um Sutschou, weiter im Landesinneren gelegen, hatte sich von den sonst so aufmerksamen englischen Agenten unbemerkt eine Gruppe von Seidenraupenzüchtern niedergelassen, die ihre Produkte fast nur für den einheimischen Markt herstellten. Nun lag es an ihm, diese verborgene Quelle zu nutzen. »Ich werde mir gleich morgen die Gegend ansehen!« murmelte er, und sein heiteres Gesicht verdüsterte sich, als er den Stapel von Papieren vor sich sah. Hingegen beruhigte es ihn, jetzt zwei zuverlässige Mitarbeiter zu haben, die ihm diese Arbeit abnahmen.

***

Für die Reise hatte er sich wieder seine chinesische Kleidung angezogen und auf die Annehmlichkeiten einer Sänfte verzichtet. Statt dessen mietete er sich ein Boot und ließ sich über die unendlich vielen Nebenflüsse des Yangtse in das Gebiet von Sutschou fahren.
Die erste Ortschaft, in der Fen-che halten ließ, war Sheng-tse. Die Siedlung wies etwa dreißig Hütten auf, die unüblicherweise wie ein Runddorf angelegt waren. Ihre Anwohner verdienten sich den Lebensunterhalt ausnahmslos mit der Seidenraupenzucht oder mit der Kultivierung von Maulbeerbäumen, so daß das Dorf durch die gepflegten Büsche einer Teepflanzung glich. Und noch etwas fiel ihm sofort auf: Der sonst übliche Schmutz, der jeder Siedlung zu eigen war, fehlte hier völlig. Überall standen saubere Holzdarren, auf denen die Maulbeerbaumblätter trockneten, und mit dickem Papier bedeckte Bambusgestelle.
Unentschlossen ging er die einzige Straße entlang, wohl wissend, daß ihn seit seiner Ankunft viele neugierige Augen unentwegt verfolgten. Doch niemand zeigte sich. Vor dem größten Haus blieb er stehen. Neben der verschlossenen Tür stand auf einem Sockel eine Tonfigur mit einem Fell über der Schulter. Nachdenklich betrachtete er die offensichtlich von Kinderhänden gefertigte, plumpe Gestalt, und plötzlich erinnerte er sich, daß sie die Seidenraupengöttin darstellen sollte.
Es war in Tschangscha gewesen, als seine Mutter ihm die Geschichte von der Göttin erzählt hatte. Vor weit über viertausend Jahren wurde ein reicher Mann von Räubern überfallen, und nachdem sein Pferd herrenlos nach Hause gekommen war, machte sich

die Familie große Sorgen. Die Tochter konnte vor Kummer nichts mehr essen, und vor Verzweiflung schwor die Mutter, daß derjenige, welcher ihren Mann gesund zurückbringen würde, die Tochter heiraten dürfe. Weil der Tochter eine reiche Mitgift versprochen war, versuchten viele junge Männer ihr Glück. Jedoch vergeblich! Eines Tages riß sich das Pferd los und brachte zur Freude der Familie den Hausherrn zurück. »Versprechen gelten nur gegenüber Menschen, nicht gegenüber Tieren«, tröstete der Mann seine Frau, als er von dem Schwur hörte. Doch er gab dem Pferd täglich eine doppelte Ration Futter, um aller Gewissen zu beruhigen. Doch das Tier wollte nichts fressen, sondern nur die Tochter heiraten. Erbost erschoß der Hausherr das Pferd. Als er das Fell zum Trocknen ausbreitete und die Tochter zufällig vorüberging, wurde sie von der Haut umschlossen und durch die Lüfte entführt. Nach zehn Tagen fand man das Fell auf einem Baum und daneben eine weiße Raupe, die Blätter fraß und seidene Kokons spann, woraus man Kleider für das Volk fertigen konnte. Es war die Tochter, die sich in eine Seidenraupe verwandelt hatte.
Die Eltern waren so betrübt, daß sie ihrem Leben ein Ende bereiten wollten. Daraufhin erschien ein Wolkenwagen mit der Tochter, der von dem getöteten Pferd gezogen wurde. »Grämt Euch nicht, meine lieben Eltern!« rief sie. »Ich bin für meine kindliche Liebe zur Göttin der Seidenraupen erkoren und somit unsterblich geworden. Macht Euch keine Sorgen um mich!« Dann entschwand sie ihren Blicken.
»Guten Tag, ehrenwerter, alter Herr«, wurde Fen-che von einem hageren Mann mit nahezu weißem Ziegenbart aus seinen Gedanken gerissen, »mein Name ist Li Wu-pin. Würdet Ihr mir die Ehre erweisen, mit mir Tee in meinem erbärmlichen Haus zu trinken?«
»Verzeiht bitte, uralter Großvater, daß ich hier vor Eurem prächtigen Haus verweile. Ich erinnerte mich soeben an die wunderbare Geschichte der Seidenraupengöttin und kam darüber ins Träumen. Ich fühle mich unwürdig, Eure freundliche Einladung anzuneh-

men, und entschuldigt bitte, wenn ich Euch durch meine Aufdringlichkeit Unbehagen bereitet haben sollte.«
»Ihr würdet mich ungemein glücklich machen, mir meine Unaufmerksamkeit zu verzeihen, Euch nicht sogleich eingeladen zu haben. Darum erfreut mein Herz und tretet in meine karge Hütte, obgleich ich Euch nur mäßig warmen Tee und etwas hartes Gebäck anbieten kann. Ihr würdet damit meinem einsamen Herzen eine große Freude bereiten!« Der Alte sprach derart eindringlich, daß Fen-che sich nicht weiter in Höflichkeitsfloskeln ergehen wollte.
»Mein Name ist Lin Fen-che«, verbeugte er sich zum Kotau. »Ihr beschämt mich durch Eure großzügige Gastfreundschaft!« Dann dauerte es doch noch eine Weile, bevor sie sich unter gegenseitigem Verbeugen einig wurden, wer zuerst durch den Eingang treten sollte.
Der Tee war heiß und hatte die richtige, goldbraune Färbung. Der aromatische, liebliche Duft der Zimtplätzchen ließ Fen-che das Wasser im Mund zusammenlaufen, und wieder wurde er an seine Kindheit erinnert, an die Zimtsuppe seiner Mutter, die niemand, nicht einmal Ne-Ne, so gut zubereiten konnte. Außer diesem zarten Gebäck bot ihm Li Wu-pin kandierte Früchte an, die er in einer geflochtenen weißen Porzellanschale mit kobaltblauem Rand behutsam aus einem Eckschränkchen nahm. Fen-che fragte sich verwundert nach dem Grund dieser Großzügigkeit, mit der er bewirtet wurde.
Durch die mit weißem Papier bespannten Durchbrüche zu den anderen Räumen hörte er das leise Flüstern von Kinderstimmen. Auch das kam ihm bekannt vor. Damals hatte er mit seinem Diener und Freund Wu Lan-chen ebenfalls in den Nachbarräumen gehockt, während sein Vater, wie üblich, seine Gäste allein bewirtete. Dann hatten sie mit Spucke und nassen Fingern winzige Löcher ins Papier gedrückt, um den Besucher ungestört betrachten zu können. Und auch hier entdeckte Fen-che kleine, runde Löcher, hinter denen jetzt sicher die Neugierigen hockten.

In den Minuten des Schweigens, die ihm der Hausherr schenkte, wanderten seine Gedanken aus der Vergangenheit in die Zukunft, und er fühlte sich unwohl, als er an Schanghai dachte, an seine Eltern und Ay-lin, die so weit entfernt von ihm lebten. Er verdiente zwar sehr viel Geld, doch den inneren Frieden hatte er bisher nicht gefunden. Jetzt, in diesem Augenblick wurde es ihm bewußt, weil Li Wu-pin ihm gegenüber eine gelassene, überlegene Ruhe und Zufriedenheit ausstrahlte. Fen-che spürte ein aufkommendes Neidgefühl und schämte sich dafür. Es lag doch an ihm selbst, wie er sein Leben gestaltete!

Er war so sehr mit seinen Gedanken beschäftigt, daß es ihm schwerfiel, sich auf das freundliche Gesicht des alten Mannes zu konzentrieren. »Ich beneide Euch um Euer Glück«, sagte er schließlich, und Li Wu-pin schien zu ahnen, was ihn bewegte. »Ich bin ein einfacher Mann und lebe als Taoist nach Lao-tses Lehre: Das Tun des Menschen nützt nichts, sondern schadet nur. Man lasse deshalb allen Dingen ihren Lauf, sei still und lenke nur alle Verkehrtheiten von sich und anderen ab.« Er lächelte. »Ich habe den Sinn leider erst sehr spät erkannt. Doch dann bin ich einer inneren Stimme gefolgt, habe die Raupenzucht in die Hände meiner Söhne gelegt und erfreue mich nun meines erfüllten Lebens. Glaubt mir, nur derjenige sündigt, der erkennt und nicht danach handelt!«

Nun, da Li Wu-pin die Sprache auf seine Familie gebracht hatte, gebot es die Höflichkeit, sich nach ihrer Gesundheit zu erkundigen. »Ich wünsche, daß Eure Söhne Euch noch zehntausend Jahre Euer altes Herz erfreuen, sie Euch noch viele Enkel schenken und Eure gesamte Familie von Krankheiten verschont bleibt.«

»Die Geschäfte gehen gut, und solange wir satt werden und durch die Hilfe der Priester gesund bleiben, will ich zufrieden sein.«

Fen-che hatte die Taoisten bisher nur belächelt. Sie gehörten durchweg zu den unteren Schichten der Bevölkerung. Besonders das gute Leben ihrer Priester, die außerdem heiraten durften, war kaum mit dem Mäßigkeitsgelübde zu vereinbaren. Ihre Aufgabe bestand darin, mit einem Staubwedel und einem kleinen Schwert durch die Wohnräume zu gehen und diese von bösen Geistern zu reinigen. Ihr Hauptgeschäft war die Pflege der Kranken. Sie schrieben zur Genesung heilige Sprüche auf schmale Papierstreifen, verbrannten sie und überreichten die Asche den Kranken. Diese mußten sie in Wasser auflösen und als Medizin einnehmen. Nützte diese Maßnahme nichts, verdienten sie sich durch Anfertigen von persönlichen Amuletten die nächste Gabe, und falls auch dies versagen sollte, bestand ihre letzte Aufgabe darin, mit mehreren herbeigerufenen Priestern die aufgeregten Geister nach dem Beerdigungsschmaus zu beruhigen.

»Ihr scheint glücklich und in Euch selbst zu ruhen!« entgegnete Fen-che und brachte vorsichtig das Gespräch auf das Geschäft des Alten. »Solange sich gute Seide zu annehmbaren Preisen verkaufen läßt, werden die Sorgen Euch nicht heimsuchen.«

»Sorgen begleiten uns das ganze Jahr über. Manchmal erscheinen die Frostgeister unerwartet, unbotmäßige Winde können die zarten Raupen töten, und manchmal treiben geldgierige Händler die Preise der Maulbeerbaumblätter in schwindelnde Höhen. Wir wohnen hier für die Seidenraupenzucht zu weit nördlich. In der Gegend um Kanton sind die Winter nicht so hart, und dort wird die Seide von europäischen Händlern zu annehmbaren Preisen abgenommen.«

»Läßt sich so etwas nicht auch hier einrichten? Wäre es nicht möglich, auch von hier aus europäische Händler zu beliefern?«

»Ich bin ein unhöflicher Gastgeber«, klagte Li Wu-pin, »ich behellige Euch mit meinen Sorgen, statt mich Euch mit mehr Aufmerksamkeit zu widmen. Entschuldigt bitte mein ungehöriges Benehmen!«

»Keineswegs langweilt Ihr mich!« nahm Fen-che das Thema wieder auf und überlegte, warum der Alte seiner letzten Frage ausgewichen war. War es der Konkurrenzkampf? Die Hoffnung, die Geschäfte allein besser aushandeln zu können? Oder sollte der

Einfluß der Engländer sich bereits bis hierher ausgebreitet haben? »Ich könnte mir vorstellen, hier ausgezeichnete Seide zu kaufen!« Damit hatte er Li Wu-pin zu verstehen gegeben, daß er als Käufer in Frage käme, und mußte jetzt auf sein Angebot warten. Der Alte strich sich zufrieden mit der Hand über Kinn und Bart.

»Wir haben nur eine kleine Zucht«, sagte er einschränkend, doch die edle Ausstattung des großen Hauses strafte seine Worte Lügen. »Möchtet Ihr Euch vielleicht draußen einmal umsehen? Ich will Euch gerne führen.«

Auf dem Weg zum Hof begann er zu erzählen: »Wir nehmen nur jene Motten, deren Flügel bei der Geburt ausgebreitet sind. Die mit zerknitterten Flügeln oder gar mit rotem Unterleib sind wertlos.« Der Weg führte zu einem langgestreckten, schuppenähnlichen Anbau. »Nach der Paarung legen wir das Weibchen auf ein Tuch, und nach zwei Wochen hat es seine Eier abgelegt. Hier werden wir in den nächsten Tagen die Eier einsammeln«, sagte er und wies auf die unzähligen Regale im Schuppen, »und hier werden die Eier sofort mit frischem Wasser gewaschen und getrocknet. Vier Wochen brauchen die geschlüpften Raupen, bis sie ausgewachsen sind, und in dieser Zeit ernähren sie sich von getrockneten Maulbeerbaumblättern, die mit Mehl von grünen Erbsen, schwarzen Bohnen und Reis vermengt sind.« Der Alte trat dicht an Fen-che heran. »Die Wahl des Futters ist bei den Züchtern ein großes Geheimnis«, verriet er mit leiser Stimme, und unwillkürlich begann Fen-che ebenfalls zu flüstern.

»Und was passiert dann mit den Raupen?«

»Sie spinnen sich ein, und die Kokons werden dann in die Nähe eines schwelenden Holzkohlefeuers gelegt, wo die Puppen durch die Hitze getötet werden. Es würde mir eine große Ehre bedeuten, Euch später welche anbieten zu dürfen, sie schmecken vorzüglich«, fügte er hinzu. »Hier seht Ihr einige Gespinste«, fuhr er fort und zeigte über die Schulter eines fast nackten Arbeiters, der vorsichtig ein gelbweißes Knäuel abwickelte. »Von den dreitausend Meter

Faden des Kokons sind allerdings nur etwa sechshundert verspinnbar!«

Gebannt hörte Fen-che dem Alten zu, der ihn weiter durch den Garten führte. »Für eine gelungene Zucht sind eine gute Durchlüftung und gleichmäßige Temperatur notwendig. Wie Ihr sehen könnt, arbeiten die Männer hier fast nackt und bemerken daher als erste die Temperaturschwankung, so daß sie dann die erforderlichen Maßnahmen zum Schutz der Raupen ergreifen können. Bei klarem Wetter legen wir die Kokons außerdem in die Sonne, damit die Seide später glänzend wird.«

»So eine Zucht scheint mir eine Wissenschaft zu sein, in die man von Geburt an hineinwachsen muß. Färbt Ihr die Seide auch selbst?«

»Es liegt am Hersteller, sie entweder einzufärben oder unbehandelt zu verkaufen. Wir richten uns da ganz nach dem Wunsch des Käufers.«

Fen-che ließ noch einmal seinen Blick über die weitläufige Anlage schweifen. Obwohl die Baulichkeiten und Geräte sehr gepflegt aussahen, hatte er den Eindruck, daß sich hier seit Jahrhunderten nichts verändert hatte.

Li Wu-pin führte ihn in das Besucherzimmer zurück. Das benutzte Geschirr war inzwischen entfernt worden, und frischer Tee stand auf einem mit knisternder Holzkohle gefüllten Keramikwärmer. Von der Fensterbank aus verbreiteten mehrere schwelende Räucherstäbchen ihren unvergleichlich süßen Duft. Statt des Gebäcks zierten nun mehrere Schälchen mit Nüssen, gerösteten Maronen und ein ausgewogenes Obstangebot den Tisch.

»Ich habe Eure Gastfreundschaft schon zu sehr in Anspruch genommen«, blieb Fen-che bei dem vorgeschriebenen Höflichkeitsritual, »und ich möchte noch einmal meinen Dank bekunden, daß Ihr mich in die Geheimnisse der Seidenherstellung eingeweiht habt!«

»Ich habe zu danken«, wehrte Li Wu-pin bescheiden ab, »denn es

ist mir nicht jeden Tag vergönnt, einen so aufmerksamen Besucher durch mein Haus führen zu dürfen. Darf ich erfahren, woher Ihr kommt und wohin Euer Weg noch führen wird?«
»Ich wohne in Schanghai. Dort habe ich auch einiges von der Seidenherstellung hier in Sutschou gehört. Ein Bekannter riet mir, die freundlichen Bewohner in dieser Gegend zu besuchen.« Fen-che ahnte sehr wohl, daß es den Alten brennend interessierte, ob er als Käufer in Frage kam. Doch er ließ sich Zeit. Schließe nie ein Geschäft in Hast, lautete der Grundsatz, an den er sich bisher gehalten hatte. Je mehr Zeit du mitbringst, um so kürzer werden die Preisverhandlungen sein.
»Wollt Ihr Euch in unserer Gegend noch weiter umsehen? Leider ist es eine wenig reizvolle Landschaft, außer Ihr liebt die Ruhe unserer unzähligen Seen. Ich würde es als außergewöhnliche Ehre ansehen, wenn Ihr für einige Zeit mein Gast bleiben wollt.«
Er wollte mit ihm ins Geschäft kommen, das stand fest, und Fen-che lehnte sich entspannt zurück. Wenn er Glück hatte, konnte er ihm liefern, was er brauchte. Er beugte sich zum Tisch vor und nahm eine Handvoll von den in Currypuder und Schmalz gebackenen Haselnüssen. »Ganz vorzüglich«, murmelte er und ließ es offen, ob er die Nüsse oder das Angebot zu bleiben meinte, und schlürfte leise mit geschlossenen Augen den heißen Tee. Indem Fen-che nicht auf die letzte Frage eingegangen war, hatte er Li Wu-pin zu verstehen gegeben, daß er grundsätzlich an einem Geschäft interessiert war und ihn als Handelspartner akzeptierte. »Ihr seid ein Meister Eures Fachs«, umschmeichelte Fen-che ihn, »bestimmt wird Eure vorzügliche Seide sehr begehrt sein.«
Seine letzte Bemerkung sollte Li Wu-pin in Verlegenheit bringen. Wenn er sie bejahte, so hieß das, daß Li Wu-pin einen festen Kundenstamm besaß, der ihm seine Ware abnahm. Wenn er sie verneinte, so gab er damit zu, daß er seine Ware nur schlecht verkaufen konnte, und war damit bei den Preisverhandlungen von vornherein unterlegen. Da er offensichtlich ins Geschäft kommen

wollte, war Fen-che gespannt, wie er sich aus dem Dilemma befreien würde.
Li Wu-pins Miene war nicht zu entnehmen, was er dachte. Sein immerwährendes Lächeln wurde noch intensiver, und nach mehreren Verbeugungen sagte er: »Ich danke Euch für das unverdiente Kompliment, welches meiner Eitelkeit wohltut, aber nur meine Söhne sind es, die an dem Erfolg unseres Hauses ihren Anteil haben.« Dann wies er mit dem Arm weit ausholend in die Runde, als wollte er seinen gesamten Besitz umfassen. »Euch ist sicherlich unser bescheidener Wohlstand nicht verborgen geblieben. An ihm könnt Ihr ermessen, wie sehr unsere Seide gefragt ist; doch das Gute hat auch leider seinen Preis, und nur wenige sind bereit, ihn zu zahlen.«
Fen-che bewunderte den Alten, wie elegant er sich aus der Falle zu befreien wußte. »Ich würde mich glücklich schätzen, ebenfalls zu Euren Kunden zählen zu dürfen!« Er hätte das Spiel noch weitertreiben können, doch mit der letzten Antwort seines Gastgebers war ihm bewußt geworden, wie sehr sich dieser auf die Kunst des Verhandelns verstand und nicht in die Enge zu treiben war. Er wollte nicht darüber nachdenken, ob er sich nun geschlagen gegeben hatte oder ob es ihm nur unwichtig erschien, sich stundenlang um ein paar Casch zu streiten, wenn der Umfang der Lieferung vielleicht doch nicht erfüllt werden konnte.
»Die Ehre liegt auf meiner Seite«, lächelte Li Wu-pin, »unsere Seide steht Euch zur Verfügung! Darf ich erfahren, mit welcher Menge ich Euch dienlich sein darf?«
»Etwa einhundert Schi!«
Obwohl Li Wu-pin versuchte, sich nichts anmerken zu lassen, entging Fen-che nicht, daß sich seine Hände etwas fester um die Stuhllehne schlossen und seine Augen seltsam starr nach vorn blickten. Er hatte die Menge von mehreren Tonnen so beiläufig genannt, als ob es sich um eine kleine Gefälligkeit handelte. »Natürlich nicht alles auf einmal, lieferbar innerhalb eines Jahres«,

schränkte Fen-che ein und machte sich sogleich Vorwürfe, den arglosen Alten so erschreckt zu haben.
Langsam blickten Li Wu-pins umnebelte Augen wieder klar. Das eingefrorene Lächeln schmolz, während er seine Kapazität und den zu erwartenden Verdienst durchrechnete. »Das ist sehr viel«, murmelte er schließlich, und seine Hand zitterte, als er die Teeschale an den Mund führte. »Das können wir nicht schaffen. Wir müssen aus der Umgebung hinzukaufen.«
Fen-che nickte. »Wichtig sind die Qualität und der Zeitraum der Lieferung. Davon hängt der Auftrag ab. Um das zu gewährleisten, muß ich auf einer ungewöhnlichen Bezahlungsweise bestehen: Die Hälfte des Gesamtbetrages erhaltet Ihr sofort und den Rest nach beendeter Lieferung. Sollte sich die Qualität verschlechtern oder der Liefertermin nicht eingehalten werden, wird es nur bei der ersten Zahlung bleiben.«
Li Wu-pin fuhr sich mit der Zunge über die Lippen. »Wenn ich den Vertrag nicht erfüllen kann«, er hustete sich seine belegte Stimme frei und spuckte in den Napf, »würde ich also nur zur Hälfte bezahlt?«
»Ja!« bestätigte Fen-che unmißverständlich und fügte, um ihm das Schlucken dieser Kröte zu erleichtern, schnell hinzu: »Selbstverständlich werde ich in Silberbarren zahlen!«
Inzwischen war das Tageslicht der Dämmerung gewichen. Außer dem eintönigen, schrillen Zirpen der Zikaden und dem immer wiederkehrenden gleichmäßigen Quaken der Frösche gab es in dieser einsamen Gegend keine weiteren Geräusche. Fen-che dachte an den Sampan. Der Mann war gut bezahlt und würde auf ihn warten, egal, ob er morgen oder in einer Woche zurückkäme. Aber wie würde sich Li Wu-pin entscheiden? Verfügte er über genügend Beziehungen, um diese riesige Menge innerhalb eines Jahres liefern zu können? Im flackernden Schein der Kerze schien es, als ob sein vom Alter gezeichnetes Gesicht Grimassen schnitt. Durch das Fenster war das dumpfe Grollen eines rasch näher kommenden

Gewitters zu vernehmen. Nicht viel später schlugen die ersten großen Regentropfen klatschend auf das Dach. Im Haus war es schon bei den ersten Anzeichen des Wetterwechsels rege geworden, und flinke Füße huschten zum Seidenraupenschuppen. Das aufgeregte Hühnergegacker verriet, daß das Federvieh in seiner Abendruhe gestört worden war.

»Meine Raupen werden gerade mit dickem Papier abgedeckt, damit sie durch die Blitze nicht erschreckt werden!« erklärte Li Wu-pin. Die Sorge um seine Zucht schien ihn wieder in die reale Welt zurückgebracht zu haben. »Bei diesem Wetter lasse ich Euch nicht gehen!« erklärte er kategorisch. »Selbstverständlich seid Ihr mein Gast, solange Ihr bleiben wollt!«

Eine rasche Entscheidung konnte Fen-che von dem Alten nicht erwarten. Dadurch, daß die Familie Li noch zukaufen mußte, vergrößerten sich die Probleme. Zwistigkeiten zwischen den Familien mußten ausgeglichen werden; alte, seit Generationen gepflegte Aversionen gegen eine Kollektivarbeit, derentwegen sie ihre angestammte Heimat verlassen hatten, mußten abgebaut werden. War das überhaupt möglich? Fen-che beschloß, zumindest bis zum nächsten Tag zu bleiben. Er schmunzelte; in dieser Nacht würden vermutlich weder der alte Li noch seine Söhne viel Schlaf bekommen.

Er sollte mit seiner Vermutung recht behalten. Am nächsten Morgen sah der alte Seidenhersteller übernächtigt aus, obgleich sein selbstsicheres Auftreten wie tags zuvor unverändert geblieben war. Wenn er den Auftrag annahm, mußte heute um den Preis verhandelt werden. Fen-che war sich durchaus darüber im klaren, daß er ihm einen äußerst attraktiven Gewinn einräumen mußte, nicht zuletzt seiner offensichtlichen Eitelkeit wegen, zugleich war Fen-che davon überzeugt, daß der Alte von sich aus alles daransetzen würde, den Vertrag einzuhalten.

Die weiteren Verhandlungen verliefen, wie erwartet, zügig. Bevor die Sonne den Zenit erreicht hatte, waren die letzten Klauseln ausgehandelt. Ein Drittel der Gesamtlieferung sollte in den nächsten Tagen bei einer Anfangszahlung von zehntausend Sycees nach Schanghai verschifft werden. Der Gesamtbetrag des Auftrages würde damit zwanzigtausend Sycees betragen, der mit der letzten Lieferung beglichen werden sollte.

Fen-che und Li Wu-pin waren mit dem Abschluß zufrieden und verbargen ihre Freude nicht. Im Überschwang der Gefühle stellte Li Wu-pin als außergewöhnlichen Gunstbeweis seinem Gast gegenüber stolz die restliche Familie vor. Die Enkelkinder versuchten vor Verlegenheit kichernd ihre Gesichter in den Schürzen der Mütter zu verstecken, die selbst, ebenso wie Frau Li, schüchtern und gesenkten Blickes dem fremden Mann gegenübertraten. Nur Li Wu-pins Söhne legten Fen-che gegenüber jene Souveränität an den Tag, die sie anscheinend von ihrem Vater geerbt hatten.

NEUNTES KAPITEL

In diesem Jahr kam der Winter früher als gewöhnlich. Er hatte eigentlich schon im Sommer begonnen. Die warmen Monsunwinde waren unerwartet zeitig gekommen, schliefen jedoch nach zwei Wochen langsam ein. Nicht, daß es kalt gewesen wäre, doch die gewohnten sehr heißen Tage waren ausgeblieben, und viel zu früh wehten die rauhen nördlichen Winde aus Sibirien.

Fen-che, der inzwischen seine beiden Angestellten eingearbeitet hatte, fühlte sich in seinem Büro überflüssig. Zwar wurden sämtliche Geschäfte wie seit ewigen Zeiten nur mit Handschlag besiegelt, so auch das mit Li Wu-pin, aber über den Ablauf der Lieferungen sowie über die Verrechnungen mußte genau Buch geführt werden, und das war die Aufgabe der beiden.

Trotz der Erfolge befand sich Fen-che in einer seltsam gereizten Stimmung. Er war unzufrieden. Häufig hatte er in letzter Zeit an Peking denken müssen und besonders daran, daß er sich unbedingt in Schanghai zur Verfügung halten mußte. Was hatte der Kaiser weiterhin mit ihm vor, und warum bekam er nie eine Mitteilung aus dem Palast? Lag es daran, daß er nur ein Händler war, oder hatte man ihn einfach vergessen? Verstimmt sah er zu seinen Mitarbeitern hinüber. Am liebsten hätte er jetzt eine Vase an die Wand geworfen, um seinen Unwillen abzureagieren. Mühsam bezwang er seine Gefühle und machte sich auf den Weg zum Hafen, um sich abzulenken.

Langsam schlenderte er durch die Straßen und dachte an die vergangene Nacht. Yin Hua hatte ihn freundlich wie immer empfangen und mit köstlichen Speisen bewirtet. Vielleicht hatte er ein

paar Schalen Reiswein zuviel getrunken, oder die Fischsuppe war schlecht gewesen. Jedenfalls war ihm die Lust zum Liebesspiel versagt geblieben. Vielleicht lag es auch daran, daß er sie noch immer nicht nach Einauge-Fong gefragt hatte und gerade jetzt an ihn denken mußte. Selbst die erfahrene Yin Hua hatte es nicht geschafft, seinen schlummernden Jadeschaft zu wecken, und ihre tröstenden Worte hatten alles nur noch schlimmer gemacht. Der Abend blieb verdorben, und er war schon früh nach Hause gegangen. Mit jedem Schritt war seine Befürchtung gewachsen, nie wieder das Spiel der Wolken, des Windes und des Regens erleben zu können.
Fen-che fröstelte und wärmte sich die Hände unter den Achselhöhlen. Drei Schiffe lagen im Hafen, und die schwarzen Rauchfetzen ihrer Schornsteine wehten zerfließend über die unzähligen Sampans am Ufer. Geld besaß er genug, dachte er und blieb gegen einen Akazienstamm gelehnt stehen. Er war sogar reich. Wenigstens im Augenblick. Wenn es seinem Vater gefiel, sich ebenfalls an den Kohlengruben in Kiautschou zu beteiligen, hatte er das Recht, über sein Geld zu verfügen.
Langsam ging er auf eine ankernde, mit dem Heck an der Pier befestigte Kriegsdschunke zu, die mit ihrem breiten Steven zum Hafenbecken wies. Das Holzdeck um die altertümlichen Kanonen war ebenso rostzerfressen wie die Geschütze, und mit jeder Windbö schlugen lose Tauenden gegen den Mast. Vom Schiff her roch es streng nach Schweinen, und dementsprechend sah auch das Deck aus. Fen-che hatte es bisher stets für ein Gerücht gehalten, daß sich die Befehlshaber der Kriegsschiffe durch Privattransporte Geld hinzuverdienten. Hier war es offensichtlich, daß das Schiff als Viehtransporter benutzt wurde. Angeekelt ging er weiter. Wenn er der zuständige Mandarin wäre, würde so etwas nicht vorkommen! Er überlegte, in welchem Rang ein Kriegsschiffsführer stand. Er kam nicht darauf. Nur, daß der Vizekönig oder Gouverneur einer Provinz auch gleichzeitig der militärische Befehlshaber war. Mandarin würde er noch immer gern werden! spann Fen-che die

Gedanken weiter. Ihn würde irgendwo, sei es in der entferntesten Ecke des Reiches, ein kleines Mandarinat schon glücklich machen. Dann würde er fleißig und gerecht sein. Irgendwann würden seine Vorgesetzten auf ihn aufmerksam werden und ihn wohlwollend beobachten, eines Tages sogar an ihn herantreten und ihm eine freigewordene, ranghöhere Stellung anbieten. Und wenn er eines Tages aufgrund seiner Leistungen an den Hof nach Peking geholt werden würde, könnte niemand sagen: Ach, das ist ja nur ein einfacher Händler. Er seufzte. Sollte er noch einmal neu anfangen und studieren? Wenn das Geschäft mit der Seide in einem Jahr so abgewickelt wäre, wie er es sich vorstellte, hätte er so viel Geld, daß er nie wieder arbeiten müßte. Mit wem konnte er sich darüber unterhalten? Mit seinen Eltern? Würden sie seine Wünsche verstehen? Mit Ay-lin? Sie würde ihm zu Gefallen zustimmen. Ihm fielen keine weiteren Menschen ein, denen er sein Vertrauen entgegenbringen konnte, und von innerer Einsamkeit bedrückt, machte er einen Umweg zum Teehaus, wo er eine warme Atmosphäre und plaudernde Menschen vorfinden würde.

***

Anfang Dezember wurde der Schiffsverkehr wegen Eisganges eingestellt. Damit gab es für Fen-che keine Möglichkeit, zu seiner Familie zu gelangen, außer über den wochenlangen, strapazenreichen Landweg. Seine allgemeine Unzufriedenheit verstärkte sich noch und ging langsam in ein mürrisches Benehmen über. Er spürte selbst, wie unausstehlich er sich gab, und mied die Menschen; während dieser Zeit besuchte er nur selten seine Büroräume. Oft saß er stundenlang zu Hause vor dem Kamin und sah mit fiebernden Augen in das flackernde Feuer, während seine Gedanken immer wieder darum kreisten, wie er zu einem anderen, erfüllteren Leben gelangen könnte.

Dabei hatte er doch alles, was er wollte, war angesehen und besaß

Geld im Überfluß, und das schon im Alter von fünfundzwanzig Jahren. Plötzlich stockten seine Gedanken. Aus dem Nichts war das Gesicht van Aachts aufgetaucht und schien zwischen den Flammen hin- und herzuspringen.

Van Aacht! Den hatte er völlig vergessen. Ob er sich wohl noch in der Stadt aufhielt? Fen-ches Besorgnis wuchs. Unruhig stand er auf und blieb lauschend vor der geschlossenen Tür stehen. Das Haus schien ihm plötzlich unnatürlich still zu sein, und obwohl ihn eine innere Stimme davor warnte, der Tür zu nahe zu kommen, öffnete er sie und starrte in die Dunkelheit. Das Licht aus dem Salon ergoß sich nur wenige Meter weit über den hellen Strohteppich des Flurs, während der Rest des Ganges in geisterhaftes Zwielicht getaucht blieb.

Während er mit gebeugtem Rücken und weit vorgestrecktem Kopf nach verdächtigen Geräuschen lauschte, erinnerte er sich in seiner Furcht an Richter Kia. Seine Gedanken ließen ihn nicht frei, während er leise die Tür schloß und verriegelte. Mit geschlossenen Augen lehnte er sich rückwärts dagegen, und die so plötzlich aufgekommene Angst klang langsam ab.

Wie konnte er Richter Kia vergessen? War er es nicht, der ihn sein besonderes Wohlwollen hatte spüren lassen? Fen-che ging ans Fenster und beobachtete den zunehmenden Mond, der immer wieder von Wolkenfetzen verdeckt wurde. Bald schon würde das Neujahrsfest gefeiert werden. Ja, er würde ihn an diesem Tag mit einem besonders schönen Geschenk besuchen und seine rote Visitenkarte abgeben. Dann würde Kia, vom Diener eilends benachrichtigt, persönlich an die Tür kommen, und sie würden sich gegenseitig ein frohes neues Jahr und Gesundheit wünschen, und dann würde er ihn unter vielen Entschuldigungen bitten einzutreten. Dann würde auch er sich entschuldigen und ihm bedeuten, keine Umstände zu machen, doch schließlich würde er dem Druck seiner Bitten und den vielen Komplimenten nachgeben und eintreten.

Irgendwann würde er ihn nach einem Weg fragen, wie er sich seinen Wunsch erfüllen könnte. Möglicherweise würde er ihm den Rat erteilen, einen guten Lehrer zu nehmen, um sich für die nächste Prüfung vorzubereiten. Dann würde er jeden Tag bis tief in die Nacht lernen, die Prüfung bestehen und sich anschließend zur letzten und schwersten anmelden. Wenn er diese dann auch noch schaffte und vielleicht einer der Besten war, konnte er mit einem ansehnlichen Amt rechnen und brauchte sich nicht mehr mit Händlern abzugeben. Von Zuversicht erfüllt, erinnerte Fen-che sich an die Lebensweisheit des Konfuzius, der das höchste Gut darin sah, unangefochten durch das Leben zu gehen und alle Unannehmlichkeiten abzuwehren oder auszugleichen.

Dieses Neujahrsfest war das erste, welches Fen-che allein verbringen mußte. Die Diener stellten ihm aus Sorge um sein Wohlergehen Berge von Kuchen und Früchten in der Küche bereit, damit er auf keinen Fall hungern mußte. Nachdem der letzte über die Feiertage zu seiner eigenen Familie gegangen war, empfand Fen-che die Stille des Hauses als niederdrückend. Zwar hatte es nicht an schüchtern hervorgebrachten herzlichen Einladungen gefehlt, doch das Neujahrsfest war ein Familienfest, bei dem eine fremde Person, war man ihr auch noch so herzlich zugetan, nur störte.

Fen-ches Gedanken waren ganz auf den nächsten Tag gerichtet, an dem er endlich die Möglichkeit hatte, Richter Kia unverbindlich zu besuchen. Jene Geschenke, die man am Neujahrsmorgen selbst oder durch Diener überbrachte, wurden in »nasse« und »trockene« unterteilt. Die nassen Geschenke waren für nähere Freunde und Verwandte gedacht und bestanden aus Lebensmitteln wie Kuchen, Früchten und kleinen Leckereien. Sie unterschieden sich von den trockenen Geschenken nur dadurch, daß keine Banknoten oder kleine Silberstücke mit hineingelegt wurden, denn die waren für einflußreiche Leute bestimmt, deren Dienst man in nächster Zeit in Anspruch nehmen wollte.

In riesigen Kartons, die nur zum kleinsten Teil mit Leckereien gefüllt waren, wurden die nassen Geschenke an einer Stange von zwei Dienern zu den Empfängern getragen. Um nicht als geizig verschrien zu werden, legte man zwischen die Lebensmittel rote Zettel mit hochpoetisch verfaßten Kochrezepten. Was dazu noch fehlte, mußte sich der Empfänger entweder dazukaufen oder sich in seiner Phantasie vorstellen. Die Hauptsache war, daß alles sehr vornehm aussah. Während die meisten Verwandten und Bekannten die ihnen zugedachten Geschenke mit dem Vorwand, »man sei ihrer absolut nicht würdig«, zurückwiesen, fühlte sich ein Beamter grundsätzlich würdig, die ihm zugedachten entgegenzunehmen. Kein Richter oder Landrat, nicht der kleinste Sekretär oder Schreiber würde sich beim Erhalt eines trockenen Geschenkes Gedanken machen, woher die Gabe stammte. Im Laufe des Tages würde derjenige schon kommen und sein Anliegen mehr oder weniger dezent durchblicken lassen.

Was konnte Fen-che Richter Kia als angemessenes trockenes Geschenk anbieten, ohne sogleich in Verdacht zu geraten, ihn bestechen zu wollen? Andererseits durfte er auch nicht den Eindruck von Geiz erwecken. Schließlich brauchte er seinen Rat und später vielleicht auch seinen Einfluß, zumindest seine Aufmerksamkeit. Durch ein plumpes Geschenk konnte er sich unter Umständen Kias Wohlwollen verderben. Nein, Geld oder Silber durfte er ihm auf keinen Fall anbieten, aber eventuell ein wertvolles Erinnerungsstück unter Freunden? An den Wänden im Salon seines Hauses hingen kostbare Andenken, die er von seinen Reisen mitgebracht hatte. Da standen zwischen der tibetischen Gebetsmühle und einer jahrhundertealten Schachtel mit Schmelzdekor die Bronzefigur eines in Andacht versunkenen Buddhisten, eines Kriegers in altertümlicher Rüstung und ein aus Rosenholz geschnitzter Köcher. Bei dem aus Bleikristall geschnittenen Lotusblatt verweilte seine Hand einen Augenblick, strich dann aber weiter. Flüchtig fiel sein Blick auf die unzähligen Bilder mit dem immer wiederkehrenden Bambusmotiv und dann auf seine kleine Waffensammlung. Zielstrebig

ging er auf das silberverzierte japanische Samuraischwert mit dem langen Elfenbeingriff zu und nahm es von der Wand. Die Klinge war blank und scharf. Die vielen Kerben im Metall verrieten, daß die Waffe ehedem benutzt worden war.
Wie war das Schwert nur in seinen Besitz gekommen? Vergeblich, er konnte sich nicht erinnern. Er wog die unhandliche Waffe in der Hand und strich noch einmal mit den Fingerspitzen über das matte, schwarzlackierte Holz der Scheide. Ja, entschied er, das würde er Kia schenken, und war zufrieden, da die Last der Entscheidung von ihm genommen war. Doch dann verdunkelten sich seine Gedanken. Hoffentlich würde er Kia morgen antreffen, denn vier Wochen lang, bis zum Beginn des Laternenfestes, würden die Yamen der Mandarine im ganzen Reich geschlossen sein. Eine für Handwerker und Privatpersonen unvorstellbar lange Zeit, in der man sich seiner Familie widmen konnte. Doch für ihn, wie für die meisten seiner Landsleute, würden die Festtage spätestens nach dem siebten Tag des ersten Monats, dem Festtag der Apo, der Schutzgöttin des Ehebettes, beendet sein, und wieder wünschte er sich sehnlichst, ebenfalls in den Stand eines Staatsbeamten zu gelangen.
Schon lange vor dem ersten Morgengrauen wurde Fen-che von dem anschwellenden dumpfen Grollen der explodierenden Feuerwerkskörper geweckt. Vom Fenster aus beobachtete er die Blitze der Kanonenschläge und Raketen über der Chinesenstadt, den zerfließenden Goldregen, die funkensprühenden Feuerkreisel und Bengalenfeuer. Eine Sehnsucht nach Geselligkeit ergriff ihn; hastig kleidete er sich an.
Beim Verlassen des Hauses entdeckte er mehrere rote Papierstreifen an der Haustür, auf denen ihm und seiner Familie für das neue Jahr Glück, Gedeihen und Reichtum gewünscht wurde. Fen-che lächelte. Entweder stammten sie von seinen Angestellten, die sie in der Nacht befestigt hatten, oder von Bettlern, die dann im Laufe des Tages persönlich vorbeikommen würden und sich eine kleine Spende erhofften.

Ziellos ließ er sich durch die Altstadt treiben. Der beißende Geschmack verbrannten Pulvers lag ihm unangenehm auf der Zunge. Doch unverdrossen erwiderte er das Lächeln der fröhlichen Menschen, die nicht müde wurden, ihre Knaller und Raketen abzufeuern. Heute gab es keine Feinde, denn nach einem alten Sprichwort »ist überall Frieden unter dem Himmel«. Heute wünschte jedermann jedem einen neuen Frühling und große Freude. Auch dort, wo wegen eines Todesfalles im vergangenen Jahr statt der roten Papierstreifen nur blaue im leichten Morgenwind wehten, wurde er von den Anwohnern mit der gleichen feierlichen Herzlichkeit begrüßt wie überall.

Die ersten Diener eilten schon mit Geschenken beladen durch die Straßen, um mit den zurückgewiesenen so rechtzeitig wie möglich heimzukommen, damit man guten Freunden oder Verwandten bei ihrem Gegenbesuch etwas anbieten konnte. Die einzigen, die ein traditionelles Recht hatten, beschenkt zu werden, waren die Kinder von ihren Eltern, der Lehrer von seinen Schülern, die Dienstboten von ihrer Herrschaft und Beamte von ihren Untergebenen.

Vor dem Mittagessen verrichtete Fen-che an dem fähnchengeschmückten Ahnenaltar seine Andacht. Eine Aufgabe, die einzig dem ältesten Sohn der Familie zufiel, denn nur er konnte später die Totenopfer für den verstorbenen Vater vollziehen. Leise rief er die Namen der Geister seiner toten Vorfahren auf und bedankte sich bei ihnen, daß sie ihn im vergangenen Jahr beschützt und seinen Reichtum gemehrt hatten, daß sie seinem Vater wieder zu einer Anstellung verholfen hatten und daß sie ihre Kraft dafür eingesetzt hatten, seine Mutter wieder genesen zu lassen. Er endete kaum hörbar mit der dringlichen Bitte, ihn auch weiterhin wohlwollend zu unterstützen. Um den Segen des Hausgötzen zu erbitten, verbeugte er sich ebenfalls vor ihm, wurde aber mit seinen Zukunftswünschen deutlicher: »... und gib mir die Kraft, das Examen als Bester zu bestehen, damit ich so schnell wie möglich den ersehnten Posten als Mandarin bekomme!«

Mit der Pfauenfeder am Hut und dem Samuraischwert im Karton machte Fen-che sich in seiner Sänfte auf den Weg zu Richter Kia. Je näher er dem Yamen kam, desto befangener wurde er, und er versuchte Kraft aus den Überlegungen zu ziehen, die er schon einmal angestellt hatte. Sicher kommt nur der Diener an die Tür, doch wenn er meine Pfauenfeder sieht, wird er bestimmt sofort mit der Visitenkarte zum Richter eilen, um mich anzumelden. Wahrscheinlich wird Kia dann selbst an die Tür kommen und mich herzlich begrüßen. Natürlich werde ich ablehnen müssen, mit ins Haus zu kommen, aber nur so lange, daß er gerade noch erkennt, daß ich doch gern mit hineinkommen würde. Sicher wird er mir leckere Speisen anbieten, aber ich werde ablehnen und bescheiden auf eine Gelegenheit warten, ihm mein Anliegen vorzutragen. Um die Bedeutung meines Wunsches zu unterstreichen, werde ich nur eindringliche, kurze Sätze benutzen und ihm dabei fest in die Augen sehen. Dann wird er bemerken, wie ernst es mir darum ist, wie sehr ich mir durch ihn einen Weg zu finden erhoffe, meinen Herzenswunsch erfüllt zu bekommen!
Vor Richter Kias Yamen hing die Landesfahne mit dem auf dem Kopf stehenden fünfklauigen blauen Drachen auf gelbem Grund. Auf der Straße eilten ununterbrochen Sänftenträger im Laufschritt zu den Eingängen der Häuser. Während Fen-che aus seiner Sänfte stieg, hörte er neben sich, wie ein Hausherr seinem Besucher bedauernd klarmachte, ihn leider nicht empfangen zu können, »da man im Glanze eines so hohen Besuches zu erblinden fürchte«. Und nachdem sich der abgewiesene Besucher nach mehreren Verbeugungen wieder in seine Sänfte gesetzt hatte und auf die gleiche Abfuhr bei seinem nächsten Besuch hoffte, wurde schon eine weitere Sänfte abgesetzt, noch bevor der Hausherr die Tür schließen konnte.
Mit dem Paket unter dem Arm schritt Fen-che, seine Aufregung mühsam unterdrückend, auf die große Bronzetür zu und ließ den schweren Klopfer gegen das Holz dröhnen. Als ob man auf ihn

gewartet hätte, wurde sie im gleichen Augenblick geöffnet, und ein in blaue Seide gekleideter Diener verbeugte sich angemessen vor ihm.

»Mein alter Herr, der Richter Kia, ist leider nicht anwesend«, murmelte er mit einem tiefen Bedauern in der Stimme, derweil er abschätzend auf den Karton blickte und die Hand danach ausstreckte.

»Ich möchte ihn unbedingt persönlich sprechen«, blieb Fen-che hartnäckig und drückte ihm seine rote Visitenkarte in die noch immer ausgestreckte Hand.

Verblüfft hielt der Diener sie sich vor die kurzsichtigen Augen, und mit versteinertem Gesicht schüttelte er den Kopf. Erst jetzt bemerkte er die Pfauenfeder und verbeugte sich noch einmal, diesmal fast bis zum Boden.

Deutlich merkte man ihm die Ehre an, die ihm der Besucher bereitete. »Mein Herr«, berichtete er zugänglicher, »ist in seiner Galauniform zum Konfuziustempel unterwegs, um unseren höchsten Herrscher zu ehren.«

»Wann erwartet Ihr Euren alten Urgroßvater wieder zurück?«

Das Gesicht des Dieners nahm einen gequälten Ausdruck an. »Ich kann es nicht sagen. Er wird sicher noch im Buddhatempel dem Schutzgeist unserer Stadt seine Glückwünsche darbringen.«

Fen-che versuchte seine Enttäuschung zu verbergen und überreichte dem Diener endlich das Geschenk. »Bitte richtet dem ehrwürdigen Erstgeborenen aus, daß ich mir erlauben werde, ihn in den nächsten Tagen zu besuchen!«

Während Fen-che sich nach Hause tragen ließ, saß er mit vor der Brust verschränkten Armen zurückgelehnt in der Sänfte und beklagte verdrossen sein Pech. Morgen, am zweiten Neujahrstag, würden sämtliche Mandarine des Reiches das Fest der Vermählung von Himmel und Erde feiern. Dazu würden sie sich im vorgeschriebenen Tempel dreimal niederknien und neunmal mit dem Kopf die Erde berühren, um danach den Wind- und Feuergöttern zu opfern. Wenn das erledigt war, hieß die nächste Pflicht, dem

Vizekönig als höchstem Beamten der Provinzialregierung in seiner Residenz zum Neujahr zu gratulieren, was für die meisten eine längere Reise bedeutete. Fen-che überlegte. Der Gouverneur der Provinz Kiangsu, in der Schanghai lag, wohnte in Nangking, und bis dahin würde man zwei Tage für die Reise brauchen, die Residenz des Vizekönigs in Liang-Kiang hingegen lag bedeutend weiter entfernt. Wann würde er Kia endlich sprechen können?

Zwei Wochen später überbrachte Richter Kias Diener Fen-che ein Dankschreiben mit der Einladung, das Laternenfest bei ihm zu feiern. Ein erlesenes Essen und ein höfliches, aber oberflächliches Gespräch brachte sie vorerst über ihre Befangenheit hinweg.

»Man spricht hochachtungsvoll von Euren umsichtigen Geschäften, doch immer scheint auch etwas Neid durchzuscheinen. In ein paar Jahren werdet Ihr der reichste Mann in unserer Provinz sein!« sagte Richter Kia, nachdem er sich eine Pfeife angezündet hatte.

Fen-che errötete. »Ich habe etwas Glück gehabt«, wehrte er ab. »Aber Ihr habt recht. Mit dem Geld, welches ich bisher verdient habe, könnte ich mir ein sorgenfreies Leben leisten. Aber ...« Er wagte nicht den Richter anzusehen, weil ihm sein eigener Wunsch plötzlich so weltfremd vorkam.

Kias Gesichtsausdruck verlor etwas von seiner Zuvorkommenheit. »Versucht man Euch etwa unter Druck zu setzen?«

»Nein!« wehrte Fen-che ab und zögerte, bis er das Gefühl hatte, daß die träge weiterlaufende Zeit eine genauere Antwort verlangte. »Es ist nur«, sein Blick wanderte zu Boden, »ich bin mit mir unzufrieden und ... und ich möchte so gern die noch fehlenden Examen ablegen und in den Staatsdienst eintreten.«

»Sind das Eure einzigen Sorgen?«

Obwohl Kia den Satz sanft gesprochen hatte, trafen Fen-che die Worte wie Peitschenschläge, und er errötete ein zweites Mal. Trotzig blieb sein Blick zu Boden gerichtet. »Ich glaube, in einer solchen Stellung könnte ich mehr für mein Volk tun!«

Kia legte die Pfeife auf den Tisch und drückte mit den Fingerspitzen gegen seine geschlossenen Augen. Die Zeit schien stillzustehen. Endlich sah er auf. »Jeder von uns hat seine Aufgabe zu erfüllen. Der Bauer ist ebenso wichtig wie der Gelehrte, und der Henker so nötig wie der Händler. Das Schicksal hat jeden auf seinen Platz gestellt, und dagegen anzukämpfen bedeutet, den Zorn der Götter hervorzurufen!«

Von der Straße erscholl der ausgelassene Lärm des fröhlichen Laternenumzuges zwischen den hohen Singsangstimmen der Kinder.

»Die Zeichen der Zeit deuten auf Unruhe im ganzen Land. Ich erinnere mich noch genau an den Aufstand der Taiping-Rebellen vor vierzig Jahren. Damals wie heute stieg die Unruhe des Volkes gegen alles Fremde, sogar gegen die Mandschus. Es wurde mit sehr großer Grausamkeit gekämpft, und die Rebellen wurden nach über zehnjähriger Herrschaft über mehrere Provinzen mit Hilfe der Ausländer blutig niedergeschlagen. Heute sieht es nicht anders aus. Überall mehren sich die Überfälle auf die Missionen, und ich glaube sagen zu können, daß innerhalb weniger Jahre die Geheimbünde wieder so mächtig sein werden wie damals, und das bedeutet Krieg. Jeder wird dann dort gebraucht, wo er zum Wohle des Volkes auf seinem Posten das Beste geben kann. Und Ihr, Herr Lin, seid dazu bestimmt, hier für unser Volk zu kämpfen, und nicht dazu, Euch hinter Büchern zu verstecken!«

Der Laternenumzug hatte die breite Straße vor Kias Haus verlassen, und die Stimmen entfernten sich langsam in Richtung Hafen. Erst als nichts mehr von ihnen zu hören war, hob Fen-che den Kopf und blickte Kia in die Augen.

»Verzeiht bitte meinen Kleinmut, alter Großvater. Ich habe von alldem nichts gewußt und schäme mich meiner Eigensucht. Vor allem danke ich Euch, mir die Augen geöffnet zu haben, denn Unwissenheit ist wie ein tückischer Sumpf.«

Kia war aufgestanden und ging nun unruhig auf und ab; dann blieb er hinter Fen-ches Stuhl stehen. Seine Hand berührte scheinbar ungewollt dessen Schulter. »Es wird alles noch viel schlimmer werden. Wir Chinesen besitzen zwar das Wissen und beherrschen den Geist, aber die Europäer haben die besseren Waffen. Aber«, fügte er schließlich hinzu, »sie werden ihnen nichts nützen!«

»Weshalb glaubt Ihr, daß die Europäer uns feindlich gesinnt sein könnten? Ist Ihr Hauptaugenmerk nicht auf Handel ausgerichtet?« fragte Fen-che.

»Weil sie arrogant und geldgierig sind. Sie nehmen sich nicht nur das Recht, die Höhe unserer Zolleinfuhren zu bestimmen, sondern diktieren uns außerdem hohe Strafen dafür, wenn wir ihnen nicht freiwillig neue Rechte oder Landgebiete zur Ausbeute überlassen. Das wird sich unser Volk nicht mehr lange bieten lassen!«

»Werden wir nicht alle wie ein Mann aufstehen, wenn unser erhabener Herrscher es uns befiehlt?«

»Wir sind ein friedliches Volk und nicht auf diesen Konflikt vorbereitet. Jetzt können wir nur versuchen, Zeit zu gewinnen, um unsere Verteidigung zu modernisieren und bis dahin die verschiedenen europäischen Völker gegeneinander auszuspielen.«

Nachdenklich biß sich Fen-che auf die Unterlippe. Er konnte sich eine solche Niedertracht von Männern wie Konsul Meyer nicht vorstellen, doch dann erinnerte er sich an van Aacht, dessen Brutalität er selbst erfahren hatte. »Ja, das stimmt«, pflichtete er Kia bei, »aber nicht allen können wir Unredlichkeit vorwerfen!«

Kia verließ seinen Platz hinter Fen-che und kehrte zu seinem Schreibtisch zurück, um nach dem Diener zu klingeln. »Bringt uns frischen Tee«, befahl er und wartete mit geschlossenen Augen, bis serviert wurde. »Ihr habt mir mit dem Samuraischwert eine große Freude bereitet«, wechselte er das Thema, »es ist ein seltenes Nakura-Schwert, das zu besitzen sich die höchsten Daimyos und Shogune während der japanischen Feudalzeit zur Ehre rechneten. Die Entwicklung unseres östlichen Nachbarn hat größere Sprünge gemacht, als seine Seele verkraften konnte. Noch immer trauern viele aus der alten Kriegerkaste ihren Vorrechten nach, und irgendwann wird die Regierung ihren Forderungen nachgeben oder sie mit einem Krieg beschäftigen müssen. Den Wako-Seeräubern haben wir uns widersetzen können, aber gegen eine fanatische Armee aus dem Land Wa müssen wir die Waffen strecken.«

»Doch wie kann ich als unbedeutender Händler meinem Volk am besten dienen?« versuchte Fen-che das einseitige Gespräch wieder in seine Richtung zu lenken.

»Eure Basis ist der Handel. Lernt ihre Sprache, ihr Denken und ihre Gefühle kennen. Ihr habt schon einmal unserem Reich einen großen Dienst erweisen können, weil Ihr die Sprache der Barbaren beherrscht.« Kia senkte seine Stimme zu einem Flüstern. »Ich darf über Staatsangelegenheiten mit keinem Außenstehenden sprechen, aber ich verrate Euch kein Geheimnis, wenn ich darauf hinweise, daß jede Regierung von der Qualität ihrer Berater abhängig ist!«

»Aber ich bin doch kein ...« Fen-che verstummte. Plötzlich war ihm deutlich geworden, daß Kia mehr als nur belanglose Sätze sprach. Er solle sich in Schanghai zur Verfügung halten, hatte ihm die Kaiserinwitwe befohlen, vermutlich wegen eines Konflikts mit den Europäern. Doch inzwischen schien die gleiche Gefahr aus Japan zu kommen. Sollte Kias vage vorgebrachter Rat ein Befehl aus Peking sein? Um ihn herum bewegte sich auf einmal alles sehr viel langsamer, und Kias Gesicht erschien ihm übergroß. Dann hatte man ihn also doch nicht vergessen und erwartete neue Dienste von ihm!

ZEHNTES KAPITEL

Der Beginn des Krieges fiel in die erste Reisernte des Jahres. Obgleich bereits seit längerem die Zeichen auf einen militärischen Konflikt hindeuteten, hatte die chinesische Regierung gerade zu dieser Jahreszeit nicht damit gerechnet. Zwar hatte der König von Korea als Vasall Chinas in Peking um militärische Hilfe gegen aufständische Rebellen gebeten, doch kein Regierungsmitglied war sich der Brisanz bewußt, die sich aus dem formellen Hilfeersuchen ergeben sollte. Vizekönig Li Hung-chang schickte bei gleichzeitiger Benachrichtigung Japans seine besten Truppen unter General Nieh nach Korea, um die jahrhundertealten chinesischen Hoheitsansprüche zu dokumentieren, aber gerade diesen Schritt betrachtete Nippon als einen Affront.

Während die Japaner innerhalb kurzer Zeit unter General Oshima mehr als achttausend Mann in Seoul anlandeten, fühlten sich die Chinesen mit ihren größeren Schlachtschiffen und den unbezwingbaren Hafenstädten Wei-hai-wei und Port Arthur so sicher, daß sie es versäumten, den feindlichen Nachschub energisch anzugreifen.

Noch während das Reich der Mitte die drohende Kriegsgefahr mit diplomatischen Winkelzügen zu verhindern suchte, handelte der Feind aus Furcht vor einer Intervention der Westmächte sehr schnell. Die Japaner besetzten Ende Juni Seoul und nahmen den König gefangen, um daraufhin eine ihnen ergebene Regierung einzusetzen. Während des ersten großen Gefechts bei Söngh-wan ergriff General Nieh mit seinem Offizierscorps, in Bauernkleidern getarnt und unter Zurücklassung sämtlicher schwerer Waffen, die

Flucht. Erst nach diesem leicht errungenen Sieg erklärte Japan am ersten August China offiziell den Krieg.
Mitte September griffen die Japaner überraschend General Tso Tsung-t'ang von drei Seiten zugleich an, und nur durch einen schnellen Rückzug konnten die Chinesen ihrer Vernichtung entgehen, wobei ihr General getötet wurde.
Sein Stellvertreter, General Wei, wurde wegen Feigheit vor dem Feind in China hingerichtet, und Admiral Ting nahm sich das Leben, nachdem die Japaner seine Flotte im Hafen vernichtet und Wei-hai-wei im Handstreich eingenommen hatten.
Der Verlust des Kriegsmaterials der Koreaarmee und das Versagen der Marine zwangen Peking dazu, Japan um Frieden zu bitten, und so wurde der greise Li Hung-chang zu den Verhandlungen nach Shimonoseki beordert.

***

Mit großem Eifer hatte sich Fen-che in den vergangenen Jahren der von Kia gestellten Aufgabe gewidmet. Er hatte seine geschäftlichen Beziehungen nach Japan erheblich ausgeweitet und führte auf der Insel Kyu-shu in Nagasaki ein kleines Handelskontor. Je vollkommener er mit der Zeit ihre Sprache beherrschte, um so höher stieg sein Ansehen bei den japanischen Geschäftsleuten, die es weiterhin unter ihrer Würde hielten, andere Sprachen zu erlernen.
Sosehr ihn die Erfolge auf diesem Gebiet beglückten, sosehr bereitete ihm der schwache Gesundheitszustand seiner Mutter größte Sorgen. Sooft es ihm möglich war, reiste er für einige Wochen, manchmal nur für Tage zu seiner Familie nach Kiautschou. Weder Ay-lin, die seine Mutter selbstlos pflegte, noch sein Vater ließen ihn ihren geheimen Kummer spüren, den ihnen das langsame Siechtum von Qin-lin bereitete. Selbst die Freude darüber, daß Ay-lin ihren zweiten Sohn, Hsün, zur Welt gebracht hatte, dauer-

te nur so lange, bis die Sorgen des Alltags sie wieder eingeholt hatten.
Dem alten Landrat Lin Bohong wurde die seltene Ehre zuteil, länger als drei Jahre in seinem Distrikt tätig sein zu dürfen. Dieser Umstand war einzig seiner nimmermüden Schaffenskraft zu verdanken. Seit er die Kohleförderung zum Wohle der Gemeinde gesteigert hatte, gab es nicht nur für viele Menschen mehr Arbeit, sondern sie konnten sich teilweise eines bescheidenen Wohlstands erfreuen. Auch sein anfänglich durch die Dorfschulzen heftig bekämpftes Programm zur Aufforstung zeigte erste Erfolge.
Doch auch er hatte sich verändert. Sein gelassener Frohmut verschwand zusehends zugunsten einer mürrischen Einsilbigkeit. Nur selten öffnete er seinem Sohn bei dessen gelegentlichen Besuchen sein Herz. Das geschah zuletzt, als sie gemeinsam von seinem Arbeitszimmer aus den Sonnenuntergang betrachteten; in diesem selbstvergessenen Moment blieb sogar Fen-che das Martyrium seines Vaters nicht verborgen.
Während das letzte Viertel der tiefroten Sonne von einer Wolke verdeckt wurde, legte Lin Bohong seine Hand auf Fen-ches Schulter, und ohne seinen Blick von dem Farbenschauspiel zu wenden, begann er leise zu sprechen: »Jeder Baum neigt sich der Wucht des Windes, selbst die Vögel wissen den Sturm zu nehmen, indem sie sich ihm zuwenden und nicht auffliegen. Nur wir Menschen müssen uns ihm manchmal entgegenstemmen, um nicht unsere Selbstachtung zu verlieren. Oft erkennen wir nicht, wann dieser Zeitpunkt gekommen ist, oder, was noch schlimmer ist, wir wollen ihn nicht sehen. Fast jeder Fehler kann behoben werden, wenn wir den Mut dazu haben, aber ich …«
Aus dem Licht der letzten Sonnenstrahlen strich ohne sichtbaren Flügelschlag ein Falke über die Ulmen am Rande des Weihers. Krächzend flatterten ihm die Krähen von ihren Nistbäumen entgegen, um ihn anzugreifen. Hitzig attackierten sie unentwegt den stolzen Vogel, bis er sich mit kräftigen Flügelschlägen höher

schraubte und abdrehte. Wie ein winziger Punkt verschwand er in der rasch zunehmenden Dunkelheit.
Gebannt verfolgten die Augen Lin Bohongs den ungleichen Kampf, und es dauerte eine Weile, bis er sich wieder auf das Gespräch konzentrieren konnte. Doch der Augenblick war vorbei. Er fand nicht mehr die richtigen Worte, sosehr er sich auch bemühte. Sachte strich er mit der Hand über das Haar seines Sohnes. Dann umging er mit unruhigen Schritten seinen Schreibtisch und setzte sich nach langem Zögern. »Mit Stolz habe ich vernommen, wie erfolgreich du bist.« Er machte eine kurze Pause und fuhr mit belegter Stimme fort. »Vielleicht werden wir eines Tages wieder wie eine richtige Familie zusammenleben.«
Fen-che fühlte sich von seinen Worten zutiefst berührt und wünschte sich in diesem Augenblick nichts sehnlicher, als hierbleiben zu können. »Ich habe Geld genug, um nicht mehr arbeiten zu müssen, und kann jederzeit ...« Die Erinnerung an Richter Kia ließ ihn verstummen. Nein, die Zeit war noch nicht gekommen. Vergeblich suchte er nach einer plausiblen Erklärung.
Der Landrat strich sich müde mit der Hand über die Augen. »Was auch immer geschehen mag«, murmelte er so leise, daß Fen-che ihm die Worte von den Lippen ablesen mußte, »ich liebe dich ebenso, wie dich deine Mutter liebt! Möge sich nie ein Zweifel an unserer Aufrichtigkeit bei dir einnisten! Und noch eines«, Lin Bohong erhob sich und stellte sich erneut zu Fen-che ans Fenster. Leicht berührte er mit der Hand seinen Arm und sagte, als sich ihre Blicke trafen, mit eindringlicher Stimme: »Versprichst du mir, deine Eltern immer zu ehren, was auch geschehen mag?«
Fen-che hatte das unangenehme Gefühl, daß sein Vater ihm etwas verschwieg, und grübelte, woher dessen Zweifel an seiner Kindesliebe stammen mochten. »Nichts liebe und verehre ich mehr auf der Welt als Euch und meine Mutter«, versicherte er, »und ich weiß bestimmt, daß sich das nie ändern wird!« Um seinen Worten Nachdruck zu verleihen, fiel er vor seinem Vater auf die Knie,

umfaßte dessen Hände und küßte sie. »Jederzeit würde ich mit Freude mein Leben für das Eurige geben!«
In dieser Nacht konnte Fen-che nicht einschlafen. Immer wieder ging ihm das Gespräch mit seinem Vater durch den Kopf. Was hatte er ihm sagen wollen? Warum hatte er sich ihm nicht mitgeteilt?
»Kannst du nicht schlafen?« fragte Ay-lin ihn leise.
Er tastete nach ihrem Gesicht und strich ihr über die Wangen. »Ich mache mir Sorgen wegen Mutter«, wich er der Wahrheit aus.
»Ich möchte so gern mit dir nach Schanghai gehen, um immer in deiner Nähe zu sein«, flüsterte sie, »aber wie du weißt, ist es meine Pflicht, unsere kranke Mutter zu pflegen. Ich weiß nicht, was ich machen soll! Mein Gewissen sagt mir, daß es richtig ist, wenn ich weiterhin hierbleibe. Aber was sagst du dazu? Du nimmst alles nur schweigend hin.«
»Du mußt hierbleiben«, beschwor er sie. »Wir haben noch das ganze Leben vor uns. Vielleicht komme ich bald ganz hierher.«
Ay-lin richtete sich in der Dunkelheit auf. »Wie meinst du das?«
Fen-che ärgerte sich. Er hatte schon mehr gesagt, als er verantworten konnte. »Vielleicht stecke ich noch mehr Geld in die Kohlengruben und verschiffe das Heizmaterial nach Tientsin«, antwortete er, einer plötzlichen Eingebung folgend. »Dann kann ich meinen Wohnsitz ganz hierher verlegen!«
Ay-lin ahnte, daß es ihrem Mann nicht unbedingt ernst damit war, und wagte, in der Hoffnung, daß es irgendwann doch einmal so kommen könnte, nicht weiter nachzufragen. Und noch eine Frage bewegte sie, die sie nicht auszusprechen wagte. Was würde sein, wenn Qin-lin stürbe? Sie umfaßte seine streichelnde Hand und führte sie an ihren Mund. Durfte sie dann zu ihm nach Schanghai ziehen, oder mußte sie dann weiterhin für ihren alten Schwiegervater sorgen? Was mochte er wirklich damit gemeint haben, als er sagte, er würde vielleicht hierherziehen wollen? War es doch mehr als nur eine Floskel? Nach dem, was sie verstanden hatte, waren sie eine vermögende Familie. Was hielt ihn also noch in Schanghai?

Der Wunsch, mit ihm in ihrer eigenen Familie leben zu können, wurde plötzlich so übermächtig, daß sie in Tränen ausbrach.
Diesmal fiel Fen-che der Abschied von seiner Familie besonders schwer. Die bittenden Augen seines fast sechsjährigen Sohnes Liän, bei ihm zu bleiben, verfolgten ihn ebenso wie Ay-lins unausgesprochene Frage, wann er für immer zurückkommen würde.
In Schanghai wurde Fen-che von dem ersten Diener seines Hauses sofort nach seiner Ankunft ein versiegeltes Schreiben überreicht. Beunruhigt betrachtete er Kias Wachsabdruck auf dem Umschlag, und je länger er das Öffnen hinauszögerte, desto größer wurden nicht nur seine Erwartungen, sondern auch seine Befürchtungen. Um sich seine Überlegenheit zu beweisen, zwang er sich, zuerst den obligatorischen Tee servieren zu lassen, um danach den Umschlag mit einer förmlichen Feierlichkeit zu öffnen. Nach den üblichen Höflichkeiten, der Frage nach Familie und Gesundheit, bat ihn Kia in seinem Schreiben darum, ihn sofort aufzusuchen, sofern ihm dies keine Unannehmlichkeiten bereiten würde. Nachdenklich biß Fen-che in die mit Honig gesüßte Zimtschnecke, von denen ihm seine Mutter wieder einen wohlgefüllten Karton mitgegeben hatte. Ob es sich um die Gerüchte wegen des Krieges in Korea handelte? Mit dieser naheliegenden Vermutung beschlich ihn die Angst, dieser Aufgabe vielleicht doch nicht gewachsen zu sein.
Eine Stunde später betrat er den Gerichtsyamen. Bevor Kia die Verhandlung gegen zwei Diebe eröffnete, entdeckte er Fen-che zwischen den Zuschauern. Er flüsterte seinem Sekretär etwas zu und nickte in Fen-ches Richtung. Dann hob er die Hand, und als das letzte Flüstern im Saal verklungen war, verschob er die Verhandlung auf den nächsten Tag.
»Würdet Ihr mich bitte ins Arbeitszimmer unseres alten, weisen Richters begleiten?« bat ihn der Sekretär, verbeugte sich und schritt gemessen voraus.
Mit einem kurzen Wink bedeutete Kia den Wachen und Schreibern, sich aus seinem Arbeitszimmer zu entfernen. »Ich freue

mich außerordentlich, daß Ihr so schnell nach Schanghai zurückgekommen und meiner Bitte gefolgt seid«, begrüßte er Fen-che und verbeugte sich vor ihm nahezu gleich tief. »Ich habe mir von der letzten, besonders guten Tee-Ernte mehrere Sorten nach meinem Geschmack gemischt«, fuhr er in leichtem Plauderton fort, »habt doch die Güte, Euer Urteil darüber abzugeben!«
Statt süßen Kuchen ließ Kia nur braungebranntes, krosches Salzgebäck auftragen und bestand darauf, dieses vor dem Teegenuß zu probieren. »Nein, nein!« sagte er abwehrend, als er Fen-ches suchenden Blick nach Honig oder Zucker gewahrte. »Trinkt ihn bitte ungesüßt. Nur so könnt Ihr den Geschmack unverfälscht beurteilen!«
Der Tee war so herb, daß Fen-che sich am liebsten geschüttelt hätte. »Ganz ausgezeichnet«, sagte er statt dessen, »wenn ich auch zugleich zugeben muß, daß er meinen Geschmackssinn anfangs irritierte. Es ist wohl weniger der herbe Geschmack von verbranntem Laub als die fehlende Süße.«
»Dann probiert die nächste Schale mit einem Löffel Honig!«
Sorgfältig maß er einen halben Teelöffel kremigen Honigs und verrührte ihn langsam in der goldbraunen Flüssigkeit.
»Nun?« fragte Kia ungeduldig.
»Ganz normal«, mußte er zugeben und nahm noch einen Schluck, um zu einem deutlicheren Werturteil zu kommen. »Nein, er schmeckt wie immer!«
Als ob Fen-che ihm eine besondere Freude erwiesen hätte, huschte ein Lächeln über das sonst so beherrschte Gesicht des Richters. »Nein, das ist es nicht«, erwiderte er dann, »die Süße nimmt dieser Sorte ihren Eigengeschmack. Um Euren Gaumen darauf vorzubereiten, gab es vorher dieses Salzgebäck. In den letzten Jahren habe ich immer wieder nach diesem reinen Geschmack gesucht, und ich habe ihn nur durch einen Zufall entdeckt, weil die Kekse aus Versehen mit Salz statt mit Zucker gebacken wurden und ich schnell den bitteren Geschmack mit dem neuen Tee hinunterspülen

wollte.« Kias Wangen hatten sich während seiner Erklärung sanft gerötet, und er sah Fen-che stolz und fragend an.

Alle guten Geister! Helft mir, meine Ruhe und Gelassenheit zu bewahren, dachte Fen-che und nickte scheinbar interessiert. Hatte er ihn rufen lassen, um mit ihm über Tee zu plaudern? Noch immer hielten Kias Augen Fen-che gefangen, und daran erkannte er, wieviel Wert ihm sein abschließendes Urteil bedeutete.

»Ich kenne diese Art der Zubereitung von einem russischen Freund«, war das einzige, was Fen-che dazu einfiel, und bei der Erinnerung an Malikows großen Handelsposten versäumte er, auf Kias Gesicht zu achten, aus dem der freudige Eifer langsam verschwand und einer Ernüchterung Platz machte. »Um dem schwarzen Tee den Rauchgeschmack zu geben, werden die Teeblätter nach dem Rollen und Trocknen abschließend über ein mit Buchenspänen versetztes Holzkohlefeuer gebracht. Je nachdem, wie kräftig der Fremdgeschmack sein soll, bleiben sie kurz oder länger über dem schwelenden Feuer.«

Fen-ches innere Spannung war plötzlich von ihm gewichen. »Mit diesem vorzüglichen Tee habt Ihr mir eine unbeschreibliche Freude gemacht!« sagte er und spürte erst jetzt, wie ihm die Wärme ins Gesicht gestiegen war.

Kia hatte mit Verwunderung Fen-ches Wandlung bemerkt und war trotz der nicht vorhergesehenen Abschweifung seines Gastes halbwegs zufrieden. Doch nun saßen sie sich unversehens sprachlos gegenüber. Verlegen ging Kia zu seinem Stehpult und holte sich eine Pfeife und Tabak. Mit dem Aufsteigen der ersten aromatischen Rauchwolken gewann er seine Sicherheit zurück.

»Unsere Truppen haben in Korea durch den Einfall der Japaner große Verluste hinnehmen müssen, und soweit ich unterrichtet bin, ist der ehrenwerte Li Hung-chang beauftragt worden, die Friedensverhandlungen zu führen, und Ihr seid durch ein kaiserliches Dekret aufgefordert, ihn als offizieller Dolmetscher zu begleiten.«

Kia nahm eine gelbe Mappe von seinem Schreibtisch und überflog

sie lächelnd. Dann stand er mit verhaltener Feierlichkeit auf und überreichte sie Fen-che. »Für diese Zeit werdet Ihr zum Mandarin des neunten Grades ernannt und seid befugt, den silbernen Knopf am Hut und den Seidenvogel auf Eurer Galatracht zu führen.«
Fen-che starrte ungläubig auf das kaiserliche Siegel, und nur langsam begriff er den Sinn der Worte Kias. Mir träumt, waren seine ersten Gedanken, während er den Pulsschlag seines Blutes als dumpfes Pochen auf dem Trommelfell spürte. »Mandarin des neunten Grades«, murmelte er leise. »Womit habe ich das verdient!«
Kia ahnte, welche Gefühle Fen-che bewegten, und legte ihm väterlich den Arm um die Schultern. »Die Verhandlungen werden äußerst schwierig werden, und ich beneide Euch nicht. Wenn Ihr sie erfolgreich bewältigen solltet, kann das der Beginn zu Eurem ersehnten Aufstieg sein!« Er schob die Hände in den Ärmel seines Umhangs. »Anfang April wird die Delegation mit einem Schiff von Tientsin nach Japan übersetzen. Bis dahin müßt Ihr Euch in Peking beim ehrwürdigen Li Hung-chang gemeldet haben!« Als Kia sicher war, daß Fen-che ihn verstanden hatte, klingelte er nach dem Diener und ließ warmen Reiswein bringen. »Ich darf Euch als erster zu Eurem Amt gratulieren!«
»Wie kann ich Mandarin werden, ohne die erforderlichen Examen abgelegt zu haben?« fragte Fen-che so zaghaft, als ob ein lautes Wort den unwirklichen Traum zerreißen könnte. »Zumal die damalige Verurteilung meines Vaters nicht getilgt wurde!« In seiner Erregung war Fen-che aufgestanden und blickte Kia nun erwartungsvoll an.
»Viele Bewerber haben die erforderlichen drei Examen bestanden, doch im großen Himmelsbuch ist bestimmt, daß sie ihr Leben lang auf ein Staatsamt warten. Viele werden nie gebraucht und geraten irgendwann in Vergessenheit. Andere wiederum, und das wird einzig vom Schicksal bestimmt, werden irgendwann zu besonderen Aufgaben benötigt, weil sie sich durch Treue und Umsichtig-

keit ausgezeichnet haben. Diese ernennt unser erhabener Herrscher auch ohne diese Prüfung für Aufgaben, für die sie ihm am nützlichsten erscheinen.«
»Aber warum gerade ich?«
»Der erste Kaiser der Mandschu-Dynastie hat sogar einen Ausländer zum Hofastronomen ernannt. Und warum gerade Ihr? Bringt Ihr nicht täglich für unseren Herrscher das Opfer, auf ein Zusammensein mit Eurer Familie zu verzichten, und darüber hinaus, habt Ihr die letzten Jahre nicht unermüdlich für diese Aufgabe die Sitten und die Sprache der Japaner studiert?«
»Wie sehr ich mich freue, werdet Ihr wohl ermessen können. Aber es kommt alles so plötzlich! Es erscheint mir wie ein schöner Traum!«
»Euer Wissen wird ja auch so plötzlich gefordert, und ich denke, es ist das mindeste, Euch mit diesem Rang zu bekleiden, erlaubt es mir zu sagen, weil Ihr für die empfindlichen Japaner sonst kein angemessener Gesprächspartner wäret!«
»Richter Kia, ich glaube, ich habe Angst!«
Kia lachte. »Es ist schön, einmal einen ehrlichen Menschen vor sich zu haben. Ich glaube, das hätten nur sehr wenige zugegeben. Aber Angst darf man nie zeigen. Angst ermutigt den Gegner nur. Je unterlegener man sich fühlt, desto forscher muß man sich behaupten! Außerdem ist es eine alte Weisheit: Man wächst mit der Aufgabe!«
»Ich hoffe von Herzen, weder unseren gütigen Kaiser noch Euch zu enttäuschen. Ich werde, ohne auf meine Vorteile zu achten, meine Kraft zum Wohl unseres Landes geben!« Dann verabschiedete er sich mit einem tiefen Kotau.

***

Fen-che war überrascht, wie klein die Delegation sein sollte. Li Hung-chang hatte durchgesetzt, daß nur die Prinzen Ch'un und Dsai Tao sowie zwei Sekretäre und er selbst ihn begleiteten.

»So kann es auf unserer Seite während der Verhandlung höchstens drei verschiedene Meinungen geben! Von den Generälen hätte ich zwar gern meinen weisen alten Freund Tso Tsung-t'ang mitgenommen, aber der ist in den Kämpfen um Korea leider gefallen!« Mit diesen Worten zog er Fen-che sofort bei der ersten Begegnung unter vier Augen im Pekinger Tsungli Yamen unverhofft ins Vertrauen.
»Es steht mir weder zu, an Eurer Voraussicht zu zweifeln, noch sie zu beurteilen!« antwortete er zurückhaltend. »Meiner Ansicht nach ist das eine kluge Entscheidung!«
Li sah Fen-che belustigt an. »Warum soviel Bescheidenheit? Habt Ihr das Gefühl, Eure Meinung sei nichts wert?«
»Euer Wissen wie Eure Menschenkenntnis und Erfahrung gleichen einem Ozean! Was dagegen sind meine spärlichen Tropfen, die ich dazu beitragen kann?« erwiderte Fen-che und verbeugte sich.
»Der Ozean ist salzig, aber durch Eure Tropfen kann vielleicht eine Blume zum Blühen gebracht werden!« gab ihm der Vizekönig ein Rätsel auf und sah ihn mit seinen kleinen, wachen Augen nachdenklich an. »Es gibt drei Arten von Menschen, mit denen es gut ist zu verkehren: die innerlich Starken, die Aufrichtigen und jene, die viel gelernt haben, sagt ein Sprichwort. Ob Ihr stark, aufrichtig oder klug seid, werdet Ihr in Japan Gelegenheit haben unter Beweis zu stellen!«
Fen-che errötete vor Stolz, von diesem weisen Mann derart beachtet zu werden, und verbeugte sich abermals.
»Aber lassen wir das«, fuhr der Greis in seiner leisen hohen Stimme fort und strich sich über den weißen Kinnbart, »ich habe Euch kommen lassen, um Euch kennenzulernen, denn zu meinem größten Erstaunen hat der erhabene Herrscher selbst bestimmt, daß Ihr uns begleiten sollt.«
Peinlich berührt stieg Fen-che erneut das Blut zu Kopf, und als Li nicht weitersprach, wußte er, daß er die unausgesprochene Frage

erst beantworten mußte. »Durch einen glücklichen Zufall habe ich einige verloren geglaubte Kostbarkeiten gefunden und sie dem Hof zurückgebracht. Dabei hatte ich die unverdiente Ehre, mit unserem Herrscher sprechen zu dürfen«, brachte er hölzern hervor.
Li schien sich übergangslos zu erinnern und sah Fen-che interessiert an. »Ach, das wart Ihr! Damals wurden wegen Unterschlagungen zwei Prinzen des vierten Grades in die Verbannung geschickt und ein Zensor geköpft. Aber davon wollen wir jetzt nicht sprechen!« Seine schmächtige Gestalt straffte sich. »Wenn wir in Japan verhandeln, erwarte ich von Euch bei den Gesprächen neben Eurer Übersetzung ungefragt Unterstützung und Rat. Die beiden uns begleitenden Prinzen und ich haben schon zu viele Sitzungen geführt und laufen nun Gefahr, die Probleme vielleicht zu einseitig zu sehen. Eure Aufgabe ist es deshalb, kritisch zu beurteilen, zu fragen und dadurch unsere Meinung zu vervollkommnen.«
»Ich werde mich bemühen, ebenso aufmerksam wie feinfühlig zu sein!«
»Dann ist da noch etwas: Mein Horoskop sieht schlecht aus. Der Seher hat ein Unglück oder sogar ...« Li schloß müde die Augen und fuhr sich mit der gepflegten Hand über die Stirn. Unvermittelt blickten seine Augen wieder klar. »Jetzt erinnere ich mich wieder. Euer Vater war Richter in Tschangscha, und nur durch Euren Einsatz ist er dem Henkerschwert entkommen.« Mit seiner Hand fuhr er sich erneut über die Brauen und bedeckte kurz die Augen. »Die beiden Männer, die ihn damals angeklagt hatten, stehen heute im Staatsdienst, Peng Yü-lin hat sich den Rang eines Kriegsschiffskapitäns erkauft, und Hsü Ching-chen verhandelt mit den Amerikanern, ihren Einfluß auf die Japaner zugunsten Chinas auszuüben. Beide Männer sind im Augenblick für unser Land unentbehrlich, und es würde daher keinen Zweck haben, sie anzuklagen oder sich rächen zu wollen.«
Aufmerksam und scheinbar entspannt hatte Fen-che zugehört. Nur seine Finger, die nervös an der Kette mit den kleinen Kugeln

spielten, die er um den Hals trug, verrieten seine Erregung. »Ich hege keine Rachegefühle«, stellte er klar, »mir liegt nur daran, an Eurer Seite mein Bestes zu geben!«

Befriedigt nickte Li Hung-chang. »Das wird eine sehr diffizile Aufgabe sein, und wir werden konzentriert arbeiten müssen. Die Japaner wollen viel. Mehr, als wir zu geben bereit sind, und wir haben nichts dagegenzusetzen als die eifersüchtige Habgier der europäischen Mächte.«

Der hagere alte Mann erhob sich ohne Anstrengung und begleitete Fen-che bis zur Tür. »Dann solltet Ihr noch etwas wissen: Ich kenne die verworrene japanische Seele nicht. Ihr werdet darum die Hauptarbeit leisten müssen. Ich trage die Verantwortung; ob ich später den Ruhm ernte oder in Ungnade falle, vergessen werde ich Euch nicht!«

ELFTES KAPITEL

Im Windschatten der Aufbauten des Torpedozerstörers beobachteten Li Hung-chang und Fen-che das Anlegemanöver des Schiffes in Shimonoseki. Dadurch, daß beide fast die gesamte stürmische Überfahrt an der frischen Luft geblieben waren, hatte sie die Seekrankheit verschont, während die Prinzen auf den festgelaschten Stühlen in der ihnen zugewiesenen Kammer zwischen Erbrochenem saßen.
»Warum holen sie uns in einem derart winzigen Boot ab?« fragte Li ärgerlich und kämpfte noch immer gegen den unangenehmen Drang, aufstoßen zu müssen. »Und warum bringen sie uns in dieses elende Nest? Sie haben doch größere Städte!«
Mit größter Willenskraft wandte Fen-che Li sein grünlich-weißes Gesicht zu. »Wir sollen an Gesicht verlieren und damit gleich in eine schwächere Position gebracht werden. Durch dieses kleine Schiff zeigen sie uns ebenso ihre Verachtung wie durch die Wahl dieses etwas größeren Dorfes«, erklärte er und zeigte auf die Holzhütten am Ufer.
Der Zerstörer lief mit langsamer Fahrt im spitzen Winkel auf die Kaimauer zu, und die ersten dünnen Leinen wurden an Land geworfen, an denen die dicken Trossen hinübergezogen wurden. Eine Bö erfaßte Fen-ches blauseidenes Übergewand und bauschte es auf, während Li sich noch tiefer in den Windschatten der Aufbauten drückte. Die schweren Manilataue wurden langsam steif gehievt. Widerwillig folgte das Schiff ihrem Zug und legte sich an die Pier.
»Um uns zu erholen oder zu erfrischen, werden sie uns keine Zeit geben!« befürchtete Fen-che und verfolgte, wie sich einige kleine

Kutschen langsam auf die heruntergelassene Gangway zubewegten. »Wir müssen den Prinzen helfen, damit sie auf eigenen Füßen das Schiff verlassen können!« drängte er und beeilte sich, in deren Kammer hinabzusteigen.
»Würden Sie sich bitte sofort an Land begeben!« verstellte ihnen ein Leutnant der japanischen Marine den Weg und wies bestimmend mit der Hand zur Gangway.
»Ich möchte zu den Prinzlichen Hoheiten!« sagte Fen-che freundlich und versuchte, sich an dem Offizier vorbeizuschieben.
»Wir werden ihnen schon helfen! Bitte gehen Sie an Land!« befahl dieser in barschem Ton.
»Und unser Gepäck?« protestierte Fen-che.
»Wird ebenfalls von uns an Land gebracht. Ich habe den Befehl, dafür zu sorgen, daß Sie sofort an Land gehen!«
Fen-che übersetzte Li die Anweisung. »Wie ich schon vermutet habe. Sie wollen uns lächerlich machen. Ich glaube, wir sollten uns fügen«, riet er.
An der Gangway erwartete sie ein hochdekorierter Oberst mit militärischem Gruß. »Würden Sie bitte die erste Kutsche nehmen!« befahl er Li Hung-chang.
Auf halbem Wege zu den Pferdewagen vertrat ihnen ein Hauptmann in Heeresuniform den Weg. »Wir haben den Befehl, Sie einzeln in Begleitung eines Offiziers zur Festung zu bringen! Nehmen Sie bitte den nächsten Wagen«, wies er Fen-che an.
Während Li in den Wagen stieg, wurden die beiden Prinzen von zwei Matrosen an Land geführt. In ihren verquollenen Gesichtern lag noch immer das Leiden der stürmischen Seereise, und auf ihren drachenbestickten blauen Galatrachten klebte das Erbrochene. Auf unsicheren Beinen stehend, befreiten sie sich aus den derben Griffen der Matrosen.
»Wir werden jetzt sofort in eine Festung gebracht«, rief Fen-che ihnen schnell zu, bevor ihn ein Soldat daran hindern konnte, »und wir haben bis dahin keine Gelegenheit mehr, uns umzuziehen.

Wendet Euren Umhang, damit wir nicht ihrer Lächerlichkeit preisgegeben sind!«
Sofort stellte sich der Offizier zwischen ihn und die Prinzen und deutete auf die Kutsche. »Jetzt einsteigen!« befahl er grob.
Die Festungsanlage bestand aus einer ehemaligen, guterhaltenen, von mehreren breiten Mauern umgebenen weitläufigen Burg mit einem mächtigen Bergfried in der Mitte. Vor den Türen und unter den hohen Fenstern beobachteten Soldaten mit aufgepflanztem Bajonett wachsam die Ankommenden. Abgesehen von dem martialischen Tritt ihrer schweren Stiefel lag eine bedrückende Stille um die alten Gemäuer.
»Es gibt drei Arten von Menschen, mit denen es gut ist zu verkehren: die innerlich Starken, die Aufrichtigen und die, die viel gelernt haben«, erinnerte sich Fen-che an die Worte Lis, während er an der Seite eines forschen Offiziers über die ausgetretenen grauen Steinstufen in das Hauptgebäude trat. »Wie stark Ihr seid, werdet Ihr in Japan Gelegenheit haben, uns zu beweisen!« Jetzt begriff er, was er mit »Stärke« gemeint hatte: jetzt, im Schatten ihrer militärischen Überlegenheit, keine Angst zu zeigen und ungebeugt mit den Waffen des Geistes für sein Land einen annehmbaren Frieden auszuhandeln!
Der lange, schmucklose Korridor endete in einem großen, fensterlosen, rechteckigen Saal, an dessen Stirnseite eine übergroße japanische Fahne mit der roten Sonne in ihrer Mitte den Besuchern Kraft und Stärke demonstrieren sollte. Davor, von mehreren tiefhängenden Lampen grell beleuchtet, stand ein großer ovaler Tisch mit einer schlichten, hellen Tischdecke. Verloren saß Li Hungchang daran und blinzelte, von den Lampen geblendet, zum Eingang, als sich die Soldaten mit Fen-che näherten.
»Ich werde hier wie ein Gefangener gehalten! Beschweren Sie sich in meinem Namen!« schimpfte er, als Fen-che auf ihn zutrat.
»Das gerade wollen die Japaner erreichen, und damit hätten wir wieder etwas Gesicht verloren. Ich rate Euch, alles so gelassen hin-

zunehmen wie einen überraschenden Regenschauer auf freiem Feld. Darf ich mich an Eure Seite setzen?«
Li nickte. Seinem bisher gleichmütigen Gesicht war die Empörung anzusehen. Fen-che versuchte ihn zu beschwichtigen.
»Das ist die japanische Art, den Gegner vor einer Verhandlung zu zermürben oder ihn unter Druck zu setzen. Wir sollten lächeln und ihnen zeigen, daß diese Gemeinheiten zivilisierten Menschen nichts anhaben können. Das würde uns stark machen, und wir verlieren nicht, sondern gewinnen an Gesicht!«
Vom Eingang näherten sich wieder Schritte, und als Prinz Ch'un in den Lichtkreis trat, stellte Fen-che erleichtert fest, daß er seinen Galaumhang gewendet hatte und die saubere Seite nach außen trug. Müde setzte sich Ch'un neben Li und versuchte die Dunkelheit außerhalb des Tisches zu durchdringen. »Was machen die mit uns?« fragte er müde.
»Wir spielen Theater!« entgegnete Li, wieder sanft lächelnd, und erklärte ihm mit Fen-ches Worten ihre vermutliche Verhandlungstaktik.
»Den Geräuschen nach zu urteilen, halten sich außerhalb des Lichtkreises einige Leute auf, um uns zu beobachten«, flüsterte Fen-che Li ins Ohr. Dann näherten sich weitere Schritte, und Prinz Dsai Tao trat auf sie zu. Bevor sich die beiden Sekretäre zu ihnen setzen durften, verging noch einmal eine Stunde.
Die Kohlebecken an den Wänden strahlten wohltuende Wärme aus. Eine Wärme, die sie allerdings auch müde machte. Immer wieder versuchten die Wartenden hinter vorgehaltener Hand ihr Gähnen zu verbergen. Die Zeit schlich unendlich langsam dahin, und noch immer saßen sie allein am Tisch und warteten auf ihre Gesprächspartner. Bisher hatte Fen-che durch eine angeregte Unterhaltung versucht, Li und die Prinzen wachzuhalten. Doch nun kämpfte er selbst gegen die Müdigkeit. Mit aller Kraft wehrte er sich gegen den erlösenden Schlaf. Dann, wenn sie alle eingenickt wären, vermutete er, würden sie geweckt werden und in halb-

wacher Verfassung Zugeständnisse machen, die die Japaner erhofften.
»Wer die japanische Delegation wohl leiten wird?« raffte Fen-che sich erneut auf, um sie wieder zum Nachdenken anzuregen.
Gleichgültig zuckte Li mit den Schultern. »Vielleicht ein General?«
»Vielleicht kommt heute niemand, weil wir ihnen nicht den Gefallen getan haben, uns lächerlich zu machen. Vielleicht verschieben sie die Verhandlung auf den nächsten Tag oder lassen uns noch länger warten! Ich nehme an, daß wir hier in der Festung schlafen werden!«
Die Aussicht, bald in einem Bett zu liegen, machte selbst die Prinzen noch einmal munter. »Und morgen nehmen wir uns einen anderen Dolmetscher«, witzelte Dsai Tao, »einen, unter dem wir nicht so zu leiden haben!«
»Dafür bin ich auch!« kicherte Li Hung-chang. »Und Herrn Lin liefern wir als ersten dem Feind aus!«
Während der allgemeinen Heiterkeit trat ein europäisch gekleideter Japaner an den Tisch und verbeugte sich.
»Mein Name ist Yamagata Shikibo«, stellte er sich vor, »und ich bin Adjutant des Fürsten Ito. Ich bitte um Verzeihung, aber der Fürst ist aufgehalten worden und wird sich heute nicht mehr mit Ihnen befassen können. Darf ich Sie in Ihre Gemächer führen?«
Fen-che übersetzte, während Yamagata noch sprach. »Mit Fürst Ito haben wir einen Gesprächspartner von Format, der aber auch hart und ungerecht sein kann«, fügte er erklärend hinzu.
Nach dem Mittagessen am nächsten Tag wurden sie in den gleichen Saal geführt. Diesmal erwartete sie sogleich die japanische Delegation, und nachdem Fen-che ihrem Verhandlungsführer Li und die Prinzen vorgestellt hatte, setzten sie sich.
»Ich sehe keinen Grund für lange Verhandlungen!« ergriff Ito das Wort, jegliche Höflichkeitsformeln auslassend. »Als militärische Sieger stellen wir folgende Forderungen:

Erstens: China verzichtet auf die Oberhoheit über Korea. Korea wird unter japanische Verwaltung gestellt.
Zweitens: Japan erhält die Halbinsel Liao-tung bis zum Liau-ho, einschließlich Port Arthur als Kriegshafen, Formosa und die Pescadores-Inseln.
Drittens: Die Mandschurei wird japanisches Interessengebiet, und das beinhaltet den uneingeschränkten Abbau der Bodenschätze.
Viertens: Tientsin, Tsingtau, Shasi, Chungking, Soochow und Hangchow werden Vertragshäfen.
Fünftens: Als Kriegsentschädigung zahlt China an Japan vierhundert Millionen Tael. Das wäre alles!«
Li hörte Fen-ches Übersetzung mit unbewegter Miene zu, während beide Prinzen zusehends unruhiger wurden und bei der Summe von vierhundert Millionen Tael vor Entrüstung laut die Atemluft einsogen.
»Das entsprechende Papier ist bereits ausgearbeitet und braucht von Ihnen nur noch unterschrieben zu werden«, fügte Ito hinzu und lehnte sich lächelnd in seinem Sessel zurück.
»Das sind seine Maximalforderungen«, erklärte Fen-che leise, und zu Li gewandt, »darf ich versuchen herauszufinden, wieweit er uns entgegenkommen wird?«
Li nickte. »Das wäre ein schwerer Schlag für uns«, flüsterte er mit tonloser Stimme, »versucht Euer Möglichstes, aber laßt uns über alles beraten, bevor wir zustimmen!«
»Was geschieht, wenn wir diese ungeheuerlichen Forderungen ablehnen, Fürst Ito?«
»Wir haben noch immer unsere Truppen auf dem Festland. Dann nehmen wir uns einfach, was wir wollen, und das wird mehr sein, als wir hier fordern.«
Fen-che stützte die Ellbogen auf den Tisch, legte die Hände zusammen und hielt sie sich gegen das Kinn. Es bereitete ihm Vergnügen, Ito nun in eigener Verantwortung gegenüberzusitzen, ohne sogleich jede Antwort übersetzen zu müssen. Wo mochte seine ver-

wundbare Stelle sein, fragte er sich, und wie konnte er seine Eitelkeit nutzen?
»Ihr würdet also unser Land besetzen?«
»Eure restlichen Armeen werden wir ebenso zerschlagen wie die in Korea!«
»Sämtliche Invasoren, die China erobern wollten, wurden von unserem Volk aufgesogen. Sogar die stolzen Mandschus sprechen schon heute nicht mehr ihre eigene Sprache, und ihr Herkunftsland ist inzwischen eine chinesische Provinz. Seid Ihr Euch dieser Gefahr bewußt?«
»Wir sind selbst sehr stark und werden uns immer gegen China behaupten können. Unsere Kultur ist standhaft und mächtig!«
»Die Wurzeln Eurer Kultur liegen in unserem Land«, setzte Fen-che entgegen. »Die Schrift, die Kunst des Schwerteschmiedens, die Malerei, die Religion, es gibt kaum etwas, was Japan nicht von China übernommen hat.« Dann wagte er das Unmögliche zu sagen: »Sogar unsere Fahne mit Sonne, Mond und Sternen habt Ihr von uns übernommen. Ihr habt nur die kleinen Lichter weggelassen und die Sonne beibehalten. So gesehen seid Ihr beinahe schon unser Brudervolk!«
Gelassen blickte Fen-che in Itos zornrotes Gesicht und war gespannt zu hören, was Yamagata ihm ins Ohr flüsterte. Seine Aufmerksamkeit war so gefesselt, daß er vergaß, Li und die Prinzen zu informieren.
»Wer seid Ihr überhaupt?« versetzte Ito ärgerlich. »Ein kleiner Händler aus Schanghai, wenn ich mich nicht irre. Wie könnt Ihr es also wagen, so mit mir zu sprechen? Wie könnt Ihr es wagen, Japan mit Eurem korrupten Land zu vergleichen?«
Fen-che hörte Li neben sich flüstern, doch jetzt konnte er unmöglich darauf achten. »Ich kann mein Land wirklich nicht mit Japan vergleichen, denn wir haben noch nie ein Volk vor einer offiziellen Kriegserklärung angegriffen. Um Eure Frage nach meiner Herkunft zu beantworten: Ich bin der Sohn des Mandarins Lin Bohong

und selbst Mandarin des neunten Grades. Aber ich treibe auch Handel. Handel mit europäischen Ländern und mit Japan, und ich schäme mich dessen nicht. Ebensowenig käme es mir in den Sinn, Euch vorzuwerfen, der Sohn eines ehrbaren Bauern zu sein, der seinen Samuraistand von einem Untertan der Morifamilie im westlichen Japan gekauft hat, Fürst Ito.«

In Itos Gesicht spiegelte sich die breite Palette seiner Empörung wider, und man sah ihm an, wie gern er jetzt zum Säbel gegriffen hätte. Niemand aus seinem Vertrautenkreis wagte, nach dieser unerhörten Bloßstellung aufzusehen oder zu sprechen.

»Eine Besetzung unseres Reiches durch Eure Truppen würde Eure Probleme erheblich vergrößern«, fuhr Fen-che unbeirrt fort. »Was würden wohl England, Frankreich und Rußland unternehmen? Muß Rußland nicht um seine Interessen im Norden fürchten? Werden England und Frankreich nicht Sorge um den Handel in ihrer Einflußsphäre haben?« Fen-che zupfte sich den blauen Seidenstoff über den Handgelenken zurecht; immer noch sah er Ito an. »Wenn Ihr das alles bedenkt, werden Euch Eure Forderungen ebenso unrealistisch erscheinen wie uns!«

Es war vollkommen still im Saal. Itos Gefolgsleute sahen nur mühsam beherrscht und mit haßverzerrten Mienen zu Fen-che hinüber. Jeder schien auf den Befehl von Ito zu warten, ihrer aller Ehre mit dem Säbel oder der Pistole wiederherzustellen.

»Was habt Ihr ihm gesagt?« fragte Li Hung-chang leise, und auch die Prinzen beugten sich interessiert vor.

»Ich habe ihn bei seiner eigenen Ehre und der Ehre seines Volkes gepackt«, sagte Fen-che zufrieden und faßte das Streitgespräch kurz zusammen. »Wir sind nicht so schwach, wie es den Anschein hat!« stellte er abschließend fest. Die Gesichter der Prinzen blieben verschlossen; nur Li Hung-chang grinste ein wenig.

»Die weiteren Gespräche finden morgen früh statt!« rief Yamagata Shikibo und erhob sich. »Morgen, gleich nach dem Frühstück!«

Während des Abendessens machten die Prinzen Li Hung-chang

wegen der eigenmächtigen Verhandlungsführung von Fen-che heftige Vorwürfe.

»Warum habt Ihr zugelassen, daß unsere bisher so erfolgreiche Taktik nicht eingehalten wurde?« wollte Prinz Ch'un wissen und führte die Schale mit Sake zum Mund. »Haben wir nicht stets Erfolge gehabt, wenn wir unsere Gegner hingehalten haben? Warten lassen, Inkompetenz vorheucheln. Rückfragen einholen, Gegenvorschläge machen, Krankheiten vorschieben: Mit dieser Taktik haben wir noch jeden Gegner dazu gebracht aufzugeben.«

»Ich gebe zu, daß wir damit bei den Engländern und Franzosen, teilweise auch bei den Russen Erfolg hatten. Aber nun heißt unser Widersacher Japan, und so wie er sich auf den Krieg mit uns vorbereitet hat, wird er auch unsere Verhandlungstaktik kennen. Nein, Japan will Härte zeigen.«

»Das sind Eure Vermutungen«, unterbrach ihn Dsai Tao und beugte sich zu Li Hung-chang hinüber, »aber selbst wenn sie zutreffen sollten, können wir nicht dulden, daß Herr Lin uns nicht fragt! Wir sind es doch, die hier entscheiden, und nicht der Dolmetscher!«

»Hat Herr Lin denn schon etwas entschieden?« fragte Li Hung-chang sanft.

»Ja«, erwiderte ihm Prinz Ch'un, »zumindest, was diese grobe Verhandlungstaktik angeht!«

»In unseren Augen scheint sie grob zu sein, aber nach seinen Worten hat er nur seine und die Ehre unseres Landes verteidigt. Er ist weder anmaßend noch annähernd so überheblich wie Fürst Ito geworden. Das einzige, was wir ihm vorwerfen können, ist, daß seine Antworten ehrlich waren.«

»Ich verlange«, Prinz Ch'uns Hand zitterte vor Ärger, und er hatte Mühe, den Sake nicht zu verschütten, »daß unser Schreiber über das Vorgefallene einen ausführlichen Bericht anfertigt, der sofort nach Peking geschickt wird, bevor wir uns hier um unseren Kopf bringen!«

»Ich bin auch dafür!« nickte Dsai Tao. »Und ich bin überzeugt, unser erhabener Herrscher wird ihn für ebenso untragbar halten wie wir!«
Li Hung-chang legte sich etwas scharfen Rettich und einige zerkleinerte, dünne Wurzeln Wasabilöffelkraut neben seinen lachsroten, in Streifen geschnittenen rohen Fisch und blickte wählerisch auf die appetitlichen Bataten und den flockigen Reis. Er entschied sich für die süßen Kartoffeln, obwohl sie ihm des öfteren Magenbrennen verursachten. Die ungewohnte Sitzhaltung mit untergeschlagenen Beinen bereitete ihm Schmerzen im Rücken. Unwirsch stellte er den Teller auf den winzigen Tisch vor sich und sah Dsai Tao ärgerlich an. »Wir können in der jetzigen Verhandlungsphase keinen Rückzieher machen. Damit würden wir uns selbst in den Rücken fallen. Herr Lin hat seine Sache gut gemacht, und wir haben vielleicht etwas Zeit gewonnen. Auf jeden Fall ist die Taktik der Japaner durch unsere Stärke nicht aufgegangen. Wir können beruhigt dem morgigen Tag entgegensehen!«
»Ich bleibe dabei, daß der Bericht noch heute ...«, beharrte Prinz Ch'un.
»Nein, ich lehne das ab!« unterbrach ihn Li Hung-chang grob.
»Ich bin Kaiserlicher Prinz ersten Grades und verlange ...«
»Und ich bin der Leiter unserer Delegation und sage nein!«
Vier grazile Dienerinnen brachten sodann Suppe aus Bohnenkäse in kleinen Porzellanschalen mit eingekerbtem Rand, gesottenen Fisch, Gurken in Shoyu, geräucherten Fisch mit Zucker, Lotuswurzeln, gesalzene Sardinen mit Zucker, in Tran gebackene dünne, salzige Teigwaren, eine grünliche Tangsuppe und appetitlich aussehende, aber unangenehm riechende alte Rettiche, verbeugten sich lächelnd und trippelten wieder hinaus.
Die kurze Pause hatte die Gemüter etwas beruhigt. Schweigend auf das ungewöhnliche und reichhaltige Angebot konzentriert, kosteten sie, verschmähten einiges grunzend oder nahmen schmatzend nach. Dann erschienen die Damen erneut und brachten auf Kohle-

becken heiß gehaltenen Tee und unzählige Schüsselchen mit eingemachten Früchten.
Fen-che hatte dem Streitgespräch schweigend zugehört. Ihm wurde übel bei dem Gedanken, sich bei seinem ersten wichtigen Auftritt die Ungunst der Prinzen zugezogen zu haben. Wenn er auch, solange Li Hung-chang das letzte Wort hatte, noch keine Konsequenzen fürchten mußte, besaßen sie doch in der Heimat genügend Macht und Einfluß, um ihn nach ihrer Rückkehr kaltzustellen. Er goß sich den dünnen, gelbgrünen Tee in die Schale, pustete zwei-, dreimal darüber und schlürfte ihn leise. Er schmeckte mehr nach Blumen als nach Tee. »Ich bedaure, das Wohlwollen der Kaiserlichen Hoheiten verloren zu haben«, wandte sich Fen-che an die Prinzen, »aber für Ito sind wir nur stinkende Chinesen, und genauso hat er uns auch behandelt.«
»*Fürst* Ito!« korrigierte ihn Prinz Ch'un vorwurfsvoll. »Sagtet Ihr nicht, er sei ein Verhandlungspartner von Format? Vielleicht ist er es auch; aber kann man das auch von Euch behaupten?«
Fen-che holte Luft, als ob er etwas sagen wollte, unterließ es jedoch und blickte trotzig auf den Tisch. Was sollte er darauf erwidern? Sollte er noch einmal erwähnen, daß Ito wirklich ein geschickter Verhandlungsführer war, er es jedoch geschafft hatte, ihn aus dem Konzept zu bringen? Daß es sein Verdienst war, dessen Taktik außer Kraft gesetzt zu haben? Nein, das würden sie nie begreifen! Verbittert schloß sich sein Mund zu einem schmalen Strich. Er hoffte, daß wenigstens Li Hung-chang ihn weiterhin verstehen und unterstützen würde.
Mit fast geschlossenen Augen beobachtete Li Hung-chang Fen-che. Er schien zu ahnen, welche Gedanken ihn bewegten. Ein unmerkliches Lächeln umspielte seine Lippen, aber er schwieg.
Am nächsten Tag entschuldigte Yamagata den Fürsten. »Mein Herr ist leider unpäßlich und läßt ausrichten, daß die Verhandlung frühestens in ein paar Tagen weitergeführt werden kann!«
»Wir hoffen, daß es nichts Ernsthaftes ist«, bekundete Li Hung-

chang nach kurzem, verblüfftem Schweigen sein Mitgefühl, »und wünschen ihm gute Besserung. Wir stehen jederzeit zur Verfügung!«

Yamagata verbeugte sich knapp. »Ihr dürft Euch innerhalb der Anlage selbstverständlich frei bewegen, aber ich muß wegen Eurer Sicherheit leider darauf bestehen, daß Ihr die Festung nicht verlassen dürft!«

Nach dem Japaner verließen auch die beiden Prinzen wortlos den Raum. Li Hung-chang sah Fen-che fragend an. »Was mag das bedeuten?«

»Ich glaube, die Krankheit ist nur vorgeschoben, um Zeit zu gewinnen«, antwortete er. »Ito ist klug. Er weiß sehr wohl, daß er uns nicht dazu zwingen kann, seine Forderungen zu unterschreiben, ohne gegen die Interessen der Europäer zu handeln. Entweder berät er sich inzwischen mit seiner Regierung, oder er konsultiert sogar insgeheim die Westmächte, um sich den Rücken freizuhalten.«

Li Hung-chang nickte. »Eure Ansicht scheint logisch, und wenn sie stimmt, kann die Situation für uns sehr gefährlich werden. Noch nie zuvor ist der Krieg mit fremden Nationen unserem Land so nahe gekommen. Unser Volk hat den Krieg immer gehaßt und verabscheut, und nun ist dieses Ungeheuer mit seinem Schrecken in unser Land eingedrungen und steht bereit, erneut zuzuschlagen. Wenn wir es nicht aufhalten können, wird man uns fragen: Warum habt ihr versagt? Habt ihr bei den Verhandlungen unsere bewährte Taktik des Hinhaltens vergessen? Haben euch die Prinzlichen Hoheiten nicht eindringlich darauf aufmerksam gemacht? Und was können wir dann antworten? Wir haben auf die Eifersucht der Europäer gesetzt. Wir haben hoch gespielt und leider verloren, es tut uns leid!«

Betroffen schwieg Fen-che. »Jetzt erkenne auch ich, welche Gefahr in meinem Eigensinn liegt, und bitte um Verzeihung. Ich kann ihn nur damit entschuldigen, daß ich zu jung und unerfahren bin. Ich fühle mich nicht mehr würdig, neben Euch sitzen zu dürfen. Was immer Ihr mir jetzt befehlen werdet, werde ich sofort befolgen. Vielleicht nütze ich Euch in dieser Lage tot mehr als lebendig!«

»Der Mensch, der keine Zweifel kennt, wird an seinem Eigensinn zerbrechen und sich und andere ins Unglück stürzen. Der Kluge wägt die Zweifel ab und handelt danach. Ihr habt mir eben bewiesen, daß Euch Starrsinn unbekannt ist. Laßt uns noch die schönen Frühlingstage genießen. Wer weiß, ob es nicht unsere letzten sind!«

Weder am nächsten noch am übernächsten Tag wurden die Verhandlungen weitergeführt. Es verging eine Woche und noch eine weitere. Langsam beruhigten sich die Prinzen und sprachen wieder mit Fen-che.

Bei allen Speisen, die gereicht wurden, war Fen-che ein angenehm schmeckendes Gewürz aufgefallen. »Shoyu« hatte eine der Dienerinnen auf seine Frage danach geantwortet und ihm ein Lächeln geschenkt. Nach dem täglichen Spaziergang mit Li Hung-chang über die Wehrgänge stieg er in die im Keller liegenden Küchenräume hinab. Drei beleibte Köche verrichteten die ersten vorbereitenden Arbeiten für das Mittagessen. Ihnen zur Seite standen einige Küchenmädchen, die mit dem Putzen des Gemüses beschäftigt waren. Auf dem gewaltigen schwarzen Herd spiegelte sich der rote Widerschein des Feuers durch die Herdringe an den Wandungen der darüberhängenden Kessel.

Fen-che trat gebückt durch die niedrige Tür und begrüßte die Anwesenden, die ihre Messer beiseite legten und ihn ihrerseits durch eine Verbeugung ehrten. »Ich bin gekommen, um Ihnen zu sagen, wie vorzüglich uns Ihre Speisen munden.« Dabei verzog er keine Miene bei dem Gedanken an die Salzspeisen, die hierzulande gesüßt wurden, und an die Süßspeisen, die ihm durch ihre sauren Beigaben fast ungenießbar schienen. »Würden Sie die Güte haben, mir das Rezept von Shoyu zu geben?«

»Die Bohnensauce!« strahlte der älteste Koch. »Schmeckt sie nicht wunderbar?« Er wischte sich die Hände an einem Tuch ab und watschelte mit dem eigenartigen Gang dicker Menschen zu einem kistenähnlichen Verschlag und hob einen Deckel hoch. »Hier«, wies er stolz auf einen Kübel und rührte mit einem Schöpflöffel in dem dickflüssigen, braunen Saft. »Sie braucht sehr lange Zeit bis zu ihrer Vollkommenheit. Fünf Jahre genau!« fügte er mit ernster Miene hinzu.

»Wir stellen die Sauce aus zerstoßenem Weizen, geröstetem und gemahlenem Weizen, gekochten Bohnen und etwas Reishefe her. Das alles vermengt man und läßt es drei Tage in einem Holzbottich gären. Erst dann wird sie mit Salzwasser verdünnt und in einem Kübel gelagert. Täglich muß umgerührt werden, und erst nach fünf Jahren ist die Tunke reif!«

Fen-che kam es in den Sinn, diese aromatische Würze, die geschmacklich zwischen Fleisch und Gemüse lag, später zu Hause herstellen zu lassen und zu verkaufen. »Fünf Jahre«, flüsterte er anerkennend. Doch dann verwarf er sein Vorhaben wieder. Was würde in fünf Jahren sein? »Ich danke Ihnen«, sagte er mit einem freundlichen Lächeln, »ich werde immer an Sie denken, wenn ich meine Speisen damit würze!«

***

Am fünfzehnten Tag brachte Yamagata die Nachricht von Itos Genesung, und am nächsten Morgen trafen sie sich zur weiteren Verhandlung.

Itos dominierende Dynamik erfüllte wie am ersten Tag sofort den Raum. Mit keinem Wort ging er auf die lange Unterbrechung ein. »Ich verlese noch einmal unsere Forderungen:

Erstens: Korea wird unabhängig,

Zweitens: Japan erhält Formosa und die Pescadores-Inseln,

Drittens: Shasi, Chungking, Soochow und Hangchow werden Vertragshäfen für den Handel mit Japan., und

Viertens: Die Kontributionsforderungen belaufen sich auf zweihundertdreißig Millionen Tael.«
Während Fen-che übersetzte, verglich er Itos alte Forderungen mit den neuen: »Fürst Ito besteht nicht mehr auf der Vorherrschaft in Korea, verzichtet auf Liao-tung, Tsingtau und Tientsin und hat die Kriegsentschädigung um einhundertsiebzig Millionen Tael gesenkt!«
»Wir haben Ihre Forderungen zur Kenntnis genommen«, erklärte Li Hung-chang bedächtig, »und bitten um Beratungszeit.«
»Ich gebe Euch Zeit bis morgen früh!« verfügte Ito barsch und erhob sich. Mit ihm erhoben sich seine Berater, und im selben Augenblick löste sich hinter ihm ein Pistolenschuß, und Li Hung-chang sackte neben Fen-che zusammen.
Die Verwirrung war unbeschreiblich. Durch den Haupteingang stürzten verunsicherte Wachsoldaten mit vorgehaltenem Gewehr in den Raum und umkreisten sofort die chinesische Delegation, während in den Reihen der Japaner der Schütze überwältigt wurde. Augenblicklich beugte sich Fen-che über den reglosen Li Hung-chang. Die Kugel hatte sein Gesicht getroffen und unterhalb des Auges die Wange bis zum Ohr aufgerissen. Das Blut lief ihm pulsierend über den Hals und versickerte im Kragen seines blauen Galagewandes. Zornig erhob sich Fen-che und riß sich seinen Umhang von der Brust.
»Warum erschießt ihr mich nicht auch?« brüllte er. »Geht man in Japan so mit seinen Gästen um? Ihr wollt ein zivilisiertes Volk sein?« schrie er mit sich überschlagender Stimme. »Erschießt mich auch!« Dann brach er tränenüberströmt neben Li Hung-chang zusammen.
Er spürte, wie ihn kräftige Arme hochrissen und er stolpernd in den Vorhof hinausgeschleift wurde. Erst als er die Soldaten in Schützenreihe vor einer Mauer antreten sah, faßte er sich, und sein Verstand begann wieder zu arbeiten.
»Am liebsten würde ich Eurem Wunsch nachkommen«, hörte er

Itos kehlige Stimme neben sich, »aber wir wollen Euch beweisen, daß wir nichts damit zu tun haben. Es ist die Tat eines Verrückten, der gleich erschossen wird.«
Ein schmächtiger junger Mann wurde an die Wand gestoßen, und während das Füsilierkommando die Gewehre anlegte, rief er mit heller, fanatischer Stimme: »Bonzai, Nippon!« Dann fiel er im Kugelhagel hintenüber.
»Zehntausend Jahre, Japan!« wiederholte Fen-che erschüttert die letzten Worte des Toten. »Wohin wird uns das noch führen!«
»Ich erfahre soeben, daß der ehrenwerte Li Hung-chang nur verletzt ist und überleben wird«, wandte sich Ito noch einmal an Fen-che. »Es bleibt dabei, morgen will ich Eure Antwort auf meine Forderungen!«
Erst abends sah Fen-che die verschüchterten Prinzen wieder. »Wie geht es unserem alten Großvater Li?« wollte Prinz Ch'un wissen.
»Sie haben ihn in ein Krankenhaus gebracht. Er soll noch immer bewußtlos sein.«
»Und was werden wir ohne ihn machen? Wir sollten aus Protest sofort nach Hause fahren«, schlug Dsai Tao vor, »dann müssen wir auch diese schändlichen Forderungen nicht unterzeichnen!«
»Ito verlangt morgen eine definitive Antwort!« Angst habt ihr, dachte Fen-che, Angst um euer verwöhntes Leben, und durch eure Angst seid ihr unfähig zu denken.
»Wenn wir nicht antworten, bedeutet das keinen Aufschub für uns, sondern dokumentiert nur unser Versagen. Ito wird sich in den vergangenen Tagen nach allen Seiten abgesichert haben, und ich nehme sogar an, daß die Westmächte seine Ansprüche billigen. Ich schlage vor, daß wir seine Forderungen offiziell entgegennehmen und es unserem erlauchten Kaiser überlassen, sie zu ratifizieren. Ito wird jetzt keine Zugeständnisse mehr machen!«
»Wir sollten versuchen, noch ein paar Tage Bedenkzeit zu erwirken, und dann unseren verehrten Li Hung-chang zu Rate ziehen«, wand sich Dsai Tao unter der Last der Verantwortung.

»Ito wird sie uns nicht zugestehen und darauf hinweisen, daß Ihr als Vertreter unseres himmlischen Kaisers autorisiert seid!«

»Dann verlange ich im Protokoll einen Zusatz, daß Ihr uns dazu geraten habt!« gab Prinz Ch'un schließlich nach.

Am nächsten Tag stapfte Ito an der Spitze seiner Berater in den Verhandlungsraum. »Akzeptieren Sie meine Forderungen?« fragte er grußlos und auf zahllose Ausreden gefaßt.

»Wir nehmen Eure Forderungen entgegen und unterschreiben sie«, erwiderte Prinz Ch'un mit dünner Stimme.

Nachdem Fen-che übersetzt hatte, gelang es Fürst Ito nicht, die Enttäuschung in seinem Gesicht zu verbergen. Er wandte sich direkt an Fen-che. »Wir sind zwar Feinde, aber trotzdem anerkenne ich Ihre Klugheit.« Damit verbeugte er sich knapp und verließ mit seinen Leuten den Raum, ohne noch einmal einen Blick auf die Prinzen zu werfen.

Fen-che hielt den Atem an. Wie würden die Prinzen diese Brüskierung aufnehmen? Verstohlen blickte er in ihre Richtung, doch er konnte keine Gefühlsregung von ihren verschlossenen Mienen ablesen. Jetzt, da alles vorbei war, fühlte er sich matt und zerschlagen. Müde setzte er sich auf einen Stuhl. Was würde in China auf ihn zukommen? Sein weiser Förderer Li würde ihn nicht verteidigen können, und es war unwahrscheinlich, daß er beim Kaiser Gehör finden würde. Sollte sich das Schicksal seines Vaters an ihm wiederholen? Auch jetzt mußte er Stärke zeigen und den Prinzen Zuversicht vermitteln. Er hatte schon viel gewonnen, wenn sie nicht zu seinen erklärten Gegnern würden.

Die Rückfahrt in die Heimat verlief wesentlich ruhiger als die Hinfahrt. Nahezu den ganzen Tag hielt sich Fen-che in der Krankenstation bei Li Hung-chang auf. Zwar konnte dieser noch nicht sprechen, doch seine Verletzung war nicht lebensgefährlich, und Fen-che berichtete ihm ausführlich, zu welchem Ergebnis die Verhandlung gekommen war.

Kurz vor ihrem Aufbruch zum Hafen hatte der dicke Koch durch eine der Dienerinnen Fen-che eine unförmige Glaskaraffe mit dunkelbrauner Bohnensauce bringen lassen. »Eine Erinnerung an Shimonoseki«, hatte sie gesagt und ihm das Rezept dafür gegeben. Es war auf ein großes Stück Reispapier geschrieben, verschönt durch die kunstvolle Zeichnung eines Pflaumenbaums mit knorrigen Ästen im Wintergewand.

***

Vor dem Portal zur Audienzhalle in der Verbotenen Stadt standen unübersehbar viele Sänften der hohen Gäste mit ihrem Begleitschutz. Fen-che erkannte an dem zum Teil aufwendigen Gefolge, daß mindestens drei Vizekönige und fünf Gouverneure anwesend sein mußten. Seinem sehr niedrigen Rang entsprechend wurde ihm mit anderen unbedeutenden Mandarinen ein Platz am Rand zugewiesen. Mit Stolz stellte er jedoch fest, daß nicht jeder der Ranghöheren eine Pfauenfeder trug.
Der Saal war vom Stimmengemurmel der in losen Gruppen zusammenstehenden Würdenträger erfüllt. Bescheiden bahnte Fen-che sich den Weg an der Wand entlang bis zu einer freien Ecke, von wo aus er einen guten Blick auf den leeren Thron hatte. Es war alles noch genau wie damals. Sogar die Sänfte der Kaiserinwitwe mit dem schwarzen Vorhang stand an ihrem alten Platz. Plötzlich erkannte er ein paar Schritte weiter Richter Kia. Auf seiner Galatracht trug er heute nicht den üblichen Pfau, sondern einen zu wichtigen Feierlichkeiten vorgeschriebenen Hitschi, jenes sagenhafte Tier, das böse und gute Menschen unterscheiden konnte und die bösen mit seinen Hörnern aufspießte. Irritiert starrte er auf das Tier, das eigentlich den bei Hof wesentlich einflußreicheren Zensoren vorbehalten war. War Kia wirklich nur Richter, oder hatte er möglicherweise noch andere Ämter inne? Verwundert hätte es ihn nicht, denn sein Einfluß ging beträchtlich über den eines gewöhnlichen Richters hinaus.

»Ehrwürdiger, weiser Großvater«, Fen-che verbeugte sich tief vor ihm. »Euch hier zu treffen bereitet meinem Herzen besondere Freude!«
Über Kias verschlossenes Gesicht glitt ein warmes Lächeln, wobei seine Augen wohlwollend über Fen-ches Mandaringewand wanderten. »Ihr seht müde aus, bedrücken Euch schwere Gedanken?«
»Sieht man mir die Sorge um die Gesundheit des ehrenwerten Li Hung-chang an?«
»Ist es nur das? Ist da nicht noch etwas?«
»Ich vermute, mir die Prinzen Ch'un und Dsai Tao zu Feinden gemacht zu haben, und darum befürchte ich ...«
»Dafür seid Ihr zu unwichtig. Ich habe zwar von Eurem eigensinnigen Verhandlungsstil gehört, dessen Ergebnis einer Niederlage gleichkommt, dennoch dürfen wir insgesamt froh sein, so gut abgeschnitten zu haben. Nein, die Prinzen werden in ihrer Eitelkeit niemals zugeben, wie maßgeblich Ihr an dem Ergebnis beteiligt seid. Ich hörte ein vages Gerücht aus einer ganz anderen Richtung, aus der Euch Gefahr drohen soll. Unfaßbar, daß jene Anschuldigung heute vorgetragen werden soll!«
»Entschuldigt bitte meine unhöfliche Störung!« unterbrach eine Fen-che bekannte Stimme ihr Gespräch, und er erkannte Li Liänying, den Lieblingseunuchen der Kaiserinwitwe. »Ich habe den Auftrag, Euch zu bitten, mir zu folgen!« wandte er sich mit angedeuteter Verbeugung an Fen-che.
Während Fen-che gemessenen Schrittes hinter dem Eunuchen herging, dachte er fieberhaft über Kias Worte nach. Was hatte dieser ihm mitteilen wollen? Welche Gefahr mochte er gemeint haben? Vielleicht handelte es sich wirklich nur um ein Gerücht! Er hoffte es, hielt die Möglichkeit jedoch zugleich für unwahrscheinlich, denn seine Befürchtung über einen Eklat hatte durchaus ernst geklungen. Mit klopfendem Herzen und ärgerlich über seine vor Aufregung feuchten Hände folgte er dem Eunuchen durch einen langen Flur, vorbei an unzähligen mit Goldornamenten besetzten

Türen, bis Li Liän-ying vor einem unscheinbaren Durchlaß stehenblieb.
»Unserem erhabenen Herrscher beliebt es, Euch noch vor der Audienz zu sprechen!« wandte er sich an Fen-che und öffnete die schmale Tür.
Kaiser Kuang-hsü saß in drachenbesticktem, gelbem Seidengewand auf einem erhöhten, breiten Stuhl und blickte ihm, leicht nach vorn geneigt, erwartungsvoll entgegen. Fen-che warf sich zum Kotau zu Boden.
»Erhebt Euch und tretet näher!«
Mit zu Boden gerichteten Augen rutschte Fen-che auf den Knien näher. Schließlich wagte er aufzusehen und blickte in das hagere und etwas gereifte Gesicht seines Herrschers. Dann glaubte er seinen Augen nicht zu trauen. Der Kaiser kniff das linke Auge zu und zwinkerte. Sofort erinnerte er sich, wie er damals vor acht Jahren das erste Mal vor dem Kinderkaiser gestanden und ebenfalls, um ihn aufzuheitern, ihm heimlich mit dem Auge zugezwinkert hatte. Über Fen-ches bisher ernstes Gesicht breitete sich zaghaft ein Lächeln, und als der Kaiser vor Freude über seinen gelungenen Scherz in lautes Lachen ausbrach, wagte Fen-che mitzulachen. Sie lachten, bis ihnen, wie damals, die Tränen über die Wangen liefen. Das Band des Vertrautseins war also nicht zerrissen.
»Seit damals habe ich nicht wieder so gelacht!« Mißtrauisch blickte der Kaiser auf die verborgene Geheimtür hinter sich, die für ungeübte Augen in den Schnitzereien der Holzvertäfelung nicht zu erkennen war. »Setzt Euch hier zu meinen Füßen«, winkte er Fen-che zu sich heran und senkte die Stimme, »dann können wir uns leise unterhalten! Als mir gesagt wurde, daß Ihr heute anwesend seid, wollte ich Euch vorher unbedingt allein für mich haben.«
Fen-che wagte nicht, ungefragt zu antworten, und sah den Kaiser statt dessen nur erwartungsvoll an.
»Wir haben leider nicht sehr viel Zeit für uns, denn gleich beginnt die Audienz. Mein langweiliger Onkel, Dsai Tao, hat sich bei mir

und meiner Mutter über Euch beschwert. Ihr sollt Euch unziemlich gegen ihn und Fürst Ito benommen haben.«

»Ich danke Euch, mir die Möglichkeit zu geben, den Vorfall aus meiner Sicht darzustellen!« Fen-che hatte es eilig, von Itos ersten unmöglichen Ansprüchen, von dem persönlichen Streitgespräch mit ihm und den später maßvolleren Forderungen zu erzählen. »Ich konnte nicht anders handeln, und wenn es falsch war, bitte ich Euch demütig um Verzeihung!«

»So hat es mir unser ehrenwerter alter Li Hung-chang auch erzählt. Er ist übrigens des Lobes voll von Eurem Können, und ich selbst bin froh, darauf gedrängt zu haben, Euch zum Dolmetscher in dieser wichtigen Mission ernannt zu haben. Ergebene und treue Untertanen sind es wert, gefördert zu werden!«

Aus dem Nachbarzimmer ertönte silberzart der Klang einer Glocke. Der Kaiser zuckte schuldbewußt zusammen. »Die Audienz beginnt gleich. Unser Treffen ist geheim. Nur Li Liän-ying weiß davon, und er hat soeben das Zeichen gegeben, daß ich gehen muß. Wir sehen uns gleich noch im großen Saal; vielleicht erlaubt meine Mutter noch einmal Euren Besuch bei mir. Ich werde sie darum bitten!«

Frohen Mutes eilte Fen-che durch den Flur in die Halle zurück. Was konnte ihm jetzt noch passieren? Er besaß offensichtlich noch immer die Gunst des Kaisers. Niemand würde es wagen, ihn anzugreifen.

Ein Gong ertönte, und quäkender Hörnerklang zu den unzähligen Triangeln verkündete, daß der Kaiser kam. Die Anwesenden vollzogen vor ihrem jungen Herrscher den ihm gebührenden Kotau und verharrten in gebückter Haltung. Auf einen Wink des Kaisers verstummten die Instrumente. Schweigend erhoben sich die Männer und blickten geradeaus. Dann begann der Kaiser zu sprechen.

»Durch unsere schmerzliche Niederlage in Chosen gegen die gutausgerüsteten japanischen Truppen waren wir gezwungen, unseren bewährten Li Hung-chang und die Prinzen Ch'un und Dsai

Tao mit Friedensverhandlungen zu beauftragen, um dem Blutvergießen ein Ende zu bereiten. Viel verlangt der Gegner von uns!« In seiner hellen, alles durchdringenden Stimme verlas er die Forderungen Japans. Er sprach von der Hinterhältigkeit des Feindes, dem Leiden der Soldaten und von der Hoffnung auf einen langen Frieden, um dann mit den Worten zu schließen: »Besonderes Verdienst bei diesen schwierigen Verhandlungen in Japan hat sich unser Dolmetscher Lin Fen-che erworben, und wir ehren ihn durch die Verleihung der doppeläugigen Pfauenfeder!«

Fen-che nahm wie durch einen Schleier wahr, wie er zu dem inneren Kreis um den Thronsessel vortrat und der Zeremonienmeister ihm die Pfauenfeder am Hut befestigte.

Langsam verbeugte er sich zum Dankeskotau vor dem Kaiser, und während er sich erhob, schien es ihm, als würde dieser ihm wieder zuzwinkern.

Seiner neuen Würde angemessen schritt Fen-che auf seinen alten Platz zurück. Inzwischen war es in der Halle unruhig geworden. Vom angestammten Platz der Prinzen erklang zunächst eine leise, von Satz zu Satz lauter werdende, keifende Stimme, die unüberhörbar und anklagend das Zeremoniell störte.

»Das ist der Prinz Tung des zwölften und letzten Ranges, der da auf sich aufmerksam macht«, hörte Fen-che neben sich einen Hofintendanten sagen, »ich vermute, er meint Euch!«

»Die Bestimmung sagt, daß nur Würdenträger der hohen Verdienstklassen mit der doppeläugigen Pfauenfeder bedacht werden sollen!« mäkelte der Prinz und wurde mit seiner Anschuldigung deutlicher. »Dieser Lin Fen-che ist ein Ausländer! Ein Deutscher! Sein richtiger Name ist Robert de la Motte. Fragt nur seine Mutter«, kreischte er schrill, während ihn einige Würdenträger zu beruhigen versuchten. »Sie wohnt in Schanghai und heißt Crawford!«

Langsam verhallten die Anschuldigungen in den endlosen Fluren, durch die der Prinz von den Wachen entfernt wurde. Im Saal war es totenstill. Jeder versuchte, einen Blick auf Fen-ches Gesicht zu

werfen, um darin Beweise für die beispiellosen Anschuldigungen zu entdecken.
Fen-che stand wie betäubt gegen die Saalwand gelehnt und starrte mit ausdruckslosen Augen über die Menschen. Das konnte nur das Werk der Prinzen sein! Das also war ihre Rache! Aber wie lächerlich, derartige Anschuldigungen vorzubringen, die er sofort widerlegen konnte! Mrs. Crawford kannte er tatsächlich, aber nur durch Zufall! Er versuchte vergeblich zu schlucken. Seine Kehle schien ausgedörrt. Sein Vater konnte alles aufklären!
Unendlich langsam, der Kaiser hatte sich zurückgezogen, und die ersten Würdenträger verließen die Halle, verdichtete sich sein wirres Gedankenknäuel zu einem vagen Verdacht. Mit jedem Erinnerungsfetzen an seines Vaters seltsame Andeutungen wurde es mehr und mehr zur Gewißheit. Das Zittern seiner Hände versuchte er zu verbergen, indem er sie in die Ärmel schob. Nein, das war nicht die Rache der Prinzen. Dahinter steckte van Aacht! Er mußte die Prinzen bestochen haben, um ihn unmöglich zu machen, und hatte ihn damit vor den Augen aller entehrt!

***

Yin Hua verbarg ihr Entsetzen über Fen-ches Aussehen hinter einem freundlichen Lächeln. »Ihr, Mandarin neunten Grades, entsinnt Euch noch der unbedeutenden Yin Hua?« scherzte sie. »Welch unschätzbare Ehre bedeutet es mir, Euch empfangen zu dürfen …«
Ihre Worte wurden immer leiser, bis sie auf den Lippen erstarben. Fen-che hatte, ohne ein Wort zu sprechen, sich ihr gegenüber auf die Liege gesetzt und war langsam in sich zusammengesunken. Er hatte sich die Hände vor die Augen gepreßt und saß da wie ein verwundetes Tier.
»Was ist geschehen?« Yin Hua erhob sich rasch und beugte sich über ihn. Dennoch wagte sie es nicht, ihn zu berühren. Mit der

gleichen befremdenden Scheu, wie man sie Toten gegenüber hegt, verharrten ihre Hände, eben noch zum Trösten bereit, über seinem Körper.
»Was ist, mein Liebster?« wiederholte sie mit zunehmender Sorge, überwand ihre Scheu und legte die Hand auf seine Stirn. »Soll ich einen Arzt holen? Geht es dir nicht gut?« In aufkommender Panik trippelte sie zur Tür und blieb an sie gelehnt stehen.
Er rülpste laut, und seine Antwort bestand aus einer Vielzahl fremdländischer Satzfetzen, die sie nicht verstand. Sie kehrte zu ihm zurück und schüttelte zaghaft seine Schultern. »Sag doch etwas, was ich verstehe!« flehte sie ihn an.
Langsam stellte sich der Fokus seiner Augen auf ihre Entfernung ein. Schleppend begann er zu sprechen. »Ich bin nicht mehr der große Lin Fen-che, der Komprador der Handelsherren, auch nicht mehr Mandarin des neunten Grades, ich bin nur noch ein Ausländer, ein Deutscher!« Je länger er sprach, um so mehr bereitete es ihm Vergnügen, sich herabzusetzen. »Vor ein paar Tagen hat man mir in Peking vorgeworfen, nur ein Ausländer zu sein. Ein Barbar, ein fremder, stinkender, langnasiger Teufel!«
»Wer das auch immer gesagt haben mag, ich kann bestätigen, daß du ein reiner Chinese bist!« empörte sich Yin Hua. Tastend suchten ihre Finger seine Hand, und während sie sie beruhigend streichelte, wartete sie auf eine weitere Erklärung.
»Mein Vater muß davon gewußt haben. Er hat oft merkwürdige Äußerungen gemacht, die ich nicht verstanden habe. Mrs. Crawford hier in Schanghai soll meine Mutter sein. Was für eine Schande! Eine Schande, mit der ich nicht mehr leben will!«
Die Ernsthaftigkeit seiner Worte überzeugte sie davon, daß an der Behauptung etwas Wahres sein mußte.
»Ich koche uns ein paar Köstlichkeiten, und wenn wir nachher beim Reiswein sitzen, erzählst du mir alles der Reihe nach!« schlug sie vor, und bevor er ein ablehnendes Wort sagen konnte, erhob sie sich und verschwand in dem Küchenverschlag.

Beim gemeinsamen Essen begann Yin Hua allmählich zu verstehen, welche Folgen es für ihn hätte, wenn die infame Behauptung zuträfe. »Sprich mit deinem Vater darüber«, riet sie ihm. »Er scheint neben deiner Mutter der einzige zu sein, der weiß, ob dies eine Lüge ist! Fahr mit dem nächsten Schiff, und vergiß weder deine Erziehung noch deinen Großmut, wenn du mit ihnen sprichst. Es ist ja doch alles im großen Weltenbuch vorherbestimmt, und kein Groll kann es ändern!«
Weder die bittere Vermutung, ein Europäer zu sein, noch die Aussicht auf eine zweifelhafte Zukunft ließen ihn nach dem Essen und einigen Schalen Sake vergessen, daß Yin Hua eine begehrenswerte Frau war. Fen-che genoß das Spiel der Liebe ungewöhnlich ausdauernd bis zum Morgen, und bevor Yin Hua erschöpft einschlief, war sie plötzlich nicht mehr ganz sicher, ob Fen-che nicht doch ein Ausländer war.

***

Noch vor der Dampferfahrt nach Kiautschou machte sich Fen-che auf den Weg zu dem roten Backsteingebäude der Crawfordschen Firma. Doch vor dem Eingang verließ ihn der Mut. Er blieb auf der gegenüberliegenden Straßenseite in einem Hauseingang stehen und starrte hinüber. Je länger er hinübersah und wartete, desto unsinniger erschien ihm sein Vorhaben. Wie sollte er Mrs. Crawford nur die Fragen stellen, die ihn bewegten? Um sich trotz seiner verlorengegangenen Zuversicht zu rechtfertigen und um der einzigen Hoffnung willen, daß alles doch nur ein Irrtum war, beschloß er, zuerst nach Kiautschou zu seinen Eltern zu fahren, um sich Gewißheit über seine Herkunft zu verschaffen.
Während der Schiffsreise blieb er voller Unbehagen über neugierige Fragen zu seiner Person in der Kabine und verließ sie erst, als das Schiff in der Bucht von Kiautschou längst vor Anker lag und die meisten Mitreisenden bereits an Land gebracht worden waren.

Jetzt, kurz vor der Reisernte im Juni, grünte es auf allen Feldern, und überall hockten gebückte Gestalten zwischen den Anpflanzungen, um die Halme nach dem Reiswurm abzusuchen, der später als Delikatesse verkauft wurde. Doch Fen-che nahm weder die Landschaft noch die arbeitenden Bauern wahr. Immer wieder kehrten seine Gedanken zu den Vorwürfen des Prinzen zurück.
Sollte sich herausstellen, daß er kein Chinese war, würde er sein Amt als Komprador abgeben müssen, sorgte er sich um die Zukunft, beruhigte sich jedoch, als er daran dachte, wie wohlhabend er war. Was konnte ihm schon passieren? Er würde Schanghai verlassen und sich irgendwo, wo ihn niemand kannte, ein Haus kaufen, und keiner würde auf den Gedanken kommen, daß er Europäer war. Er würde Arme und Kranke unterstützen, Geld für Tempel spenden und ein angesehener Mann sein. Zufrieden lehnte er sich in der Sänfte zurück. Doch plötzlich erinnerte er sich an Ay-lin und seine Kinder und ihm schwindelte. Seine Familie hatte er ganz vergessen, dachte er beschämt und fühlte sich unbehaglich bei dem Gedanken, ihr bald gegenüberzustehen. Vielleicht würde Ay-lin mit den Kindern trotz allem weiter an seiner Seite leben wollen. Was wäre dann? Natürlich würde er in diesem Fall die Brücken nicht hinter sich abbrechen. Dann würde er freudig ihre dargebotene Hand ergreifen und mit ihr zusammen ein richtiges Familienleben führen. Aber vielleicht waren diese Überlegungen unnötig. Vielleicht war er gar kein Deutscher!
Einer der Diener hatte Fen-che aus der Sänfte steigen sehen, und die Nachricht, daß der junge Herr wieder zurück war, ging von Mund zu Mund. Lachende Gesichter nahmen sein Gepäck und folgten ihm stolz und ausgelassen in den Yamen. Sein Vater erwartete ihn bereits, und noch bevor sie das erste Wort wechselten, sah Fen-che ihm an, daß er von dem Vorfall in Peking wußte. Ihn so deprimiert zu sehen, schmerzte ihn.
Mit einer herrischen Geste scheuchte der alte Lin Bohong die schwatzenden Diener aus dem Flur und wandte sich seinem Sohn

zu. »Bevor du deine Lieben begrüßt, möchte ich mit dir sprechen«, sagte er ernst und wies mit dem rechten Arm auf die Tür seines Arbeitszimmers.

Nichts von alldem, was sich Fen-che ausgemalt hatte, war geschehen. Kühl und beherrscht hatte er seinen Vater sogleich zur Rede stellen und ihn mit Vorwürfen überhäufen wollen, um ihn dann anklagend auf sein verpfuschtes Leben hinzuweisen. Doch jetzt, als er ihm gegenüberstand, verbeugte er sich zum Begrüßungskotau und sagte: »Für einen weisen Rat, ein mitfühlendes Wort öffnet sich gern mein Herz!«, und er wartete geziemend, bis sein Vater voranging.

»Ja, es stimmt«, begann Lin Bohong das Gespräch, nachdem er die Tür sorgfältig geschlossen und sich mit dem Rücken zu seinem Sohn gewandt ans Fenster gestellt hatte. »In den vergangenen Jahren versuchte ich immer wieder, dir deine Herkunft zu offenbaren, und immer wieder beschlichen mich Zweifel, ob es der richtige Augenblick war, bis es mir zu spät erschien und ich nur hoffen konnte, daß du stark sein würdest, wenn dich die Enthüllung unvorbereitet treffen sollte. Ich kann dich heute nur bitten, mir zu verzeihen, und dir noch einmal meine Worte während deines letzten Besuchs bei uns ins Gedächtnis rufen: Wir lieben dich so, als ob du unser eigenes Kind wärst!«

»Ich fühle mich auch immer noch als Euer Sohn, bewundere Eure Klugheit und stehe immer in Eurer Schuld. Aber was wird Ay-lin denken? Was werden meine Söhne Liän und Hsün sagen, wenn sie begreifen, daß sie Bastarde sind?« Fen-che ging einen Schritt auf seinen Vater zu und streckte die Hand nach ihm aus. Doch der Alte bemerkte die Geste nicht, und langsam ließ Fen-che den Arm sinken. »Ich kann kein Chinese mehr sein und bin auch kein Europäer. Ich fühle mich unendlich leer! Ich bin ein Nichts!«

»Genau das war es auch, was mich immer davon abhielt, dir deine Herkunft zu erklären. Wäre es dir recht gewesen, dies vor zwanzig Jahren erfahren zu haben, oder vor zehn oder vor einem Jahr? Es ging alles so lange gut, und ich hoffte schon, es würde immer mein Geheimnis und das deiner Mutter bleiben. Nun mußt du diese Herausforderung als eine große Prüfung ansehen, doch nie dürfen dir Zweifel erwachsen, wo dein Elternhaus steht und welchem Land du dienen sollst!« Endlich drehte er sich um und sah seinen Sohn mit geröteten Augen an. »Nun wird es Zeit, deine Mutter zu begrüßen!«

Im Flur vor der Arbeitstür seines Großvaters hockte an die Wand gelehnt Liän. Schweigend verbeugte er sich zum Begrüßungskotau, trat dann dicht neben seinen Vater und nahm besitzergreifend seine Hand. »Stimmt es, bleibt Ihr nun für immer bei uns?« Seine großen, dunklen Augen versuchten das ernste Gesicht des Erwachsenen zu ergründen, um die Antwort im voraus zu erraten.

Lächelnd beugte sich Fen-che zu ihm hinab und hob ihn auf den Arm, fuhr mit der Hand durch sein Haar und drückte den zarten Kopf des Kindes gegen seinen Halsansatz. »Möchtest du es denn?«

»Mutter hat gesagt, daß Ihr wohl nun für immer hierbleiben werdet!« überging er die Gegenfrage. »Wir wünschen es uns so sehr. Nur Hsün«, schränkte er altklug ein, »ist noch zu klein, der weiß noch nichts!«

Während der wenigen Schritte zu den Privaträumen kam Fen-che erneut zu Bewußtsein, wie sehr er seine Familie vermißt hatte. Doch im Augenblick zweifelte er an der Aufrichtigkeit seines Sohnes. Was konnte Liän schon für ihn empfinden? Zweimal im Jahr war er mit Geschenken beladen angekommen, und nur durch Aylins Erzählungen war ihm vielleicht in seiner kindlichen Phantasie deutlich geworden, daß er mehr als ein lieber Onkel war. Als ob sein Sohn seine Gedanken erraten hätte, legte er ihm liebkosend die Arme um den Hals. Eng aneinandergeschmiegt gingen sie ins große Wohnzimmer.

Noch in der Tür fiel Fen-ches erster Blick auf seine Mutter, die ausgestreckt auf einem bequemen Ruhebett lag und ihm matt entgegenlächelte. Sie schien zu schwach zu sein, um den Kopf zu heben, und nur ihre mageren Hände, die nervös mit einem Zipfel der Decke spielten, verrieten ihre innere Anteilnahme. Schnell setzte er Liän ab und kniete sich an ihr Lager.

»Wie geht es Euch, alte Großmutter?« Seine Sorge wuchs, als sich ihre Augen unerwartet mit Tränen füllten, die dann, schnell versiegend, über die faltigen Wangen rollten und eine glitzernde Spur hinterließen. Er umfaßte ihren kleinen Kopf mit beiden Händen, küßte ihre Stirn und preßte seine Wange gegen die ihre. Irgendwann spürte er einen salzigen Geschmack im Mund, und er konnte nicht unterscheiden, ob es die Tränen seiner Mutter oder seine eigenen waren. Dann spürte er, wie Ay-lin sich neben ihn setzte und ihre Hände auf seinen Schultern ruhen ließ.

»Mutter ist sehr schwach und kann kaum noch sprechen«, sagte sie leise.

Als ob Qin-lin ihre Worte Lügen strafen wollte, krächzte sie mit brüchiger Stimme: »Es ist meine Schuld!« Es dauerte lange, bis sie neue Kraft gesammelt hatte, um weiterzusprechen. »Verzeih uns beiden, und bleib ein guter Sohn!« Ihr Atem rasselte vor Anstrengung, und übergangslos schlief sie ein.

Erschüttert blieb Fen-ches Blick auf ihr ruhen. »Meine arme Mutter, warum hat mir niemand gesagt, wie krank sie ist?« flüsterte er.

»Ich habe immer gehofft, daß du sie noch lebend siehst!«

»Seit wann geht es ihr so schlecht?«

Ay-lin suchte seine Hand. »Vor einer Woche hat Vater die Nachricht von deiner ... ich meine aus Peking bekommen und uns nichts erzählt. Mutter erfuhr es von der Frau eines Dieners und hat sich daraufhin in ihrem Zimmer eingeschlossen. Sie hat seitdem zu niemandem ein Wort gesagt, und ich glaube, sie will nicht mehr leben.«

»Und was sagst du dazu?«

Ay-lin führte seine Hand an ihren Mund und küßte sie. »Du bist mein Mann und der Vater meiner Kinder. Ich liebe dich!«

Ihre schlichte Ausdrucksweise überwältigte ihn, und er fühlte sich

durch seine vielen unnützen Gedanken und Zweifel der letzten Tage kleinmütig und beschämt. »Nur mit den Augen des anderen kann man seine Fehler besser erkennen!« sagte er halblaut und streichelte ihre Wange. »Ich möchte jetzt etwas allein sein!« Er warf noch einen Blick auf seine schlafende Mutter und ging hinaus.
Vom Fenster aus betrachtete er lange und entrückt den Sonnenuntergang. Im Nachbarzimmer verweilten die Augen des alten Landrats in der gleichen Himmelsrichtung.
In dieser Nacht starb Qin-lin. Sie starb so leise und unauffällig, wie sie gelebt hatte.

***

Wie die Familie trugen auch die Diener das bei Trauer vorgeschriebene schlichte Baumwollgewand. Nur durch den goldenen Knopf an Lin Bohongs Hut war zu erkennen, welches Amt er bekleidete.
Die Begräbnisstelle lag auf einem Hügel außerhalb der Stadt, und lange bevor der Trauerzug aufbrechen sollte, versammelten sich die Trauergäste vor dem Yamen, während die Familie im Ahnenzimmer die Andacht hielt. Hier war der einzige unbewohnte Raum des Hauses, der für die Geister der Verstorbenen reserviert blieb. Den Geistern der toten Verwandten, die tagtäglich die Menschen beobachtend umflogen und mit ihnen Freude und Leid teilten. Hier war ihr Zuhause. An den Wänden hingen große Namenstafeln der Verstorbenen, und nachdem Lin Bohong die Tafel mit dem Bildnis seiner Frau befestigt hatte, zelebrierte er die strengen Riten des Begräbniskultes.
Schon an ihrem Krankenbett hatten in den letzten Tagen und Nächten mehrere Priester gewacht. Zu ihren Gebeten schlugen sie unaufhörlich Zimbeln und Gongs, denn die Geister sollten sich neben der Sterbenden an dieser Musik erfreuen. Sie sollte auch Qin-lin heiter stimmen und an die neue Sphäre gewöhnen, in die sie irgendwann eintreten würde.

Zur anberaumten Zeit setzte sich der Trauerzug mit großem Gepränge an Flaggen in Bewegung. Nahezu alle Bewohner der Stadt folgten Qin-lins Sarg, schoben und drängten sich durch die engen Straßen, weiter durch das Stadttor bis zur Begräbnisstätte. Immer mehr kamen hinzu. Jeder wollte dem allseits beliebten Lin Bohong seine Anteilnahme erweisen und Qin-lin die letzte Ehre geben. Das Grab befand sich auf einem sorgfältig ausgewählten Hügelkamm. Ein bevorzugter Platz, waren sich die Trauergäste einig, um den die anderen Toten sie wegen des herrlichen Ausblicks beneiden würden, denn von hier aus besaß man einen weiten Blick über das hügelige Land bis zu den am nördlichen Horizont aufragenden Bergen.

Die mit einem weißen Tuch verhängte Sänfte wurde von den acht Trägern sanft abgesetzt, und Lin Bohong schlug eigenhändig den Vorhang zur Seite. Die erstaunten Ausrufe über den Prunksarg gingen in ein anerkennendes Gemurmel über. Vier Männer, in makelloses Trauerweiß gekleidet, trugen den Sarg neben das Grab, und in der Sonne erstrahlte er in bunter Pracht. Das rotbraune Holz war nahezu vollständig mit jenen Blumen bemalt, die sie so geliebt hatte, und die sorgfältig geschnitzten Tierköpfe aus der Fabelwelt erschienen durch den Pinsel des Künstlers beinahe lebendig.

Würde Qin-lins Geist der Platz gefallen? Man konnte es nie im voraus sagen, und Lin Bohong wußte, daß sich dies erst in den nächsten Wochen herausstellen würde. Dann, wenn sich plötzlich Unfälle häuften, unverhältnismäßig viel Geschirr zu Bruch ging oder Pflanzen im Garten verwelkten, wenn die Hinterbliebenen das Pech verfolgte oder sicher geglaubte Geschäfte nicht abgeschlossen wurden, dann zeigte der Geist seinen Unmut, und dann war es auch höchste Zeit, dem Verstorbenen einen anderen Platz anzubieten, bis er zufrieden war und seine Querelen beendete. Aber es war ein schöner Platz, und Qin-lins Geist würde sicherlich Gefallen an ihm finden.

Während das Grab zugeschaufelt wurde, ließ Lin Bohong die Augen über eine Gruppe bemooster Findlinge wandern, die von einigen gelben Ginsterbäumen wie zum Tanz umringt standen. Hier würde sie sich wohl fühlen, dachte er und legte als erster ein paar zarte Blumen auf das Grab, stellte einige Speisen dazu und verbrannte mehrere Geldscheine, damit Qin-lin nicht mittellos war. Dann tat Fen-che das gleiche, und nachdem die letzten Trauergäste ihre Geschenke niedergelegt hatten, glich der sanft abfallende Hügel einem Blumenmeer.

Der Landrat hatte darauf bestanden, keine Gäste in sein Haus einzuladen. Er wollte während des Trauertages nur seine Familie um sich haben und ließ aus diesem Grund auf dem Markt mehrere Garküchen für die Bevölkerung aufstellen, die kostenlos Essen ausgaben. Langsam setzten sich die ersten Sänften nach Kiautschou in Bewegung, und bald lag der Hügel wieder in gewohnter, stiller Einsamkeit.

Um so erstaunter war Lin Bohong, als vor dem Eingang seines Yamen eine von Soldaten eskortierte prunkvolle Sänfte mit der Standarte eines Oberrichters im dritten Mandarinrang wartete.

ZWÖLFTES KAPITEL

Von den Westmächten eröffnete Frankreich die Politik der »Interessensphären«, und China wurde gezwungen, sich bei der Ausbeutung der Bergwerke in den Provinzen Yünnan, Kwangsi und Kwangtung zuerst an französische Firmen zu wenden. Darüber hinaus sicherte sich Frankreich Rechte zum Eisenbahnbau und zur Errichtung von Telegrafenlinien, und schließlich wurde durch eine Grenzkorrektur Siam durch französisches Gebiet von China abgetrennt.

Um nicht ins Hintertreffen zu geraten, verlangte und erhielt England eine Grenzregulierung für eine Ausweitung von Burma, Straßen- und Bahnbaurechte sowie die Handelsöffnung des Kanton-Flusses bis Wuzhou.

Rußland baute durch das gewonnene Vertrauen in China seine Rechte weiter aus, bis sie den gewünschten Schutzverpflichtungen gegenüber Japan entsprachen und sich dabei besonders auf die Befestigungen der Höhen um Port Arthur und Tsingtau bezogen. Mit der Gründung der Russisch-Chinesischen Bank wurde einer Bahnbaugesellschaft die Konzession erteilt, die Sibirische Bahn bis Dairen und weiter bis Port Arthur zu führen.

Während der Druck von außen auf das Reich immer größer wurde, übersah der greise Li Hung-chang die Anfänge der »Bewegung der Erneuerung« innerhalb des Volkes. Sun Yat-sen gründete die »Nationale Volkspartei« Kuomintang und forderte die Abschaffung der Dynastie. Auch von anderer Seite machte sich Unruhe breit. Der kantonesische Literat K'ang Yu-wei zog die allgemeine Aufmerksamkeit auf sich, indem er gegen den ungerechten Frieden mit Japan protestierte. Er verlangte die Verlegung der Hauptstadt in das Landesinnere und die Fortsetzung des Krieges mit modernen Waffen bis zum Sieg. Sein Traum war die Errichtung einer weltumfassenden Völkerfamilie auf der Grundlage der konfuzianischen Idee.

Da sich die Kaiserinwitwe Tz'u-hsi in ihren Sommerpalast zurückgezogen und die Regierungsgewalt in die Hände ihres Sohnes gelegt hatte, wagten die Zensoren, viele dieser Denkschriften weiterzureichen. Der junge Kaiser Kuang-hsü nahm sie mit Begeisterung auf. Er lud alle höheren Beamten zu sich ein, um ihre Ansichten darüber zu erfahren, und leitete damit die in Chinas Geschichte eingegangene »Reform der 100 Tage« ein. Das Programm sah die Modernisierung der Schulen vor, Waffen und Ausbildung der Armee nach westlichem Vorbild, die Abschaffung des traditionellen Prüfungssystems für Staatsbeamte auf der Grundlage der konfuzianischen Klassiker und die Gründung einer kaiserlichen Universität sowie den Bau von Eisenbahnen und Handelsförderungen. Jeder hohe Beamte, der es wagte, dagegen Einspruch zu erheben, wurde sofort entlassen.

Yung-lu, ein ehrgeiziger Angehöriger des Mandschubannerheeres, war vom Offizier der Palastwache zum wichtigsten Berater der Kaiserinwitwe Tz'u-hsi aufgestiegen. Er verstand es, sie von der Gefährlichkeit der Reformen zu überzeugen, und ließ sich als Werkzeug und treuergebener Sklave Ihrer Majestät zum Großsekretär und Vizekönig von Petschili ernennen. Damit hatte sie ihre Position so weit gestärkt, daß sie zu ihrem zweiten Staatsstreich ausholen konnte. Da das Amt Yung-lus gleichzeitig den Oberbefehl über die Truppen von Peking beinhaltete, befahl ihm Tz'u-hsi, den Kaiser bei der nächsten Truppenübung in Tientsin gefangenzunehmen.

Doch Kuang-hsü erfuhr von dem Plan und war entschlossen, um seine Macht zu kämpfen. Er ernannte den Befehlshaber der modernen Pei-yang-Truppen, Yüan Shih-k'ai, zum unabhängigen Re-

formator der Armee und gewann ihn für den Plan, vor der Truppenparade die Kaiserinwitwe festzunehmen und Yung-lu köpfen zu lassen. Zum Lohn sollte er dessen Amt als Vizekönig von Petschili erhalten. Yüan Shih-k'ai nahm den Auftrag an, verriet aber sofort den Plan seines Auftraggebers an die Kaiserinwitwe.
Über Nacht wurde Kuang-hsü auf einer Insel in den Seen der Kaiserstadt gefangengesetzt und gezwungen, den Erlaß zur Rücknahme sämtlicher Reformmaßnahmen selbst zu unterzeichnen. Wer von den engsten Beratern des Kaisers nicht rechtzeitig fliehen konnte, wurde enthauptet.
Den ausländischen Mächten wurde kurze Zeit später eine schwere Erkrankung Kuang-hsüs gemeldet, und mit »schmerzlicher Pflicht« bestimmte Tz'u-hsi einen neuen Thronfolger. Unerwartet meldeten die Vertreter Englands, Frankreichs, Amerikas und Japans aus Furcht vor einer noch engeren Bindung Chinas an das zaristische Rußland starke Bedenken an und gaben zu verstehen, daß man ein plötzliches Ableben des Kaisers nicht verstehen würde. Yung-lu beeinflußte die Kaiserinwitwe dahingehend, ihren ursprünglichen Plan aufzugeben. Daraufhin besserte sich der Gesundheitszustand Kuang-hsüs.

***

Während der inneren Unruhen entfaltete sich durch das hemmungslose Auftreten ausländischer Firmen ein explosionsartiger Fremdenhaß im ganzen Land. In Schanghai verbreitete sich das Gerücht, daß der angesehene Komprador Lin Fen-che wegen Amtsanmaßung und ungesetzlicher Bereicherung als Ausländer in Peking ins Gefängnis geworfen worden sei. Dieses Gerücht verdichtete sich noch, als ein neuer Vorsitzender der Kompradoren ernannt und das Privathaus Lins vom Staat beschlagnahmt wurde.
Überall im Land, besonders in den großen Städten, bildeten sich jetzt Geheimgesellschaften mit einvernehmlicher Unterstützung höchster Regierungsbeamter gegen die Ausländer. Die »Gesell-

schaft der großen Messer« und die »Faustkämpfer für Recht und Einigkeit«, von den Westmächten fälschlicherweise »Boxer« genannt, bildeten das Sammelbecken unzufriedener Chinesen. Diese Kämpfer hatten sich ihren Lebensunterhalt, genau wie ihre Väter und Vorväter, als Schutzdiener für Reisende, Kamel- oder Eseltreiber, Wagenführer, Herbergsdiener, Lastenträger oder Bootsführer verdient. Als jedoch innerhalb von wenigen Jahren das von den Europäern gelegte Schienennetz immer dichter wurde und sich der Güter- und Transportverkehr zunehmend von den Straßen und Wasserwegen auf die Gleise verlegte, wurden sie arbeitslos und mußten hungern.

Dieses gewaltige Heer sah in den Aktivitäten der Fremden den Grund für ihre mißliche Lage, und indem sie sie bekämpften, versuchten sie die alte Ordnung wiederherzustellen. Fremd waren aber auch die Mandschus, die seit fast dreihundert Jahren China regierten und sich noch immer durch strenge Gesetze zu isolieren versuchten. So waren die Mandschus fast alle Soldaten und durften sich nicht dem Kaufmannsstand widmen. Sie durften sich auch nicht aus der Mandschurenstadt oder ihrer Garnison entfernen, ohne fürchten zu müssen, die Privilegien ihres Standes zu verlieren und zu einfachen Chinesen herabgewürdigt zu werden.

Um den Unwillen dieser Massen von sich fernzuhalten, gewährten viele Gouverneure bis hinauf zu den Prinzen in der Zentralregierung seit mehreren Jahren den Boxern geheime Unterstützung oder verharmlosten in ihren Berichten an den Kaiserhof die zunehmenden Übergriffe auf europäische Handelsposten und Missionsstationen. Aber auch Tz'u-hsi sah in dieser Bewegung ein Druckmittel gegen die Ausländer, die es gewagt hatten, durch ihren Einspruch die Ermordung Kuang-hsüs zu vereiteln, und sie befahl dem ihr getreuen Prinzen dritten Grades, Yi Dzung, durch seine drei Söhne mit den Führern der Bewegung Kontakt aufzunehmen.

***

In der kleinen Stadt Kü-fou im Süden Shantungs wurde vor mehr als zweieinhalbtausend Jahren Konfuzius geboren. Hier lebte und lehrte er, und in dem gleichen Landstrich wurden später die meisten Chinesen zum christlichen Glauben bekehrt. Aber auch die fanatischen Geheimbünde fanden hier ihren Ursprung, weil seine Lehre, die Beibehaltung des Althergebrachten, die Vermeidung aller Neuerungen sowie die Verehrung und Nachahmung berühmter Vorfahren, die Grundlage ihrer Ideologie bildete.
Seit Jahren beobachtete Bischof von Anzer sorgenvoll die feindliche Haltung der Bünde gegen die katholische Kirche und stellte vorsorglich seine Diözese im südlichen Shantung erst unter französischen, dann unter deutschen Schutz. Von mächtigen Bezirksmandarinen gedeckt, wurden die Ausschreitungen gegen die Missionshäuser von Jahr zu Jahr schlimmer.
Zum Allerheiligenfest legten die beiden Priester Henle und Nies auf ihrer Visitationsreise durch Shantung in der Gemeinde des Missionars Stenz mehrere Tage Rast ein, um ihren Mitbruder bei den Beichten am Allerseelentag zu unterstützen. Es war ein verregneter Herbsttag. Die Missionare hatten das Requiem einstudiert und sangen mit ihren weittragenden, tiefen Stimmen zum Abschluß des gemeinsamen Abends, von Stenz' Zitter begleitet: »Miseremini mei, saltem vos amici mei, quia manus Domini tetigit me; erbarmet euch meiner, wenigstens ihr, meine Freunde; denn die Hand des Herrn hat mich getroffen.«
»Das ist ein schönes Lied, würdet Ihr es noch einmal für mich singen?« fragte eine helle Knabenstimme von der angelehnten Tür her.
»Entschuldigt bitte, Ihr hohen Herren!« meldete sich hinter ihm ein alter, gebeugter Mann zu Wort und versuchte das Kind wegzuziehen. »Mein Enkel ist sehr vorlaut gewesen!«
»Unser Gemeindediener«, erklärte Stenz seinen Freunden und lächelte aufmunternd in seine Richtung. »Bei dem Wetter noch unterwegs? Es wird Zeit, daß Ihr Euch etwas Ruhe gönnt. Der Tag war lang!«

Der Alte wollte die Tür gerade schließen, als sich Dekan Henle vorbeugte und aufmunternd über die Gläser seiner Brille hinwegsah. »Aber unserem jungen Freund werden wir vorher sicher noch eine Freude machen«, und er stimmte das eben gesungene Lied noch einmal an. Nachdem der letzte Ton verklungen war, schob sich der Junge an seinem Großvater vorbei und trat in den matten Schein der Petroleumlampe, die jetzt sein nasses Gesicht erhellte.
»Ihr seid so groß, aber Ihr seid noch kein Erwachsener!« stellte der Junge mit ernster Miene fest und hielt seine Augen auf Henle gerichtet.
»Wie meinst du das?«
»Kinder sind immer bereit, das zu tun, was man ihnen sagt; die Erwachsenen dagegen fragen immer erst, warum, deswegen meine ich es!«
Während der Alte sich in den Lumpen des Knaben festkrallte und ihn zurück zur Tür zog, übertönte das herzliche Lachen der Missionare seine schüchtern vorgetragenen Entschuldigungen.
»Unser hochwürdiger Dekan ein Kind!« Pater Nies wischte sich die Lachtränen aus den Augen. »Vergessen Sie nicht, diese Tatsache in Ihrem Bericht an den Bischof zu erwähnen«, riet er Stenz.
»Das ist die größte Ehrung, die mir bisher in China zuteil geworden ist«, kommentierte Henle den Ausspruch des Jungen. »Zu einem sieht er mich trotz des Altersunterschieds vertrauensvoll als seinesgleichen, und zum anderen scheine ich reinen Herzens und unverdorben zu sein!«
Nach diesen Worten des Dekans schämten sich die beiden Patres für ihr Gelächter und nickten verlegen. Die Unbefangenheit der späten Stunde war gestört, und nach einigen langen Minuten erhob sich Pater Stenz.
»Leider kann ich Ihnen für die Nacht nur dieses Zimmer anbieten«, sagte er bedauernd, »unsere Mission ist noch sehr klein. Ich werde im kleinen Proviantzimmer unterhalb des großen Tores schlafen!«

Ein neuer Regenschauer ließ die schweren Tropfen gegen das Fenster prasseln. Es roch stark nach Petroleum, und aus dem Glaskolben der Lampe stieg rußiger Rauch gegen den Blaker. Während Pater Stenz die Schlafstätten herrichtete, trat der Dekan ans Fenster und sah einige weit entfernte, matte Lichtpunkte, die wie Glühwürmchen durch die Dunkelheit geisterten.
»Unsere Gemeinden haben teilweise sehr unter den Boxern zu leiden, die für das Wort Gottes leider taub sind. Wie sieht es hier bei Ihnen aus?«
»Gott sei's gedankt, daß sie uns bisher verschont haben!« antwortete Stenz und setzte sich wieder an den Tisch. »Ich muß jedoch gestehen, je besser ich die Menschen mit ihrem kindlichen Aberglauben begreife, um so mehr verstehe ich auch ihre feindlichen Gefühle gegen die ihnen fremde, europäische Technik. Nehmen wir als Beispiel den grünen Drachen, von dem jeder Chinese hofft, daß er sich eines Tages bei ihm niederläßt und ihm das große Glück bringt. Er fliegt durch die Lüfte und läßt sich bevorzugt auf hohen Stangen nieder. Um ihn anzulocken, befestigt man daran eine Bürste, und wenn er sich erst einmal dort niedergelassen hat, ist das Glück des Besitzers gesichert. Ihr Leben lang hoffen die Leute auf diesen Augenblick, der sie dann aus dem allgegenwärtigen Elend herausreißen wird. Einzig diese Hoffnung und der Glaube daran läßt sie ihr jammervolles irdisches Leben einigermaßen ertragen.«
»Die Erkenntnis des Wortes Gottes würde sie ohne den Drachen glücklicher machen«, bremste Pater Henle seinen Freund Stenz. Bedächtig fuhr er sich mit der Hand durch das volle Haar, sah noch einmal aus dem Fenster in die Dunkelheit und setzte sich wieder an den Tisch. »Wir sollten nicht den Aberglauben tolerieren, sondern das Herz der Menschen für Gott öffnen!«
»Um Gottes Reich weiterzugeben, müssen wir doch erst einmal die Menschen verstehen, und dazu gehört besonders ihr Aberglaube. Und dieser besagt nun einmal, daß der grüne Drache durch Tele-

grafenstangen und hohe Bauten, wie unsere Kirchen, abgelenkt wird. So eine unglückliche Störung trifft dann nicht mehr einzelne, sondern die Bewohner ganzer Ortschaften!«
»Und damit rechtfertigen Sie die Untaten der Boxer?«
Pater Stenz atmete langsam aus. Die provokative Frage ärgerte ihn. »Nein, ich verstehe sie, weil ich mich mit ihrem Aberglauben auseinandersetze. Verständnis bringt Vertrauen. Mit diesem Vertrauen öffne ich die Herzen der Menschen für die Liebe Gottes!«
Dekan Henle fühlte sich in der Rolle des Anklägers wohl und lehnte sich nachdenklich in seinem Stuhl zurück. »Und mit Verständnis wollen Sie die Mordbuben zu frommen Lämmern machen?«
»Die Mordbuben«, Stenz' Lippen verzogen sich unmerklich bei diesem Ausdruck, »sind verschwindend gering in der Masse der Boxer. Wenn wir uns die Mühe machten, uns ihre Sorgen zu vergegenwärtigen, könnte unsere Arbeit weitaus fruchtbarer sein. Erst durch das Gespräch würden wir ihre radikalen Anführer erkennen, und dann sollte es uns doch auch gelingen, sie zu isolieren oder durch kluge Argumente ihre Bekehrung einzuleiten!«
»Als verschwindend gering würde ich sie nicht bezeichnen«, murmelte Pater Nies. »Wir wissen doch aus eigener Erfahrung, wie grausam Chinesen sein können, wenn es zum Aufruhr kommt!«
»Die Chinesen sind an das Leiden gewöhnt«, erwiderte Stenz, »und im Grunde friedlich. Sie gelten in der Regel als phlegmatische Stoiker. Die Rädelsführer der Boxer sind diejenigen, die vor dem Bau der Eisenbahnen Reisende und Transporte als Leibgarde beschützten. Ihr Beruf war es zu kämpfen, und ebendiese Leute sehen nun ihre Aufgabe darin, durch ihren Einsatz die alten Verhältnisse wiederherzustellen. Wenn man sie isoliert oder, noch besser, ihnen eine neue Aufgabe gibt, dann ...«
»Wir sind hier, um das Wort Gottes zu verkünden, und nicht, um uns in die Politik eines fremden Staates einzumischen.« Das Lampenlicht spiegelte sich in Henles Brille. »Die Vergangenheit hat uns gelehrt ...«

»… daß unsere heilige Kirche im Bund mit den Konquistadoren damit gute Erfolge erzielt hat!« ergänzte ihn Stenz aufgebracht. Das spielerische Wortgefecht war plötzlich ernst geworden. Der Dekan nahm die Brille ab und putzte sie umständlich. Während er sie nachdenklich am Bügel hielt, erkannten die beiden Missionare an seinem verschlossenen Gesicht, wie sehr ihn die letzte Bemerkung getroffen haben mußte.
»Ich glaube, es ist nun wirklich Zeit, schlafen zu gehen«, sagte er beherrscht. »Lassen Sie uns gemeinsam das Nachtgebet sprechen!«

***

Irgendwann in der Nacht fiel ein Schuß. Brennende Fackeln umhuschten das Missionsgebäude, Fensterscheiben klirrten, herbes Fluchen, zersplitterndes Holz und erneut Schüsse. Dann Totenstille!
»Sie haben einen getötet!« schallte Pater Henles aufgeregte Stimme durch das Haus.
Pater Stenz fuhr aus dem ersten Schlaf und starrte ins Dunkel. Dann griff er nach seinem Umhang und tastete sich zur Tür. Im Missionsraum lag Pater Nies mit dem Gesicht in einer Blutlache und rührte sich nicht, während Pater Henle neben ihm stand und beide Arme abwehrend gegen die Speere der Angreifer hochstreckte. Ein Messer traf ihn in die Brust, und gleichzeitig sausten mehrere Lanzen auf ihn herab, durchtrennten einige Finger und stießen immer wieder in seinen Körper. Blut spritzte aus den Wunden, und als er zusammengebrochen auf dem Boden lag, hieben die Boxer in sinnloser Wut weiter auf ihn ein, bis sie den erstarrten Pater Stenz in der Tür gewahrten. Sofort ließen sie von ihrem Opfer ab und stürmten auf ihn zu.
Bevor ihn jedoch ein Speer treffen konnte, war er schnell hinter der Tür verschwunden und stemmte sich mit aller Kraft von innen dagegen. Sie bebte unter dem Angriff der Boxer, hielt aber stand.

Von der Straße her kamen die rufenden Stimmen der aufgeschreckten Gemeindemitglieder näher, und plötzlich war der Spuk vorbei. Die Boxer waren geflohen.
Fassungslos stürzte der Missionar zu seinen Freunden. Pater Nies war tot, der Dekan atmete noch leise röchelnd. Von den bestürzt schweigenden Rettern der Gemeinde umringt, erteilte Pater Stenz seinem Bruder die Absolution. Dann las er das Requiem, und während neben den Christen auch die Unbekehrten weinten und klagten, graute langsam der Tag. Bevor die Sonne aufging, war auch Henle gestorben.

***

Von Arthlenburg, Legationsrat erster Klasse, überflog in seinem Gesandtschaftsbüro noch einmal die Einladung zu einem Gespräch im Tsungli Yamen. Vor einem halben Jahr hatte er in China seine Auslandstätigkeit aufgenommen, und seit dieser Zeit befaßte er sich mit den zähen Verhandlungen um die Bereitstellung eines geeigneten Pachtgeländes für Deutschland. Zwar besaß Deutschland bereits eine Niederlassung in Tientsin und eine in Hankau, doch für die Ausweitung zu einem Freihafengebiet waren die Flächen zu klein und die Häfen zu flach. Bei dieser Einladung konnte es sich nur um die Fortführung der vorangegangenen Gespräche handeln. Er bedauerte, daß sein Vorgesetzter, der Gesandte Baron von Heyking, sich gerade jetzt beim Vizekönig in Hankau aufhielt, war jedoch andererseits froh, endlich sein Geschick in eigener Verantwortlichkeit beweisen zu können.
Vielleicht gelang ihm heute der Durchbruch, und er konnte die ersten Erfolge melden. Er lächelte sich im Spiegel zu, während er mit dem Kamm durch sein dunkles Haar fuhr. Das wäre ein Erfolg, von dem höchste Beamte in der Heimat ehrfürchtig sprechen würden, von dem vielleicht sogar Seine Majestät erfahren würde. Rasch fuhr er noch einmal mit dem Kamm durch das gestutzte Barthaar und unterdrückte seine Freude, als er das Büro verließ.

»Ich habe ein Gespräch im Tsungli Yamen!« meldete er sich ab und ließ eine Sänfte kommen. »Der Dolmetscher, Herr Wolfram, soll mich begleiten!«
Im Tsungli Yamen angekommen, wurden sie von einem Sekretär in den gleichen Raum geführt, in dem er an der Seite des Barons schon einmal mit einigen Mitgliedern des Kabinettsrates verhandelt hatte. Vier in blaue Seide gekleidete Herren erwarteten ihn an einem ovalen Tisch. Nach der Begrüßung und Vorstellung durch Prinz Tuan sah er die aufmerksamen Blicke der Anwesenden auf sich gerichtet.
»Wir haben eingehend über die Wünsche Eures Landes, in unserem Reich ein größeres Gebiet zu erwerben, beraten. Unsererseits bestehen noch Unklarheiten, welches Gebiet für Euch in Betracht käme. Wenn Ihr vielleicht Eure Vorstellungen konkretisieren würdet!« eröffnete Prinz Tuan das Gespräch.
Es handelt sich tatsächlich um den Pachtvertrag, freute sich von Arthlenburg und räusperte sich dezent, während Prinz Tuan mehrmals den Spucknapf neben sich benutzte.
»Das Deutsche Reich ist bemüht, neben den wirtschaftlichen Interessen unserer beiden Staaten besonders die Freundschaft zu Ihrem großartigen Volk zum gegenseitigen Nutzen auszubauen. Um diese Aufgabe umfangreicher ausführen zu können, benötigen wir, wie andere von Ihnen begünstigte Nationen, größeres Entgegenkommen in der Frage um einen Seehafen mit geeignetem Hinterland.«
Von Arthlenburg spürte das Interesse der auf ihn gerichteten Augen. Er hatte auf eine Zwischenfrage gehofft, doch die Herren schienen ohne weitere Erörterung unzweifelhaft einer Meinung mit ihm zu sein, und er fuhr fort, nachdem der Dolmetscher übersetzt hatte.
»Das Territorium sollte nicht in den tropischen Regionen liegen und zudem über Eisenbahnen oder Wasserstraßen verfügen, um einen regen Handel zu gewährleisten. Zweifelsohne besteht ein

gegenseitiges Interesse über einen Ausbau des Handels zu fairen Bedingungen. Uns schwebt eine Art Freihafen vor, in dem wir unsere Waren lagern können, um sie Ihnen bei Bedarf anzubieten. Vielleicht läßt sich unser Vorhaben so weit verwirklichen, daß dieser Freihafen als Pachtgebiet unter deutsche Oberhoheit gestellt wird.«

Er wußte, daß sich die Chinesen bisher geweigert hatten, über dieses heikle Thema auch nur zu sprechen, und wunderte sich über die gelassenen Gesichter der Prinzen. Er hatte sich schon sehr weit vorgewagt, nun hoffte er durch Offenheit ihr Vertrauen zu gewinnen.

»Wenn ich bemerken darf, das hat der Herr Baron bei seinem letzten Gespräch schon in ähnlicher Form vorgetragen!« wandte sich Wolfram an von Arthlenburg. »Die Chinesen haben eine merkwürdige Art ...«

»Wenn ich Ihre Meinung hören will, frage ich Sie. Übersetzen Sie bitte weiter!« Von Arthlenburg war ärgerlich, weil ihn die Bemerkung des Übersetzers aus dem Redefluß gebracht hatte. »Sicherlich liegt es auch in Ihrem Interesse, weiter nördlich ein Gegengewicht zum britischen Hongkong auszubauen. In einem Gebiet, wo wir zusammen ein Bollwerk gegen die noch immer zu befürchtenden japanischen Übergriffe errichten könnten!«

Der alte Wolfram zögerte einen Augenblick mit der Übersetzung, zuckte unmerklich mit der Schulter und dolmetschte dann doch wortgetreu seine stenografische Aufzeichnung.

Interessiert beugte sich Prinz Tuan vor. Er schien etwas sagen zu wollen, doch er räusperte sich nur ausgiebig, benutzte den Spucknapf und schwieg.

»Neben den unübersehbaren Handelsvorteilen für Ihr Land würden wir natürlich auch gewisse Schutzverpflichtungen eingehen!«

Während Wolfram übersetzte, wurde von Arthlenburg bewußt, daß er sich ohne vorherige Absprache mit seinem Vorgesetzten zu weit vorgewagt hatte, und er hoffte nun, daß die Prinzen diesen letzten, heiklen Vorschlag nicht aufgreifen würden, damit er sich nicht festzulegen brauchte.

»Wir denken an ein Gebiet auf der nördlichen Halbinsel Shantung in der Nähe von Tschifu oder an ein Gebiet weiter südlich bei Kiautschou. Sie werden zugeben müssen, daß sich für China mit Hilfe Deutschlands großartige Aussichten ergeben. Wie ist Ihre Meinung?«

Nachdem Wolfram übersetzt hatte, sah er zu von Arthlenburg hinüber. Sein Gesicht rötete sich leicht. Es fiel ihm schwer zu schweigen.

Prinz Tuan beugte sich über den Tisch und nickte, während er dem Legationsrat mit spitzen Fingern eines der vielen Schälchen zuschob. »Ich meine, diese vorzüglichen Nüsse aus Hunan sind unvergleichbar. Dort wachsen die schönsten Früchte!«

»Nicht nur da!« berichtigte ihn ein anderer Prinz. »Ich persönlich ziehe die aus Hupeh wegen ihres Aromas vor. Die Feigen aus Hunan sind allerdings bester Qualität!« Dabei schob er von Arthlenburg eine andere Schale zu.

Der Legationsrat erster Klasse lauschte verständnislos seinem Dolmetscher. »Haben Sie auch richtig übersetzt?« raunzte er.

Wolfram sah noch einmal auf seine Notizen. »Hunans Feigen sind von bester Qualität«, wiederholte er trocken, ohne eine Miene zu verziehen.

»Ich sprach von einem Pachtvertrag, und die reden von Nüssen und Feigen. Los, übersetzen Sie: Ich hätte nach meinen Ausführungen gern Ihre Meinung über einen zukünftigen Pachtvertrag gehört!«

»Ihr dürft Euch nicht daran stören, daß wir Euch nur Früchte angeboten haben. Selbstverständlich könnt Ihr eine vorzügliche Pekingente kosten oder Reispudding mit angegorenem Obstsaft. Man sagt«, Prinz Tuan tat, als ob er ein Geheimnis verraten würde, »das stärkt die Nerven.«

»Ich verstehe nicht, wovon sie reden!« verlor von Arthlenburg all-

mählich die Geduld und wandte sich an Wolfram. »Was wollen die überhaupt von mir?«
»Sie sind nicht bereit, mit Ihnen über das Thema zu sprechen. Das ist eben die Art der Chinesen, dem Gesprächspartner ihre Überlegenheit zu demonstrieren. Sie sollten sich jetzt verabschieden!« riet er.
»Das ist mir in meiner Laufbahn noch nicht passiert!« murmelte von Arthlenburg entrüstet und bedachte Wolfram mit einem giftigen Blick. »Nehmen Sie sich zusammen, und übersetzen Sie jetzt genau: Der Vertreter Seiner Kaiserlichen Majestät von Deutschland möchte erfahren, welchen Eindruck seine Ausführungen auf die Vertreter des Tsungli Yamen gemacht haben und ob wir mit einem baldigen Vertragsabschluß rechnen können!«
»Wir haben bereits wohlwollend über Ihre Wünsche beraten«, antwortete Prinz Tuan schwermütig lächelnd, »aber erklärt uns doch bitte noch einmal genau, um welches Gebiet es sich handeln könnte und in welcher Höhe ein finanzieller Ausgleich für China zu erwarten ist.«
»Sie sind unfähig!« fauchte von Arthlenburg seinen Dolmetscher an. »Ich habe das doch vorhin groß und breit erklärt. Was haben Sie bloß übersetzt?«
»Es ist nicht meine Schuld!« verteidigte sich Wolfram empört. »Wir werden uns für den Rest des Tages im Kreise drehen. Sie wollen einfach nicht darauf antworten!«
»Aber warum hat man mich dann zu einem Gespräch eingeladen?«
»Damit man ihnen keinen Vorwurf machen kann, nicht verhandlungswillig zu sein.«
»Halten Sie mir keine Vorträge! Ich will eine Antwort von diesen Herren. Fragen Sie noch einmal ganz deutlich: Wann können wir mit der Überlassung eines Pachtgebietes um Tschifu rechnen?«
»Habt Ihr Euch nun für Tschifu entschieden? Dann käme Kiautschou also nicht mehr in Frage?« wollte Prinz Tuan wissen.
»Tschifu oder Kiautschou, das ist doch egal!«

»Ach«, tat Prinz Tuan erstaunt. »Ihr wollt beide Gebiete? Das bedarf natürlich gründlicher Beratung. Ihr werdet verstehen, daß wir hier nicht befugt sind, darüber zu entscheiden. Wir lassen Euch eine Nachricht zukommen, wenn darüber entschieden ist. Aber Ihr habt noch nicht von den ausgezeichneten Nüssen aus Hunan gekostet. Oder möchtet Ihr vielleicht doch etwas anderes?«
»Ich will Ihre Nüsse nicht! Erklären Sie mir endlich, wie Sie zu meinen Vorschlägen stehen!«
»Wie Ihr es wünscht. Wir ziehen uns sofort zu den Beratungen zurück«, und während sich die Chinesen erhoben, verbeugte sich Prinz Tuan vor dem Legationsrat. »Sowie eine Entscheidung getroffen ist, werde ich Euch benachrichtigen lassen!«
Würdevoll begleitete der Sekretär die Deutschen aus dem Gebäude und verharrte tief verbeugt, bis sie vor ihrer Sänfte stehenblieben. Von Arthlenburg wischte sich den Schweiß von der Stirn. »Sie haben alles verpatzt!« sagte er ärgerlich zu Wolfram. »Sie sollten nur meine Worte übersetzen und nicht über Obst und Gemüse reden!« Obwohl sich der erfahrene Dolmetscher vorgenommen hatte, sich nicht auf ein Streitgespräch mit seinem Vorgesetzten einzulassen, ging ihm dieser schwere Vorwurf doch zu sehr gegen die Ehre. »Ich erkläre Ihnen noch einmal: Ich habe Ihre Worte genau übersetzt. Die Chinesen halten ihre Verhandlungspartner bei unangenehmen Sachen so lange wie möglich hin, um keine Entscheidungen treffen zu müssen. Der nächste Termin, da bin ich ganz sicher, wird wegen Krankheit eines der Mitglieder leider verschoben werden müssen, und dann verzögert ein Todesfall die nächste Unterredung. So geht es weiter, bis unsere Ausdauer erlahmt, und damit hätten sich die Chinesen eine unangenehme Sache elegant vom Hals geschafft.«
»Wieso unangenehm? Sie treiben doch auch Handel mit den Engländern und Franzosen. Große Gebiete haben sie denen abgetreten. Nur uns verweigert man das gleiche Recht und läßt uns schmählich antichambrieren.«

»Das alles ist unter fadenscheinigen Gründen mit Waffengewalt erzwungen worden. Davon können wir noch lernen!«

Von Arthlenburg war froh, letztlich Schuldige für die ergebnislose Verhandlung gefunden zu haben. Er würde einen Bericht über die arroganten Beamten des Tsungli Yamen anfertigen und geeignete Schritte fordern. »Sagen Sie, Wolfram, schmecken die Nüsse aus Hunan wirklich so gut?«

Drei Tage später kehrte der Gesandte, Baron von Heyking, aus Hankau zurück und überbrachte die Nachricht von der Ermordung der beiden deutschen Missionare.

»Meine Herren!« hielt er eine kurze Ansprache in der Gesandtschaft, »täglich breiten sich die Unruhen im gesamten Reich weiter aus. In Hankau sind neben deutschen Matrosen nun auch Privatpersonen mit Steinen beworfen worden. Blut ist durch die besonnene Haltung unserer Landsleute nicht geflossen. Die Angelegenheit schien auch schon bereinigt, nachdem sich der Vizekönig persönlich im Namen des Kaisers bei mir entschuldigt hatte. Doch nun stellt die Nachricht von der Greueltat in Kü-fou alles in den Schatten. Ich werde mit dem Oberkommandierenden des Ostasiengeschwaders heute nachmittag zusammenkommen und weitere Schritte beraten. Bis dahin ist niemand befugt, eine offizielle Erklärung an die chinesischen Behörden weiterzugeben!« Mit einem kurzen Nicken erklärte er die Unterredung für beendet.

»Ach, Herr von Arthlenburg, bitte bleiben Sie noch!« forderte er den Legationsrat auf.

»Ich habe Ihren Bericht über das Gespräch mit Prinz Tuan im Tsungli Yamen gelesen. Nicht unbedingt eine diplomatische Glanzleistung von Ihnen. Sie hätten Wolframs Hinweise ernster nehmen sollen!«

»Hat er Ihnen erzählt …?«

»Wolfram ist ein kluger und erfahrener Mann. Er besitzt zwar nicht unsere Bildung, verfügt aber über etwas, was wir wohl nie lernen werden: ein Gefühl für Stimmungen. Sein Rat ist mir

immer sehr wertvoll. Aber das nur nebenbei. Ihr Bericht verrät mir, daß die Chinesen von den Morden an unseren Missionaren noch nichts gewußt haben, denn sonst wären sie zuvorkommender gewesen. Also handelt es sich hier um eine lokale Unruhe, denn mancherorts, besonders bei den Engländern, wird unter der Hand erzählt, daß Prinz Tuan der Drahtzieher der Boxer sei.«
Der Baron schwieg und setzte sich. Gedankenverloren malte er mit einem Bleistift Männchen auf das Löschblatt der Schreibunterlage. »Oder wußte er doch davon? Hat er versucht, uns zu täuschen? Den Chinesen und besonders diesem Schlitzohr ist allerhand zuzutrauen!« Er warf den Stift auf den Tisch und blickte von Arthlenburg an. »Ihre abschließende Zusammenfassung, wie andere Westmächte zu ihrem Einfluß und Landbesitz gekommen sind, hat mir gefallen. Bisher hatten wir aber noch keine Gelegenheit, uns einer befreundeten Nation in dieser Form aufzudrängen. Wenn unsere Kaiserliche Majestät den Befehl dazu gibt, wozu ich ihm geraten habe, wird es nicht mehr lange dauern, und wir werden ebenfalls einen Platz an der Sonne erringen können!«
Durch das Lob hatte von Arthlenburg die Rüge vergessen, und erwartungsvoll blieb sein Blick auf von Heyking ruhen. »Sie meinen, es wird Krieg mit China geben?«
Der Baron zuckte mit den Schultern. »Auf jeden Fall darf bis auf weiteres keine Erklärung von uns abgegeben und erst recht keine Entschuldigung von den chinesischen Behörden entgegengenommen werden! Die weiteren militärischen Schritte werde ich mit dem Admiral besprechen.«

***

Das deutsche Geschwader ankerte mit seinen Schiffen in der Bucht von Schanghai. Der Baron ließ sich auf das Flaggschiff »Admiral von Diederichs« übersetzen, und im Kreis der Offiziere berichtete er über das tragische Geschehen.

»Sie alle wissen, daß ein militärisches Eingreifen bisher aufgrund der freundschaftlichen Beziehungen zur chinesischen Regierung nicht möglich war. Nun aber, und ich habe es unserem obersten Kriegsherrn eindringlich klargelegt, ist eine Situation entstanden, in der wir uns nicht durch diplomatische Chinesenschläue abweisen lassen sollten!«
In der Offiziersmesse war es still geworden. Durch seine spröde Art und seinen fehlenden maritimen Stallgeruch wurde von Heyking von den meisten Offizieren nicht recht anerkannt. Doch für einen Moment vergaßen sie ihr Vorurteil, und jeder rechnete sich bei dieser Nachricht als erstes seine Beförderungsmöglichkeit aus.
»Am ersten November sind die Missionare ermordet worden. Am vierten bekamen Sie die Nachricht und depeschierten sicherlich sofort in die Heimat!« überlegte Otto von Diederichs laut. »Seine Majestät werden sich zwei, drei Tage beraten, und spätestens in dieser Woche wird uns seine Order erreichen. Lassen Sie sofort ›Peter, Siegfried, Peter‹ setzen!« wandte er sich an den Signaloffizier, »und einen Winkspruch an die anderen Schiffe: Kommandanten sofort an Bord der ›Kaiser‹ kommen!«
Von Heyking hatte bisher bei jedem Besuch auf den Kriegsschiffen die ablehnende Haltung der Seeoffiziere gespürt, aber dennoch bewunderte er ihren Korpsgeist. Allein der Gedanke, an Bord eines Schiffes zu sein, verursachte ihm ein beklemmendes Gefühl. In der Hauptsache lag es wohl daran, daß er noch keine Seereise mitgemacht hatte, bei der er nicht seekrank geworden war. Im Augenblick war es weniger die Neugier als die Sorge um einen übereilten Befehl, als er fragte: »Verzeihen Sie, aber was bedeutet ›Peter, Siegfried, Peter‹?«
Von Diederichs lächelte. »Die aufzuziehenden Signalfahnen besagen, daß niemand ohne Befehl an Land gehen darf und diejenigen, die bereits an Land sind, sich unverzüglich zurückmelden müssen. Was ein Winkspruch ist, wissen Sie sicher.« Es sollte eine Feststellung sein, klang aber wie eine herablassende Frage.

Von Heyking fühlte sich keineswegs beleidigt. Er dachte vielmehr an die umfangreichen Aufgaben der Marinesoldaten, die unweigerlich auf sie zukommen würden, wenn es zu Feindseligkeiten kommen sollte; und an die wenigen Kriegsschiffe, mit denen sich so weit von der Heimat entfernt kein langer Krieg führen ließ. Obwohl die Panzerfregatte S.M.S ›Kaiser‹ seit ihrem Umbau vor wenigen Jahren moderner armiert war, blieb das Schiff in seinen Augen, wie alle anderen, ein schwimmender Eisensarg. Einzig der Anblick eines schön getakelten Seglers vermochte seine Abneigung in Grenzen zu halten. Doch nach dem Umbau war die alte Takelage verschwunden, und die ›Kaiser‹ glich trotz ihrer beiden kurzen Schornsteine und der bizarren Ausguckanlagen in den Masten eher einem überdimensionalen Bügeleisen.

»Herr Admiral«, von Heyking stand auf, und sofort erhoben sich auch alle anwesenden Offiziere, »sowie ich Befehle aus der Heimat erhalte, werde ich Sie benachrichtigen. Für die Zukunft wünsche ich Ihnen allen Gottes Segen und Erfolg!«

Die kaiserliche Order erreichte den Admiral drei Tage später. Der Befehl war eindeutig: Tsingtau besetzen, das Geschwader hat einen eventuellen Widerstand mit Waffengewalt zu brechen!

Am vierzehnten November dampfte die deutsche Flotte, unwesentlich durch S.M.S ›Irene‹ verstärkt, in die Bucht von Kiautschou und legte sich gefechtsbereit vor Anker, so daß jedes Schiff ein freies Schußfeld auf die chinesische Garnison behielt. Dann wurde das siebenhundert Mann starke dritte Seebataillon ausgeschifft, und ohne daß ein Schuß fiel, besetzten die deutschen Marinesoldaten Kasernen und Munitionshaus der Chinesen.

Nachdem ein Winkspruch von dem nächstgelegenen Hügel die planmäßige Besetzung gemeldet hatte, legte die Dampfpinasse mit von Diederichs' Stabsoffizier von Moeller und einem Dolmetscher an Bord von der ›Kaiser‹ ab und setzte zu dem kleinen Fischerhafen über.

Am Eingang des Lagers kam ihnen der Militärmandarin, General

Chang, mit seinen Hauptleuten entgegen und verbeugte sich zum Gruß. Chang trug lange braunlederne Schaftstiefel mit hellen Filzsohlen, einen mit schwarzen Borten besetzten Rock aus blauer Seide und eine Jacke aus dem gleichen Material, deren Ärmel weit über die Hände reichten, und als Kopfbedeckung einen verzierten hohen Helm mit Stoffbehang, der wie ein Kopftuch um den Hals geschlungen war.
Kapitänleutnant von Moeller grüßte ebenfalls und übergab dem General ein Schreiben. »Mein Geschwaderchef, Admiral von Diederichs, fordert Sie auf, Ihre Truppen innerhalb von drei Stunden abmarschieren zu lassen und vorerst fünfzehn Kilometer nördlich bei dem Dorf Tsantau zu kampieren.«
Von Moeller wartete, bis der Dolmetscher übersetzt hatte, und fuhr fort: »Zur Wahrung der militärischen Ehre gestatten wir den Truppen die Mitnahme ihrer Gewehre, während zu unserer Sicherheit Geschütze und Munition beschlagnahmt werden!«
Der ebenso verschüchterte wie überraschte Chang verbeugte sich noch einmal, als ihn der Kapitänleutnant zum Abschied grüßte. Außer dieser förmlichen Mitteilung wurde ihm keine weitere Erklärung gegeben.
Kurz vor Mittag ging die chinesische Fahne über der Kommandantenbaracke nieder, und drei Stunden später wurde unter drei Hurras auf Seine Majestät den Kaiser die deutsche Flagge gehißt. Noch am selben Tag ließ von Diederichs in den umliegenden Dörfern von den Schulzen eine Proklamation verlesen und auf den Marktplätzen anschlagen.

> Tsingtau, 14. Nov. 1897
> Ich, der Befehlshaber des Kreuzergeschwaders, Konteradmiral von Diederichs, mache hiermit bekannt, daß ich auf allerhöchsten Befehl Seiner Majestät des Deutschen Kaisers die Bucht von Kiautschou und die vorliegenden Inseln besetzt habe.

Dies geschieht, um eine Bürgschaft zur Erfüllung der Sühneforderung zu haben, welche der chinesischen Regierung wegen der Ermordung deutscher Missionare noch zugehen wird.
Hiermit fordere ich alle Bewohner auf, ruhig wie bisher ihrer Arbeit nachzugehen und sich nicht von Unruhestiftern oder böswilligen Gerüchten in Unruhe versetzen zu lassen. Deutschland ist immer ein guter Freund Chinas gewesen und, wie es auch durch die Intervention im letzten Krieg mit Japan bewiesen hat, zum Schutze Chinas eingetreten. Die Besetzung ist nicht als feindlicher Akt zu betrachten, sondern dadurch sollen die freundschaftlichen Beziehungen zwischen China und Deutschland wesentlich erleichtert werden! Die deutschen Behörden werden die friedlichen Bürger in ihrem Handel und Wandel schützen und Ruhe und Ordnung aufrechterhalten, aber Übeltäter streng nach dem chinesischen Recht bestrafen. Sollten Ruchlose etwas gegen die anwesenden Deutschen unternehmen, so verfallen sie den strengen deutschen Kriegsgesetzen. Ich ermahne daher nochmals alle, die es betrifft, sich in die deutsche Schutzherrschaft zu fügen und sich nicht durch Widersetzlichkeit, die doch nutzlos sein würde, Unannehmlichkeiten zuzuziehen. Die chinesischen Behörden und Beamten in den von deutschen Truppen besetzten Orten sollen ungestört in Tätigkeit bleiben und gewissenhaft und ordentlich ihre Amtspflicht erfüllen.
Jeder lese und gehorche!

Nach der Besetzung der Bucht von Kiautschou handelten die Chinesen ungewohnt schnell und erließen ebenfalls eine amtliche Mitteilung:

Nachdem bekanntgeworden ist, daß Banditen zwei deutsche Missionare ermordet haben, wurde der Gouverneur von Shantung angewiesen, den hohen Beamten der Provinz den Befehl zur unverzüglichen Verhaftung und Bestrafung der Schuldigen zu erteilen. Am 15. dieses Monats berichtete der Gouverneur telegrafisch, daß vier Verhaftungen erfolgt seien. Dies wurde dem deutschen Gesandten mitgeteilt, aber die deutschen Kriegsschiffe hatten am 14. Truppen angelandet und der Garnison eine Frist von drei Stunden gesetzt, um sich aus Tsingtau zurückzuziehen. Der Gesandte gab dem Tsungli Yamen keine Kenntnis von dem Vorgehen. Die Meldung von der Landung der Deutschen ging am 15. in Peking ein und rief das größte Erstaunen hervor.
Die Kaiserliche Chinesische Regierung hat den berechtigten Wunsch der deutschen Regierung erfüllt, ebenso wie andere Mächte in den ostasiatischen Gewässern einen Stützpunkt zu besitzen, wo deutsche Schiffe ausgebessert und ausgerüstet, die Materialien und Vorräte dafür gelagert sowie sonstige dazugehörige Einrichtungen gebaut werden können. Wir überlassen der deutschen Regierung pachtweise, vorläufig auf 99 Jahre, das auf beiden Seiten des Eingangs der Bucht von Kiautschou gelegene Gelände. Der deutschen Regierung steht es frei, innerhalb dieses Gebietes alle notwendigen Baulichkeiten und Anlagen zu errichten und zu deren Schutz erforderliche Maßnahmen zu treffen. Außerdem verpflichtet sich die chinesische Regierung in einer Zone von 50 Kilometern im Umkreis rings um die Bucht, keine Maßnahmen oder Anordnungen ohne Zustimmung der deutschen Regierung zu treffen und insbesondere einer etwa notwendig werdenden Regulierung der Wasserläufe keine Hindernisse entgegenzusetzen.

Einige Tage nach diesen turbulenten Ereignissen trafen sich von Arthlenburg und Wolfram zufällig auf dem Flur des Gesandtschaftshauses in Peking. Selbstgefällig schwenkte der Legationsrat eine Zeitung.

»Haben Sie schon gelesen? Die vier Verbrecher, die die Missionare ermordet haben, sind bereits verurteilt und hingerichtet. War auch höchste Zeit, daß wir eine eiserne Hand gezeigt haben!«

»Die vier armen Kerle werden wohl ebensowenig mit den Morden zu tun haben wie Sie und ich!«

»Nein, da irren Sie sich. Wenn man Druck auf die Chinesen ausübt, kommt auch was dabei heraus, und dann wird nicht über Nüsse geredet!«

»Da gebe ich Ihnen recht. Aber das ändert nichts daran, daß die vier trotzdem sterben mußten, denn die chinesische Regierung befürchtete, daß wir uns noch reichlicher bedienen und die Schadenersatzansprüche so hoch schrauben würden, daß sie ihr Gesicht vor dem Volk verlieren würden!«

»Gesicht verlieren, das sind doch nur von uns erfundene Vorstellungen. Was wissen wir schon, was in der Seele eines Chinesen vor sich geht, wie er denkt und fühlt! Ich neige zu der Ansicht, daß er uns Europäer, na ja, ich will nicht sagen, als Götter ansieht, aber doch so gut wie; eben als Lebewesen, die ihm die Hand reichen und ihn aus dem mittelalterlichen Sumpf von Aberglauben und Rückständigkeit herausziehen!«

Wolfram traute seinen Ohren nicht, hatte aber im Augenblick wenig Lust auf ein Streitgespräch. »Ich bewundere Ihre Klugheit, Herr von Arthlenburg, China wird sicher neue Maßstäbe in Ihren Gedanken suchen und finden!«

DREIZEHNTES KAPITEL

Fen-che stand auf der Stadtmauer und blickte über die ockerbraunen Lehmziegel der Schießscharten nach Südost, in die Richtung, in der Tsingtau liegen mußte. Er trug einen grauen Wolfsfellumhang, der ihm bei dem nördlichen Wind jedoch nicht genug Schutz gegen die nasse Kälte bot. Den Rand der runden, nach Mongolenart gefertigten Weißfuchskappe hatte er umgeklappt und weit über Ohren und Stirn gezogen. Doch auch das nützte nichts. Die Kälte kam von unten.

Sein Sohn Liän lehnte müde im Windschatten der Mauer und folgte mit geröteten Augen dem Blick des Vaters. »Was ist denn da zu sehen?« fragte er leise.

»Nichts!«

»Und warum stehen wir hier?«

Fen-che ging die drei Schritte, die sie trennten, auf seinen Sohn zu und legte ihm die Hand sanft auf die Schulter. Gedankenverloren spielten seine Finger mit dem zotteligen Schafsfell. »Von allen Seiten droht unserem Reich Gefahr, und dahinten, nur fünfzig Li entfernt«, er wies mit ausgestrecktem Arm über die Bucht von Kiautschou, »sind fremde Soldaten an Land gekommen.«

»Opa wird uns doch beschützen, nicht wahr?«

»Opa ist ein kluger Mann. Was immer er tun wird, geschieht zu unserem Besten!«

»Und Ihr auch. Ihr beschützt uns auch!« Vergeblich versuchte Liän, mit seinen kurzen Armen den Vater in seinem dicken Mantel zu umfassen. Schließlich begnügte er sich damit, seinen schmächtigen Körper gegen ihn zu pressen. »Wollen sie uns totschießen?«

»Nein.« Durch ein leichtes Lachen versuchte er seinem Sohn die Angst zu nehmen. »Sie sind nicht gekommen, um zu schießen, sondern um sich Land zu nehmen.«
»Und das ist gefährlich?«
Fen-che strich ihm zärtlich über die kalten Wangen. »Ich habe eine andere Gefahr gemeint«, setzte er ihm geduldig auseinander, »eine Gefahr für unser Land, wenn sich immer mehr Fremde bei uns niederlassen.«
Liän begriff zwar nicht, was sein Vater meinte, war aber vorerst beruhigt. »Mich friert«, sagte er schließlich, »ich will nach Hause!«
»Wer zuerst beim Wachturm ist, hat gewonnen!« spornte Fen-che ihn zu einem Wettlauf an.
»Ich habe gewonnen!« freute sich Liän lauthals und nahm seinen keuchenden Vater beim Treppensteigen an die Hand.
Das Abendessen verlief ungewohnt schweigsam. Sogar Hsün ließ sich von dem stillen Ernst der Erwachsenen anstecken und verzichtete auf seine lauten Erlebnisberichte des Tages. Aber noch etwas war ungewohnt: Lin Bohong war nicht zum Essen erschienen. Statt dessen brannten die Lampen in seinem Arbeitszimmer, und als Ay-lin den forschenden Blick ihres Mannes bemerkte, legte sie ihm sogleich ihre Finger beruhigend auf seine zur Faust geballte Hand. »Die Bürgermeister und Dorfvorsteher der umliegenden Ortschaften sind bei ihm und suchen seinen Rat«, flüsterte sie.
Damit fiel für die Kinder das liebgewonnene Vorlesen aus Großvaters Märchenbuch aus. Nur widerwillig ließen sie sich vom Kindermädchen mit dem Versprechen, morgen zwei Geschichten vorgelesen zu bekommen, ins Bett bringen.
»Ist die Lage wirklich so bedenklich?« brach Ay-lin nach langem Zögern endlich das Schweigen und fuhr sich erschrocken mit der Hand an den Mund, weil sie Fen-che offensichtlich aus seinen Gedanken gerissen hatte.
»Was hast du gesagt?«
»Ich fragte, ob es für uns eine Veränderung bedeutet!«

Lange zögerte Fen-che mit der Antwort. »Ja und nein! Ich werde euch verlassen müssen, aber hier seid ihr sicher!«
»Es ist also soweit!« bemerkte sie ernst. Seit ihr Mann bei ihnen wohnte, hatte sie Tag um Tag, dann Woche um Woche damit gerechnet, doch als nichts geschah, hatten sich ihre Befürchtungen langsam gelegt, bis zu dem Tag, an dem die Nachricht von der Landung der Deutschen in Tsingtau sie erreichte.
»Verzeih, mein Fliederduft im Frühling«, bedachte er Ay-lin mit einem liebevollen Kosenamen, um seine geheime Besorgnis zu verbergen, »ich möchte noch etwas hierbleiben und nachdenken. Ich werde später ins Bett gehen!«
Inzwischen hatten die Diener das Geschirr abgetragen, und noch einmal ließ Ay-lin ihren Blick durch den Raum gleiten, um zu sehen, ob alles so war, wie es ihren Vorstellungen entsprach. Eine Kanne mit frischem Tee stand auf dem Petroleumwärmer, daneben mehrere Schälchen mit kandierten Früchten, Gebäck und Obst. Sie hätte ihm gern eine Pfeife zu seinem Lieblingssessel gebracht, doch sie wagte nicht, zwischen seinen Sachen nach ihr zu suchen. Sie wagte auch nicht, ihm einen Kuß zu geben, um ihn nicht noch einmal aus seinen Gedanken aufzuschrecken. Leise schloß sie die Tür, sah wie jeden Abend zu den schlafenden Kindern und ging zu Bett. Noch lange lag sie wach, geplagt von dem Gedanken, ihn vielleicht für lange Zeit oder für immer zu verlieren.
Von Ay-lins Sorgen ahnte Fen-che nichts. Seinen Gedanken nachhängend saß er im Sessel, die Arme vor der Brust verschränkt, als wollte er sich hinter einem Schutzwall verstecken. Er dachte daran zurück, als vor zwei Jahren, von heute auf morgen, eine neue Seite in seinem Lebensbuch aufgeschlagen worden war. Und nun schien es wieder einmal soweit zu sein. Klargeworden war ihm dies, als er nach der Beerdigung von Qin-lin die bewachte Sänfte mit der Standarte eines Oberrichters im dritten Mandarinrang vor dem Yamen sah.

***

Ehrfürchtig lagen die Trauergäste, sofern sie nicht auf anderen Wegen zu den angekündigten Garküchen gelangt waren, trotz ihrer besten Kleidung auf Knien im feuchten Schmutz im Kotau verharrend und warteten respektvoll und auch neugierig auf die sich anbahnende Sensation. Wurde da nicht von Leuten gemunkelt, die es eigentlich aus bester Quelle wissen mußten, daß der Sohn des weisen und gütigen alten Lin Bohong ein Europäer sein sollte, daß er sich ein Amt erschlichen hatte und eines Tages zur Rechenschaft gezogen werden würde?
Bevor die Trauersänfte des Landrates abgesetzt wurde, schwärmten die Soldaten aus und vertrieben die Leute, schirmten den Vorhof zum Yamen ab und bildeten ein Spalier bis zur Sänfte des Oberrichters.
Würdevoll stieg Lin Bohong aus und bedeutete seinem Sohn, ihm zu folgen. Sie näherten sich der Sänfte bis auf zehn Schritte und knieten, wie es die Vorschrift verlangte, zum Kotau nieder.
Im gleichen Augenblick wurden die Vorhänge der Sänfte des Oberrichters zur Seite geschoben, und Richter Kia stieg aus, ging mit vorgestreckten Armen auf Lin Bohong zu und richtete ihn sowie seinen Sohn eigenhändig auf.
»Zu meiner Freude, Euch kennenlernen zu dürfen, mischt sich die Trauer über den Verlust Eurer ehrenwerten Frau!« begrüßte Kia Lin Bohong und wandte sich daraufhin an Fen-che. »Auch Euch möchte ich mein tiefstes Mitgefühl aussprechen!« Dann nahm er sie beide ein wenig zur Seite und senkte seine Stimme. »Ein Auftrag von höchster Wichtigkeit hat mich sofort aus Peking hierhereilen lassen, doch möchte ich noch einmal betonen, wie unhöflich es mir erscheint, Euch in Eurem Schmerz stören zu müssen!«
»Ein so hoher Gast findet in unserem Herzen den Platz, den er verdient!« antwortete Lin Bohong zurückhaltend und bemühte sich, Kia so zu empfangen, wie es einem Gesandten des Kaisers geziemte. »Mein Yamen und damit auch die untertänigsten Diener des erhabenen Herrschers stehen Euch jederzeit zur Verfügung! Wenn Ihr

uns die Ehre erweisen wollt, unser Gast zu sein …« Lin Bohong wies mit der Hand auf die messingbeschlagene Eichentür seines Hauses.

»Es widerstrebt mir ungemein, Eure Trauer stören zu müssen, aber für unser Reich sind wichtige Entscheidungen getroffen worden, die Euch zu unterbreiten ich die Ehre habe!«

Keiner der Umstehenden bemerkte, wie Lin Bohong von einer bedrückenden Last befreit aufatmete. Eine wichtige Entscheidung für das Reich! Es konnte sich also nicht um die Festnahme seines Sohnes handeln, die er insgeheim schon so lange befürchtete. Es klang im Gegenteil eher so, als ob sie seine Hilfe benötigten. »Die Trauer in unseren Herzen bleibt unberührt, und wäre es nicht pflichtvergessen, die Aufgaben unserem Kaiser gegenüber nicht mit aller Kraft schnellstens auszuführen? Gebt uns die Ehre und tretet ein!«

Von der Bedeutung des hohen Besuches ergriffen, eilten die Diener schweigend mit dem frischen Tee, dem Gebäck und den Nüssen herbei und servierten die Erfrischungen auf den Wink Lin Bohongs in seinem Privatgemach.

»Vor allem betrifft es Euch!« blieb Richter Kia plötzlich stehen und wandte sich lächelnd zu Fen-che, der verlegen näher kam, obwohl er vorgehabt hatte, langsam zurückzubleiben, falls Kia mit seinem Vater allein sprechen wollte. »Denn gerade auf Eure Hilfe sind wir angewiesen!«

»Selbstverständlich werdet Ihr Euch nach der langen und schwierigen Reise für ein paar Tage bei uns erholen!« bemerkte Lin Bohong. Trotz des Schicksalsschlages und der vorangegangenen Beerdigung sah man ihm seine Erschöpfung nicht an, und Fen-che schien es sogar, als genieße er die Begegnung mit Kia. »Darf ich Euer Augenmerk auf die kleinen Erfrischungen richten? Getrocknete Pfirsichscheiben in süßem Essig eingelegt, Mangofrüchte in geschlagenem, kurz überbackenem Eiweiß, getrocknete Apfelringe mit Zimt, kandierte Nüsse mit Sukkade …«

»Das leise Flüstern der Versuchung ist unendlich deutlicher zu

vernehmen als der laute Ruf der Pflicht«, murmelte Kia und blickte über die Leckereien hinweg zu Lin Bohong. »Leider hat mir der Arzt verboten, Süßigkeiten zu mir zu nehmen, aber Euren Tee würde ich sehr gern probieren!«
»Es ist japanischer Frühlingstee«, fühlte sich Fen-che verpflichtet zu erklären, »der erste Tee des Jahres aus den ersten Blättern eines Zweiges, ein Jahr lang in Eichenkisten gelagert.« Und fügte mit einem unmerklichen Lächeln hinzu: »Der ungesüßt des Kenners Gaumen die meiste Freude bereitet!«
Kia nahm die Schale auf und pustete sanft über die gelbe Flüssigkeit. Mit spitzen Lippen schlürfte er tropfenweise, dann, in besinnlichen Abständen nippend, den Rest. Mit geschlossenen Augen, die Schale noch immer mit beiden Händen umfassend, schien er dem Geschmack wie einer sich entfernenden Musik zu lauschen. Endlich öffnete er die Augen und blickte Fen-che an.
»Ich habe mir erlaubt«, kam dieser seiner Frage zuvor, »Euch eine bescheidene Probe von dieser Sorte nach Schanghai schicken zu lassen.«
Kia lächelte mit sanfter Miene. Sanft war auch seine Stimme, als er sich an Lin Bohong wandte. »Ihr dürft stolz auf Euren Sohn sein!« Verlegen hüstelte er. »Ich meine, welchen wertvollen Schatz Ihr in Eurem Sohn habt, wißt Ihr wohl selbst sehr genau. Dazu bedarf es nicht meiner Wenigkeit, um Euch darauf aufmerksam zu machen. Doch ich bin ein alter Mann und bitte um Nachsehen, wenn ich ins Schwärmen gerate oder Euch mit altbekannten Dingen belästige.«
»Ihr habt überaus recht, verehrungswürdiger, alter Greis«, gab Lin Bohong dem Gespräch behutsam eine Wendung, »wenn Ihr meinen Sohn einen Schatz nennt. In der Tugend, seine Eltern zu ehren und zu lieben, ist er chinesischer, als ein Chinese sein kann; ein Vorbild!«
Während Fen-che Kia Tee nachschenkte, wagte er vor Empörung nicht aufzublicken. Er verstand seinen Vater nicht mehr. Wie

konnte er nur in seinem Beisein und in der Gegenwart eines Fremden so über ihn sprechen? Die gewöhnliche Pflicht, seine Eltern zu lieben und zu ehren, verdiente nicht, derart hervorgehoben zu werden.

»Niemandem würde es einfallen, in Eurem Sohn etwas anderes zu sehen als das, was er ist! Aber wo gibt es in unserer heutigen, zügellosen Zeit noch junge Menschen, zu denen man Vertrauen haben kann? Menschen, die die alten Gebote befolgen, das Alter ehren und die Tradition pflegen.«

»Vielleicht seht nur Ihr ihn so?« erwiderte Lin Bohong.

»Nein, nein!« wehrte Kia ab und fixierte sein Gegenüber mit einem sanftmütigen Lächeln. »Jeder, der ihn kennt, und ich kann mit Bestimmtheit sagen, daß ich niemanden auslasse, sieht ihn heute nicht anders als gestern!«

Sichtlich erleichtert entspannte sich Lin Bohong.

»Statt über die allgemeinen Tugenden zu sprechen, sollte ich nicht vergessen, von meinem Auftrag zu berichten«, kehrte Kia zum eigentlichen Grund seines Hierseins zurück.

»Mittelpunkt meiner Gespräche bei Hof in Peking war die von vielen getragene Sorge um unser von gefräßigen Hyänen heimgesuchtes Reich. Wir sind leider zu schwach, um uns gegen diese Übermacht zu wehren, nicht listig genug, um sie uns durch Täuschungen fernzuhalten, und zu begehrt, um uns freikaufen zu können. Jeden Tag werden wir von neuen Forderungen überrascht, von neuen Kriegen bedroht und von falschen Freunden verraten!«

Kia beugte sich vor und nahm behutsam die frisch gefüllte Schale Tee. Während er über die Flüssigkeit hinweghauchte, weilte sein abwesender Blick irgendwo in der Ferne.

»Wir brauchen inmitten der Feinde einen Mann unseres Vertrauens«, fuhr er zögerlich fort. »Er müßte sich das Vertrauen der Ausländer erwerben, ihre Absichten erkunden und uns gegebenenfalls warnen. Doch wer würde sich für diese schwierige und gefahrvolle Aufgabe bereitfinden, und wer würde sich dazu eignen?«

Gespannt ruhte Lin Bohongs Blick auf Kia, während dieser schwieg. Fen-che wußte, daß er gemeint war. Hatte Kia ihm nicht auch damals in ähnlich verschlüsselter Form den Auftrag gegeben, mit Japan umfangreichen Handel zu treiben, die Japaner besser kennenzulernen und vor allem ihre Sprache zu studieren?
»Dazu eignen würde sich jeder Patriot«, griff Fen-che Kias Frage auf. »Aber wäre es nicht sinnvoller, statt eines einzelnen Guten hundert Mittelmäßige zu beauftragen? Verstreut über die Länder unseres Reiches, die die Barbaren schon an sich gerissen haben! Denn wieviel schwerer würde der Verlust dieses einzelnen wiegen als der Verlust der Mittelmäßigen!«
»Hat der hochverehrte, alte Greis, unser Gast Richter Kia, von nur einem gesprochen, so muß es nicht unbedingt ein einzelner sein, sondern es könnte sich dabei auch um einen ganz bestimmten handeln!«
Hatte er sich doch wieder einmal durch seines Vaters unbedarften Gesichtsausdruck täuschen lassen. Wußte der alte Taktierer doch ganz genau, was Kia meinte und wollte. Der einzige Dumme in seiner Überheblichkeit war er! Und obwohl es nun an ihm gewesen wäre, darauf zu erwidern, schwieg er in gekränkter Eitelkeit.
»Seht bitte der Jugend ihre Unvollkommenheit nach, eine Sache nicht über ihre Gefühle stellen zu können, sich auch im Unmut nicht beherrscht zu geben, sowie das Unvermögen, einen Fehler als Fehler zu erkennen und danach zu handeln!« entschuldigte sich Lin Bohong mit einer Verbeugung in Kias Richtung, während der Tadel heiß in Fen-ches Gesicht brannte.
»Seid nicht so streng mit Eurem Sohn«, nahm Kia Fen-che in Schutz. »Auf den in erlebnisreichen Jahren erworbenen Erfahrungen sollte der Weise nicht verharren, sondern den Suchenden immer wieder zu sich heraufziehen! Doch ehrt Euch auch Eure Strenge, denn durch sanfte Gleichmütigkeit vermochte noch niemand die Trägheit des Geistes zu bezwingen! Wenn ich einmal einen Sohn haben sollte, so würde ich mir wünschen, daß er dem Euren

gleicht!« Schweigend verneigten sich die beiden kurz voreinander, um ihre gegenseitige Wertschätzung und ihr Einvernehmen zu bekunden.

»Sollte diese Person, die Euch vorschwebt«, lenkte Lin Bohong das Gespräch wieder zum Thema zurück, »auf der gegnerischen Seite sofort zum Einsatz gelangen, oder wollt Ihr den Ort und den Zeitpunkt des Einsatzes später bestimmen?«

Kia nahm nun doch von den angebotenen Leckereien. Mit spitzen Fingern suchte er sich halbierte Walnußstücke zwischen der fein geraspelten Sukkade heraus, klopfte sie am Schüsselrand ab, um sie sich dann genüßlich mit abgespreiztem kleinem Finger zum Mund zu führen. »Immer vorausgesetzt, die Person meiner Wahl fände sich dazu bereit, würde ich durch Gerüchte und Halbwahrheiten seine Mission dadurch zu erleichtern versuchen, daß ich sie unseren Feinden für ihre Zwecke als geeignet aufbaue. Ich muß in diesem Zusammenhang bekennen, daß ich schon länger im Hintergrund agiere und den Boden für diese Mission schon vorbereitet habe. Vorerst darf unser Helfer unter keinen Umständen seinen jetzigen Aufenthaltsort verlassen oder sich hervorheben. Es soll weiterhin so aussehen, als ob er in Ungnade gefallen sei und sich vorübergehend in einem Gefängnis aufhielte. Erst wenn sich der Zeitpunkt und vor allem der Ort für sein Vorgehen gegen unsere Widersacher herauskristallisiert hat, würde ich ihm eine Nachricht zukommen lassen.«

»Und wie wird seine Aufgabe aussehen?« fragte Fen-che.

»Da diese Person englisch und deutsch sprechen müßte, scheint mir geraten, daß sie sich den Barbaren als Dolmetscher anbietet und jede wichtige Information über Mittelsmänner an uns weitergibt.«

»Ist die Gefahr einer Entlarvung nicht sehr groß?«

»Ich glaube nicht. Sieht in den Augen der Europäer nicht ein Chinese wie der andere aus, wie für uns ein Europäer dem anderen gleicht? Welcher Ausländer vermag in einem zerlumpten, harmlosen Kuli oder in einem arbeitsam gebeugten Bauern einen ausgesuchten Mittelsmann zu erkennen? Aber nicht nur diese Stände arbeiten für uns. Unsere Freunde sind überall!«

»Euer Plan findet meinen Beifall«, kam Fen-che seinem Vater zuvor. »Doch was macht Euch, ehrwürdiger, alter Richter, so sicher, daß die Okkupanten einen Dolmetscher brauchen?«

»Es wird meiner Ansicht nach bald wieder zu einem Krieg kommen! Braucht nicht jede Truppe im fremden Land einen Sprachkundigen, um sich mit der Bevölkerung zu verständigen? Je besser dieser ist, um so wichtiger wird er für sie sein und gelangt somit automatisch in die Nähe ihrer Befehlshaber. Das Motiv, der Verrat am eigenen Volk, könnte ihnen aus Geldgier oder Rache für eine schlechte oder ungerechte Behandlung plausibel gemacht werden.«

»Darf ich Euch daran erinnern, daß es in weniger als einer Stunde dunkel sein wird? Gestattet mir deshalb, meine Diener damit zu beauftragen, ein Zimmer für Euch vorzubereiten, verehrungswürdiger Erstgeborener«, sprach Lin Bohong noch einmal seine Einladung zum Bleiben aus. »Es ist selten, daß wir uns hier eines ebenso gelehrten wie liebenswürdigen Besuchers erfreuen können!«

Kia lächelte fein. »Ich habe unser Zusammensein, ebenso wie Ihr, sehr genossen und mehr noch: Euch endlich kennengelernt zu haben war nach den liebenswürdigen Erzählungen Eures Sohnes schon lange mein Wunsch, doch eine Dschunke wartet auf mich in Tsingtau. Vergebt einem alten Mann die ungebührliche Eile.«

Ächzend stand er auf und verbeugte sich vor den Lins, die sich im gleichen Moment erhoben hatten und nun ebenfalls ihren Rücken beugten. Dann legte Kia Fen-che väterlich seine Hand auf die Schulter und zog ihn etwas zu sich heran. »Was habt Ihr denn in nächster Zeit vor?«

»Ich werde hier in Kiautschou bei meiner Familie bleiben, bis ich gebraucht werde«, gab er dem Richter zur Antwort, »denn ich kann und will mich meinen Pflichten nicht entziehen!«

***

Die nächsten Wochen und Monate widmete Fen-che sich seinen Kindern, als wollte er all die versäumten Jahre mit ihnen nachholen. Obwohl Liän tagsüber bei einem Privatlehrer mit dem Erlernen der klassischen Aufgaben beschäftigt war, nahm Fen-che jede Gelegenheit wahr, die Zeit mit seinen beiden Söhnen zu verbringen und ihnen trotz der Trauerzeit ein wenig Spaß und Abwechslung zu bieten.

Zum Steigefest im Oktober bastelte er mit den Kindern einen Papierdrachen in der Form eines Tigers und zog mit ihnen gleich nach Sonnenaufgang vor das Stadttor, um ihn steigen zu lassen. Doch ihr Vergnügen währte nicht lange. Ein heftiger Wind trieb plötzlich schwere, dunkle Wolken herbei. Wenig später zuckten bereits die ersten Blitze vom Himmel, und Fen-che hatte Mühe, mit seinen beiden Söhnen noch vor dem Niedergang des schweren Wolkenbruchs nach Hause zu gelangen.

»Ich mache mir wegen des Wetters Sorgen«, eröffnete ihm Lin Bohong an diesem Abend. »Es hat viel geregnet in letzter Zeit, und ich befürchte große Überschwemmungen.«

Fen-che sah seinen Vater erstaunt an. »Nur weil es etwas mehr als sonst regnet, könnt Ihr doch nicht daraus schließen, daß ...«

»Du warst zu lange in Schanghai und hast verlernt, die Zeichen der Natur zu lesen. Gewiß, etwas Regen würde mich auch nicht aufregen, aber da sind noch andere Anzeichen. Die alten Bauern sprechen übereinstimmend davon, daß es bei der letzten Überschwemmung genauso angefangen hat. Damals sind über eine Million Menschen in den Fluten ertrunken. Und genau wie damals ist das Vieh in diesen Tagen merkwürdig unruhig, wie meistens vor Katastrophen.«

»Könnte es auch die Ankündigung eines Erdbebens sein?« fragte Fen-che besorgt.

»Nein, die Alten und Wahrsager sehen übereinstimmend Wasser voraus. Wenn du dir vergegenwärtigst, daß wir zwischen den nördlichen Höhen der Halbinsel Shantung und dem bergigen

Süden in einer von vielen Flüssen durchzogenen Senke liegen, werden wir und die Menschen in der großen Tiefebene zwischen Tsinan und Peking die Betroffenen sein. Aber was können wir jetzt noch unternehmen, um die Leute zu schützen? Weißt du einen Ausweg?«

»Was können wir gegen die vom schrecklichsten Teufel befehligte, immer wiederkehrende Heuschreckenplage unternehmen? Nichts! Und vor Überschwemmungen haben uns Deiche bisher auch nicht geschützt. Wenn die letzte Seite in unserem Lebensbuch aufgeschlagen ist, können wir nichts mehr gegen das Schicksal unternehmen!«

»Wir können doch etwas unternehmen, denn so endgültig ist die letzte Seite nicht zu nehmen. Ich will es dir an einem Beispiel erklären: Fällst du ins Wasser und kannst nicht schwimmen, so ertrinkst du, weil es ein höherer Wille zu sein scheint. Hältst du dich an einem Balken fest, kannst du gerettet werden. Warum sollen wir jetzt nicht darüber nachdenken, wie dieser Balken aussehen könnte?« Der Alte seufzte und strich sich mit der Hand über die geröteten Augen. »Aber etwas anderes spricht dagegen: der Hunger!«

Erstaunt hob Fen-che die Augenbrauen. Er umrundete den ovalen Tisch und setzte sich neben seinen Vater auf die Sitzbank. Die Nachtigall hörte zu trällern auf und huschte nervös über mehrere Querstangen bis in die Spitze des Käfigs, um sich von dort auf den Boden fallen zu lassen und mit leicht abgespreizten Flügeln hocken zu bleiben. »Verzeiht Vater, aber habe ich richtig gehört? Hunger?«

»Ja, Hunger!« Lin Bohong lehnte sich zurück und schloß die Augen. »Wir befinden uns in einer schweren Zeit. Einer Zeit des Umbruchs, wie mir scheint, und ich kann nicht sagen, wie es danach aussehen wird. Tradition gegen Fortschritt? Hunger gegen Ungerechtigkeit, also Krieg der Armen für eine neue Ordnung? Was auch geschieht, das Volk wird zu leiden haben!«

»Aber alles geht doch seinen gewohnten Gang. Als der weise Richter Kia uns kurz nach Mutters Beerdigung besuchte, wart Ihr nicht auch der Meinung mit ihm, unseren Kaiser nach besten Kräften zu unterstützen? Das einzige Übel in unserem Land sind nach meinem Dafürhalten die Ausländer. Aber im Gegensatz zu den Naturgewalten können wir uns gegen sie wehren, und ich werde Richter Kia in dem Maße helfen, wie er es von mir erwartet.«

»Daß das klug sein wird, wage ich nicht anzuzweifeln. Vielleicht sollte ich dir dennoch die andere Seite aufzeigen. Die Seite, die bereit ist, für das arme Volk einzutreten, um den Reichtum des Landes gerechter zu verteilen.«

Es klopfte an der Tür, und Ay-lin öffnete sie einen Spalt. »Das Essen steht bereit.« Gehorsam erhoben sich die beiden und folgten ihr zu Tisch.

Das Mahl verlief ungewohnt schweigsam. Die Kinder waren müde, Lin Bohong und Fen-che saßen noch immer in Gedanken an ihr unterbrochenes Gespräch schweigend da, und Ay-lin wagte es nicht, sie darin zu stören.

»Es gibt keine andere Möglichkeit, außer starke und hohe Deiche gegen das Wasser zu bauen«, sagte Fen-che schließlich. »Nein, noch eine«, fügte er hinzu, »die Dörfer und Städte auf künstlichen Hügeln zu bauen!«

»Und noch eine«, warf Lin Bohong ein, »die abgeholzten Wälder in den Bergen wieder aufzuforsten. Dadurch würde sehr viel von dem Niederschlag im Waldboden zurückgehalten werden, der nun ungehindert in die Ebene fließt. Aber das dauert alles viel zu lange. Wir brauchen jetzt Hilfe, wenn wir morgen und übermorgen nicht hungern wollen.«

Ay-lin gab den Dienern ein Zeichen, das Geschirr abzutragen, und verließ angesichts des ernsten Gesprächs der beiden Männer mit den Kindern den Raum.

»Ihr habt vorhin schon einmal eine Andeutung über den Hunger gemacht«, hakte Fen-che nach. »Ihr meint, die Ernte würde vernichtet werden?«

»Hier in diesem Landstrich sind alle Menschen arm. Kärglich ist auch die Ernte von den Feldern. Der Boden ist einfach zu sandig, nicht fett genug. Worüber wir nicht zu klagen haben, ist der Nachwuchs. Den gibt es reichlich, und damit fängt unser Problem an. Es ist nicht genug Nahrung für alle da.«
»Und wenn wir aus reicheren Provinzen dazukaufen?«
»Wovon? Ich habe schon daran gedacht, dazu dein vieles Geld zu verwenden. Aber helfen wir heute, wird morgen der Schrei nach Essen um so lauter sein. Daß du auf meinen Wunsch hin Geld in die Kohleminen gesteckt hast, hat jedoch vielen die Möglichkeit gegeben, sich etwas dazuzuverdienen. Deshalb habe ich dein Vermögen auch nicht angerührt!« Die Nachtigall im Käfig öffnete ein Auge und piepste leise im Schlaf, langsam schloß sich ihr Lid wieder.
Lin Bohong erhob sich, nahm den Käfig auf und flüsterte beruhigend auf den Vogel ein. »Komm, Che«, sagte er dann, »laß uns wieder hinübergehen. Da können wir eine Pfeife rauchen.«
Beim Anblick des aufsteigenden Rauchs mußte Fen-che plötzlich an den Russen denken. »Habt Ihr wieder einmal von Michail Malikow gehört?« fragte er seinen Vater.
»Nein, aber eines Tages wird er in der Tür stehen, und es wird so sein, als ob er nur einen Tag fort gewesen wäre.«
Eine ganze Weile rauchten sie schweigend vor sich hin, bevor Lin Bohong ihr unterbrochenes Gespräch wieder aufnahm.
»Ich sprach von der bedenklichen Lage in unserem Land, und ich fürchte, es kommt noch etwas Erschwerendes hinzu: der Wunsch des Volkes nach einer entscheidenden Verbesserung der Lebensverhältnisse.«
»Wie sollte das wohl möglich sein? Doch nur mit Gewalt, denn freiwillig teilt niemand gern!« erwiderte Fen-che.
»Ja, da hast du wahrlich recht. Und gegen wen würde sich diese Gewalt richten?«
»Letzten Endes gegen die Regierung, unseren Kaiser! Aber das

würde niemand wagen. Der Kaiser ist ein Sohn des Himmels und somit unantastbar!«
»Noch! Und du wirst es nicht glauben, aber es gibt sehr vernünftige und kluge Männer in unserem Land, die genau das vorhaben. Einer von ihnen ist Sun Yat-sen, ein Bekannter von mir, dem es immer wieder gelingt, mich mit seinen Ideen zu verwirren«, gab Lin Bohong offenherzig zu.
»Er ist ein Hochverräter! Und Ihr, wollt Ihr auch ...?« Entsetzt schwieg Fen-che und starrte seinen Vater an.
»Deswegen spreche ich mit dir, denn die Frage ist zu kompliziert, um sie einfach mit ja oder nein zu beantworten.« Und erst nachdem er sich eine neue Pfeife angesteckt hatte, fuhr er fort. »Man denke nur an den Taiping-Aufstand in unserer jüngeren Geschichte, hervorgerufen durch die allgemeine Armut und Unzufriedenheit der Bevölkerung. Es hat in den vergangenen Jahrhunderten mehrere derartige Bewegungen gegeben, aber keine wurde von einer solchen Intelligenz getragen, wie wir sie heute vorfinden. Sun Yat-sens Aufruf gegen die Unterdrücker in Peking verfolgt drei Ziele, die mir ganz vernünftig erscheinen: Freiheit, Gleichheit und allgemeine Liebe. Zumindest lohnt es sich darüber nachzudenken!«
»Was wird sein, wenn die Mandschuregierung gestürzt ist? Wird das Kaisertum überleben?«
»Nein! Sun will eine Republik nach westlichem Vorbild ausrufen.«
»Das erscheint mir in unserem riesigen Land unmöglich! Es würde in viele egoistische Interessengruppen zerfallen.«
»Vielleicht auch nicht, denn er spricht davon, daß es keinen Fortschritt ohne Kampf geben kann und sich das Individuum der Gesellschaft und der Zukunft opfern muß.«
»Was meint er denn damit?«
»Ganz einfach: Deine persönlichen Gefühle und Wünsche müssen im gemeinsamen Kampf für eine neue Zukunft zurückstehen!«
»Werden die Armen ihm folgen? Werden sie ihn überhaupt ver-

stehen? Und wo wird die proklamierte Freiheit bleiben, wenn sich der einzelne der Gesellschaft opfern soll?«

»Die Armen werden ihm in der Hoffnung auf eine bessere Zukunft folgen, denn für sie spielt es letztlich keine Rolle, wo und wie sie sterben. So haben sie vermutlich noch das Gefühl, für eine bessere Zukunft gekämpft zu haben, statt wie bisher siechend in der Dunkelheit zu vergehen. Wir aber sind die Stützen der jetzigen Macht, und wir werden als erste von den Umstürzlern angegriffen werden. Stellen wir uns jedoch heute schon in weiser Voraussicht an ihre Spitze, schickt die Regierung Soldaten, um uns als Verräter zu töten. Wie wir uns auch entscheiden, wir werden die ersten sein, die kämpfen müssen!«

»Und zu diesen Problemen kommt das der Ausländer hinzu, die ungehindert in unser Land eindringen und es unter sich aufteilen!« führte Fen-che die Gedanken fort.

»Wir dürfen uns aber auch nicht isolieren, denn der Nationalismus ist das größte Übel!« warnte Lin Bohong. »Wie schon im *Buch der Riten* geschrieben steht: Die Welt muß durch ein Stadium der Unordnung und Verwirrung hindurch, bevor die ›kleine Ruhe‹ und später die ›große Einheit‹ folgen können.«

»Als das große Tao wirksam war«, zitierte Fen-che aus dem Gedächtnis, »gehörte die Welt allen Menschen. Talent, Tüchtigkeit und Tugend kamen auf den rechten Platz, die Aufrichtigkeit wurde gepriesen, die Freundschaft gepflegt. Daher liebten die Menschen nicht nur ihre eigenen Eltern, sie behandelten auch fremde Kinder wie ihre eigenen Söhne. Man sorgte für die Alten bis zu ihrem Tode, die Gesunden erhielten Arbeit, und für die Erziehung der Jungen wurden Mittel bereitgestellt. Den Witwen, Waisen, Kinderlosen und durch Krankheit Hilflosen erwies man Güte und Mitleid, so daß alle das zum Leben Notwendige besaßen. Die Männer hatten ihre Arbeit, die Frauen ihr Heim. Sie hatten kein Verständnis, wenn der natürliche Reichtum nicht ausgenutzt wurde, aber wenn sie ihn nutzten, geschah es nicht zum eigenen Vorteil. Sie

verabscheuten es, nicht zu arbeiten, und wenn sie arbeiteten, so geschah es zum allgemeinen Wohle. Dies nannte man die ›große Einheit‹, Ta Tung.«
Lin Bohong lachte leise. »Das hast du gut behalten! Dieser Wunschtraum des Konfuzius, der uns Chinesen in tausend Gedichten ein Leben lang begleitet, wird von Sun Yat-sen als Grundstein seiner Sozialreformen angesehen, und durch die Vertrautheit mit dieser alten Voraussage folgen ihm die Menschen.«
»Aber damit haben wir noch nicht das dringende Problem der bevorstehenden Überschwemmung gelöst«, kehrte Fen-che zu ihrem Ausgangspunkt zurück, um dann doch, die Stimmung nutzend, endlich jene Frage zu stellen, die ihn, seit er in Kiautschou lebte, ununterbrochen bewegte: »Wer bin ich, woher komme ich?«
Entgegen seiner Gewohnheit, sich bei unangenehmen Fragen mit dem Rücken zu ihm ans Fenster zu stellen, blieb sein Vater ruhig und gelassen sitzen und sah ihn mit heiterer Miene an.
»Ich wußte, daß du mich dies eines Tages fragen würdest. Gebangt habe ich deswegen jahrelang, doch erstaunlicherweise fällt es mir heute leicht, dir die Frage zu beantworten. Es ist etwa dreißig Jahre her. Viel habe ich nicht gesehen, und vieles habe ich vergessen. Du hast in Tientsin am Ufer des Peiho mit einem kleinen Schiff gespielt. Ich kam gerade aus Peking zurück und sah von meiner Sänfte aus, wie zwei Europäer von Banditen ermordet wurden. Der eine von ihnen, so schien es mir, trug die Kleidung eines Geistlichen. Ich schickte sofort meine Soldaten aus, die dich in Schutz nahmen. Am Ufer entdeckten sie dann auch meinen leblosen Sohn, der etwa in deinem Alter war. Ertrunken und tot. Was ich dann tat, weiß ich nun nicht mehr. Ich muß dich als Ersatz für den toten Fen-che, verzeih, aber ich habe dir seinen Namen gegeben, einfach mitgenommen haben. Ich wollte nicht wahrhaben, daß er tot war. Durch deine Verletzung am Kopf mußt du die Erinnerung verloren haben; aber nur die Erinnerung, denn deine Begabung für Sprachen ist geblieben. Du hast bei uns gelebt, und irgendwann war es, als ob

du schon immer unser Sohn gewesen wärst. Von deinen richtigen Eltern haben wir nie etwas gehört. Ich wollte, ich könnte dir mehr berichten!«
Beide schwiegen und beobachteten die Nachtigall, die sich putzte.
»Meine leibliche Mutter soll in Schanghai wohnen, und ich habe sie sogar durch einen puren Zufall kennengelernt. Nun wird mir auch klar, warum sie sich mir gegenüber so sonderbar verhalten hat. Sie muß mich erkannt haben. Aber warum hat sie mir nichts gesagt?«
Jeder hing seinen Gedanken nach. Irgendwann ertönte ein unmißverständliches Schnarchen aus Lin Bohongs Sessel. Leise verließ Fen-che das Zimmer und ging in die Küche. Beide Kinder saßen am Tisch und löffelten zufrieden ihren Teller Zimtsuppe, während Ay-lin mit nach innen gekehrtem Blick am Tisch saß und gedankenverloren getrocknete, rote Pfefferschoten kaute. Vorsichtig, um sie nicht zu erschrecken, legte er ihr seine Hände auf die Schultern und beugte sich hinab.
»Kommst du mit nach oben?« flüsterte er und biß ihr dabei zärtlich ins Ohrläppchen.
»Die Kinder ...«
»Die sind beschäftigt, die werden uns nicht vermissen!«
Obwohl Fen-che danach sehr müde war, konnte er nicht einschlafen. Ay-lin lag halb auf dem Bauch, hatte ein Bein über die seinen gelegt und zuckte leicht mit den Armen und Händen. Wenigstens sie schläft, stellte er nicht ohne Neid fest. Seine Gedanken kreisten um das Gespräch über Sun Yat-sen. Vaters Engagement für die Armen hatte ihn tief beeindruckt. Aber woher kannte er diesen Sun Yat-sen? Ob er schon hier zu Besuch gewesen war? Ob er, ohne es zu wissen, schon zu seinem Werkzeug geworden war?
Immer wieder gingen ihm die gewagten Thesen über die Gleichheit durch den Kopf. »Nein!« murmelte er nachdrücklich, »es kann keine Gleichheit geben. Weder bei den Tieren noch bei den Menschen. Der Klügere wird sich immer mit dem Stärkeren zusam-

mentun, um die Massen zu beherrschen, oder aber sie bekämpfen einander, und jeder wird das bestehende Unrecht dem anderen zur Last legen.«

»Was sagst du?« fragte Ay-lin schlaftrunken und schmiegte sich fester an ihn.

Zärtlich küßte er ihr Augen und Stirn. Sie ist großartig, dachte er bei ihrem Anblick. Mit keinem Wort hatte sie je seine europäische Herkunft kommentiert. Sie liebte ihn um seiner selbst willen, unverfälscht und geradlinig. Und er hatte in seinem Kleinmut daran gezweifelt. Wie wenig kannte er sie doch. Und gerade jetzt, da er anfing, sie zu erkennen, da er die Größe ihrer Liebe begriff, mußte das Hochwasser kommen, raubten die Ausländer und mordeten die Aufständischen. Wie lange würde ihre kleine Welt in Kiautschou noch die sein, wie er sie kannte und liebte?

Der Gong zum Abendessen weckte sie.

»Ich möchte die letzten offenen Fragen über meine Herkunft klären«, eröffnete er nach dem Essen Ay-lin und seinem Vater in halb fragendem, halb bestimmendem Ton. »Ich will endlich absolute Klarheit haben und fahre so bald wie möglich nach Schanghai!«

Lässig zurückgelehnt beobachtete Lin Bohong seinen Sohn. »Erinnerst du dich noch an Richter Kias Worte, hierzubleiben und nicht aufzufallen? Wie willst du dein Vorhaben mit diesen Plänen vereinen?«

»Niemand wird mich in Schanghai erkennen. Ich werde mich von meinen Freunden fernhalten und nur Mrs. Crawford aufsuchen.«

»Erkannt wirst du vielleicht nicht, aber vermissen wird man dich hier. Oder glaubst du etwa, daß dies dem Spion entgeht, der die Aufgabe hat, dich zu überwachen?«

»Mich überwachen? Dazu bin ich doch viel zu uninteressant!«

»Wie wichtig du bist, erkennst du daran, daß der Oberrichter persönlich gekommen ist. Damit hat er sich auch gleichzeitig ein Bild von mir gemacht und hat bei dieser Gelegenheit sicher meinen Überwacher befragt.«

»Spioniert man Euch etwa auch nach?«
»Jeder Mandarin wird überwacht, und je höher man aufsteigt, desto mißtrauischer werden die höchsten Würdenträger.«
»Der Kaiser?«
»Der ist, solange die Kaiserinwitwe noch lebt, nur ein Aushängeschild. Nein, die Mandschus!«
»Habt Ihr denn eine Vermutung, wer Euch überwacht?«
»O ja, ich kenne sie. Einmal ist es der Polizeimandarin, dann unser Koch, und bei meinem Schreiber bin ich mir nicht ganz sicher.«
»Aber wenn Ihr es vom Koch wißt, warum entlaßt Ihr ihn nicht?«
»Solange ich weiß, mit wem ich es zu tun habe, kann ich mich recht frei bewegen. Ich kann ihn mich so sehen lassen, wie ich es will.«
»Müßt Ihr auch jemanden überwachen?«
»Ja, sämtliche Bürgermeister und Dorfvorsteher in meinem Distrikt und den Salzkommissar.«
»Und wie komme ich nun unbemerkt nach Schanghai?«
»Inspiziere deine Kohlengruben! So etwas dauert. Reite an der Küste entlang, und laß dich von einem Fischerboot nach Schanghai bringen. Ich glaube, wir werden auch von Tsingtau aus überwacht, und deshalb ist es besser, wenn sie dich dort nicht sehen.«

***

Fen-che ritt schon am nächsten Tag zu den Kohlengruben, nahm sich jedoch nicht die Zeit hinabzusteigen, sondern hinterließ bei jeder nur die Nachricht, daß er in der nächsten anzutreffen sei. Dann verließ er das Gebiet um die Kohlengruben mit der Gewißheit, seinen Aufpassern entkommen zu sein, und wandte sich nach Süden. In dem Fischerdorf Jenhu konnte er sein Pferd unterstellen, und mit einer alten Lastdschunke, die noch zur Zeit des großen Opiumschmuggels in Amoy gebaut worden war, wollte er weiterreisen. Es war ein verhältnismäßig großes Schiff. Von den drei Masten wurden bei gutem Wetter nur die beiden vorderen, in mehreren

Bahnen übereinander gebändselten, geschwungenen Segel benutzt, während der hintere Mast bei schlechtem Wetter dem Stützsegel vorbehalten blieb.
Während Fen-che an Bord ging, überkam ihn wieder das schon fast vergessene Gefühl beklemmender Angst, und mit Unbehagen erinnerte er sich an die Dschunke Einauge-Fongs und daran, daß er auf ihr ohnmächtig geworden sein mußte. In dem kurzen Augenblick, während er die Laufplanke betrat, wurden ihm die Worte seines Vaters bewußt: Du hast mit einem kleinen Schiff am Ufer des Peiho gespielt! Dann hatte er von einem Mord gesprochen. Was hatte die Dschunke damit zu tun? Warum die immer wiederkehrende Angst vor diesen Schiffen?
Diese Gedanken beschäftigten ihn, während er über die wippende Planke auf das Schiff balancierte, doch ebenso plötzlich, wie sie gekommen waren, verschwanden sie, und er sprang an Deck. Im Dämmerlicht schälte sich neben dem klobigen Hauptmast eine massige Gestalt aus dem dunklen Hintergrund herunterhängender, ungeordneter Segel. Einzig dieser Mann konnte der Kapitän sein, und bevor einer von ihnen ein Wort gesagt hatte, spürte Fen-che gegen diesen Menschen eine unerklärliche Abneigung. Sein faltenreiches, grobschlächtiges Gesicht ging, von zwei dicken, borstenbewachsenen Augenbrauenwulsten symmetrisch unterbrochen, in einen breiten, kahlköpfigen Schädel über und verbreiterte sich zu einem welligen Stiernacken, der sich unter seiner speckigen Lederweste in einem runden Rücken verlor. Er trug nach Seemannsart eine blaue Stoffhose und Sandalen mit über dem Fußrücken gekreuzten Lederriemen. Während er Fen-che neugierig musterte, hielt er seine kräftigen Arme vor der Brust verschränkt. Er ähnelte mehr einem Anführer der berüchtigten tibetischen Piraten aus vergangenen Zeiten als einem ehrbaren Kapitän.
»Nach Schanghai willst du also?« fragte er mit heiserem Baß in ungewohnt vertrauter Anrede. »Drei Tael pro Tag verlange ich, bei eigener Verpflegung!«

»Nein!« Fen-che schüttelte den Kopf. »Fünf Tael bis Schanghai und mit Verpflegung!« Er wußte von dem Bauern, bei dem er sein Pferd untergestellt hatte, daß dieser Brummbär es nicht nötig hatte, überhaupt jemanden mitzunehmen, denn der Schmuggel hatte ihn bereits reich gemacht, und die Fahrten dienten nur noch seiner Zerstreuung und der Abenteuerlust. Obwohl Fen-che, ohne Aufsehen zu erregen, schnell nach Schanghai wollte, war er weit davon entfernt, sich einschüchtern zu lassen.

»Verschwinde!« brummte der Koloß ärgerlich. »Geh von meinem Schiff!«

Trotz dieser Aufforderung ging Fen-che bis auf wenige Schritte an ihn heran und beugte andeutungsweise den Kopf. »Nicht ein Haar auf dem Haupt sollst du anrühren«, zitierte er den klassischsten aller konfuzianischen Sätze. »Fünf Tael!«

Mit ausdruckslosem Gesicht bückte sich der Hüne, hob einen Tampen auf, legte sich ihn doppelt in die Hand und kam, ihn gegen seine geöffnete Rechte klatschend, mit wiegenden Schritten auf Fen-che zu. Weder Haß noch Aufregung zeichnete sein Gesicht, sondern nur der gelangweilte Ausdruck eines Arbeiters, der tat, was getan werden mußte.

Schlagartig erkannte Fen-che, daß der Seemann mit dem scherzhaft gemeinten Zitat nichts anzufangen wußte und ihn wie eine lästige Fliege verjagen wollte. Wurde er vom Drachen geritten, daß er so mit ihm gesprochen hatte? Fen-che bedauerte seine unbedachten Worte und seine Dreistigkeit, und er wich Schritt für Schritt zurück, bis er die hölzerne Reling im Rücken spürte.

Die Furcht vor diesem grobschlächtigen Mann wurde so übermächtig, daß er blitzschnell die Hand hob und hoffte, den Koloß vor sich zum Stehen zu bringen oder wenigstens ablenken zu können, indem er einer Eingebung folgend sagte: »Du wirst dich doch nicht mit einem Freund von Einauge-Fong schlagen wollen.«

Die zum Schlag erhobene Hand sank herab, und über das ungläubige Gesicht breitete sich zögernd ein Grinsen, das, zaghaft nur, in

ein meckerndes Lachen überging, um dann in einem heiseren, krächzenden Husten zu enden.
»Du kleiner Wicht wolltest dich mit mir schlagen? Und der andere, wer soll das sein?«
»Der zweitgrößte Seeräuber aller Zeiten!« erwiderte Fen-che frech.
»Und wer ist der größte?« fragte der Koloß wie erwartet. Sein Lachen war verstummt. Lauernd sah er Fen-che mit vorgestrecktem Kopf an.
»Ihr seid es!«
»Hsien Shan!« nickte der Hüne mit größter Selbstverständlichkeit und tippte sich auf die Brust. »Ich, Hsien Shan, bin der größte!« Dann brüllte er einige Befehle über Deck und verschwand in seiner Kabine.
Fen-che schlief mit der Besatzung in einem stickigen Mannschaftsraum. Leicht wiegend schlingerte die Dschunke durch die lange Dünung. Nur das Knarren der Tampen in den Taljen und das rhythmische Plätschern des Wassers an der Bordwand waren zu hören.
Bis Schanghai ließ Hsien Shan sich nicht wieder an Deck blicken, und selbst als die Dschunke an der Pier festgemacht hatte, blieb er in seiner Kammer. Fen-che ging an Land; das beklemmende Gefühl, diesen Mann einmal wiederzusehen, blieb.
Vom Hafen aus nahm er einen Umweg und ging zuerst zu seinem ehemaligen Haus, das von der Regierung konfisziert worden war. Die staubblinden Fenster hatte man von innen mit inzwischen vergilbtem Papier verklebt, und die hellblaue Eingangstür war mit rohen Brettern vernagelt. Er verlangsamte seinen Schritt und blieb stehen, die Faust im Ärmel geballt. »Warum?« fragte er leise und ihn fröstelte. »Warum nur?« Abrupt wandte er sich ab und eilte weiter zur Crawfordschen Villa. Er wollte es hinter sich bringen. Die Jahreszeit machte es ihm möglich, sein Gesicht mit einem mehrmals um den Hals geschlungenen Schal zu vermummen.

Niemand erkannte ihn, und auch für das Personal an der Tür war er ein Fremder.
»Ich möchte bitte Mrs. Crawford sprechen«, ließ er sich anmelden und wurde in den Salon geführt. Nichts hatte sich hier verändert, stellte er fest. Aber es kam ihm merkwürdig dunkel vor. Da fiel sein Blick auf die schweren bordeauxroten Vorhänge, die trotz der frühen Stunde am Tag fast ganz zugezogen waren. An der Stirnseite des Salons hing ein großes Gemälde. Er ging darauf zu und betrachtete es, ohne es wahrzunehmen. Seine Handflächen wurden feucht, und in zunehmendem Maße beschlich ihn ein Gefühl der Beklemmung. Würde sie ihn überhaupt sprechen wollen? Warum kam sie nicht? Das Warten erschien ihm unendlich lange. Die Zeit verrann, und nichts geschah. Seine innere Anspannung verwandelte sich allmählich in Ungeduld, als er langsam näher kommende Schritte hinter sich vernahm. Er zwang sich dazu, sich umzudrehen.
Sie trug einen langen, schweren Morgenmantel und ein dickes, wollenes Tuch über den Schultern, das sie vor ihrer Brust mit beiden Händen zusammenhielt. Ihre Füße steckten in Pantoffeln. Sie war schmal geworden, ihr Gesicht wächsern bleich, und in ihrem Haar schimmerten silbrig graue Strähnen.
»Sie wünschen bitte?«
Fen-che mußte schlucken angesichts ihrer Hinfälligkeit. Sie erkennt mich nicht, dachte er, und sein Blick wanderte über ihre Schulter hinweg zu dem Diener, der sie hereingeführt hatte. »Ist es möglich, Sie allein zu sprechen?« flüsterte er in deutscher Sprache.
Ein Funke des Erkennens glomm plötzlich in ihren großen schwarzen Pupillen auf, und während sie den Diener mit einer unmerklichen Handbewegung entließ, deutete sie auf eine angelehnte Tür. Der Raum dahinter war sehr klein. Auch hier waren die Vorhänge halb zugezogen. Vor dem Fenster stand eine mit bunten Kissen überhäufte Chaiselongue, davor ein niedriger Rundtisch mit Spitzendeckchen sowie zwei zierliche Stühle. Langsam und umständ-

lich ließ sie sich auf der Chaiselongue nieder, während Fen-che mit dem Rücken zur geschlossenen Tür stehen blieb. Stumm blickte sie ihn an, und Fen-che mußte plötzlich an Qin-lin denken, als er sie kurz vor ihrem Tod noch einmal gesehen hatte.

Wie seltsam, dachte er erschüttert, nichts rührt sich in mir beim Anblick dieser Frau, nichts außer Mitleid. Sollte sie tatsächlich meine Mutter sein?

Er horchte noch einmal tief in sich hinein, doch die einzige Empfindung, die in ihm emporstieg, war das Gefühl, so schnell wie möglich von hier wegzuwollen, weg aus dem Bannkreis des sich ankündigenden Todes.

»Wir haben uns lange nicht gesehen, und außer mir, wie Sie sehen, hat sich hier nicht viel verändert«, sagte sie und versuchte die Andeutung eines Lächelns. »Was führt Sie zu mir?«

»Ich bin auf der Durchreise und wollte nicht versäumen, Sie zu besuchen.« Er zögerte, und Scham stieg in ihm auf angesichts ihres Zustandes, der sein Anliegen plötzlich in einem ganz anderen Licht erscheinen ließ.

Erika Crawford schien es zu bemerken. »Sie sprechen ein hervorragendes Deutsch!« stellte sie fest und bemühte sich um einen unverfänglichen Ton. »Deswegen also wußte noch jemand von dem Schatz«, sagte sie mehr zu sich selbst und schüttelte langsam den Kopf. »Haben Sie damals Herrn van Aacht und mich ...«

Fen-che nickte. »An jenem Tag war ich unfreiwillig Zeuge Ihres Gesprächs darüber.«

»Er hat mich beschuldigt, ihn verraten zu haben. Dann versuchte er, sich an Ihnen zu rächen, und verlor dabei ein Auge, und wieder hat er mir die Schuld dafür gegeben. Schließlich zwang er mich dazu, zu seinen Gunsten auf die Erbschaft meines Vaters zu verzichten. Doch das nützt ihm nun auch nichts mehr«, fügte sie mit einem bitteren Lächeln hinzu. »Von seiner Seite«, versicherte sie Fen-che nach einem Augenblick des Schweigens, »haben Sie nichts mehr zu befürchten. Denn Herr van Aacht ist mindestens ebenso

krank wie ich, und es ist nur noch eine Frage von kurzer Zeit, an wessen Tür Freund Hein zuerst anklopfen wird.«
Freund Hein, dachte Fen-che und erinnerte sich plötzlich an die wenigen Details des christlichen Religionsunterrichts, die ihm von der Missionsschule her noch im Gedächtnis haftengeblieben waren. Schon damals hatte ihn die Sitte, die Toten ohne Speise und Trank und ohne Geld einfach in der Erde zu begraben, merkwürdig berührt. Er fröstelte, und erneut stieg Mitleid in ihm auf mit dieser Frau, die angeblich seine Mutter war.
Doch Erika Crawford schien sich mit ihrem Schicksal längst abgefunden zu haben. »Seit einem Jahr bin ich Witwe. Mein Mann hat mir die Firma und viel Geld hinterlassen. Doch das spielt jetzt keine Rolle mehr. Meine Kinder in der Schweiz sind mir fremd geworden, und sie brauchen mich nicht mehr. Und für eine Rückkehr in meine Heimat ist es jetzt zu spät.« Sie stockte und fuhr zögernd fort: »Auch du bedarfst meiner nicht mehr. Alles, was ich für dich tun konnte, war, dich vor van Aacht zu warnen. Und ich bin froh, dich noch am Leben zu sehen.«
Fen-che wurde plötzlich erneut von einer heftigen Welle des Mitleids erfaßt. Er kniete sich neben sie, ergriff ihre gebrechlichen Hände und ließ seinen Tränen freien Lauf.
»Ja, du bist mein Sohn«, kam sie seiner Frage mit ruhiger, fester Stimme zuvor, »doch ich habe dich, wie alle wichtigen Dinge im Leben, durch eigene Schuld verloren. Ich war damals, während dieses schrecklichen Vorfalls, in Deutschland und habe nie genau erfahren, was in Tientsin eigentlich passiert ist. Mir wurde nur mitgeteilt, daß mein Mann und mein Schwager dabei getötet wurden. Von dir fehlte jegliche Spur, und so nahm ich an, daß auch du nicht mehr am Leben wärst. Ich habe dich nur durch das Muttermal auf deiner Hüfte erkannt.«
Mit sanfter Gewalt entzog Erika Crawford Fen-che ihre Hände, ergriff ihn am Kinn und bog sein Gesicht nach oben. Mit der bloßen Hand wischte sie ihm die Tränen ab und sah ihm fest in die Augen.

»Ich verdiene dein Mitleid nicht. Du solltest dem Schicksal lieber dafür danken, daß es dich in weisere Hände geführt hat als in die meinen. Geh nun, mein Sohn. Leb wohl!«

***

Fen-che wagte sich weder noch einmal in die Nähe seines Hauses, noch traute er sich, Yin Hua auf dem Blumensampan einen Besuch abzustatten. Der einzig sichere Ort in der scheinbar nie schlafenden Stadt schien ihm das Ende des Hafens zu sein, an dessen Pier erst zum frühen Morgen die tiefliegenden Fischerboote anlegten, um ihren Fang zu löschen. Es wurde eine lange, kalte und trostlose Nacht; niemand, sooft er auch fragte, konnte ihn mitnehmen, denn die Fanggründe lagen weit im Osten. Kurz bevor die Sonne aufging, mußte er auch diesen Platz verlassen, da sich immer mehr Händler einfanden.

Dann hatte er endlich Glück. Einer der Fischer, die erst jetzt zum Fang ausfuhren, nahm ihn mit. Im Gegensatz zu der Lastdschunke glich dieses Schiff eher einem größeren Ruderboot.

»Wenn wir nördlich der Yangtsemündung stehen, wird der Wind ruhiger«, versprach der Fischer.

Fen-che fühlte sich nach der durchwachten Nacht unendlich müde und zerschlagen. Er hockte sich im Windschutz des Steuerhauses nieder und beobachtete den zweiten Fischer, der, unbeeindruckt vom Wetter und von der Gischt, die Netze flickte. Zuerst wachte er noch davon auf, wenn sein Kopf gegen die Bretter stieß, doch irgendwann wurde entweder das Wetter ruhiger, oder er hatte sich daran gewöhnt.

Doch es lag nicht am Wetter. Es briste immer mehr auf. Der Wind drehte von Ost nach Südost und weiter auf Süd und bildete jetzt auf der langen Meeresdünung die gefährlichen Kreuzseen.

Als Fen-che erwachte, wurde es dunkel. Frierend, mit steifen Gliedern, zog er sich am Handlauf des Steuerhauses hoch. Der Fischer stand bewegungslos am Ruder und starrte mit vor Anstrengung blutunterlaufenen Augen über das Boot hinweg auf das dunkle Wasser. Jetzt, in der Dämmerstunde, verwischten sich die ohnehin schwachen Konturen des Horizonts, und der Himmel war eins mit den langen Wellen der See.

»Wo sind wir?« brüllte Fen-che dem Schiffer ins Ohr.

Er übersah das Schulterzucken und schwieg, als er keine Antwort bekam. Der starke Seegang machte ihm mittlerweile zu schaffen, und sein Magen begann zu rebellieren. Er erbrach nur Schleim. Grünen Schleim, weil er kaum etwas gegessen hatte. Als der Anfall vorüber war, starrte er mit glasigen Augen stupide auf seine um den Handlauf gekrallte Hand, als ob er sie noch nie gesehen hätte.

Dann begann es zu regnen. Mit der nächtlichen Dunkelheit zog ein Gewitter auf. Die bläulichen Zacken der Blitze erhellten für kurze Zeit das stampfende Boot, die grauen Wolken über ihnen und die allgegenwärtigen schwarzen Seen mit ihren weißgischtigen Kämmen.

Fen-ches Übelkeit hielt an. Irgendwann war er so geschwächt, daß er willenlos und völlig durchnäßt am Boden hockte, während der Regen ihm das Gesicht wusch.

Irgendwann brachen die Grundseen über sie herein. Wellen, die sich überlagert hatten und fast auf die doppelte Größe angewachsen waren. Fen-che wurde wie von einer Faust zu Boden gedrückt, und als das Boot auf der anderen Seite des Wellenkamms hinunterschoß, schien er zu schweben. Eine Kreuzsee drückte das Boot gurgelnd zur Seite, und bevor es das Wellental erreichte, wurde Fenche über Bord gespült.

Prustend versuchte er, sich durch einfaches Kraulen über Wasser zu halten. Wie eine Nebelwand umgab ihn der dichte Regen, der nur schemenhaft vom Mondlicht durchdrungen wurde. Das Boot konnte er nicht mehr sehen. Ohne sich der Gefahr bewußt zu sein, wartete Fen-che, daß der Fischer zurückkommen und ihn wieder an Bord nehmen würde. Das Seewasser, registrierte er, um es so-

gleich wieder zu vergessen, empfand er wärmer als den Regen! Das Boot war noch immer nicht auszumachen.
Irgend etwas hatte sich verändert. Er konnte es aber nicht erkennen. Erst als das Tosen immer lauter wurde, versuchte er die Ursache herauszufinden. Es kam aus jener Richtung, in die der Wind noch immer unvermindert heftig blies. Und plötzlich wußte er, was es war. Die Brandung!
Jetzt erkannte er die Gefahr, in der er sich befand. War es sandiger Strand, oder brachen sich Wellen an schroffen Klippen? Fen-che kraulte trotz seiner Erschöpfung in aufwallender Angst heftig gegen Wind und Strömung an, dorthin zurück, wo er das Boot vermutete, aber es gab kein Entkommen, und bevor ihn die erste Brandungssee erfaßte, war es ihm plötzlich egal, wo er sterben sollte. Hier am Ufer oder ein paar hundert Tschi weiter draußen in der kochenden See.
Nicht die Kälte, sondern die hochstehende Sonne weckte ihn, die durch die feuchten Kleider hindurch seinen Rücken wärmte. Es war jetzt nahezu windstill, und weiter unten am Strand plätscherten die Wellen in eintönigem Rhythmus ans Ufer. Mühsam setzte Fen-che sich auf. Nicht nur seine feuchte Kleidung war von nassem Sand durchdrungen, sondern auch Augen, Nase und Mund. Jeder Knochen schmerzte ihn.
Wohin hatte ihn die Strömung getrieben? Befand er sich in der Nähe des Huang Ho? Nördlich oder südlich? Er sah sich um; seine Augen brannten. An nichts konnte er sich orientieren; hinter ihm das Meer, blau und harmlos, und ihm voraus unendliche flache Weite mit Gras und niedrigen Büschen. Kein Mensch, keine Hütte, nichts Lebendiges war zu sehen. Nur das Zwitschern, Trällern und Flöten der unsichtbaren Vögel erfüllte die Luft. Trotz der brennenden Augen, der geschundenen Glieder lächelte Fen-che. Seine letzte Seite war also noch nicht endgültig aufgeschlagen.
Er wußte von den juckenden Qualen, die salzgetränkte Kleidung verursachen konnte, wenn man sie am Körper trocknen ließ, und

erhob sich schwerfällig, um nach einem Gewässer zu suchen. Erst als er durch das schneidend scharfe Schilfgras streifte, bemerkte er, daß seine Schuhe fehlten, und sah suchend den weißen Strand entlang. Achselzuckend ging er, einen Fuß vorsichtig vor den anderen setzend, weiter. Jedoch schmerzten ihn die Füße bei jedem Schritt mehr, bis er sich seufzend hinkauerte. Kurz entschlossen riß er sich die Ärmel der Jacke ab und umwickelte sie damit.

Wasser gab es überall. Kleine, flache Tümpel auf schwankendem Boden, von Myriaden von Mücken umsummt. Nachdem er sich gewaschen und seine Kleidung im Süßwasser gespült hatte, spürte er Hunger.

Sollte er quer durch die Ebene streifen und darauf hoffen, ein Haus oder ein Dorf zu finden, oder sollte er am Strand entlang nach Norden bis zum nächsten Fluß oder Hafen weitergehen, der irgendwann kommen mußte? Wegen des scharfen Grases und der alles überwuchernden Brombeerranken entschied er sich für den Strand. Noch während die Kleidung an dünnen Zweigen aufgehängt trocknete, suchte er sich die tiefschwarzen, teilweise schon vertrockneten Beeren zusammen und aß sie heißhungrig.

Sie gaben ihm nicht nur spürbar Energie zurück, sondern brachten auch seinen Magen durcheinander. Erst zum Abend ließen die kolikähnlichen Anfälle nach, und getrieben vom kalten Abendwind, suchte er sich trockenes Gras und Schilf und schichtete es in einer windgeschützten Senke zu einem Lager auf. Noch bevor es dunkel wurde, war er vor Erschöpfung eingeschlafen.

Der Weg am Strand entlang war mühsam. Der trockene Sand ließ seine Füße tief einsinken. Doch so kräfteraubend dieser Weg auch war, ging es sich hier weitaus besser als direkt neben den auslaufenden Wellen, wo viele versteckte scharfkantige Muscheln lagen. In der Ebene, sosehr er sie mit den Augen absuchte, gab es kein Anzeichen für eine Siedlung; kein vertrauter Rauch eines Herdfeuers, keine bebauten Felder und kein Boot auf dem Meer.

Zwei Tage schleppte Fen-che sich weiter. Plötzlich nahm er den faden Geruch eines Holzfeuers wahr. Voller Hoffnung blieb er stehen. Tatsächlich, ein feiner Geruch nach brennendem Holz. Um sich zu vergewissern, ging er einige Schritte nach vorn und prüfte noch einmal den Wind. Nichts; nur klare Luft. Eifrig lief er die wenigen Schritte zurück, um das Quentchen an Hoffnung nicht zu verlieren, und es roch wieder nach Rauch. Er mußte aus dem dichten Birkenwäldchen zu ihm herüberziehen, eine andere Möglichkeit gab es nicht! Die Hoffnung verlieh ihm neue Kraft, um sich Schritt für Schritt durch den fast undurchdringlichen Wildwuchs hindurchzukämpfen. Dann entdeckte er die Hütte mit dem kleinen Bootsanleger an dem sich dahinschlängelnden Fluß, der sich einige hundert Tschi weiter über den flachen Strand hinzog, bevor er ins Meer mündete.

Die letzten Schritte quälte er sich bis zur Tür, und auf der Schwelle brach er zusammen. Daraufhin atmete er einige Male tief ein und aus, um neue Kraft zu schöpfen.

»Hallo, ist da jemand?« rief er und wunderte sich über seine dünne Stimme.

Keine Antwort.

Kraftlos drückte er langsam die Tür nach innen, die sich knarrend in den Angeln drehte. Es war dunkel in der Kate; so dunkel, daß er kaum etwas erkennen konnte. Der rote Schein des flackernden Herdfeuers beleuchtete schemenhaft eine uralte, über einen Wok gebeugte Frau. Sie schien blind und taub zugleich zu sein, denn sie drehte sich nicht um, sondern rührte stetig weiter. Unbeholfen erhob er sich, schleppte sich zu ihr an den Herd und lehnte sich schwer gegen die Lehmumrandung.

»Guten Tag, liebe alte Urgroßmutter!« begrüßte er sie und schämte sich, weil ihm die Worte nur lallend über die Lippen kamen. »In der Hoffnung, etwas zu essen zu bekommen, bin ich einfach in Euer prächtiges Haus eingetreten. Bitte verzeiht mir meine ungehörige Aufdringlichkeit!«

Sie zeigte sich durch Fen-ches Gegenwart nicht erschreckt und sag-

te mit ungewöhnlich klarer Stimme: »Mein Mann schläft gerade! Sprecht bitte nicht so laut. Er war die ganze Nacht auf Fischfang!«
Fen-che setzte sich auf eine vom vielen Gebrauch blankpolierte Holzbank an den Tisch und lehnte sich erschöpft an die Wand. Wie lange er so dagesessen hatte, wußte er nicht. Plötzlich stand die alte Frau neben ihm.
»Mein Mann schläft gerade, aber ich habe etwas Fischsuppe für Euch!«
Fen-che sah sie dankbar an. »Gern, ich habe großen Hunger!« Fasziniert beobachtete er ihre zarten, dünnen Kinderhände mit den dick hervortretenden, blauen Adern und den häßlichen, braunen, fast schwarzen Altersflecken, während sie den im Laufe der Jahre ausgelaugten Holzteller mit dem grobgeschnitzten Holzlöffel vor ihn hinstellte. Dann sah er in ihr Gesicht. Erschrocken starrte er auf ihre trüben Augen. Sie mußte fast blind sein. Irgendwo, versuchte er sich zu erinnern, hatte er schon einmal solche toten Augen gesehen, doch ihm fehlte die Konzentration, darüber nachzudenken. Die Suppe war ihm wichtiger.
Sie war schmackhaft, aber dünn. Ohne Reis oder Brot dazu stellte sich erst nach dem dritten Teller ein leichtes Sättigungsgefühl bei ihm ein.
»Wo bin ich hier?« fragte er, aber sie schien ihm wieder nicht zuzuhören. »Wie weit ist es bis zum nächsten Ort?« drängte er.
»Mein Mann schläft gerade«, antwortete sie vorwurfsvoll, »ich kann es Euch leider nicht sagen. Fragt ihn, wenn er wieder wach ist!«
Fen-che setzte sich vor die Tür in die Sonne und streckte wohlig seufzend die Beine aus. Vielleicht würde er ihn bis zur nächsten Stadt mitnehmen oder ihn sogar in der Nähe von Kiautschou absetzen. Natürlich würde er ihn reichlich belohnen, und er tastete nach den Silbertaels in der Jackentasche. Sie waren nicht mehr da, ebenso fehlte die volle Caschschnur. Ärgerlich suchte er noch einmal in allen Taschen nach. Nichts! In der See oder in der Brandung,

irgendwo lag es nun. Er war zu müde, um sich darüber aufzuregen, und noch bevor er sich weitere Gedanken machen konnte, war er eingeschlafen.

Ein schlechter Traum ließ Fen-che zusammenzucken, und beinahe hätte er die alte Fischersfrau umgestoßen, die sich neben ihn gehockt hatte und neugierig sein Gesicht betastete.

»Ihr seid ein hübscher Mann!« lachte sie girrend. »Warum wollt Ihr weiter? Bleibt doch länger bei uns! Wir können noch kräftige Hände gebrauchen!«

»Ist Euer Mann schon wach geworden? Kann ich ihn schon fragen?«

Sie legte die Hand vor den Mund und horchte über die Schulter zum anderen Zimmer. »Er schläft noch!«

»Wann steht er endlich auf? Gleich wird es dunkel!«

»Habt Ihr noch Hunger? Ich kann Euch noch etwas von der Fischsuppe geben.«

Und wieder aß Fen-che drei Teller davon. Obwohl er Heißhunger auf eine Schale Reis oder Brot verspürte, wagte er nicht, darum zu bitten, um sie nicht ihre Armut spüren zu lassen. »Wann steht Euer Mann auf?«

»Ja, noch schläft er. Er arbeitet immer nachts. Und wenn er auf See ist, kann ich nicht schlafen. Ich sehe ihn immer allein in seinem kleinen Boot. Wenn er morgens dann wieder zu mir kommt, danke ich Buddha.«

»Wohnen hier noch mehr Menschen?«

»Jetzt, da er schläft, kann ich es Euch ja erzählen«, plapperte sie munter und kicherte kokett. »Als junger Mann hat er mich heiraten wollen, doch meine Eltern waren dagegen, weil er auf dem Wasser lebte. Ich sollte einen Lehrer heiraten«, sie stockte und verbesserte sich, »nein, einen Mandarin. Jetzt erinnere ich mich wieder, einen Lückenwarter. Er war hübsch, und seine Eltern waren vermögend. Kurz vor unserer Heirat hat er mich dann entführt«, und sie nickte bestätigend mit dem Kopf. »Wir segelten mit seinem

Boot bis hierher, und hier baute er uns ein Häuschen, und hier haben wir gelebt, ohne daß bisher ein Mensch vorbeigekommen ist.«
»Wie alt seid Ihr, ehrwürdiges Mütterchen?«
Horchend hob sie den Kopf. »Ich glaube, gleich steht er auf, er hat mich eben gerufen.« Sie ertastete sich die Tür und verschwand in dem dunklen Raum.
Fen-che rechnete nach. Sie mochte wohl über achtzig Jahre alt sein, also um die Jahrhundertwende geboren. Vielleicht hatte sie sogar schon zur Zeit des großen Kaisers Ch'ien-lung gelebt.
Die Alte kam wieder zur Tür geschlurft. »Meinem Mann geht es heute nicht gut, er will noch nicht aufstehen. Wollt Ihr so lange auf ihn warten oder schon weiter?«
Fen-che sah sie ratlos an. »Ich bin während einer Seereise über Bord gespült worden und suche jetzt eine Stadt oder ein Dorf, von wo aus ich weiterkommen kann!«
»Ja, ich glaube, Ihr sagtet es mir schon. Dann wollt Ihr also die Nacht über bei uns bleiben! Wir haben nur wenig Platz. Ihr könnt bei meinem Mann in der Kammer schlafen.«
»Ich kann ja hier in der Küche neben dem Ofen oder da hinten auf der Bank ... Ich brauche nicht viel Platz!«
»Nein, das geht nicht. Ich stehe immer sehr früh auf. Ihr schlaft bei meinem Mann. Es ist genug Heu da! Letztes Jahr allerdings hatten wir viel Regen, da mußten wir das harte Schilf nehmen!«
Der Alte schien wieder eingeschlafen zu sein. Die abendliche Kühle hatte die beiden von der Tür ins Haus neben den warmen Herd getrieben. Fen-che löffelte den letzten Teller Fischsuppe, während die alte Frau mit sicheren Schritten nach draußen ging. Kurze Zeit später kam sie mit einem Bündel Reisig zurück und legte es neben den Herd.
»Ich will sehen, wie es meinem Mann geht!«
Aus dem Nachbarzimmer war nur leises Gemurmel zu vernehmen, dann kam sie wieder in die Küche geschlurft. »Nein, er will nur schlafen! Er hat gestern auch viel zuviel gearbeitet. Dabei habe

ich schon geschimpft! Wenn Ihr auch schlafen wollt, gleich rechts neben die Wand könnt Ihr Euch legen, aber seid bitte leise, er hat einen leichten Schlaf!«

Der Raum roch unerwartet angenehm nach frisch getrocknetem Gras, und nachdem Fen-che sich in eine Decke eingerollt hatte, horchte er auf die Atemzüge des Mannes. Die nahe Brandung des Meeres und das Rauschen der Birkenblätter um das Haus übertönten jedoch jedes andere Geräusch, und je länger er horchte, um so müder wurde er. Bevor er einschlief, rückte er noch näher an die warme Wand. Das mußte die Rückseite des Herdes sein, vermutete er.

Sehr früh, noch bevor die Sonne aufgegangen war, wurde Fen-che wach. Seine Zunge, der ganze Mund war unangenehm pelzig und trocken. Er erinnerte sich an das kleine Wasserfaß neben der Eingangstür. Jetzt einen Schluck Wasser! wünschte er sich und richtete sich auf. Der Fischer schien noch zu schlafen. Langsam legte er sich wieder zurück. Nein, es ist ungehörig, seine Wirtsleute mitten in der Nacht zu erschrecken, dachte er und versuchte wieder einzuschlafen. Das Durstgefühl wurde unerträglich, bis er an nichts anderes mehr denken konnte. Vorsichtig erhob er sich und hoffte, daß seine Gelenke nicht knacken würden. Er fand trotz der Dunkelheit das Wasser und trank mit langen Zügen aus der Schöpfkelle. Nachdem er sie vorsichtig an den Haken zurückgehängt hatte, fuhr er sich mit dem Handrücken über seine aufgesprungenen, trockenen Lippen und versuchte auszumachen, wo die Alte schlief.

Die Haustür war nur angelehnt, und neugierig ging er nach draußen. Hier war es bedeutend heller. Der Horizont zeichnete sich schon deutlich gegen den morgendlichen Himmel ab, und die erste Helligkeit des Tages ließ den weißen Sandstrand klarer als die Umgebung hervortreten.

Dann entdeckte er sie. Tief gebückt bewegte sie sich am Ufer des Flüßchens entlang, und jedesmal, wenn sie an einen Stein stieß, drehte sie ihn schnell um, und ihre suchenden Hände tasteten nach

den begehrten Krebsen. Sie schien sich sehr genau auszukennen, denn sie steuerte zielstrebig von Stein zu Stein, doch ihre Beute blieb gering.
Ein merkwürdiger Brauch, dachte Fen-che, aber vielleicht waren die um diese Tageszeit gefangenen Krebse besonders schmackhaft. Obwohl er müde war, konnte er nicht wieder einschlafen. Die alte, blinde Frau am Fluß ging ihm nicht aus dem Sinn. Wie sehr mußte sie ihren Mann lieben, wenn sie sich diese fast aussichtslose Arbeit machte. Kinder hatten sie wohl keine, nahm er an, und darum galt ihre mütterliche Aufmerksamkeit einzig ihrem Mann. Fen-che mußte lächeln. Es ist doch überall dasselbe. Wie sehr hatte Qin-lin ihn und seinen Vater verwöhnt, und unmerklich hatte inzwischen Ay-lin ihre Rolle übernommen.
Irgendwann hörte er sie zurückkommen. Es war etwas heller geworden, doch die Luke vor dem Fenster hielt den Raum noch immer sehr dunkel.
»Hallo, seid Ihr schon wach?« fragte Fen-che in die Dunkelheit hinein.
Es blieb still, doch er meinte, ein Rascheln im Heu gehört zu haben, als hätte der Fischer sich bewegt. »Soll ich das Fenster öffnen? Heute haben wir sicher gutes Wetter, auch für Euch, wenn Ihr wieder aufs Wasser müßt!« versuchte er ihn zu einer Unterhaltung anzuregen und ging vorsichtig, um nirgends anzustoßen, zum Fenster. Fen-che zuckte unangenehm berührt zusammen, als er durch Spinnweben tastete, bevor er den Fensterriegel erreichte.
Zuerst ließ er sich nicht bewegen, doch dann, nachdem er sich kräftig dagegen gestemmt hatte, gab er nach. Es war wirklich ein schöner Tag. Die Sonne stand gleißend eine Handbreit über dem Horizont und schien ihm warm ins Gesicht.
»Ich hoffe, es geht Euch heute wieder besser!« versuchte Fen-che den Schlafenden zu einer Antwort zu bewegen und trat ins Zimmer zurück. Die Sonne hatte ihn geblendet, doch die Schlafstätte des Fischers erkannte er trotzdem. Sie war ebenso einfach wie

seine, durch vier grob bearbeitete Bretter zusammengehalten, nur daß der Alte auf einer Unterlage aus Schilfgras lag und nicht wie er selbst auf frischem Heu. Noch immer hatte ihm der Fischer nicht geantwortet. Er hockte sich neben ihm nieder, um ihn zu wecken. »Ich habe Schiffbruch erlitten und möchte so schnell wie möglich nach Kiautschou. Würdet Ihr mich dorthin bringen oder zumindest in eine größere Ortschaft?«

Fen-ches sonnengeblendete Augen hatten sich inzwischen so weit erholt, daß er das Gesicht des Fischers erkennen konnte. Er glaubte seinen Augen nicht zu trauen. Entsetzt hielt er den Atem an. Vor ihm lag der mumifizierte Kopf eines Mannes. Die leeren Augenhöhlen waren auf ihn gerichtet, und die Nase bestand nur noch aus zwei großen Löchern. Die pergamentartige Gesichtshaut hatte sich so straff zusammengezogen, daß der leicht geöffnete Mund mit dem gelben Zahnstummel ihn anzugrinsen schien.

Fen-che schwankte, ließ sich auf die Knie fallen und hielt sich am Holzbrett fest. Unentwegt starrte er auf den Toten und überwand sich, die Decke zurückzuziehen. Der Fischer mußte schon seit Monaten oder länger tot sein, denn durch die dünne Haut schimmerten hell die fleischlosen Armknochen. Entsetzt warf er die Decke wieder über die Gebeine und stürzte in die Küche.

»Habe ich es Euch nicht gesagt, daß es meinem Mann nicht gutgeht? Vielleicht wird er schon morgen wieder aufstehen! Seid bitte leise, er muß schlafen!« Die Alte stand in der Haustür und sprach mit leerem, ausdruckslosem Gesicht in seine Richtung.

Fen-che wich vor ihr zurück, bis er die Wand im Rücken spürte. Nun begriff er, warum sie so früh am Fluß zum Krebsfang gewesen war. Er hatte ihren Suppenvorrat gestern aufgegessen; nur der Hunger konnte sie an den Fluß getrieben haben. Plötzlich überfiel ihn das schlechte Gewissen, und er schämte sich.

»Ich glaube auch, daß Euer Mann noch Schlaf braucht«, ging Fen-che auf die fürsorgliche Verwirrtheit der Alten ein, »vielleicht geht es ihm zum Abend besser!«

»Dann kommt, ich habe frische Fischsuppe gekocht!«
Es gelang ihm nicht, davon zu essen; es gelang ihm auch nicht, klare Gedanken zu fassen. Ununterbrochen grübelte er, ob er noch bleiben oder sofort aufbrechen sollte. Er wußte, daß er auf alle seine Fragen von ihr keine Antwort erwarten durfte. Die Vernunft riet ihm zu bleiben, wohin sollte er sich auch wenden?
»Sagt mir bitte, altes Mütterchen, wo liegt die nächste Ortschaft?« versuchte Fen-che dennoch ihre Erinnerungen wachzurufen.
»Seit er mich damals vor meiner Hochzeit geraubt hat, bin ich nur hier und noch nie woanders gewesen«, kicherte sie.
»Könnt Ihr Euch erinnern, wo wir hier sind?« fragte er eindringlich.
»Ihr seid bei meinem Mann und mir! Mein Mann schläft gerade!«
Fen-che fühlte sich außerstande, seine Frage noch einmal geduldig zu wiederholen oder anders zu formulieren. Er hatte bisher zu sehr auf die Hilfe des Fischers gehofft und sich nicht weiter um eine andere Lösung bemüht. Das mußte er jetzt notgedrungen nachholen!
Die Alte ihm gegenüber am Tisch hielt die Augen geschlossen und begann, rhythmisch mit dem Oberkörper zu wiegen. Erst unhörbar leise, dann zunehmend lauter sang sie dazu eine altertümliche Melodie, die Fen-che als Kind in Hanjang von seiner Mutter oft gehört hatte. Ohne sie in ihrem Gesang zu stören, stand er leise auf und trat vor das Haus. Er mußte versuchen herauszufinden, wo er sich befand!
Heute in der Frühe schien ihm die Sonne ins Gesicht, die aus dem Meer aufgestiegen war, überlegte er. Da lag also das Reich des Grünen Drachen, dann mußte hinter ihm der Weiße Tiger herrschen, und er selbst war aus der Richtung des Roten Vogels am Strand entlang in die des Schwarzen Kriegers gegangen. Dort, wo er angespült wurde, schien ihm das Wasser trüber gewesen zu sein als hier, erinnerte er sich, und trübe ist es nur an Flußmündungen. Die alte Mündung des Huang Ho! Hier vor dem Haus war das Meer-

wasser klar. Das bedeutete, daß hinter ihm im Süden die alte Mündung lag. Zufrieden kehrte er ins Haus zurück.
Das Singen der Alten war in unverständliches Gelalle übergegangen. Sie saß bewegungslos auf ihrem Schemel und hatte eine vornübergebeugte Haltung eingenommen, in der ihr herunterhängendes Haar den Tisch berührte. Im Küchenherd knackte ein brennendes Scheit.
Wenn er am Ufer entlang in die Richtung des Schwarzen Kriegers ginge, würde er wahrscheinlich einige kleinere Flüsse kreuzen. Flüsse, an denen sich Menschen niedergelassen hatten, so hoffte er, die ihm zweifellos weiterhelfen würden. Er mußte also Wasser und genug zu essen mitnehmen! Dann fiel sein Blick auf die Alte. Sie schien im Sitzen fest zu schlafen. Ihr Kopf lag jetzt auf dem Tisch, von langen, strähnigen Haaren umgeben. Was sollte mit ihr geschehen? Konnte er sie hier allein lassen? Würde sie nicht eines Tages, vielleicht morgen schon, so unglücklich fallen und sich die Knochen brechen, daß sie hilflos verhungern würde? Ihr Mann war tot. Wäre es nicht besser für sie, wenn sie auch …? Mitnehmen konnte er sie nicht. Dafür war der Weg zu weit und zu ungewiß. Sie würde auch nicht wollen!
Fen-che erhob sich geräuschlos von der Bank und schlich, sie ständig beobachtend, um sie herum zum Herd. Er suchte nach einem starken Ast, doch das Feuerholz auf dem Boden bestand nur aus dürren Zweigen; aber der schwere Wok auf dem gemauerten Sims würde sich eignen. Mit beiden Händen hob er ihn hoch über seinen Kopf und stellte sich hinter die schlafende Frau. Er verharrte einen Augenblick. »Nein, ich kann es nicht!« murmelte er und stellte den Topf an seinen alten Platz zurück. Tränen rannen über seine heißen Wangen. »Ist es nicht meine Pflicht, sie von ihren Leiden zu erlösen? Aber wer bin ich, darüber zu entscheiden? Doch tue ich es nicht, werde ich mir nicht zehntausend Jahre Vorwürfe machen?«
In seiner Gewissensnot vergrub er das Gesicht in den Händen.
Sie begann im Traum zu sprechen. Unruhig drehte sie den kleinen

Kopf, wenig größer als zwei geballte Männerhände, im Schlaf ganz auf die Seite, während ihre Arme seitlich herabhingen. Noch einmal, von Mitleid erfüllt, nahm Fen-che den Topf vom Sims, doch noch während er sich zu ihr umdrehte, ließ er ihn mit ersticktem Aufschrei fallen und rannte, von seinem wahnsinnigen Vorhaben entsetzt, aus dem Haus.

Er lief, bis er erschöpft in den warmen Sand fiel. Erst nachdem er wieder zu Atem gekommen war, wagte er sich umzudrehen, darauf gefaßt, vom Geist des toten Fischers verfolgt zu werden. Seine Fußabdrücke verloren sich irgendwo in der Ferne, sonst war nichts zu erkennen. Fen-che hockte sich auf die Knie und hielt den Blick rückwärts gewandt. Warum war er geflohen? Warum hatte er es nicht getan? Warum wollte er sie weiterleiden lassen? Er hätte sie zusammen beerdigt, hätte ihnen Opfer gebracht und für die lange Reise in die Welt der Seelen wohlschmeckende Speisen aus den Flußkrebsen bereitet. Fast war er geneigt umzukehren, doch er verwarf den Gedanken wieder, denn die Alte würde bestimmt nicht mehr schlafen. Nein, er wollte es nicht. Er konnte nicht glauben, daß es seine Bestimmung sein sollte, hier an Land gespült worden zu sein, um zu töten!

In den nächsten beiden Tagen durchschwamm er zwei kleinere Flüsse, ohne einen Menschen zu treffen. An den Hunger hatte er sich inzwischen gewöhnt, und Wasser war in den Tümpeln der Tiefebene reichlich vorhanden. Nur die unzähligen Mücken plagten ihn ebenso wie die aufdringlichen Fliegen, die ihn zu Hunderten, vom angeschwemmten Seetang am Strand auffliegend, belästigten.

***

Fen-che sah das Boot schon von weitem aus dem Landesinneren langsam den Flußwindungen folgend auf sich zukommen. Er saß gegen einen umgestürzten, von der sandigen Brandung des Hochwassers weißgescheuerten Baum gelehnt und starrte zu ihm hinüber, vor Hunger zu schwach, um sich zu bewegen oder zu rufen. Doch der Fischer hatte ihn schon gesehen und hielt auf ihn zu. Knirschend ließ er das Boot neben ihm im Sand auflaufen, und der vorne hockende, abgerichtete Kormoran mit dem Halsring verlor das Gleichgewicht und stolperte tolpatschig auf den Strand. Mit unbeholfenen Flügelschlägen versuchte er, auf das Boot zurückzuklettern, gab es aber auf, als es ihm nicht gelang. Statt dessen blieb das Tier mit der Brust gegen das Holz gedrückt hocken und beäugte vorwurfsvoll seinen Herrn.

»Wer seid Ihr, Herr?« fragte der Fischer ängstlich und wagte nicht, sich vom hinteren Teil des Bootes zu entfernen.

»Ich bin kein Geist!« beruhigte ihn Fen-che mit matter, brüchiger Stimme. »Ich bin bei einem Sturm über Bord gefallen und suche nach Menschen, die mir helfen, nach Hause zu kommen.«

»Wo wollt Ihr denn hin, hoher Herr?« Vorsichtshalber behielt er die höfliche Anrede bei, denn noch hatte es sich nicht herausgestellt, daß der Fremde kein Geist war.

»Nach Kiautschou. Ist es noch weit bis dahin?«

»Mit dem Boot vielleicht zwei, drei Tage.«

»Würdet Ihr mich nach Hause fahren? Ich bezahle Euch gut!«

»Wieviel, Herr?«

»Fünf Tael?«

»Zeigt sie mir bitte, Herr!«

»Hier habe ich kein Geld, aber in Kiautschou bekommt Ihr es!«

Der Fischer schüttelte den Kopf.

»Zehn Tael!«

Beunruhigt hob der Mann den geduldig auf dem Sand wartenden Kormoran hoch und setzte ihn auf seinen angestammten Platz im Boot zurück. Der Vogel begann sein Gefieder zu ordnen. Im Widerstreit der Gefühle, ob der Fremde wirklich soviel Geld geben würde oder ob ihn ein verkleideter Geist nur foppen wollte, und dafür sprach ja, daß er kein Geld vorzeigen konnte, setzte er sich auf die Ruderbank, um über eine Entscheidung nachzudenken.

»Nehmt mich wenigstens in die nächste Ortschaft mit. Vielleicht komme ich von da aus weiter. Euer Schaden soll es nicht sein!«

Am späten Nachmittag erreichten sie, weit entfernt von der Küste, ein Dorf am Fluß mit etwa fünfzig armseligen Holzhütten. Kurz bevor der Fischer an einem Anleger festmachte, erkannte Fen-che, warum sich gerade hier ein Dorf gebildet hatte. Auf einem die Gegend beherrschenden, kuppelartigen Felsen, der den quirligen Fluß um sich herumzwang, erhob sich klar gegen den Himmel der gezackte Turm einer Pagode.

Dem Fischer schien sein Fahrgast inzwischen immer unheimlicher geworden zu sein, denn ohne auf eine Belohnung zu drängen, war er froh, ihn endlich absetzen zu können, und stieß sofort wieder ab.

Das Dorf lag wie ausgestorben da. Weder Kinder noch alte Leute waren zu sehen. Selbst die sonst allgegenwärtigen Hunde und Schweine fehlten. Zögernd ging Fen-che einige Schritte vom Bootssteg wahllos in eine Richtung, überlegte es sich anders und ging zurück. Er spürte fast körperlich eine Gefahr, die von diesen Häusern auszugehen schien, wußte jedoch nicht, warum.

Die heiligen Brüder! Er blickte zu dem Tempelfelsen hinüber. Sie würden ihm sicher helfen!

Der Weg dorthin war breit und sauber. Verstohlen blickte sich Fen-che immer wieder um, um jeder möglichen Gefahr rechtzeitig ausweichen zu können.

Der in den Fels geschlagene Weg zu der heiligen Stätte stieg steil an. Keuchend setzte er sich mehrmals auf die winzigen Stufen und schöpfte Atem. Das Gefühl der Bedrohung, das er noch eben im Dorf so deutlich gespürt hatte, war verschwunden, und je höher er stieg, desto ergreifender empfand er den Ausblick über die flache, in silbernen Dunst getauchte Landschaft.

Die torähnliche, eisenbeschlagene Rundpforte des Tempels war geschlossen. Dumpf hallten die Schläge des bronzenen Klopfers durch den alten Bau, einmal, zweimal. Niemand öffnete, keine Stimme fragte nach seinem Begehr. Er klopfte noch einmal und noch einmal, und schließlich erkannte er die Nutzlosigkeit seiner Bemühungen. Man wollte es nicht hören, vermutete er. Er blickte auf das Dorf hinunter, und wieder überkam ihn ein beklemmendes Gefühl.

Fen-che lehnte sich resigniert mit dem Rücken gegen das Tor. Die eben noch zarten, abendlichen Nebel schienen sich plötzlich zu verstärken, und er bemerkte nicht mehr, wie seine Knie langsam nachgaben und er am Tor zu Boden rutschte.

Er spürte nur Kälte. Kälte, die bis in seine Knochen drang. Eingerollt wie eine Katze versuchte er sich dagegen zu wehren, doch die Kälte blieb. Fen-che spürte, wie ihm jemand helfen wollte. Aber wer es auch war, die Augen zu öffnen würde erneut Kälte bedeuten, und so zog er es vor, sich treiben zu lassen.

War es seine Mutter, die neben ihm saß und ihn in Decken wickelte? Hieß sie nicht Erika Crawford? Warum spürte er zu ihr nicht die gleiche Liebe wie zu seiner richtigen Mutter? Wenn sie seine Mutter war, mußte er sie doch genauso lieben! Er hatte sie soviel fragen wollen, warum hatte er immer nur geschwiegen, als er bei ihr gewesen war? Aber auch sie hatte trotz ihrer vielen Worte geschwiegen! Hatte auch sie keine Liebe zu ihm gespürt? Oder ließ etwa die Zeit auch die Liebe vergehen?

Eine neue Kältewelle schüttelte seinen zusammengerollten Körper, und schmerzhaft verkrampften sich seine Kiefermuskeln, wenn er die Zähne zusammenbiß, damit sie nicht gegeneinanderschlugen. Dann spürte er, wie ihn kräftige Hände hochhoben und in warmes Wasser tauchten. Die gleichen Hände zogen ihn aber auch wieder heraus und legten ihn in kaltes Wasser. Hatte eben noch Erika Crawford bei ihm gestanden, so war es jetzt die blinde Fischersfrau. »Warum habt Ihr mich nicht getötet?« raunte sie ihm ins Ohr und summte die alte Melodie. »Ich habe noch nichts wieder gegessen, weil mir mein Wok fehlt. Was hattet Ihr damit vor?« unterbrach sie ihren Gesang. »Mein Mann schläft noch, seid leise!«

Mühsam versuchte Fen-che zu antworten; dann, ohne Übergang,

verschwand die Alte, und Erika Crawford stand wieder neben ihm. »Ich kann dich nicht sehen!« schrie sie und starrte ihn mit aufgerissenen, blinden Augen an. Immer schneller wechselten die Personen und wurden letztlich zu einer. Plötzlich war alles still, und wie warme Sonnenstrahlen eine Nebelbank auflösen, verlor die Gestalt ihre Kontur und erlosch in der zunehmenden Dunkelheit. Die Kälte war vergangen. Nichts belastete ihn mehr. Langsam lösten sich seine verkrampften Muskeln, bereit, den neuen, unendlichen Frieden zu empfangen.

Ein Name hielt ihn auf: Richter Kia!

Eine Erinnerung quälte ihn. Ein Versprechen! Er durfte hier nicht verweilen, er mußte nach Hause; er durfte ihn nicht enttäuschen, weder ihn noch seinen Vater! Er mußte sein Versprechen einlösen!

Das heftige Pochen seines Herzens beendete die sanfte Stille, die ihn eben noch umfangen gehalten hatte, und er spurte, daß heißes Blut wie Feuer seine Adern durchzog. Die Hitze durchflutete ihn wie eben noch die Kälte und war genauso unerträglich, weil es davor kein Entrinnen gab.

Vier Wochen später, das alte Jahr hatte nur noch wenige Tage vor sich, überwand Fen-che die schwere Krankheit und war bald so weit genesen, daß er ohne Hilfe die ersten Gehversuche machen konnte. Nur die karge Zelle, in der er lebte, war ihm vertraut, ebenso der in gelbe Gewänder gekleidete buddhistische Mönch, der ihn betreute. Der monotone Gesang heiliger Lieder drang durch die Mauern bis in seine Zelle. Er konnte sich nicht daran erinnern, wie er hierhergekommen war. Nur das kleine Fischerhäuschen mit der blinden Alten war ihm noch vor Augen, und wie er damals panikartig aus dem Haus gelaufen war. Ihn quälte der Gedanke, ob er richtig gehandelt hatte.

»Darf ich Euch eine Frage stellen, ehrwürdiger Mönch?« Fen-che saß auf seiner Lagerstatt und hatte inzwischen mehrmals die angeordneten zehn Schritte bis zur Wand zurückgelegt.

»Ich werde versuchen, eine Antwort zu finden!«
»Ich weiß nicht, ob ich richtig gehandelt habe. Eine verwirrte, alte und blinde Frau lebte allein in der Einsamkeit, ohne Hilfe, auf die sie hoffen konnte. Etwas zu essen zu finden fiel ihr von Tag zu Tag schwerer. Wäre es nicht meine Pflicht gewesen, sie zu töten, um sie von ihrem Leiden zu befreien?«
Ohne eine Gefühlsregung erkennen zu lassen, schüttelte der Mönch langsam den Kopf. »Kein Mensch darf ein Lebewesen töten, so lautet unser Gebot! Weder seinen Feind noch seinen schwerkranken Freund. Er darf auch kein Tier töten, nur weil er Hunger hat!«
»Aber eines Tages wird sie zu schwach sein, um sich zu ernähren, und dann wird sie elendig verhungern!«
»Jedes Lebewesen ist bis zu seinem Tode ununterbrochen Prüfungen ausgesetzt. Prüfungen, durch die es sich für sein nächstes Leben vervollkommnet, ganz gleich, ob es als Mensch, als Tier oder als Pflanze wieder auf die Erde kommt. Wenn wir Einfluß auf sein Karma nehmen, rauben wir ihm die Möglichkeit, ins Nirwana zu gelangen.«
»Das Reich, in dem die Geister unserer Vorfahren leben?«
Der Mönch erlaubte sich immer noch kein Lächeln. »Wenn die Seele eines Erweckten ins Nirwana eingeht, verweilt sie für immer im Zustand der höchsten Vollkommenheit an einem Ort, wo nichts mehr atmet.«
Irritiert ging Fen-che die nächsten zehn Schritte bis zur Wand und wieder zurück. Der Mönch bemerkte seine Verwirrung und dachte einen Augenblick nach, um die passenden Worte zu finden. »Für uns ist das Leben, das uns immer wieder an irgendeine der unendlich vielen Begierden kettet, ein unablässiges Leiden. Aus diesem Leid entspringt die Wiedergeburt, aber man kann diesen Kreis durchbrechen, indem man sich von sämtlichen Begierden befreit. Sind sie erloschen, lösen sich die Illusionen auf, und der Geist kann erwachen.«

»Begierden?« Fen-che legte sich quer auf die Liege und benutzte die Wand als Kopfstütze.
»Vor allem die Eitelkeit, die Sexualität und den Willen zum Leben!«
Fen-che sah im Willen zum Leben keine Begierde und wollte sich dagegen verwahren. Doch er spürte die überlegene Geisteskraft, die von diesem Mönch ausging, und zog es vor zu schweigen.
Auf dessen Gesicht breitete sich plötzlich ein Lächeln aus. »Verzeiht, werter Herr, aber auch Ihr seid nicht frei von Begierden!«
»Aber Ihr kennt mich doch kaum! Welche Begierden sollte ich haben?«
»Ehrgeiz ist auch eine Begierde! Euch hat es an Einsicht gefehlt! Hätte Euch der Ehrgeiz nicht weitergetrieben, so hättet Ihr bei dieser alten Frau bleiben können, bis sie in Frieden gestorben wäre. Das wäre ein großer Schritt zum Nirwana gewesen.«
»Ich danke Euch für diese Ausführungen«, murmelte Fen-che und sank erschöpft auf sein Lager zurück. Augenblicklich schlief er ein. Der Mönch breitete die Decke über ihn und blieb neben dem Bett sitzen. Irgendwann legte er dem unruhigen Schläfer die Hand auf die Stirn und flüsterte ein Gebet.
Bald schaffte Fen-che mehr als nur zehn Schritte. Mit der körperlichen Genesung stieg auch das Interesse an seiner Umgebung. Er blickte aus dem Fenster seiner Zelle und sah den in den Fels geschlagenen Weg, das Dorf und den Fluß.
»Wenn ich das Dorf von hier oben übersehe, werden die Erinnerungen wieder geweckt«, wandte sich Fen-che an den kahlköpfigen Mönch, der ihn mehrmals am Tag besuchte und auch jetzt wieder versunken in seinem Stuhl neben der Zellentür saß. »Aber das Dorf sieht so verändert aus, oder erscheint es mir nur so aus dieser Perspektive?«
Vergebens wartete er auf eine Antwort. Manchmal verzichtete der Mönch darauf, überhaupt etwas zu sagen, und manchmal überschüttete er ihn mit Weisheiten. Obwohl Fen-che die sehr reser-

vierte und oft zeitraubend langweilige Art des Buddhisten unwillig werden ließ, versuchte er sich immer wieder mit ihm zu messen. Oft fragte er sich, ohne zu einer Erkenntnis zu gelangen, ob Argumente oder Geduld besser seien.

»Ehrwürdiger Mönch, gestattet mir eine Frage. Hat sich unten im Dorf, seit ich hier bin, etwas verändert?« Um seiner Frage Nachdruck zu verleihen, stellte Fen-che sich mit dem Rücken an die Tür neben den Heiligen und wollte diesen Platz erst wieder verlassen, wenn er eine Antwort bekommen hatte. Überrascht registrierte er auf dessen Hinterkopf unzählige weiße Flecke, als ob die Haut tätowiert worden wäre.

»Wir hatten sehr viele Regenfälle in letzter Zeit, und das Hochwasser ist noch nicht ganz gesunken.«

»Und die Menschen da unten? Haben sie überlebt?«

»Sie verstanden die Zeichen richtig zu deuten. Ihre Haustiere waren unruhig geworden, und als ein vorbeiziehender Taoist sie vor dem großen Wasser warnte, sind sie, wie so oft schon, vorübergehend in die Berge geflüchtet.«

»Und warum sind sie nicht zu Euch heraufgekommen?«

»Man liebt uns nicht besonders«, bemerkte der Bonze lapidar. »Die Gegend hier ist arm, und uns Buddhisten verachten sie, weil wir uns den Sorgen und Mühen des täglichen Lebens entzogen haben und nur von ihren Spenden leben. Aber schließlich leben wir nach und mit unseren Gelübden. Für jedes Gelübde habe ich mir ein Zeichen am Hinterkopf einbrennen lassen, das mich immer daran erinnern soll. Auch hier!« Er zog sein gelbes Obergewand herunter und zeigte auf einige frische, noch nicht verheilte Brandwunden. »Unser Glaube läßt uns einfach keine Zeit zu profanen Arbeiten!«

Fen-che kehrte, durch die Offenheit des Mönchs beschämt, ans Fenster zurück und blickte auf den Fluß. Wie weit lag das Kloster wohl vom Meer entfernt? Zwei oder drei Tage, hatte der Fischer gesagt, dauerte die Fahrt nach Kiautschou. Es war schon zuviel Zeit vergangen, er mußte sich beeilen!

»Erhabener und weiser Mönch, ich mache mir Sorgen um meine Eltern und Kinder und möchte deswegen so schnell wie möglich nach Hause, nach Kiautschou!«

»Ihr seid gerade von einer schweren Lungenentzündung genesen, von der niemand Euer Überleben erwartet hatte. Dazu muß ich gestehen, auch ich wurde vom Eifer heimgesucht, Euch wieder ins Leben zurückzuholen!« Er schien darüber noch mehr sagen zu wollen, schwieg aber. Dann fuhr er fort: »Denkt an die Begierden, die es zu bekämpfen gilt, und Eure angebliche Sorge ist in Wirklichkeit die Begierde der Freude, Eure Lieben in die Arme zu schließen.«

Erbost antwortete Fen-che: »Ich versuche meine Begierden nicht zu bekämpfen. Ich bin weder ein Eleve Eures Glaubens, noch habe ich vor, das Priesteramt anzunehmen. Ich ersuche Euch nur, mir einen Weg aufzuzeigen, wie ich nach Hause kommen kann!«

»Ich sagte es schon. Wir sind bei den Dorfbewohnern nicht sehr beliebt, und wenn wir mit einer Bitte an sie herantreten, wird sie uns selten erfüllt.«

»Ich muß also selbst versuchen, von hier aus weiterzukommen.«

»Im Frühjahr ziehen einige Brüder von hier aus über Land nach Tschifu. Ihr könnt Euch ihnen anschließen. Wenn Euch allerdings die Ungeduld zu sehr plagt, versucht Euer Glück bei den Fischern im Dorf!«

Fen-che nickte. »Ich danke Euch! Dann werde ich morgen ins Dorf gehen und einen Fischer bitten. Für Eure Gastfreundschaft und Hilfe kann ich leider nichts geben, aber wenn Eure Brüder nach Tschifu wandern, werden sie sicher über Kiautschou kommen. Ich wohne beim dortigen Landrat und werde ihnen dann gern meine Dankbarkeit beweisen.«

»Beim Mandarin mit der Nachtigall?«

»Er ist mein Vater«, antwortete Fen-che verblüfft.

»Euer Vater? Seid Ihr sicher?«

»Ihr, die Ihr auf jede familiäre Bindung verzichtet und damit den

Verpflichtungen gegenüber Euren Eltern nicht nachkommen wollt, Ihr bezweifelt, daß ich der Sohn meines Vaters bin?«
Der Bonze sah ihn mit großen Augen an, kratzte sich auf dem Rücken und schwieg errötend.
Verlegen versuchte Fen-che seinen spontan vorgebrachten Gefühlsausbruch abzuschwächen, indem er trotz der aggressiven Zurechtweisung betont freundlich lächelte. »Wenn ich von Euch weggehe, wird es in meinem Leben zwar nicht leer werden, aber ich werde Euch doch vermissen!« Dann trat er wieder ans Fenster und sah auf das Dorf und den träge dahinfließenden Fluß hinunter. Er sehnte sich mehr denn je nach der liebevollen Umarmung Ay-lins und nach der vollkommenen Befriedigung durch Yin Huas streichelnde Hände und ihren kosenden Mund. Er versuchte seine Erregung zu verbergen, indem er sich auf seine Lagerstatt setzte und angestrengt an die Heimfahrt dachte. Unvermittelt fiel ihm sein Pferd ein, das er im Dorf Jenhu bei einem Bauern untergestellt hatte.
»Jenhu, wie weit, ehrwürdiger Mönch, ist dieses Dorf entfernt?« fragte Fen-che und sah auf. Doch der Stuhl war leer, der Mönch hatte das Zimmer leise verlassen.
An diesem Tag besuchte ihn der Bonze nicht mehr, und als er am nächsten Tag aufwachte, stand eine prallgefüllte Basttasche auf dem Stuhl neben der Tür. Er ahnte, was sie enthielt, und wußte, daß es die Aufforderung war, die heilige Stätte zu verlassen. Mit gemischten Gefühlen packte er die Tasche aus. Maisbrot, Maronen und geräuchertes Schweinefleisch. Zögernd legte er die Sachen zurück. Trotz seiner harschen, unbedachten Worte von gestern brachte er ihm dieses Opfer! Er war in seiner Größe nicht zu erschüttern! Um sein schlechtes Gewissen zu beruhigen, dachte er darüber nach, wie er sich revanchieren könnte, und beschloß, die in jedem Sommer durch Kiautschou reisenden Buddhisten großzügig zu beschenken.
Fen-ches Versuch, den Bonzen noch einmal zu sehen, ihm zu

danken und sich zu verabschieden, scheiterte an den verschlossenen Türen. Von irgendwoher erklang der melodische Singsang betender Mönche. Jetzt, da er im Begriff stand zu gehen, erklang ihm dieser Gesang nicht mehr so vertraut, und dem kalten Gemäuer fehlte mit einemmal die Wärme der Geborgenheit, die dieses gewaltige Kloster bis gestern noch ausgestrahlt hatte. Er durchwanderte die Flure und Gänge und stand plötzlich im Innenhof. Der Gesang war lauter geworden, und obgleich er sich von unzähligen Augen beobachtet fühlte, konnte er niemanden sehen. Bevor er das Tor durchschritt, blickte er zurück. Das Kloster verkörperte eine Welt für sich, hervorgehoben durch seine Abgeschiedenheit. Alles war hier anders und fremd. Nur die Drachen auf den Dächern, die ihre Bewohner vor Schaden bewahren sollten, die unzähligen Gebetsfahnen, durch die der Wind das Anliegen der Frommen zu den Göttern tragen sollte, vermittelten die Zugehörigkeit der Mönche zum gewöhnlichen Volk.

***

Den breiten Weg zum Dorf bedeckte eine dicke, zähe Schlammschicht, die bis zu den höher liegenden Hütten reichte. Mühsam stapfte Fen-che zu den Resten des ehemaligen Bootsanlegers. Viele Menschen waren von ihrem Zufluchtsort zurückgekehrt und versuchten die Schäden des Hochwassers zu beseitigen.
»Ich beglückwünsche Euch zu Eurer Rettung vor der Flut!« begrüßte Fen-che den Dorfvorsteher mit einem Kotau.
Der Dorfschulze musterte Fen-che lange, bevor er sich zu sprechen entschloß. Sein hageres, von feinen Falten durchzogenes Gesicht behielt den wachen und abweisenden Ausdruck bei. »Nicht so sehr vom Hochwasser kam die Gefahr als von schlechten Menschen, die uns überfielen und das Wenige, das wir besaßen, raubten.«
Fen-che verschlug es die Sprache, wie grob der Alte auf seine Begrüßung reagierte. »Darf ich Euch für das erlittene Unglück mein

Mitgefühl aussprechen und Euch für die Zukunft alles Gute wünschen?«
»Unser Fischer Feng hatte die Aufgabe, während des Hochwassers das Dorf zu bewachen. Er hat mir von einem Fremden erzählt, den er ins Dorf brachte, als wir bereits auf dem Weg in die Berge waren. Dieser Mann soll ihm sehr viel Geld geboten haben, wenn er ihn nach Kiautschou bringen würde. Seid Ihr dieser Mann?«
»Ja, der bin ich. Während eines Sturmes bin ich im Gelben Meer über Bord gefallen und fast ertrunken. Hier in der Nähe wurde ich an Land gespült und bin bis zu Eurem Fluß gelaufen. Dort hat mich Herr Feng gerettet. Ich bat ihn, mich nach Kiautschou zu fahren, denn dort wohne ich. Und auch heute komme ich mit der gleichen Bitte. Aber wenn Ihr die nicht erfüllen könnt, zeigt mir den nächsten Weg zum Dorf Jenhu!«
»Wart Ihr die ganze Zeit über bei den Priestern?«
»Ich war sehr krank. Sie haben mich gesund gepflegt!«
»Haben sie über unser Dorf gesprochen?«
»Ja, ein Bonze sagte mir, daß Ihr ihnen nicht sehr zugetan seid.«
Die angespannte Haltung des Alten war schnell verflogen, und er lächelte: »Ich hielt Euch für einen Banditen, der Feng von hier weglocken wollte, damit Eure Kumpane das Dorf in Ruhe ausrauben können. Aber nun sehe ich, daß ich mich in meinem Mißtrauen getäuscht habe, und bitte um Verzeihung!« Er verbeugte sich zum Kotau.
Die wenigen Dorfbewohner, die das Gespräch mit angehört hatten, lachten befreit auf und drängten sich schnatternd näher. Jeder wollte sich Fen-che vorstellen, verbunden mit der Bitte, bei ihm Tee zu trinken. Der Schulze hob seine linke Hand, und sofort brach die turbulente Begrüßung ab.
»Selbstverständlich werdet Ihr diese Ehre doch mir erweisen.« Die Zuhörer quittierten diesen formlosen Befehl mit einem verstehenden Lächeln. Hatte der Dorfschulze nicht größere Rechte als sie alle zusammen, mit diesem Fremden, nach den unerhörten Ver-

dächtigungen gewissermaßen als Zeichen des guten Willens, bei einem Tee zusammensitzen zu dürfen?

Noch einmal flackerte kurz das Mißtrauen wieder auf, als sie auf der offenen Veranda des Dorfvorstehers saßen und über die allgemein schlechten Wege und Straßen und das schlechte Wetter sprachen. »Woher habt Ihr diese Tasche?« Der Alte schien sie erst jetzt zu bemerken und war noch ungehaltener als zuvor.

»Sie lag heute morgen in meiner Zelle. Gefüllt mit Proviant, und ich nahm an, daß sie für meine weitere Reise gedacht war. Deswegen habe ich sie mitgenommen! Warum fragt Ihr? Was hat es mit der Tasche auf sich?«

Der Dorfschulze winkte einen Jungen zu sich heran, flüsterte ihm leise ins Ohr und scheuchte ihn mit einer herrischen Handbewegung fort. Bis zu dessen Rückkehr hielt er die Augen geschlossen zum Zeichen, daß er nicht angesprochen werden wollte.

Der Junge kam in Begleitung einer verhärmten Frau unbestimmten Alters zurück, die infolge ihrer winzigen, geschnürten Füße langsam hinter ihm hertrippelte. Je näher sie dem Schulzen kam, desto kürzer wurden ihre Schritte, und zögerlich folgte sie seiner harschen Aufforderung, näher zu treten. Untertänig warf sie sich vor ihm nieder und antwortete leise, sich immer wieder windend, auf seine drängenden Fragen. Nachdem sie geantwortet hatte, schüttelte der Schulze unwirsch den Kopf und zischte sie ärgerlich an. Sie schien noch kleiner zu werden, und mit mehrmaligen Verbeugungen, ihm dabei immer ihr Gesicht zuwendend, entfernte sie sich, während sein zahnloser Kiefer erregt mahlte.

»Entschuldigt bitte die Störung!« Es schien dem Alten offensichtlich unangenehm, Fen-che die Zusammenhänge erklären zu müssen. »Diese Frau ist Witwe und hat behauptet, überfallen und ausgeraubt worden zu sein. Daraufhin sammelte die Dorfgemeinschaft und ersetzte ihr die geraubten Vorräte. Wir sind alle arm, und nicht jedem ist es leichtgefallen, seine Gabe hinzuzufügen. Aber wir haben geholfen und ihr in dieser Basttasche die Spenden überreicht. Nun war ich eben sehr erstaunt, daß Ihr diese Tasche bei Euch tragt. Für einen Moment, ich kann nur immer wieder um Verzeihung bitten, hatten mich die alten Zweifel wieder heimgesucht.«

Fen-che wußte nur zu gut, wie schlimm es für so eine kleine Dorfgemeinschaft war, einen Dieb unter sich zu wissen. Angst und das Gespenst der Denunziation gingen dann um, und nicht selten war der Friede in der Gemeinschaft, wo gegenseitige Hilfe unerläßlich war, für lange Zeit gestört. »Habt Ihr den Übeltäter fassen können?«

»Es gibt keinen Übeltäter!« Sein maliziöses Grinsen schien sich bis zu seinen großen, abstehenden Ohren auszubreiten. »Sie hat die als gestohlen angegebenen Dinge dem Kloster gespendet.« Verächtlich wies er zu dem kuppelartigen Felsen.

»Und warum hat sie das nicht gleich gesagt?«

»Weil sie dann hätte hungern müssen, denn für ihr nächtliches Vergnügen mit den geilen Bonzen hätten wir nicht für sie gesammelt!«

»Aber das Gelübde der Keuschheit …« Fen-che wußte nicht, wie er sich ausdrücken sollte.

»Und das Geldnehmen, das ist doch auch gegen das Armutsgelöbnis, und ebenso sieht es mit dem Genuß der den Göttern dargebrachten Opferspeisen aus, der sich nicht mit dem Mäßigkeitsgelübde in Einklang bringen läßt!« Alle Freundlichkeit war von dem Alten abgefallen, und während er sprach, starrte er finster auf die Mauern des Klosters. »Immer und immer wieder brechen sie ihre Gelöbnisse!«

Nach einer kurzen Zeit der Sammlung, in der er die Augen geschlossen hielt, schien er wie verwandelt. »Verzeiht bitte, wenn wir Euch mit unserem Dorfklatsch aufhalten. Aber Fremde kommen nur selten hierher, und da erzählt man vielleicht ein bißchen mehr als gewöhnlich. Ihr wollt nach Jenhu? Feng wird Euch bis zur Mündung des Flusses bringen, und von da aus habt Ihr nur noch

zwei Tagesmärsche vor Euch, wenn Ihr in Richtung der Schildkröte geht.«
Fen-che lächelte verhalten, weil er den altertümlichen, fast schon vergessenen Ausdruck für die nördliche Himmelsrichtung benutzte. Dann erhob er sich. »Ich danke Euch für die Ehre der gemeinsamen Teezeremonie, und wenn ich hunderttausend Jahre alt werde, Euer Dorf wird mir unvergessen bleiben!«
Nach zwei Tagen erreichte Fen-che mit dem letzten Rest des schwindenden Lichts Jenhu. Beim Anblick der unzähligen Laternen, die über das gesamte Dorf verstreut hingen, kam ihm erst zu Bewußtsein, wie schnell die Zeit vergangen war. Man feierte das Laternenfest, und schon der Gedanke daran freute ihn. Während Fen-che die ersten alleinstehenden Häuser erreichte, entdeckte er überall an Gräben, Kreuz- und Hohlwegen und bei jedem Brunnen an hohen Stangen aufgehängte, bunte Laternen. Unschlüssig blieb er stehen und sah sich um. Erst als er langsam weiter zum Marktplatz ging und ihm der Duft von brennendem Sandelholz in die Nase stieg, erinnerte er sich an die ursprüngliche Bedeutung dieses Brauchs: Wer durch Selbstmord oder gewaltsamen Tod ein Ende gefunden hatte, dessen Seele war dazu verdammt, noch einige Zeit auf der Erde herumzuirren. Erst mit dem Datum des Laternenfestes wurde diesen einsamen Seelen Gelegenheit gegeben, in die Unterwelt zu schlüpfen. Damit sie nicht zu lange suchen mußten, standen ebendiese Laternen an den Stellen, von denen man vermutete, daß sie Eingänge in das Totenreich waren. Da sie bei ihrer Ankunft den Göttern besonders gefallen sollten, verbrannte man bei den Laternen Sandelholz, um etwas von dem Wohlgeruch an ihnen haften zu lassen.
Das Krachen und Explodieren der Raketen und Feuerkugeln, die bunten Lichter sowie die anhaltenden Freudenschreie lockten ihn, und im Dauerlauf erreichte er den Marktplatz. Obwohl Fen-che den Drachenumzug schon oft miterlebt hatte, war er für ihn immer noch der Höhepunkt der Neujahrsfeierlichkeiten.

An einem Tag wie diesem, besonders wenn das Wetter so milde war, mußte man einfach alle Sorgen, sämtliche Ängste und Befürchtungen vergessen. Die Menschen fühlten sich wie eine große Familie, und Fen-che fand nichts dabei, ausgelassen und vor Freude schreiend herumzuhüpfen und in die Hände zu klatschen, als der buntbemalte Drache mit dem riesigen, furchterregenden Kopf nach den Reitern, Musikanten und Lampionträgern sich auf unendlich vielen Beinen in Schlangenbewegungen an ihm vorbeiwand. Die Anstrengungen der letzten Tage und Wochen schienen vergessen; ebenso die Entbehrungen sowie alle Schrecknisse. Die Sterne wurden blasser, und noch immer war das halbe Dorf auf den Beinen und feierte.

***

Durch die hügelige Landschaft kam Fen-che mit seinem Pferd gut voran, und als er die Wasserscheide erreichte, von wo die Flüsse nicht mehr nach Süden, sondern nach Norden flossen, hatte er es nicht mehr weit und konnte es kaum erwarten, seine Familie wiederzusehen.

Die Spuren der weiten Überflutung in der Tiefebene und die immer noch reißenden Flüsse machten ihm das Ausmaß der Katastrophe deutlich, von der südlich der Höhen nur wenig zu spüren gewesen war. Einige Dörfer unmittelbar hinter den flachen Dämmen der Wasserläufe waren von den Fluten weggespült. Zahlreich angeschwemmt, häuften sich die vom Faulgas aufgedunsenen Leiber der Toten neben den Kadavern der Haustiere.

Kiautschou glich einem riesigen Heerlager. Flüchtlinge verstopften mit ihrer armseligen Habe die Straßen. Die Leute hockten oder lagen apathisch auf dem nassen Lehmboden und warteten, zu erschöpft, um sich um ihre Angehörigen zu kümmern. Jeder schien zu warten, und immer wieder gingen suchende, prüfende Blicke zum Himmel und musterten die dunklen Wolken. War es nun

wirklich vorbei mit dem Regen? Dem unaufhaltsamen Steigen der Flüsse? In der Stadt war man wenigstens sicher, und wenn man doch sterben mußte, warum nicht hier?
Fen-che drängte sich zum Yamen durch und übergab einem Diener das Pferd. Der Flur und der Vorraum zu den Amtsstuben waren angefüllt mit einer dichtgedrängten Menschenmenge. Fen-che zwängte sich hindurch, um in die Privaträume zu gelangen, und als ob Ay-lin es geahnt hätte, kam sie aus der Küche und stürzte ihm mit ausgebreiteten Armen entgegen. Er fing sie auf und preßte sie an sich, strich ihr immer wieder über das Haar und den Rücken.
»Ich bin so glücklich, dich wieder bei mir zu haben, Che!« flüsterte sie. »Du hast mir so gefehlt! Uns allen!« Sie mußte sich Mühe geben, ihm unbefangen in die Augen zu sehen, denn er sah elend aus. Sein volles Gesicht war hager geworden, und dunkle Ringe hoben seine eingefallenen Augen noch mehr hervor. War er krank gewesen? Prüfend glitt ihr Blick über seine verschmutzte und zerrissene Kleidung. Trotz ihrer drängenden Fragen wollte sie sich ihre Bestürzung nicht anmerken lassen und erst recht nicht ihre Besorgnis zeigen. »Vater ist in seinem Büro. Er hat sich deinetwegen große Sorgen gemacht. Hast du ihn schon begrüßt?«
Von den Dorfvorstehern der Gegend im Halbkreis umringt, saß Lin Bohong erschöpft hinter seinem Schreibtisch. Nachdem Fen-che die Tür mit einem kaum hörbaren Knacken ins Schloß gedrückt hatte, drehten sich die Köpfe der Anwesenden zu ihm herum, während er neben der Tür stehenblieb und sich bescheiden verbeugte.
»Entschuldigt bitte meine schmutzigen Kleider, aber ich bin eben erst angekommen und hatte noch keine Zeit, mich zu säubern.«
»Den Göttern sei gedankt, daß dir nichts geschehen ist, mein Sohn!« Auch ohne die Willkommensworte konnte jeder die Freude auf dem Gesicht des alten Mannes erkennen, die er beim Anblick seines Sohnes verspürte. Auch ihm gelang es, seine Bestürzung über Fen-ches gezeichnetes Gesicht zu verbergen. »Ist deine

Reise gut verlaufen? Wird in den Kohleminen trotz des Unwetters noch gearbeitet?«

Die Form der Frage sowie ihre Unwichtigkeit signalisierten Fen-che, vorsichtig zu sein. War seine lange Abwesenheit aufgefallen? Hatten die Spione herausgefunden, wo er wirklich gewesen war? Wie konnte er diese viel zu lange Abwesenheit erklären? Und vor allem, wieweit hatte die gewaltige Überschwemmung Einfluß auf die Kohleförderung? Waren die Stollen überflutet? Er ärgerte sich über sich selbst, denn er hätte in kluger Voraussicht auf dem Heimweg den Umweg über die Bergwerke machen müssen, um sich zu informieren.

»Ich habe deine Nachricht erhalten, daß du dich entschlossen hattest, dir die Zeugen der Vergangenheit in Lungmen anzusehen!«

Fen-che unterdrückte ein Lächeln. Es war schon brillant, wie ihn sein Vater einer Antwort über die Minen enthob und ihm gleichzeitig einen Wink gab, wie er seine Abwesenheit erklären konnte.

»Diesen langgehegten Wunsch habe ich mir nun endlich erfüllt, und ich bin froh, mir die Zeit dafür genommen zu haben!«

Lin Bohongs Augen blieben auf Fen-che gerichtet, als erwarte er vor den Anwesenden einen kurzen Bericht. Und wieder überraschte Fen-che die Schläue seines Vaters. Wie klug war seine Aufforderung, sich jetzt von ihm einige Einzelheiten erzählen zu lassen, um jeden Zweifel darüber zu zerstreuen, daß er tatsächlich dort gewesen war. Fen-che hatte damals oft stundenlang an Yü Yins Lippen gehangen, wenn er von diesen Höhlen aus der Zeit der Sechs Barbarischen Dynastien gesprochen hatte. Es fiel ihm nicht schwer, darüber Auskunft zu geben.

»Es sollen weit über tausend Höhlen mit hunderttausend Statuen sein, die im Laufe von zweihundert Jahren dort eingemeißelt worden sind. Ich habe sie natürlich nicht alle besuchen können. Mein Interesse galt auch nicht so sehr der alten Kalligraphie und der Schönheit der Figuren als vielmehr der Höhle mit den medizinischen Rezepten. Über hundert Arzneimittel und Heilmethoden

sind akribisch in den Steinwänden verzeichnet. Und natürlich habe ich auch den monumentalen Ur-Buddha Wairotschana mit den Heiligen und seinen Schülern bewundert. Dann hat mich der Regen überrascht, und darum bin ich erst jetzt zurückgekommen.«
»Ich sehe, wie dich das Erlebnis gefangengenommen haben muß«, beendete Lin Bohong sein Referat, indem er auf das vorrangige Thema überleitete, »aber im Moment haben wir hier sehr große Sorgen mit der Ernährung, den vielen Flüchtlingen in unserer Stadt und dem sich abzeichnenden Problem der fehlenden Saat für das Frühjahr. Ich lege großen Wert auf deine Mitarbeit und ernenne dich hiermit zu meinem Vertreter mit weisungsberechtigten Vollmachten!«
Während sich die anwesenden Dorfschulzen pflichtgemäß vor ihm verneigten, brachte er vor innerer Anspannung kein Wort hervor. Mit zusammengekniffenen Lippen verbeugte er sich ebenfalls. Habt Ihr den Verstand verloren, geliebter Vater? dachte er. Das konnte sie beide den Kopf kosten. Warum wurden wohl die Mandarine alle drei Jahre versetzt? Hatte er das vergessen? Damit es keine Familien- und Günstlingswirtschaft geben sollte. Sein Vater war ohnehin schon viel zu lange Mandarin in dieser Gegend! Im gesamten Reich würde man von diesem Befehl sprechen, und Kia hatte ihn doch gebeten, nicht aufzufallen!
»Ich weiß diese Ehre zu schätzen«, erwiderte er trotz aller Bedenken, denn die Schulzen warteten in gebeugter Haltung auf eine Antwort, »und ich werde mit allen Mitteln versuchen zu helfen!«
Lin Bohong gab seinem Sekretär einen Wink und deutete neben sich. Sofort eilte dieser nach draußen und holte aus dem Vorzimmer einen Stuhl und stellte ihn neben seinen Vorgesetzten. »Setz dich zu mir, mein Sohn, hier ist nun dein Platz!«
Je länger sie berieten, um so deutlicher erkannte Fen-che, daß in nächster Zeit weitere Probleme auf sie zukommen würden, für die es keine Lösung gab. Erst später, als er mit seinem Vater im großen Arbeitsraum allein war, brachte er seine Bedenken vor.

»Ich bin stolz darauf, daß Ihr mich zu Eurem Vertreter ernannt habt, Vater. Aber wer bin ich? Unerfahren und jung! Wollt Ihr Euch damit belasten? Und vielleicht auch damit, daß Richter Kia darüber ungehalten sein wird, wenn ich auffalle?«
»Drei Gründe gibt es, die mich so handeln ließen. Erstens bist du der einzige Mandarin neben mir in unserem Bezirk, denn du bist noch immer offizieller Dolmetscher der Regierung und damit auch qualifiziert. Und zweitens«, Lin Bohong stockte und fuhr sich mit einer müden Handbewegung über das Gesicht, »habe ich in den letzten Tagen kaum geschlafen. Ich muß mich endlich ausruhen!«
Mit steifen Gliedern erhob er sich von seinem Stuhl und wartete, bis er ohne Schmerzen gerade stehen konnte. »Wir sehen uns gleich morgen früh! Ich bin so froh, daß du zurück bist, erzähl mir alles morgen!«
»Ich wünsche Euch eine ruhige und erquickende Nacht, Vater, aber Ihr habt vergessen, mir den dritten Grund zu nennen!«
»Es gibt drei Arten, etwas Unangenehmes mitzuteilen: diplomatisch, ehrlich oder einfach zu schweigen. Was willst du hören?«
»Ehrlich!«
»Ich traue dem ehrenwerten Kia nicht!«
Fen-che blickte seinem Vater nach, bis sich die Tür hinter ihm geschlossen hatte, und starrte noch lange auf das buntbemalte Holz. Kia hatte er seine Mission nach Japan zu verdanken, seine Ernennung zum Mandarin, und er befand sich noch immer in seiner Gunst. Wie konnte sein Vater nur so etwas sagen? Hatte die Müdigkeit seinen Geist verwirrt?
»Ich verstehe Vater nicht«, weihte er Ay-lin später, als sie im Bett lagen, in seine Sorgen ein. »Er macht einen großen Fehler, indem er Kias Wünsche nicht berücksichtigt. Schließlich ist Kia nicht nur Oberrichter, sondern muß mit weitreichenderen Vollmachten versehen worden sein, denn wieso wüßte er sonst so gut über die Pläne der Regierung Bescheid?«
»Du warst viel zu lange fort von mir!« versuchte Ay-lin ihn auf

andere Gedanken zu bringen. »Ich habe mich danach gesehnt, deinen Atem wieder neben mir zu hören, in deine lieben Augen blicken zu dürfen und deine starken Arme zu spüren. Warum machst du dir Sorgen wegen Kia? Ist unser Vater nicht immer klug und weise gewesen? Warum sollte sich das geändert haben? Fassen wir uns in Geduld und leben unser Heute und bangen nicht um die Zukunft!«
Fen-che gähnte verhalten und strich ihr über das Haar. »Du hast ja so recht!« murmelte er und bedeckte sie mit Küssen. Weder die Nacktheit ihres Körpers noch ihre sanft streichelnden Finger erregten ihn, noch seine bevorzugten Stellungen »dunkle Zikade haftet an einem Ast« oder »verschlungene Mandarinenten« ließen den Jadeschaft steigen. Ihm fehlte die Konzentration.
»Ich glaube, ich habe mich heute viel zuwenig um die Kinder gekümmert«, sagte er und legte sich auf seine Seite zurück, froh, ein unverfängliches Thema gefunden zu haben. »Lernen sie auch fleißig?«
»Sehr sogar! Aber willst du mir nichts von deiner Reise nach Schanghai erzählen und warum es so lange gedauert hat?«
»Ich hätte lieber hierbleiben sollen. Wir sind uns fremd geblieben, und keine der unzähligen Fragen, die mich bewegten, habe ich ihr gestellt! Wenn Mrs. Crawford wirklich meine Mutter ist, so fehlt ihr die Liebe für mich, wie auch ich keine für sie empfinde.«
Ay-lin wartete geduldig auf weitere Einzelheiten; doch vergebens, seine gleichmäßigen Atemzüge verrieten ihr, daß er eingeschlafen war.

***

Das ganze Elend der Hochwasserkatastrophe zeichnete sich erst in den nächsten Tagen ab. Es gab keine Familie in der Umgebung Kiautschous, in der nicht eines oder mehrere Mitglieder ertrunken waren. In der Hoffnung, soviel wie möglich retten zu können, hatten sich die jüngeren und stärksten Männer noch während der Flut in ihre Häuser gewagt, waren aber durch das Wasser abgeschnitten worden und ertrunken oder unter den zusammenstürzenden Trümmern begraben worden.

»Hast du dir die Menschen auf den Straßen angesehen?« fragte Lin Bohong seinen Sohn, als sie sich nach dem Frühstück in seinem Arbeitszimmer trafen. »Sie besitzen nichts weiter als das, was sie am Körper tragen. Wer wird sie ernähren? Wie kontrollieren wir die Seuchengefahr? Wie beschaffen wir ihnen neues Saatgut, das in wenigen Wochen in den Boden muß?«

»Wird unsere Regierung nicht helfen?«

»Wir hatten in fast allen nördlichen Provinzen Hochwasser, und wir können nicht damit rechnen, daß uns zuerst geholfen wird.«

»Dann müssen wir so schnell wie möglich Reis beschaffen!«

»Und woher? Wer wird ihn bezahlen?«

Fen-che erhob sich, ging gedankenvoll ans Fenster und sah auf den von Wachen abgeschirmten Vorplatz hinaus. Lange stand er so. Endlich drehte er sich um, seufzte leise und stellte sich hinter den Stuhl seines Vaters. Er legte ihm seine Hände auf die Schultern.

»Du meinst, ich soll von meinem Geld ...?«

Lin Bohong blickte zu ihm auf und schmunzelte. »Ich hätte es lieber gesehen, wenn du in dem Glauben geblieben wärst, diese Idee sei von dir gekommen. Entweder werde ich alt, oder du wirst klüger.«

»Als Ihr mich gestern zu Eurem Vertreter ernannt habt, ahnte ich es bereits. Aber warum so umständlich, Ihr habt doch jederzeit Verfügungsgewalt über mein Vermögen!«

»Damals hast du mir ein Leben geschenkt. Das ist mehr, als man erwarten kann, und wenn ich mich heute von deinem Geld bediente, würde ich mich ins Unrecht setzen.« Lin Bohong nahm Fenches Hand von seiner Schulter und hielt sie mit seinen Händen umklammert. »Wir haben in der Stadt nur noch für wenige Tage Vorräte. Fahr mit dem nächsten Schiff nach Hongkong oder

Schanghai, und bringe soviel Reis wie möglich nach Tsingtau. Von dort aus werden wir es auf die Dörfer verteilen, um die Menschen aus unserer Stadt herauszubekommen, bevor sich Seuchen ausbreiten können.«

***

Zwei Wochen später ankerte ein als Dampfschiff umgebauter Schoner der Anlegestelle in Tsingtau so nahe, wie es sein Tiefgang erlaubte. Mit dem ersten Boot ließ Fen-che sich an Land rudern und schickte einen berittenen Eilboten zu seinem Vater.

»Wir brauchen alle verfügbaren Fischerboote zum Übersetzen der Reissäcke von Bord des Frachters und zusätzlich eine Möglichkeit, das Getreide und das Saatgut trocken zu lagern!« wies Fen-che den Dorfvorsteher Yu Wei an. »Der Kapitän kann nur vier Tage hierbleiben, und wenn bis dahin die Ladung nicht gelöscht ist, fährt er mit ihr zurück.«

»Darf ich fragen, woher der Reis kommt und wofür er bestimmt ist?«

»Für die hungrigen Menschen in unserem Bezirk«, antwortete Fen-che erstaunt, »aber davon wißt Ihr doch!«

Yu Wei war die Peinlichkeit seiner Situation anzusehen. »Der Oberschatzmeister unserer Provinz hat mich gestern noch persönlich angewiesen, nur das von der Regierung beauftragte Schiff zu entladen und die Ladung zu verkaufen!«

»Was?« Fen-che sah sich ratlos um, doch niemand wollte ihm beistehen oder seine Partei ergreifen. »Aber den Leuten muß sofort geholfen werden. Sie hungern! Und wieso verkaufen? Wer hat denn noch Geld dafür?«

»Es tut mir leid, verehrungswürdiger älterer Bruder«, entgegnete Yu Wei ausweichend, »doch über die Anweisungen des Herrn Oberschatzmeisters wage ich mich nicht hinwegzusetzen.«

Plötzlich ging Fen-che ein Licht auf. Das Getreide aus Regierungsbeständen, als Spende gedacht, sollte hier verkauft werden, und jede Einmischung von Außenstehenden würde das Geschäft verderben oder den Gewinn schmälern. Wieweit mochte Yu Wei mit drinstecken?

»Geht es uns beiden nicht hauptsächlich darum, den Hungernden zu helfen?« versuchte Fen-che ihn für sein Vorhaben einzunehmen.

Unbeeindruckt und kalt blickte Yu Wei an ihm vorbei. »Es tut mir leid, aber meine Befehle kommen von ganz oben!«

»Wenn Ihr mir jetzt helft, kann ich Euch zu einem reichen Mann machen. Oder wollt Ihr, daß ich es Euch befehle? Die Macht dazu habe ich!«

Yu Wei deutete auf ein paar Bewaffnete hinter sich. »Befehlen? Dazu habt Ihr jetzt nicht die Macht! Und soviel Geld habt Ihr auch nicht, um mich umzustimmen!«

Sollte alles vergebens gewesen sein? Sofort nach seiner Ankunft in Schanghai hatte er seinen Freund Brown angerufen und ihn gebeten, so schnell wie möglich den Inhalt eines gewissen Safes seiner Bank zu ihm an Bord zu bringen, da er nicht wagte, selbst an Land zu gehen. Dann hatte er die Kassette geöffnet und Brown die Anweisung gezeigt, und andächtig hatte der die Summe darauf gelesen. »Zehntausend«, hatte Brown gemurmelt, »geben Sie mir eine Woche Zeit, und ich werde ihn an einen Liebhaber verkaufen, der dafür das Doppelte geben wird!« Aber Fen-che hatte abgelehnt. »Ich bin so in Eile, daß ich die Zeit dazu nicht habe. Ich hoffe ihn ebensogut in Hongkong verkaufen zu können!«

Er hatte nicht gewagt, hier das Getreide zu kaufen, sondern war mit dem Postschiff gleich weiter nach Hongkong gefahren und hatte die erste Enttäuschung erlebt. Als ob es sich unter den Geldverleihern herumgesprochen hätte, wollte ihm keiner mehr als die angegebene Summe zahlen. Händeringend versuchten sie ihm begreiflich zu machen, wie schwer das Leben zur Zeit war, verhehlten aber nicht ihr Interesse für die Anweisung. Im Wettlauf mit der Zeit gab Fen-che schließlich auf und akzeptierte.

Dafür war es mit dem Reiskauf unerwartet schnell gegangen. Eine nach Japan bestimmte Schiffsladung sollte am gleichen Tag abgehen. Für einen reichlich überhöhten Preis wurde er mit dem Eigentümer einig, und nach Bezahlung der Transportkosten blieben ihm nur noch drei kleine Silberbarren von der Riesensumme übrig.
Nun stand er vor einem verschlagenen Dorfschulzen, der ihm verbot, die lebensnotwendige Ladung zu löschen, und auf der anderen Seite drängte der Kapitän auf Beeilung, weil er in zehn Tagen in Hongkong die nächste Ladung übernehmen mußte. Fen-che knirschte mit den Zähnen. Er hatte noch immer Geld genug auf der Bank in Schanghai, um diesen Kahn kaufen zu können, aber Schanghai war weit.
»Ich habe meinem Vater eine Nachricht überbringen lassen, daß das Getreide hier wartet! Wenn Ihr meinem Befehl nicht nachkommt, werde ich gegen Euch vorgehen müssen!« machte Fen-che einen letzten Versuch, Yu Wei umzustimmen.
»Da irrt mein älterer Bruder. Den Boten habe ich wegen Diebstahls einsperren lassen. Wenn sich in drei oder vier Wochen bei der Verhandlung herausstellen sollte, daß er unschuldig ist, wird er selbstverständlich sofort freigelassen werden!«
Fen-che sah zu den weit außerhalb des Dorfes liegenden Baracken der Garnison. Ob der Kommandant helfen würde?
Yu Wei folgte seinem Blick, lächelte und schüttelte den Kopf. »Der Oberschatzmeister hat die Nacht dort verbracht. Er und der Kommandant sind gute Freunde!«
Blind vor Wut drehte Fen-che sich um und ging zum Anleger zurück. Zum ersten Mal in seinem Leben war er nicht bereit, das scheinbar unabwendbare Schicksal kampflos hinzunehmen. Seines Vaters Vergleich mit dem Ertrinkenden und dem rettenden Holz drängte sich ihm auf.
Zurück an Bord, beschwor Fen-che den Schiffsführer. »Herr Kapitän, in Kiautschou verhungern die Menschen auf der Straße, weil im Ort ein anmaßender Dorfschulze nicht bereit ist, die Ladung

löschen zu lassen. Verkauft mir eine Pistole oder ein Gewehr!«
Fen-che wog einen Silberbarren in der Hand. »Ich will ihn zwingen nachzugeben!«
Der Kapitän zog eine Schublade auf und holte einen sechsschüssigen Trommelrevolver hervor. »Könnt Ihr überhaupt damit umgehen?« fragte er.
»Selbstverständlich!« log Fen-che und erschrak über das Gewicht der Waffe. »Würdet Ihr mich bitte noch einmal an Land übersetzen lassen!«
Der Dorfschulze stand zwischen seinen Schergen an der Baustelle für den zweiten Anleger und sah Fen-che belustigt entgegen. »Ist meinem älteren Bruder noch etwas eingefallen?« fragte er herausfordernd.
Kurz bevor Fen-che den Schulzen erreichte, zog er die Pistole aus seinem Ärmel und richtete sie auf ihn. »Jetzt habe ich doch die Macht, Euch zu zwingen, das Schiff entladen zu lassen!«
»Wollt Ihr mich erschießen, wenn ich die Befehle dazu nicht gebe? Das wäre einwandfrei Mord, und der wird mit Verbannung oder Tod bestraft. Ihr habt noch ein langes Leben vor Euch. Warum wollt Ihr es für ein paar armselige Bauern opfern? Viel ändern könnt Ihr doch nicht!«
»Eure Leute sollen das Schiff entladen!« Fen-che war durch dessen letzte Worte so wütend geworden, daß er ihm den Lauf der Pistole in den Bauch stieß. »Sofort!«
»Nein!«
»Dann schieße ich!«
»Danach wird man Euch ebensowenig gehorchen wie jetzt!«
»Ich werde einen zweiten Boten zu meinem Vater schicken!«
»Ich glaube kaum, daß Ihr einen finden werdet!«
Fen-che fühlte sich plötzlich unendlich müde. Aber er stand noch immer mit der Pistole in der Hand und zielte auf den Schulzen. »Geht mit mir in Euer Haus!«
»Nein!«

»Gut, dann geh ich allein!« Fen-che schob die Hand, mit der er die Pistole umklammert hielt, in den Ärmel, und mit großen Schritten eilte er entschlossen in Richtung Dorf.
»Ihr möchtet bitte warten! Mein Herr hat es sich anders überlegt und kommt doch mit Euch!« Einer der Schergen war hinter Fen-che hergelaufen und zupfte ihn am Ärmel. Fen-che fühlte sich ausgebrannt. Der Rücken tat ihm weh, und seine rasenden Kopfschmerzen waren unerträglich. Erschöpft blieb er stehen und wartete auf Yu Wei.
»Was versprecht Ihr Euch davon, älterer Bruder, es wird sich nichts ändern!«
»Ihr wißt, wer ich bin?« fragte ihn Fen-che. »Und auch, daß ich der Stellvertreter des Landrates Lin Bohong bin?«
»Ja, Herr Lin.«
Nach kurzem Fußmarsch erreichten sie das Haus des Schulzen. Die mit Speeren Bewaffneten waren hinter ihnen hergeschlurft und blieben ebenfalls stehen. Mit einer Handbewegung bedeutete ihnen Fen-che, sich außer Hörweite zu begeben. Dann trat er dicht an Yu Wei heran und sah ihm ins Gesicht.
»Zehntausend Tael habe ich für das Getreide und die Fracht von meinem eigenen Geld bezahlt, um den notleidenden Menschen zu helfen. Ich habe gehofft, daß das Schiff rechtzeitig ankommen würde, und habe es geschafft. Und nun macht Ihr durch Euer Nein alles zunichte. Ich will Euch sagen, was ich vorhabe: Ich werde in Euer Haus gehen und Euren Sohn, Eure Frau und Eure Eltern ebenso mit der Pistole bedrohen wie Euch. Euch scheint das Sterben nichts auszumachen, aber Eure Familie hängt vielleicht mehr am Leben; Euer Sohn ist ja noch sehr jung! Ihr laßt mir einfach keine andere Wahl, mich auf diese Art durchzusetzen, die ich sonst verabscheue!«
Bevor Fen-che sich von ihm abwenden konnte, hielt ihn Yu Wei am Ärmel zurück. »Ihr wollt wirklich meinen Sohn bedrohen? Meine Eltern? Meine Frau? Sie vielleicht erschießen?«

»Wenn das der einzige Weg ist, das Getreide an Land zu bekommen, ja!«
Yu Wei hielt immer noch Fen-ches Ärmel fest. Dieser Lin Fen-che schien seine Drohung wahrmachen zu wollen. War es die Sache wert, seinen Sohn zu verlieren, seine Eltern oder seine Frau? Was würde der Oberschatzmeister sagen? Würde er nicht wütend über das entgangene Geschäft sein? Aber was hätte er machen sollen, würde er ihn fragen. Man hatte ihn mit einer Pistole bedroht, und schließlich war Herr Lin durch seinen Rang berechtigt, ihm diese Anweisung zu geben. Nein, seine Familie war eine Sache und die Habgier des Oberschatzmeisters eine andere. Und wenn er seinen Wachen den Befehl geben würde, ihn zu töten? Würden diese Trottel schnell genug sein? Nein, er würde gehorchen! »Geht nicht hinein; ich glaube, ich habe Euch Unrecht getan. Ich werde sofort veranlassen, daß die Ladung an Land gebracht wird.«
»Dann laßt den Boten frei! Er soll zu meinem Vater reiten!«
»Selbstverständlich! Aber Ihr tragt die Verantwortung vor dem Oberschatzmeister!«
Fen-che wußte, daß die Anspannung, unter der er sich seit Tagen befand, bald ihren Tribut fordern würde, und hoffte, weiterhin die Kraft aufzubringen, so lange durchzuhalten, bis seine Nachricht Kiautschou erreicht haben würde. Er wußte auch nicht, wieweit er Yu Wei trauen durfte, und machte sich keine Illusionen über seine Sicherheit innerhalb des Dorfes. Welche Macht diese kleinen Dorfschulzen ausübten, war ihm deutlich geworden, als er mit dem alten Schulzen unterhalb des Buddhistenklosters Tee getrunken hatte. Auch Yu Wei schien seine Leute fest in der Hand zu haben, und damit erhöhte sich für ihn die Gefahr, einem übereifrigen Attentäter zum Opfer zu fallen, der, um des schnöden Vorteils willen, in der Gunst Yu Weis zu steigen, ohne Bedenken töten würde.
Oder hätte er ihm einen Anteil der Ladung anbieten sollen? Eine Praxis, die überall üblich war, wenn man etwas erreichen wollte.
Mit versteinertem Gesicht beobachtete Yu Wei Fen-che, während

dieser nachdachte. »Ihr tragt die Verantwortung vor dem Oberzahlmeister!« wiederholte er nachdrücklich.
Fen-che nickte stumm und ging schleppenden Schrittes zum Anleger. An Bord würde er sicherer sein als hier. Er stieg in das Ruderboot des Schoners. Vom Schiff aus konnte er das Löschen der Reissäcke genauso gut beobachten wie an Land.
Unsicher, mit hölzernen Bewegungen kletterte er das Fallreep hinauf und fiel torkelnd über das Schanzkleid an Deck. Die Kopfschmerzen hatten weiter zugenommen und beeinträchtigten sein Sehvermögen. Er hatte das Gefühl, als ob seine Augen in verschiedene Richtungen blickten. Dann spürte er die fest zupackenden Seemannshände, die ihn hielten; er hörte ihre derben Scherze, die sie über seinen Zustand machten. Aber es war ihm egal; er sehnte sich nur noch nach einem Bett, und als er sich während der nächsten Schmerzwelle übergab, brach er zusammen.
Langsam wurde er wach und versuchte seine Gedanken zu ordnen. Ich liege im Bett, überlegte er und tastete zugleich mit den Fingern über das glatte Bettzeug, aber wo? Dann erinnerte er sich an die Aufregung um die Reisfracht, und ein sanftes Schaukeln bestätigte ihm, daß er noch an Bord in der Koje lag. Was geschah mit seinem Reis? Wurden die Säcke noch gelöscht? Ob schon jemand aus Kiautschou gekommen war? Langsam öffnete er die Augen und sah nichts. Ich bin blind, dachte er erschrocken und richtete sich mühsam auf. »Ich kann nichts sehen!« krächzte er kaum vernehmbar und versuchte in aufkommender Panik, aus dem Bett zu steigen.
»Bitte bleib ganz ruhig«, hörte er nahe an seinem Ohr die vertraute Stimme Ay-lins, »ich mache Licht!«
Der flackernde Schein der Petroleumlampe verzerrte die Dimensionen der Schatten, doch Fen-che erkannte sogleich die traute Umgebung seines Schlafzimmers. Dann sah er auch Ay-lin riesengroß über sich gebeugt, und an der Bewegung ihrer Lippen erkannte er, daß sie mit ihm sprach. Das sanfte Schaukeln wurde inten-

siver, und als das Zimmer anfing sich zu drehen, verlor er den Halt und fiel bewußtlos zur Seite.
Erst Wochen später konnte er wieder aufstehen. Wochen, in denen er sich vornehmlich von Fleischbrühe, gedünstetem Reis und magerem Kochfisch ernährte. Streng überwachte Ay-lin die Bemühungen der Köchin, die nach Anordnung des Arztes seine Speisen zubereitete. Zwischendurch mußte er immer wieder verschiedene Gesundheitstees zu sich nehmen: wohlriechenden Gänsefuß für den Kreislauf, sichelblättriges Hasenohr zur Kräftigung der Muskulatur, gelbe Wicke für Milz und Magen, Eberraute gegen Kopfschmerz, Klette zur Verdauung, Engelwurz zur Reinigung des Blutes, Eisenhut, Haarstrang und Kardamom gegen Fieber, Süßholz zur Blutbildung, lebensverlängernden Hirschbambus, Vogelknöterich gegen Würmer, Eisenkraut gegen Malaria und kurz nach dem ersten Gewitter des Jahres gepflückten Cha aus der Provinz Fukien zur Steigerung der Durchblutung.
Ganz allmählich erholte sich Fen-che von der verschleppten Lungenentzündung. Doch noch wagte er nicht, den Yamen zu verlassen. Oft saß er, in eine warme Steppdecke gehüllt, am offenen Fenster und ließ sich von der warmen Frühlingssonne bescheinen, las Bücher von Konfuzius und blätterte in der schon über tausend Jahre bestehenden *Pekinger Kaiserzeitung*, die die neuesten kaiserlichen Beschlüsse veröffentlichte.
Oft schweiften seine Gedanken ab; Träume vermischten sich mit vergangenen Erlebnissen, und zwischendurch schloß er die Augen und schnarchte leise.
»Wie sieht unsere Welt aus?« Liän und Hsün hatten sich in einem unbewachten Augenblick in sein Zimmer geschlichen. »Es ist ja ganz kalt hier. Ihr solltet das Fenster schließen, Vater, sonst erkältet Ihr Euch!« Und während die Jungen eifrig das Fenster verriegelten, plapperten sie weiter. »Sagt uns bitte, wie sieht Großmutter Erde aus? Sie ist doch viereckig!«
»Wie ein Würfel«, erinnerte sich Fen-che in alten Schriften gele-

sen zu haben, »sie hat das Aussehen eines viereckigen Würfels, um den sich der ›alte Mann Himmel‹ dreht, den man sich wie eine dünne, mit Sternen besetzte Glocke vorstellen kann, erzählt uns die Sage. Wieso seid ihr überhaupt hier? Wo ist euer Lehrer?«

»Er ist auch krank!« riefen sie freudig, und der kleine Hsün versuchte es sich auf dem Schoß seines Vaters bequem zu machen. »Erzähl uns bitte eine Geschichte, eine einzige nur!« bettelte er. Um seines Bruders Wunsch zu unterstreichen, umfaßte Liän Fenches Arm und sah ihn ernsthaft bittend an. »Eine einzige!«

Es ist doch zu schön, Vater zu sein, dachte Fen-che und erinnerte sich an die Zeit, als er in ihrem Alter gewesen war und seine Mutter nach Geschichten bestürmt hatte. »Also gut, eine einzige!«

»Erzähl, erzähl«, jubelten sie und machten es sich bequem.

Beide Kinder im Arm, begann er zu erzählen. »Vor langer, langer Zeit gab es im Staat Qi eine verheerende Dürre, und Prinz Jing wollte dem Berggeist ein Opfer bringen, damit es regnen sollte. ›Es hat keinen Sinn, so etwas zu tun!‹ meinte sein Kanzler Yan Zi. ›Die Felsen des Berges sind nichts anderes als seine Sehnen und Knochen, der Boden sein Fleisch und das Gras und die Bäume seine Haare. Wenn es nun lange nicht geregnet hat, verdorren seine Haare und das Fleisch. Deswegen würde der Berggeist, wenn es in seiner Macht stünde, selbst den Regen herbeiwünschen!‹

›Ich sehe es ein!‹ sagte der Prinz, ›und werde statt dessen den Flußgott anflehen!‹

›Auch das hat keinen Zweck!‹ fiel ihm der Kanzler erneut ins Wort. ›Wasser ist die Macht eines Flusses, und alle Fische und Schildkröten in ihm sind seine Untertanen. Wenn nun der Fluß durch die Dürre austrocknet, verliert er sein Herrschaftsgebiet, und seine Untertanen sterben. Könnte der Flußgott bewirken, daß es regnet, hätte er es schon längst gemacht, also gibt es auch keinen Grund, zum Flußgott zu beten.‹ Das sah der Prinz ein, und bis an sein Lebensende hat er weder zum Berggeist noch zum Flußgott gebetet.«

Es schien unendlich lange zu dauern, bis die Kinder begriffen, daß

die Geschichte bereits zu Ende war. Stürmisch protestierten sie.
»Das war keine richtige Geschichte!« maulte Hsün. »Die ist nicht schön!«
»Da muß ich ihm recht geben!« pflichtete Liän seinem kleinen Bruder bei, »erzählt bitte eine andere, eine bessere!«
»Wenn ihr mir versprecht, danach Ruhe zu geben, fällt mir vielleicht noch eine ein.« Fen-che faßte ihr Schweigen als Zustimmung auf.
»Ein Jäger aus Linjiang fing im undurchdringlichen Dickicht eines Waldes einen jungen Hirsch, den er unbedingt behalten wollte. Kaum war er aber mit ihm zu Hause angekommen, da sprangen die Hunde an ihm hoch, bellten und fletschten die Zähne. Zornig befahl er ihnen, Ruhe zu geben, und schlug sie. Dann ließ er täglich den jungen Hirsch mit den Hunden spielen, damit sie sich aneinander gewöhnten.
Aus Furcht vor ihrem Herrn gehorchten die Hunde und spielten mit dem Hirsch. Dieser dachte, daß die Hunde seine Freunde wären, und tollte frei mit ihnen umher, lag zwischen ihnen, aß und trank aus ihren Näpfen. Als drei Jahre vergangen waren, verließ der Hirsch eines Tages die Umzäunung und streifte durch die Gegend. Als er später ein Rudel Hunde entdeckte, lief er freudig auf sie zu, um mit ihnen zu spielen, aber die fremden Hunde fielen über den Hirsch her und fraßen ihn auf. So mußte der Hirsch sterben, ohne zu wissen, warum!«
Ebenso schnell, wie sie gekommen waren, verließen die Kinder herzzerreißend weinend das Zimmer. Resigniert blickte Fen-che auf das geschlossene Fenster, das ihn von dem Duft der frisch umgegrabenen Erde trennte. Wenn man es genau nahm, überlegte er, hatten nicht die Kinder, sondern Ay-lin und er das Fenster geschlossen, und zwar durch ihre ständigen Ermahnungen, nicht im Zug oder bei offenem Fenster zu sitzen. Sie würden ewig die Gefangenen ihrer eigenen Vorstellungen bleiben, die sie unbewußt an ihre Nachkommen weitergaben. Nur durch die vorurteilsfreie

Suche nach einer neuen Lebensweise könnte es ihnen gelingen, den Kreis der Tradition zu durchbrechen. Doch wann war es ratsam und sinnvoll?
Nach leisem Klopfen trat Lin Bohong behutsam ins Zimmer und freute sich, seinen Sohn wach zu sehen. Wortlos setzte er sich neben ihn, und beide blickten stumm auf die knospenden Zweige der Obstbäume. »Ich habe unten den Gärtner beim Bestellen der Beete beobachtet und mich dabei an unser altes Haus in Hanjang erinnert. Oft warst du mit Mutter draußen, wenn sie die Blumen setzte oder die Erde bereitete.« Er stand auf, öffnete das Fenster und sog den Duft des Frühlings ein. Dann lehnte er sich mit dem Rücken gegen die Fensterbank und sah seinen Sohn an. »Wieviel schöner wäre für uns die Welt, wenn sie noch leben würde! Der Frühling war ihre liebste Jahreszeit!«
»Ich denke auch sehr oft an sie und sehne mich nach ihr, aber wäre es für sie wirklich besser, noch in unserer gewalttätigen, unsicheren Welt zu leben, jetzt, da sie ihren ewigen Frieden hat?«
Nachdenklich betrachtete der Alte seinen Sohn und setzte sich zu ihm. »Vielleicht hast du recht. Unsere Welt hat sich zu sehr verändert! Nicht nur mit dem Krieg in unserem Land werden wir bald leben müssen, wir haben auch mehr als früher gegen Neid und Mißgunst anzukämpfen. Sie wäre nur unglücklich!«
»Ich habe lange über die Traditionen nachgedacht und darüber, ob es gut ist, an den alten Werten und Lehren Konfuzius' festzuhalten.« Er blickte lächelnd zum geöffneten Fenster, das seine Überlegungen von vorhin auf den Kopf stellte, denn sein Vater hatte es ja wieder geöffnet. »Es würde nur dann gelingen, wenn alle Völker so dächten und danach handelten. Nur dann würde es keinen Krieg geben, allerdings auch keinen Fortschritt, und wir sollten uns nicht mit der Frage aufhalten, was wir wollen, sondern, wie wir mit der neuen Entwicklung fertig werden!«
»Ein Menschenleben füllt nicht hundert Jahre, doch immer ist es voll von tausend Jahren Sorgen!« zitierte sein Vater einen Spruch

aus der Han-Dynastie. »Kaum bist du wieder gesund, machst du dir unnötige Sorgen. Unsere Kultur ist so unendlich alt, sie wird diese Unruhen ebenso überstehen wie eine Eiche, an der sich ein Ochse scheuert! Und auch die Weisheiten von Konfuzius werden sich in einer veränderten Welt immer wieder durchsetzen, denn wer wirklich gütig ist, kann nie unglücklich sein; wer wirklich weise ist, kann nie verwirrt werden; wer wirklich tapfer ist, fürchtet sich nie!«

Fen-che nahm die Hand seines Vaters und küßte sie. »Ihr seid so klug und stark und zuversichtlich, es tut mir gut, mit Euch sprechen zu dürfen! Ach, es macht mich krank zu wissen, daß ich so schwach bin!«

»Du bist nicht schwach! Gibt es nicht abertausend Wohlhabende, die ebenso wie du an die Armen hätten denken können? Nicht einer hat eine ähnliche Strapaze auf sich genommen, um so selbstlos zu helfen.«

»Ist der Reis von der Regierung schon angekommen?«

»Viel zu spät! Vor einer Woche erst.«

»Hat der Oberschatzmeister sich beschwert?«

Lin Bohong sah verlegen zu Boden. »Ich weiß nicht, ob ich weise oder voreilig gehandelt habe. Nachdem wir das Getreide an die Bauern und Hungernden verteilt hatten, schrieb ich einen Bericht an den Kaiserlichen Hof, was wir unternommen haben. Kias wegen unterließ ich es, deinen Namen zu erwähnen, um dich nicht hervorzuheben, sondern gab die Aktion als meine Initiative aus. Ich hoffe, du wirst mir verzeihen!«

»Das war klug, aber warum habt Ihr es überhaupt veröffentlicht?«

»Um Schutz vor dem Oberschatzmeister zu haben, denn wenn es erst einmal lobend in der Kaiserlichen Zeitung erwähnt worden ist, kann er gegen uns keine weiteren Schritte unternehmen.« Mit einer stolzen Geste zog Lin Bohong die neueste Ausgabe der *Pekinger Kaiserzeitung* aus seinem weiten Ärmel hervor und reichte sie seinem Sohn.

»Mit Freude und Genugtuung haben Wir erfahren, daß der Landrat Lin Bohong in der Provinz Shantung auf eigene Rechnung für die Bauern in den überschwemmten Gebieten seines Kreises eine Schiffsladung Reis gekauft und kostenlos verteilt hat.« Fen-che spürte, wie ihm vor Freude die Ohren heiß wurden, und las weiter. »Leider sind derartig vorbildliche Taten selten geworden, obwohl diese Geste der Nächstenliebe selbstverständlich sein sollte. So wird Unser besonderes Augenmerk weiterhin wohlwollend auf diesen vorbildlichen Untertan gerichtet bleiben.«

»Ich bin so stolz auf Euch!« Impulsiv umarmte Fen-che seinen Vater. »Welche Ehre ist es für uns alle, Euren Namen so lobend erwähnt in der Kaiserlichen Zeitung zu lesen! Wie hätte Mutter sich darüber gefreut!«

Lin Bohong lächelte verklärt. »Ja, du hast recht! Meine Qin-lin wäre überglücklich darüber gewesen!« Es dauerte eine Weile, bis er seine Gedanken wieder gesammelt hatte. »Vergiß nicht, es war deine Idee, und nur du allein hast sie ausgeführt! Meinen Namen habe ich nur wegen Richter Kia genannt!«

»Aber Ihr habt mir die Idee eingegeben, ohne Euch wäre es mir vielleicht nie in den Sinn gekommen. Darum steht Euer Name hier zu Recht!«

Lin Bohong erhob sich und stellte sich wieder ans offene Fenster. »Ich bin zu dir gekommen, damit du diese Neuigkeit aus meinem Mund erfährst, und es befriedigt mich außerordentlich, daß du mein Tun gutheißt. Soll ich das Fenster wieder schließen? Du könntest dich erkälten!«

»Nein, bitte laßt es geöffnet, die frische Luft tut mir gut!«

Während der Alte die Tür leise hinter sich schloß, beobachtete Fen-che die spiegelnde Fensterscheibe, die sich ein wenig im Wind bewegte.

VIERZEHNTES KAPITEL

Fen-che hatte es sich zur Aufgabe gemacht, jeden Tag frische Blumen auf das Grab seiner Mutter zu legen. Dann saß er auf einem Stein davor und erzählte ihr seine noch immer lebendigen Erinnerungen aus der Kinderzeit, als sie zusammen in ihrem alten Garten die Blumen betrachtet hatten: Die Vielzahl der weißen bis dunkelroten Päonien hinter dem kleinen Pavillon am Teich, den bis auf das Wasser herunterhängenden lila Königsflieder, die immergrüne, gelbblühende Kaiserberberitze, die rote Hainberberitze, die rosa- und rotblühenden Rosenquitten und die unzähligen Staudenpflanzen, deren Namen er vergessen hatte.

Ein nie gekannter tiefer Frieden hatte ihn umfangen, und nur selten dachte er an Schanghai zurück; an den Trubel der Stadt, an die nie endenden Feiern und Feste in den Klubs, an die kleinen und großen Intrigen und an die Freude, wenn ein gutes Geschäft gelungen war. Aber das alles lag so unendlich weit entfernt.

Eines Tages kamen die buddhistischen Mönche nach Kiautschou. Fen-che hatte ihren angekündigten Besuch inzwischen vergessen. Er kannte keinen von ihnen, denn der Bonze, der ihn gepflegt hatte, war nicht dabei. Sie überbrachten schlechte Nachrichten.

»Überall bilden sich Banden, die dem Ruf der Faustkämpfer folgen und gegen die Ausländer gewalttätig werden!« berichtete ihr Ältester. »Aber nicht nur gegen Ausländer, sondern auch gegen unsere eigenen Landsleute, die den christlichen Glauben angenommen haben.«

Die kleine Gruppe der Mönche stand auf dem Vorhof des Yamen und hatte eine Einladung zum Essen höflich abgelehnt.

»Nein«, erklärte der alte Mönch bestimmt, »wir werden schon im nächsten Kloster erwartet und dürfen keine Zeit verlieren!« Der Ausdruck in den dunklen Augen der kahlgeschorenen kindlichen Eleven widersprach seinen Worten. Würde man hier nicht bessere und reichhaltigere Speisen als in den armen Klöstern bekommen? Doch ohne ein Wort darüber zu verlieren, wandten sie sich, ihrem Anführer folgend, zum Gehen.
»Bitte wartet einen Augenblick!« bat Fen-che und lief in den Yamen. »Eine kleine Spende für Euer Kloster sowie eine Wegzehrung!« sagte er beim Zurückkommen und freute sich, durch den Silberbarren und den Korb mit Nüssen und süßem Kuchen einen Teil seiner Schuld abgetragen zu haben.
Von allen Seiten sickerten die Nachrichten von den Untaten der Boxer in die Stadt, und mit dem Gerücht über die Ermordung einiger ausländischer Priester im Süden von Shantung erkannten Lin Bohong und Fen-che augenblicklich die Tragweite des Geschehens. Diese Greueltaten würden nicht ohne Folgen bleiben. Dann kam die Nachricht von der Besetzung Tsingtaus durch die Deutschen. Am gleichen Abend stieg Fen-che mit seinem Sohn Liän trotz der abendlichen Kühle auf die Stadtmauer und blickte über die ockerfarbenen Lehmziegel in jene Richtung, in der Tsingtau liegen mußte.

***

Eine Woche später erhielten sie Nachricht von Kia. Sie wurde weder von einem Meldereiter auf schweißbedecktem Pferd noch von einem ausgemergelten Läufer überbracht, sondern vom Herausgeber der Schanghaier Zeitung, Jeremias Brown.
»Ich bin ein guter Bekannter Ihres Sohnes«, verbeugte sich Brown vor Lin Bohong und reichte ihm die Hand. »Ich bin als Berichterstatter über die militärische Besetzung der Deutschen in der Gegend. Da wollte ich es auf keinen Fall versäumen, ihn bei dieser Gelegenheit zu besuchen.«

Lin Bohong verbeugte sich ebenfalls, ließ das ungewohnte Händeschütteln über sich ergehen und verbarg seine Belustigung über Browns schwerfälliges Chinesisch. »Mein Haus steht den Freunden meines Sohnes offen, und ich möchte Sie herzlich bitten, solange es Ihnen beliebt, bei uns zu verweilen! Meinen Sohn erwarte ich erst in einigen Stunden zurück. Er ist ausgeritten!«

»Verzeihen Sie bitte, Herr Lin, meine Wünsche müssen den Pflichten leider unterliegen, aber wenn die Zeiten wieder friedlicher geworden sind, nehme ich gern Ihr freundliches Angebot an. Leider habe ich sehr wenig Zeit und muß so schnell wie möglich nach Tsingtau zurück, bevor man mich vermißt. Bestellen Sie bitte Ihrem Sohn meine herzlichen Grüße!«

Brown ließ Lin Bohong keine Gelegenheit zu einer Erwiderung. Mit langen Schritten ging er um den Schreibtisch herum und schüttelte ihm erneut die Hand. Dabei schob er ihm rasch und unauffällig ein mehrfach gefaltetes und versiegeltes Papier in den weiten Ärmel.

An der Tür blieb er noch einmal stehen und blickte zurück. »Bitte legen Sie meine Eile nicht als Unhöflichkeit aus, aber wir Zeitungsmenschen können uns den Luxus der Besinnlichkeit nur selten erlauben!«

Lin Bohong hatte sich von seinem Sitz erhoben und verabschiedete ihn mit einer zurückhaltenden Verbeugung. Unauffällig ließ er das Schreiben in seine Hand gleiten, und während er sich umständlich setzte, steckte er es aus Sicherheitsgründen in den Ärmelaufschlag. Deshalb hatte er ihm so übertrieben die Hand geschüttelt; dieser Brauch hatte etwas für sich!

Aus der Dunkelheit seines Zimmers beobachtete Fen-che erstaunt die schnelle Abreise des Verlegers und strich sich mit beiden Händen über die Schläfen. Brown hier? Wieso Brown? Und so kurz nur! Warum hatte ihm sein Vater nicht Bescheid gegeben? Dann fiel ihm ein, daß dieser ihn wahrscheinlich noch auf dem Ausritt wähnte, von dem er sehr viel früher als geplant zurückgekommen

war. Sollte Brown etwa die bewußte Nachricht überbracht haben? Er unterdrückte den Wunsch, sofort hinunterzugehen, um mit seinem Vater zu sprechen. Nein, Brown konnte es nicht sein, durfte es einfach nicht sein. Wenn er Kias Bote war, der Mann seines Vertrauens, dann wußte Kia auch, daß er in Schanghai gewesen war und Brown ihm das Geld für den Reiskauf beschafft hatte. Würde sich Kia in einem für das gesamte Reich so wichtigen Fall eines Ausländers bedienen? Doch! Ja, es würde zu ihm passen, denn er war unkonventionell und schlau. Aber möglicherweise sah er schon Gespenster, und es war wirklich nur Zufall!
Nach der gemeinsamen Teezeremonie holte sich Lin Bohong eine Pfeife, und entgegen seiner sonstigen Gewohnheit blieb er damit am Fenster zum Garten stehen. »Ich möchte im Windschatten zwischen unserem Haus und dem Pavillon einen Maiglöckchenstrauch pflanzen lassen, damit uns seine hellroten Blüten schon zeitig im Frühjahr erfreuen.«
Fen-che hatte den Wink erwartet und ging darauf ein. »Wirklich ein wunderbarer Platz. Aber sollte er nicht besser beim japanischen Spindelbusch stehen, denn dort vollendet er im Herbst mit seinem feuerroten Laub die Harmonie zu den leuchtendroten Früchten.«
Sie waren während des Gesprächs in den Garten geschlendert und schienen sich über die Bodenverhältnisse zu unterhalten. Gemächlich zündete sich Lin Bohong seine Pfeife an, und nach einer kleinen Weile kehrten sie zurück. »Du hast recht, wir werden sie zueinander pflanzen, dann wird das Zusammenspiel der Farben ebenmäßiger sein!« Lin Bohong hustete und spuckte aus. »Ich soll dich von einem Zeitungsmenschen aus Schanghai grüßen, er war kurz bei mir und wollte vielleicht in ein paar Tagen noch einmal vorbeisehen!«
Nach dieser belanglosen Mitteilung ging er in sein Büro zurück, während Fen-che auf die Stelle im Garten blickte, wo der Strauch einmal wachsen sollte. Seine Hände umklammerten die zusammengefaltete Botschaft Kias, die sein Vater ihm heimlich zuge-

steckt hatte. Er war sich nicht sicher, ob diese Heimlichkeit übertrieben oder angesichts der vielen Diener, die sie unablässig umgaben, angebracht war.

Die Botschaft enthielt tatsächlich die erwartete Nachricht. »Bewerbt Euch persönlich als Dolmetscher bei Admiral von Diederichs in Tsingtau! Gebt an, außer Eurer Muttersprache Deutsch sprechen zu können, keine weiteren Fremdsprachen sonst! ›Park der Augenweide‹ heißt das Losungswort, mit dem sich meine Vertrauensleute bei Euch zu erkennen geben. Ich wünsche Euch viel Erfolg!«

Fen-che legte sich auf die Truhenbank, verschränkte die Arme hinter dem Kopf und starrte an die Decke. Mehr oder weniger hatte er sich damit abgefunden, seine Familie eines Tages wieder verlassen zu müssen; doch nun, da es soweit war, sträubte sich sein Inneres dagegen. Vor kurzem hatte er sich an einem Markttag an den Ständen vorbeitreiben lassen und war auf einen Wahrsager aufmerksam geworden, der versunken in einem Armlehnstuhl saß und sich nicht darum zu kümmern schien, was um ihn herum geschah. Das tat dagegen ein jüngerer Mann, der mit lauter Stimme von seinem kleinen Podest aus jeden ansprach, der Interesse zeigte. Fen-che hatte sich von der Redekunst einfangen lassen und wurde unter vielen Verbeugungen zu dem Alten geleitet, neben den er sich setzen mußte. Dann stellte der junge Mann vier Schilfrohrwände um sie auf, so daß sie vom übrigen Marktgeschehen ausgeschlossen waren. Als endlich der Bann des geschäftigen Treibens gebrochen war, warf der Alte die Sandelholzstäbchen aus dem Handgelenk auf den Tisch und konzentrierte sich darauf.

Während sein Kopf noch gebeugt über den Hölzern verharrte, wanderten seine Augen immer höher, bis sie an Fen-ches Gesicht haftenblieben. »Wer seid Ihr?« wollte er wissen. Und als Fen-che keine Antwort gab, nahm er die Hölzer wieder auf, schüttelte sie in den hohlen Händen, und warf sie nochmals auf den Tisch. Und wieder verharrte er sehr lange davor, bis er die gleich aussehenden

zur Seite schob und aus dem Rest mehrere Haufen bildete. »Wer seid Ihr, hoher Herr?« fragte der Alte nochmals und beugte sich so weit zu ihm hinüber, daß einige Stäbchen zu Boden fielen. »Ich sehe einen steilen und gefährlichen Weg vor Euch, auf dem Ihr jeden Augenblick stürzen könnt. Zweimal haben mir die Hölzer das gleiche gezeigt, aber nicht, ob Ihr diesen Weg zu Glück, Wohlstand und Macht bewältigen werdet. Verzeiht mir, ich bin ein alter Narr und habe oft gelogen, um den Leuten nach dem Mund zu reden, aber heute kann ich nichts sagen und bitte Euch deshalb, mir kein Geld zu geben! Ich wünsche Euch von Herzen, daß Euch die Götter beschützen mögen!« Danach war der Wahrsager entrückt in eine Art Trance gefallen.
Grischas Schwanz begann plötzlich zu wedeln und schlug rhythmisch gegen den Fußboden. Interessiert hob er den Kopf und blickte zur Tür. Unwillkürlich folgte Fen-che dem Blick des Hundes, ein Geschenk von Michail Malikow. Das Tier gehörte schon seit langem zur Familie und wurde, zu Fen-ches Erheiterung, von den Kindern zärtlich »Glischa« genannt.
»Darf ich dich stören?« fragte Ay-lin leise vom Flur her.
Noch immer heftig wedelnd erhob sich Grischa und streckte sich.
Ay-lin setzte sich neben ihn, umfaßte seine Hand und blickte ihm sorgenvoll ins Gesicht. »Ist die Nachricht gekommen?«
Fen-che erwiderte ihren Druck. Freudig nahm der Hund die Gelegenheit wahr, beider Hände zu lecken. Wortlos überreichte Fen-che ihr die geheime Botschaft.

***

»Hier geht es nicht weiter!« wurde Fen-che von dem Posten am Tor des Militärlagers angehalten.
»Entschuldigen Sie bitte, Herr Soldat, ich bin gekommen, um mich dem Herrn Admiral als Dolmetscher zur Verfügung zu stellen!«

Der Wachtposten musterte Fen-ches einfachen, wattierten Anzug bis hinunter zu den Filzschuhen. »Ich werd verrückt!« sagte er mehr zu sich selbst, »da kommt so ein Kuli daher und spricht deutsch mit mir.« Ohne den Weg freizugeben, wandte er den Kopf in Richtung Wachstube. »Herr Unteroffizier, hier will jemand ins Lager!«
Der Unteroffizier trug die gleiche dunkelblaue Matrosenuniform wie der Posten und stellte sich breitbeinig vor ihn hin. »Nur weil dieser dreckige Kuli ins Lager will, rufen Sie mich!« schnauzte er.
»Ich bin gekommen, um meine Dienste als Dolmetscher anzubieten«, verbeugte sich Fen-che und lächelte mit einer Freundlichkeit, die er den beiden gegenüber nun wirklich nicht empfand.
Irritiert flackerten die Lider des Unteroffiziers. »Name?«
»Lin, Herr Unteroffizier!« erwiderte Fen-che und verbarg sein verletztes Ehrgefühl hinter einem einfältigen Gesicht.
Der Unteroffizier überlegte lange und streifte währenddessen abschätzend Fen-ches Kleidung. »Mitkommen!« winkte er, und ohne sich darum zu kümmern, ob er ihm folgte, ging er auf die Hauptbaracke zu. Fen-che wurde einem Feldwebel übergeben, dann weiter dem Leutnant, der ihn in einen verräucherten Raum zum Adjutanten des Admirals von Diederichs brachte.
»Warum wollen Sie für uns arbeiten?« Der Korvettenkapitän saß hinter seinem Schreibtisch, hielt die Füße weit von sich gestreckt und hatte die Fingerkuppen gegeneinander gelegt. Mißtrauisch betrachtete er Fen-che über seine gepflegten Fingernägel hinweg.
»Ich habe in einer Missionsschule Ihre Sprache gelernt und möchte mein Deutsch vervollkommnen. Ich denke mir, Ihnen durch meine Sprachkenntnisse von Nutzen sein zu können!« Mit unbewegtem Gesicht sah er den Adjutanten an. »Außerdem gibt es in dieser Gegend wenig Arbeit!«
Der Offizier stand auf und blickte auf die gegenüberliegenden schmutzigen Lehmhütten mit den durchhängenden Strohdächern, die bis vor kurzem der chinesischen Garnison als Unterkunft ge-

dient hatten. Dann legte er einen Kloben in die Glut des provisorischen Ofens, obwohl der Raum schon völlig überheizt war. »Gut, in den nächsten Tagen werden wir das Pachtgebiet inspizieren. Sie werden uns als Dolmetscher begleiten, und wenn Ihre Arbeit zu unserer Zufriedenheit ausfällt, sehen wir weiter.« Der feuchte Kloben begann zu schwelen. Sein beißender Rauch trieb den beiden Männern die Tränen in die Augen.

Die ungewohnt herablassende Behandlung erforderte Fen-ches ganze Beherrschung. »Kann ich bis morgen im Lager bleiben?«

»Keineswegs! Dies ist militärisches Gebiet!« Ein Hustenanfall unterbrach ihn. »Meinetwegen in Tsingtau. Und melden Sie sich morgen um acht am Tor!«

Am Fuß des Hügels, auf dem die Deutschen in aller Eile ihre eigene Signalstation errichteten, setzte sich Fen-che auf einen Stein und blickte über die Bucht. Noch immer lagen die imposanten, grauen Kriegsschiffe vor Anker, und ihre kleinen Barkassen dampften scheinbar wahllos, wie Wasserläufer auf einem Teich, hin und her. »Warum müssen wir neben unseren eigenen Problemen jetzt noch die arroganten Deutschen ertragen?« sagte er laut und schämte sich zugleich, von Geburt aus einer von ihnen zu sein. Nein, wenn er es Kia nicht versprochen hätte, wäre er sofort nach Hause gegangen. »Dies hier ist militärisches Gebiet!« äffte er den näselnden Tonfall des Adjutanten nach und sah sich erschrocken um, ob ihn jemand hören konnte. Wie lange würde er es ertragen können, wie ein Aussätziger behandelt zu werden? Vor unterdrücktem Ärger zog sich ihm schmerzend die Kehle zusammen, und er preßte seine Handballen gegen die Augen, als ob er dadurch den Ausbruch der Tränen verhindern wollte.

Später, als er sich beruhigt hatte, schlenderte er durch Tsingtau. Überall bestimmten fremde Uniformen das dörfliche Bild. Ein Teil des Ortes wurde von Landvermessern für geplante Lagerhäuser förmlich abgeschnitten, und immer noch landeten große Pontons weitere Artillerie, Munition und Verpflegung an. Vor den kleinen

Bootsanlegern loteten zwei Barkassen die Wassertiefe und setzten Bojen, während eine andere Gruppe am Ufer damit beschäftigt war, stabile Fuhrwerke zum Ausbau der steinernen Mole zu zimmern. Plötzlich hörte er eine wohlbekannte Stimme.
»Unser Tsingtau, wie es einst war, hat aufgehört zu sein!« Yu Wei, der Dorfschulze, betrachtete ebenso wie er verbittert das emsige Treiben. »Was führt Euch, mein älterer Bruder, in diese von Barbarenhand ergriffene Gegend?«
»Ich spreche die Sprache der Barbaren«, antwortete er nach längerem Zögern, »und habe ihnen meine Dienste als Dolmetscher angeboten.«
»Ich habe Euch damals schon nicht verstanden, doch heute überrascht Ihr mich erst recht. Damals habt Ihr mit nahezu heiligem Eifer unsere Landsleute mit Reis versorgt, und nun wollt Ihr diesen stinkenden, langnasigen Ausländern freiwillig Eure Hilfe anbieten? Wie könnt Ihr nur? Je weniger wir sie unterstützen, um so schneller werden sie hoffentlich wieder verschwinden!«
»Ist es nicht klüger, einen mächtigen Feind anzulächeln und zu hofieren, statt ihn zu reizen?«
Yu Wei lag eine hitzige Erwiderung auf den Lippen, doch als er Fen-ches abweisendes Gesicht sah, schwieg er. »Wo werdet Ihr wohnen?« wechselte er das Thema.
»Ich weiß es noch nicht! Im Lager bin ich jedenfalls nicht erwünscht.«
»Nicht erwünscht?« Yu Wei gab den beiden Worten durch seine süffisante Aussprache eine vielsagende Bedeutung, doch bevor Fen-che darauf eingehen konnte, machte er ihm ein erstaunliches Angebot. »Obwohl meine schäbige Hütte nur eine unvollkommene Behausung ist, wage ich trotz aller Gegensätzlichkeit, die uns immer trennen wird, die Einladung auszusprechen, mir und meiner Familie die Ehre zu erweisen, bei uns zu wohnen!«
»Ich würde Euch nur Umstände bereiten!« wehrte Fen-che das Angebot ab, doch während er noch sprach, sah er keine andere Mög-

lichkeit, als darauf einzugehen. Nachgiebig ließ er seine Bereitschaft erkennen: »Außerdem habe ich diese Ehre nicht verdient!«
»Ich versichere Euch, daß Ihr mir und meiner Familie damit eine sehr große Ehre erweist, denn schließlich seid Ihr nicht nur der Sohn unseres Landrats, sondern selbst Mandarin!«
Fen-che empfand es als unangenehm, jetzt und ausgerechnet von Yu Wei daran erinnert zu werden. Zögernd willigte er ein. Er dachte daran, wie er ihn noch vor einigen Wochen mit der Waffe bedroht hatte. Aber das war damals, vor der Besetzung durch die Deutschen, gewesen. Feinde konnten sich im Angesicht eines größeren, gemeinsamen Feindes versöhnen, und so verbrachte Fen-che die Nacht bei der Familie Yu Wei auf einer weichen Grasmatte, die die Lehmpritsche bedeckte.
Unruhig wälzte er sich schon lange vor Tagesbeginn auf dem Lager und dachte an den merkwürdigen Abschied von Ay-lin. Er hatte die letzte Nacht mit ihr so gefühlvollendet verbracht wie schon lange nicht mehr und war erstaunt über die Kraft seiner Lenden gewesen. Zum Abschied hatte sie fast die gleichen Worte wie sein Vater gebraucht, um ihn ihre Sorgen und Befürchtungen spüren zu lassen. »Versuch zu bleiben, wie du bist: Vaters Sohn, mein Mann und unserer Kinder Vater!« Sie hatte es bittend gesagt und dabei vermieden, ihm in die Augen zu sehen.
»Sind wir nicht schon lange und oft getrennt gewesen, und bin ich nicht immer derselbe geblieben?« hatte er versucht, ihre Befürchtung zu zerstreuen. »Warum sollte es diesmal anders sein?« Sie hatte darauf nicht geantwortet, und er war ärgerlich geworden, weil sie weinte.
»Wenn du uns verläßt, wirst du nur mit Europäern zusammensein, mit einem Volk, das dir völlig unbekannt ist und dir doch vertraut sein wird!« hatte sie mit erstickter Stimme endlich gesagt.
»Wen glaubst du vor dir zu haben? Willst du mir den Zufall meiner Herkunft zum Vorwurf machen? Habe ich nicht immerzu bewie-

sen, wer ich bin und daß auf mich Verlaß ist?« Und so war der Abschied eher kühl als herzlich ausgefallen.

***

Der kleine Reitertrupp von zehn Soldaten wurde von einem Leutnant angeführt, der ungehalten auf den Dolmetscher blickte.
»Wieso kommt Er zu Fuß?«
»Mir ist befohlen worden, mich um diese Zeit hier einzufinden, Herr Offizier. Ich bitte um Verzeihung, aber ein Pferd besitze ich nicht.« Und wieder mußte er sich sehr zusammennehmen, um seine Abneigung gegen die Deutschen zu verbergen.
Widerstrebend einigte sich der Stallmeister mit dem Leutnant, für den Dolmetscher ein Muli bereitzustellen. Das war jedoch so bockig, daß es Fen-che mehrmals abwarf und später nicht mehr dazu zu bewegen war, sich den Pferden anzuschließen. Endlich ordnete der Leutnant an, ein Pferd für Fen-che herbeizuschaffen, obwohl man ihm ansah, daß es ihm schwerfiel, einen einfachen Chinesen in seiner Begleitung darauf reiten zu sehen.
Die Aufgabe des Trupps bestand darin, das umfangreiche Pachtgebiet zu erkunden. Durch die alten Unterlagen der Forscher Graf Eulenburg und Freiherr von Richthofen besaß man schon detaillierte Kenntnisse über die Flußverläufe, die Bodenbeschaffenheit sowie die geologischen Formationen und die vorzüglichen Kohlefelder in dieser Gegend. Bekannt war auch, daß hier die Winter denen Norditaliens entsprachen, während die Sommer weitaus wärmer und regenreicher ausfielen. Es galt nun, die Ortschaften, die Anzahl der Einwohner und deren Viehbestand zu erfassen.
In den meisten Ortschaften trafen sie nur wenige, meist alte Menschen an.
»Was soll das?« schnauzte der Leutnant und winkte Fen-che zu sich heran. »Wo sind die Bewohner geblieben, und wo ist das Vieh?«

»Sie haben Angst, Herr Leutnant. Sie befürchten, bestohlen oder verschleppt zu werden. Wenn ich vorschlagen darf, Herr Offizier, dann besuchen wir erst ein anderes Dorf und kommen wieder hierher, wenn die Menschen zurückgekehrt sind.«
»Er soll nur übersetzen und mir keinen Rat erteilen!«
»Entschuldigen Sie, Herr Offizier!« Fen-che sah zu Boden und dachte an Kia, an seinen Auftrag und daran, wie hart es sein konnte, seinem Land einen Dienst zu erweisen.
Das nächste Dorf lag in einer weiten, übersichtlichen Bodensenke, die keine Möglichkeit für Verstecke bot. Aber auch hier wußte niemand, wohin die Dienstgeschäfte den Dorfvorsteher geführt hatten. Nach langer Befragung, ausweichenden Antworten und vorgeschobener Unwissenheit wurde der Dorflehrer vorgeführt.
»Ich glaube, er ist auf dem Weg nach Kiautschou, um dort Verwandte zu besuchen«, gab er unter Fen-ches Drängen endlich zu.
»Wer ist sein Stellvertreter?« mußte Fen-che übersetzen.
»Manchmal bin ich es, aber ob ich es jetzt bin, weiß ich nicht!«
»Ist denn niemand in diesen verfluchten Dörfern, der die Verantwortung trägt!« schrie der Leutnant, und wie ein übergroßes Ypsilon trat eine Zornesader auf seiner Stirn hervor. »Ich werde ein Exempel statuieren lassen. Der Mann bekommt zwanzig Hiebe mit dem Bambusstock, damit er sich wieder erinnert!«
Mit unbewegter Miene sah Fen-che der Bestrafung zu. Wer gab diesen fremden Teufeln das Recht, seine Landsleute zu demütigen, zu bestrafen und zu schlagen? Betreten schloß er die Augen.
»Habt Erbarmen, alter, ehrwürdiger Großvater, ich will alles sagen, was Ihr wissen wollt!« Der Lehrer hatte sich losgerissen und warf sich vor dem Pferd des Offiziers zu einem verunglückten Kotau auf den Boden.
Fen-che versuchte, den Tonfall des Dorflehrers beim Übersetzen beizubehalten, ersetzte jedoch die nur für chinesische Ohren höfliche Anrede »ehrwürdiger Großvater« durch »Herr Leutnant«.
»Uns ist berichtet worden, daß die Fremden unsere Dörfer ausrau-

ben wollen, die Dorfvorsteher gefangennehmen und verspeisen. Verzeiht, hoher Herr, ich hatte einfach nur Angst!«

»Der deutsche Soldat ist reell und wird sich niemals zu einer unehrenhaften Handlung hinreißen lassen. Das gilt sowohl dem Feind als auch Zivilisten gegenüber. Wer allerdings gegen uns hinterrücks oder in anderer infamer Weise vorgeht, wird unsere eiserne Faust zu spüren bekommen! Los, übersetz Er, Dolmetscher!«

Fen-che war überzeugt, daß der eingeschüchterte Lehrer trotz seiner Übersetzung nicht begriff, was der Offizier gemeint hatte.

»Darf ich Ihnen untertänigst einen Vorschlag machen?« wandte er sich an den Leutnant.

»Erst will ich wissen, wer diesen Quatsch verbreitet hat!«

»Ich glaube, es waren die Faustkämpfer für Recht und Einigkeit!« Der Lehrer schielte zum Bambusstock, als erwarte er neue Schläge.

»Die Faustkämpfer für Recht und Einigkeit? Diesen Boxern werden wir schon die Flausen austreiben! Nun sage Er, was wollte Er?«

»Hier auf dem Land sind die Menschen sehr einfach und verstehen nicht soviel von der großen Welt wie Ihr, Herr Offizier. Wenn Sie ihm eine Schnur Casch zur Belohnung geben, wird sich Ihre gute Tat wie ein Lauffeuer verbreiten, und Sie werden in den nächsten Dörfern keine Schwierigkeiten zu erwarten haben!«

»Diese Bettelei ist eines deutschen Offiziers nicht würdig. Hier ist deutsches Hoheitsgebiet, und die Leute müssen sich an Zucht und Ordnung gewöhnen! Je eher, desto besser für sie und uns!«

»Herr Leutnant, erlaubt mir, ein altes chinesisches Sprichwort zu zitieren: Wer lächelt, statt zu toben, ist immer der Stärkere!«

Für einen Augenblick sah es aus, als wollte er Fen-che mit der Reitgerte schlagen. Doch er beherrschte sich. »Gut, ich nehm Ihn beim Wort. Wenn ab morgen sich irgendwo wieder ein Bürgermeister verstecken sollte, wird Er mir die Schnur Casch ersetzen!« Dann zerrte er aus der Satteltasche des Packpferdes eine Schnur Münzen hervor und warf sie dem Lehrer vor die Füße. »Und noch etwas, behalte Er seine dummen Sprüche nächstes Mal für sich!«

Der Tag endete für Fen-che ebenso unehrenhaft wie er begonnen hatte. Vor dem Lager wurde ihm befohlen, vom Pferd zu steigen. Mit dem Befehl, daß er morgen zur gleichen Zeit zu erscheinen habe, ließ man ihn stehen.
So verlief Tag für Tag. Dorf für Dorf wurde aufgesucht, und neben den üblichen Zählungen wurde der allgemeine Gesundheitszustand der Bewohner notiert. Obwohl Fen-che mit seiner Prophezeiung recht behalten hatte und in jedem Dorf der Schulze anwesend war, wurde seine Beziehung zum Leutnant nicht besser. Inzwischen hatte Fen-che gelernt, dessen Arroganz und Ungerechtigkeit gleichmütiger zu ertragen, um nicht von neuem den Unmut des Offiziers auf sich zu lenken. Stand er bisher den aufständischen Faustkämpfern eher reserviert gegenüber, so sah er ihre Parolen wie »Tod den fremden Teufeln«, »Tötet die Barbaren« und »Freiheit für China« nun mit anderen Augen, und insgeheim schwor er sich, sich im Ernstfall auf ihre Seite zu schlagen.
Das Benehmen des Leutnants ihm gegenüber änderte sich erst, als sie eines Tages Kiautschou aufsuchten. Gegen die Mittagszeit erreichte der Trupp nach einem anstrengenden Ritt die Stadt, und Fen-che führte sie zum Yamen seines Vaters. Kein Windhauch vertrieb die feuchtigkeitsgetränkte, heiße Luft. Obwohl es erst Frühsommer war, besaß die Sonne schon so viel Kraft, daß die Reiter in ihrer unvorteilhaft schweren Bekleidung schwitzten.
Kaum hatten sie abgesessen, als der Sekretär Lin Bohongs an der Tür erschien und sich verbeugte. »Der Herr Landrat erwartet Sie in seinem Arbeitszimmer«, wandte er sich an den Offizier und dann zu den Soldaten. »Darf ich den Herren kalten Tee mit Zitronensaft anbieten?«
Angenehm überrascht nickte der Leutnant, nachdem Fen-che ihm die Begrüßungsworte übersetzt hatte. »Man merkt doch gleich den Unterschied zwischen den Bauernlümmeln und einem Staatsbeamten!«
Mit keinem Wort und keiner Geste gab Lin Bohong zu erkennen,

daß er Fen-che kannte. Er behandelte den Offizier ebenso freundlich, wie er auch bereitwillig die gewünschten Auskünfte gab. Dann, der Leutnant hatte schon die Tür geöffnet und sich mit militärischem Gruß verabschiedet, drängte sich der Zufall in Form von Grischa durch den eben geöffneten Spalt und sprang freudig bellend an Fen-che hoch.
»Kennt der Hund Euch?« fragte der Leutnant verwundert.
Einen kurzen Augenblick war Fen-che versucht, mit Nein zu antworten, erkannte aber sogleich die Gefahr, das Mißtrauen des Leutnants hervorzurufen, der möglicherweise dadurch seiner festen Anstellung nicht zustimmen würde.
»Er gehört mir.«
»Hat Er hier gewohnt?«
»Herr Lin Bohong ist mein Vater!«
Die Augen des Leutnants wechselten kurz zu Lin Bohong hinüber und zu Fen-che zurück. »Aber das hätten Sie mir doch sagen sollen. Wir machen jetzt eine längere Rast, währenddessen können Sie selbstverständlich Ihre Familie begrüßen.«
»Sie sind sehr freundlich«, sagte Fen-che und verbeugte sich dann vor seinem Vater mit einem tiefen Kotau und gewann dadurch Zeit, sein Erstaunen über die unerwartet höfliche Anrede zu verbergen. »Ich konnte leider nicht umhin, ihm die Wahrheit zu sagen, Vater. Hoffentlich ist das kein Nachteil für uns!«
»Die Götter haben es so gewollt. Durch Klugheit wirst du dir dadurch vielleicht einen Vorteil verschaffen können«, antwortete Lin Bohong ebenso lächelnd wie sein Sohn und erwiderte die Verbeugung. »Viele Zungen haben mir schon von deiner neuen Aufgabe berichtet, und so war ich auf euer Kommen vorbereitet.«
Endlich, nachdem die Augen des Leutnants mehrmals zwischen Vater und Sohn hin- und hergewandert waren, entschloß er sich, den Raum zu verlassen, und sobald die Tür geschlossen war, berichtete Fen-che, wie schwer es ihm fiel, sich jeden Tag erneut demütigen zu lassen.

»In den Augen unserer Landsleute hast du durch dein umsichtiges Verhandeln sehr an Gesicht gewonnen«, verriet ihm sein Vater, »und vergiß nicht die kleine Weisheit von Laotse: Wer andere kennt, ist klug; wer sich selbst kennt, ist erleuchtet. Wer andere bezwingt, ist stark; wer sich selbst bezwingt, der ist mächtig!« Lin Bohong lachte leise. »Ich weiß, daß das kein Trost für dich ist. Aber es soll dir die Kraft geben, nicht aufzugeben, denn ein Zurück auf halbem Weg darf es nicht geben! Nun laß deinen neuen Herrn nicht länger warten.« Mit einer außergewöhnlichen Geste verabschiedete er sich: Er umarmte seinen Sohn.

»Das ging ja schnell«, empfing ihn der Leutnant auf dem Vorplatz. »Sie haben sich doch wohl hoffentlich die Zeit genommen, auch Ihre Frau zu begrüßen.«

An der Fragestellung erkannte Fen-che, daß er wissen wollte, ob er verheiratet war. »Meine Frau ist mit den Kindern für einige Wochen zu ihren Eltern nach Tschangscha gefahren, und mein Vater hat viel zu tun und daher wenig Zeit für mich.«

Befriedigt nickte der Offizier. »Dann also weiter!«

Mit dem Besuch Kiautschous war die Rekognoszierung des gesamten Pachtgeländes um Tsingtau beendet. Vielleicht war es der erfolgreich beendete Auftrag, vielleicht aber auch nur eine Laune des Leutnants, als er Fen-che zu sich an die Tete rief.

»Ich werde Sie unserem Gouverneur als Dolmetscher empfehlen. Sie haben gute Arbeit geleistet, und ich habe durch Sie sehr viel über die chinesische Mentalität erfahren!«

Was hast du schon über uns erfahren, dünkelhafter Affe!

Fen-che bedachte ihn mit einem freundlichen Lächeln. »Meine Landsleute sind stolz darauf, das Glück zu haben, innerhalb Ihres Hoheitsgebietes zu wohnen. Wir sind alle überzeugt, daß die Kolonie aufblühen und ein Aushängeschild deutscher Politik werden wird.«

Der Leutnant bekräftigte Fen-ches Aussage mit einem Nicken. »Wir haben nahezu dreihundert Ortschaften mit rund achtzigtau-

send Einwohnern in unserem Gebiet. In zehn Jahren werden Sie es nicht wiedererkennen!«
In spätestens zwei oder drei Jahren werden wir euch, wie alle anderen Ausländer, hinausgeworfen haben! Fen-che spürte, wie ihm der Schweiß des Unbehagens in den Achselhöhlen klebte. Nichts werdet ihr hier verändern; weder heute noch morgen, noch in zehntausend Jahren! Wie einfach wird es sein, euch über eure blind machende Eitelkeit stolpern zu lassen, und daran werdet ihr letztendlich zugrunde gehen!
Links und rechts der festgetretenen Lehmstraße arbeiteten Frauen mit gebeugtem Rücken im knöchelhohen Wasser auf den Feldern und setzten die jungen Reislinge.
»Erzählen Sie, wie wird man hier Mandarin?« Nur kurze Zeit hatte der Leutnant den Pflanzerinnen Beachtung geschenkt.
»Sehr selten durch besondere Verdienste. In der Hauptsache durch Erlernen der alten Klassiker, durch Bestehen der Prüfungen und dann durch Glück. Denn wenn man sämtliche Examen besteht, hat man sich noch kein Recht auf einen Mandarinrang erworben, sondern kommt in einen Warterang, in dem sich jeder durch kleine Aufgaben bewähren kann«, erklärte Fen-che.
»Und warum sind Sie nicht auch Mandarin geworden?«
Fen-che blieb trotz der verletzenden Unhöflichkeit beherrscht. Wohlweislich verschwieg er seinen Rang. »Mir fehlen noch zwei Prüfungen, aber wenn mein Leben lang genug ist, werde ich sie auch noch ablegen!« Er nahm an, daß den Leutnant noch viele Fragen bewegten, doch nach der letzten Biegung des Weges war Tsingtau mit dem Lager in Sicht gekommen. Die ersten Pferde schnaubten und fielen plötzlich in einen leichten Trab. Weder der Offizier noch die Soldaten parierten, und eines nach dem anderen fiel vom Trab in den Paßgang, ihren Stall in der Nähe ahnend, um sich erneut zu steigern und in einen leichten Galopp überzugehen. Die nie abreißende Schlange von Menschen, die mit dem wichtigsten Transportmittel dieser Gegend, der Schubkarre, noch unter-

wegs war, wich schnell zur Seite und ließ, die Arme ins runde Kreuz gestemmt, die Kavalkade vorbeiziehen.
Auch heute ließ man Fen-che nicht ins Lager. Unter der schwarz-weiß-roten Kriegsflagge mit dem Eisernen Kreuz und dem Kaiser-adler parierte der Leutnant sein Pferd im Tor und wendete es zu Fen-che.
»Kommen Sie bitte morgen vormittag hierher. Bis dahin werde ich meinen Bericht dem Admiral vorgelegt haben, und dann wird über Ihre Weiterverwendung entschieden sein!«
Wie an den Tagen zuvor stieg Fen-che ab und übergab einem der Soldaten die Zügel. Als sich das Tor hinter ihm schloß, überfiel ihn ein Gefühl des Unbehagens. Warum empfand er so? Ärgerlich klopfte er mit der Hand den Staub von seiner Kleidung. Auch wenn er mit ihnen tagelang unterwegs gewesen war, so konnte und durfte er kein kameradschaftliches Zusammengehörigkeitsgefühl aufkommen lassen; sie waren und blieben seine Feinde!
In Tsingtau hatte sich in den letzten Tagen viel verändert. Die tiefen Löcher in der Hauptstraße waren mit Schottersteinen aufgefüllt, und dort, wo die Vermessungsabteilung einen Teil der Stadt abgeschnitten hatte, waren Pioniere dabei, die alten Lehmhäuser abzureißen. Auch das höher gelegene zweite Dorf Tsingtaus war verschwunden, und der ehemals träge fließende Fluß, eine Brutstätte riesiger Mückenschwärme, führte jetzt mehr und sauberes Wasser.
»Was soll das alles?« fragte Fen-che. Er saß mit Yu Wei in dessen Haus beim Tee zusammen. Durstig schlürfte er das heiße Getränk mit spitzen Lippen. »Warum verbreitern sie die Straße?«
»Die Deutschen werden nicht nur im Lager bleiben, sie wollen sich auch in unserem Dorf niederlassen. Deswegen haben sie schon ein Gelände für sich abgeteilt, in dem nur Europäer ihre Häuser bauen dürfen.«
Fen-che schüttelte den Kopf. »Shantung ist doch das Ende der Welt. Weshalb sind sie gerade hierher gekommen?«

Yu Wei schüttelte den Kopf. »Das weiß ich nicht! Was mich aber mit Besorgnis erfüllt, sind die vielen Menschen, die von überall her in unser Dorf kommen, um für die Deutschen zu arbeiten. Die zahlen nämlich viermal mehr als üblich, und so kommen unsere Landsleute wegen des Geldes von sehr weit her.« Er vermied es, Fen-che anzusehen.

»Und wo schlafen sie?«

»Im Freien; wenigstens solange wir noch Sommer haben! Irgendwann werden diese vielen Menschen zu einem Problem für uns. Spätestens dann, wenn die Eisenbahn nach Tientsin fertiggebaut ist und sie dann weniger Arbeit haben. Einzig in den Kohlenbergwerken im Nordwesten, die gerade noch im Pachtgebiet der Deutschen liegen, haben sie vielleicht die Möglichkeit, das ganze Jahr über Geld zu verdienen.« Mit ungelenken Fingern zündete sich Yu Wei eine Zigarette an, zog daran und begann fürchterlich zu husten.

Fen-che blickte erstaunt auf und hielt seine Teeschale unachtsam immer schräger, bis ihm das heiße Getränk über die Finger rann. »Was wollen sie in den Bergwerken?«

»Ich habe die Zigaretten geschenkt bekommen!« erklärte er nach dem Hustenanfall und ging auf Fen-ches Frage ein. »Sie brauchen die Kohle für ihre Schiffe. Vielleicht ist das auch ein Grund dafür, daß sie sich gerade hier bei uns niedergelassen haben.«

Fen-che lehnte sich zurück und schloß die Augen. Was würde mit seinen Gruben geschehen? Würden sie ihm die geförderte Kohle bezahlen oder nicht? War es vielleicht ein Fehler gewesen, sein gesamtes Vermögen darin zu investieren? Aber Yu Wei hatte sicher recht. Sie waren hauptsächlich wegen der Kohle hier, um von ihrer Versorgung unabhängig zu sein. Weiter nach Norden hätten sie auch nicht gekonnt, da saß schon der Russe, und weiter südlich hatten sich bereits die Franzosen und die Engländer breitgemacht. Hier war für sie das einzig freie Gebiet. Morgen würde er möglicherweise mit dem Gouverneur sprechen. Ob er die Frage über die

Kohlenbergwerke anschneiden und damit zu erkennen geben sollte, daß sie ihm gehörten? Fen-che seufzte und öffnete die Augen. »Ich hasse die Deutschen!« sagte er voll inbrünstiger Überzeugung.

Am folgenden Tag brauchte er am Tor des Lagers nicht zu warten. Die Wache schien Anweisung erhalten zu haben, ihn sofort durchzulassen. Und wieder brachte ihn der Unteroffizier von der Wache zum Korvettenkapitän.

»Leutnant von Bredehöft war mit Ihrer Arbeit sehr zufrieden, und nach Ansicht unseres Gouverneurs brauchen wir noch einen Dolmetscher, obwohl wir schon Herrn Cordes haben.«

Fen-che stand vor dem Schreibtisch und blickte auf den Adjutanten des Admirals hinab. Daß die Deutschen bereits über einen Dolmetscher verfügten, war ihm neu, und dem Namen nach mußte er Deutscher sein. Er beschloß, vorsichtiger zu sein und keine privaten Gespräche mit seinen Landsleuten zu führen, wenn sich ein Deutscher in der Nähe befand; zumindest so lange nicht, bis er wußte, wer dieser Cordes war.

»Sie werden als Zivilangestellter der ostasiatischen Kolonie Tsingtau einen Vertrag bekommen und erhalten dadurch das Recht, jederzeit unser Lager betreten zu dürfen. Allerdings«, schränkte der Korvettenkapitän ein, »ist es Ihnen weiterhin nicht gestattet, hier eine Unterkunft zu beziehen. Ihr unmittelbarer Vorgesetzter wird Oberleutnant Graf von Soden sein!« Er erhob sich und schloß einen Stahlschrank auf. »Hier haben Sie eine Armbinde, die Sie stets innerhalb des Lagers zu tragen haben. Legen Sie sie bitte sofort an!«

Das gesamte Lager machte einen provisorischen Eindruck. Überall errichteten die Zimmerleute anstelle der chinesischen Lehmbauten neue Unterkünfte, und soweit er erkennen konnte, wurde bereits mit dem Bau einer steinernen Kapelle begonnen. Etwas abseits exerzierten mehrere Trupps Soldaten. Fen-che war über die Vielfalt der Uniformen erstaunt. Neben den bekannten Matrosenanzügen gab es Soldaten mit schwarzer Uniform und lackglänzendem Tschako, khakifarbene Anzüge mit Tropenhelm sowie das in weißes Leinen gekleidete Sanitätspersonal. Aus der Küchenbaracke wehte ein angenehmer Bratenduft zu ihm herüber.

Am meisten erstaunte Fen-che die Existenz einer von Graf von Soden geführten Chinesenkompanie. Mit einhundertvierzig Mann bildeten die graublau gekleideten Infanteristen zwar nur eine kleine Minderheit der sechzehnhundert Mann starken Besatzung, aber daß es überhaupt Chinesen gab, die im Sold ausländischer Eroberer standen, war ihm neu.

Nachdem er sich dem Oberleutnant vorgestellt hatte, übergab dieser seinem Vertreter das Kommando und ging mit Fen-che in sein Büro. »Ihr Gehalt beträgt dreißig Mark im Monat«, erklärte der Graf und nahm ein Schriftstück auf, mit dem er um den Schreibtisch herumging, »wenn Sie hier bitte Ihre Kreuze machen würden!«

»Was ist das?« fragte Fen-che irritiert.

»Ihr Arbeitsvertrag mit uns.«

Fen-che las und unterschrieb mit seinem vollen Namen. Dann gab er das Papier dem Oberleutnant zurück. Mit vor Scham gerötetem Gesicht überging dieser seinen Fauxpas und fing an zu rechnen. »In Ihrer Währung sind es genau zehn Tael.« Er blieb noch eine Weile mit gesenktem Kopf über einer Akte hinter dem Schreibtisch sitzen. Die verkrampfte Hand verriet seine innere Anspannung. Er wußte nur zu gut, wie dumm es von ihm gewesen war, den neuen Dolmetscher wie die einfachen lese- und schreibunkundigen Männer seiner Kompanie behandelt zu haben. Bei einem Dolmetscher hätte er klugerweise voraussetzen müssen, daß er auch die Schrift beherrschte. Endlich blickte er auf und erhob sich. »Entschuldigen Sie bitte meine Entgleisung, aber ich bin es von meinen Leuten nicht gewöhnt, daß sie schreiben können!«

Die höfliche Art des Grafen überraschte Fen-che. »Bis eben habe ich nicht erwartet, daß sich ein deutscher Offizier jemals bei einem

Chinesen entschuldigen würde. Ich nehme Ihre Entschuldigung an.«

»Bitte beurteilen Sie unser Volk nicht nach den häufig anzutreffenden überheblichen Offizieren, die Ihre Landsleute aus Unkenntnis nur als Menschen zweiter Klasse betrachten.« Der Oberleutnant lachte plötzlich. »Unser modernes Deutsches Reich besteht in seiner jetzigen Form gerade ein Vierteljahrhundert, und besonders durch die unterschiedliche Herkunft und Abstammung ihrer Bewohner wird sich dieses elitäre Denken leider noch lange halten. Sicherlich ergibt sich während unserer Zusammenarbeit noch Gelegenheit, Ihnen zu beweisen, daß es auch andere Deutsche gibt.«

Fen-che mußte plötzlich an Konsul Meyer denken. »Sie haben recht, es gibt auch für unsere Begriffe bewundernswerte Männer aus Ihrem Land.«

»Sie sprechen sicher von den Patres der Missionsschulen. Aber Liebe und Verständnis zu lehren ist nun einmal ihr Beruf.«

Beinahe hätte Fen-che den Irrtum berichtigt. Aber wie sollte er erklären, woher er den Konsul kannte, ohne gleichzeitig offenbaren zu müssen, daß er Komprador in Schanghai gewesen war. Die Fragen und Erklärungen würden ins Unendliche gehen. Möglicherweise würde damit seine Ernennung als Dolmetscher bei der Truppe aus Furcht vor Sabotage oder Spionage rückgängig gemacht werden. Ich werde öfter als gewohnt schweigen müssen! dachte er und nickte nur.

Bevor eine Gesprächspause eintreten konnte, wies von Soden auf die beiden Stühle vor seinem Schreibtisch. »Wir brauchen während unserer Unterhaltung nicht zu stehen!« Beide setzten sich. Jeder wartete, daß der andere das Wort ergreifen würde. Die Verlegenheitspause zog sich unerträglich in die Länge, während sie nach neuem Gesprächsstoff suchten.

»Worin wird meine Aufgabe bestehen?« brach Fen-che schließlich das Schweigen.

»Das ist alles noch ungewiß. Auf jeden Fall müssen wir uns hier mit den Bewohnern verständigen können, wie auch ich auf Sie zurückgreifen muß, wenn es zu Verständigungsschwierigkeiten mit meiner Truppe kommt, wenn es um das deutsche Recht geht oder darum, eventuell sogar Kriminelle abzuurteilen oder notwendige Forderungen von Bürgermeistern entgegenzunehmen. Uns diese Anliegen verständlich zu machen, wird dann Ihre Aufgabe sein. Ebenso benötigen wir Sie, wenn offizieller Besuch aus Peking kommt.«

»Haben Sie nicht schon einen Dolmetscher?«

»Herr Cordes? Der ist im diplomatischen Dienst beim Gesandten in Peking und wird uns nur sehr selten zur Verfügung stehen.«

Es beruhigte Fen-che sehr, keinen unmittelbaren Aufpasser neben sich zu wissen. Aber wie langweilig würde sein Leben werden, wenn er nur auf Abruf bereitstehen mußte. Und wie lange würde er hier aushalten müssen? Wochen? Monate oder Jahre?

Fen-che musterte den in Gedanken versunkenen Offizier. Im Vergleich zu den anderen Deutschen war er nicht großgewachsen, dafür zeichneten ihn ein feingeschnittenes Gesicht mit gerader Nase aus und der obligatorische, nach oben gezwirbelte Oberlippenbart. Doch jetzt, da er entspannt seinen Gedanken nachhing, hatte das Gesicht ein nahezu bäuerlich plumpes Aussehen angenommen, während er sonst durch die wachen Augen eher lauernd wirkte. Der weiße Kragen seiner Uniformjacke reichte bis an den kaum sichtbaren Ansatz des Doppelkinns, und kleine rotgescheuerte Hautstellen am Hals zeigten, wie unpraktisch diese Uniform war. Er wird sich sehr zu quälen haben, wenn wir unseren heißen Sommer bekommen, dachte Fen-che ohne Schadenfreude, denn von Soden war der erste Deutsche im Lager, der ihm durch seine Höflichkeit gefiel.

»Wenn Sie wollen, werde ich mich dafür einsetzen, daß Sie hier stationiert werden.«

Fen-che zögerte mit der Antwort. Sollte er auf das Angebot eingehen? Hier im Lager zu wohnen und mit den Interna vertraut zu werden, würde seine Aufgabe erleichtern. »Es wäre bestimmt vorteilhaft für mich, aber auch Sie würden davon profitieren, denn dann hätten Sie mich jederzeit zur Verfügung!«

»Daran habe ich zwar auch gedacht«, gab der Graf zu, »aber das ist nicht der Hauptgrund. Ich möchte durch Sie mehr über China erfahren und über Ihre Landsleute. Ich möchte wissen, mit welchen Gefühlen sie uns begegnen.«

Fen-che dachte über eine geeignete Formulierung nach. »Erlauben Sie, daß ich Ihnen ehrlich und offen schon jetzt darauf antworte. Das gewöhnliche chinesische Empfinden würde ich dahingehend ausdrücken, daß es grundsätzlich gegen alles Fremde gerichtet ist.«

Von Soden blickte ihn mit aufmerksamen Augen an, und so fuhr er fort. »Ich nehme an, daß Ihnen die Parolen des Geheimbundes der ›Faustkämpfer für Recht und Einigkeit‹ beziehungsweise der ›Boxer‹, wie Sie sie nennen, bekannt sind. Auf ihren Fahnen stehen Worte wie ›Die Überirdischen sind mit uns, um die Fremden zu vernichten‹ oder ›Tod den Fremden‹. Diese Einstellung ist im Grunde typisch für das gesamte Volk.«

»Aber hier in Tsingtau sind die Chinesen doch friedlich, sogar freundlich. Täglich kommen sie von weither, um für uns zu arbeiten. Ist meine Chinesenkompanie nicht der beste Beweis für die Aufgeschlossenheit Ihrer Landsleute?«

»Diese Menschen sind von Ihrer Militärbehörde durch den höheren Allgemeinlohn gekauft worden. Die wenigen, die davon profitieren, wiegen die große Masse der verarmten Bevölkerung bei weitem nicht auf.«

»Die allgemeine Armut ist doch ein rein chinesisches Problem, hervorgerufen durch eine, wie soll ich sagen, durch eine gewisse Rückständigkeit. Nehmen wir den hier üblichen Zopf. Er ist hinderlich und schwer zu pflegen.«

»Dann haben wir ja etwas gemeinsam«, erwiderte Fen-che, »denn das trifft ja auch auf Ihren Bart zu!«

Verdutzt sah von Soden ihn an und begann lauthals zu lachen. »Ich gebe mich geschlagen. Mein Beispiel war unüberlegt!« Er stand auf und kramte im Schreibtisch herum. »Darf ich Ihnen einen Cognac anbieten?«
Obwohl Fen-che den scharfen Alkohol nicht schätzte, wollte er in diesem Augenblick nicht unhöflich sein. »Gern!«
»Um noch einmal auf Ihre Wohnmöglichkeit im Lager zurückzukommen: Wir werden Sie in diesem Fall als Soldat führen müssen!«
Fen-che nippte am Glas und goß den Rest hinunter, wie er es schon so oft im Klub in Schanghai gesehen hatte. »Nein!« erwiderte er schroff. »Ich werde niemals gegen mein Land kämpfen!«
»Selbstverständlich werden wir das auch nicht von Ihnen verlangen. Es wird sich nur Ihr Status ändern. An ein Exerzieren mit der Waffe ist nicht gedacht.«
Fen-che erinnerte sich noch sehr gut, welches Unbehagen ihm der Anblick seiner Landsleute im Lager bereitet hatte. Ob es die plumpe Kleidung mit den runden Hüten oder die Unerbittlichkeit war, mit der diese Leute ausgebildet wurden, wußte er nicht zu sagen. Auch fiel ihm plötzlich der Wahrsager ein, der von einem schmalen Grat gesprochen hatte. War das hier der Grat, auf dem er sich entlangbewegte? Fen-che fühlte den Blick des Grafen auf sich ruhen. Entsetzlich aufdringlich, dieses Blau in den Augen des Europäers, dachte er und konzentrierte sich darauf, eine Antwort zu formulieren. Doch statt dessen stellte er seinem Gegenüber eine Frage. »Wo werden Sie Ihre chinesischen Soldaten einsetzen?«
»Als Wachdienst, als Begleitpersonal und natürlich gegen Aufständische.«
»Also gegen die Faustkämpfer!«
»Wenn sie in unserem Interessengebiet aktiv werden, ja!«
Von der See her war ein leichter Nebel aufgekommen, und die zunehmende Dunkelheit machte ihn undurchdringlich. »Ich glaube, es ist Zeit für mich, das Lager zu verlassen!« erwiderte Fen-che, der

auf keinen Fall zu erkennen geben wollte, wie gern er sich noch länger unterhalten hätte. Der Graf stand gleichzeitig mit ihm auf, sah verlegen aus dem Fenster und versuchte die Umrisse der Gebäude auszumachen.

»Ich werde Sie noch bis zum Tor begleiten.« Er setzte sich die Schirmmütze auf und ging voran. Inzwischen hatte ein unangenehmer Nieselregen eingesetzt. Mit gebeugtem Rücken, das Gesicht gegen die Nässe schützend, gingen sie an den Baracken entlang. »Überlegen Sie es sich noch einmal, ob Sie nicht doch im Lager wohnen wollen. Ich persönlich empfinde es als diffamierend, wenn Sie uns abends verlassen müssen!«

Am Tor angelangt, hatte Fen-che plötzlich das Gefühl, daß der Graf ihm zum Abschied gern die Hand geschüttelt hätte. Doch als er nur salutierte, kehrtmachte und eilig im Dunst verschwand, war er sich nicht mehr sicher.

Langsam schlenderte er hinunter zu den beiden Anlegern. Neben den vertäuten Booten döste ein Posten mit geschultertem Gewehr. Erst als Fen-che fast vor ihm stand, sah ihn dieser und erschrak, trat einen Schritt zurück und nahm das Gewehr in Position. Im gleichen Augenblick sah er Fen-ches Armbinde und beruhigte sich. Brummelnd schulterte er die Waffe.

Verlegen streifte Fen-che im Weitergehen die Binde ab und verbarg sie in seinem Ärmel. Außerhalb der Sichtweite des Postens blieb er an eine Klippe gelehnt stehen und ließ den Regen und den Nebel, das Wiegen und das Rauschen der Wellen auf sich einwirken.

Der vom Regen vollgesogene Umhang zog schwer an Fen-ches Körper, als er Stunden später Yu Weis Haus betrat. Während er sich aus den nassen Kleidern schälte, wurde ihm bewußt, wie angenehm es war, die Gastfreundschaft des Dorfschulzen genießen zu dürfen. Der schwere Duft von Pfeifentabak drang aus Yu Weis Zimmer, und Fen-che empfand ihn als Aufforderung, vor dem Schlafengehen noch einmal mit ihm zu sprechen. Aus dem hinteren Teil des Hauses hörte er verhaltenes Kinderlachen. Schon die Hand am Griff von Yu Weis Tür, blieb Fen-che stehen. Merkwürdig, daß er ihm seine Familie noch immer nicht vorgestellt hatte. War seine Abneigung von damals immer noch so nachhaltig, oder hatte er andere Gründe?

»Guten Abend, alter Großvater«, begrüßte er ihn, und beim Anblick der beiden Schalen neben der dampfenden Teekanne freute er sich auf die Erfrischung.

»Ich habe schon länger auf meinen älteren Bruder gewartet«, sagte Yu Wei und schenkte sogleich Tee ein. »Der heutige Tag war sehr lang!«

Fen-che ließ sich Zeit mit der Antwort auf die indirekte Frage dieser Feststellung. Nach den ersten Schlucken spürte er, wie müde er war. Er hatte auch Hunger, wollte aber mit der Frage nach einer Mahlzeit nicht unhöflich erscheinen. Um seinen größten Hunger zu stillen, nahm er einige geröstete Maronen von dem großen Holzteller in der Mitte des Tisches und zerkaute sie ganz langsam. Gut, jetzt stand er unter deutschem Sold. Durch ihn und über Kia würde man in Peking alles Wichtige erfahren. Aber was sollte sich hier schon abspielen? Ob im Lager nun eintausend Soldaten oder zweitausend stationiert waren, war doch unwichtig; ob das Lager über fünfzig oder einhundert Kanonen verfügte, war ebenso uninteressant. Langsam kamen Fen-che Zweifel an der Wichtigkeit seines Auftrags, gerade in Tsingtau zu spionieren.

»Und wie habt Ihr den Tag verbracht, alter Herr? Eure Sorgen scheinen auch nicht gering, denn das Dorf gleicht einem Heerlager.«

Yu Wei grunzte und kratzte sich ungeniert zwischen den Beinen. Dann spuckte er in den Napf neben sich. »Seit die Deutschen hier sind, habe ich keine ruhige Minute mehr gehabt! Was gibt es im Lager Neues?«

»Sie sind ein Fluch für unser Land«, erwiderte Fen-che. »Heute habe ich einen Vertrag als Dolmetscher bekommen, und man hat mich gefragt, ob ich im Lager wohnen will.«

Yu Weis Runzeln auf der Stirn zogen sich gleichzeitig mit den Augenbrauen hoch. »Und?«
»Nur unter der Bedingung, daß ich gleichzeitig Soldat für die Deutschen werde. Und das kann ich nicht!«
Ohne dazu ein Wort zu sagen, stand der Schulze auf und verließ den Raum. Kurze Zeit später kam er mit einem Holzbrett zurück und stellte es auf den Tisch. Beim Anblick der kalten, knusprig gebratenen und mit Curry bestreuten Fleischstücke lief Fen-che das Wasser im Mund zusammen. Mit einer Handbewegung forderte Yu Wei ihn auf zuzulangen. Schweigend aßen sie.
»Ich halte es für besser, wenn mein älterer Bruder weiterhin in meiner schäbigen Hütte wohnen bleibt. Hier ist es zwar nicht so angenehm wie im ›Park der Augenweide‹, doch es läßt sich hier leben, und ich kann jeden Tag Neuigkeiten von Euch erfahren!« Noch während er sprach, legte sich die Haut um seine Augen in unzählige Falten.
Fen-che schoß heiß das Blut in den Kopf. Alle guten Geister, das durfte nicht sein! Er wehrte sich gegen die Erkenntnis, in Yu Wei seinen Mittelsmann vor sich zu haben; ein Blick in dessen verschmitztes Gesicht sagte ihm jedoch, daß es sich tatsächlich so verhielt. Hatte sein Vater mit der Vermutung doch recht gehabt, als er hier einen Spion befürchtete. Dann wußte Kia nicht nur von Brown, daß er seine kaiserliche Anweisung für die Schiffsladung Reis eingelöst hatte, sondern auch über Yu Wei aus erster Hand, was sich hier abgespielt hatte. Ihm wurde übel bei dem Gedanken, und seine Hand, die zu einem neuen Stück Fleisch langen wollte, nahm versehentlich die Schale Tee. Das heiße Getränk verbrühte ihm die Zunge, und mit belegter Stimme flüsterte er: »Ihr?«
»Ich habe die ehrenvolle Aufgabe erhalten, meinen älteren Bruder zu unterstützen, und wenn sein Herz voll von Sorgen sein sollte, ist es ebenfalls meine Pflicht, ihm zuzuhören, und wenn er Wert darauf legt, werde ich ihm mit guten Ratschlägen helfen!« Sorgfäl-

tig suchte Yu Wei zwischen den Fleischstücken das appetitlichste heraus und legte es Fen-che vor. »Ihr macht mir doch die Freude?« Mechanisch nickte Fen-che und nahm es auf. Es war wirklich wunderbar zart, und neben dem dominierenden Curry schmeckte er noch Basilikum und Thymian heraus. Wer war dieser Yu Wei? Für einen Augenblick hatte er seine bäuerliche Maske abgelegt, um sich ihm zu erkennen zu geben. Er war niemals ein einfacher Dorfschulze! Das würde aber bedeuten, daß entweder sein Vater von sorgfältig ausgesuchten Leuten überwacht wurde oder daß die Regierung davon wußte, daß dieses Gebiet einmal besetzt werden würde und sie Yu Wei auf lange Sicht für diese Aufgabe eingesetzt hatte. Fen-che machte sich keine Illusionen, jemals eine ehrliche Antwort auf seine Vermutungen zu erhalten, und konzentrierte sich wieder auf das Gespräch.

»Wußtet Ihr, daß im Lager eine Chinesenkompanie gedrillt wird?«

»Hier, im Lager der Deutschen?« fragte Yu Wei mit offensichtlichem Erstaunen.

»Ja, etwa einhundertvierzig Mann!« Während Fen-che noch einmal zur Schale langte, freute er sich über Yu Weis Fehler. Natürlich wußte dieser Halunke Bescheid. Ihm konnte doch nicht entgangen sein, daß sich über hundert Landsleute im Lager befanden. Er wollte es ihm sicher nur aus einem Grund nicht sagen: Er sollte nicht auf die Idee kommen, daß er noch andere Verbindungen zum Lager hatte, durch die er ihn überwachen ließ. Ich werde auf sein Spiel eingehen und ihm alles berichten, was ich für richtig halte, dachte Fen-che, auch das, was er schon längst wissen müßte. Dann wird er zufrieden sein, und ich werde die Gewißheit haben, ihn jederzeit manipulieren zu können. Aber eines Tages werde ich mein eigenes Spiel mit ihm spielen, und er wird es nicht bemerken, weil er mich immer noch für den naiven Lin Fen-che hält.

Befriedigt stellte Fen-che die Schale auf den Tisch zurück und suchte nun seinerseits für Yu Wei ein Stück Fleisch vom Brett. Es hatte vielleicht etwas zuviel Fett am Rand und schien leicht ver-

knorpelt. Dann nahm Fen-che sich selbst noch eines. Es war schier und makellos. Yu Wei konnte es nicht entgangen sein.
Mit leichter Verbeugung führte Yu Wei das Fleisch zum Mund, biß die knorpelige Seite mit dem Fett ab und verzehrte sie scheinbar mit größtem Genuß. Um Fen-che zu zeigen, daß er dessen Unhöflichkeit wohl bemerkt hatte, ließ er den restlichen Bissen schieren Fleisches auf dem Tisch vor sich liegen, als ob es sich nicht lohne, ihn zu essen.
Fen-che war tief beeindruckt von dieser Reaktion. Er wußte nun vor allem eines: Yu Wei war als Gegner nicht zu unterschätzen. Dann führte er, als wäre nichts geschehen, das Gespräch weiter: »Diese Chinesenkompanie soll im Ernstfall auch gegen die Aufständischen eingesetzt werden, wenn sie in der Nähe des deutschen Interessengebietes agieren; sonst als Wach- und Begleitpersonal.«
»Gegen die Faustkämpfer?« Yu Wei sah Fen-che konzentriert an. »Nur gegen die Geheimbünde oder auch gegen unsere regulären Truppen? Woher hat mein älterer Bruder diese Information?«
»Oberleutnant Graf von Soden hat es mir heute erzählt, nachdem ich mich dagegen verwahrte, als Soldat eingestellt zu werden, weil ich nicht auf meine Landsleute schießen will.«
Es war wie ein Funke, der aus einem Lagerfeuer in heißer Lohe hochgewirbelt und ins feuchte Gras getragen wird, um dort zu vergehen. Ebenso schnell wie dieser erlosch, erstarb auch Yus Interesse an diesem Thema. »Weder die Faustkämpfer noch andere Aufständische werden es wagen, in der Nähe der Deutschen ihr Unwesen zu treiben.«
Von der See her war ein böiger Wind aufgekommen und rüttelte an den Fensterläden. Unruhig geworden, horchte Yu Wei mit offenem Mund ins Haus, bis er sich schließlich erhob und nach draußen ging. Fen-che folgte ihm und war überrascht, wie klar und kalt es geworden war. Irgendwo draußen in der dunklen Bucht von Kiautschou lagen die fremden Kriegsschiffe noch immer vor Anker und bedrohten sie durch ihre Gegenwart. Fen-che spürte die Kälte

durch seine Müdigkeit doppelt stark, verschränkte die Arme vor der Brust und ging ins Zimmer zurück. Der Rauch der unentwegt blakenden Petroleumlampe ließ seine Augen tränen, und durch die frische Luft empfand er den Raum plötzlich als unangenehm stikkig. Behutsam drehte er den Lampendocht herunter, bis nur noch eine kleine Flamme klar brannte, und setzte sich wieder. Doch Yu Wei kam nicht zurück. Irgendwann, nachdem Fen-che vor Müdigkeit eingeschlafen und wieder wach geworden war, streckte er sich auf seiner Schlafmatte aus. Yu Wei war also Kias Mann, aber wußte Yu Wei auch, daß er ebenfalls für Kia arbeitete, oder bediente sich der gerissene Oberrichter noch einer anderen Mittelsperson? Seine Gedanken liefen im Kreis, endlich schlief er ein.

***

»Ich habe gestern mit dem Gouverneur erneut über Ihren besonderen Status gesprochen!« Von Soden und Fen-che standen etwas abseits des Exerzierplatzes und beobachteten die chinesischen Freiwilligen bei der Ausbildung. »Er zeigte sich meinen Argumenten, daß ich Sie als Dolmetscher für meine Leute auch unbedingt nachts und sonntags, besonders auch im Lager brauche, sehr aufgeschlossen. Demgegenüber steht nur Ihre Abneigung, als Soldat in deutsche Dienste zu treten. Wie kann ich Sie umstimmen?«
Fen-che war von der Rücksichtnahme des Grafen angenehm berührt. Besonders, da sich in diesen vergangenen Wochen herausgestellt hatte, daß seine freundschaftliche Kameradschaft ohne erkennbare Hintergedanken war. Jetzt mochte er nicht weiter auf seinen alten Argumenten beharren. »Wenn Sie einen Weg finden, der mir garantiert, niemals als kämpfender Soldat in Ihrer Truppe eingesetzt zu werden, bin ich sofort bereit zuzustimmen!«
Von Soden schien diese Antwort erwartet zu haben. Er blinzelte in die Sonne und ging langsam und wortlos auf die neuen Ställe zu. »Für nächsten Sonntag hat sich ein hoher Regierungsbeamter

angesagt, der das neue Lager und unser Hoheitsgebiet besichtigen will. Ein halboffizieller Höflichkeitsbesuch also. Sie haben an diesem Tag normalerweise dienstfrei, und da Sie deshalb nicht da sind, kann niemand das für beide Seiten wichtige Gespräch dolmetschen, denn Herr Cordes ist nicht verfügbar.«

Sie blieben an den Boxen stehen; hier roch es angenehm nach Pferdemist. Neugierig streckten ihnen die Pferde ihre samtenen Nüstern entgegen. Sie waren letzte Woche mit einem Viehtransport aus Australien angelandet worden. Eines dieser neugierigen Pferdemäuler beschnupperte ausgiebig Fen-ches Jacke und versuchte seinen Zopf mit vorgewölbten Lippen zu erreichen. Plötzlich fegte ein Staubwirbel aus Haferspelzen und feinem Sand gegen die Stallwand, und nur dadurch, daß Fen-che ihm schnell den Rücken zukehrte, kam er mit seinem Zopf aus der Reichweite des Pferdemauls. Die durchdringenden Schreie auffliegender Elstern gellten ihnen in den Ohren. Dann war es wieder still, nur manchmal dröhnten Hufschläge gegen die Boxenwand.

»Ich fürchte, ich habe Sie nicht ganz verstanden!« wandte sich Fen-che an den Grafen.

»Ich sehe das so: Man benötigt Ihre Hilfe und wird nach Ihnen schicken. Vielleicht findet man Sie nicht und blamiert sich vor dem Gast; spätestens dann wird man die Notwendigkeit einsehen, Sie unbedingt jederzeit im Lager zur Verfügung zu haben. Oder man findet Sie und verläßt sich auch beim nächsten Mal darauf.«

Fen-che blickte dem Grafen amüsiert ins Gesicht, der interessiert den Flug der Elstern um ihr Nest verfolgte. »Sie meinen ...?«

»Wer kann schon ahnen, daß Sie gerade an diesem Tag Ihre Familie besuchen? Natürlich wird man den hohen Besuch vertrösten müssen; es handelt sich ja auch nur um einen Tag, aber man wird, wie ihr Chinesen so schön sagt, sehr viel Gesicht verlieren!«

Das in jedem Fall, dachte Fen-che, einmal, da kein Dolmetscher anwesend ist, und außerdem, weil ein Chinese eure Barbarensprache übersetzen muß.

»Und wenn Sie schon zu Hause sind, möchte ich Sie bitten, mir ein schönes chinesisches Andenken mitzubringen.«
Vom Hauptgebäude eilte ein Unteroffizier herbei und grüßte. Von Soden erwiderte den Gruß und sah ihn fragend an.
»Der Herr Admiral wünscht Herrn Lin zu sprechen!«
Überrascht blickten sich Fen-che und der Graf an.
»Ich komme gleich!« Fen-che legte leicht die Hand auf von Sodens Arm. »Es scheint, als ob Sie auf Ihr Andenken länger warten müßten!«
Von Soden nickte und entgegnete ebenso leise: »Das scheint mir auch so. Wichtig ist, daß Sie jetzt die Hintergründe kennen. Verkaufen Sie sich so teuer wie möglich!«
In der Kommandeursbaracke saßen Admiral Otto von Diederichs und sein Adjutant an einem ovalen Tisch. Wortlos trat Fen-che näher, begrüßte sie mit einem Kotau und blieb mit drei Schritt Abstand vor ihnen stehen. Hinter sich hörte er den Unteroffizier die Tür schließen.
»Herr Lin, setzen Sie sich bitte zu uns!« Der Admiral sah müde aus. Unkonzentriert fuhr er sich mit der Hand mehrmals über die buschigen Augenbrauen. Dann nahm er die kalte, dünne Zigarre aus dem Mund und spuckte ein imaginäres Blättchen von den Lippen. »Wir wünschen, daß Sie uns auch außerhalb der Dienstzeit zur Verfügung stehen; ich meine, Sie sollten, genau wie Ihre Landsleute, im Lager kaserniert sein.«
»Die Voraussetzungen dazu kann ich nicht akzeptieren!«
»Herr Lin meint, er will nicht Soldat werden!« warf der Adjutant ein.
»Ja, ich weiß!« Von Diederichs überging den Einwand. »Ich habe vor, für das Deutsche Pachtgebiet ein Amtsblatt zu gründen, in dem Erlasse, Neuigkeiten und Befehle herausgegeben werden. Natürlich wird der Text auch in chinesischer Sprache für unsere Untertanen erscheinen. Trauen Sie sich die Übersetzung zu?«
»Ohne weiteres!« erwiderte Fen-che, ohne zu zögern.

»Sehr gut, damit gehören Sie zur Besatzung unseres Lagers und haben das Recht, hier untergebracht zu werden. Ich nehme an, daß Sie mit Ihren Landsleuten zusammenwohnen wollen!«
»Nein!«
Durch die fragenden Gesichter der beiden fühlte Fen-che sich verpflichtet, seine kategorische Absage zu rechtfertigen.
»Ich beanspruche einen eigenen Raum, in dem ich ungestört arbeiten und schlafen kann.«
»Als einfacher Chinese haben Sie nur Anspruch auf eine Mannschaftsunterkunft. Einzelzimmer sind nur Offizieren vorbehalten!«
»Ich bin kein einfacher Chinese, Herr Korvettenkapitän.« Fen-ches Stimme war nicht lauter, aber schneidender geworden. »Ich bin der Sohn eines Mandarins und spreche mehrere Sprachen. Und ich bin der Meinung, daß eine derart verantwortungsvolle Aufgabe einem Offiziersrang eher entsprechen würde!«
Flüsternd beriet der Admiral sich mit seinem Adjutanten. Dann lehnte er sich wieder in seinem Stuhl zurück. »Herr Lin, wir haben Ihren Wunsch zur Kenntnis genommen und werden Sie über unsere weiteren Schritte unterrichten!«
Sie standen fast gleichzeitig auf, und nachdem die kurze Zeitspanne der Unsicherheit, ob und wie man sich verabschieden sollte, überwunden war, verließen die beiden Offiziere den Raum. Mit unbehaglichem Gefühl folgte ihnen Fen-che, und erst als er die vertraute Gestalt von Sodens im gegenüberliegenden Barackeneingang erblickte, kehrte das alte, undurchdringliche Lächeln auf sein Gesicht zurück.
»Sie verstehen es, einen auf die Folter zu spannen!« Sie umgingen die Pferdeställe und blieben im Schatten der Kapelle stehen. Ungeduldig wartete von Soden auf Fen-ches Antwort.
»Was bedeutet ›auf die Folter spannen‹?« Fen-che hatte diesen Ausdruck noch nie gehört. Die Worte konnte er wohl übersetzen, doch er sah keinen Sinn darin. »Sie wollen wissen, ob man mich zu

etwas zwingen wollte?« Dann berichtete er von der Unterhaltung und dem seiner Ansicht nach kühlen Abschied.

»Wäre es denn so schlimm, mit Ihren Landsleuten zusammenzuwohnen?«

»Ist die Frage ernst gemeint?«

»Ja!« Eine leichte Unsicherheit schwang in von Sodens Stimme mit.

»Warum wohnen Sie denn nicht zwischen den Mannschaftsgraden?«

»Das ist ja auch etwas anderes!«

»Ja, ich weiß, Sie sind Deutscher.«

Abrupt blieb von Soden stehen und öffnete den Mund. Er unterdrückte eine heftige Entgegnung und schwieg. Langsam rötete sich sein Hals. Vehement drehte er sich um, umrundete mit langen Schritten das Gotteshaus und verschwand in seiner Baracke.

Mit schleppendem Gang kehrte Fen-che zu den Pferdeboxen zurück und streichelte einen der Braunen. Plötzlich entzog ihm das Pferd den Kopf, trat unruhig zurück und stellte die Ohren auf, wobei es die Lippen zurückzog. »Du magst also auch keine Chinesen!« lachte er.

Gelangweilt schlenderte Fen-che über den geräumigen Exerzierplatz bis zu einem offenen Schuppen, in dem Kanonen montiert wurden. Auf jedem Geschütz blitzte ein blankes Messingschild mit der Aufschrift KRUPP. Und wieder erinnerte er sich an Konsul Meyer und das Gespräch über die Vorzüge der verschiedenen Granaten. Er lehnte sich gegen den Schutzschild einer Schnellfeuerkanone und bedauerte, damals wie auch heute noch immer kein Interesse für dieses Kriegsmaterial aufbringen zu können. Er roch den Schweiß der arbeitenden Soldaten und hörte ihre gedämpften Flüche. Mehr denn je sehnte er sich danach, wieder zu Hause zu sein. Insgeheim beschloß er, ganz gleich wie die Entscheidung des Admirals auch ausfallen sollte, am nächsten Sonntag nach Kiautschou zu reiten. Nach einem flüchtigen Blick auf den Sonnenstand schlenderte er weiter zum Tor.

»Korvettenkapitän Müller will Sie sehen!« schnauzte der wachhabende Unteroffizier ihn an und versperrte ihm den Weg. Der Mann war jung. Bedeutend jünger als er selbst, und sein Eifer verdrängte jede Höflichkeit. In seiner augenblicklichen Stimmung haßte er ihn stellvertretend für alle Deutschen und war sich zugleich seines Unvermögens bewußt, die Verhaltensweise des Soldaten zu verstehen.
Der Adjutant saß, ebenso wie bei der ersten Begegnung, mit lang ausgestreckten Beinen hinter seinem Schreibtisch. Doch diesmal erhob er sich, als Fen-che den Raum betrat und ging lächelnd auf ihn zu. »Ich glaube, wir haben eine für alle Seiten akzeptable Lösung gefunden. Der Gouverneur hat Sie ehrenhalber zum Leutnant der Fernmeldeabteilung ernannt, und somit sind alle Voraussetzungen gegeben. Sie sind außerdem berechtigt, eine deutsche Uniform zu tragen. Im Namen des Offizierscorps möchte ich Sie bitten, ab heute gemeinsam mit uns in der Messe zu speisen. Morgen wird der Quartiermeister einen Raum für Sie herrichten lassen.« Spontan schüttelte Müller Fen-ches Hand.
»Ich danke Ihnen ebenso für Ihre Mühe wie für den guten Willen und nehme die Einladung zum gemeinsamen Essen gern an!«
»Es war hauptsächlich der Wunsch meines Admirals«, gab Müller zu, »aber das schließt eine gute Zusammenarbeit nicht aus. Dabei fällt mir ein: Am Sonntag wird uns ein Minister aus Peking einen Höflichkeitsbesuch abstatten, und wir werden Sie als Dolmetscher benötigen.«
»Kennen Sie seinen Namen?« Kiautschou lag im Augenblick so fern.
»Ich weiß nur, daß es ein Minister sein soll. Und wenn Sie Ihre neue Uniform dazu anlegen würden ...«
Fen-che schoß die skurrile Idee durch den Kopf, am Sonntag seine Galatracht mit dem Seidenvogel auf Brust und Rücken und die doppeläugige Pfauenfeder anzulegen. Bei dem Gedanken über das zu erwartende entsetzte Gesicht des Ministers, einen Mandarin in

deutschen Diensten vor sich zu haben, lächelte er unwillkürlich, und mit dem gleichen Lächeln bedachte er Korvettenkapitän Müller. »Wenn der Gouverneur es wünscht ...«
Yu Wei hörte gelassen zu, als Fen-che diese Neuigkeit brachte. Sie saßen im gleichen engen Raum wie neulich, als der Dorfschulze das geheime Losungswort genannt hatte, nur daß Fen-che heute ebenfalls rauchte: Eine Pfeife mit teurem englischem Tabak.
»Ob Eure Entscheidung gut und richtig ist, wird erst die Zukunft verraten«, und als ob das alte Spiel noch einmal gespielt werden sollte, nahm Yu Wei einen besonders gut gelungenen Mondkuchen und legte ihn Fen-che vor. »Ich halte es für einen Fehler, sich in die Abhängigkeit der Deutschen zu begeben; die Freiheit meines älteren Bruders wäre dadurch erheblich beschnitten!«
»Welche Freiheit meint mein weiser Großvater? Daß ich abends wie ein Hund aus dem Lager entlassen werde, um Morgen für Morgen, Tag für Tag neu um Einlaß betteln zu müssen? Nein, ich werde sogar mein eigenes Zimmer erhalten.« Und nicht ohne Stolz in der Stimme erzählte er von dem Angebot, die Mahlzeiten in der Offiziersmesse einzunehmen.
»Ich freue mich, wie geschickt mein älterer Bruder sich das Vertrauen der stinkenden Langnasen erworben hat, doch meine Sorge wird ihn stets begleiten, daß er seinen gestellten Auftrag nicht vergißt!«
Obwohl Fen-che den Ausdruck »stinkende Langnasen« als provozierend empfand, ging er nicht darauf ein, wohl wissend, daß ihn jede Bemerkung in dieser Richtung zum Ausländerfreund abstempeln würde. »Am Sonntag wird ein Minister aus Peking erwartet«, sagte er statt dessen.
»Ein Minister?« Yu Wei lachte lauthals. »Nein, ein unbedeutender Prinz letzten Grades wird Euch beehren.«
Wieder wunderte sich Fen-che, wie gut dieser kleine Dorfschulze informiert war und mit welcher Beharrlichkeit er immer wieder versuchte, ihn zu provozieren, indem er ihn mit den Deutschen in einen Topf warf.

»Warum wird dieser Prinz als Minister ausgegeben?«
»Um den Deutschen zu zeigen, daß wir in unserem Land noch immer machen können, was wir wollen und was uns beliebt!«
»Die Deutschen sind nicht dumm, und wenn sie es bemerken, haben wir an Glaubwürdigkeit verloren!«
»Ja und? Was schert es uns, ob sie beleidigt sind. Die werden eines Tages, ebenso schnell wie sie gekommen sind, aus unserem Land gejagt, und niemand wird sich Gedanken darum machen, ob wir ihnen gefallen haben.«
»Gleicht nicht das Echo der eigenen Stimme?«
»Wir werden die Barbaren vernichten. Nur das zählt!« Yu Weis Gesicht war von Wut verzerrt.
»Da stimme ich Euch zu. Aber durch blinden Haß werden wir das nie erreichen, denn dazu sind sie zu stark!«
»Hauptsache, wir erreichen unser Ziel, mit welchen Mitteln auch immer!« erwiderte Yu Wei. »Und wie sehr wir auf die Hilfe meines älteren Bruders angewiesen sind, weiß er wohl?«

***

Der Raum, den der Quartiermeister Fen-che zugewiesen hatte, lag neben dem von Sodens und ähnelte mit seiner eisernen Bettstelle, dem Spind, zwei Stühlen und einem runden Tisch mit einer großen Steingutschüssel nebst Wasserkrug einer Klosterzelle. Es roch durchdringend nach Petroleum und Bohnerwachs. Zurückhaltend blieb er in der Tür stehen.
»Herzlich willkommen, Herr Leutnant.« Graf von Soden legte freundschaftlich seine Hand auf Fen-ches Rücken und schob ihn sanft ins Zimmer. »Es wird Ihnen alles noch etwas ungewohnt erscheinen, aber ich verrate Ihnen sicher kein Geheimnis, wenn ich sage, daß meine Kameraden auf Sie gespannt sind. Sie essen doch mit uns?« Mit keinem Wort ging er auf ihre letzte Begegnung ein, die er so unfein beendet hatte.

»Wenn es Sie nicht stört, daß ich nur unbeholfen mit Messer und Gabel essen kann, gern!«
Von Soden öffnete den Spind und wies auf eine ähnliche Uniform, wie er sie selbst trug. »Sie müßte Ihnen passen!«
Unsicher fuhr Fen-che mit den Fingern über den Stoff, und mit widerstreitenden Gefühlen sah er von Soden an. »Wann soll ich sie anziehen?«
Der Graf spürte sehr wohl, was dieser Schritt für Fen-che bedeutete, und blieb betont ernst. »Sie sind zwar kein richtiger Soldat, Herr Lin, doch der Titel ›Leutnant der Reserve‹ ist Ihnen ehrenhalber zugestanden worden, und ich würde es als Auszeichnung betrachten, sie immer tragen zu dürfen. Machen Sie sich erst einmal mit dem Gedanken vertraut. Es muß ja nicht sofort sein! Ich werde Sie zum Mittagstisch abholen!« Er ging hinaus und schloß die Tür hinter sich.
Die Uniform paßte, wenn auch der ungewohnte Schnitt überall kniff und drückte. Es gab kein Zurück, obwohl er sich wie in einem Kostüm vorkam und das Gefühl hatte, jeder würde über ihn lachen. Er selbst war so weit gegangen und hatte es so gewollt. Vorsichtig setzte er sich auf das Bett und war erstaunt, wie weich es war, stand aber sofort wieder auf und tat, was er bei von Soden schon so oft gesehen hatte: Er zog sich vor dem Hinsetzen die Hose an den Bügelfalten etwas über die Knie nach oben. Trotz des weichen Leders schmerzten ihn die Füße in den neuen Stiefeln, und sehnsüchtig fiel sein Blick auf seine alten Filzschuhe. Dann ging er von der Tür bis zur Wand und zurück und wiederholte den Weg, bis er sich mutig genug fühlte, auf den Flur hinauszutreten. Doch niemand begegnete ihm, und von der Barackentür aus beobachtete er von Soden beim Geschützexerzieren der Chinesenkompanie. »Leutnant Lin Fen-che«, murmelte er leise und war in diesem Augenblick sehr stolz auf sich, »nun bist du Mandarin und Offizier der Kaiserlichen Kriegsmarine zugleich!« Mit betont geradem Gang, wie er ihn bei den Offizieren bemerkt hatte, ging er in sein

Zimmer zurück, warf sich auf das Bett und lachte, bis ihm die Tränen über die Wangen liefen.
Schade, daß ihn seine Familie so nicht sehen konnte, dachte er ausgelassen und wurde plötzlich ernst. Verlegen wischte er sich die Lachtränen ab, als er an seinen Vater dachte. »Es hat keinerlei Bedeutung!« wehrte er sich mit schwacher Stimme gegen diese Vorstellung. »Ich mache das doch nur für Kia und unser Land, Vater!« Er brauchte frische Luft. Er trat ans Fenster und öffnete es. Draußen überquerte von Soden den Platz. Kurze Zeit später klopfte es an der Tür, und er trat ein.
»Großartig!« bemerkte er mit anerkennendem Blick. »Hiermit lade ich Sie ein, mich während meines Heimaturlaubs in Deutschland zu besuchen, damit ich Ihnen mein Vaterland zeigen kann. Aber erst wollen wir essen gehen!«
In der Tür blieb von Soden stehen. »Vergessen Sie Ihre Kopfbedekkung nicht!« Kaum hatte er das gesagt, verschwand die Heiterkeit aus seinem Gesicht. »Mein Gott, daran habe ich überhaupt nicht gedacht!« Er sah auf Fen-ches Zopf. Gemeinsam versuchten sie auf jede mögliche Weise, die Mütze vorschriftsmäßig aufzusetzen, aber immer war der dicke Zopf im Weg. »Und wenn Sie sich ihn abschneiden lassen?« fragte von Soden, ohne Fen-che anzusehen.
»Ich werde es mir überlegen!« erwiderte dieser tonlos.
Die Offiziersmesse nahm die gesamte Breite der Baracke ein. An jedem Tisch saßen vier Offiziere. Nur der Admiral hatte mit seinem Adjutanten einen eigenen Tisch. Das war auch der einzige, auf dem ein weißes Tischtuch lag.
Von Soden und Fen-che setzten sich zu zwei Offizieren, die sie mit kurzem Nicken begrüßten. Das leise Gemurmel der Unterhaltung im Raum nahm wieder seine alte Lautstärke an. Bei der Essensausgabe standen große Terrinen, die die Kochstewards an die einzelnen Tische brachten. Kurz darauf räusperte sich von Diederichs und klopfte mit dem Messer an sein Glas.
»Ich habe heute das Vergnügen, einen neuen Kameraden vorstel-

len zu dürfen!« sagte er in seiner bedächtigen Art, nachdem er sich erhoben hatte. »Leutnant Lin Fen-che wird neben seiner Aufgabe als Dolmetscher das vom Gouverneur zu drucken beabsichtigte Amtsblatt für die Bevölkerung ins Chinesische übersetzen. Ich wünsche Ihnen gute Zusammenarbeit und viel Erfolg!« Mit dem Beifallsklatschen der Offiziere setzte sich der Admiral und winkte den Stewards, die Suppe zu servieren.

Vom gegenüberliegenden Tisch sah Fen-che Leutnant von Bredehöft freundlich herübernicken. Lächelnd nickte er zurück. Er würde ihm durch seine arrogante Art immer in Erinnerung bleiben, denn sie war einer der Gründe, warum er die Deutschen verachtete. Plötzlich spürte er von Sodens Blick auf sich gerichtet.

»Haben Sie den Leibhaftigen gesehen?« fragte dieser heiter.

»Ich habe an meinen Zopf gedacht«, wich Fen-che aus.

Ein Geistlicher in Offiziersuniform sprach laut das Tischgebet. Alle Anwesenden verharrten mit gesenktem Kopf und gefalteten Händen.

»Amen«, kam es rauh aus über vierzig Kehlen.

»Ich glaube, man hat Ihretwegen heute Eintopf gekocht, damit Sie sich langsam an unsere Eßbestecke gewöhnen«, sagte von Soden, und Fen-che wußte wieder nicht, ob es nur ein Scherz war. Auch war er sich nicht darüber im klaren, wie das Angebot für den Deutschlandbesuch gemeint war, das von Soden erst ausgesprochen hatte, nachdem er die deutsche Uniform angezogen hatte.

Der Bohneneintopf schmeckte sehr gut, wenn er darin auch das fette Schweinefleisch vermißte. Zum Nachtisch gab es Pudding mit Sirup. Es wurde schlagartig still in der Messe, als der Admiral und sein Adjutant sich erhoben. Bevor sie den Ausgang erreichten, kamen sie an Fen-ches Tisch vorbei.

»Wenn Sie gleich nach dem Essen beim Admiral vorbeikommen würden!« sagte Müller.

Fen-che nickte, stand auf und folgte ihnen augenblicklich.

»Kommen Sie herein!« winkte von Diederichs Fen-che durch die offene Tür zu sich, während Müller in sein Büro ging. Er zündete sich eine seiner schmalen Zigarren an. »Ich bewundere Ihren Mut, von heute auf morgen mit Ihrer Tradition gebrochen zu haben. Ich werde Sie nur noch vereidigen müssen!«

Während Fen-che noch überlegte, worauf er eigentlich vereidigt werden sollte, erhob sich von Diederichs und hob die rechte Hand. »Bitte sprechen Sie mir nach: Hiermit gelobe ich, mit allen Kräften zum Wohle der deutschen Kolonie Tsingtau beizutragen und meine Arbeit ebenso gewissenhaft auszuführen!«

Nach diesem formlosen Gelöbnis griff der Admiral wieder nach seiner Zigarre und sog mehrmals daran. Enttäuscht gab er nach mehreren Zügen auf und zündete sie erneut an, indem er erst den Schwefelkopf abbrennen ließ und dann die reine Flamme zum Anbrennen benutzte. »Herr Lin, wie Sie bereits wissen, wird uns am nächsten Sonntag ein Minister Ihres Landes einen Höflichkeitsbesuch abstatten. Es ist mir etwas unangenehm, aber wir sind noch nicht auf einen hohen Besuch vorbereitet. Was wird man von uns erwarten?«

Fen-che hatte plötzlich Mitgefühl mit dem Admiral, der wohl ein ausgezeichneter Soldat sein mochte, sich aber auf dem glatten Boden der chinesischen Diplomatie unmöglich zurechtfinden konnte. Nun wurde ihm auch klar, daß diese sogenannte Vereidigung nur ein Vorwand zu diesem Gespräch gewesen war. Sollte er ihm sagen, wie unwichtig dieser Besuch war? Würde er verstehen, warum nur ein Prinz des zwölften Grades kommen würde? Nein, sicher nicht; er würde keinen Rangunterschied zwischen den Prinzen verschiedener Grade sehen. Irgendwann würde er diese Feinheiten jedoch erkennen, und dann müßte er sich die Frage gefallen lassen, ob er den Admiral damals richtig beraten hatte. Aber das würde noch lange dauern, und bis dahin konnte noch viel geschehen.

»Dieser Besuch dient sicher nur zur Normalisierung der gegenseitigen Beziehungen. Ob nun ein Minister oder kaiserlicher Prinz kommt, ich würde vorschlagen, ihm zu Ehren ein Festessen auf einem großen Kriegsschiff zu geben und später an Land nach der allgemeinen Besichtigung unsere chinesische Kompanie ein Wettschießen veranstalten zu lassen.«

»Das hatte ich auch vor! Ich will nur wissen, mit welchem Aufwand ich rechnen muß, um unserem Gast die Ehre zukommen zu lassen, die ihm gebührt.« Verbittert erinnerte von Diederichs sich an Baron von Heykings Rat, keinen von Peking gesandten Besuch zu empfangen. Das war damals leicht gesagt. Niemand hatte damit gerechnet, daß unter Umgehung des Gesandten sich hier Besuch auf Regierungsebene ansagen würde. Warum hatte ihm der Baron nicht gleich einen guten Rat gegeben, wie er sich in so einer verzwickten Lage verhalten sollte?

Fen-che wußte, daß es auf die Schnelle zwecklos war, den Admiral in die speziellen Geheimnisse der Politik seiner Landsleute einzuweihen, etwa in die Kunst, wie man seinen Gesprächspartner Gesicht verlieren ließ oder sorgfältig ausgelegten Stolpersteinen geschickt auswich. »Ihr Gast kommt, um ein deutsches Soldatenlager zu besuchen, und mein Rat ist, sich nur auf militärische Zeremonien zu beschränken, etwa so, als ob ein britischer Admiral an Bord kommen würde.«

Von Diederichs saß leicht vornübergebeugt da und schien nachzudenken. Fen-che hatte das Gefühl, die Frage, die den Gouverneur bewegte, noch immer nicht richtig verstanden und mit seiner Antwort an dem Problem vorbeigeredet zu haben. Er spürte auch, daß jedes weitere Wort nur noch mehr Verwirrung schaffen würde; also schwieg er. Von Diederichs sah kurz auf und nickte.

»Danke!«

Ich werde mich nie an die ausländischen Sitten gewöhnen, dachte Fen-che auf dem Weg zurück in sein Zimmer. Woher auch sollte er wissen, daß er nach diesem letzten »Danke« abzutreten hatte. Statt dessen hatte er sich beeilt, »bitte sehr« zu sagen und somit für eine zusätzliche Konfusion gesorgt. Erst als der Admiral förmlich

geworden war und schnarrte: »Sie können abtreten«, hatte er verstanden, was dieses »Danke« zu bedeuten hatte.
In der Nacht zum Sonntag schlief Fen-che schlecht. Zum Abend hin hatte sich der stete Seewind gelegt, und es war unnatürlich drückend geworden. Eine bleierne Wärme, auf die sich der Körper nach dem kurzen Frühsommer noch nicht eingestellt hatte, ließ ihn aus dem leichten Schlaf immer wieder hochschrecken. Kurz vor dem Hellwerden beobachtete er von seinem Fenster aus, wie einige Soldaten der Chinesenkompanie mit Vogelkäfigen vor der Baracke saßen und verzückt dem Gesang ihrer Lieblinge lauschten. Ein tagblinder Falter umkreiste eine der Laternen und versuchte näher ans Licht zu kommen. Die Hitze des Glaskolbens vertrieb ihn, aber immer wieder kehrte er zurück, und seine Kreise wurden hektischer. Er beneidete seine Landsleute und sehnte sich danach, diese kleine Freude teilen zu können. Statt dessen zermarterte er sich darüber den Kopf, was mit seinem Zopf geschehen sollte. Durch seinen Auftrag arbeitete er für die Deutschen, wohnte sogar in ihrem Lager und hatte ihre Uniform angezogen. Warum sollte er diesen kleinen Schritt nicht auch noch vollziehen und sich das Haar abschneiden? Wenn sein Auftrag beendet war, würde alles wieder so werden, wie es war, und die Zeit ohne Zopf würde genauso schnell vorübergehen und vergessen sein, wie die winterlich blattlose Zeit eines Baumes.
Fen-che erhob sich schnell von seinem Lager, als befürchte er, den soeben gefaßten Entschluß doch noch zu ändern. Er eilte zum Waschtisch, griff zur Schere und schnitt sich, sein Spiegelbild meidend, den Zopf ab. Es war nicht leicht, das volle Haar zu durchtrennen, doch nach mehreren Schnitten gelang es ihm.
Fen-ches Blick fiel auf den Zopf zu seinen Füßen. Langsam bückte er sich und hob ihn auf. Wie ein totes Tier hielt er ihn mit beiden Händen umfaßt und setzte sich mit leerem Blick auf die Bettkante. Irgendwo in der langen Baracke wurde eine Tür aufgestoßen, und Stimmen wurden laut. »Von meiner Seite habe ich alles getan, was

für ein gutes Gelingen notwendig ist!« murmelte er leise. Vorsichtig rollte er den Zopf zusammen und versteckte ihn im Spind. Dann griff er zu der Schirmmütze, setzte sie sich auf und verließ, ohne einen Blick in den Spiegel geworfen zu haben, das Zimmer.
Als er die Offiziersmesse betrat, verstummten auf einen Schlag sämtliche Gespräche, und Fen-che spürte vierzig Augenpaare, die auf ihn gerichtet waren. Irritiert blieb er stehen. Dann vernahm er ein erstauntes Raunen im Saal und mehrere leise Pfiffe der Verwunderung. Da erhob sich von Soden von seinem Platz, kam auf ihn zu und führte ihn zu seinem Tisch. »Donnerwetter«, entfuhr es ihm, »was so eine Uniform nicht alles bewirken kann. Wenn ich nicht wüßte, wen ich vor mir habe, würde ich Sie glatt für einen Europäer halten. Jetzt sehen Sie tatsächlich aus wie einer von uns.«
»Den Zopf habe ich mir abgeschnitten, aber die Stirn werde ich mir weiterhin rasieren«, erwiderte Fen-che trotzig und sah von Soden mit unbewegter Miene an. »Wissen Sie eigentlich«, fügte er nach einer Pause hinzu, »daß bei uns den Verbrechern zur Strafe der Zopf abgeschnitten wird?«
Erstaunt sah von Soden auf und blickte ihm dann lange in die Augen. »Ich hoffe von ganzem Herzen, daß Sie nie Gelegenheit bekommen werden, dieses große Opfer zu bedauern.«

***

Die buntbemalte chinesische Kriegsdschunke umrundete das südliche Kap und hielt auf Tsingtau zu, vorbei an den ankernden deutschen Schiffen. Feierlich wurde die deutsche Kriegsfahne auf allen Einheiten um ein Viertel niedergeholt und mit elf Schüssen aus den Bordkanonen die Dschunke begrüßt. Die Chinesen dippten ebenfalls und zogen sie wieder vor. Danach wurden auch auf den deutschen Schiffen die Fahnen wieder hochgezogen. Die Besatzung der Dschunke barg die Segel, und bevor die letzte Fahrt aus dem Schiff kam, fiel ihr Anker.

Korvettenkapitän Müller gab dem Bootsmann der Dampfpinasse einen Wink. Sofort legte sie ab und hielt auf die Dschunke zu. Neben Fen-che und Müller fuhren auf dem kleinen Schiff nur noch der steuernde Bootsmann und zwei weißgekleidete Matrosen mit, die breitbeinig mit Können und Eleganz vorn und achtern auf der schlingernden Pinasse ihr Gleichgewicht hielten.
In weitem Bogen umrundete das Boot die Dschunke und ging am Fallreep längsseits, wobei die Matrosen es an den herunterhängenden Leinen an der Bordwand hielten. Fen-che folgte Müller augenblicklich an Deck. Salutierend blieb der Korvettenkapitän an der Reling stehen. »Bitte an Bord kommen zu dürfen!«
Noch während Fen-che übersetzte, überwältigte ihn der Anblick des höfischen Gepränges.
Der Prinz saß in einem goldverzierten, breiten Stuhl auf einem Podest und hielt die Arme auf die Lehnen gestützt. Der hellrote Edelstein an seinem Hut glitzerte in der Sonne, und der goldgestickte Kranich auf dem viereckigen Schild vor der Brust wurde teilweise von einem drachenbestickten Überwurf aus dunkelblauer Seide verdeckt. Rechts und links flankierten ihn lanzen- und schwerterbewaffnete Soldaten des gelben Mandschubannerheeres, deren reichvergoldete Metallhelme das kaiserliche Wappentier zierte. Über allem wehte die riesige randgezackte dreieckige Kaiserflagge mit dem fünfklauigen blauen Drachen.
Fen-che unterdrückte den Impuls, sich vor den Insignien der kaiserlichen Macht zum Kotau niederzuwerfen, und salutierte stattdessen ebenfalls mit der Hand an der Schirmmütze.
»Bitte an Bord kommen zu dürfen!« schnarrte Müller noch einmal, und im gleichen Tonfall wiederholte Fen-che die Frage in seiner Sprache.
Das leere, schlaffe Gesicht des Prinzen zeigte keine Regung. Erst auf seinen Wink hin trat ein Eunuche vor, um ihm Fen-ches Worte zu wiederholen.
Der Prinz nickte und erteilte leise eine Anweisung.

»Seine Kaiserliche Hoheit, Prinz Tschen Wang, gestattet es!« gab der Eunuche weiter.
»Seine Exzellenz, der Gouverneur von Tsingtau, Vizeadmiral von Diederichs, gibt sich die Ehre, Sie auf seinem Flaggschiff zu einem Essen einzuladen.«
Wieder gab der Eunuche Fen-ches Übersetzung an den Prinzen weiter, und erneut antwortete dieser über ihn.
»Mein Herr, der Kaiserliche Prinz, ist nur daran interessiert, die Einrichtungen an Land zu besichtigen, nicht die schwimmenden Särge!«
Fen-che übersetzte zwar den abfälligen Ausdruck für die Kriegsschiffe mit ›Kanonenboote‹, war jedoch über die offene Unhöflichkeit des Prinzen so beschämt, daß er es von nun an vermied, direkt zu ihm zu sprechen, um damit seine Mißachtung zum Ausdruck zu bringen. Warum verhielt der Prinz sich so schroff? Was steckte dahinter?
»Was machen wir nun?« fragte Müller ihn besorgt.
»Wir könnten ihm sagen, daß wir ihn und seine Begleitung in einer Stunde an Land erwarten«, schlug Fen-che vor, und nachdem Müller zugestimmt hatte, übersetzte er.
»Mit dem größten Vergnügen wird der Gouverneur Eure Exzellenz in einer Stunde an Land begrüßen. Werdet Ihr Euer eigenes Boot zur Überfahrt benutzen, oder soll Euch eine Barkasse der schwimmenden Särge abholen?« Fen-che wußte nur zu gut, in welchem untauglichen Zustand sich die Boote auf den chinesischen Dschunken befanden, und hoffte, durch diese Frage die überhebliche Art des Prinzen zu dämpfen.
»Wenn mein Herr nicht innerhalb eines Stäbchens Zeit abgeholt wird, wird er Tsingtau, ohne an Land gegangen zu sein, verlassen!« Beflissen trat der Eunuche nach dieser Antwort wieder in den Hintergrund. Ein Zeichen, daß die Unterhaltung von seiten des Prinzen beendet war, der nun gelangweilt in den Himmel blickte.

Schlingernd näherte sich die Pinasse den großen Dickschiffen. Während Fen-che das eindrucksvolle Bild der in genau bemessenen Abständen auf die gesamte Länge des Schiffes an der Reling postierten Matrosen bewunderte, stand Müller mit schmalen, zusammengekniffenen Lippen neben ihm. Kaum daß sie an der herabgelassenen Gangway festgemacht hatten, eilte er mit langen Schritten nach oben, um dem Admiral Bericht zu erstatten.

Eine knappe Stunde später wurde der prinzliche Besuch von der Dschunke abgeholt und an Land gebracht. Natürlich hatte es sich bei den Matrosen sehr schnell herumgesprochen, daß dieser Prinz es abgelehnt hatte, an Bord eines deutschen Schiffes zu kommen. So war es in den Augen der meisten Seeleute auch kein Zufall, daß der Schornstein der Dampfpinasse auf halbem Weg zum Anleger plötzlich heftig rußte und bei achterlichem Wind von dem Rauch eingehüllt wurde, der dann weiter dem Land zutrieb. Diese kaum sichtbaren, fetten Rußteilchen hatten die unangenehme Eigenschaft, schwarze Spuren auf Haut und Kleidung zu hinterlassen.

Ohne die angetretenen Offiziere und Mannschaften auch nur eines Blickes zu würdigen, stieg Prinz Tschen in die von Yu Wei bereitgestellte Sänfte und ließ sich, von seinen Bannersoldaten und Fahnenträgern eskortiert, ins Lager bringen.

»Im Namen Seiner Majestät des Deutschen Kaisers Wilhelm II. heiße ich Eure Exzellenz in unserem Pachtgebiet willkommen!« begrüßte von Diederichs seinen Gast, nachdem dieser aus der Sänfte gestiegen war.

Wieder stand der Eunuche ihm zur Seite und gab Fen-ches Worte weiter. »Mein Herr will die Geschütze besichtigen und möchte wissen, wie viele Soldaten sich hier auf chinesischem Boden befinden«, gab er zurück.

Bereitwillig wurde der Prinz herumgeführt, wobei Fen-che jede Unhöflichkeit durch seine Übersetzung zu glätten versuchte. Auf dem Weg vom Anleger zum Lager hatte von Soden ihn ein kurzes

Stück begleitet und ihm zugeflüstert: »Fassen Sie sich nicht ins Gesicht, der rußige Staub vermischt sich sonst mit Ihrem Schweiß!«
Vor der Gouverneursbaracke kamen die Besucher zum Stehen, und von Diederichs setzte zu einer kurzen Ansprache an. »In der langjährigen Freundschaft zwischen den Deutschen und dem Chinesischen Reich wird nun eine Phase der Zusammenarbeit zum gegenseitigen Nutzen eintreten. Mit deutscher Tüchtigkeit werden wir zusammen die Bodenschätze fördern, neue Industrien aufbauen und zum gegenseitigen Wohl die Bevölkerung daran teilhaben lassen. Als Zeichen unserer Hochachtung überreiche ich Ihnen im Namen Seiner Majestät Kaiser Wilhelm II. ein Geschenk, das als Sinnbild dafür stehen soll, daß wir nie die Waffen gegeneinander kreuzen werden!«

Während Fen-che simultan übersetzte, reichte von Diederichs seinem Gast einen pompös verzierten Ehrensäbel, den jedoch zum allgemeinen Entsetzen der Deutschen nicht der Prinz, sondern der Eunuche entgegennahm und die ausführliche Antwort seines Herrn auf die Ansprache des Admirals weitergab: »Zwei fremde Missionare wurden in unserem Land von Strolchen ermordet. Diesen Vorfall hat Deutschland zum Anlaß genommen, dieses Stück Land zu besetzen, das der Sohn des Himmels, unser Kaiser, bereits freiwillig dem deutschen Volk schenken wollte. Sich etwas mit Gewalt anzueignen ist etwas anderes, als es freundschaftlich geschenkt zu bekommen. Trotzdem werden wir in aller Freundlichkeit versuchen, miteinander auszukommen, obwohl nicht wenige unserer Landsleute diesen ungerechtfertigten Schritt noch immer heftig verurteilen!«

Nach einem Wink des Prinzen bückte sich der Eunuche und hob eine Handvoll Sand auf. Nun trat er vor und ließ sie vor von Diederichs langsam durch seine Finger zu Boden rieseln.

»Als Zeichen unseres guten Willens schenke ich Ihnen diese Erde, obwohl Sie sie schon in Ihren Besitz genommen haben.«

Fen-che erblaßte vor Entsetzen und konnte sich nicht vorstellen, daß die Deutschen diese Verhöhnung so einfach hinnehmen würden. Doch offensichtlich überwältigt von der symbolischen Geste verbeugte sich von Diederichs und wies auf den Eingang seiner Baracke. »Würdet Ihr mir die Ehre erweisen, im Kreis meiner Offiziere einen Imbiß einzunehmen?«

Prinz Tschen sah kurz vom Eunuchen zu von Diederichs. Fen-che ahnte, was dieser Blick zu bedeuten hatte, denn genau wie er konnte der Prinz sich nicht vorstellen, daß die verhaßten Fremden das Geschenk der lächerlichen Handvoll Erde nicht verstanden hatten.

»Mein Herr wünscht, sofort auf sein Schiff zurückgebracht zu werden«, gab der Eunuche dessen Worte an Fen-che weiter, und während er noch übersetzte, stieg Prinz Tschen in die Sänfte.

»Das ist ja gut gelaufen!« raunte Müller Fen-che zu, als sie den Gast mit einigen Offizieren zum Anleger zurückgeleiteten. »Ich habe schon geglaubt, der würde sich mehrere Tage hier aufhalten wollen.«

»Sicher hat er noch andere wichtige Besuche zu machen«, antwortete Fen-che ausweichend und hoffte, auf den letzten hundert Tschi keine weiteren Zwischenfälle zu erleben.

Die Sänfte wurde vor den angetretenen Offizieren und Mannschaften am Anleger abgestellt. Inzwischen war auch das Musikcorps von dem Admiralitätsschiff an Land gebracht worden, und ihr Dirigent wartete auf seinen Einsatz.

Als die Vorhänge beiseite gezogen wurden und der Prinz ausstieg, glaubte Fen-che aus den Reihen der angetretenen Mannschaft unterdrücktes Lachen zu hören. Das Gesicht des Gastes war durch die zerriebenen Rußpartikel völlig verschmiert. Hochmütig flüsterte er seinem Eunuchen etwas zu.

»Mein Herr läßt seinen Dank für Ihre Mühe aussprechen und lädt zum nächsten Vollmond eine Artillerieabteilung zu einem Wettschießen mit chinesischen Feldtruppen in Wei-hai-wei ein.«

Müller nickte und wollte sich für die Einladung bedanken, als ihm die ersten Klänge eines Militärmarsches das Wort abschnitten.

Während das Orchester spielte, hörte Fen-che, wie Müller einem Leutnant Befehl gab, den Bootsführer der Pinasse zu ihm zu bringen. Nachdem die letzten Töne verklungen waren, meldete sich der Bootsmann in strammer Haltung.
»Sollte auf dem Weg zur Dschunke Ihr Schornstein auch nur ein einziges Mal qualmen, werden Sie den Rest Ihres Lebens im Kohlenbunker eines Panzerkreuzers verbringen!«
Erst jetzt erkannte Fen-che, warum das desolate Aussehen des Prinzen die Matrosen so erheitert hatte. Er hätte nie geglaubt, daß sich ein deutscher Untergebener ohne Befehl seines Offiziers eine derartige Freiheit erlauben würde.
Seltsamerweise gab es zu diesem Vorkommnis kein Nachspiel, obwohl jeder Beteiligte die verschmutzten Gesichter der Besucher gesehen hatte. Noch am gleichen Tag suchte Fen-che vor dem Abendessen von Soden auf, um sich für den heimlich zugeflüsterten Ratschlag zu bedanken.
»Ich kann diesen Besuch immer noch nicht richtig einordnen«, gab von Soden zu. »Zum einen hatte ich das Gefühl, daß er zur Festigung unserer Beziehungen diente, zum anderen schien mir die Art des Prinzen jedoch sehr befremdlich. Aus welchem Grund hat er nie direkt zu uns gesprochen? Dafür empfand ich die Geste mit der Erde ungemein eindrucksvoll. Aber das sind wohl die Sitten.«
»Ja, es sind unsere Sitten«, erwiderte Fen-che resigniert. »Aber man sollte nie auf die Idee kommen, das Lächeln eines Chinesen auch als solches zu bewerten. Haß und Freude haben viele Gesichter, und je geschickter man seine wahren Gefühle verbirgt, um so nachhaltiger wird der Feind getäuscht!«
»Also habe ich mich nicht geirrt«, sagte von Soden mehr zu sich selbst. »Und wie war die Einladung zum Wettschießen zu verstehen?«
»Ehrlich. Zumindest in dem Augenblick, als er sie ausgesprochen hat. Ich glaube, Sie werden in Wei-hai-wei auf ein Eliteregiment

stoßen, mit dem er beweisen will, daß die Deutschen jederzeit von chinesischen Truppen besiegt werden könnten.«

Der Graf sah Fen-che nachdenklich an. »Wie schwer muß es Ihnen fallen, in Ihrem eigenen Land für uns, die wir in Ihren Augen als Eroberer gelten müssen, zu übersetzen, zu beraten und auf die Gefahren, die von Ihren Landsleuten kommen könnten, aufmerksam zu machen. Beschleicht Sie da nicht das Gefühl, Ihr Land zu verraten?« Aus einer Gefühlsregung heraus legte er seine Hand auf Fen-ches Schulter. »Meine Einladung nach Deutschland habe ich übrigens ernst gemeint und hoffe, daß Sie sie eines Tages wirklich annehmen werden!«

Wenngleich Fen-che mit allen Offizieren des Lagers gut auskam, so war er von Soden doch besonders zugetan. Nun, nachdem der die Einladung ein zweites Mal ausgesprochen hatte, schämte er sich seiner vorherigen Zweifel. Nur der Umstand, ihn eines Tages vielleicht als Feind ansehen zu müssen, behagte ihm nicht. Im Wechselspiel der Gefühle gewann sein Mitteilungsbedürfnis die Oberhand. »Ich werde Deutschland bestimmt eines Tages besuchen! Eigentlich bin auch ich ein …« Er stockte und folgte dem interessierten Blick des Grafen. Das wohlige Gefühl des guten Einvernehmens schwand. Am Eingangstor des Lagers sprach ein Chinese mit fuchtelnden Armbewegungen auf den Posten ein und versuchte an ihm vorbeizukommen.

»Yu Wei«, murmelte Fen-che und erschrak. Wollte er nicht eben noch dem potentiellen Feind seine wahre Herkunft verraten, seine deutsche Abstammung und eventuell auch noch, daß er den neunten Mandarinrang bekleidete? Ernüchtert starrte er auf den Dorfschulzen und dankte insgeheim dem guten und umsichtigen Geist, der Yu Wei im richtigen Augenblick geschickt hatte.

»Ich denke, Ihre Sprachkünste werden gebraucht!« meinte von Soden und begleitete ihn zum Tor.

»Guten Tag, Herr Yu«, begrüßte ihn Fen-che.

»Ich habe Kosten wegen der Sänfte gehabt und will mir das Geld abholen; außerdem möchte ich meinem älteren Bruder nahelegen, heute noch zu mir zu kommen!«

Die direkte Art, in der Yu Wei seine Wünsche vortrug, brüskierte Fen-che.

»Der Herr«, erklärte Fen-che, ohne seinen Unmut zu zeigen, »hat die prächtige Sänfte für unseren Gast zur Verfügung gestellt und möchte bezahlt werden. Ich will es mit dem Zahlmeister regeln und ihm das Geld zukommen lassen.« Dann wandte er sich an Yu Wei. »Mein weiser Großvater kann beruhigt sein. Ich werde heute noch zu ihm kommen, um seine Auslagen zu begleichen!«

Noch bevor die Sonne den westlichen Abendhimmel allmählich rot zeichnete, stieg Fen-che vor Yu Weis Haus vom Pferd. Seit er die deutsche Uniform trug, genoß er das Privileg, sich jederzeit für seine dienstlichen Aufträge ein Pferd aus den Ställen nehmen zu dürfen. Er hatte den Ritt sehr genossen; zum einen die warme, würzige Meeresluft, die Sorglosigkeit des Augenblicks, eine Empfindung, die seit seiner Jugend immer seltener geworden war, und zum anderen das seltsame Gefühl, das ein Schauspieler haben mußte, wenn er in seiner Verkleidung Beifall bekam, so wie jetzt, wenn ihn die vorbeiziehenden Bauern und Händler mißtrauisch, aber devot grüßten und ihn in seiner Uniform nicht als einen der ihren erkannten.

Fen-che klopfte und wartete. Obwohl er genau wußte, daß jeder im Haus über sein Kommen informiert war, rührte sich nichts, und ärgerlich klopfte er noch einmal.

»Oh, welche Freude, mein älterer Bruder!« Yu Wei hatte die Tür geöffnet und war lächelnd beiseite getreten, um ihn hereinzulassen. »Hat er, seit er diese Uniform trägt, vergessen, daß mein Haus auch sein Haus ist und er jederzeit ein und aus gehen kann?«

Fen-che hatte Yu Weis Vorwurf erwartet, doch er ging nicht darauf ein. Statt dessen warf er provokativ ein Silberstück auf den Tisch. »Fünf Tael sind die Deutschen bereit, für Sänfte und Träger auszugeben. Mehr nicht!«

»Das ist aber sehr großzügig.« Yu Wei nickte und wog das Silber abschätzend in der Linken. »Ich habe nur mit der Hälfte gerechnet.«
»Dann seid zufrieden; besser so als andersherum! Was habt Ihr mir Wichtiges zu berichten?«
Fen-che wußte, daß er durch seine Ungeduld wieder an Gesicht verloren hatte. Aber nun kam es ihm nicht mehr darauf an, was Yu Wei von ihm dachte. Er wollte einfach nicht mehr die Geduld aufbringen, sich so lange mit ihm zu unterhalten, bis er von selbst auf das Anliegen zu sprechen kommen würde. »Was gibt es also?« fragte er noch einmal, während Yu Wei durch sein Schweigen die Zeit endlos in die Länge zog.
»Hat mein älterer Bruder noch Zeit, mit mir eine Schale Tee zu trinken, oder wird er schon zurückerwartet?« Yu Wei spürte, daß er Fen-che nicht weiter reizen durfte, und beeilte sich, Gebäck und Teeschalen auf den Tisch zu stellen. »Mit Freude habe ich gesehen, welch wichtige Aufgabe meinem älteren Bruder im Barbarenlager zugedacht worden ist, und ich bin sicher, daß er dort für unser Land von größtem Nutzen sein kann!« Schmeichelnd verbeugte sich Yu Wei und goß den heißen Tee ein, sehr wohl Fen-ches gegenwärtigen Zwiespalt ahnend.
»Der kaiserliche Prinz hat die Deutschen, um ihnen eine Lektion über unsere Tüchtigkeit zu erteilen, zu einem Wettschießen mit Kanonen im Fort Wei-hai-wei eingeladen. Eure Aufgabe wird es sein, die Deutschen zu überreden, den Küstenweg über Tsinu und Wenteng zu benutzen!«
»Wie könnt Ihr so schnell davon ...?«
»Ich habe es schon vorher gewußt!« lächelte Yu Wei und sonnte sich in Fen-ches Erstaunen.
»Welchen Weg sollten sie denn sonst nehmen? Jede andere Route nach Wei-hai-wei ist mehr als doppelt so lang! Aber ist das von Wichtigkeit?«
Yu Wei schloß die Augen und legte die Fingerspitzen gegen die Li-

der, bevor er antwortete. »Noch weiß niemand, wie gut die Deutschen mit ihrer Artillerie sind, und der für sie sicher anstrengende Weg zum Fort könnte sich für uns vorteilig auswirken.«
Fen-che war von innerer Unruhe getrieben aufgestanden und blickte aus dem Fenster. In der Tat eine geniale Idee, dachte er. Tagelang auf heißen, sandigen Straßen zu marschieren und schließlich mit dem gesamten Troß über die letzten Ausläufer des Gebirges zu ziehen, würde sie zermürben. »Eine gute Idee!« gab er zu und setzte sich wieder. Sein Unmut war plötzlich verschwunden, und jetzt merkte er auch, wie gut ihm der Tee schmeckte. »Wenn sich die Deutschen darauf einlassen und die Soldaten in Wei-hai-wei ihr Handwerk verstehen, haben wir schon gewonnen!«
»Nach einem Bericht aus dem Fort treffen von einhundert Granaten mindestens fünfundneunzig. Das sollen die Langnasen erst einmal nachmachen!«
Die Gebäckstücke waren mit fettiger Zuckerglasur überzogen und in feingehackten Mandeln gewälzt. Es fehlte noch etwas Zimt zur Abrundung, dachte Fen-che und meinte sogleich den Geschmack seiner geliebten Zimtsuppe auf der Zunge zu spüren. »Ich möchte, sobald ich ein paar Tage Urlaub bekomme, nach Hause fahren«, äußerte er seinen plötzlichen Wunsch im Überschwang der Freude auf seine Familie. »Ich habe schon fast vergessen, wie schön es ist, unter zivilisierten Menschen zu sein, und vermisse vor allem unser gewohntes Essen!«
»Überbringt bitte unserem Landrat, Eurem hochverehrten alten Herrn Vater, meine Glückwünsche zu seinem erfolgreichen Sohn!«
Von heimlichem Stolz erfüllt nickte Fen-che.

***

Das Thema der nächsten Offiziersbesprechung beinhaltete die Einladung zum Wettschießen in Wei-hai-wei, der Fen-che als Ortskundiger ebenfalls zugestellt war. »Wir haben vor, eine Abteilung

des Matrosen-Artillerie-Detachements unter Führung von Kapitänleutnant Lennig zu entsenden. Es wurde vorgeschlagen, Teile unserer Chinesenkompanie als Begleitung mitzugeben, um unseren Beitrag zum Aufbau der heimischen Kräfte zu demonstrieren. Über die Wegbeschaffenheit wird uns sicher Herr Lin Auskunft geben können.« Damit gab Müller das Wort an Fen-che weiter.
Aller Augen richteten sich erwartungsvoll auf ihn. »Durch die Höhenzüge ist der direkte Weg zur Nordseite der Halbinsel von Shantung schwierig und gefahrvoll. Der nächste und kürzere Weg führt über Tsinu die Küstenstraße entlang bis Wenteng und von dort über die letzten Berghöhen zum Fort.«
»Dann werden wir die Küstenstraße benutzen. Ich sehe den Marsch als eine willkommene Übung für unsere Soldaten an, denn falls wir einmal ...« Müller brach ab und hustete verlegen. »Sie werden den Zug als Dolmetscher begleiten!« wandte er sich an Fen-che.
Nach der Besprechung begleitete Fen-che Korvettenkapitän Müller in sein Büro. »Ich bitte um einige Tage Urlaub, um meine restlichen Sachen holen zu können!«
Der Korvettenkapitän runzelte die Stirn. »Was für Sachen?«
»Ich habe nichts hier, außer was ich am Leib trage. Wenn ich vielleicht noch einige Kleidungsstücke und außerdem mein eigenes Pferd mitbringen dürfte?« Fen-che wußte, daß das Lager noch immer nicht über die benötigte Anzahl an Pferden verfügte.
»Dem steht nichts im Wege! Aber mehr als drei Tage kann ich Ihnen nicht zubilligen!« Dann schien ihm eine Idee zu kommen. »Gibt es über Kiautschou hinaus weitere Pferde zu kaufen? Ich meine in größeren Mengen für unsere neu zu bildende Reiterei?«
Fen-che schüttelte den Kopf. »Vereinzelt vielleicht Maultiere oder Esel, aber um Pferde zu halten, ist diese Provinz zu arm.«
»Da muß ich widersprechen. Diese Provinz ist reich. Reich an guter Kohle für unsere Schiffe. Als nächstes werden wir Eisenbahnschie-

nen zu den größten Minen verlegen, um mit dem verstärkten Abbau zu beginnen.«
»Haben Sie sich schon mit den Besitzern der Minen geeinigt?«
Müller lehnte sich auf seinem Stuhl zurück und steckte die Hände in die Hosentaschen. »Gehören sie nicht dem Staat?«
Einen Augenblick war Fen-che verwirrt und wußte nicht, wie er auf diese Frage antworten sollte. Schließlich sagte er: »Der Staat hat die Förderrechte an mehrere Privatleute verkauft.«
»Dann kann ich Ihnen keinen Urlaub geben. Es ist für uns vordringlich zu wissen, wem die Minen gehören, und das herauszufinden wird Ihre Aufgabe sein. Es tut mir leid, aber die Interessen unseres Reiches gehen vor! Erkunden Sie die Besitzverhältnisse, und nehmen sie schon mit den Leuten Kontakt auf!«
Nichts in Fen-ches Miene verriet seine geheime Belustigung. »Ich werde lange unterwegs sein«, versuchte er seinen Freiraum auszuloten. »Und was soll ich den Eigentümern sagen?«
Müllers Stirn umwölkte sich. »Ich weiß das auch noch nicht! Erzählen Sie denen, daß die deutsche Verwaltung von Tsingtau über die Förderrechte verhandeln möchte. Aber das ist noch nicht endgültig entschieden!«
Nachdenklich verließ Fen-che das Büro. Was war noch nicht entschieden? Daß die Deutschen mit den Eigentümern verhandeln wollten, oder sollten die Minen enteignet werden? Daß sie die Kohle brauchten, war offensichtlich. Trotz der Wärme fror ihn plötzlich.
Weder auf dem Exerzierplatz noch im Lager fand Fen-che Oberleutnant von Soden. Unruhe hatte ihn gepackt. Er wollte so schnell wie möglich nach Hause, und da er jetzt offiziell ein Pferd nehmen durfte, rechnete er sich schon aus, wann er ankommen würde. Ungeduldig gab er die Suche nach von Soden auf und schrieb ihm eine kurze Mitteilung, in der er seinen Auftrag umriß und ein Geschenk mitzubringen versprach. Schwungvoll setzte er seinen Namen in chinesischer Schrift unter die Mitteilung.

Noch vor Mittag brach er auf und ritt den gleichen Weg, den er vor einigen Jahren mit der Sänfte genommen hatte, um von Schanghai aus seine Familie zu besuchen. Auch heute waren die Felder bestellt, doch er sah weder, wie der Wind grüne Wellen durch wiegende Halme hauchte, noch achtete er auf die gebeugten Rücken der arbeitenden Bauern, die täglich bis zur Ernte das Feld von Unkraut freihielten und immer wieder die Erde auflockerten. Seine Gedanken waren nach vorn gerichtet, auf die Freude, seinen Vater wiederzusehen und Ay-lin und die Kinder; darauf, bald wieder zu Hause zu sein.

Kurz vor Sonnenuntergang erreichte er Kiautschou. Obwohl ihn die Ungeduld weitertrieb, saß er ab und führte das Pferd am Zügel durch die Stadt, die zwar nicht seine Heimatstadt war, die er aber in diesem Augenblick als solche empfand. Der übliche marktschreierische Lärm umfing ihn. Eine abwechselnd nach gebrannten Mandeln, frischen Kuchen, tranigen Fischen, gegerbtem Leder und nach Holzrauch duftende Wolke umhüllte ihn. Er ging vorbei an den öffentlichen Schreibern, die mit gefalteten Händen dösend auf ihren Stühlen saßen und darauf warteten, daß jemand ihre Kunst benötigte; an den Fuhrleuten, die schmatzend die Garküchen umlagerten; an den hohläugigen Lederflickern auf den Schemeln zwischen ihren Garnen, über krumme Nadeln und stinkendes Pferdefett gebeugt; an den Holzschnitzern mit ihren hornrissigen Händen; an den unermüdlich ihre frische und billige Ware anpreisenden Gemüsehändlern; an den Reisverkäufern, die sonnenblumenkernekauend neben ihren halbvollen Säcken hockten; vorbei an den Läden mit gebrauchten Kleidern, die mit ihren schönsten Stücken an lebensgroßen Holzpuppen lockten; an den beleibten Fleischverkäufern, die mit langen Fächern unermüdlich die Fliegen zu verscheuchen suchten; an den Verkäufern mit ihren langen, verschmierten Schürzen; an den Lampionläden mit den klimpernden Muschelspielen, die an dünnen Fäden im Wind schaukelten; vorbei an den halbtauben Kesselflickern und den von Kindern um-

lagerten einfältig lächelnden Spielzeugbastlern. Fen-che war wieder zu Hause.
Im Gegensatz zum geschäftigen Treiben in den engen Gassen der Stadt lag der Vorplatz des Yamen ruhig, nahezu abgeschieden da. Die beiden lanzenbewaffneten Wachen lehnten gegen die gelben Ziegel des Portals und unterhielten sich lachend. Erst als Fen-che das Pferd am Flaggenmast festband, blickten sie neugierig auf und wollten ihm zaghaft den Weg vertreten, während er auf den Eingang zuschritt.
»Guten Abend, Ihr alten Herren!« rief Fen-che gutgelaunt und lief an den verdutzten Männern vorbei und mit langen Schritten durch die offene Tür in den Flur auf das Arbeitszimmer seines Vaters zu.
Lin Bohong saß hinter dem Schreibtisch und führte gerade die angespitzte Feder zum Tuschfaß. Ebenso erschrocken über das stürmische Eintreten wie die beiden anwesenden Sekretäre weiteten sich seine Augen ungläubig. Achtlos fiel die Feder neben das Faß, und als Fen-che sich zum Kotau verbeugte, schickte der Landrat mit einer herrischen Geste die Schreiber hinaus.
»Che, du?«
Leise piepste die Nachtigall vom Fenster her.
»Ich habe ein paar Tage frei!« Ein Strahlen ging über sein Gesicht, als er an den Schreibtisch trat. »Es ist so schön, wieder daheim zu sein!«
Bedächtig hob Lin Bohong die Feder auf, reinigte sie und legte sie zu den sauberen. Dann verschloß er umständlich das Tuschfaß mit einem vom vielen Gebrauch abgerundeten Korken, und als er sein sorgenvolles Gesicht seinem Sohn zuwendete, umspielte die Mundwinkel ein leichtes Lächeln, das seine ernsten Augen jedoch Lügen straften. Gemessen stand er auf, umrundete den Tisch und umarmte seinen Sohn. »Ich freue mich, dich wieder hier zu wissen! Was ist geschehen?«
Während der alte Mandarin sich um den Tisch tastete, bemerkte Fen-che, daß das Haar seines Vaters fast weiß geworden war. Weiß

und schütter, und sein Rücken schmal und gebeugt. Von einer plötzlichen Mitleidswelle getragen, griff er nach dessen Hand und küßte sie. »Vater, Ihr habt mir so sehr gefehlt!«

Der Alte führte ihn zu einer Sitzbank und musterte aufmerksam sein Gesicht. »Was ist geschehen?« fragte er wieder und versuchte vergeblich, in seiner Stimme keine Sorge mitschwingen zu lassen.

»Nichts! Ich habe durch einen glücklichen Umstand ein paar freie Tage erhalten, und das, obwohl mein offizielles Urlaubsgesuch abgelehnt wurde.« Er wollte von dem letzten Gespräch mit Müller berichten, doch sein Vater unterbrach ihn.

»Aber wer hat dich bestraft, wer hat dir den Zopf abgeschnitten? Und warum mußt du diese Kleidung tragen?« Er bemerkte nicht, daß seine Hände die des Sohnes noch immer umklammert hielten und leicht zitterten.

Fen-che spürte eisige Kälte in sich hochsteigen. »Bestraft?« Die Unbeschwertheit und sein Lächeln erstarben.

»Warum trägst du keinen Zopf mehr? Was hast du verbrochen?«

Fen-che schüttelte den Kopf. Mit voller Wucht traf ihn die bis dahin verdrängte Realität. Er hatte vorausgesetzt, daß sein Vater seine Handlungsweise verstehen würde, doch nun, nach dieser Frage, erkannte er seinen Irrtum. »Nein, Vater, ich bin nicht bestraft worden!« Seine Stimme überschlug sich fast, wobei er das Mißverständnis hastig zu klären versuchte. »Ich bin ein freier und angesehener Bürger und arbeite nach wie vor für die Deutschen. Aber das wißt Ihr doch alles!« Die erste Träne löste sich von seinem unteren Lid, perlte über die Wange, tropfte über das Kinn und versickerte im Kragen der deutschen Uniform.

Die Hand des Alten fuhr ihm über den Kopf. »Ich wollte dich nicht kränken, verzeih bitte meine Begriffsstutzigkeit, du wirst bestimmt gute Gründe gehabt haben, dich so zu kleiden.« Er suchte Fen-ches Blick, und als sich ihre Augen trafen, lächelte er. »Nun bist du wieder zu Hause, jetzt kannst du dich wieder normal kleiden!«

Fen-che erhob sich und blieb mit herabhängenden Armen neben seinem Vater stehen. »Ja, Ihr habt wie immer recht. Sind Ay-lin und die Kinder da?« Er hob seine Schirmmütze auf und ging zur Tür.
»Willst du dich vorher nicht umziehen?«
Gehorsam nickte Fen-che und schlurfte leise mit gebeugtem Rükken in sein Zimmer. Als er seine Uniform ablegte, spürte er, daß ihn jemand beobachtete. Ay-lin stand in der halboffenen Tür und sah ihn mit ausdruckslosem, blassem Gesicht an. Einen winzigen Augenblick zu lange blieben ihre entsetzt geöffneten Augen auf ihn gerichtet, bevor sie die Tür ganz aufstieß, mit schnellen Schritten auf ihn zueilte und ihn umarmte. Sie preßte ihr Gesicht an seine Schulter, und als er ihr in die Augen sehen wollte, verstärkte sie den Druck, um nicht hochsehen zu müssen. Die Umarmung schien eine Ewigkeit zu dauern, bis sie ihn endlich freigab.
»Ich soll dir von Herzen liebe Grüße von meinen Eltern und besonders von Wen-ti ausrichten«, sagte sie beherrscht lächelnd, »aber am meisten freue ich mich, dich so überraschend wiederzusehen!«
Ay-lin wußte, daß ihr Verhalten ihm gegenüber trotz aller Mühe gekünstelt wirkte, und sie versuchte mit aller Kraft, sich so natürlich wie möglich zu geben. Grischa hatte vorhin von der Küche aus Fen-ches Stimme sofort erkannt und wollte unbedingt zu ihm. Sie hatte ihn am Halsband gepackt und zurückgehalten und dabei ihren Mann beobachtet, wie er schnell in sein Zimmer gehuscht war, ohne sie vorher zu begrüßen. Aber sie war auch froh darüber gewesen, ihm in diesem Augenblick nicht gegenüberstehen zu müssen. Die fremde Uniform und der abgeschnittene Zopf hatten ihr einen Stich versetzt. So blieb ihr ein wenig Zeit, sich zu fassen. Hatte er keinen Anstand mehr, daß er so zu Besuch kam? waren ihre ersten Gedanken, und erschüttert sah sie ihre Befürchtung bestätigt, daß ihn seine neue Umgebung wohl doch in ihren Bann gezogen hatte.
»Wie geht es den Kindern?« fragte er während des Umkleidens.

»Sehr gut. Ihnen hat es bei meinen Eltern ausgezeichnet gefallen, und sie haben besonders meinen Bruder in ihr Herz geschlossen. Es hat beim Abschied bittere Tränen um Wen-ti gegeben.« Sie trat auf ihn zu und zupfte seine Jacke zurecht. »Auch unserem Jüngsten geht es ausgezeichnet.«

Ihr plötzlich so strahlendes Gesicht verunsicherte ihn. »Du meinst Hsün.«

»Ich meine unseren Nachwuchs, der noch im Jahr des Hundes geboren werden wird!«

»Im Jahr des Hundes«, wiederholte er und runzelte die Stirn. »Aber das haben wir doch noch!« Dann begriff er endlich und sah sie mit ungeteilter Freude an. »Wir kriegen noch eins!«

Er dachte an Liän, der im Jahr der Ratte geboren war, einem Zeichen für besonderen Charme, kritischen Verstand, aber auch Aggressivität und wenig Mut, während Hsün im Zeichen des Tigers über Mut und Weitblick verfügen sollte, aber auch selbstsüchtig bis hart sein konnte. Fen-che versuchte sich an die Eigenschaften des Hundes zu erinnern. Aufrichtig, Sinn für Moral, arbeitsam und klug, aber auch eigensinnig. Dann sah er Ay-lins erwartungsvoll lächelndes Gesicht noch immer auf sich gerichtet und zog sie an sich. »Seit wann weißt du es?« fragte er sie leise und bedeckte ihre Stirn, ihre Augen und ihren Mund mit Küssen.

Als er sie endlich losließ, setzte sie sich atemlos auf das Bett und ordnete ihr Haar, während ihr Blick auf seines fiel. »Mußtest du dir deinen schönen Zopf abschneiden lassen?« entfuhr es ihr.

Diese Frage traf ihn in diesem Augenblick völlig unvorbereitet und zerriß mit einem Schlag sein Glücksgefühl. In einer jähzornigen Aufwallung schrie er: »Ich spreche von unserem Kind und erwarte keine unpassenden Fragen über meine Haare!«

Es war das erste Mal, daß Fen-che ihr gegenüber laut geworden war. Ohne zu überlegen, was sie tat, rutschte sie mit den Knien zu Boden und nahm eine unterwürfige Kotauhaltung ein. »Entschuldige bitte meine vorlaute Bemerkung!« schluchzte sie.

»Das mag ich erst recht nicht!« erwiderte er und zog sie grob am Arm empor; sein Atem rasselte vor Aufregung. »Ein für allemal: Ich will nichts mehr über meinen Zopf hören. Wenn ich den Auftrag ausgeführt habe, werde ich ihn mir wieder wachsen lassen, und bis dahin habt ihr mich so zu nehmen, wie ich bin, oder ihr laßt es!«
Ungestüm knöpfte er sich seine eben angezogenen Kleidungsstücke auf und riß sie sich vom Körper. Erst nachdem er die Uniform erneut angezogen hatte, beruhigte er sich. Jetzt, da er seine eingeschüchterte Frau vor sich sah, bereute er seinen Gefühlsausbruch von ganzem Herzen. »Komm, wir gehen zu den Kindern!« sagte er in ruhigem und versöhnlichem Ton. Erstaunt bemerkte er, daß Ay-lin keine Anstalten machte, mit ihm hinauszugehen.
»Die Kinder sind in der Schule. Wir haben keinen Privatlehrer mehr.«
»Haben wir kein Geld?«
»Nein, das ist es nicht. Dein Vater wollte seine Enkel als Vorbilder und zur Nachahmung in der öffentlichen Schule sehen. Ich habe ihn nicht richtig verstanden. Er hat etwas von politischer Verantwortung gesagt, durch die jetzt mehr Kinder zur Schule gehen sollten.«
Fen-che wußte, daß er die Entscheidungen seines Vaters ungeprüft akzeptieren konnte. Jetzt war er froh, Ay-lin noch eine Weile ungestört für sich zu haben. Doch er wagte es noch nicht, sie wieder zu streicheln. Statt dessen ergriff er ihre Hand und zog sie an sich. »Wird die Gemahlin meines Herzens die Güte haben, mit mir Tee zu trinken?«
Jedesmal, wenn Fen-che seine Schale hob, trank auch Ay-lin und lächelte ihm zu. Doch in den Augenblicken, in denen sie sich unbeobachtet fühlte, verhärtete sich ihr Gesicht. Es war ihr, als hätte sich die Uniform trennend zwischen sie und sein Leben gedrängt. Sie versuchte sich immer wieder einzureden, daß diese keine Bedeutung für sie hatte; aber war der abgeschnittene Zopf nicht

bereits der Beweis dafür, daß er sich nicht nur von seiner Familie, sondern auch innerlich von seinem Volk entfernt hatte? Wie beneidete sie Grischa, der zufrieden ausgestreckt unter dem Tisch lag und schlief und den Kopf seinem Herrchen unvoreingenommen auf die Füße gelegt hatte. Dabei könnte doch alles so einfach sein; sie besaßen Ansehen, verfügten über ausreichendes Vermögen und waren alle gesund. Wann sollte das unstete Leben ein Ende haben und mit ihm ihre Befürchtung, daß ihr Mann wie ein welkes Blatt in der sich zuspitzenden Konfrontation mit den fremden Mächten zerrieben werden konnte? Wieder lächelte Ay-lin, als sie seine Augen auf sich gerichtet sah, und schob ihm den geschnitzten Eichenteller mit Honigkuchen näher. Es duftete nach Zimt.
Geräuschlos öffnete sich die Tür, und Lin Bohong trat mit der Maske eines Lächelns ein.
»Darf ich mich zu euch setzen?« fragte er und ließ sich auf seinem Stuhl nieder, um mit dem Ritual des Pfeifestopfens zu beginnen. Bis sie brannte, saßen sie sich schweigend gegenüber, ohne die Stille als peinlich zu empfinden. »Ich bin gespannt zu erfahren, wie es dir bei den Deutschen ergangen ist!« forderte er seinen Sohn auf zu berichten.
Fen-che erzählte lückenlos von seinen Erlebnissen und kam schließlich auf die Rolle des Dorfschulzen Yu Wei zu sprechen. »Wer ist dieser Mann? Seinem Wissen und Einfluß nach muß er eine hochgestellte Persönlichkeit sein!«
»Eindeutig ist er gezielt eingesetzt worden, um als zentrale Figur alles, was mit den Deutschen zu tun hat, zu leiten und zu überwachen«, meinte Lin Bohong mit besorgter Miene. »Dadurch, daß du dich seinem Einfluß weitgehend entzogen hast, bist du in seinem Spiel ein Unsicherheitsfaktor geworden. Da du zuviel von ihm weißt, könnte er in Versuchung geraten, dich zu vernichten!«
Ay-lin hörte mit gerunzelter Stirn zu, und Sorge schwang in ihrer Stimme mit. »Verrat ist zwar eine häßliche Sache, aber kann man Yu Wei nicht zuvorkommen?«

Die durch den Flur rasch näher kommenden lauten Kinderstimmen beendeten das Gespräch. Sie stürmten in den Teeraum, vergaßen den Kotau, liefen auf ihren Vater zu und versuchten im heimlich ausgetragenen Zweikampf, den besten Platz in seiner Nähe zu erobern. Wie immer, wenn Liän sich gegen seinen jüngeren Bruder behauptete, war Hsün den Tränen nahe, versuchte dann aber auf andere Art, die Aufmerksamkeit auf sich zu ziehen.
»Woher habt Ihr das schöne Kostüm, Vater?« Er ließ seine Finger über den Stoff gleiten. »So etwas habe ich noch nie gesehen!«
»Das ist eine Soldatenuniform der Deutschen.«
»Seid Ihr jetzt ein Deutscher?« fragte Liän.
»Ach wo!« meinte Hsün, »das geht doch nicht. Vater ist sicher nur Soldat geworden. Dann muß man so etwas tragen!«
»Keiner von Euch hat recht!« griff Fen-che in den Disput ein. »Ich bin weder Soldat, noch hat man mich zu einem Deutschen gemacht. Um in dem Soldatenlager wohnen zu dürfen, muß man Soldat sein. Ich bin deswegen ehrenhalber zum Leutnant der Reserve ernannt worden und darf die Uniform tragen.«
»Habt Ihr Euch deswegen auch Euren Zopf abschneiden müssen?«
Fen-che lachte, obwohl ihm nicht danach zumute war. Während der Unterhaltung blickte Ay-lin nur auf den Boden, während sich sein Vater intensiv mit der Pfeife beschäftigte. »Nichts mußte ich tun. Alles habe ich freiwillig gemacht, und abgeschnitten habe ich ihn nur vorübergehend, bis ich diese Uniform nicht mehr zu tragen brauche, denn die Schirmmütze hätte sonst nicht gepaßt!«
»Mir gefällt es!« antwortete Hsün. »Ich mag Euch so viel lieber leiden! Ihr seht so interessant aus!«
»Kommt, wir gehen uns zum Abendessen umziehen!« sagte Ay-lin hastig und zog die widerstrebenden Kinder mit nach draußen.
»Mußtest du Treue für Deutschland schwören, obwohl du nur ehrenhalber zum Leutnant ernannt wurdest?« wollte Lin Bohong wissen.
»Es war mehr ein Gelöbnis als ein Schwur.«

»Wird dich das nicht irgendwann einmal in einen Gewissenskonflikt bringen?«
»Einen Eid oder Schwur, der durch Zwang abgelegt wurde, hören die Götter nicht, und ich bleibe unbestraft, wenn ich ihn nicht halte!«
Der Alte lachte glucksend. »Welch wundersamen Wege uns die Götter doch offenlassen!« Er verschluckte sich und hustete, bis er mit gerötetem Gesicht vorsichtig wieder durchatmete. Dann steckte er sich nochmals die Pfeife an. »Man hört hier nichts Gutes von den Deutschen. Sie sollen das halbe Dorf Tsingtau abgerissen und für sich beansprucht haben, um dort ihre Häuser bauen zu können. Hier sind die Leute unruhig geworden, jeder will dorthin, um für sie zu arbeiten, um Geld zu verdienen. Unsere alte Ordnung wird langsam zerstört werden!«
»Nein, Vater, unsere Ordnung besteht seit vielen tausend Jahren, und die kann von keinem Volk der Erde, außer von unserem eigenen, zerstört werden. Auch wenn es im Augenblick so aussieht, als ob es den Europäern gelingen würde: Bisher haben sich alle Eindringlinge bestens in unsere Gesellschaft eingefügt, ob es Teile der umliegenden Völker waren, Araber, Inder oder Juden. Wir setzen unsere Hoffnung darauf, daß es nicht zum Krieg kommt. Die Japaner haben uns bewiesen, wie schwach wir im Grunde sind, da wir es nicht geschafft haben, sie in unserem eigenen Land zu schlagen. Krieg würde bedeuten, daß die Europäer noch mehr Soldaten herbringen und noch weitere Teile des Landes für sich beanspruchen würden.«
»Wie sind ihre Umgangsformen? Kann man unter den Fremden überhaupt leben?«
Fen-che sah verstohlen zu seinem Vater hinüber, kam aber zu dem Schluß, daß die Frage keine Hintergedanken enthielt. Trotzdem zog er es vor, das Thema zu wechseln. »Ich habe den offiziellen Auftrag, die Besitzer der Kohlengruben in Weihsien, Itschoufu und Poschan ausfindig zu machen und mit ihnen über die Übertragung der Förderrechte zu verhandeln.«

»Aber sie gehören doch dir!«
Fen-che dachte an Müller und kicherte leise. »Diese Tatsache muß so unsichtbar bleiben wie die Fettaugen auf armer Leute dünner Suppe. Wenn herauskommt, wie wohlhabend ich bin, werden sich die Deutschen fragen, warum ich für sie arbeite. Ich denke, es ist besser, wenn wir es so darstellen, daß sie Euch gehören, mein Vater. Wie sollen wir uns verhalten, was können und dürfen wir verlangen?«
Das Gesicht des Alten wurde, während er nachdachte, starr wie das einer Holzpuppe. Obwohl Fen-che keinen Hunger mehr verspürte, schnitt er sich noch ein kleines Stück von dem Honigkuchen ab und genoß den Geschmack des Zimts.
»Wir werden die Förderrechte nicht verkaufen, sondern allerhöchstens verpachten oder uns nach geförderter Menge bezahlen lassen.«
Fen-che nickte. »Auf jeden Fall muß der Preis für sie annehmbar sein, denn sonst, befürchte ich, werden sie die Minen beschlagnahmen.«
»Das können sie nicht. Die Gruben liegen außerhalb ihres Pachtgebiets!«
»Wer könnte sie davon abhalten, es weiter auszudehnen? Der Stärkere wird sich das Recht dazu schon nehmen. Sie wollen sogar in absehbarer Zeit eine Eisenbahnlinie errichten, um größere Mengen für ihre Schiffe nach Tsingtau transportieren zu können. Niemand wird es wagen, sie daran zu hindern!«
Über die mögliche Gefahr, die von Yu Wei ausgehen konnte, sprachen sie nicht mehr. Noch eine geraume Weile hingen Vater und Sohn ihren Gedanken nach, und jeder war dankbar, daß der andere die Stille respektierte.
»Morgen in aller Frühe will ich Mutters Grab besuchen und ihr einige Opfergaben bringen!«
Lin Bohongs Gesicht nahm plötzlich strenge Züge an. »Es liegt außerhalb meiner Erkenntnis, wie du denkst, dich durch den Umgang

mit den Europäern benehmen und kleiden zu müssen. Die Liebe, die wir durch Qin-lin erfahren haben und noch immer in unserem Herzen tragen, haben wir zu bewahren und zu pflegen und dürfen sie ihr gegenüber wie auch zwischen uns nicht durch Unbedachtsamkeit zerstören!«

»Niemand wird unser ehrendes Andenken an Mutter mutwillig belasten wollen. Am wenigsten ich!«

»Selbstverständlich. Aber ich bin mir nicht mehr darüber im klaren, wieweit du dich von unseren überlieferten Vorstellungen und Sitten bereits entfernt hast.«

Nun begriff Fen-che, worauf sein Vater anspielte, und es kostete ihn Überwindung, ruhig sitzen zu bleiben und überlegt zu antworten. »Ich werde weder Mutter noch die anderen anwesenden guten Geister durch Äußerlichkeiten erschrecken. Aber am wenigsten habe ich es von Euch erwartet, daß Ihr Euch veranlaßt fühlt, mich auf die Riten aufmerksam zu machen. Mutter ist mir ebenso unvergessen wie Euch, und ich habe nicht vor, sie durch meine Uniform zu beunruhigen!«

»Ich bedaure, so offen mit dir gesprochen zu haben, aber ich fühle mich als Hüter der Harmonie, die unsere Ahnen gewohnt sind. Außerdem ist es meine Pflicht als Familienoberhaupt, sie weiter zu bewahren!« Sein vorgestrecktes Profil wirkte raubvogelhaft. Die dunklen Altersflecken im Gesicht erschienen durch die Blässe der Aufregung noch intensiver und verliehen ihm ein dämonisches Aussehen.

Fen-che wußte, daß wegen der Uniform das letzte, klärende Wort noch nicht gesprochen war. Vielleicht mußte er mehr Verständnis für die Ängste seiner Familie aufbringen. Warum wollte niemand begreifen, daß diese Furcht völlig unberechtigt war? Fen-che seufzte. »Ich bin müde. Ich wünsche Euch eine gute Nacht, Vater.«

***

Die von Tauperlen benetzten Sträucher und Gräser atmeten noch die Kühle der Nacht, als Fen-che auf den Hügel zuschritt, auf dem Qin-lins Grab lag. Er war gleich nach dem Aufstehen in den Garten gegangen und hatte von jedem Busch und jeder Staude zwei Blüten abgepflückt und zu einem Strauß zusammengebunden. Das Grab war frisch geharkt, und nichts wuchs dort, wo es eine unsichtbare Hand nicht gewollt hätte.

Er zündete ein Talglicht an und stellte es neben den Grabstein hinter die mitgebrachten Blumen. »Sie sind aus unserem Garten, Mutter. Und so wie sie heute erblüht sind, hat sie noch niemand gesehen. Sie sind nur zu dem Zweck gewachsen, um Euch zu erfreuen, um Euch meine Dankbarkeit zu beweisen, wie Ihr mir damals mein Herz für die Schönheit dieser Pflanzen geöffnet habt.«

Fen-che kniete zum Kotau nieder, und wie er sich über das Grab beugte, brachen sich in den Tautropfen die ersten Sonnenstrahlen. Einer fluoreszierenden Welle gleich schien sich der Hügel um ihn herum plötzlich zu beleben; eine riesige Tanzfläche für Geister, Elfen, Feen und die Seelen der Toten, die allesamt in ihrer milchig weißen Erscheinung, beinahe durchsichtig, ihre Freude über den anbrechenden Tag zum Klang der tirilierenden, sich immer höher und höher schraubenden Feldlerchen, tollend, hüpfend und kreisedrehend darbrachten.

Überwältigt von dem Sinnesrausch verbeugte er sich dankbar noch einmal vor den Tanzenden. Dann holte er aus dem mitgebrachten kleinen Korb ein Stück vom gestrigen Honigkuchen und legte ihn auf die dafür vorgesehene Opferschale. »Wie Ihr sicher wißt, esse ich in Tsingtau die merkwürdigen Speisen der Deutschen. Gestern hat Ay-lin diesen Kuchen gebacken, der mich so an Euch erinnert und an die vielen Leckereien, die Ihr mir zwischendurch immer wieder heimlich zugesteckt habt; wißt Ihr es noch, Mutter? Diese Freude, die mir der Kuchen bereitet hat, möchte ich an Euch weitergeben!« Dann breitete er eine rote Papierdecke aus und griff wieder in den Korb. »Ich habe nicht vergessen, wie gern Ihr

Ay-lins hauchzarte, frische Waffeln gegessen habt!«, und er drapierte sorgfältig einige darauf. Zu dem Backwerk legte er halbierte gekochte Eier, frische Bambusschößlinge und eine Schale marinierter Meereskrabben. »Ich weiß, daß Ihr alles habt, was Ihr Euch wünscht, aber falls Ihr doch einen ganz besonderen Wunsch haben solltet, so braucht Ihr ihn Euch nicht zu versagen!« Zu den anderen Opfergaben stellte er nun eine kleine Blechschale und verbrannte einige Geldscheine darin. Sinnend blieb er eine Weile stehen; dann verbeugte er sich noch einmal vor dem Grab und ging froh und zufrieden der Stadt entgegen.

Hoch über ihm zog ein Milanpaar seine weiten Kreise. Von irgendwoher ertönte der vertraute Klang des seltenen mongolischen Ringrotkehlchens, das er jeden Morgen hörte, wenn die chinesischen Soldaten im Lager vor ihren Käfigen hockten. Vor den langgezogenen gelben Rapsfeldern an der Stadtmauer grüßte er einen Imker, der seine Bienenstöcke aufstellte. Die Sonnenstrahlen brachten durch die Wärme die flimmernde Luft in Bewegung und verbreiteten den herben Duft der nun rasch trocknenden Erde. Überall sonnten sich auf den gewärmten Steinen Echsen und Salamander, während das Zirpen der Zikaden immer lauter wurde.

Zufrieden mit sich und dankbar, die Geburt dieses schönen Tages von seiner Mutter zum Geschenk erhalten zu haben, durchschritt er das Stadttor. Hier verbeugten sich ehrfurchtsvoll die beiden Wachen vor ihm. Wenngleich Fen-che ohne den Zopf zweifelhaftes Aufsehen erregte, erheischte seine blauseidene Mandarintracht mit der doppeläugigen Pfauenfeder noch immer Respekt.

Mit strahlenden Augen kam ihm Ay-lin im Yamen auf dem Flur entgegen. »Wie schön du aussiehst. Ich bin so stolz auf dich!«

Ihre Heiterkeit steckte ihn an. Behutsam legte er einen Arm um ihre Schultern und drückte sie an sich. Während sie sich zum Teetrinken setzten, fiel Fen-ches Blick auf Grischa, und er mußte unwillkürlich schmunzeln. Der Hund saß mit dem Gesicht zur Wand gekehrt und hielt die Rute bewegungslos eng an den Körper gelegt.

Er hatte es ihm noch nicht verziehen, ihn in der Frühe nicht mitgenommen zu haben. Doch jetzt freute Fen-che sich auf den Tee. »Du und Vater«, er umfaßte Ay-lins Hand, um seine Worte abzuschwächen, »ihr beide begeht den gleichen Gedankenfehler. Es ist nicht besonders großartig, in einem teuren und schönen Gewand herumzulaufen! Großartiger scheint es mir, wenn man seine Eitelkeit zurückstellt und bereit ist, sich auf andere Umstände einzustellen. Glaubst du, daß es mir leichtgefallen ist, eine deutsche Uniform anzuziehen und mir den Zopf abzuschneiden? Liegt nicht darin eine gewisse Größe?«

»Man hat dich nicht dazu gezwungen! Es war deine Idee, weil es so einfacher für dich ist! Ohne Not hast du den Deutschen Zugeständnisse gemacht, die später einmal aufzugeben dir sicherlich schwerfallen wird!«

Die Ernsthaftigkeit, mit der sie ihre Gedanken vortrug, bedrückte ihn. »So wie du es sagst, hört es sich sehr einfach ein. Ich bin betrübt, daß du meine Lage einfach nicht begreifen willst!«

»O nein, ich kann dich sehr gut verstehen! Aber ich sehe die Gefahr, die dahintersteckt: Du entfremdest dich uns!«

Die Tür öffnete sich, und Lin Bohong trat ein. Als er Fen-che sah, verklärte sich sein Gesicht. »Wie prächtig! Und wie ich dich um die zweiäugige Feder beneide!« Er schlurfte zu seinem Platz und setzte sich vorsichtig. Fen-che entdeckte erst jetzt, wie krumm, wie weit vornübergebeugt sich sein Vater bewegte, und nahm sich vor, ihn nach dem Frühstück behutsam darauf anzusprechen.

»Ich mache mir noch immer Gedanken wegen Yu Wei«, nahm Fen-che das Gespräch vom Vortag auf. »Er ist klug wie der Elefant und glatt wie ein Fisch. Er wußte von der Einladung zum Wettschießen, bevor der Prinz sie uns gegenüber aussprach, und gab mir Ratschläge, welchen Weg wir nach Wei-hai-wei nehmen sollen. Er ist mir unheimlich. Von ihm scheint die größte Gefahr auszugehen!«

Fen-che und Ay-lin blickten zu Lin Bohong, der seinen Tee laut

schlürfte und sich für nichts anderes außer für seine Nachtigall, die er liebevoll betrachtete, zu interessieren schien.
»Du mußt es mir glauben«, versuchte Fen-che seine Frau zu beruhigen, indem er das unterbrochene Gespräch fortsetzte, »ich bin viel lieber der Chinese Lin Fen-che als der Deutsche Robert de la Motte!«
Ay-lins Gesicht erstarrte. »Du weißt also deinen Namen!«
Lin Bohong hustete und spuckte in den Napf. »Du bist für Yu Wei noch zu wichtig, als daß er dich jetzt schon verraten wird. Später, wenn es nicht mehr auf deine Mitarbeit ankommt, dann könnte er dich, mit oder ohne Kias Wissen, an die Deutschen ausliefern!«
»Kia würde das nie zulassen!«
»Da darfst du nicht so sicher sein. Tausend und abertausend Flüsse ziehen zum Meer, aber es wird nie voll; und könnte der Mensch Stein zu Gold verwandeln, sein Herz wird nie zufrieden sein!« Er hustete noch einmal und sah seinen Sohn mit gesenktem Kopf an. »Mir fällt ein Gleichnis zu Ay-lins Befürchtungen ein: Ein Teppich lag auf einem Weg, den viele gingen. Als es Abend wurde, war er genauso grau wie der Staub des Weges. Wie wird deine Seele aussehen, wenn die kommenden Ereignisse über sie hinweggegangen sind?«
Einen Augenblick war es still. Grischa zog es vor, seine trotzige Haltung aufzugeben. Er stöhnte und gähnte, blieb vor dem Tisch mit katzenhaft gekrümmtem Rücken stehen und setzte sich dann dicht neben Fen-che. Durch lautes Hecheln versuchte er dessen Aufmerksamkeit auf sich zu lenken, und geistesabwesend streichelte dieser ihm den Kopf.
Fen-che war immer wieder aufs neue erstaunt über die treffsicheren Weisheiten seines Vaters. Plötzlich fiel ihm selbst ein Ausspruch Laotses als Antwort ein. Er beugte sich vor und schenkte Tee nach, nahm einen sorgfältig bemessenen Löffel Honig und verrührte ihn. Dann sah er seinen Vater an. »Wer andere erkennt, ist gelehrt. Wer sich selbst erkennt, ist weise. Wer andere besiegt,

hat Muskelkräfte. Wer sich selbst besiegt, ist stark. Wer zufrieden ist, ist reich.« Dann nahm er die Schale auf und trank mit geschlossenen Augen einen winzigen Schluck, bevor er das Zitat vollendete: »Wer seine Mitte nicht verliert, der dauert!«

Im Raum war es still geworden. Selbst der Hund hechelte nicht mehr. Lin Bohong hatte die Fingerspitzen gegeneinander gelegt und hielt die Hände in der Form eines Dreiecks gegen die Stirn gedrückt. »Wenn jemand schön ist, so wird er es nicht wissen, es sei denn, man sagt es ihm. Doch ob er es weiß oder nicht, macht keinen Unterschied für die anderen, die sich seiner Schönheit erfreuen. Die Schönheit ist eben seine Natur; und ebenso verhält es sich mit der Liebe eines Weisen zu seinem Volk. Selbst wenn die Menschen ihn rühmen, so wird er nicht wissen, daß er sein Volk liebt, es sei denn, man sagt es ihm. Aber ob er es weiß oder nicht, macht keinen Unterschied!«

Fen-che war zutiefst berührt von der Einfühlsamkeit, mit der ihn sein Vater wissen ließ, daß er ihm vertraute, und er bedankte sich mit einer weiteren Sentenz, wiederum von Laotse: »Güte in den Worten erzeugt Vertrauen, Güte beim Denken erzeugt Tiefe!«

»Güte beim Verschenken erzeugt Liebe«, beendete der Landrat die uralte Weisheit. »Aber nun ist es Zeit, die Kinder zu wecken.«

Grischa hob den Kopf und beeilte sich, unter dem Tisch hervorzukommen, um als erster an der Tür zu sein.

Ay-lin öffnete sie einen Spalt und ermunterte ihn, und ungestüm drückte er sie mit der Schnauze weiter auf, zwängte sich hindurch und jagte über den langen Flur. »Ich glaube fast, er versteht jedes Wort«, sagte sie lachend und ging langsam hinter ihm her, um die Tür zum Kinderzimmer zu öffnen.

Am nächsten Tag nahm er Abschied.

***

In Tsingtau schien sich in seiner Abwesenheit nichts verändert zu haben, und doch hatte Fen-che, während er langsam durch die Straßen zum Lager ritt, das Gefühl, daß irgend etwas anders war, bis er es erkannte: Auf der Reede vor dem kleinen Hafen ankerten jetzt noch mehr Kriegsschiffe. In der Nähe des Anlegers stieg er vom Pferd und sah auf die Bucht hinaus. Er erinnerte sich an die letzten Gespräche in der Messe, bei denen es darum gegangen war, welche neuen Einheiten hierher verlegt werden sollten. Ihm klangen noch die Namen ›Deutschland‹, ›Kaiserin Augusta‹ und ›Gefion‹ im Ohr, doch sosehr er sich bemühte, konnte er keine Unterschiede zwischen den Kreuzern feststellen. Beunruhigt von dieser Machtentfaltung, führte er das Pferd am Zügel dem Lagertor entgegen. Was hatte diese Flottenverstärkung zu bedeuten? Lag dem ein weiterer Landerwerb der Deutschen zugrunde? Hatte es während seiner Abwesenheit wichtige Entscheidungen gegeben?

Am Lagertor hörte er die inzwischen vertrauten Kommandos, nach denen Deutsche wie Chinesen exerzierten. Nachdem er sein Pferd beim Stallmeister abgegeben hatte, suchten seine Augen das Gelände nach von Soden ab. Weder hier noch in dessen Zimmer fand er ihn; sodann begab er sich zu Korvettenkapitän Müller, um sich zurückzumelden.

»Was die Kohlengruben betrifft«, berichtete er mit unbewegtem Gesicht, »so hat mein Vater die von Itschoufu, Poschan und Weihsien gepachtet, und ich darf Ihnen seine Verehrung übermitteln, er wäre unter gewissen Umständen zu einem Abkommen mit Deutschland bereit.«

»Ihrem Vater gehören sie? Wußten Sie das denn nicht?«

»Dem Oberhaupt einer chinesischen Familie steht es frei, darüber zu sprechen oder nicht. Mein Vater hatte es vorgezogen, sich nicht über seine finanziellen Anlagen zu äußern.«

»Nun gut, inzwischen habe ich Befehle vorliegen, wie wir zu verfahren haben. Die Gruben sollen, wenn die Inspektion positiv verläuft, gepachtet und unter unserer Leitung bewirtschaftet werden.

Wir sind für jede geförderte Tonne bereit, einen Tael zu zahlen. Die Entlohnung der Arbeiter werden wir ebenfalls übernehmen.«
Fen-che wußte nicht recht, ob er jetzt anfangen sollte zu handeln, besonders da er mit der Bezeichnung »Tonne« nichts anzufangen wußte. »Ich werde meinem Vater Ihre Wünsche übermitteln«, sagte er mit einer Verbeugung und wandte sich zum Gehen, als Müller ihm durch eine Handbewegung zu verstehen gab, daß er bleiben sollte. »Zum Wettschießen in Wei-hai-wei werden wir nicht den Landweg benutzen, sondern die eingetroffene Verstärkung von der ›Gefion‹ einsetzen. Bei dieser Gelegenheit wird unser Kreuzer dort einen Freundschaftsbesuch machen.«
»Sie wollen den Seeweg nehmen?«
Müller lächelte. »Ich hoffe, Sie werden unterwegs nicht seekrank!«
Kurz vor dem Abendessen kam von Soden mit seiner Kompanie ins Lager zurück. Statt mit Gewehr, Seitengewehr und Tornister waren die verschwitzten Soldaten nur mit Spaten ausgerüstet.
»Haben Sie Schützengräben ausheben lassen?« begrüßte ihn Fenche.
Der Oberleutnant lachte. »So ähnlich. Wir sind inzwischen unter die Waldarbeiter gegangen und forsten die Hügel oberhalb Tsingtaus wieder auf. In zehn Jahren sollen die Höhen wie ehemals bewaldet sein!«
Fen-che schüttelte den Kopf. »Und wozu das alles?«
»Vielleicht will man dort später jagen oder auf lange Sicht Holz für die Kohlengruben anbauen.«
»Ich habe eine Überraschung für Sie«, sagte Fen-che, »das Päckchen liegt noch bei mir. Sie wollten doch etwas echt Chinesisches haben. Ich hoffe, es wird Ihnen gefallen!«
Der Oberleutnant wusch sich die Hände, und gemeinsam gingen sie in Fen-ches Zimmer. Von Soden öffnete das Päckchen ganz feierlich. Staunend hob er das veilchenblaue Mandaringewand hoch und fuhr sanft mit den Fingern über das viereckige Brustfeld, als

wollte er den abgebildeten gelben Vogel mit den ausgebreiteten Flügeln streicheln. »Ist das schön«, murmelte er und sah verlegen zu Fen-che. »Ich werde es natürlich bezahlen!«
»Sie können es nur von mir geschenkt bekommen oder ablehnen. Das Gewand soll eine Erinnerung an Ihre Zeit bei uns sein.«
Der Graf wollte ihm ins Wort fallen, schwieg aber. Schließlich, nachdem er es auf dem Bett ausgebreitet hatte, drehte er sich spontan zu Fen-che um und drückte ihm die Hand. »Ich danke Ihnen!«

***

Die Seereise um die Halbinsel Shantung auf dem Kreuzer dritter Klasse war bei sommerlich warmem Wetter ruhig verlaufen. Fen-che teilte sich während der Überfahrt mit Unterleutnant Schrader eine Kammer hinter dem Maschinenraum. Schrader war dick und verfügte über die unangenehme Eigenschaft, jedes Gespräch zu Tode zu reden. Unter dem Vorwand, es in der stickigen Luft nicht aushalten zu können, verbrachte Fen-che fast alle Tage der Seereise an Deck, und als der Lotse an Bord kam, erlebte er die Einfahrt in den Hafen von der Kommandobrücke aus.
Trotz der hohen Küste war das Fahrwasser nicht sehr tief. Wörtlich übersetzte Fen-che jedes Kommando des Lotsen, und das Gefühl, bei dem schwierigen Manöver dabei zu sein, bereitete ihm Freude.
Mit langsamer Fahrt passierte die ›Gefion‹ eine kleine, befestigte Insel in der schmalen Durchfahrt, drehte vor den beiden chinesischen Befestigungen, die die Einfahrt durch Kreuzfeuer sperren konnten, in den Wind und legte sich vor Anker. Noch während die Schiffsschrauben rückwärts liefen und das schlickige Wasser an der Bordwand entlangquirlen ließen, stieß eine Barkasse von Land ab und hielt auf den Kreuzer zu.
An der Gangway begrüßten der Kommandant, Korvettenkapitän Follenius, und sein erster Offizier, Kapitänleutnant von Oppeln-

Bronikowski, die Besucher, während die übrigen Mannschaften von Bug bis Heck Spalier standen und somit zu einer gewissen Feierlichkeit beitrugen.
»General Yüan Shih-k'ai läßt die Besatzung der ›Gefion‹ durch seinen Adjutanten Ni Ming-ping herzlich willkommen heißen und lädt die Offiziere zu einem gemeinsamen Abendessen in der Befestigung ein«, übersetzte Fen-che die Worte Ni Ming-pings.
»Die Ehre liegt auf unserer Seite, und wir nehmen die Einladung mit Freuden an!« erwiderte Follenius und nickte Fen-che zu, damit er übersetzte.
Die Pinasse brachte die zehn Offiziere und Fen-che am Abend zu einer kleinen Mole, wo sie von dem General und seinem Gefolge empfangen wurden. Von nahem wirkten die äußeren Lehmmauern der Befestigung mittelalterlich und für moderne Artillerie leicht zu zerstören. Während Fen-che unermüdlich die Höflichkeitsfloskeln übersetzte, hörte er hinter sich einige Leutnants Witze über den Lehmwall machen. Erst als sie in das Innere der Festung gelangten und die zementierten Kasematten vor ihnen lagen, verstummte ihr Spott.
»Darf ich Sie zuerst durch die Anlage führen?« fragte Yüan Shih-k'ai, das Einverständnis seiner Gäste voraussetzend: »Wei-hai-wei wurde im letzten Krieg von den Japanern besetzt«, erklärte er, als sie an Stellagen entlanggingen, auf denen schwarzgestrichene, große Papprohre lagen, die durch die Schießscharten ragten. »Leider haben die Japaner unsere sämtlichen neuen Krupp-Kanonen demontiert und mitgenommen. Ersatz dafür ist leider noch nicht eingetroffen.«
»Bedauerlich«, sagte Follenius und strich mit der Hand über die Pappe, als wolle er seinen Augen nicht trauen. »Aber womit wollen Sie morgen schießen?«
»Etwas weiter steht eine Batterie unserer neuesten Feldgeschütze, mit der wir die Ehre haben, gegen Sie anzutreten.« Dabei wies er stolz auf acht deutsche Geschütze der Firma Krupp.

»Sind das die einzigen Kanonen, die diese Anlage zur Verfügung hat?« fragte Follenius fassungslos.
»In den nächsten Wochen sollen wir komplett ausgerüstet werden, dann wird unsere Festung größer sein als vor dem Krieg.«
Korvettenkapitän Follenius ließ seinen Blick über die gesamte Anlage gleiten. »Und wie verteidigen Sie sich, wenn der Feind von der anderen Seite kommt, vom Land her?« Er zeigte auf die gegenüberliegenden Mauern, an denen die Geschützfundamente fehlten.
»Wei-hai-wei ist eine Seebefestigung, und wir erwarten den Feind nur von der Wasserseite her. Aber wir haben auch für den anderen Fall vorgesorgt.« Stolz wies Yüan Shih-k'ai auf mehrere Tonkrüge, die sich seitlich am Mauereingang stapelten. »Sollte der Feind es wagen, uns von Land her anzugreifen, so wird er mit Jauche in die Flucht getrieben!«
»Sind Sie sicher, richtig übersetzt zu haben?« fragte Follenius bestürzt und bedachte Fen-che mit einem ungläubigen Blick.
»Wir haben uns noch nicht ganz an die moderne Kriegsführung angepaßt«, erwiderte Fen-che und schämte sich plötzlich für diese Art der Verteidigung, die er bis vor kurzem noch als völlig normal betrachtet hatte.
Das gemeinsame Abendessen wurde trotz aller Zuvorkommenheit von einer unmerklichen Spannung überlagert, wenngleich sich jeder bemühte, höflich zu sein. Später, beim Abschied auf der Mole, ließ General Yüan Shih-k'ai deutlich durchblicken, was er von Fen-che und dessen Rolle hielt.
»Wenn mein verehrungswürdiger Landsmann in deutscher Uniform seinen Dienstherrn daran erinnern möchte: Morgen, zwei Stunden nach Sonnenaufgang, werden wir mit dem Wettschießen beginnen!«
Höflicher hätte er seine Verachtung nicht zum Ausdruck bringen können, doch Fen-che ließ sich nicht provozieren, sondern reizte seinerseits den General, der die Elitetruppen des Reiches unter sich

hatte: »Wie ich hörte, haben ein belgischer Major Eure Artillerie, ein Schwede die Kavallerie und deutsche Unteroffiziere die Infanterie ausgebildet. Wie gut, bin ich gespannt morgen zu erfahren.«
Kurz nach Sonnenaufgang setzten die Deutschen ihre drei Gebirgsgeschütze mit einem Prahm an Land und schafften sie auf die Befestigungsanlage, während die nautische Abteilung der Gastgeber einen eisernen, hohen Ponton als »Zielschiff« in die Bucht schleppte.
Nur der Chinese, dem keine andere Möglichkeit gegeben war, sich zu ernähren, wurde Soldat. Zwischen Offizieren und Mannschaften bestand kein sozialer Unterschied, denn der Offizier besaß ebensowenig Bildung wie seine Untergebenen und wurde von ihnen als Erpresser gehaßt, vom Volk gefürchtet und von den Zivilbeamten verachtet. Wie überall im Land wurden die höheren Stellen meistbietend verkauft, und es stand dem Offizier dann frei, sein Geld durch Erpressung oder Raub zurückzuholen.
Doch niemand von den Deutschen wußte von diesen Zusammenhängen, und so gab man sich größte Mühe, durch Disziplin der Bessere zu sein. Nachdem die Pappkanonen aus den Schießscharten entfernt worden waren, brachte man die eigenen Geschütze in Stellung und richtete sie ein. Irgendwo weit draußen in der Bucht schwamm das »Zielschiff«, an langer Leine von einem Torpedozerstörer gezogen.
»Ihr als Gast dürft beginnen!« meinte der General jovial. »Jede Partei hat sechzig Schuß, und wer die meisten Treffer aufweist, hat gewonnen!«
Die rote Fahne wurde auf dem Aussichtsturm gehißt, und die Deutschen eröffneten das Feuer.
»Fünfundvierzig Treffer!« meldete der Artillerieoffizier stolz nach dem letzten Schuß.
Überlegen lächelnd gab General Yüan Shih-k'ai seinen Leuten das Zeichen, und gleichzeitig wurden drei Kanonen abgefeuert. Etwa einhundert Meter vor dem Zielschiff standen Sekunden später drei

dicht beieinanderliegende Wassersäulen auf der glatten See und fielen augenblicklich in sich zusammen.

Das abfällige Gemurmel der deutschen Kanoniere verstummte sofort, als ihr leitender Offizier sie mit einem strengen Blick bedachte.

Langsam schleppte der Zerstörer das Zielschiff an die Stelle, wo die Granaten eingeschlagen waren und stoppte. Dann krachte die nächste Salve, und die drei Granaten trafen. Insgesamt fünfzigmal schlugen sie ein, und der Protest des deutschen Artillerieoffiziers ging in den chinesischen Jubelrufen unter.

»Wir haben den Wettkampf nicht unter gleichen Bedingungen ausgeführt, und ich protestiere dagegen!« übermittelte der Leutnant durch Fen-che seinen Unmut. »Das war nicht fair!«

»Als Offizier solltet Ihr gelernt haben, auch einmal der Unterlegene zu sein. Wir haben die höhere Trefferzahl und deshalb gewonnen!« Der General verhehlte nicht, wie sehr er die Erbitterung des Deutschen genoß. Dann wandte er sich direkt an Fen-che: »Nun wißt Ihr, wie gut wir sind. Schade für Euch, daß Ihr auf der falschen Seite steht!« Mit einem angedeuteten Kotau ging er davon.

Fen-che hielt den Leutnant am Arm fest, bevor dieser dem General nacheilen konnte. »Bleiben Sie bitte hier, und bewahren Sie Haltung. Man hat uns hereingelegt, was nach chinesischer Sitte völlig legal ist. Wie die meisten Treffer angebracht wurden, danach fragt später niemand mehr. Wir können nur noch versuchen, uns so ehrenvoll wie möglich zu entfernen.«

»Ich bestehe auf einem zweiten Durchgang, und zwar zu gleichen Bedingungen.«

»Sie haben doch viel mehr gewonnen, als wenn jeder Schuß ein Treffer gewesen wäre!« beschwichtigte ihn Fen-che. »Haben Sie nicht viel mehr erfahren, als dem General lieb sein konnte? Sie wissen nun, daß das Fort von der Landseite her ungeschützt ist, und achten Sie einmal auf die Schießscharten. Sie sind viel zu hoch angelegt, so daß ein toter Winkel entsteht, wenn man nur nahe genug an die Anlage herankommt. Das Wissen sollten Sie nutzen, statt sich in den Augen der chinesischen Soldaten lächerlich zu machen!«

Der Leutnant betrachtete die Schießscharten und grinste. »Sie haben recht. Hat das noch niemand bemerkt?«

»Nur Sie, gerade eben. Und nun lassen Sie bitte abrücken!«

Der General traf mit seinem Stab wie vorgesehen zum Gegenbesuch am Abend auf der ›Gefion‹ ein. Yüan Shih-k'ai zeigte sich in bester Laune, obwohl die Stimmung der Gastgeber durch die vorangegangene Unredlichkeit erheblich gedrückt war. Dementsprechend gering fiel auch das Gastgeschenk aus: Statt eines Offizierssäbels wurde ihm nur ein Ehrendolch überreicht.

Als die ›Gefion‹ am nächsten Morgen ihren Ankerplatz verließ, stand kein Matrose an Deck; nur die Fahne war zum Abschied gedippt, und mit mächtiger Bugwelle hielt der Kreuzer auf die offene See zu.

Niemand hatte Fen-che auf der Rückfahrt nach Tsingtau Vorwürfe gemacht, sie nicht rechtzeitig vor einer möglichen Hinterhältigkeit gewarnt zu haben. Aber gerade das Schweigen um diese unnötige Niederlage bedrückte ihn, und vergeblich versuchte er für die Vorkommnisse, für die er sich nicht verantwortlich fühlte, eine Entschuldigung zu finden. Schließlich gab er es auf, und als die Ankerketten der ›Gefion‹ in Tsingtau durch die Klüsen rasselten, war er froh, an Land gehen zu können.

Der einzige, der herzhaft über das Mißgeschick lachte, war Graf von Soden. Fen-che hatte ihm alle Einzelheiten berichtet, als sie zusammen in seiner Unterkunft saßen und Bier tranken. Nie zuvor hatte er dieses Getränk probiert.

»Na, wie schmeckt es Ihnen?« beugte sich von Soden zu ihm hinüber.

»Bitter!« antwortete Fen-che. »Das einzig wahre Getränk scheint mir unser Tee zu sein«, fügte er schließlich hinzu, als er von Sodens verständnislosen Blick bemerkte.

»Bier ist unser Nationalgetränk«, erklärte dieser betroffen, »und mit Tee überhaupt nicht zu vergleichen!« Er stand auf und durchsuchte seine Schreibtischlade. »Ich hatte da noch etwas«, murmelte er und richtete sich wieder auf. Mit gerunzelter Stirn dachte er nach, während er mit dem Oberschenkel die Lade zuschob. »Ja, richtig! In meiner Jacke!« Aus der Brusttasche holte er ein gefaltetes Papier mit chinesischen Schriftzeichen hervor. »Einer meiner Soldaten hat es mir zum Geschenk gemacht, und nun möchte ich natürlich gern wissen, was darauf steht.«

Langsam bewege ich einen Fächer aus weißen Federn.
Neugierig lausche ich den Stimmen der Natur.
Meine Hand streicht über grünes Moos im Park
der Augenweide.
Der Kiefernwind gibt mir die Antwort auf zehntausend
Fragen.

Während Fen-che langsam übersetzte, glaubte er seinen Herzschlag zu hören. Es war im Grunde genommen nur das poetische Gedicht eines gebildeten Mannes, der sich keine Sorgen um die Zukunft zu machen brauchte, wenn da nicht »im Park der Augenweide« gestanden hätte. »Das ist so«, versuchte Fen-che zu erklären. »Man erfreut sich unter außergewöhnlichen Umständen intensiv der Natur, besonders wenn man meint, eins mit ihr geworden zu sein, sie zu verstehen glaubt, ihre Düfte, die Winde, Stürme und tausendfachen Lichtspiele bereit ist aufzunehmen. Diese Empfindungen für die Harmonie zu Papier zu bringen versuchen die Menschen bei uns von jeher, und diese Zeilen verschenkt man auch nur sehr selten, höchstens an einen Menschen, den man liebt oder verehrt!«
Der Graf faltete das Papier sichtlich bewegt wieder zusammen und legte es in ein Buch. Dann räusperte er sich. »China ist ein wunderbares Land«, sagte er leise.

Nach dem feierlichen Niederholen der deutschen Fahne ging Fen-che ins Dorf. Trotz der späten Stunde gab es noch keine Ruhe in Tsingtau. Unermüdlich versuchten die Händler ihre Ware anzupreisen, und immer noch arbeiteten die Handwerker. Fen-che klopfte an die Tür und trat in Yu Weis Haus ein. Im matten Schein der Rapsöllampe saß die große Familie um den Tisch, und während er näher trat, verstummten alle, und das Schweigen stand wie eine Barriere zwischen ihnen.

»Guten Abend«, grüßte Fen-che verlegen, »entschuldigt bitte meinen späten Besuch. Wenn ich störe ...«

Yu Wei stand sofort auf. »Mein lieber älterer Bruder ist in meinem Haus immer willkommen!« Dann nahm er eine zweite Rapsöllampe vom Regal und entzündete sie an der brennenden. »Wenn Ihr mir bitte folgen wollt!«

Fen-che verbeugte sich schweigend in Richtung der Zurückbleibenden, maßlos verärgert über Yu Weis unhöfliches Verhalten, ihn seiner Familie auch jetzt nicht vorgestellt zu haben.

Doch dann erschrak er über Yu Weis veränderten Gesichtsausdruck, als dieser die Tür zum Nachbarzimmer hinter sich schloß. Hatte er sich bisher mit seinem pockennarbigen, geierhaften Gesicht schlau und überlegen gezeigt, so lag nun offensichtliche Wut darin. Was mochte ihn so aufgebracht haben, daß er das Mindestmaß an Höflichkeit fehlen ließ?

»Warum habt Ihr mir nicht gesagt, daß die Deutschen den Seeweg nach Wei-hai-wei nehmen, und vor allem, warum habt Ihr es nicht verhindert?«

»Wie kann ich so etwas verhindern? Warum sollte ich auch? Und welche Sprache spricht Herr Yu Wei mit mir?«

»Welche Sprache? Eine deutliche Sprache! Warum habe ich nicht erfahren, daß sie den Seeweg benutzen würden? Alles war vergebens!«

»Es war nichts vergebens, denn die Deutschen haben diesen Wettkampf verloren.«

»Es ging doch nicht um diesen albernen Wettkampf. Auf dem Weg dahin sollten die Deutschen ...« Yu Wei schwieg abrupt und ging ohne Umschweife auf ein anderes Thema über. »Wie waren die Tage in Kiautschou?«
Fen-che war hellhörig geworden und ging nicht auf die letzte Frage ein. »Was sollten die Deutschen?«
Yu Wei stand auf, stellte sich mit dem Gesicht zur geschlossenen Tür und preßte seine Stirn gegen das Holz. Schließlich drehte er sich um und sagte: »Hat mein älterer Bruder geglaubt, ich würde die Hilfe der Geister für die Langnasen erflehen? Warum meint er, hat der Prinz sie zum Wettkampf eingeladen? Um der Freude willen? Nein, diese stinkenden Europäer sind und bleiben unsere Feinde, und nach den letzten strapaziösen Höhen des Gebirges hätte sich eine schöne Gelegenheit geboten, sie dafür zu bestrafen, daß sie unser Land entweiht haben. Aber Herr Lin Fen-che hielt es nicht für nötig, mich zu benachrichtigen!«
Fen-che sah Yu Wei kalt an. »Was wäre geschehen, wenn der Überfall erfolgreich verlaufen wäre?«
»Im Augenblick vielleicht nichts, aber nach hundert Überfällen oder tausend, irgendwann werden sie unser Land verlassen müssen, weil sie hier verlassen sind!«
»Ich rede nur von diesem Überfall. Geht Ihr so sorglos mit meinem Leben um? Oder sollte ich als einziger entkommen?«
Yu Wei fuhr wegwerfend mit der Hand durch die Luft. »Nichts ist geschehen, und wir brauchen uns darüber keine Gedanken mehr zu machen!«
»O doch! Habt Ihr mir nicht eben noch Vorwürfe gemacht? Ich weise sie energisch zurück und klage Euch an, mit meinem Leben gespielt zu haben! Ich soll mir keine Gedanken machen? Die mache ich mir, und ich glaube nicht, Euch je wieder trauen zu können.«
»Aber, mein älterer Bruder, ich verstehe Eure Aufregung nicht. Bestimmt wäre Euch nichts geschehen!«
»Nein, natürlich nicht«, erwiderte Fen-che aufgebracht. »Man hät-

te mich trotz meiner Uniform sicher erkannt und mich beglückwünscht, wenn ich allein ins Lager zurückgekommen wäre. Niemand hätte Argwohn geschöpft, und niemand wäre auf die Idee gekommen, mich zu verdächtigen. Ich fürchte, ich muß jetzt nach zwei Seiten kämpfen: gegen die Deutschen und gegen Euch!«

***

Mit der Besetzung Tsingtaus ging der langgehegte Wunsch der deutschen Außenpolitik in Erfüllung. China hatte die nach geheimer Absprache zwischen Kaiser Wilhelm II. und dem Zaren genehmigte Annexion tatenlos hingenommen. Nur England und Frankreich hielten nach Lippenbekenntnissen ihre wahren Ziele geheim. Frankreich, noch immer vom letzten Krieg geschwächt, und England, zunehmend mit den aufständischen Buren am Kap beschäftigt, sahen in dem militärisch erstarkten Deutschland einen Bündnispartner, der mit seinen Soldaten die Chinesen vielleicht vor größeren Dummheiten bewahren konnte. Trotz des leichten Sieges der Japaner über die Chinesen traute man Nippon nicht zu, eine bedeutende ordnerische Rolle zu spielen, ohne dabei mit europäischen Interessen zu kollidieren.

So sandte Seine Majestät Kaiser Wilhelm II., um die Wichtigkeit der neuen Kolonie hervorzuheben, seinen Bruder Prinz Heinrich als Kommandeur einer Division nach Fernost. In einer öffentlichen Rede ließ der Kaiser keinen Zweifel darüber aufkommen, wie ernst er die Mission nahm.

»Die Fahrt, die Du antreten wirst, und die Aufgabe, die Du zu erfüllen hast, sind die Konsequenzen dessen, was Mein hochseliger Herr Großvater und Sein großer Kanzler politisch gestiftet haben und was Unser herrlicher Vater mit dem Schwerte auf dem Schlachtfelde errungen hat. Es ist die erste Betätigung des neugeeinten und neuerstandenen Deutschen Reiches in seinen überseeischen Aufgaben!

Dasselbe hat in der staunenswerten Entwicklung seiner Handelsinteressen einen solchen Umfang gewonnen, daß es Meine Pflicht ist, der neuen Deutschen Hansa zu folgen und ihr den Schutz angedeihen zu lassen, den sie vom Reich und vom Kaiser verlangen kann.
Die deutschen Brüder kirchlichen Berufs, die hinausgezogen sind zu stillem Wirken und die nicht gescheut haben, ihr Leben einzusetzen, um unsere Religion auf fremdem Boden, bei fremdem Volke heimisch zu machen, haben sich unter Meinen Schutz gestellt, und es gilt, diesen mehrfach gekränkten und auch oft bedrängten Brüdern für immer Halt und Schutz zu verschaffen. Deswegen ist die Unternehmung, die Ich Dir übertragen habe, wesentlich die eines Schutzes und nicht des Trutzes. Es soll unter dem schützenden Panier unserer deutschen Kriegsflagge unserem Handel, dem deutschen Kaufmann, den deutschen Schiffen das Recht zuteil werden, was wir beanspruchen dürfen, das gleiche Recht, was von Fremden allen anderen Nationen gegenüber zugestanden wird. Sollte es aber je irgendeiner unternehmen, uns an unserem guten Recht zu kränken oder schädigen zu wollen, dann fahre darein mit gepanzerter Faust!«

***

Nach der durch die Kaiserinwitwe Tz'u-hsi gewaltsam beendeten »Reform der 100 Tage« machte sich der Umschwung langsam bemerkbar, indem sie neue Erlasse verbreiten ließ. Prinz Tuan, der sich bereits Hoffnungen gemacht hatte, seinen Sohn anstelle des jetzigen Kaisers, Kuang-hsü, auf dem Thron zu sehen, riet der Kaiserinwitwe, die fremdenfeindliche Boxerbewegung als Druckmittel gegen die Gesandten einzunehmen, um durch sie den Ausländern klarzumachen, daß China keine Einmischung in innere Angelegenheiten duldete.
Inzwischen war die innenpolitische Lage so ernst geworden, daß

Tz'u-hsi tatsächlich nur zwei Möglichkeiten blieben: Entweder sie vertraute den Boxern, die sich übernatürlicher Kräfte rühmten und für sich die Unsterblichkeit im Kampf gegen die Ausländer beanspruchten, oder sie mußte notfalls mit Hilfe ausländischer Truppen den Aufstand niederschlagen. Die Beamten des Hofes waren in zwei Lager gespalten: auf der einen Seite das den Boxern wohlgesonnene mit Prinz Tuan an der Spitze und auf der anderen Seite Yung-lu, der Mühe hatte, einen ungefähren Mittelkurs zu steuern. Während dieser angespannten Lage wurden Tz'u-hsi gefälschte Geheiminformationen zugespielt, wonach europäische Staaten anstrebten, dem entmachteten Kaiser Kuang-hsü an ihrer Stelle die Regierungsgewalt zu übergeben.
Diese Informationen machten ihrem Zaudern ein Ende. Sie erklärte den Geheimbund zum loyalen Diener des Drachenthrones und ernannte den fremdenfeindlichen Prinz Tuan zum Präsidenten des Tsungli Yamen.
Der Prinz hatte den Ruf, äußerst brutal, aber auch äußerst dumm zu sein. Tz'u-hsi ging sogar noch weiter, indem sie aus ihrem Privatvermögen für jeden getöteten Ausländer eine Kopfprämie aussetzte und die wichtigsten Führer der Antiboxerpartei köpfen ließ. Den ausländischen Gesandten ließ sie die Mitteilung zukommen, daß sie leider nicht mehr für ihre Sicherheit garantieren könne, und riet ihnen, vorsichtshalber mit sämtlichen Angehörigen sofort aus Peking nach Tientsin zurückzukehren. Gleichzeitig ließ sie eine Verlautbarung veröffentlichen, in der sie sich verpflichtete, größtmögliche Fürsorge für das Wohlergehen der Gesandten zu gewährleisten. So konnte ihr später niemand vorwerfen, sich nicht genügend um sie gesorgt zu haben. Allerdings blieben die Gesandten – ganz gleich, ob sie ihr Angebot annahmen oder nicht – Freiwild der marodierenden Boxer. Sie konnten gerade noch nach Tientsin um Hilfe depeschieren, bevor die Verbindung zur Hauptstadt unterbrochen wurde.
Die ausländischen Mächte sandten den fünfhundert Europäern in

Peking besondere Schutzdetachements, die aus dreizehn Offizieren und dreihundert Matrosen bestanden. Wenige Tage später folgte ihnen eine deutsch-österreichische Abteilung von fünfzig Mann unter dem Befehl von Oberleutnant Graf von Soden nach. Diese Truppenverschiebung nahm Prinz Tuan zum Anlaß, die Boxerbewegung zu intensivieren. Die Faustkämpfer, durch ein rotes, um den Kopf geschlungenes Tuch, eine rote Schärpe und rote Litzen auf den Ärmeln zu erkennen, schlossen die Städte Peking und Tientsin ein und zerschnitten die Verbindung zwischen den Gesandten in Peking und der vor der Reede von Taku ankernden Flotte der europäischen Mächte.

In den darauffolgenden Tagen ermordeten die Boxer im Glauben an ihre eigene Unsterblichkeit mehrere Missionare. Was ihr Weiterleben garantierte, waren gelbe Zettel mit roten Schriftzeichen, die sie stets bei sich trugen. »Der Inhaber ist unverwundbar«, so stand darauf zu lesen. Wurde ein Boxer beim Kampf dennoch getötet, erzählten die Anführer ihren Gefolgsleuten, die Gefallenen würden nach Stunden wieder auferstehen; später verlängerten sie die Frist auf drei, dann auf acht Tage. Blieb der Mann weiterhin tot, so galt dies als Beweis dafür, daß dieser nicht von ganzem Herzen Faustkämpfer für Recht und Einigkeit gewesen und dafür mit dem Tod bestraft worden war.

FÜNFZEHNTES KAPITEL

Fen-che saß am Fuß des hochgelegenen Rundturms der Signalstation und blickte träumend über Tsingtau hinweg auf das tiefblaue Meer. Trotz des warmen Sommerwetters war ihm innerlich kalt. Mißmutig sammelte er einige kleine Steine und schleuderte sie trotzig fort, als ob er sich von irgendwelchen Sorgen befreien wollte.

Er hatte sich vor einigen Tagen abermals die Zukunft vorhersagen lassen, denn er hegte den Wunsch, endlich nach Hause zurückzukehren. Der Wunsch war so übermächtig geworden, daß er nicht an seiner Erfüllung zweifelte. Was sollte er noch hier, so dachte er. Sein Freund von Soden hielt sich in Peking auf, und die Deutschen hatten Tsingtau inzwischen zu einer europäischen Stadt ausgebaut. Vor einer Woche hatten sie den Grundstein für eine Brauerei gelegt. Ob er das Amtsblatt übersetzte oder nicht, würde niemandem auffallen. Yu Wei ging er aus dem Weg, und somit entfielen sämtliche Gründe für sein Bleiben.

Doch während der Wahrsager die letzten Hölzer gedeutet hatte, hatte Fen-che dessen Nervosität gespürt, was ihn an den Alten von damals auf dem Markt erinnerte. »Was ist?« fragte er drängend und flehte gleichzeitig alle guten Geister an, seinen Wunsch Wahrheit werden zu lassen.

Der Wahrsager schien unsicher. »Ich weiß es nicht genau. Tod und Ruhm liegen mir zu nahe beieinander. Es wird ein sehr unruhiges Jahr für Euch werden. Danach allerdings«, fügte er hinzu, »danach werden Eure Wünsche, wie groß sie auch sein mögen, in Erfüllung gehen!«

Fen-che hatte ihn gut bezahlt und war grübelnd ins Lager zurückgekehrt. »Danach, danach«, hatte er immer wiederholt und fragte sich, was ihm dieses Jahr, das die Deutschen als Jahrhundertwende gefeiert hatten, noch alles bringen würde. Zu lange war er nicht mehr daheim gewesen. Ay-lins Vorwürfe würden mehr als berechtigt sein.

Zuletzt war er bei ihr gewesen, nachdem ein Bote ihm die Nachricht überbracht hatte, daß er wieder Vater geworden war. Noch in der gleichen Stunde war er losgeritten und hatte spätabends Kiautschou erreicht. Er hatte sich neben Ay-lins Bett gekniet, ihr das Haar aus der Stirn gestrichen und das Baby auf den Arm genommen. »Jetzt hast du auch eine Tochter!« hatte sie vom Bett aus leise geflüstert und besorgt gefragt: »Freust du dich?«

»Selbstverständlich!« hatte er laut versichert, obwohl es nur ein Mädchen war. Aber was half es; wenn es die Götter so bestimmt hatten, mußte man es hinnehmen. »Ich freue mich wirklich sehr!« hatte er noch hinzugefügt und versucht, sein Lächeln zum Spiegelbild des ihrigen zu machen.

Das war vor einigen Monaten gewesen. Dann wurde er durch die Vergrößerung des Geschwaders und durch von Sodens Nachfolger mit Arbeit überhäuft, die ihn in Tsingtau festhielt, und außerdem gab es noch ein Mädchen namens Wei Hsin, die Tochter eines Fischers, der weiter im Osten wohnte, und später auch deren Schwester Wei Yü.

Bei dem Gedanken an sie verspürte Fen-che plötzlich große Lust, sich im Taumel der Gefühle mit ihr zu verlieren. Er stand auf und ging zum Aussichtsturm. Während des Treppensteigens entspannte er sich, war aber innerlich weit davon entfernt, das großartige Panorama mit dem einzigartigen Farbenspiel zu genießen, das nun zwischen Küste und Meer stattfand. Er blickte unverwandt in die Richtung, in der das Fischerdorf lag, wo er zufällig Hsin begegnet war, und seine Gedanken verloren sich in der Vergangenheit.

Es hatte geregnet, und er war müde gewesen. Im Schrittempo ging sein Pferd am Strand jenen Streifen entlang, der immer wieder von der ewigen Brandung wie von leckenden Zungen überspült wurde. Dann blieb es plötzlich stehen, und Fen-che schreckte aus seinen Träumen hoch. Zum Trocknen aufgehängte Fischernetze versperrten die Breite des weißen Strandes, die bis zu einem überdachten, an die Klippen gelehnten Bretterverschlag reichten.
Fen-che stieg ab und führte das Pferd den Strand hinauf, bis er eine zerlumpte, netzflickende Gestalt im Halbdunkel des Windfangs gewahrte. Es war Wei Hsin; schweigend blickte sie ihn an. Wie er später erfuhr, war sie erst sechzehn Jahre alt.
Während er sie musterte, fielen ihm einige Worte seines alten Freundes Yü Yin wieder ein: »Yang braucht Yin und umgekehrt. Wenn du geschickt bist, kannst du dir Kraft aus dem weiblichen Yin ziehen, indem du dich beherrscht und es nur genießt. Je jünger eine Frau ist, um so mehr Kraft kann sie dir geben! Nebenbei gesagt ist das auch der Grund, warum viele Alte, natürlich nur die, die es sich leisten können, junge Frauen verehren! Wenn man sich nicht in sie ergießt, wird die Kraft nicht verbraucht, dann ist man der Nehmende!«
Daran hatte er gedacht, als er sie fragte, ob er sich unterstellen dürfe, und war verblüfft und zugleich gerührt, als sie ihm durch Gesten zu verstehen gab, daß sie stumm war. Sie schien über eine magische Anziehungskraft zu verfügen, wie eine Gestalt aus einem Traum. Sie war auf ihn zugegangen, und er hatte mit seinen schmutzigen Händen über ihr langes Haar gestrichen, dann noch einmal über ihre Stirn und ihre Wangen. Fen-che erinnerte sich noch genau an sein Herzklopfen, als sie, zuerst nur zaghaft, sein Streicheln erwiderte, und wie er sie dann in seine Arme gezogen hatte. Sie war wild wie ein hungriger Tiger gewesen und schien während der heftigen Liebkosungen in ihn hineinkriechen zu wollen. Sie hatten sich auf dem hellen Sand unter dem Windschutz geliebt. Noch einmal und noch einmal, und den Rat Yü Yins hatte er

nur als Geschwätz alter Männer abgetan, überzeugt, daß er für ihn nicht galt.

Eines Tages brachte sie ihre Schwester Yü mit. Sie war zwei Jahre jünger, aber ebenso leidenschaftlich wie Hsin. Fast jeden Tag hatten sie sich abends beim Windschutz getroffen und dann alles um sich herum vergessen, bis die Nacht kam und kein Streicheln, keine Liebkosung mehr half, den Jadeschaft aufzurichten. Dann hatte Yü angefangen zu lachen und später auch Hsin, und beide waren nackt um ihn herumgetanzt. Noch nie in seinem Leben hatte sich Fen-che so geschämt. An diesem Abend war er vor ihnen geflohen und hatte bei sämtlichen Göttern geschworen, nie wieder zu ihnen zu gehen.

Fen-che schlug wie zur Abwehr gegen die peinliche Erinnerung mit der geballten Faust gegen die roh behauenen Quader der Brüstung. Er spürte weder den Schmerz, noch achtete er auf das Blut, das aus der aufgesprungenen Haut hervortrat. Am liebsten würde er das alles vergessen oder ungeschehen machen und nach Hause zurückkehren.

Für den Weg ins Lager nahm er sich viel Zeit. Doch schon von weitem nahm er dort eine ungewohnte Geschäftigkeit wahr. Die Kompanien standen angetreten, und aus jeder Abteilung wurden mehrere Matrosen und Maschinisten zu neuen Zügen zusammengestellt. Fen-che hatte von den Gerüchten über die zunehmenden Überfälle der Faustkämpfer bereits gehört, sie aber als übertrieben angesehen. Diese Betriebsamkeit schien allerdings für ihren Wahrheitsgehalt zu sprechen. Um mehr zu erfahren, hielt er sich in der Nähe von Müllers Dienstzimmer auf, doch niemand schenkte ihm Aufmerksamkeit. Schließlich trat er ein und meldete sich.

»Herr Korvettenkapitän, Sie haben mich rufen lassen?«

Müller sah irritiert zu ihm auf und blickte dann abwägend zu den anwesenden Offizieren. »Gut, daß Sie da sind«, sagte er schließlich, »bitte warten Sie einen Augenblick!« Dann widmete er sich wieder seinem Vortrag und seinen Papieren.

»Wie ich eben schon sagte, wird sich die vereinigte Flotte vor der Reede von Taku treffen, um über Tientsin Verstärkung nach Peking zu bringen. England ist mit dem Linienschiff ›Centurion‹ und den Kreuzern ›Aurora‹, ›Orlando‹ und ›Alacrity‹ dabei. Frankreich stellt den Kreuzer ›Descartes‹ und das Kanonenboot ›Lion‹. Rußland wird den Kreuzer ›Rossija‹ und den Torpedokreuzer ›Gaidamak‹ einsetzen. Japan ist mit dem Kreuzer ›Kasagi‹ vertreten, die Vereinigten Staaten von Nordamerika mit dem Panzerkreuzer ›Newark‹ und Italien mit den Panzerdeckkreuzern ›Calabria‹ und ›Elba‹.«

Müller wirkte gereizt und verhaspelte sich des öfteren bei der Aussprache der fremdländischen Schiffsnamen. Dann holte er ein weiteres Blatt Papier hervor und lehnte sich zurück. »Wir werden unter unserem Geschwaderchef Vizeadmiral Bendemann mit den Kreuzern ›Kaiserin Augusta‹, ›Herta‹, ›Hansa‹, ›Irene‹ und ›Gefion‹ mit dabeisein. Und«, er lächelte etwas herablassend, »Österreich mit dem Kreuzer ›Zenta‹.«

Fahrig suchte er nach weiteren Unterlagen, die direkt vor seiner Nase lagen. »Unser Anteil am Expeditionscorps besteht aus zwanzig Offizieren und weiteren 480 Mann unter der Führung des Kapitäns zur See von Usedom. Im Laufe der Nacht werden die Soldaten eingeschifft, und bei Sonnenaufgang verläßt die Flotte den Stützpunkt. Haben Sie noch Fragen?«

Kopfschütteln und allgemeines Räuspern. Dann leerte sich der Raum, und nur Fen-che blieb zurück.

»Ich weiß nicht, ob unsere Alliierten bei diesem Unternehmen an Dolmetscher gedacht haben, darum halte ich es für angebracht, daß Sie unsere Leute bis Peking begleiten. Ihre Aufgabe wird es sein, eine sprachliche Brücke zu der friedlichen Bevölkerung zu schlagen, um sie gegebenenfalls zu beruhigen. Mit der Waffe sollen Sie nicht kämpfen!«

Fen-che konnte sich im Augenblick nichts unter einer »sprachlichen Brücke« vorstellen, schwieg aber, um Müllers Unwillen nicht auf sich zu ziehen. Gegen wen gingen sie vor? Wenn der Zug nach Peking ging, konnte es sich nur um die Regierung handeln. Er trat zwei Schritte zur Seite, um Müller besser beobachten zu können, der sich schon wieder mit den Papieren beschäftigte, die vor ihm lagen. »Handelt es sich um ein Manöver?«

»Nein!« Müller wirkte erschöpft wie ein Vater, der mit seinem Kind stundenlang über Schularbeiten gesessen hatte und nun feststellen mußte, daß es noch immer nichts begriffen hatte. »Peking ist von Tientsin durch Boxerverbände abgeschnitten, die die Eisenbahnlinie zerstört haben. Unsere europäischen Streitkräfte werden deshalb unter dem Oberbefehl Admiral Sir Seymours mit ungefähr zweitausend Mann Peking entsatzen.«

»Dann ist es also keine Maßnahme gegen den Kaiser!«

»Nein, im Gegenteil! Wir unterstützen ihn, da unsere Leute General Niehs Regierungstruppen zu Hilfe kommen. Sie sind übrigens Kapitän von Usedom direkt unterstellt!«

Bevor Fen-che mit der Truppe ausrückte, ließ er sich aus der Bekleidungskammer einen Schlafsack, Notproviant und eine Feldflasche geben. Er war froh, nicht noch Munition und Gewehr tragen zu müssen, und schloß sich dem letzten Trupp an.

Im selben Augenblick, als er kurz vor dem Anleger Yu Wei entdeckte, sah dieser ihn auch und versuchte, dichter an die Seesoldaten heranzukommen. Fen-che ließ sich etwas zurückfallen, bis er auf gleicher Höhe mit Yu Wei ging.

»Was ist los? Wohin gehen die Soldaten?« fragte Yu Wei eindringlich.

»Euer älterer Bruder zieht in den Krieg!« lachte Fen-che und freute sich über Yu Weis ratloses Gesicht, beschleunigte dann seinen Schritt, um wieder aufzuholen. Dann sah er noch einmal über die Schulter zurück und winkte. »Hoffentlich bleibt das Wetter gut!« rief er, bevor ihm die Sicht von neugierigen Dorfbewohnern genommen wurde.

Auf den großen Kriegsschiffen fanden nur wenige Seesoldaten

Platz in den Messen und Mannschaftsräumen. Der Rest hielt sich im Windschatten der Aufbauten und in Geschützwinkeln an Deck auf. Nach zwei Tagen Fahrt ankerten die Dickschiffe vor Taku, und mit allen vorhandenen Pinassen wurde das Kontingent den weiten Weg von der Reede über die Untiefe der Barre an Land gebracht. Spät in der Nacht erreichten die Kompanien den Bahnhof Tientsin. So gut es ging, verbrachte Fen-che den Rest der Nacht wie die anderen Deutschen auf einer Bank in dem bereitgestellten Zug und versuchte zu schlafen. Irgendwann hörte er im Halbschlaf, wie Kapitän von Usedom und sein Adjutant den Zug verließen und sehr viel später zurückkehrten.

Noch vor dem Wecksignal wurde Fen-che wach und stellte sich an das offene Abteilfenster. Der Bahnhof und seine Umgebung glichen einem Heerlager, und die Erinnerung an die Überschwemmungskatastrophe von damals stieg in ihm auf, als er die Obdachlosen dichtgedrängt auf dem Boden hatte liegen sehen.

Überall wehten fremde Wimpel und Fahnen, um die herum sich die dazugehörigen Soldaten geschart hatten und in ihren Schlafsäcken dicht an dicht lagen. Er dachte plötzlich an Michail Malikow und versuchte herauszufinden, wo die Russen lagen.

Aber weshalb sollte Malikow ausgerechnet hier sein, Rußland war so groß und weit! Sicher würde er irgendwo einen Handelsposten kontrollieren oder das tun, was er sich vorgenommen hatte: sich in der Taiga mit seiner Japanerin vergnügen!

Irgendwoher erklang blechern eine Trompete, andere fielen ein, und durch die Signale aufgescheucht liefen auf dem Bahnhof die Soldaten der verschiedenen Nationen durcheinander. Befehle erklangen, und diszipliniert stellten sich die Verbände vor den drei zusätzlichen Zugreihen auf. Nach einigen weiteren Befehlen war der Bahnhof plötzlich bis auf wenige hohe Offiziere leer. Fen-che lehnte sich etwas weiter hinaus und erkannte von Usedom neben einem anderen Offizier. Vermutlich handelte es sich um den britischen Admiral Seymour. Dann verabschiedeten sich die beiden mit

militärischem Gruß voneinander, und während von Usedom in das deutsche Zugabteil einstieg, eilte der Admiral mit langen, festen Schritten zum britischen und stieg ebenfalls ein.
Kurze Zeit später ertönte der lange, klagende Pfiff einer Lokomotive, und die drei Züge setzten sich in Bewegung. Von Ungeduld erfüllt standen die Offiziere in Fen-ches Abteil gedrängt am Fenster und sahen hinaus. Von wenigen ärmlichen Hütten abgesehen veränderte sich das Bild der flachen, gut angebauten Landschaft nicht. Langsam ließ die Anspannung nach, und jemand machte die ersten Witze über die Boxer.
Bei einer kleinen Bahnstation wurde neues Wasser für die Loks übernommen. Fauchend und qualmend setzten sich die Züge wieder in Bewegung. Das Land verlor sich in der flimmernden Hitze der sengenden Sonne.
»Wenn die Fahrt so zügig weitergeht, werden wir heute abend in der Hauptstadt vor unserer wohlverdienten Pekingente sitzen und schmausen!« Unbemerkt war von Usedom ins Abteil getreten und versuchte Heiterkeit zu verbreiten. Doch dann wurde er ernst. »Ein Spaziergang wird es sicherlich nicht werden, obwohl in diesem Gebiet noch General Niehs Truppen stehen und für Ordnung sorgen!«
Irgendwann wurden die Züge plötzlich langsamer und hielten auf freier Strecke. Meldegänger liefen durch die Abteile: »Einige Schwellen sind mit Stroh umwickelt und angezündet worden. Es geht gleich weiter!« Kurze Zeit später hielten die Züge erneut. Diesmal waren die Schraubköpfe abgeschlagen, und die Schienen lagen im heißen Sand neben dem Bahnkörper vergraben. Ein Stück weiter waren die Traversen einiger Brücken aus ihren Lagern gehebelt worden, und irgendwann fehlten die Schienen gänzlich. Hier hatten die Boxerverbände alles zerstört. Die zersplitterten Masten der Telegrafenlinie lagen halbverkohlt zu großen Scheiterhaufen gestapelt. Auch die Meilensteine waren zerstört worden.
Nach kurzer Beratung einigten sich die dienstältesten Offiziere der

verschiedenen Nationen darauf, zu Fuß nach Peking zu marschieren. Von hier aus betrug die Luftlinie bis zur Hauptstadt nur noch fünfundvierzig Kilometer, die der Eisenbahnlinie dagegen fünfundsechzig. Den Weg am Bahnkörper entlang mußte man wegen des Nachschubs an Lebensmitteln und Wasser aus Tientsin in Kauf nehmen; außerdem diente er der Orientierung.

»Herr Lin, Sie begleiten Oberleutnant von Krohn mit seinen Leuten zu einer Rekognoszierung!« befahl von Usedom. »Nehmen Sie sich zu Ihrem Schutz einen Revolver mit!«

Fen-che nickte. Er wußte, daß er sich mit der Waffe nur im Notfall verteidigen und nicht am Kampfgeschehen teilnehmen würde.

Nachdem die letzten Depots hinter ihnen lagen, ließ von Krohn die Soldaten parallel zum Bahndamm marschieren. Hier hatten die Boxer den Bahnkörper um mehrere hundert Meter abgetragen und das Erdreich auf die umliegenden Felder verteilt. In einer Senke fanden sie die ersten Leichen. Es waren offensichtlich die chinesischen Angestellten der Bahn, mit abgeschlagenen Köpfen und Gliedern. So also sah die Strafe der Faustkämpfer für diejenigen aus, die für die Fremden arbeiteten. Fen-che schluckte heftig, um sich nicht augenblicklich zu übergeben. Die heiße Luft hatte ihre Körper bereits ausgetrocknet und mumifiziert.

»Weiter!« befahl von Krohn mit rauher Stimme.

Die drückende Stille machte die Männer nervös. Nicht einmal Vogelgezwitscher war aus den hüfthohen Gemüse- und Getreidefeldern zu vernehmen, und um ihre Furcht nicht zu zeigen, sprachen sie lauter als gewöhnlich, denn auf jedem lastete noch immer der erschreckende Anblick der ersten Toten.

Inzwischen war die Trasse der ehemaligen Eisenbahnstrecke nicht mehr zu erkennen. Sämtliche Schienen, Schwellen und sogar Telegrafenmasten waren entfernt worden und lagen irgendwo versteckt in den Feldern oder Dörfern.

Nach drei Stunden Fußmarsch schälten sich aus dem flimmernden, grauen Dunstkreis in der Ferne mehrere senkrecht aufsteigende

Rauchsäulen. Oberleutnant von Krohn ließ halten und öffnete erst jetzt die Knöpfe seiner Uniformjacke, die Fen-che sich gleich zu Anfang des Fußmarsches aufgeknöpft hatte, als er wehmütig an seine landesübliche, luftige Kleidung dachte, die nun in Tsingtau im Schrank lag.

»Zwei Mann Rücken an Rücken!« befahl von Krohn, und die beiden stärksten Seesoldaten stellten sich breitbeinig zusammen. Dann stieg er mit dem rechten Fuß in die gefalteten Hände des einen, schwang sein linkes Bein über die Schultern der beiden und stellte den zweiten Fuß in die Hände des anderen. Lange und sorgfältig beobachtete er durch das Fernglas die Umgebung.

»Es ist die Station An-ting«, gab er mit halblauter Stimme bekannt. »Ich sehe nur Ruinen und brennende Hütten.« Dann stieg er ab. »Ich habe keinen Ehrgeiz, mich von diesen Halbwilden massakrieren zu lassen. Wir kehren um!« Von Krohn zog eine grobe Skizze von dieser Gegend aus der Kartentasche. »Um eine bessere Übersicht über die Umgebung zu gewinnen, werden wir uns jetzt in östliche Richtung zurückziehen. Nach vier Meilen müßten wir dann auf die Straße Peking – Lang-fang kommen. Von dort haben wir es dann nicht mehr weit bis zum Lager zurück!«

Die Hitze des Sommertages nahm von Stunde zu Stunde zu. Dunkle Schweißflecke breiteten sich auf den Uniformjacken von den Achselhöhlen über die Rücken der Männer aus. Schweigend schleppten sie sich weiter, bis sie endlich eine Lehmstraße erreichten.

Kurz vor dem Dorf Lang-fang hob von Krohn plötzlich die Hand und ging in Deckung. Unglaublich schnell folgten ihm seine Soldaten und luden ihre Gewehre durch.

»Da vorne, rechts neben der Straße liegt ein Chinese und beobachtet das Dorf. Gehen Sie zu ihm, und fragen Sie ihn, wo wir hier sind; wir geben Ihnen im Notfall Feuerschutz!« befahl von Krohn.

Fen-che fühlte sich bei dem Gedanken, fast zwanzig Gewehrläufe im Rücken zu haben, unbehaglich, aber ohne Angst zu zeigen, ging

er unbeirrt voran. Kurz bevor er den Mann erreichte, sah dieser erschrocken hoch.
»Guten Tag, alter Großvater«, sprach Fen-che beruhigend auf ihn ein und hockte sich neben ihn. Der Mann war wirklich nicht mehr jung und sah schmutzig und zerlumpt aus. »Was gibt es da vorn?«
Er schien sich noch kleiner zu machen und sah Fen-che hilflos an. »Seid Ihr Europäer?« stellte er mehr fest, als daß er fragte.
»Ich bin Lin Fen-che und arbeite für die Europäer als Dolmetscher.«
Der Mann umfaßte Fen-ches Arm und rückte etwas näher. »Ich muß zu ihnen«, wisperte er aufgeregt. Fen-che wich seinem sauren Mundgeruch, so gut es ging, aus. »Ich bin Koch in der englischen Gesandtschaft in Peking und habe eine wichtige Nachricht für die Europäer! Beschützt mich, da vorn habe ich Faustkämpfer gesehen!«
»Bleibt ruhig liegen!« flüsterte Fen-che und winkte die anderen heran.
Vorsichtig näherten sie sich mit aufgepflanztem Seitengewehr. Auch von Krohn hielt seine Pistole umklammert.
»Der Mann kommt aus Peking und hat eine Nachricht für die Engländer. Er sagt, daß er im Dorf Boxer gesehen hat«, meldete Fen-che halblaut.
»Er soll mit uns kommen!« befahl von Krohn und gab der Hälfte seiner Leute Anweisung, im Schutz der Getreidehalme auf der anderen Straßenseite gegen die ersten Häuser vorzurücken.
Ohne bemerkt zu werden, erreichten sie den Dorfrand. Hier blieben sie in Deckung. Die Häuser vor ihnen wirkten ausgestorben, bis plötzlich mehrere Männer, mit Lanzen, Schwertern und Messern bewaffnet, auftauchten und vor einer Feldsteinmauer in Deckung gingen, dabei sorgfältig den Marktplatz mit dem Brunnen beobachtend. Weitere Trupps stießen hinzu; mit den gleichen Waffen ausgerüstet und ebenfalls mit roten Tüchern gekennzeich-

net, teilweise sogar mit Gewehren versehen, bis ihre Zahl auf etwas über einhundert Mann angestiegen war.
»Gestern noch auf hohen Rossen, heute in die Brust geschossen, und morgen in das kühle Grab gelassen«, zitierte von Krohn mit leiser Stimme den Text eines Liedes.
Betroffen sah Fen-che ihn an.
»War nur ein Scherz!« beruhigte ihn von Krohn und lachte leise. »Ich bin unvergänglich wie Unkraut!«
Plötzlich krachte es vor ihnen. Die Boxer schossen ihre Gewehre in Richtung Marktplatz ab und machten Anstalten, ihn zu stürmen. Vom Brunnen her knatterte es zurück, und die ersten toten und verwundeten Boxer lagen auf dem Boden.
»Ziel nehmen und feuern!« rief von Krohn und schoß als erster.
Einen Augenblick standen die Boxer fassungslos und ungeschützt vor der Mauer, doch noch bevor von Krohns Leute nachgeladen hatten, waren sie in den umliegenden Lehmhäusern und Katen verschwunden und schossen von da aus zurück.
»Feuer einstellen!« befahl von Krohn. »Ab jetzt nur noch gezielt schießen!«
Die untergehende Sonne färbte den Himmel langsam rot, und die ersten Halme bewegten sich im aufkommenden Abendwind, mit dem auch einige Satzfetzen der Boxer zu den Deutschen herübergetragen wurden.
»Sie versuchen sich Mut zu machen und feuern sich gegenseitig an, unsere Stellung zu stürmen«, gab Fen-che das Gehörte weiter.
Im Schutz der Feldsteinmauer entrollten die Boxer ihre dreieckigen Fahnen und schwenkten sie an langen Stangen. Plötzlich stand ein Mann mit dem Schwert in der Hand auf der Mauer und schrie: »Tötet sie! Tötet sie!« und lief mit großen Sprüngen auf die Deutschen zu, während ihm der Rest laut schreiend folgte.
»Feuer!« rief von Krohn, und die Salve streckte den Anführer und ein Dutzend anderer nieder. Hastig luden die Seesoldaten

nach. Die nächste Salve kam unregelmäßig, erzielte aber die Wirkung, daß sich die Boxer in die Häuser zurückzogen. Dann blieb es still.

Mit der zunehmenden Färbung des Abendhimmels wurde es rasch dunkler, und von Krohn lief gebückt zu Fen-che. »Wir sind in einer aussichtslosen Lage. Wenn wir in der Dunkelheit nicht mehr genau zielen können, kommen sie zu nahe an uns heran, und für einen erfolgreichen Nahkampf sind es zu viele. Ich schlage vor, Sie umgehen das Dorf und versuchen, von den wartenden Zügen schnellstens Verstärkung heranzuführen. So lange, hoffe ich, können wir uns noch halten.«

Fen-che nickte und entsicherte seine Pistole. »Ich werde mich beeilen!« Gebückt lief er durch das Feld, als plötzlich von der anderen Seite des Dorfes heftig geschossen wurde. Sofort kehrte er um und warf sich schwer atmend neben den Oberleutnant in Deckung. »Ich glaube, Ihre Leute sind schon da!«

Bei diesem Gefecht entkamen nur wenige Boxer. Die meisten waren während des Kampfes gefallen, viele so schwer verwundet, daß sie noch am gleichen Tag starben, und der Rest wurde unter Bewachung zur Bahnstation und weiter ins Hospital nach Tientsin gebracht.

Das war das einzige Mal, daß in diesem Krieg Gefangene gemacht wurden. Kurz darauf erließ das Oberkommando eine Order, »alle Chinesen, die nach einem Kampf aufrecht stehen bleiben, zu töten, und auch die Verwundeten nicht zu schonen, besonders absolut keine Gefangenen zu machen!« Als Grund gab man an, »daß die Boxer in aussichtsloser Situation ihre roten Tücher abnähmen und sich als harmlose Bauern tarnten, um dann bei besserer Gelegenheit hinterrücks weiterzumorden«.

Der Entsatz, der bei dem Dorf Lang-fang eingetroffen war, bestand aus einer Abteilung der ›Kaiserin Augusta‹ unter Korvettenkapitän Buchholz. Zu Hilfe geholt hatten sie einige Italiener, die während des Überfalls am Marktplatz entkommen waren. Wie sich herausstellte, waren die Italiener zum Furagieren ausgerückt und in diesem Dorf in einen Hinterhalt geraten. Am Marktplatz entdeckten die Seesoldaten den vermißten italienischen Unteroffizier mit seinen vier Männern. Von unzähligen Schwert- und Lanzenhieben getroffen, lagen sie an der Brunnenwand gelehnt, als ob sie schliefen.

Doch noch eine grausige Entdeckung machten die Soldaten, während sie das Dorf plünderten: Bevor die Boxer flüchten konnten, hatten sie ihre Frauen und Kinder getötet und ihnen die Köpfe abgeschnitten, damit sie nicht in Gefangenschaft gerieten. Aus ihrer Sicht war ein schneller Tod einer ungewissen Gefangenschaft immer vorzuziehen.

Um den Boxern eine Rückkehr in die Nähe der Eisenbahnstation unmöglich zu machen, wurde das Dorf Lang-fang angezündet und der Brunnen zugeschüttet. Noch am gleichen Abend besprachen die Offiziere ihr weiteres Vorgehen. Im Mittelpunkt der Beratungen stand der geflohene Koch der britischen Gesandtschaft, dessen Bericht von ihrem eigenen Konsulatsdolmetscher, Mister Campbell, übersetzt wurde.

Demnach war es zu täglichen Auseinandersetzungen zwischen Boxern und Gesandtschaftsangehörigen auf offener Straße gekommen, bis niemand mehr wagte, das unmittelbare Gelände um das Gesandtschaftsgebäude zu verlassen. Neuerdings gehörten auch Morde an dem chinesischen Personal zur Tagesordnung, an denen sich auch das reguläre chinesische Militär beteiligte, und jeden Abend wurden die erleuchteten Fenster nach Einsetzen der Dunkelheit mit Gewehren beschossen.

»Die dort ausharrenden Nationen vertrauen darauf, daß wir unser Äußerstes geben, ihnen so schnell wie möglich zu helfen.« Sir Seymour räusperte sich und sah aufmerksam in die Gesichter seiner Zuhörer. »Ich denke, nach diesem Bericht ein weiteres Vorgehen verantworten zu können. Das technische Personal soll ununterbrochen zur Reparatur eingesetzt bleiben, und bei schnellem

Nachschub werden wir schon in wenigen Tagen Peking erreicht haben!«
Das beifällige Gemurmel war noch nicht verklungen, als Kapitän von Usedom das Wort ergriff. »Sir, ich pflichte Ihnen aus ganzem Herzen bei, aber je weiter wir nach Peking vorrücken, desto häufiger muß unsere einzige Nachschublinie mit Überfällen rechnen. Unsere Munition und Verpflegung sind lediglich für eine schnelle Eisenbahnfahrt nach Peking ausgelegt. Sollten wir von Tientsin abgeschnitten werden, können wir uns aus eigener Kraft nur wenige Tage halten!«
In das nachdenkliche Schweigen hinein erklang plötzlich die helle Stimme des amerikanischen Kapitäns. »Der direkte Weg nach Peking beträgt ungefähr fünfundzwanzig Seemeilen. Verlassen wir die Bahnroute und gehen querfeldein, können wir diese Strecke in zwei oder drei Tagen bewältigen. Damit würden wir unserer gestellten Aufgabe am schnellsten gerecht werden, denn mit diesem Vorstoß wird unser Gegner nicht rechnen!«
Der Admiral nickte. »Ausgezeichnet!« nahm er den Gedanken auf. »Und in Peking werden wir die chinesischen Generäle gefangennehmen ...«, er stockte und dachte einen Moment lang nach, »und unser Erfolg wird noch größer sein, wenn wir die gesamte Regierung und das Kaiserhaus festsetzen.« Beifallheischend sah er zu den ranghöchsten Offizieren. »Ihre Meinung dazu, bitte!«
Obwohl Fen-che nicht an der Diskussion teilnehmen wollte, entdeckte er in diesem Vorschlag sofort den großen Nachteil und erhob sich. »Darf ich etwas dazu sagen?« Er fühlte die erstaunten Blicke aller Anwesenden auf sich gerichtet. »Das Gelände bis Peking ist flach und übersichtlich. Einerseits eine Garantie für ein schnelles Vorwärtskommen, aber es birgt auch die Gefahr, daß wir nicht unbemerkt bleiben und von feindlichen Verbänden angegriffen werden. Wir müssen dabei auch mit regulären Truppen rechnen und mit Verletzten auf unserer Seite. Jeder Verwundete muß getragen werden und zieht somit je zwei Mann aus der kämp-

fenden Truppe. Gegen den schätzungsweise über zwanzigtausend Mann starken Gegner werden wir nichts ausrichten können!«

»Woher wissen Sie, wie viele Boxer in dieser Gegend sind?« fragte von Krohn, »oder vermuten Sie es nur?«

»Ich weiß es nicht genau. Aber wenn General Nieh sich mit seinen Truppen den Boxern angeschlossen hat, werden wir sogar mit einer weitaus größeren Anzahl zu rechnen haben.«

Je länger der Admiral schwieg, um so lauter wurde das Gemurmel der einzelnen Gruppen.

»Sie sind doch Chinese, nach Ihrer Ansicht sollen wir also nur langsam auf der Bahnstrecke vorgehen oder gar umkehren!« vergiftete eine unsichtbare Stimme die Meinung der Anwesenden.

Fen-che spürte, wie sein Gesicht heiß wurde. Natürlich hatte der Mann mit diesem unterschwelligen Vorwurf recht. Natürlich wollte er seinen Kaiser nicht in den Händen der Barbaren sehen. Er wollte aber auch nicht für den Tod so vieler Menschen verantwortlich sein. Empört wandte er sich der Stimme zu, um sich zu rechtfertigen.

Bevor er sprechen konnte, ergriff von Usedom das Wort: »Herr Lin Fen-che gehört, seit unsere Kolonie Tsingtau besteht, als loyaler Dolmetscher zu unserer Truppe, und niemand kann ihm Unredlichkeit vorwerfen. Hiermit weise ich jeden Vorwurf des Verrats gegen ihn als absurd zurück!« Kapitän von Usedom blickte energisch in die Ecke, aus der der Zwischenruf gekommen war.

»Aber, meine Herren!« Seymour blickte ebenfalls strafend in die gleiche Richtung und hob gleichzeitig beschwichtigend beide Arme. »Der Beitrag von Herrn Lin ist durchaus konstruktiv, und ich bin der Ansicht, daß wir mit dem Ausbessern des Bahnkörpers fortfahren sollten, um auf diesem Wege für Entsatz zu sorgen. Noch Einwände?«

Bevor Fen-che sich im allgemeinen Aufbruch in sein Zugabteil begeben konnte, verstellte ihm von Krohn plötzlich den Weg. »Ihr Einwand war gut und berechtigt. Unter uns gesagt wird es auch jeder der hier Anwesenden ebenso gesehen haben. Aber es war eine politische Frage, wer dem Amerikaner sagen würde, wie draufgängerisch und undurchführbar sein Plan war. Ich hatte gehofft, daß er den Tadel von den Japanern oder den Engländern zu hören bekommen würde, die in letzter Zeit sehr eng mit Amerika zusammenarbeiten. Durch Ihren Einwand sehen diese Nordamerikaner in uns die Besserwisser. Das ist zwar völlig unwichtig, denn sie sind militärisch bedeutungslos, aber, Herr Lin, ich muß Sie bitten, sich in Zukunft aus unseren Gesprächen herauszuhalten!«

Die Zurechtweisung traf Fen-che völlig unerwartet. Je länger er darüber nachdachte, desto mehr empörte sie ihn, und er fühlte sich in höchstem Maße gedemütigt.

Natürlich sind sie alle nervös, versuchte er sich einzureden, als er später in seinem Abteil saß. Wenn von Krohn ihm nur nicht befohlen hätte, sich aus ihren Gesprächen herauszuhalten! Noch vor einigen Stunden wäre er mit geladener Pistole gelaufen, um Verstärkung zu holen, und nun kam das. Wütend zerrte Fen-che die Pistole aus dem Halfter, nahm die Patronen heraus und ließ sie in eine Ritze unter der Sitzbank gleiten. Nein, das würde ihm nicht noch einmal passieren. Er würde nie auf einen Chinesen schießen!

Danach fühlte er sich freier, und irgendwann schlief er auf der harten Holzbank ein.

Der Ansturm der Boxer im Morgengrauen kam völlig überraschend. In langen Reihen standen sie plötzlich nur einige hundert Meter vom Zug entfernt in den Getreidefeldern und schossen auf die Waggons.

Sofort formierten sich die Kampftruppen und feuerten zurück.

Durch das wohlgezielte Feuer verunsichert, wichen die Boxer rasch zurück und formierten sich neu. Inzwischen näherte sich ein Verband berittener Soldaten in chinesischer Uniform und griff ohne Rücksicht auf eigene Verluste an. Unter dem Druck des Ansturms wichen die Briten weit zurück, und die deutschen Kompanien wurden trotz heftigen Feuerns eingeschlossen.

Es mochten sich inzwischen um die zehntausend Boxer angesammelt haben, die unverzüglich nochmals angriffen.
»Bajonett auf!« schrie von Usedom, »Angriff!«
Mehrere hundert deutsche Soldaten schrien plötzlich mit aller Kraft »Hurra!« und stürmten nach vorn; zwischen ihnen mit dem gleichen Mut die Russen. Niemand wollte zurückbleiben, doch nach mehreren hundert Metern verlief sich der Angriff, denn der Feind zog sich ungewohnt schnell in einer riesigen Staubwolke zurück.
»Kompanien halt!« Von Usedom winkte die Führer der Abteilungen zu sich heran. Schwitzend und noch immer heftig atmend umringten sie ihn. »Wie steht es mit der Munition? Können wir uns hier noch länger halten, oder gehen wir besser zurück?«
Gebückt liefen die Sanitäter zu den rufenden Verwundeten. Das Gefecht hatte viele Opfer gefordert, und überall sah man Soldaten erschüttert neben ihren gefallenen Kameraden hocken oder den Verwundeten die Feldflasche reichen.
»Fast verschossen!« meldeten die Offiziere nach kurzer Inspektion und warteten auf neue Befehle.
»Wir gehen geordnet zurück! Selbstverständlich werden unsere Gefallenen mitgenommen«, befahl von Usedom und wurde im gleichen Augenblick von der Druckwelle einer explodierenden Granate erfaßt und umgeworfen. Augenblicklich warfen sich alle Soldaten zu Boden.
Eine Batterie chinesischer Geschütze hatte auf sie geschossen und umhüllte die Soldaten mit feinem Lehmstaub. Flach auf dem Boden liegend warteten sie auf die nächste Salve.
Ohne größeren Schaden anzurichten, schlugen noch weitere Granaten hinter ihnen ein. Nachdem der Geschützrauch verweht war, konnte man erkennen, wie die Chinesen emsig nachluden.
»Nur Offiziere und Unteroffiziere gezielt auf Kanoniere schießen!« befahl von Usedom angesichts des Munitionsmangels.
Jedesmal, wenn der Kopf eines Richtschützen über die Deckung

visierte, wurde sofort geschossen. Durch die Verluste verlangsamte sich das Feuer der Geschütze erheblich, bis es völlig verstummte und die Boxer sich für einen neuen Angriff rüsteten. Bevor von Usedom eine neue Order geben konnte, kroch Korvettenkapitän Buchholz im Schutz der Bodenwellen in seine Nähe.

»Die Munition der gefallenen Boxer ist identisch mit unserer!« rief er, und noch bevor die nächste Welle der angreifenden Boxer auf sie zustürmte, hatten sich die Seesoldaten mit Patronen eingedeckt.

In der nächsten halben Stunde wurden drei Angriffe durch gezieltes Feuer und sofortige Gegenangriffe zurückgeschlagen, bis die Stellung der Batterie erreicht wurde. Damit war den Boxern die Basis entzogen, und sie flüchteten. Nachdem die Verschlüsse der Kanonen unbrauchbar gemacht worden waren, gab von Usedom Befehl zum Rückzug.

Das Gefecht hatte erstaunlicherweise nur sieben Tote, fünf Schwerverletzte und dreizehn Leichtverletzte gefordert, während auf der anderen Seite nach groben Schätzungen zwei- bis dreihundert Boxer getötet worden waren.

Kurz vor der Bahnstation gerieten die mit den Engländern kämpfenden Boxer durch die zurückkehrenden Deutschen ins Kreuzfeuer, um nach weiteren verheerenden Verlusten zu fliehen.

Verschwitzt, schmutzig und erfüllt von der Genugtuung, ihre Pflicht und mehr getan zu haben, erreichten Deutsche und Russen, kurz bevor die Sonne ihren Zenit erreichte, die Bahnstation Langfang.

Allen Anwesenden war klar, daß dieser Sieg nur durch den disziplinierten Einsatz der deutsch-russischen Truppe ermöglicht worden war, und dementsprechend empfing man sie. »Hats off! The German Captain! Hurra the brave leader! Three cheers for the German Captain!« scholl es durcheinander, und mit Stolz, zugleich hungrig und erschöpft, bezogen die Soldaten ihre Waggons.

Zwei Stunden später erreichte ein verwundeter Meldereiter aus

Lofa die wartenden Züge. »Unsere Station wird von Boxern angegriffen. Wir können uns kaum noch halten!« stammelte er, bevor er in Ohnmacht fiel.

»Damit ist das eingetreten, was wir gestern befürchtet hatten!« Seymour faßte augenblicklich den notwendigen Entschluß: »Unser Erfolg wird davon abhängen, ob wir unsere Verbindungslinie nach Tientsin offenhalten können. Ich werde mit zwei Zügen zurück nach Lofa fahren. Von Ihnen, Herr von Usedom, erwarte ich, daß Sie diese Stellung bis zu unserer Rückkehr halten!«

Wortlos reichten sich die Männer die Hand, denn nach dem heutigen Gefecht wußten beide, wie stark die Boxer wirklich waren. Kurze Zeit später verließen die Züge die Station, während die Zurückbleibenden Erdwälle zur Verteidigung aufschütteten. Dann begruben sie nach einem gemeinsamen Gebet ihre Toten.

Fen-che hatte dem Gefecht und später dem Abzug der Alliierten mit Besorgnis zugesehen. Was würde aus ihnen werden, grübelte er. Es gab keinen Zweifel, daß ihre Nachschublinie inzwischen unterbrochen war. Proviant und Munition hatten sie nur noch für wenige Tage. Es gab nur einen vernünftigen Ausweg: den Rückzug nach Tientsin! Aber wußten sie das nicht selbst? Warum sprach man nicht darüber?

***

Nach dem Gefecht hatte er von seinem Abteilfenster aus die auf das Schlachtfeld laufenden Soldaten beobachtet, die sich um die zurückgelassenen Boxerfahnen prügelten. Jeder wollte ein Andenken mitnehmen; und die, die kein Messer oder keine Lanze gefunden hatten, kamen stolz mit den schmutzigen Kleidern der gefallenen Chinesen zurück; sogar abgeschnittene Zöpfe wurden zu Tauschobjekten. Ihm war bei diesem Anblick übel geworden, und er fragte sich, ob der Name »Barbaren« für sie nicht noch geschmeichelt war.

Nachdem der kühlende Abendwind die flimmernde Hitze von den Feldern verweht hatte, schlug der Ausguckposten Alarm. Fen-che kletterte zu den beobachtenden Offizieren auf das Dach des Waggons.

»Einwandfrei chinesisches Militär!« hörte er von Krohn sagen.

»Was schätzen Sie? Zehntausend Mann?« fragte Buchholz zurück.

»Eher mehr! Aber sie umgehen uns. Sie scheinen nur in Richtung Lofa zu marschieren und beachten uns nicht. Werden sie dort gegen die Boxer oder gegen uns Europäer vorgehen?«

Kapitän von Usedom hatte sein Fernglas bereits gesenkt und starrte mit zusammengekniffenen Augen auf die aus dieser Entfernung winzigen Fahnen. »Damit bringen sie uns in Zugzwang«, murmelte er, und die Anwesenden unterbrachen ihre leise geführte Unterhaltung, um seine Ansicht mitzuhören. »Nun sind wir unglücklicherweise in zwei Lager gespalten. Anscheinend haben sie vor, erst Lofa anzugreifen, um danach uns zu vernichten. Ich glaube, es wäre besser, wenn wir die Stellung hier aufgeben würden und uns ebenfalls nach Lofa zurückzögen.«

»Für einen Durchbruch nach Peking würde weder unsere Munition noch die technische Ausrüstung ausreichen, wenn der Nachschub unterbrochen ist!« stellte Korvettenkapitän Buchholz fest und blickte fragend auf die anderen Zugführer. »Was meinen Sie?«

Kapitänleutnant Schlieper von der ›Hansa‹ zuckte mit den Schultern. »Wir sollten hier ohne Admiral Seymour nichts entscheiden! Sein Befehl war eindeutig: Hierbleiben und die Stellung halten!«

»Und doch müssen wir etwas unternehmen, sonst schwächen wir unsere Kampfkraft!« Kapitänleutnant Hecht von der ›Hertha‹ wollte noch etwas sagen, schwieg aber, als von Usedom ihn unterbrach.

»Das würde Rückzug bis Lofa bedeuten!«

»Mir scheint dies der einzige Weg zu sein«, blieb Hecht bei seiner Meinung und fügte hinzu: »Was uns fehlt, sind Spähtrupps, die uns über die Schritte des Feindes informieren!«

Fen-che wußte von der in der Literatur immer wieder beschriebenen List zur Täuschung des Feindes, bei der man sich dem Gegner von einer Seite offen zeigt und ihn so vom beabsichtigten Angriffspunkt ablenkt. »Herr von Usedom, ich vermute, aus der untergehenden Sonne kommt etwas auf uns zu!«
Kurze Zeit später konnte man es deutlich erkennen. Ein abgesessener Trupp Reiter näherte sich geradlinig der Bahnstation.
Befehle erschallten, und jeder Offizier eilte zu seinem Truppenteil. Gespannte Aufmerksamkeit hatte jeden Soldaten ergriffen. Inzwischen konnte man auch vom Boden aus die Fremden erkennen, als plötzlich der russische Hauptmann aufsprang. »Nicht schießen! Es sind unsere Kosaken!«
Lachend und scherzend betraten die Kosaken mit umgehängten Karabinern neben ihren kleinen Steppenpferden das notdürftig ausgebaute Lager. Die meisten Deutschen lächelten anteilnehmend, als sich die russischen Freunde so unmilitärisch herzlich begrüßten. Mit gespannter Erwartung beobachtete Fen-che ihren Einzug, und in jedem Gesicht hoffte er Michail Malikows vertraute Züge zu erkennen; doch er war nicht dabei. Warum auch, dachte er. Es kostete ihn Mühe, seine Ungeduld zu zügeln und nur langsam auf sie zuzugehen. In Gedanken legte er sich die wenigen russischen Worte zurecht, die er kannte. »Guten Tag, Herr Hauptmann!« begrüßte er ihren Anführer, bevor dieser einen weiteren Bekannten umarmen konnte. »Kennen Sie Michail Malikow? Er ist ein Freund von mir!« setzte er erklärend hinzu.
»Ich dachte, der wäre schon bei Euch. Wir haben uns bei den Quellen des Huang Ho getrennt; er wird sicher noch kommen!«
Ein Gefühl der Glückseligkeit durchflutete Fen-che. Er würde also kommen!
Fen-che versuchte gar nicht erst, seine Freude zu verbergen, und ging mit schnellen Schritten zu von Krohn. »Würden Sie mir bitte einen Augenblick Ihr Fernglas leihen?«
Sosehr er auch die unendliche Weite immer wieder absuchte, er

konnte nichts entdecken. Langsam ließ er das Fernglas sinken, doch seine Hoffnung blieb.

»Ich habe mich entschlossen, mit Admiral Seymour Verbindung aufzunehmen«, erklärte von Usedom am nächsten Morgen während des gemeinsamen Frühstücks. »Ein Spähtrupp von drei oder vier Reitern soll versuchen, zu ihm durchzubrechen, oder, wenn das nicht gelingen sollte, uns zumindest von der Lage berichten, in der sich unsere Verbündeten befinden.«

Der russische Hauptmann nickte. »Drei Mann werden genügen!«

»Vielleicht ist es ratsam, wenn ich mit ihnen reite«, schlug Fen-che mit gleichgültiger Miene vor. Er wollte weiterhin nach Malikow Ausschau halten, aber auch der Enge des Lagers entfliehen.

Bevor sich von Usedom äußerte, sah er kurz zu von Krohn, der unmerklich nickte. »Gut. Vielleicht werden Sie eine Hilfe für sie sein.«

Die drei Kosaken schienen die Gegend gut zu kennen. Entgegen Fen-ches Annahme, daß sie den Eisenbahnschienen folgen würden, nahmen sie die alte südwärts verlaufende Handelsstraße nach Toung-nang und bogen nach einer Stunde Ritt scharf links ab. Immer wieder reckte sich Fen-che und sah aufmerksam über die Felder, doch außer unkrautjätenden Bauern konnte er nichts entdecken. Wie sehnte er sich danach, daß Michail Malikow mit seinem unvergessenen unbekümmerten Lachen auf ihn zugesprengt käme. Er blickte auf die Rücken der vor ihm reitenden Kosaken und beneidete sie, wie leicht und harmonisch sie mit ihren Pferden eine Einheit zu bilden schienen. Plötzlich wünschte er sich, wie ein Geist aus seiner Haut schlüpfen zu können, weder Chinese noch Deutscher zu sein, sondern einfach nur Kosak.

Plötzlich parierten sie ihre Pferde und starrten nach vorn. Obwohl weder etwas zu sehen noch zu hören war, sprangen sie ab und winkten Fen-che, es ihnen gleichzutun. Langsam, unaufhörlich spähend gingen sie weiter. Niemals zuvor hatte Fen-che so viele Vogelstimmen gehört wie hier, und auch das schrille Zirpen der zwischen den Halmen verborgenen Zikaden erschien ihm ungeheuer laut. Einzig vielleicht beim Grab seiner Mutter hatte er das schon einmal erlebt, und doch war es dort ganz anders gewesen: lieblicher und unvergleichlich schöner. Es verstimmte ihn, daß er die beiden Plätze miteinander verglich und somit das Andenken seiner Mutter aus dem Frieden der Erinnerung riß. Der wiegende Gang der Kosaken hatte sich unmerklich verändert. Aufmerksam sah Fen-che nach vorn, und jetzt bemerkte auch er den unverkennbaren Geruch nach Brand und kaltem Rauch.

Schwarz und ausgebrannt lag das Stationsgebäude von Lofa da, und die Fensteröffnungen erinnerten Fen-che an leere Augenhöhlen. Unvermittelt spürte er einen derben, schmerzhaften Griff um seinen Arm, der ihn vom Pferd zog.

»Chinesen sind hier!« flüsterte ihm ein Kosak ins Ohr. »Wir sind mitten unter ihnen!«

Jetzt sah Fen-che links und rechts des Weges das zertrampelte Getreide, und ihm stockte der Atem. Stimmen kamen auf sie zu. Blitzschnell griffen die Kosaken zu ihren Messern und hockten sich flach zwischen die spärlichen Halme auf den Boden. Instinktiv tat er das gleiche.

Die beiden Boxer sahen zuerst die Pferde, besprachen sich und kamen mit vorgehaltenem Speer aus dem Feld, die Augen unentwegt auf die Pferde gerichtet, als ginge von ihnen Gefahr aus. Den einen traf das Messer von unten durch den Magen ins Herz, als ihn einer der Kosaken aus der Hocke angriff, während der andere Boxer durch eine Reflexbewegung den ersten Hieb abfangen konnte und den Speer zum Wurf ausholte. Doch der wendige Russe war schneller, sprang mit einem gewaltigen Satz nach vorn und umklammerte seinen Hals. Grunzend ging der Boxer in die Knie und versuchte seinerseits das Messer zu ziehen. Doch er hatte keine Gelegenheit, es zu gebrauchen, denn sofort stürzten die beiden anderen Kosaken herbei und töteten ihn.

»Was habt Ihr eben gesagt?« fragte eine Stimme aus dem Feld.

Rasch schleiften die Kosaken die beiden Toten über den Weg in das jenseitige Feld und nahmen ihre Gewehre von der Schulter.

»Was ist los, Herr Lin?« fragte die gleiche unsichtbare Stimme, diesmal lauter und ungeduldiger.

»Ich bin nur mit dem Fuß umgeknickt!« antwortete Fen-che mit schmerzverzerrter Stimme. »Es geht aber wieder!«

»Wir kommen unmöglich zum Lager durch«, berieten sich flüsternd die Kosaken, »sie haben einen Ring um die Station geschlossen, und weiter hinten habe ich die Fahnen General Niehs erkannt.« Er machte eine bedauernde Handbewegung und huschte geduckt zu den Pferden.

Völlig überraschend kam ein Boxer mit vorgehaltener Lanze aus dem Hirsefeld gesprungen, doch bevor er den ersten Kosaken erreichte, feuerte dieser mit dem Gewehr aus der Hüfte. Die Wucht der Kugel riß ihm den Schädel auseinander und fetzte Blut und helle Gehirnteilchen durch die Luft.

Wie Schatten flogen die Kosaken an Fen-che vorbei und schwangen sich auf ihre Pferde. »Beeil dich, Brüderchen!« rief ihm einer zu und preschte hinter seinen Kameraden her.

Bevor Fen-che das Pferd besteigen konnte, fiel sein Blick noch einmal auf den toten Boxer, der in unnatürlich gekrümmter Haltung auf dem Boden lag und ihn mit seinem halben Gesicht anzugrinsen schien. Fen-che wurde bei diesem Anblick übel, und er erbrach sich. Mit aller Macht riß er sich zusammen und zog sich auf das nervös tänzelnde, sofort losgaloppierende Steppenpferd. Rings um ihn herum wurde geschossen. Sie mußten tief in die Reihen der Faustkämpfer vorgedrungen sein.

Das Pferd galoppierte sehr schnell, und nach einigen hundert Li zog Fen-che die Zügel an, bis es stehenblieb. Weit hinter ihm wurde noch immer vereinzelt geschossen. Langsam ließ er sich vom Pferderücken in den Sand gleiten. Er zitterte am ganzen Körper, und um den bitteren Geschmack aus dem Mund zu vertreiben, riß er einige Hirsekolben ab und zerkaute sie. Doch es nützte nichts, der Geschmack blieb. Fen-che fühlte sich elend. Die Geräusche um ihn schienen sich zu entfernen, und kalter Schweiß trat ihm auf die Stirn. Vor seinem inneren Auge blitzten unzählige Sterne, die von schwarzen Wolken langsam aufgesogen wurden.

Irgend jemand rieb mit einem feuchten Tuch über sein Gesicht. Er spürte deutlich, wie er schwitzte, und erinnerte sich, schon einmal so von seiner Mutter gepflegt worden zu sein. Es war wie damals, als er mit seinem Freund Lan-chen durch die Teefabriken in Hankau gestromert war und sie sich später, nachdem sie sich mit Obst aus fremden Gärten vollgestopft hatten, am Fluß in die Sonne gelegt hatten und eingeschlafen waren. Da hatte seine Mutter abends Stäbchen um Stäbchen Zeit gesessen und ihm immer wieder die Stirn gekühlt, genau wie jetzt. Fen-che wußte, daß er nur die Augen zu öffnen brauchte, um ihr liebes Gesicht zu sehen. Aber er zögerte, wie im Spiel, diesen Augenblick immer weiter hinaus. Er wußte, daß sie nur darauf wartete, daß er sie endlich öffnete und lächelte. »Macht Ihr mir eine kalte Zimtsuppe?« fragte er und war sich sicher, gleich ihr »ja« zu hören. Doch statt der Antwort erhielt er einen Hieb gegen die Schläfe, so daß sein Kopf zur Seite flog.

Entrüstet riß er die Augen auf und sah die samtenen Nüstern des kleinen Steppenpferdes, das ihm erst den salzigen Schweiß abgeleckt und ihn später vor Ungeduld mit dem Maul angestoßen hatte. Wie lange mochte er hier schon liegen? Die Sonne stand inzwischen tief. Schwankend erhob er sich und hielt sich an der Mähne des Pferdes fest. Trotz des heißen Kopfes fror ihn, und die pelzige, geschwollene Zunge fühlte sich in seinem Mund wie ein Fremdkörper an.

Das Pferd führte ihn, ohne daß er es zu leiten brauchte, zur alten Handelsstraße zurück.

Wie Fen-che ins Lager gekommen war, wußte er später nicht zu sagen. Das nächste, woran er sich erinnern konnte, war, daß sich die Ärzte neben seinem Lager leise unterhielten.

»Wo bin ich?« fragte er matt.

»In der Krankenstation. Wie fühlen Sie sich?« Der Stabsarzt legte ihm die Hand auf die Stirn. »Sie leiden noch unter der Auswirkung eines Hitzschlags. Versuchen Sie zu schlafen!«
Irgendwann erwachte Fen-che davon, daß man ihn auf eine Trage umbettete und in den Zug trug; später hörte er das vertraute Rattern der Eisenbahnräder, bis der Schlaf ihn erneut überfiel.

***

Die Rückführung der Deutschen und Russen nach Lofa verlief ohne weitere Zwischenfälle, da die Boxer weit hinter Lofa damit beschäftigt waren, verstärkt an der Unterbrechung der Eisenbahnstrecke nach Tientsin zu arbeiten. Im Schatten des sich abzeichnenden Fehlschlags der Expedition versammelte Admiral Seymour noch einmal die führenden Offiziere um sich.
»Folgendes Bild ergibt sich für uns: An eine Weiterfahrt nach Peking ist unter diesen Umständen nicht zu denken, und ich bin froh, daß Kapitän von Usedom entgegen meinem ursprünglichen Befehl hierher nach Lofa zurückgekehrt ist, um uns zu verstärken. Von nun an werden wir auf die Annehmlichkeit der Eisenbahn verzichten müssen, denn die Strecke nach Tientsin ist inzwischen völlig unterbrochen. Ab morgen ziehen wir uns der Bahnlinie folgend bis Yang-tsun an den Peiho zurück. Von dort muß es uns gelingen, mit Booten nach Tientsin zurückzukehren. Wenn wir allerdings Verstärkung erhalten, werden wir den direkten Weg nehmen.« Seine sonst so wohltönende Stimme klang spröde und wurde zum Schluß kehlig. »Die letzten Nachrichten, die uns die Mannschaft des Verpflegungszuges aus Tientsin überbrachte, waren allerdings niederschmetternd. Boxerverbände sollen die Stadt umzingelt haben und beschießen mit Kanonen das Europäerviertel. Von dort ist also keine Unterstützung zu erwarten, und für unseren weiteren Rückzug lege ich unsere Seelen in Gottes Hand.«
Alle anwesenden Offiziere erhoben sich und nahmen die Mützen

ab zum Gebet. Schweigend kehrten sie zu ihren Leuten zurück, und nach dem Abendessen blieben die Männer ungewohnt ernst und still.

Am nächsten Morgen hatte Fen-che sich so weit erholt, daß er aufstehen konnte, und war froh, das penetrant nach Karbol riechende provisorische Lazarett verlassen zu dürfen. Aus der Krankenstation, die jetzt aufgelöst werden mußte, kamen beinahe fünfzig Verletzte, die soweit wiederhergestellt waren, daß sie ohne fremde Hilfe den Rückzug antreten konnten. Für die restlichen zwanzig Schwerverletzten wurden Bahren gezimmert, die von den Soldaten abwechselnd getragen werden mußten. Innerhalb einer Stunde sollten sie nach Yang-tsun aufbrechen, und jeder versuchte, soviel wie möglich mitzunehmen, um so wenig wie möglich dem Feind in die Hände fallen zu lassen. Fen-che hatte sich noch einmal von Krohns Fernglas ausgeliehen und war auf das Waggondach geklettert.

Die Kühle der Nacht hatte die sandige Umgebung und die Pflanzen auf den Feldern mit einer silbernen Schicht winziger Tautropfen überzogen, und nachdem die ersten Sonnenstrahlen noch einmal von ihnen reflektiert worden waren, verdampften sie wenig später. Fen-che brannten vom konzentrierten Beobachten die Augen, doch außer den ersten tanzenden Staubkreiseln konnte er nichts erkennen. Die Späher hatten heute früh zu aller Erstaunen und Erleichterung gemeldet, daß die Belagerung der Bahnstation durch die Boxer aufgehoben war. In der Nacht hatten sie sich heimlich zurückgezogen und waren in aller Stille verschwunden. Jedoch nicht nach ihnen hielt Fen-che Umschau. Noch immer hoffte er seinen Freund Michail durch die Kraft seines Wunsches herbeisehen zu können.

Er versuchte die angestrengten Augen zu entspannen, kniff sie zusammen, bis sie aufhörten zu brennen, und öffnete sie erneut, jedoch ohne Erfolg. Bevor er vom Dach stieg, hielt ihn eine Schar majestätisch langsam fliegender Reiher gefangen, der er nachsah, bis sie in Richtung der nahrungsreichen Tiefebene des Huang Ho verschwunden war. Irgendwo flatterte erschreckt ein Ringfasan auf, um gleich darauf in ein Sojabohnenfeld einzufallen. Einsam schnürte ein Fuchs in respektvoller Entfernung neben dem Gleis. Es war so friedlich, als ob hier nie gekämpft worden wäre.

Da fiel sein Blick auf eine weggeworfene Boxerfahne, die vor wenigen Tagen nicht einmal gegen abgeschnittene Zöpfe, Speere oder Lanzen einzutauschen gewesen war. Und plötzlich fragte er sich, was er eigentlich hier zu suchen hatte zwischen all den fremden Soldaten. War er nicht ausgezogen, um seinem eigenen Volk gegen all diese Barbaren beizustehen? Und nun stand er hier, und ihm blieb nichts anderes übrig, als sich gemeinsam mit den Europäern zurückzuziehen, wo er doch eigentlich zu den Siegern auf der anderen Seite gehörte!

Zutiefst erschüttert von der Einsicht, tatenlos der Dinge harren zu müssen, die da kamen, gab er von Krohn das Fernglas zurück. »Ich wünschte, es stünde in meiner Macht, mehr zu tun, als nur zu warten!« sagte er.

»Dann nehmen Sie doch endlich ein Gewehr, und schießen Sie auf diese Halunken!« Obwohl von Krohn bei diesen Worten lächelte, spürte Fen-che, wie ernst die Bemerkung gemeint war.

»Wenn ich persönlich angegriffen werde, weiß ich mich schon zu verteidigen!« gab Fen-che trotzig zur Antwort.

»Wie damals in Wei-hai-wei, als wir beim Wettschießen betrogen wurden? Nein, Sie sind keine Kämpfernatur!«

Fen-che nickte. »Da haben Sie recht. Wie friedlich und ruhig könnten ich und mein Volk leben, wenn Sie alle nicht hier wären!«

»Wollen Sie mich beleidigen?« fragte von Krohn scharf, und der sonst übliche näselnde Beiklang in seiner Stimme war verschwunden.

»Aber nein!« erwiderte Fen-che, der plötzlich das dringende Bedürfnis verspürte, von Krohn unverblümt seine Meinung zu sagen. »Unsere Zivilisation ist mehrere tausend Jahre alt, und ich wage zu behaupten, daß wir Ihnen weit überlegen sind. Wir haben den Buchdruck, die Porzellanherstellung und das Pulver erfunden. Aber wir haben auch erkannt, wie wenig notwendig das alles ist. Wir hatten ebenfalls unsere Zeiten des Zweifels in Dingen der Religion. Aber das war vor langer Zeit. Nun sind wir erwachsen geworden und haben aus den Fehlern unserer Ahnen gelernt und wissen, daß nichts des Strebens wert ist. Und nun kommen Sie und fordern uns auf, Eisenbahnen zu bauen, um schneller von einem Ort zum anderen zu kommen, mit einer Eile, die uns weder Bedürfnis ist noch Reiz für uns hat. Und dann wollen Sie uns noch eine Religion aufzwingen, die selbst in Ihrem eigenen Land umstritten ist, und drohen uns mit ›ewiger Strafe‹, wenn wir sie nicht annehmen.«

»Hören Sie auf, das ist ja nicht zum Aushalten!« schrie von Krohn. »Was wissen Sie ungebildeter Chinese schon von Gott?« Bevor Fen-che reagieren konnte, schob sich von Krohns Kopf noch näher an ihn heran, so daß sich ihre Gesichter nahezu berührten. »Wenn wir, so Gott es will, nach Tsingtau zurückkommen sollten, werde ich alles daransetzen, Sie wegen dieser Äußerungen vors Kriegsgericht zu bringen!« Mit diesen Worten ließ er Fen-che einfach stehen.

Verächtlich, zugleich aber auch wegen des »ungebildeten Chinesen« zutiefst getroffen, sah Fen-che ihm nach. Wer schreit, hat Unrecht, wollte er ihm hinterher rufen, doch seine Weitsicht ließ ihn schweigen. Letztlich bereute er es nicht, von Krohn bis zur Weißglut gebracht zu haben. Er atmete tief durch und fühlte sich befreiter als noch vor wenigen Minuten.

Dann ertönte das Signal zum Aufbruch. Mit wachsamen Augen umkreisten die Russen auf ihren schnellen Pferden den langsam kriechenden Heerwurm. Aber der einzige Feind blieb vorerst die Hitze, und obwohl immer wieder appelliert wurde, Wasser zu sparen, gab es kaum einen Soldaten, der sich daran hielt.

In den glühendheißen Mittagsstunden versagte den Soldaten die

Kraft, und die schwerbeladenen Männer brachen immer wieder zusammen. Notgedrungen ordnete Seymour eine Rast an, und die meisten Männer sanken erschöpft, wo sie gerade standen, auf den heißen Sandboden.
Der Admiral sah sich gezwungen, das gemeinsam gesteckte Etappenziel zu revidieren. »Notgedrungen werden wir ab sofort nur noch nachts marschieren«, gab er seine Entscheidung in der kurz anberaumten Offiziersbesprechung bekannt. »Es ist zwar riskanter, aber das scheint der einzige Weg zu sein, die Tagesstrecke zu bewältigen, die wir uns vorgenommen haben!« Niemand fühlte sich dazu berufen, etwas dagegen einzuwenden.
Kurz vor Mitternacht griffen die Boxer von mehreren Seiten gleichzeitig an. Zwar schossen sie wie bei den letzten Gefechten zu hoch, doch die demoralisierende Wirkung war fatal. Die Soldaten liefen in der ersten Furcht entweder auseinander oder warfen sich zu Boden. Erst die barschen Befehle der Offiziere brachten langsam wieder Disziplin in die Truppe. Nach Absprache mit dem Oberkommandierenden Seymour und den anderen Führern der Kontingente übernahmen die Deutschen unter von Usedom die Dekkung der Nachhut, während die Briten an der Spitze vorangingen. Der Flankenschutz wurde auf die restlichen Nationen verteilt. Nur schrittweise konnten sich die Soldaten bei heftiger Gegenwehr vorkämpfen, bis gegen zwei Uhr morgens der Troß endgültig stockte und wie ein Lauffeuer von der Tete aus von Mund zu Mund der Ruf weitergetragen wurde: »Germans to the front.«
Seymours Truppenteil war bei einem schneidig und überraschend vorgetragenen Angriff ins Leere gestoßen und dabei in heftiges Kreuzfeuer geraten. Aus dieser mißlichen Lage konnten sich die Briten aus eigener Kraft nicht mehr befreien.
In dieser Nacht wurde über die Hälfte der zur Verfügung stehenden Munition verschossen, dabei hatten sie nicht mehr Kilometer zurückgelegt als am Vormittag. Vier kampferfüllte Nächte brauchte das internationale Corps, um kurz vor der Ortschaft Yang-tsun

den Peiho zu erreichen. Der Geruch des Wassers machte die durstigen Soldaten fast wahnsinnig, und trotz Seuchengefahr und drohenden Hinterhalts unterließen es die meisten Offiziere, ihre Männer zurückzuhalten. Bis zu den Knien und tiefer standen sie im still fließenden Peiho und tranken mit gierigen Zügen das lehmgelbe Wasser, während immer wieder kopflose Leichen an ihnen vorbeitrieben.

Yang-tsun mußte später Haus für Haus erobert werden, und nachdem die Boxer endlich zusammen mit den regulären chinesischen Truppen vertrieben waren, lag jedes Haus in Trümmern, und es gab keine Holzhütten und keine Ställe mehr, die nicht brannten.

Entgegen Seymours Annahme, das letzte Stück Weg am Ufer des Peiho entlang bis Tientsin würde schnell überbrückt werden können, stießen die Truppen, je näher sie der rettenden Großstadt kamen, bei jedem Dorf auf heftigeren Widerstand, den die übermüdeten Soldaten, von ihren Vorgesetzten mit der Waffe in der Hand angetrieben, immer wieder brechen mußten. Bei einem dieser Gefechte bekam von Krohn einen verirrten Querschläger ins linke Auge, von Usedom wurde leicht verwundet, und der allseits beliebte Korvettenkapitän Buchholz fiel. In keiner Ortschaft, keinem Dorf waren Boote oder Lastdschunken zu finden; entweder waren sie von den Boxern fortgeschafft oder zerstört worden.

Sechs Tage brauchte das geschlagene Entsatzheer, bis es fünf Seemeilen vor Tientsin das Chiku-Arsenal erreichte. Für alle unfaßbar wurden hier die Boxer, anders als in den kleinen Dörfern am Peiho, nach kurzer, schwacher Gegenwehr überrannt, wobei ein General mit seinem Gefolge gefangengenommen wurde.

Parallel zur Besetzung der viertausend Schritt langen Mauern wurden die mitgeführten Verletzten ins Arsenal getragen. Hier endlich konnten sie nach den qualvollen letzten Tagen erstmals wieder gründlich untersucht und in den kühlen ebenerdigen Lehmbauten versorgt werden. Bis zum Abend stand fest, daß bei

dem letzten Teil des Rückzuges neunzig Tote und mehr als zweihundertfünfzig Verwundete zu beklagen waren.
Das Arsenal stellte sich als ein gigantisches Waffenlager heraus. Tausende neuester Gewehre aus Deutschland neben zahllosen Munitionskisten lagerten hier, noch fabrikneu in Papier eingeschlagen; daneben noch immer seefest verpackte Krupp-Geschütze jeglichen Kalibers und kistenweise Offizierssäbel. Gleich nach der Besetzung wurden mehrere Kanonen zusammengebaut und feuerbereit in die Schießscharten gebracht, bevor die Chinesen zu dem befürchteten Gegenangriff ansetzen konnten.
Der Angriff ließ nicht lange auf sich warten. Die Boxer stürmten von allen Seiten zugleich das Arsenal, und trotz heftiger Gegenwehr durchbrachen sie an mehreren Stellen gleichzeitig die für die Größe der Festung zu schwache Verteidigung. Mit dem Rücken zur Wand kämpfte das internationale Corps, bis unter den Angreifern plötzlich Unruhe ausbrach und sie sich innerhalb weniger Minuten zurückzogen. Im gleichen Augenblick wurde von den letzten noch besetzten Geschützen auf dem Wall die befreiende Nachricht hinuntergerufen, daß Entsatz gekommen war.
Doch der Jubel, der aus Hunderten rauher Männerkehlen erklang, kam zu früh. Es war kein Entsatz aus Tientsin, sondern eine kleine russische Kosakentruppe von knapp einhundert Mann, die den Boxern in den Rücken gefallen war und nun lachend und winkend auf das Haupttor zuritt, allen voran ein hünenhafter Hauptmann mit zerzaustem, grau-rot geschecktem Bart.
Fen-che hatte während des Gefechts der Geschützbedienung die Granaten zugereicht und starrte nun wie gebannt durch die Schießscharte auf den Kosakenführer. »Michail, sollte er es tatsächlich sein?« Fen-che bewegte nur die Lippen, seine Worte waren nicht zu verstehen. Sollte er so gealtert sein? Er konnte es nicht sein! Oder doch? Die Augen, seine unbekümmerte, rauhe und herzliche Art, die er liebte und zugleich haßte.
Fen-che riß sich von seinem Anblick los, lief auf dem Wehrgang

entlang, sprang mehrere Stufen zugleich nehmend den Abstieg hinab und wollte weiter zum Tor, um es ihnen zu öffnen.

»Herr Lin, Sie sind festgenommen!«

Fen-che erstarrte und sah sich um. Der englische Hauptmann hatte ihn gemeint, und neben ihm stand mit versteinertem Gesicht Kapitänleutnant Weniger von der Kompanie ›Gefion‹. Beide hielten ihre Waffen auf ihn gerichtet.

»Sie scherzen!« Fen-che versuchte eine Bestätigung seiner Vermutung in ihren Gesichtern zu finden. »Sie müssen sich irren!«

»Nein, wir scherzen nicht!« Weniger ging von der englischen in die deutsche Sprache über. »Der englische Dolmetscher hat den gefangenen chinesischen General und seine Leute verhört. Dabei sind Sie beschuldigt worden, die ganze Zeit über für die Boxer spioniert zu haben.«

»Yu Weis Rache!« entfuhr es Fen-che, und er bereute es sofort, diesen Namen laut ausgesprochen zu haben. Aber nicht nur der Engländer, auch Weniger hatte den Namen verstanden.

»Ja, der Mann, der Sie dieser Untat bezichtigt, heißt so! Folgen Sie uns bitte. Widerstand zu leisten oder Flucht hätte keinen Sinn, denn dann müßten wir von der Waffe Gebrauch machen!«

Fen-che wurde zu den Amtsräumen des gefangenen Generals gebracht und erkannte an den Gesichtern der anwesenden Offiziere, daß ihr Urteil über ihn bereits feststand. »Man beschuldigt mich des Verrats?« ging er sofort zum Angriff über, bevor Seymour oder von Usedom ihn bezichtigen konnten. »Liegt es nicht auf der Hand, in dieser für die Gefangenen aussichtslosen Situation noch Zwietracht innerhalb unserer Truppen zu säen? Niemand kann mir während der Jahre, die ich für das deutsche Pachtgebiet gearbeitet habe, den Vorwurf des Verrats machen. Hätte ich sonst während des Rückzugs die Verwundeten getragen, den Sanitätern geholfen und gerade noch vor wenigen Minuten, obwohl es nicht meine Aufgabe ist, in exponierter Stellung die Geschützbedienung unterstützt? Jede Anschuldigung in dieser Hinsicht ist unhaltbar!«

Während Fen-che sich vehement verteidigte, flüsterte der britische Hauptmann Admiral Seymour hinter vorgehaltener Hand leise ins Ohr. Der nickte und wandte sich Fen-che zu. »Drei Dinge sprechen gegen Sie!« Er beugte sich zu seinem Hauptmann vor und gab eine Anweisung, um daraufhin in der Anklage fortzufahren. »Erstens haben Sie mit Oberleutnant von Krohn vor Zeugen eine Auseinandersetzung gehabt, in der Sie Ihre wahren Gefühle gegen uns, oder sagen wir besser gegen die Europäer, zum Ausdruck brachten. Zweitens haben wir eben nach dem Gefecht gerade noch Ihre Flucht vereiteln können, und drittens haben Sie uns den Namen des Mannes genannt, der Sie des Verrats beschuldigt. Für ein ordentliches Gericht mag die Beweisführung vielleicht nicht ausreichend sein, aber wir befinden uns im Kriegszustand, und ich kann es nicht verantworten, wenn durch mein Zögern weitere Soldaten durch Sie in Gefahr geraten.«

Inzwischen hatte der Hauptmann mit dem gefesselten Yu Wei und dem Konsulatsdolmetscher Campbell den Raum betreten. »Zeigen Sie mir den Mann, von dem Sie behaupten, daß er für Sie spioniert hat!« Campbell gab seiner Aufforderung Nachdruck, indem er Yu Wei einen Schritt vorstieß. »Ich hoffe, Sie sind sich auch darüber im klaren, welche Folge Ihre Aussage für diesen Mann haben wird!«

Yu Wei lächelte. »Ich kann Ihnen versichern, daß es mir unendlich schwerfällt, meinen älteren Bruder Lin Fen-che beschuldigen zu müssen, aber ich darf nur die Wahrheit sagen, hat mir der Herr Offizier gesagt!« wandte er sich mit einer übertriebenen Entschuldigungsgeste an Fen-che.

»Wie kommt Ihr hierher?« Fen-che war sich bewußt, daß die nächsten Minuten über sein Leben entscheiden würden. Er mußte jetzt durch eine kluge Argumentation alles daransetzen, die in ihrem Urteilsspruch noch schwankenden Offiziere für sich einzu-

nehmen. »Als wir uns zuletzt gesehen haben, wart Ihr noch Dorfschulze von Tsingtau.«
»Jeder von uns trägt, besonders in diesen schweren Zeiten, eine große Verantwortung. Ihr wart mein großes Vorbild, als Ihr Euch zum Schein in die Dienste der Deutschen stelltet, um zu spionieren. Dann, als Ihr aus Tsingtau auszogt und mir heimlich mitteiltet, daß Ihr alles daransetzen würdet, diese Expedition mißlingen zu lassen, habe ich es als meine Pflicht erkannt, ebenfalls die Fahne der Freiheitsbewegung zu ergreifen, und wollte genauso wie Ihr für unser Land kämpfen. Leider bin ich gefangengenommen worden, wie Ihr seht.«
Während Campbell die letzten Worte Yu Weis übersetzte, wurde Fen-che klar, daß er sich aus dieser Situation weder durch Argumente noch durch eine Gegenanklage befreien konnte. Doch erhobenen Hauptes blickte er dem Offizier ins Gesicht. »Ich kann nur versichern, daß ich nie gegen Deutschland spioniert habe. Leider ist es mir nicht möglich, Ihnen die Beweise für meine Unschuld zu liefern. Ich kann Ihnen nur mein Ehrenwort anbieten!«
Seymour gab den Wachen einen Wink, Yu Wei hinauszuführen. Dann trat er feierlich einen Schritt vor. »Dies ist kein ordentliches Gericht, aber zu meinen umfassenden Pflichten als Oberkommandierendem gehört es, meine Leute und unsere verbündeten Freunde vor weiterem Schaden zu bewahren. Ihr Wort kann mir in dieser Situation nicht genügen, und ich verkünde hiermit das Urteil, gegen das Sie keine Berufung einlegen können: Ich verurteile Sie zum Tode! Die Exekution soll sofort erfolgen!«
Die anwesenden Offiziere hatten Haltung angenommen und blickten starr durch Fen-che hindurch und schwiegen.
»Wer übernimmt das Hinrichtungskommando?« Seymour sah sich um, und sein Blick blieb auf von Usedom haften.
»Ich werde es übernehmen!« Der russische Kosakenhauptmann, der mit seiner Reitertruppe in Lang-fang zu ihnen gestoßen war,

trat vor und nahm von Usedom durch sein forsches Auftreten die Entscheidung ab.
Benommen trottete Fen-che hinter dem Hauptmann her. Jetzt war also alles zu Ende. Dabei hätte er Ay-lin, seinen Kindern und auch seinem Vater noch so viel zu sagen gehabt. Wie gern hätte er noch Stunden der Ruhe und Harmonie mit ihnen verbracht, noch einmal warmen Regen im Gesicht gespürt und den Duft umgegrabener Erde gerochen. Doch nun blieb ihm nur noch der kurze Weg bis zur nächsten Mauer, um von allem in Gedanken Abschied zu nehmen. Ihm fielen plötzlich die Prophezeiungen der beiden Wahrsager ein. Um wieviel Haaresbreiten mochte er sein Glück verfehlt haben? Statt dessen lag die letzte Seite seines Lebensbuches aufgeschlagen vor ihm, und gleich würde es geschlossen werden. Nervös fuhr er sich mit der Zunge über die Lippen.
Dann nahm er am Rande wahr, wie der Hauptmann einige Kosaken zu sich rief. Sie folgten ihm quer über den Innenhof des Arsenals zu den Pferdeställen. Auf halbem Weg kamen ihnen die anderen Russen entgegen, die sie eben noch vor der drohenden Niederlage bewahrt hatten.
Fen-che schlug die Augen nieder, als er in dem Hauptmann mit dem gesprenkelten Bart plötzlich seinen Freund Michail Malikow erkannte.
Laß ihn mich nicht erkennen! bat Fen-che die Götter und Geister im stillen, die ihm vielleicht noch zur Seite standen, und hoffte, indem er den Kopf gesenkt hielt, dessen Blick nicht auf sich zu ziehen. Er würde in dieser Situation nichts mehr für ihn tun können, und wenn er ihn nicht erkannte, würde sein Tod ihn wenigstens nicht belasten.
Die beiden Hauptleute sprachen in einem Dialekt miteinander, den Fen-che nicht verstand, und es schienen Ewigkeiten zu vergehen, bis sie sich alles gesagt hatten. Unvermittelt wandte sich der Hauptmann, der das Erschießungskommando leiten wollte, an Fen-che. »Ich verabschiede mich von Ihnen. Die traurige Aufgabe

wird mir mein Freund abnehmen. Soll ich Ihnen noch die Augen verbinden lassen?«
Fen-che schüttelte den Kopf. »Wo soll es geschehen?«
»Hinter den Ställen; wenn Sie meinem Freund folgen würden!«
Der Hauptmann wollte schon gehen, als er es sich anders überlegte und Fen-che zum Abschied die Hand gab. »Ich glaube nicht an Ihre Schuld! Aber das ist sicher kein Trost für Sie.« Dann ging er.
Zwei Kosaken faßten ihn an den Armen und führten ihn um die Pferdeställe herum. Willenlos gehorchte er. Hierher, zwischen die Stallrückwand und die Umfassungsmauer des Arsenals, hatte man inzwischen die gefallenen Chinesen geschafft. Fen-che war außerstande, das Gesehene bewußt aufzunehmen. Er sah nicht die Toten, die hier vielleicht schon ihre letzte Ruhe gefunden hatten; die Kämpfer für sein freies China, mit ihren ineinander verschlungenen Armen und Beinen, als ob sie sich alle noch einmal zum Abschied umarmen wollten. Er hörte nur die Stiefelschritte der Männer hinter sich und spürte den kräftigen Griff an seinen Armen.
»Bleiben Sie bitte dort stehen!« hörte er Malikows Stimme, und die Fäuste ließen ihn frei. Mit geschlossenen Augen vernahm er das Kommando: »Achtung! Gewehre anlegen! Feuer!«
Die Salve zerriß ihm fast das Trommelfell, seine Knie gaben nach, und er sackte in sich zusammen. Obwohl er schmerzfrei und völlig entspannt am Boden lag, rasten ihm die Gedanken durch den Kopf. Das also ist der Tod. Fast wie ein Schlaf. Aber was wird aus meinem Geist? Wird dieser wegen der fehlenden Zeremonie dazu verdammt sein, für ewige Zeiten auf der Erde umherzuirren, weit entfernt von seinen Ahnen? Ob er je eines Tages zum Laternenfest ein Schlupfloch in die Totenwelt finden würde?
»Mein lieber Freund, da hast du noch mal Glück gehabt, daß ich dich rechtzeitig erkannt habe! Nun liegt es an dir, wie du hier rauskommst!«
Fen-che öffnete unendlich langsam die Augen und sah in das

wettergegerbte Gesicht Malikows. Um seine Augen spielte das spöttische Lächeln, das ihm so vertraut war.
»Ihr habt mich nicht erschossen?« Fen-che wußte, wie dumm diese Frage war, aber es fiel ihm nichts Besseres ein; vorsichtshalber betastete er seinen Körper. Über Malikows Schulter hinweg sah er die grinsenden Gesichter der Kosaken, die ihn belustigt beobachteten. Er hob die Hand und berührte Malikows Bart. »Grau bist du geworden, mein Alter!«
»Ich habe meinen Leuten Befehl gegeben, in die Luft zu schießen!« erklärte Malikow. »Aber nun zu dir. Da hinten, wo die Ställe an die Mauer grenzen, findest du ein kleines Schlupfloch nach draußen. Warte, bis es dunkel wird, und versuch, dich nach Süden durchzuschlagen. Am besten über den Kaiserkanal, das wird der sicherste Weg sein, um nach Hause zu kommen.«
»Werden wir uns nach dem Krieg wiedersehen?« Es war die Hoffnung in Fen-ches Stimme, die Malikow lächeln ließ.
»Zehntausendmal wollte ich schon nach Kiautschou kommen, um euch zu besuchen; verzeih einem alten Sünder, daß er es nie wahrgemacht hat!«
»Michail, ich danke dir!« Fen-che umarmte Malikow nach Art der Russen und küßte ihn auf beide Wangen. »Wir werden uns wiedersehen!«
Nachdem die Kosaken gegangen waren, erkannte Fen-che mit erschreckender Deutlichkeit das Bild des Grauens. Er zog die Knie dicht an seinen Körper heran, umfaßte sie mit beiden Armen und versuchte, nicht in die Gesichter der Toten zu sehen. Doch es gelang ihm nicht. Wie unter Zwang wurden seine Augen immer wieder von ihnen angezogen, und es war ihm, als ob sie ihn zu seinem neuen, geschenkten Leben beglückwünschten, wobei sie ihn mit ihren großen gelben Zähnen anzugrinsen schienen. Fen-che schüttelte sich innerlich vor Ekel und bemühte sich aufzustehen, doch er war noch immer zu schwach. Mühsam kroch er die Stallwand entlang, bis er das Schlupfloch erreichte.

Plötzlich hörte er Stimmen und preßte sich augenblicklich flach und bewegungslos auf den trockenen Lehmboden. Es waren Japaner, die noch mehr Leichen heranbrachten und sie auf die anderen warfen. In seiner übergroßen Furcht, entdeckt zu werden, fiel er in einen totenähnlichen Zustand, der noch anhielt, als die Japaner längst gegangen waren.
Irgendwann dämmerte es, und rasch wurde es dunkel. Fen-che bemühte sich, seinen verkrampften Körper zu bewegen, doch die Muskeln wollten dem Willen nicht gehorchen. Erst sehr viel später, die Feuchtigkeit kroch schon kalt durch seine Gliedmaßen, gelang es ihm aufzustehen. Mit einem Boxermesser brach er den engen Bretterverschlag auf und kroch durch einen modrigen Gang. Auf der anderen Seite erstreckte sich ein weites Feld mit Schilfgras und Brennesseln. Wo war Süden? Der bedeckte Himmel machte es ihm unmöglich, sich an den Sternen zu orientieren.
Doch Fen-che hatte nur den einen Wunsch: So schnell wie möglich weg vom Arsenal. Vorsichtig kroch er auf Händen und Knien weiter, bemerkte nicht das schneidende Schilfgras und auch nicht das Feuer der Brennesseln. Endlich wagte er aufzustehen und sah sich um. Gegen das Grau des Himmels hob sich das Gemäuer des Arsenals undeutlich ab. Es schien noch immer so nahe, daß er sich vorsichtshalber wieder auf den Boden kauerte. Niemand kann mich sehen, versuchte er seine Furcht zu beschwichtigen, genausowenig wie ich die Wachen erkennen kann, und er erhob sich wieder. In gebückter Haltung lief er weiter. Nur weg von hier, war sein einziges Verlangen, weit weg von hier!
Fen-che lief einen ausgetretenen Feldweg entlang, bis es langsam heller wurde. Schließlich konnte er erkennen, daß er von weiten Kauliangfeldern umgeben war, die handbreit mit Wasser bedeckt waren und nur von breiteren Dämmen durchschnitten wurden. Fen-che suchte sich ein Versteck zwischen der Wegböschung und dem Schilfrohr, um nicht von den Bauern entdeckt zu werden, die bald ihrer Arbeit nachgehen würden.

Erst als die Sonne aufging, wurde ihm schmerzlich bewußt, daß er die falsche Richtung eingeschlagen hatte. Doch das bedrückte ihn im Moment weniger; mehr Sorgen machte er sich wegen des quälenden Durstes, und erst nach Stunden überwand er sich und trank von dem modrigen Wasser auf den Feldern.

Fen-che beschloß, bis zur Dunkelheit zu warten, um in eine Stadt oder ein Dorf zu gelangen, von wo aus er weiterkommen konnte. So gut es ging, errichtete er sich ein Lager aus Grassoden, legte sich hin und döste.

Vor wenigen Stunden hatte er noch vor Seymour gestanden und sich dessen Vorwürfe anhören müssen. Er war ein Narr gewesen, von Krohn so zu reizen. Seinem Vater wäre das nie passiert, er hätte mehr von ihm lernen sollen. Hoffentlich war es jetzt nicht schon zu spät. Er schüttelte den Kopf, um die bedrückenden Gedanken abzustreifen. Nein, es sollte nie für irgend etwas zu spät sein. Er würde weiterleben und auch weiter lernen, obwohl er seines Vaters Größe nie erreichen würde! Oder doch? Wenn er nur mehr Geduld mit sich und den anderen Menschen aufbringen und sich nicht von seinen vordergründigen Gefühlen leiten lassen würde!

Wie mochte Yu Wei in das Arsenal gekommen sein? Er mußte von seinem Mittelsmann aus der chinesischen Kompanie erfahren haben, wohin die Strafexpedition gehen sollte. Daraufhin war er ihnen vermutlich gefolgt und hatte von da aus seine Fäden gesponnen. Welchen Rang mochte er bekleiden? Diese Frage ließ ihn immer noch nicht los. Ob er wohl ein hoher Mandarin war? Aber das würde er wohl nie erfahren! Denn jetzt hatte sich der bauernschlaue Yu Wei doch überrumpeln und gefangennehmen lassen. Pech für ihn, denn nun würde er sich nicht mehr herausreden können, sosehr er sich auch winden mochte! Ob er es gewußt und ihn deswegen verraten hatte?

Fen-che sah an seiner verschmutzten Uniform hinab. Damit würde er nicht weit kommen. Jeder Bauer würde ihn für einen europäischen Soldaten halten und augenblicklich seine Anwesenheit an

die allgegenwärtigen Faustkämpfer verraten, auch wenn er noch so überzeugend versichern würde, einer von ihnen zu sein. Er bereute seine Unaufmerksamkeit, sich nicht schon von den Toten im Arsenal die passende Kleidung genommen zu haben.
Plötzlich packte Fen-che das Gefühl, nicht mehr warten zu können. Der Zwang, hier untätig liegen zu müssen, machte ihn nervös. Würde es nicht besser sein, jetzt schon weiterzugehen, um sich bei Tageslicht ins nächste Dorf zu schleichen? Vielleicht gab es in unmittelbarer Nähe sogar eine kleine Stadt, in der ein höherer Beamter ihn trotz seines fehlenden Zopfes als gebildeten Chinesen erkennen würde.
Vorsichtig kletterte er auf den Damm und sah sich um. Niemand war zu sehen. Er faßte das als gutes Zeichen auf und ging in die gleiche Richtung weiter, die er gestern schon irrtümlich eingeschlagen hatte. Der Kauliang wurde von Reis abgelöst und der wiederum von unendlich weiten, hüfthohen Sojabohnenfeldern. Der Damm ging nun in einen gewöhnlichen Feldweg über, und noch immer hatte Fen-che keinen Menschen gesehen.
Plötzlich lag das Dorf vor ihm. Die Einsamkeit hatte ihn sorglos werden lassen, und er war ins Träumen geraten. So hatte er auch die Bauern nicht gesehen, die ihn trotz ihrer Arbeit sofort ausgemacht hatten und sich sorgsam versteckt hielten, bis er an ihnen vorbeigegangen war. Unauffällig waren sie ihm gefolgt, bis er das Dorf erreichte, hinter dem Stamm einer Kastanie in Deckung ging und sich zweifelnd und unschlüssig umsah. Jetzt entdeckte er sie, denn inzwischen waren sie schon so nahe herangekommen, daß es für ihn kein Entrinnen gab.
»Guten Tag, ihr altehrwürdigen Großväter«, verbeugte sich Fen-che vor ihnen und lächelte, obwohl ihm nicht danach zumute war. »Ich bin vor dem Krieg geflohen und habe nur noch den Wunsch, zu meiner Familie zurückzukehren. Würdet ihr mir bitte sagen, wo ich mich hier befinde und wie ich schnellstens weiter nach Kiautschou komme?«

Wenngleich Fen-che sich Mühe gegeben hatte, mit einfachen Worten zu sprechen, sahen sie ihn nur stumm mit offenen Mündern an. Schließlich trat einer vor und zupfte an seiner Uniformjacke. »Was ist das? Seid Ihr Soldat?«
Er durfte weder mit ja noch mit nein antworten, solange er nicht wußte, ob sie mit den Faustkämpfern sympathisierten, und wich vorerst einer Antwort aus. »Ich habe überall Tote gesehen, an der Bahnstrecke, am Peiho und beim Arsenal. Ich suche nur Frieden, und den hoffe ich bei meiner Familie zu finden. Wie heißt das Dorf hier?«
Doch der Bauer ließ sich nicht beirren, da er in seiner Einfalt noch immer auf eine befriedigende Antwort wartete. Er wies mit dem Zeigefinger auf Fen-ches Pistolenfutteral und fragte erneut: »Seid Ihr Soldat?«
»Ja!« wagte Fen-che nun zu antworten und setzte auf die große Ehrfurcht seiner Landsleute vor jeder Obrigkeit. Wenn er nur überzeugend genug aufträte, würde er sich durchsetzen können, und sie würden ihm aus Furcht und Respekt bereitwillig helfen. »Ich suche General Nieh. Ich habe außerordentlich wichtige Nachrichten! Wo finde ich ihn?« Herausfordernd, fast arrogant blickte er sie an und trat drohend einen Schritt auf sie zu. »Nun redet schon! Oder soll ich erst einen von euch erschießen?«
Die Bauern beugten sich unter der Knute seiner Drohung. »Wir wissen es nicht.« Eingeschüchtert verbeugten sie sich mehrmals. »Vielleicht weiß es im Dorf jemand«, versuchten sie die Verantwortung weiterzugeben. »Sollen wir nachfragen, oder will sich der hohe Herr selbst umhören?«
Mit zweifelhaften Gefühlen, die Bauern wie eine lästige Meute Hunde im Gefolge, ging Fen-che mit festen Schritten auf den Dorfplatz zu. Nur wenige alte Menschen arbeiteten in ihren Gärten und sahen verstohlen in seine Richtung. Am Brunnen blieb er stehen und blickte sich um. Zu gern hätte er zum Holzeimer gelangt und Wasser getrunken, doch er wagte keine Schwäche zu

zeigen. Das Dorf erschien ihm wie tausend andere. Unzählige flache, ärmliche Lehmkaten, dahinter in rohen Verschlägen Ziegen, Hühner oder Fettschwanzschafe, während die kleinen schwarzen Schweine, die nirgends fehlten, überall frei herumliefen. »Wo ist der Dorfschulze?« herrschte er die Bauern an, die noch immer in respektvoller Entfernung warteten. »Holt ihn zu mir!« Eilig verschwand einer, und jetzt kurbelte Fen-che doch an der Brunnenwinde und trank in langen Zügen das kühle Wasser.
»Was willst du vom Dorfschulzen?« dröhnte ein heiserer Baß über die Straße.
Fen-che stellte den Eimer auf den Brunnenrand zurück und sah sich um. Mit wiegenden Schritten kam ein kahlköpfiger, mächtiger Mann auf ihn zu. Er brauchte nicht erst in das faltenreiche, grobschlächtige Gesicht zu sehen, um zu wissen, wer er war, denn schon an der Stimme hatte er Hsien Shan, jenen Dschunkenkapitän, der ihn damals nach Schanghai gebracht hatte, erkannt. Er überlegte seine nächsten Worte genau, bis dieser herangekommen war.
»Guten Tag, großer Seeräuber!« versuchte er scherzend dessen Wohlwollen zu erlangen. »Erinnert Ihr Euch noch an mich? Vor Jahren bin ich mit Euch von Jenhu nach Schanghai gefahren. Nun bin ich froh, Euch gesund wiederzusehen!«
Während Hsien Shan nachdachte, zog er die Stirn in Falten, so daß seine wulstigen Augenbrauen wellenförmig auf dem schweißglänzenden Schädel ausliefen. »Nein!« brummte er. »Hab's vergessen. Vielleicht haben wir uns auch noch nie gesehen! Nun sag schon, was willst du von mir?« Ungeduldig war er noch einen Schritt näher gekommen, und Fen-che roch den sauren Schweißdunst seiner speckigen Lederweste.
»Ich habe beim großen Arsenal für unser Land gekämpft und wäre fast gefangengenommen worden. Nun will ich zurück zu meinen Leuten!«
Die Hand Hsien Shans fuhr blitzartig vor und krallte sich in Fen-ches Uniformjacke. »Du bist ein Europäer!« stieß er hervor.

»Nein, ich bin Chinese, genau wie Ihr. Diese Uniform habe ich nur zur Tarnung angezogen.«
Hsien Shan lächelte Fen-che spöttisch an und ließ ihn los. »Ich glaub, ich hab eine Überraschung für dich. Komm mit!« Und er ging, ohne darauf zu achten, ob Fen-che ihm folgte, voran.
Er war noch immer der launische, engstirnige und brutale Kerl von damals, und fieberhaft suchte Fen-che nach einem Ausweg. Nein, weglaufen konnte er in dieser Situation nicht mehr. Die Bauern würden ihn wie einen Hasen jagen und seine Flucht als Eingeständnis seiner Schuld ansehen. Er mußte eine glaubhafte Geschichte vorbringen, warum er in europäischer Uniform und ohne Zopf allein in dieses verfluchte Dorf gekommen war!
Hsien Shan steuerte auf einen Holzschuppen zu. Vor dem Eingang blieb er stehen und bedeutete Fen-che durch eine ungeduldige Handbewegung, sich zu beeilen. »Komm rein!« brummte er. Während Fen-che sich bückte, um durch die niedrige Tür einzutreten, schlug Hsien Shan ihm die Pranke auf den Rücken, so daß er durch den Raum torkelte, gegen die Wand prallte und sich benommen hinkauerte.
Sofort war Hsien Shan bei ihm und drückte ihm den Oberkörper zurück. »So, gekämpft hast du! Gegen wen?« Seine klobigen Finger rissen Fen-che die Pistole aus dem Halfter, und mit einem verächtlichen Grinsen hockte er sich neben ihn. »Das ist die Waffe der Europäer, und du bist auch einer!« Hsien Shan preßte ihm den Lauf unter das Kinn und glotzte ihn mit geweiteten Augen an. »Weißt du, was ich nun mache?« Und er drückte noch fester zu.
Fen-che versuchte zu sprechen. Seine Atemluft rasselte durch die fast zugedrückte Kehle, und der ungeheure Schmerz trieb ihm die Tränen in die Augen. In Todesangst umklammerte er mit beiden Händen Hsien Shans Arm und versuchte, den Druck zu mildern.
Hsien Shan lachte heiser und schüttelte Fen-ches Hände ab. Dann drückte er ihm den Lauf gegen die Wange. »Wie viele von unseren

Leuten hast du damit schon erschossen?« grunzte er und zog den Abzug langsam durch.
Fen-che versuchte wieder zu antworten, doch durch den Druck der Waffe auf seine Wangenknochen konnte er nur unartikulierte Worte lallen. Trotz seiner Angst versuchte er, sich noch einmal zu befreien, und stemmte seine Knie gegen den massigen Körper Hsien Shans. Doch es war, als ob er einen gewaltigen Felsen bewegen wollte. Hsien Shan schien seine Anstrengung nicht einmal zu bemerken. Nur der Pistolenlauf wurde dadurch etwas verschoben und riß ihm das Zahnfleisch auf. Fen-che schmeckte das süßliche Blut und spürte, wie es ihm aus dem Mundwinkel rann.
Warum wehrte er sich? Wenn es vorbestimmt war, würde er hier so oder so sterben. Diese Bestie hatte nur ein Vergnügen: ihn zu quälen. Warum machte er ihm noch die Freude, seine Angst zu zeigen? Fen-che entspannte seine verkrampften Muskeln und schloß die Augen. Gestern wäre er fast erschossen worden, und heute befand er sich in den Händen eines Verrückten, und wieder hing sein Leben an einer dünnen Seidenraupenschnur. Ob beide Wahrsager dies wohl vorausgesehen hatten?
Hsien Shan bemerkte, wie sich Fen-ches Körper entspannte, und wußte instinktiv, was es zu bedeuten hatte. Ärgerlich schnaubte er durch die Nase, denn er war sich sicher gewesen, daß dieser chinesischsprechende Europäer bis zum Höhepunkt durchhalten würde. Nun starrte er ihn mit umflorten Augen verächtlich an. »Vielleicht stirbst du gleich!« In seiner Stimme schwang eine Verheißung mit, durch die Fen-che Hoffnung schöpfen sollte.
Der bohrende Schmerz durch den Pistolenlauf war inzwischen so unerträglich geworden, daß Fen-che den Sinn der Worte nicht begriff. Sollte er die Augen wieder öffnen, ihn vielleicht durch seinen Blick zu beeinflussen versuchen, oder sollte er sich weiterhin bewußtlos stellen? Er entschied sich für einen Kompromiß. Langsam öffnete er die Augen zu einem schmalen Spalt und blinzelte in das ausdruckslose, runde Gesicht Hsien Shans. Zugleich sah er, wie

sich dessen Zeigefinger am Abzug langsam bis zum Anschlag krümmte, dem ein metallisches Klicken folgte, als der Bolzen freigegeben wurde, doch sonst geschah nichts.
Endlich nahm Hsien Shan die Waffe von Fen-ches Wange und sah sie verwundert an. Dann zielte er noch einmal auf ihn, drückte ab und wieder löste sich kein Schuß. Kopfschüttelnd stand er auf, sah erneut auf den Revolver und ließ ihn dann achtlos fallen. Brummelnd fuhr er sich mit der Hand über den kahlen Schädel und schien Fen-che vergessen zu haben. Mit schweren Schritten verließ er die Hütte.
Erst als der Holzriegel krachend vor die Tür geschoben wurde, wagte Fen-che aufzuatmen. Erschöpft lehnte er sich zurück und versuchte sich zu entspannen. Doch das Gegenteil trat ein. Sein Körper verkrampfte sich immer mehr, bis er zusammengekrümmt, die Knie fast bis zum Kinn angezogen, bewegungslos auf der Seite lag. Seltsamerweise dachte er in diesem Augenblick weder an die überstandene Gefahr noch an die zukünftige.
Fen-ches Gedanken schienen nichts mehr mit seinem leidenden Körper gemein zu haben. Sie weilten bei seiner Familie. Was hatte er bisher für ein schönes Leben gehabt. Er war vermögend, hatte einen klugen Vater, mit dem er sich sehr gut verstand, und schließlich eine wunderbare Frau und drei gesunde Kinder. Tausend Kleinigkeiten kamen ihm in den Sinn, die sich Ay-lin für ihn ausgedacht hatte, um ihm das Leben so schön wie möglich zu gestalten, und er schämte sich, weil er es immer für selbstverständlich gehalten hatte.
Fen-che rückte etwas höher, lehnte sich mit dem Rücken gegen die Wand und sah sich in dem dunklen Raum um. Durch die Spalten in der Außenwand zerschnitten gleißende Sonnenstrahlen wie funkelnde Messerklingen die Dunkelheit, und dort, wo sie den ungleichmäßigen Lehmboden trafen, blendeten sie ihn.
Vor der Wand zur Linken meinte er zusammengeschnürte Bündel zu erkennen und versuchte seinen Fokus darauf einzustellen, doch

es gelang ihm nicht. Neugierig kroch er näher und betastete sie vorsichtig. Er fühlte feuchten Stoff. Unvermittelt stockte seine Hand, als ihm schlagartig klar wurde, worum es sich bei den Bündeln handeln könnte. Hastig zog Fen-che seine Khakijacke aus und breitete sie auf dem Sonnenfleck des Fußbodens aus. Im Raum wurde es insgesamt etwas heller, und nun konnte er auch erkennen, was er bisher nur vermutet hatte.
Vor ihm lagen zwei menschliche Körper, leblos und kalt. Man hatte ihnen angespitzte Bambusstäbe durch den Körper getrieben, bis sie am Hals wieder ausgetreten waren. Ihre Ohren und Nasen waren verstümmelt, und was sich neben ihnen zuerst wie Holzstückchen angefühlt hatte, waren ihre abgeschnittenen Finger. Entsetzt kroch er auf seinen alten Platz zurück, blieb mit geschlossenen Augen dort sitzen und versuchte seine Angst durch Vernunft zu überwinden. Dieser Hsien Shan hatte hier offensichtlich in sadistischer Weise Europäer zu Tode gefoltert.
»Wer sind Sie?« fragte plötzlich eine tiefe Stimme auf französisch aus der Dunkelheit.
Gebannt starrte Fen-che auf die toten Bündel und hatte Zweifel, ob er den Mut aufbringen würde, noch einmal zu ihnen zu kriechen. »Lebt da noch jemand?«
»Man hat mich nur gefesselt!« antwortete die tiefe Stimme aus der anderen Ecke. »Können Sie mich befreien? Ich habe ein Messer im Stiefelschaft versteckt!«
Obwohl sich seine Augen inzwischen an die Dunkelheit gewöhnt hatten, konnte er in der Richtung, aus der die Stimme kommen mußte, nichts erkennen. Argwöhnisch geworden, fielen ihm die tausendfachen Abarten der chinesischen Folterkunst ein, unter anderem, wie man einen Gefangenen durch falsche Hoffnung auf Rettung zu den undenkbarsten Handlungen bewegte.
Da sprach anscheinend jemand vom Nachbarraum durch eine kleine Öffnung, um ihm die Möglichkeit einer Flucht vorzugaukeln. Vielleicht sollte er zur Flucht verleitet werden, damit sie ihn

wie ein Tier jagen und abschießen konnten. Fen-che zog sich seine Jacke wieder an und rutschte vorsichtig in die Richtung, aus der die Stimme kam. »Wo sind Sie? Ich kann Sie bei der Dunkelheit kaum erkennen!«

»Ich liege direkt in der Ecke, gleich haben Sie mich erreicht!«

Fen-che suchte einen Gegenstand, den er als Waffe benutzen konnte, doch außer staubigem Lehm konnte er nichts auf dem Boden finden. Die Bambusstöcke, durchfuhr es ihn, doch er sah sich außerstande, sie aus den Toten herauszuziehen. Plötzlich ertasteten seine Hände zwei Beine, die mit festen Stricken umschnürt waren. Langsam tastete er weiter, bis er die Arme und die Brust des Mannes fühlen konnte. Ganz schwach erkannte er die Umrisse des Körpers in einer helleren Uniformjacke. Dann stockte ihm der Atem, denn der Körper fühlte sich noch warm an, doch ihm fehlte der Kopf.

»Im Stiefel hab ich ein Messer!« Die Stimme kam daher, wo normalerweise der Kopf sitzen mußte.

Fen-ches Finger tasteten in die Richtung des Kopfes, und er berührte ungläubig ein Gesicht mit Nase, Mund und Augen. Es war tatsächlich ein Soldat, ein Schwarzer in französischen Diensten! Er erinnerte sich an die Zuaven in Tientsin und an die Escadron de Chasseurs d'Afrique mit ihren herrlichen Berberschimmeln. Bei Seymours Expedition fochten nur Europäer und Japaner, aber woher mochte dieser Mann kommen? Aus Tientsin? Dann mußte inzwischen um die Stadt gekämpft worden sein! Fen-ches aufkeimende Hoffnung schwand. Wohin sollte er sich wenden, wenn er hier herauskäme? In Tientsin hätte er sich Geld leihen können und wäre von dort irgendwie nach Hause gekommen. Jetzt waren die Stadt und der Hafen sicherlich durch die Europäer abgeriegelt, falls sie noch nicht von den Faustkämpfern oder den regulären Truppen überrannt worden war. »Kommen Sie aus Tientsin?«

»Ja, ich bin vor wenigen Tagen gefangengenommen worden, und man hat mich hierhergebracht.«

Im Stiefelschaft ertastete Fen-che ein langes, schmales Messer und zerschnitt dem Afrikaner die Fesseln. »Wer sind die beiden Toten da hinten?« Seine Stimme senkte sich unwillkürlich zu einem Flüstern herab, und er sah über die Schulter zu ihnen hinüber.

»Anglais. Hab mit ansehen müssen, wie sie gemartert wurden, sehr schlimm, langsam sind sie gestorben. Können wir fliehen von hier?«

»Wir müssen es bei Dunkelheit versuchen, aber wohin? Hier gibt es kein Dorf, in dem nicht Boxer hausen, und die Bauern sind ihre Augen und Ohren. Wir werden nicht einmal aus diesem Verschlag herauskommen!«

»Vielleicht doch. Die Anglais sind nachts von dem Riesen getötet worden. Einer vorgestern, und gestern noch einer. Der Riese kam immer allein, betrunken. Vielleicht können wir ihn zusammen überwältigen und uns dann in den Feldern verstecken!«

Bei dem Gedanken, einen Menschen mit bloßen Händen umbringen zu müssen, verspürte Fen-che Übelkeit in sich aufsteigen. Aber der Schwarze hatte recht, sie mußten es versuchen, und zu zweit konnte es ihnen sogar gelingen.

Längst war das letzte Sonnenlicht verschwunden. In dem dunklen Anbau des Lehmhauses schien die Zeit stillzustehen. Fen-che hatte dem Afrikaner das Messer zurückgegeben und sich auf seinen Platz zurückgelegt. Schweigend warteten sie auf Hsien Shan, und je länger es dauerte, desto unruhiger wurden sie. Wenn er in dieser Nacht nicht käme? Wenn er erst am nächsten Tag kommen würde? Bitte helft mir, ihr Götter, und laßt ihn jetzt gleich erscheinen, denn morgen, wenn es hell ist, wird es kein Entkommen für uns geben!

Und er kam. Sehr spät, aber sie hörten in der nächtlichen Stille schon von weitem seinen schweren, schlurfenden Schritt und das Murmeln seiner Stimme im Zwiegespräch mit sich selbst. Das trockene Holz knarrte, als er sich gegen die Tür lehnte und den Riegel beiseite schob. Er hielt die brennende Rapsöllampe hoch

und sah argwöhnisch lauernd in den Raum. Fen-che erstarrte, denn in der anderen Hand hielt der Koloß mehrere angespitzte Bambusrohre. Grunzend hängte Hsien Shan die Lampe an einen Eisenhaken in der Decke und sah zuerst auf den Afrikaner, dann auf Fen-che. Schwankend zog er die Tür zu und lehnte sich dagegen. Noch immer unschlüssig starrte er auf seine Opfer und rülpste erschreckend laut, hustete und spuckte auf den Boden.
Endlich schien er sich entschieden zu haben. Er lehnte einige der Bambusstöcke gegen die Wand und ging auf Fen-che zu. »Du bist auch einer von diesen fremden Teufeln, ich rieche das!« stellte er kategorisch fest.
Starr vor Angst verfolgten Fen-ches Augen Hsien Shans Handbewegungen: Wie er achtlos die restlichen Bambusstäbe, bis auf einen, zu Boden fallen ließ, leicht mit dem Daumen über die angespitzte Seite strich, und wie er ihn dann spielerisch von einer Hand in die andere gleiten ließ, wobei er immer näher kam. Unvermutet ließ er sich über Fen-ches Beine fallen und hielt sie fest umklammert.
In wahnsinniger Angst schrie Fen-che auf und versuchte sich durch Strampeln zu befreien, doch er konnte sich unter dem Gewicht des schweren Mannes nicht bewegen. Abwehrend streckte er die Hände vor.
Plötzlich zuckte Hsien Shan zusammen und richtete sich brüllend auf, während der Zuave mit einem Arm seine Kehle umklammerte. Mit einer unbändigen Bewegung schüttelte er ihn ab wie eine lästige Bürde, stand langsam und bedächtig auf, ging torkelnd auf ihn zu und warf sich dann auf ihn, die Hände zielstrebig nach seinem Hals ausgestreckt.
Erst jetzt sah Fen-che Hsien Shans blutigen Rücken und den abgebrochenen Messergriff am Boden liegen. Die Klinge mußte an den Rippen abgerutscht und dabei zerbrochen sein, denn sie ragte noch eine Handbreit aus der speckigen Weste.
Das gurgelnde Röcheln des Schwarzen zwang Fen-che dazu, rasch

zu handeln. Er sprang zu den Bambusstäben, griff sich wahllos einen heraus und warf sich, ihn fest umklammernd, mit seinem Körpergewicht auf Hsien Shan. Er spürte, wie der Bambus dessen Brust durchdrang, ließ sich jedoch vorsichtshalber sofort zur Seite fallen, um nicht in Reichweite seiner starken Hände zu geraten. Dabei entdeckte er seine Pistole auf dem Boden, riß sie hoch und zielte auf Hsien Shans Kopf. In dem Augenblick, in dem er abdrückte, erinnerte er sich daran, daß er sie damals in Lang-fang oder Lofa entladen hatte, weil er nie auf einen Chinesen schießen wollte. Aus Angst, Hsien Shan würde sich gleich erheben, um ihn in seiner Wut zu toten, schlug er ihm mit aller Kraft die Waffe auf den Kopf, immer wieder, bis er neben dem zusammengesunkenen Hsien Shan erschöpft auf die Knie fiel. Schwer atmend sah er auf ihn hinab. Sein Kopf war zur Seite gefallen. Es schien, als ob er schliefe, nur daß die ungewöhnlich starren Augen bewegungslos auf Fen-che gerichtet waren.
Es dauerte lange, bis Fen-che begriff, daß von ihm keine Gefahr mehr ausging. »Er ist tot!« murmelte er fast unhörbar, und als ob er Hsien Shan vielleicht doch noch wecken könnte, wiederholte er die Worte daraufhin, diesmal lauter. Der Schwarze gab keine Antwort. Unter großer Anstrengung wuchtete Fen-che den schweren Körper Hsien Shans zur Seite, damit der Afrikaner aufstehen konnte, doch dieser blieb reglos liegen. Der Boxer hatte ihm das Genick gebrochen.
Vorsichtig öffnete Fen-che die Tür, atmete mit tiefen Zügen die frische, kühle Luft und blickte in die Dunkelheit hinaus. Er konnte nur erahnen, wie der Weg verlief, den er gekommen war. Er schloß die Tür und setzte sich an die Wand, sorgfältig darauf bedacht, weder den Afrikaner noch Hsien Shan im Gesichtsfeld zu haben. Er würde den gleichen Weg zurückgehen, den er schon kannte, bis in die Nähe des Arsenals und zum Peiho. Von dort würde er sich nordwärts halten, um nach Peking zu kommen. Aber nicht in dieser Uniform!

Außer dem roten Halstuch und dem Messer am Gürtel konnte Fen-che nichts von Hsien Shans Sachen gebrauchen und mußte notgedrungen seine alte Uniform anbehalten. Zuvor hatte er die Rapsöllampe so an einen Hanfstrick gehängt, daß dieser nach kurzer Zeit von der Hitze der Flamme durchbrennen würde. Alles, was brennbar war, hatte er darunter zu einem Haufen aufgeschichtet. Lange hatte er überlegt, wie er in der Dunkelheit eine bestimmte Richtung einhalten konnte, bis ihm der Gedanke gekommen war, diese Hütte anzuzünden. Wie ein Leuchtfeuer würde der helle Schein ihm stets die Richtung verraten, aus der er gekommen war.

Kurz bevor er den Dorfrand erreichte, sah er sich mißtrauisch nach allen Seiten um. Weshalb bellten keine Hunde? Es gab einfach kein Dorf ohne Hunde. Allein schon aus dem einen Grund, weil diese Tiere gern als Leckerbissen verzehrt wurden. Vielleicht hatten die durchziehenden Faustkämpfer sämtliche Tiere gefangen. Weshalb machte er sich darüber Sorgen? Er sollte froh sein, daß es so war!

Hinter dem Dorf war es so dunkel, daß er kaum den Weg erkennen konnte. Ungeduldig hockte er sich hin und wartete auf das Feuer.

Die Hütte brannte plötzlich lichterloh, und in der heißen Luft stoben die Funken hoch in den Himmel, wo sie verloschen oder wie kleine Sternschnuppen zu Boden fielen. Es wurde so hell, daß Fen-che laufen mußte, um aus dem weiten Kreis des Lichtscheins herauszukommen, denn von überall kamen nun die Bauern aus ihren Häusern gerannt. Übergangslos brach der Tag an, und bevor sich die ersten Sonnenstrahlen über den Horizont schoben, erkannte Fen-che von weitem die hohen Mauern des Arsenals. Nun konnte er sich durch die Helligkeit orientieren und lief quer durch die Felder, bis er den Fluß erreichte.

Hier suchte er sich bei einem Sojabohnenfeld im Schutze hoher Pappeln ein Versteck. Der Boden war von den weißen, baumwollartigen Samenflocken der Bäume bedeckt, und nach jedem Windhauch lösten sich neue Gebilde aus den Zweigen. Erschöpft streckte er sich aus und blickte in den tiefblauen Himmel: Woher würde er andere Kleidung bekommen? Das war für ihn eine lebenswichtige Frage! Jeder Bauer wußte inzwischen, welche Uniformen die Europäer trugen, und wenn sie ihn erst mal gefangen hatten, konnte ihn auch die chinesische Sprache nicht mehr retten.

Die Unruhe trieb ihn von seinem Lager. Vorsichtig sah er sich um. Wenn er den Kopf über die Bohnenpflanzen hob, konnte er die dunklen Mauern des Arsenals erkennen, während weiter unten das gelbe Wasser des Peiho am Ufer gurgelte. Vorsichtig schlich er sich bis an das Ufer, sorgfältig darauf bedacht, so unsichtbar wie möglich für fremde Augen zu bleiben, und beobachtete aufmerksam die Wasseroberfläche.

Dann entdeckte er, wonach er gesucht hatte. Langsam trieb ein Toter auf ihn zu. Fen-che sah sich noch einmal um und watete langsam ins Wasser. Mühsam zog er den Toten ans Ufer und entkleidete ihn. Es mußte ein einfacher Mann gewesen sein. Vielleicht ein Christ aus einem kleinen Dorf, der von den Faustkämpfern getötet worden war.

Kaum hatte Fen-che sein Versteck erreicht, als eine gewaltige Explosion die Luft zerriß. Eine mächtige Rauchwolke türmte sich über dem Arsenal.

Besorgt betrachtete er die dunkle Rauchfahne, die sich durch immer neue Explosionen rasch vergrößerte. Was mochte dort vorgefallen sein? Hatten die Europäer das Arsenal verlassen und in die Luft gesprengt, um die Waffen nicht in die Hände der Faustkämpfer fallen zu lassen, oder hatte eine Granate der Faustkämpfer die Munitionskammer getroffen?

Ganz gleich, was geschehen war, er mußte so schnell wie möglich fort von hier! Vor allem mußte er sich sehr schnell die rüde und selbstbewußte Art eines Faustkämpfers aneignen, wenn er die Leute und besonders die Bauern überzeugend täuschen wollte. Er

mußte auftreten wie ein Held, der sein Land gegen übermächtige Eindringlinge verteidigt.
Die fremden Kleider paßten Fen-che gut, und mit den roten Tüchern angetan hätte er wie ein echter Faustkämpfer ausgesehen – wenn er noch seinen Zopf gehabt hätte. Der Hunger zerstreute mit der Zeit seine letzten Bedenken und trieb ihn aus seinem Versteck in Richtung Norden.
In den Nachmittagsstunden erreichte er ein kleines Dorf, an dem der Krieg spurlos vorübergezogen zu sein schien. Karrenschieber und Kulis eilten geschäftig die Straße entlang, Händler priesen unermüdlich ihre Waren an, und direkt am Marktplatz warteten zwei Barbiere gelangweilt auf Kundschaft. Ohne die Gefahr abzuwägen, steuerte Fen-che auf sie zu und setzte sich auf einen Hocker. »Rasieren!« befahl er.
Sofort beugte sich einer der Barbiere über seinen transportablen Wasserbehälter, ein umgebautes kleines Faß, und füllte eine kleine Schale. Noch immer schweigend schlug er an einem Stück Seife mit dem Pinsel Schaum, und erst als er Fen-che die Stirn und das Kinn damit eingestrichen hatte, wurde er allmählich redselig.
»Woher kommt Ihr, würdiger alter Herr?« Langsam löste Fen-che seinen Blick vom Marktgeschehen und sah dem Barbier starr in die Augen, ohne zu antworten. Endlich räusperte er sich und spuckte auf den Boden. »Ich verfolge seit zwei Wochen mit meinen Männern die Soldaten der fremden Teufel. Fast jeden Tag haben wir gegen sie gekämpft, und heute haben wir sie weiter unten aus dem Arsenal vertrieben!«
Einen Augenblick war nur das leise Kratzen des Rasiermessers zu hören. »Ihr habt einen kräftigen Haarwuchs!« Der Barbier schien die Bemerkung als Kompliment gedacht zu haben, bevor er weiterfragte. »Es muß ungeheuerlich gewesen sein, denn wir haben sogar hier den großen Knall gehört. Man sagt, daß sehr viele von den stinkenden Weißen getötet worden seien. Habt Ihr auch dazu beigetragen?« Er zerrte Fen-ches Ohr nach hinten und schabte ihm

einige Härchen mit dem Rasiermesser ab, tänzelte um ihn herum und nahm sich das andere vor.
»Bei jedem Gefecht habe ich«, Fen-che hob lässig die Hände und ließ die Finger langsam aus den geschlossenen Fäusten schnellen, bis sie alle sichtbar waren, »mindestens zehn von den fremden Teufeln getötet. Obwohl sie mich noch nie gesehen hatten, wußten sie von meinen Taten und zitterten vor Angst, wenn sie nur meinen Namen hörten!« Fen-che entließ den Barbier aus seinem Blick und betrachtete wieder das Markttreiben.
»Ich habe auch schon von Euren großen Taten gehört, mutiger und gefürchteter Greis, und es ist mir eine Ehre, Euch rasieren zu dürfen!« Jetzt entfernte er einige Haare aus Fen-ches Nase, indem er sie nach unten drückte und dabei das Messer geschickt handhabte.
»Mit der Ehre seid Ihr auch gut bezahlt!« Erneut suchte Fen-che seine Augen. »Ich habe Hunger!« Die Feststellung klang auffordernd und drohend zugleich.
»Etwas weiter steht eine gute Garküche. Sehr zu empfehlen!«
Fen-che sah zu dem anderen Barbier hinüber, der dem Gespräch mit offenem Mund gefolgt war. »Hol mir was zu essen!« befahl er ihm, und als dieser nicht sofort gehen wollte, stampfte Fen-che mit dem Fuß auf.
Der Barbier verbeugte sich eilfertig und lief los.
»Wer hat den Frevel begangen, Euch den Zopf abzuschneiden?« Der Barbier rasierte Fen-che inzwischen die hohe Stirn und strich ihm über das Haar. »Darf ich dem Barbarentöter einen neuen Zopf anbieten? Ich habe viele zur Auswahl, und für einen so berühmten Mann mach ich's gern! Wünscht Ihr, daß ich ihn gleich einflechte?«
Fen-che versuchte sich seine Freude über das Angebot nicht anmerken zu lassen und nickte nur. »Der weiße Teufel, der es gewagt hat, ihn mir abzuschneiden, lebt nicht mehr. Er hatte einen langsamen Tod und ist ohne Nase, Ohren, Hände und Beine gestorben.

Sehen konnte er auch nichts mehr, und zum Schreien fehlte ihm die Zunge!«

Fasziniert lauschte der Barbier Fen-ches Schilderung, um sie in Gedanken noch weiter auszumalen. Er hatte bereits viel von den Kämpfen gehört und auch Leute kennengelernt, die die verlassenen Schlachtfelder nach Brauchbarem abgesucht hatten. Aber einen richtigen Faustkämpfer hatte er von nahem noch nicht gesehen und erst recht keinen so berühmten wie den, der vor ihm saß. Er dankte insgeheim seinem Glücksgeist, ihm diesen Mann gebracht zu haben. Natürlich würde er nicht bezahlen, aber was würde das schon ausmachen. Was waren ein paar Casch gegen die Ehre, einen großen und gefürchteten Mann zu seiner vollen Zufriedenheit bedient zu haben. Jeder würde ihn morgen beneiden, wenn er erzählte, daß er den großen Tiger der Faustkämpfer als Kunden gehabt hatte. Sicher würde er so heißen, denn jeder berühmte Mann trug einen Beinamen, und warum sollte er ihm, einem kleinen Barbier, nicht erzählen, wie er genannt wurde?

»Ich glaub, ich kenn auch Euren Namen. Werdet Ihr nicht ›der Tiger‹ genannt?« Erwartungsvoll lächelnd ließ er das Rasiermesser ruhen.

Zwar hatte Fen-che auf die Naivität der Dorfbewohner gehofft, doch die Einfalt dieses Mannes überraschte ihn. Aus den Augenwinkeln sah er den anderen Barbier mit einem vollen Blechtopf herankommen und beeilte sich mit der Antwort. »Der Tiger von Petschili, um genau zu sein.« Fen-che winkte mit einer kleinen Handbewegung dem Barbier, sich weiter zu ihm herabzubeugen, und flüsterte: »Ich bin auf dem Weg nach Peking, um unserem erlauchten Kaiser zu berichten, wie wir die Europäer mit Lanzen und Messern aus dem Arsenal hinausgejagt haben!« Dann schob er ihn grob mit dem Arm beiseite und ließ sich das Essen reichen.

Ehrfurchtsvoll schweigend begann der Barbier den neuen Zopf einzuflechten, während Fen-che die Suppe löffelte. Also doch ein großer und berühmter Kämpfer, dachte der Barbier, denn wenn er nach Peking unterwegs war, mußte seine Tapferkeit schon überall bekannt sein. Sicher würde man ihn dort mit Silber reich belohnen, und vielleicht würde er auch noch zum General ernannt werden. Eines Tages würde er vielleicht hier wieder vorbeikommen und sich an ihn erinnern. Dann würde er aus seiner prunkvollen Sänfte steigen, und alle Leute, die zusahen, würden sich fragen, wohin der »Tiger von Petschili« wohl ging. Dann würde der Tiger auf ihn zutreten, und er würde seine Stirn selbstverständlich noch tiefer als alle anderen in den Staub drücken, und der Tiger würde vielleicht sagen: Das ist Lu Wan, ein Freund von mir! Dann würde er ihm möglicherweise ein großes Silberstück schenken, und alle, die zusahen, würden sagen: Lu Wan hat dem Tiger geholfen, und die Belohnung ist gerecht!

Es dauerte lange, bis der Zopf mit seinen eigenen Haaren verbunden war, denn es durften höchstens drei oder vier auf einmal verflochten werden, damit er fest und unauffällig saß. Endlich war der Barbier damit fertig und besah sich entzückt sein Werk. »Niemand wird mehr zum ›Tiger von Petschili‹ sagen können, er hätte keinen Zopf! Und wenn Ihr wieder in der Gegend seid, wird es mir eine Ehre sein, Euch wieder bedienen zu dürfen!« Er verbeugte sich bis zum Gürtel in der Gewißheit, einen großartigen Mann vor sich zu haben, und diese Überzeugung ergriff auch den anderen Barbier, der sich ebenfalls stumm verneigte.

Am vierten Tag erreichte Fen-che Peking. Die erste Nacht nach seiner Ankunft in dem kleinen Dorf hatte er noch in einem Gemüsefeld verbracht, doch in dem Maße, wie die Bauern Respekt vor ihm zeigten, wurde er sicherer und quartierte sich abends bei ihnen ein. Meistens gab es bei diesen armen Leuten nur geröstete oder gebratene Buchweizenfladen, dick mit Schmalz bestrichen. Während des Essens ließ er dann seiner Phantasie freien Lauf. Je grausamer seine erfundenen Heldentaten waren, um so gebannter lauschten ihm die Zuhörer. So flüsterte er an spannenden Stellen, machte geschickte Pausen und brach in laute und wilde Verwünschungen aus, wenn es zum Angriff ging, bis der Feind geschlagen war. Häufig trugen die Geschichten dazu bei, daß ihm zu Ehren schnell noch ein Huhn geschlachtet wurde, und erst wenn er sich satt zurücklehnte, wagten es seine Gastgeber, den Rest unter sich aufzuteilen.

***

Vor den Toren Pekings endete die ländliche Abgeschiedenheit und mit ihr die leichtgläubige Naivität ihrer Bewohner. Hier war man mißtrauisch, und jeder Fremde wurde von den Milizen angehalten und durchsucht.

Mit Bedacht wählte Fen-che sich ein Tor aus, an dem nur Soldaten Wache hielten, denn den Faustkämpfern gegenüber beschlich ihn noch immer ein beklemmendes Gefühl. Die Auswahl des Tores schien richtig gewesen zu sein, denn niemand zeigte Interesse für ihn. Fast glaubte er sich schon in Sicherheit und überlegte, welchen Weg er zum Gesandtschaftsviertel einschlagen sollte, als eine rüde Stimme ihn unhöflich zum Warten aufforderte.

»Wohin wollt Ihr, und wer seid Ihr?« Im Schatten des Wachhäuschens lagerte eine Gruppe von Faustkämpfern. Ihr Anführer hatte sich erhoben und stand nun breitbeinig vor ihm.

»Wer seid Ihr denn?« fragte Fen-che ebenso schroff zurück und begrub in Gedanken die Hoffnung, in der deutschen Gesandtschaft durch die Bekanntschaft des Grafen von Soden vorerst Zuflucht zu finden.

»Ich bin Huo Dso-lin, Befehlshaber des Südtores und Kämpfer für ein freies China ohne Ausländer!« Mit gespreizten Schritten ging er langsam auf Fen-che zu und hob arrogant den Kopf.

»Ich bin Lin Fen-che, der Tiger von Petschili, und ich komme mit einem Bericht über unsere siegreichen Kämpfe aus Tientsin, denn bis dahin haben wir das Heer der Weißen zurückgeschlagen!«

»Und wem wollt Ihr das berichten?«

Fen-che ging nun ebenfalls ein paar Schritte auf sein Gegenüber zu, bis an den Dunstrand seines herben Schweißgeruchs, und legte die Hände herausfordernd in die Hüften. »Unserem höchsten Anführer natürlich, denn unsere Heldentaten sind es wert, weitererzählt zu werden!«

»Das ist gut!« Ohne weitere Fragen zu stellen, akzeptierte er Fenches Darstellung. »Und wenn Ihr später etwas Zeit für uns übrig haben solltet, dann erzählt auch uns von Euren Siegen!« Eilfertig drehte sich Huo Dso-lin zu seinen Leuten um und bedeutete zweien von ihnen, Fen-che zu begleiten. »Sie werden Euch in den Tsungli Yamen zu Prinz Tuan bringen!«

»Oh, ich kenne den Weg dahin. Ich bin nicht das erste Mal in Peking!« versuchte Fen-che die Aufpasser loszuwerden.

»Das ist das mindeste, was wir für unsere Brüder tun können, die durch ihre Tapferkeit ein Beispiel für alle sind!« Huo Dso-lin wuchs mit seinen Worten über sich selbst hinaus. »Ich werde Euch persönlich in den Tsungli Yamen bringen, obwohl mein Platz hier sein sollte!«

Rücksichtslos bahnten die beiden Boxer ihnen den Weg durch die dichte Menschenmenge, während Huo Dso-lin von seiner schweren Aufgabe erzählte. Zwischen zwei Atemzügen konnte Fen-che die Frage stellen, die ihn am meisten bewegte.

»Leben die europäischen Gesandten noch?«

Peinlich berührt schwieg Huo Dso-lin einen Augenblick. »Sie haben sich in ihren Häusern verschanzt«, gab er zu, »aber das ist nur eine Frage der Zeit. Bisher haben wir lediglich den deutschen Gesandten und einen japanischen Attaché töten können. Aber viele von ihnen sind durch unsere wohlgezielten Schüsse getroffen worden.«

Fen-che erkannte, wie unsinnig es war, sich unter Lebensgefahr zu den Eingeschlossenen durchzuschlagen, und konzentrierte sich auf die bevorstehende Begegnung mit dem Boxerführer im Yamen. Wer mochte dieser Prinz Tuan sein? Etwa der, den er in Japan kennengelernt hatte? Er konnte sich auf Richter Kia berufen oder viel-

leicht auch auf Li Hung-chang. Namen, die auch in diesen Zeiten noch immer einen guten Klang hatten.
Der Tsungli Yamen wurde nur von wenigen Soldaten bewacht, die allerdings zu ihrer Uniform die roten Binden der Boxer trugen. Huo Dso-lin schien hier bekannt zu sein, denn sie ließen ihn und seine Begleitung ungehindert passieren. Der Vorraum glich einer Art Wartehalle für Faustkämpfer. Hier saßen etwa fünfzig Männer am Boden oder lehnten an den Wänden, alle mit modernsten Waffen ausgerüstet. Huo Dso-lin wechselte einige Worte mit einem Türsteher, und sie wurden durchgelassen. Sie befanden sich in einem der Vorräume zum Sitzungszimmer des Yamen, in dem in Friedenszeiten die Gesandten zu warten hatten, bis sie vorgelassen wurden. Fen-che spürte fast körperlich die Nervosität Huo Dsolins, der nicht wagte, sich auf einen leeren Stuhl zu setzen.
Endlich wurde die Tür zum Sitzungszimmer geöffnet, und der Lieblingseunuche der Kaiserinwitwe, Li Liän-ying, trat prächtig und kostbar gekleidet wie immer in den Raum. Er wollte schon durch eine unscheinbare Tür in den anschließenden Saal verschwinden, als Fen-che ihn begrüßte.
»Guten Tag, ehrenwerter Herr Li!« Fen-che verbeugte sich tief und hoffte, daß Li Liän-ying ein Wort an ihn richten würde. Immer noch in Demutshaltung, wagte er nicht aufzusehen, sah jedoch aus den Augenwinkeln, wie Li Liän-yings tänzelnde Schritte langsamer wurden und er schließlich stehenblieb.
»Wer seid Ihr?«
»Ich bin Lin Fen-che, hochehrwürdiger, mächtiger alter Herr! Damals habe ich unter großen Gefahren einen Teil des kaiserlichen Schatzes nach Peking gebracht und dadurch Euer und des erlauchten Herrschers Wohlwollen errungen.«
Jetzt erkannte Li Liän-ying, wen er vor sich hatte, und trat näher. »Und was macht Ihr hier?« Angewidert sah er auf Fen-ches zerrissene Kleidung.
»Ich habe gegen das europäische Heer gekämpft, das Peking er-

obern wollte. Zurückgeschlagen bis Tientsin haben wir sie, und ich habe die Absicht, von unseren siegreichen Kämpfen zu berichten. Herr Huo und seine beiden Begleiter«, Fen-che deutete auf die sich tief verbeugenden Boxer, »waren so freundlich, mich hierherzugeleiten, da sie der Meinung waren, daß Prinz Tuan als mächtigster Vertreter der Regierung der einzig richtige Mann für meinen ausführlichen Bericht wäre.«

Fen-che vermutete bei der augenblicklichen Machtkonstellation mit Tuan an der Spitze eine Rivalität zwischen ihm und der Kaiserinwitwe Tz'u-hsi und hoffte, Li Liän-ying durch die provokative Hervorhebung Tuans neugierig und zugleich eifersüchtig gemacht zu haben. Wenn Tuan ihn durch einen Zufall wiedererkennen sollte und ihn gefangennehmen ließ, konnte er für die Kaiserpartei von Interesse sein und durfte dann hoffen, daß diese ihn befreite. Seine Gedanken überschlugen sich. Was sollte er erwähnen, damit Li Liän-ying ihn für wichtig genug hielt, um seiner Herrin von ihm zu berichten? Sollte er von Kia sprechen oder Andeutungen über seine Spionagetätigkeit machen? Wie konnte er Li Hung-chang ins Spiel bringen? Ihm mußte etwas einfallen, bevor Li Liän-ying sich wieder entfernen würde. Was aber, wenn sie über seine Aufgabe informiert waren und auch darüber, wie er beim Auszug aus Tsingtau den Schulzen Yu Wei verächtlich gemacht hatte?

»Ihr könnt gehen!« Wie lästige Fliegen scheuchte der Eunuche die drei Boxer aus dem Raum. Dann setzte er sich geziert auf einen Stuhl und sah Fen-che lange an. »Eure Treue zu unserem geliebten Kaiser ist bisher über jeden Zweifel erhaben gewesen, und nun wollt Ihr Prinz Tuan berichten?«

Fen-che erkannte sofort den Sinn dieser komplizierten Formulierung. »Wäre mein freier Wille ausschlaggebend gewesen, würde ich den Sohn des Himmels ersucht haben, mich zu empfangen, aber ich durfte Peking nur in Begleitung der Faustkämpfer betreten, die mich hierherbrachten.«

»Weiß Prinz Tuan, daß Ihr hier seid?«
»Nein, ich wurde eben erst hierhergeführt!«
»Dann kommt mit mir! Ich glaube, der Erhabene Stammvater wird Euch die Gunst erweisen, Ihm berichten zu dürfen!« Er erhob sich.
Nun war eine Situation eingetreten, mit der Fen-che am wenigsten gerechnet hatte. Was sollte und durfte er sagen?

SECHZEHNTES KAPITEL

Die Mobilmachung des Deutschen Ostasiatischen Expeditionscorps unter dem Oberbefehl des Generalleutnants von Lessel verlief in den Julitagen planmäßig. Von allen größeren Bahnhöfen des Deutschen Reiches wurden Sonderzüge für die Truppen zum Transport nach Bremen und Bremerhaven eingesetzt. Mit der gleichen Begeisterung, wie sie sich noch einmal vierzehn Jahre später zum Beginn des Ersten Weltkriegs wiederholen sollte, wurden die Soldaten von ihren Angehörigen verabschiedet. Lange Reihen winkender Mütter, Bräute und Kinder standen auf den Bahnhöfen, und sogar Fremde beschenkten die aus den Abteilfenstern lachenden Soldaten mit Blumen.

Durch die Anwesenheit des Kaiserpaares in Bremerhaven erhielt der Abschied der ersten Truppen eine ganz besondere Weihe. Nach eingehender Besichtigung der zu Truppentransportern umgebauten Frachtschiffe hielt der Kaiser eine markige, auf das neue Ziel gerichtete Rede.

> »Mitten in den tiefsten Frieden hinein, für Mich leider nicht unerwartet, ist die Brandfackel des Krieges geschleudert worden. Ein Verbrechen, unerhört in seiner Frechheit, schaudererregend durch seine Grausamkeit, hat Meinen bewährten Vertreter getroffen und dahingerafft. Die Gesandten anderer Mächte schweben in Lebensgefahr, mit ihnen die Kameraden, die zu ihrem Schutze entsandt waren. Vielleicht haben sie schon heute ihren letzten Kampf gekämpft. Die deutsche Fahne ist beleidigt und dem Deutschen Reich

Hohn gesprochen worden. Das verlangt exemplarische Bestrafung und Rache. Die Verhältnisse haben sich mit einer furchtbaren Geschwindigkeit zu tiefem Ernste gestaltet, und seitdem Ich Euch unter die Waffen zur Mobilmachung berufen, noch ernster. Was Ich hoffen konnte, mit Hilfe der Marine-Infanterie wieder herzustellen, wird jetzt eine schwere Aufgabe, die nur durch geschlossene Truppenkörper aller zivilisierten Staaten gelöst werden kann. Schon heute hat der Chef des Kreuzergeschwaders Mich gebeten, die Entsendung einer Division in Erwägung zu nehmen. Ihr werdet einem Feinde gegenüberstehen, der nicht minder todesmutig ist wie Ihr. Von europäischen Offizieren ausgebildet, haben die Chinesen die europäischen Waffen gebrauchen gelernt. Gott sei Dank haben Eure Kameraden von der Marine-Infanterie und Meiner Marine, wo sie mit ihnen zusammengekommen sind, den alten deutschen Waffenruf bekräftigt und bewährt und mit Ruhm und Sieg sich verteidigt und ihre Aufgaben gelöst. So sende Ich Euch nun hinaus, um das Unrecht zu rächen, und Ich werde nicht eher ruhen, als bis die deutschen Fahnen vereint mit denen der anderen Mächte siegreich über den chinesischen wehen und auf den Mauern Pekings aufgepflanzt den Chinesen den Frieden diktieren. Ihr habt gute Kameradschaft zu halten mit allen Truppen, mit denen Ihr dort zusammenkommt. Russen, Engländer, Franzosen, wer es auch sei, sie fechten alle für die eine Sache, für die Zivilisation. Wir denken auch noch an etwas Höheres, an unsere Religion und die Verteidigung und den Schutz unserer Brüder da draußen, welche zum Teil mit ihrem Leben für ihren Heiland eingetreten sind. Denkt auch an unsere Waffenehre, denkt an diejenigen, die vor euch gefochten haben, und zieht hinaus mit dem alten brandenburgischen Fahnenspruch: ›Vertrau' auf Gott, dich tapfer wehr', darauf besteht dein ganze Ehr'!

Denn wer's auf Gott herzhaftig wagt, wird nimmer aus der Welt gejagt!‹ Die Fahnen, die hier über Euch wehen, gehen zum ersten Mal ins Feuer. Daß Ihr Mir dieselben rein und fleckenlos und ohne Makel zurückbringt! Mein Dank und Mein Interesse, Meine Gebete und Meine Fürsorge werden Euch nicht fehlen und Euch nicht verlassen, mit ihnen werde Ich Euch begleiten.«

***

Aufmerksam beobachtete Fen-che den Großsekretär und Vizekönig der Provinz Petschili, Yung-lu, der gleichzeitig der engste Vertraute der Kaiserinwitwe war. Er spürte dessen Unentschlossenheit, obwohl Yung-lu Ruhe und Gelassenheit zur Schau trug; nur manchmal öffnete er eine seiner Hände und schloß sie wieder zur Faust. Fen-che wartete geduldig auf das Wort, das er irgendwann an ihn richten würde, denn außer ihm und dem Vizekönig befand sich niemand im Amtszimmer. Gleich oder auch später würde er mit ihm sprechen, denn er war mit ungewöhnlicher Eile hierher bestellt worden.
Er war froh, sich damals richtig entschieden zu haben, als er von Li Liän-ying in den Palast gebracht worden war. Es hatte zwar noch mehrere Tage gedauert, bis sie ihm die Gunst einer Unterredung gewährte, aber das waren die Stäbchen Zeit gewesen, die er ohnehin brauchte, um sich endgültig darüber klarzuwerden, wie er zu den Europäern und zum Kaiserhaus stand. Er hatte sich für eine rücksichtslose Offenheit ihr gegenüber entschieden und im nachhinein bereute er es nicht, diesen gewagten Schritt getan zu haben.
»Der Oberrichter Kia aus Schanghai hat mich gebeten, für die Deutschen als Dolmetscher zu arbeiten, um ihre militärischen Vorhaben und Pläne durch mich rechtzeitig zu erfahren.«
Fen-che hatte sehr schnell festgestellt, daß ihr der Name Kia wohlbekannt sein mußte, denn sie fragte nicht nach, sondern schwieg

hinter ihrem schwarzen Vorhang, was er als Zeichen auffaßte, in seinem Bericht fortzufahren.
»Ich habe Admiral Seymours Zug gegen Peking begleitet und bin während des Rückzugs im Arsenal bei Tientsin verraten worden.«
»Von wem?« hatte sie sofort nachgehakt, den Vorhang ihrer Sänfte einen Spalt beiseite geschoben und ihn mit starren Augen fixiert. Dabei hatte er zum ersten Mal ihr trotz ihres reifen Alters anmutiges Gesicht und die überlangen, gebogenen Fingernägel gesehen.
Emotionslos berichtete er von Yu Wei, dem Dorfschulzen von Tsingtau, wie dieser ihn vor dem Tribunal bezichtigt hatte, ein Spion zu sein, und von seiner Rettung durch seinen Freund Michail Malikow. »Ich habe mich in diesen schwierigen Zeiten entschieden, nach Peking zu kommen, um dem erhabenen Stammvater untertänigst meine Dienste anzubieten!«
Statt einer Antwort hatte die Kaiserinwitwe den Vorhang wieder zugezogen. Erst nach einer für Fen-che endlosen Zeit des Schweigens ertönte erneut ihre Stimme aus der Sänfte. »Werden die Europäer nach ihrer schmachvollen Niederlage noch einmal versuchen, Peking anzugreifen?«
»Davon bin ich überzeugt, erhabener Stammvater!«
»Wir werden sie dann erneut zurückschlagen, bis wir sie aus unserem Land vertrieben haben! Nicht wahr?«
»Verzeiht, erhabene Majestät, wenn ich wage zu widersprechen, aber ich bin der Ansicht, daß sie ein größeres Heer mit mehr Munition und Kanonen aufstellen werden und damit den Krieg über das gesamte Reich bis hierher in diese Mauern bringen werden.«
Fen-che hörte, wie der Eunuche vor Schreck scharf die Luft durch die Nase einzog.
»Und wenn wir die Gesandten töten würden? Dann gäbe es für sie keinen Grund, nach Peking zu kommen! Oder seid Ihr anderer Meinung?«
»Ob sie leben oder tot sind, großmütiger Urahn, spielt für sie eine

untergeordnete Rolle. Sie werden kommen, um uns mit Nachdruck ihren Willen aufzuzwingen, unser Land für ihren Handel zu öffnen und um sich durch Pachtgebiete zu bereichern. Natürlich werden sie in erster Linie versuchen, die eingeschlossenen Europäer zu befreien. Sollten diese jedoch getötet werden, würde sich ihr Motiv in Rache verwandeln, und darin sind sie unberechenbar!«
Aus der Sänfte erklang silberhell eine Glocke. Li Liän-ying erhob sich sofort. Fen-che vermutete, daß damit die Audienz beendet war, und warf sich zum Kotau auf den Boden.
»Darf ich den Sohn des erhabenen Stammvaters besuchen?« fragte er schnell, bevor der Eunuche das offizielle Ende der Unterredung verkünden konnte und damit das vorgeschriebene Sprechverbot.
Li Liän-ying verharrte im Schritt und wartete auf ein erneutes Klingeln oder eine Antwort.
»Zur Belohnung für seine treuen Dienste und weil er Uns mit seinem Wissen dienen kann, ernennen Wir ihn zum Rat Unserer Regierung. Wir würden es ebenfalls begrüßen, wenn er Unseren Sohn gelegentlich aufmuntern würde!«
Damit war die Audienz endgültig beendet. Was die Kaiserinwitwe mit ihrer Ernennung gemeint hatte, wurde ihm erst bewußt, als der Eunuche ihn auf dem langen Flur hinter der Audienzhalle mit wenigen Sätzen aufklärte.
»Als Rat der Regierung seid Ihr vom neunten in den sechsten Rang der Mandarine aufgestiegen und berechtigt, den Perlmuttknopf und den Silberreiher auf Brust und Rücken zu tragen.« Er lächelte undurchdringlich. »Vergeßt nicht, welches Schicksal Euch ereilt hätte, wenn ich Euch nicht zufällig im Tsungli Yamen bei Prinz Tuan begegnet wäre!«
Yung-lu erhob sich von seinem Stuhl und ging zur Wand, an der eine überdimensionale, bunte Landkarte der Provinz Petschili hing. Schweigend betrachtete er sie. Fen-che war sich darüber im klaren, daß Yung-lu nicht wußte, ob er in ihm einen Aufpasser oder einen Getreuen sehen sollte, wagte aber noch immer nicht,

von sich aus das Wort zu ergreifen. Schließlich kehrte Yung-lu zu seinem Schreibtisch zurück und schwieg weiterhin.
Zweifelsohne hatte Yung-lu, der es geschafft hatte, aus dem Bannerheer zum Berater der Kaiserinwitwe aufzusteigen und nach der »Reform der 100 Tage« zum Vizekönig und damit zum Oberbefehlshaber aller Garnisonen im Umkreis von Peking, seine Stellung nicht nur seiner Tüchtigkeit zu verdanken, sondern in gleichem Maße seiner Rücksichtslosigkeit und seinem ausgezeichneten Gespür für Ränkespiele. Nun überlegte er, ob er eine winzige Kleinigkeit übersehen haben mochte, die das Mißtrauen der Kaiserinwitwe geweckt haben könnte. Weder von seinem Freund, dem Eunuchen Li Liän-ying, noch von seiner Zweitfrau, die ständig Zugang zum Palast hatte, war eine Warnung gekommen. Beruhigt lehnte er sich mit geschlossenen Augen zurück.
Inzwischen glaubte Fen-che auch zu wissen, warum Yung-lu so lange schwieg. Einen Tag nach der Audienz bei der Kaiserinwitwe hatte man ihm nicht nur die seinem neuen Rang entsprechenden Kleider gebracht, sondern auch die Erlaubnis, jederzeit den Kaiser besuchen zu dürfen. Li Liän-ying hatte es sich nicht nehmen lassen, Fen-che innerhalb der Purpurstadt zu der Insel zu begleiten, auf der Kuang-hsü noch immer in dem abgeschiedenen Gewahrsam seiner Adoptivmutter lebte.
Fen-che hatte sich erschrocken, als er den Sohn des Himmels erblickte, und sich sofort zu Boden geworfen. Der Kaiser war schmal geworden, das Gesicht hager, seine Mundwinkel hingen zynisch herab.
»Wen bringt Ihr mir?« fuhr er den Eunuchen unfreundlich an.
»Der erhabene Stammvater geruhte in seiner Güte, seinem Sohn eine Freude zu bereiten, indem er ihm einen vertrauenswürdigen Untertanen zur Unterhaltung schickt.«
Mißtrauisch, mit den zusammengekniffenen Augen eines Kurzsichtigen sah er auf Fen-che hinab. »Erhebt Euch! Wer seid Ihr?«
»Vor Jahren gestattete mir eine günstige Laune des Schicksals,

dem verehrungswürdigen Sohn des Himmels einen verloren geglaubten Schatz wiederzubringen. Ich heiße Lin Fen-che, und damals gestattete mir mein erhabener Kaiser, daß ich ihn jederzeit besuchen dürfe.«

»Der lachende Komprador aus Schanghai!« entfuhr es dem Sohn des Himmels, und sein Gesicht hellte sich auf, verschloß sich jedoch sofort wieder, als er Li Liän-ying ansah. »Ich danke Euch, mir Abwechslung gebracht zu haben. Laßt uns jetzt allein!« Mißtrauisch blickte er dem Eunuchen hinterher, bis die Tür verschlossen war. »Ihr seid der erste Mensch, den ich nach langen Monaten der Einsamkeit sehen darf!« Er stockte und fügte hinzu: »Außer meinen Frauen! Warum erlaubt sie es?« Obwohl es mehr ein leises Selbstgespräch war, verstand Fen-che jedes Wort.

»Vielleicht will die weise Mutter dem erhabenen Kaiser eine Freude machen!«

»Freude?« Kuang-hsü fuhr herum und ging bis auf einen Schritt auf Fen-che zu. Sein Gesicht war von Haß verzerrt. »Nein, bestimmt nicht, denn dazu hätte sie öfter Gelegenheit gehabt. Sie hat meine Freunde und Berater, bis auf die, die noch fliehen konnten, getötet oder verbannt, und mich hält sie hier auf dieser Insel im See der Purpurstadt gefangen. Zur Abwechslung habe ich nur meine Konkubinen, sonst nichts!«

Während der Kaiser aufgebracht sprach, schwankte Fen-che zwischen der Frage, ehrfurchtsvoll erneut den Kotau zu vollziehen oder seine Anteilnahme zu zeigen. Er entsann sich des gemeinsamen unbeschwerten Lachens von damals, und eine Welle des Mitleids durchflutete ihn, den verzweifelten Kaiser in dieser Verfassung zu erleben.

»Ich darf Euch so oft besuchen, wie es mir möglich ist, und ich werde gern kommen!« Fen-che verzichtete bewußt auf die formelle Anrede und hätte ihn jetzt am liebsten umarmt, um zu zeigen, wie sehr er mit ihm fühlte und daß er sein Freund war. Eine derartige Offenbarung durfte er sich unter den unzähligen beobachtenden

Augen allerdings nicht erlauben. Deshalb erzählte er, um den Kaiser von seinem Kummer abzulenken, von seiner Tätigkeit als Dolmetscher bei den Deutschen, vom Wettschießen in Wei-hai-wei, von seiner Freundschaft mit Graf von Soden und dem mißlungenen Feldzug Seymours.

»Dann stehen die Europäer mit uns im Krieg?« fragte er ungläubig.

»Offiziell nicht. Formell werden nur die aufständischen Faustkämpfer bekämpft. Hinter dem Vorhang sieht es anders aus, da fühlt sich das chinesische Heer den Faustkämpfern verbunden, und oft habe ich sie in den Kämpfen mitfechten sehen.«

Nachdenklich ging der Kaiser mit kurzen Schritten durch den Raum. »Es ist alles so ungeheuerlich, ich kann es nicht glauben. Ich brauche Zeit, um nachzudenken. Besucht mich so bald wie möglich, ich bin begierig, mehr zu erfahren!« Er legte beide Hände mit freundschaftlicher Geste auf Fen-ches Schulter und verließ ihn. Dann öffnete sich die Tür, und der Eunuche Li Liän-ying blieb mit der stummen Aufforderung, ihm zu folgen, im Eingang stehen.

Am nächsten Tag hatte ihn der Kaiser schon ungeduldig erwartet und wollte mehr von dem Kriegsgeschehen draußen erfahren. Fen-che berichtete von dem Verlauf der Expedition bis zu seiner Flucht aus dem Arsenal. Er sah das sorgenvolle Gesicht des Kaisers und versuchte ihn durch die kleine Begebenheit mit den Barbieren zu erheitern, die seine Lügengeschichten geglaubt hatten. Zwar erhellte sich das Gesicht des Himmelssohnes ein wenig, doch er war weit davon entfernt, in jenes befreiende Lachen auszubrechen, das sie vor vielen Jahren zusammengeführt hatte.

»Unsere großmütige Kaiserinwitwe geruhte, Euch mir als Ratgeber zur Verfügung zu stellen«, ergriff Yung-lu endlich das Wort und riß Fen-che aus seinen Gedanken. »Ich bin mir dieser Ehre bewußt und begrüße ihre weise Entscheidung; denn gerade Ihr werdet Euch besser in die Gedankengänge der Europäer einfinden können als wir, die die Barbaren nur oberflächlich kennengelernt haben. Sie sprach von Euren Befürchtungen, daß sie trotz ihres bisherigen Mißerfolgs noch einmal versuchen würden, unsere Hauptstadt anzugreifen.«

»Davon bin ich fest überzeugt!«

»Und Ihr ratet tatsächlich davon ab, die Europäer im Gesandtschaftsviertel zu töten?«

»Unbedingt! Bisher sind es fast ausschließlich wirtschaftliche Interessen, die sie durch ihr Militär sichern wollen. Der Tod von mehreren hundert Europäern aber würde die Soldaten persönlich treffen, und ihre Rache würde grausam sein!«

»Würden sich die Soldaten, Eurer Meinung nach, auch an der Kaiserlichen Familie vergreifen, wenn es ihnen gelingen sollte, unsere Stadt zu erobern?«

»Auf keinen Fall, denn eine allgemeine weitere Unruhe im Volk würde den europäischen Interessen zuwiderlaufen. Unser Kaiser würde vielmehr ihren ganz besonderen Schutz genießen.«

»Ihr pflegt ein besonderes Verhältnis zu unserem hochverehrten Sohn des Himmels, nicht wahr?«

Nach dieser Frage war Fen-che sicher, das zu wissen, was er bisher nur geahnt hatte. Yung-lus einziger Rückhalt innerhalb der Machtpyramide war die Kaiserinwitwe, die ihm zu seinem jetzigen Amt verholfen hatte. Würde sie nicht mehr sein, würde auch er seinen Einfluß verlieren und stürzen. Jetzt war er ihm in dieser heiklen Lage als Berater zugeteilt worden, und Yung-lu meinte nun, seine guten Verbindungen zum Kaiser könnten sich einmal sehr nützlich für ihn erweisen! Das also waren die Gedanken, die ihn bewegten, während er hier vor der Mauer seines Schweigens wartete! Fen-che fühlte sich durch diese Erkenntnis erleichtert, achtete jedoch sorgsam darauf, seine Schlußfolgerungen durch ein unbeteiligtes Gesicht zu verbergen. Dann wollte sich Yung-lu durch ihn beim Kaiser rückversichern. Dies zu wissen, gab Fen-che Sicherheit und Zuversicht.

»Ich genieße das Vertrauen unseres einsamen Fürsten und bin

jederzeit bereit, mich mit meinem Leben zu verantworten, genau wie auch Er unentwegt vor Schangte, dem Obersten Herrn des Himmels, Rechenschaft ablegen muß!«

Yung-lus Augen blieben ausdruckslos auf Fen-che gerichtet. Als einfacher Soldat des Bannerheeres war ihm nie die besondere Schulung der geschliffenen Redeweise, das Andeuten von uralten Weisheiten oder literarischen Vergleichen zuteil geworden, die er zu seinem Leidwesen noch immer nur unvollkommen nachahmen konnte. Was Fen-che eben gesagt hatte, konnte er nur gefühlsmäßig deuten.

»Meine große Sorge gilt unentwegt dem Wohl der kaiserlichen Familie, und es ist mir ein sehr wichtiges Anliegen, sie gerade in diesen Krisenzeiten so zu beraten, daß keines ihrer Mitglieder um sein Leben bangen muß! Gerade auf Euch konzentriert sich meine Hoffnung, daß Ihr mir dabei behilflich sein werdet!«

Fen-che war sich nicht sicher, ob der überzeugende Klang in Yung-lus Stimme seiner wirklichen Empfindung entsprach. Er verbeugte sich und antwortete unverfänglich: »Ich werde mich ebenfalls jederzeit gewissenhaft und nach Kräften zu unser aller Wohl bemühen!«

Yung-lu schien damit zufrieden und nickte, als wolle er das Thema beenden. Plötzlich hob er ruckartig den Kopf. »Heute erhielt ich vom erhabenen Stammvater den Befehl, an Prinz Tuans Faustkämpfer schwere Waffen auszugeben, damit sie das Gesandtschaftsviertel mit seinen Bewohnern zusammenschießen. Unsere erhabene Kaiserinwitwe scheint der Ansicht zu sein, daß sie nur so die Barbaren davon abhalten kann, noch einen Feldzug gegen uns zu unternehmen! Sollten sie dennoch den Krieg bis hierher tragen, werden sie nach Schuldigen für dieses Gemetzel suchen. Die Regentin wird selbstverständlich alle Schuld von sich wie auch vom Kaiser weisen. Die Verantwortung würden in diesem Fall die Faustkämpfer und Prinz Tuan zu tragen haben!« Er blickte Fen-che fest an. »Und im Notfall auch ich! Ein genialer Schachzug!«

Einen Augenblick zweifelte Fen-che daran, daß Yung-lu diesen Befehl tatsächlich erhalten hatte. Wahrscheinlich wollte er ihn nur prüfen. Konnte sich der Vertraute der Kaiserinwitwe erlauben, einem ihm Fremden gegenüber derartige Geheimbefehle zu offenbaren? War es eine Falle? Von ihm oder seiner Auftraggeberin aufgestellt? Wer von ihnen ließ ihn beobachten, ob er eventuell geheime Verbindungen zu Prinz Tuan unterhielt? Die Falle würde zuschnappen, sobald er auch nur in die Nähe des Tsungli Yamen käme. Warum war Yung-lu so sicher, daß er, als möglicher Zeuge, für immer schweigen würde? Oder stand sein Todesurteil schon fest?

Yung-lu hatte ihn nichts gefragt, und Fen-che war versucht, keinen Kommentar zu geben. Doch er spürte, daß es vorteilhafter für ihn wäre, darauf einzugehen, denn ihrer beider Schicksal würde sehr eng miteinander verknüpft sein.

»Überwältigend bei einem Gewitter ist der harmlose Donner, und harmlos erscheint es mir ebenfalls, mit Gewehren gegen die Häuser schießen zu lassen. Würdet Ihr Eurem Auftrag nicht auch gerecht werden, wenn Ihr nur die Gewehre verteiltet?«

»Sie verlangt die Herausgabe der schweren Geschütze!«

Wenn das der Wahrheit entsprach, befand sich Yung-lu tatsächlich in einer Zwickmühle, und Fen-che nahm an, daß er darum seinen Rat suchte. »Ich würde die Herausgabe der Geschütze unter einem Vorwand verzögern. Ich würde auch zu den Gesandten Verbindung aufnehmen, ihnen möglicherweise sogar Verpflegung zukommen lassen, um bis zuletzt den Rücken freizubehalten.«

Abschätzend sah Yung-lu Fen-che an. »Das ist Hochverrat!«

»Im Moment vielleicht. Aber wenn die Barbaren später einmal vor unseren Mauern stehen, wird es sich als kluger Schachzug erweisen und denjenigen, der das veranlaßt hat, vor größerem Übel bewahren!«

»Ihr sprecht doch die Barbarensprache!«

Fen-che nickte und wußte, daß er soeben den geheimen Auftrag erhalten hatte, in eigener Verantwortung Fäden zu knüpfen.
Yung-lu hob wieder ruckartig den Kopf, und erneut änderte er das Thema. »Wenn Ihr morgen den Sohn des Himmels besucht, überbringt ihm meine untertänigsten Grüße als sein demütigster Diener!«

***

Mit dem Einsetzen der Dämmerung hatte es aufgehört zu regnen. Fen-che freute sich, auf dem Weg zu seiner neuen Unterkunft den schweren Blütenduft des Herbstflieders einatmen zu dürfen, der ihn schon längst umschmeichelte, bevor er die vom reinen Weiß bis fast ins Lila wechselnden Blütendolden erkennen konnte.
Langsam schlenderte er, immer noch innerhalb der Purpurstadt, an den langgestreckten Palästen der Prinzen vorbei, passierte die Unterkünfte der Eunuchen, bis er zu dem weniger prunkvoll gestalteten Gästehaus gelangte. Hier hatte man ihm zwei geräumige Zimmer zugewiesen und als Diener den alten, nahezu tauben und blinden Tän. In angemessenem Abstand folgten ihm zwei Bannersoldaten, ohne die er keinen Schritt gehen durfte und deren Aufgabe darin bestand, streng darauf zu achten, daß er nicht in die Nähe der Wohnstätten der prinzlichen Konkubinen käme.
Nach den Strapazen der letzten Wochen genoß Fen-che die Ruhe und Beschaulichkeit in den Mauern der Kaiserlichen Stadt, und er wußte, daß Tän in dem Augenblick, in dem er das Haus betreten würde, frischen Tee für ihn zubereiten würde. Fast wäre er in seiner ausgelassenen Stimmung die letzten Schritte gelaufen und gehüpft. Jedoch besann er sich rechtzeitig, daß es sich für einen Mandarin im Range eines Oberexaminators, Landgerichtsdirektors, eines vertretenden Oberschatzmeisters der Provinzen oder eines Vizepräsidenten des Astronomischen Rates nicht gehörte. Die Arme in den weiten Ärmeln vor der Brust verschränkt, betrat

er gemessenen Schrittes das Gebäude, doch bevor er die Klinke der Tür berühren konnte, wurde sie geöffnet, und Tän verbeugte sich vor ihm.

»Wünscht mein erlauchter Herr noch zu speisen?« Seine hohe Stimmlage durchdrang den Raum.

Fen-che nickte und ließ sich den blauen Seidenumhang von den Schultern nehmen. Augenblicklich erinnerte er sich an Täns schlechtes Hörvermögen und sagte laut: »Über kalte Ente würde ich mich freuen!«

Er beobachtete Tän, wie er kurze Zeit später auf einem Holzteller aufgeschnittene Gänsebrust mit gerösteten Maronen garniert und etwas Salat vor ihn hinstellte. Wie alt mochte dieser Mann sein, und wem mochte er bereits gedient haben? Sein schlurfender, etwas eckiger Gang erinnerte Fen-che an den der Lastenträger in den Hafenstädten. Er verriet, daß Tän außer an Plattfüßen noch an anderen Gebrechen litt, für einen prinzlichen Haushalt also nicht mehr geeignet war. Hungrig nahm Fen-che sich eine Scheibe Fleisch, und bevor der Diener den Raum verlassen konnte, hielt er ihn zurück.

»Erzählt mir bitte über die eingeschlossenen Europäer im Gesandtschaftsviertel; alles, was Ihr wißt!«

Tän drehte sich mit fragendem Gesichtsausdruck und leicht geöffnetem Mund um. »Was habt Ihr bitte gesagt?«

Fen-che wiederholte seine Frage etwas lauter. Insgeheim wunderte er sich, wie formlos der Alte mit ihm sprach, führte das aber auf das hohe Alter eines Mannes zurück, der innerhalb der Verbotenen Stadt schon sehr viel erlebt haben mußte und nun glaubte, sich diese Freiheit erlauben zu dürfen.

»Sie sitzen in ihren Gesandtschaften und verteidigen sich! Mehr weiß ich nicht! Aber sie scheinen dort sicher zu sein, denn die Faustkämpfer haben nur die weiter entfernt liegenden Gebäude der Belgier, Niederländer und Italiener besetzen können. Mehr weiß ich nicht!«

»Und zu essen? Haben sie noch genug?«
»Man erzählt sich, daß es bei den Europäern noch genug gibt, aber im Suwangfu, dem Palast des verstorbenen Prinzen Kung, gegenüber dem britischen Gesandtschaftsgebäude, haben über dreitausend christliche Chinesen Zuflucht gefunden. Sie ernähren sich von den letzten Pferden, und für jeden wird nur eine Handvoll Weizen am Tag ausgeteilt.« Tän beeilte sich, quer durch den Raum zu Fen-che zurückzukehren, trippelte einige Schritte am Tisch entlang und stützte sich schließlich mit den Armen auf der Tischplatte ab. »Nachts klettern die Ärmsten auf die Bäume und reißen sich Blätter ab, um daraus, mit dem wenigen Getreide vermischt, Brot zu backen.« Täns Augen umflorten sich, während seine Stimme einen harten Klang bekam.
Fen-che legte die angebissene Scheibe Fleisch auf den Teller zurück und spielte gedankenverloren mit einer Marone. Er hätte den Alten zu gern gefragt, ob es eine Möglichkeit gab, ungesehen zu den Gesandtschaftsgebäuden zu gelangen. Sein Mißtrauen warnte ihn aber, eine solche Frage in diesen Räumen zu stellen. Warum hatte man ihm einen schwerhörigen Diener beigegeben? Vielleicht war es nur Zufall, vielleicht lauschten aber auch fremde Ohren hinter den Wänden und trugen jedes Wort weiter. Er entließ Tän und aß erst wieder, als dieser die Tür hinter sich geschlossen hatte.
Ärgerlich schob Fen-che den Teller beiseite. Sosehr er auch nachdachte, es fiel ihm keine Möglichkeit ein, unbemerkt zu den Europäern zu gelangen. Die Purpurstadt würde er zwar ohne weiteres verlassen können, aber er befand sich dann immer noch außerhalb des umkämpften Gebiets.
Das weit entfernte Geknatter des Gewehrfeuers nahm an Intensität zu. Fen-che erhob sich neugierig von seinem Stuhl, trat ans Fenster und sah in die Dunkelheit. Er war sicher, daß es sich nicht um einen Angriff der Faustkämpfer auf die Europäer handelte, denn bei Dunkelheit war kein Chinese dazu zu bewegen. Vielmehr bedeutete die Knallerei, daß die Leute Angst vor den Geistern

hatten und sie durch den Lärm zu vertreiben suchten. Wenn er sich zu den Gesandten schleichen würde, wäre das der richtige Augenblick, aber er brauchte dazu einen wegkundigen Führer!
Langsam trat er an den Tisch zurück und stellte die leergetrunkene Teeschale ab. Ärgerlich fiel ihm ein, daß er an diesem Tag versäumt hatte, den Kaiser zu besuchen. Bei allen guten Geistern, ihm ging es wieder viel zu gut!
Bedrückt ging er in das angrenzende Ruhezimmer und entkleidete sich. Dabei fiel sein Blick auf den Perlmuttknopf seiner Kopfbedeckung. Behutsam nahm er den Hut in beide Hände und setzte sich aufs Bett. Es war unglaublich: Durch einen Zufall war er als Dolmetscher vorübergehend Mandarin geworden, und nun war er Berater der Kaiserlichen Regierung. Was würde er morgen oder übermorgen sein? Würden sich die Europäer vielleicht doch zurückziehen? Dann mußte Prinz Tûan mit Hilfe seiner Faustkämpfer versuchen, die Regierungsgewalt an sich zu reißen, um den Drachenthron zu besteigen! Was würde sein, wenn die fremden Truppen Peking eroberten, würden sie dann ein Strafgericht über sämtliche Beamten verhängen? Ebenso über Yung-lu wie über ihn? Es war ganz unwahrscheinlich, daß sich die Kaiserpartei aus eigener Kraft vor diesen beiden bedrohlichen Lagern schützen konnte. Niedergeschlagen strich er über den blankpolierten Knopf, während die Gedanken zu seinem Vater abschweiften.
Was würdet Ihr mir raten, mein alter, ehrwürdiger Vater? Ich glaube, Euch würde jetzt auch keine Weisheit vom großen Konfuzius dazu einfallen, der durch seine strengen Auslegungen der Sittlichkeit und Vernunft die Beziehungen der Menschen untereinander bestimmte. Ich stehe als Berater der Regierung sogar einen Rang über Euch, mein geliebter Vater, und kann nicht stolz darauf sein, denn ich weiß, wie wenig ich weiß und wie unendlich klein ich bin, wie hilflos ich ohne Euren Rat immer bleiben werde! Wer wird mir seine Hand reichen, um mich aufzurichten, wenn Ihr so fern seid und Konfuzius schweigt? Laotse? Ein Weiser, den die

Dichter und Schriftsteller lieben. Aber wie soll ich ihn verstehen, wenn er sagt: »Tue nichts, und alles ist getan?« Gequält schloß Fen-che die Augen.

***

Die Lösung seines Problems erfuhr Fen-che zu seiner Überraschung am nächsten Tag durch Li Liän-ying, als dieser ihn zur Insel des Kaisers begleitete.
»Vor den Wirren wurde sehr streng darauf geachtet, daß niemand den Kaiserlichen Garten betrat. Jeder Fremde, der hier eindrang, wurde sofort getötet, und mit ihm als abschreckende Strafe die unaufmerksamen Wachen«, erzählte der Eunuche nebenbei, »doch es gibt immer noch geheime Wege hinein und hinaus, die benutzt werden könnten.«
Sie schlenderten am künstlichen See entlang und erreichten den Anleger. Fen-che versuchte seine Stimme so gleichgültig wie möglich klingen zu lassen. »Wege in die Mandschustadt?«
»Ja, Prinz Kung benutzte sie immer, wenn er unerkannt und schnell von seinem Palast Suwangfu in die Kaiserliche Stadt wollte. Ein um diese Jahreszeit fast trockenes Kanalbett führt unter der Mauer hindurch, durchquert das Gesandtschaftsviertel und die abgrenzende Mauer zur Chinesenstadt.«
»Wie unvorsichtig, diese Öffnung nicht durch Wachen abzuriegeln!«
»Wachen? Nein, die sind nicht nötig. Das Kanalbett ist durch senkrechte, ins Gemäuer eingelassene Eisenstangen versperrt. Wer weiß schon, daß sich die äußersten so weit anheben lassen, daß man bequem hindurchgehen kann. Jetzt, da Prinz Kung tot ist, ist auch dieser Weg in Vergessenheit geraten!«
Als sie mit einem Boot auf die Insel übersetzten, zweifelte Fen-che keinen Augenblick daran, daß er diese Information auf Befehl einer höheren Stelle erhalten hatte. Wie sehr konnte man dem Lieb-

lingseunuchen der Kaiserinwitwe Tz'u-hsi trauen, wenn dieser den Interessen seiner Herrin im Auftrag von Yung-lu zuwiderhandelte? Wer spielte hier mit wem? Wußte vielleicht Tz'u-hsi von allem und benutzte ihre Vertrauten wie Schachfiguren? Vielleicht nutzte Yung-lu seinen Einfluß über Li Liän-ying und seine Nebenfrau dazu, die Kaiserinwitwe indirekt so handeln zu lassen, wie er wollte! Und Li Liän-ying? Fen-che sah ihn plötzlich mit anderen Augen. War er vielleicht der Drahtzieher, der hier eine Information gezielt weiterflüsterte, dort einen Befehl einfach vergaß oder abgewandelt weitergab und jedem den dienstbeflissenen Eunuchen vorspielte? Wurde das Reich in den letzten Jahren vielleicht in Wirklichkeit von dem Eunuchen regiert?
Kaiser Kuang-hsü erwartete Fen-che ungeduldig auf einer runden Marmorbank am Anleger der Insel. »Wolltet Ihr nicht bereits gestern kommen?« Seine Stimme klang eher nach Sorge um Fen-ches Wohlergehen, denn zum Vorwurf wollte er ihm sein Versäumnis nicht machen. »Meine Perlkonkubine hat mich getröstet und vorausgesagt, daß Ihr heute bestimmt kommen werdet.«
Fen-che beobachtete während des Kotaus Li Liän-ying, wie er sie schweigend verließ und im Pavillon des Kaisers verschwand. Dann erhob er sich. »Wie geht es meinem erhabenen Herrscher? Ich bedaure, gestern nicht gekommen zu sein, aber mein direkter Vorgesetzter, Yung-lu, hatte mich unverhofft zu sich rufen lassen. Er war darauf erpicht zu erfahren, wie die Europäer wohl handelten, wenn die Gesandten ermordet würden. Zum Schluß des Gesprächs trug er mir auf, Euch seine ehrfurchtsvollsten Grüße zu überbringen!«
»Yung-lu? Für diesen Verräter arbeitet Ihr?«
»Er fürchtet sich vor Prinz Tuans Faustkämpfern ebenso wie vor den Soldaten der Europäer, und ich scheine der einzige zu sein, auf den er seine Hoffnung setzt.« Kuang-hsü sah ihn verständnislos an, und so fügte Fen-che hinzu: »Worte können die Schärfe des Schwertes mildern, und meine Worte, so hoffe ich, werden ihn von

unüberlegten Handlungen abhalten!« Beide verfolgten den Flug eines Mandschurenkranichs, der fast lautlos tief über sie hinwegstrich. »Die Götter sind Euch wohlgesonnen, denn sie haben den Kranich als Zeichen eines langen Lebens gesandt!« versuchte Fen-che dem Gespräch eine Wendung zu geben, denn das Gesicht Kuang-hsüs blieb, seit er Yung-lus Namen genannt hatte, verschlossen.
»Setzt Euch zu mir!« forderte ihn der Kaiser auf, und Fen-che hockte sich zu seinen Füßen in den gelben Sand. »Nein, kommt zu mir auf die Bank!«
Die unerwartete Ehrung machte ihn verlegen. Beklommen setzte er sich zu ihm auf die Marmorbank.
»Wie viele Frauen habt Ihr?«
Fen-che erkannte, daß der Kaiser sich bemühte, sich von den bedrückenden Erinnerungen zu befreien, und ging bereitwillig darauf ein. »Eine einzige! Ay-lin heißt sie.«
»Wie langweilig!« Der Kaiser sah ihn mitleidsvoll an. »Kein einziges Nebengemach?«
»Sai Yin Hua ist mehr eine Freundin! Sie lebt auf einem Blumenboot in Schanghai, aber ich habe sie lange nicht mehr gesehen.« Er hätte gern von seinen Kindern erzählt, doch der eben schon verschwunden geglaubte harte Zug um Kuang-hsüs Mund war wieder da. Er kommt nicht von seiner gewaltsamen Entmachtung los, vermutete Fen-che voller Mitgefühl.
»Und was macht der andere Verräter? Yüan Shih-k'ai?«
»Der ist Gouverneur von Shantung!«
»Ihr alle arbeitet mit den Feinden des Reiches zusammen!« Kuang-hsüs Stimme klang heiser vor Bitterkeit. »Niemand ist bereit, mir zu helfen, mich von dieser Insel zu befreien. Auch Ihr nicht!«
Fen-che warf sich von dem Gefühlsausbruch erschüttert zum Kotau nieder. »Erlauchter Sohn des Himmels, verzeiht einem nichtswürdigen Untertan, wenn er unaufgefordert das Wort an Euch richtet, aber ich liebe Euch von ganzem Herzen, und wenn ich mit

meinem Leben dazu beitragen könnte, Euch zu helfen, würde ich es bereitwillig hingeben!«
Fen-che sah die Füße des Kaisers auf sich zukommen und beugte den Kopf noch tiefer. »Ich bin vielleicht nur mutlos geworden und dadurch trübsinnig und kleinmütig. Steht auf, mein Freund, und verzeiht mir meine üble Laune.«
»Alles ist im Fluß, und heute ist nichts wie morgen!« versuchte Fen-che seine Gedanken in harmonische Worte zu fassen, während er sich erhob. »Solange die Wurzeln der Hoffnung nicht vertrocknet sind, ist der Glaube auf eine bessere Zukunft noch nicht tot! Indes der ungeduldige Narr unbedingt tut, was er nicht lassen kann, läßt der Weise, was er nicht tun kann, und die Zeit wird für ihn arbeiten!« Der nach innen gekehrte Blick des Kaisers verriet Fen-che, wie sehr ihn der Sinnspruch beschäftigte. »Nicht heute und morgen stehen große Veränderungen bevor, doch werden die ausländischen Mächte mit ihren Soldaten bestimmt innerhalb der nächsten Wochen vor den Toren Pekings stehen. Für Euch kommen sie als Befreier, denn sie werden versuchen, die alte Ordnung wiederherzustellen. Laßt Euch nicht dazu überreden, vor ihnen zu fliehen, denn außerhalb der Purpurstadt wird Euer Leben in Gefahr sein!«
Kuang-hsü legte seine Hand auf Fen-ches Schulter und deutete mit der anderen auf den See mit den unzähligen Lotosblumen. »Das Licht wird erst zum Abend sanft und weich, doch es scheint mir, daß der Blick von hier noch nie so schön wie jetzt gewesen ist! Dabei ist der See immer der gleiche, wie auch der Zweig einer Pflaume oder das hohe Bambusgras vor unseren Augen gleichbleibt und wir es trotzdem immer anders sehen. Es ist Euch gelungen, Ruhe in mein Herz zu säen. Diese zarte Pflanze werde ich zu behüten versuchen!«
Die zuversichtlichen Worte Kuang-hsüs fanden keine Resonanz in seiner Haltung, denn er ging wie ein alter Mann gebeugt auf den Pavillon zu und trat ein, ohne sich noch einmal umzusehen.

Nachdenklich sah Fen-che auf die geschwungenen Dächer des Pavillons. Was bin ich doch für ein Tor, so mit seinen Gefühlen zu spielen! Wie kann ich wissen, was kommen wird, und gebe mich dennoch als Weiser. Er fühlte sich deprimiert und sehnte sich nach Hause zurück. Suche ich nicht selbst in meiner augenblicklichen Schwäche den kräftigen Arm meines Vaters, der durch Verantwortung immer Stärke bewiesen hat?

Li Liän-ying trat aus dem Schatten des Pavillons heraus und schritt auf ihn zu, während sich Fen-che abwendete und langsam zum Anleger ging.

Jeder wird als das angesehen, wofür er sich ausgibt! Keinem durfte er Zweifel zeigen; Schweigen und Abwarten mußten seine Stärke sein!

***

Ohne Ziel hatte Fen-che den Yamen Yung-lus betreten, um zwischen den Menschen allein zu sein. Einer der Sekretäre hatte ihn jedoch sofort erkannt und empfand es als seine Pflicht, ihn zu begrüßen.

»Unsere Generäle bringen jeden Tag neue Erfolgsmeldungen, und bald sind die letzten Europäer vertrieben!« begann er die Unterhaltung.

»Ich glaubte gehört zu haben, daß sie die Forts von Taku und Tientsin bereits erobert hätten!« sagte Fen-che scheinheilig.

»General Chang Hsüä-liang hat sie eingekreist und darüber hinaus ihre Flotte mit Brandern vernichtet. Ohne Proviant und Munition werden sie sich bald ergeben müssen. Und General Cheng Hsün hat mit seinen weitreichenden Geschützen das Europäerviertel in Tientsin schon völlig zerstört, und die entkommenen Truppen sind fast aufgerieben. Nur wenige werden unserem Zorn entkommen, und das auch nur deshalb, um berichten zu können, wie stark wir sind!« Der Sekretär strich stolz mit beiden Händen über seinen Bauch. »Bald werden wir auch Korea befreien, und dann wird es keine Macht mehr wagen, uns noch einmal anzugreifen!«

»Die Götter scheinen uns wohlgesonnen zu sein!« erwiderte Fen-che, völlig überrascht von diesen unwahrscheinlichen Nachrichten, und ging nach einer knappen Verbeugung weiter. Nein, der Sekretär hatte gewiß nicht gelogen; aber die Berichte der Generäle, wieweit konnte man ihnen Glauben schenken? Bedrückt überdachte er die weiteren Folgen. Wenn das wahr wäre, würde Tuan alles daransetzen, die Macht an sich zu reißen! Die wenigen Truppen, die Yung-lu treu ergeben waren, reichten nicht aus, um die kaiserliche Familie zu schützen. Er würde sie alle ermorden lassen und eine neue Dynastie ausrufen!

Fen-che versuchte langsamer zu gehen, um sich seine Aufregung nicht anmerken zu lassen. Sollte er dem Kaiser raten, doch zu fliehen? Aber wohin? Was würde Yung-lu unternehmen? Als Vertreter der Kaiserpartei mußte er mit seinem Tod rechnen. Und die Gesandten? Die waren ebenfalls so gut wie tot. Er verschränkte die Hände auf dem Rücken und blieb tief atmend an eine Wand gelehnt stehen. Das durfte noch nicht das Ende sein!

Entmutigt ging er durch die Gärten bis zum Gästehaus und war froh, daß Tän abwesend war. Ungeduldig suchte er etwas zu essen und setzte sich mit einem großen Brett zarter Schweinebratenseiten, Nüssen, süßen Kuchen und einem Krug Reiswein an den Tisch und aß, ohne nachzudenken.

Je länger Fen-che aß, desto ausgeglichener wurde er, und er trank bald nur noch vom Reiswein, bis sein Körper über die wohlige Sättigung hinaus zu reagieren begann.

Ermattet legte er sich auf sein Bett und schlief erschöpft ein. Erst bei Täns morgendlicher Rückkehr wurde er langsam wach. Regungslos blieb er mit geschlossenen Augen auf dem Rücken liegen und versuchte sich zurechtzufinden. Allmählich ordneten sich seine Gedanken, und obwohl er sich körperlich zerschlagen fühlte,

war er jetzt wesentlich zuversichtlicher als am Abend zuvor. Er unterdrückte den Wunsch liegenzubleiben und erhob sich vorsichtig.
Tän sah überrascht auf, als Fen-che unvermittelt in der Tür des Schlafraumes stand, und verbeugte sich. »Hat mein gütiger Herr vielleicht einen Wunsch, den ich ihm erfüllen könnte?«
Die grellen Sonnenstrahlen, die durch das unruhige Blätterwerk der riesigen Zitterpappeln fielen, blendeten Fen-che. Blinzelnd schüttelte er den Kopf. »Nein, ich glaube nicht! Doch, gebt mir etwas Kaltes zu trinken!«
»Sonst nichts weiter?« Er reichte Fen-che einen Porzellanbecher mit Wasser und blieb dicht bei ihm stehen. »Es gehört zu meinen Pflichten, verschwiegen zu sein! Wenn Ihr dennoch einen Wunsch haben solltet, so habt Vertrauen zu mir!«
Fen-che sah die fast blinden Augen des Alten auf sich gerichtet und trat einen Schritt zurück. Wie seltsam sich Tän heute benahm! Was mochte ihn zu dieser Aufdringlichkeit veranlassen? Er trank in kleinen Schlucken und wischte sich mit dem Handrücken über den Mund. »Ich werde mich erst einmal anziehen!«
Fen-che war fest entschlossen, die Europäer im Gesandtschaftsviertel zu warnen. Er ging langsam zur Tür und beobachtete Tän, wie er mit flinken Händen Ordnung schaffte. »Vielleicht könnt Ihr mir doch einen Gefallen erweisen. Ich benötige einfache, unauffällige Kleidung, denn ich will mich in der Mandschustadt umsehen!«
»Abends ist es gefährlich dort, ehrenwerter Herr Lin. Die Faustkämpfer treiben überall ihr Unwesen! Soll ich Euch nicht lieber etwas anderes besorgen?«
»Nein danke, ich werde selbst gehen!«
»Herr, Ihr könnt mir wirklich Euer Vertrauen schenken; wollt Ihr eine Dame?« Tän machte eine Pause. »Oder einen zarten Knaben? Ich kann Euch auch beides besorgen!«
Fen-che sah ihn belustigt an. Auf diesen naheliegenden Gedanken war er nicht gekommen. »Der Vorschlag ist wert, überdacht zu werden, aber im Augenblick habe ich andere Sorgen!«

»Bitte erzählt mir, wozu Ihr andere Kleidung braucht. In Eurem Mandaringewand könnt Ihr Euch innerhalb von Peking sicherer bewegen!«
»Das glaube ich gerade nicht!« Täns Hartnäckigkeit verstimmte ihn. »Ich habe vor, mich in der Nähe des Gesandtschaftsviertels umzusehen!«
Täns Stirn zog sich vor Schreck so weit hoch, daß seine Mongolenfalte nahezu verschwand. »Zu den Europäern? Was wollt Ihr denn ausgerechnet dort?«
Fen-che wandte sich von ihm ab, blickte aus dem Fenster und schwieg. Was sollte und konnte er ihm sagen? Er mußte in seinen Formulierungen so geschickt sein, daß er zur Not alles abstreiten oder sich auf ein Mißverständnis berufen konnte. »Vielleicht scheint es hochgestellten Personen wichtig, daß man bei gewissen geheimen Staatsangelegenheiten Kontakt mit dem Feind aufnimmt, besonders wenn es um die Zukunft unserer Dynastie und um Verrat geht!«
Tän trat einen Schritt zurück und wurde bleich. Unerwartet fiel er vor ihm zum Kotau zu Boden. »Gütiger, weiser Herr, vergebt mir, und verachtet mich. Ich bin so unwichtig wie ein Furz! Ja, ich gestehe, ich bin es, der den gemeinsamen Kampf gegen die Andersgläubigen verraten hat. Ich habe Gemüse und einige Eier zu ihnen gebracht, aber nur deswegen, weil meine beiden Brüder krank vor Hunger sind!«
Geschickt verbarg Fen-che seine Überraschung. »Ich bin nicht hier, um Euch zu bestrafen, aber erzählt mir, wie alles gekommen ist!«
»Fünf Brüder hatte ich, von denen nur noch zwei leben. Sie haben sich zum Christentum bekannt und Prinz Kung gedient. Jetzt haben in seinem Palast Suwangfu sämtliche Christen aus der Umgebung Zuflucht gefunden und verteidigen sich in diesem Yamen gegen die Faustkämpfer. Wie Ihr wißt, gibt es dort nur sehr wenig zu essen. Ich kenne einen geheimen Weg durch das Kanalbett, und wenn es mir gelingt, aus unserer Küche etwas beiseite zu schaffen,

bringe ich die Speisen zu ihnen.« Tän hockte noch immer auf den Knien und wagte nicht, Fen-che anzusehen. Seine Hände zupften nervös an seiner Kleidung. Unvermittelt schlug seine Stimme ins Weinerliche um. »Wie habt Ihr es herausbekommen, ich war doch immer sehr vorsichtig!« Sein kurzer Anfall von Selbstmitleid schlug plötzlich in Trotz um, und unaufgefordert erhob er sich.
»Es handelt sich keineswegs um Euch, mein lieber Tän, darüber kann ich Euch beruhigen. Im Gegenteil, ich habe nichts gegen Eure Ausflüge, denn ich selbst werde diesen geheimen Weg benutzen müssen. Ihr kommt mir da als Führer sehr gelegen!« Fen-che trat ein paar Schritte näher an ihn heran und senkte die Stimme, während Tän Zweifel hegte, ob er sich nicht doch lieber zu Boden werfen sollte. »Heute nacht werdet Ihr mir den Weg zeigen!«
Der Eunuche nickte und wagte dabei die Andeutung eines erleichterten Lächelns. »Ihr seid so gütig, hochedler Herr!«
Fen-che folgte seinem Diener in einem einfachen, groben Leinengewand. Um den beiden Wachen aus dem Weg zu gehen, führte Tän ihn durch geheime, dunkle Flure und durch lange Kellergänge, bis sie den Garten des Nachbarhauses erreichten und von da aus unbemerkt weiter durch die Rosenquittensträucher bis an die südöstliche Ecke der Kaiserlichen Stadt gelangten. Die hohe Mauer war fast vollständig von Klematisranken, Blauregen und Knöterich überwuchert. Am Nachmittag hatte es dahinter eine heftige Schießerei gegeben, bei der zum ersten Mal das dumpfe Geschützfeuer kleinerer Kanonen zu hören gewesen war. Aus irgendeinem Grund hatte es kurz vor der Dämmerung aufgehört.
»Seid vorsichtig, Herr, die Stacheln der Brombeerranken am Kanalufer sind tückisch!« Obwohl Tän leise sprach, schien es Fen-che, als ob er schrie. Er spürte dessen hilfreiche Hand und ergriff sie. Wie oft mußte er diesen Weg schon gegangen sein, so sicher, wie er sich hier mit seinen nahezu erblindeten Augen bewegte. Vorsichtig kletterten sie zur Kanalsohle hinab und hielten sich auf einem schmalen Streifen sandigen Bodens, der durch morastige

Stellen nur mühsam zu begehen war. Tausende von Mücken umschwirrten sie.
Plötzlich blieb Tän stehen, und ein leises Quietschen verriet Fenche, daß sie an dem bewußten Gitter angelangt sein mußten. Vorsichtig zog ihn Täns Hand weiter durch die Finsternis, bis es unwesentlich heller wurde. Sie hatten die breite Mauer, die die Kaiserliche Stadt schützte, unterquert. Unverändert auch hier der schwere Duft unzähliger Blüten; aber jetzt kam noch der Gestank von Fäulnis hinzu. Dann wurde es wieder dunkler. Nach einhundert Schritten in gebückter Haltung blieb Tän stehen und ahmte das heisere Bellen eines Hundes nach. »Der Gelbe Kaiser ist weise!« rief er durch die trichterförmig vor den Mund gehaltenen Hände, und als weiter vorn ein ebenso heiseres Bellen antwortete, gingen sie weiter.
»Hier ist die Barrikade, die die englische Gesandtschaft mit dem Palast Suwangfu verbindet. Wir werden erwartet!«
Hilfreiche Hände griffen nach ihnen und brachten sie sicher über die Absperrung. »Wen habt Ihr mitgebracht?« fragte ein Unsichtbarer den Eunuchen mißtrauisch.
»Das ist mein Herr, er will zu den Europäern!«
Fen-che wurde weitergeführt, und nach einigen Schritten blendete ihn der matte Schein einer blakenden Petroleumlampe. »Wer seid ihr?«
»Ich bin Lin Fen-che und will den deutschen Oberleutnant von Soden sprechen!«
»Kommt!«
Mehrere hundert Schritte führte der Weg parallel zum Kanalbett und bog in scharfem Winkel nach links auf eine breite Straße ab. Durch den Lichtschein aus den Fenstern der Gesandtschaften war es hier bedeutend heller, und inmitten eines parkähnlichen Grundstücks erkannte Fen-che ein neues Gebäude.
»Hallo, hier ist ein gut Freund!« rief der Führer neben ihm in schlechtem Englisch.

Sofort antwortete eine Stimme: »Wohin wollen Sie?«
»Ich möchte Graf von Soden sprechen!« antwortete Fen-che auf deutsch.
Die vertraute Gestalt seines Freundes wurde wenig später im matten Licht des helleren Hintergrundes kurz sichtbar. »Wer will mich sprechen?«
»Ich bin es, Lin Fen-che!«
»Treten Sie ein!« Im Vorraum des Hauses kam ihm von Soden entgegen. »Sie hier?« Verlegen steckte er seine Pistole in den Halfter zurück und legte seinen Arm um Fen-ches Schultern. »Welche Nachrichten bringen Sie?« Dann sah er mißtrauisch auf Fen-ches chinesische Kleidung. »Wieso sind Sie nicht in Uniform? Ja, natürlich!« Er hieb sich mit der flachen Hand auf die Stirn und lachte. »In Uniform darf man sich draußen nicht blicken lassen! Aber kommen Sie erst einmal herein!«
Die dunkle Ledergarnitur um den geschnitzten achteckigen Eichentisch füllte nahezu den ganzen Raum. An der freien Wand zwischen zwei Schränken starrte eine uniformierte Person von einem Bild auf sie herab, deren Helm ein goldfarbener Adler mit ausgebreiteten Schwingen zierte. Unwillkürlich setzte Fen-che sich so, daß er den mürrisch herablassenden Blick nicht auf sich gerichtet fühlte.
»Viel Zeit haben wir leider nicht. Vor dem Hellwerden muß ich Sie wieder verlassen!« So knapp wie möglich berichtete er von Seymours unglücklichem Feldzug gegen Peking, von seinem eigenen Todesurteil, seiner Flucht und dem glücklichen Umstand, zum Berater der Regierung aufgestiegen zu sein. »Als Berater habe ich einen kleinen mittelbaren Einfluß auf die Politik«, endete er, »und obwohl ich alles versucht habe, keine Geschütze zum Einsatz gegen Sie zu bringen, ist heute doch geschossen worden.«
»Dann können wir also so schnell nicht mit Entsatz rechnen«, murmelte von Soden, »aber sie werden bestimmt noch kommen, es ist nur eine Frage der Zeit!«

»In Tientsin haben sich seit meiner Flucht die Gerüchte verdichtet, daß hier niemand mehr am Leben ist. Wenn Sie einen oder mehrere vertrauenswürdige Boten schicken könnten, würde es sicher Einfluß auf die militärische Führung haben, mit einem erneuten Vorstoß nicht mehr zu lange zu warten!« Fen-che dachte an die deprimierenden Nachrichten aus Yung-lus Yamen, verschwieg sie jedoch.
»Könnten Sie das übernehmen?« Von Soden sah ihn erwartungsvoll an. »Es scheint mir unmöglich, von hier aus den Belagerungsring zu durchbrechen. Sie als Chinese könnten doch ...«
»Ich habe direkten Zugang zum Kaiser und zum Vizekönig dieser Provinz. Diese Position aufs Spiel zu setzen, in der ich vielleicht im entscheidenden Augenblick für Sie von Bedeutung sein könnte, erscheint mir zu gewagt. Außerdem weiß ich nicht, wie mich Ihre Vorgesetzten nach meinem Todesurteil empfangen werden! Auch gehe ich davon aus, daß ich in der Kaiserlichen Stadt sehr genau beobachtet werde. Nein, der Bote muß von Ihnen kommen!«
Im Nachbarraum schlug eine Uhr, und als ob der Gong das Gespräch zerschnitten hätte, schwieg von Soden. »Möchten Sie etwas trinken?« fragte er schließlich und nahm zwei Biergläser aus dem Schrank.
»Nein danke!« Fen-che spürte, wie ansteckend die bedrückende Atmosphäre auf ihn wirkte. »Das einzige, was ich für Sie arrangieren kann, ist eine geheime Versorgung mit Proviant. So wie es aussieht, können Sie sich noch lange verteidigen, denn die Faustkämpfer haben offensichtlich noch keinen Erfolg errungen. Die Hauptsache ist, daß keine schweren Geschütze zum Einsatz kommen!«
»Lange verteidigen?« Angewidert zog der Oberleutnant die Mundwinkel nach unten. »Solange der Druck von außen bleibt, vielleicht. Sie ahnen ja nicht, welche Dramen sich hier schon abgespielt haben. Allein die Frage des Oberbefehls war entehrend und unwürdig. Der Dienstälteste ist ein österreichischer Offizier und somit auch der Befehlshaber. Doch das Kriegsgesetz wurde vom

englischen Kommandanten untergraben, der seine Gesandtschaft als größtes Haus von allen zum gemeinsamen Verteidigungspunkt erklärte, um damit als Hausherr automatisch die Befehlsgewalt zu erhalten. Dann waren da noch die ratlosen Amerikaner, die nach den ersten Auseinandersetzungen ohne zwingenden Grund ihr für den Gesamtkomplex strategisch wichtiges Haus kampflos verließen, um bei uns hier mitzukämpfen.« Der Graf hatte sein Bierglas zwei Finger hoch mit Cognac gefüllt und leerte es in einem Zug. Plötzlich sah er Fen-che befremdet an. »Ich weiß nicht, warum ich Ihnen das alles erzähle. Ich weiß ja nicht einmal, auf welcher Seite Sie stehen!«

»Wäre ich denn hier, wenn ich auf der falschen stünde?«

»Euch Chinesen ist nicht zu trauen!« Er wandte sich ab, um sich erneut einzuschenken, Fen-che aber sah im Spiegelbild der Schranktüren sein verbittertes Gesicht.

»In erster Linie ist es doch wichtig für Sie zu wissen, ob Ihre Verbündeten überhaupt noch kommen, um Sie zu befreien, und zweitens, wann!«

»Sie werden kommen, denn Seymours Schmach muß getilgt werden!«

»Sind Sie davon wirklich überzeugt? Auch wenn es größere Rückschläge in Tientsin gegeben haben sollte?«

»Was wissen Sie?« forschte von Soden. »Verschweigen Sie mir etwas?«

»Ich bin von allen Nachrichten abgeschnitten, doch einem Gespräch mit dem Vizekönig konnte ich entnehmen, daß er mit einem neuen Vorstoß Ihrer Truppen rechnet. Er scheint das sogar mehr zu begrüßen als einen Sieg der aufständischen Faustkämpfer.«

»Ihre Regierung befiehlt doch den Boxern, gegen uns zu kämpfen. Was gibt es da noch für Differenzen?«

»Es geht um die Dynastie und damit um sein Überleben!«

Der Graf schüttelte verständnislos den Kopf. »Verstehe das, wer

will! Ich sehe uns auf der einen Seite und die Chinesen auf der anderen.«
»Sie vergessen, daß im Palast von Suwangfu dreitausend Chinesen auf Ihrer Seite kämpfen; aber Sie haben recht, das Ganze ist schwer zu durchschauen! Was würde Ihrer Ansicht nach mit dem Kaiser geschehen, wenn die ausländischen Mächte Peking erobern würden?«
Unvermittelt wurde von Soden ausfallend. »Was glauben Sie, wer ich bin?« fragte er scharf. »Ich bin nur ein kleiner Oberleutnant, und vor mir haben unzählige Offiziere weitaus mehr zu bestimmen als ich. Außerdem würde diese Frage auf internationaler Ebene geregelt werden!« Er lehnte sich lächelnd zurück. »Aber vielleicht kann ich es folgendermaßen erklären: Aus Angst davor, von einer anderen Nation übervorteilt zu werden, wird man sich wohl schnell darauf einigen, daß alles so bleibt, wie es ist. Die Boxerführer werden sicher bestraft werden, und wenn Ihre Regierung willig ist, wird sie im Amt bleiben. Aber was sollen die hypothetischen Überlegungen, die nur dann gelten, wenn wir keinem Massaker zum Opfer fallen!«
»Und wenn es dazu kommen sollte?«
Der Graf blickte erstaunt auf und schenkte sich noch einmal Cognac nach. Wortlos ging er ans Fenster und öffnete es. »Wissen Sie, was hier so stinkt? Das sind nicht nur unsere Küchenabfälle. Das sind unzählige tote Boxer, die langsam verfaulen. So wird es dann überall in Ihrem Reich der Mitte riechen!«
Fen-che stellte sich zu ihm an das Fenster. »Ich werde meinen Einfluß geltend machen, daß es nicht dazu kommt«, sagte er leise. »Ich habe dem Vizekönig bereits geraten, keine großen Geschütze an die Faustkämpfer auszugeben, obwohl er den eindeutigen Befehl dazu erhalten hat. Beten Sie zu Ihrem Gott, daß Ihre Leute bald kommen werden!«
Der Graf schloß das Fenster und stellte die Flasche in den Schrank zurück. »Es ist gut zu wissen, daß es auf der Gegenseite Kreise

gibt, die mit uns sympathisieren. Ich werde morgen bei der täglichen Besprechung Ihren Vorschlag hinsichtlich des Proviants vortragen!«
Fen-che reichte ihm die Hand. »Ich muß zurück. Hoffentlich sehen wir uns gesund wieder!«

***

Am nächsten Morgen wurde Fen-che unverzüglich zum Vizekönig vorgelassen. Yung-lu stand mit auf dem Rücken verschränkten Armen am Fenster und sah in den Himmel. »Setzt Euch!« sagte er, ohne sich umzudrehen. »Ihr werdet sicher schon gehört haben, daß ich Kanonen ausgegeben habe. Prinz Tuan war persönlich hier und hat mir gedroht für den Fall, daß ich seiner Forderung nach schweren Waffen nicht nachkomme. Aber ich habe nur die kleinsten Geschütze herausgegeben.« Er lachte meckernd, ohne sein ernstes Gesicht dabei zu verziehen. »Und warum das alles? Ich weiß es auch nicht. Die Europäer sind tatsächlich geschlagen und haben sich mit ihren großen Kriegsschiffen aufs Meer zurückgezogen!«
»Sind sich Ihre Exzellenz sicher, keiner Falschmeldung aufgesessen zu sein?«
Yung-lu drehte sich zu Fen-che um und setzte sich an seinen Schreibtisch. »Sicher? Wann kann man schon sicher sein? Aber sämtliche Berichte unserer Generäle lauten gleich: Sie sind geschlagen!«
»Die Stimmung bei den Europäern im Gesandtschaftsviertel ist wesentlich optimistischer«, behauptete Fen-che. »Niemand hat da Zweifel, daß es nur noch kurze Zeit dauern wird, bis die ersten Truppen vor unseren Stadtmauern auftauchen werden. Mit Wohlgefallen haben die Herren zur Kenntnis genommen, daß Ihr sie insgeheim mit Proviant versorgen wollt.«
Yung-lu runzelte die Stirn. »Ihr wart bei den Europäern? Und was haben sie sonst noch gesagt?«

»Auf jeden Fall wird die Dynastie bestehenbleiben, wenn es nicht zu einem Massaker kommen sollte. Nur die Verantwortlichen werden bestraft werden.«

»Wissen die Europäer denn, wer die Verantwortlichen sind?«

»Sehr gut sogar!« antwortete Fen-che und zählte die Namen auf, die ihm Tän gestern auf dem Heimweg durch den Kanal genannt hatte. »Die Deutschen kennen sogar den Mörder ihres Gesandten von Ketteler«, fügte er abschließend hinzu.

Tief beeindruckt schwieg Yung-lu.

»Doch nun zu ihrer Versorgung mit Proviant«, fuhr Fen-che fort. »Am unauffälligsten scheint mir, wenn die Viktualien ins Gästehaus gebracht werden. Um die weitere Verteilung würde sich mein Diener Tän bemühen.«

»Offiziell werde ich nichts damit zu tun haben. Wird Eure Hilfsaktion durch einen Zufall publik, kann ich Euch nicht schützen. Ihr seid ganz auf Euch allein angewiesen. Habt Ihr denn unserem erlauchten Kaiser meine Grüße ausgerichtet?«

»Selbstverständlich! Und er hat sich Eures Namens noch gut erinnert!«

Ruckartig hob Yung-lu den Kopf und blickte Fen-che scharf an. Doch dann entspannte sich sein Gesicht, und ohne etwas zu sagen, antwortete er mit einem angedeuteten Lächeln.

Fen-che erhob sich. »Ich danke Eurer Exzellenz für das Gespräch und erlaube mir, noch einmal darauf hinzuweisen, daß Ihr in mir jederzeit einen loyalen Mitarbeiter sehen könnt!«

Fen-che versäumte es nicht, täglich den Kaiser zu besuchen. Trotz der Hochachtung vor ihm fand er es zunehmend schwieriger, sich auf Kuang-hsüs Launen einzustellen. Seit seinen Besuchen wurde der Kaiser von einer inneren Unruhe getrieben und brachte das Gespräch immer wieder auf den ersehnten Tag seiner Befreiung. Fen-che fiel es immer schwerer, den Sohn des Himmels auf die Zukunft zu vertrösten.

Er konnte die Ungeduld des Kaisers gut verstehen, der aus seiner

Gefangenschaft so schnell wie möglich entkommen wollte. Aber was konnte er ihm schon sagen? Auch die Zusammenarbeit mit Yung-lu wurde problematisch. Von Prinz Tuan bedrängt und bedroht, geriet sein politischer Mittelkurs ins Schwanken. Auch heute mußte Fen-che seine ganze Überzeugungskraft aufbringen, um Yung-lu vor unüberlegten Schritten zu bewahren. Und noch einmal hatte Fen-che ihn von der Notwendigkeit überzeugt, auf das Eintreffen der Europäer zu hoffen, um durch ihre Hilfe das Fortbestehen der Dynastie zu sichern. Erschöpft und von den immer wieder vorgebrachten Argumenten müde, sehnte er sich nach Ruhe und war schon entschlossen, den täglichen Besuch beim Kaiser ausfallen zu lassen, als sich zur gewohnten Stunde statt Li Liän-ying ein anderer Eunuche bei ihm anmeldete.

Seinem feinen Gespür für Veränderungen folgend entschied er sich sofort anders und zog sich schnell die vorschriftsmäßige Galatracht an. Auf dem Weg vom Gästehaus zum Anleger versuchte Fen-che das ungewöhnlich lange Schweigen des jungen Eunuchen zu brechen, um den Grund des Wechsels zu erfahren. Er war ungefähr zwanzig Jahre alt, und sein blasses, aufgedunsenes Gesicht sowie seine leicht nach vorn gebeugte, schlechte Haltung verrieten jene Dekadenz, die mitunter von den Prinzen auf die Diener abfärbte.

»Ist Herr Li Liän-ying heute verhindert?«

»Ja, er ist krank!«

»Hoffentlich nichts Ernstes?« hakte Fen-che nach. Als der Eunuche noch immer schwieg, blieb Fen-che stehen und sah ihn auffordernd an.

»Er hat eine Schnittwunde im Gesicht!«

Fen-che blieb einfach stehen und wartete. Und mit ihm, in gebührender Entfernung, seine persönliche Wache.

Der Diener schwankte noch kurze Zeit zwischen der auferlegten Schweigepflicht und seinem jugendlichen Mitteilungsdrang.

»Heute ist ein Unglückstag. Unser erhabener Stammvater hat nach der morgendlichen Speise beim Schachspiel verloren, und etwas später war ein Kammerdiener nicht schnell genug, um ein beim Kämmen ausgerissenes Haar vor Ihm zu verbergen. In seinem Zorn hat ihn der Stammvater auspeitschen lassen und dem ehrenwerten Herrn Li einen Spiegel ins Gesicht geworfen, weil er für das Personal verantwortlich ist.«

Fen-che behielt die Schadenfreude für sich, registrierte aber respektvoll, wie schnell auch die Favoriten der Kaiserinwitwe wegen einer Kleinigkeit in Ungnade fallen konnten.

Um zu erkunden, welche Freiheiten er sich durch die Freundschaft mit dem Kaiser erlauben konnte, wollte Fen-che ihn bei diesem Besuch nur mit einer Verbeugung begrüßen. Als er aus dem kleinen Boot stieg und den Sohn des Himmels aus dem Pavillon auf sich zuschreiten sah, warf er sich dennoch, wieder von Ehrfurcht überwältigt, in den gelben Sand.

»Mein treuer Untertan Lin Fen-che!« begrüßte ihn Kuang-hsü ungewohnt heiter und bedeutete ihm, sich zu erheben. »Eure Besuche erfüllen mein einsames Herz immer wieder mit Freude. Was könnt Ihr mir heute berichten? Werde ich diese Insel bald verlassen können?«

»Nur Erfreuliches, mein geliebter Herrscher! Jetzt wird es nicht mehr lange dauern, und die kriegerischen Auseinandersetzungen werden beendet sein. Die fremden Truppen werden den Frieden wiederherstellen, und ich bin sicher, daß der verehrte Sohn des Himmels schon sehr bald aus seiner Verbannung in den Kaiserlichen Palast zurückkehren kann!«

Heute unterließ es der Kaiser nachzufragen und lächelte nur. »Ich kann es kaum glauben! Aber wenn es soweit ist, werde ich Euch reich belohnen, denn Ihr habt mir meine Zuversicht zurückgegeben! Wann wird man mich befreien? Vielleicht schon morgen oder erst übermorgen?« fragte er nun doch noch. Der Kaiser war vor Erregung aufgestanden und setzte sich am Ufer auf die Planken des Anlegers. Er hob eine Handvoll gelben Sand auf und ließ ihn durch die Finger rinnen.

Noch bevor sie die Rufe der Palastwache erreichten, sah Fen-che einen Trupp Soldaten ungeordnet vom Palast aus den gewundenen Weg bis zum See laufen und weiter am Ufer entlang dem Anleger entgegen. Dann erst waren ihre Stimmen zu vernehmen, und jetzt erkannte er unter ihnen auch Tz'u-hsis Lieblingseunuchen Li Liän-ying, mit einem Verband um den Kopf.
Ganz instinktiv stellte sich Fen-che vor den Kaiser, um ihn notfalls vor den Bogenschützen abzuschirmen, während Li Liän-ying seine unverständlich schrillen Rufe durch winkende Handbewegungen unterstrich. Aus dem Pavillon liefen inzwischen eilig mehrere Eunuchen herbei und bildeten ebenfalls eine lebende Mauer. »Erlauchter Herrscher, bringt Euch bitte in die Sicherheit Eures Hauses!« flehte Fen-che ihn an und sah erleichtert, daß er seinem Wunsch sofort nachkam, indem er zwischen den Dienern auf den Pavillon zueilte. Erst als die schwere Tür hinter ihm zugefallen war, schenkte Fen-che dem gestikulierenden Li Liän-ying seine Aufmerksamkeit.
Mit langen Schritten erreichte Fen-che das zierliche Ruderboot und gab den Befehl abzulegen. Auf halbem Weg zwischen der Insel und dem von aufgeregten Soldaten umringten Li Liän-ying ließ er das Boot anhalten und legte seine Hände an die Ohren, um besser hören zu können.
»Der erhabene Stammvater wünscht, daß sein geliebter Sohn unverzüglich in den Kaiserlichen Palast gebracht wird!« konnte er jetzt deutlich verstehen. »Die ersten ausländischen Soldaten haben unsere Stadtmauern erreicht und beschießen uns! Wir müssen fliehen!« Seine letzten Worte gingen in ängstliches, schrilles Kreischen über.
Betroffen blieb Fen-che sitzen. Wenn das wahr sein sollte, konnte auch ihm Gefahr drohen. Die gleiche Gefahr, vor der er den Kaiser immer wieder gewarnt hatte; denn Flucht bedeutete lebensbedrohende Unsicherheit! Wie sollte er sich jetzt entscheiden, ohne dem höchsten Befehl zuwiderzuhandeln? Die Entscheidung wurde ihm

abgenommen, als in mehreren Booten, die inzwischen aus einem Pavillon zu Wasser getragen worden waren, Soldaten der Palastwache mit schnellen Ruderschlägen auf die Insel zusteuerten.
»Kehrt um! Wir müssen zur Insel zurück!« befahl er seinem Ruderer.
Kaum hatte das Boot den Anleger erreicht, sprang Fen-che an Land und lief zum Pavillon. Aufgeregt hämmerte er mit der Faust gegen die verschlossene Tür. »Mein geliebter Kaiser, es ist soweit! Unsere Hauptstadt wird von den fremden Truppen angegriffen. Wir müssen uns alle in Sicherheit bringen!«
Zaghaft wurde die Tür geöffnet, und das feiste Gesicht eines Eunuchen sah ihn verängstigt an. »Wer wird uns beschützen?« jammerte er.
Plötzlich wurde er zur Seite gedrückt und Kuang-hsü drängte sich durch den Türspalt. »Sind sie da?« fragte er aufgeregt und blickte an Fen-che vorbei über den See.
»Es kommen gleich mehrere Boote, um Euch in Sicherheit zu bringen!« Fen-che wies mit dem Arm auf das sandige Inselufer, wo inzwischen die ersten Boote landeten. »Bemüht Euch, immer in meiner oder in Yung-lus Nähe zu bleiben, dann wird Euch nichts geschehen!« beschwor er den Kaiser, doch dieser hörte ihm nicht mehr zu, sondern sah nur auf die rasch näher kommenden Boote. Hinter ihnen schirmten die Soldaten der Palastwache den Rückweg zum Pavillon ab.
»Die Barbarenkrieger haben unsere Stadtmauern erreicht und beschießen die Chinesenstadt. Ich, Huo Kai-lin, Hauptmann der Wache, habe Befehl erhalten, den Sohn des Himmels mit seiner Lieblingsfrau in den Palast zurückzubringen!« rief er über die Köpfe der ängstlichen Diener hinweg. Offensichtlich wurde ihm jetzt erst bewußt, daß er in unmittelbarer Nähe des Kaisers stand, und eilends warf er sich zu Boden. »Erhabener Herrscher, ich habe den Befehl, Euch in Sicherheit zu bringen. Bitte folgt mir!«

Unaufgefordert schloß Fen-che sich dem kleinen Trupp an. Er hatte den hilflosen Blick des Kaisers richtig gedeutet. Er würde wie eine Marionette den Befehlen und Anordnungen ausgeliefert sein, ohne seinen Willen durchsetzen zu können. Die einzigen, die ihm Beistand vermitteln konnten, waren Yung-lu und er. Rücksichtslos drängte er die Wachen beiseite und bestieg als erster das Boot, um dem Kaiser beim Einsteigen zu helfen und in seiner Nähe zu bleiben.

Der Hauptmann hob den Arm. »Bitte verlaßt das Boot! Ich bin nur befugt, die kaiserliche Familie abzuholen!«

»Wißt Ihr überhaupt, wer ich bin?« rief Fen-che empört. »Ich bin der Berater Seiner Exzellenz des Vizekönigs Yung-lu, und in seinem Auftrag begleite ich unseren erlauchten Herrscher! Ich bleibe bei ihm! Hindert mich nicht daran, meine Pflicht zu erfüllen!«

Das Gesicht des Hauptmanns verschloß sich. Feindselig musterte er Fen-che. »Steigt augenblicklich aus dem Boot!«

»Ich habe meinen Auftrag, und Ihr werdet mich nicht daran hindern, ihn auszuführen! Wer seid Ihr überhaupt, mir zu befehlen?«

Huo Kai-lin ließ sich nicht einschüchtern. Mit einer herrischen Handbewegung gab er den neben ihm stehenden Soldaten einen Wink, und sofort nahmen sie ihre Bogen von der Schulter und legten Pfeile auf die Sehnen. »Verschwindet, oder ich lasse Euch töten!«

»Dann werdet Ihr noch in dieser Stunde durch die Kaiserinwitwe oder Yung-lu zur Rechenschaft gezogen werden!«

Die Soldaten spannten die Bogen und zielten auf ihn. Doch noch wagte keiner zu schießen. Schweigend starrte der Hauptmann zu Fen-che hinüber.

»Herr Lin Fen-che ist auch mein Berater! Ohne ihn werde ich die Insel nicht verlassen!« herrschte Kuang-hsü den Hauptmann an.

Verunsichert senkten die Wachen ihre Bogen und sahen zu Hauptmann Huo Kai-lin, der unter dem empörten Blick des Kaisers seinen Widerstand aufgab und zur Eile antrieb.

Fen-che saß dem Kaiserpaar gegenüber auf der Ruderbank, und noch immer spürte er unvermindert heftig seinen Herzschlag. Langsam beruhigte er sich und betrachtete erst jetzt die Perlkonkubine. Er war von ihrer Schönheit angenehm berührt. Ihr ovales Gesicht war ebenso anmutig wie selbstbewußt und zeigte im Gegensatz zum Kaiser keine Gefühlsregung.
»Was wird nun geschehen?« Kuang-hsü hatte sich flüsternd zu Fen-che vorgebeugt.
»Ich bin durch die Ereignisse ebenso überrascht worden wie Ihr, mein Kaiser«, flüsterte Fen-che zurück. »Was heute und in nächster Zeit geschehen wird, hängt einzig von den Befehlen des erhabenen Stammvaters ab, die, so hoffe ich, weise sein werden!«
»Ich werde die Stadttore öffnen lassen und Frieden verkünden!« flüsterte der Sohn des Himmels, und auf seinen Wangen bildeten sich rote Flecke. »Dann werde ich diejenigen, die mich verraten haben, köpfen lassen und meine alten Ratgeber an den Hof zurückholen! Ihr werdet doch bei mir bleiben?« Er ergriff Fen-ches Arm und zwang ihn, ihn anzusehen. »Werdet Ihr?«
Fen-che blickte ernst in die dunklen Augen seines Herrschers. »Was immer Ihr befehlt, werde ich mit Freuden tun! Aber ich flehe Euch an, bedenkt, daß Ihr noch längst nicht in Sicherheit seid. Bis zu den Friedensverhandlungen mit den europäischen Mächten kann Euch jederzeit etwas zustoßen!«
Ohne auf die Einwände der hohen Beamten einzugehen, die sie am Ufer empfingen, schloß Fen-che sich dem kaiserlichen Gefolge an. Die Wachen am Portal passierte Fen-che durch Li Liän-yings Hilfe, und bevor der Eunuche weiter zu den Gemächern der Kaiserinwitwe vordringen konnte, hielt Fen-che ihn zurück.
»Unser Kaiser befindet sich innerhalb des Palastes in größerer Gefahr als je zuvor!« sprach er eindringlich auf ihn ein. »Es wäre sehr im Sinne unseres Vizekönigs, wenn ich in seiner Nähe bleiben könnte, um mögliche Attentate zu verhindern. Ich ersuche Euch, mich ganz in seiner Nähe unterzubringen!«

Li Liän-ying sah ihn gereizt an und wies auf seinen Verband. »Nach dem, was heute vorgefallen ist, wage ich selbst kaum noch zu atmen!« Mit tänzelnden Schritten ging er weiter. Dann blieb er noch einmal stehen und rief zurück: »Ich werde es trotz allem versuchen!«

Unentschlossen stand Fen-che vor der leeren Audienzhalle und wartete. Durch die sonst so feierlich stillen Räume klangen immer wieder laute Befehle, die die schemenhaft huschenden Diener zu größerer Eile antrieben. Seine Ungeduld ließ die Zeit noch träger verstreichen. Er wagte sich weiter durch die Flure bis vor die bewachten Türen der Kaiserlichen Gemächer. Unschlüssig kehrte er um und dachte an Yung-lu, der das gleiche Interesse haben mußte, den Kaiser lange am Leben zu wissen.

Ohne weiter auf den Eunuchen zu warten, eilte Fen-che auf den Ausgang zu. Das war die Lösung! Nur mit seiner Hilfe konnte es ihm gelingen, zum Kaiser oder wenigstens bis zur Kaiserinwitwe Tz'u-hsi vorzudringen. Noch bevor er den Ausgang erreichte, hörte er hinter sich seinen Namen rufen.

»Herr Lin Fen-che, so wartet doch!« Wie ein Schatten huschte Li Liän-ying aus dem Dunkel eines Flurs. »Ich habe es geschafft!« sagte er mit einem rätselhaften Lächeln, und das erste Mal sah Fen-che an ihm eine freudige Gefühlsregung.

»Ich darf in der unmittelbaren Nähe des Kaisers wohnen?«

»Nein, der erhabene Stammvater hat anders entschieden! Ihr sollt die sofortige Flucht der Kaiserlichen Familie nach Singanfu leiten, aber Ihr werdet mit Eurem Kopf dafür haften, daß niemandem etwas zustößt!«

Sie suchte einen Grund, ihn beseitigen zu lassen! waren Fen-ches erste Gedanken. »Was darf ich unter sofort verstehen?«

»So schnell wie möglich, auf jeden Fall noch bevor die Barbaren die Purpurstadt betreten haben! Sehr wahrscheinlich heute noch!«, und eilig verschwand er wieder in den dunklen Gängen.

Mit unziemlicher Hast beeilte sich Fen-che, in den Yamen des

Vizekönigs zu gelangen. Unangemeldet öffnete er die Tür zu Yung-lus Arbeitszimmer und trat ein. Vor dessen Schreibtisch standen die Befehlshaber der Palastwache. Erstaunt wandten sie sich zu ihm um. Auch Yung-lu sah auf und erhob sich. Er unterbrach seinen Redefluß und ging auf Fen-che zu.
»Ihr habt recht behalten! Wir werden, um unser Gesicht zu wahren, uns nach kurzen Kämpfen ergeben und alle weiteren Schritte dem Sieger überlassen. Wichtig für mich ist im Augenblick nur: Wissen die Gesandten, daß die Lebensmittel in meinem Namen zu ihnen gebracht wurden?«
Fen-che nickte. »Ja, ich habe Euren Namen ausdrücklich genannt.«
»Sehr gut. Dadurch bleibe ich vielleicht in meinem Amt und kann die Geschicke unseres Reiches von hier aus leiten.« Er schien nun sichtlich erleichtert und wollte zu seinem Schreibtisch zurückkehren.
»Man hat den Kaiser von der Insel geholt und mich beauftragt, die Flucht der Kaiserlichen Familie nach Singanfu zu übernehmen!« hielt Fen-che ihn zurück, bevor er außer Reichweite der geflüsterten Worte kommen konnte.
»Sie wollen fliehen?« Yung-lu fuhr sich nachdenklich mit der Hand über die Stirn. »Vielleicht ist das gut so. Dann habe ich hier freie Hand«, murmelte er. »Als Begleitschutz kann ich Euch nur die Palastwache zur Verfügung stellen«, er sah zu den Männern vor seinem Schreibtisch, »eine undankbare Aufgabe für Euch!« Dann faßte er Fen-che am Arm, zog ihn in die Mitte des Raumes und stellte ihn den Hauptleuten vor. »Herr Lin Fen-che hat den Befehl erhalten, unsere geliebte Kaiserliche Familie nach Singanfu zu bringen. Hiermit ernenne ich Herrn Lin zu meinem Stellvertreter und unterstelle Euch seiner Befehlsgewalt!«
Damit schien für Yung-lu das größte Problem aus der Welt geschafft zu sein, denn er ließ sich entspannt auf seinem Schreibtischstuhl nieder. Die Augen der Hauptleute blieben auf Fen-che gerichtet, und er vermutete, daß sie auf Anweisungen warteten.

»Noch bevor fremde Soldaten in die Verbotene Stadt eindringen können, müssen wir die Kaiserliche Familie ihrem Zugriff entzogen haben. Das heißt, daß unsere Flucht innerhalb weniger Stunden vorbereitet und ausgeführt werden muß! Wir werden auf Sänftenträger verzichten und nur die üblichen Lastkarren nehmen, um möglichen Verfolgern schneller zu entkommen. Ihr werdet sofort sämtliche Karren und Wagen, die Ihr auftreiben könnt, zum Kaiserlichen Palast bringen lassen, damit wir einen Überblick darüber bekommen, was uns zur Verfügung stehen wird!« Dann verbeugte er sich in Richtung des Vizekönigs und verließ mit den Hauptleuten im Gefolge den Gouverneursyamen.

Aus den kaiserlichen und prinzlichen Räumen wurden von den Eunuchen unterdes die wertvollsten Einrichtungsgegenstände aus dem Palast an die breite Straße getragen und gestapelt. Fassungslos sah Fen-che auf die nutzlosen Berge von Teppichen, Truhen und Vasen, die bereits auf die ersten Wagen verladen wurden.

Dann erkannte er Hauptmann Huo Kai-lin. »Runter mit dem nutzlosen Trödel!« fuhr ihn Fen-che unbeherrscht an. »Die Wagen sollen nur Proviant, Kleidung und Menschen transportieren! Alles andere bleibt hier!«

Dann eilte er in den Palast. »Wo finde ich den Sohn des Himmels?« fragte er einen der truhenschleppenden Diener.

»Im Innenhof des ›Palastes des immerwährenden Frühlings‹, alter, weiser Großvater!«

Er durcheilte das Gebäude und blieb vor Schreck erstarrt auf der oberen Marmorstufe des gepflegten Gartens stehen. Die Kaiserinwitwe Tz'u-hsi stand verschleiert neben ihrem Lieblingseunuchen und blickte mit unbewegtem Gesicht auf einige gefesselte Männer und den Scharfrichter am Brunnenrand. Dann winkte sie ungeduldig, und zwei Soldaten zerrten den ersten auf die Knie, während ein dritter kräftig an dessen Zopf riß. Breitbeinig stellte der Scharfrichter sich neben ihn, holte mit dem breiten Schwert aus und schlug ihm den Kopf ab. Ein roter Blutstrahl pulste noch mehrmals aus dem Halsstumpf, dann hörte der Körper auf zu zucken, und der nächste Gefesselte wurde auf die Knie gezwungen.

Fen-che sprang paarweise die Stufen zur Regentin hinab und verbeugte sich. »Erhabener Stammvater, Ihr müßt Euch beeilen, die fremden Teufel sind angeblich schon in die Chinesenstadt eingedrungen!«

Sie streckte ihren Arm aus und wies mit ihren langen, gebogenen Fingernägeln auf die Gefesselten. »Die Barbaren sollen sehen, daß ich nichts mit den Faustkämpfern zu tun hatte! Es werden gerade ihre Anführer geköpft!«

»Auch Prinz Tuan?« Fen-che konnte sich nicht vorstellen, daß sie sich nach jahrelanger Freundschaft auf diese Weise von ihm trennen würde.

»Nein, natürlich nicht, nur die Unwichtigen. Die anderen sind schon auf dem Weg in die Berge, um von dort aus ihren Kampf weiterzuführen.«

»Darf ich fragen, wo sich Euer ehrenwerter Sohn befindet?«

»Er will unbedingt hierbleiben und auf die Europäer warten.« Ärgerlich fuhr sie Li Liän-ying an. »Bringt ihn zusammen mit seiner Perlkonkubine hierher!«

Die letzten Köpfe der Boxerführer wurden achtlos zwischen die kunstvoll beschnittenen Schneeballsträucher geworfen, als Li Liän-ying mit dem Kaiserlichen Paar zurückkehrte.

»Wagst du es immer noch, dich meinen Befehlen zu widersetzen?« herrschte sie ihn an.

»Ich sehe die Europäer als Befreier und begrüße ihr Erscheinen!« Kuang-hsü blickte, während er sprach, zu Fen-che. »Herr Lin hat mir geraten, so zu handeln, und ich halte es auch für richtig!«

Trotz des Schleiers sah Fen-che das wutverzerrte Gesicht Tz'u-hsis, als sie mit dem Kopf zu ihm herumfuhr. »Nehmt Euch in acht, gegen meine Interessen zu handeln. Da liegen bereits einige Köpfe. Ob der Eure dort auch bald liegt, wird sich zeigen!«

Seine erste Regung war, sich zum Kotau niederzuwerfen. Er fühlte die Augen des Kaisers noch immer auf sich gerichtet und verwünschte diese peinliche Situation. Langsam wandte er sich an Tz'u-hsi und blickte stumm auf ihren Schleier, bis er die innerliche Anspannung nicht mehr ertragen konnte. »Die Wagen zur Flucht der Kaiserlichen Familie stehen bereit! Wir können sofort abfahren!«

»Du kommst mit mir!« befahl sie dem Sohn des Himmels noch einmal mit bedrohlich ruhiger Stimme und winkte ihre Leibwache näher zu sich heran.

»Ich werde die Sieger auf meinem Thron in der ›Halle der Höchsten Harmonie‹ empfangen!« Trotzig hielt der Kaiser ihrem Blick stand.

»Bringt einen Teppich!« befahl sie den Wachen und hielt die Augen erbarmungslos auf ihren Sohn gerichtet.

Wenig später trug die Wache einen seidenen Teppich herbei und blieb in respektvollem Abstand stehen.

»Ergreift die Perlkonkubine, und wickelt sie in den Teppich!« Ihr Atem ging stoßweise, während sie bewegungslos auf die sich heftig wehrende Lieblingsfrau ihres Sohnes starrte. »Werft sie in den Brunnen!«

Die gellenden Schreie der Perlkonkubine hallten durch den Innenhof, doch außer Kuang-hsü wagte es niemand, um Gnade für sie zu bitten.

»Nein, nicht!« schrie er und stellte sich ihnen in den Weg.

»In den Brunnen mit ihr!«

»Ich werde mit Euch kommen!« rief Kuang-hsü außer sich vor Angst um seine Lieblingsfrau. »Aber laßt sie leben!« Er umfaßte den Teppich und wollte ihn zurückhalten, doch seine kraftlosen Hände rutschten von der glatten Seide ab. Er klammerte sich an den Teppichrand und wurde einige Schritte mitgeschleift.

»In den Brunnen!« Tz'u-hsis Atemzüge röchelten vor innerer Anspannung, und zur Bekräftigung ihrer Worte streckte sie den Arm in Richtung Brunnen aus.

»Laßt sie leben! Bitte!« Der Kaiser lief die wenigen Schritte zurück zu seiner Mutter und warf sich vor ihr auf die Marmorstufen. Schluchzend umklammerte er ihre Beine. »Ich gehe doch mit!«
Die Wachen hatten inzwischen den Brunnenrand erreicht und blickten fragend zur Kaiserinwitwe, die noch immer mit ausgestrecktem Arm dastand wie eine Statue. Dann wuchteten sie den schweren Teppich auf den Schachtrand und stießen ihn hinab. Im gleichen Augenblick schrie der Kaiser auf und trommelte wild mit den Fäusten auf den Boden, bis sie bluteten.
Fen-ches Blick wanderte fassungslos vom Brunnen zu Tz'u-hsis dunkel gekleideter Gestalt, blieb kurz beim Kaiser hängen, um dann zu Boden gerichtet zu bleiben. Er spürte, wie er am ganzen Körper zitterte.
Aus den Augenwinkeln sah er, wie sich die Kaiserinwitwe mit Genugtuung streckte und ihr Gesicht nach hinten wandte, um ihn anzusehen. Das Gefühl, unbedingt etwas sagen zu müssen, bevor ihre Rache auch ihn treffen konnte, war so stark, daß er, um sie nicht zu Wort kommen zu lassen, seine Aufforderung wiederholte: »Die Wagen stehen bereit, wir müssen gleich abfahren!« Doch als sie sich weder regte noch etwas sagte, versuchte er sie durch ein schokkierendes Anliegen von ihren mordgierigen Gedanken abzubringen. »Wir werden alle sehr einfache Kleidung tragen müssen, damit uns niemand erkennt und den Verfolgern verraten kann, welchen Fluchtweg die Kaiserliche Familie eingeschlagen hat!«
Die Andeutung einer Gefahr für ihr eigenes Leben brachte Tz'u-hsi augenblicklich in die Wirklichkeit zurück, und sie eilte, ohne über das soeben Geschehene ein Wort zu verlieren, von Li Liän-ying gefolgt, in den Palast zurück.
Fen-che beugte sich über den schluchzenden Kaiser und richtete ihn auf. Willenlos folgte ihm dieser bis zur ›Halle der Kosmischen Vereinigung‹. »Für die Zeit der Flucht braucht der Sohn des Himmels nur einfache Kleidung, damit er nicht als unser Herrscher erkannt und verraten wird!« Der Eunuche nickte zur Bekräftigung

und führte den gebrochenen Kaiser in seine Gemächer. »Kleidet ihn schnell um und kommt sofort zu den Fluchtwagen!« rief er den beiden hinterher.

Fen-che hatte kurze Zeit die Hoffnung, daß Tz'u-hsi sich so viel Zeit lassen würde, bis die ersten Wagen mit dem Kaiser unterwegs sein würden, um Kuang-hsü ihre Gegenwart zu ersparen. Doch seine Hoffnung erfüllte sich nicht. Noch vor ihrem Sohn trat sie in graue Leinengewänder gehüllt mit Li Liän-ying aus der Audienzhalle, überflog die lange Wagenreihe mit einem flüchtigen Blick und entschied sich für einen größeren Wagen. Kurze Zeit später erschien auch Kuang-hsü, ebenso einfach gekleidet und von seinen Dienern gestützt, während das dumpfe Grollen des Geschützfeuers von den Stadtmauern her immer lauter wurde.

Ohne sich um die weiteren Diener, Zofen, Nebenfrauen oder Prinzen zu kümmern, gab die Kaiserinwitwe Fen-che den Befehl zur Abfahrt. Nur die schweren Wagen waren mit Pferden oder Eseln bespannt, während die leichteren von Dienern gezogen und geschoben wurden.

Um nicht im letzten Augenblick auf die fremden Truppen zu treffen, verzichtete Fen-che darauf, die Tatarenstadt durch das nahe liegende Tschien-Tor zu verlassen. Statt dessen bog er vor dem Tor rechts ab und wählte den breiten Weg an der Mauer zur Chinesenstadt entlang. Sie verließen Peking beim Tempel des Mondes.

***

Fen-che war einer der wenigen, die den Zug zu Pferde begleiteten. Er wußte nur, daß die Zufluchtsstätte Singanfu westwärts lag, und beschloß, den Weg innerhalb der Großen Mauer zu nehmen. Es war Mitte August, und der endlose Troß, von fast dreitausend Soldaten der Palastwache begleitet, quälte sich über die heißen, staubigen Straßen.

In den Soldaten sah Fen-che im Augenblick das größte Problem.

Noch in Sichtweite der hohen Stadtmauern Pekings rotteten sie sich zu kleinen Gruppen zusammen, um in den umliegenden Dörfern zu rauben und deren Bewohner zu töten. Nur wenige Palastwachen nahmen ihren Auftrag ernst und blieben in der Nähe der kaiserlichen Wagen.
Nach einigen Li Entfernung stieg das flache Land der riesigen Tiefebene langsam an, und durch die flimmernde Luft wurden die dreitausend Meter hohen Gipfel des Taihang-Gebirges sichtbar.
Die unwegsamen Höhen meidend, folgte Fen-che der südwestlich verlaufenden Straße am Rande der Berge, und mit der Dämmerung erreichten die ersten Wagen das unscheinbare Dorf Schinan, das nur aus wenigen ärmlichen Lehmkaten bestand. Erschöpft und durstig brachte er sein Pferd in die Nähe des Wagens der Kaiserinwitwe und stieg ab. »Für heute sind wir in Sicherheit, erhabener Stammvater!« wandte er sich ihr mit kurzer Verbeugung zu. »Ich schlage vor, hier zu übernachten und morgen weiterzuziehen!«
»Wurden wir verfolgt?« fragte sie zurück.
Fen-che blickte auf die endlos lange Staubfahne, die noch über den Wagen hinter ihnen in der Luft lag, ohne das Ende erkennen zu können. »Nein!« antwortete er mit fester Stimme, ohne sich darüber ganz sicher zu sein. »Soll ich eine Herberge herrichten lassen, oder zieht Ihr es vor, im Wagen zu nächtigen?«
Tz'u-hsi ließ sich von Li Liän-ying vom Wagen helfen und blieb in leicht gebeugter Haltung stehen. »Sucht für mich und meinen Sohn ein komfortables Haus!«
Die sehr einfache Herberge befand sich in äußerst schmutzigem Zustand. Nachdem Fen-che eingetreten war, fielen die alten Wirtsleute vor ihm zum Kotau zu Boden. Er nahm die Höflichkeitsgeste erstaunt entgegen und bemerkte erst jetzt, daß er noch immer sein Mandaringewand trug, das seinen hohen Rang kundtat. »Macht Eure besten Zimmer fertig und bereitet soviel zu essen wie möglich!« befahl er.

»Wir sind auf so hohen Besuch nicht eingerichtet, großer, alter Urahn. Wir haben nur Stroh für die Nacht und nur Hirsebrei anzubieten!«

»Wohin habt Ihr uns geführt?« Die Kaiserinwitwe war hinter ihm eingetreten. Sie hielt sich ein Tuch vor Mund und Nase und sah Fen-che ärgerlich durch ihren Schleier an. »Hier in diesem Loch soll ich schlafen? In diesem Schmutz? Sucht ein anderes Haus!«

»Wir werden nichts Besseres finden und können es uns nicht leisten, wählerisch sein!« überging er ihren Befehl. Dann teilte er die Wachen um das Haus ein und bemühte sich um den Kaiser. Teilnahmslos ließ dieser sich vom Wagen helfen und stolperte mit leerem Blick neben Fen-che in die Herberge.

Er ahnte, wie zwecklos es war, den Kaiser trösten zu wollen. In den nächsten Tagen bis nach Singanfu würde er die Entbehrungen nicht wahrnehmen, und danach würde erfahrungsgemäß die Zeit die Wunden des jungen Mannes heilen.

Inzwischen hatten die Wirtsleute Tz'u-hsi an den einzigen Tisch im Raum geleitet und versuchten sie unter vielen Verbeugungen zum Hinsetzen zu bewegen. Während Fen-che mit dem Kaiser das Haus betrat, sah er sie mit verschränkten Armen im Raum stehen und zugleich Li Liän-ying auf sich zueilen.

»Unser Gebieter weigert sich, zu Recht, wie ich meine, mit den anderen Gästen zusammenzusitzen!« flüsterte er ihm zu, und erst jetzt sah Fen-che zwei einfache Männer im Halbdunkel rauchend vor einer Schale Tee sitzen.

Er ging auf sie zu. »Wer seid Ihr?« fragte er grob.

»Ich bin Wang Si, und das ist mein Sohn. Wir sind Salzhändler.«

»Wir haben das gesamte Haus gemietet. Verlaßt es!«

Während der Jüngere eilfertig aufstand und sich gebührend verbeugte, rauchte sein Vater unbekümmert weiter. »Wir haben unseren Betrag vor Euch bezahlt und bleiben«, meinte er freundlich. »Aber hier ist genug Platz, und wir haben nichts gegen Eure Gegenwart!«

Fen-che wußte, daß die beiden Männer im Recht waren, und blickte die Kaiserin fragend an, die dem Gespräch wortlos gefolgt war. Auf ihrer Stirn bildete sich eine Unmutsfalte, bevor sie ihm verächtlich den Rücken zukehrte.
»Meine Herren, bitte glaubt mir, Ihr müßt gehen, bevor es für Euch zu einem Unglück kommt!« Er bemühte sich, ebenso eindringlich wie leise zu sprechen.
Der Alte zog seinen Sohn auf die Bank zurück und zeigte auf die leeren Plätze. »Ihre hohe Dame kann sich doch zu uns setzen, oder sollte ihr unsere Gesellschaft nicht behagen?«
Fen-che spürte, wie ihm das Blut in den Kopf stieg. Er ging zur Tür und riß sie auf. »Wache, hierher!«
Ein Hauptmann mit zwei Soldaten stürzte augenblicklich in den Raum. »Bringt die beiden Männer aus dem Haus!« befahl er und wandte sich den Wirtsleuten zu, während die Gäste grob zur Tür gezerrt wurden. »Bereitet uns etwas zu essen, aber schnell!«
Nacheinander versuchten einige Zofen und Eunuchen, sich an den Wachen vorbei in das Wirtshaus zu schleichen, doch die Posten hielten sie zurück. Ihre Klagen vor der Tür wurden immer lauter, bis Fen-che sich ungeduldig an Tz'u-hsi wandte: »Wen braucht Ihr unbedingt von den Dienern oder Zofen für die Nacht?« fragte er sie formlos.
»Ich werde mit Herrn Li Liän-ying auskommen, der auch meinen Sohn betreuen kann!« Plötzlich schlug sie mit der flachen Hand auf den Tisch. »Was denkt Ihr Euch, Herr Lin, mich so zu behandeln, mich hier in diesem Stall wie ein Vieh einzusperren? Ich habe Hunger und bin müde!«
Der Lärm vor der Tür wurde unablässig lauter und reizte Fen-ches Nerven bis aufs äußerte: »Ich kann Euch nichts anderes zu essen anbieten als das, was die Leute hier haben, oder soll ich vielleicht einen fetten Eunuchen schlachten lassen?« Zornig über seine eigene Unbeherrschtheit wandte er sich von ihr ab und öffnete die Tür. »Bringt das Gesinde zu den Wagen zurück!« schrie er die Wache

wütend an. »Niemand darf das Haus betreten! Und dann sorgt gefälligst für Ruhe da draußen!«
Während der Lärm kurzfristig noch lauter wurde, um dann endgültig zu verstummen, ging er an den Tisch zurück und verbeugte sich. »Entschuldigt bitte meine schlechten Manieren! Für die nächsten Tage will ich mich mehr bemühen, Euren Wünschen gerecht zu werden! Für heute müssen wir aber mit dem vorliebnehmen, was uns geboten wird!«
Schweigend aßen sie den Hirsebrei mit den zähen Fleischstücken eines wohl sehr alten Hundes. Erst als Tz'u-hsi die Stäbchen auf den Tisch warf, wurde Fen-che bewußt, daß er zusammen mit der kaiserlichen Familie aß und nicht für sich allein, wie es ihm zukam. Er sah flüchtig zu den Wirtsleuten, die sich außer Hörweite in die Nähe des Herdes geflüchtet hatten, und dann zur Kaiserinwitwe. »Die Gefahr, von den Feinden entdeckt zu werden, ist bei der Größe unseres Gefolges erheblich. Ich erlaube mir vorzuschlagen, daß wir mit ein paar ausgesuchten Wachen einen anderen Weg nehmen, um schneller und unerkannt weiterzukommen! Um so rascher werdet Ihr dann auch in Sicherheit sein!«
Tz'u-hsi würdigte ihn keines Blickes, und während sie sprach, sah sie vor sich auf den Holztisch mit den vielen Fettflecken. »Wir werden nicht nach Singanfu gehen!« entschied sie nach langem Überlegen. »Die anderen sollen auf dem bisherigen Weg weiterziehen, während wir in die Provinz Schansi nach Taijuenfu flüchten!« Sie sprach das Wort »flüchten« wie ein Schimpfwort aus und sah Fen-che dabei ungehalten an. »Aber denkt an unsere Sicherheit. Wir brauchen genügend Soldaten!« Unvermutet brach sie in Tränen aus und jammerte über ihr Unglück, während Kuang-hsü das erste Mal eine Regung zeigte, indem er sie gehässig anblickte.
Während die Wirtsleute mit einer Lampe in der Hand dienernd zu den Nachtlagern vorangingen, suchte Fen-che einige Hauptleute der Wache auf. »Ich brauche einen zuverlässigen Führer, der den Weg nach Taijuenfu kennt!«

Ein hochgewachsener Hauptmann trat zu Fen-che. »Ich heiße Lao Dzo-lin und komme aus der Provinz Schansi. Ich kenne den Weg zur Hauptstadt. Wir müssen uns weiter südlich halten und dann durch die Täler westwärts in das Gebirge ziehen.«
»Gut!« Fen-che war erleichtert. »Ihr werdet uns führen. Sucht zehn zuverlässige Soldaten aus, die uns begleiten. Morgen früh werden wir diesen neuen Weg nehmen, während alle anderen unter dem Kommando von«, er suchte aus den ihm zugewandten Gesichtern eines heraus, »wie heißt Ihr?«
»Feng Yü-hsiang, alter, weiser General!«
Fen-che stockte irritiert und unterdrückte ein Lächeln. Ja, es stimmte. Yung-lu hatte ihn zum Befehlshaber der Palastwache ernannt und somit zum General. Das mochte auch der Grund sein, warum er selbst noch lebte, denn die Kaiserinwitwe hätte ihn unter normalen Umständen wegen seiner Fehler sicher schon köpfen lassen. So aber hatte sie niemanden, der diesen Befehl ausführen konnte. »Ihr, Herr Feng Yü-hsiang, werdet als Befehlshaber mit den restlichen Soldaten und Dienern nach Singanfu weiterziehen, um etwaige Verfolger zu täuschen!«
Dann gab er einem Soldaten den Auftrag, sein Pferd zu versorgen, und ging in die Herberge zurück. Um Tz'u-hsi nicht mehr unter die Augen treten zu müssen, bereitete er sein Nachtlager gleich neben der Eingangstür und schlief sofort ein.
Die Kaiserinwitwe lag nur wenige Schritte weiter in einer dumpfen Kammer auf zurechtgeschüttetem Stroh und konnte nicht einschlafen. Warum hatte sie nur diesen unerfahrenen und anscheinend verrückten Lin Fen-che damit beauftragt, ihre Flucht zu leiten? Gab es nicht unzählige andere qualifizierte Männer in Peking? Sie ging in Gedanken die Namen der hohen Beamten durch, die ihr einfielen, doch stets hatte sie an ihnen etwas auszusetzen. Die meisten waren schon zu sehr an das sorgenfreie Leben bei Hof gewöhnt und einer gewissen Dekadenz anheimgefallen, und in die Hände eines Boxergenerals hatte sie sich nicht begeben wollen.

Dann war Li Liän-ying zu ihr gekommen und hatte in seiner blumenreichen Sprache Lin Fen-ches Vorzüge geschildert und ihr versichert, daß er der richtige Mann zum Schutz des Kaisers sei. Warum nur zum Schutz des Kaisers, hatte sie sofort eifersüchtig gedacht. War nicht sie es, die Regentin, die am meisten zu befürchten hatte, wenn diese Barbarenhorden Peking überrannten? Dann war sie in Gedanken Fen-ches Lebensweg nachgegangen. Ein ungewöhnlicher Mann. Ungewöhnlich, wie er ganz allein den großen Schatz nach Peking gebracht, ungewöhnlich, wie er nach Li Hungchangs Ausführungen die Verhandlung in Japan geführt hatte, ungewöhnlich, mit welchem Eifer er Richter Kia gefolgt war. Ungewöhnlich auch, wie er seinen Vater vor dem Henkersschwert bewahrt hatte. Nein, der Entschluß, ihn zum Führer auszuwählen, war richtig gewesen. Das hatte er heute bewiesen, als er vorschlug, sich vom großen Troß zu trennen und auf geheimen Wegen unerkannt zu reisen. Sie seufzte tief und sah sich nach ihrem Sohn um. Seine unruhigen Atemzüge verrieten, daß er ebenfalls noch nicht schlief.

Unruhig stand Fen-che schon beim ersten Morgengrauen auf und suchte Hauptmann Lao Dzo-lin. Dem schien es genau wie ihm ergangen zu sein, denn er war mit seinen zehn Soldaten schon dabei, die Wagen reisefertig zu machen. »Guten Morgen, Herr Lao«, begrüßte Fen-che ihn und sah die Wagenreihe entlang, »für Euch und unsere Soldaten würde ich es gern sehen, wenn sie beritten wären.«

»Guten Morgen, großmütiger, alter Herr General, ich habe mich bereits umgesehen und könnte fünf Pferde beschaffen, die aber unseren mitziehenden Prinzen gehören, und die werden sich nicht freiwillig von ihnen trennen wollen.«

»Nehmt sie! Habt Ihr schon Wagen mit Proviant entdecken können?«

»Nein, entweder gibt es keine, oder sie sind bereits ausgeraubt worden.«

Fen-che war enttäuscht. »Wir brauchen drei Wagen. Einen für die Kaiserinwitwe und ihren Eunuchen, einen für unseren Kaiser mit Diener und den dritten für die fünf Wachen. Versucht, für Eure Leute etwas zu essen zu finden!«
Die Wirtsleute standen gebeugt am Herd und bereiteten die gleiche Mahlzeit wie gestern, als Fen-che durch die niedrige Tür in die Herberge trat. Bei seinem Anblick warfen sie sich zum Kotau zu Boden.
»Wir reisen gleich weiter. Weckt die ...« Er überlegte es sich anders. »Nein, ich werde sie wecken!«, und er ging zur Tür des Raumes, in dem er sie vermutete. »Herr Li, wir müssen gleich aufbrechen!« rief er laut.
Verschlafen erschien Li Liän-ying an der Tür und sah ihn blinzelnd an. »Müssen wir schon weiter?«
Fen-che nickte, ging zum großen Tisch und setzte sich. Er stützte sein Gesicht in beide Hände und seufzte leise. Wie gern wäre er ganz woanders, nur nicht hier, und er begann die Kaiserinwitwe wegen ihrer Unbeherrschtheit und Mordlust zu hassen. Er nahm den Hut ab und prüfte wie jeden Tag, ob sein falscher Zopf noch saß. Zuletzt hatte ihn sein schwerhöriger Diener zusammengeflochten. Immer wieder erschien vor seinem geistigen Auge das Bild mit dem Teppich am Brunnen. Was würde die Kaiserinwitwe befehlen, wenn sie erst einmal in Sicherheit war? Konnte sie es wagen, einen Zeugen ihres tränenreichen Zusammenbruchs am Leben zu lassen? Er war sich darüber im klaren, daß er von seiten des Kaisers keine Unterstützung finden konnte, und wenn sie erst in Taijuenfu waren, würde Prinz Tuan mit seinen geflohenen Faustkämpfern jeden Gegner seiner Partei töten.
Die Wirtsfrau brachte eine Schale mit Hirsebrei und blieb gebückt in seiner Nähe stehen. »Was ist!« fuhr er sie an und bedauerte seine Unhöflichkeit im selben Augenblick.
Unter der Wucht seiner Worte warf sie sich zu Boden. »Laßt es Euch gut schmecken, edler, weiser Herr!« murmelte sie leise und

kroch, ihm das Gesicht zugewandt, zum Herd zurück, wo ihr Mann leise auf sie einsprach.
Die Kaiserinwitwe vermied es, Fen-che beim Essen anzusehen. Schweigend nahm sie einige Bissen und zerbrach danach die Stäbchen. Ungestüm erhob sie sich und ging von Li Liän-ying gefolgt vor die Tür.
»Ihr müßt etwas essen!« beugte Fen-che sich zum Kaiser vor und reichte ihm die Stäbchen. »Wenigstens ein paar Bissen!«
»Das habe ich alles nur Euch zu verdanken!« brach es aus diesem heraus, und er fegte mit der Hand den Teller vom Tisch. »Wenn Ihr nicht gewesen wärt, würde ich noch mit meiner Perlkonkubine auf der Insel sein und mich ihrer erfreuen. Nun ist sie tot. Ihr habt die Schuld, denn Ihr habt mir geraten, unbedingt zu bleiben! Ich hasse Euch!« Er stand auf, und der Stuhl polterte hinter ihm zu Boden. »Meine Mutter hat recht. Ihr habt uns nur Unglück gebracht, und ich freue mich, genau wie sie, Euren Kopf schon sehr bald im Staub rollen zu sehen!«
Ohne die geringste Regung blickte Fen-che ihm in die Augen. Vom Herd her vernahm er ein unterdrücktes Stöhnen, Kleidergeraschel und dann Stille. Er vermutete, daß die beiden Wirtsleute während dieser lauten Beschuldigungen aus Angst und vor Scham mit geschlossenen Augen ausgestreckt am Boden lagen und hofften, daß sie von seinem zu erwartenden Zorn verschont bleiben würden.
Schließlich beugte sich Fen-che zum Kaiser vor. »Übergroße Ehrerbietung wirkt mit der Zeit aufdringlich, und schrankenlose Aufrichtigkeit erscheint schließlich als Grobheit!« zitierte er Konfuzius und erhob sich ebenfalls. Er blieb so nahe vor dem Kaiser stehen, daß sich ihre Körper beinahe berührten. »Eure grobe Art verletzt mich nicht, denn ich weiß, was Ihr durchgemacht habt. Mich aber in die Reihe derer zu stellen, die Euch Unglück gebracht haben, ist ebenso beleidigend wie grotesk. Das wißt Ihr ebenso wie Eure Mutter. Ich werde so tun, als ob ich Eure Worte nicht verstanden

hätte. Wagt Ihr es dennoch, sie zu wiederholen, kehre ich noch heute ohne Gewissensnot nach Peking zurück!«

Schweigend standen sie sich gegenüber und blickten sich an. Fen-che sah, wie es im Kopf des Kaisers arbeitete, wie er den Mund mehrmals öffnete und wieder schloß, bis er die Augen zu Boden richtete und sich leise seufzend setzte.

Fen-che wußte, daß er gewonnen hatte, und wagte sich noch weiter vor. »Blickt zurück auf die herausragenden Söhne des Himmels, die durch ihre Kraft und Gerechtigkeit beim Volk angesehen und beliebt waren. Sie leiteten großartige Reformen ein, beschritten in der Kunst neue Wege und kamen ihren Pflichten gegenüber den mongolischen Adelsleuten nach. Jedes Jahr brach der Kaiser, von der jungen Generation des mandschurischen Adels begleitet, im achten Monat zur Jagd in die nördlichen Gegenden auf. Eine militärische Übung und Training von Körper und Geist zugleich, und auch eine wichtige politische Maßnahme, um das Bündnis mit den mongolischen Stammesführern zu stärken. Während ihrer Amtszeit unternahmen sie Reisen durch die Provinzen, um das Leben des Volkes kennenzulernen, um Überschwemmungsgebiete zu besuchen, die Verwaltung zu prüfen, bei Hungersnöten zu helfen. Auch sie hatten Zeiten der Prüfungen zu überwinden, ähnlich wie Ihr jetzt; doch sie haben Lebenserfahrungen gesammelt und Weisheit erlangt. Was tut Ihr hingegen? Richtet Euren Blick auf diese Vorbilder statt auf Eure augenblicklichen Entbehrungen!«

Fen-che war um den Tisch herumgegangen und hatte sich neben Kuang-hsü gesetzt. Er hatte ihm noch so viel zu sagen, doch er schwieg, als er das hilflose Gesicht mit den rotgeränderten Augen auf sich gerichtet sah.

»Wir müssen aufbrechen, verehrter Sohn des Himmels!« sagte er schließlich und erwiderte das zaghafte Lächeln des Kaisers nach dieser förmlichen Anrede.

Hauptmann Lao Dzo-lin hatte es tatsächlich geschafft, für sich und fünf seiner Leute Pferde zu beschaffen. Während der Kaiser auf

seinen Wagen stieg, eilte Fen-che zu Hauptmann Feng Yü-hsiang, der den großen Troß weiterführen sollte.
»Ich wünsche Euch für Eure weitere Reise viel Glück!« Dann fiel ihm noch etwas ein. »Habt Ihr ein paar Taels für die Wirtsleute?«
Feng Yü-hsiang reichte ihm ein kleines Silberstück. »Auch ich wünsche Euch und unserem erlauchten Kaiser alles Gute. Mögen freundliche Geister über Euch und die Kaiserliche Familie wachen!«
Fen-che gab Lao Dzo-lin das Zeichen zum Weiterziehen und betrat noch einmal die Herberge. Die Alten mußten ihn durch einen Türspalt beobachtet haben, denn sie lagen mit den Köpfen zur Tür ausgerichtet auf der Erde. Er warf das Stück Silber vor sie auf den harten Lehmboden und verzichtete nach dieser großzügigen Bezahlung auf eine Bemerkung, denn nichts war in diesem Haus lobenswert gewesen.
Ein Soldat seiner Wache war zurückgeblieben und hielt ihm das Pferd bereit. Während er aufstieg, fiel sein Blick durch lichte Gebüsche neben der Hauswand auf zwei kopflose Gestalten. Es waren die Leichen der Salzhändler. »Dumme Leute«, murmelte er.

***

Der Weg war staubig und eintönig. Jetzt, da die größte Gefahr gebannt schien, traten die gewöhnlichen Plagen wie die allgegenwärtigen, unangenehm stechenden Mücken, die Hitze und die Entbehrungen noch krasser in den Vordergrund.
Als die stechende Sonne fast senkrecht auf die gebeugten Rücken der schwitzenden Reiter niederschien, parierte Fen-che sein Pferd und blickte zurück. Sie hatten sich derweil so weit vom Haupttroß entfernt, daß nicht einmal mehr die Staubwolke von ihm zu sehen war. Beruhigt trieb er das Pferd wieder an, bis er Hauptmann Lao Dzo-lin eingeholt hatte.
»Im nächsten Dorf werden wir rasten und hoffentlich etwas Vernünftiges zu essen bekommen!«

Lao Dzo-lin schüttelte den Kopf. »Dies hier ist eine arme Gegend. Etwas Besseres als gestern werden wir kaum finden.« Fen-che war zu erschöpft, um zu antworten; schweigend ritt er neben ihm her.
Das Gasthaus im nächsten Dorf schien in der Tat noch einfacher als das vorige zu sein. Es hatte allerdings den Vorteil, außerhalb des Ortes zu liegen, und war von einem schattenspendenden Thujenhain umgeben. Wieder gab es nur wäßrige Hirsegrütze, diesmal mit fettem Trappenfleisch. Auch hier zeigte sich die Kaiserinwitwe angesichts ihrer unwürdigen Lage von Rachegedanken erfüllt. Ihre Schmähungen wurden lediglich von heftigen Weinkrämpfen unterbrochen, die ihren Sohn dazu veranlaßten, voller Genugtuung seine Haßgefühle gegen sie zum Ausdruck zu bringen.
Nach fünf Tagen erreichten sie die kleine Stadt Tsching-ling. Der baufällige Yamen des Bürgermeisters erschien ihnen wie ein Palast. Es war nahezu dunkel, als Lao Dzo-lin mit dem bronzenen Klopfer gegen die Tür schlug. Nach endloser Zeit wurde sie von einem rotgesichtigen, glatzköpfigen Mandarin geöffnet. Zaghaft hob er seine Rapsöllampe und blinzelte in die Dunkelheit. Fen-che trieb sein Pferd in den Lichtschein und stieg ab. In seiner zerrissenen und schmutzigen Kleidung sah er vermutlich wenig vertrauenerweckend aus. Doch das war ihm gleichgültig; denkbar knapp verbeugte er sich.
»Wir wollen hier übernachten!« Der tagelange Ritt hatte ihn unhöflich und rauh werden lassen. Bevor der Bezirksmandarin über seine Forderung diskutieren konnte, fügte er hinzu: »Im Namen des Kaisers, überlaßt uns für die Nacht Eure besten Räume!«
Die Augen des Rotgesichtigen huschten über die im Halbkreis hinter Fen-che stehenden Soldaten, und mit ergebenem Lächeln verbeugte er sich: »Es ist mir eine Ehre, einen so hochgestellten Gast bewirten zu dürfen. Selbstverständlich könnt Ihr über mich und sämtliche Räumlichkeiten verfügen.«
Zwei Tage blieben sie, um sich von den Strapazen zu erholen. Dann ging es weiter westwärts ins Gebirge. Je höher sie der gewundene

Weg führte, desto angenehmer wurde die Luft, und auch die Mükkenplage nahm zusehends ab. Nach zwei weiteren Tagen schälten sich aus dem abendlichen Dunst der Berge die Umrisse der Stadtmauern Taijuenfus.

Fen-che war unendlich erleichtert, seinen Auftrag ausgeführt zu haben. Er dachte weder an die Strapazen der vergangenen Wochen noch an die ständigen Erniedrigungen durch die Kaiserinwitwe. Doch was würde die Zukunft bringen? In welchem Maße würde sich Tz'u-hsi an ihm rächen? Wann würde er bestraft werden? Heute noch?

Im Palast des Gouverneurs der zweitgrößten Provinz Nordchinas fand die Kaiserinwitwe endlich den ersehnten Luxus. Ohne Fen-che nach dem Einzug in den Yamen noch eines Blickes zu würdigen, bezog sie mit ihrem Sohn und Li Lián-ying einen abgeschlossenen Flügel des Gebäudes.

Trotz großer Müdigkeit konnte Fen-che keinen Schlaf finden. Das Warten auf die Schergen, die jeden Augenblick kommen mußten, um ihn zu töten, bereitete ihm quälendes Unbehagen. Vielleicht war es auch nur die Anspannung der vergangenen Tage, die ihn wachhielt. Ausgestreckt, aber noch immer bekleidet lag er auf dem Bett. Seine Gedanken waren von der unmittelbaren Gefahr des Augenblicks zu seiner Familie abgeschweift.

Wie gern würde er Ay-lin und seinen Vater wissen lassen, daß er noch lebte. Inzwischen mußte sie die Nachricht von der erfolglosen Expedition erreicht haben, vielleicht auch die von seinem Tod. Und er dachte an seine Kinder und malte sich aus, wie er ihnen später das Abenteuer erzählen würde.

Nein, er durfte nicht auf seine Henker warten, er mußte nach vorne sehen. Vielleicht wurde ihm ja noch ein Tag geschenkt. Er erhob sich, läutete nach dem Diener, ließ sich ein Bad bereiten und schlüpfte danach in frische Kleidung. Dann öffnete er die Tür und trat hinaus in den Garten. Durch die Kühle der Nacht hatte sich die Luftfeuchtigkeit an den Blättern und Halmen der Pflanzen niedergeschlagen, so daß das fahle Mondlicht in der klaren Luft unendlich oft in den winzigen Tropfen gebrochen wurde. Vor ihm lag ein kleiner Teich mit geschlossenen Seerosen unter einer gewölbten Marmorbrücke, deren Geländer mit steinernen Löwenköpfen bestückt begann und in Drachenköpfen endete. Scheinbar wahllos freistehende, weißgestrichene Mauern mit Spalierobst bildeten eine fließende Einheit mit hölzernen Torbogen und zu grotesken Formen zurechtgeschnittenen Buchsbäumen in unterschiedlichster Größe, an die sich ein scheinbar ungeordneter Steingarten anschloß.

Fen-che folgte der mit wildem Wein berankten Pergola, die ihn zu einer einfachen Sitzecke um einen sich nach unten verjüngenden, runden Steintisch führte. Auf der Tischplatte bemerkte er handgroße Figuren auf einem quadratischen Viereck. Fasziniert studierte er das unbeendete Schachspiel und erkannte, daß Weiß in wenigen Zügen matt sein würde. Bedächtig umrundete er den Tisch, setzte sich auf die weiße Seite und überlegte den nächsten Zug. Weiß fehlte inzwischen die wichtige Dame sowie beide Pferde. Durch den dichten Verteidigungsring um den König behinderten sich die weißen Figuren dergestalt, daß ein wirkungsvoller Gegenangriff unmöglich schien. Fen-che führte einen offensichtlich sinnlosen Zug aus, bei dem er Schwarz einen Läufer zum Opfer anbot. Dann versetzte er sich in die Lage des Gegners, der bei allem Für und Wider sich diese Schwächung nicht entgehen lassen konnte. Ihm blieb nur die Frage, mit welcher Figur dieser Läufer geschlagen werden würde, aber ob es ein Bauer oder eine Dame sein sollte, war bedeutungslos. In jedem Fall würde danach Raum für einen Gegenzug mit dem Turm geschaffen sein, der einen nachrükkenden Bauern bis zum Durchbruch zur Grundlinie des Gegners decken und damit den Tausch gegen die Dame ermöglichen würde.

Er betrachtete noch einmal das Spiel von der anderen Seite und war zufrieden. Beschwingt durchwanderte er den Steingarten und verfolgte von der noch immer sonnenwarmen Hauswand aus die

Beutezüge der flatternden Fledermäuse. Nun fühlte er sich wohlig müde und kehrte in sein Zimmer zurück.

Im Laufe des nächsten Tages verdichtete sich bei ihm das Gefühl der Isolation, weil sich niemand um ihn kümmerte. Er legte von sich aus auch keinen Wert darauf, gesehen zu werden. Der einzige Luxus, den er ausgiebig genießen konnte, waren die ausreichenden Badegelegenheiten, saubere Seidengewänder, das pünktlich von einem Diener gebrachte Essen und ausgiebiger Schlaf bis in die Nachmittagsstunden.

Selbst zum Abend versagte er sich den Wunsch, durch die Straßen der Stadt zu gehen, und wartete statt dessen geduldig auf die einbrechende Dunkelheit. Würde bis dahin kein meuchelnder Faustkämpfer hier erscheinen, um die ihm angedrohte Rache Tz'u-hsis zu vollziehen, so konnte er darauf hoffen, daß sich ihre Haßgefühle ihm gegenüber vielleicht in Luft aufgelöst hatten. Vielleicht jedoch war es besser, die Stadt ohne Aufsehen zu verlassen, um sich bei Yung-lu in Peking verdient zu machen! Wie mochte es wohl in der Hauptstadt aussehen? Würde Yung-lu erkennen, wie wichtig es für die Zukunft des Reiches war, mit den führenden Befehlshabern der Mächte Kontakt aufzunehmen? Die entscheidende Bedeutung in diesem großen Spiel jedoch lag beim labilen Kaiser. Würde es ihm gelingen, sich von Tz'u-hsis Bevormundung zu befreien?

Fen-che schüttelte bei diesem Gedanken resigniert den Kopf. Nein, diese Bindung war nur durch ihren Tod zu beenden. Würde es jemand wagen, sie »auf den Drachen zu setzen«? Undenkbar!

Jetzt, da es dunkel geworden war und er sicher sein konnte, niemandem im Garten zu begegnen, trat er hinaus. Es war wie in der vorigen Nacht: Die milde, kühle Luft tat ihm gut, und erneut erlag er der Faszination der eigenwilligen Architektur ohne Farben. Zwischen den Seerosen bildete die hastige Schwanzbewegung eines Goldfisches silberne Kreise auf dem Wasser, die sich rasch vergrößerten und an den breitrandigen Blättern ausliefen.

Beim Schachspiel hatte Schwarz den von ihm erhofften Zug voll-

zogen, und lächelnd setzte er sich auf seine Seite. Nun brauchte sein unbekannter Gegner nur noch mit der Dame den zweiten Läufer zu nehmen, um sie danach mit dem letzten Zug vor seinen König zu stellen, und er würde matt sein. Fen-che vollzog den Zug mit dem Turm und überdachte noch einmal die Konsequenzen.
»Sehr geschickt!« murmelte eine Stimme hinter ihm, und Fen-che zuckte erschrocken zusammen. Langsam erhob er sich.
»Wenn ich Euer Spiel gestört haben sollte, bitte ich um Verzeihung!« Fen-che betrachtete den heimlichen Zuschauer genauer. Er war annähernd doppelt so alt wie er selbst und trug ein einfaches, blauseidenes Gewand ohne Zeichen eines Ranges. Nur seine gepflegten Hände verrieten, daß er nicht durch ihrer Arbeit seinen Unterhalt verdienen mußte.
Fen-che verbeugte sich so weit, wie es ein ihm rangmäßig Gleichgestellter erwarten konnte. »Mein Name ist Lin Fen-che. Ich gehöre zur Wache der Kaiserlichen Familie«, stellte er sich vor, verschwieg jedoch seinen Rang als Ratgeber Yung-lus. Durch die Förmlichkeit zwang er sein Gegenüber, sich ebenfalls vorzustellen. Doch der schien sich vornehmlich für das Spiel zu interessieren.
»Erlaubt Ihr, daß wir nun das Spiel beenden?«
Schweigend machten sie ihre Züge, und als der Mond den Hausgiebel erreichte, war die Partie remis. Während die Fledermäuse immer wieder auf der Suche nach Insekten über sie hinwegflatterten, blickte der Ältere anerkennend zu Fen-che hinüber.
»Wahrlich ein tadelloser Erfolg für Euch, Herr Lin. Ich glaube, ich habe versäumt mich vorzustellen. Ich heiße Tung Tschi-ruei!«
Obwohl ihm der Name unbekannt war, stand er höflich auf und verbeugte sich noch einmal. »Ich hatte nur unverschämtes Glück«, schwächte er das Lob des Fremden ab.
»Nein, das war Können und Einfühlungsvermögen zugleich! Aber um das zu beweisen, fordere ich Euch morgen zur gleichen Zeit zu einer neuen Partie auf. Nehmt Ihr an?«
Fen-che hatte sich seinerseits vorgenommen, ihn dazu aufzufor-

dern, und nahm das Angebot erfreut an. Während sie anschließend durch den Garten gingen, stellte Fen-che erstaunt fest, wie leichtfüßig sich der Mann neben ihm bewegte. Er schien förmlich über die Wege zu schweben.
»Werdet Ihr nach Peking zurückkehren?« fragte Tung Tschi-ruei, nachdem sie die Hälfte des Gartens durchquert hatten.
»Es liegt ganz in den Händen der Götter, ob mir ein Wille gelassen wird. Es ist schwierig, sich in diesen unsicheren Zeiten die Gunst unseres Kaisers zu erhalten, besonders nach dieser überstürzten Flucht.« Noch während er sprach, ärgerte sich Fen-che über seine Offenheit. Was ging es den Fremden an, in welch heikler Lage er sich befand! Unwillig ballte er die Hände zu Fäusten und zog es vor zu schweigen.
»Eines Tages wird unsere verehrte Kaiserinwitwe mit dem Sohn des Himmels auf unsere Gastfreundschaft verzichten und nach Peking zurückkehren. Dann wird Taijuenfu wieder das sein, was es vorher gewesen ist: eine unbedeutende Provinzhauptstadt wie viele andere. Vielleicht lernt Ihr unsere Stadt bis dahin noch lieben und verspürt den Wunsch zu bleiben.« Tung Tschi-ruei blieb stehen und blickte in den sternenübersäten Himmel. »Vielleicht würde Euch die Aufgabe eines Salzkommissars reizen!« So plötzlich, wie er stehengeblieben war, setzte er seinen Weg fort. »Aber heute ist es schon zu spät, um über derartige Pläne zu sprechen. Ich freue mich auf unser nächstes Spiel!« Damit verbeugte er sich und verließ die Pergola in Richtung des Hauptgebäudes.
Lange noch hockte Fen-che mit untergeschlagenen Beinen auf seiner Schlafstatt und versuchte sich an das denkwürdige Gespräch zu erinnern. Was hatte er gesagt? Salzkommissar? Das würde dem Rang eines Oberrichters der Provinzen entsprechen, also dem dritten Mandarinrang, gleich nach dem eines Vizekönigs, Gouverneurs oder Oberschatzmeisters. Fen-che schüttelte heftig den Kopf, als wollte er sich von diesen Gedanken befreien. Er hatte sicherlich das Amt des niedrigeren Vizesalzkommissars gemeint!

Fen-che fühlte sich nicht in der Lage, zu diesem Zeitpunkt eingehender darüber nachzudenken, denn morgen würde sich die Kaiserinwitwe bestimmt seiner erinnern und ihn wegen seines Unvermögens hinrichten lassen. Sicher würde sie sich ebenso wie der Kaiser das Schauspiel nicht entgehen lassen, und jeder Zuschauer würde froh sein, selbst noch einmal mit dem Leben davongekommen zu sein.
Wer könnte die Kaiserinwitwe in ihrem Urteil beeinflussen? Niemand! Ihr Befehl war Gesetz. Warum sich also heute Gedanken darüber machen, was dieser alte Herr gesagt hatte?
Aber wer mochte er sein, dieser Herr Tung? Wenn er die Befugnis hatte, ihn zum Salzkommissar zu ernennen, konnte er der Gouverneur dieser Provinz sein. Doch welcher Gouverneur würde sich nachts mit einem fremden Mandarin im lächerlichen sechsten Rang hinsetzen und Schach spielen? Sein Vater vielleicht, wenn er Vizekönig wäre, ja, das war denkbar! Handelte es sich hier um einen Wichtigtuer oder vielleicht doch um einen einflußreichen Ratgeber des Gouverneurs?

***

Im Laufe des nächsten Tages fand weder seine Hinrichtung statt, noch erschien Hauptmann Lao Dso-lin, um ihn zu verhaften. Es war, als ob ihn die Welt vergessen hätte. Je weiter die Tageszeit voranschritt, um so zuversichtlicher wurde er, und gegen Abend freute er sich schon auf sein nächtliches Schachspiel mit dem Unbekannten.
Tung Tschi-ruei spielte konzentriert und schweigsam. Nach langem, vorsichtigem Abtasten, nach dem Ausweichen von geschickt eingefädelten Fallen und scheinbar sinnlosen Zügen verlor Fen-che, um seinen sträflich ungedeckten König zu retten, durch die gegnerische Dame seinen Turm. Tung Tschi-ruei blickte ihn mißbilligend an. »Wollt Ihr mich gewinnen lassen?«

»Im Gegenteil, ich sah nur diesen einen Weg, um mich endlich Eurer Dame zu bemächtigen!« erwiderte Fen-che und setzte sein Pferd zwischen König und Dame. »Schach und Gardez!«
Nach zwei Stäbchen Zeit hatte Fen-che gewonnen, und erstaunlicherweise schien Tung Tschi-ruei seine Niederlage heiter zu stimmen. »Alle Achtung vor Eurem Lehrer!«
»Mein gütiger, alter und weiser Vater war immer sehr streng mit mir, wenn wir spielten. ›Es gilt nur auf den Sieg hinzuarbeiten; jede verlorene Partie ist ein Beweis für unvollkommene Konzentration!‹ waren seine Worte. Vielleicht ist das der Grund meines heutigen Erfolges!«
»Gestern bat ich Euch, in Taijuenfu zu bleiben«, kam sein Gegenüber ganz unerwartet auf das gestrige Thema zurück, das Fen-che während des Spiels verdrängt hatte. »Mein Angebot war ehrlich gemeint, als ich darüber sprach; doch inzwischen ist ein Tag vergangen, und leider haben sich viele Dinge unversehens geändert.«
Fen-che nickte, ohne zu ahnen, was sich geändert haben könnte. Eine übliche Ausrede, um sich ohne Gesichtsverlust zurückzuziehen, vermutete er und war zugleich betrübt, sein Gegenüber doch falsch eingeschätzt zu haben. Ein Windstoß ließ die harten Blätter der Buchsbäume gegeneinander rascheln. Ein breites Wolkenband hatte sich vor den Mond geschoben, und er konnte das Gesicht des Mannes kaum noch erkennen. Er ist also weder der Gouverneur noch sein Berater, sondern nur ein großsprecherischer, unbedeutender Beamter.
»Gestern schon habe ich erkannt, wieviel ich im Schachspiel von Euch lernen kann, und hoffte, Euch durch das Angebot an mich binden zu können. Ich weiß nicht, was auf der Flucht aus Peking vorgefallen ist, aber unsere erhabene Kaiserliche Hoheit hat auf Eurer strengen Bestrafung bestanden. Sich gegen ihren Willen zu stemmen, wäre für mich letztlich unklug gewesen, und so meine ich in Eurem Interesse gehandelt zu haben, indem ich ihr vorschlug, Euch mit einem Sonderauftrag nach Peking zu senden.«

»Erlaubt mir bitte eine Frage«, unterbrach ihn Fen-che ebenso neugierig wie verwirrt, »wer seid Ihr?«

»Habe ich das vergessen zu sagen? Entschuldigt bitte. Dem Sohn des Himmels hatte es gefallen, mich in der Provinz Schansi als Gouverneur einzusetzen.«

Zuerst war Fen-che nur überrascht, dann lächelte er höflich, bis sich seine Anspannung in einem Lachkrampf entlud. »Und ich habe Euch für einen, einen ...« Sofort wurde Fen-che ernst und biß sich auf die Unterlippe. Wieder tat es ihm leid, sein Herz auf der Zunge gezeigt zu haben. »Ich bitte den ehrwürdigen, alten Großvater um Entschuldigung, weil ich so vorlaut dachte; aber die Tatsache, daß mir ein Gouverneur die Freude eines nächtlichen Schachspiels gewähren würde, habe ich nicht für möglich gehalten!«

»Wenn es Euch vorhin schon bekannt gewesen wäre, hättet Ihr mich dann gewinnen lassen?«

»Nein, niemals!« antwortete Fen-che spontan. »Ein Spiel bringt nur dann Freude, wenn es ehrlich geführt wird!«

Tung Tschi-ruei nickte. »Diese Antwort hatte ich erwartet! Würdet Ihr so freundlich sein, mir in mein bescheidenes Arbeitszimmer zu folgen?« Und wieder überraschte er Fen-che durch seinen leichtfüßigen Gang.

Das weiträumige Arbeitszimmer wirkte überladen in seiner Pracht und war, im Gegensatz zu Yung-lus schlichter Wirkungsstätte in Peking, wie eine Schatzkammer ausgestattet. Elfenbeinerne Tiere vom lebensechten Elefanten bis zu langen, gewundenen Drachen aus Silber oder Jade, Masken aus Holz, Bergkristall oder Rotgold mit bunten Edelsteinen besetzt, blickten stumm von den Wänden zwischen wertvollen Seidenteppichen herab. An der Fensterseite hingen alle Arten von reichverzierten Köchern und Pfeilen mit den dazugehörigen Bogen. Den Fußboden aus weißem Marmor bedeckten lichtblaue weiche Teppiche mit klassischen Mustern, auf denen kostbarste Hochvasen standen, die den Prunk vergangener Dynastien dokumentierten.

Den wuchtigen Schreibtisch des Gouverneurs schirmten schwarzlackierte, erhaben geschnitzte Paravents ab, die die Sicht auf die Kostbarkeiten des übrigen Raumes versperrten. Eine nüchterne, nahezu kühle Atmosphäre beherrschte diesen Teil des Zimmers.

»Auch auf die Gefahr hin, mich durch ständiges Wiederholen unglaubwürdig zu machen: Ich sähe es viel lieber, wenn Ihr hierbleiben würdet. Da es jedoch der Wille unserer erlauchten Kaiserinwitwe ist, daß Ihr zu ihrer Verfügung steht, kann ich meine Bitte nur dahingehend umformulieren, daß das Angebot über die gegenwärtigen Wirren hinaus Geltung hat!« Obwohl Tung Tschi-ruei die Worte leicht von den Lippen kamen, klang eine unverkennbare Eindringlichkeit mit.

Fen-che war sich bewußt, daß der Gouverneur auf eine endgültige Antwort wartete. Die laute Verlockung, zum Salzkommissar aufzusteigen, beschwichtigte alle Bedenken, aber das leise Wispern der Unabhängigkeit vernahm er dennoch. Ganz gleich, wo oder für wen er tätig sein würde, sein eigener Herr wäre er nie. Warum sollte er nicht hierher nach Taijuenfu zurückkehren, wenn ihn die Kaiserinwitwe aus ihren Klauen entließe? Wer könnte ihm deswegen Vorwürfe machen? Vater? Oder Ay-lin? Nein, bestimmt nicht. Im Gegenteil, jeder würde es für unklug halten, wenn er nicht dorthin ginge, wo er die Erfüllung seines Lebenswunsches finden konnte.

Fen-che wollte ihn anlächeln, um seinen guten Willen zu bekunden, doch es wurde nur ein schiefes Grinsen. Er hüstelte und fühlte sich immer noch nicht in der Lage, ein eindeutiges Ja oder Nein auszusprechen. Da aber fiel ihm als Antwort eine alte Weisheit ein.

»Ich werde noch sehr viele Flüsse durchwandern müssen, und eines Tages stehe ich an einem riesigen See, und alles, was mich bisher begleitet hat, wird zurückbleiben müssen, weil das Boot nur mich trägt. Warum sollte ich nicht übersetzen? Wer andere braucht, bleibt ewig gefesselt; wer von anderen gebraucht wird, bleibt sorgenvoll! Erst dann werde ich meine Fesseln abgestreift haben, und mein Leben wird ungebunden sein!«

Tung Tschi-ruei hielt den Kopf etwas vorgebeugt und die Augen geschlossen. Nach einer ganzen Weile öffnete er nachdenklich die Lider. »Zwar betrachte ich mich nicht als arm, fühle mich aber so, weil ich mir mehr wünschte, als ich erreichen kann!«
Damit war von beiden Seiten in nicht verletzender Höflichkeit alles gesagt worden, und der Gouverneur nahm das vor ihm liegende Schriftstück in die Hand. »Euer Auftrag lautet, im Namen der Kaiserlichen Familie die Friedensverhandlungen mit den ausländischen Mächten aufzunehmen. Die Eroberer können alles verlangen, nur die Kaiserinwitwe muß in Amt und Würden bleiben und darf keinesfalls für die Unruhen verantwortlich gemacht werden!«
»Soll unser Land zerstückelt werden? Wird nicht jede Siegermacht versuchen, das größte Stück für sich zu beanspruchen? Dafür werde ich weder meinen Namen noch meinen Kopf hergeben!«
Tung Tschi-ruei lachte unbeschwert. »Es bleibt Euch leider keine andere Wahl. Wenn es nach der Kaiserinwitwe gegangen wäre, würdet Ihr jetzt schon nicht mehr denken können. Sie hat kategorisch Euren Tod verlangt. Erst nachdem ich ihr die Folgen auseinandersetzte, lenkte sie ein. Ich habe alle verfügbaren Soldaten hier in meiner Hauptstadt zusammengezogen, damit Prinz Tuan nicht übermütig wird. Wer könnte ihn daran hindern, sich selbst zum Kaiser aufzuschwingen, wenn er die Regentin und den jungen Kaiser erst einmal beseitigt hat? Nur ich, und das weiß er! Dieser Umstand ist der Kaiserinwitwe ebenfalls nicht unbekannt, und darum hat mein Wort Gewicht. Ihre einzige Möglichkeit, sich aus dieser fatalen Lage zu befreien, besteht darin, Euch als Unterhändler nach Peking zu entsenden. Genau das habe ich ihr deutlich gemacht. Mit Eurer Ernennung setzt sie ihre Hoffnung auf Euer Verhandlungsgeschick, um so schnell wie möglich nach Peking zurückkehren zu können. Und was Eure Sorge um unser Reich betrifft: So schlimm, wie Ihr es eben beschrieben habt, wird es nicht werden. Die Eifersucht unter den Siegermächten ist so groß, daß sie sich gegenseitig

keinen Landgewinn zubilligen werden. Es wird bei den Europäern die Gier nach Gold siegen, und die Taels, die sie verlangen, bezahlen wir eben!«

»Ihr seid weise und habt sicher recht. Im ersten Moment dachte ich nur an unser großes Reich, das durch mich nicht kleiner werden soll!«

»Durch Euch bestimmt nicht, denn Ihr werdet den Frieden bringen. Wer jedoch das Wohl des Reiches bisher nicht beachtet hat oder in eigennütziger Weise seinen Vorteil aus diesen Wirren ziehen wollte, wird bestraft werden!«

Fen-che lehnte sich in seinem breiten Lederstuhl zurück. Ihm gefiel die ebenso reizvolle wie schwierige Aufgabe immer mehr. »Gut, sehr gut, ich werde die Ausländer gegeneinander ausspielen und für unser Land optimale Bedingungen erhandeln. Dann werde ich morgen gleich aufbrechen! Mit einem schnellen Pferd bin ich in drei Tagen in Peking!«

Wieder lachte Tung Tschi-ruei ganz unbekümmert. »Das wäre schon etwas, was Ihr nicht mit in Euer kleines Boot nehmen könnt. Mit dem Auftrag der Kaiserinwitwe seid Ihr nun nicht mehr irgend jemand. Ihr haltet von heute an ihr Schicksal in Euren Händen. Sie hat Euch darum zum außerordentlichen Kabinettsmitglied ernannt. Ihr habt die Pflicht, dementsprechend würdevoll aufzutreten und die Macht des Reiches zu verkörpern, besonders gegenüber den Siegermächten!«

Kabinettsmitglieder konnten allgemein nur Prinzen der ersten Grade werden und auch nur dann, wenn sie im höchsten Maße qualifiziert waren. Fen-che fiel der Spruch der Wahrsager wieder ein von jenem schmalen Grat, auf dem er sich zurechtfinden mußte. Plötzlich fühlte er sich in der Stimmung, die Welt zu umarmen oder ein Gedicht zu schreiben.

»Um den Zug nach Peking auszurüsten, werden noch zwei Tage vergehen. Ihr werdet mit meiner bescheidenen Sänfte vorliebnehmen müssen, aber ich leihe sie Euch gern!« Tung Tschi-ruei rollte

das Dekret mit dem kaiserlichen Siegel zusammen und übergab Fen-che das Pergament. »Leider wird man immer einsamer, je höher man im Rang steigt; schon aus Vorsicht, weil man sich vor falschen Freunden und ihren guten Ratschlägen hüten sollte. Aber genießt trotzdem die Zeit, Mandarin ersten Grades zu sein, solange Ihr dieses Amt bekleidet, denn es ist Euch nur vorübergehend zuerkannt worden!«
»Würde es Euch Vergnügen bereiten, noch eine Partie Schach mit mir zu spielen?«
»Ich glaube nicht, denn Ihr würdet nur unkonzentriert spielen, und dieser Gewinn wäre für mich nicht ehrenvoll.«

***

Nach zwei Tagen standen genügend Soldaten und Begleiter bereit. In der Zwischenzeit hatte Fen-che Hauptmann Lao Dzo-lin mit mehreren Schreiben nach Peking vorausreisen lassen. Yung-lu berichtete er, daß die Kaiserliche Familie wohlbehalten in Taijuenfu angekommen war und er selbst in wenigen Tagen zurückkehren werde. Die Befehlshaber der Mächte bat er im Namen des Kaiserhauses um Friedensverhandlungen, und das für ihn wichtigste Schreiben ging mit einem Postreiter nach Kiautschou zu seinem Vater. In wenigen Sätzen schilderte er darin die Flucht aus Peking und seinen Auftrag, mit den Mächten Frieden zu schließen. Lange hatte er überlegt, ob er auch seinen jetzigen Rang mitteilen sollte, bis er schließlich doch nur mit seinem Namen unterschrieb, das Schreiben jedoch mit seinem neuen Hoheitszeichen versiegelte.
Kurz vor der Abreise suchte Fen-che noch einmal in seiner neuen, prächtigen Galatracht den Gouverneur auf. »Ich möchte mich dafür bedanken, was Ihr, wie ein gütiger Vater, für mich in die Wege geleitet habt. Ich muß leider gehen, ohne ein Geschenk zu hinterlassen. Aber das schließt ein Wiedersehen nicht aus, und ich hoffe,

sehr bald Eure Gastfreundschaft wieder in Anspruch nehmen zu dürfen, um die nächste Partie spielen zu können!«

»Vielleicht besteigt Ihr doch nicht das kleine Boot und laßt alles hinter Euch zurück. Auf jeden Fall seid Ihr hier jederzeit herzlich willkommen!«

»Wünscht die Kaiserinwitwe mich vor meiner Abreise noch zu sehen?«

»Nein, aber der hochverehrte Sohn des Himmels läßt Euch seine Glückwünsche zu Eurem neuen Leben übermitteln, und er sagte wörtlich: ›Für mich wird sich diese Gnade wohl nicht erfüllen!‹ Ihr wüßtet schon, was er damit meint.«

Fen-che erinnerte sich sogleich, daß er auf seine Vorwürfe im Gasthaus anspielte und sich nun doch resignierend Tz'u-hsis Macht gebeugt hatte. Er verneigte sich trotz seines höheren Ranges als erster und schritt zur Sänfte.

Die Sänfte war mit grünen Fenstervorhängen versehen und innen in derselben Farbe ausgeschlagen, die ebenso wie die silberne Kugel auf dem Dach nur höheren Mandarinen gestattet war. Kaum saß er bequem, setzte sich der Zug in Bewegung. An der Spitze marschierten Trommler und Trompeter, die in Abständen durch Trommeln, Blasen und Schlagen des Gongs ihr Näherkommen verkündeten, während die nachfolgenden Büttel mit Ketten rasselten und mit Peitschen knallten. Von Zeit zu Zeit riefen sie: »Jedermann schweige! Der große, alte Großvater geruht diesen Weg zu benutzen!«

Hinter ihnen schritten sechs Diener, die an langen Stangen rote Tafeln mit goldener Inschrift trugen, die Schweigen geboten und andere Wagenführer oder Sänften zum Ausweichen aufforderten. Dann folgten sechs Soldaten mit Speeren und acht mit Drachenfahnen. Die Sänfte selbst wurde von acht Dienern getragen, und hinter ihr ging eine Schar Diener, die die Amtsinsignien trugen: zwei Fahnen mit Darstellungen geflügelter Tiger, zwei Amtszepter mit geballten Fäusten, welche die Oberhoheit über das Provinz-

militär kennzeichneten, und zwei weiße Zepter aus Tungholz, welche ihm als oberstem Zivilbeamten der Provinz zukamen, zwei Lanzen in Gestalt von Wildgansfedern und zwei mit metallenen Tierköpfen, zwei Amtsstäbe in gelber Farbe und ein seidener Sonnenschirm, an dessen Spitze eine große versilberte Kugel befestigt war. Dann folgte ein Troß von hundert Soldaten.
Fen-che fühlte sich in der Sänfte beengt und wäre gern ausgestiegen, um zu laufen oder mit dem Pferd vorauszureiten. Aber er wußte, daß er dadurch in den Augen seiner Landsleute an Gesicht verlieren würde, und übte sich in Geduld. Das einzig Angenehme waren die Übernachtungen, die ein vorausziehender Trupp arrangierte. Auf seinem Weg nach Peking erlebte er keine Herberge, die nicht von den Dienern sorgsam mit wallenden Seidentüchern ausgeschlagen war, und das Essen bestand jedesmal aus mehreren erlesenen Gängen. Erst jetzt konnte er verstehen, wie schmerzlich der Verzicht auf diese Annehmlichkeiten für die Kaiserinwitwe gewesen sein mußte, die diesen Luxus von Kindheit an gewohnt war.
Fast wären die Träger durch das Dorf Schinan geeilt, ohne daß er es bemerkt hätte. Doch dann erkannte er den Ort, an dem sie die erste Nacht auf der Flucht aus Peking verbracht hatten. Das Wirtshaus war abgebrannt, und nur noch zwei rußige Wände ragten aus den Trümmern.
Fen-che ließ halten und winkte den Hauptmann der Wache heran. »Durchsucht die Ruine, ob es noch Überlebende gibt!«
Kurze Zeit später kam er zurück. »Es gibt keine, erhabener, weiser, alter Großvater!« verbeugte er sich, »nur zwei alte Leute liegen tot in den Trümmern.«
Fen-che gab dem Offizier ein Zeichen, sich zu entfernen, und blickte auf die Brandruine. Er erinnerte sich noch gut an die beiden Wirtsleute, die ebenso unsicher wie ängstlich ihr baldiges Ende zu ahnen schienen. Sie hatten bestimmt gewußt, daß es sich bei ihren letzten Gästen nicht um irgendwelche Leute gehandelt hatte. Welche Erfüllung eines gewöhnlichen Sterblichen! Wer erhielt in sei-

nem elenden Leben schon die Gunst, der Kaiserinwitwe und dem Sohn des Himmels ins Angesicht sehen zu dürfen? Dann ließ er den schwerfälligen Troß weiterziehen.
Obwohl Fen-che in seiner Sänfte keine Strapazen erdulden mußte, machte ihm die feuchte Hitze in dieser Region zu schaffen, besonders nach den kühlen Tagen in den Bergen. Immer wieder entwarf er neue Strategien für seine Verhandlungen mit den Europäern, und er fragte sich zugleich, wie Yung-lu wohl auf seine neues Amt reagieren würde. Denn mit seinem Eintreffen in Peking stünde dieser nur noch an der zweiten Stelle in der Ranghierarchie der obersten chinesischen Autorität.

SIEBZEHNTES KAPITEL

Die Kämpfe um das Gesandtschaftsviertel in Peking hatten kurz vor der Eroberung durch die ausländischen Mächte an Heftigkeit zugenommen. Erst in den letzten Tagen wagten die Boxer trotz ihrer Furcht vor den Geistern auch nächtliche Übergriffe auf die belagerten Häuser. Das sinnlose Schießen in die Luft hatten sie aufgegeben. Trotzdem waren die meisten Toten und Verwundeten in den Reihen der Europäer nur durch Querschläger oder Zufallstreffer zu beklagen.

Das rundliche Gesicht des Oberleutnants Graf von Soden war durch die Tage der Entbehrungen hager geworden, und oft zuckten ihm die übermüdeten Augenlider. Er hatte die letzten beiden Nächte bei Abwehrgefechten zugebracht und tagsüber nur im Sitzen kurze Zeit Ruhe gefunden.

Angestrengt lauschte er dem Gefechtslärm, der von draußen hereindrang. Es kam ihm so vor, als würde das gegnerische Feuer schwächer. Plötzlich hörte es ganz auf. Mit gesteigerter Aufmerksamkeit umklammerten die Seesoldaten ihre Gewehre, schlichen an die Schießscharten und bezogen ihre Stellungen, um den zu erwartenden Angriff abzuwehren. Doch der erfolgte nicht. Von der Rückseite des Hotels »de Peking« gegenüber der deutschen Gesandtschaft klang ein dumpfes Grollen herüber, und wenig später eilte der Meldeläufer heran.

»Minen, sie legen Minen!« schrie er und rannte weiter.

Dann wieder das gleiche Grollen, aber etwas weiter entfernt. »Das war am prinzlichen Palast Suwangfu!« taxierte Graf von Soden die Richtung. »Gleich werden sie uns besuchen. Haltet euch

bereit!« raunte er seinen Soldaten zu und nahm sein Gewehr zur Hand.
Die Boxer kamen nicht mit Minen, sie trugen einen Frontalangriff mit über dreihundert Mann vor, der auch durch heftiges Dauerfeuer nicht abgewehrt werden konnte. Als sie bis auf einhundert Schritt zum Gebäude vorgestürmt waren, wurde von Soden schlagartig klar, daß sie kurz vor der Einkesselung standen.
»Auf, Männer! Gegenangriff!« brüllte er entgegen jeder soldatischen Taktik bei einer derartigen feindlichen Überzahl und stürmte als erster auf die Boxer zu. Unter lautem Hurra folgten ihm zuerst die zwei direkt neben ihm stehenden Soldaten und, als die Boxer verwirrt stehenblieben, ein weiteres Dutzend Männer mit lautem Gebrüll.
Die überraschten Boxer flüchteten, und erst Stunden später reagierten sie mit einer verstärkten Kanonade, die die ganze Nacht über andauerte. Dann setzte der Regen ein, und die tropenähnlichen Schauer gingen in ein heftiges Gewitter über. Bald war nicht mehr auszumachen, ob irgendwo eine Granate explodierte oder ob es die Blitze mit den rasch folgenden Donnerschlägen waren.
Es war heiß und feucht, jeder Atemzug wurde den Männern zur Qual. Graf von Soden hockte, auf sein Gewehr gestützt, noch immer zwischen seinen Leuten, die sich nach dem Einsetzen der ersten Schauer ins Haus zurückgezogen hatten. Kaum einer, der sich die Uniformjacke nicht ausgezogen hatte und in Hemdsärmeln auf den nächsten Angriff wartete. Mit unbewegten Gesichtern starrten sie vor sich hin; jeder für sich allein, wortlos, und nur manchmal, verlegen, fuhr sich einer mit der gespreizten Hand durch das strähnige, ungepflegte Haar. Irgendwo polterte es auf dem Dach. Mauerbrocken, Ziegelteile und Putz wirbelten durch die Luft, es roch nach Pulverrauch, und kurze Zeit später tropfte das Regenwasser von der Decke.
Das Haus erhielt noch weitere Treffer, doch der erwartete Angriff blieb aus. Erst nachdem der Regen kurz vor Tagesanbruch aufge-

hört hatte, verschärfte sich noch einmal der Beschuß, der auch auf das gegenüberliegende Hotel »de Peking« übersprang. Mit den ersten Sonnenstrahlen verstummten die Geschütze, und nur noch sporadisch ertönten Gewehrschüsse. Die übermüdeten Soldaten nahmen die frische Luft nach dem schweren Unwetter kaum wahr.

Ein Trompetensignal erklang und wurde wiederholt.

»He, Graf, die Tommys rufen Sie!« Stabsarzt Dr. Balde schüttelte die Schultern von Sodens, der, so wie er sich nach dem Gefecht gegen die Wand gelehnt hatte, eingeschlafen war und nun träge die Augen öffnete.

»Geht es wieder los?« Automatisch griff er nach seinem Gewehr. »Dauerfeuer!« keuchte er heiser und rappelte sich hoch.

»Es war nur die Tute von der englischen Gesandtschaft, die sonst immer das Plenum einberuft. Und die hat Sie inzwischen zweimal aufgefordert zu kommen!«

Graf von Soden hatte sich, seit er hier war, allmählich an die unsoldatische Ausdrucksweise des Arztes gewöhnen können, doch im Augenblick empfand er diesen herablassenden Mutterwitz als völlig unpassend. »Versammlung der Detachementsführer!« stellte er richtig und suchte mit rotgeränderten Augen nach seiner Jacke. Er zog sie einem schlafenden Unteroffizier unter dem Kopf hervor und klopfte sie gewohnheitsmäßig aus. Dann sah er sich noch einmal zu dem Arzt um, doch der hatte den Kopf wieder auf seine über die Knie verschränkten Arme gelegt und schien zu schlafen. Breitbeinig, leicht torkelnd, stakste er auf die Straße, ging im Schutz der Sträucher an der japanischen und spanischen Gesandtschaft vorbei, überquerte den nach dem vielen Regen bis zum Rand gefüllten Kanal, der aus der Verbotenen Stadt das überschüssige Wasser hier vorbeiführte, bog vor der russischen Gesandtschaft rechts ab und durchquerte den britischen Garten.

»Wir haben ein Schreiben aus dem Tsungli Yamen bekommen!« begrüßte ihn der englische Gesandte und hielt wedelnd

das Papier über seinen Kopf. »Es fehlen noch einige Offiziere, die das Signal wohl nicht gehört haben. Wenn sie da sind, können wir beginnen!« Er wandte sich an den Trompeter. »Blasen Sie noch einmal!«
Es kam niemand mehr, und achselzuckend bequemte sich der Engländer, die Botschaft vorzulesen. Unterzeichnet war der Brief von »Prinz Tsching und anderen«.

»Mit großer Sorge haben wir erfahren, daß die Soldaten der fremden Mächte ohne jeden Grund auf harmlose Passanten geschossen haben, die sich ihrerseits bewaffneten und wehrten. Daraufhin haben wir zur Aufrechterhaltung der Ordnung Miliz und Soldaten geschickt, die ihrerseits in heftige Kämpfe gegen marodierende Horden von Faustkämpfern verwickelt wurden. Vor einiger Zeit haben wir eine amtliche Kundgebung ausgehängt, auf die wir bisher noch keine Antwort erhielten. Wir möchten noch einmal darauf hinweisen, daß ausländische Soldaten keine neuen Angriffe auf unsere Bevölkerung ausführen dürfen!
Zu unserer Genugtuung haben wir erfahren, daß alle Gesandten wohlauf sind, und möchten es nicht versäumen, an dieser Stelle unsere Einladung zu wiederholen. Seit die anrückende Verstärkung der fremden Truppen von den Faustkämpfern zurückgetrieben wurde, müssen wir für das Leben der Exzellenzen fürchten. Wir ersuchen Sie daher, mit Ihren Familien und den Mitgliedern der Gesandtschaften Ihre Gebäude zu verlassen. Wir haben vertrauenswürdige Offiziere ausgewählt, die Ihnen Schutz gewähren für die Zeit, in der Sie vorübergehend im Tsungli Yamen wohnen, während weitere Maßnahmen für Ihre Abreise getroffen werden, um unsere freundschaftlichen Beziehungen unversehrt aufrechtzuerhalten. Beim Verlassen der Gesandtschaften darf Sie kein bewaffneter Soldat begleiten, um

Zweifel und Furcht bei unseren Truppen zu vermeiden. Wenn Eure Exzellenz einverstanden sind, bitten wir Sie, sich mit den anderen fremden Gesandten in Peking in Verbindung zu setzen. Die Frist ist bis morgen mittag gesetzt. Es ist der einzige Weg, die Beziehungen aufrechtzuerhalten, den wir uns angesichts der unzähligen Schwierigkeiten erdenken können. Erfolgt bis zur festgelegten Frist keine Antwort, so wird selbst unsere Gewogenheit es uns nicht ermöglichen, Ihnen weiterzuhelfen.«

Während der britische Gesandte in die Gesichter der Umstehenden blickte, brachen die meisten in höhnisches Lachen aus. Oberleutnant von Soden war während des Vorlesens mehrmals im Stehen eingenickt. Ärgerlich, wegen dieses nichtssagenden Schreibens gekommen zu sein, kehrte er der Gesellschaft kommentarlos und kopfschüttelnd den Rücken, doch der britische Gesandte hielt ihn zurück.

»Herr von Soden, bitte bleiben Sie doch, wir wollen über eine gemeinsame Antwort diskutieren!«

»Schreiben Sie, was Sie wollen, aber ich lege erst mein Gewehr beiseite, wenn ich keine Patronen mehr habe oder tot bin!« Er machte noch ein paar Schritte in Richtung Tür, überlegte es sich anders und kam zurück. Seine Augenlider zuckten noch häufiger als gewöhnlich. »Die Botschaft, die Sie eben vorgelesen haben, kann heißen, daß sich die Chinesen eine Hintertür offenhalten wollen, weil Entsatz hierher unterwegs ist, oder aber sie suchen einen anderen Weg, um uns gefahrlos abzuschlachten! Wir werden bis zum letzten Mann unsere Stellung verteidigen!«

»Aber bedenken Sie doch die vielen Frauen und Kinder unter uns, die dieses Angebot vielleicht annehmen sollten!«

»An die denke ich in erster Linie und meine deshalb, daß wir nicht darauf eingehen sollten. Es wird weniger qualvoll sein, hier zu sterben, als diesen entfesselten Horden in die Hände zu fallen!«

Dann wandte er sich ab und kehrte endgültig zu seiner Gesandtschaft zurück.
Nachdem am nächsten Mittag die Frist abgelaufen war, brach über die Eingeschlossenen ein verheerendes Feuer herein, und in den nächsten Tagen ergingen noch weitere Aufforderungen an die Eingeschlossenen, sich in den Schutz der chinesischen Behörden zu begeben, die jedoch keine Beachtung fanden. Auch größere Lebensmittellieferungen konnten die Belagerten nicht von der Ehrlichkeit des Angebots überzeugen. Aus Furcht, diese könnten vergiftet sein, wurden nur Eier und Früchte verteilt, während das Getreidemehl vorerst unberührt blieb.
Mitte August verdichteten sich die Gerüchte unter den Eingeschlossenen, daß die Befreiungstruppen in unmittelbarer Nähe von Peking stünden. Wie Donnergrollen rollte die neue Front von Süden her auf die Hauptstadt zu, und als plötzlich der Beschuß auf die Gesandtschaften verstummte, traten ihre Bewohner mit verhaltener Freude aus den zerschossenen Häusern ins Freie.
Am Nachmittag durchschritten die ersten Shik-Regimenter mit General Gaselee den Abflußkanal unter der Stadtmauer und wurden mit unbeschreiblichem Jubel empfangen. Später trafen Amerikaner, Briten, Japaner und Russen ein, denen es nach einem Tag erbitterter Straßenkämpfe gelungen war, den restlichen Widerstand zu brechen.
Sechs Tage später wurde auch die deutsche Fahne auf der Stadtmauer aufgezogen, als Kapitänleutnant Hecht mit einer Matrosenkompanie in der Hauptstadt eintraf.

***

Anfang September erreichte Generalfeldmarschall Graf von Waldersee als Oberkommandierender der ausländischen Streitkräfte mit seinem Stab Tientsin und richtete später sein Hauptquartier im Kaiserpalast zu Peking ein.

Die Kampfverbände der Boxer hatten sich ins Hinterland zurückgezogen, und wer von den regulären chinesischen Truppen nicht desertierte, folgte ihnen. Eine unheilvolle Ruhe lag über dem Land.
Graf von Waldersee hatte den Befehl ausgegeben, daß sofortige Strafexpeditionen zurückzustellen seien, mit der Begründung, nicht im ersten Haß Unschuldige zu bestrafen. Danach beauftragte er seinen Generalstab, Pläne für die ersten Feldzüge in größere Städte und Nachbarprovinzen auszuarbeiten. Dann schloß er sich in seinem Zimmer ein.
Er war müde und gereizt, denn das ungewohnte Klima machte ihm mehr zu schaffen, als er angenommen hatte. Auf dem Weg zur Chaiselongue schnallte er den Säbel ab und legte ihn achtlos auf einen zierlichen Intarsientisch, streifte sich die Uniformjacke von den Schultern, ließ sie nachlässig fallen und warf sich ächzend auf die Liege. Er fühlte sich seit seiner Ankunft in China wie benebelt, und seinem Befehl, noch keine militärischen Operationen zu unternehmen, lag der Gedanke zugrunde, wenigstens in den ersten Tagen seiner Amtsübernahme keine gravierenden Fehler zu machen.
Er wußte sehr wohl, daß ihm ein Vertreter der Regierung, ein gewisser Yung-lu, bereits mehrmals seine Aufwartung machen wollte, doch er fühlte sich zu erschöpft, um sich jetzt schon mit den innerchinesischen Problemen auseinanderzusetzen. Er seufzte tief und wischte sich mit einem weißen Taschentuch den Schweiß von der Stirn.
Wenn er zurückblickte, war der Tag, an dem ihn der Befehl von Seiner Majestät erreicht hatte, das internationale Heer in China zu führen, der glücklichste seit langer Zeit gewesen. Seit seinem Abschied vom aktiven Dienst hatte ihn die Familie in seinen Freiheiten mehr eingeengt, als ihm lieb war. Statt wie gewohnt ehrfurchtsvolle Offiziere um sich zu haben, die seine Anordnungen für selbstverständlich hielten und nicht zu widersprechen wagten,

waren ihm nur belanglose Plaudereien in der »feinen Gesellschaft« geblieben, auf die seine Frau größten Wert legte.
Er seufzte noch einmal. Die letzten Tage zu Hause waren eine Qual für ihn gewesen. Noch nie hatte er seine Frau so resolut und zielstrebig erlebt. Sie hatte darauf bestanden, ihn nach Berlin zu begleiten, um für einige Tage die provinzielle Enge der Elbestadt gegen das Flair der aufblühenden Reichshauptstadt zu tauschen. Dabei haßte er es, sich ihrem Tatendrang bedingungslos zu beugen, weil er das Gefühl hatte, sich damit in den Augen anderer lächerlich zu machen. Andererseits wurde es für ihn aber noch unerträglicher, wenn er sich ihren Wünschen widersetzte und sie daraufhin ihren Unmut an ihm ausließ.
Doch das alles war schon fast vergessen. Die Tage in Berlin waren schöner gewesen, als er erwartet hatte, besonders auch deswegen, weil Seine Majestät Kaiser Wilhelm ihn freundschaftlich aufgefordert hatte, bei ihm im Schloß zu wohnen. Dann waren die Wochen der sorglosen Seereise durch das Mittelmeer, den Suezkanal und durch den Indischen Ozean gefolgt.
Es klopfte an der Tür, und ungläubig sah er in ihre Richtung. Hatte er nicht befohlen, ungestört zu bleiben? Es mußte also etwas Wichtiges sein. Umständlich erhob er sich, zog sich die Uniformjacke über und entriegelte die Tür.
»Herein!«
»Entschuldigen Sie bitte die Störung, Exzellenz, aber ein Bote der kaiserlichen Palastwache wartet mit einem dringlichen Schreiben an Sie.« In tadelloser Haltung wartete der Flügeladjutant auf eine Antwort.
»Palastwache? Von diesem Herrn Yung-lu?«
»Nein, soviel wie ich verstanden habe, kommt er direkt vom chinesischen Kaiser.«
»Gut, ich komme gleich!«
Lao Dzo-lin verbeugte sich tief, als von Waldersee mit dem Dolmetscher ins Vorzimmer trat. »Der Großsekretär Lin Fen-che ist

im Auftrag unserer hochverehrten Kaiserinwitwe und Regentin hierher unterwegs, um Friedensverhandlungen einzuleiten, und er läßt Sie mit dem größten Respekt grüßen!« Dann übergab er Graf von Waldersee Fen-ches Schreiben.

Beobachtet diesen Mann sehr genau, hatte der ihm aufgetragen. Achtet auf seine Haltung, wie er sich bewegt. Ist er alt, aber noch geschmeidig? Geht er vornübergebeugt? Beobachtet besonders sein Gesicht! Im Gesicht sieht ein Kundiger die Leiden. Sind die Mundwinkel herabgezogen, die Falten drumherum tief? Und merkt Euch seine Augen! Sind sie klar, kann er Euch während des Sprechens ins Gesicht sehen? Alles ist wichtig für mich, denn ich muß diesen Mann kennen, bevor ich mit ihm verhandle, seine Schwächen und auch seine starken Seiten!

Lao Dzo-lin bewunderte die Klugheit seines Herrn, sich so akribisch auf einen Verhandlungspartner einzustellen. Weit höheren Respekt nötigte ihm dessen Voraussicht ab, ihm drei Briefe mitgegeben zu haben. Je einen mit dem gleichen Inhalt in englischer, französischer und deutscher Sprache, die er unbedingt auseinanderhalten mußte und nur denjenigen dem Oberbefehlshaber überreichen durfte, zu dessen Nationalität die Sprache paßte.

Unbesehen wollte von Waldersee den Brief Dolmetscher Cordes reichen, um ihn sich vorlesen zu lassen, als sein Blick auf die Schriftzüge fiel.

»Erstaunlich, das Schreiben ist in deutscher Sprache verfaßt, haben Sie auch einen Dolmetscher?«

Lao Dzo-lin war froh, den richtigen Brief überreicht zu haben. Er hatte sich an den Geheimzeichen am Rand orientiert, war aber im letzten Moment unsicher geworden, ob er sie nicht vielleicht doch verwechselt hatte. »Mein Herr spricht mehrere Sprachen«, antwortete er auf von Waldersees Frage und fügte hinzu, was ihm eindringlich aufgetragen worden war, unbedingt einzuflechten. »Er bewundert die großartige Kultur Deutschlands und weiß sehr wohl die Ehre zu schätzen, wenn Sie ihn empfangen würden.«

Graf von Waldersee überflog das amtlich gehaltene Schreiben, in dem bestätigt wurde, daß Herr Lin Fen-che bevollmächtigt war, die Friedensverhandlungen aufzunehmen und bis zur Unterschriftsreife auszuarbeiten.
»Ich bin bereit, Herrn Fen-che zu empfangen!« sagte von Waldersee, und während Cordes den gesamten Namen korrigierend hinzufügte, spürte von Waldersee, wie ihn die Tatsache, daß er sich bei den kommenden Verhandlungen mit seinem Gesprächspartner in seiner eigenen Sprache unterhalten konnte, erleichterte.

***

Am Haupttor zur Chinesenstadt wurde der lange Sänftenzug Fen-ches zum ersten Mal aufgehalten. Die ausländischen Soldaten ließen ihn jedoch ohne nähere Kontrolle weiterziehen.
Durch einen Schlitz der zugezogenen Vorhänge beobachtete Fen-che das Volk auf der Straße. Jeder Chinese blieb stehen und verbeugte sich pflichtgemäß in Richtung seiner Sänfte. Ein nie gekanntes Hochgefühl überkam ihn, und er bedauerte, daß ihn sein Vater, Ay-lin und die Kinder in diesem Augenblick nicht sehen konnten.
Am teilweise zerstörten Tschien-Tor kam der Zug zum Stehen. Fen-che beobachtete, wie der Hauptmann seiner Begleitwache einem japanischen Offizier zu erklären versuchte, daß sie in der Purpurstadt erwartet wurden. Die herablassende Art des Japaners reizte den Hauptmann, und plötzlich standen sie sich drohend gegenüber. Keiner von ihnen gab nach, während die Posten noch immer den Weg versperrten. Ungerührt blickte der Japaner dem Hauptmann in die Augen, während seine Faust den Knauf des Säbels fest umklammerte. Schließlich wandte er sich hochmütig ab und ging mit wiegenden Schritten auf die Sänfte zu.
Fen-che zog die Vorhänge zur Seite und lächelte dem näher kommenden Japaner entgegen. »Wird es dem ruhmreichen Krieger aus

dem Land der aufgehenden Sonne gefallen, einen kaiserlichen Kurier passieren zu lassen?« sprach er ihn auf japanisch an.
»Chinesischen Soldaten ist das Betreten Pekings verboten!« erwiderte der Japaner.
Fen-che war ungehalten über dessen Selbstgefälligkeit, erst recht, da er mit keiner Miene honorierte, auf japanisch angesprochen worden zu sein. Doch Fen-ches Lächeln waren diese Gefühle nicht anzusehen. »Soldaten, das kann ich verstehen, aber seht Euch mein unmilitärisches Wachpersonal an. Die Zeremonie gebietet es, daß ich sie meinem Rang gemäß mitführen muß. Gefahr geht von ihrer altertümlichen Bewaffnung keine aus, oder solltet Ihr Euch dennoch fürchten?«
In verhaltenem Zorn stampfte der Offizier mit dem Fuß auf. »Ich habe meine Befehle! Angst habe ich weder im Koreakrieg gekannt noch vor einem anderen Feind; warum sollte ich jetzt welche haben?«
»Wenn es Eurem bescheidenen Rang nicht zukommen sollte, eine Entscheidung zu treffen, dann ersuche ich Euch, beim Oberkommandierenden nachzufragen, der von unserem Kommen unterrichtet ist und mich erwartet!«
Einige Atemzüge lang blieben die fast schwarzen, haßerfüllten Augen des Japaners auf Fen-che gerichtet, bis er sich wortlos abwandte und mit eckigen Schritten zum Tor ging. Hier gab er dem Hauptmann des Zuges einen verächtlichen Wink weiterzuziehen. Fen-che dankte den Göttern, daß dieser sich nicht zum Zweikampf hatte locken lassen.
Unbehelligt erreichten sie die Kaiserliche Stadt. Vor Yung-lus Yamen wurde die Sänfte abgesetzt, und mit unfeierlicher Eile durchschritt Fen-che das Ehrenspalier der Wache. Zwischen den gebeugten Rücken erkannte er seinen Hauptmann Lao Dzo-lin und winkte ihm zu folgen.
Yung-lu schien ihn zu erwarten. Er saß allein in seinem Arbeitszimmer hinter dem Schreibtisch.

Sofort erhob er sich und ging Fen-che entgegen.
»Ehrwürdiger, alter Großvater, ich freue mich, Euch nach den ereignisreichen letzten Tagen gesund wiederzusehen!« begrüßte Fen-che ihn herzlich. »Gemeinsam sollten wir versuchen, die anstehenden Probleme mit den Siegermächten zu lösen, damit unsere geliebte Kaiserliche Familie so schnell wie möglich in die Hauptstadt zurückkehren kann!«
Yung-lu lächelte fein. »Darf ich meinem ehemaligen Berater zu seinem neuen Rang gratulieren!« Und er verbeugte sich unerwartet tief. »Ich fühle mich geehrt, daß Ihr für mich einen Platz an Eurer Seite vorgesehen habt!«
»Es wäre unklug, wenn ich auf Euren weisen Rat verzichten würde, denn in erster Linie haben wir eine schwere Aufgabe zu lösen, und dabei sollten wir uns nur von freundschaftlichen Gefühlen leiten lassen! Darf ich mich setzen?«
Yung-lu wartete, bis Fen-che saß, und nahm dann selbst Platz. »Ich habe inzwischen mehrmals beim deutschen Oberkommandierenden von Waldersee um ein Gespräch nachgesucht, doch immer hieß es, er sei unpäßlich. Auf seine Anordnung hin sind meine verbliebenen Garnisonen entwaffnet worden und müssen in den Kasernen außerhalb Pekings bleiben. Das wäre im Augenblick alles, was ich Euch zu berichten habe!«
Unpäßlich? Fen-che horchte auf und blickte zu Lao Dzo-lin, der noch immer neben der Tür stand. »Ist Euch etwas aufgefallen?«
Lao Dzo-lin nickte und verbeugte sich, bevor er antwortete. »Der Mann ist hochbetagt, und ich habe durch seine leicht zitternden Hände, den zögernden Schritt und den unsteten Blick den Eindruck gewonnen, daß er kränklich ist. In seinem Gesicht entdeckte ich Züge von Bitterkeit, die auf Ungerechtigkeit schließen lassen. Ein einsamer, knorriger Baum auf verlassenem Feld. Außerdem, wenn ich es sagen darf«, beendete er seinen Bericht, »hat es mir den Atem verschlagen, wie diese Europäer riechen!«
Erstaunt hatte Yung-lu zugehört. »Warum interessiert Ihr Euch

derart für diesen Mann? Er soll alt sein und wird unter dementsprechenden Zipperlein leiden. Aber das tut doch jeder!«

»Der erhabene Stammvater hat mir aufgetragen, um jeden Preis Frieden zu schließen, unter der Bedingung, daß Er für den Krieg nicht verantwortlich gemacht wird und die Macht in Seinen Händen behält. Um das zu erreichen, bin ich bestrebt, alles über diesen Mann zu erfahren, mit dem wir verhandeln werden. Ob er eitel ist, an welchen Krankheiten er leidet, ob ihm sein Jadeschaft noch Freude bereitet und ob er Frauen oder Knaben bevorzugt, wie weit seine Befugnis geht und ob die Verbündeten seinen Oberbefehl anerkennen; all das zu wissen kann uns von großem Nutzen sein.«

Yung-lu nickte nur und sah plötzlich verlegen zu Boden. »Entschuldigt bitte meine Nachlässigkeit, Ihr hattet sicher eine anstrengende Reise, darf ich Euch Tee bringen lassen?«

Erleichtert dankte Fen-che. Er hatte von Anfang an gehofft, daß Yung-lu ihm Tee anbieten würde, denn durch diese Geste zeigte er seine Bereitschaft zur Zusammenarbeit. Er nickte Hauptmann Lao Dzo-lin zu, der sich verbeugte und den Raum verließ.

Bis der Tee gebracht wurde, hing jeder seinen Gedanken nach. Erst als der gelbe Trank in den Schalen dampfte, brach Fen-che das Schweigen und berichtete Yung-lu von der Flucht nach Taijuenfu und von der Freundschaft mit dem Gouverneur, der ihn nicht nur vor dem sicheren Tod bewahrt, sondern ihm auch zu diesem Auftrag verholfen hatte.

***

Die Begegnung mit Graf von Waldersee fand am nächsten Vormittag statt. Durch Boten hatte von Waldersee Fen-che übermitteln lassen, daß dieses erste Gespräch in privater Atmosphäre und unter vier Augen stattfinden sollte.

Gleich hinter den Goldwasserbrücken in der Purpurstadt lag die ›Halle der Literarischen Blüte‹, in der das Hauptquartier des Feldmarschalls untergebracht war. Fen-che wurde von einer dreireihigen Ehrenformation der deutschen Seewache mit präsentierten Gewehren begrüßt. Nachdem er der Sänfte entstiegen war und mit seinem Diener im Gefolge an den Soldaten vorbei auf den Eingang zuschritt, kam ihm der Adjutant von Waldersees auf den Stufen entgegen.

Zu Fen-ches Erstaunen standen im Empfangsraum zahlreiche Offiziere verschiedener Waffengattungen in Gruppen zusammen und betrachteten ihn verstohlen und neugierig. Irritiert von dem beißend scharfen Geruch der bläulichen Zigarrenrauchschwaden, blieb Fen-che einen Augenblick an der Tür stehen und ließ seine Augen über die Menge gleiten. Ob es zwischen den Offizieren jemanden gab, der den Marsch auf Peking unter Seymour mitgemacht hatte und ihn jetzt wiedererkennen würde? Der Gedanke, daß einem zum Tode Verurteilten diese Ehre zuteil wurde, erheiterte ihn, und obwohl er befürchtete, deswegen angesprochen zu werden, hoffte er doch, ein vertrautes Gesicht zu sehen. Soweit er erkennen konnte, waren jedoch nur fremde Offiziere anwesend, die sich auch von den bisher bekannten Uniformen durch ihre karmesinroten Streifen an der Hose unterschieden.

»Darf ich Herrn Generalfeldmarschall Graf von Waldersee vorstellen!« hörte Fen-che neben sich die Stimme des Flügeladjutanten, während das Gemurmel der leise geführten Unterhaltung abbrach und sich die Augen aller Anwesenden auf sie richteten.

Ein weißhaariger Herr mit struppigem Oberlippenbart stand ihm gegenüber. Fen-che verbeugte sich.

»Ich freue mich, Ihre Bekanntschaft machen zu dürfen, Exzellenz. Als Zeichen der Hochachtung erlaube ich mir, Ihnen zum Andenken an diese Begegnung ein Mandarinschwert aus der Yüan-Dynastie zu überreichen.«

Der Diener reichte Fen-che einen in blaue Seide gehüllten länglichen Gegenstand, verbeugte sich und verließ den Raum. Fen-che schlug die Seide so weit zurück, daß der mit Silberringen verzierte

Elfenbeingriff und die halbe, ebenfalls in Silber getriebene Scheide mit den unzähligen eingefaßten Edelsteinen zu erkennen war, und übergab von Waldersee die Kostbarkeit.
Graf von Waldersee nahm sichtlich bewegt das Schwert entgegen, zog es ganz aus der Scheide und hielt die blitzende, ziselierte Klinge hoch. »Das Schwert, Sinnbild der Stärke und des Krieges! Wollen wir alle hoffen, daß es zwischen dem deutschen und dem chinesischen Volk nie wieder erhoben wird. Es soll die gegenseitige Freundschaft und Hochachtung stärken!« Obwohl er mit seiner etwas heiseren Stimme nur leise gesprochen hatte, wurden seine Worte rundum mit Beifall aufgenommen. »Darf ich Ihnen meine Herren Offiziere vorstellen!« Dann schritten sie von Gruppe zu Gruppe, während die inzwischen Vorgestellten unauffällig den Raum verließen.
Nachdem die letzten gegangen waren, führte von Waldersee seinen Gast in das behagliche Kabinett nach nebenan. »Wie jung Sie noch sind, Herr Fen-che. Ich muß gestehen, ich war auf einen älteren Herrn gefaßt.«
Fen-che registrierte, wie unvorbereitet von Waldersee dieses Amt angetreten haben mußte, da er ihn mit seinem Vornamen ansprach. Auch glaubte er an den Flecken in seinen Augen zu erkennen, daß er sehr krank sein mußte und höchstens noch einige Jahre zu leben hatte. »Sie haben recht, Exzellenz, selten findet man Männer in meinem Alter in einem derartig hohen Amt, aber ich bin mir durchaus der Verantwortung bewußt, die ich zu tragen habe. Vielleicht hat man mich deswegen auserwählt, gewissermaßen als Sinnbild des jungen China und zum Beweis des guten Willens, weil ich Ihre Sprache spreche.«
»Aber Sie sind doch Chinese?«
Fen-che behielt sein Lächeln bei, obwohl ihn die indiskrete Frage entsetzte. »Ich bewundere Ihren scharfen Blick!« lobte er Graf von Waldersee. War die Wahrheit opportun? Die Zeit drängte zu antworten. »Sie haben es richtig erkannt, ich bin Deutscher von

Geburt, wurde aber als Chinese erzogen und bin in einer großartigen Familie hier aufgewachsen.«

»Als Europäer muß es Sie aber doch sehr belasten, auf der anderen Seite zu stehen.«

Fen-che ließ sich mit der Antwort Zeit. Sollte er dem Alten erzählen, wie stolz er darauf war, ein Chinese zu sein? Nein, das würde dieser nie begreifen! »Fünfunddreißig Jahre lebe ich nun hier, und die Zeit wirkt wie eine Schranke; oder würden Sie mir vorbehaltlos Ihre Tochter zur Frau geben?«

Von Waldersee hüstelte, zögerte ein wenig und wendete seinen Blick ab. »Darf ich Ihnen einen Weinbrand anbieten?« fragte er peinlich berührt.

»Nein danke, Exzellenz, wir Chinesen vertragen Alkohol nicht gut.«

Geduldig wartete Fen-che, bis von Waldersee mit zittriger Hand sein Glas gefüllt und sich eine Zigarre angesteckt hatte.

»Mit der Einnahme von Peking durch die alliierten Truppen und der Flucht der Kaiserlichen Familie sind die Kampfhandlungen um die Hauptstadt beendet.« Von Waldersee machte eine lange Pause und nippte mehrmals am Glas, als ob er den Faden verloren hätte. Fen-che kam zu dem Schluß, daß der Graf abgrundtief erschöpft war. Und plötzlich wußte er, was er zu tun hatte. Er mußte dem Alten – zumindest für die Zeit der Verhandlungen – jemanden zur Seite stellen, der ihm das Gefühl seiner jugendlichen Dynamik wiedergab, ihn bestätigte! Eine Person, durch die er ihn auch während seiner Abwesenheit kontrollieren konnte. Aber wer kam dafür in Frage? Möglicherweise eine Frau?

»Ihr Besuch hier als Unterhändler des Kaisers«, fuhr von Waldersee schließlich fort, »bestätigt die bedingungslose Kapitulation. Sehe ich das richtig?«

»Es liegt in unserem Interesse, daß kein weiteres Blut vergossen wird, Exzellenz! Ich kann aber nur für meine Regierung sprechen, die guten Willens ist, sofortigen und dauerhaften Frieden zu

schließen. Es gibt jedoch immer noch starke Verbände von Aufständischen, die wir mit unseren bescheidenen Mitteln nicht erfolgreich bekämpfen können.«
»Ich werde nicht eher ruhen, bis die letzten Feinde vernichtet sind!« Von Waldersee streckte die Beine weit von sich. »Dann wäre da noch die Frage der Kriegsentschädigung; sind Sie in dieser Sache bevollmächtigt?«
»Es ist meinem Kaiserhaus ein überaus ernstes Anliegen, darüber zu verhandeln, in welchem Umfang die Mächte, die durch die Unruhen der Aufständischen finanzielle Verluste erlitten haben, berücksichtigt werden können.« Von Waldersees Mundwinkel zogen sich mißbilligend nach unten, doch bevor er antworten konnte, schnitt Fen-che schnell ein anderes Thema an. »Einzig über die Pachtgebiete werden wir nicht erneut verhandeln. Die bestehenden Verträge werden unangetastet bleiben!« Fen-che hätte jetzt gern eine Schale Tee getrunken, doch es war ihm peinlich, darum zu bitten. »Über alles können wir verhandeln, aber die Souveränität des Kaiserhauses muß auf jeden Fall davon unberührt bleiben!«
»Darauf kann ich ohne weitere Prüfung nicht eingehen. Ich muß allerdings darauf bestehen, daß mir als Zeichen des Vertrauens eine Namensliste der Boxerführer von Ihnen zur Verfügung gestellt wird, um die Übeltäter nach unserem Kriegsrecht zu bestrafen!«
»Die Kaiserliche Familie wird sich nicht auf dieser Liste befinden, da sie selbst von den Ereignissen überrascht worden ist!« Fen-che beobachtete von Waldersee, wie dieser die für ihn lebenswichtige Ausklammerung des Herrscherhauses aufnehmen würde.
Es schien ihm unwichtig zu sein, denn er nickte nur und schien das Interesse an der Unterhaltung verloren zu haben. Er döste mit offenen Augen vor sich hin, bis Fen-che die Peinlichkeit nicht länger ertragen konnte und das weitere Gespräch auf ein unpolitisches Thema überzuleiten versuchte. »Hatten Sie eine angenehme Überfahrt?«

Wieder nickte von Waldersee nur.
»Hatten Sie schon das Vergnügen, außer Peking noch andere Städte unseres Reiches kennenzulernen?« Fen-che sah, daß es von Waldersee sichtlich schwerfiel, sich zu konzentrieren.
»Ja. Schanghai, glaube ich, und Tientsin; ja natürlich!«
Plötzlich wußte Fen-che, durch wen er von Waldersee an sich binden konnte: Sai Yin Hua. Ohne Frage würde sie die Gabe besitzen, durch ihren Liebreiz den Oberbefehlshaber auszuhorchen und ihn eventuell zu manipulieren. Er mußte sie so schnell wie möglich nach Peking holen!
»Exzellenz haben mir die Ehre gewährt, mich privat zu empfangen. Darf ich diese Freundlichkeit mit einer Gegeneinladung beantworten? Darf ich darauf hoffen, daß Sie zu einem kleinen Imbiß mein Gast sein werden?«
Aus dem nochmaligen mechanischen Nicken von Waldersees schloß Fen-che, daß er die Worte nicht aufgenommen hatte, und war sich über die Zwecklosigkeit im klaren, die Einladung zu wiederholen. »Exzellenz, ich habe Ihre Zeit über Gebühr strapaziert!«
Wieder nickte von Waldersee geistesabwesend.
Fen-che verließ das Kabinett und traf im Salon auf den Adjutanten, der ihn auf der Treppe zum Eingang des Kaiserpalastes empfangen hatte. »Ich glaube, die Unterhaltung hat seine Exzellenz etwas erschöpft. Er ruht jetzt. Wenn Sie bitte die Freundlichkeit haben würden, seine Exzellenz daran zu erinnern, daß er mich mit einem Gegenbesuch beehren möchte.«
»Möchte er das?« Die Frage des Adjutanten klang mißtrauisch, und erklärend fügte er hinzu: »Seine Krankheit hat ihn in letzter Zeit sehr ans Haus gefesselt!«
»Ich bin davon überzeugt, daß er über die weiteren Verhandlungen, die noch anstehen, die freundschaftlichen Bande nicht zerreißen lassen möchte. Darf ich die schriftliche Einladung an Sie adressieren?«

»Sehr wohl! Ich werde Ihr freundliches Anerbieten seiner Exzellenz zu gegebener Zeit vorlegen!«
Sie waren inzwischen am Hauptportal angelangt und blieben stehen. »Wissen Sie zufällig, ob sich Graf von Soden noch in Peking befindet?«
»Die Schutzbesatzung ist abgelöst worden. Herr von Soden ist nach Tsingtau zurückgekehrt. Kennen Sie ihn?«
»Ich hörte von ihm, ein tapferer und unerschrockener Offizier!«

***

Fen-ches vorrangige Sorge war nun, Sai Yin Hua schnellstens nach Peking zu holen, und dabei war er auf die Unterstützung Yung-lus angewiesen.
»Ehrwürdiger, alter Großvater«, bat er diesen, nachdem er in groben Zügen von der Begegnung mit von Waldersee berichtet hatte, »diese reizende Frau wird durch ihre natürliche Anmut, ihre Fähigkeit, sich auf jede Person einzustellen, und durch ihre Begabung als Köchin in der Lage sein, für uns unschätzbare Dienste zu leisten, wenn es uns gelänge, sie als Dienerin oder Hausangestellte in von Waldersees Nähe unterzubringen.«
Fen-ches Überzeugung wurde von Yung-lu nicht unvoreingenommen geteilt, und im Geiste formulierte er sanfte Kritik.
»Habt Ihr zuverlässige Leute, die sie so schnell wie möglich herbeischaffen könnten?« drängte Fen-che, bevor Yung-lu Einwände erheben konnte.
»Wollen wir nicht auf sie verzichten und uns nur auf die Verhandlungen konzentrieren? Dürfen wir den Erfolg von dieser Frau abhängig machen? Wir sollten uns nicht nur auf sie verlassen!«
»Ihr kennt sie nicht, deswegen beschäftigen Euch diese Zweifel. Natürlich werden wir uns ernsthaft mit den kommenden Verhandlungen befassen, aber ist es für uns nicht leichter, einen Singvogel im fremden Garten zu haben? Vielleicht benötigen wir ihre

Hilfe nicht, aber wenn doch, dann werden wir uns Vorwürfe machen, nicht alles versucht zu haben!«
Trotz seiner Skepsis ließ Yung-lu sich schließlich überzeugen. »Ich werde meine besten Leute nach Schanghai schicken. Seid Ihr sicher, daß sie Eurer Bitte hierherzukommen folgen wird?«
»Ich werde Eurem Boten einen Brief mitgeben, der Sai Yin Hua von der Notwendigkeit überzeugen wird, und ich bin sicher, sie wird uns helfen!«
Nachdem er den Brief geschrieben und ihn Yung-lu überreicht hatte, stellte er mit Hilfe seines Sekretärs die gewünschte Liste der Boxerführer zusammen. Dann las er sie noch einmal durch, doch bevor er sie aus der Hand legte, ließ er noch die Namen von Hsü Ching-chen und Peng Yü-lin darauf setzen. Er bemerkte sehr wohl, wie ihn der Schreiber fragend anblickte, und war zugleich von dessen kluger Zurückhaltung, nicht nachzufragen, angenehm berührt. Warum sollte er auch? Vielleicht waren sie wirklich in irgendeiner Form in die Wirren verwickelt. Daß das die beiden Männer waren, durch deren falsche Anschuldigungen sein Vater damals in Tschangscha um Amt und Würden und fast um sein Leben gekommen war, ging niemanden etwas an!

Nach der Eroberung Pekings verlegte Großbritannien den größten Teil seiner Truppen sofort ins Krisengebiet des südlichen Afrika, während Frankreich seine Soldaten in Algerien für weitere Eroberungen in der Sahara benötigte. Rußland richtete sein Hauptaugenmerk auf die Mandschurei. Die Hauptlast der Befriedung in China lag daher beim deutschen Generalstab in Peking. Je weiter die Truppen bei der Verfolgung der Boxer ins Landesinnere vorstießen, desto erbitterter wurden die Kämpfe geführt. Trotz aller militärischer Disziplin nahmen die Klagen aus der Bevölkerung über die Grausamkeiten zu, die nicht nur gegen einzelne chinesische Truppenteile gerichtet waren, sondern auch Plünderungen und andere Willkürakte einschlossen. Neben diesen Verfehlungen nahm der politische Druck der ausländischen Gesandten auf von Waldersee zu. Durch die Erfahrungen der letzten Jahre zweifelten sie nicht an der Schuld der Kaiserinwitwe, entscheidenden Einfluß auf die Boxerbewegung ausgeübt zu haben. Die Reformfreudigkeit des Kaisers noch immer vor Augen, versuchten sie ihren Einfluß auf den Oberkommandierenden geltend zu machen: Tz'u-hsi mußte politisch entmachtet und Kuang-hsü als alleiniger Regent an die Spitze des Staates gestellt werden.

ACHTZEHNTES KAPITEL

Die schnelle Ankunft Sai Yin Huas in Peking empfand Fen-che als freudigen Lichtblick, denn die laufenden Verhandlungen mit von Waldersee wurden zusehends schwieriger. Angesichts seiner Würde hatte Yin Hua sich zum Kotau zu Boden geworfen und blieb regungslos liegen. Fen-che wartete, bis der Sekretär auf sein Handzeichen hin den Raum verlassen hatte, ging die wenigen Schritte auf sie zu und half ihr beim Aufstehen.

»Ich bin erleichtert und erfreut, daß Ihr meiner Einladung so schnell nachgekommen seid!«

»Hatte ich eine andere Wahl? Die Bitte in dem Brief hörte sich, besonders mit dem Hinweis, ich sei Euch noch einen großen Gefallen schuldig, wie ein Befehl an.« Yin Hua hatte ihr Gesicht zu Fen-che erhoben, doch ihre Augen hielt sie während des Sprechens zu Boden gerichtet.

»Ihr habt recht, das war wirklich ungezogen von mir, entschuldigt bitte! Aber die Unerläßlichkeit, mit der ich Euch hier benötige, machte diesen Nachdruck erforderlich. Ich brauche Euch für eine äußerst wichtige Aufgabe und wagte deswegen nicht, das Risiko einzugehen, daß Ihr möglicherweise nein sagen würdet.«

»Damals habe ich Euch gesagt, ich bin Euch sehr zu Dank verpflichtet, und das hätte genügen sollen. Ich wäre auf jeden Fall gekommen!«

Obwohl sie leise und ohne Vorwurf sprach, empfand Fen-che ihren Einwand insofern kränkend, als sie ihn schon zum zweiten Mal, wenn auch mit anderen Worten, wiederholte. »Ich bitte Euch nochmals, verzeiht mir diesen Fehler!« Seine vordem weiche

Stimme klang ungewollt rauh. Er bemerkte eine kleine abweisende Regung an ihr und bereute sofort seine Unachtsamkeit und versuchte sie schnell zu überdecken, indem er den Arm um sie legte, sie auf die Stirn küßte und sich ganz auf sie konzentrierte. »Ich habe Euch sehr vermißt, und bis heute erlebe ich in Gedanken noch sehr oft unsere gemeinsamen schönen Stunden. Ihr selbst seid in meinen Augen noch schöner geworden. Aber sagt doch erst einmal, wie geht es Euch und Eurer verehrungswürdigen Mutter?«
Seine einfühlsamen Worte schmeichelten Yin Hua, und sie ließ sich von seinem herzlichen Lächeln einfangen. »Dank ihrer guten Beziehungen haben wir die unruhigen Zeiten bisher gut überstanden.«
»Darf ich Euch eine Schale Tee zur Erfrischung anbieten?« fragte er überflüssigerweise, denn während er noch sprach, hatte er bereits geklingelt. Bevor der Tee von dem Diener gebracht wurde, forderte er sie auf, sich mit ihm an den kleinen dunklen Lacktisch zu setzen. Während er sie betrachtete, stopfte er sich eine Pfeife.
Sie war wirklich schöner geworden. Ihr Gesicht zeigte noch immer die ruhige Ausgeglichenheit eines zufriedenen Menschen. Das aprikosenfarbene Kleid unter ihrem Umhang unterstrich in seiner Einfachheit ihre zierliche Figur. Bedächtig sog er an der Pfeife. Auch ihre Hände waren makellos, ebenso ihre stolze wie anmutige Haltung. Aber warum hatten sie sich beide zu dem höflichen »Euch« zurückgezogen? Lag es an seinem hohen Amt, oder lag die Zeit seiner Abwesenheit zwischen ihnen?
Während der Diener den Tee servierte, trat der Sekretär ein und blieb wartend an der Tür stehen. Erst als der Diener gegangen war, wandte Fen-che sich ihm zu. »Habt Ihr mir etwas sehr Wichtiges mitzuteilen?«
»Eine Delegation Prinz Tuans wünscht Euch sofort zu sprechen!«
Seit er sich wieder in Peking befand, hatte Fen-che damit gerechnet. Denn nun, da der allmächtige Prinz Tuan aus der Hauptstadt vertrieben worden war und seine Kombattanten von Graf von

Waldersees Truppen unentwegt dezimiert wurden, mußte er versuchen, über einen Mittelsmann Friedensverhandlungen anzubieten. Solange er noch genügend Leute hatte, die für ihn kämpften, konnte er diesen Umstand zum Verhandlungsgegenstand für Waffenstillstandsgespräche nutzen. Daß er sich dabei ganz in die Hände von Fen-ches gutem Willen und Verhandlungsgeschick begab, kostete ihn allerdings viel Gesicht.
»Morgen nach dem Mittag werde ich mit ihnen sprechen!« entschied er und überging dabei den bewundernden Blick seines Sekretärs. Es bereitete ihm Genugtuung, die Abgesandten des ehemals mächtigsten Mannes in China warten zu lassen. »Für heute will ich nicht mehr gestört werden!«
Als er sich Yin Hua wieder zuwandte, hatte sein Gesicht die Strenge verloren, und er suchte die schönsten Mandelkekse für sie aus dem Angebot heraus, um sie neben ihre Teeschale auf den kleinen Teller zu legen. »Tausend Tode bin ich in den letzten Wochen gestorben, und heute erscheint es mir wie ein Wunder, daß ich noch lebe. Aber wenn ich jetzt neben Euch sitze, ist das alles vergessen, denn Ihr seid bei mir.«
Yin Hua war zu klug, um ihn jetzt zu unterbrechen. Sie war sich sehr wohl bewußt, welch ungeheure Ehre es für sie und ihre Familie bedeutete, daß sie nach Peking kommen und die Verbotene Stadt betreten durfte. Natürlich hatte sie sich über seine unhöfliche Aufforderung, schnellstens hierherzukommen, geärgert, doch das hatte sie ihm bereits gesagt. Nun war sie bemüht, ihn nicht weiter zu reizen. Sie hatte auch seine Blicke richtig gedeutet, als er sie verstohlen gemustert hatte, und öffnete die ersten Knöpfe ihres Umhangs, während sie sich mit dem blaugoldenen Fächer Kühlung zufächelte. »Es ist lange her, daß wir uns gesehen haben, und wir lebten beide unser Leben weiter, aber da ich nun hier sitze, ist es mir, als ob die Zeit nur für einen Augenblick stillgestanden hätte.«
Durch ihr einfühlsames Näherkommen tief befriedigt, zündete Fen-che an der Kerze mehrere Sandelholzstäbchen an, um die

äußere Harmonie zu vervollkommnen. Während die aromatischen Schwaden den Raum durchzogen, überlegte er, ob er jetzt gleich von ihrer zukünftigen Aufgabe sprechen sollte, wobei er Gefahr lief, das Band des augenblicklichen Zusammenklangs zu zerreißen, oder ob er vorerst weiter auf ihre und seine persönlichen Gefühle eingehen sollte. Er konnte sie auch durch die verlassenen Paläste der Purpurstadt führen, um ihr die ehemaligen Aufenthaltsorte der Kaiserlichen Familie zu zeigen: die ›Halle der Kosmischen Vereinigung‹, den ›Palast der Himmlischen Klarheit‹, den ›Palast der Irdischen Ruhe‹ oder die große ›Halle der Höchsten Harmonie‹, in der der Drachenthron stand. Sicher würden diese Eindrücke für sie unvergessen bleiben, aber konnte er sich jetzt die Zeit dafür nehmen? Lächelnd stand er schließlich auf, nahm ihre Hand und führte sie in seine Privatgemächer.

Sie liebten sich, tranken Tee, lachten und erzählten und liebten sich wieder, bis die still brennende Kerze im Licht des Tages erlosch.

***

Graf von Waldersee hatte sich nicht dazu bewegen lassen, mit einer Sänfte abgeholt zu werden, und fuhr statt dessen mit einer Kutsche vor. Fen-che hatte keine Mühe gescheut, diese Einladung mit besonderer Pracht zu gestalten, schon aus dem einen Grund, weil er von Waldersee für diesen Besuch danken wollte. Am Portal stand in Zweierreihen die neuformierte Kaiserliche Garde in blitzendem Goldharnisch und gelben Übermänteln, während der Offizier der Wache ihn bis zum Eingang geleitete, wo ihn Fen-che erwartete.

Um sicherzugehen, daß der alte Feldmarschall seiner Einladung Folge leisten würde, hatte Fen-che dem Adjutanten von Waldersees mit freundlichen Grüßen aus der kaiserlichen Schatzkammer eine Kriegerrüstung, das Geschenk eines Vasallenstaates, zukom-

men lassen. Innerlich zufrieden registrierte er, daß sich diese Ausgabe gelohnt hatte und damit die erste Voraussetzung für seinen Plan geschaffen war.
Ganz bewußt hatte Fen-che auf traditionelle chinesische Leckereien wie Schwalbennester, angebrütete Eier, geröstete Käfer oder Engerlinge und sogar auf die Haifischflossensuppe verzichtet und die Gänge nach europäischem Geschmack ausgesucht. Daß dem Reis, den Soßen und Beilagen sehr wohldosierte potenzfördernde Mittel beigemengt waren, konnte selbst der sachkundigste Gaumen nicht erkennen. Mit Freude sah er, wie von Waldersee nach anfänglichem Zögern einen gesegneten Appetit entwickelte und entgegen seiner sonst schweigsamen Art sehr eindrucksvoll von seiner Heimat erzählte. Nach dem Essen sah Fen-che endlich die Gelegenheit gekommen, Yin Hua vorzustellen.
»Möchten Exzellenz einen Kaffee, Tee oder lieber Weinbrand trinken?«
»Gegen Kaffee und Weinbrand wäre ich nicht abgeneigt!«
Fen-che läutete, und Yin Hua öffnete die Tür, trippelte auf den Tisch zu und verbeugte sich vor von Waldersee. Sie trug ein raffiniert geschnittenes, enganliegendes hellblaues Seidenkleid, das mit unzähligen winzigen, durchsichtigen Muscheln besetzt war und jede Bewegung ihrer Figur trotz des nur schwachen Kerzenlichts schillern ließ. Der seitliche Schlitz des Kleides reichte bis zur Hüfte, während der Ausschnitt eben vor dem Bauchnabel endete und von sehr schmalen Stegen zusammengehalten wurde.
»Waren Euer Gnaden mit dem Essen zufrieden?« fragte sie, während sie noch immer gebeugt auf seine Antwort wartete.
Noch während Fen-che übersetzte, sah er mit heimlicher Freude, wie von Waldersee fasziniert ihre Rundungen betrachtete. »Diese Dame ist für die Zubereitung der Speisen verantwortlich, und es ist bei uns Sitte, je nachdem wie die Speisen ausgefallen sind, sie entweder zu loben oder zu tadeln. Wenn Ihnen das Menü gefallen hat, so würden Sie mir eine besondere Freude bereiten, wenn ich Ihnen

die Dame Sai Yin Hua für die Dauer Ihres Aufenthaltes in China für Ihre persönliche Küche zur Verfügung stellen dürfte.«
Der Graf nickte. »Das Essen war vorzüglich!« Er schien sich gewaltsam von ihrem Anblick losreißen zu müssen. »Was haben Sie eben noch gesagt?«
»Ihre Erinnerungen an China sollen nicht nur vom Krieg getrübte sein. Es würde mir eine große Freude bereiten, Ihnen den Einblick in unsere vorzügliche Küche zu ermöglichen. Sie würden mich sehr beehren, wenn Sie mir den Wunsch nicht abschlagen, Ihnen die Dame Sai Yin Hua für Ihre persönliche Küche zur Verfügung stellen zu dürfen!«
Fen-che wußte, wie ungewöhnlich dieses Angebot war, und obwohl er im Plauderton gesprochen hatte, waren seine Nerven zum Zerreißen angespannt. Würde von Waldersee überhaupt begreifen, daß dieses Angebot ernst gemeint war? Und würden die beigegebenen Ingredienzien tatsächlich Wirkung zeigen, so daß er sie bemerken und dem guten Essen zuschreiben würde?
Sein Blick fiel auf von Waldersees Gastgeschenk, einen Orden und einen Offizierssäbel. Sicher, die Deutschen waren hierhergekommen, um Krieg zu führen, und nicht, um Geschenke zu verteilen, aber so schäbig beschenkt zu werden grenzte fast schon an eine Beleidigung. Er erinnerte sich an das noch immer kursierende Gerücht, daß der Bruder des Deutschen Kaisers, Prinz Heinrich, bei seinem Besuch vor zwei Jahren in der Sommerresidenz des Kaisers nur das Versprechen auf ein Gastgeschenk mitgebracht hatte, sich aber vom Sohn des Himmels gern mit Aufmerksamkeiten überhäufen ließ. Fen-ches Blick wanderte zu von Waldersee zurück, und er war erfreut, mit welch begehrlichen Blicken dieser Yin Hua betrachtete.
»Es ist mein ehrlicher und aufrichtiger Wunsch«, drängte Fen-che ihn zu einer Entscheidung. »Außerdem würde es für sie und ihre Familie eine ungeheure Ehre bedeuten, dem großen deutschen Feldmarschall dienen zu dürfen!«

»Sie müssen verstehen, Ihr Angebot trifft mich völlig unvorbereitet, aber wenn ich Ihnen damit eine Freude machen kann, nehme ich Ihr Anerbieten gern an. Sie kann vielleicht in meiner Nähe innerhalb der Purpurstadt wohnen!«

Fen-che war mit der Entwicklung zufrieden, und der Klang seiner Stimme entsprach durchaus seiner augenblicklichen Empfindung, als er von Waldersee mit besonderer Herzlichkeit in den Nebenraum bat. »Darf ich Sie zum Kaffee bitten?«

Während Yin Hua sie mit Anmut bediente, übersetzte Fen-che von Waldersees Entscheidung über ihre weitere Tätigkeit. Ehrerbietig verbeugte sie sich.

»Ich danke Ihnen für die Güte, die Sie mir gewähren!« überraschte Yin Hua die beiden Männer in gutem Englisch. »Darf ich mich mit Ihnen, Euer Gnaden, in dieser Sprache unterhalten?«

Fen-che war entzückt, das Problem der Verständigung so schnell und ohne weitere Umstände gelöst zu sehen, obwohl es ihn kränkte, daß sie ihm ihre Sprachkenntnisse bisher verschwiegen hatte. Was gab es noch, wovon er nichts wußte? »Wenn Exzellenz es wünschen, so bin ich damit einverstanden, daß die Dame Sai Yin Hua den Rest des Abends mit uns teilt.«

Bevor sie sich einen Platz an dem ovalen, geschnitzten Tisch aussuchen konnte, wies von Waldersee auf den freien Sessel neben sich. »Ich bin begierig zu erfahren, wie Sie die Speisen zubereitet haben, weil ich trotz der späten Stunde weder müde bin noch irgendwelche Beschwerden fühle.«

»Es ist das Geheimnis meiner Kochkunst; zehntausend edle Kräuter zum Würzen unterstützen die Gesundheit und das Wohlbefinden. Ich freue mich, daß Sie es bemerkt haben und meine Geschicklichkeit loben.«

»Exzellenz, ich habe von unserem Kaiser eine Nachricht erhalten, in der er anfragen läßt, wann seine Familie wieder nach Peking zurückkehren kann«, versuchte Fen-che von Waldersee sein dringlichstes Problem in dieser gelösten Stimmung nahezubringen.

»Bestehen überhaupt noch grundsätzliche Einwände gegen den Fortbestand der Dynastie?«

Doch er hatte sich verschätzt. Mit einer ärgerlichen Bewegung, als wolle er eine lästige Fliege verscheuchen, wischte von Waldersee das Thema beiseite. »Lassen Sie uns doch den schönen Abend im Beisein dieser entzückenden Dame nicht mit unwichtigen Dingen verderben. Mich würde viel mehr interessieren, was sie noch für wohlbekömmliche Mittel hat. Man sagt, es soll da etwas geben, das einem die Jugend wiedergibt.«

Fen-che unterdrückte ein Lächeln, wohl wissend, worauf der Alte anspielte. »Vielleicht kann ich Ihnen dienlich sein, denn ich habe bei dem berühmtesten Arzt unseres Reiches gelernt. Zuvor bitte ich Sie jedoch, mir eine Antwort auf das dringliche Anliegen unseres Kaiserhauses zu geben!«

»Bemerkt Ihr denn nicht, daß Seine Gnaden heute nicht über Politik sprechen möchte«, mischte sich Yin Hua mit trotziger Stimme ein und warf Fen-che einen warnenden Blick zu.

»Entschuldigt bitte, Exzellenz, es war unhöflich von mir, aber die tiefe Sorge um das Wohlergehen unseres geliebten Herrscherhauses hat mir anscheinend den Verstand geraubt, wiewohl ich vermute, daß es der Dame Sai Yin Hua ähnlich geht wie mir.« Fen-che schenkte von Waldersee ein Glas Weinbrand ein und läutete nach dem Kaffee.

»Stimmt das?« fragte von Waldersee und bedachte sie mit einem aufmunternden Lächeln.

»Wie jeder Chinese bete auch ich Tag für Tag zu den Göttern, daß der Sohn des Himmels bald und wohlbehalten seinen angestammten Platz wieder einnehmen kann. Entschuldigen Sie bitte, daß ich so offen zu Ihnen bin, aber Sie haben mich um meine Meinung gebeten!«

»Dann bin ich wohl überstimmt!« lachte von Waldersee jovial, runzelte die Stirn und tat, als ob er nachdächte. Er griff nach dem Glas, nippte daran und trank es dann in einem Zug aus. »Von seiten der Alliierten wurde mir mehrmals nachdrücklich aufgetragen, Yüan Shih-k'ai als neuen Kaiser zu favorisieren, da man sich von ihm eine stabilere Politik im Sinne der Westmächte erhofft. Damit wäre zugleich auch der Fortbestand der Dynastie gesichert.«

»Der Verräter, der die Reformpläne unseres Kaisers vor zwei Jahren hintertrieben hat?« Fen-che war entsetzt. Die Gesprächsunterbrechung durch den Diener, der von Waldersee Kaffee brachte, war ihm daher ganz willkommen. Diese Möglichkeit hatte er noch nicht in Erwägung gezogen. Yüan Shih-k'ai, dieser elende Verräter! Unmöglich. Ebenso unmöglich war es, auf die Meinungen der Gesandten Einfluß zu nehmen. War damit seine Mission gescheitert? Unwiderruflich festgelegt hatte er sich in dem Augenblick, als er die Abordnung des Prinzen Tuan empfangen hatte. »Warum sollte ich Prinz Tuan unterstützen?« hatte er auf ihre Bitte hin geantwortet. »Beiden Seiten kann ich meine Vermittlungen nicht anbieten und will es auch nicht, obwohl mich die Aussicht auf den zu erwartenden Reichtum, der mir für meine Dienste angeboten wird, sehr beeindruckt.« Dann war er aufgestanden und hatte sie gezwungen, sich ebenfalls zu erheben. »Einzig unser jetziger Kaiser findet meine ungeteilte Unterstützung!« hatte er gesagt und eigenhändig die Tür geöffnet. »Für Prinz Tuan empfinde ich nichts!« Durch diese grobe Beleidigung hatte er die Brücken zu diesem Zweig des Herrscherhauses unwiderruflich abgebrochen. Sollte sich das nun als Fehler erweisen?

»Oder Prinz Tsching! Der wird auch noch genannt.« Von Waldersee schüttelte den Kopf. »Nein, den mag ich wiederum nicht. Man sagt, er komme aus der einfachsten Adelsklasse und habe es durch Schacher und Ämterkauf zum tonangebenden Mann im ehemaligen Großrat gebracht. Was ist denn Ihre Meinung, Fräulein Sai Yin Hua?« Dabei versäumte er es nicht, seine Hand auf ihren Unterarm zu legen, während er sich noch ein wenig mehr zu ihr hinüberbeugte.

»Wenn sich Euer Gnaden in meinem Herzen einen Platz erobern

wollten, dann geben Sie uns unseren geliebten Kaiser zurück!« lächelte sie und legte ihr Hand auf die seine.

Galant umfaßte er sie, führte sie zum Mund und küßte ihr den Handrücken. Für einen winzigen Augenblick traf ihr triumphierender Blick Fen-che, bevor sie sich wieder auf von Waldersee konzentrierte.

Der Feldmarschall räusperte sich und versuchte seine Aufregung zu unterdrücken, während er noch immer ihre Hand festhielt. »Ich werde meinen Einfluß geltend machen, daß Ihr Herrscher so schnell wie möglich zurückkommen kann. Habe ich nun einen Platz in Ihrem Herzen?«

»Euer Gnaden hat es soeben erobert!« lockte sie und schlug ihre Augen züchtig nieder, während sie errötete.

Sie ist phantastisch, dachte Fen-che und befürchtete zugleich, das Spiel mit von Waldersee zu weit getrieben zu haben. Er mußte doch merken, was hier geschah. So töricht und blind konnte doch nur ein jugendlicher Liebhaber sein! Plötzlich stockte ihm der Atem, und er glaubte seinen Augen nicht zu trauen. Yin Hua war von ihrem Sessel geglitten und hockte mit tränennassem Gesicht vor von Waldersee und preßte ihr Gesicht gegen seine Hand.

»Verzeiht bitte meinen Ausbruch, aber Eure Güte hat mein Herz bewegt. Nehmt den Dank Eurer ewigen Dienerin!« Geschmeidig erhob sie sich und setzte sich in ihren Sessel zurück.

Mit unerwartet strengem Blick sah von Waldersee zu Fen-che, als wollte er zeigen, daß er sich noch keineswegs in ihrem Garn verfangen hatte. »Die Kontributionen ihres Landes an die kriegführenden Mächte belaufen sich nach bisherigen Berechnungen auf eine halbe Milliarde Tael.« Genüßlich schlürfte er den Kaffee. »Verfügt das Chinesische Reich über soviel Geld, diese Schuld abzutragen?«

Fen-che bemühte sich, bei der unfaßbar hohen Summe Haltung zu bewahren, und bedachte sein Gegenüber mit einem undurchsichtigen Lächeln. »Für einen wahren, gerechten und dauerhaften Frie-

den wird unser Volk bereit sein, auch diese Last zu tragen, vorausgesetzt, daß diese Summe auf mehrere Jahre verteilt wird, denn wie Sie wissen, sind wir ein armes Volk. Nur reich an Menschen!«
Von Waldersee nickte und schenkte sich selbst noch einen Cognac ein. »Den Hauptanteil beansprucht Rußland, während sich unser Reich mit neunzig Millionen zufriedengibt. Die Amerikaner wollen mit ihren rund dreißig Millionen Tausende junger Chinesen in ihrem Land ausbilden. Wie Sie sehen, ist das Geld gut angelegt!«
Der Graf trank das Glas leer und erhob sich leicht schwankend. Sofort war Yin Hua bei ihm und hielt stützend seinen Arm, den sie fest an sich preßte.
»Soll ich Euer Gnaden nicht lieber begleiten?« fragte sie mit unverkennbarer Sorge in der Stimme.
»So alt bin ich nun auch wieder nicht. Es wird schon gehen!« Dann zögerte er kurz, bevor er hinzufügte: »Wenn Sie sich vielleicht morgen bei mir einfinden wollen? Ich darf Ihnen versichern«, und er legte seinen Arm um ihre Schultern, »ich bin begierig, Ihre Kochkunst zu genießen!« Mit diesen Worten ließ er sie los und machte eine knappe Verbeugung. »Ich darf mich für den gelungenen Abend bedanken!«
»Exzellenz, ich habe zu danken, besonders für den wertvollen Säbel, der in meiner Sammlung eine Zierde sein wird«, sagte Fen-che, obwohl er wußte, daß er die Geschenke nie wieder ansehen würde.
Nachdem Fen-che Graf von Waldersee am Portal verabschiedet hatte, eilte er mit langen Schritten zu Yin Hua zurück. Erleichtert und dankbar drückte er ihr beide Hände. »Ich glaube, wir haben soeben die wichtigste Hürde genommen. Ihr wart einfach wunderbar! Mit Eurer Hilfe wird er sein Lippenbekenntnis in die Tat umsetzen müssen! Setzt alle Mittel ein, damit wir unser Ziel erreichen!«

***

Am nächsten Tag, als Yin Hua in den Kaiserpalast gezogen war, um in von Waldersees Dienste zu treten, fühlte Fen-che sich leer und lustlos. So ein Unsinn, schalt er sich, wir beide haben es so gewollt, und wir werden auch Erfolg haben! Und doch ertappte er sich immer wieder, wie er beim rastlosen Durchqueren seines Arbeitszimmers am Fenster stehenblieb und in die Richtung der ›Halle der Literarischen Blüte‹ hinübersah. Er zwang sich, am Schreibtisch zu arbeiten, doch unkonzentriert wischte er die Papiere zur Seite und wünschte sich nichts sehnlicher, als mit einem Pferd unbeschwert auszureiten. Er wußte von Yung-lu, daß dieser bei jeder sich bietenden Gelegenheit in seiner gelben, vom Kaiser verliehenen Ehrenjacke oft stundenlang aus reinem Vergnügen durch seine Provinz ritt. Schließlich entschloß er sich, später in Begleitung einiger Wachen durch den kaiserlichen Garten, vielleicht sogar bis zum grasüberwachsenen Kohlenhügel zu gehen.
Erleichtert, endlich eine Entscheidung getroffen zu haben, lächelte er unwillkürlich, als er daran dachte, daß in diesem Hügel Kohlen zum Heizen des Palastes lagern sollten, damit die kaiserliche Familie im Falle einer Belagerung im Winter nicht zu frieren brauchte. Nun würden die Kohlen vielleicht den Eroberern nützen! Doch es war undenkbar, daß er abgetragen wurde, denn auf ihm standen fünf zierliche Pavillons und an seinem Fuß nicht nur ein kleiner Palast, sondern auch noch jene sagenumwobene Akazie in Ketten, an der sich der letzte Kaiser der vergangenen Dynastie erhängt hatte.
Nach kurzem Anklopfen trat der Sekretär ein und legte Fen-che zahllose wichtige Papiere vor. »Darf ich Exzellenz darauf hinweisen, daß die Delegation Prinz Tuans noch einmal vorstellig geworden ist!«
Fen-che sah ihn ärgerlich an. »Sind sie nicht schon abgereist?« murmelte er ungehalten und nahm sich vor, sie so schnell wie möglich abzufertigen, denn so wie es jetzt aussah, brauchte er Prinz Tuan nicht mehr.

Während Fen-che sich noch auf die vor ihm liegenden Papiere konzentrierte, hörte er jemanden das Zimmer betreten. Schließlich sah er auf, und es kostete ihn Überwindung, nicht sofort aufzustehen, um den Besucher herzlich zu begrüßen.
»Richter Kia, altehrwürdiger Erstgeborener, Euren Besuch habe ich nicht erwartet!« Langsam erhob er sich und erwiderte die Verbeugung. »Es muß ein Versehen sein, denn ich erwartete eine Delegation Prinz Tuans! Doch ich kann Euch versichern, daß mir Euer Erscheinen größere Freude bereitet! Setzt Euch bitte!« Und er gab dem Sekretär Anweisung, Tee und Gebäck bringen zu lassen.
Bis die Erfrischung gebracht wurde, respektierte Fen-che Kias Schweigen und unterschrieb die letzten Dekrete. Dann, als das dampfende Getränk mit dem frischen Gebäck auf dem Tisch stand, winkte er den Sekretär zu sich. »Tuans Abordnung soll warten. Laßt uns nun allein!«
»Ich bin Prinz Tuans Abordnung!« sagte Kia mit sanfter Stimme. Fen-che stellte die Schale, die er gerade zum Mund führen wollte, zurück und versuchte, während er Kia ansah, seine Gedanken zu ordnen. Kia und Tuan? Was gäbe das für einen Sinn? Kia stand doch im Dienst des Kaisers. Sollte er gekauft worden sein? »Es überrascht mich, alter Großvater, daß sich ein treuer Gefolgsmann unseres Kaisers für eine verlorene Sache einsetzen will.«
»Darf ich fragen, was Ihr unter ›verloren‹ versteht, mein älterer Bruder, denn ich stehe immer auf seiten des Siegers!« Seine sanften Augen musterten Fen-che ruhig, und mit zarter Handbewegung fuhr er über den lichtblauen Ärmel seines Gewandes.
Fen-che spürte, daß Kia etwas in der Hinterhand hatte, und beschloß vorsichtig zu sein. »Eure Zuversicht macht mich neugierig, so berichtet doch von Eurem Anliegen!«
»Mein Anliegen gilt in erster Linie dem Frieden für unser Volk, und das ist auch Prinz Tuans vornehmster Wunsch.« Kia wählte einige gezuckerte Ingwerstückchen und ließ sie vorsichtig in den

Tee gleiten. »Ingwer schärft den Verstand!« sagte er lächelnd. »Nur wer die Macht hat, kann für den Frieden garantieren, und Prinz Tuan befehligt im Augenblick das größte Heer, im Gegensatz zum Kaiser, der höchstens ein paar Wachen um sich geschart hat.«

Fen-che unterdrückte den Wunsch, schon jetzt etwas zu sagen.

»Prinz Tuans legitimer Wunsch ist es, anstelle des geflohenen Kaisers den Thron einzunehmen, und Ihr sollt ihm den Weg dahin ebnen!«

Was machte Kia so sicher, fragte sich Fen-che erneut, daß er ihn nicht sofort hinauswerfen ließ? Seine Ehrfurcht vor ihm? Ihre Freundschaft oder seine Dankbarkeit?

»Das kann ich nicht, denn meine Loyalität gilt unserem Kaiser! Außerdem wird Prinz Tuan niemals von den Siegermächten akzeptiert werden.«

»Eure Loyalität sollte dem Volk gehören und nicht einem unfähigen Kaiser, der von seiner machthungrigen Adoptivmutter gegängelt wird. Was die Siegermächte angeht, so werde ich in den nächsten Tagen bei Graf von Waldersee ein Programm vorlegen, in dem die Ausländer die Zollrechte selbst bestimmen können, den Handel uneingeschränkt ausweiten dürfen und das Recht erhalten, neue Minen zu erschließen. Damit komme ich den Wünschen der tonangebenden europäischen Kaufmannsherren nach, und kein Militär wird es wagen, sich dagegenzustemmen!«

»Was habt Ihr gesagt? Loyalität dem Volk gegenüber? Wo bleibt die denn, wenn Ihr unser Land verkauft?«

»Der arme Mann wird immer arm bleiben, ob unter unserem alten Kaiser oder unter Prinz Tuan. Nur der Friede wäre unter dem alten Kaiser unsicherer!«

»Alter Großvater Kia, es tut mir aufrichtig leid, Eurem Wunsch nicht nachkommen zu können, aber das, was Ihr mir vorschlagt, scheinen nur Hirngespinste zu sein. Unter diesen Gesichtspunkten lehne ich es ab, unser Gespräch fortzusetzen!« Fen-che stand auf,

um das Ende der Unterhaltung anzuzeigen, und griff zur Glocke, als Richter Kia ihn mit einer Handbewegung zurückhielt.
»Vielleicht sieht Graf von Waldersee Eure Qualität in einem anderen Licht, wenn er erfährt, daß Ihr Euch als Spion in Tsingtau eingeschlichen habt und später als Verräter angeblich erschossen wurdet!«
Das war es also! Fen-che war erleichtert, endlich klare Fronten zu haben. »Das war gestern, heute sitzen wir an einem Tisch und verhandeln über einen dauerhaften Frieden. Von Waldersee wird sich dadurch nicht beeinflussen lassen!«
»O doch, denn den Moralvorstellungen dieses alten Herrn sind sehr enge Grenzen gesetzt. Als Gesprächspartner seid Ihr dann nicht mehr nur inakzeptabel, sondern Ihr werdet vor ein Kriegsgericht gestellt werden, das sich auf unsere Beweise stützen kann.«
»Ich werde Euch vernichten!« sagte Fen-che leise.
»Mich vernichtet niemand!« Mit beflissener Emsigkeit beugte sich Kia vor. »Endlich habt Ihr begriffen, worum es geht. Entweder wird Prinz Tuan mit Eurer Hilfe Kaiser, oder Ihr werdet von den Deutschen hingerichtet. Noch steht es Euch frei auszusuchen, welches Amt Ihr unter Kaiser Tuan bekleiden wollt!« Kia erhob sich, und es gelang ihm in unnachahmlicher Weise, seine Verbeugung ins Lächerliche zu ziehen. »Ich erlaube mir, Euch eine Nacht Bedenkzeit zu geben. Morgen um die gleiche Zeit erwarte ich Eure endgültige Antwort!« Mit diesen Worten verließ er würdevoll den Raum.
»Hauptmann Lao Dzo-lin soll schnellstens zu mir kommen!« befahl Fen-che dem Sekretär und stellte sich neben das Fenster, um den Yamenausgang zu beobachten.
»Exzellenz haben mich hierherbefohlen?« hörte er etwas später Lao Dzo-lins Stimme hinter sich.
»Bemüht Euch bitte schnell hierher ans Fenster!« Er wies auf die große, verhangene Sänfte, die fast schon außer Sichtweite war. »Morgen um die gleiche Zeit wird dieser Besucher darin noch ein-

mal hierherkommen. Ich will nichts mehr mit ihm zu tun haben, ich will ihn nie wieder sehen! Versteht Ihr, was ich meine?«

»Sehr wohl, Exzellenz!« antwortete Lao Dzo-lin und beeilte sich, den Raum zu verlassen.

Der Entschluß, Kia zu töten, stand für Fen-che nach dessen höhnischer Verbeugung fest. Er hatte ohnehin keine andere Wahl. Sicher, Prinz Tuan würde wieder versuchen, ihn für sich einzuspannen, aber dann wäre er des brillanten Denkers Kia beraubt. Bis dahin würde er seine Spione verdoppeln und einen weiten Sicherheitskreis um sich und das deutsche Hauptquartier ziehen lassen, bis der Friedensvertrag endgültig unterschrieben war.

Zufrieden setzte er sich an seinen Schreibtisch zurück. An den Spaziergang im kaiserlichen Garten dachte er nicht mehr. Je länger er so dasaß, desto öfter beschäftigte er sich mit Kias Vorwurf, einen unfähigen Kaiser und dessen machthungrige Adoptivmutter zu unterstützen. »Er hat recht!« murmelte Fen-che. Verglichen mit den großen Herrschern vergangener Zeiten war Kuang-hsü ein Nichts. Immer, wenn die Kaiser einer Dynastie schwächer wurden, konnte sich eine neue an die Spitze des Volkes stellen. War es nun wieder einmal soweit? Er schüttelte ungehalten den Kopf. Solange die machthungrige Kaiserinwitwe lebte, würde es keine Veränderung geben, davon war er überzeugt. Aber was würde nach ihrem Tod sein? Vielleicht war gerade jetzt der günstigste Zeitpunkt, den notwendigen Wechsel einzuleiten. Aber Prinz Tuan? Nein!

Während der Nacht wurden seine Zweifel noch größer. Unruhig wälzte er sich hin und her. Gab es jemanden, der ihn beraten konnte? Allein den Gedanken auszusprechen wäre Hochverrat, und er würde sich stets in Abhängigkeit von dieser Person befinden. Diese schwierige Entscheidung mußte er schon allein treffen.

Am nächsten Tag stand er lange am Fenster seines Arbeitszimmers, und zu seiner Überraschung sah er Kias Sänfte näher kommen. Hastig trat er in das Dunkel des Raumes zurück, froh, daß Lao Dzo-lin seinen Auftrag doch nicht ausgeführt hatte. Ungeduldig wartete er auf Kia. Doch statt dessen kam Hauptmann Lao Dzo-lin und brachte ihm ein versiegeltes Schreiben.

»Das hat der Herr in der Sänfte bei sich getragen.«

Erwartungsvoll drehte Fen-che den Brief in den Händen. »Und wo ist er jetzt?«

»Wie Ihr befohlen habt, er existiert nicht mehr!«

Fen-che seufzte. »Ich danke Euch, Herr Lao!«

Nachdem Lao Dzo-lin gegangen war, vergewisserte Fen-che sich vom Fenster aus, ob die Sänfte wirklich verschwunden war. Dann umkreiste er seinen Schreibtisch nachdenklich in immer enger werdenden Spiralen, bis er wieder vor dem Brief stand. Entschlossen brach er das Siegel auf und setzte sich.

»Verehrungswürdiger, älterer Bruder«, begann die Anrede, »wir beide vertreten einen falschen Standpunkt, denn weder unter dem jetzigen Kaiser wird sich etwas ändern noch unter Prinz Tuan. Die Dynastie ist am Ende, und nur ein Machtwechsel wird die Ordnung des Reiches, die im Augenblick von der Gunst der Fremdlinge abhängig ist, stabilisieren können. Deswegen werde ich meine Energie dafür einsetzen, daß der notwendige Umsturz die richtigen Führer nach oben bringen wird. Ob wir wieder ein Kaiserreich haben werden oder gar eine Republik, kann ich im Moment noch nicht sagen. Auf jeden Fall werden wir uns eines Tages wiedersehen und vielleicht ohne Feindschaft Tee miteinander trinken können, denn der Mann, den Ihr habt töten lassen, war nur ein Bote von mir. Eure Tat verzeihe ich Euch, denn Ihr konntet nicht anders vorgehen. Ich selbst hätte genauso gehandelt. Allerdings werdet Ihr nun mit größeren Schwierigkeiten zu rechnen haben, denn Prinz Tuan wird zu Recht vermuten, daß Ihr mich zum Schweigen gebracht habt.«

Unterschrieben war der Brief nicht, und als sich Fen-che setzte, umspielte ein feines Lächeln seine Lippen. Dieser gerissene Fuchs! Wußte er doch genau, daß er mit diesem Schreiben nie zu Prinz

Tuan gehen konnte, denn damit würde er seine Tat eingestehen. Er war versucht, den Brief zu verbrennen, doch im letzten Augenblick erinnerte er sich eines Ratschlags seines Vaters. »Schreibe oder vernichte nie einen Brief im Zorn, eine Nacht zum Nachdenken erspart viel Ärger!«, und er legte ihn in die Schublade des Schreibtisches.

Mit schweren Schritten ging er ans Fenster und öffnete es. Der Wind kam aus nördlicher Richtung und brachte Kühle und feinen Sandstaub aus den trockenen Gebieten. Bisher war Fen-che dem Landleben immer sehr verbunden gewesen und hatte stets gewußt, ob die Ernte gut oder schlecht ausgefallen war. Jetzt wurde ihm bewußt, daß ihm durch die Aufregung der letzten Wochen und Monate und durch die Abgeschiedenheit innerhalb der Palastmauern der Sinn dafür abhanden gekommen war. Ungehalten und traurig schloß er das Fenster.

***

Fen-che strich sanft über Yin Huas Rücken, und er spürte, wie ihr Körper zitterte. Seine Erregung stieg, er preßte sie an sich und hielt sie fest umarmt. Absichtlich fuhr sie mit sanften Fingern über seine empfindlichste Körperstelle und ließ seiner bis dahin zurückgehaltenen Gefühlsexplosion freien Lauf. Heftig atmend erlebte er den Höhepunkt, wobei sich seine Hände um ihre Hüften preßten. Schalkhaft lächelnd sah sie etwas später über ihre Schulter. »Wart Ihr in Eile?« neckte sie ihn. Brummelnd vergrub er sein Gesicht im Kissen und genoß die Entspannung seines Körpers.

Yin Hua hatte Fen-che unerwartet besucht. Er hatte schon geschlafen, als zaghaft an seine Tür geklopft wurde. Dieses Geräusch war so leise gewesen, daß er es in seinen Traum übernommen hatte und nur sehr langsam wach geworden war. Als er sie dann endlich eingelassen hatte, entledigte sie sich sofort ihrer Kleider und zog ihn ohne ein einziges Wort auf sein bequemes Lager. Er konnte sich nicht erinnern, sie jemals so liebeshungrig erlebt zu haben, deshalb bereitete ihm das Zusammensein mit ihr eine besondere Freude.

»Ich habe eine gute Nachricht für Euch! Von Waldersee hat endgültig und unwiderruflich entschieden, unseren Kaiser wieder einzusetzen.«

Er bemühte sich, aus der Schwerelosigkeit wieder in die Realität zurückzukehren, wobei er zugleich die Frage verdrängte, wieweit Yin Hua sich dem Grafen hingegeben hatte, um das zu erreichen.

»Ist das wirklich ganz sicher?«

»Morgen wird er Euch ein Schreiben darüber zusenden. In Zukunft sollen alle Anfragen schriftlich verfaßt werden, damit er mehr Zeit für die Freuden des Lebens hat.«

»Wie bitte?« Fen-che glaubte, sich verhört zu haben.

»Ich sagte, er wird in Zukunft sehr zurückgezogen leben und für Besuche und Gegenbesuche keine Zeit mehr aufbringen!« Sie rollte sich auf den Bauch und sah ihn herausfordernd an.

»Dann können wir die Kaiserliche Familie wohl schon in einigen Wochen zurückerwarten.« Bei dem Gedanken an Tz'u-hsi spürte er einen heftigen Widerwillen in sich aufsteigen.

»Interessiert es Euch nicht, warum von Waldersee kaum noch Zeit hat?«

»Ich nehme an, daß er von Eurer außerordentlichen Kochkunst beeindruckt ist!« sagte er starrköpfig.

»Das auch! Aber in erster Linie bin ich es, die ihn fasziniert und die er verehrt.« Sie sprang auf und durchwühlte mit fahrigen Händen die Taschen ihres seidenen Umhangs. Befriedigt hielt sie ihm einen kleinen Gegenstand auf der flachen Hand entgegen.

»Er hat mir diesen Ring geschenkt und noch mehrere versprochen, für jeden Tag, den ich bei ihm bleibe, bekomme ich einen weiteren.«

Fen-che streckte die Hand danach aus und betrachtete ihn. Er stammte zweifelsohne aus der Schatzkammer des Kaisers und war

in seiner kostbaren Ausstattung ein Vermögen wert. Beunruhigt beschloß Fen-che, am nächsten Tag die Sicherheitsvorkehrungen zu verschärfen. Seit es diese Schatzkammer gab, kamen durch untreue Diener und besonders durch die unzähligen Prinzen jedes Jahr enorme Werte abhanden. Meistens tauchten die Kleinodien wenig später in den Hafenstädten wieder auf. In den Zeiten der großen, kunstliebenden Kaiser versuchten mehrere dafür ausgesuchte Staatsbeamte die Gegenstände zurückzukaufen, um sie dem Reich zu erhalten. Aber der Schatz war noch immer so immens groß, daß Graf von Waldersee einige hundert Jahre benötigen würde, um die Bestände ernsthaft zu dezimieren.
»Ich freue mich für Euch, einen derart großzügigen Herrn gefunden zu haben!« Lächelnd gab er ihr den Ring zurück.
»Mehr habt Ihr dazu nicht zu sagen?«
»Ist es nicht genug, wenn ich meine ehrliche Freude für Euch zum Ausdruck bringe?«
Yin Hua hielt den Ring in der Faust umklammert und hockte sich neben Fen-che, ohne ihn aus den Augen zu lassen. »Manche Menschen bekommen in ihrem Leben niemals die Gelegenheit, reich zu werden; andere wiederum erkennen sie nicht oder wissen sie nicht zu nutzen. Ich aber weiß genau: Wenn ich den Grafen verlasse, werde ich nie wieder auf mein Blumenboot zurückkehren. Ich werde mit meiner Mutter in ein großes Haus im teuersten und vornehmsten Viertel der Stadt ziehen und reich sein. Wir werden Diener haben, viele Diener! Wir werden geachtet sein … und vielleicht werde ich sogar heiraten und Kinder haben!«
»Arm seid Ihr jetzt auch nicht, aber warum erzählt Ihr mir das?«
»Ich will nicht, daß Ihr mir meinen Plan verderbt. Ich bin gekommen, als Ihr mich gerufen habt, und habe meine Pflicht für Euch und unseren Kaiser getan, aber wenn Ihr mich jetzt von dem Grafen entfernen wollt, werde ich Euch meine Freundschaft aufkündigen, um für meine Zukunft zu kämpfen!« In ihren dunklen Augen funkelte das Licht der Kerze.

»Ich hatte einen Auftrag vom Kaiser und benötigte Eure Hilfe, um ihn auszuführen. Dieser Auftrag scheint durch Euren Einsatz erfolgreich abgeschlossen zu sein. Nun sagt mir, warum sollte ich Euch nicht Euer Vergnügen lassen?«

»Es ist nicht mein Vergnügen, neben dem Alten zu liegen! Aber es ist der einzige Weg für mich, aus meiner Welt in eine bessere zu kommen!« fuhr sie heftig auf. Dann stockte sie. »Was wollte ich noch sagen?«

Fen-che lachte und hielt ihr seine Hand hin. »Kommt zu mir, kleine Wildkatze. Warum sollte ich Euch wegschicken?«

»Aber Ihr wißt doch, woher der Schmuck stammt!«

»Natürlich, aber was bedeutet das schon? Eure Dienste für unser Reich werden somit vom Richtigen bezahlt.«

NEUNZEHNTES KAPITEL

Kurz vor Ende des Jahres wurde der Friedensvertrag unterzeichnet. Die gefangengenommenen Führer der Boxer wurden hingerichtet oder verbannt, während der an den Unruhen unbeteiligte Prinz Ch'un II. an den deutschen Kaiserhof geschickt wurde, um das Bedauern der chinesischen Regierung über die Ermordung des Gesandten von Ketteler auszudrücken. Weitere Bedingungen lauteten: Öffnung weiterer Städte für den Handel, Stationierung ausländischer Soldaten in Peking, Bestimmung der Einfuhrzölle durch die Siegermächte und eine über mehrere Jahre abzuzahlende Kriegsentschädigung. Nach Auferlegung dieser Verpflichtungen wurde Tz'u-hsi und dem Kaiser gestattet, ihre angestammten Ämter und Pflichten wieder zu übernehmen.

Aber von Waldersees Wunsch, gerade diesen Prinzen mit der Bußfahrt nach Deutschland zu beauftragen, versetzte die Kaiserinwitwe in große Unruhe, denn auf dem Grab Prinz Ch'uns I. war ein mächtiger Ginkgobaum gewachsen. Das Schriftzeichen für »Ginkgo« aber enthielt auch das Zeichen für »Weiß« und in Verbindung mit dem Zeichen für Prinz bedeutete es »Kaiser«. Diese Symbolik genügte, um die abergläubische Kaiserinwitwe davon zu überzeugen, daß der nächste Sohn des Himmels aus der Prinzenfamilie Ch'un hervorgehen würde.

Vorsorglich ließ sie den Baum fällen und verknüpfte Prinz Ch'un durch Heirat mit der Familie von Yung-lu, um das Unabwendbare wenigstens in für sie günstigere Bahnen zu lenken. Die Nebensächlichkeit, daß die Verlobte des Prinzen sich aus Scham darüber

das Leben nahm, überging sie. Für sie zählte nur eines: der Fortbestand ihrer uneingeschränkten Macht.
Fen-che verfolgte diese Intrigen mit großem Unbehagen. Er wußte, wenn erst die Macht der Kaiserlichen Familie durch Tz'u-hsi gesichert war, würde sie sich über sein weiteres Schicksal Gedanken machen. Als schlechtes Zeichen für die Zukunft empfand er sehr deutlich, daß er bisher weder zu ihr noch zum Kaiser vorgelassen worden war. Selbst der Obereunuche Li Liän-ying war ihm erfolgreich aus dem Weg gegangen.
Endlich, nach Wochen des Wartens, erhielt er die Nachricht, daß die Kaiserinwitwe ihm die Gnade einer Audienz gewährte. Fen-che ließ sich die wenigen Schritte bis zum Palast in einer prächtigen Sänfte tragen, und als er ausstieg, sonnte er sich noch einmal in der Macht, die er verkörperte. Tief verbeugten sich die Wachen und Diener vor seinen Insignien, dem hellroten Edelstein am Hut und dem gestickten Kranich auf der Galatracht.
Die Halle war durch Vorhänge abgedunkelt, und Fen-che erkannte zunächst nur schemenhaft den Umriß einer Gestalt auf dem Thron. »Herr Lin Fen-che, ich habe mir lange wegen Eures weiteren Schicksals Gedanken gemacht und bin zu dem Schluß gekommen, daß Ihr Euer jetziges Amt nicht länger bekleiden sollt!«
Bis auf ihren Lieblingseunuchen waren sie in der großen Audienzhalle allein. Tz'u-hsi saß in schwarze Gewänder gekleidet auf dem Drachenthron, und ihr weiß geschminktes Gesicht wirkte aufgedunsen und häßlich. Zutiefst getroffen von ihrem veränderten Aussehen, verbeugte sich Fen-che noch einmal zu einem klassischen Kotau, um Klarheit in seine Gedanken zu bringen, ohne ihren Anblick ertragen zu müssen.
»Ich bin es nicht wert, daß sich der erhabene Stammvater über mich Gedanken macht, denn mein Leben ist gegen Seines ein Nichts. Und wenn man noch in zehntausend Jahren von Ihm als dem großen Staatslenker sprechen wird, hat man bereits vergessen, daß ich je gelebt habe, denn ich bin unwichtig!« Obwohl er

sehr leise gesprochen hatte, schien es ihm, als ob seine Worte in dem großen Raum noch lange nachhallten.
»Er hat Uns auf der Flucht aus Peking in unwürdigen Häusern schlafen lassen, Er hat nicht für ein ordentliches Essen gesorgt, Er hat Uns damit jeden Tag aufs neue beleidigt, und doch sind Wir bereit, Ihm zu verzeihen, denn Er hat auch viel für Uns getan.«
Sie machte eine so lange Pause, daß Fen-che sich ernsthaft fragte, ob das Gespräch bereits zu Ende sei.
»Dadurch, daß Er die Sprache der Barbaren versteht, kann Er Uns in der Provinz Shantung als Vizekönig am nützlichsten sein! Für dieses Amt haben Wir Ihn vorgesehen.« Sie gab Li Liän-ying einen Wink, der daraufhin in seinem tänzelnden Gang auf Fen-che zueilte und ihm die Ernennungsurkunde überreichte.
Überwältigt von soviel Entgegenkommen, berührte Fen-che den Boden dreimal mit der Stirn. Ihm schwindelte, denn das hatte es noch nie gegeben, daß jemand schon mit fünfunddreißig Jahren Vizekönig geworden war. Er würde über Kiautschou in die Hauptstadt seiner Provinz reisen, dann würde er seinem Vater ein besonderes Geschenk, etwas für die Ewigkeit, mitbringen, und er freute sich des phantastischen Einfalls. Ay-lin würde er wiedersehen und die Kinder ... Erschrocken stellte Fen-che fest, daß er ins Träumen geraten war, während er noch immer auf dem Boden lag.
»Verzeiht, ehrwürdiger Stammvater, aber ich bin es nicht wert ...«
Bestürzt schwieg er und sah sich um. Er war allein. Unbemerkt hatten die Kaiserinwitwe und Li Liän-ying die Halle verlassen. Er sah sich noch einmal verstohlen um, und als er noch immer niemanden entdeckte, nahm er die Urkunde und verließ den Thronsaal. Und wieder verbeugten sich die Wachen, Diener und Soldaten, als er die Treppe hinabschritt. Vor der Sänfte blieb er stehen und sah zu den Fenstern des Palastes zurück. Er suchte diejenigen, hinter denen Yin Hua und von Waldersee gewohnt hatten, bevor das deutsche Hauptquartier in einen leeren Prinzenpalast umgezo-

gen war. Sollte er sie vor seiner Abreise besuchen? Ihr seinen Dank bekunden? Unmerklich schüttelte er den Kopf. Nein, denn das wären nur Ausflüchte, um sie wiederzusehen! Was gesagt werden mußte, war gesagt, und alles andere wäre überflüssig. Endlich stieg er in die Sänfte ein.

Fen-che durchmaß seine Amtsräume mit kurzen Schritten und blickte in die beiden Privaträume, die er bisher bewohnt hatte, und das Gefühl, hier nur noch für kurze Zeit geduldeter Gast zu sein, verstärkte sich immer mehr. Nichts, abgesehen von dem Säbel und Orden von Waldersees, die noch immer auf dem Tisch lagen, gehörte ihm. Das befremdende Gefühl verstärkte sich noch mehr, als er an die kurze und spröde Unterredung mit der Kaiserinwitwe zurückdachte und daran, daß es ihm bisher versagt geblieben war, den Kaiser zu besuchen.

Er würde, durch seine Geburt bedingt, immer ein Fremder in der Kaiserlichen Stadt bleiben. Wohl wurde er in den Tagen der Not gebraucht und wegen seiner Fähigkeiten geschätzt, aber nun erinnerte er sie alle zu sehr an die erniedrigende Zeit der Flucht und des Asyls in einer unwichtigen Provinz. Und dann, Fen-che fuhr sich müde mit der Hand über die Augen, entstammte er nicht einer prinzlichen Familie, die das Recht hatte, ein derartig hohes Amt zu bekleiden. Yung-lu jedoch stammte auch nicht aus einer prinzlichen Familie! Fen-che setzte sich schwer auf den Stuhl vor seinem Schreibtisch und ließ die Gedanken weiter wandern. Yung-lu war ein Mandschu und besaß das unbedingte Vertrauen Tz'u-hsis, und nur das zählte! Er fühlte sich enttäuscht, und mißmutig versuchte er sich auf seine Arbeit zu konzentrieren.

Lustlos ließ er die vielen Papiere sinken. Nein, es würde nichts Wichtiges darunter sein. Seit die Kaiserliche Familie wieder in Peking war, drangen nur noch unwesentliche Nachrichten zu ihm durch. Hinzu kam, daß Yung-lu für ihn nicht mehr zu erreichen war. Entweder war er mit seinem Pferd unterwegs oder in einer Besprechung des Kabinettsrates, zu der er noch nie eine Einladung erhalten hatte, obwohl sie ihm rangmäßig zustand. Er versuchte die trüben Gedanken abzuschütteln. Warum grübelte er noch darüber nach? Konnte er doch froh und glücklich sein, den Rang eines Vizekönigs erhalten zu haben, eine Beförderung, mit der er nach der Verurteilung seines Vaters nie und nimmer gerechnet hatte.

Impulsiv erhob er sich von seinem Platz, nahm den Säbel und den Orden vom Tisch und verließ den Amtsraum. Vorbei an den wenigen Sekretären und Dienern, die ihm noch geblieben waren, ging er durch die Anlagen über den Hof zu Yung-lus Yamen. Er war tatsächlich anwesend. Nach flüchtigem Gruß legte er die mitgebrachten Dinge in fast unhöflicher Form vor ihn auf den Tisch.

»Säbel und Orden sind mir während meiner Amtszeit von Graf von Waldersee als Geschenk überreicht worden. Ich bin der Ansicht, daß Geschenke von ausländischen Repräsentanten nur dem Staat zugute kommen sollten und nicht von Privatpersonen behalten werden dürfen!«

Ohne die mitgebrachten Dinge zu beachten, umrundete Yung-lu seinen Schreibtisch, bis er neben Fen-che stand und ihm die Hand auf die Schulter legen konnte. »Bereitet mir mein älterer Bruder die Freude, eine Schale Tee mit mir zu trinken?«

Trotz innerer Abwehr nickte Fen-che und ließ sich in den anschließenden Privatsalon bitten. »Außerdem bin ich gekommen, um mich von Euch zu verabschieden. Ich werde so bald wie möglich nach Shantung reisen, um mein neues Amt anzutreten!«

Yung-lu nickte und lächelte. Er wartete, bis der Diener den Tee gebracht und den Raum verlassen hatte. »Darf ich meine besondere Freude zum Ausdruck bringen, daß Ihr zum Vizekönig ernannt worden seid? Ich muß gestehen, daß ich nach der Rückkehr unserer verehrten Kaiserinwitwe aus Taijuenfu nicht damit gerechnet habe, denn ihre Meinung von Euch ist denkbar schlecht. Vielleicht hat sie sich von mir überzeugen lassen, denn Ihr habt wirklich Großartiges geleistet!«

Fen-che wußte aus den Erfahrungen der letzten Zeit, wie sehr er auch verbindlich gesprochenen Worten mißtrauen mußte, und lächelte höflich. Er beobachtete, wie Yung-lu mit ruhiger Hand den Tee einschenkte.

Yung-lu spürte Fen-ches Zurückhaltung. Tatsächlich hatte er selbst bei der Rückkehr der Kaiserlichen Familie sofort darauf gedrängt, diesen Emporkömmling Lin Fen-che so schnell wie möglich aus Peking zu entfernen, bevor es ihm gelingen konnte, eine eigene Hausmacht aufzubauen. So wie Yüan Shih-k'ai, der damals den Kaiser verraten hatte, oder wie andere Prinzen, die von einer oder mehreren ausländischen Mächten als Garanten ihrer Interessen unterstützt wurden; oder gar wie er selbst als Vizekönig von Petschili und damit Herr über sämtliche Soldaten und Wachen um und in Peking. Als Mitglied des Kabinettsrates und als Vorsteher des ehemaligen Tsungli Yamen hatte er in Fen-che sogleich einen möglichen Rivalen erkannt und darauf gedrängt, daß die Verbindung zwischen ihm und dem Kaiser unterbrochen wurde. »Ich flehe Euch an, begeht nicht noch einmal den gleichen Fehler wie vor drei Jahren, als sich der Sohn des Himmels mit zwielichtigen Gestalten umgab, die ihn dazu veranlaßten, ungeeignete Reformen vorzunehmen«, hatte er der Kaiserinwitwe eindringlich geraten und darauf hingewiesen, daß das Amt einem verdienten Prinzen zugewiesen werden müßte. Jetzt aber, in diesem Augenblick, da er Fen-che gegenüberstand, verfluchte er seine Leichtsinnigkeit, ihn nicht besser beobachtet zu haben. Am wenigsten jetzt wollte er sich mit ihm auseinandersetzen, denn er war sich keineswegs sicher, ob ihn die Kaiserinwitwe in die wahren Hintergründe eingeweiht hatte.

»Als Anerkennung für Eure staatserhaltenden Dienste hat mich der Kaiser beauftragt, Euch eine ansehnliche Summe zur Verfügung zu stellen, die Ihr sicher auch benötigen werdet, um Euch in Euer neues Amt gebührend einzuführen.« Yung-lu besaß zwar keinen Auftrag dafür, wußte aber aus eigener Erfahrung, daß ein großer Geldbetrag viele Unebenheiten und Ungereimtheiten zu glätten vermochte. Er war froh, sich während des Umzugs des deutschen Generalstabs rechtzeitig aus der Schatzkammer eingedeckt zu haben, bevor die Kaiserinwitwe alles kontrollieren konnte. »Einhunderttausend Tael stehen zu Eurer Verfügung!«

Fen-che war erstaunt über die hohe Summe und fragte sich, wieviel Yung-lu bereits für sich abgezweigt haben mochte. »Ich bin sehr erfreut darüber«, ergriff Fen-che endlich das Wort, »aber bevor ich Peking verlasse, möchte ich noch einmal mit dem Sohn des Himmels sprechen. Ob Ihr es mir durch Eure Vermittlung ermöglichen könnt?«

»Da ist meiner Macht eine Grenze gesetzt. Ich selbst habe mich bereits mehrmals darum bemüht, aber durch die strapaziöse Flucht und durch die außergewöhnliche Belastung hat sich der Herrscher des Drachenthrons so sehr aufgeregt, daß er noch immer kränklich ist und unbedingt Ruhe braucht.« Yung-lu gelang ein bedauerndes Lächeln.

»Der Kaiser hat mir wohltuende und überreichliche Gaben zukommen lassen, sagt Ihr, nicht der erhabene Stammvater?«

Yung-lu sah ihn mit ausdruckslosem Gesicht an. »Es scheint Euch dies wichtig zu sein!« erwiderte er und fragte sich, wieviel dieser Lin wohl ahnen oder wissen mochte. Gab es irgendwo einen Zusammenhang, den er noch nicht durchschaute? »Ich habe die Anordnung vom Oberschatzmeister erhalten!«

Er lügt, dachte Fen-che sofort. Weder vom Kaiser noch von Tz'uhsi kam das Geld, aber von wem dann und vor allem, warum? Wer wollte ihn wohlgesonnen stimmen? Aber das war im Augenblick von untergeordneter Bedeutung, denn der Betreffende würde ihm irgendwann durch die Blume zu verstehen geben, was er wirklich wollte. »Wichtig ist, und darin werdet Ihr mit mir übereinstimmen, verehrter älterer Bruder, daß die Wirren beendet sind und der Sohn des Himmels wieder vom Drachenthron aus über das Reich herrscht!«

»Dank Eurer Hilfe, die insgesamt angemessen belohnt wurde!« erwiderte Yung-lu.

Fen-che spürte, wie seine Abneigung gegen Yung-lus Undurchsichtigkeit zunahm, und hielt es für klüger, sich schnellstens zu verabschieden, bevor ein unbedachtes Wort ihm einen neuen Feind bescherte. »Ich werde morgen mit dem Postdampfer nach Tsingtau reisen und von dort über Kiautschou weiter nach Tsinanfu. Mögen die Götter ebenso über Euch wachen wie über unser Herrscherhaus!«

Der Abschied von Peking, einer Stadt, die er einst für den Mittelpunkt der Welt gehalten hatte, bedeutete ihm nichts mehr. Nahezu ein Viertel der von Yung-lus Dienern in einer schlichten, eisenbeschlagenen Kiste überbrachten Silberbarren hatte er sogleich ausgegeben, um sich jene Gewänder zu kaufen, die er demnächst in seiner Provinz zu tragen hatte: mehrere blauseidene, bis zu den Knöcheln reichende Umhänge, veilchenblaue, knielange Obergewänder, in die mit Silberfäden Drachen und sonstige Fabelwesen eingestickt waren, und vor allem seinem Rang zukommende Galatrachten mit dem gestickten Kamki, dem Goldfasan, auf Brust und Rücken. Hinzu kamen sorgfältig ausgesuchte, sehr kostbare Schmuckstücke für Ay-lin, Geschenke für die Kinder und etwas Besonderes für seinen Vater.

Mit zwei vollbeladenen Karren brach er am frühen Morgen auf, und noch bevor es ganz hell geworden war, hatte er das letzte Tor hinter sich gelassen. Erst wenn ihm im Yamen seiner neuen Residenz sein Vorgänger, Yüan Shih-k'ai, das Amtssiegel überreicht haben würde, wäre er berechtigt, den seinem Amt entsprechenden Aufwand an Wachen und Soldaten, Dienern und Bütteln mit sich zu führen. Zwar hätte er nach den geltenden Vorschriften das Recht behabt, unter dem Status eines Kabinettsmitglieds zu reisen, doch er hatte die Unbeschwertheit der Anonymität vorgezogen.

Obwohl es Januar war, lag trotz der Kälte noch kein Schnee auf den

Feldern. Der graue Wolfsfellmantel schützte ihn vor dem steten Wind, der ihn und den Kutscher in Böen umwehte.
Nie wieder würde er freiwillig nach Peking gehen, schwor er sich und dachte verbittert an das Neujahrsfest vor einer Woche zurück. Niemand war erschienen, um ihn mit Geschenken zu erfreuen, obwohl seinerseits alle Bekannten bedacht worden waren. Weder Yung-lu noch seine eigenen Angestellten hatten es für nötig befunden, ihn mit einer Aufmerksamkeit zu bedenken. Einzig die unmittelbaren Diener im Haus hatten ihm Obst, selbstgebackene Kuchen, Glückwunschkärtchen und Süßigkeiten gebracht, die mit besonderer Sorgfalt arrangiert waren. Von seinem Fenster aus hatte er in der Nacht zuvor das grandiose Feuerwerk betrachtet, und nur zu gut erinnerte er sich, wie ihm dabei zumute gewesen war, weil seine Gedanken immer wieder nach Kiautschou gewandert waren, zu seiner Familie, die ihm noch nie so gefehlt hatte wie in jenem Augenblick.
In dieser Nacht war Yin Hua ein letztes Mal gekommen. Zart, fast hilflos hatte sie in der Tür gestanden und ihm ein kleines, in rotes Papier eingeschlagenes Kästchen gegeben, auf dem eine leuchtendrosa Tamariskenblüte mit einer Schleife befestigt war. »Ich habe Euch nicht vergessen!« hatte sie geflüstert und ihm das Geschenk überreicht. »Ich werde Euch auch nie vergessen!« hatte sie hastig hinzugefügt, und bevor er ihr seine aufrichtige Freude mitteilen konnte, hatte sie sich umgedreht und war mit schnellen Schritten in der Dunkelheit des Flurs verschwunden. Lange noch stand er in der offenen Tür und sah ihr nach, bis er sie enttäuscht schloß. Vorsichtig öffnete er die Schleife, schlug das Papier zurück und öffnete das Kästchen. Er war von der funkelnden Pracht des Diadems überrascht, in dessen unzähligen Diamanten das schwache Licht der Kerzen glühte. Zweifelsfrei stammte es aus der Schatzkammer des Kaisers. Zögernd nahm er es in die Hand und hielt es empor. Erst jetzt erkannte er, wie klein es war. Es konnte nur von einem Kind getragen werden und hatte sicher einmal einer Prinzessin gehört.

Betroffen versuchte er sich daran zu erinnern, ob er Yin Hua jemals von seiner Tochter und seinen ersten Gefühlen ihr gegenüber erzählt hatte. Sollte das Geschenk ein Zeichen sein, besonders an sie zu denken? Sie, die er erst einmal gesehen hatte? Ein Fingerzeig von ihr, wie wichtig eines Tages auch ungeliebte Töchter sein können?

Er erinnerte sich daran, wie er den letzten Brief Ay-lins gesucht, ihn noch einmal Wort für Wort gelesen hatte, als ob es das erste Mal gewesen wäre, und wie ihn daraufhin eine tiefe Traurigkeit noch lange umfangen gehalten hatte.

Die Erinnerung ließ Fen-che noch mehr frösteln, und er blickte auf das Gesicht des Kutschers neben sich. Er war alt, und die Gesichtsfalten zogen sich wie ein Spinnennetz um seinen eingefallenen, zahnlosen Mund. Er mußte seinen Blick bemerkt haben, denn er blinzelte mit den vor Kälte wäßrigen Augen in seine Richtung.

»Herr, Ihr hättet Euch besser eine Sänfte nehmen sollen, wie ich es Euch geraten habe. Oder legt Euch jetzt wenigstens hinten in den Wagen, da ist's wärmer!« Mit dem Handrücken wischte er sich über die Nase und richtete den Blick wieder nach vorn.

Ja, er hätte auf ihn hören sollen, so wie er aus jetziger Sicht auch sonst vieles anders hätte machen sollen. Vor allen Dingen hätte er mehr an sich selbst denken müssen. Auf sein bisheriges Leben hatte er kaum Einfluß genommen, immer hatten andere für ihn bestimmt und seine Gutmütigkeit ausgenutzt. Oder war es das Schicksal, das gerade ihn auserwählt hatte, zum Vorteil fremder Menschen auf seine Familie zu verzichten? Oder war es der Ehrgeiz gewesen, der ihn vorangetrieben hatte? Wäre er ohne diesen heute Vizekönig? Bestimmt nicht, statt dessen hätte er seine Kinder aufwachsen sehen und ihre kleinen Freuden und Leiden mit ihnen teilen können. Wenn er jetzt nach Kiautschou zurückkehrte, würde er seinen Vater bitten, ihn in die Provinzhauptstadt zu begleiten. Vielleicht würde er es ablehnen, weil er sich noch jung

genug für sein Amt fühlte. Denn Ay-lin, da war er sicher, würde mit ihm gehen, ebenso die Kinder. Was sollte der alte Landrat allein in Kiautschou, ohne sie? Er würde die Notwendigkeit einsehen und mit ihnen ziehen. Dann würden sie alles nachholen, was ihnen bisher versagt geblieben war, und seine Tochter würde sicherlich einen besonderen Platz in seinem Herzen einnehmen.
Fen-che spürte, daß die Kälte seine Beine hatte taub werden lassen, und er massierte sie unauffällig. Eine Brise bauschte die Plane über den Kisten, und der eben erst heller werdende Tag verdüsterte sich wieder durch graue Nebelwolken, die die Kälte noch unangenehmer machten.
An der Reling des Postdampfers in Tientsin standen kurz vor der Abfahrt winkend einige europäische Passagiere, die weiter in den Süden nach den großen Metropolen Schanghai und Hongkong reisen wollten. Hauptsächlich waren es Geschäftsleute, die nach dem Krieg ungehindert ihren lukrativen Geschäften nachgingen.
Fen-che war erschüttert durch die verkohlten Ruinen des ehemals pulsierenden und lebensfrohen Tientsin gegangen, in dem kaum ein Haus unbeschädigt geblieben war. Unzählige hungernde und frierende Kulis hatte er in dem Teil der Altstadt gesehen, in dem das Feuer bis auf wenige Lehmmauern alles zerstört hatte. Meist hockten ganze Familien im Windschatten der Trümmer und warteten stoisch ergeben auf den nächsten Tag, der genauso trostlos verlaufen würde wie der vergangene, nur mit noch größerem und quälenderem Hunger. Und noch etwas war ihm aufgefallen: Es gab hier kaum noch Kinder.
Vor der Absperrung am Hafen warteten dichtgedrängt seine frierenden Landsleute in langen, wattierten Jacken auf die Gelegenheit, mit dem Schiff zu Verwandten zu reisen, die ihnen das Überleben ermöglichen würden, denn es bestand die geringe Aussicht, sich die Überfahrt dahin als Heizer, Kohlenschipper oder Tellerwäscher zu verdienen. Doch erbarmungslos wurden sie immer wieder von den europäischen Soldaten zurückgetrieben, wenn sie

die Absperrung überschritten. Nur durch sein selbstsicheres Auftreten und seine Sprachkenntnisse wurde Fen-che durchgelassen. An Bord spürte er durch die feindseligen Blicke der Ausländer, wie sehr die Chinesen seit dem Krieg bei diesen verhaßt waren.

ZWANZIGSTES KAPITEL

Die Fahrt nach Tsingtau dauerte drei Tage, nur unterbrochen von einem kurzen Aufenthalt in einem nördlich gelegenen Hafen der Halbinsel Shantung, wo mehrere deutsche Offiziere zustiegen.

Das Bild der Bucht vor Tsingtau wurde von den Kriegsschiffen des gesamten deutschen Ostasiengeschwaders bestimmt, einschließlich der vielen Transportschiffe, die hier auf Reede lagen. In langsamer Fahrt näherte sich der Postdampfer dem fertiggestellten ersten Anleger für größere Schiffe und machte fest. Die deutschen Offiziere und Fen-che waren die einzigen Passagiere, die hier ausstiegen, und kaum hatte der Bordkran Fen-ches Kisten auf die Pier gesetzt, als schon klagend heiser das Signalhorn zur Abfahrt tutete.

Von dem vormals armseligen Fischerdorf Tsingtau war fast nichts mehr zu erkennen. Die letzten ursprünglichen Lehmhäuser standen nur noch am Rande einer riesigen Baustelle. In der aufblühenden Stadt wurden Häuser und Fabriken nach europäischem Vorbild gebaut, die auch die letzten Hütten bald verdrängt haben würden. Die Teile der Stadt, die inzwischen fertiggestellt waren, besaßen gepflasterte Straßen und erstaunlicherweise auch Laternen, wie sie Fen-che bisher nur in Schanghai gesehen hatte. Und noch etwas war anders: Es fehlten die Kulis, die sonst immer bei jeder Ankunft eines Schiffes lautstark ihre Dienste angeboten hatten. Statt dessen bestimmte das Militär das Geschehen. Noch bevor Fen-che den Anleger verlassen konnte, trat ein Wachsoldat auf ihn zu.

»Darf ich Ihre Papiere sehen?«

»Papiere?« fragte Fen-che erstaunt. »Ich habe noch nie Papiere mit mir führen müssen und besitze deshalb keine.«
»Dies hier ist deutsches Hoheitsgebiet, und aus Sicherheitsgründen muß sich jeder ausweisen können. Würden Sie bitte zur Zollstation mitkommen!« forderte ihn der Unteroffizier förmlich auf.
Der Holzschuppen war überheizt, und es roch nach Schweiß und kaltem Tabakrauch.
»Daß Sie deutsch sprechen, vereinfacht die Sache!« Der Feldwebel sah von seinem Schreibtisch zu Fen-che auf. »Was wollen Sie in Tsingtau?«
»Nichts! Ich will nach Kiautschou zu meiner Familie und weiter nach Tsinanfu!«
»Ich werde Ihnen einen Passierschein ausstellen. Wie heißen Sie?«
»Lin Fen-che.«
»Wo sind Sie geboren?«
»In ... in Tientsin.«
»Woher kommen Sie?«
»Aus Peking.«
»Beruf, Alter und Staatsangehörigkeit!«
»Beamter, fünfunddreißig Jahre alt. Ich bin Chinese.«
»Welche Waren führen Sie mit sich?«
»Nur mein Gepäck und Geschenke.«
»Ich werde es auf Konterbande hin untersuchen müssen!«
»Bitte sehr!«
Vom Fenster aus beobachtete Fen-che, wie der Feldwebel die Kisten öffnen ließ und gleich in der ersten auf die Silberbarren stieß. Er schien die Gedanken des Soldaten lesen zu können, der sich nach ihm umsah, um sich zu vergewissern, daß er noch da war. Dann entdeckte der Soldat die Schmuckstücke und verzichtete darauf, die letzten Kisten zu überprüfen. Nachdem er eine Wache daneben befohlen hatte, betrat er wieder den Holzschuppen.
»Warum haben Sie mir nichts von dem Silber gesagt?«
»Das sind meine Geschenke, die ich bereits erwähnt habe!«

Der Feldwebel sah ihn prüfend an. »Ich muß Sie bitten, zur weiteren Überprüfung mitzukommen!«
Seufzend beugte Fen-che sich seinem Willen.
Von zwei Wachen begleitet folgten sie den auf einen Eselkarren geladenen Kisten zu den Kasernen. Es war beinahe windstill geworden, und die tiefstehende Mittagssonne schien grell, ohne zu wärmen. Es war der Weg, den Fen-che schon unzählige Male mit Hoffnung, Haß oder Zuversicht gegangen war, aber noch nie mit dem Unbehagen vor der deutschen Bürokratie.
Das erste, das ihm beim Durchschreiten des Tores auffiel, war die auf Halbmast gezogene deutsche Kriegsflagge. Doch erst im Büro des wachhabenden Offiziers sah er den Grund, denn das Bild des Gouverneurs Jäschke war mit einem Trauerflor geschmückt.
Geduldig beantwortete Fen-che dem Hauptmann noch einmal die gleichen Fragen.
»Ich kann darüber nicht entscheiden, und da wir im Augenblick ohne Gouverneur sind, werden wir Sie so lange hierbehalten müssen, bis Kapitän Trappel sein Amt in einigen Tagen antritt und über Sie entscheidet!«
»Wer vertritt ihn jetzt?«
»Oberstleutnant Graf von Soden.«
»Dann bitte ich, Herrn von Soden sprechen zu dürfen!«
»Der wird auch nicht anders entscheiden!«
»Herr von Soden kennt mich, und das würde vielleicht Ihre Entscheidung vereinfachen.«
»Auch das ändert nichts an der Sachlage. Sie bleiben vorerst in Gewahrsam!«
»Ich warne Sie! Wenn ich hier gegen meinen Willen festgehalten werde, bekommen Sie Ärger mit Ihrem Vorgesetzten!«
»Wenn Sie mir drohen wollen, laß ich Sie in Ketten legen!« Der Hauptmann war aufgestanden und hatte sich mit beiden Händen auf den Schreibtisch gestützt. Feindselig musterte er Fen-che.
»Ich bin Beamter der chinesischen Regierung und auf der Durch-

reise in die Provinzhauptstadt, in der ich mein Amt antreten werde. Sie überschreiten Ihre Kompetenz, wenn Sie mich hier festhalten!« Fen-che bemühte sich, in einem freundlichen, aber bestimmten Ton zu sprechen.
»Können Sie das beweisen?«
»Können Sie ein amtliches chinesisches Dokument lesen?«
»Geben Sie her, wir haben einen Dolmetscher!«
»Lassen Sie ihn hierherkommen!«
Ohne noch ein weiteres Wort miteinander zu wechseln, warteten sie auf den Dolmetscher.
»Ich bin Unteroffizier Li Wei und soll für Hauptmann Hamdorff Euer Dokument übersetzen! Darf ich fragen, wie Ihr heißt?«
»Lin Fen-che, mein ehrenwerter älterer Bruder.«
Ohne sich zu setzen, überflog Li Wei das Pergament, und als er das kaiserliche Siegel geprüft hatte, sah Fen-che ihm an, in welchem Zwiespalt er sich befand. Sollte er zuerst dem Offizier den Inhalt übersetzen oder zuerst die Ehrenbezeugung des ranghöchsten Beamten der Provinz vornehmen? In der Zeit, die er brauchte, um das Dokument wieder zusammenzurollen und Fen-che zurückzugeben, entschied er sich für den Kotau.
»Erhebt Euch!« ermunterte ihn Fen-che, »und erklärt Eurem Hauptmann, wer ich bin!«
»Verzeiht mir bitte, daß ich mich so respektlos benommen habe, uralter, ehrwürdiger Großvater, denn ich bin es nicht wert, unter Eure Augen zu treten!« Langsam stand er auf und verbeugte sich noch einmal, bevor er dem maßlos erstaunten Hauptmann sinngemäß den Inhalt übersetzte.
Auch dieser brauchte längere Zeit, um sich über die Konsequenz klar zu werden. Zuerst schickte er den Dolmetscher hinaus, um sich daraufhin zu erheben und Fen-che militärisch zu grüßen. »Hauptmann Hamdorff!« stellte er sich vor. »Ich bitte Eure Exzellenz wegen des Mißverständnisses um Entschuldigung! Stehe Ihnen zu Diensten!«

»Ich möchte mit Herrn von Soden sprechen!«
»Gewiß, ich werde ihn sofort holen, wenn Exzellenz sich bitte gedulden wollen!«
»Danke, ich kenne mich hier aus. Ich werde ihn selbst aufsuchen, wenn Sie gestatten!« Lächelnd erhob er sich. »Meiner Weiterreise wird demnach wohl nichts mehr im Wege stehen. Guten Tag, Herr Hamdorff.«
Fen-che überquerte den Kasernenhof und genoß das bisher unbekannte Gefühl, unendlich weit über den Dingen zu stehen. Vor von Sodens Tür blieb er stehen, klopfte und trat ein.
Graf von Soden saß über seinen Schreibtisch gebeugt und winkte ihn zu sich heran, ohne aufzusehen. Amüsiert wartete Fen-che, bis er die Akte zur Seite legte und ihn ansah.
»Herr Lin!« rief er erfreut, sprang auf, umrundete den Schreibtisch und umarmte Fen-che mit offensichtlicher Freude. »Welche Überraschung, Sie wiederzusehen!« fügte er hinzu. »Fast hätten Sie mich hier nicht mehr angetroffen, denn nach der Ankunft von Kapitän Trappel werde ich China verlassen.«
»Meinen Glückwunsch zu Ihrer Beförderung zum Oberstleutnant! Wird es ein Abschied für immer sein oder nur ein Urlaub?«
»Ich befürchte, für immer, denn nach der erfolgreichen Verteidigung der deutschen Gesandtschaft in Peking scheint man in der Heimat auf mich nicht mehr verzichten zu können«, sagte er lachend. »Oft rackert man sich jahrelang Dienstgrad für Dienstgrad ab, und plötzlich überschlagen sich die Ereignisse, und da möchte man sich selbst nicht im Weg stehen. Doch bevor ich gehe, werde ich dafür sorgen, daß Sie für Ihren Einsatz damals ausgezeichnet werden. Aber erzählen Sie doch erst einmal von sich. Sind Sie noch immer Berater der Regierung?«
»Nein, dieses Amtes hat man mich enthoben, dafür hat man mir aber eine schöne Aufgabe in dieser Provinz zugestanden. Es ist schade, daß Sie gehen, denn von nun an hätten wir uns öfter sehen können!«

Nach der ersten Freude der Begrüßung trat eine kleine Pause ein.
»Können Sie es einrichten, ein paar Tage als mein Gast zu bleiben?« fragte von Soden schließlich.
»Bitte entschuldigen Sie, aber ich habe meine Familie einige Monate nicht gesehen, und nichts liegt mir mehr am Herzen, als so schnell wie möglich zu ihr zu kommen!«
»Das kann ich verstehen! Gibt es irgend etwas, das ich noch für Sie tun kann?«
Fen-che schüttelte den Kopf. »Es ist eigentlich nur ein Zufall, daß ich hier bin. Ein unfreiwilliger, denn ich besitze keine gültigen Papiere, um durch das Pachtgebiet zu reisen, aber inzwischen hat Hauptmann Hamdorff keine Bedenken, mich weiterreisen zu lassen.«
»Entschuldigen Sie, wenn es da Unannehmlichkeiten gegeben haben sollte, aber wir haben uns an die Vorschriften zu halten. Ist jetzt alles in Ordnung?«
Fen-che reichte von Soden die Hand. »Es war mir wirklich eine Freude, Sie noch einmal gesehen zu haben. Wenn es den Göttern gefällt, werden wir uns vielleicht irgendwann wiedersehen. Leben Sie wohl, mein Freund!« Er war froh, daß von Soden ihn nicht aus der Baracke hinausbegleitete, denn ihm stockte der Atem, als er neben dem Wagen mit seinen Kisten eine chinesische Ehrenkompanie postiert sah. Denn dann wäre von Soden gezwungen gewesen, ihm eine offizielle Begrüßung und zugleich Verabschiedung zuteil werden zu lassen.
»Wenn Exzellenz es wünschen, werden die Soldaten Sie bis Kiautschou begleiten!« trug ihm Hamdorff an.
»Ich möchte die unverhoffte Ehre nicht in Anspruch nehmen, denn es wird das letzte Mal sein, daß ich unbeschwert reisen kann. Ich nehme an, daß die Straßen innerhalb Ihres Hoheitsgebietes sicher sind!«
»Selbstverständlich! Darf ich Ihnen wenigstens den Wagen zur Verfügung stellen?«

Fen-che nickte. »Das Angebot nehme ich dankend an!«, und er kletterte neben den Fahrer auf den Kutschbock. »Auf Wiedersehen!«

Auf halbem Wege nach Kiautschou begann es zu schneien. Leichte Flocken nur, die senkrecht herabfielen, weil der Wind völlig eingeschlafen war. Ärgerlich brummelnd zog der Kutscher den Kragen seines Mantels hoch und versuchte, die Esel zu einer schnelleren Gangart anzutreiben. Bisher hatten sie noch kein Wort miteinander gesprochen.

»Wenn Sie wollen, können wir irgendwo rasten und uns aufwärmen!« bot Fen-che dem grauhaarigen Alten an.

»Nö!«

Die schweigsame Art des Deutschen machte Fen-che neugierig. Bisher waren sie ihm alle schwatzhaft und laut erschienen.

»Wie heißen Sie?«

»Janssen, Heinrich Janssen!«

»Kommen Sie aus Deutschland?«

Nach langer Pause erst kam die Antwort: »Aus Ostfriesland!«

Verunsichert schwieg Fen-che, denn von diesem Land hatte er noch nichts gehört. Die Schneeflocken wurden kleiner, und langsam klarte der Himmel auf. Tastend, wie lange Finger, durchbrachen die Sonnenstrahlen erste Wolkenlücken, bis der Himmel stahlblau leuchtete und blendende Helligkeit sie umgab. In der Ferne erhoben sich dunkel die hohen Mauern Kiautschous aus der weißen Ebene.

Um Tsingtau brauchte er sich in Zukunft keine Gedanken zu machen. Diese Stadt würde groß und mächtig werden, denn die Deutschen würden nicht hinter den Engländern zurückstehen wollen. Sie würden Häuser bauen und Fabriken errichten, und viele Menschen würden in seinen Kohleminen Arbeit finden. Aber eines Tages würden sie nicht mehr im Land sein, genau wie alle anderen fremden Nationen, die versucht hatten, es zu beherrschen. Sie würden ebenso verschwinden wie die Wunden auf dem Körper

eines Kriegers, nur die Narben blieben unvergänglich; dann würde China wieder ihnen allein gehören.
Seine dringlichste Aufgabe bestand darin, über Maßnahmen nachzudenken, damit die Bewohner seiner Provinz nicht mehr zu hungern brauchten. Es mußte ihm gelingen, alle Kräfte dafür zu mobilisieren! Was ihm ebenfalls gelingen mußte: den Frieden mit den Deutschen zu festigen und zu erhalten! Das war eine wesentliche Voraussetzung für seine Zukunft als Vizekönig. Solange von hier aus der Regentin keine Unstimmigkeiten oder Dissonanzen zu Ohren kamen, konnte er sich sicher fühlen.
Aber er mußte sich auch über seine zukünftigen Gegner Gedanken machen, die sich nun nicht mehr in dem Maße bereichern konnten wie in früheren Zeiten. Er würde ausgesuchte Spione über die Provinz verteilen und dem uneinsichtigsten Beamten viel Zeit widmen, um ihn zum Umdenken zu veranlassen. Die, die sich dann weiter gegen ihn und seinen Regierungsstil stellten, würde er durch den Wurm Ku vernichten. Er würde, wie es ihm damals sein weiser Freund Yü Yin unter Gesten der Heimlichkeit erzählt hatte, eine Handvoll Eingeweidewürmer in ein Gefäß mit geheimen Ingredienzien geben. Danach würde er es ein Jahr stehenlassen, bis sich die Würmer vor Hunger gegenseitig aufgefressen hätten, bis auf den einen, den Wurm Ku, in dem sich das Gift seiner Artgenossen angesammelt hatte. Mit seiner Hilfe würde er dann seine Feinde vernichten oder unschädlich machen!
Als sie endlich die wohlbekannten Straßen Kiautschous durchfuhren, befreite Fen-che sich von seinen düsteren Gedanken, und beim Anblick der altvertrauten Häuser spürte er, wie ihm vor Freude und Aufregung das Herz schneller schlug. »Halten Sie hier, bitte!« rief er dem Kutscher zu und wies auf einen unscheinbaren Laden.
Mit vor Kälte steifen Gliedern kletterte er vom Sitz und betrat das Geschäft. Kurze Zeit später kam er mit einem länglichen Gegenstand zurück und schwang sich wieder auf den Kutschbock. »Die

Straße weiter bis zum Markt, und beim großen Gebäude mit den Fahnenstangen ist unsere Fahrt zu Ende!«

Als der Wagen vor dem Yamen hielt, spürte Fen-che, wie er vor Aufregung zitterte. »Machen Sie mir die Freude, noch eine Schale Tee bei uns zu trinken, bevor Sie den Rückweg antreten?«

»Tee?« Der Soldat dachte lange nach, bevor er sich entschied. »Nein, ich will so schnell wie möglich zum Lager zurück!«

Es lag etwas Endgültiges in seiner Stimme, so daß Fen-che nicht versuchte ihn umzustimmen. »Dann nehmen Sie bitte ein Geschenk von mir zur Erinnerung an unsere gemeinsame Fahrt!« Und er legte den eben gekauften Gegenstand auf den Kutschbock. »Es ist ein Mandarinschwert!«

»Danke!« murmelte der Ostfriese verlegen, und sein vor Kälte erstarrtes Gesicht verzog sich zu einem unscheinbaren Lächeln.

Fen-che ging auf die dick vermummten Wachen am Eingang des Yamen zu. »Die Kisten auf dem Wagen sind für Herrn Lin Bohong bestimmt! Ladet sie bitte ab, und bringt sie ins Haus!« Bevor er in den Eingang trat, drehte er sich noch einmal um und hob die Hand. Der Deutsche erwiderte seinen Gruß.

Dann öffnete er die Tür zum Amtszimmer seines Vaters und war erstaunt, es leer vorzufinden, denn zu dieser Tageszeit pflegte er sonst noch zu arbeiten. Von ahnungsvoller Sorge erfüllt, eilte er zum privaten Teil des Yamen und riß die Tür auf. Dunkel und verlassen lag der lange Flur zu den verschiedenen Räumen da. Kein Laut war zu hören. Plötzlich durchbrach das quietschende Lachen eines kleinen Kindes den Bann, und Fen-che öffnete leise die Tür zum Familienzimmer. Das melodische Singen der Nachtigall erfüllte den Raum.

Ay-lin saß mit dem Rücken zu ihm auf der Bank neben dem Kinderbett und beugte sich darüber. Sein Vater, die Hände hinter dem Rücken gefaltet, stand neben dem Vogelkäfig und blickte versonnen in den weißen, winterlichen Garten. Eine Welle der Erleichterung und Freude durchflutete Fen-che.

»Vater«, murmelte er halblaut, durchmaß mit wenigen Schritten den Raum und warf sich vor ihm zum Kotau nieder. Dann erhob er sich und umarmte ihn. Dankbar stellte er fest, daß er blendend aussah. Sein langer Bart war schneeweiß jetzt, doch sein bisher leicht hageres Gesicht schien etwas rundlicher geworden zu sein.
Er sah, wieviel Anstrengung es den Alten kostete, Haltung zu bewahren, und als er ihm die Hände auf die Schultern legte, spürte Fen-che, wie sie leicht zitterten. »Endlich bist du da!« sagte er mit klarer Stimme, und sein Blick wechselte zu Ay-lin hinüber. »Noch mehr als ich wird sie sich freuen!« Und er bedeutete Fen-che, sie ebenfalls zu begrüßen.
Ay-lin erschien ihm schöner als je zuvor. Sie hatte sich von der Bank erhoben und hielt noch eine Hand am Kinderbett, während sie ihn mit strahlenden Augen anblickte.
»Bleibst du?« Hoffen und Bangen hielten sich in ihrer Stimme die Waage, bevor sie aufeinander zuflogen und sich umarmten.
Lachend und heftig atmend befreite sich Fen-che von ihr. »Ja, ich bleibe! Aber laß mich bitte am Leben!«
Dann fiel sein Blick auf das Kinderbett, und vorsichtig, als wollte er keinen Lärm machen, trat er näher und beugte sich über das Kind. Obwohl er sich Mühe gab, es als Mädchen zu erkennen, konnte er keinen Unterschied zu Liän oder Hsün feststellen, als sie in diesem Alter gewesen waren. Er empfand das gleiche Gefühl, wie er es schon zweimal kennengelernt hatte, als er auf das kleine, lächelnde Gesicht hinabsah.
»Wie heißt sie?«
»Wen!«
»Ich habe ihr etwas mitgebracht!«
Schnell lief er auf den Flur und kam kurze Zeit später mit dem kleinen Kästchen zurück und klappte den Deckel auf. Er hielt das Diadem noch einen Augenblick in der Hand, um es zu betrachten, bevor er es Ay-lin überreichte. »Sie wird wie eine Prinzessin damit aussehen!«

Vorsichtig reichte sie es nach kurzer Betrachtung ihrem Schwiegervater weiter. »Es muß ein Vermögen gekostet haben!«
»Für meine Tochter gerade richtig!« scherzte er und fühlte sich in eine außergewöhnliche Hochstimmung versetzt. »Für Euch habe ich ebenfalls etwas mitgebracht, aber leider ist es zu schwer für mich, um es hierher zu schaffen. Es steht noch draußen.«
»Vielleicht kann ich behilflich sein!« erklang eine tiefe Stimme hinter Fen-che von der Tür her.
»Michail!« rief er und warf sich herum. »Welche Freude, Euch gesund und hier zu sehen!« Nach Art guter Freunde küßte er ihn auf beide Wangen. »Mein Lebensretter! Hat er Euch davon erzählt?«
Lin Bohong setzte sich vorsichtig, indem er sich mit den Händen auf dem Tisch abstützte. »Hast du uns etwas verschwiegen, Michail?« wollte er wissen.
»Am besten, er berichtet es selbst, denn ich hab's schon vergessen!«
»Wie lange seid Ihr schon hier? Ihr bleibt doch noch einige Tage?« Während Fen-che sprach, hatte er sich neben Ay-lin gestellt und seine Hand auf ihren Arm gelegt.
»Auf dem Rückweg vielleicht. Zuerst muß ich nach Tsinanfu, um mir vom Vizekönig eine Handelserlaubnis für Shantung geben zu lassen.«
»Für Tee?« fragte Fen-che erstaunt, und ihm wurde zugleich bewußt, wie unhöflich er sich benahm, indem er das Gespräch an sich riß. »Verzeiht, daß ich so direkt frage, aber ich muß auch ...« lächelnd verbesserte er sich, »wir gehen auch nach Tsinanfu. Vielleicht reisen wir zusammen!«
Beklemmendes Schweigen verdrängte plötzlich die Fröhlichkeit. Das kaum hörbare Seufzen Ay-lins wurde von der Stimme des Alten übertönt. »Wir? Nenne mir bitte einen Grund, warum wir nach Tsinanfu reisen sollten!«
Fen-che ließ Ay-lins Arm los, ging die wenigen Schritte zu seinem Vater und kniete sich neben ihn. »Verzeiht bitte, Vater, wenn ich

Euch so unangemessen mit Neuigkeiten überfalle. Ich habe ein Amt in unserer Provinzhauptstadt erhalten und muß es bald antreten, und ich bitte Euch, mit uns zu gehen.«

Lin Bohong sah nachdenklich auf seinen Sohn. Er war also nicht hierher zurückgekehrt, um zu bleiben, sondern um seine Familie zu holen. Er wird fortziehen und mich allein zurücklassen, wenn ich nicht mit ihm gehe. Aber warum sollte ich ihm nicht folgen? Lange, viel zu lange bin ich im Amt und müde geworden. Warum soll ich nicht mit ihm gehen und auf die Annehmlichkeiten eines harmonischen Familienlebens verzichten? Nein, ich habe mir für den Rest des Lebens die Ruhe verdient, nach der ich mich schon lange sehne.

»Du hast recht, ich bin für mein Amt tatsächlich schon zu alt. Ich werde um meine Ablösung bitten!«

»Ich weiß, daß es für Euch eine schwere Entscheidung ist, aber nun bin ich um so glücklicher, daß wir uns nicht trennen müssen, denn ich brauche in meinem neuen Amt unbedingt Euren Rat! Die vergangenen Monate haben mich gelehrt, daß mir Eure Weisheit und Lebenserfahrung unentbehrlich sind!«

Aus den Augenwinkeln sah er, wie Ay-lin sich entspannte, wie sie auf ihn zukam und sich neben ihn kniete. »Willst du uns nicht verraten, welches Amt es ist, das so wichtig zu sein scheint?«

Fen-che spürte, wie ihn alle drei gespannt ansahen und auf die Antwort warteten. Seine Gefühle schwankten zwischen Stolz und Befangenheit. »Ich bin der zukünftige Vizekönig!«

Bewegungslos verharrten sie in ihrer augenblicklichen Haltung. Es war totenstill. Auch die Nachtigall schwieg. Im Haus wurde eine Tür aufgerissen, und lachende Kinderstimmen näherten sich.

»Vater ist da!« jubelte Hsün und warf sich ihm in die Arme.

»Vater ist da!« wiederholte Liän die gleichen Worte und stürzte sich ebenfalls auf seinen Vater.

Durch die Wucht der beiden Jungen geriet Fen-che ins Schwanken und verlor das Gleichgewicht. Lachend wälzten sie sich auf dem

Boden, bis Ay-lin sie unauffällig trennte, bevor es die ersten Tränen geben konnte.
»Mutter hat uns gesagt, daß Ihr jetzt für immer bei uns bleiben werdet. Stimmt das?« Gespannt blickten beide auf ihren Vater.
»Ja, es stimmt. Ich werde immer bei euch bleiben!«
»Glischa ist tot!« brachte Liän die nächste Neuigkeit an und verzog sein Gesicht zu einer traurigen Grimasse.
»Und die Kisten im Flur, sind es Eure?« fragte Hsün voller Neugier.
»Ja, richtig, ich sollte doch tragen helfen!« erinnerte sich Michail laut. »Wollen wir sie hierher holen?«
Von den vielen Eindrücken und Neuigkeiten überfordert, war Fen-che froh, sich für einen Augenblick von seinen Söhnen lösen zu können. Jetzt hatte er endlich Gelegenheit, seinen Mantel auszuziehen. »Wir werden sie draußen auspacken, und ihr werdet hier auf uns warten, bis wir wieder hereinkommen!«
Die große, lange Kiste war leicht zu öffnen, aber der mit Filztuch umhüllte Gegenstand wog schwer. Keuchend trugen Fen-che und Michail ihn ins Zimmer und stellten ihn auf den Fußboden. Erwartungsvoll drängten sich die Kinder davor.
»Es ist ein Geschenk für Großvater!« zerstörte er ihre Hoffnung und suchte nach den Worten, die er sich schon so oft im Geiste für diesen Augenblick zurechtgelegt hatte.
»Für mich war meine selige Kindheit, in der ich von Mutter und Vater behütet aufwuchs, eine unerschöpfliche Quelle der Kraft, die nicht nur bis zu meinem Tod Zinsen tragen wird, sondern bis dahin auch noch täglich vermehrt wird. Die Liebe für meine Eltern, verwurzelt im Land dieser Kindheit, gebietet es mir, mich dankbar zu zeigen, und ich hoffe, mit diesem Geschenk meinem geliebten Vater eine besondere Freude zu machen!«
Nach dieser kleinen Dankesrede verbeugte er sich vor seinem Vater und schlug das Filztuch zurück. Es war ein einzigartig schöner Sarg aus heller Eiche, mit unzähligen geschnitzten Fabelwesen

verziert, jedes einzelne mit bunten Farben bemalt. Die vier Ecken gingen in Löwenköpfe über, deren Nackenhaare sich wie Schlangen über den Deckel ringelten. Fen-che öffnete ihn, und mit einem Ausruf des Entzückens bewunderten alle den dunkelblauen, gerafften Seidenstoff, der deutlich die Mulde für den Körper erkennen ließ.

Lin Bohong war aufgestanden und ganz nahe an den Sarg herangetreten. Spielerisch ließ er seine Hand über die Figuren gleiten, verharrte bei den acht vergoldeten Griffen und befühlte schließlich die Seide.

»Prächtig!« murmelte er, und gerührt umarmte er seinen Sohn. »Du weißt nicht, welche Freude du mir damit gemacht hast! Ich werde ihn in mein Zimmer stellen, damit sich meine Augen jederzeit an ihm weiden können!« Dann trat er einen Schritt zurück, um ihn ganz betrachten zu können, und erneut überwältigt von dem schönen Anblick, legte er sich hinein. »Wunderbar!« lächelte er die Umstehenden an, die in stiller Freude seine Begeisterung mit ihm teilten.

Die nächste Kiste barg Gewänder und Spielsachen für die Kinder. Jubelnd breiteten sie sie auf dem Teppich aus. Als er Ay-lin eine Schatulle mit Schmuck überreichte, füllten sich ihre Augen mit Tränen. »So etwas Schönes habe ich noch nie gesehen«, flüsterte sie und legte die Stücke vor sich auf den Tisch.

Fen-che sah ratlos zu dem abseits stehenden Michail. Für ihn hatte er nichts. Doch je länger er überlegte, um so mehr freundete er sich mit dem Gedanken an, ihm das zu schenken, was er eigentlich für sich selbst gedacht hatte. Mit feierlichem Gesicht trat er auf ihn zu. »Nicht ewig freut man sich der Ruhe und des Friedens, und doch sind Unglück und Zerstörung nicht das Ende! Wenn das Gras vom Steppenfeuer verbrannt ist, sproßt es im Sommer neu!« zitierte er eine Weisheit aus der mongolischen Steppe. »Freund Michail, nach chinesischer Sitte seid Ihr bis zu Eurem Tod für mich verantwortlich, weil Ihr mir das Leben gerettet habt. Aber ich denke, daß ich ewig in Eurer Schuld stehen werde. Als kleine Dankbarkeit nehmt bitte diese Aufmerksamkeit an, die Euch hoffentlich lange begleiten wird.«

Fen-che öffnete eine weitere Kiste, und mit Michails Hilfe hob er einen silberbeschlagenen Ledersattel heraus, der im Zimmer den Duft nach Juchten verbreitete.

Gebannt ließ der Russe seine Finger über das geschmeidige Leder gleiten. »Du bist verrückt!« sagte er leise. »So etwas kauft man nur für sich selbst!« Und ächzend hob er den Sattel hoch. »Aber du hast Pech, denn ich nehme das Geschenk an!« lachte er und wurde zugleich verlegen wegen seiner derben Ausdrucksweise.

Später wurde Tee getrunken, und die Zeit verging wie im Flug, soviel gab es zu erzählen. Dann war es für die Kinder Zeit, ins Bett zu gehen.

»Heute muß uns Vater noch eine Geschichte erzählen!« forderte Hsün.

»Geht schon nach oben, und legt euch ins Bett. Ich komme gleich nach!«

Während die Kinder die Treppe hinauf in ihr Zimmer liefen, sah Fen-che prüfend zu seinem Vater hinüber. Würde seine Gesundheit diese Aufregung vertragen? Ihm schien der Trubel jedoch nichts auszumachen. Im Gegenteil, seine Wangen leuchteten von dem vielen warmen Wein, und sein zufriedenes Gesicht zerstreute Fen-ches Sorgen.

Fen-che blieb in der Tür des Kinderzimmers stehen. Beide Augenpaare sah er auf sich gerichtet, und er wurde befangen. Viele Monate lang hatten seine Kinder auf ihn gewartet, hatten den Erzählungen ihrer Mutter über ihn gelauscht, und nun mußte er ihre Erwartungen erfüllen. Er ging zu Liäns Bett und zupfte die bunte Überdecke zurecht, um dann bei Hsün das gleiche zu tun.

»Auf eine Geschichte müßt ihr heute verzichten, denn ich habe Großvater noch soviel zu erzählen. Aber eines verspreche ich euch! Morgen werden wir zusammen einen neuen Hund kaufen, und wie der heißen soll, könnt ihr euch jetzt schon mal ausdenken!«

Während sich die Jungen über die ersten vorgebrachten Namen stritten, beugte sich Fen-che über das kleine Bett seiner Tochter und strich ihr sanft mit der Hand über das dünne Seidenhaar. »Schlaf gut, meine kleine Wen!« murmelte er.

Vom Halbdunkel des Flurs aus beobachtete, von Zufriedenheit erfüllt, Ay-lin ihren Mann.

Als beide wieder nach unten kamen, war Michail verschwunden. Der Vater winkte Fen-che zu sich in die Ecke an den kleinen, schwarzen Lacktisch, auf dem inzwischen frischer Tee und Gebäck standen. »Er wollte heute etwas früher schlafen gehen!« erklärte Lin Bohong das Fehlen des Freundes. »Vielleicht bereitest du mir die Freude, Che, dich zu mir zu setzen, denn ich bin sehr begierig, etwas von Peking zu erfahren!«

***

Mit den ersten Sonnenstrahlen besuchte Fen-che das Grab seiner Mutter. Schwer stapfte er durch den hohen Schnee, bis er den Hügel erreichte. Behutsam wischte er die Opferplatte frei und zelebrierte das Ritual. Er erzählte ihr alles, was sich in der Zeit seit seinem letzten Besuch zugetragen hatte. Traurigkeit befiel ihn, als er das Leid seiner Landsleute beschrieb; aber lachen mußte er darüber, wie er von Waldersee überlistet hatte, und laut sinnierte er über die Zukunft. Dann erhob er sich aus der gebückten Haltung und reckte sich. Tief atmete er die frische, kalte Luft ein und blickte zum Himmel in den roten Glutball der Sonne.

EPILOG

Während Fen-che noch über die Zukunft nachdachte, waren andere schon dabei, die Weichen für ein besseres Leben nach ihren Maximen zu stellen. Sun Yat-sen blieb es vorbehalten, eine Brücke vom letzten großen Aufstand in China zur Jetztzeit zu schlagen: von den Taiping-Rebellen zu den chinesischen Kommunisten. Er wurde in dem Jahr geboren, als die Reste der Taiping-Armeen vernichtet wurden, und er starb, als sich die Kommunisten auf dem Weg zur Macht befanden. Dreizehnmal führte er, von Erbitterung gegen das kaiserliche Regime erfüllt, von Hongkong und Französisch Indochina aus Aufstände gegen die Mandschus, die jedoch alle fehlschlugen.

Erst durch einen neuen Mitstreiter, den ehemaligen Oberrichter Kia, gelang es ihm, von Süden her seinen Einfluß stetig weiter nach Norden auszubreiten.

Am 15. November 1908 bestieg die Kaiserinwitwe nach siebenundvierzig Jahren Herrschaft den Drachen, um in die Lüfte zu entschweben. Einen Tag zuvor hatte sie ihrem Adoptivsohn, der unter dem Namen Dsai Tiän geboren und als Kaiser Kuang-hsü unter ihrer Regentschaft sein Dasein gefristet hatte, eine besonders delikate Speise bringen lassen, nach deren Verzehr er plötzlich starb, um als Kaiser Dö Dzung in die Annalen einzugehen.

Mit ihrer Befürchtung, der nächste Kaiser würde aus der Familie des Prinzen Ch'un hervorgehen, sollte die Kaiserinwitwe recht behalten, denn einen Tag vor Kuang-hsüs Tod wurde Ch'uns Sohn Pu Yi in den Palast geholt und am 2. Dezember als Kaiser Hsüant'ung auf den Thron gehoben.

Hsüan-t'ung wurde in seinem bewegten Leben als Kaiser mehrmals gestürzt und wieder eingesetzt, bis Mao Tse-tung 1949 durch die Gründung der Volksrepublik China die Mandschu-Dynastie endgültig beendete.
Im Oktober 1967 starb Pu Yi an Krebs, nachdem er in einem Umerziehungslager auf ein neues Leben als Gärtner vorbereitet und 1962 noch in den Nationalkongreß des Chinesischen Volkes berufen worden war.